LEO N. TOLSTOI

ANNA KARENINA

Ins Deutsche übertragen
von Raphael Löwenfeld

BASTEI LÜBBE TASCHENBUCH
Band 13906

1. Auflage: Mai 1997
2. Auflage: Mai 1997
3. Auflage: Januar 2003

Vollständige Taschenbuchausgabe

Bastei Lübbe Taschenbücher ist ein Imprint
der Verlagsgruppe Lübbe

© dieser Ausgabe 1997 by
Verlagsgruppe Lübbe GmbH & Co. KG,
Bergisch Gladbach
All rights reserved
Titelbild: Highlight Film
Umschlaggestaltung: QuadroGrafik, Bensberg
Satz: KCS GmbH, Buchholz / Hamburg
Druck und Verarbeitung:
Elsnerdruck, Berlin
Printed in Germany
ISBN 3-404-13906-2

Sie finden uns im Internet unter
http://www.luebbe.de

Der Preis dieses Bandes versteht sich einschließlich
der gesetzlichen Mehrwertsteuer.

»Die Rache ist mein,
ich will vergelten.«

ERSTES BUCH

1

Alle glücklichen Familien gleichen einander, jede unglückliche Familie dagegen ist unglücklich auf ihre eigene Art.

Im Hause der Oblonskijs herrschte große Verwirrung. Die Hausfrau hatte nämlich erfahren, daß ihr Gatte mit einer Französin, die früher bei ihnen Gouvernante gewesen war, ein Verhältnis unterhielt, und hatte ihrem Mann infolgedessen erklärt, daß sie nicht länger mit ihm unter einem Dache weilen könne. Diese Lage der Dinge dauerte nun schon drei Tage und wurde in quälender Weise von den Ehegatten selber, wie von allen Familienmitgliedern und der Dienerschaft empfunden. Alle Familienangehörigen und das ganze Hausgesinde fühlten, daß ihr Zusammenleben keinen Sinn mehr habe, und daß Leute, die sich zufällig in der ersten besten Herberge zusammengefunden hätten, mehr miteinander verbunden wären als sie, die Glieder der Familie und die Dienerschaft des Hauses Oblonskij. Die Hausfrau hatte sich in ihre Gemächer zurückgezogen und ließ sich nicht blicken, und der Hausherr war schon den dritten Tag dem Hause fern geblieben. Die Kinder liefen überall wie verloren herum; die englische Gouvernante hatte sich mit der Wirtschafterin gezankt und einer Freundin einen Brief geschrieben mit der Bitte, ihr eine neue Stellung zu verschaffen; der Koch war mitten in der Arbeit, zur Zeit des Mittagessens, fortgelaufen, und die Hilfsköchin und der Kutscher hatten gekündigt.

Am dritten Tage nach dem ehelichen Zwist erwachte der Fürst Stjepan* Arkadjewitsch Oblonskij – Stiwa, wie man ihn in seinem Bekanntenkreise nannte – zur gewohnten Stunde, das heißt, um acht Uhr früh, aber nicht in dem Schlafzimmer seiner Frau, sondern in seinem Arbeitszimmer auf dem saffianledernen Diwan. Er dehnte und reckte den vollen, verwöhnten Körper auf den Sprungfedern des Diwans, als wolle er von neuem auf lange einschlafen, umfaßte sein Kopfkissen fest von der andern Seite und schmiegte die Wange dagegen;

---

* Sprich Stjepán, mit Betonung der zweiten Silbe.

plötzlich aber fuhr er in die Höhe, setzte sich aufrecht hin und öffnete die Augen.

»Ja, ja, wie war das doch?« dachte er, sich auf seinen Traum besinnend. »Wie war es doch gleich? Ja so! Alabin gab ein Diner in Darmstadt – nein, nicht in Darmstadt – es war irgend etwas Amerikanisches. Ja, aber Darmstadt war da in Amerika. Stimmt, Alabin gab ein Diner auf gläsernen Tischen, ja, – und die Tische sangen ›Il mio tesoro‹, und nicht nur ›Il mio tesoro‹, sondern noch etwas Hübscheres, und niedliche, kleine Wasserkaraffen, – freilich, – das schienen Dämchen zu sein –« erinnerte er sich.

Stjepan Arkadjewitschs Augen glänzten fröhlich auf, und er versank lächelnd in seine Erinnerungen. »Ja, hübsch war's, sehr hübsch. Da gab es noch vielerlei, es war ganz famos, aber es läßt sich mit Worten nicht sagen, im Wachen nicht einmal in Gedanken ausdrücken.« Er bemerkte jetzt den Lichtstreifen, der sich durch einen Spalt neben einem der Stoffstores ins Zimmer stahl, ließ wohlgemut die Füße vom Diwan herunter und suchte nach den gestickten, goldig schimmernden Saffianpantoffeln, – ein Geschenk seiner Frau zu seinem letzten Geburtstag. Nach alter, neunjähriger Gewohnheit streckte er die Hand, ohne aufzustehen, nach der Stelle aus, wo in seinem Schlafzimmer sein Schlafrock hing. Jetzt erst kam es ihm plötzlich zum Bewußtsein, wie es geschehen konnte, daß er sich nicht im Schlafgemach seiner Frau, sondern in seinem Arbeitszimmer befand; das Lächeln verschwand aus seinen Zügen, und er runzelte die Stirn.

»Ach, ach, ach! – Ooo!« … stöhnte er auf, während ihm alles, was vorgefallen war, wieder einfiel. Und in seiner Phantasie erstanden aufs neue alle Einzelheiten seines ehelichen Zwistes und, am quälendsten von allem, das Bewußtsein seiner eigenen Schuld.

»Gewiß! – sie wird mir nicht verzeihen; sie kann mir nicht verzeihen. – Am schrecklichsten ist es, daß ich selbst an allem schuld bin – und doch eigentlich nichts dafür kann. Darin liegt das Tragische! O weh, o weh, o weh!« rief er verzweifelt aus, indem er sich in Gedanken die schwersten Augenblicke jenes Streites zurückrief.

Am peinlichsten war der erste Moment gewesen. Er war heiter und zufrieden aus dem Theater zurückgekehrt, mit einer riesigen Birne für seine Frau in der Hand. Zu seiner Verwunderung fand er die Gattin weder in der Wohnstube noch in seinem Arbeitszimmer und erblickte sie endlich im Schlafgemach mit dem unglückseligen, alles enthüllenden Briefchen in den Händen.

Sie – diese ewig sorgend geschäftige und, wie er meinte, etwas beschränkte Dolly*, saß unbeweglich mit dem Schreiben in der Hand da und blickte mit Entsetzen, Verzweiflung und Zorn zu ihm auf. »Was ist dies? Dies hier?« fragte sie, indem sie auf seinen Brief wies.

Stjepan Arkadjewitsch wurde bei dieser Erinnerung, wie dies häufig zu geschehen pflegt, nicht so sehr durch den Vorfall an sich peinlich berührt, als vielmehr durch die Art, wie er auf die Worte seiner Frau geantwortet hatte.

Wie es bisweilen Leuten ergeht, die ganz unvermutet einer allzu schmählichen Handlung überführt werden – so erging es ihm in diesem Augenblick. Er hatte es nicht vermocht, sein Mienenspiel so schnell der Situation anzupassen, in die er seiner Frau gegenüber durch die Entdeckung seiner Schuld geraten war. Anstatt nämlich den Gekränkten zu spielen, zu leugnen, sich zu rechtfertigen, um Verzeihung zu bitten, ja gleichgültig zu scheinen – alles dies wäre besser gewesen als das, was er tat – statt dessen nahm sein Gesicht völlig unwillkürlich (»Reflexbewegungen des Gehirns«, dachte Stjepan Arkadjewitsch, der einen Hang zur Physiologie hatte), einen lächelnden Ausdruck an, den Ausdruck seines gewöhnlichen, gutmütigen und darum einfältigen Lächelns.

Dieses einfältige Lächeln konnte er sich nicht verzeihen. Als sie dieses Lächeln sah, zuckte Dolly wie in körperlichem Schmerz zusammen, brach mit der ihr eigenen Heftigkeit in einen Strom harter Worte aus und eilte aus dem Zimmer. Seit dieser Zeit wollte sie ihren Mann nicht mehr sehen.

»An allem ist dies verfluchte Lächeln schuld«, dachte Stjepan Arkadjewitsch.

* Dolly = Abkürzung von Darja.

»Aber was ist da nur zu tun? – was kann ich tun?« sprach er verzweiflungsvoll wieder und wieder und fand keine Antwort darauf.

2

Stjepan Arkadjewitsch pflegte stets ehrlich gegen sich selbst zu sein. Er konnte sich nicht selbst betrügen und sich einreden, daß er seine Tat bereue. Er konnte keine Reue darüber empfinden, daß er, ein vierunddreißigjähriger schöner Mann, mit einem leicht entzündlichen Herzen, nicht länger in seine Frau verliebt war, die Mutter von fünf lebenden und zwei verstorbenen Kindern, und dabei nur ein Jahr jünger als er selber war. Er bereute nur, daß er es nicht verstanden hatte, die Sache besser vor ihr geheim zu halten. Dabei fühlte er jedoch den ganzen Ernst seiner Lage, und er bedauerte seine Frau, die Kinder und sich selbst. Vielleicht wäre er sogar bemüht gewesen, seine Sünden besser vor seiner Frau zu verbergen, wenn er geahnt hätte, daß die Nachricht davon einen solchen Eindruck auf sie hervorbringen würde. Klar hatte er zwar niemals über diese Frage nachgedacht; aber er hatte die dunkle Vorstellung, daß Dolly seine Untreue schon längst ahne und ihm in dieser Beziehung durch die Finger sehe. Er meinte sogar, daß eine erschöpfte, alternde, nicht mehr schöne Frau, wie sie, die durch nichts hervorragend, einfach und nur eine gute Hausmutter war, schon aus Gerechtigkeitsgefühl nachsichtig gegen ihn sein müßte. Das gerade Gegenteil davon war eingetreten.

»Ach, es ist schrecklich! O weh, o weh! Schrecklich!« wiederholte Stjepan Arkadjewitsch vor sich hin und vermochte schlechterdings nichts weiter zu denken. »Und wie schön war alles bis dahin, wie gut haben wir miteinander gelebt! Sie war zufrieden, glücklich mit den Kindern; ich ließ ihr in allem freie Hand, sie mochte die Kinder erziehen, wie sie's für recht hielt, die Wirtschaft leiten, wie's ihr beliebte. Es ist wahr, es ist nicht schön, daß *sie* – die Gouvernante in unserm Hause war. Das ist nicht gut! Es liegt etwas Triviales, etwas Niedriges darin, seiner eigenen Gouvernante den Hof zu machen. Aber was war das auch für eine Gouvernante!« (Er dachte lebhaft an die schwarzen Schelmenaugen und das Lächeln von Mademoiselle Roland.) »Indessen, so lange sie bei uns im Hause war, habe ich mir ja gar nichts erlaubt. Das Schlimmste ist nur, daß sie schon … Es ist auch gerade, als hätte sich alles gegen mich verschworen. – O weh! O weh! O weh! Aber was tun, was nur tun?«

Eine Antwort darauf gab es nicht, es sei denn jene allgemeine, die das Leben auf alle, auch die verwickeltsten und schwierigsten Fragen gibt: man muß den Anforderungen des Tages leben, das heißt, Vergessenheit suchen. Im Schlafe alles zu vergessen, ging heute schon nicht mehr an, wenigstens nicht vor Anbruch der Nacht; es war nicht mehr möglich, zu dem Gesang der Wasserkaraffen-Dämchen zurückzukehren; also Vergessenheit suchen im Traum des Lebens!

»Na, wir werden ja sehen«, sagte Stjepan Arkadjewitsch. Er stand auf, zog den grauen Schlafrock mit dem hellblauen Seidenfutter an, schlang die Schnüre in einen Knoten und sog in vollen Zügen die Luft in seinen breiten Brustkasten ein; dann trat er mit dem gewohnten rüstigen Schritt der nach auswärts gekehrten Füße, die seinen vollen Körper so leicht trugen, ans Fenster, zog die Stores in die Höhe und klingelte laut. Auf das Läuten erschien sofort sein alter Vertrauter, der Kammerdiener Matwej, der die Kleider und Stiefel und ein Telegramm brachte. Hinter Matwej zeigte sich der Barbier mit seinem Rasierzeug.

»Sind Papiere vom Amt da?« fragte Stjepan Arkadjewitsch, indem er das Telegramm nahm und sich vor den Spiegel setzte.

»Sie liegen auf dem Tisch«, antwortete Matwej, während er seinen Herrn fragend und teilnahmsvoll ansah; dann fügte er nach kurzer Pause mit einem schlauen Lächeln hinzu: »Der Fuhrherr hat hergeschickt.«

Stjepan Arkadjewitsch erwiderte nichts und blickte Matwej nur im Spiegel an; aber an dem Blick, den sie im Spiegel miteinander tauschten, hätte man merken können, wie sie einander verstanden. Das Auge von Stjepan Arkadjewitsch fragte gleichsam: wozu sagst du das? als ob du nichts wüßtest?

Matwej steckte die Hände in die Taschen seiner Jacke, streckte einen Fuß vor und blickte schweigend, gutmütig, mit kaum merklichem Lächeln auf seinen Herrn.

»Ich habe gesagt, er möge am nächsten Sonntag kommen, bis dahin aber solle er weder Sie noch sich unnütz bemühen«, versetzte er; es war eine offenbar vorbereitete Phrase.

Stjepan Arkadjewitsch begriff, daß Matwej einen scherzhaften Ton anschlagen und die Aufmerksamkeit auf sich lenken wollte. Er riß die Depesche auf, las sie, erriet verbessernd ihre, wie immer, verstümmelten Worte, und sein Gesicht strahlte vor Freude.

»Matwej, meine Schwester Anna Arkadjewna trifft morgen ein«, rief er und hielt auf einen Augenblick die fettige, volle Hand des Barbiers auf, der eine rosige Bahn zwischen seinen langen, krausen Backenbart zog.

»Gott sei Dank«, erwiderte Matwej und bewies durch diese Antwort, daß er die Bedeutung dieses Besuches genau so wie sein Herr zu würdigen wisse; nämlich, daß Anna Arkadjewna, die Lieblingsschwester von Stjepan Arkadjewitsch, wohl die Aussöhnung zwischen den Ehegatten werde herbeiführen können.

»Kommen die gnädige Frau allein oder mit dem Herrn Gemahl?« fragte er dann. Stjepan Arkadjewitsch konnte nicht sprechen, da der Barbier gerade mit seiner Oberlippe beschäftigt war und hob einen Finger in die Höhe. Matwej nickte dem Spiegelbilde zu.

»Also allein. Soll ich oben alles instand setzen?«

»Melde es Darja Alexandrowna, – wie sie bestimmen wird.«

»Darja Alexandrowna?« wiederholte Matwej, als ob er nicht richtig verstanden hätte.

»Ja, melde es ihr. Und hier, – nimm das Telegramm, was gnädige Frau dazu sagen.«

»Er will sondieren«, begriff Matwej, aber er antwortete nur: »Sehr wohl.«

Stjepan Arkadjewitsch war schon gewaschen und frisiert und wollte sich gerade ankleiden, als Matwej, mit seinen knarrenden Stiefeln sachte auftretend, das Telegramm in der Hand ins Zimmer zurückkehrte. Der Barbier war schon fort.

»Darja Alexandrowna haben zu melden befohlen, daß sie verreisen. Mag er's nur so einrichten, meinte sie, wie es ihm, das heißt Ihnen, beliebt«, sagte er und lachte, aber nur mit den Augen, während er die Hände in die Taschen steckte und mit zur Seite geneigtem Kopf den Blick auf seinen Herrn richtete. Dieser schwieg eine Weile. Dann erschien auf seinem hübschen Gesicht ein gutmütiges, etwas klägliches Lächeln.

»Nun, Matwej?« fragte er und schüttelte den Kopf.

»Tut nichts, gnädiger Herr, 's wird sich schon machen«, meinte Matwej.

»Meinst du wirklich?«

»Ganz gewiß, mit Verlaub.«

»Also du glaubst? …. Wer ist da?« unterbrach sich Stjepan Arkadjewitsch, da er hinter der Tür das Rascheln von Frauenkleidern hörte.

»Ich bin's, gnädiger Herr«, sagte eine feste und angenehme weibliche Stimme, und hinter der Tür tauchte das strenge, pockennarbige Gesicht der alten Kinderfrau Philimonowna auf.

»Nun, Matrjoscha?* was gibt's?« fragte Stjepan Arkadjewitsch, indem er ihr bis an die Tür entgegenging.

Obschon der Fürst seiner Frau gegenüber durchaus im Unrecht war und dies auch selber fühlte, so waren doch alle im Hause, sogar die Kinderfrau, die Hauptvertraute von Darja Alexandrowna, auf seiner Seite.

»Nun also?« fragte er niedergeschlagen.

»Gehen Sie doch zu ihr, gnädiger Herr, bekennen Sie noch einmal Ihre Schuld. Am Ende führt der liebe Gott alles zu einem guten Ende. Die gnädige Frau quälen sich sehr, 's ist ein Jammer sie anzusehen; und dabei geht alles drunter und drüber. Die Kinder, gnädiger Herr, die Kinder müssen einem am meisten leid tun. Gestehen Sie Ihr Unrecht ein, gnädiger

---

* Matrjoscha = Abkürzung von Matrjona.

Herr. Was hilft's! Die Suppe, die du dir eingebrockt, mußt du ...«

»Aber sie empfängt mich ja nicht ...«

»Dennoch müssen Sie das Ihrige tun. Gott ist gnädig, beten Sie, gnädiger Herr, beten Sie zu Gott.«

»Genug, genug, geh jetzt«, erwiderte Stjepan Arkadjewitsch, indem er plötzlich errötete. – »Na, nun wollen wir uns endlich anziehen«, wandte er sich an Matwej und warf mit entschlossener Bewegung den Schlafrock ab.

Der Diener hielt schon, während er dabei irgend etwas Unsichtbares davon wegblies, das zu einem Kummet geformte Hemd bereit und zog es mit augenscheinlichem Vergnügen über den wohlgepflegten Körper seines Herrn.

3

Nach Beendigung seiner Toilette besprengte sich Stjepan Arkadjewitsch mit Parfüm, zog die Manschetten zurecht und steckte in der gewohnten Weise in die verschiedenen Taschen Zigaretten, Brieftasche, Zündhölzchen und die Uhr, die er an einer doppelten, mit Berlocken behängten Kette trug; dann schüttelte er sein Taschentuch aus und hatte das Gefühl, rein, wohlduftend, gesund und trotz seines Unglücks körperlich frisch zu sein. So ging er, mit jedem Fuß leicht schlenkernd, ins Eßzimmer, wo der Kaffee schon auf ihn wartete und Briefe und Akten vom Gericht lagen.

Er las zuerst die Briefe. Einer darunter – von dem Kaufmann, der ihm einen Wald auf dem Gute seiner Frau abkaufen wollte – kam ihm sehr ungelegen. Es ging nicht anders, er mußte diesen Wald verkaufen; jetzt aber, vor einer Aussöhnung mit seiner Gattin, konnte davon keine Rede sein. Es war ihm außerordentlich unangenehm, daß sich dadurch ein Geldinteresse in die bevorstehende Aussöhnung mit Dolly mischte. Und der Gedanke verletzte ihn, daß er sich von diesem Interesse leiten lassen könnte, daß er den Frieden mit seinem Weibe suchen sollte, um jenen Wald verkaufen zu dürfen.

Als er die Briefe zu Ende gelesen, zog Stjepan Arkadjewitsch die Gerichtspapiere zu sich heran, durchblätterte schnell zwei Akten und machte mit einem großen Bleistift einige Anmerkungen; dann schob er die Blätter zurück und machte sich an seinen Kaffee, wobei er die noch feuchte Morgenzeitung entfaltete und zu lesen begann.

Er hielt sich eine liberale Zeitung, nicht zu extrem, sondern von der Richtung, der die Mehrheit angehörte. Und obgleich ihn weder Wissenschaft, noch Kunst, noch Politik sonderlich interessierten, hielt er doch in bezug auf alle diese Fragen fest zu der von der Mehrheit und seiner Zeitung vertretenen Meinung, und änderte sie nur dann, wenn auch die Mehrheit dies tat, oder besser gesagt, er änderte sie nicht, sie hatte sich vielmehr jedesmal schon selbst unbemerkt in ihm verändert.

Stjepan Arkadjewitsch wählte sich weder seine Richtung noch seine Ansichten aus, diese flogen ihm vielmehr von selber zu, ebenso wie er nicht selbst die Formen seiner Hüte oder Röcke erdachte, sondern die wählte, die gerade getragen wurden. Für ihn, der in einem bestimmten Gesellschaftskreise lebte, und dem ein gewisses Maß von Gedankentätigkeit, wie sie sich gewöhnlich in reiferen Jahren entwickelt, zum Bedürfnis geworden war, hatte es sich als ebenso unumgänglich nötig erwiesen, Ansichten zu haben wie einen Hut. Wenn es überhaupt einen Grund gab, weshalb er die liberale Richtung der konservativen vorzog, der ebenfalls viele Leute aus seinem Gesellschaftskreise anhingen, so tat er dies nicht etwa darum, weil er die liberale Richtung für vernünftiger hielt, sondern weil sie seiner Lebensweise mehr zusagte. Die liberale Partei sprach davon, daß in Rußland alles schlecht bestellt sei – und in der Tat, Stjepan Arkadjewitsch hatte viele Schulden und konnte mit seinen Einnahmen unmöglich auskommen. Die liberale Partei sprach von der Ehe als einer überlebten Einrichtung, die unbedingt geändert werden müsse – und in der Tat, das Familienleben hatte für Stjepan Arkadjewitsch nur wenig Reiz und nötigte ihn, zu lügen und sich zu verstellen, was seiner Natur so sehr zuwider war. Die liberale Partei sprach ferner davon, oder deutete vielmehr an, daß die Religion nur ein Zügel für die rohe Masse des Volkes sei – und in der Tat, Stjepan Arkadjewitsch war, ohne Schmerzen in den Füßen, nicht imstande, auch nur den kürzesten Gottesdienst zu ertragen, und konnte auch nicht begreifen, wozu all diese furchtbaren und hochtrabenden Worte von jener Welt dienten, so lange es sich auf dieser Welt recht lustig leben ließ. Dazu kam, daß Stjepan Arkadjewitsch einen unschuldigen Scherz liebte, und daß er ein Vergnügen daran fand, zuweilen einen harmlosen Menschen durch Ausführungen folgender Art in Verlegenheit zu bringen: wenn man schon auf seine Abkunft stolz sei, so zieme es sich nicht, bei Rjurik stehen zu bleiben und den ersten Stammvater zu verleugnen – nämlich den Affen. Auf diese Weise wurde die liberale Richtung Stjepan Arkadjewitsch zur Gewohnheit, und er liebte seine Zeitung wie die Zigarre nach dem Mittagessen, wegen des leichten Nebels, den sie in seinem Kopfe erzeugte. Er las den Leitartikel, worin erklärt wurde: in unserer Zeit werde vollkommen überflüssigerweise ein Zetergeschrei darüber erhoben, daß der Radikalismus alle konservativen Elemente zu verschlingen drohe, und die Regierung verpflichtet sei, Maßregeln zur Erdrückung der revolutionären Hydra zu ergreifen. Im Gegenteil: »Unserer Meinung nach liegt die Gefahr durchaus nicht in dieser sogenannten revolutionären Hydra, sondern in dem Starrsinn der Traditionsverherrlicher, die den Fortschritt hemmen« und so weiter. Er las dann noch einen anderen Artikel, über Finanzangelegenheiten, worin an Bentham und Mill erinnert wurde und auch einige versteckte Spitzen gegen das Ministerium enthalten waren. Stjepan Arkadjewitsch verstand mit der ihm eigenen schnellen Auffassungsgabe die Bedeutung jeder einzelnen von diesen Nadelstichen: von wem sie ausgingen, gegen wen sie gerichtet waren, und welcher Vorfall damit gemeint sei; und dies bereitete ihm, wie immer, Vergnügen. Nur wurde ihm heute dies Vergnügen durch die Erinnerung an die Ratschläge von Matrjona Philimonowna und an die mißlichen Zustände im Hause vergällt. Er las dann noch, daß Graf Beust, wie verlaute, nach Wiesbaden gereist sei; und ferner, daß es keine grauen Haare mehr zu geben brauche; und daß eine Kalesche zu verkaufen sei; und daß eine junge Person ihren Dienst anbot – aber all diese Neuigkeiten gewährten ihm nicht, wie sonst wohl, ein stilles, ironisches Behagen.

Nachdem er die Zeitung zu Ende gelesen, eine zweite Tasse Kaffee und ein Butterbrötchen verzehrt hatte, stand er auf, schüttelte die Krümchen von seiner Weste und dehnte die Brust mit wohligem Lächeln; nicht als ob er in besonders freudiger Seelenstimmung gewesen wäre – dies frohe Lächeln wurde nur durch die gute Verdauung hervorgerufen.

Aber zugleich rief es ihm auch alles Vorgefallene ins Gedächtnis zurück, und er wurde wieder nachdenklich.

Zwei Kinderstimmen (Stjepan Arkadjewitsch erkannte die Stimmen von Grischa,*) seinem zweitältesten Knaben und Tanja, dem ältesten Töchterchen) ertönten hinter der Tür. Die Kinder fuhren mit etwas im Zimmer umher und hatten es umgeworfen.

»Ich habe dir ja gesagt, daß man auf das Verdeck keine Passagiere setzen darf«, schrie das kleine Mädchen auf englisch, »nun such' sie zusammen.«

»Alles geht drunter und drüber«, dachte Stjepan Arkadjewitsch, »die Kinder laufen ohne Aufsicht herum.« Er ging zur Tür und rief die Kleinen zu sich. Sie warfen die Schachtel, die einen Eisenbahnzug vorgestellt hatte, fort und eilten zum Vater herein.

Das kleine Mädchen, des Vaters Liebling, lief keck heran, umarmte ihn und hing sich lachend an seinen Hals; wie immer freute es sich über den ihr bekannten Duft des Parfüms, der von seinem Backenbart ausströmte. Zuletzt küßte sie sein von der gebückten Haltung gerötetes und von Zärtlichkeit strahlendes Gesicht, löste dann ihre Hände und wollte zurücklaufen; aber der Vater hielt sie fest.

»Was macht Mama?« fragte er und strich mit der Hand über das glatte, zarte Hälschen seines Töchterchens. – »Guten Morgen«, sagte er dann und lächelte dem ihn begrüßenden Knaben zu.

---

* Abkürzung von Grigorij = Gregor.

Er war sich bewußt, daß er den Knaben weniger liebte und bemühte sich immer, in seinem Betragen gleichmäßig zu sein; aber das Kind fühlte den Unterschied wohl und erwiderte das kalte Lächeln des Vaters nicht.

»Mama? Sie ist aufgestanden«, gab die Kleine zur Antwort.

Stjepan Arkadjewitsch seufzte auf.

»Das heißt, sie hat wieder die ganze Nacht nicht geschlafen«, dachte er.

»Nun, und ist sie lustig?«

Das Kind wußte, daß zwischen Vater und Mutter ein Streit stattgefunden hatte, daß die Mutter daher nicht lustig sein konnte, der Vater dies auch wissen mußte und sich demnach verstellte, als er so leichthin danach fragte. Und sie errötete für den Vater. Er verstand das sofort und wurde gleichfalls rot.

»Ich weiß es nicht«, erwiderte sie, »sie hat uns gesagt, wir sollten heute nicht lernen, sondern mit Miß Goole zu Großmama gehen.«

»Nun geh', mein kleiner Springinsfeld. Ach ja, wart' mal«, sagte er und hielt sie zurück, während er ihr weiches Händchen streichelte. Dann nahm er vom Kamin eine Schachtel mit Konfekt herunter, die er gestern dort hingestellt hatte, und gab ihr zwei davon, wobei er ihre Lieblingsbonbons, Schokolade und Fondant, aussuchte.

»Für Grischa?« sagte das kleine Mädchen und zeigte auf das Schokoladenkonfekt.

»Ja, ja.« – Und noch einmal streichelte er die kleine Schulter, küßte sie auf die Haarwurzeln und den Hals und gab sie dann frei.

»Der Wagen ist vorgefahren«, meldete Matwej. »Und eine Bittstellerin wartet«, fügte er hinzu.

»Schon lange?« fragte Stjepan Arkadjewitsch.

»Ein halbes Stündchen vielleicht.«

»Wie oft habe ich dir schon befohlen, sofort zu melden!«

»Ich muß Ihnen doch wenigstens Zeit lassen, den Kaffee auszutrinken«, erwiderte Matwej in jenem vertraulichbarschen Tone, über den man sich unmöglich ärgern konnte.

»Nun, dann bitte sie recht schnell herein«, sagte Oblonskij und zog verdrießlich die Brauen zusammen.

Die Bittstellerin, eine Frau Stabskapitän Kalinin, hatte ein unmögliches und unvernünftiges Anliegen; aber Stjepan Arkadjewitsch ließ sie seiner Gewohnheit gemäß Platz nehmen, hörte sie aufmerksam ohne Unterbrechung an und gab ihr ausführlichen Rat, an wen sie sich zu wenden habe; er schrieb ihr sogar schnell und fließend in seiner großen, schönen und deutlichen Handschrift einen Brief an die Persönlichkeit, die ihr von Nutzen sein konnte. Nachdem er die Frau Stabskapitän entlassen hatte, nahm er seinen Hut, blieb aber noch stehen und besann sich, ob er nicht etwas vergessen habe. Er konnte aber nichts finden, außer dem, was er eben vergessen wollte – seine Frau.

»Ach ja!« Er ließ den Kopf sinken, und sein hübsches Gesicht nahm einen kummervollen Ausdruck an. »Soll ich zu ihr gehen oder nicht?« fragte er sich. Und eine innere Stimme antwortete ihm: es hat keinen Sinn, zu ihr zu gehen; hier kann doch nur alles Lüge und Verstellung sein; eure gegenseitigen Beziehungen zu verbessern, zu flicken, ist unmöglich, weil es nicht möglich ist, deine Frau wieder anziehend und liebeerweckend zu machen oder dich in einen Greis zu verwandeln, der für die Liebe erstorben ist. – Alles kam doch nur auf Lug und Verstellung hinaus – das aber war ihm in der Seele zuwider.

»Einmal muß es ja doch geschehen; so kann es doch nicht bleiben«, sagte er, bemüht, sich selbst Mut zuzusprechen. Er dehnte die Brust, holte eine Zigarette hervor, rauchte sie an, machte ein paar Züge und warf sie in eine Perlmutterschale, die als Aschenbecher diente; dann durchschritt er schnellen Schrittes den Salon und öffnete die Tür, die zum Schlafgemach seiner Frau führte.

4

Darja Alexandrowna war noch in der Morgenjacke; die Flechten ihres schon dünn gewordenen, einstmals so dichten und schönen Haares waren am Hinterkopf aufgesteckt; das Gesicht war eingefallen und mager und ließ die großen, erschreckten Augen noch stärker hervortreten. Sie stand im Zimmer vor einem geöffneten Schrank, aus dem sie eben etwas heraussuchte; um sie her lagen allerlei Sachen in wirrem Durcheinander. Als sie die Schritte ihres Mannes hörte, hielt sie inne und warf einen Blick nach der Tür, während sie sich vergeblich bemühte, ihren Zügen einen strengen und verächtlichen Ausdruck zu verleihen. Sie fühlte, daß sie Furcht vor ihm hatte und vor der bevorstehenden Unterredung zitterte. Sie hatte eben erst wieder versucht, das auszuführen, was sie nun schon zum zehnten Mal in diesen drei Tagen tun wollte: die Kinder und ihre Sachen zusammenraffen und zu ihrer Mutter ziehen – und wieder einmal konnte sie sich nicht dazu entschließen. Dabei sagte sie sich auch jetzt, ebenso wie früher, daß es so nicht weitergehe, daß sie irgend etwas unternehmen, ihn strafen, beschimpfen, sich an ihm rächen müsse; ja rächen, indem sie ihm auch nur den kleinsten Teil des Schmerzes zufügte, den er ihr bereitete. Sie sagte sich noch immer, daß sie von ihm fort wolle, und fühlte doch, daß es unmöglich sei; und es war darum unmöglich, weil sie sich nicht entwöhnen konnte, ihn als ihren Gatten zu betrachten und zu lieben. Außerdem empfand sie auch, daß, wenn sie hier in ihrem Hause kaum die Zeit fand, für ihre fünf Kinder zu sorgen, es damit noch viel schlechter bestellt sein würde, wenn sie mit ihnen irgendwo anders hinzöge. Der Allerjüngste war in diesen drei Tagen ohnedies schon durch den Genuß von schlechter Bouillon krank geworden, und die übrigen waren gestern fast ohne Mittagbrot geblieben. Sie fühlte, daß die Trennung unmöglich war; aber in ihrer Selbsttäuschung räumte sie dennoch die Sachen zusammen und gab sich den Anschein, als rüste sie sich zur Reise.

Als sie ihren Mann erblickte, versenkte sie die Hände wieder in die Schublade des Wäscheschranks, als ob sie darin etwas suche, und sah sich erst nach ihm um, als er schon ganz dicht an sie herangetreten war. Aber ihre Züge, denen sie einen strengen und entschlossenen Ausdruck verleihen wollte, zeugten nur von Fassungslosigkeit und Schmerz.

»Dolly!« begann er mit leiser, zaghafter Stimme. Dabei zog er den Kopf in die Schultern ein und suchte sich ein klägliches und unterwürfiges Aussehen zu geben, während er doch von Frische und Gesundheit strahlte. Mit einem raschen Blicke maß sie seine lebenstrotzende Gestalt von Kopf bis Fuß. »Ja, er ist glücklich und zufrieden!« dachte sie. »Und ich? ... und diese widerwärtige Gutmütigkeit, wegen der ihn alle so lieben und preisen: ich hasse diese Gutmütigkeit!«

Ihr Mund preßte sich zusammen, und die Wangenmuskeln auf der rechten Seite ihres bleichen, nervösen Gesichts zitterten.

»Was wünschen Sie?« fragte sie hastig in einem ihr fremden Brustton.

»Dolly!« – wiederholte er mit bebender Stimme, »Anna kommt heute an.«

»Was kümmert das mich? Ich kann sie nicht empfangen!« schrie sie auf.

»Aber Dolly, man muß doch ...«

»Gehen Sie, gehen Sie, gehen Sie«, fuhr sie fort, ohne ihn anzusehen, als wäre dieser Aufschrei durch einen physischen Schmerz hervorgerufen.

Stjepan Arkadjewitsch hatte wohl ruhig sein können, so lange er nur an seine Frau dachte; er hatte hoffen können, daß sich alles – nach Matweijs Ausdruck – schon wieder machen würde; er hatte sogar in dieser Hoffnung ruhig seine Zeitung gelesen und seinen Kaffee getrunken; als er aber jetzt ihr abgehärmtes Märtyrergesicht sah und diesen Klang ihrer Stimme hörte – so schicksalsergeben und doch so verzweifelt – da stockte ihm der Atem, es stieg ihm heiß in die Kehle, und in seinen Augen schimmerten Tränen.

»Mein Gott, was hab' ich getan! Dolly! Um Gottes willen! ... Siehst du ...!« – Er konnte nicht fortfahren, Schluchzen erstickte seine Stimme.

Sie schlug die Schranktür zu und blickte ihn an.

»Dolly, was soll ich sagen? Nur das eine, verzeih' ... Denke an die Vergangenheit; können denn neun Jahre nicht eine Minute aufwiegen, eine Minute ...«

Sie hatte die Augen niedergeschlagen und horchte auf in Erwartung dessen, was er sagen würde, ihn gleichsam anflehend, daß er ihr auf irgendeine Weise den Glauben an die traurige Wahrheit nehmen, sie vom Gegenteil überzeugen möchte.

»Einen Augenblick, in dem ich mich vergaß –«, hob er an und wollte weiter sprechen, doch bei diesen Worten preßten sich ihre Lippen wie in körperlichem Schmerz zusammen, und wieder erzitterte der Wangenmuskel auf ihrer rechten Gesichtshälfte.

»Gehen Sie, gehen Sie fort!« schrie sie noch durchdringender. »Und sprechen Sie mir nicht von Ihrem Selbstvergessen und Ihren Abscheulichkeiten!«

Sie wollte hinausgehen, aber sie wankte und griff nach einer Stuhllehne, um sich zu stützen. Sein Gesicht wurde breiter, seine Lippen schwollen, und seine Augen füllten sich mit Tränen.

»Dolly!« sprach er, schon schluchzend, »um Gottes willen, denke an die Kinder, sie sind ja nicht schuld! Ich bin der Schuldige, strafe mich, laß mich mein Vergehen sühnen. Was ich nur vermag, ich bin zu allem bereit! Ich bin schuldig, Worte können es nicht sagen, wie sehr ich meine Schuld fühle! Aber Dolly, vergib!«

Sie hatte sich gesetzt. Er hörte ihr schweres, lautes Atmen, und sie tat ihm unaussprechlich leid. Mehrmals wollte sie zu sprechen beginnen, aber sie vermochte es nicht. Er wartete.

»Du denkst an die Kinder, nur um mit ihnen zu spielen; ich aber denke ernstlich an sie und weiß, daß sie jetzt zugrunde gehen«, sagte sie endlich. Es war offenbar einer der Sätze, die sie sich diese drei Tage hindurch mehr als einmal vorgesprochen hatte. Aber sie hatte zu ihm »du« gesagt, und er blickte sie dankbar an und machte eine Bewegung, um ihre Hand zu ergreifen; allein sie wandte sich mit Abscheu von ihm.

»Ich denke an die Kinder, und darum würde ich alles in der

Welt tun, um sie zu retten; aber ich weiß selber nicht, wie ich sie retten soll: dadurch, daß ich sie vom Vater wegführe oder dadurch, daß ich sie bei dem sittenlosen Vater lasse – ja, dem sittenlosen Vater. – Nun sagen Sie, ist es denn nach allem, was geschehen ist, noch möglich, daß wir zusammen leben? Ist das möglich? Sagen Sie selbst, ist es möglich?« wiederholte sie mit erhobener Stimme. »Nachdem mein Gatte, der Vater meiner Kinder, ein Liebesverhältnis mit der Gouvernante seiner Kinder gehabt ...«

»Aber was soll ich denn tun? Was soll ich tun?« erwiderte er mit kläglicher Stimme, ohne selbst zu wissen, was er sprach, und senkte immer tiefer und tiefer das Haupt.

»Sie sind mir zum Ekel, zum Abscheu geworden!« schrie sie, und geriet auch immer mehr und mehr in Hitze. »Ihre Tränen – sind nichts als Wasser! Sie haben mich nie geliebt; Sie haben weder Herz, noch Edelsinn! Sie sind ein Niederträchtiger, Sie sind mir zum Ekel geworden, Sie sind mir fremd, ja völlig fremd!« – Schmerzvoll und feindselig sprach sie dieses für sie selber so entsetzliche Wort *fremd* aus. Er blickte sie an, und der Haß, der aus ihren Zügen sprach, erschreckte und überraschte ihn. Er begriff es nicht, daß es gerade sein Mitleid mit ihr war, was sie so sehr gegen ihn aufbrachte. Sie sah in ihm nur Mitleid für sich, aber keine Liebe. »Nein, sie haßt mich, sie wird mir nie verzeihen«, dachte er.

»Das ist entsetzlich, entsetzlich«, – sagte er laut.

In diesem Augenblick begann im Nebenzimmer eines der Kleinen zu weinen, das wahrscheinlich hingefallen war. Darja Alexandrowna horchte auf, und ihre Züge wurden plötzlich weicher. Sie schien sich einige Sekunden lang zu besinnen, als ob sie nicht recht wüßte, wo sie sei und was sie tun solle; dann stand sie schnell auf und ging nach der Tür.

»Mein Kind liebt sie also doch«, dachte er, als er bemerkte, wie ihr Gesicht beim Schreien des Kindes einen anderen Ausdruck annahm, »*mein* Kind; wie könnte sie mich dann hassen?«

»Dolly, noch ein Wort«, begann er, ihr nacheilend.

»Wenn Sie mir folgen, so rufe ich die Leute, die Kinder! Mögen alle wissen, daß Sie ein Nichtswürdiger sind! Ich verlasse heute das Haus, und Sie können hier mit ihrer Mätresse leben!« Damit ging sie hinaus und schlug die Tür hinter sich zu.

Stjepan Arkadjewitsch seufzte auf, wischte sich das Gesicht ab und schritt leise dem andern Ausgange zu. »Matwej sagt: es wird sich machen; aber wie? Ich sehe nicht einmal die Möglichkeit dazu. Ach, ach, wie greulich! – Und wie ordinär sie geschrien hat«, sprach er weiter, indem er sich ihren Aufschrei und die Worte ›Nichtswürdiger‹ und ›Mätresse‹ ins Gedächtnis zurückrief. »Vielleicht haben es sogar die Dienstmädchen gehört! Schrecklich trivial, ganz schrecklich.« Stjepan Arkadjewitsch blieb noch einige Sekunden stehen, trocknete sich die Augen, seufzte noch einmal auf, warf sich dann in die Brust und verließ das Zimmer.

Es war ein Freitag, und im Eßzimmer zog gerade der deutsche Uhrmacher die Uhren auf. Stjepan Arkadjewitsch erinnerte sich eines Scherzwortes, das er einmal über diesen pünktlichen, kahlköpfigen Uhrmacher hatte fallen lassen, nämlich: dieser Deutsche sei selbst einmal aufgezogen worden, um Uhren aufzuziehen, und er lächelte.

Er liebte einen guten Witz. »Am Ende wird sich's doch noch machen!« Ein famoser Ausdruck: »›Es macht sich‹ –«, dachte er. »Den muß ich weiter erzählen.«

»Matwej!« rief er. – »Setze also alles mit Marie instand – im Empfangszimmer – für Anna Arkadjewna«, fuhr er fort, als Matwej erschien.

»Sehr wohl!«

Stjepan Arkadjewitsch zog seinen Pelz an und trat auf die Freitreppe hinaus.

»Der Herr wird heute nicht zu Hause speisen?« fragte Matwej, während er ihn begleitete.

»Wie es gerade kommt. Und nimm das hier für die Wirtschaft«, sagte er, indem er zehn Rubel aus der Brieftasche herausnahm. »Wird es reichen?«

»Ob's reicht oder nicht, es heißt eben damit auskommen«, antwortete Matwej, warf die Wagentür zu und trat auf die Freitreppe zurück.

Darja Alexandrowna hatte unterdessen das Kind beruhigt,

und als sie an dem Geräusch des Wagens erkannte, daß ihr Mann fortgefahren war, begab sie sich wieder ins Schlafzimmer. Es war dies ihr einziger Zufluchtsort vor den häuslichen Sorgen, die sie sonst überall umringten. Eben erst, während der kurzen Spanne Zeit, die sie im Kinderzimmer zugebracht, hatten die englische Gouvernante und Matrjona Philimonowna bereits mehrere Fragen an sie gerichtet, deren Beantwortung keinen Aufschub duldete, und die sie allein entscheiden konnte: Was die Kinder zum Spaziergang anziehen sollten? Ob man ihnen Milch geben, ob nach einem andern Koch geschickt werden solle?

»Ach, geht, laßt mich doch nur in Frieden!« versetzte sie, kehrte ins Schlafzimmer zurück und ließ sich auf demselben Platze nieder, auf dem sie mit ihrem Manne gesprochen hatte, sie preßte die abgemagerten Hände mit den Ringen, die ihr von den knochigen Fingern glitten, zusammen und ging in Gedanken die ganze Unterredung, die sie soeben gehabt hatte, noch einmal durch. »Er ist fort! Aber wie hat er sich mit *ihr* abgefunden?« dachte sie. »Wird er sie wirklich noch besuchen? Warum habe ich ihn nicht danach gefragt? Nein, nein, wir können uns nie wieder aussöhnen. Und wenn wir auch in einem Hause bleiben – wir sind einander fremd, für immer fremd!« Wieder und wieder kam dieses für sie so bedeutungsvolle und furchtbare Wort über ihre Lippen. »Und wie habe ich ihn geliebt, guter Gott, wie habe ich ihn geliebt! ...

Habe?! Liebe ich ihn denn nicht noch? Liebe ich ihn nicht vielleicht noch heißer als früher? Das Schrecklichste ist –« Aber sie kam mit ihren Gedanken nicht zu Ende, denn Matrjona Philimonowna erschien in der Tür.

»So befehlen Sie doch, daß nach meinem Bruder geschickt werde«, sagte sie, »er wird das Mittagessen zubereiten; sonst geht's wie gestern, und die Kinder bekommen bis sechs Uhr nichts zu essen.«

»Gut, gut, ich komme gleich und werde alles anordnen. Hat man nach frischer Milch geschickt?«

Und Darja Alexandrowna vertiefte sich in die Sorgen des Tages und vergaß darüber zeitweilig ihren Kummer.

5

Stjepan Arkadjewitsch hatte in der Schule, dank seinen vortrefflichen Fähigkeiten, gut gelernt, war aber faul und mutwillig gewesen und hatte daher als einer der letzten Schüler absolviert; und dennoch bekleidete er trotz seines immer ausschweifenden Lebenswandels, seines geringen Dienstalters und seiner jungen Jahre, den ehrenvollen und gut bezahlten Posten eines Vorsitzenden in einem der Moskauer Regierungsressorts. Diese Stelle hatte er durch den Gemahl seiner Schwester Anna, Alexej Alexandrowitsch Karenin, erhalten, der einen der wichtigsten Posten in dem Ministerium einnahm, dem jenes Ressort unterstellt war; aber hätte auch Karenin nicht seinen Schwager für jene Stelle bestimmt, so würde Stiwa Oblonskij sie durch hundert andere, durch Brüder, Schwestern, Vettern, Basen, Onkel und Tanten erhalten haben; oder eine andere, ähnliche mit ungefähr sechstausend Rubeln Gehalt, die er nötig brauchte, da seine Verhältnisse, trotz des ansehnlichen Vermögens seiner Frau, zerrüttet waren.

Halb Moskau und Petersburg war mit Stjepan Arkadjewitsch verwandt und befreundet. Er gehörte seiner Geburt nach zu jenem Gesellschaftskreise, aus dem die Mächtigen dieser Welt hervorgegangen waren, oder noch hervorgehen sollten. Das eine Drittel dieser Männer der Regierung, die Alten, waren die Freunde seines Vaters gewesen und hatten ihn noch im Tragekleidchen gekannt; das andere Drittel war mit ihm auf »Du und Du«, und der Rest bestand aus guten Bekannten. Folglich waren die Verteiler irdischer Güter, in Gestalt von Beamtenstellen, Verpachtungen, Konzessionen und dergleichen, alle mit ihm befreundet und konnten nicht gut einen der Ihren umgehen; Oblonskij brauchte sich also nicht sonderliche Mühe zu geben, um einen einträglichen Posten zu erhalten; er brauchte nur – nichts auszuschlagen, niemanden zu beneiden, sich mit niemandem zu überwerfen, nicht empfindlich zu sein, was bei der ihm eigenen Gutmütigkeit auch niemals vorkam. Es wäre ihm lächerlich erschienen, wenn man ihm gesagt hätte, daß er irgendeine Stellung mit dem Gehalt, das er beanspruchte, nicht erhalten könne, um so mehr, als er nichts Übermäßiges verlangte; er wollte nur das, was seine Altersgenossen hatten, und ein Amt solcher Art konnte er ebensogut wie jeder andere ausfüllen.

Stjepan Arkadjewitsch war nicht nur bei allen, die ihn kannten, wegen seines gutmütigen, heiteren Wesens und seiner unzweifelhaften Ehrenhaftigkeit beliebt, sondern in seiner ganzen Persönlichkeit, in seinem hübschen, glänzenden Äußern, den blitzenden Augen, den schwarzen Brauen und Haaren, der hellen Hautfarbe und der gesunden Wangenröte seines Gesichts, lag schon etwas, das für ihn einnahm und erfrischend auf alle wirkte, die mit ihm in Berührung kamen.

»Aha! – Stiwa! – Oblonskij! Da ist er ja!« rief fast jeder, der mit ihm zusammentraf mit vergnügtem Lächeln. Und wenn sich bisweilen nach einem Gespräch mit ihm herausstellte, daß er gar nichts besonders Erfreuliches zu sagen gewußt hatte – am folgenden und am dritten Tage freute man sich doch wieder ganz ebenso über eine Begegnung mit ihm.

Seit drei Jahren bekleidete er bereits das Amt des Vorstandes in einem der Moskauer Regierungsressorts und hatte sich während dieser Zeit nicht nur die Liebe, sondern auch die Achtung seiner Amtsgenossen, Untergebenen und Vorgesetzten sowie aller derjenigen zu erwerben gewußt, die mit ihm dienstlich zu tun hatten. Die Haupteigenschaften, denen Stjepan Arkadjewitsch diese allgemeine Achtung im Dienst zu verdanken hatte, bestanden erstens in seiner außerordentlichen Leutseligkeit, die in ihm durch das Bewußtsein der eigenen Mängel begründet war; zweitens in seinem immer bewährten Liberalismus – nicht eines solchen, wie er ihn aus den Zeitungen herauslas, sondern eines, der ihm im Blute lag – vermöge dessen er alle Menschen in durchaus gleicher Weise behandelte, welch' Ranges und Standes sie auch waren; drittens aber – und wohl hauptsächlich – in seiner völligen Gleichgültigkeit gegen die Angelegenheiten, mit denen er sich zu beschäftigen hatte, so daß er niemals im Übereifer über das Ziel hinausschoß und Mißgriffen nicht ausgesetzt war.

Als er heute an den Ort seiner Diensttätigkeit gelangt war,

ging er, von dem ehrerbietigen Schweizer mit der Aktenmappe begleitet, in sein kleines Amtszimmer, zog die Uniform an und trat in den Sitzungssaal. Die Schreiber und Beamten erhoben sich sämtlich mit freudigem und ehrfurchtsvollem Gruße. Stjepan Arkadjewitsch ging wie immer eilig auf seinen Platz, drückte den versammelten Kollegen die Hand und setzte sich. Er scherzte und plauderte, aber nicht länger, als dies angemessen war, und wandte sich dann der Erledigung der laufenden Geschäfte zu. Niemand verstand es besser als er, jene Grenzlinie der Freiheit, der Einfachheit und des dienstlichen Tones einzuhalten, die für eine ersprießliche amtliche Tätigkeit erforderlich ist. Der Sekretär trat mit derselben Heiterkeit und Ehrerbietung, durch die sich alle in Oblonskijs Sitzungssaal auszeichneten, mit Schriftstücken zu ihm heran und begann in dem vertraulich-freien Tone, den Stjepan Arkadjewitsch eingeführt hatte, mit ihm zu sprechen:

»Wir haben endlich von der Pensaschen Gouvernements-Regierung Nachricht erhalten. Hier, wenn es gefällig ist ...«

»Endlich also?« entgegnete Stjepan Arkadjewitsch, den Finger zwischen die Aktenblätter legend. »Nun, meine Herren ....« Und die Sitzung nahm ihren Anfang.

»Wenn die wüßten«, dachte er, während er mit wichtiger Miene den Kopf beim Anhören des Berichts neigte, »was für ein schuldbewußter Schulbube noch vor einer halben Stunde ihr Vorstand war!« – Und seine Augen lachten, indes die Verlesung des Berichts ihren Fortgang nahm. Bis zwei Uhr mußte die Arbeit ohne Unterbrechung fortgeführt werden; dann war eine Frühstückspause.

Es hatte noch nicht zwei Uhr geschlagen, als die großen Glastüren des Sitzungssaals sich plötzlich öffneten und jemand hereinkam. Alle Anwesenden blickten, froh über die Unterbrechung, von ihren Plätzen an der mit dem Zarenbild geschmückten Wand über den Serzálo* hinweg nach der Tür

---

* Serzálo ist ein unter einer Glasglocke befindliches Metallprisma mit dem am oberen Ende angebrachten Reichswappen und drei auf den drei Prismenflächen reproduzierten Ukasen Peters des Großen. Dieses Emblem ist in allen kaiserlichen Regierungsressorts in Rußland aufgestellt.

hin; aber der Türsteher wies den Eindringling sogleich hinaus und schloß die Glastüren wieder hinter ihm.

Als die Akten verlesen waren, stand Stjepan Arkadjewitsch auf, reckte sich ein wenig und ging dann in sein Privatzimmer, wobei er, dem liberalen Zug der Zeit seinen Tribut darbringend, eine Zigarette anrauchte. Zwei seiner Kollegen, der alte im Staatsdienst ergraute Nikitin und der Kammerjunker Grinjewitsch, begleiteten ihn.

»Nach dem Frühstück haben wir noch Zeit, die Sache zu Ende zu führen!« sagte Stjepan Arkadjewitsch.

»Das will ich meinen«, versetzte Nikitin.

»Dieser Fomin muß aber ein tüchtiger Spitzbube sein«, äußerte Grinjewitsch über eine der Personen, die in der soeben verhandelten Sache vorgekommen waren.

Stjepan Arkadjewitsch runzelte bei den Worten Grinjewitschs leicht die Brauen, indem er damit zu verstehen gab, daß es nicht angemessen sei, vorzeitig ein Urteil zu fällen, und antwortete nicht auf die Bemerkung.

»Wer ist denn vorhin hereingekommen?« fragte er den Türhüter.

»Irgend jemand, Euer Exzellenz, ist ohne Anfrage hineingeschlüpft, als ich gerade den Rücken wandte. Er hat nach Ihnen gefragt. Ich sagte: wenn die Herren herauskommen, dann …«

»Wo ist er?«

»Er muß eben erst in die Vorhalle gegangen sein, bis jetzt ist er hier auf und ab gegangen. Da ist er ja«, sagte der Wächter und wies auf einen kräftig gebauten, breitschulterigen Mann mit krausem Bart, der, ohne seine Schaffellmütze abzunehmen, schnell und leicht die abgetretenen Stufen der Steintreppe herauflief. Ein hagerer Beamter, der gerade mit der Aktenmappe unter dem Arm hinunterging, blieb einen Augenblick stehen, schaute mißbilligend auf die Füße des Heraufsteigenden und blickte sich dann fragend nach Oblonskij um. Dieser stand über die Treppe gelehnt, und sein gutherzig leuchtendes Gesicht strahlte förmlich aus dem gestickten Uniformkragen hervor, als er den Hinaufeilenden erkannte.

»Er ist es! Ljewin*, endlich!« rief er mit freundschaftlichem, leicht spöttischem Lächeln, während er den Ankömmling betrachtete. »Wie hast du es nur über dich gebracht, mich in dieser Höhle aufzusuchen?« fügte er hinzu und begnügte sich nicht mit einem Händedruck, sondern küßte den Freund. »Bist du schon lange hier?«

»Ich bin eben erst angekommen und wollte dich gern sehen«, antwortete Ljewin, während er schüchtern und zugleich verdrießlich und unruhig um sich blickte.

»Komm, wir wollen in mein Privatzimmer«, sagte Stjepan Arkadjewitsch, der die ehrgeizige und reizbare Schüchternheit seines Freundes kannte, ergriff ihn bei der Hand und zog ihn hinter sich her, als ob er ihn durch irgendwelche Gefahren sicher geleiten wolle.

Stjepan Arkadjewitsch war mit fast all seinen Bekannten auf »Du«: mit bejahrten Männern von sechzig und jungen von zwanzig Jahren, mit Schauspielern und Ministern, mit Kaufleuten und General-Adjutanten, so daß sehr viele von denen, die mit ihm auf dem Duzfuße standen, sich an den beiden Endpunkten der gesellschaftlichen Stufenleiter befanden und sehr erstaunt gewesen wären, wenn ihnen jemand gesagt hätte, daß sie durch ihre Bekanntschaft mit Oblonskij einen gemeinsamen Berührungspunkt hätten. Er war mit allen auf »Du«, mit denen er Champagner getrunken hatte, und Champagner trank er mit jedem. Wenn er dann in Gegenwart seiner Untergebenen mit seinen *beschämenden* »Dus«, wie er viele seiner Freunde scherzhaft nannte, zusammentraf, so verstand er es mit dem ihm eigenen Takte, das Unangenehme dieses Eindrucks für jene zu mildern. Ljewin war keines seiner beschämenden »Dus«; aber Oblonskij las mit dem ihm eigenen Feingefühl in des andern Seele den Verdacht, daß es ihm, Oblonskij, vielleicht unerwünscht sein könnte, vor seinen Untergebenen seine nahen Beziehungen zu Ljewin zu zeigen, und darum beeilte er sich, den Freund in sein Privatzimmer zu führen.

Ljewin stand fast im gleichen Alter mit Oblonskij und war

* Sprich Ljéwin, mit Betonung der ersten Silbe.

mit ihm nicht nur auf Grund von gemeinsam genossenem Champagner auf dem Duzfuß. Er war vielmehr der Gefährte seiner ersten Jugend gewesen, und beide liebten einander trotz der Verschiedenheit der Charaktere und Neigungen, wie es eben Freunde tun, die sich in früher Jugend zusammengefunden haben. Doch – wie das häufig bei Menschen vorkommt, die verschiedene Arten von Tätigkeit ergriffen haben, mißachtete dabei jeder von ihnen im stillen die Beschäftigung des andern, wenn er sie auch bei vernünftiger Überlegung rechtfertigen mußte.

Jedem wollte es scheinen, als ob das Leben, das er selber führte, das einzig wahre Leben sei, während der Freund nur ein Scheindasein führe. Oblonskij vermochte bei Ljewins Anblick kaum ein spöttisches Lächeln zu unterdrücken. Zum wievielten Male sah er ihn nun nach Moskau von seinem Gut kommen, wo er mit Gott weiß was beschäftigt war; worin diese Beschäftigung eigentlich bestand, das konnte Stjepan Arkadjewitsch niemals so recht begreifen, und es interessierte ihn auch nicht weiter. Ljewin war bei seinen Besuchen in der Stadt immer aufgeregt, eilfertig, ein wenig befangen, was ihn in seinem Wesen noch unruhiger erscheinen ließ; auch brachte er meistenteils eine völlig neue, unberechenbare Ansicht über alle Dinge mit, eine Eigenheit, über die Stjepan Arkadjewitsch sich zwar lustig zu machen pflegte, während er doch im Grunde genommen daran Gefallen fand. Ganz ebenso verachtete Ljewin in seinem Herzen die großstädtische Lebensweise seines Freundes und seine Amtstätigkeit, die er für eine Narretei hielt, und spottete darüber. Aber während Oblonskij nur tat, was alle taten, und voll Selbstvertrauen gutmütig spottete, geschah es bei Ljewin ohne rechtes Selbstvertrauen und bisweilen in gereiztem Tone.

»Wir haben dich schon lange erwartet«, sagte Stjepan Arkadjewitsch, als er in sein Zimmer getreten war und nun Ljewins Hand losließ, als ob er damit zeigen wolle, daß hier alle Bedenken ein Ende hätten. »Ich bin sehr, sehr erfreut, dich zu sehen«, fuhr er fort. »Nun, was machst du? Wie geht's? Wann bist du angekommen?«

Ljewin schwieg und sah auf die beiden ihm unbekannten

Kollegen Oblonskijs, ganz besonders aber auf die Hand des stutzerhaften Grinjewitsch, mit ihren langen, weißen Fingern, den langen, gelblichen, am Ende gebogenen Nägeln und den ungeheuren blitzenden Manschettenknöpfen. Diese Hände zogen augenscheinlich seine ganze Aufmerksamkeit auf sich und ließen ihm keinen freien Gedanken mehr. Oblonskij bemerkte es sogleich und lächelte.

»Ach ja, erlauben die Herren, daß ich Sie miteinander bekannt mache«, sagte er. »Meine Kollegen: Philipp Iwanowitsch Nikitin, Michael Stanislawitsch Grinjewitsch.« Dann sich zu Ljewin wendend: »Konstantin Dmitrijewitsch Ljewin, ein Bruder von Sergej* Iwanowitsch Kosnyschew, eine wichtige Persönlichkeit bei den Landständen, Pfadfinder auf dem Gebiete der Landwirtschaft, Gymnastiker, der mit einer Hand fünf Pud** aufhebt, Viehzüchter, Jäger und mein Freund!«

»Sehr angenehm«, sagte der alte Beamte.

»Ich habe die Ehre, Ihren Herrn Bruder Sergej Iwanowitsch zu kennen«, versetzte Grinjewitsch und reichte ihm seine feine Hand mit den langen Nägeln. Ljewins Gesicht verfinsterte sich, er drückte kühl die ihm dargebotene Hand und wandte sich gleich darauf an Oblonskij. Obwohl er große Verehrung für seinen Halbbruder von mütterlicher Seite, einen in ganz Rußland bekannten Schriftsteller, hegte, konnte er es doch nicht leiden, wenn man sich an ihn nicht als Konstantin Lejwin wandte, sondern als den Bruder des berühmten Kosnyschew.

»Nein – ich bin nicht mehr bei den Landständen. Ich habe mich mit allen überworfen und nehme nicht mehr an den Versammlungen teil«, sagte er zu Oblonskij gewendet.

»Ei, das ist aber schnell gegangen!« entgegnete dieser lachend. »Aber warum? Wieso?«

»Das ist eine lange Geschichte. Ich erzähle sie dir ein andermal«, erwiderte Ljewin, begann aber gleich darauf zu berichten.

---

* = Sergius; spr. Sergéj mit Betonung der zweiten Silbe.
** 1 Pud = 40 Pfund.

»Nun, um es kurz zu sagen, ich habe die Überzeugung gewonnen, daß es eine ernsthafte Tätigkeit bei den Landständen nicht gibt und nicht geben kann«, begann er in einem Tone, als ob ihn eben jemand beleidigt hätte. »Einerseits ist es eine Spielerei, man spielt Parlament; ich bin aber nicht mehr jung genug und noch nicht alt genug, um an Spielereien Gefallen zu finden; und andererseits (hier begann er zu stottern) andererseits ist das – ein Mittel für die Bezirks-Koterie, um sich einen Nebenverdienst zu verschaffen. Früher gab es ein Vormundschaftsgericht, ein Verwaltungsgericht; jetzt aber gibt es die Landstände, die, wenn auch nicht in der Form von Bestechung, so doch durch ein unverdientes Gehalt – –« Er sprach so hitzig, als ob einer der Anwesenden seine Meinung bestritten hätte.

»Ei, ei! Da bist du ja, wie ich sehe, wieder in einer neuen Phase, in der konservativen«, bemerkte Stjepan Arkadjewitsch. »Aber davon später.«

»Ja, später. Ich habe übrigens notwendig mit dir zu sprechen«, sagte Ljewin und blickte mit Widerwillen auf Grinjewitschs Hände. Stjepan Arkadjewitsch lächelte kaum merklich.

»Hattest du dich nicht verschworen, niemals wieder westeuropäische Kleidung anzulegen?« fragte er, während er Ljewins neuen, augenscheinlich von einem französischen Schneider gefertigten Anzug musterte. »So, so – du bist also wieder in einer neuen Phase.«

Ljewin errötete plötzlich, aber nicht, wie erwachsene Menschen, nur leicht und ohne es selbst zu bemerken, sondern wie Knaben erröten, die da fühlen, daß sie sich durch ihre Schüchternheit lächerlich machen, und infolgedessen sich noch mehr schämen und immer stärker, fast bis zu Tränen, rot werden. Und so wunderlich war es, dies kluge, männliche Gesicht in solch' kindischem Zustand zu sehen, daß Oblonskij seinen Blick von ihm abwandte.

»Wo wollen wir uns also treffen? Weißt du, ich habe sehr, sehr dringend mit dir zu sprechen«, sagte Ljewin.

Oblonskij schien nachzudenken.

»Weißt du was: wir wollen zu Gurin und dort frühstücken,

dabei können wir nach Herzenslust plaudern. Bis drei Uhr bin ich frei.«

»Das geht nicht«, sagte nach kurzem Nachdenken Ljewin, »ich muß erst noch woanders hin fahren.«

»Na gut, dann wollen wir zusammen zu Mittag essen.«

»Zu Mittag essen? Eigentlich ist es nichts Besonderes, ich möchte dir nur zwei Worte sagen, dich etwas fragen, nachher können wir uns gemütlich unterhalten.«

»So sage deine zwei Worte doch gleich, dann können wir beim Mittagessen plaudern.«

»Die zwei Worte sind –«, begann Ljewin, »übrigens, nichts von Bedeutung.« Sein Gesicht nahm plötzlich einen geärgerten Ausdruck an, der aus seiner Anstrengung, seine Befangenheit zu bemeistern, hervorging.

»Was machen die Schtscherbazkijs? Alles noch beim alten?« fragte er dann.

Stjepan Arkadjewitsch wußte schon lange, daß Ljewin in seine Schwägerin Kitty verliebt war; er lächelte leicht, und in seinen Augen blitzte es lustig auf.

»Damit hättest du also deine zwei Worte gesagt; ich aber kann dir in zwei Worten nicht antworten, weil … Entschuldige mich einen Moment …«

Sein Sekretär trat ein; mit vertraulicher Ehrerbietung und einem gewissen, allen Sekretären innewohnenden, bescheidenen Bewußtsein der eigenen Überlegenheit über den Vorgesetzten in der Kenntnis der Akten, ging er mit Schriftstücken auf Oblonskij zu und begann in der verkappten Form einer Frage irgendeine Schwierigkeit auseinanderzusetzen. Stjepan Arkadjewitsch ließ ihn nicht ausreden und legte freundlich eine Hand auf seinen Arm.

»Nein, das machen Sie schon so, wie ich gesagt habe«, versetzte er und milderte mit einem Lächeln die Bemerkung; er erklärte kurz, wie er die Sache auffaßte, schob die Papiere zurück und sagte: »Und so machen Sie es, bitte so, Zacharias Nikititsch.«

Der Sekretär entfernte sich verlegen. Ljewin war unterdessen seiner Verwirrung völlig Herr geworden; er stand da, mit beiden Händen auf den Stuhl gestützt, und in seinen Zügen war eine spöttische Aufmerksamkeit zu bemerken.

»Ich begreif's nicht, begreif's nicht!« sagte er.

»Was begreifst du nicht?« versetzte Oblonskij gleichfalls heiter lächelnd und holte sich eine Zigarette heraus. Er machte sich auf irgendeinen von Ljewins wunderlichen Ausfällen gefaßt.

»Ich begreife nicht, was ihr da tut«, antwortete Ljewin achselzuckend. »Wie kannst du mit vollem Ernst bei solch einer Arbeit sein?«

»Warum denn nicht?«

»Ja, darum, weil – das doch nichts tun heißt.«

»So denkst du wohl, wir aber sind mit Arbeit überhäuft.«

»Papierne Arbeit. Nun ja, du bist dazu veranlagt«, fügte Ljewin hinzu.

»Das heißt, du bist der Ansicht, daß bei mir ein gewisses Manko vorhanden ist?«

»Vielleicht auch das«, gab Ljewin zurück. »Trotz alledem freue ich mich deiner Größe und bin stolz darauf, einen so bedeutenden Mann meinen Freund zu nennen. Übrigens hast du auf meine Frage noch nicht geantwortet –«, fügte er hinzu und sah mit verzweifelter Anstrengung Oblonskij gerade in die Augen.

»Nun gut, gut. Warte nur, du kommst auch noch dahin. Du hast gut reden mit deinen dreitausend Deßjätinen* Grund und Boden im Karasinschen Kreise, und noch dazu bei solchen Muskeln und einer Frische wie ein zwölfjähriges Mägdelein – aber auch du wirst noch dahin kommen, wo wir sind. Übrigens, um deine Frage zu beantworten, dort ist alles noch beim alten, aber es ist schade, daß du so lange nicht hier warst.«

»Wieso?« fragte Ljewin erschreckt.

»Es ist nichts Besonderes –«, erwiderte Oblonskij. »Wir sprechen noch darüber. Was ist der eigentliche Zweck deiner Herreise?«

»Ach, darüber können wir ja auch später sprechen«, sagte Ljewin und errötete wieder bis über die Ohren.

---

* 1 Deßjätine = 1,09 Hektar.

»Nun gut. Selbstverständlich –«, versetzte Stjepan Arkadjewitsch. »Siehst du, ich würde dich bitten, zu mir zu kommen, aber meine Frau ist nicht ganz wohl. Übrigens in bezug auf das andere: wenn du sie sehen möchtest, sie sind heute ganz gewiß von vier bis fünf Uhr im Zoologischen Garten. Kitty läuft Schlittschuh. Fahre dort hin, ich hole dich ab, und wir essen dann zusammen irgendwo zu Mittag.«

»Schön, auf Wiedersehen also.«

»Aber nimm dich in acht, ich kenne dich – am Ende vergißt du es oder fährst plötzlich aufs Land zurück«, rief Stjepan Arkadjewitsch lachend aus.

»Diesmal nicht, du kannst ganz ruhig sein!« Damit ging Ljewin fort und besann sich erst, als er schon in der Türe stand, daß er ganz vergessen hatte, sich von Oblonskijs Kollegen zu verabschieden.

»Das muß ein sehr energischer Herr sein«, bemerkte Grinjewitsch, als Ljewin hinausgegangen war.

»Ja, mein Bester«, sagte Stjepan Arkadjewitsch kopfschüttelnd, »und dazu ein Glückskind! Dreitausend Deßjätinen im Karasinschen Kreise, alles noch vor sich, und diese Frische! Nicht wie unsereiner!«

»Was? Sie beklagen sich auch, Stjepan Arkadjewitsch?«

»Ja, manches könnte bedeutend besser sein«, erwiderte dieser und seufzte schwer auf.

6

Ljewin war errötet, als Oblonskij ihn nach dem eigentlichen Zweck seiner Herreise gefragt hatte, und ärgerte sich nun darüber, daß er rot geworden war, weil er es nicht über sich gebracht hatte, ihm offen zu bekennen: »Ich bin nur deshalb gekommen, um deiner Schwägerin einen Heiratsantrag zu machen!«

Die Häuser Ljewin und Schtscherbazkij waren von altem Moskauer Adel und hatten immer in nahen und freundschaftlichen Beziehungen zueinander gestanden. Dieses Band hatte sich während Ljewins Studienzeit noch mehr befestigt. Er hatte sich zusammen mit dem jungen Fürsten Schtscherbazkij, dem Bruder von Dolly und Kitty, für die Universität vorbereitet und war zugleich mit ihm Student geworden.

Zu jener Zeit war Ljewin ein häufiger Gast bei Schtscherbazkijs und hatte sich in das ganze Haus verliebt. Aber wie sonderbar es auch erscheinen mag, Konstantin Ljewin war geradezu in das Haus verliebt, in die Familie und insbesondere in deren weibliche Hälfte. Er selber hatte keine Erinnerungen an seine Mutter, und seine einzige Schwester war älter als er, so daß er zum ersten Male bei Schtscherbazkijs gerade die Gesellschaft einer altadligen, gebildeten und ehrenhaften Familie genoß, ein Vorzug, der ihm infolge des frühen Todes von Vater und Mutter versagt gewesen war. Alle Glieder dieser Familie und insbesondere der weibliche Teil erschienen ihm wie von einem geheimnisvollen poetischen Schleier umwoben, und er bemerkte an ihnen nicht nur keine Mängel, sondern vermutete unter dieser geheimnisvollen poetischen Hülle die erhabensten Gefühle und alle möglichen Vollkommenheiten. Weshalb diese drei jungen Damen einen um den andern Tag französisch und englisch sprechen mußten, weshalb sie zu bestimmten Stunden abwechselnd Klavier spielten, was man oben im Zimmer ihres Bruders, wo sich die beiden Studenten beschäftigten, hören konnte, weshalb alle diese Lehrer ins Haus kamen, ein Lehrer der französischen Literatur, ein Musik-, ein Zeichen- und ein Tanzlehrer, warum zu gewissen Stunden die drei jungen Damen mit Mademoiselle Linon im Wagen den Twerskoj-Boulevard entlang fuhren – und zwar Dolly in einem langen, Natalie in einem halblangen und Kitty in einem ganz kurzen Atlaspelzchen, so daß ihre wohlgestalteten Beinchen in den straffen, roten Strümpfen allen sichtbar waren –, warum sie in Begleitung eines Dieners mit goldener Kokarde am Hut auf dem Twerskoj-Boulevard spazieren gingen: alles dies und noch vieles andere, was in ihrer rätselhaften Welt vorging, verstand Ljewin nicht; aber er wußte, das alles, was hier geschah, vortrefflich sein mußte, und gerade dieses für ihn so Geheimnisvolle der täglichen Vorgänge zog ihn an.

Während seiner Studienzeit hätte er sich beinah in Dolly, die Älteste, verliebt, doch sie wurde bald mit Oblonskij vermählt. Darauf begann er der zweiten Schwester seine Neigung zuzuwenden. Es war, als fühlte er, daß er sich in eine der drei Schwestern verlieben müsse; nur konnte er nicht herausfinden, welche es eigentlich sei. Aber auch Natalie war kaum in die große Welt eingeführt worden, als sie sich auch schon mit dem Diplomaten Ljwow verheiratete. Kitty dagegen war noch ein Kind, als Ljewin die Universität verließ. Der junge Schtscherbazkij, der zur Marine gegangen war, ertrank dann während einer Fahrt auf der Ostsee, und der Verkehr Ljewins mit Schtscherbazkijs gestaltete sich, trotz seiner Freundschaft für Oblonskij, in der Folge weniger lebhaft. Als aber Ljewin nach einjährigem Aufenthalt auf seinem Gute zu Anfang dieses Winters nach Moskau gekommen war und Schtscherbazkijs besucht hatte, da wurde ihm klar, in welche der drei Töchter ihm vom Geschick bestimmt war, sich zu verlieben.

Anscheinend wäre nun nichts einfacher gewesen, als daß er, ein Mann von guter Abkunft, eher reich als arm zu nennen und zweiunddreißig Jahre alt, um die Hand der Prinzeß Schtscherbazkij angehalten hätte; aller Wahrscheinlichkeit nach wäre er sofort als gute Partie anerkannt worden. Aber Ljewin war verliebt, und darum schien ihm Kitty ein in jeder Beziehung so vollkommenes, über alles Irdische erhabenes Geschöpf zu sein, er dagegen kam sich als ein solch' niedriges Erdenkind vor, daß er den Gedanken nicht zu fassen wagte, andere und sie selber könnten ihn ihrer würdig finden.

Nachdem er in Moskau zwei Monate wie im Traum verbracht und während dieser Zeit Kitty fast jeden Tag in Gesellschaften gesehen hatte, die er nur aufsuchte, um ihr zu begegnen, kam er zu der plötzlichen Entscheidung, daß aus der Sache nie etwas werden könne und kehrte auf sein Gut zurück.

Ljewins Überzeugung davon, »daß aus der Sache nie etwas werden könne«, gründete sich darauf, daß er in den Augen der Eltern eine unvorteilhafte, der entzückenden Kitty nicht würdige Partie sein müsse, und daß Kitty selber ihn nicht lieben könne.

In den Augen der Verwandten mußte er als ein Mann ohne irgendwelche hergebrachte, bestimmte Tätigkeit und Stellung in der Gesellschaft erscheinen, während von seinen Altersgenossen jetzt, wo er zweiunddreißig Jahre zählte, schon der eine Oberst, der andere Professor, ein dritter Direktor oder Vorstand eines Regierungsressorts, wie Oblonskij, waren. Er dagegen (er wußte sehr wohl, wie er anderen Leuten erscheinen mußte) war nichts als ein Gutsbesitzer, der mit der Züchtung von Kühen, mit der Jagd auf Waldschnepfen und mit Bauanlagen seine Zeit ausfüllte, alles in allem ein unfähiger Bursche, aus dem nichts Rechtes geworden war und der nach den Begriffen der Gesellschaft tat, was sonst nur Leute tun, die zu nichts anderm taugen.

Die geheimnisvolle, entzückende Kitty selbst aber konnte einen so unschönen Mann, für den er sich selber hielt, und namentlich einen so einfachen, durch nichts hervorragenden Menschen gewiß nicht lieben. Außerdem sah er in seinen früheren Beziehungen zu Kitty – den Beziehungen eines Erwachsenen zu einem Kinde, die nur aus seinem Freundschaftsverhältnis zu ihrem Bruder hervorgegangen waren – ein neues Liebeshindernis. Den unschönen, guten Burschen, für den er sich hielt, konnte man, seiner Meinung nach, wohl als Freund lieben; um aber mit einer solchen Liebe, wie er sie selber für Kitty hegte, wieder geliebt zu werden, dazu mußte man ein schöner und vor allem ein bedeutender Mann sein.

Er hatte zwar schon davon gehört, daß Frauen oftmals auch weniger hübschen und einfachen Männern ihr Herz zugewandt, aber er glaubte nicht daran, weil er nach sich selbst urteilte, und er selber nur schöne, vom Reiz des Geheimnisses umwobene, eigenartige Frauen lieben konnte.

Allein zwei Monate der Einsamkeit auf dem Lande hatten genügt, um ihn davon zu überzeugen, daß es sich in diesem Falle nicht um eine Wiederholung jenes Verliebtseins handelte, wie er es wohl in seiner ersten Jugend empfunden hatte. Dieses Gefühl ließ ihm keinen Augenblick Ruhe; er konnte nicht leben, ohne die Frage entschieden zu sehen: ob *sie* sein

Weib werden wolle oder nicht – ob nicht seine Verzweiflung nur seiner eigenen Einbildungskraft entsprungen sei, da er ja keine Beweise dafür hatte, daß er einen Korb bekommen würde. So war er diesmal mit dem festen Entschluß nach Moskau gereist, um Kittys Hand anzuhalten und sie zu heiraten, wenn sie ihm ihr Jawort geben würde.

Oder .... er mochte gar nicht daran denken, was mit ihm werden sollte, wenn er eine abschlägige Antwort erhielte.

7

Ljewin war mit dem Frühzuge in Moskau angekommen und bei Kosnyschew, seinem ältesten Bruder mütterlicherseits, abgestiegen. Nachdem er sich umgekleidet hatte, ging er in dessen Arbeitszimmer, mit der Absicht, ihm sogleich die Gründe seiner Herreise mitzuteilen und ihn um Rat zu bitten; aber der Bruder war nicht allein. Er befand sich in Gesellschaft eines berühmten Professors der Philosophie, der eigens deshalb aus Charkow hergereist war, um ein Mißverständnis aufzuklären, das zwischen ihnen in einer höchst wichtigen philosophischen Frage aufgetaucht war. Der Professor führte nämlich eine heftige Polemik gegen die Materialisten; Sergej Kosnyschew aber, der diesen Streit mit Interesse verfolgte, hatte ihm, nachdem er den letzten Artikel des Professors gelesen, eine briefliche Entgegnung geschrieben, in der er dem Gelehrten den Vorwurf allzu großer Nachgiebigkeit den Materialisten gegenüber machte. Daraufhin war der Professor schnurstracks zu ihm gereist, um sich mit ihm auszusprechen. Es handelte sich um ein modernes Thema, nämlich um die Frage: gibt es eine Grenze zwischen den physischen und den physiologischen Erscheinungen in der Lebenstätigkeit des Menschen, und wo liegt diese Grenze?

Sergej Iwanowitsch begrüßte den Bruder mit jenem freundlich-kalten Lächeln, das er für alle hatte, machte ihn mit dem Professor bekannt und fuhr dann ohne weiteres in der Unterhaltung fort.

Der kleine Mann mit der schmalen Stirn und einer Brille auf der Nase ließ sich auf einen Augenblick vom Gespräch ablenken, um den notwendigen Gruß mit ihm auszutauschen, und fuhr dann in seiner Rede fort, ohne Ljewin irgendwelche Beachtung zu schenken. Dieser setzte sich, in der Erwartung des baldigen Aufbruchs des Professors; allmählich aber begann ihn der Gesprächsgegenstand anzuziehen.

Ljewin war bisweilen in Zeitschriften auf Aufsätze gestoßen, welche die hier in Rede stehende Frage behandelten, und hatte sie gelesen, weil sie für ihn, der Naturwissenschaften studiert hatte, als eine Entwicklung der ihm von der Universität her bekannten Grundlagen der Naturforschung von Interesse waren; aber niemals hatte er diese wissenschaftlichen Lehren von der tierischen Abstammung des Menschen, von den Reflexen, von der Biologie und Soziologie mit der Frage in Zusammenhang gebracht, welche Bedeutung Leben und Tod für ihn selber hätten, einer Frage, die er sich in der letzten Zeit öfter und öfter vorgelegt hatte. Während er der Diskussion seines Bruders mit dem Professor zuhörte, bemerkte er, daß sie rein wissenschaftliche Fragen mit denen des tiefsten Gefühlslebens in Verbindung brachten, auch mehrmals ganz nahe an diese Frage herankamen; aber jedesmal, wenn sie sich dem genähert hatten, was ihm als das Wesentliche erschien, entfernten sie sich eilig wieder davon, um sich abermals in das Gebiet der feinen Unterscheidungen, Klauseln, Zitate, Anspielungen und Hinweise auf Autoritäten zu versenken, so daß er nur mit Mühe begreifen konnte, wovon eigentlich die Rede war.

»Ich kann nicht zugeben«, sagte Sergej Iwanowitsch mit der ihm eigenen Klarheit und Deutlichkeit des Ausdrucks und Schönheit der Diktion, »ich kann auf keinen Fall mit Keiß darin übereinstimmen, daß alle meine Vorstellungen von der Außenwelt aus Eindrücken entspringen sollen. Gerade der Grundbegriff des Seins ist mir nicht durch die Empfindung zu teil geworden; also besitze ich auch kein spezielles Organ für Übermittelung dieses Begriffs.«

»Ja, aber die andern, Wurst und Knaust und Pripassow, antworten Ihnen darauf, daß Ihre Erkenntnis des Daseins aus der Vereinigung aller Empfindungen hervorgeht, daß diese Erkenntnis des Daseins nur das Resultat der Empfindungen ist. Wurst sagt sogar geradezu: sobald die Empfindung aufhört, hört auch jedes Lebensbewußtsein auf.«

»Ich sage im Gegenteil –«, begann Sergej Iwanowitsch ...

Hier aber schien es Ljewin wieder, daß sie, bei der Hauptsache angelangt, wieder abschweifen würden, und er entschloß sich, dem Professor eine Frage vorzulegen.

»Das will also sagen, daß, wenn meine Sinne vernichtet sind, wenn mein Körper stirbt, dann auch keine Existenz mehr möglich ist?« fragte er.

Der Professor blickte mit Ärger, ja wie mit geistigem Schmerz über die Unterbrechung, auf den sonderbaren Frager, der mehr einem Schiffsknecht als einem Philosophen zu gleichen schien, und wandte dann seine Augen Sergej Iwanowitsch zu, als ob er fragen wollte: was soll man dazu sagen? Allein der letztere, der bei weitem nicht mit solchem Kraftaufwand und solcher Einseitigkeit sprach wie der Professor, und dem der Kopf noch frei genug geblieben war, um sowohl diesem zu entgegnen, als auch den einfachen und natürlichen Gesichtspunkt zu verstehen, von dem aus jene Frage erfolgt war, – Sergej Iwanowitsch lächelte und sagte:

»Diese Frage haben wir noch nicht das Recht, zu entscheiden ...«

»Wir besitzen keine Ausgangspunkte«, bestätigte der Professor und fuhr dann in seiner Beweisführung fort. »Nein«, sprach er, »ich weise darauf hin: wenn, wie Pripassow geradezu sagt, der Empfindung der Eindruck zu Grunde liegt, dann haben wir diese zwei Begriffe streng voneinander zu scheiden.«

Ljewin hörte von nun an nicht länger zu, er wartete ruhig ab, daß der Professor fortgehen würde.

8

Als der Professor sich endlich entfernt hatte, wandte sich Sergej Iwanowitsch zu seinem Bruder.

»Ich freue mich sehr, daß du gekommen bist. Ist's auf lange? Was macht die Wirtschaft?«

Ljewin wußte, daß die Wirtschaft seinen älteren Bruder wenig interessierte, daß er ihm mit der Frage danach nur ein Zugeständnis machte, und deshalb beschränkte er sich in seiner Antwort nur auf einige Worte über Weizenverkauf und Geldangelegenheiten.

Er hatte mit dem Bruder von seinen Heiratsabsichten reden und ihn um Rat bitten wollen; er war dazu sogar fest entschlossen gewesen. Als er sich jedoch bei ihm befand und sein Gespräch mit dem Professor mit anhörte, als er dann den unwillkürlich herablassenden Ton vernahm, in dem der Bruder ihn nach den Wirtschaftsangelegenheiten fragte – (das ihnen zugehörige mütterliche Gut war ungeteilt geblieben, und Ljewin verwaltete beide Hälften), da fühlte er auf einmal, daß er es aus irgendeinem Grunde nicht über sich gewinnen könne, mit ihm von seinen Heiratsabsichten zu sprechen. Sein Gefühl sagte ihm, daß der Bruder die Sache nicht so betrachten würde, wie er es wünschen mußte.

»Nun, was machen eure Landstände?« fragte Sergej Iwanowitsch, der sich sehr für diese Verwaltungsform interessierte und ihr eine große Bedeutung beimaß.

»Das weiß ich wirklich nicht. ...«

»Wie, du bist ja doch Verwaltungsmitglied?«

»Nein, ich bin kein Mitglied mehr; ich bin ausgetreten«, erwiderte Ljewin, »und nehme nicht mehr an den Versammlungen teil.«

»Schade!« meinte Sergej Iwanowitsch einsilbig und verzog das Gesicht.

Zu seiner Rechtfertigung begann Ljewin nunmehr davon zu sprechen, wie es in den Versammlungen in seinem Bezirk zuging.

»So geht das immer!« unterbrach ihn Sergej Iwanowitsch.

»So sind wir Russen doch immer! Vielleicht ist es ein guter Zug von uns, diese Fähigkeit, die eigenen Mängel zu erkennen; aber wir übertreiben und trösten uns mit einer ironischen Bemerkung, die uns stets fertig auf der Zunge liegt. Ich sage dir nur so viel: wenn irgendein anderes europäisches Volk die Rechte unserer ländlichen Selbstverwaltung besäße – Deutsche oder Engländer hätten ihre Freiheit daraus geschmiedet; wir aber, wir verstehen es nur darüber zu lachen!«

»Was läßt sich aber dagegen tun?« erwiderte Ljewin wie schuldbewußt. »Das war meine letzte Erfahrung. Und ich habe den Versuch wirklich mit ganzer Seele gemacht. Ich kann aber nichts tun. Ich bin dazu nicht befähigt.«

»Nicht befähigt –«, versetzte Sergej Iwanowitsch, »du siehst die Sache nur nicht richtig an.«

»Vielleicht –«, erwiderte Ljewin niedergeschlagen.

»Weißt du auch, daß Nikolaj wieder hier ist.«

Nikolaj war Konstantin Ljewins leiblicher und ältester Bruder und so wie er, der Halbbruder Sergej Iwanowitschs.

Er war ein verkommener Mensch, der den größten Teil seines Vermögens durchgebracht hatte, sich in der sonderbarsten und schlechtesten Gesellschaft bewegte und mit seinen Brüdern zerfallen war.

»Was sagst du da?« rief Ljewin erschrocken aus. »Woher weißt du das?«

»Prokop hat ihn auf der Straße gesehen.«

»Hier in Moskau? Wo ist er? Weißt du's vielleicht?«

Ljewin war vom Stuhl aufgesprungen, als ob er sogleich zu ihm eilen wolle.

»Ich bedaure, es dir gesagt zu haben«, sagte Sergej Iwanowitsch und schüttelte über die Aufregung des jüngeren Bruders den Kopf.

»Ich habe in Erfahrung gebracht, wo er wohnt, und ihm den Wechsel, den er Trubin ausgestellt und den ich bezahlt hatte, geschickt. Hier ist seine Antwort!«

Damit reichte Sergej Iwanowitsch dem Bruder einen Zettel, den er unter dem Briefbeschwerer hervornahm.

Ljewin las in der wunderlichen, ihm vertrauten Handschrift folgende Zeilen: »Ich bitte, mich gefälligst in Ruhe zu lassen. Das ist das einzige, was ich von meinem lieben Bruder verlange. Nikolaj Ljewin.«

Nachdem Ljewin gelesen hatte, blieb er, ohne den Kopf zu heben, eine Weile mit dem Zettel in der Hand vor Sergej Iwanowitsch stehen.

In seiner Seele kämpfte der Wunsch, seinen unglücklichen Bruder nunmehr zu vergessen, mit dem Bewußtsein, daß er damit ein Unrecht begehen würde.

»Er will mich augenscheinlich kränken«, fuhr Sergej Iwanowitsch fort, »aber er kann mich nicht kränken; ich möchte ihm sogar von Herzen gern helfen, aber ich weiß, daß das unmöglich ist.«

»Ja, ja«, wiederholte Ljewin. »Ich begreife und achte dein Verhältnis zu ihm, aber ich will dennoch zu ihm gehen.«

»Wenn du es gerne willst, so tu's, doch rate ich dir nicht dazu«, sagte Sergej Iwanowitsch. »Das heißt, meinetwegen habe ich keine Furcht davor; er wird dich mit mir nicht entzweien; nur um deiner selbst willen rate ich dir, lieber nicht zu ihm zu gehen. Hilfe ist unmöglich. Übrigens mach' das wie du willst.«

»Vielleicht ist Hilfe in der Tat unmöglich, aber ich fühle und zwar ganz besonders in diesem Augenblick – doch das gehört nicht hierher – ich fühle, daß ich sonst nicht ruhig sein könnte.«

»Nun, das verstehe ich nicht«, sagte Sergej Iwanowitsch. »Eins aber verstehe ich«, fügte er hinzu, »nämlich, daß dies eine Lehre der Demut ist. Ich habe begonnen, das, was man Gemeinheit nennt, anders und nachsichtiger zu beurteilen, seitdem Nikolaj das geworden ist, was er jetzt ist. ... Du weißt, was er getan hat. ...«

»Ach, es ist entsetzlich, entsetzlich!« wiederholte Ljewin.

Nachdem er von Sergej Iwanowitschs Diener die Adresse des Bruders erhalten hatte, wollte er sich sofort zu ihm auf den Weg machen; aber nach einiger Überlegung beschloß er, seinen Besuch bis zum Abend aufzuschieben. War es doch vor allem nötig, sich die erforderliche Seelenruhe zu bewahren, um jene Angelegenheit zu entscheiden, die ihn nach Moskau geführt hatte. So fuhr er denn von seinem Bruder zu Oblonskij in die Sitzung, und, nachdem er sich bei diesem nach den Schtscherbazkijs erkundigt hatte, begab er sich dahin, wo, wie man ihm gesagt hatte, Kitty zu finden wäre.

9

Ljewin fühlte das Klopfen seines Herzens, als er um vier Uhr beim Zoologischen Garten aus der Droschke stieg und auf dem schmalen Fußweg den Hügeln und dann der Schlittschuhbahn zuschritt, gewiß, sie dort zu finden, da er den Wagen der Schtscherbazkijs am Halteplatz gesehen hatte.

Es war ein heller Frosttag. Bei der Anfahrt standen in langen Reihen herrschaftliche Wagen und Schlitten, auch gewöhnliche Mietschlitten, sowie Droschken und Gendarmen. Ein Gewimmel von gut gekleideten Menschen, deren Hüte im hellen Sonnenlicht schimmerten, tummelte sich am Eingange und auf den rein gefegten Fußsteigen zwischen den russischen Häuschen mit den geschnitzten Firstbalken; die alten, kraus verästelten Birken des Gartens, deren schneebelastete Zweige tief herabhingen, schienen mit neuen, feierlichen Gewändern angetan.

Ljewin schritt den Fußweg entlang, der zur Schlittschuhbahn führte, und sprach zu sich selber:

»Ich darf mich nicht aufregen, ich muß ruhig sein. Was klopfst du so? Was willst du nur? Sei still, dummes Ding!« sagte er zu seinem Herzen. Doch je mehr er sich bemühte, ruhig zu sein, desto beengter fühlte sich seine Brust. Ein Bekannter begegnete ihm und rief ihn an, aber er erkannte ihn nicht. Er näherte sich den Hügeln, wo die Ketten der hinunterfahrenden und wieder heraufgezogenen kleinen Schlitten klirrten, die sausenden Schlitten donnerten und fröhliche Menschenstimmen erklangen. Noch einige Schritte weiter – und vor ihm breitete sich die Eisbahn mit den Schlittschuhläufern aus, unter denen allen er im selben Augenblicke sie erkannte.

Ja, er hatte sie erkannt, an der Freude und an der Furcht, von denen er plötzlich sein Herz ergriffen fühlte. Sie stand am andern Ende der Eisbahn bei einer Dame, mit der sie sich unterhielt. Anscheinend war nichts Auffallendes an ihr, weder in ihrer Kleidung, noch in ihrer Stellung; und doch ward es Ljewin so leicht, sie in dieser Menschenmenge zu erkennen, wie einen Rosenstrauch unter Nesseln. Alles schien ihm durch sie erhellt. Sie war das Lächeln, das alles ringsumher verklärte.

»Kann ich wirklich hingehen, mich ihr nahen?« dachte er. Die Stelle, an der sie stand, deuchte ihm ein unerreichbares Heiligtum, und einen Augenblick lang wurde ihm so bang und beklommen zumute, daß er beinahe wieder fortgegangen wäre. Er mußte förmlich eine Anstrengung machen, um sich ruhig vorhalten zu können, daß sich neben ihr Leute jeglicher Art befänden, und daß er selber ja auch hergekommen sein konnte, um Schlittschuh zu laufen. So ging er endlich den Abhang hinunter, indem er es aber vermied, sie, just wie die Sonne, länger anzusehen; allein trotzdem sah er sie immer wieder, just wie die Sonne, auch ohne hinzublicken.

Auf dem Eise pflegte sich an diesem Tage der Woche und zu dieser Tageszeit ein Gesellschaftskreis zusammenzufinden, dessen Glieder alle miteinander bekannt waren. Da waren Meister im Eislauf, die mit ihrer Kunst prunkten, und Anfänger, die sich mit zaghaften, ungeschickten Bewegungen an einem Stuhlschlitten übten, auch Knaben und alte Leute, die aus Gesundheitsrücksichten Schlittschuh liefen; sie alle däuchten Ljewin auserwählte Glückliche, weil sie in ihrer Nähe weilen durften. Und dabei schienen alle diese Eisläufer mit völliger Gemütsruhe um sie herum und neben ihr zu laufen, sprachen sogar mit ihr und vergnügten sich vollständig unabhängig von ihr, indem sie sich des vortrefflichen Eises und des schönen Wetters freuten.

Einer von Kittys Vettern, Nikolaj Schtscherbazkij, saß in kurzem Jackett und engen Hosen, die Schlittschuhe an den Füßen, auf einer Bank, und als er Ljewin erblickte, rief er ihm zu:

»Ah, der erste Schlittschuhläufer Rußlands! Sind Sie schon

lange hier? Ausgezeichnetes Eis, legen Sie doch die Schlittschuhe an.«

»Ich habe gar keine mit«, antwortete Ljewin und wunderte sich über diese Keckheit und Ungezwungenheit, die er in ihrer Gegenwart zur Schau trug; obgleich er sie nicht anblickte, verlor er sie doch keine Sekunde aus den Augen. Er fühlte, daß die Sonne sich ihm näherte. Kitty stand in einer Ecke und lief, indem sie die schmalen Füßchen in den hohen Stiefelchen in stumpfem Winkel aufsetzte, mit sichtlicher Unbeholfenheit auf ihn zu. Ein Knabe in russischer Kleidung, der wie ein Wilder mit den Händen fuchtelte und sich fast bis zur Erde herabbeugte, überholte sie. Sie lief nicht ganz sicher, daher hatte sie die Hände aus dem kleinen, an einer Schnur hängenden Muff gezogen und hielt sie in Bereitschaft, während ihr Gesicht von einem Lächeln erhellt wurde, das sowohl Ljewin, den sie erkannt hatte, als auch ihrer Ängstlichkeit galt. Als die Wendung gelungen war, gab sie sich mit dem elastischen Füßchen einen Stoß und glitt gerade an Schtscherbazkij heran; sie ergriff ihn am Arm und nickte Ljewin lächelnd zu.

Sie war noch schöner, als sie ihm in seiner Phantasie erschienen war. Wenn er an sie dachte, konnte er sie sich lebhaft ganz wie sie war vorstellen, und besonders den Reiz dieses kleinen blonden Köpfchens mit dem Ausdruck kindlicher Klarheit und Güte, das so frei auf den wohlgeformten Mädchenschultern saß. Das Kindliche ihres Gesichtsausdrucks in Verbindung mit der schlanken Schönheit ihrer Gestalt verliehen ihr einen besonderen Reiz, den er wohl zu würdigen verstand; aber was ihn an ihr immer von neuem, wie etwas Unerwartetes überraschte, das war der Ausdruck ihrer Augen, sanfter, ruhiger, ehrlicher Augen, und vor allem ihr Lächeln, das Ljewin immer in eine Märchenwelt hinübertrug, in der er sich so gerührt und weich fühlte, wie es, so weit seine Erinnerung reichte, selbst in den Tagen seiner frühen Kindheit nur selten gewesen war.

»Sind Sie schon lange hier?« fragte sie, ihm die Hand reichend. »Danke sehr«, fügte sie hinzu, als er das Tuch aufhob, das aus ihrem Muff gefallen war.

»Ich? Nein, ganz kürzlich, gestern erst .... vielmehr heute ... bin ich angekommen–«, antwortete Ljewin, der vor lauter Aufregung ihre Frage nicht gleich verstanden hatte. »Ich wollte zu Ihnen«, sagte er dann, und da er sich im selben Augenblick daran erinnerte, mit welcher Absicht er hierher gekommen war, geriet er in Verwirrung und wurde rot. »Ich wußte gar nicht, daß Sie Schlittschuh laufen; Sie laufen aber sehr gut.«

Sie schaute ihn aufmerksam an, gleich als ob sie die Ursache seiner Verwirrung erraten wolle.

»Ihr Lob muß man schätzen. Es hat sich hier die Überlieferung erhalten, daß Sie der beste Schlittschuhläufer sind«, sagte sie, während sie mit der kleinen schwarzbehandschuhten Hand die Reifnadeln abschüttelte, die auf ihren Muff gefallen waren.

»Ja, ich war einst ein leidenschaftlicher Schlittschuhläufer, denn ich wollte die höchste Stufe der Vollkommenheit erreichen.«

»Sie tun, wie es scheint, alles mit Leidenschaft«, sagte sie lächelnd. »Ich möchte zu gern sehen, wie Sie Schlittschuh laufen. Lassen Sie sich doch welche anschnallen, damit wir zusammen laufen können.«

»Zusammen laufen! Ist das wirklich möglich?« dachte Ljewin, indem er sie anblickte.

»Das will ich sofort tun«, erwiderte er laut und ging, um sich Schlittschuhe zu holen.

»Sie sind lange nicht bei uns gewesen, gnädiger Herr«, sagte der Schlittschuhverleiher, während er ihm den Fuß hielt und den Absatz festschraubte. »Nach Ihnen war keiner von den Herren ein solcher Meister. Wird's so recht sein?« fragte er und zog den Riemen an.

»Gut, gut, nur schneller«, antwortete Ljewin und unterdrückte mit Mühe ein Lächeln des Glücks, das unwillkürlich in seinen Zügen erschien.

»Ja«, dachte er, »das ist Leben, das ist Glück! ›Zusammen‹, *sagte sie, ›damit wir zusammen laufen.‹*«

»Soll ich es ihr jetzt sagen? Aber ich fürchte mich ja davor, es ihr zu sagen, weil ich jetzt glücklich bin, glücklich wenigstens durch die Hoffnung ... Aber dann? – Aber es muß sein! Es muß, es muß! – Fort mit der Schwäche!«

Ljewin stand auf, nahm den Überzieher ab, lief dann, nachdem er auf dem rauhen Eise am Häuschen einen Anlauf genommen hatte, auf das blanke Eis hinaus und glitt ohne jede Anstrengung weiter, als ob sein Wille allein seinen Lauf beschleunigen, verzögern und lenken könne.

Er näherte sich ihr zaghaft, aber ihr Lächeln beruhigte ihn wieder.

Sie reichte ihm die Hand, und so liefen sie, allmählich ein schnelleres Tempo einschlagend, neben einander her, und je schneller sie liefen, desto fester drückte sie seine Hand.

»Mit Ihnen würde ich es rasch lernen. Ich weiß nicht, ich fühle mich so sicher mit Ihnen«, sagte sie zu ihm.

»Und ich bin meiner selbst sicher, wenn Sie sich auf mich stützen«, gab er zurück, erschrak aber auch gleich wieder über das, was er gesagt hatte, und errötete. Und in der Tat, er hatte kaum diese Worte ausgesprochen, als ihr Gesicht, wie die Sonne, die sich hinter Wolken verbirgt, seine ganze Freundlichkeit verlor und Ljewin in ihren Zügen das ihm bekannte Mienenspiel erkannte, das stets eine Gedankenanstrengung bedeutete: Auf ihrer glatten Stirn erschien plötzlich eine kleine Runzel.

»Ist Ihnen irgend etwas unangenehm? Übrigens, ich habe kein Recht zu fragen –« sprach er schnell weiter.

»Warum denn? ... Nein, mir ist nichts unangenehm –« antwortete sie kalt und fügte gleich darauf hinzu: »Sie haben Mademoiselle Linon noch nicht gesehen?«

»Noch nicht.«

»Gehen Sie doch zu ihr, sie mag Sie so gut leiden.«

»Was ist das? Ich habe sie verletzt. Herr, hilf mir!« dachte Ljewin und lief auf die alte Französin mit den grauen Löckchen zu, die auf der Bank saß, und ihn lächelnd und ihre falschen Zähne zeigend, wie einen alten Freund begrüßte.

»Ja, so wächst man«, sagte sie zu ihm und wies mit den Augen auf Kitty, »und altert. Tiny Bear ist schon groß geworden!« fuhr sie lachend fort und erinnerte ihn an seinen Scherz über die drei Mädchen, die er die drei Bären aus dem englischen Märchen genannt hatte. »Erinnern Sie sich, daß Sie sie vor Zeiten so genannt haben?«

Er konnte sich dessen entschieden nicht mehr erinnern; sie aber lachte schon seit zehn Jahren über diesen Scherz und freute sich darüber.

»Nun gehen Sie, laufen Sie Schlittschuh. Unsere Kitty läuft jetzt ganz gut, nicht wahr?«

Als Ljewin wieder zu Kitty heranlief, hatte ihr Gesicht den strengen Ausdruck verloren, und ihre Augen blickten offen und freundlich wie immer; aber Ljewin schien es, als ob in ihrer Freundlichkeit ein besonderer, vorsätzlich ruhiger Ton läge. Ihm wurde traurig zu Mut. Nachdem sie von ihrer alten Gouvernante und deren Sonderbarkeiten gesprochen hatte, befragte sie ihn über sein Leben.

»Finden Sie es im Winter auf dem Lande nicht langweilig?« fragte sie.

»Nein, durchaus nicht, ich bin sehr beschäftigt«, entgegnete er und fühlte, daß sie ihn durch diesen ruhigen Ton bezwang, dem er nicht die Macht haben würde zu widerstehen, ganz wie es einmal im Anfang des Winters gewesen war.

»Sind Sie auf längere Zeit hierher gekommen?« fragte ihn Kitty.

»Ich weiß es nicht«, antwortete er, ohne zu überlegen, was er sagte. Der Gedanke, daß er zum zweiten Mal ohne Entscheidung abreisen könnte, wenn er sich diesem Tone ruhiger Freundschaft fügte, erfaßte ihn, und er beschloß sich dagegen aufzulehnen.

»Wie, Sie wissen es nicht?«

»Nein, ich weiß es nicht. Das hängt von Ihnen ab«, sagte er, um sogleich über seine eigenen Worte zu erschrecken.

Hatte sie diese Worte nicht gehört oder wollte sie sie nicht hören? Jedenfalls tat sie, als ob sie strauchelte, indem sie zweimal mit dem Fuße aufstieß, und glitt dann schnell von ihm fort. Sie lief zu Mademoiselle Linon heran, sagte dieser etwas und wandte sich dem Häuschen zu, wo die Damen ihre Schlittschuhe abnahmen.

»Mein Gott, was habe ich getan! Herr mein Gott! Hilf mir, lehre mich!« sprach Ljewin betend, während er zu gleicher

Zeit, die Notwendigkeit starker Bewegung fühlend, einen Anlauf nahm und Kreise nach innen und außen beschrieb.

Unterdessen war einer der jungen Leute, der beste unter den neuen Schlittschuhläufern, mit einer Zigarette im Munde und den Schlittschuhen an den Füßen aus dem Kaffeezimmer getreten und darauf nach kurzem Anlauf in donnernden Sprüngen die Stufen hinuntergesaust.

Er flog bergab und glitt dann, ohne auch nur die freie Lage seiner Hände zu verändern, ruhig auf dem Eise weiter.

»Aha! das ist ein neues Kunststück!« dachte Ljewin und lief sofort den Hügel hinauf, um dieses neue Kunststück nachzumachen.

»Fallen Sie sich nicht tot, das muß man gewohnt sein!« rief ihm Nikolaj Schtscherbazkij zu.

Ljewin aber stieg die Stufen hinauf, nahm oben einen so großen Anlauf, wie er nur irgend konnte und lief hinunter, indem er bei der ungewohnten Bewegung das Gleichgewicht mit den Händen herstellte. Auf der letzten Stufe blieb er hängen, gab sich jedoch, die Erde kaum mit der Hand streifend, einen starken Stoß, richtete sich wieder in die Höhe und lief lachend weiter.

»Ein prächtiger, lieber Mensch«, dachte Kitty, während sie mit Mademoiselle Linon aus dem Häuschen herauskam und ihn mit dem Lächeln stiller Freundlichkeit, wie einen geliebten Bruder anblickte. »Und trifft mich denn irgendwelche Schuld, habe ich denn etwas Unrechtes getan? Man wirft uns immer gleich Koketterie vor. Ich weiß, daß ich nicht ihn liebe, nicht ihn; aber trotzdem bin ich froh, wenn ich mit ihm zusammen bin, und er ist solch ein prächtiger Mensch! Aber warum mußte er das nur sagen? –« dachte sie.

Als Ljewin sah, daß Kitty sich mit ihrer Mutter, die sie auf den Stufen erwartete, dem Ausgange zuwandte, blieb er, ganz rot vom raschen Laufe, stehen und besann sich einen Augenblick. Dann nahm er die Schlittschuhe ab und holte Mutter und Tochter gerade noch am Ausgang des Gartens ein.

»Es freut mich sehr, Sie zu sehen«, sagte die Fürstin. »Donnerstags, wie immer, ist unser Empfangstag.«

»Also heute?«

»Es wird uns sehr angenehm sein, Sie zu sehen«, erwiderte die Fürstin trocken.

Dieser trockene Ton verletzte Kitty, und sie konnte das Verlangen nicht unterdrücken, die Kälte der Mutter wieder gut zu machen. So wandte sie denn den Kopf und sagte lächelnd: »Auf Wiedersehen.«

Zu gleicher Zeit war Stjepan Arkadjewitsch, den Hut auf der Seite, mit freudestrahlendem Gesicht und blitzenden Augen, wie ein froher Sieger, in den Garten getreten. Als er aber an die Schwiegermutter herantrat, beantwortete er mit traurigem, schuldbewußtem Antlitz ihre Fragen nach Dollys Gesundheit. Nachdem er mit ihr leise und niedergeschlagen gesprochen hatte, warf er sich in die Brust und faßte Ljewin unter.

»Na, fahren wir?« fragte er. »Ich habe die ganze Zeit an dich gedacht und bin sehr, sehr froh, daß du gekommen bist«, sagte er und blickte ihm verständnisinnig in die Augen.

»Ja, fahren wir«, erwiderte der glückliche Ljewin, dem der Ton der Stimme, die »auf Wiedersehn« gesagt hatte, noch im Ohre klang, und der noch das Lächeln sah, das jenes Wort begleitet hatte.

»Nach England oder in die Eremitage?«

»Wie du willst.«

»Nun, dann nach England«, sagte Stjepan Arkadjewitsch; er wählte England deshalb, weil er dort mehr Geld schuldig war, als in der Eremitage und es aus diesem Grunde nicht für anständig hielt, dieses Hotel zu meiden.

»Hast du eine Droschke? Nun, das ist famos, ich habe nämlich den Wagen zurückgeschickt.« Während des ganzen Weges schwiegen die beiden Freunde. Ljewin dachte darüber nach, was jene Veränderung in Kittys Gesichtsausdruck bedeutet haben möge; bald versicherte er sich selber, daß er hoffen dürfe, bald geriet er in Verzweiflung und sah klar, daß seine Hoffnung ein Wahnsinn sei, und bei alledem fühlte er sich als ein ganz anderer Mensch, der dem nicht glich, der er bis zu ihrem Lächeln und ihren Worten »*auf Wiedersehn*« gewesen war.

Stjepan Arkadjewitsch hatte indessen unterwegs das Menü des Mittagessens zusammengestellt.

»Nicht wahr, du ißt doch Turbot gern?« sagte er zu Ljewin, als sie vorfuhren.

»Was?« fragte Ljewin zurück. »Turbot? Ja, ich esse Turbot *schrecklich* gern.«

10

Als Ljewin mit Oblonskij in das Hotel trat, konnte er nicht umhin, eine gewisse Eigentümlichkeit des Ausdrucks, wie ein verhaltenes Strahlen, im Gesicht und der ganzen Gestalt Stjepan Arkadjewitschs zu bemerken. Oblonskij nahm den Überzieher ab und ging, den Hut auf einem Ohr, in das Speisezimmer, während er den ihm nicht von der Seite weichenden tartarischen Kellnern, die in Frack und mit der Serviette über dem Arm dastanden, seine Befehle erteilte. Er verbeugte sich nach rechts und links gegen die vielen Bekannten, die er auch hier traf und die ihn wie überall freudig begrüßten, trat an den Büffettisch heran, nahm einen Likör und einen kleinen Fisch als Vorspeise und sagte etwas zu der französischen Büfetdame, die geschminkt, mit Bändern, Spitzen und Haarwickeln, am Schreibpult saß, so daß die Französin herzlich lachte.

Ljewin hingegen nahm bloß deshalb keinen Likör, weil dies Frauenzimmer, das ihm ganz und gar aus falschen Haaren, poudre de riz und vinaigre de toilette zusammengesetzt schien, verletzend auf ihn wirkte. Wie von einem häßlichen Schmutzfleck trat er hastig von ihr weg. Seine ganze Seele war übervoll von der Erinnerung an Kitty, und in seinen Augen leuchtete ein Lächeln sieghaften Glückes.

»Bitte hierher, Durchlaucht, hier werden Durchlaucht nicht belästigt werden«, sagte ein sie besonders dienstfertig umschwänzelnder, alter bleichfarbiger Tartar mit breitem Becken und auseinandergehenden Frackschößen.

»Bitte, Durchlaucht«, sagte er auch zu Ljewin, indem er aus Hochachtung vor Stjepan Arkadjewitsch auch seinem Gast einen besonderen Respekt bezeigte.

Im Nu hatte er ein reines Tischtuch auf dem schon mit einem Tischtuch bedeckten, runden Tisch unter dem bronzenen Armleuchter ausgebreitet; dann rückte er die Samtstühle heran und blieb hierauf vor Stjepan Arkadjewitsch mit Serviette und Karte in den Händen, seiner Bestellung gewärtig, stehen.

»Wenn Durchlaucht befehlen, ein einzelnes Kabinett wird gleich frei werden: Fürst Golizin mit einer Dame. Wir haben frische Austern bekommen.«

»Aha! Austern.« Stjepan Arkadjewitsch überlegte einige Augenblicke.

»Sollen wir unseren Plan nicht ändern, Ljewin?« sagte er, den Finger auf der Speisekarte, und sein Gesicht drückte einen ernsten Zweifel aus. »Sind die Austern auch gut? Nimm dich in acht!«

»Flensburger, Durchlaucht; Ostender haben wir nicht.«

»Meinethalben Flensburger, aber sind sie auch sicher frisch?«

»Gestern erst eingetroffen, gnädiger Herr.«

»Wollen wir dann nicht lieber mit Austern anfangen, und unseren ganzen Plan demgemäß umändern? Wie?«

»Mir ist es egal. Ich hätte am liebsten Krautsuppe und Grütze; aber das gibt's ja hier nicht.«

»Grütze à la russe befehlen Sie?« sagte der Tartar und beugte sich über Ljewin, wie eine Kinderfrau über ein kleines Kind.

»Nein, ohne Spaß, was du aussuchst, wird mir recht sein. Ich bin lange Schlittschuh gelaufen und habe Appetit. Und denke ja nicht«, fügte er hinzu, als er einen Ausdruck von Unzufriedenheit in Oblonskijs Gesicht bemerkte, »daß ich deine Wahl nicht werde zu würdigen wissen. Ich werde gewiß an einer guten Mahlzeit meine Freude haben.«

»Ich will's hoffen! Was man auch sagen mag, das ist eine von den Freuden unseres Daseins«, erwiderte Stjepan Arkadjewitsch. »Nun, mein Lieber, gib uns also zwei – nein, das reicht nicht – drei Dutzend Austern; Suppe mit Grünzeug …«

»Printanière«, – half der Tartar aus. Aber Stjepan Arkadjewitsch wollte ihm augenscheinlich nicht den Gefallen tun, die Speisen auf französisch zu benennen.

»Mit verschiedenem Grünzeug, weißt du? Dann Steinbutte mit dicker Sauce, dann Roastbeef; und sieh wohl zu, daß er tadellos ist, dann noch Kapaunen, na ja, und schließlich Eingemachtes.«

Der Tartar, dem es wieder eingefallen war, daß Stjepan Arkadjewitsch die Eigenheit hatte, die Speisen nicht so zu benennen, wie sie auf der französischen Speisekarte angegeben waren, sprach sie ihm jetzt nicht mehr einzeln nach, aber er konnte sich das Vergnügen nicht versagen, die ganze Bestellung noch einmal nach der Karte zu wiederholen: »*soupe printanière, turbot sauce Beaumarchais, poularde à l'estragon, macédoine de fruits* ...«, und gleich darauf legte er, als ob er sich auf Sprungfedern bewegte, die eingebundene Speisekarte weg und griff nach der Weinkarte, die er Stjepan Arkadjewitsch reichte.

»Was wollen wir trinken?«

»Ich trinke, was du willst, nur nicht zu viel, – vielleicht Sekt«, sagte Ljewin.

»Wie? gleich zu Anfang? Übrigens, du hast recht, meinetwegen. Mit weißem Siegel?«

»Cachet blanc«, schob der Tartar ein.

»Gut, nehmen wir also diese Marke zu den Austern, und dann wollen wir weiter sehen.«

»Sehr wohl. Was für Tischwein befehlen Sie?«

»Nuitser Roten. Nein, lieber den klassischen Chablis.«

»Sehr wohl. Befehlen sie *Ihren* Käse?«

»Na ja, Parmesan. Oder ziehst du einen andern vor?«

»Nein, mir ist's gleich«, sagte Ljewin, und konnte ein Lächeln nicht unterdrücken.

Der Tartar eilte mit flatternden Frackschößen hinaus und flog nach fünf Minuten, mit einer Schüssel voll geöffneter, auf ihren perlmutterglänzenden Muscheln liegender Austern und einer Flasche, die er zwischen den Fingern hielt, wieder herein.

Stjepan Arkadjewitsch zerknitterte die gestärkte Serviette,

steckte sie in die Weste, legte bedächtig die Arme auf den Tisch und machte sich an die Austern.

»Ah, nicht übel«, sagte er, indem er mit der kleinen silbernen Gabel die in den Perlmuttermuscheln schwimmenden Austern losmachte und eine nach der andern verschluckte. »Nicht übel«, wiederholte er und warf feucht schwimmende Blicke bald auf Ljewin, bald auf den Tartaren.

Ljewin aß gleichfalls seine Austern, obgleich ihm Weißbrot mit Käse lieber gewesen wäre, aber er hatte seine Freude an Oblonskij. Sogar der Tartar, der den Kork herausgezogen und den perlenden Wein in die vergoldeten, feinen Gläser gegossen hatte, blickte mit wohlgefälligem Lächeln auf Stjepan Arkadjewitsch, während er seine weiße Krawatte zurechtschob.

»Du machst dir wohl nicht besonders viel aus Austern?« fragte Stjepan Arkadjewitsch und leerte sein Kelchglas. »Oder bist du aus irgendeinem Grunde verstimmt? Wie?«

Er hätte Ljewin gern fröhlich gesehen. Aber dieser war nicht so wohl verdrießlich, als vielmehr befangen. Bei allen Empfindungen, die seine Seele erfüllten, mußte er sich beengt und unbehaglich fühlen in einem Restaurant, in nächster Nähe von Separatzimmern, in denen mit Damen gespeist wurde, in all diesem Getriebe, all dieser nichtigen Geschäftigkeit; diese ganze Umgebung von Bronzen, Spiegeln und Gasflammen, diese tartarischen Kellner – alles das wirkte verletzend auf ihn. Er fürchtete das zu beflecken, wovon seine ganze Seele überfloß.

»Ich? Ja, mir geht etwas durch den Kopf; außerdem aber geniert mich hier alles«, sagte er. »Du kannst dir nicht vorstellen, wie mir, dem Dorfbewohner, alles was ich hier sehe, vorkommt; ebenso , wie die Fingernägel jenes Herrn, den ich bei dir getroffen habe ...«

»Ja, ich habe bemerkt, daß die Nägel des armen Grinjewitsch dich sehr zu interessieren schienen«, erwiderte Stjepan Arkadjewitsch lachend.

»Ich kann nichts dafür«, sagte Ljewin. »Versuch' es doch einmal, dich in meine Seele hinein zu versetzen, stelle dich auf den Standpunkt eines Landbewohners. Wir auf dem Dorfe geben uns Mühe, unsern Händen eine solche Beschaffenheit zu verleihen, die sie zur Arbeit möglichst geeignet macht; darum schneiden wir unsere Nägel kurz und streifen bisweilen auch die Ärmel auf. Hier aber lassen die Leute absichtlich ihre Nägel wachsen, so lange sie nur irgend halten wollen, und hängen sich unter dem Namen von Manschettenknöpfen kleine Schüsseln an, um die Hände für jede Arbeit ja recht untauglich zu machen.«

Stjepan Arkadjewitsch lächelte fröhlich.

»Ja, das ist ein Zeichen davon, daß grobe Arbeit nichts für ihn ist. Er arbeitet eben mit dem Verstand ...«

»Kann sein. Dennoch kommt es mir seltsam vor, ebenso wie es mir in diesem Augenblick seltsam erscheint, daß, während wir Dorfbewohner uns recht schnell satt zu essen suchen, damit wir imstande sind, unsere Arbeit zu verrichten, wir beide uns hier bemühen, so langsam wie möglich satt zu werden, und zu diesem Zwecke Austern schlucken ...«

»Na, das versteht sich doch von selbst«, fiel ihm Stjepan Arkadjewitsch ins Wort. »Aber darin besteht ja gerade der Zweck der Bildung: sich aus allem einen Genuß zu schaffen.«

»Nun, wenn das das Ziel ist, dann wünschte ich ein Wilder zu sein.«

»Du bist schon ohnehin ein Wilder. Ihr Ljewins seid alle Wilde.«

Ljewin seufzte auf. Er dachte an seinen Bruder Nikolaj, er fühlte sich beschämt und traurig, und sein Gesicht verdüsterte sich; aber Oblonskij begann von einem Gegenstände zu sprechen, der ihn sofort wieder von diesen Gedanken ablenkte.

»Na, wie ist's, kommst du heute abend noch zu den Unsern, ich meine, zu Schtscherbazkijs?« fragte er, während er die leeren, rauhen Austernschalen von sich schob, den Käse herabdrückte und vielsagend mit den Augen zwinkerte.

»Ja, ich komme bestimmt hin«, antwortete Ljewin, »obgleich es mir schien, als habe mich die Fürstin nur ungern eingeladen.«

»Warum nicht gar! Solch ein Unsinn! Das ist so ihre Manier ... Jetzt bring' uns die Suppe, mein Lieber ... Das ist so ihre Manier, grande dame –« sagte Stjepan Arkadjewitsch. »Ich komme auch noch hin, aber ich muß erst zur Gesangprobe bei der Gräfin Bonin. Nun, bist du etwa kein Wilder? Womit willst du es erklären, daß du damals plötzlich aus Moskau verschwandest? Schtscherbazkijs haben mich immer wieder nach dir gefragt, gerade als ob ich es wissen müßte. Ich aber weiß nur eins: du tust immer das, was sonst niemand tut.«

»Ja«, sagte Ljewin langsam und zugleich erregt. »Du hast recht, ich bin sonderbar. Nur besteht meine Sonderbarkeit nicht darin, daß ich abgereist, sondern darin, daß ich jetzt wiedergekommen bin. Jetzt bin ich gekommen ...«

»O was für ein Glücksmensch du bist!« nahm Stjepan Arkadjewitsch schnell die Rede auf und blickte Ljewin in die Augen.

»Wieso?«

Ich erkenn' der Rosse Vollblut
An dem eingebrannten Mal,
Den verliebten Jüngling kenn' ich
An der Augen hellem Strahl!

deklamierte Stjepan Arkadjewitsch. »Du hast noch alles vor dir.«

»Liegt denn bei dir alles schon hinter dir?«

»Nein, nicht gerade hinter mir; aber du hast eine Zukunft vor dir. Mir dagegen gehört nur noch die Gegenwart, und die ist so so lala ...«

»Wieso denn?«

»Ach, es steht nicht alles, wie es sollte. Na, ich wollte ja nicht von mir sprechen, und überdies läßt sich nicht alles erklären«, sagte Stjepan Arkadjewitsch. »Also weshalb bist du nach Moskau gekommen? ... Heda, Teller wechseln!« rief er dem Tartaren zu.

»Errätst du's?« fragte Ljewin dagegen, indem er Stjepan Arkadjewitsch mit seinen in ihren Tiefen leuchtenden Augen unverwandt ansah.

»Ich errate es, aber ich kann nicht davon zu sprechen

anfangen. Schon daraus magst du sehen, ob ich richtig oder falsch geraten habe«, sagte Stjepan Arkadjewitsch und blickte Ljewin mit einem feinen Lächeln an.

»Und was hältst du von der Sache?« fragte dieser mit bebender Stimme, und er fühlte, daß alle Muskeln in seinem Gesicht zitterten. »Was ist deine Ansicht darüber?«

Stjepan Arkadjewitsch trank langsam sein Glas Chablis aus, ohne ein Auge von Ljewin zu wenden.

»Ich?« sagte er dann, »ich wünschte nichts so sehr wie dies, nichts! Das wäre das beste, was geschehen könnte.«

»Aber irrst du dich auch nicht? Du weißt doch, wovon die Rede ist?« begann Ljewin wieder, indes seine Augen sich an seinem Tischgenossen festsaugten. »Du meinst also, daß es möglich wäre?«

»Freilich meine ich, daß es möglich ist. Warum sollte es denn nicht möglich sein?«

»Nein, meinst du wirklich, daß es möglich ist? Bitte, sag' mir alles, was du denkst! Wenn, wenn, wenn ich aber abgewiesen werde? ... Und ich bin sogar überzeugt ...«

»Wie kommst du nur auf den Gedanken?« sagte Stjepan Arkadjewitsch und lächelte über die Aufgeregtheit des Freundes.

»Bisweilen scheint es mir so. Und siehst du, das würde entsetzlich für mich und für sie sein.«

»Na, in jedem Falle liegt für ein junges Mädchen durchaus nichts Entsetzliches darin. Jedes junge Mädchen ist stolz auf einen Heiratsantrag.«

»Ja, jedes Mädchen, aber nicht sie.«

Stjepan Arkadjewitsch lächelte. Kannte er doch das Gefühl, von dem Ljewin jetzt erfüllt war, wußte er doch, daß für ihn jetzt alle Mädchen in der Welt sich in zwei Arten teilten: Zu der einen Art gehörten alle Mädchen in der Welt außer ihr, und diese Mädchen hatten alle menschliche Schwächen und waren ganz alltägliche Geschöpfe; die andere Art bestand aus ihr allein, und sie hatte keine einzige Schwäche und stand höher als alles, was den Namen Mensch trug.

»Warte doch, nimm dir doch Sauce«, sagte er und hielt Ljewins Hand, mit der er die Sauce zurückweisen wollte, auf.

Dieser nahm sich auch gehorsam von der Sauce, ließ aber Stjepan Arkadjewitsch nicht zum Essen kommen.

»Nein, erlaube«, rief er, »begreife doch, daß es sich für mich um eine Entscheidung über Leben und Tod handelt. Ich habe niemals mit irgend jemandem davon gesprochen. Ich könnte auch mit niemand als mit dir darüber sprechen. Du weißt ja, wir sind einander in keiner Beziehung ähnlich: unser Geschmack, unsere Ansichten, alles ist verschieden; aber dennoch weiß ich, daß du mich gern hast und verstehst, und darum hänge ich so sehr an dir. Aber, um Gotteswillen, sei nur völlig aufrichtig.«

»Ich sage dir genau das, was ich denke«, erwiderte Stjepan Arkadjewitsch mit einem Lächeln. »Ich kann dir aber auch noch mehr sagen: meine Frau besitzt außerordentliche Eigenschaften.« Stjepan Arkadjewitsch seufzte bei der Erinnerung an seine jetzigen Beziehungen zu seiner Frau, und schwieg einen Augenblick, bevor er fortfuhr: »Sie hat unter anderem die Gabe des Vorhersehens. Sie schaut die Leute durch und durch; und das ist noch wenig, sie weiß auch, was kommen wird, besonders auf dem Gebiete der Eheschließungen. So hat sie zum Beispiel vorausgesagt, daß die Schachowskaja den Brenteln heiraten würde. Kein Mensch hat es glauben wollen, aber es ist so gekommen. Und sie ist auf deiner Seite.«

»Inwiefern?«

»Insofern als sie dich nicht nur lieb hat, sondern auch sagt, daß Kitty ganz bestimmt deine Frau werden wird.«

Bei diesen Worten erstrahlte Ljewins Gesicht plötzlich von einem Lächeln, das von Tränen der Rührung nicht sehr entfernt war.

»Das sagt sie!« rief er aus. »Ich habe immer gesagt, daß sie entzückend ist, deine Frau. Aber genug, genug davon«, sagte er und erhob sich von seinem Platz.

»Gut, aber bleib' doch sitzen.«

Ljewin aber konnte nicht sitzen bleiben. Er durchschritt zweimal mit seinen festen Tritten das käfigartige Zimmer, blinzelte mit den Augen, um seine Tränen zu verbergen, und setzte sich erst dann wieder an den Tisch.

»Begreife doch nur«, sagte er, »das ist nicht nur Liebe. Ich bin ja schon verliebt gewesen, aber diesmal ist es ganz etwas anderes. Das ist gar nicht, wie wenn es mein eigenes Gefühl wäre; es scheint mir wie eine von außen kommende Kraft, die mich beherrscht. Ich bin ja fortgefahren, weil es bei mir entschieden war, daß nichts daraus werden könne, – verstehst du, weil es mir wie ein Glück erschien, wie es auf Erden keines gibt; aber ich habe mit mir selbst gerungen und eingesehen, daß ohne dies Glück kein Leben für mich existiert. Und es muß sich nun entscheiden …«

»Weshalb bist du nur abgereist?«

»Ach, laß mich doch ausreden! Mein Gott, wie sich jetzt alles in meinem Kopfe drängt! Wie vielerlei ich dich fragen muß! Hör' mir zu. Du kannst dir ja gar nicht vorstellen, was du mit deinen Worten für mich getan hast. Ich bin so glücklich, daß ich sogar eine Schlechtigkeit begangen habe, ich habe rein alles vergessen. Da erfuhr ich heute, daß mein Bruder Nikolaj – weißt du, er ist hier – auch ihn habe ich vergessen. Mir ist so zumute, als ob auch er glücklich sein müsse. Das ist geradezu eine Art Wahnsinn. Nur eins ist mir schrecklich … Du bist ja verheiratet, du kennst dieses Gefühl … schrecklich ist mir der Gedanke, daß wir – wir Alten schon eine Vergangenheit haben … ein Vergangenheit, nicht der Liebe, sondern der Sünde … und plötzlich nähern wir uns einem reinen, unschuldigen Wesen; das ist abscheulich, und darum kann man nicht anders, als sich unwürdig fühlen.«

»Na, du hast nicht gar so viel gesündigt.«

»Ach, trotzdem«, entgegnete Ljewin, »trotzdem: du weißt ja wohl, mit Ekel schau' ich auf mein Leben, und mit Verwünschungen und Beben beklag' ich's bitterlich … Ja.«

»Was läßt sich da tun? Die Welt ist einmal so eingerichtet«, gab Stjepan Arkadjewitsch zurück.

»Es gibt nur einen Trost, wie es in jenem Gebete heißt, das ich immer so gern hatte: nicht nach meinen Verdiensten, sondern nach deiner Barmherzigkeit vergib mir. So kann auch sie nur vergeben.«

11

Ljewin leerte sein Glas, und beide schwiegen eine Weile.

»Eins muß ich dir noch sagen. Kennst du Wronskij?« fragte dann Stjepan Arkadjewitsch.

»Nein, ich kenne ihn nicht. Weshalb fragst du?«

»Noch eine Flasche!« wandte sich Stjepan Arkadjewitsch an den Tartaren, der die Gläser wieder voll geschenkt hatte und sich nun um sie herumdrückte, obwohl es eben für ihn nichts zu tun gab.

»Du solltest Wronskij aus dem Grunde kennen, weil er einer von deinen Rivalen ist.«

»Wer ist denn dieser Wronskij?« rief Ljewin, und auf seinem Gesicht verwandelte sich der kindlich entzückte Ausdruck, an dem sich Oblonskij eben noch erfreut hatte, in einen unangenehmen und feindseligen.

»Wronskij – ist einer der Söhne des Grafen Kyrill Iwanowitsch Wronskij und einer der hervorragendsten Vertreter der Petersburger jeunesse dorée. Ich habe ihn in Twerj kennengelernt, als ich dort diente, und er zur Rekrutenaushebung dorthin gekommen war. Enorm reich, schön, mit weitreichenden Verbindungen, Flügeladjutant, und zu alledem ein sehr lieber, guter Junge. Aber er ist mehr, als nur so einfach ein guter Junge. Wie ich ihn jetzt kenne, ist er sowohl gebildet, als auch sehr gescheit: jedenfalls ein Mensch, der's weit bringen wird.«

Ljewin runzelte die Stirn und schwieg.

»Na, er tauchte hier also bald nach dir auf, und soweit ich die Sache beurteilen kann, ist er bis über die Ohren in Kitty verliebt, und du begreifst, daß die Mutter ...«

»Entschuldige, aber ich begreife gar nichts«, sagte Ljewin, und seine Stirn legte sich in finstere Falten. Zugleich erinnerte er sich seines Bruders Nikolaj und sagte sich, wie schlecht es von ihm sei, daß er die ganze Zeit nicht mehr an ihn gedacht habe.

»Halt, halt«, sagte Stjepan Arkadjewitsch und berührte lächelnd seine Hand. »Ich habe dir nur gesagt, was ich weiß, und ich wiederhole, soweit ich in dieser schwierigen und delikaten Angelegenheit etwas erraten kann, scheint es mir, daß die Chancen auf deiner Seite sind.«

Ljewin warf sich in den Stuhl zurück, sein Gesicht war blaß.

»Aber ich würde dir raten, die Sache so bald als möglich zur Entscheidung zu bringen«, fügte Oblonskij hinzu und goß ihm sein Glas wieder voll.

»Nein, danke sehr, ich kann nicht mehr trinken«, sagte Ljewin und schob das Glas zurück. »Ich würde einen Rausch bekommen ... Nun, und wie geht es dir?« fuhr er fort mit dem sichtlichen Wunsche, den Gegenstand des Gesprächs zu wechseln.

»Nur noch ein Wort: in jedem Falle empfehle ich dir, die Frage so rasch wie möglich zu entscheiden. Nur würde ich dir nicht raten, es heute zu tun«, sagte Stjepan Arkadjewitsch. Gehe morgen früh hin, das ist die klassische Zeit für einen Heiratsantrag, und Gott gebe dir seinen Segen ...«

»Du wolltest doch immer einmal zu mir auf die Jagd kommen? Komm doch dieses Frühjahr«, gab Ljewin zur Antwort.

Er bereute es jetzt von ganzem Herzen, mit Stjepan Arkadjewitsch dieses Gespräch begonnen zu haben. Das Gefühl, das ihm *allein* gehörte, war entweiht durch die Erwähnung von dem Mitbewerb irgendeines Petersburger Offiziers und durch die Voraussetzungen und Ratschläge von Stjepan Arkadjewitsch.

Dieser lächelte; er verstand recht gut, was in Ljewins Seele vorging.

»Ich komme schon einmal«, sagte er. »Ja, Liebster, die Frauen, das ist der Angelpunkt, um den sich alles dreht. Auch meine Sachen stehen schlimm, sehr schlimm. Und alles durch die Frauen. Sage mir aufrichtig«, fuhr er fort, während er eine Zigarre hervorholte und mit der anderen Hand sein Glas festhielt, »gib mir einen Rat.«

»In welcher Sache denn?«

»In folgender Sache. Nehmen wir an, du bist verheiratet, du liebst deine Frau, wirst aber von einem andern weiblichen Wesen angezogen ...«

»Entschuldige, aber ich kann schlechterdings nicht begreifen, wie man ... ebenso, wie ich nicht begreife, daß ich jetzt, satt wie ich bin, im Vorbeigehen bei einem Bäcker einen Kringel stehlen sollte.«

Stjepan Arkadjewitschs Augen glänzten noch mehr als gewöhnlich.

»Warum nicht? Ein Kringel riecht bisweilen so gut, daß man ihm nicht widerstehen kann.

Himmlisch ist's, wenn ich bezwungen
Meine irdische Begier;
Aber doch wenn's nicht gelungen,
Hatt' ich auch recht hübsch Pläsir!

Und während er das zitierte, umspielte ein feines Lächeln seinen Mund. Auch Ljewin konnte nicht umhin zu lächeln.

»Ja, aber ohne Scherz«, fuhr Oblonskij dann fort. »Versteh' mich wohl: ein weibliches Wesen, ein gutes, sanftes, liebendes Geschöpf, arm und alleinstehend, hat dir alles geopfert. Jetzt, nachdem die Tat schon geschehen, – versteh' mich wohl, soll man sie wirklich verlassen? Nehmen wir an: wir trennen uns, um das Familienleben nicht zu zerstören, aber soll man wirklich kein Mitleid mit ihr haben, sie nicht ausstatten, den Schlag nicht mildern?«

»Du mußt mich schon entschuldigen. Du weißt, daß ich alle Frauen in zwei Hälften scheide ..., das heißt nein ... richtiger gesagt: es gibt Frauen und es gibt – hm – ich habe noch keine entzückenden gefallenen Geschöpfe gesehen und werde sie wohl auch nicht sehen; und solche, wie da die geschminkte Französin am Zahlpult, mit den Lockenwickeln, die sind für mich Ungeziefer, und alle Gefallenen – gleichfalls.«

»Und die aus dem Evangelium?«

»Ach, hör auf! Christus hätte diese Worte gewiß niemals gesprochen, wenn er geahnt hätte, welchen Mißbrauch man damit treiben würde. Aus dem ganzen Evangelium zieht man immer nur diese Worte herbei. Übrigens, ich sage nicht, was ich denke, sondern was ich fühle. Ich habe einen Widerwillen vor gefallenen Frauenzimmern. Du hast einen Abscheu vor Spinnen, und ich vor diesem Ungeziefer. Du hast gewiß die Spinnen nicht genau studiert und kennst nicht ihre Sitten: ebenso verhält es sich mit mir in dieser Frage.«

»Du hast gut reden; du machst es genau so, wie jener Herr bei Dickens, der alle beschwerlichen Fragen mit der linken Hand über die rechte Schulter wirft. Aber die Ableugnung eines Faktums ist doch noch keine Antwort. Was soll man tun, das sage mir; was soll man tun? Die Frau altert, während du noch voller Leben bist. Kaum hast du dich's versehen, so fühlst du auch schon, daß du deine Frau nicht mehr mit Sinnenglut lieben kannst, wie sehr du sie auch achtest. – Und da auf einmal gerät die Leidenschaft dazwischen, und verloren bist du, verloren!« sprach Stjepan Arkadjewitsch mit trostloser Verzweiflung.

Ljewin lachte auf.

»Ja, und ich bin verloren«, fuhr Oblonskij fort. »Was soll ich nur tun?«

»Keine Kringel stehlen.«

Stjepan Arkadjewitsch brach in ein Gelächter aus.

»Oh, über dich Tugendprediger! Aber begreife doch nur, es handelt sich um zwei Frauen: die eine besteht nur auf ihrem Rechte, und dieses ihr Recht ist deine Liebe, die du ihr nicht geben kannst; die andere aber opfert dir alles und fordert nichts. Was wirst du tun? Wie sollst du handeln? Hier liegt das furchtbare Drama.«

»Wenn du in dieser Hinsicht meine innerste Meinung hören willst, so muß ich dir sagen, daß hier von einem Drama gar nicht die Rede sein kann. Und zwar aus folgendem Grunde. Ich denke, die Liebe … die beiden Arten von Liebe, die Plato, wie du weißt, in seinem ›Gastmahl‹ definiert, beide Arten von Liebe dienen als Prüfstein für die Menschen. Die einen verstehen nur die eine Art, die andern die andere. Und die Menschen, die nur für die nicht platonische Liebe Verständnis besitzen, haben kein Recht, von einem Drama zu sprechen. ›Danke ergebenst für das Vergnügen, meine Empfehlung‹, das ist das ganze Drama. Bei der platonischen Liebe dagegen kann sich ein Drama gar nicht vollziehen, weil bei einer solchen Liebe alles klar und rein ist, weil ...«

In diesem Augenblicke aber fielen Ljewin seine eigenen Sünden ein, und er dachte an den innern Kampf, den er bestanden hatte. Und ganz unvermittelt fügte er hinzu:

»Übrigens, es kann sein, daß du recht hast. Es kann sehr wohl möglich sein ... Aber ich weiß es nicht, weiß es entschieden nicht.«

»Da hast du's«, sagte Stjepan Arkadjewitsch, »du bist ein gediegener Mensch. Das ist dein Vorzug und dein Mangel. Du bist selbst ein ganzer Charakter, und du willst, daß auch das ganze Leben sich aus ungeteilten Erscheinungen zusammensetze; das aber kann nicht sein. Du mißachtest zum Beispiel eine öffentliche Diensttätigkeit, weil du möchtest, daß diese Tätigkeit stets mit dem Ziel, auf das sie gerichtet ist, im Einklang stehe, das aber geht nicht an. Du willst ferner, daß die Tätigkeit eines Menschen immer einen Zweck habe, daß die Liebe und das Familienleben immer eins seien, aber auch das ist nicht immer der Fall. Die ganze Mannigfaltigkeit, aller Reiz, alle Schönheit des Lebens setzen sich eben aus Licht und Schatten zusammen.«

Ljewin seufzte und antwortete nichts. Er hing seinen eigenen Gedanken nach und hörte nicht mehr auf das, was Oblonskij sprach. Und mit einmal Male fühlten sie beide, obgleich sie Freunde waren, obgleich sie zusammen gegessen und Wein getrunken hatten, was sie einander noch mehr hätte nähern müssen, daß doch jeder von ihnen nur an sich und seine eigenen Interessen dachte, und daß der eine mit dem andern nichts gemein habe. Oblonskij hatte schon mehr als einmal diese Entfremdung empfunden, die nach einem gemeinsamen Mahle an Stelle einer Annäherung eintritt, und er wußte, was in solchen Fällen zu tun sei.

»Die Rechnung!« rief er laut und ging in den Nebensaal hinaus, wo er auch sogleich einen ihm bekannten Adjutanten traf, mit dem er sich in ein Gespräch über eine Schauspielerin und ihren Anbeter einließ. Und siehe da, während dieses Gesprächs mit dem Adjutanten fühlte Oblonskij sofort eine Erleichterung und Erholung nach der Unterhaltung mit Ljewin, der ihn stets zu einer übergroßen geistigen und seelischen Anspannung herausforderte.

Als der Tartar mit der Rechnung erschien, die sich auf sechsundzwanzig Rubel und etliche Kopeken belief und noch einen Zusatz fürs Trinkgeld erforderte, schenkte Ljewin diesem Umstand keine Aufmerksamkeit, obgleich ihm, dem Landbewohner, zu einer anderen Zeit sein Anteil von vierzehn Rubeln Entsetzen eingejagt hätte; er bezahlte achtlos und begab sich nach Hause, um sich umzukleiden und zu Schtscherbazkijs zu fahren, wo sich sein Geschick entscheiden sollte.

12

Prinzeß Kitty Schtscherbazkaja war achtzehn Jahre alt und war diesen Winter in die Gesellschaft eingeführt worden. Ihre Erfolge in der großen Welt waren bedeutender, als die ihrer beiden älteren Schwestern, ja bedeutender, als selbst die Fürstin erwartet hatte. Nicht nur, daß die tanzende männliche Jugend auf den Moskauer Bällen fast ausnahmslos in Kitty verliebt war, es boten sich auch gleich im ersten Winter zwei ernst zu nehmende Partien. Ljewin und, nach dessen Abreise, Graf Wronskij.

Das Auftauchen des ersteren im Anfang des Winters, seine häufigen Besuche und offenbare Neigung für Kitty gaben Veranlassung zu den ersten ernsten Gesprächen zwischen Kittys Eltern über die Zukunft ihrer Tochter und zu Streitigkeiten zwischen dem Fürsten und der Fürstin. Der Fürst war auf Ljewins Seite und sagte, daß er sich gar nichts Besseres für Kitty wünschen könne. Die Fürstin dagegen sprach mit der den Frauen oft eigentümlichen Gewohnheit, die Hauptfrage zu umgehen, nur davon, daß Kitty noch zu jung sei, daß Ljewin durch nichts seine ernsten Absichten dartue, daß Kitty keine Zuneigung für ihn hege, und was dergleichen Beweisgründe mehr waren; ihren eigentlichen Grund aber verschwieg sie, nämlich, daß sie auf eine noch bessere Partie für ihre Tochter hoffe, und daß Ljewin, den sie nicht verstand, ihr unsympathisch sei. Als dieser dann plötzlich abreiste, war sie darüber recht froh und sagte triumphierend zu ihrem Gatten: »Siehst du wohl, daß ich recht hatte!« Als dann vollends Wronskij auf der Bildfläche erschien, wuchs ihre Freude noch, und sie wurde immer mehr in ihrer Meinung bestärkt, daß Kitty nicht nur eine gute, sondern eine geradezu glänzende Partie machen müsse.

In den Augen der Mutter konnte es gar keinen Vergleich zwischen Wronskij und Ljewin geben. Ihr mißfielen an Ljewin sowohl seine sonderbaren, oft schroffen Ansichten, als auch seine Unbeholfenheit im gesellschaftlichen Verkehr, eine Eigenschaft, welche ihrer Meinung nach aus seinem übermäßigen Stolz hervorging; ferner sein nach ihren Begriffen ödes Leben auf dem Lande und seine stete Beschäftigung mit Vieh und Bauernvolk; sehr wenig gefiel ihr auch, daß er, der in ihre Kitty verliebt war, anderthalb Monate lang ins Haus kam und hier gleichsam irgend etwas abzuwarten und zu beobachten schien, gerade als ob er sich fürchte, eine übergroße Ehre zu erweisen, wenn er seinen Antrag machte; und endlich, daß er nicht einmal zu begreifen schien, daß es Pflicht sei, sich zu erklären, wenn man fortgesetzt ein Haus besucht, in welchem sich ein heiratsfähiges Mädchen befindet. Und nun war er plötzlich ohne jede Erklärung abgereist. »Es ist gut, daß er so wenig anziehend ist, daß Kitty sich nicht in ihn verliebt hat«, dachte die Mutter.

Wronskij dagegen entsprach vollkommen allen Anforderungen der Mutter. Er war sehr reich, klug und vornehm, auf dem Wege zu einer glänzenden, militärisch-höfischen Laufbahn, und dabei ein bezaubernder Mensch. Man konnte sich unmöglich etwas Besseres wünschen.

Dazu machte Wronskij auf den Bällen Kitty sichtlich den Hof, tanzte mit ihr und verkehrte im Hause, so daß kein Zweifel an der Ernsthaftigkeit seiner Absichten bestehen konnte. Nichtsdestoweniger befand sich die Fürstin diesen ganzen Winter hindurch in nicht geringer Unruhe und Aufregung.

Sie selbst war vor dreißig Jahren in die Ehe getreten, nachdem ihre Tante die Sache eingeleitet hatte. Der Bräutigam, über den man schon vorher die erforderlichen Erkundigungen eingezogen hatte, erschien eines Tages, besah die Braut und wurde seinerseits besehen; die ehestiftende Tante erfuhr und übermittelte den gegenseitigen Eindruck; da er günstig war, so wurde den Eltern an einem vorher bestimmten Tage der erwartete Antrag gemacht und ihrerseits angenommen. So war alles sehr leicht und einfach vonstatten gegangen. Wenigstens wollte es der Fürstin so scheinen. Bei ihren Töchtern aber machte sie nun die Erfahrung, daß diese so alltäglich scheinende Sache – die Töchter an den Mann zu bringen – gar nicht so leicht und einfach sei. Wieviel Angst hatte sie schon ausgestanden, wieviel Gedanken sich gemacht, wieviel Geldopfer gebracht, und wieviel Kämpfe mit ihrem Gatten bei der Verheiratung der ältesten beiden Töchter, Darja und Natalie, durchgefochten! Und jetzt bei der Einführung der jüngsten Tochter in die Gesellschaft kehrten all jene Befürchtungen und jene Zweifel wieder, und es gab noch größere Streitigkeiten mit dem Gatten, als wegen der älteren Schwestern. Der alte Fürst war wie alle Väter besonders kitzlig im Punkte der Ehre und Reinheit seiner Töchter; er war auf die Töchter unvernünftig eifersüchtig und besonders auf Kitty, die sein Liebling war; daher machte er der Fürstin auf Schritt und Tritt unangenehme Auftritte, weil sie die Tochter ins Gerede bringe. Die Fürstin war daran zwar schon von den ersten Töchtern her gewöhnt; jetzt aber fühlte sie, daß die Peinlichkeit des Fürsten mehr Begründung habe. Sie sah, daß sich in der letzten Zeit in dem Gebaren der guten Gesellschaft viel geändert hatte, wodurch die Pflichten einer Mutter noch schwerer geworden waren. Sie sah Kittys Altersgenossinnen diese und jene Vereinigungen bilden, diese und jene Vorlesungen besuchen, im Verkehr mit Männern sich freier bewegen und allein durch die Straßen fahren; viele machten keine Knickse mehr, und was die Hauptsache war, alle waren fest davon überzeugt, daß die Wahl eines Gatten ihre und nicht der Eltern Sache sei. »Heutzutage wird man nicht mehr so verheiratet wie früher«, dachten und sprachen alle diese jungen Mädchen und sogar alle älteren Leute. Aber wie man es heutzutage anzufangen habe, um seine Töchter zu verheiraten, das konnte die Fürstin von niemandem erfahren. Die französische Sitte – wonach die Eltern über das Geschick ihrer Kinder entschieden – war nicht gebräuchlich und wurde verurteilt; die englische Sitte, den jungen Mädchen völlige Freiheit zu lassen, war ebensowenig gebräuchlich und in der hiesigen Gesellschaft auch wohl nicht möglich. Die russische Sitte der Heiratsvermittlung endlich wurde für etwas Ungeheuerliches angesehen, alle machten sich darüber lustig, und die Fürstin lachte mit. Wie man es aber anzufangen habe, um sich zu verheiraten oder verheiratet zu werden, das wußte keiner. Alle, mit denen die Fürstin zufällig darüber sprach, sagten das eine: »Aber ich bitte Sie, in unsern Tagen ist es wirklich schon an der Zeit, diese altväterliche Sitte aufzugeben. Die jungen Leute sollen ja die Ehe schließen und nicht die Eltern; man muß es daher ihnen überlassen, sich so einzurichten, wie sie es verstehen.« Ja, die hatten gut reden, die keine Töchter hatten; die Fürstin hingegen sah sehr wohl ein, daß ihre Tochter sich bei jeder Annäherung verlieben konnte und zwar in einen Mann, der sie nicht heiraten würde, oder auch in einen solchen, der zum Gatten für sie nicht taugte. Und so viel man der alten Dame auch einflüstern mochte, daß in unserer Zeit das junge Volk sich selbst sein Schicksal gestalten müsse: sie konnte das so wenig glauben, wie sie hätte glauben können, daß eine Zeit kommen könnte, in der das beste Spielzeug für fünfjährige Kinder geladene Pistolen wären. Und darum war sie Kittys wegen in größerer Unruhe, als es bei den älteren Töchtern der Fall gewesen war.

So fürchtete sie jetzt, daß auch Wronskij ihrer Tochter vielleicht ohne jede ernstere Absicht den Hof machen könne. Und dabei sah sie, daß Kitty ihm bereits ihre Neigung zugewandt hatte; sie tröstete sich aber noch damit, daß er ein Ehrenmann sei und nicht bloß sein Spiel mit ihr treiben würde. Dennoch wußte sie ganz genau, wie leicht es bei der heutigen Freiheit des Verkehrs sei, einem jungen Mädchen den Kopf zu verdrehen, und wie leichtfertig die Männer im allgemeinen über diese Schuld denken. In der vergangenen Woche hatte Kitty zwar ihrer Mutter ein Gespräch wiedererzählt, welches sie während der Mazurka mit Wronskij geführt hatte. Der Inhalt dieses Gesprächs hatte die Fürstin immerhin teilweise beruhigt, vollständig ruhig jedoch konnte sie sich trotzdem nicht fühlen. Wronskij hatte nämlich zu Kitty gesagt, er und sein Bruder seien es so sehr gewohnt, sich in allem ihrer Mutter unterzuordnen, daß keiner von ihnen sich je entschließen würde, irgend etwas Wichtiges ohne ihren Rat zu unternehmen. »Und gerade jetzt sehe ich der Ankunft meiner Mutter aus Petersburg wie einem besonderen Glück entgegen«, hatte er hinzugefügt.

Kitty hatte dies wiedererzählt, ohne diesen Worten irgendwelche Bedeutung beizulegen. Aber die Mutter faßte es anders auf. Sie wußte, daß die alte Dame von Tag zu Tag erwartet wurde, wußte auch, daß sie über die Wahl ihres Sohnes sehr erfreut sein würde, und da erschien es ihr seltsam, daß er aus Furcht, seine Mutter zu kränken, mit seiner Werbung zögerte; indessen wünschte sie diese Ehe so sehr, die ihr zugleich eine Erlösung von all' diesen Sorgen bringen sollte, daß sie das beste glaubte. Wie schmerzlich es auch jetzt für die Fürstin war, das Unglück ihrer ältesten Tochter Dolly mit ansehen zu müssen, die sich mit der Absicht trug, ihren Mann zu verlassen, die Aufregung über das sich nun bald entscheidende Schicksal der Jüngsten verschlang alle ihre andern Gefühle. Und nun hatte der heutige Tag, an dem Ljewin wieder aufgetaucht war, noch eine neue Beunruhigung hinzugefügt. Sie fürchtete nämlich, ihre Tochter, die eine Zeitlang, wie ihr schien, für Ljewin eine gewisse Zuneigung gefühlt hatte, könne aus übergroßer Ehrlichkeit Wronskij eine abschlägige Antwort geben, und überhaupt – Ljewins Ankunft könnte die ganze Angelegenheit, die ihrem Abschluß schon so nahe war, verwirren oder verzögern.

»Ist er schon seit längerer Zeit hier?« fragte die Fürstin in bezug auf Ljewin, als sie nach Hause zurückkehrten.

»Seit heute, Mama!«

»Ich möchte dir nur das eine sagen …«, begann die Fürstin wieder, und an ihrem ernstbewegten Gesicht erriet Kitty, wovon die Rede sein würde.

»Mama«, sagte sie erglühend und sich schnell zu ihr wendend, »bitte, bitte, sprechen Sie nicht darüber. Ich weiß, ich weiß alles.«

Sie wünschte dasselbe, was ihre Mutter wünschte, aber die Beweggründe ihrer Mutter verletzten sie.

»Ich möchte nur sagen, nachdem du dem einen Hoffnung gemacht hast ...«

»Mama, mein Täubchen, ich bitte Sie um Gotteswillen, sprechen Sie nicht weiter. Es ist so furchtbar, davon zu sprechen!«

»Ich bin schon still«, lenkte die Mutter ein, als sie Tränen in den Augen der Tochter sah, »aber eines laß mich dir sagen, mein Herz: du hast mir versprochen, daß du kein Geheimnis vor mir haben willst. Du wirst mir nichts verheimlichen?«

»Niemals, Mama, nicht das Geringste«, erwiderte Kitty und blickte errötend der Mutter gerade ins Gesicht. »Aber ich habe dir jetzt nichts zu sagen. Ich ... ich ... wenn ich auch wollte, ich weiß nichts, was ich zu sagen hätte und wie ... ich weiß nicht ...«

»Nein, diese Augen können nicht lügen«, dachte die Mutter und lächelte über ihre Aufregung und ihr Glück. Sie lächelte auch darüber, wie ungeheuer bedeutungsvoll dem armen, jungen Ding das erschien, was jetzt in ihrer Seele vorging.

13

Kitty hatte nach dem Mittagessen und bis zu Beginn des Abends ein Gefühl, ähnlich dem, welches ein Jüngling vor der Schlacht empfinden mag. Ihr Herz schlug heftig, und ihre Gedanken konnten keinen Ruhepunkt finden.

Sie fühlte, daß der heutige Abend, an dem die beiden Rivalen sich zum ersten Male begegnen sollten, für ihr Schicksal entscheidend werden müsse. Und unaufhörlich stellte sie sich die Gegner vor, bald jeden für sich, bald wieder beide zusammen. Wenn sie an die Vergangenheit dachte, verweilte sie mit Vergnügen, ja mit Zärtlichkeit bei der Erinnerung an ihre Beziehungen zu Ljewin. Diese Erinnerungen an die Kindheit und an die Freundschaft Ljewins zu ihrem verstorbenen Bruder verliehen ihrem Verhältnis zu ihm einen besonderen poetischen Reiz. Seine Liebe zu ihr, an der sie nicht zweifelte, schmeichelte ihr und war ihr angenehm. Und so hatte denn der Gedanke an Ljewin nichts Drückendes für sie. In die Erinnerung an Wronskij dagegen mischte sich ein unbehagliches Etwas, obgleich er ein im höchsten Grade weltgewandter und besonnener Mann war: gleich als ob irgend etwas Unaufrichtiges nicht sowohl in ihm – er war sehr natürlich und herzlich –, als vielmehr in ihr selber wäre, während ihr Verhältnis zu Ljewin völlig einfach und klar war. Dafür aber eröffnete sich ihr, sobald sie an die Zukunft dachte, die sie an Wronskijs Seite erwartete, eine Fernsicht von glänzendem Glück; an Ljewins Seite dagegen erschien ihr die Zukunft in Nebel gehüllt.

Als sie hinaufgegangen war, um sich für den Abend umzukleiden, und einen Blick in den Spiegel warf, bemerkte sie mit Freude, daß sie einen ihrer guten Tage hatte und die volle Herrschaft über alle ihre Kräfte besaß – und das hatte sie so nötig für alles, was ihr bevorstand; sie fühlte, daß sie äußerlich ruhig zu sein und die gewohnte freie Anmut ihrer Bewegungen zu entfalten vermochte.

Um halb acht Uhr, als sie gerade in das Empfangszimmer hinuntergegangen war, meldete der Diener:

»Konstantin Dmitritsch Ljewin.«

Die Fürstin befand sich noch in ihrem Zimmer, und auch der Fürst war noch nicht herausgekommen.

»Jetzt gilt's«, dachte Kitty, und alles Blut strömte ihr zum Herzen. Sie erschrak über ihre eigene Blässe, als sie in den Spiegel blickte.

Jetzt wußte sie ganz bestimmt, daß er nur deshalb früher gekommen war, um sie allein zu treffen und ihr seinen Antrag zu machen. Und jetzt erst sah sie zum erstenmale die Sache von einer durchaus anderen, neuen Seite an. Jetzt erst begriff sie, daß es sich nicht nur um sie allein, um die Frage handelte, mit wem sie wohl glücklich sein würde und wen sie liebe, sondern daß sie im nächsten Augenblick einen Menschen, den sie lieb hatte, verletzen mußte, und zwar aufs grausamste verletzen mußte. Und wofür? Dafür, daß dieser brave Mensch sie liebte, in sie verliebt war. Aber es ging nicht anders, es mußte geschehen.

»Mein Gott, muß ich es ihm wirklich selbst sagen?« dachte sie. »Werde ich ihm wirklich sagen, daß ich ihn nicht liebe? Das wäre eine Unwahrheit. Was werde ich ihm also sagen? Daß ich einen andern liebe? Nein, das ist unmöglich. Ich kann nicht bleiben, ich will fort.«

Sie hatte sich schon der Tür genähert, als sie seine Schritte hörte.

»Nein! Das wäre nicht ehrlich. Was habe ich eigentlich zu fürchten? Ich habe nichts Schlimmes getan. Mag kommen, was will! Ich werde die Wahrheit sagen. Und er wird es mich gewiß nicht peinlich empfinden lassen. Da ist er!« sagte sie zu sich selbst, als sie seine kräftige und zugleich schüchterne Gestalt und seine glänzenden, auf sie gerichteten Augen erblickte. Sie schaute ihm gerade ins Gesicht, als ob sie ihn um Schonung anflehe, und reichte ihm die Hand.

»Ich komme nicht zur rechten Zeit, zu früh, wie es scheint«, sagte er mit einem Blick auf das leere Empfangszimmer. Als er sah, daß seine Erwartungen zutrafen, daß ihn nichts hinderte, alles zu sagen, verdüsterten sich seine Züge.

»Oh, nein«, erwiderte Kitty und setzte sich an den Tisch.

»Ich habe darauf gerechnet, Sie allein zu treffen«, begann er, ohne sich zu setzen und ohne sie anzusehen, um den Mut nicht zu verlieren.

»Mama wird gleich kommen. Sie war gestern sehr müde. Gestern ...«

Sie sprach, ohne selbst zu wissen, was ihre Lippen sprachen, und hielt ihren flehenden, mitleidheischenden und forschenden Blick unverwandt auf ihn gerichtet.

Er sah sie an; sie errötete und schwieg.

»Ich sagte Ihnen bereits gestern, daß ich nicht wüßte, ob ich auf längere Zeit hierhergekommen sei ... daß dies von Ihnen abhänge ...«

Sie neigte ihren Kopf immer tiefer und tiefer und wußte

selbst nicht, was sie antworten würde auf das, was jetzt mit jedem Augenblick näher rückte.

»Daß dies von Ihnen abhänge«, wiederholte er. »Ich wollte sagen ... ich wollte sagen ... Ich bin deshalb hergekommen ... damit ... Werden Sie mein Weib!« Er hatte es ausgesprochen, ohne daß er wußte, was er sprach; aber in dem Gefühl, daß das Schrecklichste nun gesagt war, hielt er inne und schaute sie an.

Sie atmete schwer und blickte ihn nicht an. Ein Gefühl des Entzückens überkam sie. Ihre Seele war übervoll von Glück. Sie hatte durchaus nicht erwartet, daß das Geständnis seiner Liebe auf sie einen so starken Eindruck machen würde. Doch dies dauerte nur einen Augenblick. Dann kam ihr die Erinnerung an Wronskij. Sie erhob ihre hellen, ehrlichen Augen zu ihm, und als sie den verzweifelten Ausdruck in seinem Gesicht sah, erwiderte sie hastig:

»Das kann nicht sein – verzeihen Sie mir.«

Wie war sie ihm noch einen Augenblick vorher so nahe gewesen, wie wichtig für sein Leben! Und wie war sie ihm jetzt entfremdet und entrückt!

»Es konnte nicht anders kommen«, sagte er mit abgewandtem Blick. Dann verbeugte er sich und wollte sich entfernen.

14

In diesem Augenblick trat die Fürstin ins Zimmer. Schrecken malte sich auf ihren Zügen, als sie die beiden allein und ihre verstörten Gesichter sah. Ljewin verbeugte sich vor ihr, ohne ein Wort zu sagen. Kitty schwieg und schlug die Augen nicht auf. »Gott sei Dank, sie hat ihn abgewiesen«, dachte die Mutter, und ihr Gesicht erhellte das gewohnte Lächeln, mit dem sie an ihren Donnerstagabenden ihre Gäste empfing. Sie setzte sich und begann Ljewin über sein Leben auf dem Lande zu befragen.

Auch er hatte wieder Platz genommen und wartete nur auf

die Ankunft der Gäste, um sich unbemerkt entfernen zu können.

Fünf Minuten später erschien eine Freundin von Kitty, die sich im vergangenen Winter verheiratet hatte, eine Gräfin Nordston, auf der Schwelle.

Es war eine hagere, gelbe, kränkliche und nervöse Dame mit schwarzen, glänzenden Augen. Sie hatte Kitty sehr gern, und dies Gefühl fand, wie fast immer die Liebe von verheirateten Frauen zu jungen Mädchen, in dem Wunsche Ausdruck, Kitty mit dem Manne zu verheiraten, der ihrem eigenen Ideal von Glück am meisten entsprach. Demgemäß wünschte sie die Freundin mit Wronskij zu verheiraten. Ljewin, den sie zu Anfang des Winters oft bei Schtscherbazkijs getroffen hatte, war ihr immer unsympathisch gewesen. Wenn sie mit ihm zusammen kam, machte sie sich stets ein besonderes Vergnügen daraus, sich über ihn lustig zu machen.

»Ich sehe es gern, wenn er von der Höhe seiner Unnahbarkeit auf mich herabblickt oder sein kluges Gespräch mit mir abbricht, weil ich ihm zu dumm bin, oder auch, wenn er sich zu mir herabläßt. Das mag ich ganz besonders gern: wenn er sich herabläßt! Ich bin sehr froh, daß er mich nicht ausstehen kann«, pflegte sie von ihm zu sagen.

Sie hatte recht, weil Ljewin sie in der Tat nicht leiden konnte und sie gerade wegen der Eigenschaften geringschätzte, auf die sie besonders stolz war und die sie sich als besondern Vorzug anrechnete: nämlich wegen ihrer Nervosität und ihrer gezierten Mißachtung und Gleichgültigkeit gegen alles Derbe und menschlich Natürliche.

Auf diese Weise hatte sich zwischen den beiden ein Verhältnis herausgebildet, wie man es nicht selten in der Gesellschaft findet, ein Verhältnis nämlich, bei dem zwei Menschen, die äußerlich freundschaftliche Beziehungen zueinander unterhalten, sich gegenseitig derartig geringschätzen, daß sie nicht einmal in ernsthafter Weise miteinander verkehren können, ja der eine sich durch den andern nicht einmal verletzt fühlen kann.

Gräfin Nordston stürzte sich sogleich auf Ljewin.

»Ach, Konstantin Dmitritsch«, sagte sie, während sie ihm

ihre auffallend kleine, gelbe Hand reichte. »Sie haben sich doch wieder in unser sittenloses Babel hineingewagt?« fuhr sie fort, indem sie auf eine Äußerung Bezug nahm, die er im Anfang des Winter einmal gemacht hatte, daß Moskau nämlich ein Babel sei. »Wie, ist unser Babel besser oder sind Sie schlechter geworden?« fügte sie hinzu und blickte spöttisch zu Kitty hin.

»Es ist sehr schmeichelhaft für mich, Gräfin, daß Sie sich meine Worte so gut merken«, antwortete Ljewin, dem es gelungen war, sich zu fassen, und der nun sofort der Dame gegenüber den gewohnten scherzhaft-feindseligen Ton anschlug. »Offenbar machen die auf Sie einen großen Eindruck.«

»Ei, freilich! Ich schreibe mir sogar alles auf. – Nun, Kitty, bist du heut' wieder Schlittschuh gelaufen?«

Und sie begann, sich mit Kitty zu unterhalten.

So unpassend es auch sein mochte, wenn Ljewin jetzt fortging, immerhin fiel es ihm leichter, diese kleine Unschicklichkeit zu begehen, als den ganzen Abend dazubleiben und Kitty zu sehen, die dann und wann zu ihm hinüberschaute, aber seinen Blick vermied. Er war eben im Begriff, sich zu erheben, als die Fürstin, die sein Stillschweigen bemerkte, sich zu ihm wandte.

»Sind Sie auf längere Zeit nach Moskau gekommen? Sie sind, soviel ich weiß, beim Friedensgericht auf dem Lande tätig, so daß Sie sich nicht gut auf lange freimachen können.«

»Nein, Fürstin, ich habe meine Tätigkeit beim Friedensgericht aufgegeben«, erwiderte Ljewin. »Ich bin auf einige Tage gekommen.«

»Es ist irgend etwas Besonderes mit ihm passiert«, dachte Gräfin Nordston, während sie in sein strenges, ernstes Gesicht sah, »warum läßt er sich zu keiner seiner Abhandlungen verleiten? Aber ich werde ihn schon dazu bringen. Ich stelle ihn gar zu gern vor Kitty als einen Narren hin und werd' es auch heute tun.«

»Konstantin Dmitritsch«, wandte sie sich zu ihm, »bitte, erklären Sie mir doch, was das bedeutet – Sie wissen ja alles. Bei uns, in einem Dorf im Kalugaschen, haben Bauern mit ihren Weibern alles vertrunken, was sie hatten, und jetzt können sie uns keine Pacht bezahlen. Was ist da zu machen? Sie haben ja immer soviel Lob für die Bauern.«

Inzwischen war noch eine Dame ins Zimmer getreten, und Ljewin stand auf.

»Entschuldigen Sie mich, Gräfin, aber ich weiß wirklich nichts von alledem und kann Ihnen daher auch nichts darüber sagen«, erwiderte er und sah sich nach einem hinter der Dame eintretenden Offizier um.

»Das muß dieser Wronskij sein«, dachte er und blickte, um sich davon zu überzeugen, auf Kitty. Diese hatte schon einen Blick auf Wronskij geworfen und sah sich jetzt nach Ljewin um. Und an dem einen Blicke ihrer unwillkürlich aufleuchtenden Augen erkannte dieser, daß sie jenen Mann liebte, erkannte es so sicher, als wenn sie es ihm mit Worten gesagt hätte. Aber was war das wohl für ein Mann, den sie liebte?

Jetzt – mochte er nun wohl oder übel daran tun –, jetzt konnte er nicht anders, als bleiben; er mußte erfahren, was für ein Mann das war, den Kitty liebte.

Es gibt Menschen, die sofort bereit sind, wenn sie auf irgendeinem Gebiete einem glücklichen Nebenbuhler begegnen, sich von allem Guten, was in ihm ist, abzuwenden und nur das Schlechte zu sehen; es gibt dagegen auch Menschen, die im Gegenteil nichts so sehr wünschen, als in einem begünstigten Nebenbuhler die Eigenschaften herauszufinden, die ihm zum Siege verholfen haben, und die, mit beklemmendem Weh im Herzen, nur das Gute in ihm suchen. Ljewin gehörte zu den letzteren. Und es war für ihn nicht schwer, das Gute und Anziehende in Wronskij herauszufinden. Es sprang ihm sofort in die Augen. Wronskij war ein brünetter Mann, nicht hoch von Wuchs, aber stark gebaut, mit gutmütigen, schönen, überaus ruhigen und festen Zügen. In seinem Antlitz und seiner Gestalt, von dem kurzgeschorenen, schwarzen Haar und dem frischrasierten Kinn bis zu der breiten, funkelnagelneuen Uniform, war alles an ihm einfach und zugleich elegant. Nachdem er der Dame, die mit ihm zugleich eintrat, den Vortritt gelassen, wandte sich Wronskij zur Fürstin und darauf zu Kitty.

In dem Augenblick, als er zu ihr herantrat, leuchteten seine schönen Augen mit besonderer Zärtlichkeit auf; mit kaum bemerkbarem, glücklich und bescheiden triumphierendem Lächeln (so wollte es Ljewin scheinen) beugte er sich ehrerbietig und gemessen zu ihr herab und streckte ihr seine nicht große, aber breite Hand entgegen.

Nachdem er die Anwesenden begrüßt und einige Worte gesagt hatte, nahm er Platz, ohne auf Ljewin, der von ihm kein Auge verwandt hatte, einen Blick geworfen zu haben.

»Erlauben Sie, daß ich die Herren miteinander bekannt mache«, sagte die Fürstin und auf Ljewin weisend: »Konstantin Dmitrijewitsch Ljewin – Graf Alexej Kirillowitsch Wronskij.«

Wronskij stand auf, sah Ljewin freundlich in die Augen und drückte ihm die Hand.

»Wenn ich nicht irre, sollten wir diesen Winter einmal zusammen speisen«, sagte er mit seinem ungezwungenen und offenen Lächeln, »aber Sie sind unerwartet aufs Land zurückgereist.«

»Konstantin Dmitritsch verachtet und haßt die Stadt und uns Städter«, warf Gräfin Nordston ein.

»Meine Worte müssen einen großen Eindruck auf Sie machen, weil Sie sich ihrer so gut erinnern«, sagte Ljewin, und da ihm einfiel, daß er dies schon einmal gesagt hatte, errötete er.

Wronskij blickte auf Ljewin und die Gräfin Nordston und lächelte.

»Leben sie immer auf dem Lande?« fragte er. »Ich denke, das muß im Winter recht langweilig sein.«

»Es ist nicht langweilig, wenn man Beschäftigung hat, und überdies langweile ich mich nie, wenn ich mit mir allein bin«, antwortete Ljewin scharf.

»Ich bin auch ein Freund des Landlebens«, versetzte Wronskij, der Ljewins Ton wohl bemerkte, ihn aber nicht bemerken zu wollen schien.

»Doch hoffe ich, daß Sie, Graf, sich nicht dazu verstehen würden, immer auf dem Lande zu leben«, sagte Gräfin Nordston.

»Ich weiß es nicht, ich habe es noch nicht auf die Dauer versucht. Aber ich habe einmal eine seltsame Erfahrung gemacht«, fuhr er dann fort. »Ich habe mich nirgends auf dem Lande, in keinem russischen Dorfe, mit seinen Bauern und seinen Bastschuhen, je so gelangweilt, wie während eines Winters, den ich einmal mit meiner Mutter in Nizza verbrachte. Nizza ist an und für sich langweilig, wie Sie wissen. Ja, und auch Neapel, Sorrent sind nur auf kurze Zeit zu ertragen. Und gerade dort wird man besonders lebhaft an Rußland und besonders ans Dorfleben erinnert. Es ist gleichsam ...«

Er sprach, indem er sich abwechselnd an Kitty und an Ljewin wandte und seinen ruhigen und freundlichen Blick bald auf ihn, bald auf sie richtete. Er sagte offenbar, was ihm gerade einfiel.

Als er indessen bemerkte, daß Gräfin Nordston etwas sagen wollte, hielt er inne, ohne den angefangenen Satz zu vollenden und begann, ihr aufmerksam zuzuhören.

Das Gespräch geriet keinen Augenblick ins Stocken, so daß die alte Fürstin, die stets, wenn der Stoff ausging, zwei schwere Geschütze in Reserve hatte: die klassische oder Realschulbildung, und die allgemeine Wehrpflicht, diese nicht in Bewegung zu setzen brauchte, und die Gräfin Nordston nicht dazu kam, Ljewin zu ärgern.

Ljewin gab sich Mühe, an dem allgemeinen Gespräch teilzunehmen, aber er vermochte es nicht; jeden Augenblick sagte er sich: »Jetzt will ich fort!« und doch ging er nicht, als ob er auf irgend etwas warte.

Die Unterhaltung hatte sich indessen dem Tischrücken und den Geistern zugewandt, und Gräfin Nordston, die an den Spiritismus glaubte, begann von den Wundern zu erzählen, die sie gesehen hatte.

»Ach, Gräfin, Sie müssen mich unbedingt einmal dazu mitnehmen, um des Himmels willen, tun Sie das doch! Ich habe noch niemals etwas Außergewöhnliches gesehen, obgleich ich es überall suche«, sagte Wronskij lächelnd.

»Gut, nächsten Sonnabend«, erwiderte Gräfin Nordston. »Und Sie, Konstantin Dmitritsch, glauben Sie daran?« wandte sie sich an Ljewin.

»Warum fragen sie mich danach? Sie wissen ja doch, was ich sagen werde.«

»Aber ich möchte Ihre Ansicht hören.«

»Meine Ansicht ist nur die«, antwortete Ljewin, »diese drehenden Tische beweisen, daß die sogenannte gebildete Gesellschaft auf keiner höheren Stufe steht, als unsere Bauern. Die glauben an den bösen Blick und an Behexung und an Springwurzeln, und wir ....«

»Also, Sie glauben nicht daran?«

»Ich kann nicht daran glauben, Gräfin.«

»Wenn ich es aber selbst gesehen habe?«

»Auch die Bauernweiber erzählen, daß sie Hauskobolde gesehen haben.«

»So glauben Sie also, daß ich die Unwahrheit sage?« Und sie lachte neckisch auf.

»Nicht doch, Mascha; Konstantin Dmitritsch sagt nur, daß er nicht daran glauben könne«, wandte Kitty ein und errötete für Ljewin; er verstand dies und wollte in noch gereizterem Tone antworten, aber Wronskij kam sogleich mit seinem offenen, lustigen Lächeln dem Gespräch zu Hilfe, das unangenehm zu werden drohte.

»Sie leugnen also die Möglichkeit ganz und gar?« fragte er. »Weshalb denn eigentlich? Wir erkennen das Vorhandensein der Elektrizität an, deren Wesen wir doch auch nicht kennen; warum kann es nicht neue, uns noch unbekannte Kräfte geben, die ...«

»Als die Elektrizität entdeckt wurde«, unterbrach ihn Ljewin rasch, »wurde nur die Erscheinung entdeckt; unbekannt dagegen blieb ihre Ursache und ihre Wirkung, und noch Jahrhunderte vergingen, ehe man an ihre Anwendung dachte. Die Spiritisten aber haben im Gegenteil damit angefangen, daß ihre Tischchen ihnen etwas schrieben und die Geister zu ihnen kamen, und dann erst begannen sie, davon zu sprechen, daß diesen Erscheinungen eine unbekannte Kraft zugrunde liege.«

Wronskij hörte Ljewin aufmerksam zu, wie er immer zuhörte, mit sichtlichem Interesse an dem, was dieser sagte.

»Ja, aber die Spiritisten sagen: jetzt wissen wir zwar noch nicht, was das für eine Kraft ist, aber die Kraft ist jedenfalls vorhanden, und unter diesen und jenen Bedingungen tritt sie in Aktion. Mögen die Gelehrten entdecken, worin diese Kraft besteht. – Nein, ich sehe nicht ein, warum das nicht eine neue Kraft sein kann, wenn sie …«

»Darum nicht«, fiel ihm Ljewin wieder ins Wort, »weil bei der Elektrizität jedesmal, sobald Sie mit dem Harz über die Wolle streichen, die bekannte Erscheinung eintritt, hier aber die gewünschte Wirkung nicht jedesmal erfolgt, so daß von einer Naturerscheinung hier nicht die Rede sein kann.«

Wronskij mußte wohl die Empfindung haben, daß die Unterhaltung einen für ein Salongespräch allzu ernsten Charakter annahm, und er wandte sich daher, in dem Bemühen, das Gesprächsthema zu ändern, mit heiterem Lächeln wieder zu den Damen.

»Wollen wir es nicht gleich probieren, Gräfin?« begann er; aber Ljewin wollte seinen Gedanken zu Ende ausführen.

»Ich bin der Ansicht«, fuhr er fort, »daß dieser Versuch der Spiritisten, ihre Wunder durch irgendeine neue Kraft zu erklären, ein äußerst mißlungener ist. Sie sprechen geradezu von einer Geisterkraft und wollen sie doch dem materiellen Experiment unterwerfen.«

Alle warteten, ob er nicht bald zu Ende kommen würde, und er fühlte das.

»Ich glaube, daß Sie jedenfalls ein ausgezeichnetes Medium sein würden«, sagte Gräfin Nordston, »Sie haben so etwas Begeistertes an sich.«

Ljewin öffnete den Mund, wollte etwas antworten, errötete aber und sagte nichts.

»Wollen wir es gleich einmal mit den Tischen versuchen, bitte, Prinzessin«, schlug Wronskij vor. »Sie erlauben doch, Fürstin?«

Mit diesen Worten erhob sich Wronskij und suchte mit den Augen nach einem Tischchen.

Kitty erhob sich von dem Tischchen, an dem sie saß, und während sie an Ljewin vorüberging, begegneten sich ihre Blicke. Er tat ihr aus ganzer Seele leid, und das um so mehr, als sie selbst das Unglück verursacht hatte, um dessentwillen sie ihn bedauerte.

»Wenn es möglich ist, daß du mir verzeihst, so verzeih' mir«, sagte ihr Blick, »ich bin so glücklich!«

»Ich hasse euch alle und dich und mich selber«, antwortete sein Blick, und er griff nach seinem Hut. Aber es war ihm nicht vergönnt, schon fortzukommen. Eben wollten sich die übrigen um das Tischchen ordnen, und Ljewin war im Begriff, das Zimmer zu verlassen, als der alte Fürst hereinkam, die Damen begrüßte und sich dann zu Ljewin wandte.

»Ah!« rief er freudig aus. »Schon lange hier? Ich wußte gar nicht, daß du hier bist. Ich freue mich sehr, Sie zu sehen.«

Der alte Fürst pflegte Ljewin bald mit »du«, bald mit »Sie« anzureden. Er umarmte ihn und bemerkte, während er mit ihm sprach, Wronskij nicht, der aufgestanden war und ruhig wartete, bis der Fürst sich zu ihm wenden würde.

Kitty fühlte, daß Ljewin nach dem, was zwischen ihnen vorgefallen war, die Liebenswürdigkeit des Vaters sehr peinlich empfinden müsse. Sie sah auch, wie steif ihr Vater endlich Wronskijs Verbeugung erwiderte, und wie dieser mit freundlicher Verständnislosigkeit auf den Fürsten blickte, als ob er sich Mühe gäbe zu begreifen und es doch nicht zu begreifen vermöge, wie und warum man gegen ihn so unfreundlich gestimmt sein könne, und sie errötete.

»Fürst, geben Sie uns Konstantin Dmitritsch frei«, sagte Gräfin Nordston. »Wir wollen ein Experiment machen.«

»Was für ein Experiment? Tischrücken? Entschuldigen Sie, meine Damen und Herren, aber nach meiner Meinung wäre es amüsanter, Reifen zu spielen«, sagte der alte Fürst auf Wronskij blickend, da er erriet, daß dieser die Sache angestiftet hatte. »Im Reifenspiel ist doch noch ein Sinn.«

Wronskij schaute den Fürsten mit seinem festen Blick verwundert an und begann dann sogleich mit leisem Lächeln mit der Gräfin Nordston von dem großen Balle zu sprechen, der in der künftigen Woche bevorstand.

»Ich hoffe, daß Sie dort sein werden?« wandte er sich an Kitty.

Sobald sich der Fürst von ihm abgekehrt hatte, ging Ljewin unbemerkt hinaus, und der letzte Eindruck, den er von diesem Abend mitnahm, war das lächelnde glückliche Antlitz Kittys, als sie Wronskijs Frage nach dem Balle beantwortete.

15

Nachdem die Gäste sich entfernt hatten, berichtete Kitty der Mutter, was zwischen ihr und Ljewin vorgefallen war, und ungeachtet alles Mitleids, das sie für ihn empfand, freute sie sich doch bei dem Gedanken, daß ihr ein *Antrag* gemacht worden war. Sie zweifelte keinen Augenblick daran, daß sie recht gehandelt habe. Als sie aber im Bette lag, vermochte sie lange nicht einzuschlafen. Eine Erinnerung verfolgte sie unablässig: es war der Ausdruck von Ljewins Gesicht, wie er mit zusammengezogenen Brauen und den trostlos und finster darunter hervorblickenden guten Augen, bei ihrem Vater stand und diesem zuhörte und zu ihr und Wronskij hinübersah. Und er tat ihr so leid, daß ihr die Tränen aus den Augen stürzten. Gleich darauf aber dachte sie daran, gegen wen sie ihn eingetauscht habe. Sie dachte lebhaft an dieses männliche, feste Gesicht, diese adelsstolze Ruhe und die aus seinem ganzen Wesen hervorleuchtende Güte gegen jedermann, sie dachte an die Liebe, die er, den sie liebte, für sie empfand, und ihr ward wieder froh ums Herz, und mit einem Lächeln des Glückes sank sie in die Kissen. »Er tut mir leid, er tut mir leid, aber was sollte ich tun? Mich trifft keine Schuld«, sprach sie zu sich selber; aber eine innere Stimme in ihr sprach anders. Bereute sie, daß sie Ljewin angelockt, oder daß sie ihn abgewiesen hatte – sie wußte es selber nicht. Aber ihr Glück war durch Zweifel vergiftet.

»Herr, erbarme dich, Herr, erbarme dich, Herr, erbarme dich meiner!« sprach sie noch im Einschlafen vor sich hin.

Zu derselben Zeit fand unten im kleinen Arbeitszimmer des Fürsten einer der Auftritte statt, wie sie sich in letzter Zeit öfter zwischen den Eltern wegen ihrer Lieblingstochter wiederholten.

»Was ich meine? Das meine ich!« schrie der Fürst, mit den Händen fuchtelnd, und dann gleich wieder seinen mit Grauwerk gefütterten Schlafrock übereinander schlagend. »Daß Sie keinen Stolz, keine Würde haben, daß Sie unsere Tochter kompromittieren, ins Verderben stürzen mit dieser niederträchtigen, törichten Ehestifterei!«

»Aber ich bitte dich um Gottes willen, Fürst, was habe ich denn nur getan?« rief die Fürstin beinahe weinend.

Sie war nach dem Gespräch mit der Tochter glücklich und zufrieden zu ihrem Gatten gekommen, um ihm, wie gewöhnlich, gute Nacht zu wünschen; und obgleich es nicht ihre Absicht gewesen war, ihm von Ljewins Antrag und Kittys abschlägiger Antwort etwas zu sagen, so spielte sie ihm gegenüber doch darauf an, daß ihr die Sache mit Wronskij so gut wie erledigt erscheine und daß sie endgültig zur Entscheidung kommen müsse, sobald seine Mutter einträfe. Bei diesen Worten aber brauste der Fürst plötzlich auf und begann, sie mit harten, lauten Worten zu überschütten.

»Was Sie getan haben? Das will ich Ihnen sagen! Sie tun alles mögliche, um Freier herbeizulocken, und darüber wird sich ganz Moskau aufhalten und zwar mit Fug und Recht. Wenn Sie Abendgesellschaften geben wollen, so laden Sie alle ein, und nicht bloß auserwählte Heiratskandidaten. Laden Sie all diese jungen Hündchen ein, (so nannte der Fürst die Moskauer jungen Leute) und bestellen Sie einen Klavierspieler zum Tanz, dann mögen sie tanzen; aber nicht so wie heute – lauter Heiratskandidaten – das ist die reine Kuppelei! Mich ekelt, ja, mich ekelt es, das mit anzusehen; und Sie haben es richtig fertiggebracht, dem Mädel den Kopf zu verdrehen. Ljewin ist ein tausendmal besserer Kerl, als dieser Petersburger Fant! Diese Leute sind wie Maschinenfabrikat, alle nach einem Muster, und alle sind sie Lumpen. Aber wenn er auch ein Prinz von Geblüt wäre, meine Tochter hat keinen nötig!«

»Mein Gott, was habe ich denn nur verbrochen?«

»Sie haben …«, schrie der Fürst zornig.

»Ich weiß schon, wenn man auf dich hören wollte«, unterbrach ihn die Fürstin, »dann würden wir unsere Tochter niemals verheiraten. Wenn's so steht, dann wollen wir uns auf unser Landgut zurückziehen.«

»Das wäre jedenfalls viel besser.«

»Aber so nimm doch Vernunft an! Suche ich mich denn bei irgend jemand einzuschmeicheln? Das ist mir noch bei keinem eingefallen – ein junger Mensch, und dazu ein sehr netter, hat sich einfach in sie verliebt, und sie scheint mir ...«

»Ja, das scheint Ihnen eben! Und wie, wenn sie sich ernstlich verliebt, er aber gerade so ans Heiraten denkt wie ich? ... Uff! – hätten meine Augen das nie gesehn! ... ›Ah, Spiritismus, ah Nizza, ah, auf dem Balle ...‹«

Und in der Absicht, seiner Frau nachzuäffen, knickste der Fürst bei jedem Worte. »Aber dann, wenn wir Katjenka ins Unglück gebracht haben, wenn sie sich wirklich etwas in den Kopf setzt ...«

»Ja, weshalb glaubst du denn das?«

»Ich glaube nichts, ich weiß es; dazu haben *wir* die Augen und nicht die Weiber. Ich sehe einen Mann, der ernsthafte Absichten hat, das ist Ljewin; und ich sehe einen lockeren Zeisig, wie diesen leichtsinnigen Strick, der sich nur ein Pläsir machen will.«

»Ja, wenn du dir einmal etwas in den Kopf gesetzt hast ...«

»Du wirst schon noch dran denken, wenn's zu spät ist, wie mit Daschenka.«

»Gut, gut, wir wollen nicht mehr davon reden«, fiel ihm die Fürstin bei diesem Hinweis auf Dollys Unglück ins Wort.

»Schön also, und gute Nacht!« Sie bekreuzten einander und küßten sich, aber beide fühlten, daß jeder bei seiner Meinung verharrte; so trennten sich die Gatten.

Die Fürstin war anfangs fest davon überzeugt gewesen, daß der heutige Abend über Kittys Geschick entschieden habe und daß Wronskijs Absichten über allem Zweifel ständen; aber die Worte ihres Gatten hatten sie erschüttert. Und während sie sich in ihre Zimmer zurückbegab, wiederholte sie, ganz so wie Kitty, voller Bangigkeit vor der dunklen Zukunft mehrere Male in ihrer Seele: »Herr, erbarme dich, Herr, erbarme dich, Herr, erbarme dich meiner!«

16

Wronskij hatte nie ein Familienleben gekannt. Seine Mutter war in ihrer Jugend eine glänzende Weltdame gewesen, die schon zur Zeit ihrer Ehe, besonders aber nachher, viele Romane gehabt hatte, von denen alle Welt sprach. An seinen Vater hatte er fast gar keine Erinnerung, und er selber war im Pagenkorps erzogen worden.

Er verließ diese Anstalt als sehr junger glänzender Offizier und geriet sofort in das Fahrwasser seiner reichen Petersburger Regimentskameraden. Obgleich er zuweilen die Petersburger Gesellschaft besuchte, so lagen doch alle seine Liebesangelegenheiten außerhalb der großen Welt.

So erfuhr er denn in Moskau zum erstenmal, nach dem üppigen und rohen Petersburger Leben, den Reiz einer Annäherung an ein gesellschaftlich hochstehendes, liebenswürdiges und unschuldiges junges Mädchen, das ihm sein Herz zuwandte. Es kam ihm keinen Augenblick in den Sinn, daß irgend etwas Böses in seinen Beziehungen zu Kitty liegen könnte. Auf den Bällen tanzte er vorzugsweise mit ihr; er besuchte das Haus ihrer Eltern. Seine Unterhaltung mit ihr beschränkte sich auf das, worüber man in der Gesellschaft zu sprechen gewohnt ist, auf alle möglichen Nichtigkeiten, aber es waren Nichtigkeiten, denen er unwillkürlich einen besonderen Sinn für Kitty verlieh. Trotzdem er nichts zu ihr sagte, was er nicht vor aller Ohren hätte sagen können, fühlte er doch, daß sie immer mehr und mehr in eine gewisse Abhängigkeit von ihm geriet, und je stärker er das empfand, desto angenehmer war es ihm und desto zärtlicher wurde sein Gefühl für sie. Er wußte nicht, daß seine Handlungsweise in bezug auf Kitty einen ganz bestimmten Namen trägt, daß sie sich Verlockung eines jungen Mädchens ohne die Absicht sie zu heiraten nennt, und daß diese Verlockung zu den verwerflichen Handlungen gehört, welche unter glänzenden jungen Lebemännern, wie er, an der Tagesordnung sind. Ihm schien es, als sei er der erste, der dieses Vergnügen entdeckt habe, und er freute sich seiner Entdeckung.

Hätte er hören können, was ihre Eltern an jenem Abend gesprochen hatten, hätte er sich auf den Standpunkt der Familie stellen können und erfahren, daß Kitty unglücklich sein würde, wenn er sie nicht heirate, so würde er sehr verwundert gewesen sein, und es nicht geglaubt haben. Er hätte nicht glauben können, daß das, was ihm und namentlich ihr ein so großes Vergnügen bereitete, etwas Böses sein könnte. Noch weniger hätte er glauben können, daß es seine Pflicht sei, sie zu heiraten.

Eine eheliche Verbindung war ihm überhaupt niemals als etwas erschienen, was für ihn in den Bereich des Möglichen gehörte. Nicht nur, daß er keine Neigung zum Familienleben hatte, der Gedanke an eine Familie und insbesondere an einen Ehemann war bei ihm, im Einklang mit der Ansicht der Junggesellenwelt, in der er lebte, stets mit der Vorstellung von etwas Fremdartigem, Feindseligem und vor allem mit dem Gefühl der Lächerlichkeit verknüpft. Aber obgleich er auch nicht einmal argwöhnte, was die Eltern gesprochen hatten, so fühlte er doch an diesem Abend bei seinem Abschiede von Schtscherbazkijs, daß jenes geheime seelische Band, welches sich zwischen ihm und Kitty geknüpft hatte, durch den heutigen Abend so stark gefestigt worden war, daß er etwas unternehmen müsse. Allein, was zu unternehmen möglich und notwendig war, das vermochte er sich nicht klar zu machen.

»Das ist ja gerade das Entzückende«, dachte er, als er von Schtscherbazkijs nach Hause ging und wie immer von ihnen ein angenehmes Gefühl der Reinheit und Frische mitnahm, das zum Teil darauf zurückzuführen war, daß er den ganzen Abend nicht geraucht hatte, und zugleich eine ihm neue Empfindung, die der Rührung über Kittys Liebe zu ihm: »Das ist ja gerade das Entzückende, daß bis jetzt kein Wort gefallen ist, weder von meiner noch von ihrer Seite; aber wir verstanden einander in diesem geheimen Gespräche der Blicke und des Stimmklanges doch so gut, daß sie mir heute klarer als jemals gesagt hat: ich liebe dich! Und wie lieb, wie einfach, und vor allem wie vertrauensvoll sie war! Ich selber fühlte mich besser, reiner. Ich fühlte, daß ich ein Herz habe und daß in mir viel Gutes lebt. Oh, diese rührenden, liebevollen Augen! Als sie sagte: *und sehr* ...«

»Nun, was ist dabei? Ei, gar nichts. Mir ist es angenehm, und ihr auch!« Und er begann zu überlegen, wie er den heutigen Abend beschließen solle.

Er ging in seinen Gedanken die Orte durch, wo er jetzt wohl noch hingehen könnte.

»In den Klub? eine Partie Besique, Champagner mit Ignatow? Nein, das nicht. Château des fleurs, da würde ich Oblonskij treffen; Couplets, cancan? Brr! das habe ich satt. Gerade darum bin ich so gern bei Schtscherbazkijs, weil ich dort selbst ein besserer Mensch werde. Ich will nach Hause fahren«, entschied er und suchte geraden Wegs sein Zimmer bei Duffot auf; er aß dort zu Nacht, kleidete sich aus und hatte den Kopf kaum auf das Kissen gelegt, als ihn auch schon ein fester Schlaf umfing.

17

Am andern Tage um elf Uhr vormittags fuhr Wronskij auf den Bahnhof der Petersburger Eisenbahn, um seine Mutter abzuholen. Der erste, der ihm auf den Stufen der großen Treppe in die Augen fiel, war Oblonskij, der mit dem gleichen Zuge seine Schwester erwartete.

»Ah! Euer Erlaucht!« rief ihn Oblonskij an. »Wen erwartest du hier?«

»Ich? Meine Mutter«, antwortete Wronskij und lächelte, wie alle zu lächeln pflegten, wenn sie Oblonskij begegneten; er drückte ihm die Hand und sie gingen zusammen die Stufen hinauf. »Sie kommt heute aus Petersburg hier an.«

»Und ich habe bis zwei Uhr auf dich gewartet. Wohin bist du denn von Schtscherbazkijs gefahren?«

»Nach Haus«, erwiderte Wronskij »Wenn ich's bekennen soll, mir war gestern abend nach dem Besuch bei Schtscherbazkijs so wohl, daß ich nirgends mehr hin mochte.«

Ich erkenn' der Rosse Vollblut
An dem eingebrannten Mal,
Den verliebten Jüngling kenn' ich
An der Augen hellem Strahl

deklamierte Stjepan Arkadjewitsch gerade so, wie er es früher bei Ljewin getan hatte.

Wronskij lächelte und machte eine Miene, als ob er es nicht gerade ableugnen wolle, begann aber sofort von etwas anderem zu sprechen.

»Und wen holst du ab?« fragte er.

»Ich? Eine allerliebste Frau«, sagte Oblonskij.

»Schau mal einer an!«

»Honny soit qui mal y pense! Meine Schwester Anna.«

»Ach so, die Frau Karenina!« versetzte Wronskij.

»Du kennst sie sicherlich?«

»Ich glaube, ja! Oder doch nicht – – Ich kann mich wirklich nicht erinnern, –« erwiderte zerstreut Wronskij, den bei dem Namen Karenina* eine dunkle Vorstellung von Geziertheit und Langeweile überkam.

»Aber meinen berühmten Schwager, Alexej Alexandrowitsch, kennst du doch sicherlich. Ihn kennt ja die ganze Welt.«

»Ja; das heißt, ich kenne ihn vom Hörensagen und von Ansehen. Man sagt daß er ein kluger und gelehrter Mann, so eine Art von Halbgott ist. – Aber weißt du, das ist nicht in meiner ... not in my line«, sagte Wronskij.

»Ja, er ist ein sehr bedeutender Mann, ein wenig konservativ, aber sonst ein prächtiger Mensch«, bemerkte Stjepan Arkadjewitsch, »ein prächtiger Mensch.«

»Nun, um so besser für ihn«, entgegnete Wronskij lächelnd. »Ah, du bist auch hier«, wandte er sich hierauf an den hochgewachsenen alten Diener seiner Mutter, der an der Türe stand, »komm her.«

Wronskij hatte sich in der letzten Zeit, abgesehen von dem

---

* Im Russischen nehmen auch die Familiennamen die weibliche Endung ›a‹, resp. ›aja‹ an. Anm. d. Übers.

stets und für alle sympathischen Wesen von Stjepan Arkadjewitsch, noch besonders zu ihm hingezogen gefühlt, weil er ihn in seiner Vorstellung mit Kitty vereinigte.

»A propos, kommt unser Souper zu Ehren der Diva am Sonntag zustande?« fragte er lächelnd, indem er seinen Arm unter den von Oblonskij schob.

»Ganz bestimmt. Ich sammle die Unterschriften. Übrigens, hast du gestern meinen Freund Ljewin kennengelernt?« fragte Stjepan Arkadjewitsch.

»Allerdings! Aber er ist sehr bald fortgegangen.«

»Das ist ein Prachtkerl«, fuhr Oblonskij fort, »nicht wahr?«

»Ich weiß nicht«, antwortete Wronskij, »warum alle Moskauer – die Anwesenden natürlich ausgenommen –«, schob er scherzhaft ein, »etwas so überaus Schroffes an sich haben. Man hat den Eindruck, als ob sie sich immer aufbäumten, immer ärgerten, einem immer etwas zu fühlen geben wollten ...«

»Das stimmt, stimmt wahrhaftig«, sagte Stjepan Arkadjewitsch mit heiterem Lachen.

»Nun, kommt der Zug bald?« wandte sich Wronskij an einen Bahnbeamten.

»Er muß jeden Augenblick einlaufen«, erwiderte der Beamte.

Das Herannahen des Zuges machte sich durch die zunehmende Bewegung auf dem Bahnhof, das Hin- und Herlaufen der Träger, das Erscheinen von Gendarmen, Bahnbeamten und des auf den Zug wartenden Publikums mehr und mehr bemerkbar. Durch den Dampf in der eisigen Luft sah man Arbeiter in halblangen Pelzen und weichen Filzstiefeln an den Kreuzungsstellen über die Geleise eilen. Auf den entfernteren Schienensträngen ließ sich der Pfiff einer Lokomotive hören und die Bewegung einer schweren Masse.

»Nein«, fuhr Stjepan Arkadjewitsch fort, der sehr gerne Wronskij etwas von Ljewins Absichten auf Kitty ausgeplaudert hätte. »Nein, du hast meinen Ljewin nicht richtig eingeschätzt. Er ist sehr nervös und kann allerdings bisweilen unangenehm werden, dafür kann er aber auch manchmal ganz reizend sein. Er ist eine ehrliche, wahrhaftige Natur und hat ein Herz von Gold. Gestern waren freilich ganz besondere Gründe mit im Spiel«, fuhr Stjepan Arkadjewitsch mit vielsagendem Lächeln fort. Das aufrichtige Mitgefühl, welches er am Tage vorher für seinen Freund empfunden hatte, war völlig vergessen, und er hegte jetzt vielmehr für Wronskij dieselbe Empfindung. »Ja, es gab einen Grund, der ihn entweder überglücklich oder tief unglücklich machen mußte.«

Wronskij blieb stehen und fragte ohne Umschweife:
»Was soll das heißen? Inwiefern? Hatte er etwa gestern um die Hand deiner Schwägerin angehalten?«

»Vielleicht«, sagte Stjepan Arkadjewitsch. »Etwas ähnliches schien er mir im Sinn zu haben. Ja, wenn er früh wegging und obendrein noch verstimmt war, so verhält es sich so … Er liebt sie schon lange und tut mir von Herzen leid.«

»So, so …! Ich glaube übrigens, daß sie auf eine bessere Partie rechnen kann«, versetzte Wronskij und warf sich in die Brust, während er seinen Spaziergang auf dem Bahnsteig wieder aufnahm. »Übrigens kenne ich ihn nicht näher«, fügte er hinzu. »Ja, das ist allerdings eine fatale Lage. Daher kommt es auch, daß die meisten es vorziehen, mit irgendeinem leichtlebigen Klärchen zu verkehren. Hast du bei dieser keinen Erfolg, so beweist das nur, daß du nicht genug Geld für sie hattest, hier aber liegt deine Manneswürde in der Waagschale. Da kommt übrigens der Zug.«

In der Tat hörte man aus der Ferne das Pfeifen der Lokomotive. Nach einigen Minuten erbebte der Bahnsteig, und keuchend unter dem Druck des durch den Frost nach unten getriebenen Dampfes, rollte die Lokomotive heran, mit dem langsam und regelmäßig sich beugenden und streckenden Achsenhebel des Mittelrades und ihrem im Vorbeifahren grüßenden, vermummten, reifbedeckten Maschinisten. Und hinter dem Tender, immer langsamer und den Bahnsteig immer mehr erschütternd, kam der schwere Gepäckwagen mit einem winselnden Hund; und schließlich rollten, während die ganze Umgebung erdröhnte, die Wagen mit den Reisenden heran.

Der schmucke Zugführer ließ die Pfeife noch während des Fahrens ertönen und sprang dann herunter, und nach ihm begannen einzelne ungeduldige Reisende den Zug zu verlassen: ein Gardeoffizier in strammer Haltung, der sich mit strenger Miene umschaute, ein junger, fröhlich lächelnder Kaufmann mit einer Handtasche und ein Bauer mit dem Sack über der Schulter.

Wronskij, der neben Oblonskij stand, musterte die Wagen und die Aussteigenden und hatte seine Mutter vollkommen vergessen. Was er eben über Kitty erfahren, hatte ihn in freudige Erregung versetzt. Unwillkürlich dehnte sich seine Brust und seine Augen blitzten. Er fühlte sich als Sieger.

»Die Gräfin Wronskij befindet sich in jenem Coupé«, sagte der schmucke Zugführer, indem er an Wronskij herantrat.

Diese Worte weckten den Grafen aus seinen Träumen und erinnerten ihn an die Mutter und das bevorstehende Wiedersehen mit ihr. Im Grunde seiner Seele hegte er keine Hochachtung für seine Mutter, und ohne sich davon Rechenschaft zu geben, liebte er sie auch nicht; allein nach den Begriffen der Gesellschaft, in der er lebte, und nach den Grundsätzen seiner Erziehung konnte er sich kein anderes Verhältnis zu ihr vorstellen, als ein im höchsten Grade unterwürfiges und ehrerbietiges, und er trug dies um so mehr nach außen zur Schau, je weniger er sie in seiner Seele achtete und liebte.

18

Wronskij folgte dem Schaffner, der ihn zu dem Wagen führte, blieb aber am Eingang stehen, um einer Dame, die gerade ausstieg, den Weg frei zu geben.

Mit dem geübten Auge des Weltmannes hatte er auf den ersten Blick erkannt, daß diese Dame den höheren Gesellschaftskreisen angehöre. Er entschuldigte sich und tat einen Schritt vorwärts in den Waggon, fühlte aber die innere Notwendigkeit, sich noch einmal nach ihr umzusehen. Nicht etwa, weil sie sehr schön war, nicht wegen der Anmut und der bescheidenen Grazie, die sich in ihrer ganzen Erscheinung ausprägten, sondern weil in dem lieblichen Gesicht, als sie an ihm vorüberging, ein ganz eigener Ausdruck von Freundlichkeit und Zärtlichkeit gelegen hatte. Als er sich umschaute, wandte auch sie den Kopf. Die glänzenden, grauen Augen, welche die dichten Wimpern schwarz erscheinen ließen, ruhten einen Augenblick mit zutraulicher Aufmerksamkeit auf seinem Gesicht, als ob sie in ihm einen Bekannten erkenne, und wandten sich dann sogleich auf die vorüberziehende Menge, als ob sie dort jemanden suchten. So flüchtig dieser Blick auch war, so genügte er Wronskij doch, um ihn die verhaltene Lebhaftigkeit erkennen zu lassen, die sich auf ihrem Gesichte spiegelte und zwischen ihren blitzenden Augen und dem kaum bemerkbaren Lächeln, das ihre roten Lippen umzog, hin- und herhuschte. Es war, als ob ihr ganzes Wesen so von Lebensüberfülle gesättigt sei, daß diese sich gegen ihren Willen bald im Glanz ihrer Augen, bald in ihrem Lächeln einen Ausdruck verschaffte. Mochte sie auch absichtlich den leuchtenden Glanz des Auges erlöschen lassen, er schimmerte doch unwillkürlich aufs neue in dem kaum sichtbaren Lächeln durch.

Wronskij war in den Wagen getreten. Seine Mutter, eine dürre, alte Dame mit schwarzen Augen und schwarzen Locken, betrachtete, mit den Augen blinzelnd, den Sohn und lächelte dann leicht mit den dünnen Lippen. Hierauf erhob sie sich von dem gepolsterten Sitz, übergab ihrer Zofe ein Handtäschchen und reichte dem Sohne die kleine, trockene Hand zum Kuß; dann hob sie seinen Kopf zu sich empor und küßte ihn auf die Wange.

»Hast du mein Telegramm erhalten? Geht dir's gut? Gott sei Dank!«

»Hatten Sie eine glückliche Reise?« fragte der Graf, indem er sich neben sie setzte und unwillkürlich auf die weibliche Stimme hinter der Türe lauschte. Er wußte, daß dies die Stimme der Dame sei, die ihm am Eingange begegnet war.

»Trotzdem bin ich nicht mit Ihnen einverstanden«, sprach die Stimme der Dame.

»Das sind Petersburger Ansichten, gnädige Frau.«

»Nicht Petersburger, sondern einfach weibliche«, antwortete sie.

»Na, wie Sie wollen; erlauben Sie mir, Ihr Händchen zu küssen.«

»Auf Wiedersehen, Iwan Petrowitsch. Und bitte, sehen Sie nach, ob nicht mein Bruder da ist, und schicken Sie ihn zu mir«, sagte die Dame schon an der Tür und trat dann aufs neue ins Innere des Wagens.

»Nun, haben Sie Ihren Bruder gefunden?« wandte sich Gräfin Wronskij an die junge Dame.

Wronskij fiel jetzt ein, daß dies die Karenina sein müsse.

»Ihr Bruder ist hier«, sagte er, indem er aufstand. »Entschuldigen Sie, daß ich Sie nicht erkannt habe; unsere Bekanntschaft war ja eine so flüchtige«, setzte er mit einer Verbeugung hinzu, »daß Sie sich sicherlich meiner nicht mehr erinnern.«

»O doch! Ich hätte Sie gewiß schon deshalb erkannt, weil wir mit Ihrem Mütterchen auf der ganzen Fahrt nur von Ihnen gesprochen haben«, entgegnete sie, indem sie endlich ihre nach außen drängende Lebhaftigkeit in einem Lächeln zum Ausdruck kommen ließ. »Aber meinen Bruder sehe ich trotzdem nicht.«

»Ruf' du ihn doch, Aljoscha«,* sagte die alte Gräfin.

Wronskij ging auf den Bahnsteig hinaus und rief:

»Oblonskij! Hier!«

Aber Anna Karenina wartete nicht bis der Bruder zu ihr kam, sondern verließ, als sie ihn erblickte, mit festem und leichtem Schritt den Wagen. Und sobald Oblonskij auf sie zutrat, umschlang sie mit dem linken Arm seinen Hals mit einer Bewegung, die Wronskij durch ihre Entschiedenheit und Grazie auffiel, zog den Bruder rasch an sich und küßte ihn herzlich. Wronskij wandte kein Auge von ihr und lächelte, ohne selber zu wissen, warum. Da erinnerte er sich, daß die Mutter auf ihn wartete, und er kehrte wieder in den Wagen zurück.

»Nicht wahr, sie ist reizend«, sagte die Gräfin von Anna

---

* Abkürzung für Alexéj (= Alexis).

Karenina. »Ihr Mann hat sie zu mir in dies Coupé gebracht. Und ich habe mich über ihre Gesellschaft sehr gefreut. Wir haben uns den ganzen Weg miteinander unterhalten. Nun, und du, man spricht davon ... vous filez le parfait amour. Tant mieux, mon cher, tant mieux.«

»Ich weiß nicht, worauf Sie anspielen, maman«, erwiderte er kalt. »Aber nun wollen wir gehen, maman.«

Anna Karenina kam wieder herein, um sich von der Gräfin zu verabschieden.

»Nun, Gräfin, Sie haben jetzt den Sohn und ich den Bruder bewillkommnet«, sagte sie fröhlich. »Auch sind meine Geschichten erschöpft; weiter hätte ich nichts zu erzählen gehabt.«

»Das glaube ich kaum«, sagte die Gräfin und nahm sie bei der Hand, »ich könnte mit Ihnen die ganze Welt bereisen, ohne mich dabei zu langweilen. Sie gehören zu den liebenswürdigen Frauen, mit denen es sich angenehm plaudern und angenehm schweigen läßt. Und denken Sie, bitte, nicht zu viel an Ihren Sohn; es ist ja unmöglich, sich niemals zu trennen.«

Anna Karenina stand unbeweglich, in auffallend gerader Haltung, und ihre Augen lächelten.

»Anna Arkadjewna«, wandte sich die Gräfin an Wronskij, »hat nämlich ein Söhnchen von ungefähr acht Jahren, wenn ich nicht irre, und sie hat sich noch nie von ihm getrennt; nun macht sie sich Vorwürfe, daß sie ihn allein gelassen hat.«

»Ja, die Gräfin und ich haben die ganze Zeit, ich von meinem und sie von ihrem Sohne gesprochen«, sagte Anna Karenina, und wieder erhellte ein Lächeln ihre Züge, ein freundliches Lächeln, das ihm galt.

»Das hat Sie jedenfalls sehr gelangweilt«, sagte er, indem er sofort den Ball der Koketterie auffing, den sie ihm zuwarf. Aber sie wollte augenscheinlich das Gespräch nicht in diesem Tone fortsetzen und wandte sich zu der alten Gräfin:

»Ich danke Ihnen sehr. Ich habe kaum gemerkt, wie mir der gestrige Tag vergangen ist. Auf Wiedersehen, Gräfin.«

»Leben Sie wohl, meine Liebe«, antwortete die Gräfin. »Lassen Sie mich Ihr hübsches Gesichtchen küssen. Ich bin offenherzig, wie alte Leute sind, und sage Ihnen gerade heraus, daß ich Sie liebgewonnen habe.«

So oberflächlich auch diese Redensart war, Anna Karenina faßte sie offenbar als ernstgemeint auf und war darüber erfreut. Sie errötete, beugte sich leicht herab und bot ihre Wange den Lippen der Gräfin; dann richtete sie sich wieder auf und reichte mit demselben Lächeln, das zwischen Lippen und Augen hin und her blitzte, Wronskij die Hand. Er drückte diese kleine Hand und freute sich wie über etwas Außerordentliches über den energischen Druck, mit welchem sie fest und keck die seine schüttelte. Dann schritt sie mit dem schnellen Gange hinaus, der ihren ziemlich vollen Körper so wunderbar leicht trug.

»Sie ist reizend«, sagte die alte Dame.

Genau dasselbe dachte ihr Sohn. Er folgte ihr mit den Augen, bis die anmutige Gestalt verschwunden war, und das Lächeln blieb auf seinem Gesicht. Durch das Fenster sah er noch, wie sie zu ihrem Bruder trat, ihre Hand auf die seine legte und lebhaft mit ihm über etwas zu sprechen begann, was auf ihn, Wronskij, jedenfalls gar keinen Bezug hatte; und das verdroß ihn.

»Sie sind also völlig wohl, maman?« wiederholte er, zur Mutter gewendet.

»Vollkommen, und überhaupt steht alles vortrefflich. Alexandre war sehr lieb. Und Marie ist sehr hübsch geworden! Sie ist eine sehr interessante Erscheinung.«

Und wieder begann sie von den Dingen zu erzählen, die ihr am meisten am Herzen lagen: von der Taufe ihres Enkels, derentwegen sie nach Petersburg gereist war, und von der besonderen Gnade des Kaisers für ihren ältesten Sohn.

»Da ist auch Lawrentij«, sagte Wronskij aus dem Fenster blickend, »wenn Sie wünschen, wollen wir jetzt gehen.«

Der alte Haushofmeister, der mit der Gräfin gereist war, erschien mit der Meldung, daß alles bereit sei, und die Gräfin erhob sich, um zu gehen.

»Kommen sie, jetzt ist das Gedränge vorüber«, sagte Wronskij.

Das Mädchen nahm die Handtasche und das Hündchen, der Haushofmeister und ein Träger das übrige Gepäck.

Wronskij bot der Mutter den Arm; als sie im Begriffe waren, aus dem Wagen zu steigen, liefen plötzlich mehrere Männer mit erschreckten Gesichtern an ihnen vorüber. Auch der Stationsvorsteher, an der auffallenden Farbe seiner Mütze erkennbar, war unter ihnen. Augenscheinlich war irgend etwas Außergewöhnliches vorgefallen. Die Menge drängte von dem Zuge nach rückwärts.

»Was? ... Wo? ... Wo? ... Gestürzt! ... Tot gedrückt! ...« hörte man die Vorübergehenden durcheinander sprechen.

Stjepan Arkadjewitsch, mit der Schwester am Arm, kamen ebenfalls mit erschreckten Gesichtern wieder zurück und blieben, um dem Gedränge auszuweichen, an der Wagentür stehen.

Die Damen stiegen wieder in den Wagen, Wronskij und Stjepan Arkadjewitsch aber eilten den Leuten nach, um die Ursache des Unglücks zu erfahren.

Ein Wärter hatte, sei es aus Trunkenheit oder weil er sich zum Schutz vor der Kälte zu sehr eingemummt hatte, den nach rückwärts zurückgeschobenen Zug nicht gehört und war zerquetscht worden.

Noch bevor Wronskij und Oblonskij zurückgekehrt waren, hatten die Damen diese Einzelheiten vom Haushofmeister erfahren. Die beiden Herren hatten den verstümmelten Leichnam gesehen. Oblonskij litt sichtlich. Er verzog sein Gesicht und war dem Weinen nahe.

»Ach, wie entsetzlich! – Ach, Anna, wenn du das gesehen hättest! – O Gott, wie entsetzlich!« – wiederholte er immer wieder.

Wronskij schwieg; sein schönes Gesicht war ernst, aber vollkommen ruhig.

»Ach, wenn Sie es gesehen hätten, Gräfin«, begann Stjepan Arkadjewitsch von neuem. »Und seine Frau ist da ... Es war schrecklich, sie zu sehen ... Sie hat sich über den Leichnam geworfen. Man sagt, daß er allein eine sehr große Familie zu ernähren hatte. Es ist furchtbar!«

»Wäre es denn nicht möglich, etwas für sie zu tun?« unterbrach ihn seine Schwester mit erregt flüsternder Stimme.

Wronskij warf einen Blick auf sie und verließ sofort den Wagen.

»Ich komme gleich wieder, maman«, sagte er, sich in der Tür halb umwendend.

Als er nach einigen Minuten zurückkam, unterhielt sich Stjepan Arkadjewitsch mit der Gräfin von einer neuen Sängerin, während die alte Dame in Erwartung ihres Sohnes mehrmals ungeduldig nach der Türe blickte.

»Jetzt wollen wir gehen«, sagte Wronskij im Hereintreten.

Sie gingen zusammen dem Ausgange zu, Wronskij mit der Mutter voran, ihnen folgte Anna Karenina mit ihrem Bruder. Am Ausgang wurde Wronskij von dem Stationsvorsteher eingeholt, der ihm nachgeeilt war.

»Sie haben meinem Assistenten zweihundert Rubel übergeben. Wollen Sie gütigst bezeichnen, für wen das Geld bestimmt ist?«

»Für die Witwe natürlich«, sagte Wronskij achselzuckend. »Ich begreife nicht, wie man noch fragen kann.«

»Sie haben ihr Geld geben lassen?« rief Oblonskij ihm von rückwärts zu, drückte der Schwester die Hand und fügte hinzu: »Sehr brav, sehr brav! Nicht wahr, ein prächtiger Junge? Ich empfehle mich Ihnen, Gräfin.«

Und er blieb mit der Schwester zurück, um ihr Kammermädchen zu suchen. Als sie den Bahnhof verließen, war Wronskijs Wagen schon fortgefahren. Beim Hinausgehen sprach immer noch alles von dem Unfall.

»Das ist ein entsetzlicher Tod!« sagte ein Herr, der gerade vorüberging. »Er soll in zwei Stücke zerschnitten sein.«

»Ich denke, im Gegenteil, es ist der leichteste Tod; in einem Augenblick ist alles vorbei«, bemerkte ein anderer.

»Daß man nicht bessere Maßregeln trifft«, meinte ein Dritter.

Anna Karenina setzte sich in den Wagen, und Stjepan Arkadjewitsch sah mit Bewunderung, daß ihre Lippen zitterten und sie mit Mühe die Tränen zurückhielt.

»Was hast du, Anna?« fragte er, als sie einige Schritte weit gefahren waren.

»Eine schlimme Vorbedeutung«, sagte sie.

»Was für Kindereien!« versetzte Stjepan Arkadjewitsch. »Du bist hier, das ist die Hauptsache. Du kannst dir gar nicht denken, welche Hoffnungen ich auf dich setze.«

»Kennst du Wronskij eigentlich schon lange?« fragte sie.

»Ja. Weißt du, wir hoffen, daß er Kitty heiraten wird.«

»So?« gab Anna leise zurück. – »Nun, laß uns von dir sprechen«, fügte sie hinzu, indem sie den Kopf schüttelte, als wolle sie mit dieser Bewegung etwas verscheuchen, was ihr lästig und störend war. »Wir wollen jetzt von deinen Angelegenheiten reden. Ich habe deinen Brief erhalten, und da bin ich.«

»Ja, meine ganze Hoffnung ruht auf dir«, sagte Stjepan Arkadjewitsch.

»Du mußt mir erst alles erzählen.«

Und Stjepan Arkadjewitsch begann zu erzählen.

Als sie vor seinem Hause angelangt waren, hob Oblonskij die Schwester aus dem Wagen, stieß einen Seufzer aus, drückte ihr die Hand und begab sich in seine Sitzung.

19

Als Anna eintrat, saß Dolly im kleinen Besuchszimmer mit einem blonden, pausbäckigen Jungen, der schon jetzt dem Vater ähnlich sah, und wiederholte mit ihm eine Aufgabe aus dem französischen Lesebuch. Der Knabe las und drehte dabei mit den Fingern an einem losen Knopfe seines Jäckchens herum und bemühte sich, ihn ganz abzureißen. Die Mutter nahm ihm mehrmals seine Hand fort, aber das volle Händchen griff immer wieder nach dem Knopf. Endlich riß die Mutter den Knopf vollends ab und steckte ihn in die Tasche.

»Verhalte dich ruhig, laß deine Hände in Ruhe, Grischa«, sagte sie und nahm dann wieder ihre Decke zur Hand, eine vor langer Zeit angefangene Arbeit, die sie immer in schweren Augenblicken ihres Lebens vorzunehmen pflegte; jetzt häkelte sie nervös, indem sie mit dem Finger den Faden überwarf und die Maschen zählte. Obgleich sie gestern ihrem Manne hatte sagen lassen, daß die Ankunft seiner Schwester sie nichts angehe, hatte sie doch alles zu ihrem Empfange vorbereitet und erwartete die Schwägerin voller Aufregung.

Dolly war von ihrem Gram zerschmettert und ganz und gar von ihm erfüllt. Indessen erinnerte sie sich, daß ihre Schwägerin Anna die Gattin eines der vornehmsten Männer in Petersburg und eine Petersburger grande dame war. Und dank diesem Umstande führte sie die ihrem Manne gegenüber ausgesprochene Drohung nicht aus; das heißt, sie hatte nicht getan, als ginge die Ankunft der Schwägerin sie nichts an. »Alles in allem ist Anna ja an nichts schuld«, dachte Dolly. »Ich kenne sie nur von der allerbesten Seite und habe selbst von ihr nur Liebes und Freundliches erfahren.« Freilich, soweit sie sich ihres Eindrucks von ihrem Besuch bei den Karenins in Petersburg her erinnern konnte, hatte ihr das Haus selbst nicht gefallen; es lag etwas Gezwungenes in dem ganzen Zuschnitt ihres Familienlebens. »Aber weshalb sollte ich sie nicht empfangen? Wenn sie nur nicht versuchen wollte, mich zu trösten!« fuhr sie in ihrem Gedankengange fort. »Alle Tröstungen und Ermahnungen und die Phrasen von christlicher Vergebung und so weiter, das habe ich tausendmal überdacht, und alles das kann mir nicht helfen.«

All die Tage war Dolly mit ihren Kindern allein gewesen. Von ihrem Kummer sprechen wollte sie nicht, und mit diesem Kummer auf der Seele von nebensächlichen Dingen sprechen, das vermochte sie nicht. Sie wußte aber, daß sie Anna auf irgendeine Weise alles sagen würde; und bald freute sie der Gedanke, sich über alles aussprechen zu können, bald zürnte sie darüber, daß sie sich dazu zwingen ließ, mit ihr, mit seiner Schwester, von ihrer Demütigung zu sprechen und vorbereitete Trostworte und Ermahnungen von ihr hören zu müssen.

Wie das häufig geschieht, erwartete sie sie, mit der Uhr in der Hand, jeden Augenblick, und versäumte gerade den

Moment, in dem der Gast eintraf, so daß sie die Klingel überhörte.

Erst als sie das Rascheln von Kleidern und das Geräusch leichter Schritte in der Nähe der Tür vernahm, blickte sie sich um, und auf ihrem abgehärmten Gesicht drückte sich unwillkürlich nicht sowohl Freude, als Verwunderung aus. Sie stand auf und umarmte die Schwägerin.

»Wie, du bist schon hier?« sagte sie, während sie einander küßten.

»Dolly, wie freue ich mich, dich zu sehen!«

»Ich freue mich auch sehr«, erwiderte Dolly mit schwachem Lächeln und bemühte sich, aus Annas Gesichtsausdruck zu erkennen, ob sie schon alles wisse oder nicht. – »Gewiß weiß sie es«, dachte sie, als sie den Ausdruck des Mitgefühls in Annas Gesicht bemerkte. »Komm, ich will dich in dein Zimmer führen«, fuhr sie laut fort, bestrebt, den Moment der Auseinandersetzung so lang als möglich hinauszuschieben.

»Ist das Grischa? Mein Gott, wie der Junge gewachsen ist«, sagte Anna und küßte ihn, ohne dabei ein Auge von Dolly zu verwenden; dann hielt sie inne und errötete. »Nein, laß mich einstweilen hier bleiben.«

Sie nahm Tuch und Hut ab, blieb dabei mit dem letzteren an einer Flechte ihres schwarzen, reich gelockten Haares hängen und schüttelte den Kopf, um das Haar loszumachen.

»Du strahlst förmlich von Glück und Gesundheit!« bemerkte Dolly fast mit Neid.

»Ich? ... Ja«, erwiderte Anna. »Gott, das ist ja Tanja! Die Altersgenossin meines Serjosha*«, fügte sie hinzu und wandte sich an Dollys Töchterchen, das hereingesprungen kam. Sie nahm die Kleine bei der Hand und küßte sie. »Welch ein reizendes Kind, entzückend! Du mußt mir die Kleinen alle zeigen.«

Sie zählte die Kinder alle her und erinnerte sich nicht nur der Namen, sondern des Alters bis auf den Monat, der Charaktereigenschaften und aller Krankheiten, die sie durchge-

---

* Abkürzung von Sergej = Sergius.

macht hatten, und Dolly konnte nicht umhin, das anzuerkennen.

»Wir wollen dann gleich zu ihnen gehen«, sagte sie. »Schade, daß Waßja jetzt gerade schläft.«

Nachdem Anna sich alle Kinder hatte zeigen lassen, setzten sich die beiden Frauen allein im Salon zum Kaffee. Anna machte sich mit dem Kaffeebrett zu schaffen, schob es aber gleich wieder von sich fort.

»Dolly«, begann sie, »er hat mit mir gesprochen.«

Dolly blickte mit kaltem Ausdruck auf Anna. Sie erwartete jetzt, gekünstelt teilnehmende Phrasen zu hören, aber Anna sagte nichts dergleichen.

»Dolly, mein Liebling!« hob sie wieder an, »ich will nicht zu seinen Gunsten sprechen, will dich nicht trösten; das ist unmöglich. Aber, mein Herzblatt, du tust mir so leid, von ganzer Seele leid!«

An den dichten Wimpern ihrer glänzenden Augen schimmerten plötzlich Tränen. Sie rückte näher zur Schwägerin heran und faßte ihre Hand mit ihrer energischen kleinen Rechten. Dolly wich nicht zurück, aber ihr Gesicht änderte seinen kalten Ausdruck nicht.

»Mich zu trösten, ist unmöglich«, erwiderte sie. »Nach dem, was geschehen, ist alles verloren, alles zerstört.«

Kaum hatte sie dies gesagt, als der Ausdruck ihres Gesichts plötzlich weicher wurde. Anna hob die trockene, abgemagerte Hand Dollys an die Lippen und sagte:

»Aber Dolly, was ist zu tun, was ist nur zu tun? Wie handelt man am besten in dieser entsetzlichen Lage? Das ist's, woran man denken muß.«

»Es ist alles zu Ende, weiter weiß ich nichts«, versetzte Dolly. »Und das Schlimmste von allem ist, versteh' mich recht, daß ich ihn nicht verlassen kann: wir haben Kinder, ich bin gebunden. Bei ihm bleiben kann ich ebensowenig; es ist mir eine Qual, ihn nur sehen zu müssen.«

»Dolly, mein Täubchen, er hat ja schon mit mir gesprochen, aber ich möchte es auch von dir hören, sage du mir alles.«

Dolly blickte sie fragend an. Ungekünstelte Teilnahme und Liebe waren in Annas Zügen zu lesen.

»Nun gut«, sagte sie plötzlich. »Aber ich muß dir von Anfang an alles berichten. Du weißt, welch ein Kind ich war, als ich verheiratet wurde. Bei der Erziehungsweise von maman war ich nicht nur unschuldig, sondern geradezu dumm geblieben. Ich war gänzlich unwissend. Ich weiß, man sagt wohl, daß die Männer ihren Frauen von ihrem Vorleben zu erzählen pflegen, aber Stiwa« ... sie verbesserte sich: »Stjepan Arkadjewitsch hat mir nichts erzählt. Du wirst es nicht glauben, aber ich hatte bis zu dieser Zeit gedacht, daß ich das einzige Weib sei, das er je gekannt hat. So habe ich acht Jahre gelebt. Du mußt dir klar machen, daß ich nicht nur keine Untreue argwöhnte, daß ich sie für eine Unmöglichkeit hielt; und nun stell' dir vor, was es heißt, mit solchen Begriffen plötzlich all das Schreckliche, all das Ekelhafte erfahren zu müssen. Du mußt mich ganz verstehen. Sich seines Glückes so voll versichert zu halten und plötzlich –«, fuhr Dolly mit verhaltenem Schluchzen fort, – »einen Brief in die Hand zu bekommen ... einen Brief von ihm an seine Geliebte, an meine Gouvernante. Nein, das ist zu entsetzlich!« Sie zog hastig ihr Tuch aus der Tasche und barg ihr Gesicht darin. »Ich kann noch begreifen, daß man sich hinreißen läßt«, fuhr sie dann nach kurzem Schweigen fort, »aber mit Vorbedacht, in schlauer Weise mich zu betrügen ... und mit wem? ... Zu gleicher Zeit fortfahren, mein Gatte zu sein und dabei mit ihr ... es ist entsetzlich! Du kannst es nicht begreifen.«

»Doch, doch, ich begreif' es! Ich begreif' es, liebe Dolly, ich begreif' es wohl«, sprach Anna und drückte ihr die Hand.

»Und du denkst, daß er das Entsetzliche meiner Lage versteht?« setzte Dolly hinzu. »Keine Spur! Er ist ganz glücklich und zufrieden.«

»Oh, nein!« unterbrach sie Anna rasch. »Er ist zum Erbarmen, er ist von Reue zermalmt ...«

»Ist er denn überhaupt der Reue fähig?« fiel Dolly ein und blickte der Schwägerin aufmerksam ins Gesicht.

»Ja, ich kenne ihn. Ich habe ihn nicht ohne Mitleid ansehen können. Wir kennen ihn ja beide. Er ist gut, aber er ist auch stolz, und jetzt fühlt er sich so gedemütigt. Was mich am meisten gerührt hat ... (und hier erriet Anna gerade das, was

Dolly am meisten rühren mußte) – zweierlei quält ihn furchtbar: er schämt sich vor den Kindern und dann, daß er bei seiner Liebe zu dir ... ja, ja, er liebt dich mehr als alles auf der Welt«, fiel sie mit hastiger Unterbrechung ein, als Dolly etwas erwidern wollte – »dir so weh getan hat, dich zu Tode verwundet hat. ›Nein, nein, sie wird mir nicht verzeihen‹, sagte er immer wieder und wieder.«

Dolly blickte nachdenklich an der Schwägerin vorbei, während sie ihren Worten lauschte.

»Ja, ich begreife, daß seine Lage schrecklich ist«, sagte sie dann, »der Schuldige hat es schlimmer als der Unschuldige, wenn er fühlt, daß durch seine Schuld all das Unglück entstanden ist. Aber wie kann ich verzeihen, wie kann ich wieder sein Weib sein nach jener? Es wird für mich eine Folter sein, jetzt mit ihm zu leben; gerade darum, weil ich es nicht vergessen kann, daß ich ihn früher geliebt habe ...«

Schluchzen erstickte ihre Worte.

Aber, als täte sie es sich selbst zum Trotz, begann sie jedes Mal, wenn sie weicher geworden war, auch wieder von dem zu sprechen, was sie am meisten erbittert hatte.

»Sie ist ja jung, sie ist ja hübsch«, fuhr sie fort. »Verstehst du wohl, Anna, durch wen ich meine Jugend, meine Schönheit verloren habe? Durch ihn und seine Kinder. Ich habe meinen Dienst bei ihm abgedient, und in diesem Dienst habe ich alles eingebüßt was ich besaß, und jetzt natürlich ist ihm das frische, flache Geschöpf lieber. Sie haben gewiß beide unter sich von mir gesprochen, oder was noch schlimmer ist, sie sind schweigend über mich hinweggegangen – verstehst du wohl?«

Und wieder flammte Haß in ihren Augen auf.

»Und nach alledem will er mit mir sprechen ... Werde ich ihm denn glauben können? Nie und nimmer. Nein, es ist alles vorbei, alles, worin ich Trost und Belohnung für meine Mühe und Qualen fand ... Wirst du's glauben? Ich habe eben Grischa unterrichtet: früher war das eine Freude für mich, jetzt ist es mir eine Qual. Wozu soll ich mich abmühen, wozu mich abarbeiten? Was sind mir die Kinder? Es ist schrecklich, daß meine ganze Seele plötzlich wie verwandelt ist, daß statt

Liebe und Zärtlichkeit in mir nur Haß für ihn lebt, ja, Haß. Ich könnte ihn töten ...«

»Mein Herzchen, Dolly, ich verstehe alles, aber quäle dich nicht so. Du bist so tief gekränkt, so aufgebracht, daß du vieles nicht im richtigen Lichte siehst.«

Dolly schwieg, und einige Augenblicke blieben beide stumm. »Was soll ich tun? Überlege du für mich, Anna, hilf mir. Ich habe schon alles überlegt und sehe keinen Ausweg.«

Anna vermochte nichts zu finden, aber jedes Wort, jede Veränderung in dem Gesichtsausdruck ihrer Schwägerin weckte eine sympathische Regung in ihrem Herzen.

»Ich will dir nur eins sagen«, – begann sie dann wieder, »ich bin seine Schwester, ich kenne seinen Charakter, kenne seine Fähigkeit alles, alles vollständig zu vergessen, (sie machte dabei eine bezeichnende Gebärde vor ihrer Stirn) seine Fähigkeit, sich von seinem Gefühl schrankenlos hinreißen zu lassen. Aber ich weiß zugleich, wie sehr er imstande ist, sein Unrecht zu bereuen. Er kann es jetzt gar nicht mehr begreifen, er kann es einfach nicht fassen, wie er das tun konnte, was er getan hat.«

»Oh, nein, er begreift es, er begreift es sehr wohl!« unterbrach sie Dolly. »Aber ich – du vergißt mich ja ganz – wird *mir* denn leichter dadurch?«

»Hör' mich doch nur an. Als er mit mir sprach, war mir – ich gestehe es offen – die ganze Furchtbarkeit deiner Lage noch nicht zum Bewußtsein gekommen. Ich hatte nur ein Auge für ihn und sah nur, daß das Familienleben zerstört war; er tat mir leid. Aber nachdem ich mit dir gesprochen habe, sehe ich, als Frau, noch etwas anderes: ich sehe deinen Schmerz, und ich kann dir nicht sagen, wie leid du mir tust! Siehst du, Dolly, mein Herz, ich verstehe dein Weh vollkommen, nur eins weiß ich noch nicht: ich weiß nicht – ich weiß nicht, wieviel Liebe noch in deiner Seele für ihn lebt. Das kannst nur du wissen, ob du noch so viel für ihn empfindest, daß du ihm verzeihen kannst. Wenn du noch so viel übrig hast, dann vergib ihm!«

»Nein«, begann Dolly; aber Anna unterbrach sie, indem sie abermals ihre Hand küßte.

»Ich kenne die Welt besser als du«, sagte sie. »Ich kenne solche Leute wie Stiwa und weiß, wie sie über derlei Dinge denken. Du sagst, daß er mit ihr von dir gesprochen habe. Das hat er nie getan. Solche Männer begehen wohl eine Untreue, aber ihren häuslichen Herd und ihr Weib halten sie heilig. Sie haben immer eine gewisse Verachtung für diese Frauen, und ihr Familienleben wird durch solche Verhältnisse in keiner Weise berührt. Es ist, als ob die Männer eine unübersteigliche Grenze zwischen der Familie und jenen Frauen zögen. Ich verstehe das nicht, aber es ist so.«

»Ja, aber er hat sie doch geküßt ...«

»Dolly, hör' mich an, mein Herz. Ich habe Stiwa gesehen, als er in dich verliebt war. Ich erinnere mich jener Zeit, als er zu mir kam und nicht anders als mit Tränen in den Augen von dir sprach; ich weiß, wie du ihm damals als ein von Poesie und Hoheit umflossenes Wesen erschienst. Und ich weiß auch, daß du, je länger er mit dir gelebt hat, in seinen Augen immer höher gestiegen bist. Ich weiß noch, wie wir früher über ihn zu lachen pflegten, weil er bei jedem Wort hinzusetzte: ›Dolly ist eine bewunderungswürdige Frau.‹ Du warst für ihn immer eine Gottheit und bist es geblieben, und diese Verirrung hat seine Seele unberührt gelassen.«

»Aber wenn diese Verirrung sich wiederholen sollte?«

»Das wird nie geschehen, soviel ich von der Sache verstehe.«

»Würdest du an meiner Stelle verzeihen können?«

»Ich weiß es nicht, ich kann darüber nicht urteilen ... Doch, ich kann«, sagte Anna nach kurzem Nachdenken und fügte hinzu, indem sie in Gedanken die ganze Situation überflog und in ihrem Innern das Für und Wider gegeneinander abwog. »Ich kann, ich kann, ich kann! Ja, ich würde verzeihen. Ich würde innerlich eine andere geworden sein, aber ich würde verzeihen und würde so verzeihen, als wäre es nicht geschehen, als wäre es niemals geschehen ...«

»Freilich, das versteht sich von selbst«, fiel Dolly rasch ein, als ob jene nur ausspräche, was sie selbst schon mehr als einmal gedacht hatte, »sonst wäre es ja keine Verzeihung. Wenn man verzeihen will, dann muß man es ganz, ganz tun. – Doch komm jetzt, ich will dich in dein Zimmer führen«, sagte sie dann, indem sie aufstand und Anna im Gehen umarmte. »Du liebes Herz, wie freue ich mich, daß du gekommen bist. Mir ist leichter, mir ist viel, viel leichter geworden.«

20

Anna verbrachte den ganzen Tag bei Oblonskijs und nahm keinen Besuch an, obwohl mehrere ihrer Bekannten, die schon ihre Ankunft erfahren hatten, sie an diesem ersten Tage aufsuchten. Sie brachte den ganzen Morgen mit Dolly und den Kindern zu und schickte nur dem Bruder ein Briefchen, um ihm zu sagen, daß er unbedingt zu Hause zu Mittag essen solle. »Komm nur, Gott ist gnädig«, schrieb sie.

Oblonskij speiste zu Hause; das Gespräch war ein allgemeines, und auch seine Frau sprach mit ihm, wobei sie ihn mit »du« anredete, was vorher nicht der Fall gewesen war. In den Beziehungen zwischen den Gatten herrschte zwar noch dieselbe Entfremdung, aber es war jetzt nicht mehr von einer Trennung die Rede, und Stjepan Arkadjewitsch sah die Möglichkeit einer Auseinandersetzung und einer Versöhnung vor sich.

Gleich nach dem Mittagessen kam Kitty. Sie kannte zwar Anna Arkadjewna, aber nur flüchtig, und war jetzt zur Schwester gekommen, nicht ohne ein leises Bangen bei dem Gedanken, wie diese Petersburger Weltdame, die von allen so bewundert wurde, sie wohl aufnehmen würde. Aber Anna Arkadjewna fand, wie sie sofort merkte, Gefallen an ihr. Anna hatte sichtliche Freude an Kittys Schönheit und Jugend; und ehe diese sich recht besinnen konnte, fühlte sie schon, daß sie nicht nur unter Annas Einflusse stand, sondern auch in sie verliebt war, wie eben junge Mädchen sich in verheiratete und ältere Damen zu verlieben pflegen. Anna entsprach nicht ihrer Vorstellung von einer Weltdame, sah auch nicht wie die Mutter eines achtjährigen Knaben aus, sondern ähnelte eher einem zwanzigjährigen jungen Mädchen in der Biegsamkeit ihrer Bewegungen, der Frische ihres Aussehens, der Lebhaftigkeit ihres Gesichtsausdrucks, die sich bald in einem Lächeln, bald in ihrem Blicke ausprägte; nur der ernste, bisweilen traurige Ausdruck ihrer Augen, der Kitty zugleich rührte und anzog, sprach dagegen. Kitty fühlte, daß Anna sich durchaus natürlich gab und nichts zu verheimlichen hatte, daß aber in ihr noch eine andere, höhere Welt lebte, voll von mannigfaltigen und poetischen, ihr unzugänglichen Interessen.

Nach Tisch, als Dolly sich in ihr Zimmer begeben hatte, stand Anna rasch auf und trat zum Bruder, der eben eine Zigarre ansteckte.

»Stiwa«, sagte sie, indem sie ihm lustig zuzwinkerte, ein Kreuz über ihn schlug und mit den Augen nach der Tür wies, »Geh', und Gott steh' dir bei!«

Er hatte sie verstanden, warf die Zigarre fort und verschwand hinter der Tür.

Nachdem Stjepan Arkadjewitsch gegangen war, kehrte Anna zu dem Sofa zurück, wo sie inmitten der Kinderschar gesessen hatte. Sei es, daß die Kinder sahen, wie ihre Mutter diese Tante liebte, sei es, daß sie selber eine besondere Anziehungskraft für sie hatte, genug, die beiden Ältesten und nach ihnen auch die Jüngeren, hatten sich, wie das bei Kindern häufig der Fall ist, schon vor dem Essen an die neue Tante gehängt und waren ihr nicht von der Seite gewichen. Sie hatten jetzt ein neues Spiel erfunden, das darin bestand, möglichst nahe neben der Tante zu sitzen, sie anzufassen, ihre kleine Hand zu halten, sie zu küssen, mit ihrem Ringe zu spielen oder wenigstens den Besatz ihres Kleides zu berühren.

»Ruhig, ruhig, so wie wir früher gesessen haben«, sagte Anna Arkadjewna und nahm ihren alten Platz wieder ein.

Und aufs neue steckte Grischa sein Köpfchen unter ihren Arm, schmiegte es an ihr Kleid und strahlte vor Stolz und Glück.

»Wann ist also der nächste Ball?« wandte sich Anna an Kitty.

»Nächste Woche, und sogar ein sehr schöner Ball. Einer von denen, wo es immer lustig zugeht.«

»Gibt es wirklich solche, wo es immer lustig zugeht?« fragte Anna mit freundlichem Spott.

»So sonderbar es auch scheinen mag, aber es gibt welche. Bei Bobrischtschews geht es immer lustig zu, bei Nikitins auch; bei Meshkows hingegen ist es immer langweilig. Haben Sie das etwa nicht bemerkt?«

»Nein, mein Herz, für mich gibt es keine Bälle mehr, wo es lustig ist«, sagte Anna, und Kitty erblickte in ihren Augen jene geheime Welt, die für sie unergründlich war. »Für mich gibt es nur noch solche, wo es weniger anstrengend und langweilig ist ...«

»Wie sollten *Sie* sich auf einem Ball langweilen können?«

»Warum sollte ich mich denn auf einem Balle nicht langweilen können?« fragte Anna zurück.

Kitty bemerkte, daß Anna wohl wußte, welche Antwort erfolgen würde.

»Weil Sie immer die Schönste von allen sind.«

Anna besaß die Fähigkeit zu erröten, und sie sagte, während ihre Wangen sich färbten:

»Erstens ist das nicht der Fall, und zweitens, wenn es auch so wäre, was liegt mir daran?«

»Haben Sie vor, diesen Ball zu besuchen?« fragte Kitty.

»Ich denke, daß ich nicht gut werde wegbleiben können.«

»Da, nimm den«, sagte sie dann zu Tanja, die einen leicht heruntergleitenden Ring von einem ihrer weißen, am Ende spitz zulaufenden Finger streifte.

»Ich würde mich sehr freuen, wenn Sie kämen, ich möchte Sie so gerne auf einem Balle sehen.«

»So werde ich mich wenigstens, wenn ich schon einmal hin muß, mit dem Gedanken trösten können, Ihnen ein Vergnügen zu machen ... Grischa, bitte, zause nicht, sie sind schon ohnedies ganz zerzaust«, unterbrach sie sich und strich eine losgegangene Haarsträhne zurück, mit der Grischa spielte.

»Ich denke mir, daß Sie auf dem Balle ein lila Kleid tragen werden.«

»Warum denn gerade lila?« fragte Anna lächelnd. »Nun, Kinder, geht, geht jetzt. Hört ihr? Miß Goole ruft euch zum

Tee«, fügte sie hinzu, indem sie sich von den Kindern losmachte und sie ins Eßzimmer schickte.

»Ich weiß auch, warum Sie mich auf diesem Balle haben möchten. Sie versprechen sich gerade von diesem Balle sehr viel und möchten gern, daß alle dabei wären, daß alle Anteil daran nähmen.«

»Woher können Sie das wissen? Es verhält sich wirklich so.«

»Oh, welch eine schöne Zeit für Sie!« fuhr Anna fort. »Ich kenne diesen blauen Nebeldunst, gleich dem, der auf den Schweizer Bergen liegt – jenen Nebeldunst, in dem alles für uns gehüllt ist in jenen glückseligen Zeiten, da die Tage unserer Kindheit zu Ende gehen und der unermeßlich scheinende Kreis unseres Glücks und unserer Fröhlichkeit sich zu einem immer schmäler und schmäler werdenden Pfade verengt. Und froh und bang zugleich wird uns zumute, sobald wir diesen Pfad betreten, obwohl auch er uns sonnig und herrlich erscheint ... Wer hätte das nicht erlebt?«

Kitty lächelte und schwieg. »Aber wie hat *sie* dies erlebt? Wie gern möchte ich ihren ganzen Roman kennen«, dachte sie, während sie sich die prosaische Erscheinung von Annas Gatten, Alexej Alexandrowitsch, vergegenwärtigte.

»Ich weiß etwas«, setzte Anna hinzu. »Stiwa hat mir davon erzählt, und ich gratuliere Ihnen, er gefällt mir sehr gut. Ich bin Wronskij auf der Eisenbahn begegnet.«

»Ach, war er dort?« fragte Kitty errötend. »Was hat Ihnen Stiwa denn gesagt?«

»Stiwa hat alles ausgeplaudert. Ich würde mich wirklich sehr freuen. Ich bin gestern mit Wronskijs Mutter zusammen hierher gereist«, fuhr sie fort, »und sie hat unaufhörlich von ihm gesprochen; er ist ihr Liebling. Ich weiß, wie Mütter parteilich sind, aber ...«

»Was hat Ihnen seine Mutter denn gesagt?«

»Ach, gar vieles. Und ich weiß, daß er ihr Liebling ist; aber man kann doch aus allem ersehen, daß er ein Mann von wahrhaft ritterlicher Gesinnung ist ... So erzählte sie mir zum Beispiel, daß er sein ganzes Vermögen seinem Bruder abtreten wollte; daß er schon in seiner Kindheit etwas Außergewöhnliches getan, eine Frau aus dem Wasser gerettet hat. Mit einem Wort, – ein Held –«, berichtete Anna lächelnd und erinnerte sich dabei an jene zweihundert Rubel, die er auf dem Bahnhof gespendet hatte.

Aber von diesen zweihundert Rubeln erwähnte sie nichts. Aus einem ihr selbst rätselhaften Grunde war es ihr nicht angenehm, daran zu denken. Sie fühlte, daß darin etwas lag, was auf sie selbst Bezug hatte und was nicht hätte sein sollen.

»Sie hat mich sehr gebeten, sie zu besuchen«, fuhr Anna dann fort, »und ich werde mich freuen, die alte Dame wiederzusehen und sie morgen zu besuchen. Übrigens, Gott sei Dank, Stiwa bleibt recht lange bei Dolly«, setzte sie, den Gesprächsgegenstand wechselnd, hinzu und stand, wie es Kitty schien, etwas unmutig auf.

»Nein, erst ich! Nein, ich!« schrien die Kinder, die ihren Tee getrunken hatten und nun wieder zu Tante Anna gelaufen kamen.

»Alle miteinander«, sagte Anna und lief ihnen lachend entgegen; sie umarmte sie und warf diese ganze Schar von durcheinander krabbelnden und vor Entzücken kreischenden Kindern über den Haufen.

21

Zum Tee kam Dolly allein aus ihrem Zimmer; Stjepan Arkadjewitsch kam nicht mit. Er mußte durch eine andere Tür das Zimmer seiner Frau verlassen haben.

»Ich fürchte, daß es dir oben zu kalt sein möchte«, wandte sich Dolly zu Anna, »ich will deine Sachen herunterbringen lassen; wir würden dann auch näher beieinander sein.«

»Ach, macht euch bitte meinetwegen keine Sorge«, erwiderte Anna, indem sie Dolly forschend ins Gesicht sah und sich zu erraten bemühte, ob eine Aussöhnung stattgefunden habe oder nicht.

»Hier wird es hübsch hell für dich sein«, entgegnete ihre Schwägerin.

»Ich versichere dich, daß ich überall und immer schlafe wie ein Murmeltier.«

»Wovon ist denn die Rede?« wandte sich Stjepan Arkadjewitsch, der eben aus seinem Arbeitszimmer trat, an seine Frau.

An seinem Tone erkannten Kitty und Anna sogleich, daß die Aussöhnung erfolgt sein mußte.

»Ich will Anna hier unten einquartieren, aber die Vorhänge müßten zuvor umgehängt werden. Niemand im Hause versteht sich darauf, ich muß es selbst tun«, erwiderte Dolly und wandte sich zu ihrem Mann.

»Gott weiß, ob sie sich wirklich völlig ausgesöhnt haben?« dachte Anna nun, als sie ihren kalten und ruhigen Ton vernahm.

»Ach Dolly, wozu sich immer Schwierigkeiten machen«, versetzte er. »Indessen, wenn du willst, so bringe ich alles in Ordnung …«

»Ja, sie müssen sich doch ausgesöhnt haben«, sagte sich Anna.

»Ich weiß, wie du alles in Ordnung bringst«, gab Dolly zur Antwort, »du befiehlst Matwej etwas zu tun, was ganz unmöglich ist, gehst in die Stadt, und er bringt dann alles durcheinander«, und das gewohnte spöttische Lächeln verzog Dollys Mundwinkel, während sie das sagte.

»Eine völlige, gründliche Aussöhnung«, dachte Anna, »Gott sei Dank!« Und voll Freude darüber, daß sie dies zustande gebracht hatte, ging sie auf Dolly zu und küßte sie.

»Durchaus nicht, warum verachtest du mich und Matwej so sehr?« sagte Stjepan Arkadjewitsch mit kaum bemerkbarem Lächeln zu seiner Frau.

Den ganzen Abend behielt Dolly den gewohnten, leicht spöttischen Ton im Verkehr mit ihrem Manne bei, und Stjepan Arkadjewitsch war zufrieden und guter Dinge, doch nur in dem Maße, um durchblicken zu lassen, daß er, der Begnadigte, seiner Schuld eingedenk sei.

Um halb zehn Uhr wurde dies in besonders freudiger und

angenehmer Stimmung verlaufende abendliche Familiengespräch am Teetisch bei Oblonskijs durch einen anscheinend ganz harmlosen Vorfall unterbrochen; aber dieser so harmlose Vorfall machte auf alle einen seltsamen Eindruck. Man hatte gerade von gemeinsamen Petersburger Bekannten gesprochen, als sich Anna rasch erhob.

»Ich habe ihr Bild bei mir im Album«, sagte sie, »ja, und zu gleicher Zeit zeige ich euch auch meinen kleinen Sergej«, setzte sie mit stolzem, mütterlichem Lächeln hinzu.

Gegen zehn Uhr, um die Zeit, zu der sie ihrem Söhnchen gute Nacht zu sagen pflegte, ihn oft auch selbst, bevor sie auf einen Ball fuhr, zu Bette brachte, ward ihr traurig zu Mute bei dem Gedanken, daß sie so weit von ihm entfernt sei; und wovon man auch sprach, sie hatte nur einsilbige Antworten und kehrte in Gedanken immer zu ihrem kleinen krausköpfigen Serjosha zurück. Es verlangte sie danach, seine Photographie zu sehen und von ihm zu sprechen. So benutzte sie den ersten besten Vorwand, erhob sich und ging mit ihrem leichten, energischen Schritt hinauf, um das Album zu holen. Die Treppe, die zu ihrem Zimmer führte, stieß auf dem Flur mit der großen, geheizten Haupttreppe zusammen.

Zur selben Zeit, als sie aus dem Besuchszimmer trat, ertönte unten im Flur die Klingel.

»Wer kann das sein?« sagte Dolly.

»Es ist noch zu früh, als daß jemand käme, um mich abzuholen, und für einen Besuch ist es zu spät«, bemerkte Kitty.

»Es wird wohl jemand mit Akten für mich sein«, sagte Stjepan Arkadjewitsch. Als Anna an der Treppe vorbeikam, eilte ein Diener hinauf, um den Ankömmling zu melden; der Ankömmling stand in der Nähe der Lampe, so daß Anna, als sie hinuntersah, sofort Wronskij erkannte, und ein seltsames Gefühl von Freude und Furcht zugleich regte sich plötzlich in ihrem Herzen. Er stand da, ohne den Mantel abzulegen und war gerade im Begriff, etwas aus der Tasche zu ziehen. In demselben Augenblick, als sie die Mitte der Treppe erreicht hatte, hob er die Augen, erblickte sie, und sein Gesicht nahm einen fast beschämten und erschreckten Ausdruck an. Sie neigte leicht den Kopf und ging vorbei; aber hinter ihr ertönten Stjepan Arkadjewitschs laute Stimme, der den Gast zum Nähertreten einlud, und die gedämpfte, weiche und ruhige Stimme Wronskijs, der dies ablehnte.

Als Anna mit dem Album zurückkehrte, war er nicht mehr da, und Stjepan Arkadjewitsch erzählte, daß er nur etwas wegen eines Diners habe fragen wollen, das sie am folgenden Tage zu Ehren einer neu angekommenen Berühmtheit geben wollten.

»Er hat um keinen Preis hereinkommen wollen. Er kam mir heute so sonderbar vor«, fügte Stjepan Arkadjewitsch hinzu.

Kitty errötete. Sie glaubte allein zu wissen, weshalb er gekommen war, und weshalb er nicht hatte eintreten wollen. »Er ist bei uns gewesen«, dachte sie, »hat mich nicht zu Hause getroffen und geglaubt, daß ich hier sei; aber er hat nicht eintreten wollen, weil er dachte, daß es zu spät sei und weil Anna hier ist.«

Alle blickten einander an, ohne etwas zu sagen und begannen dann, Annas Album zu betrachten.

Eigentlich lag nichts Außergewöhnliches, nichts Sonderbares darin, daß jemand bei seinem Freunde um halbzehn Uhr abends vorsprach, um Genaueres über ein verabredetes Diner zu erfahren, und daß er nicht ins Zimmer treten wollte; und doch erschien es allen seltsam. Mehr als alle andern empfand es Anna als seltsam und ungehörig.

22

Der Ball hatte eben erst begonnen, als Kitty mit ihrer Mutter den großen, blumengeschmückten, lichtdurchfluteten Treppenflur betrat, wo die gepuderten Lakaien in ihren roten Livreen standen. Aus den Sälen drang das verworrene Geräusch des Ballgetriebes, gleichmäßig, wie das Summen in einem Bienenstock, zu ihnen heraus; und während sie auf dem Treppenabsatz vor dem Spiegel zwischen den dort aufgestellten Baumpflanzen Haar und Kleider in Ordnung brachten, erklangen aus dem Saale die abgemessenen Geigenklänge des Orchesters, das den ersten Walzer begann. Ein alter Herr in Zivil, der gerade vor dem andern Spiegel seine grauen Härchen an den Schläfen zurechtgestrichen hatte und einen starken Parfümduft ausströmte, stieß auf der Treppe mit ihnen zusammen und trat zur Seite, sich offenbar an dem Anblick der ihm unbekannten Kitty weidend. Ein bartloser Jüngling in übermäßig ausgeschnittener Weste, einer von den jungen Weltmännern, welche der alte Fürst Schtscherbazkij »junge Hündchen« genannt hatte, rückte im Gehen seine weiße Krawatte zurecht, verbeugte sich vor den Damen, lief vorüber, kehrte wieder und bat Kitty um eine Quadrille. Die erste Quadrille war schon an Wronskij vergeben; sie mußte also diesem jungen Manne die zweite geben. Ein Offizier, der sich eben den Handschuh zuknöpfte, trat an der Tür zur Seite und blickte, den Schnurrbart streichend, mit unverhohlener Bewunderung auf die rosige Kitty.

Obgleich das Kleid, die Haartracht und alle anderen Vorbereitungen zum Balle Kitty viel Mühe und Überlegung gekostet hatten, so trat sie doch jetzt in ihrem kunstvoll gearbeiteten Tüllkleide mit rosa Unterfutter so frei und natürlich in den Ballsaal ein, als hätten alle diese Schleifen, Spitzen, alle Einzelheiten der Toilette ihr und ihren Hausgenossen nicht die geringste Mühe gekostet; als wäre sie in diesem Tüll, mit diesen Spitzen geboren und mit dieser hohen Frisur samt der Rose und den zwei Blättchen darüber zur Welt gekommen.

Als ihr die alte Fürstin vor dem Eintritt in den Saal das Gürtelband, das sich umgedreht hatte, zurechtziehen wollte, bog sich Kitty leicht zur Seite. Sie fühlte, daß jetzt alles ganz von selbst an ihr schön und reizvoll sein mußte, und daß es nichts mehr zu verbessern gäbe.

Kitty hatte einen ihrer glücklichsten Tage. Nirgends drückte das Kleid, nirgends glitt der Spitzenbesatz am Kleiderausschnitt herab; die Rosetten waren nicht zerdrückt und saßen fest; die rosa Ballschuhe mit den hohen, geschweiften Absätzen drückten nicht, ihr Füßchen fühlte sich wohl darin. Die dichten, hellblonden Haarflechten saßen fest auf dem kleinen Köpfchen. Die drei Knöpfe an dem langen Handschuh, der ihre Hand umspannte, ohne ihre Form zu beeinträchtigen, hatten sich alle zuknöpfen lassen, ohne abzureißen. Das schwarze Samtband des Medaillons umschloß ihren Hals mit besonderer Zärtlichkeit. Dieses Samtband war zum Entzücken, und noch zu Haus, als Kitty ihren Hals im Spiegel betrachtete, fühlte sie, daß dieses Samtband gleichsam eine Sprache redete. Bei allem andern konnte noch vielleicht ein Zweifel obwalten, aber das Samtband war zum Entzücken. Kitty lächelte auch hier auf dem Balle noch, als sie im Spiegel einen Blick darauf warf. In den entblößten Schultern und Armen empfand sie eine marmorähnliche Kühle, ein Gefühl, welches sie ganz besonders liebte. Ihre Augen glänzten, und ihre roten Lippen konnten in dem Bewußtsein ihrer Anziehungskraft ein Lächeln nicht unterdrücken.

Kaum hatte sie den Saal betreten und sich zu dem von Tüll, Bändern, Spitzen und Blumen buntschillernden Kreise der Damen gesellt, die auf eine Aufforderung zum Tanze warteten (Kitty hatte niemals in diesem Kreise lange zu verweilen gebraucht), als man sie auch schon um einen Walzer bat, und zwar tat es der erste Kavalier, der Hauptkavalier der Ball-Hierarchie, der berühmte Ballordner und Zeremonienmeister Jegoruschka Korsunskij, ein verheirateter, schöner und stattlicher Mann. Nachdem er eben die Gräfin Banin verlassen, mit der er die erste Walzertour getanzt hatte, und nun »seinen Hofstaat«, das heißt, einige tanzende Paare musterte, bemerkte er die eintretende Kitty und eilte mit jenem besonderen, nur den Leitern von Bällen eigenen tänzelnden Schritt des Rassepferdes auf sie zu. Er verbeugte sich vor ihr, um ihre schlanke Taille zu umfangen. Sie blickte sich um, wem sie wohl ihren Fächer übergeben könne, und die Hausfrau nahm ihn ihr lächelnd ab.

»Wie schön, daß Sie gerade zur rechten Zeit gekommen sind«, sagte er, ihre Taille umfassend, »es ist auch eine zu schlechte Manier, zu spät zu kommen.«

Sie legte den gebogenen Arm auf seine Schulter, und die kleinen Füßchen in den rosa Schuhen bewegten sich schnell, leicht und gleichmäßig zum Takte der Musik auf dem glatten Parkett.

»Man ruht förmlich aus, wenn man mit Ihnen tanzt«, bemerkte er bei den ersten, noch langsamen Schritten des Walzers. »Zum Entzücken, diese Leichtigkeit, diese précision«, – er sagte ihr genau dasselbe, was er fast zu allen seinen guten Bekannten zu sagen pflegte.

Sie lächelte über sein Lob und fuhr fort, sich über seine Schulter hinweg im Saale umzusehen. Sie war keine Novize im Ballsaal mehr, für die die Gesichter aller Gäste zu einem zauberhaften Eindruck verschmelzen; sie gehörte aber auch nicht zu denjenigen Mädchen, die sich von Ball zu Ball schleppen lassen und denen alle Gesichter schon bis zum Überdruß bekannt geworden sind; sie stand in der Mitte zwischen diesen beiden Gattungen – sie war erregt und wußte sich dabei doch zu gleicher Zeit so weit zu beherrschen, daß sie beobachten konnte. In der linken Saalecke hatte sich, wie sie sah, die erlesenste Gesellschaft zusammengefunden. Da war die fast bis zum Unerlaubten dekolletierte schöne Lydia, Korsunskijs Frau; da war die Wirtin; dort schimmerte Kriwins Glatze herüber, der immer da zu finden war, wo sich die Blüte der Gesellschaft aufhielt; dorthin blickten die jungen Herren, ohne es zu wagen, näher zu treten; und dort fand sie mit den Augen Stiwa und erblickte neben ihm den reizvollen Kopf und die schöne Gestalt Annas im schwarzen Samtkleide. Und dort war auch »er«. Kitty hatte ihn seit jenem Abend, an dem sie Ljewin abgewiesen, nicht mehr gesehen. Sie erkannte ihn sofort mit ihren weitsichtigen Augen und bemerkte sogar, daß er zu ihr hinübersah.

»Noch eine Tour? Sie sind doch nicht müde?« fragte Korsunskij, ein wenig außer Atem.

»Nein, ich danke sehr!«

»Wohin darf ich Sie führen?«

»Ich glaube, Frau Karenina ist dort ... Führen sie mich, bitte, zu ihr.«

»Wie Sie befehlen.«

Und Korsunskij walzte, die Schritte abmessend, gerade auf die Menschengruppe in der linken Saalecke zu, während er immerfort die Worte wiederholte: »pardon, mes dames, pardon; pardon, mes dames«, und er lavierte in diesem Meere von Spitzen, Tüll und Bändern, ohne auch nur ein Federchen zu berühren, in scharfer Schwenkung seine Dame wirbelnd, so daß ihre schmalen Füßchen in den durchbrochenen Strümpfen sichtbar wurden, während ihre Schleppe sich wie ein Fächer öffnete und mit ihren Falten Kriwins Knie bedeckte. Korsunskij verbeugte sich, richtete dann die Brust in der ausgeschnittenen Weste hoch auf und bot Kitty den Arm, um sie zu Anna Arkadjewna zu führen. Kitty nahm errötend ihre Schleppe von Kriwins Knien herunter und durchlief dann, ein wenig schwindlig, mit den Augen den Kreis, um Anna herauszufinden. Anna trug kein lila Kleid, wie Kitty es unbedingt gewollt hatte, sondern ein schwarzes, tief ausgeschnittenes Samtkleid, das ihre vollen, wie aus altem Elfenbein gedrechselten Schultern, ihre Büste und die runden Arme mit dem feinen, winzig schmalen Handgelenk frei ließ. Das ganze Kleid war mit venezianischer Gipürespitze besetzt. Auf dem Kopfe trug sie in dem üppigen, schwarzen Haar, das keiner falschen Ergänzung bedurft hatte, einen kleinen offenen Kranz von blauen Anemonen, und dieselben Blumen hatte sie zusammen mit weißen Spitzen an dem schwarzen Bande ihres Gürtels stecken. Das Haar war unauffällig geordnet; bemerkbar machten sich nur die ihren Reiz erhöhenden, eigenwilligen, kurzen Ringel des welligen Haares, die sich überall im Nacken und an den Schläfen hervorstahlen. Um den kräftigen, wie gemeißelten Hals lag eine Perlenschnur.

Kitty sah Anna jeden Tag, war in sie ganz verliebt und hatte sie sich unfehlbar in einem lila Kleide vorgestellt. Aber als sie sie jetzt in dieser schwarzen Toilette erblickte, da fühlte sie, daß sie den ganzen Reiz ihrer Persönlichkeit vorher nicht erfaßt hatte. Sie erschien ihr jetzt in einer völlig neuen und unerwarteten Gestalt. Jetzt begriff sie, daß Anna kein lila Kleid tragen durfte, und daß ihr Reiz vornehmlich darin bestand, daß sie immer aus ihrer Toilette gleichsam heraustrat, daß man immer ihre Toilette an ihr übersehen mußte. Und in der Tat, dieses schwarze Kleid mit den prachtvollen Spitzen verschwand neben ihr; es war nur der Rahmen, aus dem ihr Bild einfach, natürlich, anmutig und zugleich heiter und voller Leben hervortrat. Sie stand wie immer in auffallend gerader Haltung da und sprach, als Kitty sich dem Kreise näherte, gerade mit dem Hausherrn, indem sie ihm leicht den Kopf zuwandte.

»Nein, ich hebe gegen niemanden einen Stein auf«, erwiderte sie ihm auf irgendeine Bemerkung, »obgleich ich nicht begreife –«, fügte sie achselzuckend hinzu und wandte sich gleich darauf mit dem zärtlichen und wohlwollenden Lächeln der älteren Freundin zu Kitty. Mit dem schnellen Blicke der Frau prüfte sie ihren Anzug und machte ein kaum merkliches, aber Kitty verständliches, ihre Toilette und ihre Schönheit anerkennendes Zeichen mit dem Kopfe. »Sie sind ja tanzend in den Saal gekommen«, fügte sie dann laut hinzu.

»Das ist eine meiner treuesten Helferinnen«, sagte Korsunskij, indem er sich vor Anna Arkadjewna verbeugte, die er noch nicht begrüßt hatte. »Die Prinzessin trägt dazu bei, einen Ball fröhlich und schön zu machen. Anna Arkadjewna, eine Walzertour«, sagte er dann mit einer Verbeugung.

»Sie kennen einander?« fragte der Hausherr.

»Mit wem sind wir nicht bekannt? Meine Frau und ich sind wie weiße Wölfe, uns kennen alle«, antwortete Korsunskij. »Eine Walzertour, Anna Arkadjewna.«

»Ich tanze nicht, wenn ich es irgendwie vermeiden kann«, erwiderte sie.

»Aber heute können Sie es unmöglich«, antwortete Korsunskij.

In diesem Augenblick trat Wronskij heran.

»Nun, wenn es denn heute unmöglich ist, so kommen Sie«, versetzte sie, ohne Wronskijs Verbeugung zu beachten, und legte schnell ihre Hand auf Korsunskijs Schulter.

»Was mag sie wohl gegen ihn haben«, dachte Kitty, der es nicht entgangen war, daß Anna Wronskijs Verbeugung absichtlich nicht erwidert hatte. Er wandte sich nun zu Kitty, indem er sie an die erste Quadrille erinnerte und sein Bedauern aussprach, daß er die ganze Zeit nicht das Vergnügen gehabt habe, sie zu sehen. Kitty blickte, während sie ihm zuhörte, wohlgefällig der tanzenden Anna nach. Sie wartete darauf, daß er sie zum Walzer auffordern würde, aber er tat es nicht, und sie blickte ihn verwundert an. Er errötete und bat sie nun hastig um einen Tanz. Aber kaum hatte er seinen Arm um ihre schlanke Taille gelegt und den ersten Schritt gemacht, als die Musik plötzlich aufhörte. Kitty blickte ihm ins Gesicht, das so nahe von dem ihrigen war, und lange nachher, nach Jahren noch, schnitt ihr dieser Blick voller Liebe, den sie ihm damals geschenkt und den er unerwidert gelassen hatte, mit folternder Scham ins Herz.

»Pardon! Pardon! Walzer, Walzer!« schrie von der andern Seite des Saales Korsunskij, und indem er die erste junge Dame, die ihm in den Weg kam, umfaßte, begann er von neuem zu tanzen.

23

Wronskij tanzte mit Kitty mehrere Walzertouren. Dann gesellte sich Kitty zu ihrer Mutter und hatte kaum einige Worte mit Gräfin Nordston gesprochen, als Wronskij sie auch schon zur ersten Quadrille abholte. Während dieses Tanzes wurde nichts von Bedeutung gesprochen, sondern nur eine abgerissene Unterhaltung geführt: Bald sprach er von den Korsunskijschen Ehegatten, die er in neckischer Weise als liebe, vierzigjährige Kinder schilderte, bald von dem bevorstehenden Liebhabertheater, und nur ein einziges Mal traf die Unterhaltung einen wunden Punkt in ihr, als er nämlich fragte, ob Ljewin auch hier sei und hinzufügte, daß er ihm sehr gut gefallen habe. Aber Kitty hatte auch kaum mehr von der Quadrille erhofft. Sie wartete mit beklommenem Herzen auf die Mazurka. Während dieses Tanzes, meinte sie, müsse sich alles entscheiden. Daß er sie während der Quadrille nicht um die Mazurka bat, beunruhigte sie weiter nicht. Sie war sicher, daß sie die Mazurka mit ihm tanzen würde, wie es auf den früheren Bällen der Fall gewesen war, und wies fünf Herren nacheinander mit der Bemerkung ab, daß sie die Mazurka vergeben habe. Der ganze Ball bis zur letzten Quadrille war für Kitty ein zauberhafter Traum voller Freudenblumen, seliger Klänge und harmonischer Bewegung. Sie tanzte nur dann nicht, wenn sie sich zu sehr ermüdet fühlte und ausruhen wollte. Aber in dieser letzten Quadrille, die sie mit einem der langweiligen jungen Leute tanzte, dem sie doch keine abschlägige Antwort geben konnte, traf es sich, daß sie Wronskij und Anna sich gegenüber hatte. Sie war mit Anna seit jener ersten Begegnung nicht mehr zusammengetroffen und sah sie nun plötzlich in einer völlig neuen und unerwarteten Gestalt wieder. Sie bemerkte jetzt an ihr die ihr selbst so wohlbekannten Anzeichen der durch den Erfolg hervorgerufenen Erregung. Sie sah, daß Anna berauscht war von dem Entzücken, das sie hervorgerufen hatte. Sie kannte dieses Gefühl und kannte seine äußeren Anzeichen und bemerkte sie jetzt bei Anna – sie sah den zitternden, flackernden Glanz in ihren Augen und das Lächeln des Glückes und der Erregung, daß unwillkürlich ihre Lippen umspielte, sie sah die bewußte Anmut, Sicherheit und Leichtigkeit jeder ihrer Bewegungen.

»Wer ist es?« fragte sie sich selbst. »Sind es alle oder ist es einer?« Und ohne dem sich abquälenden jungen Manne, mit dem sie tanzte, im Gespräche zu Hilfe zu kommen, dessen Faden er fallengelassen hatte und nicht wieder aufzunehmen vermochte, fing sie an zu beobachten, und ihr Herz preßte sich immer mehr zusammen, während sie äußerlich heiter den lauten Kommandorufen Korsunskijs gehorchte, der jetzt alle zum »grand rond«, dann zur »chaîne« ordnete. »Nein, nicht das Wohlgefallen der Menge hat sie so berauscht, sondern das Entzücken eines einzelnen. Und dieser einzelne? Sollte er es wirklich sein?« Jedesmal, wenn er mit Anna sprach, blitzte in ihren Augen ein freudiger Glanz auf, und ein glückliches Lächeln umspielte ihre roten Lippen. Es schien, als ob sie sich Gewalt antäte, um diese Zeichen ihrer Freude nicht zutage treten zu lassen, aber sie sprachen sich eigenmächtig in ihren Zügen aus. Und er? Wie verhält er sich dazu? Kitty blickte ihn an, und Entsetzen erfaßte sie.

Das, was Kitty so klar in dem Spiegel von Annas Antlitz gesehen hatte, das blickte sie auch aus dem seinen an. Wo war sein gemessenes, sicheres Wesen geblieben, wo der sorglos ruhige Ausdruck seiner Züge? Jedes Mal, wenn er sich zu ihr wandte, senkte er immer ein wenig den Kopf, als wolle er vor ihr niederfallen, und in seinem Blicke lag einzig und allein der Ausdruck von Unterwürfigkeit und Zagen. »Ich will ja nicht verletzen«, schien jedes Mal sein Blick zu sagen, »aber ich möchte mich selber retten und weiß nicht, wie?« Seine Züge trugen einen Ausdruck, wie sie ihn nie zuvor gesehen hatte.

Sie unterhielten sich von gemeinsamen Bekannten, sie führten das nichtssagendste Gespräch von der Welt; aber Kitty schien es, daß jedes Wort, da sie sprachen, über der beiden Schicksal und über ihr eigenes entschiede. Und seltsam genug! Obgleich sie in der Tat nur davon sprachen, wie komisch Iwan Iwanowitsch französisch spreche oder davon, daß die Jelezkaja vielleicht auch eine bessere Partie hätte machen können, so hatten doch zugleich diese Worte für sie beide eine andere Bedeutung, und sie fühlten dies ebenso heraus wie Kitty. Der ganze Ball, die ganze Welt, alles bedeckte sich in Kittys Seele mit einem Nebelschleier. Nur die strenge Schule der Erziehung, die sie durchgemacht hatte, hielt sie aufrecht und zwang sie, das zu tun, was man von ihr verlangte, nämlich zu tanzen, auf die ihr gestellten Fragen zu antworten, zu plaudern und sogar zu lächeln. Aber kurz vor Beginn der Mazurka, als man schon daran ging, die Stühle zurechtzustellen, und mehrere Paare sich bereits aus dem kleinen Saale in den großen begeben hatten, da kam über Kitty ein Augenblick der Verzweiflung und des Entsetzens. Sie hatte fünf Herren abgewiesen, und nun wird sie die Mazurka nicht tanzen. Sie konnte gar nicht hoffen, daß man sie noch zum Tanze auffordern würde, gerade, weil sie stets einen zu großen Erfolg in der Gesellschaft gehabt hatte und es niemandem einfallen konnte, daß sie bis jetzt noch nicht versagt sei. Sie wollte ihrer Mutter sagen, daß sie krank sei und nach Hause fahren müsse, aber dazu reichte ihre Kraft nicht aus. Sie fühlte sich wie zerschlagen.

Sie zog sich in den Hintergrund des kleinen Empfangszimmers zurück und ließ sich dort auf einen Sessel nieder. Das lustige Röckchen ihres Kleides bauschte sich wie eine Wolke um ihre schlanke Gestalt; die eine entblößte, schmale, zarte Mädchenhand hing kraftlos herab und war in den Falten des rosafarbenen Überkleides versunken; in der andern hielt sie den Fächer und fächelte mit kurzen, schnellen Bewegungen ihr erhitztes Gesicht. Aber im Gegensatz zu diesem Bilde eines Schmetterlings, der sich eben erst auf einem Grashalm niedergelassen hat und sich bereit hält, jeden Augenblick aufzuflattern und seine regenbogenfarbigen Flügelchen zu entfalten, im Gegensatz zu diesem Bilde beklemmte ihr furchtbare Verzweiflung das Herz.

»Vielleicht irre ich mich doch, vielleicht verhält sich das alles gar nicht so?« Und wieder rief sie sich alles, was sie gesehen hatte, in die Erinnerung zurück.

»Kitty, was soll das nur bedeuten?« hörte sie plötzlich die Stimme der Gräfin Nordston, die auf dem Teppich unhörbar zu ihr herangetreten war. »Ich begreife das nicht.«

Kittys Unterlippe begann zu zittern; sie stand rasch auf.

»Kitty, du tanzt die Mazurka nicht?«

»Nein, nein«, sagte Kitty mit tränenerstickter Stimme.

»Er hat sie in meiner Gegenwart zur Mazurka engagiert«, sagte die Gräfin Nordston, ohne daran zu zweifeln, daß Kitty wissen müsse, wer »er« und »sie« waren. – Sie sagte: »Ja, tanzen Sie denn nicht mit der Prinzessin Schtscherbazkij?«

»Ach, mir ist alles einerlei!« erwiderte Kitty.

Niemand außer ihr selbst war sich über ihre Lage völlig klar; niemand wußte, daß sie gestern einen Mann abgewiesen hatte, den sie vielleicht liebte und ihn nur darum abgewiesen hatte, weil sie an einen andern glaubte.

Gräfin Nordston suchte sofort Korsunkij auf, mit dem sie die Mazurka tanzen sollte und veranlaßte ihn, Kitty zu diesem Tanze aufzufordern.

So tanzte Kitty als erstes Paar, und zu ihrem Glücke brauchte sie nicht zu sprechen, da Korsunskij die ganze Zeit hin und her lief, um nach seinem »Hofstaat« zu sehen. Wronskij und Anna saßen ihr beinahe gegenüber. Sie sah sie mit ihren weitsichtigen Augen, sah sie auch in der Nähe, wenn die Paarordnung sie zusammenführte, und je länger sie sie sah, desto mehr wurde sie in der Überzeugung bestärkt, daß ihr Unglück besiegelt sei. Sie sah, daß die beiden sich in diesem vollen Saale allein miteinander fühlten. Und in Wronskijs Zügen, diesen sonst immer so festen und selbstbewußten Zügen, sah sie wieder jenen an ihm so auffallenden Ausdruck von Fassungslosigkeit und Unterwürfigkeit, welcher fast an den Ausdruck eines klugen Hundes gemahnte, der sich schuldig fühlt.

Anna lächelte, und ihr Lächeln teilte sich ihm mit; sie versank in Sinnen, und auch er wurde ernst. Eine übernatürliche Kraft zog Kittys Auge immer wieder zu Annas Gesicht hin. Ja, sie war entzückend in ihrem einfachen schwarzen Kleide, entzückend waren ihre vollen Arme mit den Armbändern, entzückend der kräftige Hals mit der Perlenschnur, zum Entzücken die geringelten Wellen des etwas in Unordnung geratenen Haares, zum Entzücken die anmutigen, leichten Bewegungen der kleinen Füße und Hände, zum Entzücken dieses schöne Gesicht in seiner Belebung; aber es lag zugleich etwas Furchtbares und Grausames in all ihrem Reiz.

Kittys Blicke hingen an ihr mit noch größerer Bewunderung als früher, und sie litt dabei immer mehr und mehr. Sie fühlte sich wie zerschmettert, und ihre Züge drückten das auch aus. Als Wronskij einmal während der Mazurka mit ihr zusammentraf, erkannte er sie im ersten Augenblicke nicht, so war sie verändert.

»Ein herrlicher Ball!« bemerkte er dann, um nur etwas zu sagen.

»Ja«, gab sie zur Antwort.

Mitten im Tanze, während eine sehr zusammengesetzte, von Korsunskij neu erdachte Figurenverschlingung wiederholt wurde, trat Anna in die Mitte des Kreises, wählte zwei Kavaliere und rief dann eine Dame und Kitty zu sich heran. Kitty blickte erschreckt zu ihr hin, während sie näher trat. Anna schaute sie mit zusammengekniffenen Augen an, lächelte und drückte ihr die Hand. Als sie aber bemerkte, daß Kitty ihr Lächeln nur mit dem Ausdruck der Verzweiflung und des Staunens erwiderte, wandte sie sich von ihr ab und begann heiter mit der andern Dame zu sprechen.

»Ja, es ist etwas Fremdes, Dämonisches und Verführerisches in ihr«, sprach Kitty zu sich selbst.

Anna wollte nicht zum Souper bleiben; der Hausherr aber begann in sie zu dringen.

»Das werden Sie uns doch nicht antun, Anna Arkadjewna«, mischte sich Korsunskij ein, indem er ihre unbehandschuhte Hand unter seinen Frackärmel schob. »Was ich für eine Idee für den Cotillon habe! Un bijou!«

Und er bewegte sich langsam vorwärts, in der Hoffnung, sie umzustimmen. Der Hausherr lächelte ermutigend.

»Nein, ich bleibe auf keinen Fall«, versetzte Anna ebenfalls lächelnd; aber trotz dieses Lächelns merkten sowohl Korsunskij, wie der Gastgeber an dem entschiedenen Tone ihrer Antwort, daß sie in der Tat nicht bleiben würde.

»Nein! Ich habe ohnehin in Moskau auf Ihrem einen Balle mehr getanzt, als den ganzen Winter in Petersburg«, setzte sie dann hinzu, indem sie den neben ihr stehenden Wronskij mit einem flüchtigen Blicke streifte. »Ich muß vor der Abreise noch ausruhen.«

»Und Sie wollen unwiderruflich morgen abreisen?« fragte Wronskij.

»Ich denke ja«, antwortete Anna, wie erstaunt über die Keckheit seiner Frage; aber der verräterische Glanz, der in ihrem Auge zitterte und sich in ihrem Lächeln widerspiegelte, versengte ihn, während sie das sagte.

Anna Arkadjewna blieb in der Tat nicht zum Souper und fuhr nach Hause.

24

»Ja, ich muß wohl etwas Widerwärtiges, Abstoßendes an mir haben«, dachte Ljewin, als er Schtscherbazkijs verließ und zu Fuß den Weg zu seinem Bruder einschlug. »Ich passe nicht zu den andern Menschen. Stolz nennen sie mich. Nein, ich bin frei von Stolz. Wenn ich stolz wäre, würde ich mich nicht in eine solche Lage begeben haben.« Und er stellte sich Wronskij vor, den glücklichen, gutherzigen, verständigen und selbstsicheren Wronskij, der gewiß noch niemals in solch einer fürchterlichen Lage gewesen war, wie er am heutigen Abend. »Gewiß, sie mußte ihn vorziehen! Das hat so kommen müssen, und ich habe mich über niemand und über nichts zu beklagen. Nur ich allein bin schuld. Was für ein Recht hatte ich zu der Annahme, sie könnte wünschen, ihr Leben an das meinige zu ketten? Wer bin ich? Und was bin ich? Ein unbedeutender Mensch, der niemandem unentbehrlich und zu nichts zu gebrauchen ist.« Und er gedachte seines Bruders Nikolaj und verweilte voller Freude bei dieser Erinnerung. »Hat er denn nicht recht, daß alles in der Welt schlecht und häßlich ist? Und wir haben unsern Bruder Nikolaj wohl kaum gerecht beurteilt und tun es auch jetzt noch nicht. Natürlich von Prokops Standpunkte, der ihn betrunken und in einem zerrissenen Pelz gesehen hat, ist er ein verächtlicher Mensch; aber ich kenne ihn besser. Ich kenne seine Seele und weiß, daß wir einander trotz alledem ähnlich sind. Und statt sofort zu ihm zu eilen, bin ich erst zu einem Diner und dann dorthin gefahren.« Ljewin trat zu einer Laterne, las des Bruders Adresse, die er in seiner Brieftasche hatte und rief einen Kutscher heran. Während des ganzen, langen Weges bis zu seinem Bruder Nikolaj rief sich Ljewin alle die ihm bekannten Ereignisse aus dessen Leben ins Gedächtnis zurück. Er erinnerte sich, wie der Bruder während der ganzen Universitätszeit und noch ein Jahr später, trotz der Spottreden seiner Kameraden, wie ein Mönch gelebt; daß er streng alle Gebräuche und Pflichten der Religion erfüllt, stets dem Gottesdienst beigewohnt, die Fasten innegehalten habe; daß er jede Art von Vergnügungen, und ganz besonders die Frauen, gemieden; und wie er dann plötzlich über die Stränge geschlagen, wie er sich in der liederlichsten Gesellschaft herumgetrieben und der ausschweifendsten Völlerei ergeben habe. Er erinnerte sich ferner der Episode mit einem Knaben, den der Bruder aus dem Dorfe zu sich genommen hatte, um ihn zu erziehen, und den er in einem Wutanfall mit Schlägen so zugerichtet hatte, daß eine Klage wegen Körperverletzung gegen ihn anhängig gemacht wurde. Er gedachte auch jener andern Geschichte mit einem Falschspieler, an den Nikolaj

Geld verloren, dem er einen Wechsel darauf gegeben, und gegen den er dann selber eine Klage eingereicht hatte, worin er geltend machte, daß jener ihn betrogen hätte. (Das war die Summe, die Sergej Iwanowitsch bezahlt hatte.) Er erinnerte sich ferner, wie der Bruder wegen groben Unfugs eine Nacht auf der Polizeiwache zugebracht hatte; wie er einen schmählichen Prozeß gegen Bruder Sergej Iwanowitsch angestrengt hatte, unter dem Vorwand, jener hätte ihm nicht seinen vollen Anteil am mütterlichen Vermögen ausgezahlt; und endlich die letzte Affäre, als er in den westlichen Provinzen ein Amt angetreten hatte und dort wegen einer Tracht Prügel, die er dem Gemeindevorsteher verabreicht, vor Gericht gekommen war ... Alles dies war entsetzlich häßlich, aber Ljewin sah es doch in einem weniger häßlichen Lichte, als es denen erscheinen mußte, die Nikolaj, seinen ganzen Lebensgang und sein Herz nicht kannten.

Ljewin dachte daran, wie in jener Zeit, als Nikolaj sich in der Periode der Frömmigkeit befand, jener Zeit der Fasten, des Mönchtums, der Gottesdienste, als er in der Religion Hilfe und Zügel für seine leidenschaftliche Natur suchte, wie er damals nicht nur in niemandem eine Stütze fand, sondern wie alle und auch er über ihn gelacht hatten. Man neckte ihn, man nannte ihn Vater Noah oder Mönch; doch als später seine leidenschaftliche Natur mit ihm durchging, da suchte ihm auch wieder keiner zu helfen, alle wandten sich vielmehr mit Entsetzen und Abscheu von ihm ab.

Ljewin fühlte, daß Nikolaj in seiner Seele, im tiefsten Grunde seiner Seele, trotz all der Verwerflichkeit seiner Lebensführung, nicht mehr im Unrecht war, als alle diejenigen, die ihn so sehr verachteten. Es war ja nicht seine Schuld, daß er mit einem ungezügelten Charakter und mit einem in gewissem Sinne beschränkten Verstande zur Welt gekommen war. Aber er hatte immer gut sein wollen. »Ich will ihm alles gerade heraussagen, ich werde ihn zwingen, sich mit mir über alles auszusprechen und ihm zeigen, daß ich ihn liebe und darum verstehen kann«, das war Ljewins Entschluß, als er gegen elf Uhr an dem Gasthaus vorfuhr, das auf der Adresse angegeben war.

»Oben, Nummer zwölf und dreizehn«, antwortete der Schweizer auf Ljewins Frage.

»Ist er zu Hause?«

»Ich glaube wohl.«

Die Tür zu Nummer 12 war halb geöffnet, aus einem Spalt drang zugleich mit einem Lichtschimmer der dichte Rauch von schlechtem, schwachem Tabak heraus, und Ljewin hörte den Ton einer ihm unbekannten Stimme. Aber er erkannte sofort, daß sein Bruder da war, denn er hörte sein Hüsteln.

Als er in die Türe trat, sagte gerade die unbekannte Stimme:

»Alles hängt davon ab, ob die Sache auf eine verständige und konsequente Weise durchgeführt wird.«

Konstantin Ljewin blickte ins Zimmer und sah, daß diese Worte von einem jungen, mit einem Kamisol bekleideten Manne gesprochen wurden, dessen mächtiger Haarwuchs ihm auffiel. Ein junges pockennarbiges Weib in einem wollenen Kleide ohne Manschetten und Kragen saß auf dem Sofa. Sein Bruder war nicht zu sehen. Konstantins Herz zog sich zusammen bei dem Gedanken, unter was für fremden Leuten sein Bruder lebte. Niemand hatte ihn gehört, und Konstantin legte leise die Gummischuhe ab und horchte, was der Herr im Kamisol noch sagen würde. Er sprach von einem Unternehmen.

»Hol' sie der Teufel, die privilegierten Klassen!« fiel jetzt von Husten unterbrochen die Stimme des Bruders ein. »Mascha! Schaff' uns etwas zum Abendbrot, und gib Wein her, wenn noch da ist, sonst laß welchen holen.«

Die Frau stand auf, trat hinter der spanischen Wand hervor und erblickte Konstantin.

»Ein Herr ist da, Nikolaj Dmitritsch«, sagte sie.

»Sie wünschen?« fragte ärgerlich Nikolaj Ljewins Stimme.

»Ich bin es«, antwortete Konstantin und trat ins Licht.

»Was für ein ich?« wiederholte Nikolaj noch ärgerlicher. Man konnte hören, daß er schnell aufstand und dabei an irgend etwas hängen blieb, und im nächsten Augenblick erblickte Ljewin in der Türöffnung die ihm so wohl bekannte, durch verwildertes und krankes Aussehen aber überraschende, hochgewachsene, hagere, gebückte Gestalt des Bruders, mit den großen, erschreckten Augen.

Er war noch magerer als vor drei Jahren, als ihn Konstantin Ljewin zum letztenmale gesehen hatte. Er trug einen kurzen Rock, und seine Hände und das breite Knochengerüst erschienen dadurch noch riesiger. Die Haare waren dünner geworden; derselbe gerade Schnurrbart bedeckte die Lippen, dieselben Augen blickten mit einem seltsamen und naiven Ausdruck auf den Eintretenden.

»Ah, Kostja!« rief er plötzlich, als er den Bruder erkannte, und in seinen Augen leuchtete es freudig auf. Aber im selben Moment blickte er sich nach dem jungen Manne um und machte jene Konstantin so wohl bekannte, krampfhafte Bewegung mit Kopf und Hals, als ob ihn die Halsbinde drückte; dann erschien ein völlig anderer, scheuer, leidender, doch harter Ausdruck auf seinem abgemagerten Gesicht.

»Ich habe Ihnen sowohl als auch Sergej Iwanowitsch geschrieben, daß ich Sie nicht kenne und nicht kennen will. Was ist's, das du – das Sie wünschen?«

Er war durchaus nicht so, wie Konstantin ihn sich vorgestellt hatte. Das Unerträglichste und Schlimmste in seinem Charakter, was jede Gemeinschaft mit ihm so sehr erschwere, war Konstantin Ljewin aus dem Gedächtnis geschwunden, während er unterwegs über den Bruder nachgedacht hatte; und jetzt, als er sein Gesicht sah und besonders die krampfhafte Bewegung des Kopfes, da kam ihm das alles erst wieder zum Bewußtsein.

»Nichts wünsche ich von dir«, erwiderte er fast schüchtern. »Ich bin einfach gekommen, um dich zu sehen.«

Diese Schüchternheit des Bruders machte Nikolaj sichtlich weich, und es zuckte um seine Lippen.

»Und wie geht es dir?« sagte er dann. »Nun, komm' herein und setze dich. Willst du etwas essen? Mascha, bring' drei Portionen. Nein, halt! Weißt du, wer das ist?« wandte er sich an den Bruder und zeigte auf den Mann im Kamisol, »dies ist Herr Krizkij, mein Freund von Kiew her, ein sehr bedeutender Mann. Natürlich verfolgt ihn die Polizei, weil er kein Schuft ist.«

Und seiner Gewohnheit gemäß ließ er seine Blicke der Reihe nach über alle im Zimmer Anwesenden schweifen. Als er bemerkte, daß die Frau, die an der Tür stehengeblieben war, eine Bewegung machte, um zu gehen, schrie er ihr zu: »Du sollst warten, hab' ich gesagt!« Und mit jener Schwerfälligkeit und Zusammenhanglosigkeit der Rede, die Konstantin so wohl an ihm kannte, begann er, wiederum alle der Reihe nach ansehend, dem Bruder Krizkijs Lebensgeschichte zu erzählen: wie man ihn von der Universität weggejagt, weil er eine Gesellschaft zur Unterstützung armer Studenten und Sonntagsschulen gegründet hatte; wie er später eine Stelle als Volksschullehrer angenommen, und man ihn auch von dort fortgejagt, und wie man ihn schließlich wegen irgendeiner Angelegenheit noch vor Gericht gestellt hatte.

»Sie haben an der Kiewer Universität studiert?« fragte Konstantin Ljewin Krizkij, um das eingetretene unbehagliche Stillschweigen zu unterbrechen.

»Ja, an der Kiewer«, erwiederte Krizkij ärgerlich und mit zusammengezogenen Brauen.

»Und diese Frau«, unterbrach ihn Nikolaj Ljewin, während er auf sie wies, »ist meine Lebensgefährtin, Maria Nikolajewna. Ich habe sie aus einem öffentlichen Haus genommen«, er machte wieder jene krampfhafte Bewegung mit dem Halse, während er das sagte. »Aber ich liebe und achte sie, und ich ersuche alle, die mich kennen wollen«, fügte er mit erhöhter Stimme und die Stirn runzelnd hinzu, »sie ebenfalls zu lieben und zu achten. Sie ist im vollsten Sinne meine Frau, im vollsten Sinne. So, nun weißt du, mit wem du's zu tun hast. Und wenn du meinst, daß du dich dadurch erniedrigst, dann Gott befohlen, dort ist die Tür.«

Und wieder glitten seine Augen fragend über die Anwesenden hin.

»Ich begreife nicht, inwiefern ich mich dadurch erniedrigt fühlen sollte.«

»Dann laß also das Abendessen bringen, Mascha: drei Portionen, Branntwein und Wein … Nein, halt! … Nein, nicht … also geh!«

25

»Nun, siehst du«, fuhr Nikolaj Ljewin fort, indem er mit Anstrengung die Stirne runzelte und dann und wann zusammenzuckte. Es wurde ihm sichtlich schwer zusammenzubringen, was er sagen und tun sollte.

»Nun, siehst du, da ...« Er wies in die Zimmerecke auf einige eiserne Schleifsteine, die mit Baststreifen zusammengebunden waren. »Siehst du das? Das ist der Anfang eines neuen Unternehmens, das wir jetzt ins Werk setzen wollen. Es handelt sich um eine Produktivgenossenschaft ...«

Konstantin hörte kaum zu. Seine Blicke hingen an dem kranken, schwindsüchtigen Gesicht des Bruders, und er fühlte ein immer wachsendes Mitleid mit ihm; er konnte sich nicht dazu zwingen, dem zuzuhören, was Nikolaj ihm von der Genossenschaft erzählte. So viel begriff er, daß diese Genossenschaft nur ein Rettungsanker war, um der Selbstverachtung zu entgehen. Nikolaj Ljewin fuhr fort zu sprechen:

»Du weißt, daß das Kapital den Arbeiter erdrückt. Die Arbeiter, die Bauern tragen bei uns die ganze Last der Arbeit und sind dabei so schlimm gestellt, das sie schlechterdings, wenn sie sich auch noch so sehr abquälen, aus ihrer viehischen Lage nicht herauskommen können. Der ganze Überschuß über den Arbeitslohn, durch den sie ihre Lage verbessern und sich einige freie Stunden und infolgedessen etwas Bildung aneignen könnten, – der ganze Überschuß wird ihnen von den Kapitalisten weggenommen. Und so haben sich die gesellschaftlichen Zustände in der Weise gestaltet: daß, je mehr sie arbeiten, desto mehr sich die Kaufleute, die Gutsbesitzer bereichern werden, während sie immer das Arbeitsvieh bleiben müssen. Und eben diese Ordnung der Dinge muß geändert werden«, schloß er und blickte dabei seinen Bruder fragend an.

»Gewiß, das versteht sich«, sagte Konstantin und konnte das Auge nicht von den roten Flecken wenden, die auf den hervorstehenden Backenknochen des Bruders auftraten.

»Und so wollen wir denn eine Schlossergenossenschaft

gründen, wo der ganze Betrieb sowie der Gewinn und das hauptsächlichste Handwerkszeug des Betriebes Gemeingut sein sollen.«

»Wo soll denn diese Genossenschaft gegründet werden?« fragte Konstantin Ljewin.

»Im Dorfe Wosdrem, im Kasanschen Gouvernement.«

»Ja, warum denn in einem Dorf? In den Dörfern gibt es, meine ich, ohnehin Arbeit genug. Wozu hat man in einem Dorf eine Schlossergenossenschaft nötig?«

»Darum, weil die Bauern jetzt noch genau solche Sklaven sind, wie sie es früher waren; aber gerade darum ist es euch, dir und Sergej Iwanowitsch, auch so unangenehm, daß man sie aus dieser Sklaverei befreien will«, erwiderte Nikolaj Ljewin, durch den Einwand gereizt.

Konstantin seufzte auf, während er zugleich das düstere und unsaubere Zimmer musterte. Dieser Seufzer schien Nikolaj noch mehr zu reizen.

»Ich kenne deine und Sergej Iwanowitschs aristokratische Ansichten. Ich weiß, daß er alle seine Geisteskräfte darauf verwendet, die bestehenden schlimmen Zustände zu rechtfertigen.«

»Nicht doch. Wie kommst du überhaupt auf Sergej Iwanowitsch?« versetzte Ljewin lächelnd.

»Auf Sergej Iwanowitsch? Darum komme ich auf ihn, darum«, schrie Nikolaj Ljewin bei der Erwähnung dieses Namens plötzlich auf, »darum ... übrigens, was hat's für einen Sinn, mit dir davon zu reden! Nur eins möcht' ich wissen ... Weshalb bist du eigentlich zu mir gekommen? Du betrachtest ja das alles von oben herab – gut, so geh mit Gott, geh!« schrie er, und erhob sich von seinem Stuhl, »so geh doch, geh!«

»Ich betrachte das durchaus nicht von oben herab«, sagte Konstantin Ljewin sanft. »Ich bestreite ja garnichts.«

In diesem Augenblicke kehrte Maria Nikolajewna zurück. Nikolaj Ljewin sah sich ärgerlich nach ihr um. Sie schritt schnell auf ihn zu und flüsterte ihm etwas ins Ohr.

»Ich bin nicht wohl, ich bin reizbar geworden«, nahm Nikolaj Ljewin, ruhiger, aber schwer atmend, wieder das

Wort, »und dann kommst du und sprichst mir noch von Sergej Iwanowitsch und seinem Artikel. Das ist so ungereimtes Zeug, solch ein Lügengewebe, solche ein Selbstbetrug. Was kann wohl auch ein Mensch über Gerechtigkeit schreiben, der selber keine kennt? Haben Sie seinen Artikel gelesen?« wandte er sich an Krizkij, während er sich wieder an den Tisch setzte und ein Häufchen bis zur Hälfte mit Tabak gefüllter Zigaretten davon herunterschob, um Platz zu machen.

»Ich habe ihn nicht gelesen«, sagte mürrisch Krizkij, der sich augenscheinlich in kein Gespräch einlassen wollte.

»Und warum nicht?« wandte sich nun Nikolaj Ljewin erregt zu Krizkij.

»Weil ich es für unnötig halte, damit meine Zeit zu vergeuden.«

»Das heißt, erlauben Sie, wieso wissen Sie denn, daß Sie Ihre Zeit damit vergeuden würden? Gar manchen wird dieser Artikel unzugänglich sein, weil er über ihr Begriffsvermögen geht. Bei mir ist das eine andere Sache, ich durchschaue seine Gedanken wie Glas und weiß, worin seine Schwäche besteht.«

Alle schwiegen. Krizkij stand zögernd auf und griff nach seiner Mütze.

»Sie wollen nicht mit uns zu Abend essen? Nun, dann adieu! Kommen Sie morgen mit dem Schlosser wieder.«

Kaum war Krizkij gegangen, als Nikolaj Ljewin lächelnd mit den Augen zwinkerte.

»Das ist auch nicht der rechte Mann«, sagte er. »Ich sehe ja ...«

Im selben Augenblick rief ihn Krizkij zu sich heran, er war an der Türe stehengeblieben.

»Was gibt's denn noch?« fragte er und ging mit ihm auf den Korridor hinaus. Ljewin war nun mit Maria Nikolajewna allein.

»Sind Sie schon lange bei meinem Bruder?« fragte er sie.

»Ja, schon das zweite Jahr. Die Gesundheit des Herrn hat sich sehr verschlechtert. Er trinkt zu viel«, versetzte sie.

»Wieso, was trinkt er?«

»Branntwein trinkt der Herr, und das ist ihm schädlich.«

»Trinkt er sehr viel?« flüsterte Ljewin rasch.

»Ja«, sagte sie und blickte zaghaft nach der Tür, in der jetzt Nikolaj wieder erschien.

»Wovon habt ihr gesprochen?« fragte er mit gerunzelter Stirn, und heftete die erschreckten Augen bald auf den einen, bald auf die andere, »wovon?«

»Von nichts«, erwiderte Konstantin verwirrt.

»Wenn ihr's nicht sagen wollt, so laßt es bleiben. Nur hast du über nichts mit ihr zu reden. Sie ist eine Magd, und du bist ein feiner Herr«, gab er zurück, indem er den Hals krampfhaft bewegte. »Du hast nun, wie ich sehe, Kenntnis von allem und ein Urteil über alles und blickst nun voller Mitleid auf meine Verirrungen herab«, begann er dann wieder mit erhobener Stimme.

»Nikolaj Dmitritsch, Nikolaj Dmitritsch«, flüsterte Maria Nikolajewna abermals und näherte sich ihm.

»Gut, schon gut! Wird's bald mit dem Abendbrot? Ah, da kommt es«, sagte er, als er den Diener mit dem Teebrett gewahrte. »Hierher, stell's nur hierher«, rief er ärgerlich und griff sogleich nach der Branntweinflasche, aus der er sich ein Glas voll goß, das er gierig austrank. »Trink' auch eins, willst du nicht?« wandte er sich an den Bruder, während er schon im nämlichen Augenblicke aufgeräumter wurde. »Und nun genug von Sergej Iwanowitsch! Ich bin trotz alledem froh, dich zu sehen. Was man auch sagen mag, man fühlt doch, daß man's nicht mit Fremden zu tun hat. So trink doch. Und sag', was du treibst?« fuhr er fort, während er gierig ein Stück Brot zerkaute und sich dabei ein zweites Glas vollschenkte. »Wie lebst du eigentlich?«

»Ich lebe allein auf dem Lande, ganz wie früher, und gebe mich mit der Wirtschaft ab«, antwortete Konstantin, der die Gier, mit welcher der Bruder aß und trank, mit Entsetzen sah und zugleich bemüht war, seine Aufmerksamkeit zu verbergen.

»Warum heiratest du nicht?«

»Ich hatte keine Gelegenheit dazu«, versetzte Konstantin errötend.

»Und weshalb nicht? Mit mir ist's allerdings vorbei! Ich

hab' mir das ganze Leben verpfuscht. Ich hab' es immer gesagt und sag' es auch jetzt, hätte man mir damals meinen Vermögensanteil ausgezahlt, als ich das Geld nötig hatte, so wäre mein ganzes Leben ein anderes geworden.«

Konstantin beeilte sich, das Gespräch auf einen andern Gegenstand zu lenken.

»Weißt du auch, daß dein Wanjuschka bei mir in Pokrowskoje Buchhalter geworden ist?« fragte er.

Nikolaj machte wieder seine krampfhafte Bewegung mit dem Hals und wurde nachdenklich.

»Erzähle mir doch, was in Pokrowskoje alles vorgeht? Ist das Haus noch ganz so, wie es war, und die Birken auch und unser Schulzimmer? Und der Gärtner Philipp, ist der wirklich noch am Leben? Wie gut ich mich noch unserer Laube erinnere – – und des Sofas! ... Sieh zu, daß du nichts im Hause änderst, sondern heirate lieber schnell und richte alles wieder so ein, wie es war. Ich komme dann auch zu dir, wenn deine Frau nett ist.«

»So komm doch gleich jetzt mit«, sagte Ljewin. »Wie schön würden wir uns zusammen einrichten!«

»Ich würde schon zu dir kommen, wenn ich nur wüßte, daß ich mit Sergej Iwanowitsch nicht zusammentreffe.«

»Du wirst ihn nicht bei mir treffen. Ich lebe vollkommen unabhängig von ihm.«

»Schon wahr, aber was du auch sagen magst, du mußt doch wählen zwischen mir und ihm«, sagte jener und blickte dem Bruder schüchtern in die Augen.

Diese Schüchternheit rührte Konstantin.

»Wenn ich in diesem Punkte ganz ehrlich sein soll, so muß ich dir gestehen, daß ich in deinem Streit mit Sergej Iwanowitsch weder ganz auf deiner, noch auf seiner Seite bin. Ihr habt alle beide unrecht: du mehr in der äußeren Form und er mehr in sachlicher Beziehung.«

»Ah, ah! das hast du also verstanden, du hast es also verstanden?« rief Nikolaj freudig aus.

»Persönlich aber liegt mir, wenn du es durchaus wissen willst, die Freundschaft mit dir mehr am Herzen, weil ...«

»Warum, warum?«

Konstantin konnte nicht aussprechen, daß sie ihm darum mehr am Herzen liege, weil Nikolaj unglücklich war und eines Freundes bedurfte. Nikolaj aber hatte verstanden, daß ihm gerade dies im Sinne gelegen und griff mit verdüstertem Ausdruck wieder nach dem Branntwein.

»Genug, Nikolaj Dmitritsch!« sagte nun Maria Nikolajewna und streckte ihre volle, blasse Hand nach der kleinen Karaffe aus.

»Laß los! Sei nicht zudringlich, oder ich schlage dich!« schrie er sie an.

Maria Nikolajewna lächelte – es war ein sanftes und gutes Lächeln, das den gleichen Ausdruck auch in Nikolajs Zügen hervorrief, – und nahm den Branntwein fort.

»Ja, du meinst vielleicht, daß sie nichts versteht?« sagte Nikolaj, »sie versteht alles das besser, als wir alle miteinander. Nicht wahr, es ist etwas Gutes und Liebes in ihrem Wesen?«

»Waren Sie früher niemals in Moskau?« fragte Ljewin, um doch irgend etwas zu sagen.

»Aber so nenne sie doch nicht ›Sie‹! Sie fürchtet sich davor. Niemand hat jemals zu ihr ›Sie‹ gesagt, außer dem Friedensrichter, als sie vor Gericht stand, weil sie das Haus der Unzucht verlassen wollte. Mein Gott, was es doch für Ungereimtheiten in der Welt gibt!« schrie er plötzlich auf. »Diese neuen Einrichtungen, diese Friedensrichter, diese Landstände – was ist das alles für ein Unsinn!«

Und er begann, von seinen Konflikten zu erzählen, in die er mit der Obrigkeit infolge der neuen Ordnung der Dinge geraten war.

Konstantin Ljewin hörte ihm zu; es berührte ihn jetzt peinlich, aus dem Munde des Bruders die Verurteilung aller gesellschaftlichen Einrichtungen zu hören, eine Ansicht, die er mit ihm teilte und auch schon öfter ausgesprochen hatte.

»Im Jenseits werden wir alles begreifen«, sagte er scherzend.

»Im Jenseits? Ach, ich mag das Jenseits nicht! Ich mag es nicht –«, sagte er und richtete seine erschreckten, scheuen Augen auf das Gesicht seines Bruders. »Und doch, es könnte scheinen, daß man eigentlich froh sein müßte, aus all diesen

Abscheulichkeiten, aus diesem Wirrsal, fremdem und eigenem, herauszukommen – aber ich fürchte den Tod, fürchte mich schrecklich davor.« Ein Zittern überflog ihn. – »So trink doch irgend etwas! Willst du Champagner haben? Oder wollen wir noch irgendwo hinfahren? Komm, wir wollen uns die Zigeuner ansehen! Weißt du, ich habe jetzt großes Gefallen an den Zigeunern und den russischen Volksweisen.«

Seine Zunge begann zu lallen, und er ging sprunghaft von einem Gegenstand zum andern über. Konstantin überredete ihn mit Marias Hilfe, jetzt nirgends mehr hinzufahren und brachte ihn dann in vollkommen betrunkenem Zustande zu Bett.

Mascha versprach, im Notfalle an Konstantin zu schreiben und Nikolaj Ljewin zuzureden, daß er zu seinem Bruder ziehe und ganz bei ihm bleibe.

26

Konstantin Ljewin hatte am frühen Morgen Moskau verlassen und gegen Abend sein Heim erreicht. Unterwegs im Eisenbahnwagen hatte er sich mit seinen Reisegefährten über Politik, über die neuen Eisenbahnen unterhalten und war ebenso wie in Moskau von der Verwirrung aller Begriffe, von Unzufriedenheit mit sich selbst und einem unbestimmten Schamgefühl überwältigt worden. Doch als er auf seiner Eisenbahnstation ausstieg und seinen krummen Kutscher Ignat mit dem hochgeschlagenen Kaftankragen sah, als er in dem ungewissen Licht, das durch die Bahnhoffenster fiel, seinen mit Decken ausgelegten Schlitten und seine Pferde mit den aufgebundenen Schweifen und dem hübschen, mit Ringen und Fransen verzierten Geschirr erblickte; als ihm der Kutscher Ignat, noch während das Gepäck aufgeladen wurde, die Gutsneuigkeiten erzählte, als er ihm von der Ankunft des Werkführers berichtete und auch davon, daß »Pawa« gekalbt habe – da fühlte er, daß die Verwirrung in ihm sich mählich klärte und Scham und Mißvergnügen zu weichen begannen. Diese Empfindung hatte er schon beim bloßen Anblick von Ignat und den Pferden gehabt; als er aber nachher den Schafpelz anzog, den er ihm mitgebracht hatte, sich wohl vermummt in den Schlitten setzte und rasch dahinfuhr; als er über die bevorstehenden Anordnungen auf seinem Gute nachdachte und dabei das überangestrengte, aber feurige Seitenpferd, donscher Zucht, sein früheres Reitpferd, betrachtete: da begann er alles, was er jüngst erlebt hatte, in einem völlig veränderten Lichte zu sehen. Er fühlte sich wieder als das, was er vorher gewesen war, und wollte kein anderer sein. Er wollte jetzt nur noch besser werden, als er früher gewesen. Vor allem nahm er sich von diesem Tage an vor, nicht mehr auf ein außergewöhnliches Glück zu hoffen, wie es ihm die Heirat geben sollte, und infolgedessen die Gegenwart nicht mehr so gering zu schätzen. Zweitens wollte er sich niemals mehr von einer unreinen Leidenschaft hinreißen lassen, deren bloße Erinnerung ihn so sehr gequält hatte, als er seinen Heiratsantrag zu machen beabsichtigte. Dann gab er sich bei dem Gedanken an seinen Bruder Nikolaj das Wort, ihn nie mehr zu vergessen, von nun an jeden seiner Schritte zu verfolgen und ihn nicht aus den Augen zu verlieren, um sofort zur Hilfe bereit zu sein, wenn es ihm schlecht gehen sollte. Daß dies bald geschehen würde, fühlte er nur zu gut. Ferner brachte ihn auch das Gespräch, das er mit seinem Bruder über den Kommunismus geführt hatte, worüber er damals so leicht hinweggegangen war, jetzt gewaltsam zum Nachdenken. Er hielt die völlige Umgestaltung der ökonomischen Verhältnisse für ungereimtes Zeug; aber er hatte stets das Ungerechte, das in seinem Überflusse im Vergleich mit der Armut des Volkes lag, empfunden und beschloß nun, um sich vollkommen im Rechte zu fühlen, jetzt noch mehr zu arbeiten und sich noch weniger Aufwand zu gestatten, obgleich er auch früher viel gearbeitet und ohne Aufwand gelebt hatte. Und es schien ihm so leicht, alles dies durchzuführen, daß er den ganzen Weg in den angenehmsten Träumen verbrachte. Mit einem stolzen Gefühl der Hoffnung auf ein neues besseres Leben fuhr er um neun Uhr abends bei seinem Hause vor.

Aus den Fenstern der Stube, die Agafja* Michajlowna, seine frühere Amme, bewohnte, die jetzt in seinem Hause das Amt der Wirtschafterin versah, fiel Licht auf den beschneiten Platz vor dem Hause. Sie schlief also noch nicht. Kusjma, den sie geweckt hatte, kam schläfrig und barfuß auf die Freitreppe. Seine Hühnerhündin Laska kam ebenfalls herausgesprungen, wobei sie Kusjma fast über den Haufen rannte; sie winselte, rieb sich an seinen Knien, erhob sich auf den Hinterbeinen und hätte ihm gar zu gern die Vorderpfoten auf die Brust gelegt, wagte es aber nicht.

»Sie sind aber schnell wiedergekommen, Väterchen«, sagte Agafja Michajlowna.

»Ich habe Heimweh bekommen, Agafja Michajlowna. Überall ist's gut und zu Hause am besten«, gab er ihr zur Antwort und begab sich in sein Arbeitszimmer.

Der Schein der hereingebrachten Kerze erhellte langsam das Zimmer. Die einzelnen wohlbekannten Gegenstände traten aus dem Dunkel hervor: Hirschgeweihe, Wandbretter mit Büchern, der Spiegel, der Ofen mit der Wärmeröhre, die schon längst hätte ausgebessert werden sollen; das Sofa seines Vaters, der große Tisch, auf dem Tische ein aufgeschlagenes Buch, ein zerbrochener Aschenbecher, ein Heft mit seiner eigenen Handschrift. Als er all das erblickte, überkam ihn eine Minute lang ein Zweifel an der Möglichkeit, jenes neue Leben zu beginnen, von dem er unterwegs geträumt hatte. Alle diese Spuren seines bisherigen Lebens schienen ihn gleichsam gefangen zu halten und ihm zu sagen: »Nein, du entgehst uns nicht und wirst kein anderer, du wirst bleiben, der du warst: mit deinen Zweifeln, deiner ewigen Unzufriedenheit mit dir selbst, mit deinen vergeblichen Versuchen der Besserung und deinen Rückfällen und mit deiner ewigen Erwartung eines Glückes, das dir nicht beschieden und das dir unerreichbar ist.«

So sprachen die lebendig gewordenen Gegenstände um ihn herum; eine andere Stimme aber erhob sich in seinem Innern und sprach zu ihm, daß man sich nicht von der Vergangenheit

---

* Agafja = Agathe.

beherrschen lassen dürfe, und daß der Mensch alles aus sich machen könne. Und dieser Stimme lauschend, ging er nach der Ecke, wo er zwei Pudgewichte stehen hatte, und hob sie, in dem Bestreben, sich dadurch zu ermuntern, nach den Regeln der Gymnastik in die Höhe. Da ertönten Schritte hinter der Tür. Er stellte hastig die Gewichte wieder hin.

Sein Verwalter trat ein und berichtete, daß, Gott sei Dank, alles in bester Ordnung sei, teilte aber auch zugleich mit, daß die Buchweizengrütze auf dem neuen Trockenboden etwas angebrannt sei. Diese Nachricht brachte Ljewin auf. Der neue Trockenboden war zum Teil nach seinen eigenen Angaben gebaut worden. Der Verwalter war immer gegen diesen Trockenboden gewesen und brachte jetzt mit schlecht verhehlter Schadenfreude seine Mitteilung vor, daß der Buchweizen angebrannt sei. Ljewin war fest davon überzeugt, daß der Buchweizen nur darum anbrennen konnte, weil die Vorsichtsmaßregeln nicht beobachtet worden waren, die er den Leuten hundertmal eingeschärft hatte. Er ärgerte sich und erteilte dem Verwalter einen Verweis. Dagegen gab es auch ein wichtiges und freudiges Ereignis: Pawa, seine beste, kostbarste, auf der Ausstellung gekaufte Kuh, hatte gekalbt.

»Kusjma, gib den Schafpelz her! Und dann lassen Sie eine Laterne bringen; ich will doch mal selbst hingehen und nachsehen«, sagte er zum Verwalter. Der Stall für die wertvollen Kühe lag gleich hinter dem Hause. Er brauchte nur über den Hof, an einem Schneehaufen beim Fliederbusch vorbei zu gehen, um dorthin zu gelangen. Warmer Düngerdampf drang heraus, als die angefrorene Tür sich öffnete, und verwundert über das ungewohnte Licht der Laterne regten sich die Kühe auf ihrem frischen Stroh. Die Holländer Kuh, glatt, schwarzgefleckt, mit breitem Rücken, tauchte einen Augenblick im Schein des Lichtes auf. Der Berkhouter Zuchtstier lag mit seinem Ringe in der Lippe da und schien sich erheben zu wollen; aber er besann sich eines anderen und schnaubte nur zweimal, als man an ihm vorbeiging. Pawa, ein wunderschönes rotes Tier, groß wie ein Nilpferd, wandte sich, ihr Kälbchen vor den Blicken der Eintretenden verdeckend, nach rückwärts und beschnupperte es.

Ljewin trat in die Hürde, besah sich Pawa und hob das buntscheckige Kälbchen auf die schwankenden langen Beine. Die aufgeregte Pawa wollte schon zu brüllen anfangen, aber sie beruhigte sich, als Ljewin ihr das Kalb wieder hinschob, und begann, mit tiefem Aufatmen, es mit ihrer rauhen Zunge zu belecken. Das Kalb stieß suchend mit der Nase die Mutter in die Weichen und ringelte das Schwänzchen.

»Leuchte hierher, Fjodor, hierher die Laterne«, sprach Ljewin, während er das Kalb betrachtete. »Es schlägt der Mutter nach, wenn es auch das Fell vom Vater hat. Sehr schön ist es, lang und dünnflankig. Wassilij Fjodorowitsch, nicht wahr, ein prächtiges Kalb?« wandte er sich an den Verwalter, vor Freude über das Kalb schon völlig wegen des Buchweizens mit ihm ausgesöhnt.

»Warum sollte es auch schlecht sein?« antwortete der Verwalter. »Ja, was ich noch sagen wollte: Semjón ist schon am Tage nach Ihrer Abreise hier gewesen. Es wird nötig sein, mit ihm einen Lieferungskontrakt abzuschließen, Konstantin Dmitritsch. Betreffs der Maschine habe ich Ihnen bereits berichtet.«

Diese eine Frage brachte Ljewin auf alle Einzelheiten der Wirtschaft, die umfangreich und mannigfaltig war, so daß er unmittelbar aus dem Kuhstall in seine Geschäftsstube ging, dort mit dem Verwalter und mit Semjón des Kontraktes wegen verhandelte, dann ins Haus zurückkehrte und sich sofort in sein Wohnzimmer hinaufbegab.

27

Es war ein großes altertümliches Haus, und Ljewin heizte und bewohnte alle Räume, obgleich er allein lebte. Er wußte, daß dies keinen Sinn habe, wußte, daß es sogar unrecht von ihm war und mit seinen jetzigen neuen Plänen im Widerspruch stand; aber dieses Haus war für Ljewin eine ganze Welt. Es war die Welt, in der sein Vater und seine Mutter gelebt hatten und gestorben waren. Sie hatten hier ein Dasein geführt, daß Ljewin als das Ideal jeglicher Vollkommenheit erschien, und das er mit seinem Weibe, mit seiner Familie zu erneuern geträumt hatte.

Ljewin hatte kaum eine Erinnerung an seine Mutter. Die Vorstellung, die er von ihr hatte, war für ihn eine heilige Erinnerung, und seine zukünftige Gattin sollte in seiner Phantasie eine Neubelebung jenes herrlichen, heiligen Ideals einer Frau sein, wie es seine Mutter gewesen war. Die Liebe zu einer Frau konnte er sich nicht nur nicht ohne die Ehe denken, sondern er stellte sich sogar immer zuerst die Familie vor und dann erst das Weib, das ihm die Familie gründen sollte. Seine Begriffe von der Ehe glichen daher durchaus nicht denen der Mehrzahl seiner Bekannten, für welche die Ehe nur eine von den vielen Lebensgewohnheiten war; für Ljewin war sie die Haupthandlung des Lebens, von welcher das ganze Lebensglück abhing. Und jetzt mußte er dem entsagen!

Als er in das kleine Zimmer trat, wo er immer den Tee zu nehmen pflegte und sich mit einem Buch in seinen Sessel setzte, während ihm Agafja Michajlowna seinen Tee brachte und dann mit ihrem gewohnten: »Ich will mich auch setzen, Väterchen«, auf einem Stuhl am Fenster Platz nahm, da fühlte er, so sonderbar es auch war, daß er sich von seinen Träumen noch nicht losgesagt hatte, und daß er ohne sie nicht leben konnte. Ob es nun mit ihr oder mit einer andern sein würde – kommen mußte es. Er las in dem Buch, dachte über das Gelesene nach, hielt dann wieder inne, um Agafja Michajlowna zuzuhören, die unablässig schwatzte; aber zugleich tauchten in seiner Einbildung die verschiedensten Bilder aus seiner Wirtschaft und seinem künftigen Familienleben zusammenhanglos auf. Er fühlte, wie etwas in der Tiefe seiner Seele festen Fuß faßte, wie es ins Gleichgewicht und schließlich zur Ruhe kam.

Dabei hörte er dem Geplauder von Agafja Michajlowna zu, »wie der Prochor doch ganz gottvergessen sei, der all das Geld, das ihm Ljewin zum Ankauf eines Pferdes geschenkt hatte, jetzt lustig vertrank und obendrein seine Frau halb tot geschlagen hatte«, er hörte zu, und zugleich las er in seinem Buch und erinnerte sich der ganzen Gedankenreihe, die es früher in ihm erweckt hatte. Es war Tyndalls Buch über die Wärme. Er erinnerte sich ganz gut seiner früheren abfälligen Beurteilung Tyndalls wegen dessen Eitelkeit auf seine Geschicklichkeit im Experimentieren, aber auch wegen seines Mangels an philosophischem Blick. Und mitten unter diesen Gedanken tauchte plötzlich ein ganz anderer freudiger Einfall auf: »In zwei Jahren habe ich in der Herde zwei holländische Kühe; Pawa selbst kann noch lebenskräftig sein, dazu zwölf junge Kälber vom Berkhouter; dann kann ich sie im Notfall mit diesen drei kreuzen lassen – herrlich!« Dann nahm er wieder das Buch zur Hand. »Also gut, Elektrizität und Wärme sind ein und dasselbe; aber kann man denn in einer Gleichung zur Lösung der Aufgabe die eine Größe statt der andern setzen? Nein! Einen Zusammenhang zwischen allen Naturkräften fühlt man ja schon durch den bloßen Instinkt heraus. ... Besonders hübsch würde es sein, wenn Pawas Tochter auch schon eine rotscheckige Kuh wäre und ebenso die ganze Herde, in welche ich diese drei hineinlasse! ... Herrlich! Dann gehe ich mit meiner Frau und etwaigen Gästen der Herde entgegen ... Die Frau sagt vielleicht: ›Ich und Kostja haben dieses Kälbchen wie ein Kind groß gefüttert!‹

›Wie können Sie nur so viel Interesse dafür haben?‹ fragt dann ein Gast. ›Alles, was ihn interessiert, interessiert auch mich!‹ Ja – aber wer sie wohl sein wird?« Und er dachte an seine Erlebnisse in Moskau. ... »Nun, daran läßt sich einmal nichts ändern! ... Ich bin ja nicht schuld daran. Jetzt aber soll alles nach dem neuen Plane gehen! Es ist Unsinn, daß mein bisheriges Leben, daß meine Vergangenheit es hindern könnten. Es gilt den Kampf um ein besseres, um ein weitaus besseres Leben. ...« Er hob den Kopf in die Höhe und begann von neuem seinen Gedanken nachzuhängen. Da kam die alte Laßka dicht an ihn heran. Die Hündin hatte ihre Freude über seine Ankunft noch nicht genugsam ausgetobt und war auf den Hof gelaufen, um sich dort auszubellen; jetzt war sie zurückgekehrt, den Hauch der frischen Frostluft mit sich bringend, wedelte mit dem Schwanz, schob ihren Kopf unter seine Hand, winselte kläglich und verlangte, daß er sie streicheln solle.

»Bloß die Sprache fehlt ihr«, sagte Agafja Michajlowna. »Ist das ein Hund ... Alles versteht sie, sie versteht, daß ihr Herr zurückgekehrt ist und Langeweile hat.«

»Weshalb sollte ich denn Langeweile haben?«

»Ach, habe ich denn keine Augen, Väterchen? Meine Herrschaft sollt' ich doch wohl kennen. Bin ich doch von klein auf im Haus gewesen. Es wird nicht so schlimm sein, Väterchen. Wenn nur die Gesundheit da ist und ein reines Gewissen.«

Ljewin blickte sie durchdringend an, verwundert, daß sie seine Gedanken so gut erraten hatte.

»Nun, soll ich noch ein Täßchen Tee bringen?« fragte sie dann, nahm seine Tasse und ging hinaus.

Laßka schob immerfort ihren Kopf unter seiner Hand hin und her. Er streichelte sie, und gleich darauf rollte sie sich zu seinen Füßen in einen Ring zusammen, indem sie den Kopf auf die eine vorgestreckte Hinterpfote legte. Und zum Zeichen, daß jetzt alles in bester Ordnung sei, öffnete sie ein wenig das Maul, schmatzte mit den Lippen, zog die feuchten Lefzen bequemer in die alten Zähne und verstummte in seliger Ruhe.

Ljewin hatte aufmerksam ihre letzten Bewegungen verfolgt.

»Ganz so wie ich!« sprach er zu sich selbst. »Ganz genau wie ich! Tut nichts! .... Es wird sich schon alles machen.«

28

Nach dem Balle, noch am frühen Morgen, schickte Anna Arkadjewna ihrem Gatten ein Telegramm, um ihm mitzuteilen, daß sie noch am nämlichen Tage von Moskau abreise.

»Nein, ich muß, ich muß fort«, sagte sie ihrer Schwägerin zur Erklärung ihrer plötzlichen Sinnesänderung, und zwar in einem Tone, als ob so viele wichtige Angelegenheiten ihrer warteten, daß sie sie gar nicht zählen könne, »nein, ich muß noch heute fort!«

Stjepan Arkadjewitsch speiste nicht zu Hause, hatte aber versprochen sich rechtzeitig einzufinden, um die Schwester um sieben Uhr auf den Bahnhof zu bringen.

Auch Kitty war nicht gekommen; sie hatte ein Billet geschickt, worin sie schrieb, daß sie Kopfschmerzen habe. Dolly und Anna aßen mit den Kindern und der Engländerin allein zu Mittag. Lag es daran, daß Kinder unbeständig oder daß sie sehr feinfühlig sind, und sie wohl herausfühlten, daß die Tante an diesem Tage gar nicht mehr dieselbe sei, wie an jenem ersten, wo sie sie so lieb gewonnen hatten, und sich heute nicht mehr mit ihnen abgeben wollte – genug, sie hatten plötzlich ihre Spiele mit der Tante und zugleich die Kundgebungen ihrer Zärtlichkeit für sie aufgegeben, und ihre bevorstehende Abreise schien sie in keiner Weise zu berühren. Anna war den ganzen Morgen mit den Vorbereitungen zu ihrer Abreise beschäftigt gewesen. Sie schrieb ihren Moskauer Bekannten kurze Briefe, trug ihre Ausgaben ein und packte. Überhaupt wollte es Dolly scheinen, daß sie nicht in ruhiger Stimmung, sondern von einer geschäftigen Unruhe erfüllt sei, ein Zustand, den Dolly gut genug an sich selber kannte, und der nie ohne besondere Veranlassung eintrat, da ihm meistenteils das Gefühl der Unzufriedenheit mit sich selbst zu Grunde liegt. Nach Tisch ging Anna in ihr Zimmer, um sich anzukleiden, und Dolly folgte ihr dorthin.

»Wie sonderbar du heute bist!« sagte Dolly zu ihr.

»Ich? Findest du? Ich bin nicht sonderbar, aber ich bin schlecht. Das kommt bei mir vor. Ich möchte immerzu weinen. Das ist sehr töricht von mir, aber es geht stets vorüber«, versetzte Anna schnell und beugte das errötende Gesicht über ein kleines Täschchen, in das sie ein Nachthäubchen und Batisttaschentücher packte. Ihre Augen glänzten eigentümlich und wurden unaufhörlich von Tränen verschleiert. »Ich konnte mich nicht von Petersburg losreißen, und jetzt möchte ich wieder von hier nicht fort.«

»Du bist hierhergekommen und hast hier ein gutes Werk getan«, sagte Dolly, die sie aufmerksam betrachtete.

Anna blickte sie mit tränenfeuchten Augen an.

»Sprich nicht so, Dolly. Ich habe nichts getan und habe nichts tun können. Ich wundere mich oft, warum die Leute sich verabredet haben, mich zu verwöhnen. Was habe ich getan und was habe ich tun können? Du hast einfach in deinem Herzen Liebe genug gefunden, um verzeihen zu können ...«

»Gott weiß, wie es ohne dich geworden wäre! Wie bist du glücklich, Anna!« sagte Dolly. »Bei dir, in deiner Seele ist alles klar und gut.«

»Jeder Mensch hat in der Seele seine ›skeletons‹, wie die Engländer sagen.«

»Was kannst du für ein *skeleton* haben? In dir ist alles so klar.«

»Und doch hab' ich eins!« sagte Anna plötzlich und unvermutet, nach dem Weinen umspielte ein schlaues, spöttisches Lächeln ihre Lippen.

»Nun, dann ist es lustig, dein *skeleton*, und nicht finster«, meinte Dolly lächelnd.

»Nein, finster. Weißt du, weshalb ich heute abreise und nicht morgen? Das ist ein Geständnis, das mir die ganze Zeit auf der Seele lag, und ich will es dir jetzt ablegen«, sagte Anna, indem sie sich entschlossen in den Sessel zurückwarf und Dolly gerade in die Augen blickte.

Und zu ihrem Erstaunen sah Dolly, daß Anna bis an die Ohren errötete, bis an die lockigen, schwarzen Härchen auf ihrem Nacken.

»Ja«, fuhr Anna fort. »Weißt du auch, weshalb Kitty nicht zum Mittagessen gekommen ist? Sie ist eifersüchtig auf mich. Ich verdarb ihr .... ich war die Ursache davon, daß dieser Ball für sie eine Qual war, und nicht eine Freude. Aber wahrhaftig, glaube mir, ich bin nicht schuld daran, oder doch nur ein ganz klein wenig bin ich schuld«, sagte sie, indem sie mit erhöhter Stimme das Wort »ein klein wenig« in die Länge zog.

»Oh, wie hast du mich eben an Stiwa erinnert, als du das sagtest«, fiel Dolly lachend ein.

Anna nahm eine gekränkte Miene an.

»Oh, nein, oh, nein! Ich bin nicht wie Stiwa –«, erwiderte sie, die Stirn runzelnd. »Deshalb sage ich es ja gerade, weil ich mir auch nicht einen Moment erlaube, an mir selbst zu zweifeln«, fügte sie hinzu.

Aber in dem Augenblick, als sie diese Worte sprach, empfand sie auch schon, daß sie nicht der Wahrheit entsprachen. Sie zweifelte nicht nur an sich selber, sie fühlte schon bei dem bloßen Gedanken an Wronskij eine Erregung in sich aufsteigen, und wenn sie früher abreiste, als sie beabsichtigt hatte, so geschah dies einzig und allein, um ihm nicht mehr zu begegnen.

»Ja, Stiwa hat mir erzählt, daß du mit ihm die Mazurka getanzt hast, und daß er ...«

»Du kannst dir nicht denken, wie komisch das war. Ich dachte nur ans Heiratstiften, und plötzlich kam es doch so ganz anders. Vielleicht habe ich wider meinen Willen ...«

Sie errötete und hielt inne.

»Oh, das merken sie sofort!« sagte Dolly.

»Aber ich würde in Verzweiflung sein, wenn hierbei auf seiner Seite irgendein ernsteres Gefühl im Spiele wäre«, unterbrach sie Anna. »Und ich bin überzeugt, daß das alles bald vergessen sein und Kitty aufhören wird, mich zu hassen.«

»Übrigens, Anna, um dir die Wahrheit zu sagen, wünsche ich für Kitty diese Heirat nicht einmal besonders. Und es ist jedenfalls besser, daß die Sache sich zerschlagen hat, wenn Wronskij sich an einem Tage in dich verlieben konnte.«

»Ach Gott, das wäre doch zu dumm!« sagte Anna, und wieder trieb ihr die Freude eine dunkle Röte in die Wangen, als sie den Gedanken, der sie selbst beschäftigte, in Worten aussprechen hörte. »So reise ich also ab, nachdem ich mir Kitty zur Feindin gemacht habe, sie, die ich doch so lieb gewonnen hatte. Ach, wie reizend sie ist! Aber du wirst das wieder in Ordnung bringen, Dolly! Nicht wahr?«

Dolly vermochte kaum ein Lächeln zu unterdrücken. Sie liebte Anna, aber es freute sie zu sehen, daß auch sie ihre Schwächen hatte.

»Eine Feindin? Das ist ganz unmöglich!«

»Ich möchte gern, daß ihr mich alle so lieb habt, wie ich euch liebe; und jetzt seid ihr mir noch mehr ans Herz gewachsen«, sagte Anna wieder mit Tränen in den Augen. »Ach, was bin ich doch heute dumm!«

Sie fuhr mit dem Tuch über das Gesicht und begann, sich anzukleiden.

Erst ganz kurz vor der Abreise kam Stjepan Arkadjewitsch, der sich verspätet hatte, mit gerötetem und fröhlichem Gesicht und Wein- und Zigarrengeruch mit sich bringend, nach Hause.

Annas Empfindsamkeit hatte sich auch Dolly mitgeteilt, und als sie die Schwägerin zum letztenmal umarmte, flüsterte sie ihr zu: »Denke daran, Anna: was du für mich getan hast, werde ich dir nie vergessen. Und denke auch daran, daß ich dich immer lieb gehabt habe und immer lieb haben werde, als meine beste Freundin!«

»Ich begreife nicht, wofür«, sprach Anna, indem sie sie küßte und ihre Tränen zu verbergen suchte.

»Du hast mich verstanden und verstehst mich. Leb' wohl, mein süßer Schatz!«

29

»Nun ist alles vorüber, Gott sei Lob und Dank!« war der erste Gedanke, der Anna Arkadjewna durch den Sinn ging, als sie sich zum letztenmal von ihrem Bruder verabschiedete, der bis zum dritten Glockenzeichen mit seiner Gestalt den Eingang in den Waggon versperrt hatte. Sie setzte sich auf ihren Sitz, neben Annuschka, und sah sich in dem Halbdunkel des Schlafwagens um. »Gott sei Dank, morgen bin ich wieder bei Serjosha und Alexej Alexandrowitsch, und das alte Leben wird wieder in der gewohnten Weise weitergehen.«

Noch immer in derselben Stimmung geschäftiger Unruhe, die sie diesen ganzen Tag lang empfunden hatte, richtete sich Anna jetzt dennoch mit einem gewissen Behagen und der gewohnten Sorgfalt für die bevorstehende Fahrt ein; mit ihren kleinen, geschickten Händen öffnete und schloß sie die rote Handtasche, holte ein Kissen hervor, das sie sich auf die Knie legte, wickelte sich sorgfältig die Füße ein und setzte sich dann ruhig hin. Eine kranke Dame hatte sich schon schlafen gelegt. Zwei andere Reisegefährtinnen versuchten mit Anna ein Gespräch anzuknüpfen, und eine wohlbeleibte alte Dame hüllte sich ebenfalls die Füße ein und machte eine Bemerkung über die Heizung.

Anna erwiderte den Damen einige Worte, aber da das Gespräch nichts Interessantes erwarten ließ, so bat sie Annuschka, ihr die Laterne herauszuholen, befestigte sie an der Armlehne des Sessels und entnahm selbst ihrem Handtäschchen ein Falzbein und einen englischen Roman. Anfangs konnte sie nicht lesen. Das Getriebe und der Lärm auf dem Bahnsteig hinderten sie daran; später, als der Zug sich in Bewegung gesetzt hatte, war es unmöglich, seinem Rollen nicht zu lauschen; dann zog der Schnee, der an das linke Fenster schlug und an der Scheibe haften blieb, ihre Aufmerksamkeit auf sich; dann der Anblick des eingemummten, vorbeikommenden Schaffners, der von einer Seite ganz mit Schnee beweht war; und zuletzt die Bemerkungen der mitreisenden Damen über den furchtbaren Schneesturm, der jetzt draußen wüte. Dann blieb alles wie vorher, dasselbe Schüttern und Stoßen, derselbe Schnee am Fenster dieselben schnellen Übergänge von Dampfhitze zur Kälte und wieder zur Hitze, das gleiche Vorüberhuschen der Gesichter im Halbdunkel und dieselben Stimmen, und dann endlich begann Anna zu lesen und das Gelesene zu verstehen. Annuschka schlummerte schon, das rote Täschchen hielt sie auf ihren Knien fest mit den breiten behandschuhten Händen; der eine von ihren Handschuhen war zerrissen. Anna Arkadjewna las und verstand das Gelesene, aber sie fand kein Vergnügen daran zu lesen, das heißt, der Widerspiegelung des Lebens fremder Menschen zu folgen. Der Drang, sich selber voll auszuleben, war zu mächtig in ihr. Sie las davon, wie die Heldin des Romans einen Kranken pflegte, und da wünschte sie selber, mit unhörbaren Schritten durchs Krankenzimmer zu gehen; sie las, daß ein Parlamentsmitglied eine Rede hielt, und da wünschte sie, diese Rede selbst zu halten; und als sie las, wie Lady Mary hinter der Meute der Hunde einhersprengte und ihre Schwägerin neckte und die Bewunderung aller durch ihre Kühnheit erregte, da wünschte sie, das alles selbst tun zu können. Sie aber hatte gar nichts zu tun, und so zwang sie sich, weiter zu lesen, während sie mit ihren kleinen Händen die glatte Klinge des Falzbeins hin und her drehte. Der Held des Romans begann bereits sein englisches Glück, den Baronetstitel und seine Ländereien zu erringen, und Anna wünschte sich, mit ihm zusammen auf dieses Gut reisen zu können, als sie plötzlich das Gefühl hatte, daß er sich eigentlich schämen müßte, und daß sie sich selbst aus dem gleichen Grunde schämte wie er. Aber weshalb soll er sich denn schämen? »Weshalb schäme ich mich denn?« fragte sie sich gekränkt und verwundert. Sie ließ das Buch sinken und warf sich gegen die Lehne des Sessels zurück, während sie dabei das Falzbein fest mit beiden Händen preßte. Sie hatte keinen Grund, sich zu schämen. Sie ging alle ihre Moskauer Erinnerungen durch. Es gab keine einzige, deren sie sich hätte zu schämen brauchen. Sie dachte an den Ball, dachte an Wronskij und seine verliebte, unterwürfige Miene, sie rief sich ihr ganzes Verhalten zu ihm in die Erinnerung zurück: sie vermochte nichts Beschämendes darin zu finden. Und trotz alledem verstärkte sich das Gefühl der Scham gerade bei diesen Erinnerungen, als ob irgendeine innere Stimme ihr, als sie Wronskijs gedachte, wie beim Pfänderspiel, zugerufen hätte: »Warm, sehr warm, heiß.«

»Nun, was soll denn das?« sprach sie entschlossen zu sich selbst, während sie sich im Sessel zurechtsetzte. Was hat das zu bedeuten? Fürchte ich mich etwa, der Sache gerade ins Gesicht zu sehen? Was soll das? Besteht denn wirklich irgendeine Beziehung zwischen mir und diesem jungen Offizierlein, und kann es irgend etwas anderes zwischen uns geben, als es bei jedem andern Bekannten der Fall ist. Sie lächelte verächtlich und griff wieder nach dem Buch; aber jetzt konnte sie ganz und gar nicht mehr verstehen, was sie las. Sie fuhr mit dem Falzbein über das Glas, legte seine kalte und glatte Oberfläche an die Wange und lachte dann beinahe hörbar in einem Gefühl der Freude, die sich ihrer plötzlich und ohne alle Ursache bemächtigte. Sie fühlte, wie sich ihre Nerven gleich Saiten anspannten, als würden sie immer fester und fester auf unsichtbare Wirbel geschraubt. Sie fühlte, daß ihre Augen sich weiter und weiter öffneten, daß die Finger an ihren Händen, die Zehen an ihren Füßen sich nervös bewegten, daß ihr ein unbekanntes Etwas in ihrem Innern den Atem beklemmte, und daß alle Bilder und Laute in diesem schwankenden Halbdunkel sie mit ungewöhnlicher Helligkeit blendeten. Unaufhörlich überkamen sie Augenblicke des Zweifels, ob sich der Wagen vorwärts oder rückwärts bewege oder ob er völlig still stände. War das Annuschka neben ihr, oder eine Fremde? »Was liegt dort auf der Lehne, ist es ein Pelz oder ein Tier? Und bin ich es selbst, die hier ist? Ich selbst oder eine andere?« Es war ihr fürchterlich, sich diesem Selbstvergessen hinzugeben. Aber es zog sie immer wieder dazu hin, und sie konnte sich nach Belieben diesem Zustande überlassen oder ihn von sich schütteln. Sie stand auf, um zur Besinnung zu kommen, warf die Reisedecke ab und nahm den Schulterkragen des warmen Kleides herunter. Einen Augenblick war ihr alles klar und sie begriff, daß der eintretende hagere Arbeiter im langen Nankingüberrock, an dem die Knöpfe fehlten, der Heizer war, daß er nach dem Thermometer sah, daß Wind und Schnee zugleich mit ihm zur Tür hereinstürmten; dann aber vermischte und verwirrte sich alles wieder. ... Dieser Arbeiter mit dem langen Oberkörper machte sich daran, etwas an der Wand zu benagen; die alte Frau begann, ihre Füße durch die ganze Länge des Waggons auszustrecken und erfüllte ihn mit einer schwarzen Wolke; dann knarrte und polterte es fürchterlich, als ob etwas auseinander gerissen würde; dann blendete ein rotes Feuer ihre Augen, und dann verschwand alles hinter einer Wand. Anna hatte ein Gefühl, als ob sie in die Tiefe sänke. Und doch hatte alles dies nichts Schreckliches, sondern vielmehr etwas Belustigendes an sich. Die Stimme eines vermummten und schneebedeckten Mannes rief ihr laut etwas ins Ohr. Sie erhob sich und besann sich sie begriff, daß man eben in eine Station einfuhr, und daß jener Mann der Schaffner gewesen war. Sie bat Annuschka, ihr wieder den abgenommenen Schulterkragen und noch ein Tuch zu geben, legte beides an und wandte sich nach der Tür.

»Gnädige Frau wünschen auszusteigen?« fragte Annuschka.

»Ja, ich möchte Luft schöpfen. Es ist hier sehr heiß.«

Und sie öffnete die Tür. Schnee und Wind flogen ihr entgegen und kämpften mit ihr um die Tür. Und das kam ihr belustigend vor. Es gelang ihr endlich, die Tür zu öffnen, und sie trat hinaus. Es schien, als ob der Wind nur auf sie gewartet hätte, so freudig pfiff er auf, er schien sie umfangen und forttragen zu wollen; doch sie ergriff mit der Hand den kalten Eisenpfosten, stieg, die Kleider festhaltend, auf den Bahnsteig hinaus und trat hinter den Waggon. Auf den Stufen hatte der Sturm noch Macht gehabt, aber auf dem Bahnsteig, hinter den Wagen des Zugs, war Windstille. Mit Wonne, aus voller Brust sog sie die frostige Schneeluft ein und betrachtete, neben dem Waggon stehend, den Bahnsteig und die erleuchtete Eisenbahnstation.

30

Ein furchtbarer Sturm tobte hinter dem Stationsgebäude hervor und heulte zwischen den Rädern der Wagen und den Pfeilern des Bahnsteigs. Die Wagen, die Pfosten, die Menschen, alles, was das Auge erreichte, war von einer Seite vom Schnee verweht und wurde immer mehr und mehr davon bedeckt. Auf einen Augenblick verstummte bisweilen der Sturm, aber nur, um gleich darauf wieder mit solchen Stößen einher zu brausen, daß jeder Widerstand unmöglich schien. Und dabei liefen die Leute auf den knarrenden Dielen der Plattform geräuschvoll hin und her und öffneten und schlossen die großen Türen. Der gebückte Schatten eines Mannes schlüpfte unter ihren Füßen durch, und der Klang eines Hammers erdröhnte auf dem Eisen. »Gib die Telegramme her!« erscholl eine ärgerliche Stimme aus dem stürmischen Dunkel von der andern Seite her. »Hierher, bitte, No. 28!« schrien verschiedene Stimmen, und vermummte, verschneite Menschen liefen an Anna vorbei. Zwei fremde Herren, die brennenden Zigaretten im Munde, gingen an ihr vorüber. Sie sog noch einmal mit einem tiefen Atemzug die frische Luft ein und hatte schon die Hand aus dem Muff gezogen, um den Pfosten zu ergreifen und in ihren Waggon zurückzusteigen, als ein Herr im Militärmantel dicht neben ihr das schwankende Licht der Laterne mit seinem Schatten verdeckte. Sie sah sich um, und in demselben Augenblick erkannte sie Wronskijs Gesicht. Die Hand an den Mützenschirm legend, verbeugte er sich vor ihr und fragte, ob sie nicht vielleicht irgend etwas bedürfe, ob er ihr nicht mit etwas dienen könne? Sie blickte ihn ziemlich lange und fest an, ohne zu antworten, und trotz des Schattens, in dem er stand, sah sie oder glaubte sie doch, den Ausdruck seiner Züge wie seiner Augen zu sehen. Es war wieder jener Ausdruck ehrfurchtsvollen Entzückens, der am vergangenen Tage einen solchen Eindruck auf sie gemacht hatte. Mehr als einmal hatte sie sich in diesen letzten Tagen gesagt und noch eben erst wiederholt, daß Wronskij für sie nur einer von jenen Hunderten von jungen Leuten sei, welche ewig die gleichen sind und denen man überall begegnet; sie hatte behauptet, daß sie sich niemals erlauben wolle, an ihn auch nur zu denken; jetzt aber, in dem ersten Moment der Begegnung mit ihm, ergriff sie ein Gefühl freudigen Stolzes. Sie brauchte nicht zu fragen, weshalb er hier sei. Sie wußte das so genau, als ob er es ihr gesagt hätte, daß er hier sei, um da zu sein, wo sie ist.

»Ich wußte nicht, daß Sie auch mit diesem Zuge fahren. Weshalb sind Sie gereist?« fragte sie und ließ die Hand sinken, die nach dem Pfosten greifen wollte. Und unbezwingliche Freude und Erregung erstrahlte auf ihrem Gesicht.

»Weshalb ich gereist bin?« wiederholte er und blickte ihr gerade in die Augen. »Sie wissen es; ich bin abgereist, um da zu sein, wo Sie sind«, sagte er, »ich kann nicht anders.«

Und zugleich fegte der Wind, als habe er alle Hindernisse überwunden, den Schnee von den Wagendächern hinunter, zerrte an einem losgerissenen Eisenblech, und von vorne gellte klagend und düster der Schrille Pfiff der Lokomotive herüber. Aber alle Schrecken des Schneesturms erschienen ihr noch schöner als vorher. Er hatte gesagt, was ihre Seele begehrte, aber wovor ihre Vernunft zurückbebte. Sie erwiderte nichts, und er sah in ihrem Gesicht, wie es in ihr kämpfte.

»Verzeihen Sie mir, wenn Ihnen das, was ich gesagt habe, unangenehm ist«, sagte er demütig.

Er sprach bescheiden, ehrerbietig, aber zugleich mit einer solchen Festigkeit und Bestimmtheit, daß sie lange nichts zu erwidern vermochte.

»Was Sie eben sagten, ist schlecht, und ich bitte sie, wenn Sie ein guter Mensch sein wollen, vergessen Sie, was Sie gesagt haben, wie ich es vergessen werde«, erwiderte sie endlich.

»Nicht ein einziges Ihrer Worte, nicht eine einzige Ihrer Bewegungen werde ich jemals vergessen, und ich kann nicht ...«

»Genug, genug!« rief sie aus, vergeblich bemüht, ihrem Gesicht, in das er sich mit den Augen festzusaugen schien, einen strengen Ausdruck zu verleihen. Sie legte die Hand an den kalten Pfosten, stieg die Stufen hinauf und trat schnell in den Vorraum ihres Wagens. Aber in diesem kleinen Vorraum blieb sie stehen und ließ alles, was sich ereignet hatte, an sich vorüberziehen. Weder ihrer eigenen, noch seiner Worte konnte sie sich erinnern; aber sie fühlte es, daß dieses kaum minutenlange Gespräch sie einander furchtbar nahe gebracht hatte, und dies erfüllte sie zugleich mit Furcht und mit Freude. Nachdem sie einige Sekunden so gestanden, ging sie in ihre Wagenabteilung zurück und setzte sich auf ihren Platz. Jener Zustand der Spannung, der sie anfangs so sehr gequält hatte, stellte sich nicht nur wieder ein, sondern verstärkte sich noch und erreichte einen solchen Grad, daß sie fürchtete, es könne jeden Augenblick eine allzu straff gespannte Saite in ihr reißen. Sie schlief die ganze Nacht nicht. Aber in dieser Spannung und in den Träumen, die ihre Einbildungskraft erfüllten, war nichts Unangenehmes oder Düsteres; im Gegenteil, es lag etwas Freudiges, Glühendes und Aufregendes darin. Gegen Morgen schlummerte Anna, in ihrem Sessel sitzend, endlich ein; als sie erwachte, war es schon heller, lichter Tag. Der Zug näherte sich Petersburg, und sogleich drangen die Gedanken an ihr Haus, an Gatten und Sohn, an die Sorgen des bevorstehenden und der folgenden Tage auf sie ein.

In Petersburg, als der Zug kaum hielt und sie ihn eben verlassen wollte, war das erste Gesicht, das ihre Aufmerksamkeit auf sich zog, das ihres Mannes. »Ach, mein Gott! was für sonderbare Ohren er auf einmal bekommen hat!« dachte sie mit einem Blick auf seine steife und stattliche Gestalt und besonders auf die ihr jetzt plötzlich auffallenden Ohrknorpel, die bis an den Rand des runden Hutes stießen. Als er sie erblickte, ging er ihr entgegen, während er die Lippen zu dem ihm eigentümlichen, spöttischen Lächeln verzog und sie mit seinen großen, müden Augen gerade anschaute. Ein unangenehmes Gefühl beklemmte ihr Herz, während sie seinem festen, aber müden Blicke begegnete, gleichsam als hätte sie erwartet, ihn in anderer Gestalt zu sehen. Besonders überraschte sie das Gefühl der Unzufriedenheit mit sich selbst, das sie deutlich bei dieser Begegnung mit ihm empfand. Es war dies ein wohlbekanntes, vertrautes Gefühl – es entsprach dem Zustand der Verstellung, der stets ihrem Verhältnis zu ihrem Gatten zu Grunde gelegen hatte. Aber früher hatte sie dies Gefühl unbeachtet gelassen, während es ihr jetzt mit schmerzlicher Klarheit zum Bewußtsein kam.

»Ja, wie du siehst, brannte dein zärtlicher Gatte, so zärtlich, wie im zweiten Jahr der Ehe, vor Verlangen, dich wiederzusehen«, sagte er jetzt mit seiner schleppenden, dünnen Stimme, in dem Tone, den er ihr gegenüber fast immer anzuschlagen pflegte, einem Tone des Spottes über jeden, der in vollem Ernst so sprechen wollte.

»Ist Serjosha gesund?« fragte sie.

»Und das ist die ganze Belohnung für meine leidenschaftliche Glut?« gab er zurück. »Er ist gesund, ganz gesund …«

31

Wronskij hatte im Laufe dieser ganzen Nacht nicht einmal den Versuch gemacht zu schlafen. Er saß in seinem Sessel und hatte den Blick bald gerade vor sich hingerichtet, bald musterte er die Ein- und Aussteigenden; und wenn er schon früher durch sein Aussehen unerschütterlicher Ruhe die Verwunderung, ja den Ärger von Leuten, die ihn nicht kannten, erregt hatte, so mußte er jetzt noch stolzer und selbstbewußter erscheinen. Er blickte die Menschen an, wie wenn sie leblose Dinge wären. Ein beim Kreisgericht angestellter nervöser junger Mann, der ihm gegenüber saß, empfand wegen dieser Miene einen förmlichen Haß gegen ihn. Dieser junge Mann hatte bei ihm seine Zigarette angeraucht, hatte ein Gespräch mit ihm begonnen, ja ihn sogar angestoßen, um ihm zu verstehen zu geben, daß er keine Sache, sondern ein Mensch sei; aber Wronskij sah ihn mit demselben Ausdruck an, wie er die Laterne ansah, und der junge Mann schnitt Grimassen, weil er seine Selbstbeherrschung unter dem Drucke dieser Verkennung seiner Menschenwürde schwinden fühlte.

Aber Wronskij sah nichts und niemanden. Er fühlte sich wie ein König, nicht etwa, weil er auf Anna Eindruck gemacht zu haben glaubte – das glaubte er noch nicht –, sondern weil ihn der Eindruck, den sie in ihm erweckt hatte, glücklich und stolz machte.

Was aus alledem entstehen sollte, wußte er nicht, und er dachte nicht einmal darüber nach. Er fühlte, daß alle seine bisher ungebundenen, zerstreuten Kräfte sich in eins zusammenschlossen und mit furchtbarer Energie auf ein glückverheißendes Ziel gerichtet waren. Und darum war er glücklich. Er wußte nur, daß er ihr die Wahrheit gesagt hatte, daß er dahin mußte, wo sie war; daß er jetzt das ganze Glück seines Lebens, seinen einzigen Lebensinhalt darin fand, sie zu sehen und zu hören. Und als er in Bologowo aus dem Wagen gestiegen war, um ein Glas Selterwasser zu trinken, und Anna erblickt hatte, da sprach er unwillkürlich mit dem ersten Wort, das er an sie richtete, seinen innersten Gedanken aus.

Und er war froh, daß er es ihr gesagt, daß sie es jetzt wußte und daran denken mußte. Er schlief die ganze Nacht nicht. In sein Wagenabteil zurückgekehrt, führte er sich unablässig jede Stellung vor Augen, in der er sie gesehen hatte, wiederholte sich alle ihre Worte, und in seiner Phantasie entrollten sich Bilder einer Zukunft, die sein Herz vor Freude erstarren ließen.

Als er in Petersburg den Wagen verließ, fühlte er sich nach dieser schlaflosen Nacht belebt und frisch, wie nach einem kalten Bade. Er blieb bei seinem Wagen stehen und wartete, bis sie aussteigen würde. »Ich werde sie noch einmal sehen«, sprach er zu sich und lächelte unwillkürlich, »ich werde ihren Gang, ihr Gesicht sehen: vielleicht sagt sie etwas, wendet den Kopf, blickt mich an, lächelt gar«. Aber noch bevor er sie sah, erblickte er ihren Gatten, den der Stationsvorsteher ehrfurchtsvoll durch die Menschenmenge geleitete. »Ach ja! Ihr Gatte!« Jetzt erst kam es Wronskij zum erstenmale klar zum Bewußtsein, daß ihr Gatte eine mit ihr verbundene Persönlichkeit war. Er wußte zwar, daß sie einen Gatten hatte, aber glaubte nicht recht an dessen Existenz und war erst dann vollkommen davon überzeugt, als er ihn sah, mit Kopf und Schultern und den Beinen in schwarzen Beinkleidern; und so ganz begriff er es erst, als er sah, wie dieser Gatte mit dem Gefühl des Eigentumsrechtes ruhig ihren Arm nahm.

Als er Alexej Alexandrowitsch mit seinem Gesicht von echt Petersburger Frische sah, mit dem Gepräge strengen Selbstvertrauens in seiner ganzen Erscheinung, mit dem runden Hut, dem leicht gewölbten Rücken: da mußte er wohl an seine Existenz glauben und verspürte ein unangenehmes Gefühl, wie es wohl ein Mensch empfinden mag, der vom Durst gequält, zu einer Quelle gelangt und an dieser Quelle einen Hund, ein Schaf oder ein Schwein findet, die das Wasser getrunken und durchwühlt haben. Der Gang von Alexej Alexandrowitsch, der sich mit dem ganzen Unterkörper auf den plumpen Füßen hin und her wälzte, hatte für Wronskij etwas ganz besonders Verletzendes. Er erkannte nur sich allein das unbestreitbare Recht zu, sie zu lieben. Sie jedoch war ganz die Gleiche geblieben, und ihr Anblick wirkte auf ihn noch in ganz derselben Weise, physisch belebend und anregend und seine Seele mit Glück erfüllend. Er befahl seinem deutschen Diener, der aus der zweiten Klasse zu ihm herbeieilte, sein Gepäck zu nehmen und nach Hause zu fahren, während er selbst zu ihr trat. Er hatte die erste Begegnung zwischen den Gatten gesehen und mit dem durchdringenden Scharfblick des Verliebten die leichte Befangenheit bemerkt, mit der sie ihren Mann begrüßt hatte. »Nein, sie liebt ihn nicht und kann ihn nicht lieben«, diesen Schluß zog er schweigend für sich.

Noch während er auf Anna Arkadjewna zuging, bemerkte er voller Freude, daß sie seine Annäherung fühlte und sich umschaute, sich aber, als sie ihn erkannte, wieder ihrem Gatten zuwandte.

»Haben Sie eine gute Nacht verbracht?« fragte er, während er sich vor ihr und ihrem Gatten zugleich verbeugte und es so Alexej Alexandrowitsch überließ, diese Verbeugung auf sich zu beziehen und ihn zu erkennen oder nicht zu erkennen, wie es ihm belieben würde.

»Ich danke, sehr gut«, antwortete sie. Ihr Gesicht erschien abgespannt und jenes Mienenspiel, das bald in einem Lächeln, bald in dem Aufleuchten der Augen zu Tage trat, war nicht darauf zu sehen; aber einen flüchtigen Moment blitzte bei seinem Anblick etwas in ihren Augen auf, und trotzdem dieses Feuer sogleich wieder erlosch, hatte ihn dieser eine Moment doch glücklich gemacht. Sie blickte auf ihren Mann, um zu sehen, ob er Wronskij kenne. Alexej Alexandrowitsch sah ihn verdrossen an, während er sich zerstreut zu erinnern suchte, wer das wohl wäre. Die Ruhe und das Selbstbewußtsein Wronskijs trafen hier, wie die Sense auf den Stein, mit dem kalten Selbstvertrauen Alexej Alexandrowitschs aufeinander.

»Graf Wronskij«, sagte Anna.

»Ah! Wir kennen einander, wenn ich nicht irre«, bemerkte Alexej Alexandrowitsch gleichgültig und reichte ihm die Hand. »Auf dem Hinweg bist du also mit der Mutter gereist und zurück mit dem Sohne«, sagte er dann, wobei er die Worte mit einer Genauigkeit aussprach, als ob jedes derselben ein Rubel wäre, den er ihr schenkte. »Sie sind wohl vom

Urlaub zurück?« fuhr er fort und ohne eine Antwort abzuwarten, wandte er sich darauf in seinem scherzhaften Tone wieder an seine Gattin: »Nun, sind in Moskau bei der Trennung viele Tränen vergossen worden?«

Mit dieser Redewendung an seine Frau gab er Wronskij zu verstehen, daß er allein zu bleiben wünsche und berührte, zu ihm gewandt, den Hut; Wronskij aber wandte sich an Anna Arkadjewna mit den Worten:

»Ich hoffe die Ehre zu haben, bei Ihnen vorsprechen zu dürfen?«

Alexej Alexandrowitsch blickte ihn mit seinen müden Augen an.

»Es wird uns sehr freuen«, erwiderte er kühl, »montags ist unser Empfangstag.« Dann verabschiedete er Wronskij endgültig und sagte zu seiner Frau: »Wie gut, daß ich gerade diese halbe Stunde Zeit hatte, um dich abzuholen und dir auch damit meine Zärtlichkeit zu beweisen«, fuhr er in demselben scherzhaften Tone fort.

»Du betonst diese Zärtlichkeit schon zu sehr, als daß ich sie besonders hoch anschlagen könnte«, sagte sie im gleichen scherzhaften Tone, während sie unwillkürlich auf das Geräusch von Wronskijs Schritten lauschte, der hinter ihnen her ging. »Was geht mich denn das an?« dachte sie und gleich darauf richtete sie an den Gatten die Frage, wie Serjosha die Zeit ohne sie verbracht habe.

»Oh, ganz ausgezeichnet! Mariette sagt, daß er sehr artig war, und – ich muß dich betrüben – sich gar nicht nach dir gesehnt hat, lange nicht so wie dein Gatte. Aber noch einmal, merci, liebes Kind, daß du mir einen Tag geopfert hast. Unsere liebe Teemaschine wird entzückt sein. (Mit der »Teemaschine« meinte er die bekannte Gräfin Lydia Iwanowna, weil sie beständig über jede Kleinigkeit in Aufregung und Hitze geriet.) Sie hat mehrfach nach dir gefragt. Und weißt du, wenn ich dir einen Rat geben darf, du solltest sie noch heute besuchen. Ihr tut ja das Herz bei jeder Gelegenheit weh. Jetzt ist sie außer allen ihren eigenen Sorgen noch mit der Aussöhnung von Oblonskijs beschäftigt.«

Gräfin Lydia Iwanowna war eine Freundin von Annas Gatten und der Mittelpunkt eines bestimmten Kreises der Petersburger großen Welt, dem Anna durch ihren Mann besonders nahe stand.

»Ich habe ihr ja darüber geschrieben?«

»Freilich, sie muß aber alles ausführlich wissen. Gehe zu ihr, wenn du nicht zu müde bist, liebes Kind, Kondratij wird gleich vorfahren, ich aber muß ins Komitee. Nun werde ich doch endlich nicht mehr allein bei Tisch sein«, setzte Alexej Alexandrowitsch nun nicht mehr in scherzhaftem Tone hinzu. »Du glaubst es nicht, wie ich gewohnt bin …«

Und mit langem Händedruck und einem eigentümlichen Lächeln half er ihr in den Wagen.

32

Der Erste, der Anna zu Hause entgegenkam, war ihr Knabe. Er sprang ihr schon auf der Treppe entgegen, trotz des Zurufs seiner Gouvernante, und schrie außer sich vor Entzücken: »Mama, Mama!« Als er sie erreicht hatte, hing er sich an ihren Hals.

»Ich sagte Ihnen ja, es ist Mama!« schrie er dann der Gouvernante zu. »Ich hab' es gewußt!«

Aber auch der Sohn erweckte, ebenso wie es bei dem Gatten der Fall gewesen war, in Anna ein Gefühl, das fast dem der Enttäuschung glich. Sie hatte sich ihn schöner vorgestellt, als er in Wirklichkeit war. Sie mußte erst zur Wirklichkeit herabsteigen, um sich seiner, wie er war, zu freuen. Doch auch so war er reizend mit seinen blonden Locken, den blauen Augen und den vollen, wohlgebildeten Beinchen in den straff in die Höhe gezogenen Strümpfen. Anna empfand fast ein physisches Vergnügen in dem Gefühl seiner Nähe und bei seinen Liebkosungen, aber auch eine moralische Beruhigung, als sie seinem treuherzigen, vertrauenden und liebevollen Blicke begegnete und seine unschuldigen Fragen hörte. Sie holte die Geschenke hervor, die Dollys Kinder ihm geschickt hatten, und erzählte ihm dabei, daß es in Moskau ein kleines Mädchen gäbe, das Tanja heiße, schon lesen könne und sogar die andern Geschwister unterrichte.

»Wie, bin ich also schlechter als sie?« fragte Serjosha.

»Für mich bist du der Beste in der ganzen Welt.«

»Nicht wahr, das hab' ich doch gewußt«, sagte Serjosha lächelnd.

Anna hatte noch kaum Zeit gefunden, Kaffee zu trinken, als ihr die Gräfin Lydia Iwanowna gemeldet wurde. Die Gräfin war eine hochgewachsene, starke Dame mit ungesunder, gelber Gesichtsfarbe, aber schönen, träumerischen schwarzen Augen. Anna hatte sie sehr gern; heute aber fielen ihr zum erstenmal all die Fehler auf, die ihr anhafteten.

»Nun, liebe Freundin, haben Sie den Ölzweig überbracht?« fragte Gräfin Lydia Iwanowna, als sie kaum das Zimmer betreten hatte.

»Ja, alles ist befriedigend gelöst, aber die Sache war auch gar nicht so schlimm, wie wir gedacht hatten«, sagte Anna. »Überhaupt ist meine *belle-sœur* in ihren Entschließungen etwas zu rasch.«

Aber die Gräfin Lydia Iwanowna, die für alles, auch für das, was sie nichts anging, Interesse zeigte, hatte die Gewohnheit, niemals eine Antwort auf das abzuwarten, was sie eben noch interessiert hatte, sie unterbrach Anna:

»Ach ja, es gibt viel Kummer und Schlechtigkeit in der Welt, und ich habe mich heute halb zu Tode gequält.«

»Was ist denn geschehen?« fragte Anna, bemüht, ein Lächeln zu unterdrücken.

»Ich beginne es müde zu werden, immer vergeblich für die Wahrheit eine Lanze zu brechen, und bisweilen gerate ich ganz außer mir. Die Sache mit den Schwestern, (es war dies ein philanthropisches, religiös-patriotisches Unternehmen) würde in schönster Ordnung sein, aber mit diesen Herren ist ja nichts auszurichten«, fügte Gräfin Lydia Iwanowna mit spöttischer Ergebenheit in ihr Schicksal hinzu. »Sie haben den Gedanken aufgegriffen, haben ihn verstümmelt und dann urteilen sie in so oberflächlicher, kleinlicher und vorschneller Weise darüber ab. Zwei, drei Personen, darunter Ihr Gatte, wissen die ganze Bedeutung der Sache wohl zu würdigen, die andern aber ziehen sie nur in den Staub. Gestern schreibt mir Prawdin ...«

Prawdin war ein bekannter, im Auslande lebender Panslawist, und Gräfin Lydia Iwanowna teilte Anna den Inhalt seines Briefes mit.

Dann berichtete sie noch über verschiedene andere Widerwärtigkeiten und Ränke in bezug auf die Frage der Vereinigung aller Kirchen und nahm endlich eiligen Abschied, da sie an diesem Tage noch der Sitzung irgendeiner Gesellschaft beiwohnen und auch im Slawischen Komitee sein mußte.

»Ja, das alles war doch früher genau ebenso; warum habe ich es nur früher nicht bemerkt?« fragte Anna sich selbst. »Oder ist sie heute besonders gereizt? Aber in Wirklichkeit ist es doch geradezu lächerlich: ihr Ziel und Zweck ist die Tugend, sie ist eine Christin; und doch ist sie stets aufgebracht und hat beständig Feinde und zwar immer Feinde des Christentums und der Tugend.«

Nach Gräfin Lydia Iwanowna kam noch eine andere Freundin, die Frau eines Direktors, und erzählte ihr alle Stadtneuigkeiten. Um drei Uhr ging auch diese, versprach aber, zum Mittagessen wiederzukommen. Alexej Alexandrowitsch befand sich im Ministerium. Allein geblieben, verwandte Anna die Zeit vor Tisch dazu, der Mahlzeit ihres Sohnes beizuwohnen (er aß nicht mit den Eltern zusammen) und ihre Sachen in Ordnung zu bringen sowie auch die Karten und Briefe zu lesen und zu beantworten, die sich auf ihrem Tische angehäuft hatten.

Die grundlose Scham, die sie unterwegs empfunden hatte, wie ihre ganze Erregung waren vollständig verschwunden. Unter den gewohnten Lebensbedingungen fühlte sie sich auch wieder fest und ohne Fehl.

Mit Verwunderung gedachte sie ihres gestrigen Gemütszustandes. »Was war denn eigentlich geschehen? Nichts. Wronskij hatte eine Dummheit gesagt, der leicht ein Ende zu machen ist, und ich habe geantwortet, wie es sich gehörte. Es ist unnütz, ja unmöglich, daß ich meinem Manne etwas davon sage. Darüber zu sprechen, hieße der Sache eine Wichtigkeit beilegen, die sie gar nicht hat.« Sie erinnerte sich jetzt, wie sie einmal Alexej Alexandrowitsch von einer Liebeserklärung erzählt hatte, die ihr in Petersburg ein junger Untergebener ihres Mannes gemacht hatte und wie dieser darauf geantwortet hatte, daß dies jeder Dame, die in der Gesellschaft verkehre, passieren könne, aber daß er in vollstem Maße ihrem Takte vertraue und sich nie erlauben würde, sie und sich selber durch Eifersucht zu erniedrigen. »Folglich habe ich keinen Grund, ihm etwas zu sagen. Und Gott sei Dank habe ich ihm ja auch nichts zu sagen«, sprach sie zu sich selbst.

33

Alexej Alexandrowitsch kam um vier Uhr aus dem Ministerium nach Hause, fand aber, wie das häufig vorkam, nicht mehr die Zeit, seine Frau auf ihrem Zimmer aufzusuchen. Er ging sofort in sein Arbeitszimmer, um die Bittsteller zu empfangen, die auf ihn warteten, und einige Papiere zu unterschreiben, die ihm der Geschäftsleiter gebracht hatte. Zum Mittagessen (Karenins hatten immer drei, vier Gäste zu Tisch) hatten sich eingefunden: eine alte Cousine von Alexej Alexandrowitsch, der Departementsdirektor mit seiner Frau und ein junger Mann, der Alexej Alexandrowitsch für den Staatsdienst empfohlen worden war. Anna war ins Empfangszimmer gekommen, um die Gäste zu unterhalten. Punkt sechs Uhr, die Bronzeuhr mit der Figur Peters I. hatte noch nicht den sechsten Schlag vollendet, trat Alexej Alexandrowitsch ein in weißer Binde und im Frack mit zwei Sternen, da er sofort nach Tisch fort mußte. Jede Minute im Leben Alexej Alexandrowitschs war in Anspruch genommen und genau geregelt. Um die Anforderungen, die jeder Tag an ihn stellte, bewältigen zu können, mußte er auf die strengste Pünktlichkeit halten. »Ohne Hast, ohne Rast« war seine Devise. Er trat in den Saal, begrüßte die Anwesenden und nahm eilig Platz, indem er seiner Frau zulächelte.

»Ja, nun hat meine Einsamkeit ein Ende. Du glaubst gar nicht, wie ungemütlich es war«, (er betonte das Wort ›ungemütlich‹), »so allein zu speisen.« Bei Tisch unterhielt er sich mit seiner Frau über allerlei Moskauer Angelegenheiten, fragte auch mit spöttischem Lächeln nach Stjepan Arkadjewitsch; aber zum größten Teil war das Gespräch ein allgemeines und drehte sich um Petersburger dienstliche und gesellschaftliche Fragen. Nach dem Essen verbrachte er noch eine halbe Stunde mit seinen Gästen und verließ sie dann, um in die Sitzung zu fahren, nachdem er seiner Frau wieder mit einem Lächeln die Hand gedrückt hatte. Anna fuhr an diesem Tag weder zur Fürstin Betsy Twerskaja, die von ihrer Ankunft erfahren und sie für den Abend eingeladen hatte, noch ins Theater, wo sie heute eine Loge hatte. Hauptsächlich blieb sie deshalb zu Hause, weil das Kleid, auf welches sie gerechnet hatte, nicht fertig war. Überhaupt hatte Anna, als sie sich nach der Verabschiedung ihrer Gäste mit ihrer Toilette beschäftigte, mancherlei Verdruß gehabt. Vor ihrer Abreise nach Moskau hatte sie, die es im allgemeinen meisterlich verstand, sich ohne große Kosten gut zu kleiden, einer Schneiderin drei Kleider zum Umändern gegeben. Die Kleider sollten so umgeändert werden, daß man sie nicht wieder erkennen konnte und hätten schon vor drei Tagen fertig sein sollen. Es stellte sich nun heraus, daß zwei dieser Kleider noch gar nicht fertig waren und eines nicht so geraten war, wie Anna es gewollt hatte. Die Schneiderin war gekommen, um die Sache aufzuklären und hatte behauptet, es würde so besser aussehen, Anna war darüber dermaßen in Hitze geraten, daß sie sich nachher schämte, daran zu denken. Um ihre vollständige Ruhe wieder zu erlangen, ging sie ins Kinderzimmer und verbrachte den ganzen Abend mit ihrem Knaben; sie brachte ihn selbst zu Bett, bekreuzte ihn und deckte ihn zu. Sie war froh, daß sie nirgends hingegangen war und diesen Abend so gut verbracht hatte. Es war ihr so leicht und ruhig zu Mute; sie sah klar, daß alles, was ihr auf der Eisenbahn so bedeutungsvoll erschienen, nur einer der gewöhnlichen nichtssagenden Zufälle des gesellschaftlichen Lebens gewesen war, und daß sie keinen Grund habe, sich vor irgend jemandem oder vor sich selbst zu schämen. Anna setzte sich, einen englischen Roman in der Hand, an den Kamin und wartete auf ihren Mann. Punkt halbzehn Uhr ertönte sein Klingeln, und er trat in das Zimmer.

»Da bist du endlich!« sagte sie und reichte ihm die Hand.

Er küßte ihre Hand und setzte sich neben sie.

»Im großen ganzen sehe ich, daß deine Reise zu deiner Zufriedenheit ausgefallen ist«, sagte er.

»Ja, sehr«, antwortete sie und begann ihm alles von Anfang an zu erzählen: ihre Reise mit der Gräfin Wronskij, ihre Ankunft, den Unfall auf der Eisenbahn. Darauf erzählte sie, wie sie erst für ihren Bruder und dann für Dolly Mitleid empfunden hatte.

»Ich glaube kaum, daß man einen solchen Mann entschuldigen kann, wenn er auch dein Bruder ist«, sagte Alexej Alexandrowitsch streng.

Anna lächelte. Sie begriff, daß er dies nur sagte, um zu zeigen, daß verwandtschaftliche Rücksichten ihn nicht hindern können, seine ehrliche Meinung auszusprechen. Sie kannte diesen Zug an ihrem Gatten und hatte ihn gern.

»Ich bin froh, daß alles ein so gutes Ende genommen hat und daß du wieder hier bist«, fuhr er fort. »Nun, was sagt man denn dort über die neue Verordnung, die ich im Reichsrat durchgesetzt habe?«

Anna hatte von dieser Verordnung nichts gehört, und ihr schlug das Gewissen, daß sie so leicht etwas hatte vergessen können, was für ihn von solcher Wichtigkeit war.

»Hier hat die Sache im Gegenteil viel Lärm gemacht«, sagte er mit selbstzufriedenem Lächeln.

Sie sah, daß Alexej Alexandrowitsch ihr etwas in dieser Angelegenheit mitteilen wollte, was ihm persönlich Freude gemacht hatte, und sie brachte ihn bald durch Fragen zum Erzählen. So berichtete er ihr denn mit dem gleichen selbstzufriedenen Lächeln, wie er infolge der Durchführung jener Verordnung gefeiert worden war.

»Ich habe mich außerordentlich gefreut. Das beweist, daß bei uns endlich vernünftige und feste Ansichten in dieser Sache Platz zu greifen beginnen«, schloß er.

Nachdem er sein zweites Glas Tee mit Sahne und Brot genossen hatte, stand Alexej Alexandrowitsch auf und ging in sein Arbeitszimmer.

»Und du bist nirgends gewesen? Du hast dich gewiß gelangweilt?« fragte er.

»Oh, nein!« antwortete sie, indem sie nach ihm aufstand und ihn durch den Salon zu seinem Arbeitszimmer begleitete. »Was liest du denn jetzt?« fragte sie dann.

»Augenblicklich lese ich Duc de Lille, *Poésie des enfers*«, erwiderte er. »Ein sehr bedeutendes Werk.«

Anna lächelte, wie man zu den Schwächen geliebter Menschen lächelt und begleitete ihn, ihren Arm unter den seinen schiebend, bis zur Tür seines Arbeitszimmers. Sie kannte seine Gewohnheit, die ihm im Laufe der Zeit zum Bedürfnis geworden war, am Abend zu lesen. Sie wußte, daß er es trotz seiner dienstlichen Pflichten, die fast seine ganze Zeit in Anspruch nahmen, für seine Schuldigkeit hielt, alles Bemerkenswerte, was auf geistigem Gebiete erschien, zu verfolgen. Sie wußte auch, daß ihn im Grunde genommen nur politische, philosophische, theologische Bücher wirklich interessierten, daß die Kunst seinem Wesen völlig fremd war, daß aber Alexej Alexandrowitsch trotzdem oder vielmehr infolgedessen nichts überging, was in diesem Gebiete Aufsehen machte, und es für seine Pflicht hielt, alles zu lesen. Sie wußte, daß auf dem Gebiet der Politik, der Philosophie, der Theologie Alexej Alexandrowitsch bisweilen seine Zweifel hatte und nach Aufklärung suchte; aber in allen Fragen der Kunst und Poesie und besonders in der Musik, für welch' letztere ihm das Verständnis vollständig abging, hatte er ganz bestimmte, fest ausgeprägte Ansichten. Er sprach gern von Shakespeare, von Raffael, von Beethoven, auch von der Bedeutung der neuen Richtungen in der Poesie und Musik, die für ihn alle mit sehr klarer Folgerichtigkeit eingeteilt waren.

»Nun, und jetzt Gott befohlen«, sagte sie an der Tür des Arbeitszimmers, wo für ihn schon eine Kerze mit Lichtschirm und eine Karaffe mit Wasser neben seinem Sessel bereit standen. »Ich will unterdessen nach Moskau schreiben.«

Er drückte ihr die Hand und küßte sie wieder.

»Und er ist doch ein braver Mensch, ein wahrhafter, guter und in seinem Wirkungskreis bedeutender Mann« sprach Anna zu sich selbst, nachdem sie in ihr Zimmer zurückgekehrt war, als müßte sie ihn gegen irgend jemanden verteidigen, der ihn anschuldigte und behauptete, daß man ihn nicht lieben könne. »Aber wie kommt es nur, daß seine Ohren so seltsam abstehen! Oder hat er sich das Haar schneiden lassen?« ...

Punkt zwölf Uhr, als Anna noch an ihrem Schreibtisch saß und ihren Brief an Dolly schloß, ertönten gleichmäßige Schritte in Hausschuhen, und Alexej Alexandrowitsch trat frisch gewaschen und gekämmt, mit dem Buch unter dem Arm, zu ihr heran.

»Es ist Zeit, es ist Zeit«, sagte er mit eigentümlichem Lächeln und ging weiter, dem Schlafzimmer zu.

»Und was für ein Recht hatte er denn, ihn so anzusehen?« dachte Anna, indem sie sich plötzlich des Blickes erinnerte, den Wronskij auf Alexej Alexandrowitsch geworfen hatte.

Sie kleidete sich aus und ging in das Schlafzimmer; aber in ihrem Gesicht lag nichts mehr von jener Belebung, die während ihres Aufenthalts in Moskau nur so aus ihren Augen und ihrem Lächeln sprühte; im Gegenteil, jetzt schien das Feuer in ihr erloschen oder doch irgendwo tief verborgen zu sein.

34

Als Wronskij von Petersburg abreiste, hatte er seine große Wohnung auf der Morskaja seinem Freunde und Lieblingskameraden Petrizkij überlassen.

Petrizkij war ein junger Leutnant von nicht besonders vornehmer Abkunft, der nicht nur keine Reichtümer besaß, sondern tief in Schulden steckte, gegen Abend immer betrunken war und schon oftmals wegen verschiedener lächerlicher, zum Teil auch unsauberer Geschichten auf die Hauptwache gekommen war; aber trotz alledem war er bei Kameraden und Vorgesetzten sehr beliebt. Als Wronskij um zwölf Uhr, von der Eisenbahn kommend, bei seiner Wohnung vorfuhr, sah er vor der Anfahrt eine ihm bekannte Mietskutsche stehen. Noch vor der Tür hörte er, nachdem er geklingelt hatte, das Lachen von Männern, das Gelispel einer weiblichen Stimme und dann Petrizkijs Geschrei: »Ist's einer von den Missetätern, so laßt ihn nicht herein!« Wronskij befahl, seine Ankunft nicht zu melden und trat leise in das erste Zimmer ein. Die Baronin Chilton, Petrizkijs Freundin, saß, in einem lila Atlaskleide prangend, mit dem rotwangigen, von blondem Haar umrahmten Gesichtchen vor einem runden Tisch und bereitete Kaffee, während sie wie ein Kanarienvogel das ganze Zimmer mit ihrem Pariser Geplauder erfüllte. Vor ihr saßen Petrizkij im Paletot, und Rittmeister Kamerowskij, der wahrscheinlich eben vom Dienst gekommen war, in voller Uniform.

»Bravo! Wronskij!« schrie Petrizkij auf, indem er aufsprang und den Stuhl lärmend zurückschob. »Der Hausherr selber! Baronin, er muß Kaffee aus der neuen Kaffeemaschine bekommen. Das haben wir nicht erwartet! Ich hoffe, du bist zufrieden mit der Verschönerung deines Zimmers«, sagte er, auf die Baronin deutend. »Ihr seid doch miteinander bekannt?«

»Ei, freilich!« versetzte Wronskij mit heiterem Lächeln und drückte der Baronin das kleine Händchen. »Gewiß! ich bin ein alter Freund.«

»Sie kommen von der Reise nach Hause«, sagte die Baronin, »ich mache mich also aus dem Staube. Ja, ich fahre augenblicklich auf und davon, wenn ich Sie störe.«

»Wo Sie sind, da sind Sie zu Hause, Baronin«, erwiderte Wronskij. »Guten Tag, Kamerowskij«, fügte er hinzu und drückte ihm kühl die Hand.

»Sehen Sie, so hübsche Sachen verstehen Sie nie zu sagen«, wandte sich die Baronin an Petrizkij.

»Ach was, warum denn nicht? Nach Tisch werde ich Ihnen auch nicht weniger hübsche Dinge sagen!«

»Ja, nach dem Diner ist's kein Verdienst! Dann will ich Ihnen also Kaffee einschenken, Sie werden sich wohl erst waschen und in Ordnung bringen wollen«, sagte die Baronin, indem sie wieder Platz nahm und sorgsam den Hahn an der neuen Kaffeemaschine umdrehte. »Pierre, geben Sie den Kaffee her«, wandte sie sich wieder an Petrizkij, den sie wegen seines Familiennamens Petrizkij Pierre nannte, ohne ihre Beziehungen zu ihm zu verbergen. »Ich will noch zuschütten.«

»Sie werden ihn verderben!«

»Nein, ich werde ihn nicht verderben! – Nun, wo ist denn Ihre Gemahlin?« rief plötzlich die Baronin, Wronskijs Gespräch mit seinem Kameraden unterbrechend. »Wir haben Sie nämlich unterdessen hier verheiratet. Haben Sie Ihre Gemahlin mitgebracht?«

»Nein, Baronin. Ich bin als Zigeuner geboren und werde als Zigeuner sterben.«

»Um so besser, um so besser. Geben Sie mir ihre Hand.« Und die Baronin begann, ohne Wronskij loszulassen, ihm ihre neuesten Lebenspläne unter tausend Scherzen mitzuteilen und ihn um Rat zu fragen.

»Er will noch immer nicht in die Scheidung willigen! Was soll ich nur tun?« ›Er‹ war ihr Gemahl. »Ich will jetzt eine Klage gegen ihn einreichen. Was raten Sie mir? Kamerowskij, sehen Sie doch nach dem Kaffee! Er kocht ja über. Sie sehen doch, daß ich von wichtigen Dingen in Anspruch genommen bin! Ich will einen Prozeß, weil ich mein Vermögen selber brauche. Begreifen Sie diese Dummheit«, sagte sie mit Verachtung, »weil ich ihm, wie er behauptet, untreu bin, will er mein Hab und Gut genießen!«

Wronskij hörte mit Vergnügen dem lustigen Gezwitscher der hübschen Frau zu, redete ihr in allem nach dem Munde, gab ihr halb scherzhafte Ratschläge und schlug überhaupt sofort wieder den Ton an, in dem er mit Frauen dieser Art zu verkehren gewohnt war. In seiner Petersburger Gesellschaft zerfielen alle Menschen in zwei völlig entgegengesetzte Gattungen. Die eine war die niedere Gattung jener abgeschmackten, einfältigen und vor allem lächerlichen Menschen, die daran glauben, daß ein Mann mit der einen Frau leben müsse, der er angetraut worden war; daß ein junges Mädchen unschuldig sein müsse, eine Frau schamhaft, ein Mann mannhaft, enthaltsam und charakterfest; daß man seine Kinder erziehen, sein Brot verdienen, seine Schulden bezahlen müsse – und was dergleichen Dummheiten mehr waren. Das war die Gattung der altväterischen und lächerlichen Leute. Aber es gab auch noch eine andere Gattung: wirkliche Menschen, zu denen sie alle gehörten; eine Gattung, die vor allem elegant, großherzig, kühn und lustig sein muß, die sich jeglicher Leidenschaft ohne Erröten hingeben und alles übrige verspotten darf.

Wronskij war nur im ersten Augenblick von den in Moskau empfangenen Eindrücken aus jener anderen Welt, die er dort kennen gelernt hatte, etwas betäubt, doch fand er sich sofort wieder in seine heitere, lustige und angenehme Welt mit derselben Leichtigkeit hinein, mit der man die Füße in die alten Hausschuhe steckt.

Der Kaffee wollte nicht ruhig kochen, er bespritzte alle, lief über und brachte gerade das hervor, was nötig war: Er gab Anlaß zu Lärm und Lachen und ergoß sich über den teuren Teppich und das Kleid der Baronin.

»So, nun leben Sie wohl, sonst kommen Sie nie dazu, sich zu waschen, und ich habe das Hauptverbrechen eines anständigen Menschen, die Unsauberkeit, auf dem Gewissen. Also raten Sie mir, ihm das Messer an die Kehle zu setzen?«

»Unbedingt, und zwar so, daß Ihr Händchen dabei möglichst nah an seine Lippen kommt. Er wird Ihr Händchen küssen, und alles wird ein gutes Ende nehmen«, erwiderte Wronskij.

»Also heute im Französischen Theater!« Ihr Kleid rauschte und sie verschwand aus dem Zimmer.

Auch Kamerowskij erhob sich, und Wronskij reichte ihm, ohne zu warten, bis er fortging, die Hand und begab sich in sein Toilettenzimmer. Während er sich wusch, schilderte ihm Petrizkij in kurzen Zügen seine Lage, insofern sie sich seit Wronskijs Abreise verändert hatte. Er hatte keinen Pfennig mehr. Sein Vater hatte ihm erklärt, daß er ihm nichts mehr geben und auch seine Schulden nicht bezahlen würde. Der Schneider wollte ihn schon festnehmen lassen, und auch ein anderer hatte ihm mit Bestimmtheit dasselbe angedroht. Der Regimentskommandeur hatte ihm erklärt, daß er seinen Abschied nehmen müsse, wenn diese skandalösen Geschichten kein Ende nähmen. Die Baronin mache ihm das Leben sauer, so daß er sie ins Pfefferland wünschte; besonders quäle sie ihn dadurch, daß sie ihm immerfort Geld anbiete. Und außerdem habe er eine gewisse andere auf dem Korn – er wolle sie Wronskij später zeigen – eine wunderbare Schönheit, rein zum Entzücken, in streng orientalischem Stil – »*genre* der Magd Rebekka, weißt du!« Mit Berkoschew habe er sich auch überworfen und er wollte ihm einen Kartellträger schicken; doch selbstverständlich käme nichts dabei heraus. Im übrigen gehe es ihm ganz vortrefflich, und er sei sehr vergnügt. Und Petrizkij ließ dem Kameraden nicht lange Zeit, sich in die Einzelheiten seiner Lage zu vertiefen, sondern ging ohne Zögern daran, ihm alle interessanten Neuigkeiten zu berichten. Beim Anhören der wohlbekannten Geschichten Petrizkijs, in der lang vertrauten Umgebung seiner Wohnung, in der er nun schon drei Jahre hauste, hatte Wronskij das wohltuende Gefühl der Rückkehr zu seinem gewohnten sorglosen Petersburger Leben und Treiben.

»Unmöglich!« schrie er einmal, den Fußhebel des Waschtisches loslassend, nachdem er seinen roten, kräftigen Hals ausgiebig bespült hatte. »Das kann nicht sein!« rief er bei der Neuigkeit aus, daß die Lora sich mit Milejew eingelassen und Fertingof den Laufpaß gegeben habe. »Und ist er immer noch so dumm und vergnügt? Na, und was macht denn Busulukow?«

»Ach, Busulukow hat eine Geschichte geliefert – prachtvoll!« rief Petrizkij aus. »Wie du weißt, sind Bälle seine Leidenschaft – und er läßt sich keinen einzigen Hofball entgehen. So geht er denn auch auf einen großen Ball in dem neuen Helm. Hast du die neuen Helme schon gesehen? Sie sind sehr hübsch, leichter als die alten. Na, er steht also da … … Nein, du mußt zuhören!«

»Ich höre ja zu«, antwortete Wronskij, während er sich mit einem Frottierhandtuch abrieb.

»Da kommt gerade eine Großfürstin mit irgendeinem

Gesandten vorbei, und zu seinem Unglück hatten sie gerade von den neuen Helmen gesprochen. Die Großfürstin wollte ihm einen der neuen Helme zeigen ... da sieht sie den guten Jungen stehen .... (Petrizkij machte nach, wie jener mit dem Helme dagestanden hatte.) Die Großfürstin bittet ihn um den Helm – er gibt ihn nicht her. Was soll das bedeuten? Man zwinkert ihm zu, man nickt ihm zu, man runzelt die Brauen. So gib ihn doch her! Er gibt ihn nicht. Er steht wie erstarrt. Kannst du dir das vorstellen? ... Da kommt der ... wie heißt er doch gleich ... will ihm den Helm wegnehmen ... er gibt ihn nicht! ... Da reißt er ihn ihm aus der Hand und reicht ihn der Großfürstin. ›Das ist der neue Helm‹, sagt die Großfürstin. Sie dreht den Helm um – und kannst du dir's vorstellen – bums, heraus fällt eine Birne, Konfekt, zwei Pfund Konfekt! .... Das hatte er zusammengeschleppt, der gute Junge!«

Wronskij wälzte sich vor Lachen. Noch lange nachher, als sie schon von anderen Dingen sprachen, ließ er immer wieder, wenn er an den Helm dachte, sein gesundes Lachen hören, und zeigte dabei seine festen, dichten Zähne.

Nachdem er endlich alle Neuigkeiten erfahren, legte Wronskij mit Hilfe seines Dieners seine Uniform an und fuhr zur Meldung. Nach der Meldung wollte er zu seinem Bruder, dann zu Betsy und schließlich noch einige Besuche machen, die den Verkehr mit den Kreisen anbahnen sollten, in denen er Anna Karenina begegnen konnte. Wie immer in Petersburg, verließ er auch heute das Haus mit der Absicht, bis spät in die Nacht wegzubleiben.

ZWEITES BUCH

1

Gegen Ende des Winters fand im Schtscherbazkijschen Hause eine ärztliche Beratung statt, durch die festgestellt werden sollte, in welchem Zustand sich Kittys Gesundheit befinde, und was unternommen werden könne, um ihre schwindenden Kräfte zu heben. Sie war krank, und mit dem Herannahen des Frühlings wurde ihr Befinden noch schlechter. Der Hausarzt hatte ihr erst Lebertran, dann Eisen, dann Höllenstein verordnet, aber da weder das eine noch das andere, noch das dritte etwas genutzt hatte, und er überdies geraten hatte, im Frühjahr ins Ausland zu reisen, so wurde ein berühmter Arzt zu Rate gezogen. Der berühmte Arzt, ein noch junger, schöner Mann, bestand auf einer Untersuchung der Kranken. Er betonte, wie es schien, mit besonderem Behagen, daß mädchenhafte Schamhaftigkeit nur ein Überrest von barbarischen Anschauungen sei und daß nichts natürlicher sei, als daß ein noch nicht bejahrter Mann ein junges, entblößtes Mädchen betaste. Er fand das natürlich, weil er es jeden Tag tat und dabei, wie ihm selbst schien, nichts fühlte und sich nichts dachte; und darum sah er in der Schamhaftigkeit eines Mädchens nicht nur einen Überrest barbarischer Anschauungen, sondern auch eine persönliche Kränkung.

Man mußte sich ihm fügen, denn, obwohl alle Ärzte ein und dieselbe Schule durchmachen, aus ein und denselben Büchern lernen und ein und dieselbe Wissenschaft kennen, und obwohl manche Leute sogar meinten, dieser berühmte Doktor sei ein schlechter Doktor, herrschte doch im Hause der Fürstin und in ihrem Bekanntenkreise aus irgendeinem Grunde die Meinung, daß einzig und allein dieser berühmte Arzt ein besonderes Wissen besitze und er allein Kitty retten könne. Nach einer eingehenden Untersuchung, während der er die fassungslose und vor Scham betäubte Kranke aufmerksam beklopft hatte, wusch sich der berühmte Arzt sorgfältig die Hände, trat ins Besuchszimmer und sprach mit dem Fürsten. Der Fürst machte ein finsteres Gesicht und hüstelte, während er dem Doktor zuhörte. Als erfahrener, aufgeklärter und nicht kranker Mann glaubte er nicht an die medizinische Wissenschaft und war in tiefster Seele über diese ganze Komödie um so mehr aufgebracht, als vielleicht nur er allein die wahre Ursache von Kittys Krankheit völlig erkannt hatte. »Das ist leeres Gekläff«, dachte er, in Gedanken diese Bezeichnung aus der Jägersprache auf den berühmten Arzt anwendend, während er dessen Geschwätz von den Krankheitssymptomen bei seiner Tochter mit anhörte. Der Doktor tat sich inzwischen großen Zwang an, um seine Verachtung für diesen alten Landjunker zu verbergen und ließ sich mit Mühe auf das niedere Niveau seiner Begriffe herab. Er begriff, daß es sich nicht lohne, mit dem Alten zu sprechen und daß die Hauptperson in diesem Hause die Mutter sei. Vor ihr beabsichtigte er seine Perlen auszuschütten. Unterdessen war die Fürstin mit dem Hausarzt ins Besuchszimmer getreten. Der Fürst entfernte sich, bemüht, sich nicht merken zu lassen, wie lächerlich ihm diese ganze Komödie erschien. Die Fürstin war fassungslos und wußte nicht, was sie tun sollte. Sie fühlte sich vor Kitty schuldig.

»Nun, Doktor, entscheiden Sie unser Schicksal«, sagte die Fürstin. »Sagen Sie mir alles.« – »Ist noch Hoffnung?« wollte sie hinzufügen, aber ihre Lippen zuckten und sie vermochte diese Frage nicht auszusprechen. »Nun, Doktor, wie steht's?«

»Gleich, Fürstin, ich will mich nur erst mit meinem Kollegen beraten und werde dann die Ehre haben, Ihnen meine Meinung vorzutragen.«

»Dann wollen wir Sie also allein lassen?«

»Wie es Ihnen beliebt.«

Die Fürstin ging seufzend hinaus.

Als die beiden Ärzte allein geblieben waren, begann der Hausarzt, schüchtern seine Meinung auseinander zu setzen; sie bestand darin, daß man es hier wohl mit dem Beginn eines tuberkulösen Prozesses zu tun habe, aber .... usw. Der berühmte Arzt hörte ihm zu und blickte mitten in seiner Rede auf seine große goldene Uhr.

»So –«, sagte er. »Aber «

Der Hausarzt hielt mitten im Sprechen inne.

»Wie Sie wissen, können wir den Anfang eines tuberkulösen Prozesses nicht genau bestimmen; bis zum Auftreten der Cavernen läßt sich nichts Sicheres feststellen. Wir können nur Vermutungen hegen. Und gewisse Anhaltspunkte sind vorhanden: schlechte Ernährung, nervöse Erregung und dergleichen. Die Frage steht so: was ist bei Symptomen, die den Verdacht eines tuberkulösen Prozesses nicht ausschließen, zu tun, um die Ernährung zu fördern?«

»Aber sie wissen ja, daß wir hierbei stets die Möglichkeit verborgener, moralischer, seelischer Ursachen in Betracht zu ziehen haben«, erlaubte sich der Hausarzt mit einem feinen Lächeln zu bemerken.

»Ja, das versteht sich von selbst«, versetzte der berühmte Arzt, während er wieder auf die Uhr sah. »Verzeihung; steht die Jausa-Brücke schon, oder muß man noch immer den großen Umweg machen?« fragte er dann. »Ah, sie steht schon. Nun, dann kann ich in zwanzig Minuten dort sein. Wir sprachen also davon, daß das Problem darauf zurückzuführen sei: die Ernährung zu fördern und den Zustand der Nerven zu verbessern. Das steht im Zusammenhang mit dem andern; man muß auf beide Hälften des Kreises wirken.«

»Wie wäre es mit einer Reise ins Ausland?« fragte der Hausarzt.

»Ich bin ein Feind von Auslandsreisen. Und belieben Sie zu bemerken, wenn der Keim eines tuberkulösen Prozesses vorhanden ist, was wir allerdings nicht wissen können, so hilft eine Reise ins Ausland nichts. Absolut notwendig ist dagegen ein Mittel, das die Ernährung fördert und nicht schadet.«

Und der berühmte Arzt setzte seine Ansicht über eine Sodener Brunnenkur auseinander, bei deren Verordnung offenbar der Gedanke maßgebend war, daß sie nicht schaden könne.

Der Hausarzt hörte ihm aufmerksam und ehrerbietig zu, bis er zu Ende war.

»Aber ich möchte doch zu Gunsten einer Reise ins Ausland manches anführen: die Änderung der Lebensweise, die Entfernung aus Verhältnissen, durch die gewisse Erinnerungen wachgerufen werden könnten, und dann wünscht es die Mutter sehr«, fügte er hinzu.

»Ach so! Dann mögen sie meinetwegen reisen. Nur werden diese deutschen Scharlatane das Übel jedenfalls verschlimmern ... Die Leute sollten auf unseren Rat hören ... Meinetwegen mögen sie reisen.«

Er sah wieder nach der Uhr.

»O! Es ist die höchste Zeit –« und er ging nach der Tür.

Der berühmte Arzt erklärte der Fürstin (der Anstand erforderte dies), daß er die Kranke noch einmal sehen müsse.

»Wie! Sie soll noch einmal untersucht werden!« rief die Mutter entsetzt aus.

»Oh, nein, ich möchte nur noch einige Einzelheiten wissen, Fürstin.«

»Dann bitte ich.«

Und die Mutter trat in Begleitung der Ärzte in das Wohnzimmer zu Kitty. Abgemagert und mit geröteten Wangen und einem eigentümlichen Glanz in den Augen – eine Folge ihres durch die Untersuchung beleidigten Schamgefühls – stand Kitty mitten im Zimmer. Als der Arzt eintrat, erglühte sie, und ihre Augen füllten sich mit Tränen. Ihre ganze Krankheit und alle diese Versuche zu ihrer Heilung erschienen ihr als etwas Törichtes, ja Lächerliches. Diese Heilversuche kamen ihr ebenso lächerlich vor, wie das Zusammenkitten der Scherben einer zerbrochenen Vase. Auch ihr Herz war zerbrochen worden. Und sie wollten sie mit Pillen und Pülverchen heilen? Aber sie durfte die Mutter nicht kränken, um so weniger, als die Mutter sich schuldig fühlte.

»Wollen Sie sich gefälligst setzen, Prinzessin?« sagte der berühmte Arzt.

Er nahm lächelnd ihr gegenüber Platz, fühlte ihren Puls und begann wieder, langweilige Fragen zu stellen. Sie antwortete ihm, plötzlich erhob sie sich ärgerlich.

»Entschuldigen Sie, Doktor, aber das kann wirklich zu nichts führen. Sie fragen mich nun schon zum drittenmal dasselbe.« Der berühmte Arzt zeigte sich nicht beleidigt.

»Krankhafte Gereiztheit«, sagte er zu der Fürstin, als Kitty gegangen war. »Übrigens weiß ich genug ...«

Und der Doktor setzte der Fürstin, als einer außergewöhnlich klugen Dame, den Zustand der Prinzessin in wissenschaftlicher Weise auseinander und schloß seine Darlegung mit der Anweisung, wie sie den Brunnen trinken solle, dessen Gebrauch er vorher für unnötig erklärt hatte. Auf die Frage, ob man ins Ausland reisen solle oder nicht, vertiefte sich der Doktor in Betrachtungen, als ob er ein schwieriges Problem zu lösen habe. Die Entscheidung fiel endlich so aus: man solle reisen, aber sich den dortigen Scharlatanen nicht anvertrauen, sondern sich in allem an ihn wenden.

Es war, als hätte sich nach dem Weggang des Arztes etwas Freudiges ereignet. Die Mutter kehrte in heiterer Stimmung zur Tochter zurück, und Kitty gab sich den Anschein, als sei es auch ihr leichter ums Herz. Sie mußte sich jetzt häufig, fast immer, verstellen.

»Ich versichere Sie, ich bin gesund, maman. Aber wenn Sie durchaus reisen wollen, so habe ich nichts dagegen!« sagte sie, und um zu zeigen, daß sie sich für die bevorstehende Reise interessiere, begann sie von den Reisevorbereitungen zu sprechen.

2

Bald nach dem Besuch des Arztes kam Dolly. Sie wußte, daß an diesem Tage eine ärztliche Beratung stattfinden sollte, und trotzdem sie erst unlängst vom Kindbett aufgestanden war (sie hatte zu Ende des Winters einem Mädchen das Leben geschenkt), trotz mancherlei Kummer und Sorge verließ sie ihren Säugling und ihr erkranktes Töchterchen, um sich nach Kitty zu erkundigen, deren Schicksal sich heute entscheiden sollte.

»Nun, wie steht's?« fragte sie, als sie ins Besuchszimmer trat, ohne den Hut abzunehmen. »Ihr seid ja alle ganz fröhlich. Gewiß steht alles gut?«

Man versuchte nun, ihr zu berichten, was der Doktor gesagt habe; aber es erwies sich als eine Unmöglichkeit, seine Worte wiederzugeben, obgleich er in wohlgefügter Rede und lange gesprochen hatte. Von Interesse war nur, daß die Reise ins Ausland beschlossene Sache sei.

Dolly seufzte unwillkürlich auf. Ihre beste Freundin, ihre Schwester, sollte abreisen. Ihr eigenes Leben war kein freudvolles. Ihre Beziehungen zu Stjepan Arkadjewitsch waren nach der Aussöhnung geradezu demütigende geworden. Die Verlötung, die Anna zustande gebracht, hatte sich als nicht recht dauerhaft erwiesen, und die häusliche Eintracht war an der gleichen Stelle wieder in die Brüche gegangen. Etwas Besonderes war nicht vorgefallen; aber Stjepan Arkadjewitsch war selten zu Hause, Geld war gleichfalls beinahe nie vorhanden, und der Verdacht, daß er ihr untreu sei, quälte Dolly beständig; aber jetzt scheuchte sie diesen Verdacht von sich, weil sie sich vor einer Wiederholung der Eifersuchtsqualen, die sie schon durchgemacht hatte, fürchtete. Der erste gewaltige Ausbruch von Eifersucht konnte, einmal überstanden, nicht mehr in gleicher Heftigkeit wiederkehren, und selbst die Entdeckung einer abermaligen Untreue hätte auf sie keinen solchen Eindruck mehr machen können, wie das erste Mal. Eine solche Entdeckung hätte sie jetzt nur in ihren häuslichen Gewohnheiten gestört, und so ließ sie sich von ihm hintergehen, während sie ihn, noch mehr aber sich selbst, wegen dieser Schwäche verachtete. Überdies wurde sie beständig von den Sorgen des großen Haushalts gequält, bald machte das Stillen des Säuglings Schwierigkeiten, bald verließ ein Kindermädchen den Dienst, oder, wie eben jetzt, erkrankte eines der Kinder.

»Nun, was machen die Kleinen?« fragte die Mutter.

»Ach, *maman*, wir haben Kummer genug! Lilly ist krank geworden und ich fürchte, daß es Scharlach sein könnte. Ich habe mich jetzt für eine Viertelstunde frei gemacht, um zu erfahren, wie es bei euch steht, denn wenn es, was Gott verhüten möge, Scharlach sein sollte, so würde ich ganz ans Haus gebunden sein.«

Der alte Fürst war, nachdem der Doktor sich entfernt hatte, aus seinem Arbeitszimmer herausgekommen; er bot Dolly seine Wange zum Kuß und wechselte einige Worte mit ihr, um sich dann zu seiner Frau zu wenden:

»Was habt ihr also beschlossen? Reist ihr? Und was wollt ihr mit mir anfangen?«

»Ich denke, du solltest hierbleiben, Alexander«, sagte eine Frau.

»Wie ihr wollt.«

»Maman, warum soll Papa nicht mit uns fahren?« sagte Kitty. »Es wäre angenehmer für ihn und uns.«

Der alte Fürst stand auf und strich mit der Hand über Kittys Haar. Sie hob das Gesicht zu ihm und blickte ihn an, indem sie sich zu einem Lächeln zwang. Es schien ihr immer, daß er sie besser als alle andern in der Familie verstehe, obgleich er wenig mit ihr zu sprechen pflegte. Sie war, als die Jüngste, des Vaters Liebling, und es schien ihr, daß seine Liebe ihn scharfblickend machte. Als ihr Blick jetzt seinen guten, blauen Augen begegnete, die forschend auf sie gerichtet waren, da hatte sie das Gefühl, daß er sie ganz durchschaue und daß er all das Schmerzliche verstehe, das in ihr vorging. Errötend näherte sie ihm ihr Gesicht, seines Kusses gewärtig, er aber strich ihr nur ein paarmal über das Haar und sprach:

»Diese dummen Chignons! Bis zur echten Tochter kommt man gar nicht durch; man streichelt in Wirklichkeit nur das Haar von irgend welchen toten Frauenzimmern.« »Nun, wie steht's, Dollinka«, wandte er sich zu seiner ältesten Tochter, »was treibt dein Trumpf-As?«

»Nichts Besonderes, Papa«, antwortete Dolly, die verstand, daß er damit ihren Mann meinte. »Er ist viel auswärts, ich sehe ihn fast gar nicht«, konnte sie nicht unterlassen, mit spöttischem Lächeln hinzuzufügen.

»Wie, ist er denn noch nicht aufs Gut gefahren – wegen des Waldverkaufs?«

»Nein, er hat es immer nur vor.«

»So, so!« sagte der Fürst. »Soll ich mich also auch reisefertig machen? Ich stehe zu Diensten«, wandte er sich an seine Frau, indem er Platz nahm. »Weißt du was, Katja«, fügte er zur jüngsten Tochter gewendet hinzu, »du solltest einmal eines schönen Morgens aufwachen und dir sagen: ich bin ja vollständig gesund und glücklich, und will wieder einmal mit

Papa bei klarem Frost einen Morgenspaziergang machen. Wie?«

Es klang sehr harmlos, was der Vater soeben gesagt hatte; aber Kitty geriet bei diesen Worten in Verwirrung und verlor die Fassung wie ein überführter Verbrecher. »Ja, er weiß alles, versteht alles und will mir mit diesen Worten zu verstehen geben, daß ich, so beschämend meine Lage auch ist, diese Schande tragen und überwinden muß.« Sie hatte nicht den Mut, irgend etwas zu erwidern. Sie versuchte es, brach aber plötzlich in Tränen aus und stürzte aus dem Zimmer.

»Das sind so deine Scherze!« fuhr die Fürstin ihren Gatten an. »Du mußt doch immer ...«, begann sie ihre Vorwürfe.

Der Fürst ließ ziemlich lange die Vorwürfe seiner Gattin über sich ergehen; aber sein Gesicht wurde dabei immer finsterer und finsterer.

»Sie ist so bedauernswert, das arme Kind, so bedauernswert; du aber fühlst nicht, daß ihr jede Anspielung auf die Ursache ihres Zustandes weh tun muß. – Ach! so kann man sich in den Menschen irren«, setzte sie unvermittelt hinzu, und an dem veränderten Tonfall merkten Dolly und der Fürst, daß sie von Wronskij sprach. »Ich kann nicht begreifen, daß es keine Gesetze gegen so abscheuliche, unedle Menschen gibt.«

»Ach, wenn ich das alles nur nicht mit anhören müßte«, sagte der Fürst mit finsterer Miene, indem er vom Sessel aufstand, als wolle er sich zum Fortgehen anschicken, blieb aber an der Türe stehen. »Gesetze gibt es, Mütterchen, und da du mich einmal dazu herausgefordert hast, so will ich dir auch sagen, wer an allem schuld ist: du, nur du und du allein. Gesetze gegen solche jungen Herrchen hat es stets gegeben und gibt's auch heut noch. Jawohl, wenn nur nicht geschehen wäre, was nie hätte geschehen dürfen, so würde ich alter Mann, ihn vor die Barriere gestellt haben, diesen jungen Fant. Ja, und jetzt kuriert nur an ihr herum und holt euch einen von diesen Scharlatanen nach dem andern ins Haus.«

Der Fürst hatte, wie es schien, noch viel zu sagen; aber der Ton, in dem er sprach, hatte, wie es stets bei ernsten Fragen der Fall war, zur Folge, daß die Fürstin sogleich reumütig einlenkte.

»Alexandre, Alexandre«, – flüsterte sie, machte eine Bewegung, als wolle sie zu ihm treten und brach in Tränen aus.

Kaum hatte sie zu weinen begonnen, als auch er ruhiger wurde. Er trat zu ihr heran.

»Laß' es gut sein! Dir drückt es auch das Herz ab, ich weiß es wohl. Aber was läßt sich jetzt daran ändern? Das Unglück ist ja noch nicht so groß. Gott ist barmherzig ... Ich danke dir ...«, schloß er, ohne selbst zu wissen, was er sprach, als er den feuchten Kuß der Fürstin auf seiner Hand spürte. Dann verließ er das Zimmer.

In dem Augenblick, als Kitty unter Tränen fortgeeilt war, hatte Dolly mit dem gewohnten Scharfblick der Mutter und Hausfrau sofort erkannt, daß hier eine weibliche Hand vonnöten sei, und sie beschloß ohne Zögern ans Werk zu gehen. Sie nahm den Hut ab, streifte, bildlich gesprochen, die Ärmel auf und schickte sich an, ihre Tätigkeit zu beginnen. Als die Mutter über den Vater hergefallen war, hatte sie versucht die Mutter zurückzuhalten, soweit dies mit der kindlichen Ehrfurcht vereinbar war. Als dann der Fürst seinem Zorn die Zügel schießen ließ, hatte sie geschwiegen. Sie schämte sich für die Mutter, und ein Gefühl der Zärtlichkeit für den Vater überkam sie, als sie sah, wie seine natürliche Herzensgüte sofort wieder die Oberhand gewann; als aber der Vater sich entfernt hatte, ging sie daran, das zu tun, was jetzt vor allem nötig war: zu Kitty zu gehen und sie zu beruhigen.

»Ich wollte Ihnen schon lange etwas sagen, maman: wissen Sie, daß Ljewin um Kittys Hand anhalten wollte, als er zum letztenmale hier war? Er hat es zu Stiwa gesagt.«

»Nun, und wenn auch? Ich begreife nicht ...«

»Vielleicht hat Kitty ihn abgewiesen? – Hat sie Ihnen nichts davon gesagt?«

»Nein, sie hat nichts gesagt, weder über den einen, noch über den andern; sie ist zu stolz dazu. Ich weiß aber sehr wohl, daß an allem diesen ...«

»Ja, aber bedenken sie nur, wenn sie Ljewin abgewiesen hat – sie hätte es nie getan, wenn nicht dieser andere gewesen wäre, das weiß ich ... Und schließlich von ihm so entsetzlich hintergangen zu werden.«

Der Gedanke, wie schwer sie sich an der Tochter versündigt hatte, war der Fürstin unerträglich, und sie wurde zornig.

»Ach, ich verstehe gar nichts mehr! Heutzutage will jeder nach seinem Kopfe leben; der Mutter sagt man nichts mehr und dann, dann ...«

»Mama, ich will zu ihr gehen.«

»So geh doch! Verbiet' ich's dir vielleicht?« erwiderte die Mutter.

3

Als Dolly in Kittys kleines Boudoir trat – ein reizendes, in Rosa gehaltenes, mit *vieux-saxe*-Figürchen geschmücktes Zimmerchen – das ebenso jugendlich, rosig und heiter aussah, wie Kitty selber es noch vor zwei Monaten gewesen – da dachte sie daran, wie sie zusammen im vergangenen Jahre dieses Zimmerchen ausgeschmückt hatten, mit welcher Freude und welcher Liebe. Es legte sich ihr kalt ums Herz, als sie jetzt Kitty erblickte, die auf einem niedrigen Stuhle neben der Tür saß und mit unbewegten Augen starr auf eine Ecke des Teppichs blickte. Kitty hatte zu der Schwester aufgeblickt, aber der kalte, etwas mürrische Ausdruck ihres Gesichts änderte sich nicht.

»Wenn ich jetzt weggehe, werde ich ganz ans Haus gebunden sein, und du wirst mich nicht besuchen dürfen«, begann Darja Alexandrowna, während sie sich neben sie setzte. »Ich möchte gerne vorher mit dir sprechen.«

»Worüber?« fragte Kitty schnell und hob erschreckt den Kopf.

»Worüber sonst, als über deinen Kummer?«

»Ich habe keinen Kummer.«

»Nicht doch, Kitty. Glaubst du wirklich, daß mir das verborgen bleiben konnte? Ich weiß alles. Aber glaube mir, es ist so nichtig ... Wir alle haben das durchgemacht.«

Kitty schwieg, und ihr Gesicht hatte einen strengen Ausdruck.

»Er ist es nicht wert, daß du dich seinetwegen grämst«, fuhr Darja Alexandrowna fort, indem sie gerade auf ihr Ziel losging.

»Ja, weil er mich verschmäht hat«, gab Kitty mit brechender Stimme zurück. »Sprich nicht! Ich bitte dich, sprich nicht!«

»Wer hat dir denn das gesagt? Niemand kann das behaupten. Ich bin sogar überzeugt, daß er in dich verliebt war und es noch ist, aber ...«

»Ach, nichts ist mir schrecklicher als deine Trostreden!« rief Kitty in plötzlichem Zorn aus. Sie hatte sich auf ihrem Stuhle umgedreht, ihre Wangen waren hochgerötet und sie bewegte hastig die Finger, indem sie bald mit der einen, bald mit der andern Hand an der Schnalle ihres Gürtels herumdrückte. Dolly kannte diese Gewohnheit ihrer Schwester, nach dem ersten besten zu greifen, wenn sie in Hitze geriet; sie wußte, daß Kitty imstande war, sich in einem Augenblick des Zorns zu vergessen und viel Überflüssiges und Unangenehmes zu sagen. Sie wollte sie jetzt beruhigen, aber es war schon zu spät.

»Was willst du mir eigentlich zu verstehen geben, was?« sprach Kitty rasch. »Daß ich in einen Mann verliebt war, der von mir nichts wissen wollte, und daß ich vor Liebe zu ihm vergehe? Und das sagt mir meine Schwester und denkt dabei noch, daß ... daß ... daß sie mir ihre Teilnahme bezeigt! ... Ich brauche dies Mitleid und diese Verstellung nicht!«

»Kitty, du bist ungerecht.«

»Warum quälst du mich?«

»Aber im Gegenteil, ich ... Ich sehe, daß du gekränkt bist ...«

Aber Kitty hörte in ihrer Heftigkeit gar nicht auf ihre Worte.

»Ich habe keine Ursache, mich zu grämen und mich trösten zu lassen. Ich besitze Stolz genug, um mich niemals dazu herabzulassen, einen Menschen zu lieben, der mich nicht liebt.«

»Aber davon ist ja gar keine Rede ... Nur eines möchte ich

wissen, aber – sage mir die Wahrheit«, begann Darja Alexandrowna wieder und nahm ihre Hand: »Sag', hat Ljewin mit dir gesprochen? ...«

Die Erinnerung an Ljewin schien Kitty den letzten Rest von Selbstbeherrschung zu rauben: sie sprang vom Stuhle auf, warf die Schnalle zur Erde und sagte, indem sie wild mit den Händen herumfuchtelte:

»Was hat nun noch Ljewin damit zu schaffen? Ich begreife nicht, weshalb du mich quälen mußt? Ich habe ja schon gesagt und wiederhole es, daß ich stolz bin, und niemals, *niemals* würde ich das tun, was du zum Beispiel tust – zu einem Manne zurückkehren, der dir die Treue gebrochen und ein anderes Weib geliebt hat. Das begreife ich nicht! Du kannst das, ich kann das nicht!«

Nach diesen Worten warf sie einen Blick auf die Schwester, und als sie sah, daß Dolly schwieg und den Kopf kummervoll gesenkt hielt, da setzte sich Kitty, anstatt, wie sie beabsichtigt hatte, das Zimmer zu verlassen, an der Tür nieder, bedeckte das Gesicht mit dem Taschentuch und ließ den Kopf auf die Brust herab.

Wohl zwei Minuten lang währte das Schweigen. Dolly dachte an ihre eigene Lage. Das Gefühl der Erniedrigung, das immer in ihr wach war, war ihr besonders schmerzhaft wieder zum Bewußtsein gekommen, als ihre Schwester sie daran erinnert hatte. Sie hatte von der Schwester eine solche Grausamkeit nicht erwartet und zürnte ihr deswegen. Da hörte sie plötzlich das Rascheln von Kleidern und zugleich den Ton von ausbrechendem und verhaltenem Schluchzen. Zwei weiche Arme umschlangen ihren Hals; Kitty lag auf den Knien neben ihr.

»Dollinka, ich bin ja so unglücklich! Verzeih' mir!« flüsterte sie.

Und sie verbarg das tränenüberströmte, liebliche Gesichtchen in den Falten von Darja Alexandrownas Kleid.

Als wären Tränen das notwendige Öl, ohne das der Mechanismus der gegenseitigen Aussprache zwischen den beiden Schwestern nicht richtig arbeiten konnte, sprachen sie, nachdem sie sich ausgeweint hatten, weiter, wenn auch nicht von dem, was ihnen am Herzen lag. Aber obwohl sie von nebensächlichen Dingen sprachen, verstanden sie einander doch vollkommen. Kitty begriff, daß das ihr im Zorn entfahrene Wort von der Untreue ihres Gatten und ihrer Erniedrigung ihre arme Schwester bis ins innerste Herz getroffen, aber daß sie es ihr vergeben habe. Dolly ihrerseits war sich über alles klar, was sie hatte wissen wollen. Sie wußte jetzt, daß ihre Vermutungen richtig gewesen waren und der Kummer, der unheilbare Kummer Kittys gerade darin bestand, daß Ljewin ihr einen Heiratsantrag gemacht und sie ihn um Wronskijs willen abgewiesen, daß Wronskij ihr dann den Rücken gekehrt hatte und sie nun nahe daran war, Ljewin zu lieben und Wronskij zu hassen. Kitty berührte alles dies mit keinem Wort; sie sprach nur von ihrem Seelenzustand.

»Ich habe gar keinen Kummer«, begann sie, nachdem sie sich beruhigt hatte, »aber du kannst es wohl begreifen, daß mir alles zum Ekel geworden ist, daß mir alles widerlich und gemein erscheint und am meisten ich mir selbst. Du kannst dir gar nicht vorstellen, was für häßliche Gedanken ich über alles habe.«

»Ach, was für häßliche Gedanken solltest du denn haben?« fragte Dolly lächelnd.

»Die häßlichsten, die allerhäßlichsten und gemeinsten; ich kann es dir gar nicht sagen. Was ich empfinde, ist nicht Sehnsucht, nicht Langeweile, sondern etwas viel Schlimmeres. Es ist, als wäre alles Bessere, was in mir lebte, verschwunden und nur das Schlimme übrig geblieben. Ach, wie soll ich dir das nur erklären?« fuhr sie fort, als sie vollste Verständnislosigkeit in den Augen der Schwester las. »Papa hat zum Beispiel eben mit mir gesprochen ... ich denke, er hat gar keinen andern Gedanken, als daß ich heiraten müsse. Oder Mama geht mit mir auf einen Ball: ich denke, sie schleppt mich nur deshalb hin, um mich schneller an den Mann zu bringen und mich los zu werden. Ich weiß, es ist nicht so, und doch kann ich diese Gedanken nicht loswerden. Sogenannte Heiratskandidaten kann ich gar nicht sehen. Ich habe das Gefühl, als ob sie mir Maß nähmen. Früher war es für mich ein harmloses Vergnügen, im Ballkleid irgendwo hinzugehen, ich hatte

Freude an mir selbst; und jetzt, jetzt schäme ich mich und fühle mich unbeholfen. Was willst du noch mehr! Und der Doktor ... Und ...«

Kitty wurde verlegen und stockte; sie hatte noch sagen wollen, daß seit der Zeit, wo diese Veränderung mit ihr vorgegangen war, auch Stjepan Arkadjewitsch ihr bis zur Unerträglichkeit unangenehm geworden sei und sie ihn nicht sehen könne, ohne daß bei seinem Anblick die häßlichsten und gemeinsten Vorstellungen in ihr wach würden.

»Nun siehst du, alles erscheint mir im gemeinsten, abscheulichsten Lichte«, fuhr sie fort. »Darin besteht meine Krankheit. Vielleicht geht es vorüber.«

»Du mußt nur nicht daran denken ...«

»Ich kann's nicht lassen. Nur mit den Kindern ist mir wohl, nur mit dir.«

»Wie schade, daß du jetzt nicht bei mir sein kannst.«

»Nein, ich komme doch! Ich habe Scharlachfieber schon gehabt, und werde maman so lange bitten, bis sie mich zu dir läßt.«

Kitty setzte ihren Willen durch, sie siedelte wirklich zur Schwester über und pflegte die Kinder während des Scharlachfiebers, das in der Tat zum Ausbruch kam. Die beiden Schwestern brachten alle sechs Kinder glücklich durch; aber Kittys Gesundheit wurde nicht besser dabei, und während der großen Fasten reisten Schtscherbazkijs ins Ausland.

4

Die höhere Petersburger Gesellschaft besteht eigentlich nur aus einem einzigen Kreis; jeder kennt den andern und verkehrt sogar mit ihm. Aber dieser große Kreis hat seine Unterabteilungen. Anna Arkadjewna Karenina hatte Freunde und enge Beziehungen in drei verschiedenen Kreisen. Der eine war der dienstliche, offizielle Kreis ihres Mannes und setzte sich aus seinen Amtsgenossen und Untergebenen zusammen, die in gesellschaftlicher Beziehung auf die mannigfaltigste und zufälligste Weise miteinander verknüpft oder voneinander geschieden waren. Anna vermochte sich jetzt nur noch mit Mühe jenes fast an Andacht grenzende Gefühl in die Erinnerung zurückzurufen, das sie in der ersten Zeit für diese Leute gehegt hatte. Jetzt kannte sie sie alle, wie man einander in einer Provinzstadt kennt; sie kannte die Gewohnheiten und Schwächen eines jeden und wußte, wo diesen oder jenen der Schuh drückte; sie kannte ihre Beziehungen untereinander und zum Hauptmittelpunkte; sie wußte, mit wem dieser oder jener sich gut zu stellen suchte, durch welche Mittel oder Persönlichkeiten dieser oder jener sich im Amte erhielt, und mit wem dieser oder jener in der einen oder der anderen Frage übereinstimmte oder auseinanderging. Aber dieser Kreis von amtlichen, männlichen Interessen hatte niemals, trotz der eindringlichen Reden der Gräfin Lydia Iwanowna, ihre Teilnahme gewinnen können, und sie suchte ihm auszuweichen. Ein anderer, Anna näher stehender, kleinerer Kreis war der, welchem Alexej Alexandrowitsch seine glückliche Laufbahn zu verdanken hatte. Der Mittelpunkt dieses kleinen Kreises war die Gräfin Lydia Iwanowna. Er bestand aus einer Anzahl alter, häßlicher, tugendhafter und frommer Frauen und kluger, gelehrter, ehrgeiziger Männer. Einer von den klugen Leuten, die zu diesem Kreise gehören, nannte ihn »das Gewissen der Petersburger Gesellschaft«. Alexej Alexandrowitsch hielt sehr viel auf seine Zugehörigkeit zu diesem Kreis, und Anna, die sich so gut in alle Verhältnisse einzuleben verstand, hatte in der ersten Zeit ihres Petersburger Aufenthaltes auch in diesem Kreise Freunde gefunden. Jetzt aber, nach ihrer Rückkehr aus Moskau, wurde ihr dieser Kreis unerträglich. Sie hatte die Empfindung, daß sowohl sie selbst als auch alle andern sich verstellten, und sie fühlte sich so gelangweilt und unbehaglich in dieser Gesellschaft, daß sie die Gräfin Lydia Iwanowna so selten als möglich besuchte.

Der dritte Kreis endlich, zu dem Anna in Beziehung stand, war die eigentliche große Welt – die Welt der Bälle, der feierlichen Diners, der glänzenden Toiletten. Die Welt, die sich gewissermaßen mit einer Hand an den Hof anklammerte, um nicht zur Halbwelt herabzusinken, welche die Mitglieder dieses Kreises freilich zu verachten wähnten, mit deren Geschmacke sie aber nicht nur eine oberflächliche Ähnlichkeit, sondern eine völlige Übereinstimmung aufwiesen. Annas Beziehungen zu diesem Kreise wurden durch die Gemahlin von Annas Vetter, die Fürstin Betsy Twerskaja, aufrechterhalten, die hundertundzwanzigtausend Rubel jährliche Einkünfte besaß, Anna gleich bei ihrem ersten Auftreten in der Gesellschaft besonders lieb gewonnen, sich ihrer angenommen und sie in ihren Kreis hineingezogen hatte, während sie sich über den Kreis der Gräfin Lydia Iwanowna lustig machte.

»Wenn ich einmal alt und häßlich geworden bin, werde ich auch so werden«, pflegte Betsy zu sagen, »aber für eine junge, hübsche Frau wie Sie, ist es noch zu früh, in dieses Armenhaus zu gehen.«

Anna hatte in der ersten Zeit die Gesellschaft der Fürstin Twerskaja so viel wie möglich gemieden, da dieser Verkehr einen Aufwand erforderlich machte, der ihre Mittel überstieg und sie sich auch mehr zu dem erstgenannten Kreise hingezogen fühlte; aber nach ihrer Rückkehr aus Moskau hatte sich eine Umwandlung in ihr vollzogen. Sie wich ihren sittenstrengen Freunden aus und verkehrte mehr in der großen Welt. Dort traf sie Wronskij und empfand bei jeder Begegnung mit ihm eine freudige Erregung. Besonders oft sah sie Wronskij bei Betsy, die eine geborene Wronskij und seine leibliche Cousine war. Wronskij war überall, wo er nur irgend Anna vermuten konnte, und sprach zu ihr bei jeder Gelegenheit von seiner Liebe. Sie gab ihm zwar keinen Anlaß dazu, aber so oft sie ihm begegnete, flammte in ihrer Seele jenes Gefühl der Erregung auf, das im Eisenbahnwagen über sie gekommen war an jenem Tage, an dem sie ihn zum erstenmal gesehen hatte. Sie fühlte selbst, wie ihr bei seinem Anblick die Freude aus den Augen strahlte und ihre Lippen sich zu einem Lächeln kräuselten, und sie war nicht imstande, den Ausdruck dieser Freude zu dämpfen.

In der ersten Zeit hatte Anna aufrichtig daran geglaubt, daß sie ihm ernstlich böse sei, weil er sich erlaubte, sie zu verfolgen. Aber als sie bald nach ihrer Rückkehr aus Moskau eine Abendgesellschaft besuchte, in der sie ihn vergeblich zu treffen gehofft hatte, da erkannte sie an der Traurigkeit, die sich ihrer bemächtigte, daß sie sich selbst täuschte, daß diese Verfolgung ihr nicht nur nicht unangenehm sei, sondern vielmehr alle Interessen ihres Lebens verschlang.

Eine berühmte Sängerin trat zum zweitenmale auf, und die ganze höhere Gesellschaft war im Theater versammelt. Als Wronskij von seinem Parkettsitz in der ersten Reihe seine Cousine erblickte, ging er, ohne den Zwischenakt abzuwarten, zu ihr in die Loge.

»Warum sind Sie denn nicht zum Diner gekommen?« fragte sie. »Ich bin erstaunt über dieses Hellsehen der Verliebten«, fügte sie mit einem Lächeln, jedoch so leise hinzu, daß nur sie es hören konnte, »*sie ist nicht dagewesen.* Aber kommen Sie nach der Vorstellung zu mir.«

Wronskij blickte sie fragend an. Sie neigte leicht das Haupt. Er dankte ihr mit einem Lächeln und nahm neben ihr Platz.

»Oh, wie lebhaft erinnere ich mich Ihrer Spottreden«, fuhr Fürstin Betsy fort, die ein besonderes Vergnügen darin fand, den Fortschritt dieser Leidenschaft zu verfolgen. »Wo ist das alles hingekommen? Sie sind gefangen, mein Lieber.«

»Das ist es ja gerade, was ich wünsche – gefangen zu sein«, antwortete Wronskij mit seinem ruhigen, gutmütigen Lächeln. »Wenn ich mich über irgend etwas beklage, so ist es nur darüber, daß ich, um die Wahrheit zu sagen, zu wenig gefangen bin. Ich beginne jede Hoffnung aufzugeben.«

»Welche Hoffnung können Sie denn hegen?« sagte Betsy, für ihre Freundin gekränkt, »*entendons-nous* ...« Aber in ihren Augen tanzten Fünkchen, die verrieten, daß sie sehr wohl und genau so wie er wisse, welche Hoffnung er hegte.

»Gar keine«, antwortete Wronskij lachend, indem er seine dichten Zähne wies. »Verzeihung«, sagte er und nahm ihr das Opernglas aus der Hand, um dann über ihre entblößte Schulter hinweg die gegenüberliegende Logenreihe zu mustern. »Ich fürchte, mich lächerlich zu machen.«

Er wußte sehr wohl, daß er in den Augen von Betsy und sämtlichen Lebemännern keine Gefahr lief, sich lächerlich zu machen. Er wußte sehr wohl, daß in den Augen dieser Leute zwar die Rolle des unglücklichen Liebhabers eines jungen Mädchens oder einer durch kein anderes Band gefesselten Frau lächerlich erscheinen könne, nie aber die Rolle eines Mannes, der einer verheirateten Frau nachstellt und sein Leben daransetzt, sie zum Ehebruch zu verleiten. Er wußte, daß in dieser Rolle etwas Schönes und Erhabenes liege, und daß sie niemals lächerlich sein könne. Und darum senkte er jetzt das Opernglas, während ein stolzes und fröhliches Lächeln unter seinem Schnurrbart seinen Mund umspielte, und schaute seine Cousine an.

»Warum sind Sie eigentlich nicht zu Tisch gekommen?« fragte sie, ihn wohlgefällig betrachtend.

»Das muß ich Ihnen erzählen. Ich war beschäftigt, und womit meinen Sie? Ich wette hundert gegen eins, tausend gegen eins ... Sie raten es nicht. Ich hatte einen Gatten mit dem Beleidiger seiner Frau auszusöhnen. Ja, wahrhaftig!«

»Nun, und ist es Ihnen gelungen?«

»Beinahe.«

»Das müssen Sie mir erzählen«, sagte sie und stand auf. »Kommen Sie im nächsten Zwischenakt wieder.«

»Unmöglich, ich fahre ins Französische Theater.«

»Von der Nilson?« fragte Betsy mit wahrem Entsetzen, obgleich sie für nichts in der Welt imstande gewesen wäre, die Nilson von der ersten besten Choristin zu unterscheiden.

»Es geht nicht anders. Ich habe dort ein Rendezvous und alles in Sachen dieser Friedensstiftung.«

»Selig sind die Friedfertigen, denn sie werden erlöst werden«, sagte Betsy, die sich erinnerte, einmal etwas Ähnliches von irgend jemand gehört zu haben. »Nun, so setzen Sie sich und erzählen Sie gleich jetzt, was das eigentlich für eine Geschichte ist?«

Und sie nahm wieder Platz.

5

»Es ist zwar ein bißchen unpassend, aber so hübsch, daß ich es Ihnen schrecklich gern erzählen möchte«, versetzte Wronskij und sah sie mit seinen lachenden Augen an. »Ich werde keine Namen nennen.«

»Aber ich werde sie erraten, und das ist noch interessanter.«

»Hören Sie also: es fahren zwei lustige junge Männer ...«

»Selbstverständlich Offiziere von Ihrem Regiment?«

»Ich sage nicht Offiziere; ich sage einfach, zwei junge Männer, die gut gefrühstückt hatten.«

»Das heißt in der gewöhnlichen Umgangssprache: die ein wenig angetrunken waren.«

»Vielleicht. Sie fahren in der allerfröhlichsten Stimmung zu einem Kameraden zum Diner. Da sehen sie auf einmal in einer Droschke, die sie überholt, ein hübsches, weibliches Wesen, das sich nach ihnen umblickt und – wenigstens kommt es ihnen so vor – ihnen lachend zunickt. Die beiden selbstverständlich hinter ihr drein, was die Pferde laufen können. Zu ihrer Verwunderung läßt die Schöne bei der Einfahrt desselben Hauses halten, zu dem sie selbst fahren wollten. Sie eilt die Treppe zum oberen Stockwerk hinauf. Sie sehen nur ihre roten Lippen unter dem kurzen Schleier hervorschimmern und ein Paar reizende kleine Füßchen.«

»Sie erzählen dies alles mit solchem Gefühl, daß ich fast glauben möchte, Sie selber seien einer von jenen beiden gewesen.«

»So? Und, was haben Sie mir eben erst gesagt? – Also die jungen Leute treten zunächst bei ihrem Freund ein, der einen Abschiedsschmaus gab. Dort trinken sie sich vielleicht einen kleinen Rausch an, vielleicht einen großen, wie das bei einem Abschiedsschmaus stets der Fall ist. Bei Tisch fragen sie bei allen Anwesenden herum, wer im oberen Stockwerk des Hauses wohne. Niemand weiß es; nur der Diener des Gastgebers antwortet auf ihre Frage: ›ob da oben vielleicht irgend welche leichtlebige Dämchen wohnten‹, daß es da eine Menge gäbe.

Nach dem Diner ziehen sich die jungen Leute in das Arbeitszimmer des Hausherrn zurück und schreiben an die unbekannte Schönheit einen Brief. Einen recht leidenschaftlichen Brief, eine richtige Liebeserklärung, und tragen dies Dokument selber hinauf, um das, was vielleicht im Briefe nicht verständlich genug ausgedrückt sein sollte, mündlich näher zu erklären.«

»Warum erzählen Sie mir solche abscheuliche Dinge? Nun?«

»Sie klingeln. Ein Dienstmädchen kommt, sie übergeben ihr den Brief mit der Versicherung, sie wären beide so heftig verliebt, daß sie gleich hier an der Türe sterben müßten. Das Mädchen unterhandelt mit ihnen in völliger Verständnislosigkeit. Plötzlich erscheint ein Herr mit einem Backenbart wie zwei kleine Würstchen, rot wie ein Krebs; er erklärt, daß in dem Hause niemand außer seiner Frau wohne und wirft sie alle beide hinaus.«

»Woher wissen Sie denn, daß er einen Backenbart – wie sagten Sie doch? – wie Würstchen, hat?«

»Sie werden es gleich hören. Heute bin ich bei ihm gewesen, um Frieden zu stiften.«

»Und wie ist die Sache abgelaufen?«

»Jetzt kommt das Interessanteste. Es stellt sich heraus, daß dieses glückliche Paar ein Titularrat* mit seiner Titularrätin ist. Der Titularrat reicht eine Klage ein, und ich werde Friedensvermittler, und was für einer! ... ich versichere Sie, Talleyrand ist nichts im Vergleich mit mir.«

»Worin lag denn die Schwierigkeit?«

»Hören Sie nur weiter. Wir entschuldigen uns also, wie es sich gehört. ›Wir sind in Verzweiflung, wir bitten dieses unglückliche Mißverständnis zu verzeihen.‹ Der Titularrat mit den Würstchen beginnt aufzutauen, wünscht aber doch, seinen Gefühlen Ausdruck zu geben, und sowie er nur ihnen Ausdruck zu geben beginnt, gerät er in Hitze und wird so grob, daß ich wieder mein ganzes diplomatisches Talent auf-

---

* Titularrat, sogen. 9. Klasse, ziemlich unbedeutende Staffel der bureaukratischen Stufenleiter.

bieten muß. ›Ich gebe zu, daß das Benehmen der beiden Herren nicht gerade schön war, aber ich bitte Sie zu bedenken, daß ein Mißverständnis vorliegt und dann bitte ich auch, die Jugend der Herren in Erwägung zu ziehen; außerdem hatten die jungen Leute eben erst gefrühstückt. Sie begreifen, was das heißt. Sie bereuen aus ganzer Seele und bitten, ihnen ihre Schuld zu verzeihen.‹ Der Titularrat wird wieder weicher; ›Ich stimme Ihnen bei, Herr Graf, und bin geneigt, zu verzeihen; aber begreifen auch Sie, meine Frau, meine Frau, eine anständige Dame, den Nachstellungen, Gemeinheiten, Frechheiten dummer Jungen, Halunk ...‹ Und Sie verstehen, dieser dumme Junge ist zugegen, und ich soll die beiden aussöhnen. Wieder muß ich meine ganze diplomatische Gewandtheit aufbieten und wieder gerät, da alles schon so gut wie erledigt zu sein scheint, mein Titularrat in Hitze, bekommt einen roten Kopf, die Würstchen sträuben sich und abermals überbiete ich mich in diplomatischen Feinheiten.«

»Ach, das muß ich Ihnen auch erzählen!« wandte sich Betsy lachend an eine Dame, die eben in ihre Loge getreten ist. »Er hat mich so zum Lachen gebracht. Nun, bonne chance«, fügte sie hinzu und reichte Wronskij den einen Finger, den ihr der Fächer frei ließ, während sie mit einer Schulterbewegung die Kleidertaille, die sich etwas gehoben hatte, herunterschob, damit sie, wie es sich geziemt, ganz entblößt sei, wenn sie an die Rampe treten und sich in der vollen Gasbeleuchtung den Blicken aller zeigen würde.

Wronskij fuhr ins Französische Theater, wo er wirklich seinen Regimentskommandeur, der nie eine Vorstellung in diesem Theater versäumte, treffen sollte, um ihm über seine Friedensverhandlungen zu berichten, die ihn nun schon seit drei Tagen beschäftigen und belustigten. In diese Sache war nämlich auch Petrizkij verwickelt, den er aufrichtig liebte, und der andere war ein erst unlängst ins Regiment eingetretener prächtiger junger Mann, ein guter Kamerad, der junge Fürst Kedrow. Was aber die Hauptsache war, die Ehre des Regiments stand auf dem Spiel.

Die beiden jungen Leute gehörten Wronskijs Schwadron an. Beim Regimentskommandeur war eines Tages ein Beamter, der Titularrat Wenden, mit einer Beschwerde gegen seine Offiziere erschienen, die seine Gattin beleidigt hätten. Seine junge Frau, so erzählte Wenden – er war seit einem halben Jahr verheiratet – war mit ihrer Mutter in der Kirche gewesen, als sie plötzlich ein Unwohlsein verspürte, das mit einem gewissen Zustand in Zusammenhang stand; sie konnte sich nicht länger auf den Füßen halten und fuhr in der ersten besten Droschke, die zufälligerweise zu den Mietsfuhrwerken erster Klasse gehörte, nach Hause. Da jagten Offiziere hinter ihr her; sie erschrak und lief die Treppe zu ihrer Wohnung hinauf, wobei sich ihre Unpäßlichkeit immer stärker fühlbar machte. Wenden selbst, der aus seinem Heim gekommen war, hörte an der Tür klingeln und gleich darauf fremde Stimmen; er kam heraus, und als er zwei betrunkene Offiziere mit einem Briefe sah, stieß er sie hinaus. Er forderte strenge Bestrafung.

»Nein, sagen Sie, was Sie wollen«, sagte der Regimentskommandeur zu Wronskij, den er zu sich gebeten hatte, »Petrizkij fängt an, sich unmöglich zu machen. Keine Woche vergeht ohne einen Skandal. Dieser Beamte wird die Sache nicht auf sich beruhen lassen, er wird weitergehen.«

Wronskij sah sehr wohl, wie undankbar die ganze Sache war und daß von einem Duell hier nicht die Rede sein konnte; es mußte alles aufgeboten werden, um diesen Titularrat zu erweichen und die Sache zu vertuschen. Der Regimentskommandeur hatte Wronskij gerade deshalb zu sich berufen, weil er ihn als feinfühligen und besonnenen Mann kannte, und was die Hauptsache war, als einen Mann, dem die Ehre des Regiments teuer war. Sie erwogen die Sache miteinander und kamen zu der Entscheidung, daß Petrizkij und Kedrow sich zusammen mit Wronskij zu diesem Titularrat begeben und bei ihm entschuldigen sollten. Der Regimentskommandeur begriff so gut wie Wronskij selbst, daß des letzteren Name und das Abzeichen des Flügel-Adjutanten zur Nachgiebigkeit des Titularrats viel beitragen dürften. In der Tat erwiesen sich diese beiden Mittel teilweise als wirksam; aber das endgültige Resultat des Aussöhnungsversuches blieb doch zweifelhaft, wie Wronskij erzählt hatte.

Im Französischen Theater angelangt, begab sich Wronskij mit dem Regimentskommandeur ins Foyer und berichtete ihm dort von seinem Erfolg oder Mißerfolg. Der Regimentskommandeur beschloß nach reiflicher Überlegung, die Sache ohne weitere Folgen zu lassen; dann aber begann er Wronskij spaßeshalber über die Einzelheiten des Zusammentreffens auszufragen. Er konnte lange Zeit das Lachen nicht unterdrücken, als Wronskij ihm schilderte, wie der schon beruhigte Titularrat bei der Erinnerung an alle näheren Umstände plötzlich wieder in Hitze geriet, und wie Wronskij endlich beim letzten halben Worte des Sühneversuchs plötzlich eine kühne Schwenkung machte und den Rückzug antrat, wobei er Petrizkij vor sich herstieß.

»Eine scheußliche Geschichte, aber zum Totlachen! Kedrow kann sich doch mit diesem Herrn nicht schlagen! Er ist also wirklich in furchtbare Wut geraten?« fragte er lachend dazwischen. »Aber nicht wahr, wie die Claire heute spielt? Wunderbar!« bemerkte er dann in bezug auf die neue französische Schauspielerin. »So oft man sie auch sieht, jedesmal entdeckt man etwas Neues an ihr! Das bringen nur die Franzosen fertig!«

6

Fürstin Betsy war, ohne das Ende des letzten Aktes abzuwarten, aus dem Theater nach Hause gefahren. Sie hatte kaum Zeit gefunden, in ihr Ankleidezimmer zu gehen, ihr langes, blasses Gesicht frisch einzupudern, den Puder wieder abzuwischen, sich zurechtzumachen und anzuordnen, daß der Tee im großen Empfangszimmer serviert werde, als auch schon die Wagen rasch hintereinander an ihrem riesigen Hause auf der großen Morskaja vorzufahren begannen. Die Gäste stiegen an der breiten Anfahrt aus, und der wohlbeleibte Schweizer, der vormittags zur Erbauung der Vorübergehenden hinter seiner Glastür die Zeitung zu lesen pflegte, öffnete jetzt lautlos die mächtige Tür und ließ die Angekommenen an sich vorüber.

Fast gleichzeitig trat die Hausfrau mit frisch geordnetem Haar und aufgefrischtem Gesicht durch die eine und die Gäste durch die andere Tür in den großen Empfangssaal mit den dunklen Wänden, den schwellenden Teppichen und dem hell erleuchteten Tisch, der mit seinem blendend weißen Tischzeug, der silbernen Teemaschine und dem durchsichtigen Porzellan des Teegeschirrs im Scheine des Kerzenlichts erstrahlte.

Die Wirtin nahm hinter dem Samowar Platz und zog die Handschuhe ab. Die Gesellschaft nahm auf den Stühlen Platz, die von den gleichsam unsichtbaren Dienern herbeigeschoben wurden, und teilte sich in zwei Gruppen – die eine um den Samowar bei der Wirtin, die andere am entgegengesetzten Ende des Zimmers, um die schöne Frau eines Gesandten in schwarzem Samtkleid und mit schwarzen, scharf gezeichneten Augenbrauen. Das Gespräch in beiden Mittelpunkten schwankte anfangs, wie das immer in den ersten Augenblicken der Fall ist, von Begrüßungen und dem Anbieten des Tees unterbrochen, hin und her, als ob es erst einen Ausgangspunkt suche, bei dem man verweilen könnte.

»Sie ist als Schauspielerin ganz außergewöhnlich; man sieht, daß sie Kaulbach studiert hat«, sagte ein Diplomat der bei der Gesandtenfrau saß, »haben Sie bemerkt, wie sie fiel ...«

»Ach, ich bitte Sie, sprechen wir doch nicht von der Nilson! Über sie läßt sich nichts Neues sagen«, versetzte eine starke, rote, blondhaarige Dame ohne Augenbrauen und ohne Chignon, in einem alten Seidenkleide. Es war die Fürstin Mjachkaja, berüchtigt durch ihr ungeniertes Wesen und die Derbheit ihrer Aussprüche, und daher ›enfant terrible‹ genannt. Fürstin Mjachkaja saß in der Mitte zwischen beiden Gruppen und hörte der Unterhaltung zu, an der sie sich beteiligte, indem sie sich bald nach der einen, bald nach der andern Seite wandte. »Mir haben heute schon drei Leute dieselbe Phrase über Kaulbach gesagt, gerade als ob sie sich verabredet hätten. Und ich weiß nicht, warum ihnen diese Phrase so gut gefallen hat.«

Die Unterhaltung wurde durch diese Bemerkung gestört, und man mußte einen neuen Gesprächsstoff ausfindig machen.

»Erzählen Sie uns irgend etwas Lustiges, aber nichts Boshaftes«, sagte die Frau des Gesandten, eine Meisterin in der Kunst feiner Unterhaltung, dem englischen sogenannten »smalltalk«, indem sie sich an den Diplomaten wandte, der auch nicht wußte, womit er jetzt beginnen sollte.

»Man sagt, daß gerade das sehr schwer sein soll, daß nur das Boshafte komisch wirkt«, begann er lächelnd. »Aber ich will es versuchen. Geben Sie mir ein Thema. Alles liegt am Thema. Wenn das Thema gegeben ist, kann man schon leicht ein Muster darauf sticken. Ich habe schon oft gedacht, daß die berühmten Plauderer des vergangenen Jahrhunderts sich jetzt in einiger Verlegenheit befinden würden, wenn sie eine geistvolle Unterhaltung führen sollten. Wir sind all des Geistvollen so überdrüssig geworden ...«

»Das ist eine alte Weisheit«, unterbrach ihn lachend die Frau des Gesandten.

Das Gespräch hatte einen ganz netten Anfang genommen; aber eben aus diesem Grunde blieb es wieder stecken. Man mußte zu dem sicheren, nie versagenden Mittel greifen – der Lästerrede.

»Finden Sie nicht, daß an Tuschkewitsch etwas ist, was an Louis XV. erinnert?« fragte er und wies mit den Augen auf einen schönen, blonden jungen Mann, der am Tische stand.

»O ja! Er ist im gleichen Stil wie der Empfangssalon, darum ist er auch so häufig hier.«

Dieser Gesprächsstoff hielt eine Zeitlang vor, da man in Anspielungen gerade von dem sprach, wovon man in diesem Zimmer anstandshalber nicht sprechen durfte, nämlich von den Beziehungen Tuschkewitschs zur Hausfrau.

In der Nähe des Samowars und der Wirtin hatte inzwischen das Gespräch ebenfalls eine kurze Zeit zwischen drei unvermeidlichen Unterhaltungsstoffen geschwankt: der letzten gesellschaftlichen Neuigkeit, dem Theater und der Kritik des lieben Nächsten; und auch hier blieb es, als es bei dem letzten Stoff angelangt war, stehen, nämlich bei der Lästerung.

»Haben Sie schon davon gehört, daß die Maltischtschewa – nicht die Tochter, sondern die Mutter – sich ein Kleid diable rose machen läßt?«

»Das kann nicht sein! Nein, das ist ja ganz reizend!«

»Ich wundere mich nur, wie sie mit ihrem Verstand – denn sie ist gar nicht dumm – nicht sieht, daß sie sich lächerlich macht.«

Ein jeder hatte etwas zur Aburteilung und Verspottung der unglücklichen Maltischtschewa zu bemerken, und das Gespräch prasselte lustig drauf los, wie ein in Flammen stehender Scheiterhaufen.

Der Gatte der Fürstin Betsy, ein gutmütiger Schmerbauch und leidenschaftlicher Sammler von Stahlstichen, hatte gehört, daß seine Frau Gäste hatte und kam jetzt in den Empfangssalon, bevor er sich in den Klub begab. Mit unhörbaren Schritten trat er auf dem weichen Teppich zur Fürstin Mjachkaja.

»Wie hat Ihnen die Nilson gefallen?« fragte er.

»Ach, wie kann man sich nur so heranschleichen?! Wie Sie mich erschreckt haben!« antwortete sie. »Bitte, sprechen Sie mit mir nicht von der Oper, Sie verstehen ja nichts von Musik. Lieber will ich mich zu Ihnen herablassen und mit Ihnen von Ihren Majoliken und Kupferstichen sprechen. Nun, was für einen neuen Schatz haben Sie neuerdings auf dem Trödelmarkt erstanden?«

»Wenn Sie wollen, will ich ihn Ihnen zeigen. Aber Sie verstehen ja nichts davon!«

»Zeigen Sie mir ihn immerhin. Ich habe bei den ... wie heißen sie doch nur gleich ... was gelernt, bei dem Bankier ... die haben prachtvolle Stiche. Sie haben sie uns gezeigt.«

»Wie, Sie sind bei Schützburg gewesen?« fragte die Hausfrau vom Samowar herüber.

»Ja, *ma chère*. Sie haben mich und meinen Mann zum Diner geladen, und ich habe gehört, daß die Sauce bei diesem Diner tausend Rubel gekostet hat«, antwortete Fürstin Mjachkaja mit lauter Stimme, weil sie fühlte, daß alle ihr zuhörten, »und eine ganz abscheuliche Sauce war's, so etwas Grünes. Wir mußten sie darauf hin wieder einladen, und ich ließ eine Sauce für fünfundachtzig Kopeken herrichten, und alle waren damit sehr zufrieden. Ich kann keine Tausendrubel-Saucen machen.«

»Sie ist einzig!« sagte die Hausfrau.

»Entzückend!« rief ein anderer.

Die Wirkung, welche die Fürstin Mjachkaja mit ihren Reden hervorbrachte, war immer die gleiche, und das Geheimnis dieser Wirkung bestand darin, daß sie, wenn sie auch, wie eben jetzt, nicht immer zur rechten Zeit sprach, so doch immer von einfachen Dingen redete, die einen Sinn hatten. In der Gesellschaft, in der sie lebte, brachten solche Äußerungen immer die Wirkung eines geistreichen Scherzes hervor. Fürstin Mjachkaja konnte nicht begreifen, woher es kam, daß sie eine solche Wirkung hervorbrachte, aber sie wußte, daß es der Fall war, und machte es sich zunutze.

Da alle, während die Fürstin Mjachkaja sprach, ihr zugehört hatten und das Gespräch im Kreise der Frau des Gesandten verstummt war, so wollte die Hausfrau die ganze Gesellschaft zu einer Gruppe vereinigen und wandte sich an die Frau des Gesandten.

»Wünschen Sie wirklich keinen Tee? Sie sollten zu uns herüber kommen.«

»Nein, wir befinden uns hier sehr wohl«, erwiderte die Frau des Gesandten lächelnd und setzte das begonnene Gespräch fort.

Dieses Gespräch war sehr anregend. Man war jetzt gerade daran, über die Karenins, Mann und Frau, loszuziehen.

»Anna hat sich seit ihrer Moskauer Reise sehr verändert. Es ist etwas Seltsames in ihrem Wesen«, sagte eine ihrer Freundinnen.

»Die Veränderung besteht hauptsächlich darin, daß sie den Schatten von Alexej Wronskij mit sich gebracht hat«, bemerkte die Frau des Gesandten.

»Was ist denn Schlimmes dabei? Bei den Brüdern Grimm gibt es ein Märchen: Der Mensch ohne Schatten, der seines Schattens beraubte Mensch. Und das ist bei ihm eine Strafe für irgendein Vergehen. Ich konnte nie begreifen, worin die Strafe besteht. Aber für eine Frau muß es unangenehm sein, keinen Schatten zu haben.«

»Ja, aber Frauen mit Schatten pflegen gewöhnlich ein schlechtes Ende zu nehmen«, versetzte Annas Freundin.

»Man sollte Ihnen ein Schloß vor den Mund hängen«, rief plötzlich Fürstin Mjachkaja, die diese Worte gehört hatte. »Die Karenina ist eine prächtige Frau. Ihren Mann kann ich nicht leiden, aber sie habe ich sehr lieb.«

»Warum können Sie den Mann nicht leiden? Er ist doch ein so außerordentlicher Mann«, erwiderte die Frau des Gesandten. »Mein Mann sagt, daß es in ganz Europa wenig Staatsmänner gäbe wie er.«

»Und mir sagt mein Mann dasselbe, aber ich glaube ihm nicht«, erwiderte die Fürstin Mjachkaja. »Wenn unsere Männer uns nur nichts sagen wollten, so würden wir die Dinge so sehen, wie sie wirklich sind; und Alexej Alexandrowitsch ist meiner Meinung nach einfach ein Narr. Ich sage das nur ganz leise .... Nicht wahr, dadurch erklärt sich alles? Früher, als man von mir verlangte, daß ich ihn klug finden soll, habe ich mich immer bemüht, seiner Klugheit auf die Spur zu kommen und gedacht, daß ich selber doch sehr dumm sein müsse, da ich seine Klugheit nicht sehen konnte; sobald ich aber darauf kam zu sagen: er ist *dumm*, – aber ganz leise – da ist auf einmal alles ganz klar geworden, nicht wahr?«

»Wie boshaft Sie heute sind!«

»Ganz und gar nicht. Ich habe keine andere Wahl. Einer von uns beiden muß dumm sein. Nun, und das wissen Sie wohl, in bezug auf sich selbst kann man das doch unmöglich zugeben.«

»Niemand ist mit seinem Vermögen zufrieden, und jedermann ist mit seinem Verstande zufrieden«, zitierte der Diplomat einen französischen Vers.

»Das ist es gerade«, wandte sich die Fürstin Mjachkaja hastig an ihn. »Aber die Hauptsache ist, ich gebe Ihnen Anna nicht preis. Sie ist eine prächtige, liebe Frau. Was kann sie dafür, wenn alle Menschen sich in sie verlieben und sie wie ihr Schatten verfolgen?«

»Aber, ich denke ja nicht daran, sie zu verurteilen«, rechtfertigte sich Annas Freundin.

»Wenn wir selbst niemanden haben, der uns wie ein Schatten folgt, so beweist das noch nicht, daß wir das Recht haben, über andere abzuurteilen.«

Und nachdem sie so Annas Freundin in geziemender Weise abgekanzelt hatte, erhob sich die Fürstin Mjachkaja und trat mit der Frau des Gesandten zu dem Tisch, wo ein allgemeines Gespräch über den preußischen König im Gange war.

»Über wen habt ihr da eben gelästert?« fragte Betsy.

»Über die Karenins. Die Fürstin hat uns ein Charakterbild von Alexej Alexandrowitsch entworfen«, erwiderte die Frau des Gesandten, während sie sich lächelnd am Tische niederließ.

»Schade, daß wir es nicht gehört haben«, sagte die Hausfrau und blickte nach der Eingangstür. »Ah, da sind Sie ja endlich!« wandte sie sich mit einem Lächeln an Wronskij, der eben eintrat.

Wronskij kannte nicht nur alle Anwesenden, sondern pflegte ihnen auch fast täglich zu begegnen, und darum war in seiner Haltung jene ruhige Sicherheit, mit der man bei Leuten eintritt, die man soeben erst verlassen hat.

»Wo ich herkomme?« antwortete er auf die Frage der Gesandtenfrau. »Was soll ich tun, ich muß es schon gestehen. Aus der komischen Oper. Ich glaube, ich bin nun schon zum hundertsten Male dort gewesen und immer wieder finde ich neues Vergnügen daran. Es ist reizend! Ich weiß, daß ich mich schämen sollte; aber in der Oper schlafe ich ein, und in der komischen Oper bleibe ich bis zum letzten Moment und amüsiere mich dabei. Heute …«

Er nannte eine französische Schauspielerin und wollte etwas über sie erzählen; aber die Frau des Gesandten unterbrach ihn mit komischem Entsetzen.

»Ich bitte Sie, verschonen Sie uns mit diesen greulichen Dingen.«

»Nun, dann will ich's also nicht erzählen, um so weniger, als ja alle diese greulichen Dinge kennen.«

»Und alle würden dort regelmäßige Besucher sein, wenn es nur ebenso Mode wäre wie die Oper«, fiel Fürstin Mjachkaja ein.

7

An der Eingangstür ließen sich jetzt Schritte hören, und Fürstin Betsy, die wohl wußte, daß dies Anna Karenina sei, sah sich nach Wronskij um. Er blickte nach der Tür, und sein Gesicht nahm einen seltsamen Ausdruck an. Er sah freudig, unverwandt und doch zugleich zaghaft auf die Eintretende und erhob sich langsam von seinem Sitze. Anna trat in das Zimmer. Sie hielt sich, wie immer, überaus gerade und durchmaß, ohne die Richtung ihres Blickes zu ändern, mit ihrem raschen, festen und leichten Schritt, durch den sie sich von dem Gange anderer Weltdamen unterschied, die kurze Entfernung, die sie von der Hausfrau trennte. Sie drückte ihr die Hand, lächelte und blickte sich immer noch mit demselben Lächeln nach Wronskij um. Dieser verbeugte sich tief und rückte ihr einen Stuhl zurecht.

Sie antwortete nur mit einer Kopfneigung, errötete und runzelte leicht die Stirn. Aber sogleich nickte sie rasch ihren Bekannten zu, schüttelte die Hände, die ihr gereicht wurden, und wandte sich dann der Wirtin zu.

»Ich war bei Gräfin Lydia und wollte schon früher hier sein, aber ich habe mich dort zu lange aufgehalten. Sir John war bei ihr. Er ist ein sehr interessanter Mann!«

»Ach, das ist dieser Missionär?«

»Ja; er hat von dem Leben in Indien in höchst anregender Weise erzählt.«

Das Gespräch, das durch ihre Ankunft unterbrochen worden war, flackerte wieder auf wie das Licht einer Lampe, die man ausblasen will

»Sir John! Ach ja, Sir John. Ich habe ihn gesehen. Er spricht sehr gut. Die Wlaßjewa ist ganz verliebt in ihn.«

»Ist es denn wahr, daß die jüngere Wlaßjewa den Topow heiratet?«

»Ja, es soll beschlossene Sache sein.«

»Ich wundere mich über die Eltern. Es soll eine Liebesheirat sein.«

»Eine Liebesheirat? Was Sie für antediluvianische Begriffe haben! Wer spricht heutzutage noch von Liebe?« sagte die Frau des Gesandten.

»Was soll man tun? Diese dumme, alte Mode ist immer noch nicht abgeschafft«, versetzte Wronskij.

»Um so schlimmer für die Menschen, die sich an diese Mode halten. Ich kenne die glücklichsten Ehen, die nur aus Vernunftrücksichten geschlossen wurden.«

»Aber wie oft zerstiebt das Glück solcher Vernunftehen wie Staub, und zwar gerade aus dem Grunde, weil jene Leidenschaft auftaucht, die man vorher nicht anerkennen wollte«, versetzte Wronskij.

»Aber Vernunftehen nennen wir eben solche, in denen beide Teile sich schon die Hörner abgelaufen haben. Das ist wie Scharlachfieber, das jeder durchgemacht haben muß.«

»Dann muß man lernen, die Liebe künstlich einzuimpfen, wie die Pocken.«

»Ich war in meiner Jugend in einen Küster verliebt«, sagte Fürstin Mjachkaja. »Ich weiß nicht, ob mir das geholfen hat.«

»Nein, Scherz beiseite, ich glaube, um die Liebe kennenzulernen, muß man sich erst in seiner Wahl geirrt haben, um dann das Rechte zu treffen«, meinte Fürstin Betsy.

»Sogar nach der Ehe?« fragte die Gemahlin des Gesandten scherzhaft.

»Es ist niemals zu spät, Geschehenes wieder gutzumachen«, zitierte der Diplomat das englische Sprichwort.

»Das ist das einzig Richtige«, fiel Betsy ein, »man muß sich erst irren, um dann das Rechte zu treffen. Wie denken Sie darüber?« wandte sie sich an Anna, die mit einem kaum bemerkbaren, starren Lächeln auf den Lippen diesem Gespräch schweigend zuhörte.

»Ich denke«, sagte Anna, indem sie mit dem einen abgezogenen Handschuh spielte, »ich denke ... wenn es heißt: so viel

Köpfe, so viel Sinne, so kann man auch wohl sagen: so viel Arten von Liebe.«

Wronskij hatte Anna angesehen und mit bebendem Herzen erwartet, was sie sagen würde. Er seufzte auf wie von einer Gefahr befreit, als sie diese Worte sprach.

Anna wandte sich plötzlich zu ihm:

»Ich habe aus Moskau einen Brief erhalten. Man schreibt mir, daß Kitty Schtscherbazkaja sehr krank sei.«

»Wirklich?« fragte Wronskij und runzelte die Stirn.

Anna warf ihm einen strengen Blick zu.

»Das scheint Sie nicht zu interessieren?«

»Im Gegenteil, sehr. Was schreibt man Ihnen denn, wenn ich es wissen darf?« fragte er.

Anna stand auf und trat zu Betsy.

»Bitte, geben Sie mir eine Tasse Tee«, sagte sie, indem sie hinter ihrem Stuhle stehen blieb.

Während Betsy ihr den Tee einschenkte, trat Wronskij zu Anna heran.

»Was schreibt man Ihnen denn?« wiederholte er.

»Ich denke oft, daß die Männer nicht verstehen, was unedel ist, obwohl sie das Wort immer im Munde führen«, sagte Anna, ohne ihm zu antworten. »Das wollte ich Ihnen schon lange sagen«, fügte sie hinzu, machte einige Schritte und setzte sich an einen Ecktisch, auf dem einige Alben lagen.

»Ich verstehe die Bedeutung Ihrer Worte nicht ganz«, erwiderte er, indem er ihr die Tasse reichte.

Sie warf einen Blick auf das Sofa, auf dem sie saß, und er nahm sogleich neben ihr Platz.

»Ja, ich wollte es Ihnen sagen«, wiederholte sie, ohne ihn anzusehen. »Sie haben schlecht gehandelt, schlecht, sehr schlecht.«

»Weiß ich denn nicht, daß ich schlecht gehandelt habe! Aber wer ist die Ursache davon, daß ich so gehandelt habe?«

»Weshalb sagen Sie mir das?« fragte sie und sah ihn mit einem strengen Blicke an.

»Sie wissen, weshalb«, erwiderte er kühn und freudig und ohne die Augen niederzuschlagen, als ihre Blicke sich trafen.

Nicht er, sondern sie geriet in Verwirrung.

»Das beweist nur, daß Sie kein Herz haben«, entgegnete sie. Aber aus ihren Augen sprach, wie wohl sie es wisse, daß er ein Herz habe, und daß sie ihn deshalb fürchte.

»Das, wovon Sie soeben sprachen, war der Irrtum, aber nicht die Liebe.«

»Erinnern Sie sich, daß ich Ihnen verboten habe, dieses Wort, dieses häßliche Wort jemals auszusprechen«, sagte Anna zusammenzuckend. Aber im selben Moment fühlte sie, daß sie ihm durch dieses eine Wort »*verboten*« gezeigt habe, daß sie sich ein gewisses Recht über ihn zuerkenne und daß gerade dies ihn reizen mußte, ihr von seiner Liebe zu sprechen. »Ich wollte Ihnen dies schon lange sagen«, hob sie wieder an, während sie ihm fest ins Auge blickte und helle Glut ihr Antlitz überflammte, »heute aber bin ich eigens deshalb hergekommen, weil ich wußte, daß ich Sie hier treffen würde. Ich bin gekommen, um Ihnen zu sagen, daß dies ein Ende nehmen muß. Ich bin bisher noch vor niemandem errötet; Sie aber erwecken in mir ein Gefühl, als ob ich irgend etwas Schlimmes begangen hätte.«

Er blickte sie an und war überrascht von der neuen durchgeistigten Schönheit ihres Gesichts, die sich ihm offenbarte.

»Was verlangen Sie von mir?« fragte er einfach und ernst.

»Ich verlange, daß Sie nach Moskau reisen und Kitty um Verzeihung bitten«, sagte sie.

»Das können Sie nicht verlangen«, entgegnete er.

Er sah, daß sie sich zu dem, was sie sagte, zwingen mußte, und daß sie das, was sie wirklich sagen wollte, nicht aussprach.

»Wenn Sie mich lieben, wie Sie behaupten«, flüsterte sie, »so tun Sie, was an Ihnen liegt, damit ich ruhig sei.«

Sein Gesicht strahlte.

»Wissen Sie denn nicht, daß Sie für mich das ganze Leben sind; aber Ruhe kenne ich nicht und kann sie Ihnen nicht geben. Mein ganzes Ich, meine Liebe ... ja. Ich kann an Sie und mich nicht mehr gesondert denken. Sie und ich sind für mich eins. Und ich sehe in der Zukunft keine Möglichkeit der Ruhe, weder für mich, noch für Sie. Ich sehe die Möglichkeit der Verzweiflung, des Elends ... oder ich sehe die Möglichkeit des Glückes, welch' eines Glückes! ... Ist dies Glück denn unmöglich?« fügte er nur mit einer Bewegung der Lippen hinzu; aber sie hatte es gehört.

Sie spannte alle Kräfte ihres Geistes an, um das auszusprechen, was sie hätte sagen sollen: aber statt dessen heftete sie auf ihn ihren Blick, einen Blick voller Liebe, und erwiderte nichts.

»Das ist es!« dachte er mit Entzücken. »Gerade, als ich schon in Verzweiflung geriet, als ich kein Ende zu sehen meinte – da kommt es! Sie liebt mich. Sie gesteht es!«

»So tun Sie dies um meinetwillen und sprechen Sie niemals wieder diese Worte zu mir, dann wollen wir gute Freunde sein«, sprachen ihre Lippen; aber wieder sagte ihr Blick ganz etwas anderes.

»Freunde können wir nicht sein, das wissen Sie selbst. Aber wir können die glücklichsten oder unglücklichsten aller Menschen sein – dies liegt in Ihrer Macht!«

Sie wollte etwas sagen, aber er fiel ihr ins Wort.

»Ich bitte ja nur um eins, ich bitte ja nur um das Recht, hoffen zu dürfen, leiden zu dürfen, wie jetzt; aber wenn auch das unmöglich ist, so gebieten Sie mir, zu verschwinden, und es soll geschehen. Sie sollen mich nicht mehr sehen, wenn meine Gegenwart Ihnen lästig ist.«

»Ich will Sie nicht forttreiben.«

»Ändern Sie nichts; lassen Sie nur alles so, wie es ist« –, sagte er mit bebender Stimme. – »Da ist Ihr Gatte.«

In der Tat trat in diesem Augenblick Alexej Alexandrowitsch mit seinem ruhigen, plumpen Gang in das Empfangszimmer. Nachdem er einen Blick auf seine Frau und Wronskij geworfen, ging er auf die Wirtin zu, setzte sich zu einer Tasse Tee und begann mit seiner bedächtigen, immer deutlich vernehmbaren Stimme in seinem gewohnten scherzhaften Tone zu reden, der immer so klang, als mache er sich über irgend jemand lustig.

»Ihr Rambouillet ist ja vollzählig versammelt«, sagte er, die ganze Gesellschaft überblickend, »die Grazien und die Musen.«

Aber Fürstin Betsy konnte diesen Ton, dieses »*sneering*«,

wie sie es nannte, nicht ausstehen, und so brachte sie ihn als verständige Wirtin sogleich auf ein ernstes Gespräch über die allgemeine Wehrpflicht. Alexej Alexandrowitsch ließ sich durch diesen Gegenstand sofort hinreißen und begann nun die neue Verordnung gegen Fürstin Betsy, die sie angriff, ernsthaft in Schutz zu nehmen.

Wronskij und Anna blieben an dem kleinen Tische sitzen.

»Das fängt an, unpassend zu werden«, flüsterte eine Dame und wies mit den Augen auf Wronskij, Anna Karenina und ihren Mann.

»Was habe ich Ihnen gesagt?« erwiderte Annas Freundin.

Aber nicht nur diese Damen, fast alle Anwesenden, sogar Fürstin Mjachkaja und Betsy selbst, blickten zu wiederholten Malen auf die beiden, die sich aus dem allgemeinen Kreis entfernt hatten, als ob er sie störe. Nur Alexej Alexandrowitsch sah kein einziges Mal nach jener Seite und ließ sich von dem begonnenen interessanten Gespräch nicht ablenken.

Als sie den unangenehmen Eindruck bemerkte, den dieses auffällige Benehmen bei den anderen hervorgerufen hatte, schob Fürstin Betsy als Zuhörerin für Alexej Alexandrowitsch eine andere Person an ihre Stelle und trat zu Anna.

»Ich staune immer über die Klarheit und Genauigkeit in der Ausdrucksweise Ihres Mannes«, sagte sie. »Selbst ganz transzendentale Begriffe werden mir verständlich, wenn er spricht.«

»O ja!« erwiderte Anna mit glückstrahlendem Lächeln, obwohl sie kein Wort von dem verstanden hatte, was Betsy zu ihr gesagt hatte. Dann trat sie zu dem großen Tisch hinüber und beteiligte sich an der allgemeinen Unterhaltung.

Alexej Alexandrowitsch verweilte noch eine halbe Stunde, trat dann zu seiner Frau und schlug ihr vor, mit ihm zusammen nach Hause zu fahren; sie aber antwortete, ohne ihn anzusehen, sie würde zum Abendessen dableiben. Alexej Alexandrowitsch verabschiedete sich und ging.

Annas Kutscher, der alte dicke Tartar im glanzledernen Anzug, hielt mit Mühe den frierenden linken Grauschimmel des Gespannes zurück, der sich vor der Anfahrt bäumte. Der Diener hatte die Wagentür geöffnet und stand wartend da.

Der Schweizer hielt die Außentür offen. Anna Arkadjewna machte mit ihrer kleinen, flinken Hand die Spitze des Ärmels von einem Haken ihres Pelzes los und lauschte entzückt mit vorgeneigtem Kopfe den Worten Wronskijs, der sie hinausbegleitete.

»Sie haben zwar nichts gesagt, es ist wahr; und ich verlange auch nichts«, sagte er, »aber sie wissen, daß ich keine Freundschaft haben will; daß nur ein Glück im Leben für mich möglich ist, jenes Wort, das Sie so sehr verwerfen ... ja, die Liebe ...«

»Liebe ...« wiederholte sie langsam mit einer Stimme, die aus ihrem Innersten zu kommen schien, und fügte plötzlich in dem Augenblick, da sie die Spitzen losmachte, hinzu: »Ich liebe dieses Wort deshalb nicht, weil es für mich zu viel bedeutet, viel mehr, als Sie begreifen können –«, und sie blickte ihm ins Gesicht. »Auf Wiedersehen!«

Sie reichte ihm die Hand und mit schnellem, elastischem Schritt ging sie an dem Schweizer vorbei und verschwand im Wagen.

Ihr Blick, die Berührung ihrer Hand versengten ihn. Er küßte seine Handfläche an der Stelle, die sie berührt hatte, und fuhr nach Hause in dem beglückenden Bewußtsein, daß der heutige Abend ihn seinem Ziele näher gerückt hatte, als die ganzen zwei letzten Monate.

8

Alexej Alexandrowitsch hatte nichts Auffälliges oder Unpassendes darin gefunden, daß seine Frau mit Wronskij an einem besonderen Tische gesessen und über irgend etwas in angeregter Weise gesprochen hatte; aber es war ihm nicht entgangen, daß dies den anderen Besuchern im Zimmer sonderbar und unpassend erschienen war, und darum erschien es auch ihm so. Er kam daher zu dem Entschluß, daß er mit seiner Frau darüber sprechen müsse.

Nachdem Alexej Alexandrowitsch nach Hause zurückgekehrt war, begab er sich seiner Gewohnheit gemäß in sein Arbeitszimmer und nahm in seinem Sessel Platz. Er öffnete an der durch ein eingelegtes Falzbein bezeichneten Stelle ein Buch über den Papismus und las bis ein Uhr, wie er dies gewöhnlich zu tun pflegte; von Zeit zu Zeit nur wischte er sich die hohe Stirn und schüttelte den Kopf, als ob er etwas fortscheuchen wolle. Zur gewohnten Stunde erhob er sich und machte seine Nachttoilette. Anna Arkadjewna war noch nicht zurückgekehrt. Mit dem Buch unter dem Arm ging er in das obere Stockwerk hinauf; aber am heutigen Abend beschäftigte er sich im Geiste nicht, wie es seine Gewohnheit war, mit Betrachtungen und Entwürfen, die auf seine amtliche Tätigkeit Bezug hatten, sondern seine Gedanken waren von seiner Frau und irgend etwas Unangenehmem, was mit ihr im Zusammenhang stand, in Anspruch genommen. Entgegen seiner Gewohnheit legte er sich nicht zu Bett, sondern begann, die ineinander gehakten Hände auf dem Rücken, durch die Zimmer auf und ab zu schreiten. Er konnte sich nicht zu Bett legen, da er die Notwendigkeit fühlte, vorher sich über den neu aufgetauchten Umstand klar zu werden.

Als Alexej Alexandrowitsch mit sich selbst darüber ins reine gekommen war, daß er mit seiner Frau die Sache besprechen müsse, war ihm dies als etwas sehr Leichtes und Einfaches erschienen; aber jetzt, als er diesen neu aufgetauchten Umstand zu überdenken begann, erschien es ihm als etwas sehr Verwickeltes und Schwieriges.

Alexej Alexandrowitsch war nicht eifersüchtiger Natur. Seiner Meinung nach war Eifersucht etwas Verletzendes für die Gattin, und ein Mann mußte zu seiner Frau Vertrauen haben. Weshalb er Vertrauen haben müsse, das heißt, die vollkommene Überzeugung, daß seine junge Frau ihn immer lieben würde, diese Frage hatte er sich nie vorgelegt; aber er hatte nie Mißtrauen empfunden, weil er eben Vertrauen hegte und sich selber sagte, daß es so sein müsse. Jetzt freilich war zwar seine Überzeugung, daß die Eifersucht ein beschämendes Gefühl sei und der Mann Vertrauen haben müsse, durchaus nicht erschüttert; aber er fühlte doch, daß er einem unlogischen und sinnlosen Etwas Aug in Auge gegenüberstehe und wußte nicht, was er tun solle. Alexej Alexandrowitsch fand sich jetzt Aug in Auge dem Leben gegenüber, der Möglichkeit, daß seine Frau einen andern außer ihn liebe, und dies erschien ihm sehr unlogisch und sinnlos, eben weil es das wirkliche Leben war. Das ganze Leben hatte sich für Alexej Alexandrowitsch in Beamtenkreisen und im Dienste seiner amtlichen Interessen abgespielt, in denen ja nur das Spiegelbild des Lebens zum Ausdruck kam. Und immer, wenn er mit dem wirklichen Leben zusammengestoßen war, war er ihm ausgewichen. Jetzt aber überkam ihn ein Gefühl, ähnlich dem, das einen Menschen ergreifen müßte, der ruhig auf einer Brücke über einen Abgrund geht und plötzlich sieht, daß diese Brücke abgeschnitten ist und ein Schlund sich vor ihm auftut. Dieser Schlund war – das Leben selbst, jene Brücke – das künstliche Leben, das Alexej Alexandrowitsch bis jetzt gelebt hatte. Zum erstenmale stiegen in ihm Fragen über die Möglichkeit auf, daß seine Frau einem andern Liebe zuwenden könne, und er entsetzte sich davor.

Ohne sich auszukleiden, ging er mit seinem gleichmäßigen Schritt hin und her; über den hallenden Parkettboden des durch eine Lampe erleuchteten Eßzimmers, über den Teppich des dunklen Empfangszimmers, wo das Licht nur von seinem großen, unlängst angefertigten Porträt, das über dem Sofa hing, zurückstrahlte, nahm er den Weg in das Zimmer seiner Frau, wo zwei Kerzen brannten, welche die Bilder ihrer Verwandten und Freundinnen und die hübschen, ihm längst vertrauten Kleinigkeiten auf ihrem Schreibtisch beleuchteten. Er durchschritt ihr Zimmer, ging bis zur Tür des Schlafgemachs und kehrte dann wieder um.

Bei jeder Wiederholung dieser Wanderung und am häufigsten auf dem Parkett des erhellten Eßzimmers blieb er stehen und sprach zu sich selbst: »Ja, es ist unbedingt nötig, eine Entscheidung zu treffen und ein Ende zu machen; ich muß ihr sagen, was ich darüber denke und was ich beschlossen habe.«

Und er kehrte um und machte denselben Weg zurück. »Aber wie soll ich es ihr sagen? Was habe ich denn beschlossen?« fragte er sich im Empfangszimmer und fand keine Antwort darauf. »Ja«, fragte er sich, bevor er abermals kehrt machte, um den Rückweg nach ihrem Zimmer anzutreten, »aber was ist denn eigentlich geschehen? Gar nichts. Sie hat lange mit ihm gesprochen. Was tut das? Was kann nicht alles eine Frau in Gesellschaft mit irgend jemandem zu sprechen haben? Und dann eifersüchtig sein, heißt sich selbst und sie erniedrigen«, sprach er, während er Annas Zimmer betrat. Aber diese Erwägung, der er früher eine solche Wichtigkeit beizumessen pflegte, war jetzt von gar keinem Gewicht und keiner Bedeutung mehr. Und vor der Schlafzimmertür angelangt, kehrte er wieder um und ging in den Saal zurück; doch kaum hatte er das dunkle Empfangszimmer wieder erreicht, so flüsterte ihm eine geheime Stimme wieder zu, daß dem doch nicht so sei und doch wohl etwas an der Sache sein müsse, da auch andere es bemerkt hätten. Und abermals wiederholte er sich im Eßzimmer: »Ja, es ist unbedingt nötig, eine Entscheidung zu treffen und ein Ende zu machen und ihr zu sagen, was ich darüber denke.« Und im Empfangszimmer fragte er sich wieder, bevor er kehrt machte: »Was soll ich beschließen?« Und dann fragte er sich wieder, was geschehen solle. Und er gab sich zur Antwort: nichts, und dann erinnerte er sich wieder daran, daß die Eifersucht ein Gefühl sei, durch das man seine Frau herabwürdige; und im Empfangszimmer kam er dann wieder zu der Überzeugung, daß doch irgend etwas vorgefallen sein müsse. Seine Gedanken bewegten sich wie sein Körper im Kreise herum, und stießen nirgends auf das geringste Neue. Schließlich kam ihm dies zum Bewußtsein; er rieb sich die Stirn und nahm in Annas Arbeitszimmer Platz.

Sein Blick fiel auf ihren Tisch mit dem daraufliegenden Malachitschreibgerät und einem angefangenen Briefe, und plötzlich nahmen seine Gedanken eine andere Richtung. Er begann an sie selbst zu denken; daran, welcher Art wohl ihre eigenen Gedanken und Gefühle wären. Zuerst stellte er sich lebhaft ihr persönliches Leben, ihr Denken und Wünschen vor, und der Gedanke, daß sie ein eigenes, besonderes Leben haben könne und müsse, erschien ihm so furchtbar, daß er ihn hastig zu verscheuchen suchte. Das war eben jener Abgrund, in den zu blicken er sich nicht getraute. Sich in die Gedanken- und Gefühlswelt eines anderen Wesens zu versetzen, war eine seelische Tätigkeit, die Alexej Alexandrowitsch völlig fremd war. Er hielt diese seelische Tätigkeit für schädliche und gefährliche Phantasterei.

»Und das Schrecklichste von allem ist«, dachte er, »daß gerade jetzt, wo mein Werk (er dachte an das Projekt, das er im Begriffe war durchzuführen) sich seinem Abschluß nähert, wo ich völlige Ruhe und alle meine Seelenkräfte nötig habe, daß gerade jetzt diese sinnlose Unruhe über mich kommt. Aber was soll ich tun? Ich gehöre nicht zu den Menschen, die Unruhe und Sorge ertragen und nicht die Kraft haben, ihnen ins Auge zu blicken.«

»– Ich muß mir die Sache reichlich überlegen, muß zu einem Entschluß kommen und mich davon befreien«, sprach er plötzlich laut.

»Es ist nicht meine Sache, ihrem Gefühl, dem, was in ihrer Seele vorgeht und vorgehen kann, nachzuforschen; dies ist Sache ihres Gewissens und der Religion«, sprach er zu sich und fühlte eine Erleichterung bei der Erkenntnis, daß er nun eine Gesetzes-Rubrik gefunden habe, in die er diese Angelegenheit einordnen konnte.

»Folglich«, sprach Alexej Alexandrowitsch zu sich selbst, »sind die Fragen, bei denen es sich um ihre Gefühle und was dergleichen mehr ist, handelt, Fragen, die ihr eigenes Gewissen betreffen; ihr Gewissen aber geht mich nichts an. So liegt denn meine Verpflichtung klar vor mir. Als Haupt der Familie bin ich es, der zu ihrer Leitung verpflichtet ist und ich trage daher einen Teil der Verantwortung; es ist meine Pflicht, auf die Gefahr, die ich sehe, hinzuweisen, zu warnen und nötigenfalls sogar Gewalt anzuwenden. Es ist meine Pflicht, ihr alles zu sagen.«

Und in Alexej Alexandrowitschs Kopfe ordnete sich jetzt alles klar, was er seiner Frau sagen würde. Während er überlegte, in welcher Weise er es ihr sagen wolle, bedauerte er zugleich, daß er seine Zeit und die Kräfte seines Geistes so unbemerkt von andern, gleichsam für den Hausgebrauch, verschwenden müsse; aber dessen ungeachtet entwickelte er in seinem Kopfe mit der Klarheit und Genauigkeit eines offiziellen Vortrages die äußere Form und die gedankliche Folgerichtigkeit der Rede, die er ihr halten wollte. »Ich muß also folgende Punkte berühren und ihr auseinandersetzen: erstens, die Bedeutung der gesellschaftlichen Meinung und des gesellschaftlichen Anstandes; zweitens, die religiöse Bedeutung der Ehe; drittens muß ich, wenn es nötig sein sollte, auf das möglicherweise für unsern Sohn entstehende Unglück, und viertens auf ihr eigenes Unglück hinweisen.« Und dabei legte Alexej Alexandrowitsch die Finger ineinander, die Handflächen nach unten, und ließ sie in den Gelenken knacken.

Diese Bewegung – die Hände ineinander zu legen und mit den Fingern zu knacken – war eine üble Angewohnheit; aber sie beruhigte ihn immer und brachte ihn stets ins Gleichgewicht, und das war es gerade, was jetzt für ihn besonders nötig war. An der Freitreppe ertönte das Geräusch eines vorfahrenden Wagens. Alexej Alexandrowitsch blieb mitten im Saale stehen.

Weibliche Schritte kamen die Treppe herauf. Alexej Alexandrowitsch stand da zu seiner Rede bereit, zog an seinen ineinander gelegten Fingern und wartete, ob nicht noch einer knacken würde. Ein Gelenk knackte noch.

Bei dem Geräusch der leichten Schritte auf der Treppe fühlte er bereits ihre Nähe, und obgleich er mit seiner Rede zufrieden war, wurde ihm vor der bevorstehenden Auseinandersetzung doch bange.

9

Anna trat gesenkten Hauptes und mit den Quasten ihres Baschliks spielend ein. Ihr Gesicht strahlte in hellem Glanz; aber dieser Glanz war kein freudiger – er erinnerte an den furchtbaren Schein einer Feuersbrunst mitten in dunkler Nacht. Als sie den Gatten erblickte, erhob Anna den Kopf und lächelte ihm, wie aus dem Schlafe erwachend, zu.

»Du bist noch nicht zu Bett? Welch ein Wunder!« sagte sie, warf den Baschlik ab und ging, ohne sich aufzuhalten, in ihr Ankleidezimmer weiter. »Es ist Zeit, Alexej Alexandrowitsch«, sagte sie hinter der Tür.

»Anna, ich habe mit dir zu sprechen!«

»Mit mir?« sagte sie erstaunt, trat wieder aus der Tür und blickte ihn an. »Was ist es denn? Um was handelt es sich?« fragte sie und setzte sich. »Dann wollen wir also sprechen, wenn es so nötig ist. Aber schlafen wäre besser.«

Anna sagte, was ihr gerade auf die Zunge kam und wunderte sich selbst, während sie auf ihre eigenen Worte hörte, über ihre Verstellungskunst. Wie einfach, wie natürlich waren ihre Worte und wie glaubhaft war es, daß sie wirklich schlafen wollte! Sie fühlte sich in einen undurchdringlichen Panzer der Lüge gekleidet. Sie fühlte, daß eine unsichtbare Kraft ihr zur Seite stand und sie aufrecht erhielt.

»Anna, ich muß dich warnen«, sagte er.

»Warnen?« entgegnete sie. »Wovor?«

Sie sah so ungezwungen, so heiter drein, daß keiner, der sie nicht so genau kannte, wie ihr Gatte, in ihr etwas Unnatürliches bemerkt hätte, weder im Klang ihrer Stimme, noch im Sinn ihrer Worte. Aber für ihn, der sie so genau kannte, der wußte, wie ihr nie etwas entging, was ihn betraf, der wußte, daß sie ihn stets nach der Ursache fragte, wenn er sich einmal fünf Minuten später zur Ruhe begab; für ihn, der wußte, daß sie jede ihrer Freuden, ihre Fröhlichkeit, ihren Kummer sofort mit ihm teilte; für ihn war jetzt die Tatsache, daß sie seinen Zustand nicht bemerken wollte, daß sie kein Wort über sich selber sagen wollte von vielsagender Bedeutung. Er sah, daß die Tiefen ihrer Seele, die bisher immer offen vor ihm gelegen hatten, jetzt für ihn verschlossen waren. Aber noch mehr, an ihrem Tone erkannte er, daß sie darüber auch gar nicht in Verwirrung geriet, sondern ihm gewissermaßen gerade heraus sagte: ja, mein Inneres ist für dich verschlossen und das soll so sein und wird fortan so sein. Jetzt hatte er ein Gefühl, wie jemand, der nach Hause zurückkehrt und sein Haus plötzlich verschlossen findet. »Aber vielleicht läßt sich noch ein Schlüssel finden«, dachte Alexej Alexandrowitsch.

»Ich will dich davor warnen«, sagte er mit leiser Stimme, »aus Unbedacht und Leichtsinn der Welt Gelegenheit zu geben, über dich zu reden. Deine heutige allzu lebhafte Unterhaltung mit dem Grafen Wronskij (er sprach diesen Namen fest und mit ruhiger Betonung aus) hat die allgemeine Aufmerksamkeit auf sich gelenkt.«

Er sagte diese Worte und blickte dabei auf ihre lachenden, in ihrer Undurchdringlichkeit für ihn jetzt so schrecklichen Augen und fühlte, noch während er sprach, die ganze Nutzlosigkeit und Vergeblichkeit seiner Worte.

»So bist du immer«, antwortete sie, als ob sie ihn ganz und gar nicht verstünde, und griff aus allem, was er gesagt hatte, mit Vorbedacht nur das letzte heraus. »Einmal ist es dir nicht recht, wenn ich trübselig bin, und dann ist es dir wieder unangenehm, wenn ich lustig bin. Ich habe mich nicht gelangweilt. Kränkt dich das?«

Alexej Alexandrowitsch erbebte und bog die Hände ein, um mit den Fingern zu knacken.

»Ach bitte, knacke nicht, ich kann das nicht leiden«, sagte sie.

»Anna, bist du das?« versetzte Alexej Alexandrowitsch leise, indem er mit Mühe die gewohnte Bewegung der Finger unterdrückte.

»Was ist denn eigentlich geschehen?« fragte sie mit aufrichtiger und scherzhafter Verwunderung. »Was willst du nur von mir?«

Alexej Alexandrowitsch schwieg eine Weile und rieb sich mit der Hand Stirn und Augen. Er sah, daß er statt das zu tun, was er beabsichtigt hatte, nämlich seine Frau vor einem Mißgriff in den Augen der Welt zu warnen, sich unwillkürlich über etwas aufregte, was einzig und allein ihr Gewissen anging und daß er gleichsam gegen eine Mauer kämpfte, die nur in seiner Einbildung bestand.

»Ich hatte mir vorgenommen, dir folgendes zu sagen«, fuhr er dann kühl und ruhig fort, »und ich bitte dich, mich anzuhören. Wie du weißt, sehe ich in der Eifersucht ein beleidigendes und erniedrigendes Gefühl und werde mich niemals von diesem Gefühl leiten lassen; aber es gibt gewisse Gesetze des Anstandes, die man ungestraft nicht übertreten darf. Heute habe nicht sowohl ich bemerkt, als, nach dem Eindruck zu urteilen, den es auf die Gesellschaft gemacht hat, vielmehr alle, daß du dich nicht ganz so benommen und verhalten hast, wie es wünschenswert gewesen wäre.«

»Ich verstehe wirklich kein Wort«, sagte Anna und zuckte die Achseln. »Ihm persönlich ist es ganz gleich«, dachte sie, »aber der Gesellschaft ist es aufgefallen und das beunruhigt ihn.« – »Du bist nicht ganz wohl, Alexej Alexandrowitsch«, fügte sie laut hinzu, erhob sich und wandte sich zur Tür; aber er machte eine Bewegung nach vorwärts, als wolle er sie zurückhalten.

Sein Gesicht war so unschön und finster, wie Anna es noch nie gesehen hatte. Sie blieb stehen, bog den Kopf in seitlicher Haltung zurück und begann mit ihren flinken Fingern die Nadeln aus dem Haar zu ziehen.

»Nun, ich bin bereit zu hören, was da kommen soll«, sagte sie in ruhigem und spöttischem Tone. »Ich will sogar mit Interesse zuhören, weil ich gern begreifen möchte, um was es sich handelt.«

Sie staunte selbst über den ungezwungen ruhigen und sicheren Ton, in dem sie sprach und über die Wahl der Worte, die sie gebrauchte.

»In alle Einzelheiten deiner Gefühle einzudringen, habe ich kein Recht und halte dies im allgemeinen für unnütz und sogar für schädlich«, begann Alexej Alexandrowitsch. »Wenn wir in unserer Seele wühlen, so wühlen wir bisweilen das hervor, was dort unbemerkt liegen geblieben wäre. Deine Gefühle sind Sache deines Gewissens; aber ich bin dir gegenüber, mir selbst gegenüber und auch vor Gott verpflichtet, dich auf deine Pflichten hinzuweisen. Unser Leben ist nicht durch die Menschen zusammengefügt worden, sondern durch Gott. Dieses Band kann nur durch ein Verbrechen zerrissen werden, und ein solches Verbrechen zieht seine Strafe nach sich.«

»Ich verstehe kein Wort. Ach, mein Gott, und zum Unglück bin ich so furchtbar schläfrig!« sagte sie, während sie mit der

Hand rasch in den Haaren wühlte und die übrigen Haarnadeln heraussuchte.

»Anna, um Gottes willen, sprich nicht so!« entgegnete er sanft. »Es ist ja möglich, daß ich mich irre; aber glaube mir, was ich sage, das sage ich ebenso sehr zu meinem wie zu deinem Wohl. Ich bin ja dein Gatte und ich liebe dich.«

Einen Augenblick lang senkte sie den Kopf und der spöttische Glanz in ihrem Auge erlosch; aber die Worte: »Ich liebe dich!« brachten sie wieder gegen ihn auf. Sie dachte: »Er liebt mich? Als ob er lieben könnte? Wenn er nicht gehört hätte, daß es etwas wie Liebe gibt, so würde er dieses Wort überhaupt niemals gebrauchen. Er weiß nicht einmal, was Liebe ist.«

»Alexej Alexandrowitsch, ich versichere dich, ich begreife nicht, was du willst«, sagte sie. »Erkläre mir deutlicher, wovon du meinst, daß es …«

»Verzeih, laß mich ausreden. Ich liebe dich. Aber ich spreche nicht von mir. Wer hier vor allem in Betracht kommt, das – bist du und unser Sohn. Es ist leicht möglich, ich wiederhole es, daß dir meine Worte vollkommen überflüssig und unangebracht scheinen; es kann sein, daß sie auf einem Irrtum meinerseits beruhen. In diesem Falle bitte ich dich um Entschuldigung. Aber wenn du selbst fühlst, daß sie auch nur die geringste Begründung haben, so bitte ich dich, zu bedenken – wenn dein Herz es dir sagt, mir zu entdecken …«

Alexej Alexandrowitsch merkte es selbst nicht, daß er ganz etwas anderes sagte, als das, worauf er sich vorbereitet hatte.

»Ich habe nichts zu sagen. Ja, und …« fügte sie plötzlich rasch hinzu, indem sie mit Mühe ein Lächeln unterdrückte: »Es ist wirklich Zeit, schlafen zu gehen.«

Alexej Alexandrowitsch stieß einen Seufzer aus und begab sich, ohne ein weiteres Wort zu sagen, ins Schlafzimmer.

Als sie ins Schlafzimmer kam, hatte er sich bereits zu Bett gelegt. Seine Lippen waren mit strengem Ausdruck zusammengepreßt und seine Augen waren nicht auf sie gerichtet. Anna suchte ihr Lager auf und wartete jeden Augenblick, daß er sie noch einmal anreden würde. Sie fürchtete dies und wünschte es doch zugleich. Aber er schwieg. Lange wartete sie unbeweglich und hatte ihn bereits vergessen. Sie dachte an den andern, sie sah ihn und sie fühlte, wie ihr Herz bei diesem Gedanken in Erregung geriet und von Freude erfüllt wurde.

Plötzlich hörte sie ein regelmäßiges und ruhiges Pfeifen durch die Nase. Im ersten Augenblick schien Alexej Alexandrowitsch vor seinem eigenen Pfiff zu erschrecken und er hielt inne; aber nach zwei Atemzügen erklang das Gepfeife abermals mit neuer, ruhiger Regelmäßigkeit.

»Es ist spät, es ist schon spät«, flüsterte sie mit einem Lächeln. Sie lag lange unbeweglich da mit geöffneten Augen, deren Glanz sie selber in der Dunkelheit zu sehen glaubte.

10

Von diesem Tage an begann ein neues Leben für Alexej Alexandrowitsch und seine Frau. Es hatte sich nichts Besonderes zugetragen. Anna fuhr fort wie bisher Gesellschaften zu besuchen, verkehrte besonders häufig bei der Fürstin Betsy und traf überall Wronskij. Alexej Alexandrowitsch sah dies wohl, konnte aber nichts dagegen tun. Allen seinen Versuchen, sie zu einer Erklärung zu veranlassen, stellte sie jene undurchdringliche Mauer lächelnder Verständnislosigkeit entgegen. Nach außen hin war alles beim alten geblieben; aber innerlich hatten sich ihre Beziehungen von Grund aus geändert. Alexej Alexandrowitsch, dieser in Regierungsangelegenheiten so mächtige Mann, fühlte sich hier machtlos. Wie ein Stier harrte er mit ergeben gesenktem Haupte der Axt, die – das fühlte er – schon über ihm erhoben war. Jedesmal, wenn er darüber nachzudenken begann, empfand er die Notwendigkeit, noch einmal alles zu versuchen; er fühlte, daß er noch hoffen könne, sie durch Güte, durch Zärtlichkeit, durch Überredung zu retten, sie zur Besinnung zu bringen; und jeden Tag nahm er sich vor, mit ihr zu sprechen. Aber jedesmal, wenn er wirklich mit ihr zu sprechen begann, überkam ihn das Gefühl, daß derselbe Geist des Bösen und des Truges, der sie beherrschte, sich auch seiner bemächtigte, und er sagte ihr durchaus nicht das, was er vorgehabt hatte, und traf auch nicht den Ton, in dem er hatte sprechen wollen. Er sprach mit ihr unwillkürlich in seiner gewohnten spöttischen Weise, als wolle er sich über denjenigen lustig machen, der so sprechen würde. Und in diesem Tone war es unmöglich, ihr das zu sagen, was er ihr zu sagen hatte.

11

Was fast ein ganzes Jahr hindurch für Wronskij den einzigen Wunsch seines Lebens ausgemacht hatte, der an Stelle all seiner früheren Wünsche getreten war; was Anna als ein unmöglicher, schreckensvoller und doch zauberhafter Traum des Glücks erschienen war, dieser Wunsch war in Erfüllung gegangen. Bleich, mit bebendem Unterkiefer, neigte er sich über sie und flehte sie an, sich zu beruhigen, ohne selbst zu wissen, worüber und wie sie sich beruhigen solle.

»Anna, Anna!« sprach er mit bebender Stimme. »Anna, um Gottes willen! ...«

Aber je lauter er sprach, desto tiefer senkte sie ihr einstmals so stolzes, frohes, jetzt schamgebeugtes Haupt; sie krümmte sich mehr und mehr zusammen und schien vom Sofa, auf dem sie saß, auf den Boden zu seinen Füßen zu gleiten; sie wäre auf den Teppich gefallen, wenn er sie nicht gehalten hätte.

»Mein Gott! Vergib mir!« schluchzte sie, indem sie seine Hand gegen ihre Brust drückte.

Sie fühlte sich so schuldbeladen und sündhaft, daß ihr nur das eine übrig blieb, sich zu demütigen und um Vergebung zu bitten; aber in ihrem Leben hatte sie jetzt niemanden mehr als ihn, und so richtete sie ihre Bitte um Vergebung nur an ihn. Während sie ihn ansah, fühlte sie sich körperlich von ihrer Erniedrigung durchdrungen und vermochte nicht weiter zu sprechen. Und er hatte die Empfindung, die ein Mörder haben muß, wenn er den Körper, den er des Lebens beraubt hat, vor sich sieht. Dieser Körper, den er des Lebens beraubt hatte, war ihre Liebe, die erste Zeit ihrer Liebe. Es lag etwas Fürchterliches und Abscheuliches in der Erinnerung an das, wofür dieser entsetzliche Preis der Schande bezahlt worden war. Die Scham vor ihrer seelischen Nacktheit erstickte sie und teilte sich ihm mit. Aber trotz alles Entsetzens, das den Mörder vor dem Leichnam des Gemordeten erfaßt, muß er diesen Körper in Stücke schneiden und verbergen, muß er Vorteil ziehen aus dem, was er durch den Mord gewonnen hat.

Und mit Erbitterung, wie von einer Leidenschaft hingerissen, fällt der Mörder über den Körper her und zerrt ihn fort und zerstückelt ihn; so bedeckte auch Wronskij jetzt ihr Gesicht und ihre Schultern mit Küssen. Sie hielt seine Hand fest und rührte sich nicht. »Ja, diese Küsse – das ist das, was um den Preis dieser Schande gekauft worden ist. Ja, und diese Hand, die von jetzt an für immer nur mir gehören wird – das ist die Hand meines Mitschuldigen.« Sie zog diese Hand zu sich empor und küßte sie. Er ließ sich auf die Knie vor ihr nieder und wollte ihr ins Gesicht blicken, aber sie verbarg es und sprach kein Wort. Endlich erhob sie sich wie mit äußerster Kraftanstrengung und stieß ihn zurück. Ihr Gesicht war noch ebenso schön wie früher, aber um so jammervoller sah sie aus.

»Alles ist zu Ende«, sagte sie. »Ich habe niemanden mehr außer dir. Denke stets daran!«

»Wie sollte ich nicht stets an das denken, was mein Leben ausmacht. Für einen Augenblick dieses Glückes …«

»Welch eines Glückes!« wiederholte sie mit Ekel und Entsetzen, und ihr Entsetzen teilte sich ihm unwillkürlich mit. »Um Gottes willen, kein Wort, kein Wort mehr!«

Sie stand rasch auf und machte sich von ihm los.

»Kein Wort mehr«, wiederholte sie, und mit einem seltsamen Ausdruck kalter Verzweiflung im Gesicht verließ sie ihn. Sie fühlte, daß sie in diesem Augenblick mit Worten nicht auszudrücken vermochte, was sie empfand, das Gefühl der Scham, der Freude und des Schreckens vor diesem Eintritt in ein neues Leben, und sie wollte davon nicht sprechen, wollte dieses Gefühl, für das sie keinen vollkommenen Ausdruck fand, nicht durch nichtige Worte entweihen. Aber auch später und am folgenden und am dritten Tage fand sie nicht nur keine Worte, welche die ganze Mannigfaltigkeit jener Gefühle ausgedrückt hätten, sondern sie fand auch nicht einmal einen Gedanken, der es ihr ermöglicht haben würde, mit sich selber zu Rate zu gehen und zur Klarheit darüber zu gelangen, was in ihrer Seele vorging.

Sie sprach zu sich: »Nein, jetzt kann ich nicht daran denken; später, wenn ich ruhiger geworden bin.« Aber diese geistige Ruhe trat nie für sie ein; jedesmal, wenn sie sich in Gedanken zurückrief, was sie getan und was aus ihr werden solle und was sie nun zu tun habe, wurde sie von Entsetzen erfaßt und verscheuchte diese Gedanken.

»Später, später«, sagte sie, »wenn ich ruhiger geworden bin!«

Dafür aber erschien ihr im Traume, wenn sie keine Gewalt über ihre Gedanken hatte, ihre Lage in ihrer ganzen grauenhaften Nacktheit. Ein Traum suchte sie fast jede Nacht heim. Ihr träumte, daß beide Männer zu gleicher Zeit ihre Gatten wären, daß beide ihre Liebkosungen an sie verschwendeten. Alexej Alexandrowitsch weinte, küßte ihre Hände und sagte: wie schön ist es jetzt! Und Alexej Wronskij war auch da und er war gleichfalls ihr Mann. Und sie wunderte sich darüber, daß ihr dies früher ganz unmöglich erschienen war und erklärte ihnen lachend, daß es so viel einfacher sei und daß sie beide jetzt zufrieden und glücklich seien. Aber dieser Traum lastete jedesmal wie ein Alpdruck auf ihr und sie erwachte vor Entsetzen.

12

In der ersten Zeit nach seiner Rückkehr aus Moskau sagte sich Ljewin jedesmal, wenn er bei der Erinnerung an die Schmach der Abweisung, die er erfahren hatte, zusammenzuckte und errötete: »Ebenso errötete und zitterte ich und hielt alles für verloren, wenn ich in der Physik einmal eine schlechte Note erhielt und im zweiten Kursus zurückblieb; ebenso hielt ich mich für verloren, als ich einmal in Angelegenheiten meiner Schwester die Sache völlig verfahren hatte. Und was weiter? – Jetzt, nachdem Jahre vergangen sind, denke ich daran und wundere mich, wie mich diese Dinge so tief kränken konnten. Ganz so wird es auch mit diesem Kummer sein. Die Zeit wird vergehen und ich werde gleichgültig dagegen werden.«

Aber es vergingen drei Monate, ohne daß er dagegen gleichgültig geworden wäre, und die Erinnerung tat ihm noch ganz so weh, wie in den ersten Tagen. Er konnte sich nicht beruhigen, weil er zu lange von einem Familienleben geträumt, sich so reif dafür gefühlt hatte und nun dennoch nicht verheiratet und weiter als jemals von der Ehe entfernt war. Er empfand es schmerzlich, wie es auch seine ganze Umgebung empfand, daß es in seinen Jahren für einen Mann nicht gut sei, allein zu sein. Er erinnerte sich jetzt, wie er vor seiner Abreise nach Moskau einmal zu seinem Viehknecht Nikolaj, einem treuherzigen Bauern, mit dem er manchmal gern plauderte, gesagt hatte: »Hör' mal, Nikolaj, ich will heiraten!« Und wie Nikolaj eifrig zur Antwort gab, als handelte es sich um eine Sache, bei der kein Zweifel möglich sei: »Es wäre schon längst Zeit gewesen, Konstantin Dmitritsch.« Aber die Ehe war für ihn jetzt in größere Ferne gerückt als jemals. Der Platz in seinem Herzen war eingenommen, und wenn er jetzt in seiner Phantasie auf diesen Platz irgendeins der ihm bekannten jungen Mädchen stellen wollte, so fühlte er, daß dies völlig unmöglich sei. Außerdem quälte ihn die schamvolle Erinnerung an seine Abweisung und an die Rolle, die er dabei gespielt hatte. Wie oft er sich auch sagte, daß ihn keine Schuld treffe, so ließ ihn die Erinnerung daran doch ebenso wie andere Erinnerungen, bei denen er sich gleichfalls beschämt fühlte, zusammenzucken und erröten. In seiner Vergangenheit gab es, wie bei jedem Menschen, Handlungen, die er als schlecht erkannt hatte und bei deren Erinnerung ihn sein Gewissen quälte; aber der Gedanke an diese schlechten Handlungen quälte ihn bei weitem nicht so sehr, wie diese nichtigen, aber beschämenden Erinnerungen. Diese Wunden vernarbten nie. Und zu diesen Erinnerungen gehörte jetzt auch – die abschlägige Antwort, die er sich geholt und die klägliche Verfassung, in der er an jenem Abend den andern erschienen sein mußte. Allein Zeit und Arbeit kamen schließlich zu ihrem Recht. Die Erinnerungen verschwanden immer mehr und mehr vor den geringfügigen, kaum merklichen, aber wichtigen Ereignissen des Landlebens. Mit jeder Woche dachte er weniger an Kitty. Er wartete mit Ungeduld auf die Nachricht, daß sie schon verheiratet sei oder doch in den nächsten Tagen heiraten werde, und hoffte, daß diese Nachricht ihn wie das Ausreißen eines kranken Zahnes von seiner Qual befreien würde.

Inzwischen war der Frühling gekommen, ein schöner, freundlicher Frühling ohne große Erwartungen und ohne Enttäuschungen, einer von jenen seltenen Lenzen, über die sich Pflanzen, Tiere und Menschen gemeinsam freuen. Dieser schöne Lenz trug noch mehr zu Ljewins Ermunterung bei und bestärkte ihn in dem Entschluß, mit der Vergangenheit abzuschließen, um sein einsames Leben sicher und unabhängig zu gestalten. Obgleich er gar viele von jenen Plänen, mit denen er auf sein Gut zurückgekehrt war, nicht ausgeführt hatte, so hatte er doch die Hauptsache, die Reinheit seines Lebens, streng eingehalten. Er brauchte jetzt nicht mehr jene Scham zu empfinden, die ihn gewöhnlich nach einem Sündenfalle gequält hatte, und er konnte den Menschen in die Augen sehen. Noch im Februar hatte er von Maria Nikolajewna einen Brief erhalten, aus dem er erfuhr, daß sich der Zustand seines Bruders Nikolaj verschlechtert habe, daß er aber von ärztlicher Behandlung nichts wissen wolle; infolge dieses Briefes reiste Ljewin nach Moskau zu seinem Bruder und es gelang ihm, diesen zu überreden, den Rat eines Arztes einzuholen und ein Bad im Auslande aufzusuchen. Es war ihm so gut gelungen, den Bruder zu überreden und ihn zur Annahme eines Geldvorschusses für die Reise zu bewegen, ohne ihn dadurch aufzubringen, daß er in dieser Beziehung mit sich zufrieden war. Außer der Wirtschaft, die im Frühjahr seine besondere Aufmerksamkeit erheischte, außer dem Lesen von Büchern hatte Ljewin in diesem Winter noch ein

Werk über Landwirtschaft begonnen, in dem er den Gedanken ausführen wollte, daß der Charakter des Arbeiters bei der Landwirtschaft ebenso als absolute gegebene Größe angenommen werden müsse, wie Klima und Bodenbeschaffenheit; folglich müßten alle Grundsätze der Wissenschaft von der Landwirtschaft nicht nur aus den gegebenen Größen der Bodenbeschaffenheit und des Klimas abgeleitet werden, sondern aus diesen Größen in Verbindung mit dem bekannten unveränderlichen Charakter des Arbeiters. So war denn ungeachtet seiner Vereinsamung oder gerade infolge dieser Vereinsamung sein Leben über die Maßen ausgefüllt; bisweilen nur empfand er den unbefriedigten Wunsch, die in ihm gärenden Gedanken noch mit jemand anderem als nur mit Agafja Michajlowna auszutauschen. Denn es geschah nicht selten, daß er sich mit ihr über Physik, landwirtschaftliche Theorien und ganz besonders über Philosophie unterhielt; die Philosophie war Agafja Michajlownas Lieblingsgegenstand.

Der Frühling hatte lange Zeit nicht kommen wollen. In den letzten Wochen der großen Fasten gab es klares Frostwetter. Tagsüber taute es wohl in der Sonne, nachts aber sank das Quecksilber bis auf sieben Grad; die Eisrinde auf dem Schnee war so stark, daß die Fuhren die Fahrwege nicht einzuhalten brauchten. Zu Ostern lag noch Schnee. Dann plötzlich, am zweiten Ostertage, begann ein warmer Wind zu wehen, Wolken zogen sich zusammen und drei Tage und drei Nächte lang strömte ein heftiger warmer Regen herab. Am Donnerstag legte sich der Wind, und ein dichter, grauer Nebel zog herauf, gleich als wollte er die geheimnisvollen Veränderungen verschleiern, die sich jetzt in der Natur vollzogen. Die Wassermassen strömten durch den Nebel, die Eisschollen barsten und setzten sich in Bewegung; in rascherem Laufe stürzten die trüben, schäumenden Bäche einher, und endlich, gerade am weißen Sonntag gegen Abend, riß der Nebel: die Wolken lösten sich in Lämmerwölkchen auf, der Himmel wurde klar, und der wirkliche Frühling hielt seinen Einzug. Die am Morgen aufgehende strahlende Sonne verzehrte schnell die dünne Eisschicht, mit der sich das Wasser über Nacht überzogen hatte, und die ganze warme Luft erzitterte von den sie erfüllenden Ausdünstungen der zu neuem Leben erwachten Erde. Das alte Gras begann zu grünen und das junge streckte seine zarten Spitzen heraus; die Knospen des Maßholders, der Johannisbeersträucher und der klebrigen, saftstrotzenden Birken schwollen auf, und auf den mit goldigem Licht übergossenen Zweigen schwirrten und summten die aus der Gefangenschaft befreiten Bienen. Unsichtbare Lerchen schmetterten ihr Lied über dem grünenden Samt der Wiesen und den noch mit Eis bedeckten Stoppelfeldern. Über den mit schwarzbraunem, noch nicht von der Erde aufgesogenem Wasser bedeckten Niederungen und Sümpfen ertönten die klagenden Laute der Kiebitze, und hoch oben flogen mit frühlingsfrohem Geschnatter die Kraniche und wilden Gänse dahin. Auf den Weideplätzen brüllte das Vieh, das die alten Haare verloren hatte und nur an einzelnen Stellen noch nicht durchgemausert war; krummbeinige Lämmchen hüpften um die blökenden Mutterschafe, die ihre Wolle verloren. Schnellfüßige Kinder liefen über die trocknenden Wege und ließen die Abdrücke ihrer bloßen Füße darauf zurück; am Teiche schnatterten die lustigen Stimmen der Weiber, die dort ihre Leinwand wuschen, und auf den Höfen hämmerten die Äxte der Bauern, die ihre Pflüge und Eggen in Ordnung brachten. Der wirkliche Frühling war gekommen.

13

Ljewin zog seine hohen Stiefel und zum erstenmal nicht seinen Pelz, sondern ein Tuchwams an und machte sich auf, um nach seiner Wirtschaft zu sehen; er schritt über kleine Bäche hinweg, die ihm durch ihr Funkeln im Sonnenlicht die Augen blendeten, wobei er mit jedem Schritte bald auf ein Eisrestchen, bald in den zähen Schlamm trat.

Der Frühling ist die Zeit der Pläne, der Vorsätze. Und wie der Baum im Frühling noch nicht weiß, wohin und wie seine jungen Triebe und Zweige sich ausbreiten werden, die jetzt noch in den saftgefüllten Knospen eingeschlossen sind, so wußte auch Ljewin, als er auf den Hof hinaustrat, selber noch nicht recht, was er in seiner geliebten Wirtschaft jetzt in Angriff nehmen würde; aber er fühlte, daß er voll der besten Pläne und Vorsätze für die Zukunft sei. Das erste, was er tat, war, daß er das Vieh aufsuchte. Die Kühe waren bereits in die Umzäunung hinausgelassen und verlangten brüllend ins Freie, während sie sich an der Sonne wärmten, die auf ihrem frisch behaarten, glatten Felle schimmerte. Ljewin weidete sich an dem Anblick der ihm bis in die kleinsten Einzelheiten wohlbekannten Kühe und befahl, sie ins Feld zu treiben und die Kälber in die Umzäunung hinauszulassen. Der Hirt lief fröhlich herbei, um das Vieh ins Feld zu treiben. Die Viehmägde rafften ihre Röcke zusammen, während sie mit den bloßen, weißen Füßen, die von der Sonne noch nicht gebräunt waren, im Schlamm herumpatschten; sie liefen mit dünnen Ruten hinter den brüllenden Kälbern her, die vor Freude über den Frühling übermütig geworden waren, und jagten sie auf den Hof hinaus.

Erfreut über den diesjährigen Zuwachs, der ungewöhnlich gut geraten war – die Frühkälber waren von der Größe einer Bauernkuh und Pawas drei Monate altes Kälbchen war an Wuchs den Jahreskälbern gleich – befahl Ljewin, ihnen einen Futtertrog herauszubringen und hinter die Raufen Heu zu stecken. Doch es stellte sich heraus, daß die im Herbst angefertigten Raufen in der Einzäunung, die im Winter nicht benutzt wurden, zerbrochen waren. Ljewin schickte zu dem Zimmermann, der es übernommen hatte, eine Dreschmaschine auszubessern. Da hieß es, der Zimmermann sei noch mit den Eggen beschäftigt, die schon zu Fastnacht* hätten ausgebessert sein sollen. Ljewin war darüber sehr aufgebracht. Es war zu ärgerlich, daß sich in der Wirtschaft immer und ewig diese Unordnung wiederholte, gegen die er seit so vielen Jahren mit aller Kraft angekämpft hatte. Die Raufen, die im Winter nicht gebraucht wurden, waren, wie er nun erfuhr, in den Stall der Arbeitspferde hinübergebracht und

---

* Erste Fastenwoche vor Ostern.

dort zerbrochen worden, da sie für die Kälber nur leicht zusammengenagelt waren. Außerdem stellte sich bei dieser Gelegenheit auch noch heraus, daß die Eggen und alle landwirtschaftlichen Geräte, die er noch im Winter zu untersuchen und auszubessern befohlen und zu welchem Zwecke er eigens drei Zimmerleute in Arbeit genommen hatte, nicht ausgebessert worden waren, und die Eggen trotz alledem erst jetzt ausgebessert wurden, wo es schon Zeit zum Eggen war. Ljewin ließ den Verwalter holen, machte sich aber gleich selbst auf, um ihn zu suchen. Der Verwalter kam glückstrahlend, wie alles an diesem Tage, in einem mit Lammfell besetzten kurzem Schafspelz von der Tenne her, während er zwischen den Fingern einen Strohhalm zusammenknickte.

»Warum ist der Zimmermann nicht bei der Dreschmaschine?«

»Ja, ich wollte es schon gestern melden: die Eggen mußten repariert werden. Es ist ja schon Pflügenszeit.«

»Und weshalb ist das nicht im Winter geschehen?«

»Wozu brauchen Sie denn eigentlich den Zimmermann?«

»Wo sind die Raufen vom Kälberhof?«

»Ich habe sie an Ort und Stelle bringen lassen. Was soll man mit diesem Volk anfangen!« sagte der Verwalter mit einer resignierten Handbewegung.

»Nicht mit dem Volke, sondern mit dem Verwalter!« rief Ljewin aufbrausend aus. »Ja, wozu halte ich Sie denn eigentlich?« Aber da er sich besann, daß damit ja nichts geholfen sei, hielt er mitten in seiner Rede inne und seufzte nur. »Nun, wie ist's, kann gesät werden?« fragte er nach einer kleinen Pause.

»Morgen oder übermorgen wird es hinter Turkin möglich sein.«

»Und der Klee?«

»Ich habe Wassilij mit Mischka hingeschickt; sie säen an verschiedenen Stellen. Nur weiß ich nicht, wie sie hinkommen werden, es ist sumpfig.«

»Auf wieviel Deßjätinen wird gesät?«

»Auf sechs.«

»Warum denn nicht auf allen?« rief Ljewin aus.

Daß der Klee nur auf sechs und nicht auf zwanzig Deßjätinen gesät wurde, das war noch viel ärgerlicher als alles andere. Die Kleesaat ging nach der Theorie sowohl als nach seiner eigenen Erfahrung nur dann gut auf, wenn das Säen so früh wie möglich, fast noch zur Schneezeit, geschah. Und niemals konnte Ljewin seine Leute dazu bringen, dies zu tun.

»Es fehlt an Leuten. Was soll ich mit diesem Volk anfangen? Drei von ihnen sind nicht gekommen. Nun ist auch Semjon ...«

»Nun, so hätten Sie einige Leute vom Stroh wegnehmen sollen.«

»Ja, ich habe ohnedies welche weggenommen.«

»Wo bleiben also alle die Leute?«

»Fünf machen Kompott (das sollte Kompost bedeuten), vier schaufeln den Hafer um; wenn er nur keinen Schaden genommen hat, Konstantin Dmitritsch.«

Ljewin wußte sehr gut, daß die Bemerkung: »wenn er nur keinen Schaden genommen hat« bedeutete, daß der englische Aussaathafer schon verdorben sei, weil man wieder seine Anordnung nicht ausgeführt hatte.

»Aber ich habe ja schon während der Fastenzeit davon gesprochen, ihr Klötze!« schrie er wieder.

»Seien Sie ohne Sorge, wir werden schon noch zur rechten Zeit fertig werden.«

Ljewin machte eine ärgerliche Handbewegung, ging in die Speicher, um den Hafer zu besichtigen und kehrte dann zum Pferdestall zurück. Der Hafer war noch nicht verdorben. Aber die Arbeiter schütteten ihn mit Schaufeln um, anstatt ihn sofort in die unteren Speicherräume hinunterzulassen, was sehr gut möglich gewesen wäre; nachdem er dies angeordnet und zwei der Arbeiter von hier weggenommen hatte, um sie bei der Kleesaat zu verwenden, legte sich Ljewins Ärger über den Verwalter. Und zudem war der Tag so schön, daß es unmöglich war, sich lange zu ärgern.

»Ignatij!« rief er dem Kutscher zu, der mit aufgekrempelten Ärmeln am Brunnen die Kalesche wusch. »Sattle mir ...«

»Welches Pferd befehlen Sie?«

»Nun, meinethalben den Kolpik.«

»Wie Sie befehlen.«

Während das Pferd gesattelt wurde, rief Ljewin den Verwalter, der sich in seiner Nähe zu schaffen machte, wieder heran, um ihm ein gutes Wort zu geben und begann, mit ihm von den bevorstehenden Frühjahrsarbeiten und andern wirtschaftlichen Plänen zu sprechen.

Mit der Dungausfuhr sollte möglichst rasch begonnen werden, damit für den Fall einer frühen Mahd schon alles in Ordnung sei. Auf dem fern gelegenen Feld sollte ohne Unterbrechung gepflügt werden, damit man es noch einige Zeit als schwarzes Brachland liegen lassen könne. Das Heu sollte vollständig von den eigenen verfügbaren Bauern und nicht mit Hilfe gemieteter Arbeiter eingebracht werden.

Der Verwalter hörte aufmerksam zu und machte sichtliche Anstrengungen, um die Vorschläge seines Herrn gut zu heißen; aber trotzdem hatte er jene Miene der Hoffnungslosigkeit und Niedergeschlagenheit, die Ljewin nur zu gut kannte und die ihn stets aufbrachte. Diese Miene sprach, das ist alles ganz schön und gut – im übrigen wie Gott will.

Nichts ärgerte Ljewin so sehr wie diese Tonart. Aber es war dies ein Zug, den er bei allen Verwaltern getroffen, so viele er auch schon gehabt hatte. Bei allen war er seinen Vorschlägen gegenüber auf das gleiche Verhalten gestoßen; darum ärgerte er sich jetzt nicht mehr, sondern fühlte sich nur betrübt und nur noch mehr zum Kampfe mit dieser gleichsam elementaren Kraft gereizt, die er nicht anders nennen konnte als: »wie Gott will«, und die sich ihm beständig entgegenstellte.

»Das hängt davon ab, wie rasch wir fertig werden, Konstantin Dmitritsch«, sagte der Verwalter.

»Warum sollten Sie denn nicht rasch fertig werden?«

»Wir müßten unbedingt noch etwa fünfzehn Tagelöhner einstellen. Aber sie kommen nicht. Heute waren einige da, und die haben siebzig Rubel für den Sommer verlangt.«

Ljewin schwieg eine Weile. Wieder stellte sich ihm jene Kraft entgegen. Er wußte, so oft er es auch versucht hatte, daß nicht mehr als vierzig, meistens sieben- oder achtunddreißig Tagelöhner für den gewöhnlichen Lohn zu haben waren; vierzig gaben sich dazu her, mehr aber nicht. Trotzdem konnte er nicht umhin, dagegen anzukämpfen.

»Schicken Sie nach Ssury, nach Tschefirowka, wenn nicht die genügende Anzahl kommt. Man muß eben suchen.«

»Hinschicken will ich schon«, sagte Wassilij Fjodorowitsch niedergeschlagen. »Die Pferde sind eigentlich auch nicht mehr kräftig genug.«

»So kaufen wir frische dazu. Doch ich weiß es ja«, fügte er lachend hinzu, »Sie wollen alles billig und schlecht haben; aber in diesem Jahre lasse ich Sie nicht mehr nach Ihrem Kopfe schalten. Ich werde überall selbst am Platze sein.«

»Ja, mir scheint, Sie gönnen sich ohnehin schon zu wenig Schlaf. Uns ist's nur lieber, wenn alles vor den Augen des gnädigen Herrn geschieht ...«

»Also hinter dem Birkental wird Klee gesät? Ich will mal hinreiten und mir's ansehen«, schloß er und bestieg seinen kleinen Falben Kolpik, den der Kutscher herangeführt hatte.

»Über den Bach kommen Sie nicht hinüber, Konstantin Dmitritsch«, rief der Kutscher.

»Nun, dann reite ich durch den Wald.«

Und mit dem flotten Trab des guten, vom Stehen steif gewordenen Pferdes, das, wenn es über Pfützen mußte, ein wenig schnaufte und um freiere Zügel zu bitten schien, ritt Ljewin über den Schlamm des Hofes durch das Tor hinaus in die Felder.

Wenn Ljewin schon auf dem Viehhof und bei den Haustieren froh gestimmt gewesen war, so wurde ihm auf den Feldern noch freudiger zumute. Er wiegte sich gleichmäßig beim Paßgang des guten Pferdchens und sog die warme und zugleich frische, mit Schneeduft versetzte Luft in vollen Zügen ein; beim Ritt durch den Wald auf dem hier und da liegengebliebenen lockeren Schnee, auf dem jeder Hufschlag eine schmelzende Spur zurückließ, freute er sich über jeden seiner Bäume mit dem auf der Rinde wieder aufgrünenden Moose und den saftgefüllten Knospen. Als er aus dem Walde herauskam, breitete sich vor ihm, wie ein gleichmäßiger Samtteppich, ohne eine einzige kahle oder mit Wasser bedeckte Stelle, eine ungeheure grüne Fläche aus, auf der sich nur hier und da in den Erdvertiefungen die Reste des schmelzenden Schnees abhoben. Jetzt vermochte ihn nichts aus seiner guten Stimmung zu bringen; weder der Anblick eines Bauernpferdes und eines Hengstes, die sein junges Grün zerstampften (er befahl dem ersten besten Bauern, der ihm begegnete, sie fortzujagen), noch die spöttische und dumme Antwort des Bauern Ipat, dem er begegnet war und den er fragte: »Nun, Ipat, werden wir bald säen können?« – »Erst müssen wir es durchackern, Konstantin Dmitrisch«, hatte Ipat geantwortet. Je weiter er ritt, desto froher wurde ihm zu Mute, und wirtschaftliche Pläne stiegen einer nach dem andern vor seinem Auge auf: alle seine Felder auf der Sonnenseite mit Reisern zu umpflanzen, damit der Schnee nicht lange liegen bleibe, das gedüngte Land auf sechs Felder zu verteilen und drei vorrätig für Grassaat zurückzubehalten; einen Viehhof auf dem entlegenen Ende der Felder zu errichten und einen Teich zu graben; zum Zweck der Düngung aber tragbare Zäune für das Vieh herzustellen. Dann würde er dreihundert Deßjätinen Weizen- und hundert Kartoffelland und hundertundfünfzig Kleefelder haben und nicht eine einzige Deßjätine würde brach liegen.

Unter solchen Träumen ritt er, während er sorgsam das Pferd über die Grenzraine lenkte, um sein junges Grün nicht zu zerstampfen, an die Arbeiter heran, die den Klee säten. Das Fuhrwerk mit dem Samen stand nicht am Feldsaum, sondern auf dem Ackerland, und der Winterweizen war durch die Räder zerwühlt und von den Pferdehufen herausgescharrt. Beide Feldarbeiter saßen auf dem Rain und rauchten ein wahrscheinlich beiden gemeinsam gehöriges Pfeifchen. Die mit dem Samen vermischte Erde auf der Fuhre war nicht zerrieben, sondern durch langes Liegen in Klumpen zusammengeballt oder zusammengefroren. Als sie des Herrn ansichtig wurden, stand der Arbeiter Wassilij auf und ging zur Fuhre, während Mischka sich daran machte, die Saat auszustreuen. Das alles war zwar nicht in der Ordnung, aber Ljewin pflegte selten über die Arbeiter aufgebracht zu werden. Als Wassilij zu ihm herankam, befahl er ihm, das Pferd auf den Feldrain zu führen.

»Das tut nichts, gnädiger Herr, es wächst schon wieder auf«, sagte Wassilij.

»Bitte keine Widerrede«, sagte Ljewin, »und tu, was man dir sagt.«

»Soll geschehen«, entgegnete Wassilij und nahm das Pferd am Zügel. »Konstantin Dmitritsch«, sagte er dann einschmeichelnd, »das ist aber eine Saat – von der allerersten Güte. Nur das Gehen fällt einem schrecklich sauer! Ein ganzes Pud schleppt man an jedem Bastschuh mit sich.«

»Ja, warum ist denn eure Erde nicht durchgemengt?« bemerkte Ljewin.

»Na, wir kneten sie jetzt durch«, antwortete Wassilij, während er den Samen aufhob und die Erde zwischen den Handflächen zerrieb.

Wassilij war nicht schuld daran, daß man ihm nicht durchgemengte Erde aufgeschüttet hatte; aber es war dennoch eine sehr verdrießliche Sache.

Ljewin hatte schon mehrmals mit Nutzen ein ihm wohl bekanntes Mittel angewandt, um seinen Ärger zu verscheuchen und alles, was ihm schlimm zu sein schien, wieder gutzumachen, und auch jetzt griff er zu diesem Mittel. Er blickte auf Mischka, wie er ausschritt und riesige Erdklumpen mit sich schleppte, die an jedem seiner Füße klebten; dann stieg er vom Pferde, nahm Wassilij das Saattuch weg und schickte sich selbst an, zu säen.

»Wo hast du aufgehört?«

Wassilij wies mit dem Fuß auf das Merkzeichen, und Ljewin schritt weiter vor, so gut er's vermochte, um die samenhaltige Erde auszustreuen. Das Gehen war so schwierig wie auf einem Sumpf, und Ljewin begann zu schwitzen, nachdem er eine Ackerfurche durchschritten hatte; er blieb stehen und gab das Saattuch wieder ab.

»Na, Herr, aber im Sommer schelten Sie mich nur nicht für diese Furche aus«, sagte Wassilij.

»Wieso?« fragte Ljewin heiter, der schon die Wirkung des angewandten Mittels spürte.

»Ja, sehen Sie sich's nur im Sommer mal an! Dann merken Sie den Unterschied schon. Gehen Sie nur mal dorthin, wo ich im vorigen Frühjahr gesät hab'. Wie das aufgeschossen ist! Konstantin Dmitritsch, ich müh' mich ja für Sie ab, gerade als wär' es für meinen leiblichen Vater. Ich mag selber schlechte Arbeit nicht leiden, und mag sie auch bei andern nicht. Wenn's dem Herrn gut geht, dann geht's uns auch gut. Wenn man dorthin schaut«, fuhr Wassilij, auf die Felder weisend, fort, »so freut sich das Herz.«

»Es ist aber auch ein schöner Frühling, Wassilij.«

»Ja, so'n Frühling ist's, wie die ältesten Leute keinen gesehen haben. Bei uns zu Haus hat unser Alter auch drei Osminik* Weizen gesät. Der ist aber so ausgefallen, daß man ihn vom Roggen nicht unterscheiden kann.«

»Und habt ihr schon lange angefangen, Weizen zu säen?«

»Ja, Sie haben's uns doch gelehrt im vorletzten Jahr; Sie selber haben mir ja zwei Maß geschenkt. Ein Viertel davon haben wir verkauft und die drei Osminiks haben wir ausgesät.«

»Nun, paß gut auf und zerreibe die Klumpen gut«, sagte Ljewin und ging wieder zu seinem Pferde. »Und paß auch auf Mischka auf. Und wenn die Saat gut aufgeht, bekommst du fünfzig Kopeken für jede Deßjätine.«

»Allerergebensten Dank. Wir haben uns auch so schon nicht zu beklagen.«

Ljewin bestieg das Pferd und ritt auf das Feld, wo der vorjährige Klee stand, und dann auf das, wo die Erde mit dem Pflug für den Sommerweizen bearbeitet worden war.

Die Kleetriebe unter den Stoppeln waren wundervoll. Sie begannen schon hervorzusprießen und grünten kräftig unter den geknickten vorjährigen Weizenstengeln. Das Pferd versank bei jedem Tritt, und jeder seiner Füße patschte, wenn es ihn aus der halbaufgetauten Erde herauszog. Auf dem Ackerfeld war es überhaupt unmöglich, zu reiten: Nur da, wo noch eine Eisschicht war, hielt die Erde etwas zusammen; aber in den aufgetauten Furchen versanken die Füße des Pferdes bis über die Fesseln. Das Feld war vorzüglich geackert; in zwei Tagen würde es möglich sein, zu eggen und zu säen. Alles war schön, alles war heiter. Den Rückweg nahm Ljewin über die Bäche, in der Hoffnung, daß das Was-

---

* Osminik = ein Getreidemaß von fast zwei Scheffel.

ser etwas gefallen sein werde. Und in der Tat konnte er hindurchreiten und scheuchte dabei zwei Enten auf. »Da müssen auch Waldschnepfen sein«, dachte er, und bei der Wegbiegung zum Hause begegnete ihm wie gerufen sein Waldhüter, der seine Vermutung hinsichtlich der Waldschnepfen bestätigte.

Ljewin ritt im Trab nach Hause, um in aller Eile zu Mittag zu essen und seine Jagdflinte für den Abend herzurichten.

14

Als Ljewin sich in der heitersten Stimmung seinem Hause näherte, hörte er Schellengeklingel von der Seite her, wo die große Anfahrt zum Gutshof lag.

»Ja, das kommt vom Bahnhof«, dachte er, »das ist die Zeit des Moskauer Zuges. Wer kann das sein? Wie, wenn es Bruder Nikolaj wäre? Er sagte ja: vielleicht fahre ich ins Bad, vielleicht komme ich aber auch zu dir.« Im ersten Augenblick wurde ihm bang ums Herz, und er fühlte sich peinlich berührt, daß seine glückliche Frühlingsstimmung durch die Anwesenheit seines Bruders Nikolaj gestört werden könnte. Aber er schämte sich gleich, wieder dieses Gefühls, drückte ihn gleichsam im Geiste an sein Herz und erwartete und wünschte jetzt von ganzer Seele mit freudiger Rührung, daß dies sein Bruder sein möchte. Er trieb das Pferd an, ritt hinter einer Akazie hervor und erblickte eine Fuhrmannstrojka, die von der Eisenbahnstation kam und in der ein Herr in einem Pelze saß. Es war nicht sein Bruder. »Ach, wenn es doch irgendein angenehmer Mensch wäre, mit dem ich plaudern könnte«, dachte er.

»Ah!« schrie Ljewin plötzlich freudig auf, indem er beide Hände erhob. »Das ist einmal ein lieber Besuch! Ach, wie bin ich froh!« rief er aus, als er Stjepan Akradjewitsch erkannte.

»Nun werde ich es gewiß erfahren, ob sie schon verheiratet ist oder wann sie heiraten wird«, dachte er.

Und an diesem schönen Frühlingstage fühlte er, daß die Erinnerung an sie ihm gar nicht mehr so schmerzlich war.

»Nicht wahr, das hast du nicht erwartet?« sagte Stjepan Arkadjewitsch, während er aus dem Schlitten stieg, mit ganzen Klumpen Straßenkot auf Nasenrücken, Wangen und Augenbrauen, aber strahlend vor Freude und Gesundheit. »Erstens bin ich gekommen, um dich zu sehen«, sagte er, indem er ihn umarmte und küßte, »zweitens will ich mit dir auf den Anstand und drittens unsern Wald in Jerguschowo verkaufen.«

»Das ist prächtig! Und was für einen Frühling wir haben! Wie bist du nur im Schlitten durchgekommen?«

»Mit dem Wagen geht es noch schlimmer, Konstantin Dmitritsch«, antwortete der Fuhrmann, der ihn kannte.

»Nun, ich bin außerordentlich froh, dich zu sehen«, wiederholte Ljewin und lächelte aufrichtig mit einem kindlich freudigen Lächeln.

Ljewin führte seinen Gast in das Fremdenzimmer, wohin auch Stjepan Arkadjewitschs Gepäck gebracht wurde, eine Reisetasche, ein Gewehr im Futteral, ein Täschchen für Zigarren; dann ließ er ihn allein, damit er sich waschen und umkleiden könne, und ging inzwischen ins Kontor, um wegen des Pflügens und des Klees Anordnungen zu treffen. Agafja Michajlowna, der die Ehre des Hauses immer sehr am Herzen lag, begegnete ihm im Vorzimmer und befragte ihn wegen des Mittagessens.

»Machen Sie, was Sie wollen, nur schnell muß es sein«, sagte er und ging zum Verwalter.

Als er zurückkehrte, trat Stjepan Arkadjewitsch gewaschen und gekämmt, mit strahlendem Lächeln aus seiner Tür, und sie begaben sich zusammen in die oberen Zimmer.

»Nein, wie ich froh bin, daß ich es fertiggebracht habe, zu dir zu kommen! Jetzt werde ich dahinter kommen, worin alle die Geheimnisse bestehen, die du hier treibst. Nein, wahrhaftig, ich beneide dich. Was für ein Haus, wie herrlich das alles ist, so hell und heiter«, sagte Stjepan Arkadjewitsch und vergaß dabei, daß nicht das ganze Jahr hindurch Frühling ist und daß die Tage auch nicht immer so klar sind wie der heutige.

»Und was für ein Prachtstück deine alte Njanja ist! Ein hübsches Stubenmädchen mit einem Schürzchen wäre freilich wünschenswerter, aber bei deinem Mönchsleben und deiner Sittenstrenge macht sich auch das sehr gut.«

Stjepan Arkadjewitsch erzählte viele interessante Neuigkeiten und unter anderem auch die für Ljewin besonders interessante Neuigkeit, daß sein Bruder Sergej Iwanowitsch die Absicht habe, den kommenden Sommer bei ihm auf dem Lande zuzubringen.

Nicht mit einem einzigen Worte erwähnte Stjepan Arkadjewitsch Kittys und der Schtscherbazkijs, nur von seiner Frau überbrachte er einen Gruß. Ljewin war ihm dankbar für dieses Zartgefühl und freute sich aufrichtig über seinen Besuch. Wie es immer bei ihm der Fall war, hatte sich in ihm während der Zeit seiner Einsamkeit eine Fülle von Gedanken und Gefühlen angesammelt, die er seiner Umgebung nicht mitteilen konnte; und jetzt schüttete er vor Stjepan Arkadjewitsch alles das aus, sowohl seine poetische Freude über den Frühling, seine wirtschaftlichen Mißerfolge und Zukunftspläne, seine Gedanken und Bemerkungen über die Bücher, die er gelesen hatte, und mit besonderem Eifer sprach er von seinem wissenschaftlichen Werk, dessen Grundgedanke, obwohl er es selbst nicht merkte, in einer Kritik aller bisherigen landwirtschaftlichen Werke bestand. Stjepan Arkadjewitsch, der immer freundlich war und alles auf eine bloße Andeutung hin verstand, war bei diesem Besuche besonders liebenswürdig, und Ljewin bemerkte an ihm noch einen neuen, ihm schmeichelnden Zug von Achtung und beinahe Zärtlichkeit, die er ihm entgegenzubringen schien.

Die Bemühungen Agafja Michajlownas und des Kochs, das Mittagessen besonders gut herzurichten, hatten nur zur Folge, daß die beiden hungrig gewordenen Freunde sich über die Vorspeisen hermachten und sich an Butterbrot, kaltem Geflügel und marinierten Pilzen satt aßen; und daß Ljewin dann befahl, die Suppe ohne Pastetchen aufzutragen, während der Koch mit diesen Pastetchen die besondere Bewunderung des Gastes hatte erregen wollen. Aber Stjepan Arkadjewitsch fand, obwohl er an ganz andere Diners gewöhnt war, alles unübertrefflich; sowohl den Kräuterlikör, wie das Brot und die Butter und besonders das kalte Geflügel und die kleinen jungen Pilze; auch die Nesselsuppe und das Huhn mit weißer Sauce, und der Krimsche Weißwein – alles war unübertrefflich und wundervoll.

»Ausgezeichnet, ausgezeichnet«, sprach er, als er nach dem Braten eine dicke Zigarette anrauchte. »Es ist gerade, als ob ich aus dem Lärm und Gestampf eines Dampfers zu dir ans stille Ufer gekommen wäre. So meinst du also, daß das Wesen des Arbeiters selbst studiert werden müsse und uns bei der Wahl unserer landwirtschaftlichen Methoden leiten solle. Ich bin ja allerdings in diesen Sachen Laie, aber mir scheint, daß diese Theorie und ihre Anwendung auch auf den Arbeiter einen Einfluß haben wird.«

»Allerdings, aber du mußt bedenken, daß ich nicht von der Nationalökonomie spreche, sondern von der Landwirtschaft als Wissenschaft. Sie sollte nach den Methoden der Naturwissenschaft vorgehen und sowohl die gegebenen Erscheinungen beobachten, als auch den Arbeiter von seinem ökonomischen, ethnographischen …«

In diesem Augenblick trat Agafja Michajlowna mit eingemachten Früchten ein.

»Nun, Agafja Fjodorowna«, sagte Stjepan Arkadjewitsch zu ihr, indem er die Spitzen seiner rundlichen Finger küßte, »was Sie für Geflügel haben, was für ein Kräuterlikörchen! … Aber, ist es nicht Zeit für uns, Kostja?« fügte er dann hinzu.

Ljewin blickte aus dem Fenster auf die Sonne, die hinter den noch kahlen Baumwipfeln des Waldes herabsank.

»Freilich ist's Zeit, hohe Zeit«, rief er. »Kusjma, den Jagdwagen anspannen!« und er eilte hinunter.

Stjepan Arkadjewitsch folgte ihm, nahm selbst sorglich den Segeltuchüberzug von dem polierten Kasten ab, öffnete ihn und begann, sein wertvolles Gewehr neuester Konstruktion instand zu setzen. Kusjma, der schon ein großes Trinkgeld witterte, wich Stjepan Arkadjewitsch nicht von der Seite und zog ihm Strümpfe und Jagdstiefel an, was Stjepan Arkadjewitsch ihm gern zu tun überließ.

»Sei so gut, Kostja, und ordne an, wenn ein Kaufmann

Namens Rjabinin kommen sollte ... ich habe ihn veranlaßt, heute hierher zu kommen, – daß man ihn vorläßt und daß er warte ...«

»Verkaufst du etwa Rjabinin deinen Wald?«

»Ja. Kennst du ihn denn?«

»Freilich kenne ich ihn. Ich hatte mit ihm zu tun, ›positiv und endgültig‹«.

Stjepan Arkadjewitsch lachte. »Positiv und endgültig« waren die Lieblingsausdrücke des Kaufmanns.

»Ja, er hat eine zu komische Ausdrucksweise. Aha, sie hat verstanden, wo der Herr hin will!« fügte er hinzu, während er Laßka pätschelte, die winselnd um Ljewin herumstrich und bald seine Hand, bald seine Stiefel und das Gewehr beleckte.

Das Jagdwägelchen stand schon an der Treppe, als sie hinaustraten.

»Ich habe anspannen lassen, obgleich es nicht weit ist; oder wollen wir lieber zu Fuß gehen?«

»Nein, fahren ist besser«, sagte Stjepan Arkadjewitsch und trat an den Wagen. Er setzte sich, wickelte ein getigertes Plaid um seine Füße und steckte sich eine Zigarre an. »Warum rauchst du eigentlich nicht? Eine Zigarre, das ist nicht etwa nur ein Vergnügen, das ist die Krone und das Sinnbild des Genusses. Ah, das nenne ich Leben! Wie schön! So möchte ich immer leben!«

»Wer hindert dich denn daran?« fragte Ljewin lächelnd.

»Nein, du bist ein glücklicher Mensch. Alles, was du liebst, das hast du auch. Du liebst Pferde – sie sind da; Hunde – sie sind da; die Jagd – ist da; Landwirtschaft – ist auch da.«

»Vielleicht kommt das daher, daß ich mich an dem, was ich habe, zu erfreuen weiß und mich über das, was ich nicht habe, nicht gräme«, versetzte Ljewin und dachte an Kitty.

Stjepan Arkadjewitsch hatte dies sehr wohl verstanden, warf ihm einen Blick zu, sagte aber kein Wort.

Ljewin war Obolonskij dankbar dafür, daß dieser mit seinem gewohnten Feingefühl gemerkt hatte, wie sehr er vor einem Gespräch über die Schtscherbazkijs zurückschreckte, und deshalb mit keinem Wort von ihnen sprach; jetzt aber hätte Ljewin gern etwas darüber erfahren, was ihn so sehr quälte, er wagte es aber nicht, die Rede darauf zu bringen.

»Nun, und wie stehen deine Angelegenheiten?« fragte er endlich bei dem Gedanken, wie unrecht es von ihm sei, nur an sich selbst zu denken.

In Stjepan Arkadjewitschs Augen blitzte es fröhlich auf.

»Du gestehst einem ja nicht das Recht zu, einen Kringel zu verzehren, wenn man seine zugemessene Ration Kommißbrot hat – deiner Ansicht nach ist das ein Verbrechen; ich aber kenne kein Leben ohne Liebe«, erwiderte er, da er Ljewins Frage auf seine Weise aufgefaßt hatte. »Was läßt sich da tun, ich bin nun einmal so geschaffen. Und wahrhaftig, das Unrecht, das ich damit tue, ist so gering, und mir selber macht es so viel Vergnügen …«

»Ist denn irgend etwas Neues los?« fragte Ljewin.

»Gewiß, mein Lieber! Siehst du, du kennst doch den Ossianschen Frauentypus … Frauen, wie man sie im Traume sieht … aber es gibt solche Frauen auch in Wirklichkeit … und sie sind fürchterlich. Die Frau, siehst du, ist ein merkwürdiges Geschöpf, so eifrig du dich auch bemühen magst, sie zu ergründen, du wirst immer etwas völlig Neues an ihr entdecken.«

»Dann ist es schon besser, man sucht sie nicht zu ergründen.«

»Nein. irgendein Mathematiker hat einmal gesagt, daß der Genuß nicht in der Entdeckung der Wahrheit bestehe, sondern in dem Suchen nach ihr.«

Ljewin hörte schweigend zu und vermochte trotz aller Mühe, die er sich gab, sich doch gar nicht in die Seele seines Freundes zu versetzen; er vermochte nicht seine Gefühle und den Reiz, der in der Ergründung solcher Frauen liegen sollte, zu begreifen.

15

Es war nicht weit bis zum Schnepfenstrich, der sich oberhalb eines Baches in einem lichten Espengehölz befand. Als sie den Wald erreicht hatten, stieg Ljewin ab und führte Oblonskij zu einer Ecke der moosigen und morastigen Lichtung, die schon frei von Schnee war. Er selbst wandte sich dem andern Ende, einer doppelstämmigen Birke zu; er lehnte das Gewehr an die Gabelung eines niedrigen, trockenen Astes, zog seinen Kaftan aus, gürtete sich fester und prüfte, ob er seine Hände frei genug bewegen könne.

Die alte graue Laßka, die ihnen gefolgt war, setzte sich behutsam ihm gegenüber und spitzte die Ohren. Die Sonne versank hinter dem dichten Wald, und im Lichte der Abendröte zeichneten sich die Birken, die im Espengehölz verstreut standen, mit ihrem herabhängenden Gezweig, mit den geschwellten, dem Aufbrechen nahen Knospen scharf ab.

Aus dem dichteren Teil des Waldes, wo der Schnee noch liegen geblieben war, sickerte kaum hörbar das Wasser in engen, schmalen, geschlängelten Rinnsalen hervor. Kleine Vögelchen zwitscherten und flogen hie und da von Baum zu Baum.

Von Zeit zu Zeit wurde die vollkommene Stille durch das Rauschen der vorjährigen Blätter unterbrochen, die durch die auftauende Erde und das emporschießende Gras leise bewegt wurden.

»Wie herrlich! Man hört und sieht, wie das Gras wächst!« sprach Ljewin zu sich selbst, als er bemerkte, wie sich ein nasses, schiefergraues Espenblatt neben der Spitze eines jungen Grashalms bewegte. Er stand und lauschte und blickte bald hinab auf die feuchte, moosige Erde, bald zur aufhorchenden Laßka hinüber, bald auf das sich hügelabwärts vor ihm ausbreitende Meer der kahlen Waldwipfel, bald auf den von weißen Wolkenstreifen durchzogenen, dunkler werdenden Himmel. Ein Habicht flog, ohne Hast die Flügel schwingend, hoch über dem ferner liegenden Wald dahin; ein zweiter folgte genau in derselben Richtung und verschwand. Die Vögel zwitscherten immer lauter und geschäftiger in den Büschen. Unweit ließ ein Uhu seine tiefe Stimme ertönen; Laßka zuckte zusammen, machte vorsichtig einige Schritte und begann, mit zur Seite gesenktem Kopf aufmerksam zu lauschen. Von jenseits des Baches ertönte der Ruf eines Kuckucks. Zweimal wiederholte der Kuckuck den bekannten Ruf, dann verfiel er plötzlich in ein heiseres Gekrächz, schien sich zu überhasten, um schließlich in völliger Verwirrung zu enden.

»Hör' nur, schon ein Kuckuck!« sagte Stjepan Arkadjewitsch, indem er aus dem Gebüsch heraustrat.

»Ja, ich höre ihn«, antwortete Ljewin, der ungern die Stille des Waldes mit seiner Stimme unterbrach, deren Klang ihn in diesem Augenblick unangenehm berührte. »Jetzt bald.«

Stjepan Arkadjewitschs Gestalt verschwand wieder hinter dem Busch, und Ljewin sah nur noch das helle Licht des Streichhölzchens, das gleich darauf durch das rotglühende Ende der Zigarette mit ihrem leichten, blauen Dampf abgelöst wurde.

Knack, knack, knipsten die Hähne, die Stjepan Arkadjewitsch jetzt spannte.

»Was ist das dort für ein Geschrei?« fragte Oblonskij wieder, indem er Ljewins Aufmerksamkeit auf einen langgedehnten, dumpfen Laut lenkte, der so klang, als ob ein Füllen mit dünner Stimme mutwillig wieherte.

»Wie, das weißt du nicht? Das ist ein Hasenmännchen. – Aber jetzt wollen wir still sein! – Hör' nur, sie kommt!« rief Ljewin in einem vor Aufregung fast schreienden Ton und spannte die Hähne.

Ein entfernter, dünner Pfiff ließ sich vernehmen, und zwar genau in jenem gleichmäßigen Zeitabstand, der dem Jäger so wohlbekannt ist; zwei Sekunden später ertönte ein zweiter und dritter; und nach dem dritten Pfiff hörte man schon das Schnarren des Vogels.

Ljewin blickte eilig nach rechts und links, und da, gerade vor ihm an dem trübblauen Himmel, über den verschwimmenden, zarten Sprossen der Espenwipfel, war der fliegende Vogel zu sehen. Er flog gerade auf ihn zu. Die aus nächster Nähe kommenden schnarrenden Laute, dem Geräusch ähnlich, das durch das gleichmäßige Zerreißen eines straff gespannten Gewebes hervorgebracht wird, ertönten hart an seinem Ohr; schon war der lange Schnabel und der Hals des Vogels zu sehen, aber in demselben Augenblick, in dem Ljewin anlegte, flammte hinter dem Busch, wo Oblonskij stand, ein roter Blitz auf; der Vogel sank wie ein Pfeil nieder und schwebte wieder empor. Wieder flammte ein Blitz auf, und es krachte ein Schuß; und mit den Flügeln um sich schlagend, als ob er sich in der Luft zu halten suchte, unterbrach der Vogel seinen Flug, schwebte noch einen Moment lang auf derselben Stelle und schlug dann schwer auf die sumpfige Erde auf.

»War's ein Fehlschuß?« rief Stjepan Arkadjewitsch, der wegen des Pulverdampfes nichts sehen konnte.

»Da ist sie!« gab Ljewin zur Antwort und deutete auf Laßka, die das eine Ohr gespitzt und mit dem Ende des hocherhobenen buschigen Schwanzes wedelnd, leisen Schrittes, als ob sie sich das Vergnügen verlängern wolle, und gleichsam lächelnd ihrem Herrn den erschossenen Vogel brachte. »Es freut mich, daß du Glück gehabt hast«, sagte er, während sich dabei in ihm schon ein Gefühl des Neides regte, weil es ihm selber nicht geglückt war, diese Waldschnepfe zu schießen.

»Das war ein schmählicher Fehlschuß aus dem rechten Lauf«, sagte Stjepan Arkadjewitsch, indem er das Gewehr wieder lud. »Schschsch ... da fliegt wieder eine.«

In der Tat ertönte wieder das durchdringende, schnell aufeinanderfolgende Pfeifen. Zwei Waldschnepfen spielten miteinander und suchten sich gegenseitig einzuholen; pfeifend und ohne zu schnarren flogen sie gerade über den Köpfen der Jäger dahin. Vier Schüsse ertönten; aber gleich Schwalben machten die Waldschnepfen eine schnelle Wendung und entschwanden den Blicken.

Die Jagd nahm einen herrlichen Verlauf. Stjepan Arkadjewitsch schoß noch zwei Schnepfen und Ljewin gleichfalls zwei, von denen er aber die eine nicht finden konnte. Es fing an zu dunkeln. Die klare, silberne Venus glänzte bereits tief im Westen zwischen den Birken hindurch mit ihrem zarten Schimmer, und hoch im Osten schimmerte der düstere Arcturus in seinem rötlichen Farbenspiel. Gerade über sich sah Ljewin das Sternbild des Großen Bären bald auftauchen, bald verschwinden. Es ließen sich keine Waldschnepfen mehr blicken, aber Ljewin beschloß noch zu warten, bis die Venus, die er durch die unteren Zweige der Birke sehen konnte, über diese emporgestiegen wäre und alle Sterne des Bären klar hervortreten würden. Die Venus stand schon über dem Zweig, der Wagen des Bären mit seiner Deichsel war bereits deutlich am dunkelblauen Himmel sichtbar, aber er wartete noch immer.

»Ist es nicht Zeit?« sagte Stjepan Arkadjewitsch.

Im Walde war schon alles still, kein Vöglein rührte sich mehr.

»Wir wollen noch ein wenig bleiben«, erwiderte Ljewin.

»Wie du willst.«

Sie standen jetzt ungefähr fünfzehn Schritt voneinander entfernt.

»Stiwa!« begann Ljewin plötzlich unerwartet, »warum sagst du mir nicht, ob deine Schwägerin geheiratet hat oder wann sie heiraten wird?«

Ljewin fühlte sich so sicher und ruhig, daß er meinte, keine Antwort, wie sie auch ausfallen möge, könne ihn aufregen. Aber das, was Stjepan Arkadjewitsch zu antworten hatte, kam ihm doch völlig unerwartet.

»Sie hat nicht daran gedacht und denkt nicht daran, sich zu verheiraten; aber sie ist sehr krank, und die Ärzte haben sie ins Ausland geschickt. Man ist sogar um ihr Leben besorgt.«

»Was sagst du?« schrie Ljewin auf. »Sehr krank? Was fehlt ihr? Wie ist sie …«

Während sie so miteinander sprachen, sah Laßka mit gespitzten Ohren zum Himmel empor und blickte die beiden dann mit vorwurfsvollem Ausdruck an.

»Die haben sich die richtige Zeit zum Schwatzen ausgesucht. Und da fliegt eine … Dort ist sie, ganz richtig. Und die verpassen sie …« So dachte Laßka.

Aber im selben Augenblick hörten beide auf einmal einen durchdringenden Pfiff, der ihre Ohren zu peitschen schien, und beide griffen rasch nach ihren Flinten; zwei Blitze zuckten, zwei Schüsse ertönten in einem und demselben Augenblick. Die hoch in der Luft fliegende Waldschnepfe legte plötzlich die Flügel zusammen und fiel ins Gebüsch, wo sich die feinen Zweige unter ihrer Last zur Erde bogen.

»Das war prächtig! Beide zugleich!« rief Ljewin aus und lief mit Laßka ins Gebüsch, um die Waldschnepfe zu suchen. »Ach ja, was hat mich doch eben so unangenehm berührt?« besann er sich unterdessen. »Ja, Kitty ist krank ... Was läßt sich da machen? Es tut mir sehr leid«, dachte er.

»Ah, du hast sie gefunden! Bist ein kluges Tier«, sagte er laut, nahm den noch warmen Vogel aus Laßkas Maul und steckte ihn in die nahezu gefüllte Jagdtasche. – »Ich habe sie, Stiwa!« rief er laut.

16

Auf der Heimfahrt erkundigte sich Ljewin nach allen Einzelheiten von Kittys Krankheit und den Absichten der Schtscherbazkijs, und obgleich er sich geschämt hätte, es einzugestehen, so fühlte er sich doch durch das, was er erfuhr, angenehm berührt. Angenehm sowohl darum, weil noch Hoffnung war, und noch angenehmer, weil sie, die ihm so viel Leid zugefügt hatte, nun auch selbst litt. Aber als Stjepan Arkadjewitsch auf die Ursachen von Kittys Krankheit zu sprechen kam und Wronskijs Namen erwähnte, da unterbrach ihn Ljewin.

»Ich habe nicht das geringste Recht, die Familiengeheimnisse zu kennen, und wenn ich die Wahrheit sagen soll, auch kein Interesse dafür.«

Stjepan Arkadjewitsch lächelte kaum merklich, als er die plötzliche und ihm so wohlbekannte Veränderung in Ljewins Gesicht bemerkte, das nun ebenso düster erschien, wie es noch einen Moment vorher fröhlich gewesen war.

»Hast du den Waldverkauf mit Rjabinin schon ganz abgeschlossen?« fragte Ljewin.

»Ja, die Sache ist abgemacht. Der Preis ist ein sehr anständiger, achtunddreißigtausend. Achttausend Anzahlung, und den Rest innerhalb sechs Jahren. Ich habe mich lange abgequält. Niemand wollte mehr geben.«

»Das bedeutet, daß du den Wald rein umsonst weggegeben hast«, sagte Ljewin finster.

»Wieso denn umsonst?« fragte Stjepan Arkadjewitsch mit gutmütigem Lächeln, der wohl wußte, daß Ljewin jetzt alles schlecht zu finden geneigt sei.

»Weil eben dieser Wald wenigstens fünfhundert Rubel die Deßjätine wert ist«, erwiderte Ljewin.

»Ach, diese Herren Landwirte!« rief Stjepan Arkadjewitsch in scherzhaftem Ton aus. »Ich kenne eure geringschätzige Art, mit der ihr auf uns Stadtbewohner herabseht! ... Und wenn es drauf ankommt, machen wir unsere Sache am Ende doch besser als ihr alle. Glaube mir, ich habe alles berechnet«, fuhr er fort, »der Wald ist sehr vorteilhaft verkauft, so sehr, daß ich fürchte, er könne noch zurücktreten. Du mußt bedenken, es ist ja kein Schlagholz«, setzte Stjepan Arkadjewitsch hinzu und wollte mit dem Worte *Schlagholz* Ljewin vollkommen von der Ungerechtigkeit seiner Zweifel überzeugen, »sondern größtenteils gewöhnliches Holz! Es kommen nicht mehr als dreißig Klafter auf die Deßjätine; der Mann aber zahlt mir durchschnittlich zweihundert Rubel.«

Ljewin lächelte geringschätzig. »Ich weiß«, dachte er, »das ist nicht nur seine Art und Weise, sondern die aller Stadtleute, die vielleicht zweimal in zehn Jahren auf dem Lande waren, zwei bis drei ländliche Ausdrücke aufgeschnappt haben und sie nun anwenden, wo es paßt und nicht paßt, und dann fest überzeugt sind, daß sie nun schon alles wissen. *Schlagholz, es kommen dreißig Klafter.* Sie gebrauchen die Worte und haben keine Ahnung, wovon sie reden.«

»Ich werde dich nicht über das belehren wollen, was du in deinen Sitzungen schreibst«, sagte er, »und sollte ich etwas brauchen, so würde ich dich um Rat fragen. Du aber bist völlig davon überzeugt, daß du das ganze ABC des Forstwesens kennst. Es ist nicht leicht. Hast du die Bäume gezählt?«

»Wie soll man denn Bäume zählen?« erwiderte Stjepan Arkadjewitsch lachend und immer noch von dem Wunsche geleitet, den Freund aus seiner schlechten Stimmung zu reißen. »Den Sand am Meer, der Sterne Strahlen – wohl könnt' ein hoher Geist sie zählen –« ...

»Nun ja, aber der hohe Geist Rjabinins kann's. Und kein Geschäftsmann kauft ohne zu zählen, wenn man's ihm nicht umsonst gibt, wie du. Deinen Wald kenne ich. Ich bin dort jedes Jahr zur Jagd, und dein Wald ist fünfhundert Rubel bares Geld wert, während er dir zweihundert und noch dazu in Raten zahlt. Das heißt, du hast ihm dreißigtausend Rubel einfach geschenkt.«

»Du übertreibst gewiß«, sagte Stjepan Arkadjewitsch in klagendem Ton, »warum hat denn niemand mehr geben wollen?«

»Einfach aus dem Grunde, weil unter den Händlern ein Einvernehmen besteht; er hat ihnen Abstandsgeld gezahlt. Ich habe schon mit ihnen allen zu tun gehabt, ich kenne sie. Das sind ja keine Geschäftsleute, sondern Wucherer. Dein Käufer läßt sich auf keinen Handel ein, bei dem nur zehn bis fünfzehn Prozent herausspringen können, er wartet, bis er den Rubel für zwanzig Kopeken bekommt.«

»Aber ich bitte dich! Du bist in schlechter Laune.«

»Ganz und gar nicht«, versetzte Ljwein düster, während sie am Hause vorfuhren.

An der Freitreppe stand schon ein fest mit Eisen beschlagener, lederüberzogener Bauernwagen mit einem wohlgefütterten Pferde zwischen den breiten, straff gespannten Strängen. In dem Wagen saß ein vollblütiger und stramm gegürteter Mann, Rjabinins Büroaushilfe, der ihm zugleich als Kutscher diente. Rjabinin selbst war schon im Hause und begrüßte die beiden Freunde im Vorzimmer. Es war ein hochgewachsener, hagerer Mann in mittleren Jahren, mit einem Schnurrbart, glatt rasiertem, vorstehendem Kinn und hervortretenden, trüben Augen. Er war in einen langschößigen, dunkelblauen Rock gekleidet, dessen Taillenknöpfe tiefer als das Kreuz saßen, und trug hohe Stiefel, die an den Knöcheln in Falten lagen und an den Waden stramm saßen, und über die er noch hohe Gummischuhe gezogen hatte. Er wischte sich mit dem Taschentuche über das ganze Gesicht, zog den Rock zurecht, der auch ohnedies schon sehr gut saß, und begrüßte die Eintretenden mit einem Lächeln, während er Stjepan Arkadjewitsch die Hand mit einer Bewegung entgegenstreckte, als ob er etwas fangen wolle.

»Ah, da sind Sie ja auch«, sagte Stjepan Arkadjewitsch und reichte ihm die Hand.

»Ich hätte nicht gewagt, den Befehlen von Durchlaucht entgegenzuhandeln, obgleich der Weg gar zu schlecht ist. Ich mußte positiv den ganzen Weg zu Fuß gehen, bin aber doch noch rechtzeitig eingetroffen. Konstantin Dmitritsch, ihr ergebenster Diener«, wandte er sich an Ljewin und bemühte sich, auch dessen Hand zu fangen. Aber Ljewin, der mit gerunzelten Brauen dastand, tat, als bemerke er seine Hand nicht, und nahm die Waldschnepfen aus der Jagdtasche. »Es hat den Herren beliebt, sich ein Jagdvergnügen zu machen. Was dürfte das für ein Vogel sein?« fügte Rjabinin, mit einem verächtlichen Blick auf die Waldschnepfen hinzu. »Er muß wohl gut schmecken.« Und er schüttelte mißbilligend den Kopf, als ob er starken Argwohn hege, daß dieser Spaß mehr koste, als er wert sei.

»Willst du nicht in mein Arbeitszimmer gehen?« sagte Ljewin in französischer Sprache, indem er sich mit finsterer Miene zu Stjepan Arkadjewitsch wandte. »Gehen Sie in mein Arbeitszimmer, dort können Sie ungestört verhandeln.«

»Wie Sie wünschen, wo es Ihnen beliebt«, sagte Rjabinin mit würdevoller Geringschätzung, als ob er zu verstehen geben wolle, daß es zwar für andere Leute eine schwierige Sache sein möge, die passende Art und Weise zu finden, wie sie sich im Verkehr mit diesem oder jenem zu verhalten hätten, daß es aber für ihn niemals und niemandem gegenüber irgendeine Schwierigkeit geben könne.

Als er in das Arbeitszimmer eingetreten war, sah sich Rjabinin nach alter Gewohnheit um, als ob er das Heiligenbild suche; als er es aber gefunden hatte, bekreuzte er sich nicht. Er betrachtete die Schränke und die Regale mit den Büchern, und lächelte geringschätzig mit dem gleichen Ausdruck des Zweifels, den er in bezug auf die Waldschnepfen an den Tag gelegt hatte, und schüttelte mißbilligend den Kopf; denn in diesem Fall konnte er schlechterdings nicht die Möglichkeit zugeben, daß dieser Spaß wert sein könne, was er koste.

»Nun, haben Sie das Geld mitgebracht!« fragte Oblonskij. »Bitte, setzen Sie sich.«

»Auf das Geld werden wir nicht zu warten brauchen. Ich bin gekommen, um Sie zu sehen und mit Ihnen zu sprechen.«

»Worüber wäre denn noch zu sprechen? Aber setzen Sie sich doch.«

»Das kann geschehen«, sagte Rjabinin und setzte sich, wobei er sich auf die für ihn unbequemste Weise gegen den Rücken des Stuhls lehnte. »Fürst, Sie müssen mir noch was ablassen. Es ist die reine Sünde. Das Geld liegt endgültig bereit, bis auf die letzte Kopeke. Wegen des Geldes wird's keinen Aufschub geben.«

Ljewin, der unterdessen sein Gewehr in den Schrank gestellt hatte, war eben im Begriff, wieder hinauszugehen, blieb aber stehen, als er diese Worte hörte.

»Sie bekommen schon ohnedies den Wald halb umsonst«, sagte er. »Er hat mit mir nur zu spät davon gesprochen, sonst hätte ich den Preis bestimmt.«

Rjabinin stand auf und blickte Ljewin schweigend und lächelnd von unten bis oben an.

»Konstantin Dmitritsch sind schon gar zu geizig«, wandte er sich dann lächelnd an Stjepan Arkadjewitsch, »man kann endgültig keinen vorteilhaften Handel mit ihm abschließen. Ich habe einmal Weizen mit ihm gehandelt und schweres Geld dafür bezahlt.«

»Weshalb sollte ich Ihnen denn mein Eigentum umsonst geben? Ich hab's ja nicht auf der Erde gefunden und auch nicht gestohlen.«

»Ich bitte Sie, in den heutigen Zeitläufen ist es positiv unmöglich, zu stehlen. Alles wird endgültig heutzutage in öffentlicher Gerichtssitzung verhandelt, alles geht jetzt wohlanständig zu; vom Stehlen kann gar keine Rede mehr sein. Wir haben ehrlich miteinander verhandelt. Sie schlagen den Wald zu hoch an, ich finde meine Rechnung nicht dabei. Ich bitte, mir wenigstens eine Kleinigkeit nachzulassen.«

»Ist das Geschäft eigentlich abgeschlossen oder nicht? Wenn es abgeschlossen ist, so gibt es nichts mehr zu feilschen; ist es aber nicht abgeschlossen«, fiel Ljewin ein, »so kaufe ich den Wald.«

Das Lächeln verschwand plötzlich aus Rjabinins Zügen. Ein habichtähnlicher, raubsüchtiger und harter Ausdruck prägte sich darauf aus.

Er knöpfte mit den knochigen Fingern eilig den Rock auf, so daß das Hemd, die Kupferknöpfe der Weste und die Uhrkette sichtbar wurden und holte rasch eine dicke, alte Brieftasche hervor.

»Bitte, der Wald ist mein«, stieß er hervor, indem er sich rasch bekreuzte und die Hand ausstreckte. »Hier ist das Geld, der Wald ist mein. So handelt Rjabinin, der zählt nicht jeden Groschen«, fügte er mit gerunzelter Stirn hinzu, indem er mit der Brieftasche herumfuchtelte.

»Ich würde mich an deiner Stelle nicht übereilen«, bemerkte Ljewin.

»Ich bitte dich«, erwiderte Oblonskij verwundert, »ich habe ja mein Wort gegeben.«

Ljewin verließ das Zimmer und schmetterte die Tür hinter sich zu. Rjabinin blickte auf die Tür und schüttelte lächelnd den Kopf.

»Das kommt alles von der Jugend, das ist endgültig bloße Kinderei. Wissen Sie, ich kaufe ja, glauben Sie mir auf Ehre, eigentlich nur so des Ruhmes wegen, damit es heißt, der Rjabinin und kein anderer hat dem Oblonskij einen Wald abgekauft. Gott gebe, daß ich meine Rechnung dabei finde. Wahrhaftiger Gott. Ich bitte ergebenst, den Kaufvertrag unterschreiben zu wollen ...«

Eine Stunde später hatte der Kaufmann den Vertrag in der Tasche, schlug sorgfältig seinen Rock übereinander, machte die Haken seines Überrockes zu, setzte sich in sein stramm beschlagenes Wägelchen und fuhr nach Hause.

»Gott diese Gutsherren«, sagte er. »Der eine ist wie der andere.«

»Ja, das stimmt«, erwiderte der Verwalter, übergab ihm die Zügel und hakte das Spritzleder fest.

»Zu dem Geschäft kann man Ihnen wohl Glück wünschen, Michail Ignatjitsch?«

»Hm, hm ...«

17

Die Taschen mit den Staatspapieren vollgestopft, die ihm der Kaufmann für drei Monate im voraus eingehändigt hatte, begab sich Stjepan Arkadjewitsch hinauf. Das Geschäft mit dem Walde war abgeschlossen, er hatte das Geld in der Tasche, die Jagd war prächtig verlaufen, und Stjepan Arkadjewitsch befand sich in heiterster Laune; darum aber wünschte er auch ganz besonders, die üble Stimmung zu verscheuchen, die über Ljewin gekommen war. Er wollte den Tag mit dem Abendessen ebenso angenehm beschließen, wie er ihn begonnen hatte.

Ljewin war in der Tat schlecht gelaunt, und trotz des lebhaften Wunsches, seinem lieben Gaste freundlich und liebenswürdig zu begegnen, konnte er seiner Stimmung nicht Herr werden. Die berauschende Nachricht, daß Kitty nicht verheiratet sei, begann ihn allmählich zu überwältigen.

Kitty nicht verheiratet und krank, krank vor Liebe zu einem Menschen, der sie verschmäht hatte. Es war, als ob diese Kränkung ihn selbst getroffen hätte. Wronskij hatte sie verschmäht, und sie hatte ihn, Ljewin, verschmäht. Folglich hatte Wronskij ein Recht, Ljewin zu mißachten und war deshalb sein Feind. Aber alles dies machte sich Ljewin nicht klar. Er hatte nur die dunkle Empfindung, daß hierin etwas Kränkendes für ihn liege, und sein Groll galt jetzt nicht mehr der eigentlichen Ursache seiner Verstimmung, sondern kehrte sich gegen alles, was ihm gerade in den Weg kam. So regte ihn der unsinnige Waldverkauf auf, der Betrug, dem Oblonskij zum Opfer gefallen war und der sich bei ihm in seinem Hause vollzogen hatte.

»Nun, bist du fertig?« fragte er, als er mit Stjepan Arkadjewitsch oben zusammentraf, »möchtest du zu Nacht essen?«

»Ja, ich habe nichts dagegen. Was ich für einen Appetit auf dem Lande habe, ist wirklich wunderbar! Warum hast du Rjabinin nicht zum Essen dabehalten?«

»Ei, der Teufel soll ihn holen!«

»Wie du aber auch mit ihm umspringst!« sagte Oblonskij. »Du hast ihm nicht einmal die Hand gegeben. Warum nicht?«

»Weil ich einem Bedienten nicht die Hand gebe, und ein Bedienter ist noch hundertmal besser als er.«

»Bist du aber ein Rückschrittler! – Wo bleibt da die Verschmelzung der Stände?« fragte Oblonskij.

»Wem eine solche Verschmelzung angenehm ist, wohl bekomm's; mir aber ist sie zuwider.«

»Ich sehe schon, du bist ein entschiedener Rückschrittler.«

»Ich habe wahrhaftig niemals darüber nachgedacht, was ich bin. Ich bin Konstantin Ljewin und weiter nichts.«

»Und zwar Konstantin Ljewin, der sehr übler Laune ist«, sagte Stjepan Arkadjewitsch lächelnd.

»Ja, ich bin allerdings über Laune, und weißt du auch weswegen? Wegen, entschuldige schon, wegen deines dummen Verkaufs …«

Stjepan Arkadjewitsch verzog gutmütig das Gesicht, wie ein Mensch, den man unschuldig kränkt und ärgert.

»Schon gut!« sagte er. »Wann wäre es vorgekommen, daß irgend jemand etwas verkauft hätte, ohne daß er nicht gleich nach dem Verkaufe hören müßte, ›daß ist viel mehr wert‹. So lange man aber noch nicht verkauft hat, will keiner etwas geben … Nein, ich sehe schon, du hast einen Pik auf diesen armen Rjabinin.«

»Vielleicht hast du recht. Und weißt du auch warum? Du wirst wieder sagen, daß ich ein Rückschrittler bin oder irgendein anderes schreckliches Wort gebrauchen; aber trotz alledem verdrießt und kränkt es mich, zu sehen, wie allerorten der Adel, zu dem ich doch gehöre, und zu dem zu gehören ich trotz der Verschmelzung der Stände sehr froh bin, verarmt. Und diese Verarmung ist nicht etwa eine bloße Folge des Aufwandes. Das wäre noch nichts; auf großem Fuß leben

– das ist Sache des Adels, und darauf versteht sich nur der Adel. Wenn jetzt die Bauern in unserer nächsten Nachbarschaft Land kaufen – so kränkt mich das nicht weiter. Der Herr tut nichts, der Bauer arbeitet und so verdrängt er den Müßiggänger. Das muß so sein. Und ich freue mich sehr für diesen Bauer. Aber was mich kränkt, ist, diese Verarmung mit ansehen zu müssen, die – ich weiß nicht, wie ich es nennen soll – auf einer großen Naivität beruht. Hier kauft ein polnischer Pächter von seiner Gutsherrin, die in Nizza lebt, ein herrliches Gut um den halben Preis. Dort gibt man einem Kaufmann Ackerland für einen Rubel die Deßjätine in Pacht, das zehn Rubel wert ist. Und so hast du ohne jeglichen Grund diesem Schelm dreißigtausend Rubel geschenkt.«

»Was soll man also tun? Soll man jeden Baum zählen?«

»Unbedingt. Du hast freilich nicht gezählt, und Rjabinin hat wohl gezählt. Rjabinins Kinder werden Mittel zum Leben und zu ihrer Ausbildung haben, während deine vielleicht keine haben werden!«

»Nimm mir's nicht übel, aber es liegt doch auch etwas Erbärmliches in dieser Zählerei. Wir haben unseren Beruf und sie den ihren, und sie müssen einen gewissen Vorteil dabei haben. Na, übrigens ist die Sache erledigt, also Schluß. Und hier kommen Spiegeleier, und das ist meine Lieblingseierspeise. Und Agafja Michajlowna gibt uns auch von ihrem wunderbaren Kräuterlikör …«

Stjepan Arkadjewitsch setzte sich zu Tisch und begann mit Agafja Michajlowna zu scherzen, indem er ihr versicherte, daß er schon lange nicht so vorzüglich zu Mittag und zu Abend gespeist habe.

»Ja, Sie loben einen doch wenigstens«, sagte Agafja Michajlowna, »aber Konstantin Dmitritsch, was man ihm auch hinsetzt, und wenn's eine Brotrinde wär', er würde sie aufessen und kein Wort sagen.«

So sehr sich Ljewin auch Mühe gab, sich zusammenzunehmen, er blieb finster und schweigsam. Er wollte Stjepan Arkadjewitsch etwas fragen, aber er konnte sich nicht dazu entschließen und war nicht imstande, für seine Frage die richtige Form, noch den passenden Augenblick zu finden.

Stjepan Arkadjewitsch war bereits in sein Zimmer hinuntergegangen, hatte sich ausgezogen und abermals gewaschen, das fein gefaltete Nachthemd angelegt und sich ins Bett gelegt, aber Ljewin trödelte noch immer bei ihm im Zimmer herum, sprach von den verschiedensten Kleinigkeiten und war nicht imstande, das zu fragen, was ihm auf dem Herzen lag.

»Wie wunderhübsch man doch jetzt Seife anzufertigen versteht«, sagte er, während er ein duftiges Stück Seife, das Agafja Michajlowna für den Gast bereit gelegt hatte, von Oblonskij aber unbenutzt gelassen war, betrachtete und zwischen den Fingern drehte. »Sieh nur einmal her, das ist doch geradezu ein Kunstwerk.«

»Ja, es ist wunderbar, bis zu welcher Vollkommenheit man es heutzutage in jeder Beziehung gebracht hat«, meinte Stjepan Arkadjewitsch, mit einem weichen und wohligen Gähnen. »Die Theater zum Beispiel, und diese belustigenden ... a–a–a! –« gähnte er. »Überall hat man elektrisches Licht ... a–a–!«

»Ja, das elektrische Licht«, versetzte Ljewin. »Ja. Sag' mal, wo ist jetzt Wronskij?« fragte er, indem er plötzlich die Seife fortlegte.

»Wronskij?« erwiderte Stjepan Arkadjewitsch und hielt mitten im Gähnen inne, »er ist in Petersburg. Er ist bald nach dir abgereist und war seit der Zeit kein einziges Mal wieder in Moskau. Und weißt du, Kostja, ich will dir die Wahrheit sagen«, fuhr er fort, indem er den Ellenbogen auf den Tisch stemmte und sein hübsches, gerötetes Gesicht, aus dem die feuchten, gutmütigen und schläfrigen Augen wie Sterne hervorblinkten, gegen die Handfläche drückte. »Du warst selbst an allem schuld, du hast dich von deinem Nebenbuhler einschüchtern lassen. Ich aber, und das habe ich dir auch damals schon gesagt – ich weiß nicht, auf wessen Seite die größeren Aussichten waren. Warum bist du nicht gerade auf dein Ziel losgegangen? Ich habe dir damals gesagt, daß ...« Er gähnte wieder, aber nur mit den Kiefern, ohne den Mund zu öffnen.

»Weiß er's oder weiß er's nicht, daß ich um sie angehalten habe?« dachte Ljewin, indem er ihn anblickte. »Ja, er hat einen schlauen, diplomatischen Ausdruck im Gesicht!« Er fühlte, wie er rot wurde, während er schweigend Stjepan Arkadjewitsch gerade in die Augen blickte.

»Wenn damals von ihrer Seite irgend etwas vorlag, so erklärt sich dies nur dadurch, daß sie sich durch die bestechende Außenseite der Sache hatte hinreißen lassen«, fuhr Oblonskij fort. »Weißt du, diese vollendete aristokratische Vornehmheit und die zukünftige Stellung in der Gesellschaft haben nicht so sehr auf sie, als auf die Mutter einen Einfluß gehabt.«

Ljewins Gesicht hatte sich verfinstert. Das Kränkende der Abweisung, die er damals erfahren hatte, brannte wieder in seinem Herzen, als wäre es eine neue, eben erst erhaltene Wunde. Aber er war in seinem eigenen Haus, und »zu Hause helfen einem die Wände«, wie man zu sagen pflegt.

»Halt, halt«, rief er, Oblonskij unterbrechend. »Du sprichst von aristokratischer Vornehmheit. Aber gestatte mir die Frage, worin besteht eigentlich diese aristokratische Vornehmheit von Wronskij oder irgendeinem andern, er sei wer er will, ich meine eine solche aristokratische Vornehmheit, daß ich davor zurückzutreten hätte. Du hältst Wronskij für einen Aristokraten, ich aber nicht. Ein Mensch, dessen Vater es verstanden hat, auf Schleichwegen aus dem Nichts emporzukommen, dessen Mutter Gott weiß was für Liebesverhältnisse gehabt hat! Nein, verzeih', für einen Aristokraten halte ich mich selber und Leute wie ich, die in der Vergangenheit drei bis vier ehrenhafte Geschlechter aufweisen können, die sich auf der höchsten Stufe der Bildung befunden haben (Begabung und Verstand – das ist eine andere Sache), sich niemals vor irgend jemandem erniedrigt haben, und die niemals fremde Hilfe in Anspruch zu nehmen brauchten. Leute, die ihr Leben so wie mein Vater und mein Großvater verbracht haben. Und ich kenne viele solche Leute. Dir erscheint es erniedrigend, daß ich die Bäume im Walde zähle, und du verschenkst dreißigtausend Rubel an Rjabinin; aber du beziehst eine Leibrente, und ich weiß nicht, was noch dazu, was ich alles nicht habe, und darum schätze ich das Ererbte und durch Arbeit Erworbene ... Wir sind Aristokraten, nicht aber die

Leute, die nur existieren können, wenn die Mächtigen dieser Erde ihnen Almosen hinwerfen, und die für ein Zwanzig-Kopeken-Stück zu haben sind.«

»Aber gegen wen ereiferst du dich denn? Ich bin ja ganz deiner Meinung«, sagte Stjepan Arkadjewitsch heiter und mit völliger Aufrichtigkeit, obgleich er herausfühlte, daß Ljewin zu den Leuten, die für ein Zwanzig-Kopeken-Stück zu haben sind, auch ihn selber zählte. Ljewins Lebhaftigkeit hatte ihm aufrichtig gefallen. »Auf wen hast du's nur gemünzt? Es ist zwar vieles von dem, was du über Wronskij sagst, nicht ganz richtig, aber darum handelt es sich ja gar nicht. Ich sage dir nur das eine, ohne alle Umschweife – ich an deiner Stelle würde jetzt mit mir zusammen nach Moskau fahren, und ...«

»Nein! Ich weiß nicht, ob du es weißt oder nicht, aber es ist mir auch ganz gleich. Und so sage ich dir denn – ich habe einen Heiratsantrag gemacht und bin abgewiesen worden, und Katjerina Alexandrowna ist für mich jetzt eine drückende und beschämende Erinnerung.«

»Weshalb? Das ist Unsinn!«

»Wir wollen nicht mehr darüber sprechen. Entschuldige mich, bitte, wenn ich grob gewesen bin«, sagte Ljewin. Jetzt, nachdem er alles gesagt hatte, wurde er wieder derselbe, der er am Morgen gewesen war. »Du bist mir nicht böse, Stiwa? Bitte, sei mir nicht böse«, schloß er und ergriff lächelnd seine Hand.

»Aber ich bitte dich, nicht im geringsten, und ich wüßte auch nicht weswegen. Ich freue mich, daß wir uns ausgesprochen haben. Und weißt du, die Jagd in der Morgenfrühe pflegt immer gut auszufallen. Wollen wir nicht noch einmal hin? Ich könnte sowieso nicht schlafen, und dann fahre ich direkt von der Jagd auf die Bahn.«

»Vortrefflich.«

18

Obwohl Wronskijs ganzes inneres Leben von seiner Leidenschaft ausgefüllt war, rollte doch sein äußeres Leben unveränderlich und unaufhaltsam in den früheren gewohnten Geleisen der gesellschaftlichen und kameradschaftlichen Verbindungen und Interessen weiter. Die Regimentsinteressen nahmen in Wronskijs Dasein einen wichtigen Platz ein, und zwar sowohl aus dem Grunde, weil er sein Regiment liebte, als auch noch mehr darum, weil er im Regimente beliebt war. Und Wronskij war bei seinem Regimente nicht nur beliebt, sondern man achtete ihn auch und war stolz auf ihn; stolz deshalb, weil dieser Mann bei seinem großen Reichtum, seiner vorzüglichen Bildung und seinen Fähigkeiten, dem der Weg zu jeglicher Art von Erfolg, den sowohl Ehrgeiz als auch Eitelkeit sich wünschen konnten, offen stand, weil dieser Mann alles dies verschmähte und von allen Lebensinteressen die des Regiments und der Kameraden seinem Herzen am nächsten lagen. Wronskij kannte diese Ansicht, die die Kameraden von ihm hatten, sehr wohl; und so fühlte er sich, abgesehen davon, daß er dieses Leben liebte, verpflichtet, diese über ihn feststehende Ansicht aufrecht zu erhalten.

Es versteht sich von selbst, daß er mit keinem einzigen seiner Kameraden von seiner Liebe sprach; er ließ sich sogar bei den stärksten Trinkgelagen kein Wort davon entschlüpfen (übrigens kam es niemals vor, daß er so berauscht gewesen wäre, um die Herrschaft über sich zu verlieren), und er verstand es, diejenigen unter seinen leichtsinnigen Kameraden, die den Versuch machten, auf sein Verhältnis anzuspielen, zum Schweigen zu bringen. Aber trotz alledem war sein Liebesverhältnis stadtbekannt; alle errieten mehr oder weniger genau die Natur seiner Beziehungen zu Anna Karenina; die Mehrzahl der jungen Leute beneidete ihn gerade um das, was bei diesem Verhalten das Erschwerendste war – die hohe gesellschaftliche Stellung von Anna Karenina und dir hier durch bewirkte Schaustellung dieses Bundes vor der Welt.

Die Mehrzahl der jungen Frauen, die Anna beneideten,

und die es schon längst verdroß, daß man sie eine achtbare Frau nannte, freuten sich über ihre Vermutungen und warteten nur, bis sich der Umschwung in der gesellschaftlichen Meinung gänzlich vollzogen haben würde, um mit der ganzen Schwere der Verachtung über Anna herzufallen. Sie hielten jetzt schon die Schmutzklumpen in Bereitschaft, mit denen sie sie bewerfen wollten, wenn die Zeit gekommen wäre. Die Mehrzahl der älteren Leute und einige hochgestellte Persönlichkeiten hingegen waren ärgerlich über diesen gesellschaftlichen Skandal, der im Anzug war.

Wronskijs Mutter war, als sie von diesem Verhältnis erfuhr, anfangs ganz damit zufrieden gewesen; einmal, weil nach ihrer Ansicht nichts einem glänzenden jungen Kavalier so sehr den letzten Schliff gab, wie ein Verhältnis in den höheren Kreisen der Gesellschaft, und dann auch deswegen, weil Anna Karenina, die ihr so gut gefallen und ihr soviel von ihrem Söhnchen erzählt hatte, sich nun doch als ebenso erwiesen hatte, wie nach der Meinung der Gräfin Wronskij alle schönen und achtbaren Frauen waren. Aber in der letzten Zeit hatte sie erfahren, daß ihr Sohn eine für seine ganze Laufbahn wichtige Stellung, die ihm angeboten worden war, zurückgewiesen habe, um nur im Regiment zu bleiben und die Möglichkeit zu haben, mit Anna Karenina weiter zu verkehren; sie hatte erfahren, daß einige hochgestellte Persönlichkeiten ihn darum tadelten, und so betrachtete sie jetzt die Sache mit anderen Augen. Es mißfiel ihr allerdings auch, daß dieses Verhältnis nach allem, was sie davon gehört hatte, nicht die glänzende, anmutige, weltliche Liaison war, die sie gebilligt hätte, sondern eine Art von verzweifelter Werther-Leidenschaft, die ihn zu Torheiten verleiten konnte. Sie hatte ihn seit seiner unerwarteten Abreise aus Moskau nicht gesehen und ihn jetzt durch ihren ältesten Sohn auffordern lassen, zu ihr zu kommen.

Der ältere Bruder war gleichfalls mit dem jüngeren nicht zufrieden. Er untersuchte nicht, was für eine Art von Liebe das sei: ob eine große oder kleine, eine leidenschaftliche oder nicht leidenschaftliche, eine lasterhafte oder nicht lasterhafte – (er selbst, der Kinder hatte, hielt eine Tänzerin aus und war in dieser Beziehung eher zur Nachsicht geneigt); aber er wußte, daß diese Liebe den Leuten mißfiel, deren Mißfallen man nicht erregen darf, und darum billigte er diese Beziehungen seines Bruders nicht.

Außer seinen dienstlichen Obliegenheiten und seinem Verkehr in der großen Welt hatte Wronskij noch eine besondere Beschäftigung – die Pferde, denen er leidenschaftlich zugetan war.

In diesem Jahre sollten Offiziersrennen mit Hindernissen stattfinden. Wronskij hatte sich für die Rennen eingeschrieben, eine englische Vollblutstute gekauft und gab sich trotz der Liebe, die ihn beherrschte, mit Leidenschaft, wenn auch mit der ihm eigenen Zurückhaltung, dem Gedanken an die bevorstehenden Rennen hin.

Diese beiden Leidenschaften waren einander nicht hinderlich. Im Gegenteil, er brauchte etwas, was seine Zeit und sein Interesse, unabhängig von seiner Liebe, in Anspruch nahm, etwas, was erfrischend auf ihn wirkte und ihn nach den allzu aufregenden Eindrücken, denen er ausgesetzt war, zur Ruhe kommen ließ.

19

Am Tage der Rennen von Kraßnoje-Sseló kam Wronskij früher als gewöhnlich in den Speisesaal des Regimentskasinos, um ein Beefsteak zu essen. Er hatte nicht nötig gehabt, sehr strenge Enthaltsamkeit zu üben, da sein Körpergewicht genau den festgesetzten viereinhalb Pud entsprach; aber er durfte nicht stärker werden, und deshalb vermied er alle Mehlspeisen und Süßigkeiten. Er saß, den Waffenrock über der weißen Weste aufgeknöpft und beide Ellbogen auf den Tisch gestützt, und wartete auf das bestellte Beefsteak, während er zugleich in einen französischen Roman blickte, den er auf dem Teller liegen hatte. Er sah nur darum in das Buch, um mit den ein- und ausgehenden Offizieren nicht sprechen zu müssen und hing seinen Gedanken nach.

Er dachte daran, daß Anna versprochen hatte, mit ihm heute nach dem Rennen zusammenzutreffen. Aber er hatte sie seit drei Tagen nicht gesehen und wußte nun nicht, ob diese Zusammenkunft durch die Rückkehr ihres Gatten aus dem Auslande für heute unmöglich gemacht worden sei oder nicht, und er wußte auch nicht, wie er dies erfahren sollte. Das letzte Mal hatte er sie in dem Landhaus seiner Cousine Betsy getroffen. Das Landhaus Karenins besuchte er so selten wie möglich. Jetzt wäre er gern dorthin gefahren, und überlegte sich, wie er das am besten bewerkstelligen solle.

»Selbstverständlich werde ich sagen, Betsy habe mich geschickt, um zu fragen, ob sie zum Rennen kommen würde. Natürlich fahre ich hin«, lautete sein Entschluß, und er erhob den Kopf vom Buche. Und sein Gesicht strahlte vor Freude, während er sich das Glück des Wiedersehens lebhaft ausmalte.

»Schicke in meine Wohnung – man soll so schnell wie möglich das Dreigespann anspannen«, sagte er zu dem Diener, der ihm das Beefsteak auf einer silbernen heißen Schüssel brachte, schob die Schüssel näher heran und begann zu essen.

Im benachbarten Billardzimmer hörte man das Aufschlagen der Bälle, Sprechen und Lachen. An der Eingangstür erschienen zwei Offiziere: der eine, ein blutjunges Kerlchen mit schwächlichem, feinem Gesicht, war erst unlängst aus dem Pagenkorps in das Regiment getreten; der andere war ein aufgedunsener, älterer Offizier mit einem Armband am Handgelenk und verschwommenen, kleinen Augen.

Wronskij warf einen Blick auf sie, runzelte leicht die Brauen und tat, als ob er sie nicht bemerke, indem er von der Seite aufs Buch schielte und gleichzeitig zu essen und zu lesen begann.

»Du stärkst dich wohl für die Arbeit? Was?« sagte der dicke Offizier, indem er sich neben ihn setzte.

»Wie du siehst«, antwortete Wronskij, ohne ihn anzusehen mit gerunzelten Brauen, und wischte sich den Mund.

»Und fürchtest du nicht zu dick zu werden?« entgegnete jener, während er einen Stuhl für den jungen Offizier zurecht rückte.

»Was?« versetzte Wronskij ärgerlich, machte eine Grimasse des Widerwillens und zeigte seine festen Zähne.

»Ob du nicht zu dick zu werden fürchtest?«

»Sherry!« rief Wronskij dem Diener zu, ohne ihm zu antworten, legte das Buch auf die andere Seite und fuhr fort zu lesen.

Der Dicke nahm die Weinkarte und wandte sich an den jungen Offizier.

»Suche selbst aus, was wir trinken sollen«, sagte er, indem er ihm die Weinkarte hinhielt und ihn ansah.

»Rheinwein vielleicht«, versetzte der junge Offizier, indem er schüchtern zu Wronskij hinüberschielte und sich bemühte, mit den Fingern sein kaum hervorsprossendes Schnurrbärtchen zu erfassen. Als er sah, daß Wronskij sich nicht nach ihm umwandte, stand der Jüngere auf.

»Wir wollen ins Billardzimmer«, sagte er.

Der dicke Offizier erhob sich gehorsam, und sie wandten sich der Tür zu.

In diesem Augenblick betrat der hochgewachsene, stattliche Rittmeister Jaschwin das Zimmer, nickte den beiden Offizieren von oben herab geringschätzig zu und trat an Wronskij heran.

»Ah! Da ist er!« rief er und schlug ihn mit seiner großen Hand kräftig auf die Achselklappe. Wronskij blickte sich ärgerlich um, aber im nächsten Augenblick wurde sein Gesicht wieder von dem ihm eigenen Ausdruck ruhiger und fester Freundlichkeit erhellt.

»Das ist gescheit, Aljoscha«,* sagte der Rittmeister mit seiner lauten Baritonstimme. »Jetzt iß und dann trink ein Glas Wein.«

»Ich habe keine rechte Lust zum Essen!«

»Da gehen die Unzertrennlichen«, fügte Jaschwin hinzu, während er spöttisch den beiden Offizieren nachblickte, die unterdessen das Zimmer verlassen hatten. Und einer nahm neben Wronskij Platz, indem er in scharfen Ecken seine für die Höhe der Stühle viel zu langen Schenkel und Beine in den en-

---

* Aljoscha = Abkürzung für Alexej.

gen Reithosen zusammenbog. »Warum bist du denn gestern nicht ins Krassnojer Theater gekommen? Die Numjerowa war gar nicht übel. Wo warst du denn?«

»Ich hatte mich bei den Twerskijs verplaudert«, sagte Wronskij.

»Ah!« rief Jaschwin aus.

Jaschwin war ein Spieler, ein Schlemmer und ein Mann, der nicht nur keine Grundsätze, sondern unsittliche Grundsätze hatte, – aber er war Wronskijs bester Freund im Regiment. Wronskij liebte ihn schon wegen seiner ungewöhnlichen körperlichen Anlage, die er besonders dadurch bewies, daß er wie ein Faß trinken und ganze Nächte hindurch ohne Schlaf zubringen konnte, ohne daß man ihm etwas anmerkte; aber er liebte ihn auch wegen der großen sittlichen Kraft, die er in seinen Beziehungen zu Vorgesetzten wie Kameraden an den Tag legte und durch die er sich ebensosehr Furcht und Achtung erzwang, wie durch sein Spiel, bei dem es sich für ihn meist um Zehntausende handelte, wobei er jedoch stets, er mochte noch so viel getrunken haben, mit einer Feinheit und Sicherheit spielte, daß er im Englischen Klub für den ersten Spieler galt.

Wronskij achtete und liebte ihn aber auch besonders deshalb, weil er fühlte, daß Jaschwin seinerseits ihm weder seines Namens, noch seines Reichtums wegen, sondern um seiner selbst willen zugetan war. Und mit ihm allein von allen Menschen hätte Wronskij gern von seiner Liebe gesprochen. Er fühlte, daß Jaschwin allein, trotzdem er jedes Gefühl zu verachten schien, daß dieser allein, so schien es wenigstens Wronskij, die starke Leidenschaft verstehen könnte, die jetzt sein ganzes Leben erfüllte. Außerdem war er davon überzeugt, daß Jaschwin gewiß nicht der Mann sei, an Klatscherei und Skandal Vergnügen zu finden, daß er vielmehr dem wahren Gefühl das richtige Verständnis entgegenbringen würde, d. h. daß er wissen und glauben würde, diese Liebe sei kein Scherz und kein Zeitvertreib, sondern etwas Ernstes und Wichtiges.

Wronskij hatte mit ihm nie von seiner Liebe gesprochen, aber er sah, daß jener alles wußte, alles so auffaßte, wie es aufgefaßt werden mußte, und es tat ihm wohl, dies in seinen Augen zu lesen.

»Ach, ja!« sagte er auf Wronskijs Bemerkung, daß er bei den Twerskijs gewesen sei; in seinen schwarzen Augen blitzte es auf, er faßte die linke Spitze seines Schnurrbarts und begann, nach seiner schlechten Gewohnheit sie in den Mund zu stecken.

»Nun, und was hast du gestern getrieben? Hast du gewonnen?« fragte Wronskij.

»Achttausend. Aber drei davon sind nicht sicher, werden wohl schwerlich bezahlt werden.«

»Nun, dann kannst du auch an mir etwas verlieren«, sagte Wronskij lachend. (Jaschwin hatte auf Wronskij hoch gewettet.)

»Ich werde um keinen Preis verlieren. Nur Machotin ist gefährlich.«

Und das Gespräch wandte sich den Chancen des heutigen Rennens zu, dem einzigen, woran Wronskij jetzt denken konnte. »Wir wollen jetzt gehen, ich bin fertig«, sagte er, indem er aufstand und sich zur Tür wandte. Jaschwin erhob sich gleichfalls, streckte seine ungeheuren Beine aus und reckte den langen Rücken empor.

»Es ist für mich noch zu früh zum Mittagessen, aber ich muß noch ein Glas trinken. Ich komme sofort. Wein!« rief er mit seiner starken, im Kommando berühmten Stimme, daß die Gläser klirrten. »Nein, nicht nötig«, rief er gleich darauf wieder. »Du gehst nach Haus, ich komme mit.«

Und er ging mit Wronskij hinaus.

20

Wronskij hatte sein Quartier in einer geräumigen und reinen, in zwei Räume abgeteilten finnischen Bauernhütte. Petrizkij wohnte im Lager mit ihm zusammen. Er schlief noch, als Wronskij mit Jaschwin in die Hütte trat.

»Steh' auf, du hast genug geschlafen«, sagte Jaschwin, indem er hinter den Verschlag trat und Petrizkij an der Schulter rüttelte.

Petrizkij erhob sich mit einem Ruck auf die Knie und sah sich um.

»Dein Bruder war hier«, begann er zu Wronskij. »Hat mich aufgeweckt, der Teufel soll ihn holen; er sagte, er würde wiederkommen.«

Und er warf sich wieder aufs Kissen und zog die Decke über sich. »So laß doch, Jaschwin«, rief er ärgerlich Jaschwin zu, der ihm die Decke fortzog. »Laß!« – Er drehte sich um und öffnete die Augen. »Sage mir lieber, was ich trinken soll; ich habe einen so ekelhaften Geschmack im Mund, daß …«

»Branntwein ist das beste«, erwiderte Jaschwin mit seiner tiefen Baßstimme. »Tereschtschenko! bring' dem Herrn Branntwein und Gurken«, schrie er, mit offenbarer Freude an dem Klange seiner eigenen Stimme.

»Branntwein, meinst du? Ja?« fragte Petrizkij, indem er die Stirne in Falten zog und sich die Augen rieb. »Willst du nicht auch ein Glas? Wollen wir zusammen eins trinken? Wronskij, willst du?« fuhr Petrizkij fort, indem er aufstand und sich bis unter die Achseln in die getigerte Decke wickelte.

Er ging durch die Tür des Verschlages, hob die Hände in die Höhe und begann auf Französisch zu trällern: »Es war ein König in Thule.« – »Wronskij, willst du nicht mittrinken?«

»Scher' dich fort«, erwiderte Wronskij, während er den Überrock anzog, den ihm der Diener reichte.

»Wo fährst du denn hin?« fragte ihn Jaschwin. »Da steht ja auch die Trojka«, fügte er hinzu, als er den Wagen erblickte, der vorgefahren war.

»In den Marstall, und dann muß ich noch zu Brjanskij wegen der Pferde«, erwiderte Wronskij.

Er hatte in der Tat versprochen, bei Brjanskij, der ungefähr zehn Werft von Peterhof wohnte, vorzufahren und ihm das Geld für die Pferde zu bringen; und er hätte es gerne möglich gemacht, noch hinzuzukommen. Aber seine Kameraden begriffen sofort, daß er nicht nur dorthin wollte.

Petrizkij fuhr fort zu singen, blinzelte aber mit einem Auge und blies die Lippen auf, als ob er sagen wollte: man weiß schon, was das für ein Brijanskij ist.

»Sieh zu, daß du dich nicht verspätest!« sagte Jaschwin nur. Und um dem Gespräch eine andere Wendung zu geben fragte er: »Wie macht sich mein wilder Brauner, tut er seine Schuldigkeit?« und blickte durchs offene Fenster auf das Mittelpferd, das er ihm verkauft hatte.

»Halt!« schrie Petrizkij Wronskij zu, der schon im Fortgehen begriffen war. »Dein Bruder hat einen Brief für dich zurückgelassen und einen Zettel. Warte, wo sind sie nur?«

Wronskij blieb stehen.

»Na, wo sind sie denn?«

»Ja, wo sind sie? Das ist die Frage«, sprach Petrizkij feierlich, während er den Zeigefinger über die Nase nach aufwärts führte.

»So sprich doch, das ist ja zu dumm!« sagte Wronskij lächelnd.

»Den Kamin habe ich nicht damit geheizt. Sie sind hier irgendwo.«

»Scherz beiseite, wo ist denn der Brief?«

»Nein, ich hab's wahrhaftig vergessen. Oder hab' ich's bloß geträumt? Warte, warte doch! Nur kaltes Blut! Wenn du, wie wir gestern, vier Flaschen pro Kopf getrunken hättest, würdest du überhaupt vergessen, wo du liegst. Wart', es muß mir gleich einfallen!«

Petrizkij ging hinter den Verschlag und legte sich auf sein Bett.

»Halt! So lag ich und so stand er. Ja – ja – ja – ja ... Da ist er auch!« und Petrizkij zog den Brief unter der Matratze hervor, wo er ihn versteckt hatte.

Wronskij nahm den Brief und den Zettel von seinem Bruder. Es war gerade das, was er erwartet hatte – ein Brief von seiner Mutter voller Vorwürfe, weil er nicht zu ihr komme, und ein Zettel von seinem Bruder mit der Bemerkung, daß er ihn sprechen müsse. Wronskij wußte, daß es sich immer wieder um dasselbe handelte. »Was geht es sie an!« dachte er und zerknitterte den Brief; dann schob er ihn zwischen die Knöpfe seines Uniformrockes, um ihn unterwegs aufmerksam durchzulesen. Im Vorflur begegneten ihm zwei Offiziere: der eine von seinem, der zweite von einem anderen Regiment.

Wronskijs Quartier war immer der Sammelpunkt aller Offiziere.

»Wohin?«

»Ich muß nach Peterhof.«

»Ist das Pferd aus Zarskoje gekommen?«

»Es ist schon hier, aber ich habe es noch nicht gesehen.«

»Machotins ›Gladiator‹ soll ein wenig hinken.«

»Unsinn! Aber wie werdet ihr nur bei diesem Schmutz reiten können!« bemerkte ein anderer.

»Da kommen meine Retter!« schrie Petrizkij, als er die Eintretenden erblickte; vor ihm stand sein Bursche, ein Teebrett mit Branntwein und einer sauren Gurke in den Händen. »Hier, Jaschwin befiehlt mir, zu trinken, damit ich wieder frisch werde.«

»Na, ihr habt uns gestern gut mitgespielt«, sagte einer der Hinzugekommenen, »die ganze Nacht habt ihr uns nicht schlafen lassen.«

»Aber dafür war auch das Ende gelungen!« begann Petrizkij zu erzählen. »Wolkow ist aufs Dach geklettert und sagte, ihm sei traurig zumute. Ich erwiderte darauf: Musik her, einen Trauermarsch! Und so ist er auf dem Dache während des Trauermarsches eingeschlafen.«

»Trink nur, trink, sag' ich dir, dein Glas Branntwein, und hinterher Selterswasser mit viel Zitronensaft«, sagte Jaschwin, um Petrizkij wie eine Mutter besorgt, die ihrem Kinde zuredet, seine Arznei einzunehmen, »und dann erst ein ganz klein wenig Sekt, – vielleicht ein Fläschchen.«

»Das ist vernünftig. Warte, Wronskij, wir trinken zusammen.«

»Nein, adieu, meine Herren, heute trinke ich nicht.«

»Was, wirst du schwer davon? Nun, dann trinken wir allein. Bring' Selterswasser und Zitrone her.«

»Wronskij!« rief ihm einer der Zurückbleibenden nach, als er sich schon im Flur befand.

»Was?«

»Du solltest dir doch die Haare stutzen, sonst gibt es ein Übergewicht, besonders wegen der Glatze.«

Wronskij bekam in der Tat vorzeitig eine Glatze. Er lachte lustig auf, wobei er seine dichten Zähne zeigte, rückte die Mütze auf die kahle Stelle, ging hinaus und setzte sich in den Wagen.

»Zu den Stallungen«, befahl er und wollte schon die Briefe hervorholen, um sie durchzulesen; aber er besann sich eines anderen, da er sich vor der Besichtigung des Pferdes durch nichts ablenken lassen wollte. »Nachher!«

21

Der zeitweilige Stall, eigentlich eine Bretterbude, war dicht neben der Rennbahn errichtet worden, und sein Pferd mußte schon gestern dorthin gebracht worden sein. Er hatte es noch nicht gesehen. In diesen letzten Tagen hatte er es selbst nicht geritten, sondern dies dem Trainer überlassen, und jetzt wußte er ganz und gar nicht, in welchem Zustand sein Pferd angekommen war, und wie es mit ihm stand. Kaum hatte er den Wagen verlassen, als sein Stallknecht oder Groom, wie der junge Bursche genannt wurde, der schon von weitem seinen Wagen erkannt hatte, den Trainer herausrief. Der dürre Engländer, in hohen Stiefeln und kurzer Jacke, mit einem Haarbüschel unter dem Kinn, sonst ganz bartlos, kam ihm, die Ellenbogen spreizend und sich wiegend, mit dem ungeschickten Gang der Jockeys entgegen.

»Nun, was macht Frou-Frou?« fragte Wronskij auf englisch.

»All right, Sir – alles in Ordnung, Herr«, kam es irgendwo aus dem Inneren der Kehle des Engländers. »Es ist besser, Sie gehen nicht hinein«, fügte er hinzu, indem er den Hut lüftete. »Ich habe ihr den Mundriemen angelegt, und das Pferd ist aufgeregt. Es ist besser, wenn Sie nicht hineingehen, das beunruhigt das Pferd.«

»Nein, ich will zu ihr, ich möchte sehen, wie sie aussieht!«

»Also gehen wir«, sagte der Engländer mit verfinsterter Miene, immer ohne den Mund beim Sprechen zu öffnen, und schritt, die Ellenbogen hin- und herbewegend, mit seinem wackeligen Gange voraus.

Sie betraten den kleinen Hof vor der Baracke. Der Dienst tuende Stallknecht, ein schmucker, stattlicher Bursche in einer reinen Jacke, mit einem Besen in der Hand, begrüßte die Eintretenden und ging ihnen nach. In der Baracke standen fünf Pferde in den Ständen, und Wronskij wußte, daß heute auch sein hauptsächlicher Nebenbuhler, der fuchsrote, zehn Zoll hohe »Gladiator« Machotins hierher gebracht worden war und hier stehen mußte. Noch mehr als sein eigenes Pferd wünschte Wronskij den »Gladiator« zu sehen, den er nicht kannte; aber er wußte, daß er ihn nach den Anstandsregeln des Pferdesports nicht nur nicht sehen dürfe, sondern daß es sogar unpassend sei, auch nur nach ihm zu fragen. Während er aber den Korridor entlang ging, öffnete der Junge die Tür zu einem zweiten Stande links, und Wronskij erblickte ein fuchsrotes, großes Pferd mit weißen Beinen. Er wußte, daß dies »Gladiator« war; aber mit dem Gefühl eines Mannes, der sich von einem geöffneten, fremden Briefe wegwendet, kehrte er sich ab und ging zu dem Stande von Frou-Frou.

»Hier ist das Pferd von Ma – k ... Mak ... ich kann diesen Namen nie aussprechen«, sagte der Engländer über die Schulter hinweg und wies mit dem großen Finger, an dem sich ein schmutziger Nagel befand, auf den Stand von Gladiator.

»Von Machotin? Ja, das ist mein einziger ernsthafter Nebenbuhler«, sagte Wronskij.

»Wenn Sie ihn reiten würden«, versetzte der Engländer, »so würde ich auf ihn wetten.«

»Frou-Frou hat mehr Nerv, er ist stärker«, erwiderte Wronskij und lächelte über das Lob, das seiner Reitkunst gespendet wurde.

»Beim Hindernisrennen liegt alles am Reiten und am pluck«, bemerkte der Engländer.

»Pluck«, d. h. Energie und Kühnheit, fühlte Wronskij nicht nur zur Genüge in sich, sondern, was weit wichtiger war, er war auch fest davon überzeugt, daß kein Mensch in der Welt diesen *pluck* in höherem Maße als er besitzen könne.

»Es wird gewiß nicht nötig gewesen sein, das Pferd in Schweiß zu bringen.«

»Nein, es ist nicht nötig gewesen«, antwortete der Engländer. »Bitte, sprechen Sie nicht laut. Das Pferd wird erregt«, fügte er hinzu, indem er mit dem Kopf nach dem geschlossenen Stande wies, vor dem sie sich befanden und aus dem man das Pferd auf dem Stroh mit den Füßen stampfen hörte.

Er öffnete die Tür, und Wronskij trat in den durch ein kleines Fensterchen schwach erleuchteten Raum. In dem Stande befand sich ein dunkelbraunes Pferd, das einen Maulkorb anhatte und mit den Füßen auf dem frischen Stroh herumstampfte. Wronskij sah sich in dem Halblicht, das in dem Stande herrschte, um, und umfaßte nochmals unwillkürlich mit einem Blicke den ganzen Körperbau seines Lieblingspferdes. Frou-Frou war ein Pferd von mittlerem Wuchs und dem Körperbau nach nicht ganz tadellos. Sie war in den Knochen zu dünn und obgleich ihr Brustkorb sich stark nach vorwärts wölbte, war die Brust selbst doch schmal. Ihr Hinterteil war etwas herabhängend, und an den Vorderfüßen, besonders aber den Hinterfüßen, war eine bedeutende Krummbeinigkeit zu bemerken. Die Muskeln der Hinter- und Vorderfüße waren nicht besonders stark entwickelt; dafür aber war das Pferd im Sattelgurt ungewöhnlich breit, was besonders jetzt bei seiner Trainierung und der Magerkeit seines Leibes auffiel. Die Knochen seiner Füße unterhalb der Knie schienen, von vorn gesehen, nicht dicker als ein Finger zu sein; dagegen waren sie, von der Seite betrachtet, ungewöhnlich breit. Der ganze Körper war, mit Ausnahme der Rippen, gleichsam an den Seiten zusammengedrückt und in die Tiefe gezogen. Aber es besaß im höchsten Grade eine Eigenschaft, die alle Mängel wieder vergessen ließ; diese Eigenschaft war das Blut, jenes Blut, welches nach dem englischen Ausdruck »*sich zeigt*«. Die scharf hervortretenden Muskeln unter dem Adernetz, das sich unter der feinen, beweglichen und atlasglatten Haut ausbreitete, schienen so fest wie Knochen zu sein. Der magere Kopf mit den hervortretenden, glänzenden, munteren Augen verbreiterte sich beim Maul in die vorstehenden Nüstern mit der innen blutunterlaufenen Schleimhaut. In der ganzen Gestalt und besonders im Kopfe lag ein ganz bestimmter Ausdruck von Energie und zugleich von Zärtlichkeit. Es war eines von jenen Tieren, bei denen man die Empfindung hat, daß sie nur darum nicht sprechen, weil die mechanische Einrichtung ihres Mundes es ihnen unmöglich macht.

Wronskij wenigstens schien es, als ob das Pferd alles verstünde, was er jetzt bei seinem Anblick empfand.

Sobald Wronskij eingetreten war, zog die Stute mit einem tiefen Atemzuge Luft ein, schielte mit ihrem vorgewölbten Auge so, daß das Weiße sich mit Blut übergoß, und blickte von der Seite auf die Eintretenden, während sie den Maulkorb schüttelte und elastisch von einem Fuß auf den andern trat.

»Da sehen Sie, wie aufgeregt sie ist«, sagte der Engländer.

»O du mein herrliches Tier!« sagte Wronskij, während er zu dem Pferde herantrat und ihm zusprach.

Aber je mehr er sich ihr näherte, desto aufgeregter wurde die Stute. Nur als er an ihren Kopf herantrat, wurde sie plötzlich still, und ihre Muskeln zitterten unter dem feinen, zarten Fell. Wronskij streichelte ihren festen Hals, ordnete auf dem scharfen Widerrist eine nach der andern Seite hinübergefallene Mähnensträhne und näherte sein Gesicht ihren weit geöffneten Nüstern, die von einer Feinheit waren, wie die Flügel einer Fledermaus. Sie zog die Luft geräuschvoll ein und stieß sie durch die aufgeblähten Nüstern wieder aus, zuckte leicht zusammen, legte das spitze Ohr zurück und schob die feste, schwarze Lippe zu Wronskij hin, als ob sie ihn beim Ärmel fassen wollte. Aber da sie sich des Maulkorbes erinnerte, so schüttelte sie ihn und begann wieder, von einem ihrer gleichsam gedrechselten Füße auf den andern zu treten.

»Ruhig, mein liebes Tier, sei doch ruhig!« sagte er und streichelte noch einmal mit der Hand ihren Rücken; dann verließ er den Stand mit dem freudigen Bewußtsein, daß das Pferd sich in der allerbesten Verfassung befinde.

Die Erregung des Pferdes hatte sich auch Wronskij mitgeteilt; er fühlte, wie ihm das Blut zum Herzen strömte und daß er ebenso wie das Pferd die Lust verspürte, sich zu bewegen, nach etwas zu beißen; es war ihm zugleich bang und froh zumute.

»Also ich verlasse mich auf Sie«, sagte er zu dem Engländer, »um halb sieben sind Sie an Ort und Stelle.«

»Es wird alles in Ordnung sein«, sagte der Engländer. »Wo fahren Sie hin, Mylord?« fragte er unvermutet, indem er sich des Titels »my lord« bediente, mit dem er ihn sonst fast niemals ansprach.

Wronskij hob verwundert den Kopf und sah dem Engländer mit jenem Blick, über den er nötigenfalls zu verfügen wußte, nicht in die Augen, sondern auf die Stirn, erstaunt über die Kühnheit der Frage. Doch da er begriff, daß der Engländer, als er diese Frage stellte, ihn nicht wie seinen Herrn, sondern wie einen Jockey betrachtete, so antwortete er: »Ich muß zu Brjanskij, in einer Stunde bin ich wieder zu Hause.«

»Zum wievieltenmal richtet man heute schon diese Frage an mich!« sprach er zu sich selbst und errötete, was bei ihm selten der Fall war. Der Engländer sah ihn aufmerksam an. Und gleichsam als wüßte er, wohin Wronskij fuhr, fügte er hinzu:

»Die Hauptsache ist, daß man vor einem Rennen in ruhiger Verfassung ist; seien Sie in guter Stimmung und lassen Sie sich durch nichts aufregen.«

»All right«, erwiderte Wronskij lächelnd, sprang in den Wagen und ließ sich nach Peterhof fahren.

Kaum war er einige Schritte weit gefahren, als eine Wolke heraufzog, die schon den ganzen Morgen gedroht hatte, und ein Platzregen niederströmte.

»Das ist schlimm!« dachte Wronskij, indem er das Dach des Wagens in die Höhe schlug. »Es gab schon ohnedies Schmutz genug, jetzt wird's einen richtigen Sumpfboden geben.« In der Einsamkeit des geschlossenen Wagens holte er den Brief seiner Mutter und den Zettel seines Bruders hervor und las sie.

Ja, es war immer ein und dasselbe. Alle, seine Mutter, sein Bruder, alle schienen es für nötig zu halten, sich in seine Herzensangelegenheiten einzumischen. Diese Einmischung erzeugte in ihm geradezu eine feindselige Empfindung – ein Gefühl, das sich selten in ihm regte. »Was geht es sie an? Warum hält es jedermann für seine Pflicht, sich um meine Angelegenheiten zu kümmern? Und warum lassen sie mir keine Ruhe? Weil sie sehen, daß sie es hier mit etwas zu tun haben, was sie nicht begreifen können. Wenn dies eine gewöhnliche, abgeschmackte, weltliche Liaison wäre, so würden sie mich in Ruhe lassen. Sie fühlen, daß hier etwas anderes vorliegt, daß dies keine Spielerei ist, daß diese Frau mir teurer ist als mein Leben. Und so etwas können sie nicht begreifen, und darum ärgern sie sich darüber. Wie sich auch unser Schicksal gestalten möge, wir haben es selbst geschaffen, und wir beklagen uns nicht darüber«, sprach er zu sich, indem er unter dem Worte *wir* sich und Anna verstand. »Aber diese Leute wollen uns lehren, wie wir leben sollen. Sie haben nicht einmal einen Begriff davon, was Glück heißt; sie wissen nicht, daß es ohne diese Liebe für uns weder Glück noch Unglück, ja überhaupt kein Leben gibt«, dachte er weiter.

Er ärgerte sich über sie alle wegen ihrer Einmischung, gerade darum, weil er in seinem tiefsten Innern fühlte, daß sie, eben diese »alle«, recht hatten. Er fühlte, daß die Liebe, die ihn mit Anna verknüpfte, nicht ein augenblicklicher Rausch sei, der vergehen würde, ohne im Leben des einen wie des andern irgendeine andere Spur zu hinterlassen, als angenehme oder unangenehme Erinnerungen. Er fühlte die ganze Qual seiner und ihrer Lage; er fühlte, wie schwierig es gerade für sie beide, in ihrer den Augen der ganzen Welt ausgesetzten gesellschaftlichen Stellung sei, ihre Liebe zu verheimlichen, zu lügen, zu betrügen, schlau zu sein, auf andere Leute Rücksicht nehmen zu müssen zu einer Zeit, wo die Leidenschaft, die sie verknüpfte, so mächtig war, daß sie beide alles andere außer ihrer Liebe vollkommen vergaßen.

Er erinnerte sich lebhaft aller jener sich so häufig wiederholenden Fälle, in denen sie zur Lüge und Verstellung hatten greifen müssen, die seiner Natur so sehr zuwider waren; er erinnerte sich besonders lebhaft, wie er es mehr als einmal bemerkt hatte, daß sie sich dieser Notwendigkeit, zur Lüge und Verstellung ihre Zuflucht zu nehmen, schämte. Und es regte sich in ihm ein seltsames Gefühl, das ihn seit der Zeit seiner Verbindung mit Anna bisweilen überkam. Es war dies ein Gefühl des Ekels vor irgend etwas – war es vor Alexej Alexandrowitsch, vor sich selbst oder vor der ganzen Welt – er wußte es selbst nicht recht. Aber er suchte dieses seltsame Gefühl immer zu verscheuchen. Auch jetzt schüttelte er es von sich ab und fuhr dann in seinem Gedankengange fort.

»Ja, sie war früher unglücklich, aber stolz und ruhig; jetzt aber kann sie nicht ruhig und würdevoll sein, obgleich sie sich's nicht merken läßt. Ja, das muß ein Ende nehmen«, beschloß er bei sich selbst.

Und zum erstenmal kam ihm der Gedanke klar zum Bewußtsein, daß dieser Lüge ein Ende gemacht werden müsse, je schneller, desto besser. »Sie und ich, wir müssen beide alles aufgeben und uns irgendwo allein mit unserer Liebe verbergen«, sprach er bei sich.

22

Der Regenguß war nicht von langer Dauer, und als Wronskij im vollen Galopp des Mittelpferdes, das die unabhängig von den Zügeln durch den Straßenschmutz dahinsprengenden Seitenpferde vorwärts riß, anlangte, schien die Sonne bereits wieder, und die Dächer der Landhäuser, die alten Linden in den Gärten auf beiden Seiten der Hauptstraße blitzten in nassem Glanz, während das Wasser von den Zweigen lustig herabtropfte und von den Dächern niederrieselte. Er dachte jetzt nicht mehr daran, wie dieser Regenguß die Rennbahn verdorben haben müsse, sondern freute sich nur darüber, daß er sie dank dem Regen sicherlich zu Hause und allein finden würde; denn er wußte, daß Alexej Alexandrowitsch, der unlängst aus dem Bade zurückgekehrt war, nicht in Peterhof Wohnung genommen hatte.

Von der Hoffnung erfüllt, sie allein zu finden, stieg Wronskij, um die Aufmerksamkeit weniger auf sich zu lenken, wie immer, vor der kleinen Brücke ab und ging zu Fuß weiter. Er benutzte nicht die Freitreppe, die nach der Straße zu lag, sondern ging durch den Hof.

»Ist der gnädige Herr angekommen?« fragte er den Gärtner.

»Noch nicht. Die gnädige Frau ist zu Haus. Wollen Sie sich gefälligst die Freitreppe hinaufbemühen; dort wird man Ihnen öffnen«, antwortete der Gärtner.

»Nein, ich gehe durch den Garten.«

Nachdem er auf diese Weise erfahren hatte, daß sie allein zu Hause sei, wollte er sie überraschen, da er nicht versprochen hatte, sie heute zu besuchen und sie gewiß nicht dachte, daß er vor dem Rennen noch herüberkommen würde; so näherte er sich, den Säbel festhaltend, mit vorsichtigen Schritten über den Kies des mit Blumen eingefaßten Weges der Terrasse, die nach dem Garten zu lag. Wronskij hatte jetzt alles vergessen, was er unterwegs über das Drückende und das Schwierige seiner Lage gedacht hatte. Er dachte nur an das eine, daß er sie jetzt gleich nicht nur in seiner Einbildung sehen würde, sondern lebend, wie sie in Wirklichkeit war. Er ging bereits, mit dem ganzen Fuß auftretend, um kein Geräusch zu verursachen, die sanft geneigten Stufen der Terrasse hinauf, als er sich plötzlich dessen erinnerte, was er immer vergaß und was doch in seinen Beziehungen zu ihr den schmerzlichsten Punkt bildete, ihres Sohnes mit seinem forschenden und, wie ihm schien, feindseligem Blicke.

Dieser Knabe erwies sich für ihre Beziehungen oft störender als alle anderen Umstände. In seiner Gegenwart erlaubten sich weder Wronskij noch Anna, nicht nur irgend etwas zu sagen, was sie nicht vor allen Leuten hätten wiederholen können, sie erlaubten sich nicht einmal, die geringste Anspielung auf Dinge, die der Knabe nicht verstanden hätte. Sie hatten dies nicht miteinander verabredet, es hatte sich ganz von selbst so gemacht. Sie hätten es für eine Beleidigung ihrer selbst empfunden, dieses Kind zu täuschen. Wenn er zugegen war, sprachen sie wie Bekannte miteinander. Aber trotz dieser Vorsicht sah Wronskij oft den Blick des Kindes forschend und zweifelnd auf sich gerichtet, und er bemerkte in dem Betragen des Knaben ihm gegenüber eine seltsame Scheu, eine Ungleichheit, bald Freundlichkeit, bald Kälte und Befangenheit. Es war, als ob das Kind herausfühlte, daß zwischen diesem Manne und seiner Mutter irgendeine wichtige Beziehung bestand, deren Bedeutung es nicht verstehen konnte.

In der Tat, der Knabe fühlte, daß er diese Beziehung nicht verstehen könne, und er strengte sich vergeblich an, sich klar zu machen, welche Empfindung er diesem Manne gegenüber hegen müßte. Mit der Feinfühligkeit eines Kindes für Gefühlsäußerungen sah er klar, daß der Vater, die Gouvernante, seine Wartefrau, – daß sie alle Wronskij keineswegs gern hatten, ja mit Abneigung und Furcht auf ihn blickten, obgleich sie nichts über ihn sagten, daß aber die Mutter ihn als ihren besten Freund betrachtete.

»Was bedeutet das nur? Wer ist er denn? Wie soll ich ihn lieben? Wenn ich mir das nicht klar machen kann, ist es meine Schuld und ich bin entweder ein dummer oder ein schlechter Junge«, dachte das Kind; und daher kam jener forschende, fragende, oft feindliche Ausdruck und die Scheu und die Ungleichheit, die Wronskij in so peinlicher Weise empfand. Die Gegenwart des Kindes rief in Wronskij immer und unwandelbar jenes seltsame Gefühl des ihm unerklärlichen Ekels hervor, der ihn in der letzten Zeit zu überkommen pflegte. Die Gegenwart dieses Kindes erweckte in Wronskij und Anna ein Gefühl, das ein Seemann empfinden mag, der an seinem Kompaß sieht, daß die Richtung, in der er rasch vorwärtsgetrieben wird, weit von der vorgeschriebenen abweicht. Er weiß, daß es nicht in seiner Macht liegt, diese Bewegung aufzuhalten, daß jede Minute ihn weiter und weiter von seinem Ziele entfernt, und doch fürchtet er sich davor, sich die Abweichung von der Richtung einzugestehen, denn er weiß, daß diese Erkenntnis seinen Untergang bedeutet.

Dieses Kind mit seinem naiven Blick auf das Leben war der Kompaß, der ihnen den Grad ihrer Abweichung von dem, was sie wohl wußten, aber nicht wissen wollten, anzeigte.

Dieses Mal war Serjosha nicht zu Hause; sie war ganz allein und saß auf der Terrasse, wo sie auf die Rückkehr des

Sohnes wartete, der einen Spaziergang gemacht hatte und vom Regen überrascht worden war. Sie hatte einen Diener und ein Dienstmädchen ausgeschickt, um ihn zu suchen, und saß jetzt erwartungsvoll da. In einem weißen Kleid mit breiter Stickerei saß sie in einer Ecke der Terrasse hinter den Blumen und hörte Wronskij nicht kommen. Den schwarzlockigen Kopf vorgebeugt, preßte sie die Stirn gegen eine kalte auf dem Geländer stehende Gießkanne, die sie mit ihren beiden schönen Händen, an deren Fingern er die ihm so wohlbekannten Ringe bemerkte, festhielt. Die Schönheit ihrer ganzen Gestalt, des Kopfes, des Halses, der Arme überraschte Wronskij jedesmal wieder, wie etwas Unerwartetes. Er blieb stehen und blickte mit Entzücken zu ihr hin. Doch kaum hatte er einen Schritt gemacht, um sich ihr zu nähern, als sie seine Annäherung auch schon fühlte, die Gießkanne zurückstieß und ihm ihr erhitztes Gesicht zuwandte.

»Was ist Ihnen? Sind Sie nicht wohl?« fragte er auf Französisch, indem er zu ihr trat. Er hatte auf sie zueilen wollen; aber da ihm einfiel, daß vielleicht noch jemand in der Nähe sein könnte, blickte er auf die Balkontür und errötete, wie er jedesmal errötete, wenn er fühlte, daß er Ursache hatte, sich zu fürchten und auf der Hut zu sein.

»Nein, ich bin ganz wohl«, sagte sie, indem sie aufstand, und fest seine Hand drückte, die er ihr entgegenstreckte. »Ich habe ... dich nicht erwartet.«

»Mein Gott! Wie kalt deine Hände sind«, rief er.

»Du hast mich erschreckt«, erwiderte sie. »Ich bin allein und warte auf Serjosha, er ist spazieren gegangen; sie müssen von dieser Seite kommen.«

Aber trotzdem sie sich bemühte, ruhig zu sein, zitterten ihre Lippen.

»Verzeihen Sie mir, daß ich gekommen bin; allein ich konnte den Tag nicht vergehen lassen, ohne Sie zu sehen«, fuhr er in französischer Sprache fort, deren er sich stets bediente, wenn er das zwischen ihnen unmöglich kalte Sie und das gefährliche Du des Russischen vermeiden wollte.

»Was habe ich denn zu verzeihen? Ich bin so froh!«

»Aber Sie sind leidend oder betrübt«, versetzte er, ohne

ihre Hände loszulassen, und beugte sich über sie. »Woran haben Sie gedacht?«

»Immer nur an eines«, sagte sie mit einem Lächeln.

Sie sprach die Wahrheit. In welchem Augenblick man sie auch gefragt hätte, woran sie dachte, unfehlbar hätte sie zur Antwort geben müssen: nur an eines, an ihr Glück und an ihr Unglück. Sie hatte gerade jetzt, da er auf sie zutrat, an folgendes gedacht: warum für die andern, zum Beispiel für Betsy, (deren vor der Welt verborgenes Verhältnis mit Tuschkewitsch sie kannte) alles dies so leicht zu tragen war, während sie selbst ihre Lage so qualvoll empfand? Heute hatte dieser Gedanke aus einem bestimmten Grunde etwas besonders Quälendes für sie gehabt. Sie erkundigte sich bei Wronskij nach den Rennen. Er beantwortete ihre Fragen, und da er ihre Aufregung bemerkte, so begann er ihr, um sie abzulenken, in leichtem Tone Einzelheiten über die Vorbereitungen zum Rennen zu erzählen.

»Soll ich es ihm sagen oder nicht?« dachte sie unterdessen, während sie dabei in seine ruhigen, zärtlichen Augen sah. »Er ist so glücklich, so von seinem Rennen eingenommen, daß er dies nicht richtig auffassen, daß er nicht die ganze Tragweite, die dieses Ereignis für uns hat, begreifen wird.«

»Aber Sie haben mir noch nicht gesagt, woran Sie dachten, als ich kam«, unterbrach er sich in seinem Bericht, »bitte, sagen Sie es mir!«

Sie antwortete nicht, und den Kopf ein wenig gesenkt, blickte sie ihn unter den Brauen hervor mit ihren, durch die langen Wimpern hindurchglänzenden Augen fragend an. Ihre Hand, die mit einem abgerissenen Blatte spielte, zitterte. Er sah dies, und sein Gesicht drückte jene Unterwürfigkeit, jene sklavische Ergebenheit aus, die stets einen bestechenden Eindruck auf sie machte.

»Ich sehe, daß etwas vorgefallen ist. Kann ich denn einen Augenblick ruhig sein, wenn ich weiß, daß Sie einen Kummer haben, den ich nicht mit Ihnen teile? Sagen Sie es mir, um Gottes willen!« wiederholte er flehend.

»Ja, ich würde es ihm nie verzeihen, wenn er es nicht in seiner ganzen Bedeutung begreifen sollte. Es ist besser, wenn ich es ihm nicht sage, wozu soll ich ihn auf die Probe stellen?« dachte sie, während sie ihn immer noch anblickte und dabei fühlte, daß die Hand, in der sie das Blatt hielt, immer stärker zitterte.

»Ich bitte Sie um Gottes willen!« wiederholte er und nahm ihre Hand.

»Soll ich es sagen?«

»Ja, ja, ja ...«

»Ich fühle mich Mutter«, sagte sie leise und langsam.

Das Blatt in ihrer Hand zitterte immer stärker, aber sie verwandte kein Auge von ihm, um zu sehen, wie er es aufnehmen würde. Er erblaßte und wollte etwas sagen, plötzlich aber verstummte er, ließ ihre Hand los und senkte den Kopf. »Ja, er hat die ganze Bedeutung dieses Ereignisses begriffen«, dachte sie und drückte ihm dankbar die Hand.

Dennoch war sie im Irrtum, wenn sie meinte, daß er die Bedeutung dieser Mitteilung so verstanden habe, wie sie als Frau sie auffaßte.

Bei dieser Eröffnung hatte er jenes seltsame Gefühl des Ekels, das ihn zuweilen überkam, mit verzehnfachter Stärke in sich aufsteigen fühlen. Aber zugleich begriff er auch, daß jener entscheidende Wendepunkt, den er längst herbeigesehnt hatte, jetzt eingetreten sei, daß sich vor dem Gatten nichts mehr verheimlichen ließ und daß sie vor der Notwendigkeit standen, dieser unnatürlichen Lage auf die eine oder die andere Weise so schnell wie möglich ein Ende zu machen. Doch außerdem hatte sich ihre Erregung ihm auch körperlich mitgeteilt. Er blickte sie mit gerührtem, unterwürfigem Ausdruck an und küßte ihr die Hand; dann erhob er sich und ging schweigend auf der Terrasse auf und ab.

»Ja«, sagte er endlich, indem er entschlossen auf sie zutrat. »Weder ich noch Sie haben unsere Beziehungen als Spielerei betrachtet; jetzt aber ist unser Schicksal entschieden. Es ist unbedingt nötig«, fuhr er fort, indem er sich dabei umblickte, »daß wir der Lüge, in der wir leben, ein Ende machen.«

»Ein Ende machen? Wie sollen wir denn ein Ende machen, Alexej?« fragte sie leise.

Sie hatte sich jetzt beruhigt, und ihr Gesicht war von einem zärtlichen Lächeln verklärt.

»Indem du deinen Gatten verläßt, und wir unser Leben vereinigen.«

»Es ist auch so schon vereinigt«, erwiderte sie kaum hörbar.

»Ja, aber ganz, ganz.«

»Aber wie, Alexej, lehre mich, wie?« sagte sie mit trübem Spott über die Aussichtslosigkeit ihrer Lage. »Gibt es denn einen Ausweg aus einer solchen Lage? Bin ich denn nicht das Weib meines Gatten?«

»Aus jeder Lage gibt es einen Ausweg. Man muß sich nur entschließen können«, gab er zurück. »Alles ist besser als die Lage, in der du dich jetzt befindest. Ich sehe ja, wie sehr du dich bei dem Gedanken an die Gesellschaft, an deinen Sohn, an deinen Gatten quälst.«

»Ach, nur nicht an meinen Gatten«, sagte sie mit geringschätzigem Lächeln. »Ich weiß nicht, ich denke gar nicht an ihn. Er ist für mich einfach nicht vorhanden.«

»Du bist nicht aufrichtig. Ich kenne dich. Du quälst dich auch um seinetwillen.«

»Ach, er weiß ja nichts«, versetzte sie, und plötzlich stieg ihr eine helle Röte ins Gesicht: Wangen, Stirne, Hals färbten sich rot, und Tränen der Scham traten ihr in die Augen. »Ach, wir wollen lieber nicht von ihm sprechen.«

23

Wronskij hatte schon mehrmals, wenn auch nicht mit solcher Entschiedenheit wie diesmal, versucht, sie zu einer Beurteilung ihrer Lage zu bringen, und war jedesmal auf dieselbe Oberflächlichkeit und Leichtfertigkeit des Urteils gestoßen, mit der sie auch heute seiner Aufforderung begegnet war. Es war, als ob etwas darin läge, was sie sich selbst nicht erklären konnte oder nicht erklären wollte; es war, als ob sie, die wirkliche Anna, sobald sie nur davon zu sprechen begann, sich in sich selbst zurückzöge, und ein anderes seltsames, ihm fremdes Weib, das er nicht liebte, das er fürchtete und das sich gegen ihn auflehnte, an ihre Stelle träte. Aber heute war er entschlossen, alles zu sagen, was er zu sagen hatte.

»Ob er es weiß oder nicht«, begann Wronskij in seinem gewohnten festen und ruhigem Tone, »ob er es weiß oder nicht, das geht uns nichts an. Wir können nicht ... Sie können nicht in dieser Lage bleiben, besonders jetzt nicht.«

»Was meinen Sie also, daß wir tun sollen?« fragte sie mit demselben leichten Spott. Sie, die so sehr gefürchtet hatte, daß er ihre Schwangerschaft leicht nehmen könnte, ärgerte sich jetzt darüber, daß er daraus die Notwendigkeit herleitete, irgend etwas zu unternehmen.

»Ihm alles gestehen und ihn verlassen.«

»Gut, nehmen wir an, daß ich das tue«, sagte sie. »Wissen Sie, was daraus entstehen wird? Ich kann alles voraussagen«, und in ihren Augen, die eben noch so zärtlich geblickt hatten, leuchtete es boshaft auf. »So, Sie lieben einen andern und haben sich mit ihm in ein strafbares Verhältnis eingelassen? (Sie suchte die Art und Weise zu treffen, in der Alexej Alexandrowitsch zu sprechen pflegte, und legte eine besondere Betonung auf das Wort ›strafbares‹.) Ich habe Sie im voraus auf die Folgen eines solchen Verhältnisses in religiöser, bürgerlicher und häuslicher Beziehung aufmerksam gemacht. Sie haben nicht auf mich gehört. Jetzt kann ich nicht zugeben, daß mein Name mit Schande bedeckt werde, (›und der meines Sohnes‹ hatte sie hinzufügen wollen, aber sie brachte es nicht über sich, bei dieser Spottrede ihres Sohnes Erwähnung zu tun) ... ›mit Schande bedeckt werde‹, und noch mehr solche Worte«, fügte sie hinzu. »Im allgemeinen aber wird er in seiner staatsmännischen Art und Weise und mit seiner gewohnten Klarheit und Gründlichkeit sagen, daß er mich nicht freigeben könne, daß er aber die erforderlichen Maßregeln treffen werde, um einen Skandal zu verhüten; und er wird mit Ruhe und Genauigkeit das ausführen, was er sagen wird. Das wird die Folge von allem sein. Er ist ja kein Mensch, sondern eine Maschine, und eine böse Maschine, wenn er zornig wird«, fügte sie hinzu. Sie stellte sich dabei in ihrer Einbildung Alexej Alexandrowitsch mit allen Einzelheiten seiner Gestalt und seiner Sprechweise vor und rechnete ihm alles zur Schuld an, was sie nur Unschönes an ihm finden konnte. Sie verzieh ihm nicht das Geringste um der furchtbaren Schuld willen, die sie ihm gegenüber auf sich geladen hatte.

»Aber Anna«, sagte Wronskij in eindringlichem, weichem Tone, bemüht, sie zu beruhigen, »dennoch ist es nötig, daß wir ihm alles sagen. Dann werden wir uns nach den Maßregeln zu richten haben, die er ergreifen wird.«

»Was werden wir also zu tun haben – etwa fliehen?«

»Warum denn nicht? Ich sehe keine Möglichkeit, so weiter zu leben. Und es ist nicht um meinetwillen – ich sehe, daß Sie leiden.«

»Ja, fliehen und Ihre Geliebte werden«, sagte sie bitter.

»Anna«, sprach er mit sanftem Vorwurf.

»Ja«, fuhr sie fort, »Ihre Geliebte werden und alles zu Grunde richten …«

Wieder hatte sie »meinen Sohn« sagen wollen, aber sie hatte es nicht vermocht, dieses Wort über ihre Lippen zu bringen.

Wronskij konnte nicht begreifen, wie sie mit ihrer starken, ehrlichen Natur diese Lage, in der sie beständig zur Lüge und Verstellung greifen mußte, ertragen konnte, und daß sie nicht danach strebte, sich aus ihr zu befreien, aber er erriet nicht, daß der Hauptgrund in dem Wörtchen »*Sohn*« lag, das sie nicht über die Lippen bringen konnte. Wenn sie an den Sohn und seine zukünftigen Beziehungen zu der Mutter dachte, die seinen Vater verlassen, da erfaßte sie ein solches Entsetzen vor dem, was sie getan hatte, daß sie nicht weiter überlegte, sondern, wie eben Frauen zu tun pflegen, sich nur mit lügenhaften Erwägungen und Worten zu beruhigen suchte, damit nur alles beim alten bleibe, und sie sich die furchtbare Frage aus dem Sinne schlagen könne, was mit dem Sohne werden solle.

»Ich bitte dich, ich flehe dich an«, sagte sie plötzlich in gänzlich verändertem, aufrichtigem und zärtlichem Tone, indem sie seine Hand ergriff, »sprich mit mir nie wieder davon!«

»Aber Anna ...«

»Nie wieder. Überlaß das mir. Ich kenne die ganze Erbärmlichkeit, die ganze Entsetzlichkeit meiner Lage; aber die Sache läßt sich doch nicht so leicht entscheiden, wie du meinst. Überlaß das mir und folge mir. Sprich nie mit mir davon. Versprichst du's mir? ... Nein, nein, versprich es mir! ...«

»Ich verspreche alles, aber ich kann nicht ruhig sein, besonders nach dem, was du mir gesagt hast. Ich kann nicht ruhig sein, wenn du nicht ruhig sein kannst ...«

»Ich?« wiederholte sie. »Nun ja, es quält mich manchmal; aber es wird vorübergehen, wenn du nie mit mir davon sprechen wirst. Nur, wenn du mit mir davon sprichst, nur dann quält es mich.«

»Das verstehe ich nicht«, sagte er.

»Ich weiß«, unterbrach sie ihn, »wie schwer es deiner ehrlichen Natur wird, zu lügen, und du tust mir leid. Ich denke oft daran, daß du meinetwegen dein ganzes Leben zerstört hast.«

»Ich dachte jetzt eben auch daran«, erwiderte er, »wie du meinetwegen alles opfern konntest? Ich kann es mir nicht verzeihen, daß du unglücklich bist.«

»Ich unglücklich?« sagte sie, indem sie zu ihm trat und ihn mit dem entzückten Lächeln der Liebe ansah. »Ich – bin wie ein Hungriger, den man gespeist hat. Es mag sein, daß er friert, daß seine Kleider zerrissen sind, und daß er sich schämt, aber unglücklich ist er nicht. Ich unglücklich? Nein, es ist mein Glück ...«

Da hörte sie die Stimme ihres Sohnes; sie ließ einen raschen Blick über die Terrasse gleiten und erhob sich mit Ungestüm. In ihrem Blicke leuchtete das ihm bekannte Feuer auf; mit rascher Bewegung erhob sie ihre schönen Hände, mit den von Ringen bedeckten Fingern, umfaßte seinen Kopf, sah ihn mit einem langen Blicke an, näherte ihm ihr Gesicht mit den geöffneten, lächelnden Lippen, küßte ihn schnell auf den Mund und beide Augen und gab ihn dann frei. Sie wollte fortgehen, aber er hielt sie fest.

»Wann?« sprach er flüsternd, und sah ihr mit Entzücken ins Gesicht.

»Heute, um ein Uhr«, flüsterte sie, stieß einen tiefen Seufzer aus und ging mit ihrem leichten und raschen Schritte dem Sohn entgegen.

Serjosha war im großen Garten vom Regen überrascht worden und hatte die ganze Zeit mit der Kinderfrau in einer Laube gesessen.

»Auf Wiedersehen«, sagte sie zu Wronskij. »Es ist bald Zeit, zum Rennen zu fahren. Betsy hat versprochen, mich abzuholen.«

Wronskij sah nach der Uhr und fuhr eilig davon.

24

Als Wronskij auf Karenins Balkon auf die Uhr geblickt hatte, war er so verstört und mit seinen Gedanken so sehr beschäftigt gewesen, daß er zwar die Zeiger auf dem Zifferblatt ansah, aber sich nicht klar machen konnte, wieviel Uhr es sei. Er trat auf die Chaussee hinaus und schritt, in dem Straßenschmutz vorsichtig auftretend, seinem Wagen zu. Er war von seinem Gefühl für Anna so erfüllt, daß er gar nicht daran dachte, wieviel Uhr es sei, und ob er noch Zeit habe, zu Brjanskij zu fahren. Es war ihm, wie das häufig geschieht, nur das äußere Erinnerungsvermögen geblieben, das in ihm tätig war und ihm die Reihenfolge der Dinge, die er vorgehabt hatte, anzeigte. Er trat zu seinem Kutscher, der auf dem Bocke in dem schon schräg fallenden Schatten der dichten Linde eingenickt war, blickte wohlgefällig auf die Mückenschwärme, die gleich ineinander verschwimmenden Säulen die schweißbedeckten Pferde umschwirrten; dann weckte er den Kutscher, sprang in den Wagen und ließ sich zu Brjanskij fahren. Erst als er schon sieben Werst weit gefahren war, kam er so weit zur Besinnung, daß er auf die Uhr blickte und begriff, daß es halb sechs war und daß er sich verspätet hatte.

An diesem Tage fanden mehrere Rennen statt: Eskorte-Rennen, darauf Offiziersrennen auf zwei Werst, dann eines auf vier Werst Distanz, und endlich das Rennen, an dem er selbst teilnehmen sollte. Er konnte zu seinem Rennen noch rechtzeitig eintreffen; aber wenn er erst zu Brjanskij fuhr, so konnte er mit knapper Not nur im allerletzten Moment ankommen, wenn schon der ganze Hof versammelt sein würde. Das war schlimm. Aber er hatte Brjanskij sein Wort gegeben, und darum beschloß er, weiter zu fahren und gab dem Kutscher den Befehl, die Pferde nicht zu schonen.

Er fuhr bei Brjanskij vor, blieb dort fünf Minuten und jagte zurück. Aber diese schnelle Fahrt beruhigte ihn. All' das Drückende, das in seinem Verhältnis zu Anna lag, die ganze Ungewißheit, die nach dem Gespräch, das sie eben miteinander geführt hatten, zurückgeblieben war: alles war aus seinem Gedächtnis geschwunden; mit Wonne und Erregung dachte er jetzt an das Rennen, zu dem er trotz alledem rechtzeitig eintreffen würde, und nur bisweilen blitzte der Gedanke an das glückverheißende Wiedersehen in der kommenden Nacht mit blendendem Lichte in seiner Einbildung auf.

Das Gefühl der Erregung, die das bevorstehende Rennen in ihm hervorrief, erfüllte ihn immer mehr, je näher er dem Bannkreis der Rennen kam, je öfter er die Wagen der Zuschauer überholte, die von ihren Landhäusern oder aus Petersburg zu diesem Schauspiel fuhren.

In seiner Wohnung traf er niemanden mehr an; alle hatten sich bereits zu den Rennen begeben, und sein Diener erwartete ihn schon am Tor. Während er sich umkleidete, berichtete ihm der Diener, daß das zweite Rennen bereits begonnen habe, daß viele Herrschaften nach ihm gefragt hätten und ein Junge aus dem Rennstall schon zweimal dagewesen sei.

Nachdem Wronskij sich ohne jede Hast umgekleidet hatte (er übereilte sich niemals und verlor nie seine Selbstbeherrschung), ließ er sich zu den Baracken fahren. Von dort aus eröffnete sich ihm bereits ein Blick auf das Meer von Wagen, Fußgängern und Soldaten, das die Rennbahn umwogte, sowie auf die von Menschen wimmelnden Zuschauertribünen. Das zweite Rennen schien noch im Gange zu sein, denn in demselben Augenblick, als er in die Baracke trat, hörte er ein Klingelzeichen. Als er sich dem Stalle näherte, begegnete er Machotins weißfüßigem Rotfuchs »Gladiator« mit den auffallend großaussehenden, von bläulichen Streifen umsäumten, abstehenden Ohren, der eben in einer orange und dunkelblau gestreiften Pferdedecke in die Rennbahn geführt wurde.

»Wo ist Cord?« fragte Wronskij den Stallknecht.

»Im Stall, er sattelt.«

In dem geöffneten Stand befand sich »Frou-Frou« schon gesattelt. Man war eben im Begriff, sie herauszuführen.

»Ich bin doch noch rechtzeitig gekommen!«

»All right! All right! Alles in Ordnung, alles in Ordnung«, sagte der Engländer, »seien Sie nur nicht aufgeregt.«

Wronskij ließ noch einmal den Blick über die prachtvollen, geliebten Formen des Pferdes gleiten, das am ganzen Körper zitterte; dann riß er sich mit Mühe von seinem Anblick los und trat aus der Baracke. Er kam gerade im günstigsten Augenblick zu den Tribünen, so daß er die Aufmerksamkeit nicht auf sich lenkte. Eben ging das Zwei-Werst-Rennen zu Ende, und aller Augen waren auf den Gardeoffizier, der Vorsprung hatte, und den ihm folgenden Leibhusaren gerichtet, die beide mit letzter Kraft die Pferde antrieben und sich dem Zielpfosten näherten. Von innen und auch außerhalb des Kreises drängte alles dem Pfosten zu, und die dort versammelte Gruppe der Garde-Soldaten und -Offiziere drückte mit lauten Zurufen ihre Freude über den erwarteten Triumph ihres Kameraden und Offiziers aus. Wronskij mischte sich unbemerkt in die Menge, fast zur selben Zeit, als die Klingel ertönte, die das Ende des Rennens anzeigte, und der hohe, mit Schmutz bespritzte Gardeoffizier, der als Erster ans Ziel gekommen war, sich in den Sattel fallen ließ, und seinem grauen, vor Schweiß dunkel gefärbten, schweratmenden Hengst die Zügel nachließ.

Der Hengst mäßigte den schnellen Lauf seines großen Körpers, indem er mit Anstrengung die Füße in den Boden stemmte, und der Gardeoffizier blickte, wie aus einem schweren Traum erwachend, um sich und lächelte mühsam. Ein dichter Kreis von Freunden und Unbekannten umringte ihn.

Wronskij wich mit Vorbedacht jener erlesenen, weltmännischen Menge aus, die sich in zurückhaltender und zugleich ungezwungener Weise vor den Tribünen plaudernd hin- und herbewegte. Er hatte bemerkt, daß dort sowohl Anna Karenina und Betsy als auch die Frau seines Bruders saßen, und ging absichtlich nicht zu ihnen, um seine Gedanken jetzt durch nichts ablenken zu lassen. Aber fortwährend wurde er von Bekannten angehalten, die ihm Einzelheiten über die abgelaufenen Rennen berichteten und ihn fragten, warum er sich verspätet habe.

Als die Sieger in die Loge berufen wurden, wo sie ihre Preise in Empfang nehmen sollten und sich aller Augen dorthin wandten, trat Wronskijs älterer Bruder Alexander, Oberst mit Achselschnüren, zu ihm; er war nicht groß von Wuchs und ebenso stämmig wie Alexej, aber schöner und rotwangiger; er hatte eine rote Nase und den jovialen Gesichtsausdruck, wie er Trinkern eigentümlich zu sein pflegt.

»Hast du meinen Zettel bekommen?« fragte er. »Du bist ja niemals zu Hause zu treffen.«

Alexander Wronskij war trotz seines ausschweifenden Lebens und besonders seiner Neigung zum Trinken, die alle Welt kannte, ein vollendeter Höfling.

Während er jetzt mit dem Bruder über eine äußerst peinliche Angelegenheit sprach, war er sich doch bewußt, daß die Augen vieler Leute auf sie gerichtet sein könnten, und so trug er eine lächelnde Miene zur Schau, als ob er mit dem Bruder über irgend etwas Unwichtiges scherze.

»Ich habe ihn bekommen und kann wirklich nicht begreifen, was dich das zu kümmern hat«, sagte Alexej.

»Ich bekümmere mich aus dem Grunde um diese Sache, weil mir soeben die Bemerkung gemacht worden ist, daß du nicht hier seiest und daß du am Montag in Peterhof gesehen worden bist.«

»Es gibt Dinge, die ausschließlich der Beurteilung derjenigen unterliegen, die direkt davon berührt werden, und die Angelegenheit, um die du dich so sehr bekümmerst – ist eine solche …«

»Ja, aber dann muß man nicht im Dienst stehen, nicht …«

»Ich bitte, dich nicht in meine Angelegenheiten einzumischen, und damit basta.«

Alexej Wronskijs finsteres Gesicht war blaß geworden, und sein vorstehender Unterkiefer zitterte, was bei ihm selten der Fall war. Als gutmütiger Mensch geriet er selten in Zorn; aber wenn er einmal in Zorn geriet und sein Kinn zu zittern begann, dann – das wußte auch Alexander Wronskij – war er gefährlich. Alexander Wronskij lächelte heiter.

»Ich wollte dir ja nur den Brief unserer Mutter übergeben. Antworte ihr und rege dich nicht auf vor dem Ritte. Bonne chance!« fügte er lächelnd hinzu und verließ ihn.

Allein gleich darauf wurde Wronskij wieder durch eine freundliche Begrüßung aufgehalten.

»Du willst deine Freunde nicht wiedererkennen! Guten Tag, mon cher!« sagte Stjepan Arkadjewitsch, der auch hier inmitten dieses Petersburger Glanzes nicht weniger als in Moskau durch sein frisches Gesicht und seinen glänzenden, auseinander gekämmten Backenbart hervorstach. »Ich bin gestern angekommen und sehr froh, daß ich deinen Triumph zu sehen bekomme. Wann treffen wir uns?«

»Komm morgen ins Kasino«, sagte Wronskij, drückte ihm unter Entschuldigungen den Paletotärmel und trat in die Mitte der Rennbahn, wohin die Pferde für das große Hindernisrennen bereits geführt worden waren.

Die schweißbedeckten, ermatteten Pferde des letzten Rennens wurden von Stallknechten nach Hause geführt, und eins nach dem andern kamen die neuen, zum bevorstehenden Rennen bestimmten Pferde hervor. Es waren frische, größtenteils englische Pferde, die in ihren Kappen mit den eingezogenen Leibern sonderbaren ungeheuren Vögeln glichen. Rechts wurde die schlanke, schöne »Frou-Frou« geführt, die auf ihren elastischen und ziemlich langen Fesseln wie auf Sprungfedern auftrat. Nicht weit von ihr nahm man eben dem Hängeohr »Gladiator« die Decke ab. Die mächtigen, prachtvollen, vollkommen regelmäßigen Formen des Hengstes, mit der herrlichen Kruppe und den auffallend kurzen, hart an den Hufen sitzenden Fesseln, lenkten unwillkürlich Wronskijs Aufmerksamkeit auf sich. Er wollte an sein Pferd herantreten, aber wieder hielt ihn ein Bekannter fest.

»Ah, da ist ja Karenin!« sagte der Bekannte, der ihn angeredet hatte. »Er sucht seine Frau, sie sitzt aber in der Mitte der Loge. Haben Sie sie nicht gesehen?«

»Nein, ich habe sie nicht gesehen«, antwortete Wronskij und ging, ohne sich auch nur nach der Loge umzusehen, wo Anna Karenina sitzen sollte, zu seinem Pferde.

Wronskij hatte kaum Zeit gehabt, den Sattel zu untersuchen, an dem etwas geändert werden mußte, als man die Reiter auch schon zu der Loge rief, um ihre Nummer zu ziehen und zum Start zu reiten. Mit ernsten, strengen, zum Teil bleichen Gesichtern fanden sich die siebzehn Offiziere in der Loge ein und zogen ihre Nummern. Wronskij erhielt Nummer 7. Dann ertönte der Ruf: »Aufsitzen!«

Wronskij fühlte, daß er und die anderen Reiter den Mittelpunkt bildeten, auf den aller Augen gerichtet waren, und er trat in einem Zustand der Spannung, in dem er gewöhnlich langsam und ruhig in seinen Bewegungen wurde, zu seinem Pferde.

Cord hatte zur Feier des Rennens ein Paradekostüm angelegt: einen schwarzen zugeknöpften Rock, einen steif gestärkten Kragen, der bis an seine Backen reichte, einen runden schwarzen Hut und Stulpenstiefel. Er war, wie immer, ruhig und voller Würde und hielt selbst das Pferd an beiden Zügeln, während er vor ihm stand. »Frou-Frou« fuhr fort zu zittern wie im Fieber. Ihr feuriges Auge schielte schräg zu Wronskij hinüber, während er an sie herantrat. Wronskij steckte den Finger unter den Sattelgurt. Das Pferd schielte stärker, zeigte die Zähne und legte das Ohr zurück. Der Engländer verzog seine Lippen zu etwas, was ein Lächeln darüber bedeuten sollte, daß man es für nötig halte, den Sattelgurt zu prüfen, den er angeschnallt hatte.

»Sitzen Sie auf, Sie werden sich dann weniger aufregen.«

Wronskij sah sich zum letztenmal nach seinen Mitbewerbern um. Er wußte, daß er sie während des Rittes nicht mehr sehen würde. Zwei von ihnen waren bereits voraus zu dem Ablauf geritten. Galzin, Wronskijs Freund und zugleich einer seiner gefährlichsten Rivalen, drehte sich um seinen rötlichbraunen Hengst, der ihn nicht aufsitzen lassen wollte. Ein kleiner Leibhusar in engen Reithosen ritt im Galopp, indem er sich wie ein Kater duckte, in dem Bestreben, es den Engländern nachzumachen. Fürst Kusowlew saß bleich auf seiner Vollblutstute aus dem Grabower Gestüt, und ein Engländer führte sie am Zügel. Wronskij und alle seine Kameraden kannten Kusowlew mit seinen »schwachen Nerven« und seiner furchtbaren Eigenliebe. Sie wußten, daß er sich vor allem fürchtete, daß er sich fürchtete, ein Frontpferd zu reiten; jetzt aber, gerade weil dies gefährlich war, weil sich die Leute dabei die Hälse brachen und weil bei jedem Hindernis ein Arzt, ein Krankenwagen mit dem aufgenähten Kreuz und eine barmherzige Schwester standen, gerade deshalb hatte er sich entschlossen, das Rennen zu reiten. Ihre Blicke begegneten sich, und Wronskij winkte ihm freundlich und ermutigend zu. Nur einen sah er nicht: seine Hauptrivalen Machotin auf dem »Gladiator«.

»Übereilen Sie sich nicht«, sagte Cord zu Wronskij, »und denken Sie an eins: bei den Hindernissen halten Sie nicht zurück und treiben Sie nicht an, sondern lassen Sie ihr freie Wahl.«

»Gut, gut«, sagte Wronskij und ergriff die Zügel.

»Wenn möglich, so führen Sie das Rennen; aber verzweifeln Sie nicht bis zur letzten Minute, wenn Sie auch hinten sein sollten.«

Bevor das Pferd eine Bewegung machen konnte, war Wronskij auch schon mit geschmeidiger und kräftiger Wendung in den stählernen, gezahnten Steigbügel gestiegen und ließ seinen sehnigen Körper leicht, aber fest auf das knarrende Leder des Sattels fallen. Während er sich mit dem rechten Fuß gegen den Steigbügel stemmte, ordnete er zwischen den Fingern mit dem gewohnten Griff die doppelten Zügel, und Cord zog die Hände zurück. Als ob sie nicht recht wüßte, mit welchem Fuß sie zuerst auftreten solle, setzte sich »Frou-Frou« in Bewegung, indem sie mit dem langen Hals die Zügel auszog und den Reiter wie auf Sprungfedern auf ihrem geschmeidigen Rücken schaukelte. Cord beschleunigte seinen Schritt und eilte ihnen nach. Das aufgeregte Pferd versuchte bald von dieser, bald von jener Seite den Reiter zu täuschen und den Zügel loszuziehen, und Wronskij bemühte sich vergeblich, es mit Stimme und Hand zu beruhigen.

Sie waren bereits zu dem eingedämmten Flüßchen gelangt und wandten sich der Stelle zu, wo der Start beginnen sollte. Viele der Reiter befanden sich vor ihm, viele noch hinter ihm, als Wronskij plötzlich hinter sich auf dem Schmutz des Weges den Galopp eines Pferdes hörte, und Machotin ihn auf seinem weißfüßigen Hängeohr »Gladiator« überholte. Machotin lächelte, wobei er seine langen Zähne zeigte, Wronskij aber blickte ihn ärgerlich an. Er mochte ihn überhaupt nicht leiden, hielt ihn in diesem Augenblick für seinen gefährlichsten Gegner, und es ärgerte ihn, daß jener in diesem Augenblick vorbeisprengte und sein Pferd dadurch aufregte. »Frou-Frou« warf den linken Fuß zum Galoppschritt vor, machte zwei kurze Sprünge und ging, unwillig über die straffen Zügel, zu einem schütternden Trab über, der den Reiter hin und her warf. Cord hatte ebenfalls die Stirn gerunzelt und lief fast im Trab hinter Wronskij her.

25

An dem Ritt nahmen insgesamt siebzehn Offiziere teil. Das Rennen solle auf einer großen, vier Werst umfassenden, elliptischen Bahn vor der Tribüne stattfinden. In dieser Bahn waren neun Hindernisse errichtet: ein Fluß, eine große, zwei Arschin hohe dichte Barriere, gerade vor der Tribüne, ein trockener Graben, ein Wassergraben, ein Abhang, ein irischer Wall, eines der schwierigsten Hindernisse, das aus einem mit Reisig vollgestopften Walle bestand, hinter dem sich noch ein Graben befand, den das Pferd nicht sehen konnte, so daß es beide Hindernisse überspringen oder sich tot fallen mußte; dann noch zwei Wassergräben und ein trockener Graben; der Auslauf lag gerade der Tribüne gegenüber. Das Rennen begann aber nicht an der Ellipse, sondern ungefähr hundert Faden seitwärts davon, und auf dieser Strecke befand sich das erste Hindernis: ein eingedämmter Fluß von drei Arschin Breite, den die Reiter nach ihrem Gutdünken entweder überspringen oder auf einer Furt durchreiten konnten.

Dreimal stellten sich die Reiter in gleichmäßiger Reihe auf; aber jedesmal drängte sich irgendein Pferd vor, so daß es nötig wurde, wieder zum Start zurückzureiten. Oberst Sestrin, ein Kenner des Ablaufs, der als Starter fungierte, begann sich bereits zu ärgern, als er endlich beim vierten Mal schrie: »Los!« und die Reiter sich in Bewegung setzten.

Aller Augen, alle Operngläser waren auf das bunte Häuflein der Reiter gerichtet, während diese sich in einer Reihe aufstellten.

»Sie sind gestartet, sie rennen!« erschallte es nach der Stille der Erwartung von allen Seiten.

Einzelne Fußgänger, wie auch ganze Gruppen, begannen von Ort zu Ort zu laufen, um besser sehen zu können. Schon im ersten Augenblick hatte sich die zusammengedrängte Reihe der Reiter in die Länge gezogen, und man konnte sehen, wie sie zu zweien, zu dreien, auch einer nach dem andern, sich dem Flusse näherten. Den Zuschauern schien es, als seien sie alle zu gleicher Zeit hinübergekommen; für die Reiter aber gab es Sekunden des Unterschiedes, die für sie von großer Bedeutung waren. Die aufgeregte und allzu nervöse »Frou-Frou« verlor im ersten Moment, und einige Pferde gewannen ihr einen Vorsprung ab; aber noch bevor der Fluß erreicht war, hatte Wronskij, der mit aller Kraft das sich in die Zügel legende Pferd zurückhielt, mit Leichtigkeit drei andere überholt, und vor ihm blieb nur noch der Fuchs, Machotins »Gladiator«, der regelmäßig und leicht die Hinterfüße gerade vor Wronskij aufwarf, und dann noch allen voraus die herrliche »Diana«, die den halbtoten Kusowlew trug.

Anfangs hatte Wronskij weder sich, noch das Pferd in seiner Gewalt. Er war bis zum ersten Hindernis, dem Flusse, nicht imstande, die Bewegungen des Pferdes zu lenken.

»Gladiator« und »Diana« kamen zusammen am Flusse an, und fast in demselben Moment erhoben sie sich über dem

Wasser und flogen auf die andere Seite hinüber, während »Frou-Frou« unmerklich wie im Fluge sogleich hinter ihnen in die Höhe schnellte; aber in demselben Augenblick, als Wronskij sich in der Luft schweben fühlte, sah er plötzlich, fast unter den Füßen seines Pferdes Kusowlew, wie er auf der andern Seite des Flusses mit »Diana« auf dem Boden zappelte. Kusowlew hatte die Zügel nach dem Sprunge fallen lassen, und das Pferd war mit ihm kopfüber zur Erde gestürzt. Diese Einzelheiten erfuhr Wronskij später; jetzt aber sah er nur, daß gerade an der Stelle, wo »Frou-Frou« die Füße zu Boden setzen sollte, ein Fuß oder der Kopf von »Diana« sein konnte. Aber »Frou-Frou« machte, wie eine Katze im Fallen, während des Sprunges noch eine Bewegung mit den Füßen und dem Rücken zugleich und sauste vorbei, ohne das Pferd zu berühren.

»Oh, du prächtiges Tier!« dachte Wronskij.

Jenseits des Flusses hatte Wronskij sein Pferd schon in voller Gewalt und begann, es leicht zurückzuhalten, da er die Absicht hatte, die große Barriere erst nach Machotin zu nehmen und erst auf der folgenden hindernislosen Strecke von ungefähr zweihundert Faden den Versuch zu machen, ihn zu überholen.

Die große Barriere befand sich unmittelbar vor der kaiserlichen Loge. Der Monarch und der ganze Hof und die Volksmenge, alle schauten auf sie beide, auf ihn und den eine Pferdelänge vor ihm jagenden Machotin, als sie sich dem Teufel (so hieß die große Barriere) näherten. Wronskij fühlte diese von allen Seiten auf ihn gerichteten Blicke; aber er sah nichts, ausgenommen die Ohren und den Hals seines Pferdes, die ihm scheinbar entgegeneilende Erde, »Gladiators« Kruppe und weißen Füße, die sich in raschem Takt vor ihm bewegten und stets in derselben Entfernung von ihm blieben. »Gladiator« schnellte in die Höhe und flog über die Barriere, ohne anzustoßen, wehte mit dem kurzen Schweif und entschwand Wronskijs Blicken.

»Bravo!« sagte irgendwo eine einzelne Stimme.

In demselben Augenblick tauchten blitzgleich dicht vor Wronskijs Augen die Bretter der Barriere auf. Ohne die geringste Veränderung in seinen Bewegungen schwebte das Pferd darüber hinweg; die Bretter verschwanden, und nur hinter ihm stieß etwas an. Das durch den voraussprengenden »Gladiator« gereizte Pferd hatte sich ein wenig zu früh vor der Barriere gehoben und war mit einem Hinterhuf daran gestoßen. Aber seine Schnelligkeit verringerte sich nicht, und Wronskij, dem ein Schmutzklumpen ins Gesicht geflogen war, begriff, daß er sich wieder in derselben Entfernung von »Gladiator« befand. Wiederum sah er dessen Kruppe und kurzen Schweif vor sich und wiederum diese in der gleichen Entfernung bleibenden, sich schnell bewegenden weißen Füße.

In demselben Moment, wo Wronskij daran dachte, daß es jetzt an der Zeit sei, Machotin zu überholen, begann »Frou-Frou«, die seinen Gedanken zu erraten schien, ohne jede Aufmunterung beträchtlich zuzugeben und sich Machotin von der vorteilhaftesten Seite, der Strickseite, zu nähern. Machotin gab den Strick nicht frei. Wronskij dachte gerade daran, daß er ihn auch von der äußeren Seite umgehen könne, als »Frou-Frou« auch schon den Fuß wechselte und ihn wirklich in dieser Weise einzuholen suchte. »Frou-Frous« Schultern, die der Schweiß schon dunkler zu färben begann, kamen in eine Linie mit »Gladiators« Kruppe. Nach einigen Sprüngen liefen sie neben einander her. Aber vor dem Hindernis, dem sie sich jetzt näherten, begann Wronskij, um nicht einen großen Kreis machen zu müssen, mit den Zügeln zu arbeiten, und gerade am Abhang holte er Machotin rasch ein. Er sah sein von Schmutz bespritztes Gesicht. Es schien ihm sogar, als ob jener lächelte. Wronskij hatte Machotin überholt; aber er fühlte ihn dicht hinter sich und hörte unaufhörlich hinter seinem Rücken den regelmäßigen Hufschlag und das stoßweise, noch ganz frische Schnauben aus »Gladiators« Nüstern.

Die folgenden beiden Hindernisse, der Graben und die Barriere, wurden mit Leichtigkeit genommen; aber Wronskij begann das Schnauben und Anspringen »Gladiators« in größerer Nähe zu hören. Er trieb sein Pferd an und fühlte mit Freude, daß es seinen Lauf mit Leichtigkeit beschleunigte und der Schall von »Gladiators« Hufen wieder in der früheren Entfernung hörbar wurde.

Wronskij führte das Rennen – gerade wie er es gewollt und wie ihm Cord geraten hatte – und jetzt war er des Erfolges sicher. Seine Erregung, seine Freude und Zärtlichkeit für »Frou-Frou« steigerten sich immer mehr. Er hätte sich gar zu gern umgesehen, aber er wagte es nicht und gab sich Mühe, seine Ruhe zu bewahren und das Pferd nicht anzutreiben, um ihm den gleichen Kräftevorrat zu erhalten, über den – wie er fühlte – »Gladiator« noch verfügte. Es war noch ein Hindernis, das allerschwierigste, zu nehmen; wenn er dieses vor den anderen überspringen würde, so mußte er als Erster ankommen. Er sprengte zum irischen Wall heran; zugleich mit »Frou-Frou« hatte er schon von weitem diesen Wall erblickt, und beiden, ihm und dem Pferde, kam zu gleicher Zeit ein augenblicklicher Zweifel. Er bemerkte an den Ohren seines Tieres, daß es unschlüssig sei und erhob die Peitsche, fühlte aber sofort, daß sein Zweifel unbegründet war: das Pferd wußte, was es zu tun hatte. Es gab zu, und gleichmäßig, genau so, wie er es erwartet hatte, schwang es sich in die Höhe und überließ sich, nachdem es sich von der Erde abgestoßen hatte, dem Beharrungsvermögen, durch das es weit über den Graben hinweggetragen wurde; und in demselben Takte, ohne Anstrengung, im selben Schritt setzte »Frou-Frou« das Rennen fort.

»Bravo, Wronskij!« schallten ihm Stimmen aus einer Gruppe von Herren entgegen – er wußte, es waren Freunde aus seinem Regiment –, die bei diesem Hindernis standen; er konnte unmöglich Jaschwins Stimme verkennen, aber er sah ihn nicht.

»Oh, du mein herrliches Tier!« sprach er in Gedanken zu »Frou-Frou«, während er zugleich auf das lauschte, was hinter ihm vorging. »Er ist hinübergesprungen!« dachte er dann, als er »Gladiators« Hufschlag hinter sich hörte. Jetzt blieb nur noch der letzte Wassergraben von zwei Ellen Breite. Wronskij sah nicht einmal hin; aber da er durchaus mit einem großen Vorsprung als Erster ans Ziel kommen wollte, begann er mit den Zügeln kreisförmig zu arbeiten, indem er so im Takte des

Galopps den Kopf seines Pferdes hob und senkte. Er fühlte, daß das Pferd seine letzten Kräfte anspannte; nicht nur Hals und Schultern der Stute waren naß, auch auf ihrem Widerrist, auf dem Kopfe, auf den spitzen Ohren trat der Schweiß tropfenweise hervor, und sie atmete scharf und kurz. Aber er wußte, daß dieser Kräftevorrat für die übrig bleibenden zweihundert Faden mehr als ausreichend war. Nur daraus, daß er sich der Erde nahe fühlte und aus der besonderen Weichheit der Bewegung erkannte Wronskij, wie sehr sein Pferd seine Schnelligkeit erhöht hatte. Es flog über den Graben, als bemerke es ihn nicht einmal. Es flog hinüber wie ein Vogel; aber in demselben Augenblick fühlte Wronskij zu seinem Entsetzen, daß er der Bewegung des Pferdes nicht gefolgt war und, ohne selbst zu wissen, wie es geschehen war, eine schlimme, unverzeihliche Bewegung machte, indem er sich in den Sattel fallen ließ. Plötzlich änderte sich seine Lage und er begriff, daß sich etwas Entsetzliches ereignet hatte. Noch vermochte er es nicht, sich über das Vorgefallene klar zu werden, als schon dicht neben ihm die weißen Füße des Fuchses sichtbar wurden und Machotin in schnellem Lauf an ihm vorübersauste. Wronskij streifte mit einem Fuß die Erde, und sein Pferd sank auf diesen Fuß herab. Es gelang ihm noch gerade, den Fuß zu befreien, als die Stute schon schwer röchelnd auf die Seite fiel und mit ihrem feinen, schweißbedecktem Halse vergebliche Anstrengungen machte, um sich zu erheben: Sie schlug auf der Erde zu seinen Füßen um sich wie ein angeschossener Vogel. Die ungeschickte Bewegung, die Wronskij gemacht, hatte ihr den Rücken gebrochen. Doch dies begriff er erst viel später. Jetzt sah er nur, wie Machotin sich schnell entfernte, während er taumelnd, allein, auf der schmutzigen, unbeweglichen Erde stand, und vor ihm schwer atmend »Frou-Frou« lag und ihn, den Kopf zu ihm hinbeugend, mit ihrem schönen Auge anblickte. Er begriff immer noch nicht, was sich ereignet hatte und riß das Pferd am Zügel. Wieder schlug es um sich wie ein Fisch, so daß die Sattelflügel knarrten, und machte die Vorderfüße frei; aber nicht imstande, den Hinterkörper zu erheben, brach es sofort wieder zusammen und fiel wieder auf die Seite. Mit einem vor Leidenschaft entstellten Gesicht, bleich und mit zitterndem Unterkiefer, stieß Wronskij mit dem Stiefelabsatz dem Tier in den Leib und begann es wieder am Zügel emporzuzerren. Aber es bewegte sich nicht, sondern stieß die Nase gegen die Erde und blickte nur mit seinem sprechenden Auge auf seinen Herrn.

»Oh!« brüllte Wronskij und griff sich an den Kopf. »Oh! was habe ich getan«, schrie er auf. »Das Rennen habe ich verloren! Und meine eigene Schuld ist es, meine eigene schmähliche, unverzeihliche Schuld! Und dieses arme, liebe, zu Grunde gerichtete Pferd! Ach! Was habe ich getan!«

Eine Menge Zuschauer, ein Arzt und ein Heilgehilfe, die Offiziere seines Regiments, alles eilte zu ihm hin. Zu seinem Unglück fühlte er, daß er ganz heil und unbeschädigt war. Das Pferd hatte sich den Rücken gebrochen und mußte erschossen werden. Wronskij vermochte auf keine Frage zu antworten, vermochte mit keinem Menschen zu sprechen. Er wandte sich ab und verließ, ohne seine Mütze, die ihm vom Kopfe geflogen war, aufzuheben, die Rennbahn – er wußte selbst nicht, wohin er ging. Er fühlte sich tief unglücklich. Zum erstenmal in seinem Leben hatte er das Gefühl, von einem schweren Unglück, einem nicht wieder gut zu machenden Unglück betroffen worden zu sein, an dem er selber schuld war.

Jaschwin holte ihn mit seiner Mütze ein, brachte ihn nach Hause, und nach einer halben Stunde kam Wronskij wieder zu sich. Aber die Erinnerung an dieses Rennen blieb lange in seiner Seele als die schwerste und quälendste Erinnerung seines ganzen Lebens zurück.

26

Die äußeren Beziehungen von Alexej Alexandrowitsch zu seiner Frau waren die gleichen geblieben wie vorher. Der einzige Unterschied bestand darin, daß er noch mehr beschäftigt war als sonst. Wie in früheren Jahren auch, hatte er mit Anbruch des Frühlings eine Badereise ins Ausland gemacht, um seine

Gesundheit, die durch die mit jedem Jahre zunehmende Winterarbeit angegriffen war, wieder herzustellen. Und wie gewöhnlich kehrte er im Juli zurück und machte sich mit erhöhter Tatkraft wieder an seine gewohnte Arbeit. Und wie gewöhnlich, war seine Frau auch diesmal aufs Land gezogen, während er in Petersburg blieb.

Seit jenem Gespräch nach der Abendgesellschaft bei die Fürstin Twerskaja hatte er niemals wieder mit Anna von seinem Argwohn und seiner Eifersucht gesprochen, und jener ihm eigentümliche Ton, durch den er stets die Art und Weise irgendeiner dritten Person darstellen zu wollen schien, paßte allerdings vortrefflich zu seinem gegenwärtigen Verhältnis zu seiner Frau. Er verhielt sich ihr gegenüber etwas kühler. Es hatte den Anschein, als sei er nur ein wenig ungehalten über sie wegen jenes ersten nächtlichen Gespräches, dem sie damals ausgewichen war. In seinem Verkehr mit ihr zeigte sich ein leiser Schatten von Verdruß, aber nicht mehr. »Du hast dich zu keiner Aussprache mit mir verstehen wollen«, sagte er, indem er sich in Gedanken an sie wandte, »um so schlimmer für dich. Jetzt wirst du mich wohl bitten, aber ich werde mich auf keine Erklärung mehr einlassen. Um so schlimmer für dich«, sagte er in Gedanken, wie jemand, der sich vergeblich bemüht hat, einen Brand zu löschen, ärgerlich über die Erfolglosigkeit seiner Anstrengungen gesagt hätte: »Es geschieht dir ganz recht; so verbrenne denn meinethalben!«

Er, dieser kluge und in Dienstangelegenheiten so scharfsinnige Mann begriff nicht den ganzen Wahnsinn eines solchen Verhaltens gegen seine Frau. Er begriff es nicht, weil es ihm zu furchtbar erschien, sich seine wirkliche Lage klar zu machen; er hatte in seiner Seele gleichsam jenes Fach zurückgeschoben, verschlossen und versiegelt, in dem sich sein Gefühl für die Familie, das heißt für seine Frau und seinen Sohn befand. Er, der sorgsame Vater, war seit dem Ende dieses Winters besonders kühl gegen seinen Sohn geworden, und er sprach mit ihm jetzt stets in demselben spöttelnden Ton, den er seiner Frau gegenüber anzuschlagen gewohnt war. »Na, junger Mann!« pflegte er ihn anzureden.

Alexej Alexandrowitsch dachte und äußerte es auch, daß er von seinen dienstlichen Angelegenheiten noch nie so stark in Anspruch genommen gewesen sei, wie in diesem Jahre. Aber er gestand es sich nicht ein, daß er sich selbst in diesem Jahre allerlei Angelegenheiten ausdachte; daß dies eins von den Mitteln war, um jenes Fach nicht öffnen zu müssen, worin seine Gefühle und Gedanken, die auf Frau und Familie Bezug hatten, lagen – Gedanken und Gefühle, die ihm um so schrecklicher wurden, je länger er sie dort verschlossen hielt. Wenn irgend jemand das Recht gehabt hätte, Alexej Alexandrowitsch zu fragen, was er von dem Verhalten seiner Frau denke, so würde der sanfte, friedliebende Alexej Alexandrowitsch nichts geantwortet haben, aber in großen Zorn über den Fragesteller geraten sein. Aus diesem Grunde nahm auch das Gesicht von Alexej Alexandrowitsch einen stolzen und strengen Ausdruck an, wenn er nach dem Befinden seiner Frau gefragt wurde. Er wollte nicht über das Verhalten und die Gefühle seiner Frau nachdenken, und in der Tat gelang es ihm auch, nicht daran zu denken.

Alexej Alexandrowitschs Landhaus befand sich in Peterhof, und die Gräfin Lydia Iwanowna pflegte den Sommer eben daselbst in Annas Nachbarschaft und im beständigen Verkehr mit ihr zu verbringen. In diesem Jahr hatte es die Gräfin Lydia Iwanowna abgelehnt, ihren Aufenthalt in Peterhof zu nehmen, war kein einziges Mal bei Anna Arkadjewna zum Besuch gewesen und hatte Alexej Alexandrowitsch gegenüber auf das Unpassende von Annas Annäherung an Betsy und Wronskij angespielt. Alexej Alexandrowitsch war ihr schroff ins Wort gefallen, indem er bemerkte, daß seine Frau über jeden Verdacht erhaben sei, und hatte seit dieser Zeit der Gräfin Lydia Iwanowna auszuweichen gesucht. Er wollte nicht sehen und sah es nicht, daß man bereits in der Gesellschaft scheel auf seine Gattin zu blicken begann; er wollte nicht verstehen und verstand es nicht, warum seine Frau so hartnäckig darauf bestand, nach Zarskoje überzusiedeln, wo Betsy wohnte, und von wo das Lager von Wronskijs Regiment nicht weit entfernt war. Er verbot es seinen Gedanken, diese Richtung zu nehmen, und es gelang ihm auch, nicht darüber nachzudenken. Aber, wenn er es sich auch nicht einzugestehen wagte und er auch keinerlei Beweise, ja nicht einmal irgendwelche Verdachtsgründe dafür hatte, so war er doch im innersten Herzen davon überzeugt, daß er ein betrogener Ehemann sei, und dieser Gedanke machte ihn tief unglücklich. Wie oft während seines achtjährigen glücklichen Zusammenlebens mit seiner Frau hatte Alexej Alexandrowitsch, wenn er an fremde, ungetreue Frauen und betrogene Ehemänner dachte, zu sich selbst gesagt: »Wie kann man es nur so weit kommen lassen? Wie ist es möglich, daß man solch' einem grauenhaften Zustand kein Ende macht?« Jetzt aber, wo das Unglück auf sein eigenes Haupt gefallen war, dachte er nicht nur nicht daran, diesem Zustand ein Ende zu machen, sondern er wollte ihn nicht einmal kennen, wollte gerade deshalb nichts davon wissen, weil er zu entsetzlich, zu unnatürlich war.

Seit seiner Rückkehr vom Auslande war Alexej Alexandrowitsch zweimal in seinem Landhaus gewesen. Einmal hatte er dort zu Mittag gespeist, ein anderes Mal einen Abend mit Gästen zugebracht; aber nicht ein einziges Mal war er dort über Nacht geblieben, wie er es in früheren Jahren zu tun pflegte.

Am Tage der Rennen war Alexej Alexandrowitsch besonders stark in Anspruch genommen; er hatte sich schon am Morgen vorgezeichnet, wie er diesen Tag einteilen wollte, und beschloß sofort nach einem frühzeitig eingenommenen Mittagsmahle zu seiner Frau aufs Land und von dort zum Rennen zu fahren, dem der ganze Hof beiwohnen sollte und dem er nicht gut fernbleiben konnte. Bei seiner Frau wollte er deshalb vorfahren, weil er sich gesagt hatte, daß er sich anstandshalber einmal in der Woche bei ihr sehen lassen müsse. Außerdem mußte er ihr an diesem Tage, als dem fünfzehnten des Monats, nach der eingeführten Ordnung, das Wirtschaftsgeld geben.

Während er alles dies in seinem Geiste ordnete, verbot er es seinen Gedanken, mit der gewohnten Herrschaft über sich selbst, über die Grenzlinie hinauszuschweifen, die er ihnen in bezug auf das, was seine Frau betraf gezogen hatte.

Den ganzen Morgen war Alexej Alexandrowitsch sehr in Anspruch genommen. Am Tage vorher hatte Gräfin Lydia Iwanowna ihm die Broschüre eines in Petersburg weilenden, berühmten Chinareisenden nebst einem Briefe übersandt, in dem sie ihn bat, diesen Reisenden selbst, einen Mann, der nach verschiedenen Richtungen hin überaus interessant sei und auch von Nutzen sein könne, empfangen zu wollen. Alexej Alexandrowitsch war nicht dazu gekommen, noch am Abend die Broschüre durchzulesen, und so tat er es jetzt. Alsdann fanden sich verschiedene Bittsteller ein; dann begannen die Vorträge, Empfänge, Ernennungen, Absetzungen von Beamten; Anordnungen in bezug auf Belohnungen, Pensionen, Gehälter, die Erledigung der Korrespondenz: jene Werktagsarbeit, wie Alexej Alexandrowitsch es nannte, die so viel Zeit in Anspruch nimmt. Hierauf kam eine persönliche Angelegenheit an die Reihe, der Besuch seines Arztes und seines Sachwalters. Der letztere nahm nicht sehr viel Zeit in Anspruch. Er übergab Alexej Alexandrowitsch nur die nötigen Gelder und erstattete ihm einen kurzen Rechenschaftsbericht über den Vermögensstand, der sich als nicht ganz befriedigend herausstelle, da in diesem Jahre infolge der häufigen Reisen mehr als sonst verbraucht worden war und ein Ausfall bestand. Dagegen nahm der Doktor, ein berühmter Petersburger Arzt, der zu Alexej Alexandrowitsch in freundschaftlichen Beziehungen stand, viel Zeit in Anspruch. Alexej Alexandrowitsch hatte ihn heute gar nicht erwartet, und war von seinem Besuch überrascht und mehr noch davon, daß der Doktor es für nötig hielt, ihn sehr aufmerksam über seinen Gesundheitszustand zu befragen, daß er seine Brust untersuchte und seine Leber beklopfte und befühlte. Alexej Alexandrowitsch wußte nicht, daß seine Freundin Lydia Iwanowna die Verschlechterung seiner Gesundheit in diesem Jahre bemerkt und den Doktor gebeten hatte, bei dem Kranken vorzusprechen und ihn zu untersuchen. »Tun Sie es mir zuliebe«, hatte die Gräfin Lydia Iwanowna zu dem Arzte gesagt.

»Ich werde es für Rußland tun, Gräfin«, war die Antwort gewesen.

»Ja, er ist unersetzlich!« hatte die Gräfin erwidert.

Der Doktor war mit Alexej Alexandrowitschs Zustand sehr unzufrieden. Er fand die Leber bedeutend vergrößert, die Ernährung herabgesetzt und nicht die geringste günstige Wirkung der Badekur, die er durchgemacht hatte. Er verordnete ihm so viel wie möglich körperliche Bewegung, so wenig wie möglich geistige Anstrengung und vor allem keine Gemütserregung: also gerade das, was für Alexej Alexandrowitsch ebenso unmöglich war, wie nicht zu atmen. Und als er sich entfernt hatte, ließ er Alexej Alexandrowitsch mit dem unangenehmen Bewußtsein zurück, daß in seinem Körper irgend etwas nicht in Ordnung sei und daß sich nichts dagegen tun lasse.

Als der Doktor Alexej Alexandrowitsch verließ, stieß er auf der Treppe mit dem ihm wohl bekannten Sachwalter Sljudin zusammen; sie hatten zusammen die Universität besucht, und obgleich sie sich jetzt selten trafen, schätzten sie sich einander doch sehr und waren gute Freunde, und darum hätte der Doktor niemandem so aufrichtig wie Sljudin seine Ansicht über den Kranken mitgeteilt.

»Wie freue ich mich, daß Sie ihn besucht haben«, sagte Sljudin. »Es ist nicht alles in Ordnung mit ihm, und mir scheint ... Wie steht es denn?«

»Sehen Sie«, erwiderte der Doktor, während er über Sljudins Kopf weg seinem Kutscher winkte, vorzufahren. »Sehen Sie«, wiederholte er, während er zwischen seine weißen Hände einen Finger seines Glacéhandschuhs nahm und ihn straff zog, »wenn Sie Saiten zerreißen wollen, ohne sie gespannt zu haben, so ist das sehr schwer; aber spannen Sie eine Saite bis aufs äußerste und belasten Sie sie dann nur mit der Schwere eines Fingers und sie wird reißen. Er aber bei seiner sitzenden Lebensweise, seiner Gewissenhaftigkeit in der Arbeit – ist bis zum höchsten Grade angespannt, und der Druck auf die Saite ist vorhanden und zwar ein recht schwerer –« schloß der Doktor bedeutungsvoll und zog die Brauen in die Höhe. »Werden Sie heute bei den Reinen sein?« fügte er hinzu, während er in den Wagen stieg, der vorgefahren war. »Ja, ja natürlich, es nimmt viel Zeit weg«, antwortete er noch auf etwas, was Sljudin gesagt, was er aber nicht mehr verstanden hatte.

Nach dem Doktor, der so viel Zeit in Anspruch genommen hatte, kam der berühmte Forschungsreisende, und Alexej Alexandrowitsch setzte den Besucher dank der eben erst durchgelesenen Broschüre und seinen früheren Studien über diesen Gegenstand, durch die Gründlichkeit seiner Sachkenntnis und durch sein weitblickendes aufgeklärtes Urteil in Erstaunen.

Zugleich mit dem Reisenden wurde die Ankunft des Gouvernements-Adelsmarschalls gemeldet, der nach Petersburg gekommen war und mit dem er mancherlei zu besprechen hatte. Nachdem dieser sich verabschiedet hatte, mußten die laufenden Geschäfte mit dem Sachwalter erledigt werden, und dann mußte er sich noch in einer ernsten und wichtigen Angelegenheit zu einer hochgestellten Persönlichkeit begeben. Alexej Alexandrowitsch gelang es eben noch, um fünf Uhr zur Zeit seines Mittagessens zurückzukehren, das er in Gesellschaft seines Abteilungsvorstandes einnahm, den er aufforderte, mit ihm zusammen aufs Land und zum Rennen zu fahren.

Ohne sich selbst Rechenschaft davon abzulegen, suchte es Alexej Alexandrowitsch jetzt stets so einzurichten, daß bei seinen Zusammenkünften mit seiner Frau ein Dritter zugegen war.

27

Anna stand im oberen Stockwerk vor dem Spiegel und steckte mit Annuschkas Hilfe eben die letzte Schleife an ihr Kleid, als sie vor der Anfahrt das Knirschen der Räder auf dem geschotterten Wege hörte.

»Für Betsy ist es noch zu früh«, dachte sie und blickte aus dem Fenster; da sah sie den Wagen, aus dem der schwarze Hut und die ihr so wohlbekannten Ohren von Alexej Alexandrowitsch herausragten. »Der kommt aber ungelegen; am Ende bleibt er über Nacht?« dachte sie. Und ihr erschien alles, was daraus entstehen konnte, so entsetzlich und furchtbar, daß sie ihn, ohne sich einen Augenblick zu besinnen, mit heiterem und strahlendem Gesicht entgegenging; sie fühlte in sich die Gegenwart des ihr schon so wohl bekannten Geistes der Lüge und der Verstellung, und gab sich sogleich diesem Geiste hin, indem sie zu sprechen begann, ohne selbst zu wissen, was sie sagen würde.

»Ach, das ist schön!« sagte sie, indem sie ihrem Manne die Hand reichte und den Hausfreund Sljudin lächelnd begrüßte. »Du bleibst doch hoffentlich die Nacht hier?« waren die ersten Worte, die ihr jener Geist der Lüge zuflüsterte. »Und jetzt fahren wir zusammen. Es ist nur schade, daß ich Betsy versprochen habe, mit ihr zu fahren. Sie will mich abholen.«

Alexej Alexandrowitsch runzelte bei der Nennung von Betsys Namen die Brauen.

»Oh, ich werde doch die Unzertrennlichen nicht trennen wollen«, erwiderte er mit seinem gewöhnlichen spöttelnden Tone. »Ich will mit Michail Wassiljewitsch zu Fuß hingehen. Die Ärzte haben mir ja viel Bewegung anempfohlen. Ich werde also einen Spaziergang machen und mir dabei denken, daß ich noch im Bade sei.«

»Es hat keine Eile«, sagte Anna, »wollen Sie nicht eine Tasse Tee?«

Sie klingelte.

»Bringen Sie Tee und sagen Sie Serjosha, daß Alexej Alexandrowitsch angekommen ist. Nun, wie steht's mit deiner Gesundheit? Michail Wassiljewitsch, Sie haben mich hier noch nicht besucht; sehen Sie, wie schön es auf meinem Balkon ist«, sprach sie weiter, indem sie sich bald an den einen, bald an den andern wandte.

Sie sprach sehr einfach und natürlich, nur zu viel und zu schnell. Sie fühlte dies selbst um so mehr, als sie an dem neugierigen Blicke, den Michail Wassiljewitsch auf sie heftete, merkte, daß er sie zu beobachten schien.

Michail Wassiljewitsch trat sofort auf die Terrasse hinaus.

Sie setzte sich neben ihren Mann.

»Du siehst nicht ganz wohl aus«, sagte sie.

»Ja«, erwiderte er, »heute war der Doktor bei mir und hat mich eine ganze Stunde aufgehalten. Ich habe die Empfindung, daß irgendeiner meiner Freunde ihn geschickt hat; so kostbar ist meine Gesundheit ...«

»Was hat er denn eigentlich gesagt?«

Sie fragte ihn angelegentlich über seine Gesundheit und seine Arbeiten aus, redete ihm zu, sich mehr Erholung zu gönnen und zu ihr hinüberzuziehen.

Sie sprach heiter, schnell und mit einem besonderen Glanz in den Augen; aber Alexej Alexandrowitsch legte jetzt diesen Wahrnehmungen keinerlei Bedeutung bei. Er hörte nur ihre Worte und gab ihnen nur den unmittelbaren Sinn, den sie hatten. Er antwortete ihr ungezwungen, wenn auch scherzhaft. In dem ganzen Gespräch lag nichts Besonderes; aber später konnte Anna niemals ohne ein quälendes Schamgefühl an diese kurze Unterhaltung zurückdenken.

Serjosha kam, von seiner Gouvernante begleitet, herein. Wenn Alexej Alexandrowitsch es sich nicht verboten hätte, Beobachtungen anzustellen, so würde er den scheuen, verwirrten Blick bemerkt haben, den Serjosha erst auf den Vater, dann auf die Mutter richtete. Aber er wollte nichts sehen und sah nichts.

»Ah, junger Mann! Er ist ja gewachsen! Wahrhaftig, er ist schon ein richtiger Mann. Guten Tag, junger Mann.« Und er reichte dem erschreckten Serjosha die Hand.

Serjosha hatte schon früher in seinem Verkehr mit dem Vater eine gewisse Schüchternheit an den Tag gelegt; jetzt aber, nachdem Alexej Alexandrowitsch angefangen hatte, ihn »junger Mann« zu titulieren und ihm das Rätsel, ob Wronskij ein Freund oder ein Feind sei, im Kopf herumging, mied er den Vater ganz. Er sah sich wie Schutz flehend nach der Mutter um. Nur mit der Mutter allein war ihm wohl zumute. Alexej Alexandrowitsch hielt inzwischen, während er mit der Erzieherin sprach, den Sohn an der Schulter fest, und Serjosha schien dabei ein so quälendes Unbehagen zu empfinden, daß er, wie Anna sah, dem Weinen nahe war.

Anna war in dem Augenblick, als ihr Sohn ins Zimmer trat,

errötet; als sie jetzt bemerkte, wie unbehaglich sich Serjosha fühlte, stand sie rasch auf, hob die Hand ihres Gatten von der Schulter des Sohnes und führte den Knaben, nachdem sie ihn geküßt hatte, auf die Terrasse, worauf sie sofort wieder zurückkehrte.

»Jetzt ist es aber Zeit«, sagte sie, indem sie auf die Uhr blickte, »warum nur Betsy nicht kommt! ...«

»Ja«, sagte Alexej Alexandrowitsch, indem er aufstand, die Hände ineinander schob und seine Finger knacken ließ. »Ich bin unter anderem auch gekommen, um dir Geld zu bringen, da man doch von der Luft nicht satt wird«, fügte er hinzu. »Du brauchst welches, denke ich.«

»Nein, ich brauche noch keins oder ... doch, ich brauche welches«, erwiderte sie, ohne ihn anzublicken und errötete bis unter die Haarwurzeln. »Aber, du wirst doch wohl noch nach den Rennen herkommen.«

»O ja!« antwortete Alexej Alexandrowitsch. »Da ist übrigens auch unsere Peterhofer Schönheit, die Fürstin Twerskaja«, setzte er hinzu, als er vom Fenster aus das vorfahrende englische Gespann mit dem auffallend hohen Kutscherbock bemerkte. »Welch' ein Staat! Wie prächtig! Na, jetzt wollen wir aber auch fahren!«

Die Fürstin Twerskaja stieg nicht aus dem Wagen; nur ihr Lakai, in Stulpenstiefeln, Mantelkragen und schwarzem Hut, sprang vor der Freitreppe ab.

»Ich komme schon, auf Wiedersehen!« sagte Anna, küßte den Sohn und trat dann zu Alexej Alexandrowitsch, dem sie die Hand reichte. »Es ist sehr lieb von dir, daß du gekommen bist.«

Alexej Alexandrowitsch küßte ihr die Hand.

»Also auf Wiedersehen! Du kommst also zum Tee. Das ist recht!« rief sie und eilte strahlend und fröhlich hinaus. Aber sobald sie ihn nicht mehr sah, befühlte sie auf ihrer Hand die Stelle, die er mit seinen Lippen berührt hatte, und zuckte wie von Ekel erfüllt zusammen.

28

Als Alexej Alexandrowitsch den Rennplatz betrat, saß Anna schon neben Betsy in einer Loge, auf der Tribüne, wo sich die ganze höhere Gesellschaft zu versammeln pflegte. Sie sah ihren Mann schon von weitem. Zwei Menschen, ihr Gatte und ihr Geliebter, bildeten für sie die beiden Mittelpunkte ihres Lebens, und auch ohne Hilfe der äußeren Sinne fühlte sie ihre Nähe. Schon von weitem hatte sie die Annäherung ihres Gatten gefühlt, und sie folgte ihm unwillkürlich mit den Blicken durch die Menschenwogen, zwischen denen er sich bewegte. Sie sah, wie er sich der Tribüne näherte, indem er bald mit herablassender Liebenswürdigkeit devote Grüße beantwortete, bald mit freundlicher Zerstreutheit ihm Gleichgestellte begrüßte, bald wieder sorgsam einen Blick von den Großen dieser Welt zu erhaschen suchte und dabei seinen runden, großen Hut abnahm, der die Ränder seiner Ohren etwas herabdrückte. Sie kannte alle diese Gewohnheiten, und sie waren ihr alle zuwider. »Nur Ehrgeiz, nur das Streben nach Erfolg – das ist alles, was in seiner Seele lebt«, dachte sie, »aber höhere Gesichtspunkte, Liebe zur Aufklärung, Religion, alles das – sind für ihn nur Mittel zum Zweck.«

An den Blicken, mit denen er die für die Damen bestimmte Tribüne musterte (er sah gerade auf sie, ohne jedoch seine Frau in dem Meer von Mull, Bändern, Federn, Sonnenschirmen und Blumen zu erkennen), erriet sie, daß er sie suchte; aber sie tat, als bemerke sie ihn nicht.

»Alexej Alexandrowitsch!« rief ihm die Fürstin Betsy zu, »Sie suchen gewiß Ihre Frau; da ist sie!«

Er lächelte mit seinem kalten Lächeln.

»Hier ist so viel Glanz, daß das Auge förmlich geblendet wird«, erwiderte er und trat in die Loge. Er lächelte seiner Frau zu, wie ein Mann lächeln muß, der seiner Gattin begegnet, mit der er eben erst zusammen gewesen ist; dann begrüßte er die Fürstin und seine andern Bekannten, indem er jedem das ihm zukommende Maß der Beachtung schenkte, mit den Damen scherzte und mit den Männern Willkommensgrüße austauschte. Unten, neben der Loge stand ein von Alexej Alexandrowitsch hochgeschätzter, durch seinen Geist und seine Bildung ausgezeichneter Generaladjutant. Alexej Alexandrowitsch knüpfte mit ihm ein Gespräch an.

Es war eine kurze Pause zwischen den Rennen eingetreten, und darum wurde die Unterhaltung durch nichts gestört. Der Generaladjutant sprach sich mißbilligend über die Rennen aus. Alexej Alexandrowitsch dagegen nahm sie in Schutz. Anna lauschte seiner dünnen, gleichmäßigen Stimme, und nicht ein Wort entging ihr; aber jedes seiner Worte schien ihr unaufrichtig und verletzte schmerzhaft ihr Ohr.

Als das Vier-Werst-Rennen mit Hindernissen begann, beugte sie sich vor und blickte, ohne ein Auge zu verwenden, auf Wronskij, der auf sein Pferd zuging und in den Sattel stieg; zugleich aber hörte sie dabei die widerwärtige Stimme ihres Mannes, der unaufhörlich weitersprach. Sie wurde von Angst um Wronskij gequält; noch mehr aber quälte sie der Klang der feinen Stimme ihres Mannes, der in dem ihr so wohlbekannten Tonfall unermüdlich weiter zu sprechen schien.

»Ich bin eine schlechte Frau, eine gefallene Frau«, dachte sie, »doch ich hasse die Lüge, ich ertrage die Lüge nicht; aber er, der Gatte, lebt von der Lüge. Er weiß alles, er sieht alles; was kann er denn empfinden, wenn er imstande ist, so ruhig zu sprechen? Mag er mich, mag er Wronskij töten, ich würde ihn dafür nur achten können. Aber nein, er braucht nur Lüge und äußeren Anstand –«, sprach Anna zu sich selber, ohne sich klar zu machen, was sie denn eigentlich von ihrem Manne verlangte, und wie er denn sein müsse, um vor ihren Augen Gnade zu finden.

Sie begriff auch nicht, daß Alexej Alexandrowitschs jetzige besonders große Redseligkeit, die sie so sehr aufbrachte, nur der Ausdruck seiner inneren Erregung und Unruhe war. Wie ein Kind, das sich gestoßen hat, umherspringt, um seine Muskeln zu bewegen und den Schmerz dadurch zu betäuben, so brauchte auch Alexej Alexandrowitsch eine geistige Bewegung, um die Gedanken an seine Frau zu betäuben, die sich ihm in ihrer und Wronskijs Gegenwart und bei der beständigen Wiederholung seines Namens mit besonderer Stärke aufdrängten. Und wie es bei dem Kinde natürlich ist, daß es herumspringt, so war es für ihn natürlich, daß er eine lebhafte und vernünftige Unterhaltung führte. Er sagte:

»Die Gefahr ist bei den Kavallerierennen eine notwendige Bedingung des Rennens selbst. Wenn England in seiner Kriegsgeschichte auf die glänzendsten Reitertaten hinweisen kann, so ist das nur dem Umstande zuzuschreiben, daß dort die dazu erforderliche Kraft, sowohl bei den Tieren wie bei den Menschen, eine historische Entwicklung erfahren hat. Der Sport hat nach meiner Ansicht eine große Bedeutung, und wie überall, so sehen wir auch hier nur das, was auf der Oberfläche liegt.«

»Hierbei ist nichts Oberflächliches«, mischte sich die Fürstin Iwerskaja ein. »Ein Offizier soll sich eben zwei Rippen gebrochen haben.«

Alexej Alexandrowitsch lächelte mit dem ihm eigentümlichen Lächeln, das nur die Zähne ein wenig sehen ließ, aber nichts weiter ausdrückte.

»Ich gebe zu, Fürstin, daß dies nichts Oberflächliches ist«, erwiderte er, »sondern etwas Innerliches. Aber darum handelt es sich ja gar nicht«, und er wandte sich wieder dem General zu, mit dem er in ernstem Tone weitersprach: »Sie dürfen nicht vergessen, daß hier Offiziere reiten, die sich diese Tätigkeit erwählt haben, und Sie werden mir zugeben, daß jeder Beruf auch seine Kehrseite hat. Das, was wir hier sehen, gehört geradezu zu den Pflichten eines Offiziers. Der rohe Sport des Faustkampfes oder der spanischen Torreadore ist ein Zeichen von Barbarei. Aber der spezialisierte Sport ist ein Zeichen von geistiger Entwicklung.«

»Nein, ich komme nie wieder hierher; es regt mich zu sehr auf«, sagte die Fürstin Betsy. »Nicht wahr, Anna?«

»Es ist allerdings aufregend, und doch kann man sich nicht davon losreißen«, meinte eine andere Dame. »Wenn ich im alten Rom gelebt hätte, so würde ich nie eine Vorstellung im Zirkus versäumt haben.«

Anna sagte nichts und blickte, ohne das Glas vom Auge zu nehmen, nach einer bestimmten Stelle.

In diesem Augenblick ging eine hochstehende Persönlichkeit in Generalsuniform durch die Loge. Alexej Alexandrowitsch unterbrach seine Rede, erhob sich eilig, aber doch ohne seiner Würde etwas zu vergeben, und verbeugte sich tief vor dem Vorübergehenden.

»Sie reiten nicht?« fragte der General scherzend.

»Mein Ritt ist schwieriger«, gab Alexej Alexandrowitsch ehrerbietig zur Antwort.

Und obgleich diese Antwort gar nichts bedeutete, gab sich der General doch den Anschein, als habe er ein kluges Wort von einem klugen Manne gehört und in vollem Umfang *la pointe de la sauce* verstanden.

»Es gibt zwei Standpunkte«, hob Alexej Alexandrowitsch dann von neuem an, »den des aktiven Teilnehmers und den des Zuschauers; und die Freude an einem solchen Schauspiele ist das sicherste Zeichen einer niedrigen Entwicklungsstufe des Zuschauers; damit bin ich einverstanden. Aber ...«

»Fürstin, wetten wir!« ertönte jetzt von unten die Stimme Stjepan Arkadjewitschs, der sich an Betsy wandte. »Auf wen wetten Sie?«

»Ich und Anna auf Fürst Kusowlew«, erwiderte Betsy.

»Ich auf Wronskij. Um ein Paar Handschuhe!«

»Es gilt!«

»Wie schön es heute ist, nicht?«

Alexej Alexandrowitsch schwieg eine Weile, während in seiner nächsten Nähe gesprochen wurde; doch dann begann er sofort wieder zu sprechen. »Ich gebe zu, daß es nicht die männlichen Spiele sind, die ...«, fuhr er fort.

Aber in diesem Augenblick begann das Rennen, und jedes Gespräch stockte. Alexej Alexandrowitsch verstummte ebenfalls. Alle erhoben sich und richteten ihre Blicke nach dem Fluß. Alexej Alexandrowitsch hatte kein Interesse für Pferderennen und blickte deshalb auch nicht auf die Reiter, sondern ließ seine müden Augen zuerst über die Zuschauer gleiten. Sein Blick blieb auf Anna haften.

Ihr Gesicht war ernst und bleich. Sie sah offenbar nichts und niemanden außer einem einzigen. Ihre Hand preßte krampfhaft den Fächer, und sie atmete kaum. Er sah sie an und wandte sich dann hastig ab, um seinen Blick auf andere Gesichter zu lenken.

»Jene Dame dort und noch andere – sind auch sehr erregt; das ist sehr natürlich«, sagte sich Alexej Alexandrowitsch. Er wollte sie nicht ansehen, aber sein Blick wurde unwillkürlich immer wieder zu ihr hingezogen. Und wieder schaute er in dieses Gesicht, bemüht, das nicht zu lesen, was so klar darauf geschrieben stand, und doch las er darin gegen seinen Willen mit Entsetzen das, was er nicht wissen wollte.

Der erste Sturz, der von Kusowlew am Flusse, hatte alle Zuschauer in Erregung versetzt; aber Alexej Alexandrowitsch sah deutlich an dem bleichen, triumphierenden Gesicht von Anna, daß der, auf dem ihre Blicke hafteten, nicht gestürzt war. Als später Machotin und Wronskij das große Hindernis genommen hatten, und der hinter ihnen kommende Offizier an dieser Stelle auf den Kopf stürzte und sich tödlich verletzt zu haben schien, da ging ein Schauer des Entsetzens durch das ganze Publikum. Aber Alexej Alexandrowitsch sah wohl, daß Anna diesen Sturz nicht einmal bemerkt hatte und mit Mühe verstand, wovon rings um sie her die Rede war. Und immer öfter und öfter und mit immer größerer Hartnäckigkeit ruhte sein Blick auf ihr. Anna, obgleich sie ganz in den Anblick von Wronskij verloren war, der auf seinem Pferde dahinsauste, fühlte doch den von der Seite her auf sie gerichteten Blick der kalten Augen ihres Gatten.

Sie sah sich auf einen Augenblick um, blickte ihn fragend an, zog leicht die Brauen zusammen und wandte sich wieder ab.

»Ach, mir ist alles gleich«, schien sie ihm gleichsam zu sagen und blickte nun kein einziges Mal mehr nach ihm hin.

Das Rennen nahm einen unglücklichen Verlauf, und von den siebzehn Reitern stürzten und verletzten sich mehr als die Hälfte. Gegen Ende des Rennens war alles in großer Aufregung, die dadurch noch verstärkt wurde, daß der Kaiser seine Unzufriedenheit zu erkennen gegeben hatte.

29

Alle Welt drückte ihre unverhohlene Mißbilligung aus; alle wiederholten die von irgend jemandem hingeworfene Bemerkung: »Es fehlt nur noch der Zirkus mit Löwen«, und alle waren von Entsetzen erfüllt. Als daher Wronskij stürzte und Anna laut aufächzte, lag darin durchaus nichts Ungewöhnliches. Aber gleich darauf ging in Annas Zügen eine Veränderung vor, die zweifellos über die Grenzen des Erlaubten hinausging. Sie verlor vollständig die Fassung. Sie begann, auf ihrem Sitze unruhig hin und her zu fahren, wie ein Vogel im Käfig, bald schien sie aufstehen und fortgehen zu wollen, bald wandte sie sich wieder an Betsy.

»Wir wollen fort, wir wollen fort«, sprach sie.

Aber Betsy hörte nicht auf sie. Sie sprach, über die Brüstung gebeugt, mit einem General, der zu ihr getreten war.

Alexej Alexandrowitsch ging auf Anna zu und bot ihr höflich den Arm.

»Kommen Sie, wenn es Ihnen recht ist«, sagte er auf Französisch; aber Anna horchte auf, was der General sprach, und bemerkte ihren Gatten gar nicht.

»Man sagt, er habe das Bein gebrochen«, bemerkte der General.

»So etwas sollte nicht geduldet werden.«

Anna hob das Glas an die Augen, ohne ihrem Manne zu antworten, und sah nach der Stelle hin, an der Wronskij gestürzt war; aber die Entfernung war so groß, und es drängten sich dort so viele Menschen zusammen, daß es unmöglich war, etwas zu unterscheiden. Sie senkte das Glas und wollte sich erheben; aber in diesem Augenblick sprengte ein Offizier heran und überbrachte dem Kaiser eine Meldung. Anna streckte den Kopf vor, um besser zu hören.

»Stiwa! Stiwa!« rief sie dem Bruder zu.

Aber dieser hörte sie nicht. Wieder machte sie Miene fortzugehen.

»Ich biete Ihnen nochmals meinen Arm an, wenn Sie fortwollen«, sagte Alexej Alexandrowitsch, indem er ihren Arm berührte.

Sie wich mit Widerwillen von ihm zurück und antwortete, ohne ihm ins Gesicht zu sehen:

»Nein, nein, lassen Sie mich, ich bleibe.«

Sie sah jetzt, daß von der Stelle, wo Wronskij gestürzt war, über den Kreis hinweg ein Offizier auf die Loge zueilte. Betsy winkte ihn mit dem Tuch heran. Der Offizier überbrachte die Nachricht, daß der Reiter am Leben sei, aber das Pferd sich den Rücken gebrochen habe.

Als Anna dies hörte, setzte sie sich schnell wieder hin und verbarg das Gesicht hinter dem Fächer. Alexej Alexandrowitsch sah, daß sie weinte und weder ihre Tränen noch das Schluchzen zurückzuhalten vermochte, das ihre Brust auf- und abwogen machte. Alexej Alexandrowitsch suchte sie mit seiner Gestalt zu decken und gab ihr so Zeit, sich zu sammeln.

»Zum drittenmal biete ich Ihnen meinen Arm an«, sagte er nach einiger Zeit, indem er sich zu ihr wandte. Anna blickte ihn an, ohne zu wissen, was sie sagen sollte. Fürstin Betsy kam ihr zu Hilfe.

»Nein, Alexej Alexandrowitsch, ich habe Anna hierhergebracht und auch versprochen, sie zurückzubringen«, mischte sie sich ein.

»Entschuldigen Sie, Fürstin«, erwiderte er mit höflichem Lächeln, während er ihr jedoch fest in die Augen blickte, »aber ich sehe, daß Anna nicht ganz wohl ist und wünsche, daß sie mit mir fährt.«

Anna blickte sich erschreckt um, stand gehorsam auf und legte die Hand in den Arm ihres Mannes.

»Ich will zu ihm schicken und gebe dir dann Nachricht«, flüsterte ihr Betsy zu.

Beim Verlassen der Loge sprach Alexej Alexandrowitsch wie immer mit den Bekannten, die ihnen begegneten, und Anna mußte gleichfalls wie immer antworten und sprechen; aber sie war wie betäubt und ging wie im Traum an dem Arm ihres Gatten einher.

»Ist er tot, oder nicht? Ist es wahr? Wird er kommen oder nicht? Werde ich ihn heute sehen?« dachte sie.

Schweigend nahm sie im Wagen neben Alexej Alexandrowitsch Platz und fuhr schweigend aus dem Gedränge der Equipagen hinaus. Trotz allem, was er gesehen hatte, erlaubte sich Alexej Alexandrowitsch auch jetzt nicht, über den wirklichen Gemütszustand seiner Frau nachzudenken. Er sah nur die äußeren Anzeichen. Er sah, daß sie sich unpassend benommen hatte und hielt es für seine Pflicht, ihr dies zu sagen. Aber es wurde ihm sehr schwer, nicht mehr, sondern eben nur das zu sagen. Er öffnete den Mund, um ihr zu bemerken, wie unpassend sie sich benommen habe; aber unwillkürlich sagte er ganz etwas anderes.

»Wie wir doch alle zu so grausamen Schauspielen hinneigen«, begann er. »Ich bemerke ...«

»Was? Ich verstehe kein Wort« erwiderte Anna verächtlich.

Er fühlte sich gekränkt und begann sofort von dem zu sprechen, was er in Wirklichkeit hatte sagen wollen.

»Ich muß Ihnen bemerken« begann er.

»Jetzt kommt sie, die Auseinandersetzung«, dachte sie, und ihr wurde bang ums Herz.

»Ich muß Ihnen sagen, daß Sie sich heute unpassend benommen haben«, sagte er auf Französisch.

»Inwiefern habe ich mich unpassend benommen?« fragte sie laut, indem sie ihm rasch den Kopf zuwandte und ihm gerade in die Augen sah; aber in ihrem Gesicht lag nicht mehr die frühere Heiterkeit, durch die sie ihn über irgend etwas hinwegtäuschen zu wollen schien, sondern ein entschlossener Ausdruck, durch den sie die Furcht, die sie in diesem Augenblick empfand, mühsam zu verbergen suchte.

»Vergessen Sie nicht, daß man uns hört«, sagte er und wies auf das offene Fenster hinter dem Kutscher.

Er erhob sich und zog die Glasscheibe in die Höhe.

»Was haben Sie unpassend gefunden?« wiederholte sie.

»Die Verzweiflung, die Sie bei dem Sturz eines der Reiter nicht zu verbergen imstande waren.«

Er wartete, was sie erwidern würde, aber sie schwieg, und er sah vor sich hin.

»Ich habe Sie schon einmal gebeten, sich in Gegenwart anderer so zu benehmen, daß selbst die bösen Zungen nichts gegen Sie sagen könnten. Es gab eine Zeit, wo ich auch von inneren Beziehungen zwischen uns sprach; ich spreche jetzt nicht mehr davon. Es handelt sich jetzt nur noch um äußere Beziehungen. Sie haben sich unpassend benommen, und ich wünsche, daß dies nicht wieder vorkommt.«

Sie hatte nicht die Hälfte seiner Worte gehört; sie empfand Furcht vor ihm und dachte zugleich daran, ob es wahr sei, daß Wronskij nicht tot sei. War wirklich von ihm die Rede gewesen, als man davon sprach, daß er unverletzt sei, das Pferd aber sich den Rücken gebrochen habe? Sie lächelte nur mit erkünsteltem Spott, als er zu Ende gesprochen hatte, und erwiderte nichts, weil sie seine Worte nicht gehört hatte. Alexej Alexandrowitsch hatte seine Rede herzhaft begonnen; aber als er sich darüber klar wurde, worüber er sprach, da teilte sich die Furcht, die sie empfand, ihm selber mit. Und als er sie nun lächeln sah, da verfiel er in einen seltsamen Irrtum.

»Sie lächelt über meinen Verdacht. Ja, sie wird gleich dasselbe sagen, was sie mir damals schon gesagt hat: daß mein Verdacht unbegründet, daß er lächerlich ist.«

Jetzt, wo ihm die Entdeckung der ganzen Wahrheit bevorstand, jetzt wünschte er nichts so sehr, als daß sie ihm wie zuvor spöttisch entgegnen möge, sein Verdacht sei lächerlich und entbehre jeder Begründung. So furchtbar war das, was er wußte, daß er jetzt bereit war, alles zu glauben. Aber der Ausdruck ihres Gesichts, dieser erschreckte und finstere Ausdruck ließ jetzt die Möglichkeit einer Täuschung nicht mehr zu.

»Vielleicht irre ich mich«, sprach er, »in diesem Falle bitte ich Sie um Verzeihung.«

»Nein, Sie irren sich nicht«, sagte sie langsam und blickte verzweiflungsvoll in sein kaltes Gesicht. »Sie irren sich nicht. Ich war in Verzweiflung und kann nicht anders als in Verzweiflung sein. Ich höre Sie sprechen und denke an ihn. Ich liebe ihn, ich bin seine Geliebte; Sie sind mir unerträglich, ich fürchte, ich hasse Sie ... Machen Sie mit mir, was Sie wollen.«

Und in eine Ecke des Wagens gedrückt, begann sie zu schluchzen und bedeckte das Gesicht mit den Händen. Alexej Alexandrowitsch rührte sich nicht und veränderte nicht einmal die gerade Richtung seines Blickes. Aber alle seine Züge nahmen plötzlich die feierliche Starrheit eines Toten an, und dieser Ausdruck änderte sich nicht während der ganzen Fahrt bis zum Landhause. Als sie sich dem Hause näherten, wandte er ihr das Gesicht zu, das noch immer denselben Ausdruck trug.

»Gut! Aber ich fordere die Beobachtung der äußeren Anstandsbedingungen bis zu der Zeit –« seine Stimme begann zu zittern, – »bis ich die zur Wahrung meiner Ehre erforderlichen Maßregeln ergriffen und sie Ihnen mitgeteilt haben werde.«

Er stieg zuerst aus dem Wagen und half ihr heraus. Um vor dem Dienstpersonal den Schein zu wahren, drückte er ihr die Hand; dann stieg er wieder in den Wagen und ließ sich nach Petersburg fahren.

Gleich darauf kam ein Diener von der Fürstin Betsy und brachte Anna folgende Zeilen:

»Ich habe zu Alexej geschickt, um mich nach seinem Befinden zu erkundigen, und er schreibt mir, daß er heil und gesund, aber in Verzweiflung sei.«

»Also kommt er!« dachte sie. »Wie wohl habe ich daran getan, ihm alles zu sagen.«

Sie blickte auf die Uhr. Sie hatte noch drei Stunden zu warten, und die Erinnerung an die Einzelheiten ihres letzten Beisammenseins erhitzten ihr Blut.

»Mein Gott, wie hell es ist! Ich fürchte mich in diesen hellen Nächten, aber ich sehe sein Gesicht so gern, und ich sehe diese phantastische Beleuchtung so gern ... Mein Mann! Ach ja ... Nun, Gott sei Dank, daß zwischen uns alles zu Ende ist.«

30

Wie immer an Orten, wo sich viele Menschen zusammenfinden, so vollzog sich auch in dem kleinen deutschen Badeorte, wohin Schtscherbazkijs gereist waren, die übliche Kristallisation der Gesellschaft, durch die jedem ihrer Mitglieder ein bestimmter und unveränderlicher Platz angewiesen wird. So wie jedes Wasserteilchen im Frost unabänderlich die festbestimmte Form eines Schneekristalls annimmt, gerade so wurde auch jeder, in dem Bade neu angekommenen Person sofort der ihr zukommende Platz angewiesen.

»Fürst Schtscherbazkij mit Gemahlin und Tochter« kristallisierten sich sogleich, sowohl nach der Wohnung, die sie bezogen hatten, als auch nach ihrem Namen und den Bekannten, die sie trafen, an dem ihnen zukommenden und für sie vorgezeichneten Platz.

In dem Badeort befand sich in diesem Jahre eine wirkliche deutsche Fürstin, was zur Folge hatte, daß die Kristallisation der Gesellschaft sich noch energischer vollzog als sonst. Die Fürstin Schtscherbazkij wünschte ihre Tochter durchaus der Prinzessin vorzustellen und brachte auch am zweiten Tage diese Zeremonie zustande. Kitty verneigte sich tief und graziös in ihrem aus Paris verschriebenen, *sehr einfachen*, das heißt, sehr elegantem Sommerkleide. Die Prinzessin sagte: »Ich hoffe, daß die Rosen bald wieder auf diesem hübschen Gesichtchen aufblühen werden.« Und für die Familie Schtscherbazkij war von diesem Augenblicke an die Richtschnur ihres Lebens in dem Badeorte so bestimmt vorgezeichnet, daß sie unmöglich mehr davon abweichen konnten. Schtscherbazkijs wurden auch mit der Familie einer englischen Lady bekannt, ferner mit einer deutschen Gräfin und ihrem im letzten Kriege verwundeten Sohn, dann mit einem gelehrten Schweden und seiner Schwester. Doch den Hauptverkehr der Schtscherbazkijs bildeten unwillkürlich eine Moskauer Dame Maria Jewgenjewna Rtischtschewa und ihre Tochter, die Kitty unsympathisch war, weil sie gerade so wie sie selbst aus Liebeskummer krank geworden war; dazu gesellte sich ein Moskauer Oberst, den Kitty von ihrer Kindheit an nur in Uniform und mit Epauletten gesehen und gekannt hatte, und der hier mit seinen kleinen Äuglein und seinem bloßen Hals mit der bunten Krawatte ungewöhnlich komisch aussah und ihr außerdem noch dadurch besonders langweilig wurde, daß man ihn gar nicht los werden konnte. Nachdem dies alles die Gestalt einer festen Einrichtung gewonnen hatte, begann sich Kitty sehr zu langweilen, um so mehr, als der Fürst nach Karlsbad abreiste, und sie mit der Mutter allein zurückgeblieben war. Sie hatte kein Interesse für die Leute, die sie schon kannte, da sie fühlte, daß sich von diesen nichts Neues mehr erwarten ließ. Dagegen bildeten Beobachtungen und Vermutungen über die ihr noch Unbekannten ihr hauptsächliches und tiefgehendes Interesse in diesem Badeorte. Es war in der Eigenheit ihres Charakters begründet, daß Kitty bei allen Menschen stets nur das Schönste voraussetzte, und ganz besonders bei denen, die sie nicht kannte. So malte sich denn Kitty auch jetzt die wunderbarsten und herrlichsten Charaktere aus, während sie Vermutungen darüber anstellte, wer dieser oder jener sein möge, und welche Beziehungen zwischen ihnen bestehen möchten; und sie sah in ihren Beobachtungen stets eine Bestätigung für ihre Schlußfolgerungen.

Unter diesen Unbekannten interessierte sie sich ganz besonders für ein russisches Fräulein, das sich mit einer kranken russischen Dame, Madame Stahl, wie sie von allen genannt wurde, in dem Badeorte aufhielt. Madame Stahl gehörte den höchsten Kreisen an, aber sie war so krank, daß sie nicht gehen konnte und sich nur selten, an schönen Tagen, in einem Wägelchen an den Heilquellen sehen ließ. Es geschah jedoch, wie die Fürstin behauptete, nicht sowohl ihrer Krankheit wegen, als aus Stolz, daß Madame Stahl mit keinem der anwesenden Russen bekannt war. Das russische Fräulein pflegte Madame Stahl, und außerdem gab sie sich, wie Kitty bemerkte, mit allen anderen Schwerkranken ab, deren sich so viele in dem Badeorte befanden, und sie tat dies mit einer Natürlichkeit, als ob es sich ganz von selbst verstünde. Dieses russische Fräulein war nach Kittys Beobachtung keine Verwandte von Madame Stahl und doch auch keine bezahlte Pflegerin. Madame Stahl nannte sie Warjenka, und die übrigen Badegäste nannten sie Mademoiselle Warjenka. Abgesehen davon, daß für Kitty diese Beobachtungen des Verhaltens dieses Fräuleins zu Frau Stahl sowie auch zu andern, ihr unbekannten Kranken einen Reiz hatten, empfand sie auch, wie dies häufig vorkommt, eine unerklärliche Zuneigung zu dieser Mademoiselle Warjenka und merkte bei ihren Begegnungen mit ihr, an ihren Blicken, daß sie auch ihr gefalle.

Mademoiselle Warjenka machte nicht gerade den Eindruck, als sei sie über die erste Jugend hinaus; sie schien vielmehr gleichsam ein Wesen ohne Jugend zu sein: Man hätte ihr ebenso gut neunzehn wie dreißig Jahre geben können. Wenn man ihre Züge im einzelnen betrachtete, so war sie trotz ihrer krankhaften Gesichtsfarbe eher hübsch als häßlich zu nennen. Sie wäre auch hübsch gebaut gewesen, ohne die für ihre mittlere Größe allzu auffällige Hagerkeit ihres Körpers und den unverhältnismäßig großen Kopf; aber sie konnte jedenfalls für Männer nichts Anziehendes haben. Sie glich einer schönen Blume, die wohl noch alle ihre Blumenblätter besitzt, aber doch schon abgeblüht und duftlos ist. Außerdem konnte sie auch deshalb schon auf die Männerwelt keinen Reiz ausüben, weil ihr das fehlte, was Kitty vielleicht in allzu reichem Maße besaß – das verhaltene Feuer des Lebens und das Bewußtsein der eigenen Anziehungskraft.

Sie schien immer mit etwas beschäftigt zu sein, an dessen Ernst kein Zweifel aufkommen konnte, und darum hatte man auch stets den Eindruck, daß alles, was auf andere, nebensächliche Dinge Bezug hatte, ihr völlig fern liegen müsse. Durch diesen Gegensatz, den sie zu Kitty bildete, fühlte sich diese ganz besonders zu ihr hingezogen. Kitty fühlte, daß sie in ihr, in ihrer ganzen Lebensführung, das Vorbild von dem finden würde, wonach sie jetzt so qualvoll suchte: ernste Lebensinteressen, ein Dasein, das dem Menschen seine wahre Würde verliehe, – ein Leben, das außerhalb jener, Kitty so widerlich erscheinenden, weltlichen Beziehungen der Mädchen von heute zu den Männern verlaufen sollte, Beziehungen, die ihr jetzt nur im Lichte einer entwürdigenden Ausstellung von Waren erschienen, die ihres Käufers harrten. Je länger Kitty ihre unbekannte Freundin beobachtete, desto mehr kam sie zu der Überzeugung, daß dieses Mädchen das vollkommene Wesen sei, das sie in ihr zu sehen glaubte, und um so heftiger wünschte sie, mit ihr bekannt zu werden.

Beide Mädchen begegneten einander mehrmals am Tage, und bei jeder Begegnung schienen Kittys Augen zu fragen:

»Wer sind Sie? Was sind Sie? Nicht wahr, Sie sind jenes herrliche Wesen, für das ich Sie halte? Aber glauben Sie ja nicht«, fügte der Blick hinzu, »daß ich Ihnen meine Bekanntschaft aufdrängen möchte. Ich bin glücklich, daß ich mich an Ihrem Anblick erfreuen darf und ich liebe Sie.« – »Ich liebe Sie auch, und Sie sind sehr, sehr lieb. Und ich würde Sie noch mehr lieben, wenn ich Zeit dazu hätte«, erwiderte der Blick des unbekannten Mädchens. Und in der Tat, Kitty sah, daß sie immer geschäftig war: Entweder brachte sie die Kinder einer russischen Familie von den Quellen nach Hause, oder sie brachte einer Kranken ein Plaid, um sie einzuhüllen, oder sie war bemüht, einen aufgeregten Kranken zu beruhigen, oder sie holte für irgend jemanden Backwerk zum Kaffee.

Bald nach der Ankunft der Schtscherbazkijs tauchten beim Morgenspaziergang am Brunnen noch zwei Personen auf, die die allgemeine Aufmerksamkeit in unliebsamer Weise auf sich lenkten. Es waren dies ein hochgewachsener Mann in gebückter Haltung, mit auffallend langen Armen, in einem kurzen, seinem Wuchs nicht entsprechenden alten Überzieher, mit schwarzen, naiven und zugleich furchterregenden Augen, und eine sehr schlecht und geschmacklos gekleidete Frau mit einem pockennarbigen, aber angenehmen Gesicht. Sobald Kitty diese beiden Personen als Russen erkannt hatte, begann sie, sich in bezug auf dieses Paar in ihrer Einbildung einen schönen und rührenden Roman zusammenzuphantasieren. Aber die Fürstin erfuhr aus der Kurliste, daß dies Nikolaj Ljewin und Maria Nikolajewna waren, und erklärte Kitty, was für ein schlechter Mensch dieser Ljewin sei, so daß alle ihre Träume hinsichtlich dieser beiden verflogen. Nicht so sehr auf Grund dessen, was ihr die Mutter erzählt hatte, als weil es Konstantins Bruder war, erschienen diese beiden Personen Kitty plötzlich im höchsten Grade unangenehm. Dieser Ljewin erweckte in ihr nunmehr durch seine Gewohnheit, mit dem Kopfe krampfhaft zu zucken, ein unüberwindliches Gefühl des Widerwillens. Es schien ihr, als ob sich in seinen großen, schrecklichen Augen, die ihr so hartnäckig folgten, Haß und Spott abspiegelten, und sie bemühte sich, jeder Begegnung mit ihm auszuweichen.

31

Es war ein unfreundlicher Tag, der Regen goß in Strömen vom frühen Morgen an, und die Kranken drängten sich mit ihren Schirmen in dem Wandelgang.

Kitty ging mit ihrer Mutter und dem Moskauer Obersten umher, der fröhlich in seinem westeuropäischen, in Frankfurt fertiggekauftem Überrock einherstolzierte. Sie gingen auf der einen Seite des Wandelganges und bemühten sich, Ljewin auszuweichen, der auf der andern Seite entlangschritt. Warjenka durchmaß in ihrem dunklen Kleide und einem schwarzen Hut, dessen Rand nach unten gebogen war, mit einer blinden Französin die ganze Länge des Wandelganges, und jedesmal, wenn sie und Kitty einander begegneten, tauschten sie einen freundlichen Blick.

»Mama, darf ich nicht mit ihr sprechen?« fragte Kitty, die ihrer unbekannten Freundin mit den Blicken folgte und bemerkt hatte, daß jene zum Brunnen ging, wo sie sich leicht treffen konnten.

»Nun, wenn dir gar so viel daran gelegen ist, so will ich mich zuvor nach ihr erkundigen und sie dann zuerst ansprechen«, erwiderte die Mutter. »Was findest du eigentlich besonderes an ihr? Sie wird wohl eine Gesellschafterin sein. Wenn du willst, mache ich die Bekanntschaft von Madame Stahl. Ich habe ihre *belle-sœur* gekannt«, fügte die Fürstin hinzu und hob stolz den Kopf.

Kitty wußte, daß die Fürstin sich dadurch gekränkt fühlte, daß Frau Stahl einer Bekanntschaft mit ihr auszuweichen schien, und so drängte sie nicht weiter in sie.

»Sie ist ganz entzückend!« sagte sie nur, mit einem Blick auf Warjenka, während diese der Französin das Glas reichte. »Sehen sie, wie alles an ihr so einfach und nett ist.«

»Ich möchte mich krank lachen über deine *engouements*«, erwiderte die Fürstin. »Nein, komm lieber zurück«, fügte sie hinzu, als sie bemerkte, daß Ljewin ihnen mit seiner Begleiterin und einem deutschen Arzt entgegenkam, auf den er laut und ärgerlich einredete.

Sie waren gerade im Begriff umzukehren, als plötzlich die laute Stimme in ein Geschrei überging. Ljewin war stehen geblieben und schrie, und auch der Doktor wurde heftig. Um die beiden entstand ein Auflauf. Die Fürstin und Kitty entfernten sich eilig, der Oberst aber gesellte sich zu dem Haufen, der sich um die Streitenden gesammelt hatte, um zu erfahren, was es gäbe.

Nach einigen Minuten holte der Oberst sie ein.

»Was hat es denn dort gegeben?« fragte die Fürstin.

»Es ist ein Schimpf und eine Schande!« sagte der Oberst. »Ich habe stets eine wahre Scheu davor, im Auslande mit Russen zusammenzutreffen. Jener hochgewachsene Herr hat sich mit dem Doktor gezankt, ihm Grobheiten an den Kopf geworfen, weil er ihn nach seiner Meinung nicht richtig behandle, und hat sogar den Stock gegen ihn erhoben. Es ist einfach eine Schande!«

»Ach, wie unangenehm«, sagte die Fürstin, »nun, und wie ist die Sache abgelaufen?«

»Schließlich, Gott sei Dank, hat sich diese ... dieses Fräulein mit dem Filzhut ist dazugekommen. Sie scheint auch eine Russin zu sein«, sagte der Oberst.

»Mademoiselle Warjenka?« fragte Kitty freudig.

»Ja, ja, sie hat schneller als alle andern das Rechte zu finden gewußt; sie hat den Herrn einfach beim Arm genommen und ihn fortgeführt.«

»Sehen Sie, Mama«, sagte Kitty zu ihrer Mutter, »und da wundern Sie sich noch, daß ich von ihr entzückt bin.«

Vom nächsten Tage an bemerkte Kitty, als sie ihre unbekannte Freundin beobachtete, daß Mademoiselle Warjenka mit Ljewin und seiner Begleiterin schon in demselben Verhältnis stand, wie mit ihren übrigen Schutzbefohlenen. Sie ging zu ihnen heran, sprach mit ihm, und diente der Frau, die in keiner fremden Sprache auch nur ein Wort zu sprechen verstand, als Dolmetscherin.

Kitty begann nun noch eifriger in ihre Mutter zu dringen, sie Warjenkas Bekanntschaft machen zu lassen. So unangenehm es der Fürstin auch war, den ersten Schritt zu einer Bekanntschaft mit Frau Stahl zu machen, die so wichtig tat, zog sie nun doch über Warjenka Erkundigungen ein; und da sie aus allem, was sie erfuhr, schließen konnte, daß von dieser Bekanntschaft nichts Schlimmes zu befürchten sei, wenn auch nur wenig Vorteil daraus erwachsen könne – so ging sie zuerst auf Warjenka zu und stellte sich ihr vor.

Sie wählte dazu einen Augenblick, als ihre Tochter sich beim Brunnen befand, während Warjenka vor einem Bäckerladen stehengeblieben war.

»Erlauben Sie mir, Ihre Bekanntschaft zu machen«, sagte sie mit ihrem würdevollen Lächeln. »Meine Tochter ist ganz verliebt in Sie«, fügte sie hinzu. »Sei kennen mich wohl nicht. Ich …«

»Das Verliebtsein ist jedenfalls mehr auf meiner Seite, Fürstin«, beeilte sich Warjenka zu erwidern.

»Was für ein gutes Werk Sie gestern an unserem armen Landsmann getan haben!« sagte die Fürstin.

Warjenka errötete. »Ich erinnere mich nicht, ich habe doch wohl gar nichts getan«, meinte sie.

»O doch, Sie haben doch diesen Ljewin vor Ungelegenheiten bewahrt.«

»Ach ja, *sa compagne* rief mich, und ich suchte ihn zu beruhigen: er ist sehr krank und war über den Doktor ungehalten. Ich bin es gewohnt, mit solchen Kranken umzugehen.«

»Ja, ich habe gehört, daß Sie in Mentone mit Madame Stahl – sie ist ja wohl Ihre Tante – leben. Ich habe ihre *belle-sœur* gekannt.«

»Nein, sie ist nicht meine Tante. Ich nenne sie zwar maman, bin aber mit ihr nicht verwandt; sie hat mich erzogen«, erwiderte Warjenka und errötete wieder.

Sie hatte das alles mit einer solchen Schlichtheit gesagt, so hübsch war der wahrhafte und offene Ausdruck ihres Gesichts, daß die Fürstin jetzt begriff, warum ihre Kitty diese Warjenka lieb gewonnen hatte.

»Nun, und was hat dieser Ljewin jetzt vor?« fragte die Fürstin.

»Er reist ab«, antwortete Warjenka.

In diesem Augenblick kam Kitty strahlend vor Freude, daß

ihre Mutter die Bekanntschaft ihrer unbekannten Freundin gemacht hatte, vom Brunnen herüber.

»Siehst du, Kitty, dein sehnlicher Wunsch, die Bekanntschaft von Mademoiselle ...«

»Warjenka«, half Warjenka lächelnd aus, »so nennen mich alle.«

Kitty errötete vor Freude und drückte ihrer neuen Freundin lange schweigend die Hand, die jedoch ihren Druck nicht erwiderte, sondern unbeweglich in der ihren lag. Die Hand hatte den Druck nicht erwidert, aber Mademoiselle Warjenkas Gesicht wurde von einem stillen, freudigen, wenn auch etwas wehmütigem Lächeln erhellt, das ihre großen, aber sehr schönen Zähne sehen ließ.

»Ich habe das selbst schon lange gewünscht«, sagte sie.

»Aber Sie haben immer so viel zu tun ...«

»Ach, im Gegenteil, ich habe gar nichts zu tun«, sagte Warjenka; aber im selben Augenblick mußte sie ihre neuen Bekannten verlassen, weil zwei kleine russische Mädchen, die Töchterchen eines Kranken, auf sie zugelaufen kamen.

»Warjenka, Mama ruft!« schrien sie.

Und Warjenka entfernte sich mit ihnen.

32

Die Einzelheiten, welche die Fürstin über Warjenkas Vergangenheit und ihr Verhältnis zu Madame Stahl, wie auch über diese selbst erfahren hatte, waren folgende:

Madame Stahl, von der die einen sagten, daß sie ihren Mann zu Tode gequält, die andern aber behaupteten, daß er sie durch seinen unsittlichen Lebenswandel zur Verzweiflung gebracht habe, war immer eine kränkliche und schwärmerische Frau gewesen. Als sie, schon nach der Trennung von ihrem Gatten, ihr erstes Kind zur Welt brachte, starb dieses gleich nach der Geburt. Frau Stahls Verwandte, die ihre leichte Erregbarkeit kannten und fürchteten, daß diese Nachricht sie töten könnte, schoben ihr ein anderes Kind unter, indem sie dazu die in derselben Nacht und in demselben Hause in Petersburg geborene Tochter eines Hofkoches wählten. Dies war Warjenka. Madame Stahl erfuhr dann später, daß Warjenka nicht ihr eigenes Kind sei; aber sie fuhr fort, sie zu erziehen, um so mehr, als bald darauf Warjenkas Eltern beide starben.

Madame Stahl lebte nun schon seit mehr als zehn Jahren im Auslande, im Süden, und verließ fast nie das Bett. Die einen sagten, daß Madame Stahl es darauf abgesehen habe, in der Gesellschaft als tugendhafte und hochreligiöse Frau zu gelten. Andere hingegen behaupteten, daß sie in der Tat das sittlich hoch stehende, nur für das Wohl ihrer Nebenmenschen besorgte Wesen sei, das sie zu sein schien. Niemand wußte, welcher Konfession sie angehörte, ob der katholischen, protestantischen oder russisch-orthodoxen; aber eins war unzweifelhaft – sie stand in freundschaftlichen Beziehungen zu den höchstgestellten Persönlichkeiten aller Kirchen und Konfessionen.

Warjenka lebte mit ihr beständig im Auslande, und alle, die Madame Stahl kannten, kannten und liebten auch Mademoiselle Warjenka, wie sie allgemein genannt wurde.

Nachdem die Fürstin alle diese Einzelheiten erfahren hatte, hatte sie gegen eine Annäherung ihrer Tochter an Warjenka nichts einzuwenden, um so weniger, als Warjenkas Manieren und Erziehung nichts zu wünschen übrig ließen: Sie sprach ausgezeichnet französisch und englisch und – was die Hauptsache war – Frau Stahl ließ ihr durch sie ihr Bedauern darüber aussprechen, daß sie sich ihrer Krankheit wegen das Vergnügen versagen müsse, die Bekanntschaft der Fürstin zu machen.

Nachdem der Verkehr mit Warjenka einmal angebahnt war, fühlte sich Kitty von ihrer Freundin immer mehr und mehr angezogen, und jeden Tag entdeckte sie an ihr neue Vorzüge.

Die Fürstin hatte davon gehört, daß Warjenka schön singe, und so lud sie sie ein, am Abend zu ihnen zu kommen und etwas vorzusingen.

»Kitty spielt, und wir haben ein Klavier, wenn es auch nicht sehr gut ist, aber Sie würden uns jedenfalls ein großes Vergnügen machen«, sagte die Fürstin mit ihrem gekünstelten Lächeln, das Kitty jetzt besonders peinlich berührte, weil sie bemerkt hatte, daß Warjenka nicht besonders geneigt schien, sich hören zu lassen. Dennoch kam sie am Abend und brachte ein Notenheft mit. Die Fürstin hatte Maria Jewgenjewna mit ihrer Tochter sowie den Oberst eingeladen.

Es schien Warjenka vollkommen gleichgültig zu sein, daß hier auch einige ihr unbekannte Personen zugegen waren, und sie trat sofort ans Klavier. Sie konnte sich nicht selbst begleiten, sang aber sehr gut vom Blatt; Kitty, die gut spielte, begleitete sie.

»Sie haben ein ungewöhnliches Talent«, sagte die Fürstin, nachdem Warjenka das erste Lied sehr schön vorgetragen hatte.

Auch Maria Jewgenjewna und ihre Tochter drückten ihr ihren Dank und ihren Beifall aus.

»Sehen Sie nur«, sagte der Oberst aus dem Fenster blickend, »welch ein Publikum sich versammelt hat, um Ihnen zuzuhören.«

In der Tat hatte sich eine ziemliche Anzahl Zuhörer unter den Fenstern versammelt.

»Es freut mich sehr, daß es Ihnen Vergnügen macht«, erwiderte Warjenka einfach.

Kitty blickte mit Stolz auf ihre Freundin. Sie war entzückt von ihrer Kunst, von ihrer Stimme und von ihrem Gesichtsausdruck; am meisten aber war sie entzückt von ihrer ganzen Art und Weise, insbesondere davon, daß Warjenka sich augenscheinlich auf ihren Gesang nichts einbildete, und sich gegen das ihr gespendete Lob vollkommen gleichgültig verhielt; sie schien nur fragen zu wollen: soll ich noch singen, oder ist's genug?

»Wenn ich an ihrer Stelle wäre«, dachte Kitty bei sich, »wie würde ich stolz darauf sein! Wie würde ich mich freuen, diese Menge von Zuhörern unter den Fenstern zu sehen! Ihr aber ist es völlig gleichgültig. Sie ist nur von dem Wunsch bewegt, maman keine Bitte abzuschlagen und ihr eine Freude zu machen. Was ist nur in ihr? Was gibt ihr diese Kraft, sich über alles Kleinliche zu erheben, unabhängig und ruhig in ihrem Wesen zu sein? Wieviel gäbe ich darum, wenn ich auch so wäre und dies von ihr lernen könnte!« dachte Kitty, als sie in ihre ruhigen Züge blickte. Die Fürstin bat Warjenka, noch etwas vorzutragen, und Warjenka sang ein anderes Lied ebenso fließend, korrekt und schön, während sie gerade aufgerichtet am Klavier stand und mit ihrer mageren, bräunlichen Hand den Takt darauf schlug.

Das dritte im Heft darauf folgende Lied war eine italienische Komposition. Kitty spielte das Präludium und sah sich dann nach Warjenka um.

»Wir wollen das lieber auslassen«, sagte Warjenka errötend.

Kitty heftete erschreckt und fragend ihren Blick auf Warjenkas Gesicht.

»Dann nehmen wir etwas anderes«, rief sie hastig und schlug die Blätter um, da sie sogleich begriff, daß es mit diesem Liede irgendeine besondere Bewandtnis haben müsse.

»Nein«, entgegnete Warjenka, legte ihre Hand auf die Noten und lächelte, »nein, wir wollen es doch nehmen.« Und sie sang dieses Stück ebenso ruhig, korrekt und schön, wie die früheren.

Als sie geendigt hatte, wurde ihr wieder der Dank aller Anwesenden zuteil, und dann setzte man sich zum Tee. Kitty ging mit Warjenka in das Gärtchen, das neben dem Hause lag.

»Nicht wahr, mit jenem Lied ist für Sie irgendeine Erinnerung verknüpft?« fragte Kitty. »Sprechen Sie nicht darüber«, fügte sie eilig hinzu, »sagen Sie nur, ob es sich so verhält?«

»Warum nicht? Ich kann es Ihnen sagen«, versetzte Warjenka einfach und fuhr, ohne eine Antwort abzuwarten, fort: »Ja, es hängt eine Erinnerung daran, und es gab eine Zeit, wo sie schwer auf mir lastete. Ich habe dieses Lied oft einem Manne vorgesungen, den ich liebte.«

Kitty blickte Warjenka mit geöffneten Augen schweigend und gerührt an.

»Ich liebte ihn und er liebte mich; aber seine Mutter war dagegen, und er hat eine andere geheiratet. Er lebt jetzt nicht weit von uns, und ich sehe ihn bisweilen. Sie hätten wohl nicht gedacht, daß auch ich meinen Roman habe?« sagte sie, und in ihrem hübschen Gesicht zuckte auf einen Augenblick ein Flämmchen von jenem Feuer auf, das sie, wie Kitty fühlte, einstmals ganz durchglüht haben mußte.

»Warum hätte ich es nicht denken sollen? Wenn ich ein Mann wäre, so würde ich nach Ihnen niemals wieder lieben können. Ich kann nur nicht begreifen, wie er seiner Mutter zuliebe Sie vergessen und Sie unglücklich machen konnte; er hatte kein Herz.«

»Oh, nein, er ist ein sehr guter Mensch, und ich bin nicht unglücklich. Nun, wollen wir heute nicht mehr singen?« fügte sie hinzu und schlug die Richtung nach dem Hause ein.

»Wie gut Sie sind, wie gut Sie sind!« rief Kitty aus, indem sie sie zurückhielt und sie küßte. »Wenn ich Ihnen nur ein klein wenig ähnlich sein könnte!«

»Warum sollten Sie wünschen, irgend jemandem ähnlich zu sein? Sie sind gut so, wie Sie sind«, erwiderte Warjenka mit ihrem sanften und müden Lächeln.

»Ach nein, ich bin durchaus nicht gut. Aber nun sagen Sie mir ... Warten Sie, wir wollen noch ein Weilchen hier bleiben«, sagte Kitty und zog sie wieder neben sich auf die Bank. »Sagen Sie, ist denn der Gedanke nicht wirklich kränkend, daß ein Mann Ihre Liebe verschmähen, daß er sich zurückziehen konnte ...?«

»Aber er hat mich ja gar nicht verschmäht; ich glaube, daß er mich geliebt hat, aber er war ein gehorsamer Sohn ...«

»Nun ja, aber wenn er es nicht auf den Wunsch der Mutter getan hätte, sondern aus eigenem Antriebe ...?« sprach Kitty und sie fühlte in diesem Augenblick, daß sie ihr Geheimnis preisgab und daß die Röte der Scham, die ihre Wangen erglühen machte, sie verriet.

»Dann hätte er schlecht gehandelt, und ich würde um ihn nicht trauern«, antwortete Warjenka, die augenscheinlich verstand, daß es sich jetzt nicht mehr um sie, sondern um Kitty handelte.

»Aber die Kränkung?« sagte Kitty. »Denn die Kränkung kann man doch unmöglich vergessen«, wiederholte sie. Sie dachte an ihren Blick auf dem letzten Balle, während die Musik schwieg.

»Worin soll denn die Kränkung liegen? Nicht Sie haben ja schlecht gehandelt?«

»Schlimmer als schlecht – beschämend.«

Warjenka schüttelte den Kopf und legte ihre Hand auf Kittys Arm.

»Beschämend? Weshalb?« fragte sie. »Sie konnten doch einem Manne, dem Sie gleichgültig waren, nicht sagen, daß Sie ihn liebten?«

»Selbstverständlich nicht; ich habe niemals auch nur ein Wort gesagt, aber er wußte es doch. Nein, nein; es gibt Blicke, es gibt eine gewisse Art. Und wenn ich hundert Jahre lebte, würde ich's nicht vergessen.«

»Aber wieso denn? Ich verstehe Sie nicht ganz. Es handelt sich doch nur darum, ob Sie ihn jetzt noch lieben oder nicht –«, sagte Warjenka, die sich nicht scheute, alles beim rechten Namen zu nennen.

»Ich hasse ihn; ich kann es mir selbst nicht verzeihen.«

»Was können Sie sich nicht verzeihen?«

»Die Schande, die Kränkung.«

»Ach, wenn alle so empfindlich sein wollten wie Sie«, sagte Warjenka. »Es gibt kaum ein junges Mädchen, welches das nicht durchgemacht hätte. Und alles das ist doch so unwichtig.«

»Was ist aber dann wichtig?« fragte Kitty und blickte ihr mit neugieriger Verwunderung ins Gesicht.

»Ach, gar vieles ist wichtig«, sagte Warjenka lächelnd.

»Ja, was denn?«

»Ach, es gibt viel wichtigere Dinge«, antwortete Warjenka, die nicht recht wußte, was sie sagen sollte. Aber in diesem Augenblick hörten sie vom Fenster her die Stimme der Fürstin: »Kitty, es ist kühl! Nimm einen Schal um, oder komm ins Zimmer.«

»Wahrhaftig, es ist Zeit!« bemerkte Warjenka aufstehend. »Ich muß auch noch zu Madame Berthe gehen; sie hat mich darum gebeten.«

Kitty hielt sie bei der Hand, und ihr Auge fragte mit leidenschaftlicher Neugier und Bitte: »Was ist es denn? Was ist dieses Wichtige, das solche Ruhe zu verleihen vermag? Sie wissen es, sagen Sie es mir!« Aber Warjenka verstand nicht, wonach Kittys Blick fragte. Sie dachte jetzt nur daran, daß sie heute noch zu Madame Berthe gehen und um zwölf Uhr zum Tee bei maman sein müsse. Sie ging in das Zimmer zurück, legte ihre Noten zusammen, verabschiedete sich von den Anwesenden und wollte sich entfernen.

»Erlauben Sie, daß ich Sie begleite?« sagte der Oberst.

»Selbstverständlich, Sie können doch jetzt bei Nacht nicht allein gehen!« bekräftigte die Fürstin. »Ich will wenigstens Parascha mitschicken.«

Kitty sah, wie Warjenka, als sie hörte, daß sie begleitet werden müßte, mühsam ein Lächeln unterdrückte.

»Nein, ich gehe immer allein, und mir ist noch nie etwas passiert«, sagte sie und nahm ihren Hut, Sie küßte Kitty noch einmal, ohne sie darüber aufgeklärt zu haben, was jenes »Wichtige« wäre und entfernt sich munteren Schrittes mit den Noten unter dem Arm. So verschwand sie in dem Halbdunkel der Sommernacht und nahm das Geheimnis mit sich, was das »Wichtige« sei und was ihr diese beneidenswerte Ruhe und Würde verlieh.

33

Kitty wurde auch mit Frau Stahl bekannt, und diese Bekanntschaft hatte, im Verein mit der Freundschaft zu Warjenka, nicht nur einen starken Einfluß auf sie, sondern tröstete sie auch in ihrem Kummer. Sie fand diesen Trost darin, daß sich ihr dank dieser Bekanntschaft eine völlig neue Welt erschloß, die mit ihrer Vergangenheit nichts gemein hatte: eine erhabene, schöne Welt, aus deren Höhe man auf jene Vergangenheit ruhig herabblicken konnte. Die Wahrheit erschloß sich ihr, daß es außer dem instinktmäßigen Leben, dem sich Kitty bis jetzt hingegeben hatte, auch ein geistiges Leben gäbe. Dieses Leben offenbarte sich ihr durch die Religion; aber es war dies eine Religion, die nichts mit der gemein hatte, die Kitty von Kindheit an kannte und die in der Messe und im Vespergebet im »Witwenheim«, wo man sich mit seinen Bekannten traf, ihren Ausdruck fand, und ferner darin, daß man mit dem Geistlichen altslawische Sprüche und Verse auswendig lernte. Nein, es war eine erhabene, geheimnisvolle Religion, die mit einer Reihe schöner Gedanken und Gefühle verknüpft war, und an die man nicht nur glauben konnte, weil es so geboten war, sondern die man auch lieben mußte.

Kitty erfuhr dies alles nicht durch Worte. Madame Stahl sprach mit Kitty wie mit einem lieben Kinde, an dem man seine Freude hat, wie an einer Erinnerung an die eigene Jugend, und spielte nur einmal darauf an, daß bei allem menschlichen Leid nur Liebe und Glaube Trost gewähren könnten, und daß es für Christi Mitleid mit uns keinen nichtigen Kummer gäbe – und dann hatte sie gleich das Gespräch auf andere Dinge gelenkt. Aber Kitty hatte aus jeder ihrer Bewegungen, aus jedem ihrer Worte, aus jedem ihrer – wie Kitty es nannte – himmlischen Blicke, und ganz besonders aus ihrer Lebensgeschichte, die sie durch Warjenka erfahren hatte, aus alle dem hatte sie die Erkenntnis dessen geschöpft, was jenes »Wichtige« war, und was ihr bis jetzt unbekannt geblieben war.

Doch wie erhaben auch die Charaktereigenschaften der Frau Stahl waren, wie rührend auch ihre ganze Lebensgeschichte, wie erhaben und zärtlich auch ihre Worte waren, so bemerkte Kitty doch unwillkürlich an ihr einige Züge, die sie stutzig machten. Sie bemerkte, daß Madame Stahl, als sie Kitty über ihre Verwandten ausfragte, geringschätzig gelächelt hatte, was doch mit der christlichen Güte unvereinbar war. Sie bemerkte auch, daß Madame Stahl, als sie einmal bei ihr einen katholischen Priester traf, ihr Gesicht sorgsam im Schatten des Lampenschirmes hielt und auf eine ganz besondere Weise lächelte. So unwesentlich auch diese beiden Wahrnehmungen waren, so machten sie Kitty doch stutzig, und es wurden in bezug auf Madame Stahl Zweifel in ihr wach. Dafür aber stellte Warjenka, die so einsam, ohne Verwandte, ohne Freunde, mit einer traurigen Enttäuschung durch das Leben ging, nichts für sich selbst wünschte, um nichts trauerte, – in Wahrheit jenes Ideal der Vollkommenheit dar, das Kitty in ihren Träumen vorgeschwebt hatte. Durch Warjenka war ihr das Verständnis dafür aufgegangen, daß es nur darauf ankomme, sich selbst zu vergessen und andre zu lieben, um ruhig, glücklich und gut zu sein. Und das wollte Kitty werden. Jetzt war es ihr klar, was jenes »*Wichtige*« war, und Kitty begnügte sich nicht damit, sich dafür zu begeistern, sondern gab sich sogleich mit ganzer Seele diesem neuen Dasein hin, das sich ihr geoffenbart hatte. Nach Warjenkas Erzählungen darüber, was Madame Stahl und andere, die sie nannte, in ihrem Leben Gutes getan hatten, hatte sich Kitty bereits einen Plan für ihr künftiges Wirken gemacht. Sie wollte, ebenso wie Frau Stahls Nichte Aline, von der ihr Warjenka viel erzählt hatte, überall, wo sie auch leben mochte, die Unglücklichen aufsuchen, ihnen helfen, so viel sie konnte, Bibeln unter ihnen austeilen, den Kranken, den Verbrechern, den Sterbenden aus dem Evangelium vorlesen. Der Gedanke, Verbrechern das Evangelium vorzulesen, wie dies Aline tat, hatte für Kitty etwas ganz besonders Verlockendes. Aber alles dies waren geheime Träume, über die Kitty mit niemandem, weder mit der Mutter, noch mit Warjenka, sprach.

Im übrigen fand Kitty in Erwartung der Zeiten, wo sie ihre Pläne in großem Maßstabe würde ausführen können, auch jetzt in dem Badeorte, wo es so viele Kranke und Unglückliche gab, leicht Gelegenheit, ihre neuen Lebensregeln anzuwenden, indem sie Warjenka nacheiferte.

Anfangs bemerkte die Fürstin nur, daß Kitty sich unter dem starken Einfluß ihres »engouement«, wie sie es nannte, für Frau Stahl und besonders für Warjenka befand. Sie sah, daß Kitty Warjenka nicht nur in ihrer Tätigkeit nacheiferte, sondern daß sie auch unwillkürlich ihren Gang, ihre Sprechweise und die Art, wie sie mit den Augen zwinkerte, nachahmte. Aber später bemerkte die Fürstin auch, daß sich in ihrer Tochter, unabhängig von dieser Verzauberung, noch ein anderer ernster, seelischer Umschwung vollzog.

Die Fürstin sah, daß Kitty abends in einer französischen

Bibel, die ihr Frau Stahl geschenkt hatte, las, was sie früher nie getan hatte, daß sie ihre Bekannten aus der Gesellschaft zu meiden suchte und stets mit den Kranken, die unter Warjenkas Schutz standen, und ganz besonders mit der armen Familie eines kranken Malers, Pjetrow, zusammen war. Kitty war sichtlich stolz darauf, daß sie in dieser Familie die Pflichten einer barmherzigen Schwester erfüllte. Alles dies war ganz schön, und die Fürstin hatte nichts dagegen einzuwenden, um so weniger, als Frau Pjetrow eine durchaus anständige Dame war und auch die Prinzessin, die Kittys Tätigkeit bemerkt hatte, diese gelobt und einen tröstenden Engel genannt hatte. Alles dies wäre sehr gut gewesen, wenn sich dabei nicht ein Übermaß bemerklich gemacht hätte. Die Fürstin sah, daß ihre Tochter ins Extrem verfiel – was sie ihr auch sagte.

»Il ne faut jamais rien outrer«, bemerkte sie.

Aber die Tochter hatte ihr nichts darauf geantwortet; sie dachte bloß in ihrem Innern, daß man bei christlicher Werktätigkeit von einem Übermaß nicht reden könne. Von was für einem Übermaß konnte bei der Verfolgung einer Lehre die Rede sein, die da befiehlt, die andere Wange hinzuhalten, wenn man auf die eine einen Schlag erhält und das Hemd hinzugeben, wenn man uns den Rock nimmt? Der Fürstin aber gefielen diese Übertreibungen nicht und noch weniger gefiel es ihr, daß Kitty ihr, wie sie wohl fühlte, ihr ganzes Herz nicht erschließen wollte. In der Tat, Kitty hielt vor der Mutter ihre neuen Ansichten und Gefühle geheim. Sie tat dies nicht etwa darum, weil sie ihre Mutter nicht verehrt oder geliebt hätte, sondern nur aus dem Grunde, weil sie eben ihre Mutter war. Sie hätte das, was in ihr vorging, jedem andern eher enthüllt als der Mutter.

»Anna Pawlowna ist aber recht lange nicht mehr bei uns gewesen«, sagte einmal die Fürstin in bezug auf Frau Pjetrow. »Ich hatte sie aufgefordert, zu kommen. Aber es sah fast aus, als habe sie etwas gegen uns.«

Nein, das hab' ich nicht bemerkt, maman«, sagte Kitty, indem sie heftig errötete.

»Bist du schon lange nicht mehr bei ihnen gewesen?«

»Wir hatten verabredet, morgen eine Spazierfahrt in die Berge zu machen«, erwiderte Kitty.

»Nun, dann fahrt nur«, erwiderte die Fürstin, während sie der Tochter forschend in das verwirrte Gesicht sah und sich bemühte, die Ursache dieser Verwirrung zu erraten.

Am selben Tage kam Warjenka zum Mittagessen und berichtete, daß Anna Pawlowna es sich anders überlegt habe und morgen nicht ins Gebirge fahren wolle. Die Fürstin bemerkte, daß Kitty hierbei wieder errötete.

»Kitty, ist vielleicht irgend etwas Unangenehmes zwischen dir und Pjetrows vorgefallen?« fragte die Fürstin, als sie allein geblieben waren. »Weshalb hat sie aufgehört, ihre Kinder herzuschicken und uns zu besuchen?«

Kitty gab zur Antwort, daß zwischen ihnen nichts vorgefallen sei, und daß sie es sich durchaus nicht erklären könne, warum Anna Pawlowna etwas gegen sie zu haben scheine. Kitty hatte die reine Wahrheit gesagt, sie kannte in der Tat den Grund der Veränderung, die in Anna Pawlownas Benehmen ihr gegenüber eingetreten war, nicht; aber sie erriet diesen Grund. Sie erriet einen Umstand, den sie der Mutter unmöglich sagen konnte und den sie sich auch selbst nicht eingestehen wollte. Es war eines von jenen Dingen, die man wohl weiß, aber die man sich selbst nicht eingestehen mag. So furchtbar und beschämend wäre es, wenn man sich geirrt hätte.

Wieder und wieder ging sie in ihrer Erinnerung alle ihre Beziehungen zu dieser Familie durch. Sie gedachte der naiven Freude, die sich immer auf Anna Pawlownas rundem, gutmütigen Gesicht gezeigt hatte, wenn sie ihr begegnete; sie gedachte ihrer geheimen Besprechungen hinsichtlich des Kranken, der Verabredungen darüber, wie man ihn von der Arbeit, die ihm verboten war, ablenken und ihn dazu bringen könne, sich im Freien aufzuhalten; sie gedachte der Anhänglichkeit des kleineren Jungen, der sie stets nur »meine Kitty« nannte und ohne sie nicht zu Bett gehen wollte. Wie schön das alles war! Dann dachte sie an die furchtbar abgemagerte Gestalt Pjetrows mit dem langen Hals in seinem braunen Überrock; an sein spärliches lockiges Haar, seine fragenden, blauen Augen, vor denen sich Kitty im Anfang so sehr gefürchtet hatte, und an sein krankhaftes Bemühen, in ihrer Gegenwart kräftig und munter zu erscheinen. Sie dachte daran, welche Anstrengungen es sie in der ersten Zeit gekostet hatte, den Widerwillen, den sie gegen ihn wie gegen alle Schwindsüchtigen empfand, zu überwinden; sie dachte daran, welche Mühe sie sich gegeben hatte, um etwas ausfindig zu machen, worüber sie sich mit ihm unterhalten könne. Sie dachte auch an die schüchternen, gerührten Blicke, mit denen er sie ansah, und an die seltsame Empfindung von Mitleid und Befangenheit, zu der sich später das Bewußtsein ihrer eigenen Güte gesellte, die dabei in ihr aufgestiegen waren. Wie das alles so schön gewesen war! Aber das war nur in der ersten Zeit so gewesen. Jetzt aber, seit einigen Tagen, war plötzlich alles ganz anders geworden. Anna Pawlowna begegnete Kitty mit erheuchelter Liebenswürdigkeit und beobachtete sie und ihren Gatten unaufhörlich.

Sollte am Ende die rührende Freude, die er bei ihrem Anblick äußerte, die Ursache von Anna Pawlownas Kälte sein?

»Ja«, fiel ihr ein, »es lag etwas Unnatürliches in Anna Pawlownas Benehmen, etwas, was mit ihrer sonstigen Güte nicht im Einklang stand, als sie vorgestern ärgerlich sagte: ›Da hat er nun immer auf Sie gewartet und wollte ohne Sie keinen Kaffee trinken, obgleich er so schrecklich schwach war.‹«

»Ja, vielleicht war es ihr auch unangenehm, daß ich ihm sein Plaid reichte. Alles dies ist doch so natürlich, aber er nahm es so ungeschickt auf, dankte mir so lange dafür, daß es auch mir peinlich wurde. Und dann jenes Porträt von mir, das ihm so gut gelungen war. Und vor allem jene verwirrten und zärtlichen Blicke, mit denen er mich stets ansah. Ja, Ja, das ist es!« wiederholte sich Kitty entsetzt. »Aber nein, das darf ja nicht sein! Er ist ja so bejammernswert«, sprach sie dann zu sich.

Dieser Zweifel vergiftete ihr den Reiz, den dieses neue Leben für sie gehabt hatte.

34

Noch bevor die Brunnenkur zu Ende war, kehrte Fürst Schtscherbazkij zu den Seinen zurück, nachdem er vorher aus Karlsbad nach Baden und Kissingen zu russischen Bekannten gefahren war, um, wie er sich ausdrückte, wieder russischen Geist in sich aufzunehmen.

Die Ansichten des Fürsten und seiner Gemahlin über das Leben im Ausland waren einander völlig entgegengesetzt. Die Fürstin fand alles wunderschön und bemühte sich, trotz ihrer gesicherten Stellung in der russischen Gesellschaft, im Ausland einer westeuropäischen Dame zu gleichen, – was sie nicht war, weil sie eben eine der russischen Aristokratie angehörige Dame war – und sie tat sich daher Zwang an, wobei sie sich bisweilen recht unbehaglich fühlte. Der Fürst dagegen fand im Auslande alles abscheulich, ihm war das westeuropäische Leben eine Last, er hielt sich an seine russischen Gewohnheiten und gab sich absichtlich Mühe, im Auslande weniger europäisch zu erscheinen, als er es in Wirklichkeit war.

Abgemagert, mit herunterhängenden Hautsäcken an den Wangen, aber in der heitersten Gemütsstimmung war der Fürst zurückgekehrt. Diese heitere Stimmung steigerte sich noch, als er sah, daß Kitty sich völlig erholt hatte. Die Nachricht von Kittys Freundschaft mit Frau Stahl und Warjenka und das, was ihm die Fürstin von der Veränderung, die sie an Kitty wahrgenommen hatte, berichtete, beunruhigte den Fürsten zuerst und erweckte in ihm sowohl sein gewöhnliches Gefühl der Eifersucht auf alles, wofür sich seine Tochter begeisterte und worüber er im dunkeln blieb, als auch die Furcht, daß die Tochter sich seinem Einfluß entziehen und in ein ihm unzugängliches Gebiet verlieren könnte. Aber diese unangenehmen Nachrichten versanken bald in dem Meere von Güte und Fröhlichkeit, die in seiner Natur lagen und durch die Karlsbader Kur noch besonders zugenommen hatten.

Am Tage nach seiner Ankunft ging der Fürst im langen

Paletot, mit seinen russischen Runzeln und aufgedunsenen Backen, die durch einen steif gestärkten Kragen gestützt wurden, mit seiner Tochter in heiterster Stimmung zum Brunnen.

Der Morgen war herrlich, die zierlichen, freundlichen Häuschen mit den Gärtchen, der Anblick der rotwangigen, rotarmigen, bierfröhlichen, lustig arbeitenden deutschen Dienstmädchen und die helle Sonne, alles erquickte das Herz; aber je näher sie zu den Quellen kamen, desto öfter begegneten sie Kranken, und ihr Anblick wirkte noch trübseliger inmitten der gewöhnlichen Bedingungen des wohlgeordneten deutschen Lebens. Für Kitty hatte dieser Gegensatz nichts Auffälliges mehr. Die leuchtende Sonne, der fröhliche Glanz des Grüns, die Klänge der Musik waren für sie jetzt ein natürlicher Rahmen für alle diese bekannten Gesichter und die Veränderungen zum Schlimmeren oder zum Besseren, die sie täglich verfolgen konnte; dem Fürsten aber erschien dies Leuchten und Schimmern des Junimorgens, die Klänge des Orchesters, das einen beliebten, lustigen Walzer spielte, und besonders der Anblick der gesunden Dienstmädchen – als etwas Unangemessenes und Häßliches in Verbindung mit diesen sich trübselig bewegenden Gespenstern, die sich hier von allen Ecken und Enden Europas zusammengefunden hatten.

Trotzdem er ein Gefühl von Stolz und fast etwas wie eine Wiederkehr seiner Jugend empfand, als er mit der Lieblingstochter an seinem Arme einherging, wurde ihm jetzt doch im Bewußtsein seines kräftigen Ganges, seiner starken, wohlgenährten Glieder unbehaglich und peinlich zumute. Er hatte fast die Empfindung, die einen Menschen überkommen muß, der unbekleidet in eine Gesellschaft tritt.

»Stelle mich deinen neuen Freunden vor«, sagte er zu seiner Tochter, indem er mit dem Ellenbogen ihren Arm drückte. »Ich habe sogar dein häßliches Soden lieb gewonnen, weil es dich wieder gesund gemacht hat. Nur traurig, traurig ist's hier bei euch. Wer ist das?« Kitty nannte ihm die ihr bekannten oder unbekannten Leute, die ihnen begegneten. Gerade am Eingang in den Garten trafen sie die blinde Madame Berthe mit ihrer Führerin, und der Fürst freute sich über den gerührten Gesichtsausdruck der alten Französin, als sie Kittys Stimme vernahm. Sie begann sofort mit der überschwenglichen Liebenswürdigkeit der Franzosen mit ihm zu sprechen, pries ihn, weil er eine so schöne Tochter habe und erhob Kitty in ihrer Gegenwart bis in den Himmel, indem sie sie einen Schatz, eine Perle und einen hilfreichen Engel nannte.

»Nun, dann ist sie der zweite Engel«, sagte der Fürst lächelnd. »Sie hat mir als Engel Nummer eins Mademoiselle Warjenka genannt.«

»Oh! Mademoiselle Warjenka, das ist ein wirklicher Engel, allez«, bestätigte Madame Berthe.

In der Wandelbahn begegneten sie Warjenka selbst. Sie kam ihnen eilig entgegen und hatte ein elegantes rotes Täschchen in der Hand.

»Sehen Sie, Papa ist angekommen!« sagte Kitty zu ihr.

Warjenka machte einfach und natürlich, wie alles, was sie tat, eine Bewegung, die ungefähr die Mitte zwischen einer Verbeugung und einem Knicks hielt, und begann sofort mit dem Fürsten schlicht und unbefangen, wie sie mit allen sprach, zu sprechen.

»Es versteht sich von selbst, daß ich Sie kenne, sehr gut kenne«, sagte der Fürst mit einem Lächeln, an dem Kitty mit Freude erkannte, daß ihre Freundin dem Vater gefallen hatte. »Wohin haben Sie es denn so eilig?«

»Maman ist hier«, antwortete sie, sich an Kitty wendend. »Sie hat die ganze Nacht nicht geschlafen, und der Doktor hat ihr empfohlen, sich ins Freie fahren zu lassen. Ich bringe ihr ihre Arbeit.«

»Das ist also der Engel Nummer eins!« sagte der Fürst, nachdem Warjenka sich entfernt hatte.

Kitty sah es ihm an, daß er sich gerne über Warjenka etwas lustig gemacht hätte, es aber nicht recht fertigbrachte, weil Warjenka ihm gefallen hatte.

»Nun möchte ich aber auch alle deine Freunde sehen«, fügte er hinzu, »auch Madame Stahl, wenn sie mich des Erkennens würdigt.«

»Hast du sie denn gekannt, Papa?« fragte Kitty ängstlich, denn sie hatte bemerkt, wie bei der Erwähnung von Madame

Stahl in den Augen des Fürsten ein spöttischer Blitz aufgezuckt war.

»Ich kannte ihren Mann und auch sie ein wenig, in früheren Zeiten, bevor sie die Pietistin geworden ist.«

»Was ist denn eine Pietistin, Papa?« fragte Kitty, schon dadurch erschreckt, daß dasjenige, was sie an Frau Stahl so hoch schätzte, eine besondere Bezeichnung haben sollte.

»Ich weiß es selbst nicht recht. Ich weiß nur, daß sie für alles Gott dankt, für jedes Unglück – und auch dafür, daß ihr Mann gestorben ist. Na, und das wirkt sehr komisch, weil sie sich schlecht vertragen haben.«

»Wer ist das? Welch ein Mitleid erregendes Gesicht!« fragte er dann, als er einen Kranken von hohem Wuchs bemerkte, der in braunem Paletot und weißen Beinkleidern, die in seltsamen Falten über seinen fleischlosen Knochen hingen, auf einer Bank saß. Der Kranke lüftete seinen Strohhut über dem lockigen, spärlichen Haar, wobei eine hohe, durch den hart aufsitzenden Hut krankhaft gerötete Stirn sichtbar wurde.

»Das ist der Maler Pjetrow«, sagte Kitty und errötete dabei. »und das ist seine Frau«, fügte sie, auf Anna Pawlowna deutend, hinzu, die wie absichtlich in dem Augenblick, als sie herantraten, ihrem kleinen Kinde nacheilte, das auf dem Wege davonlief.

»Welch ein jammervoller Anblick, und was für ein liebes Gesicht er hat!« sagte der Fürst. »Warum bist du nicht zu ihm herangegangen? Ich glaube, er wollte dir etwas sagen!«

»Dann können wir ja zu ihm gehen!« sagte Kitty und wandte sich entschlossen um. »Wie fühlen Sie sich heute?« fragte sie Pjetrow.

Pjetrow erhob sich, auf seinen Stock gestützt, und blickte den Fürsten schüchtern an.

»Das ist meine Tochter«, sagte dieser. »Erlauben Sie, daß ich mich Ihnen vorstelle.«

Der Maler verbeugte sich und lächelte, indem er dabei eigentümlich glänzende weiße Zähne enthüllte.

»Wir haben Sie gestern erwartet, Prinzessin«, sagte er zu Kitty.

Er wankte, als er das sagte, und wiederholte dann diese

Bewegung, um sich den Anschein zu geben, als hätte er sie absichtlich gemacht.

»Ich wollte kommen, aber Warjenka teilte mir mit, Anna Pawlowna habe sagen lassen, daß Sie nicht ausfahren würden.«

»Wie, wir würden nicht ausfahren?« sagte Pjetrow, wobei sein Gesicht sich rötete und er sofort zu husten begann, während er mit den Augen seine Frau suchte. »Annette, Annette!« rief er laut, und auf seinem dünnen, weißen Hals schwollen dicke Adern gleich Stricken an.

Anna Pawlowna kam heran.

»Warum hast du der Prinzessin sagen lassen, daß wir nicht ausfahren würden!« flüsterte er ihr mit tonloser Stimme gereizt zu.

»Guten Tag, Prinzessin«, sagte Anna Pawlowna mit jenem gezwungenen Lächeln, das ihrer früheren Art und Weise so wenig glich. »Es ist mir sehr angenehm, Ihre Bekanntschaft zu machen«, wandte sie sich dann an den Fürsten. »Man hat Sie schon längst erwartet, Fürst.«

»Warum hast du der Prinzessin sagen lassen, daß wir nicht ausfahren würden?« flüsterte der Maler wieder, in heiserem und noch gereizterem Tone, sichtlich dadurch noch mehr aufgebracht, daß ihm die Stimme versagte und er seiner Rede nicht den gewünschten Ausdruck geben konnte.

»Mein Gott! Ich bin eben der Meinung gewesen, daß wir nicht fahren würden«, antwortete seine Frau verdrießlich.

»Wieso denn, wenn ...« Er fing an zu husten und machte eine trostlose Bewegung mit der Hand.

Der Fürst lüftete den Hut und ging mit seiner Tochter weiter.

»Oh, ach!« seufzte er dann schwer, »oh, diese Unglücklichen!«

»Ja, Papa«, antwortete Kitty. »Und dabei muß man wissen, daß sie drei Kinder haben, niemanden zur Bedienung, und fast mittellos sind. Eine kleine Unterstützung gewährt ihm die Akademie«, erzählte sie lebhaft, bemüht, die Erregung zu unterdrücken, die sich ihrer infolge der sonderbaren Veränderung in Anna Pawlownas Benehmen ihr gegenüber bemächtigt hatte.

»Ah, da ist ja auch Madame Stahl«, sagte Kitty und deutete auf einen Rollstuhl, in dem unter einem Sonnenschirm, von Kissen umgeben, jemand in einem Gemisch von Grau und Hellblau lag. Es war Madame Stahl. Hinter ihr stand ein finster blickender, stämmiger deutscher Arbeiter, der das Wägelchen schob. Neben ihr stand ein blonder schwedischer Graf, den Kitty dem Namen nach kannte. Einige Kranke waren in der Nähe des Rollstuhls stehengeblieben und betrachteten die kranke Dame, als ob es da etwas ganz Ungewöhnliches zu sehen gäbe. Der Fürst ging auf sie zu, und Kitty bemerkte sogleich, wie in seinen Augen jener spöttische Ausdruck aufblitze, der sie stets so verwirrt machte. Er trat an Madame Stahl heran und begann mit ihr in jenem ausgezeichneten Französisch, das jetzt nur noch von wenigen gesprochen wird, ungemein höflich und liebenswürdig zu plaudern.

»Ich weiß nicht, ob Sie sich meiner noch erinnern, aber ich muß mich in Ihr Gedächtnis zurückrufen, um Ihnen für die meiner Tochter bewiesene Güte zu danken«, sagte er, indem er den Hut abnahm und in der Hand behielt.

»Fürst Alexander Schtscherbazkij«, erwiderte Madame Stahl und schlug ihre himmlischen Augen zu ihm auf, in denen Kitty ein leises Mißvergnügen zu bemerken glaubte. »Es freut mich sehr, Sie zu sehen. Ich habe Ihre Tochter so lieb gewonnen.«

»Ihr Befinden ist noch immer kein gutes?«

»Ach, ich bin bereits daran gewöhnt«, sagte Madame Stahl, und stellte dann den Fürsten und den schwedischen Grafen einander vor.

»Sie haben sich aber sehr wenig verändert«, entgegnete der Fürst. »Ich hatte nunmehr seit zehn oder elf Jahren nicht mehr die Ehre, Sie zu sehen.«

»Ja, Gott legt uns das Kreuz auf, aber er gibt uns auch die Kraft, es zu tragen. Man ist oft versucht, sich zu fragen, wozu man eigentlich dieses Dasein weiterführt. ... – Von der andern Seite! –« wandte sie sich verdrießlich an Warjenka, die ihr die Füße nicht so in das Plaid hüllte, wie sie es haben wollte.

»Doch wohl, um Gutes tun zu können«, erwiderte der Fürst und seine Augen lachten.

»Das zu beurteilen, steht nicht uns zu«, gab Frau Stahl zur Antwort, die den leisen Wechsel in des Fürsten Mienenspiel bemerkt hatte. – »Sie schicken mir also das Buch, lieber Graf? Ich bin Ihnen sehr verbunden«, wandte sie sich zu dem jungen Schweden.

»Ah!« rief der Fürst, als er den Moskauer Oberst erblickte, der nicht weit von ihnen stand; er verbeugte sich vor Frau Stahl, trat mit der Tochter zurück und ging mit dem Oberst weiter, der sich ihnen anschloß.

»Das ist die Repräsentantin unserer Aristokratie, Fürst!« sagte der Moskauer Oberst in spöttischem Tone; er war auf Frau Stahl nicht gut zu sprechen, da es ihm nicht gelungen war, ihre Bekanntschaft zu machen.

»Sie ist immer noch dieselbe«, bemerkte der Fürst.

»Sie haben sie also noch vor ihrer Krankheit gekannt, Fürst; ich meine, bevor sie gänzlich ans Krankenlager gefesselt wurde?«

»Ja, es geschah gerade zu jener Zeit, daß sie von ihrer Krankheit niedergeworfen wurde«, erwiderte der Fürst.

»Man sagt, daß sie nun schon seit zehn Jahren nicht mehr geht!«

»Das tut sie, weil sie ein kurzes Bein hat. Sie ist sehr schlecht gebaut ...«

»Papa, das kann nicht sein«, schrie Kitty auf.

»Böse Zungen sagen so, liebes Kind. Und deine Warjenka hat's auch nicht immer leicht mit ihr«, fügte er hinzu. »Ach, diese kranken Damen!«

»Oh, nein, Papa!« erwiderte Kitty warm, »Warjenka vergöttert sie. Und dann tut sie so viel Gutes! Frage, wen du willst! Alle kennen sie und Aline Stahl.«

»Mag sein«, sagte er und drückte mit seinem Ellenbogen ihren Arm. »Aber es ist noch besser, wenn man das Gute so tut, daß niemand etwas davon weiß.«

Kitty schwieg; nicht, weil sie nichts zu sagen gehabt hätte, aber auch dem Vater wollte sie ihre geheimsten Gedanken nicht enthüllen. Und doch – seltsam genug – obwohl sie so sehr dagegen angekämpft hatte, sich von den Ansichten ihres Vaters beeinflussen zu lassen und ihm keinen Einblick in das Heiligtum ihres Innern zu gewähren, fühlte sie doch, daß jenes göttergleiche Bild der Frau Stahl, welches sie einen ganzen Monat in ihrer Seele getragen hatte, unwiederbringlich verschwunden war, so wie die Konturen einer Gestalt, die wir in einem achtlos hingeworfenen Kleide zu sehen glauben, verschwinden, sobald wir uns klar gemacht haben, wie dieses Kleid daliegt. Und hier blieb nur eine Frau mit einem kurzen Bein zurück, die ihr Leben darum liegend verbrachte, weil sie schlecht gebaut war, und die fügsame Warjenka quälte, wenn sie ihr das Plaid nicht so um die Füße wickelte, wie sie es haben wollte. Und mit keiner Anstrengung ihrer Einbildungskraft gelang es ihr mehr, das frühere Bild der Madame Stahl wieder hervorzuzaubern.

35

Die fröhliche Stimmung des Fürsten teilte sich allen mit, seinen Hausgenossen, seinen Bekannten und sogar dem deutschen Wirte, bei dem Schtscherbazkijs wohnten.

Als er mit Kitty vom Brunnen zurückgekehrt war, lud er sowohl den Oberst als auch Maria Jewgenjewna und Warjenka zum Frühstück ein; dann ließ er einen Tisch und einige Sessel ins Gärtchen unter den Kastanienbaum bringen und dort den Frühstückstisch decken. Sowohl der Wirt, wie die Dienerschaft wurden von seiner Fröhlichkeit angesteckt. Sie kannten seine Freigebigkeit, und eine halbe Stunde später blickte der kranke Hamburger Doktor, der in dem oberen Stockwerk wohnte, aus seinem Fenster voller Neid auf diese lustige russische Gesellschaft gesunder Menschen hinunter, die sich unter dem Kastanienbaum versammelt hatten. Unter den zitternden Schattenringen der Blätter, an dem weißgedeckten Tisch, auf dem Kaffeegeschirr, Brot, Butter, Käse und kaltes Wildbret standen, saß die Fürstin in einem Spitzenhäubchen mit lila Bändern und reichte die Tassen und Butterbrötchen herum. Am andern Ende des Tisches saß der Fürst, mit vollen Backen kauend, in lautem und heiterem Gespräch. Neben sich hatte er seine Einkäufe ausgebreitet: geschnitzte Kästchen, Holzfigürchen, Papiermesser aller Art, allerhand Krimskrams, von dem er in jedem Badeorte einen ganzen Haufen zusammengekauft hatte und die er nun an alle Welt verschenkte. Unter den Beschenkten befand sich auch Lieschen, das Dienstmädchen, und der Hauswirt, mit dem er in seinem komischen, schlechten Deutsch scherzte, indem er ihm versicherte, daß nicht der Brunnen Kitty gesund gemacht habe, sondern sein ausgezeichnetes Essen und besonders die Suppe mit Backpflaumen. Die Fürstin lachte über ihren Mann wegen seiner russischen Gewohnheiten, aber war doch so angeregt und lustig, wie sie es während der ganzen Zeit ihres Badeaufenthaltes nicht gewesen. Der Oberst lächelte wie immer zu den Späßen des Fürsten; nur was die Zustände in Europa betraf, das er seiner Meinung nach gründlich erforscht hatte, hielt er zu der Fürstin. Die gutmütige Maria Jewgenjewna wälzte sich vor Lachen über alles, was der Fürst Spaßhaftes sagte, und selbst Warjenka war, was Kitty noch nie gesehen hatte, ganz erschöpft von dem leisen, aber sich den andern mitteilendem Lachen, zu dem die Späße des Fürsten sie reizten.

Alles dies versetzte Kitty in eine fröhliche Stimmung; aber sorglos vermochte sie trotzdem nicht zu sein. Sie konnte die Aufgabe nicht lösen, welche ihr der Vater unwillkürlich durch seine scherzhafte Auffassung ihrer Freunde und des Lebens, das ihr so lieb geworden war, gestellt hatte. Zu dieser Aufgabe gesellte sich noch die Veränderung in ihren Beziehungen zu Pjetrows, die sich heute in so schroffer und peinlicher Weise fühlbar gemacht hatte. Alle waren fröhlich; nur Kitty vermochte sich nicht von Herzen zu freuen, und dies quälte sie noch mehr. Sie hatte ein ähnliches Gefühl, wie sie es in ihrer Kindheit empfunden hatte, wenn sie zur Strafe in ihr Zimmer eingesperrt war und das lustige Lachen ihrer Schwestern von draußen zu ihr hereindrang.

»Wozu hast du eigentlich diese Unmenge von Sachen

zusammengekauft?« fragte die Fürstin lächelnd, indem sie ihrem Gatten eine Tasse Kaffee reichte.

»Siehst du, man geht in aller Gemütsruhe spazieren, und da kommt man an einem Laden vorbei und wird angerufen und gebeten: ›Erlaucht, Exzellenz, Durchlaucht.‹ – Und wenn erst Durchlaucht gesagt wird, dann kann ich nicht widerstehen: zehn Taler sind futsch.«

»Das geschieht ja nur aus Langeweile«, sagte die Fürstin.

»Selbstverständlich nur aus Langeweile. Man langweilt sich so sehr, Mütterchen, daß man nicht mehr weiß, was man anfangen soll.«

»Wie kann man sich nur langweilen, Fürst? Es gibt jetzt so viel Interessantes in Deutschland«, bemerkte Maria Jewgenjewna.

»Ja, aber ich kenne alles Interessante schon: ich kenne die Suppe mit Backpflaumen und kenne auch die Erbswurst. Alles kenne ich.«

»Nein, sagen Sie, was Sie wollen, Fürst, aber ihre öffentlichen Einrichtungen sind wirklich sehr interessant«, meinte der Oberst.

»Was ist denn daran interessant? Alle sind sie glücklich, wie Zaunkönige; alle Welt ist von ihnen besiegt worden. Aber weshalb soll ich denn zufrieden sein? Ich habe niemanden besiegt, dagegen muß ich mir hier meine Stiefel selbst ausziehen und sie auch noch selber vor die Tür stellen. Morgens muß man früh aufstehen, sich schleunigst ankleiden und in den Speisesaal gehen, um schlechten Tee zu trinken. Da hat man's zu Hause doch anders! Man wacht auf ohne jede Eile, dann ärgert man sich ein wenig über jemanden, dann brummt man, kommt dann hübsch wieder ins Gleichgewicht, überlegt sich alles, was man zu überlegen hat, und braucht sich nicht zu beeilen.

»Aber Zeit – ist Geld, das vergessen Sie«, sagte der Oberst.

»Was für eine Zeit! Es gibt Zeiten, in denen man einen ganzen Monat für einen halben Rubel weggeben möchte, und dann gibt es wieder Zeiten, in denen einem eine halbe Stunde für kein Geld der Welt feil ist. Ist's nicht so, Katjenka? Was fehlt dir? Du siehst ja so mißmutig aus?«

»Mir fehlt nichts.«

»Wohin eilen Sie? Bleiben Sie doch noch ein wenig«, wandte er sich an Warjenka.

»Ich muß nach Hause«, sagte Warjenka und erhob sich, wobei sie immer wieder in Lachen ausbrach. Sie nahm sich jedoch zusammen und verabschiedete sich von den Anwesenden und ging ins Haus, um ihren Hut zu holen. Kitty ging ihr nach. Sogar Warjenka kam ihr jetzt verändert vor. Sie erschien ihr zwar nicht schlechter, aber sie war anders als die Warjenka, die Kitty früher in ihr gesehen hatte.

»Ach, ich habe lange nicht mehr so gelacht!« sagte Warjenka, indem sie ihren Sonnenschirm und ihr Täschchen nahm. »Wie lieb er ist, Ihr Papa!«

Kitty schwieg.

»Wann sehen wir uns wieder?« fragte Warjenka.

»Maman wollte zu Pjetrows gehen. Werden Sie nicht auch dort sein?« fragte Kitty langsam und blickte Warjenka forschend an.

»Ja«, antwortete Warjenka. »Sie machen sich reisefertig, und ich habe versprochen, ihnen beim Einpacken zu helfen.

»Ich komme auch hin.«

»Nicht doch, was fällt Ihnen ein?«

»Warum nicht? Warum denn nicht?« fragte Kitty und riß die Augen weit auf, wobei sie Warjenka, um sie nicht fortzulassen, an ihrem Sonnenschirme festhielt. »Nein, warten Sie, warum sollte ich denn nicht hinkommen?«

»Ich meinte nur ... – Ihr Papa ist angekommen und dann – legen sie sich auch in Ihrer Gegenwart einen gewissen Zwang auf.«

»Nein, sagen Sie mir die Wahrheit, warum wollen Sie nicht, daß ich oft zu Pjetrows komme? Nicht wahr, Sie wollen es nicht? Warum?«

»Ich habe das nicht gesagt«, erwiderte Warjenka ruhig.

»Nein, bitte, sagen Sie es mir!«

»Soll ich alles sagen?« fragte Warjenka.

»Alles, alles!« fiel Kitty schnell ein.

»Ja, eigentlich ist es gar nichts. Die Sache ist nur die, daß Michail Alexejewitsch (so hieß der Maler) anfangs früher von

hier fort wollte, daß er aber jetzt nicht mehr abreisen will –«
sagte Warjenka lächelnd.

»Nun, und …« drängte Kitty und blickte Warjenka finster an.

»Nun, und da sagte nun Anna Pawlowna, er wollte nur deshalb nicht fort, weil Sie hier seien. Natürlich war das ungehörig; aber aus diesem Grunde, also Ihretwegen kam es zum Streit. Sie wissen ja, wie diese Kranken reizbar sind.«

Kitty zog die Brauen immer finsterer zusammen und schwieg; Warjenka aber sprach weiter, bemüht, den Eindruck ihrer Worte zu mildern und sie zu beruhigen, da sie sah, daß ein Ausbruch, – sie wußte nicht recht, ob von Tränen oder von Worten – bevorstand.

»Es ist also vielleicht besser, wenn Sie nicht hingehen … Sie sehen das ein, nicht wahr? Sie fühlen sich nicht beleidigt …«

»Es geschieht mir recht, es geschieht mir ganz recht!« brach Kitty jetzt los, riß den Sonnenschirm aus Warjenkas Händen und blickte an ihrer Freundin vorbei.

Warjenka wollte lächeln, als sie den kindischen Zorn ihrer Freundin sah, aber sie fürchtete, sie zu kränken.

»Was geschieht Ihnen recht, ich verstehe Sie nicht«, sagte sie.

»Recht geschieht mir, weil alles dies Verstellung war, weil alles dies ausgeklügelt war und nicht von Herzen kam. Was geht mich ein fremder Mensch an? – Und das Ende von allem ist, daß ich die Veranlassung zu einem Streit bin und daß ich etwas getan habe, worum mich niemand gebeten hat. Aber das kommt nur daher, daß alles Heuchelei ist! Heuchelei! Heuchelei! Heuchelei! …«

»Aber zu welchem Zweck sollten Sie denn geheuchelt haben?« fragte Warjenka leise.

»Ach, wie dumm, wie abscheulich das alles ist! Ich hatte es ja gar nicht nötig – Alles Heuchelei!« rief Kitty wieder, während sie den Sonnenschirm öffnete und schloß.

»Ja, zu welchem Zweck denn?«

»Um besser zu scheinen, vor den Leuten und vor mir selber, und vor Gott! Um alle zu betrügen. Nein, jetzt falle ich nicht mehr darauf herein! Wenn ich auch schlecht bin, so bin ich doch wenigstens keine Lügnerin, keine Betrügerin!«

»Ich bitte Sie, wer ist denn eine Betrügerin?« sagte Warjenka vorwurfsvoll. »Sie sprechen so, als ob ...«

Aber Kitty hatte nun einmal ihren Zornanfall, und sie ließ sie nicht zu Ende sprechen.

»Ich rede nicht von Ihnen, ich rede durchaus nicht von Ihnen. Sie sind ein vollkommenes Wesen. Ja, ja, ich weiß, daß Sie vollkommen sind; aber was soll ich tun, wenn ich schlecht bin? Das wäre alles nicht geschehen, wenn ich schlecht wäre. So will ich denn wenigstens so sein, wie ich gerade bin, und nicht mehr heucheln. Was geht mich Anna Pawlowna an! Mögen sie leben, wie sie wollen, und ich werde auch leben, wie ich will, Ich kann nicht anders sein ... Und alles dies ist ja nicht das Rechte, nicht das Rechte!«

»Ja, was ist denn nicht das Rechte?« fragte Warjenka verständnislos.

»Alles ist nicht das Rechte. Ich kann nicht anders leben, als nach meinem Herzen; ihr aber lebt nach bestimmten Regeln. Ich habe Sie einfach lieb gewonnen, Sie aber mich wohl nur, um mich zu retten, um mich zu belehren!«

»Sie sind ungerecht«, sagte Warjenka.

»Aber ich spreche ja nicht von andern, ich spreche nur von mir.«

»Kitty!« ertönte die Stimme der Mutter, »komm her und zeige Papa deine Blutorangen.«

Ohne sich mit ihrer Freundin auszusöhnen, nahm Kitty mit stolzer Miene ein Körbchen mit Blutorangen vom Tisch und ging zu ihrer Mutter.

»Was ist dir? Warum bist du so rot?« fragten Vater und Mutter mit einer Stimme.

»Es ist nichts«, antwortete sie, »ich komme gleich wieder!« und lief zurück.

»Sie ist noch hier«, dachte sie. »Was soll ich ihr sagen, mein Gott! Was habe ich getan, was habe ich gesagt? Warum habe ich sie beleidigt? Was soll ich tun? Was soll ich ihr nur sagen?« dachte Kitty und blieb an der Tür stehen.

Warjenka saß im Hut mit dem Sonnenschirm in der Hand

am Tisch und betrachtete die Feder, die Kitty an dem Schirm zerbrochen hatte. Sie hob den Kopf.

»Warjenka, verzeihen Sie mir, verzeihen Sie mir!« flüsterte Kitty, indem sie zu ihr herantrat. »Ich weiß nicht mehr, was ich gesagt habe. Ich ...«

»Ich wollte Sie wirklich nicht kränken«, sagte Warjenka lächelnd.

Der Friede war geschlossen. Aber mit der Ankunft des Vaters war für Kitty die ganze Welt, in der sie bis jetzt gelebt hatte, verwandelt. Sie sagte sich nicht von allem los, was sie als richtig erkannt hatte; aber sie begriff, daß sie sich selbst getäuscht hatte, als sie dachte, so sein zu können, wie sie sein wollte. Ihr gingen gleichsam die Augen auf; sie fühlte die ganze Schwierigkeit, sich ohne Verstellung und ohne Prahlerei auf jener Höhe zu erhalten, zu der sie emporklimmen wollte. Dazu kam, daß sie sich jetzt erdrückt fühlte von dieser Welt voller Gram, Krankheit und Sterbender, in der sie sich bisher bewegt hatte. Sie empfand alle die Anstrengungen, die sie gemacht hatte, um all diesem Elend ihre liebevolle Teilnahme zuzuwenden, als eine Qual, und sie verlangte danach, möglichst rasch wieder in eine frische Atmosphäre zu gelangen, nach Rußland, nach Pokrowskoje zu kommen, wohin ihre Schwester Dolly, wie sie schrieb, mit den Kindern bereits übergesiedelt war.

Aber ihre Liebe zu Warjenka war dieselbe geblieben. Als sie voneinander Abschied nahmen, bat Kitty sie dringend, sie in Rußland zu besuchen.

»Ich komme zu Ihrer Hochzeit«, hatte Warjenka erwidert.

»Ich werde nie heiraten.«

»Nun dann werde ich auch niemals kommen.«

»Dann will ich nur deswegen heiraten. Aber vergessen Sie Ihr Versprechen nicht«, sagte Kitty.

Die Voraussage des Doktors hatte sich bewahrheitet. Kitty kehrte geheilt nach Hause zurück. Sie war nicht mehr so sorglos und heiter wie früher, aber sie war ruhiger geworden. Der in Moskau durchlebte Kummer gehörte für sie nur noch der Vergangenheit an.

DRITTES BUCH

1

Sergej Iwanowitsch Kosnyschew wollte von seiner geistigen Arbeit ausruhen und begab sich, statt seiner Gewohnheit gemäß ins Ausland zu reisen, Ende Mai zu seinem Bruder aufs Land. Nach seiner Überzeugung gab es kein angenehmeres Leben, als das auf dem Lande. Er kam jetzt zu seinem Bruder, um dieses Leben in vollen Zügen zu genießen. Konstantin Ljewin war über diesen Besuch um so mehr erfreut, als er in diesem Sommer seinen Bruder Nikolaj nicht mehr erwartete. Aber ungeachtet seiner Liebe und Verehrung für Sergej Iwanowitsch fühlte sich Konstantin Ljewin in der Gesellschaft seines Bruders auf dem Lande nicht behaglich. Er fühlte sich unbehaglich, ja peinlich berührt durch die Art und Weise, wie sein Bruder sich zum Landleben verhielt. Für Konstantin Ljewin war sein Gut der Ort, wo sich sein ganzes Leben abspielte; es war die Stätte seiner Freuden, seiner Leiden, seiner Arbeit. Für Sergej Iwanowitsch dagegen bildete das Landleben einerseits eine Erholung von der Arbeit, andererseits aber ein nützliches Gegengift gegen die Verderbtheit, das er mit Vergnügen und in dem Bewußtsein seiner Wirksamkeit einnahm. Konstantin Ljewin befand das Dorfleben schön, weil es den Schauplatz für eine zweifellos nützliche Tätigkeit bildete; Sergej Iwanowitsch fand das Landleben gerade aus dem Grunde besonders schön, weil man dort nichts tun konnte und sollte. Außerdem berührte auch Sergej Iwanowitschs Verhältnis zum Volke Konstantin peinlich. Sergej Iwanowitsch sprach häufig davon, daß er das Volk liebe und kenne, und plauderte oft mit den Bauern, worauf er sich vorzüglich verstand, ohne dabei zu heucheln oder sich Zwang anzutun, und aus jedem solchen Gespräch pflegte er Schlußfolgerungen zu ziehen, sowohl zu Gunsten des Volkes, als auch zum Beweise dafür, daß er dieses Volk kenne. Ein solches Verhältnis zum Volke mißfiel Konstantin Ljewin. Für ihn war das Volk nur der Hauptbeteiligte an der allgemeinen Arbeit. Trotz aller Achtung und einer gewissen Liebe für den Bauernstand, die ihm sozusagen im Blute lagen und die er, wie er selber sagte, wahrscheinlich mit der Milch seiner Bauernamme eingesogen hatte, und trotzdem er, der sich gleichfalls als Teilnehmer an der allgemeinen Arbeit betrachtete, oftmals über die Kraft, Sanftmut und Gerechtigkeit dieser Leute in Entzücken geriet: überkam ihn doch auch sehr häufig, wenn bei der gemeinsamen Arbeit die Betätigung anderer Eigenschaften erforderlich wurde, ein grimmiger Zorn über das Volk wegen dessen Sorglosigkeit, Liederlichkeit, Trunksucht und Verlogenheit. Wenn man Konstantin Ljewin gefragt hätte, ob er das Volk liebe, so würde er schlechterdings nicht gewußt haben, was er darauf antworten solle. Er liebte das Volk und liebte es auch wieder nicht, geradeso, wie die Menschen im allgemeinen. Selbstverständlich liebte er als gutherziger Mensch, der er war, seine Nebenmenschen eher, als daß er sie nicht liebte, und darum auch das Volk. Aber das Volk als irgend etwas Besonderes zu lieben – das vermochte er nicht, weil er nicht allein mit dem Volke lebte, nicht nur alle seine Interessen mit dem Volke verknüpft waren, sondern weil er sich selbst als einen Teil des Volkes betrachtete, weil er in seiner eigenen Person und im Volke keine besonderen Eigenschaften oder Mängel sah und sein Ich nicht dem Volke als etwas von ihm Verschiedenartiges gegenüber zu stellen vermochte. Dazu kam, daß er, wenn er auch lange Zeit mit den Bauern als Herr, als Schiedsrichter und hauptsächlich als ihr Ratgeber, (denn die Bauern hatten Vertrauen zu ihm und kamen von vierzig Werst weit her, um sich bei ihm Rat zu holen) im engsten Verkehr gestanden hatte, – trotz alledem zu keinem bestimmten Gesamturteil über das Volk gelangt war, und er würde auf die Frage: ob er das Volk kenne, in ebensolche Verlegenheit geraten sein, wie auf die Frage: ob er das Volk liebe. Behaupten zu wollen, daß er das Volk kenne, wäre für ihn genau dasselbe gewesen, wie behaupten wollen, daß er die Menschen kenne. Er beobachtete beständig und suchte das Wesen von Menschen jeglicher Art zu ergründen; er fand unter ihnen auch Leute aus dem Bauernstande, die ihm als gute und interessante Menschen erschienen, und stets entdeckte er an ihnen neue Züge, so daß er seine früheren Urteile über sie ändern und durch neue ersetzen mußte. Mit Sergej Iwanowitsch verhielt es sich anders. So wie er das Landleben als Gegensatz zu der Lebensweise, die ihm nicht behagte, liebte und pries, ebenso liebte er auch das Volk im Gegensatz zu einer Menschenklasse, die ihm nicht gefiel, und ebenso betrachtete er das Volk als etwas den Menschen im allgemeinen Entgegengesetztes. In seinem methodischen Verstand hatte er sich ganz bestimmte Formen des Volkslebens zurechtgelegt, die er zum Teil dem Volksleben selbst entnommen, vorzugsweise aber aus seinen Gegensätzen abgeleitet hatte. Er änderte niemals seine Meinung in bezug auf das Volk und ebenso wenig sein Sympathie-Verhältnis zu ihm.

Wenn zwischen den Brüdern bei der Beurteilung des Volkes Meinungsverschiedenheiten auftauchten, so trug Sergej Iwanowitsch immer den Sieg über den Bruder davon, gerade weil Sergej Iwanowitsch fest bestimmte Begriffe vom Volke, seinem Charakter, seinen Eigenschaften und Geschmacksrichtungen hatte; Konstantin Ljewin dagegen hatte keine fest bestimmten und unwandelbaren Begriffe, so daß er sich bei diesen Diskussionen in Widersprüche mit sich selbst zu verwickeln pflegte.

Sergej Iwanowitsch hielt seinen jüngeren Bruder für einen braven Burschen, mit einem *gut placierten* Herzen, (wie er sich auf französisch ausdrückte), dessen Verstand die Dinge zwar ziemlich rasch zu erfassen wußte, jedoch augenblicklichen Eindrücken unterworfen und darum voller Widersprüche sei. Mit der Herablassung des älteren Bruders erklärte er ihm bisweilen die tiefere Bedeutung der Dinge, konnte aber kein Vergnügen daran finden, mit ihm zu streiten, weil er es ihm gar zu leicht machte, ihn aus dem Felde zu schlagen.

Konstantin Ljewin sah in seinem Bruder einen Mann von gewaltigem Verstand und ebenso großer Bildung, einen edlen Menschen in der höchsten Bedeutung dieses Wortes, der dazu noch mit der Fähigkeit begabt sei, für das Allgemeinwohl zu wirken. Aber je älter er wurde und je näher er seinen Bruder kennenlernte, desto öfter regte sich in seinem tiefsten Innern der Gedanke, daß diese Fähigkeit, für das Allgemeinwohl zu wirken (eine Fähigkeit, die er bei sich gänzlich vermißte), vielleicht gar keine positive Eigenschaft, sondern im Gegenteil einen Mangel an irgend etwas bedeute. – Zwar keinen Mangel an guten, ehrlichen, edlen Bestrebungen und Neigungen, sondern einen Mangel an Lebenskraft, an dem, was man Herz nennt, einen Mangel jenes Strebens, welches den Menschen zwingt, aus all den unzähligen, sich ihm eröffnenden Lebenswegen einen einzigen zu wählen und nur diesen einen zu verfolgen. Je genauer er den Bruder kennenlernte, desto mehr bemerkte er, daß Sergej Iwanowitsch, wie auch viele andere Männer, die für das Gemeinwohl wirkten – nicht durch ihr Herz zu dieser Liebe für das Gemeinwohl getrieben wurden, sondern daß sie durch Verstandesschlüsse dazu gelangt waren, diese Tätigkeit als eine ersprießliche zu betrachten und sich ihr deshalb hingaben. In dieser Voraussetzung wurde Ljewin noch durch die Beobachtung bestärkt, daß die Fragen, die das Gemeinwohl oder die Unsterblichkeit der Seele betrafen, seinem Bruder durchaus nicht näher am Herzen lagen, als eine Schachpartie oder eine sinnreiche Zusammenstellung einer neuen Maschine.

Außerdem fühlte sich Konstantin Ljewin in Gegenwart seines Bruders auf dem Lande auch noch aus dem Grunde unbehaglich, weil Ljewin hier, namentlich im Sommer, unablässig mit der Wirtschaft beschäftigt war, und der lange Sommertag nicht ausreichen wollte, um alles, was nötig war, zu erledigen; Sergej Iwanowitsch aber wollte der Ruhe pflegen. Doch obgleich er jetzt ausruhte, – das heißt, nicht an seinem Werke arbeitete, – so war er doch so sehr an eine Gedankentätigkeit gewöhnt, daß es ihm Vergnügen gewährte, die Gedanken, die ihm kamen, in schöner, gedrängter Form wiederzugeben, und es auch gerne sah, wenn ihm jemand dabei zuhörte. Der gewöhnliche und natürliche Zuhörer war aber sein Bruder. Und darum war es Konstantin, trotz der freundschaftlichen Ungezwungenheit ihrer Beziehungen peinlich, den Bruder allein zu lassen. Sergej Iwanowitsch liebte es, sich in der Hitze ins Gras zu legen, sich von der Sonne braten zu lassen und dabei gemütlich zu plaudern.

»Du glaubst nicht«, sprach er zu seinem Bruder, »welch ein Genuß in diesem ländlichen Schlaraffenleben für mich liegt. Nicht *ein* Gedanke im Kopfe, alles wie weggeblasen.«

Aber Konstantin Ljewin langweilte es, dazusitzen und zuzuhören, namentlich da er wußte, daß man den Dünger auf ein nicht ausgejätetes Feld fahren und Gott weiß wie abladen würde, wenn er nicht dabei war, oder daß man die Schneiden an den neuen Pflügen nicht fest einschrauben, sondern locker lassen und dann behaupten würde, daß diese neumodischen Pflüge eine einfältige Erfindung seien und hier Nachbars Hakenpflug besser am Platze wäre, und was dergleichen mehr war.

»Du bist doch heute wahrhaftig genug in der Hitze herumgelaufen!« sagte Sergej Iwanowitsch einmal zu ihm.

»Ach nein, ich muß nur noch auf einen Augenblick in die Verwalterstube«, erwiderte Ljewin, und lief auf das Feld hinaus.

2

In den ersten Tagen des Juni geschah es, daß Ljewins frühere Wärterin und jetzige Wirtschafterin Agafja Michajlowna, als sie ein Einmachglas mit eben erst eingesalzenen jungen Pilzen in den Keller trug, dabei ausglitt, zu Falle kam und sich das Handgelenk verstauchte. Ein junger, redseliger Landarzt, der eben erst sein Studium beendigt hatte, wurde gerufen. Er untersuchte die Hand, stellte fest, daß sie nicht verstaucht sei, freute sich, daß er Gelegenheit hatte, sich mit dem berühmten Sergej Iwanowitsch Kosnyschew zu unterhalten und erzählte ihm, um ihm auch seine erleuchtete Ansicht von den Dingen vorzuführen, allen Klatsch aus dem ganzen Kreise, wobei er sich über die erbärmlichen Zustände in der Landverwaltung in Klagen erging. Sergej Iwanowitsch hörte ihm aufmerksam zu, fragte ihn auch nach diesem und jenem und wurde durch den neuen Zuhörer selber angeregt. Er wurde sehr gesprächig, machte einige scharfe und wuchtige Bemerkungen, die von dem jungen Doktor ehrfurchtsvoll gewürdigt wurden, und geriet in jene, seinem Bruder wohlbekannte, angeregte Stimmung, die gewöhnlich nach einem glänzend geführten und belebten Gespräch über ihn kam. Nachdem sich der Arzt entfernt hatte, wollte er zum Flusse, um dort zu angeln. Sergej Iwanowitsch angelte sehr gern und schien sich gleichsam damit zu brüsten, daß er an einer so geistlosen Beschäftigung Gefallen finden könne.

Konstantin Ljewin, der auf die Felder, wo eben geackert wurde, und auf die Wiesen hinaus mußte, erbot sich, den Bruder in seinem Einspänner an Ort und Stelle zu bringen.

Es war zu jener Jahreszeit, in der Sommerwende, wo die Ernte des Jahres sich schon mit Sicherheit überblicken läßt; wo schon die Sorgen wegen der Aussaat fürs künftige Jahr beginnen und die Zeit der Heumahd heranrückt; wo der Roggen in hohen Halmen steht und die graugrünen, noch nicht gefüllten, leichten Ähren im Winde wogen; wo der grüne Hafer mit den dazwischen verstreuten Büscheln gelben Grases unregelmäßig auf den spät besäeten Feldern hervorragt; wo der frühe Buchweizen schon in vollen Wedeln, die Erde fast verhüllend, niederzuhängen beginnt; wo die durch das Vieh steinhart gestampften Brachfelder mit den frei gebliebenen Steigen, die der Hakenpflug nicht durchzuwühlen vermag, zur Hälfte ungepflügt liegen; wo der ausgetrocknete, in Haufen aufgeführte Dünger im Morgenrot seinen Geruch mit den Honiggräsern vermischt, und auf den Niederungen die bis jetzt geschonten Wiesen wie ein wogendes Meer der Sichel harren, sich ausbreiten, unterbrochen von den schwärzlichen Häufchen der ausgejäteten Sauerampferstengel.

Es war die Zeit, wo in der Feldarbeit vor dem Beginn des sich alljährlich wiederholenden und alljährlich alle Kräfte des Volkes anspannenden Einerntens eine kurze Ruhepause eintritt. Die Ernte stand wundervoll, und klare, warme Sommertage mit taureichen, kurzen Nächten waren angebrochen.

Die Brüder mußten durch einen Wald fahren, um zu den Wiesen zu gelangen. Sergej Iwanowitsch weidete sich die ganze Zeit an der Schönheit des in dichtem Laubwuchs prangenden Waldes. Bald machte er den Bruder auf eine alte Linde aufmerksam, die auf der Schattenseite eine dunkle Färbung aufwies, während sie auf der andern Seite mit gelben, dem

Aufblühen nahen Blütenknospen bunt besprenkelt war, bald auf die smaragdglänzenden jungen Baumtriebe des heurigen Jahres. Konstantin Ljewin sprach nicht gern von der Schönheit der Natur, noch hörte er gern davon reden. Worte raubten ihm die Schönheit von dem, was er sah. Er sagte zu allem ja, was der Bruder sprach, begann aber unwillkürlich, an andere Dinge zu denken. Als sie aus dem Walde herauskamen, wurde seine ganze Aufmerksamkeit durch den Anblick des dampfenden Brachfeldes auf dem Hügel in Anspruch genommen, das hie und da noch gelbliches Gras trug, dann wieder in Vierecken umgeschaufelt und ausgeschnitten war, an manchen Stellen aufgeworfene Haufen trug und an andern schon umgepflügt war. Auf dem Felde zogen in langer Reihe die Fuhren dahin. Ljewin zählte die Wagen und war zufrieden, als er sah, daß alles, was nötig war, herausgeführt wurde, und seine Gedanken wandten sich jetzt beim Anblick der Wiesen der Frage der Heumahd zu. In der Heuernte lag für ihn stets etwas, was ihn ganz besonders berührte. An der Wiese angelangt, hielt Ljewin das Pferd an.

Der Morgentau lag noch unten auf den dichten Unterhalmen des Grases, und Sergej Iwanowitsch bat, um sich die Füße nicht naß machen zu müssen, ihn im Wagen über die Wiese bis zu dem Weidengebüsch zu fahren, wo die Barsche gern anzubeißen pflegten. So leid es auch Konstantin Ljewin tat, sein Gras zu zerdrücken, er fuhr dennoch über die Wiese. Das hohe Gras wand sich weich um die Räder und die Füße des Pferdes und ließ seinen Samen auf den feuchten Speichen und Naben des Rades zurück.

Der Bruder nahm unter dem Busche Platz und ordnete sein Angelgerät, Ljewin aber führte das Pferd wieder fort, band es an und ging in das von keinem Hauch bewegte, ungeheure, graugrüne Meer der Wiese hinein. Das seidige, mit reifendem Samen beschwerte Gras reichte ihm an den den Überschwemmungen ausgesetzten Stellen fast bis zum Gürtel.

Konstantin ging quer über die Wiese, trat wieder auf den Weg hinaus und begegnete einem alten Mann mit einem geschwollenen Auge, der einen Bienenkorb auf den Schultern trug.

»Nun? hast du wieder welche gefangen, Fomitsch?« fragte er.

»Hat sich was mit Fangen, Konstantin 'Mitritsch! Man muß froh sein, wenn man die halten kann, die man schon hat. Da ist zum zweitenmal schon der Schwarm auf und davon ... Ein Glück, daß die Kinder ihm nach sind. Bei uns wird gerade gepflügt. Da haben sie schnell ein Pferd ausgespannt und sind ihnen nachgejagt ...«

»Nun, was meinst du, Fomitsch – soll man mähen oder noch warten?«

»Ja, was soll ich da sagen! Nach unserer Art wartet man immer bis zum Sankt Peterstag. Bei Ihnen wird aber immer früher geschnitten. So Gott will, wird's gutes Gras geben. Das Vieh hat dann mehr Raum zum Weiden.«

»Aber das Wetter, was hältst du davon?«

»Das steht in Gottes Hand. Vielleicht hält auch das Wetter an.«

Ljewin ging zu seinem Bruder zurück.

Sergej Iwanowitsch hatte nichts gefangen; aber er langweilte sich nicht und schien in der heitersten Laune zu sein. Ljewin sah, daß er, angeregt durch das Gespräch mit dem Doktor, sich gern mit ihm unterhalten hätte. Ljewin aber wollte im Gegenteil möglichst schnell nach Hause zurück, um Anordnungen zu treffen und seiner Unschlüssigkeit betreffs der Heumahd, die seine Gedanken in Anspruch nahm, ein Ende zu machen.

»Wenn du willst, wollen wir jetzt nach Hause fahren«, sagte er.

»Weshalb eilt es denn so sehr? Wir wollen noch ein Weilchen sitzen bleiben. Wie du aber naß geworden bist! Wenn auch keiner angebissen hat, ist's doch schön hier. Jede Art von Jagdsport hat das Gute, daß man es dabei stets mit der Natur zu tun hat. Wie wundervoll ist doch dies stahlfarbige Wasser!« sagte er. »Diese Wiesenufer«, fuhr er dann fort, »erinnern mich immer an ein Rätsel – weißt du? Das Gras spricht zum Wasser: wir aber schwanken und schwanken immerzu.«

»Ich kenne dieses Rätsel nicht«, gab Ljewin niedergeschlagen zur Antwort.

3

»Weißt du auch, daß ich an dich gedacht habe«, begann Sergej Iwanowitsch wieder. »Das ist ja unerhört, wie es, nach dem zu urteilen, was mir der Doktor erzählt hat, in eurem Bezirk zugeht; er ist gar kein dummer Mensch. Und ich habe dir's schon einmal gesagt und sage es wieder: es ist nicht gut, daß du die Kreisversammlungen nicht mehr besuchst und dich überhaupt von den Angelegenheiten der Landstände zurückgezogen hast. Wenn sich die anständigen Leute fernhalten, dann wird natürlich alles Gott weiß welch' ein Ende nehmen. Wir zahlen unser Geld; aber das wird für die Gehälter verbraucht, und weder für Schulen noch für Feldscherer, noch für Hebammen, noch für Apotheken; nichts von alledem ist da.«

»Ich habe es ja versucht«, antwortete Ljewin leise und widerwillig, »ich kann es nicht, was läßt sich da tun?«

»Ja, was kannst du denn nicht? Ich muß gestehen, daß ich das nicht begreife. Gleichgültigkeit, Unverständnis – gebe ich in diesem Fall nicht zu; sollte es wirklich bloße Trägheit sein?«

»Weder das eine noch das andere, noch das dritte. Ich habe es versucht und sehe, daß ich nichts dabei leisten kann«, erwiderte Ljewin. Seine Gedanken drangen wenig in das ein, was der Bruder sagte. Er blickte über den Fluß hinweg auf den Acker und bemerkte da etwas Schwarzes; doch konnte er nicht erkennen, ob es ein Pferd oder sein Verwalter zu Pferde sei.

»Weshalb solltest du denn nichts leisten können? Du hast einen Versuch gemacht, der nach deiner Meinung mißlungen ist, und da hast du gleich den Mut verloren. Wie kann man so wenig Eigenliebe haben?«

»Eigenliebe«, – sagte Ljewin, von den Worten des Bruders ins innerste Herz getroffen –, »ich verstehe dich nicht. Wenn man mir auf der Universität gesagt hätte, daß andere die Integralrechnung verstünden, ich sie aber nicht begriffe, da wäre meine Eigenliebe ins Spiel gekommen. Hier aber muß man von vornherein davon überzeugt sein, daß man gewisse

Fähigkeiten für diese Art von Dingen besitzen muß und, was die Hauptsache ist, daß alle diese Dinge sehr wichtig seien.«

»Sind denn diese Angelegenheiten etwa nicht wichtig?« erwiderte Sergej Iwanowitsch, der sich dadurch verletzt fühlte, daß sein Bruder das nicht für wichtig fand, wofür er Interesse hatte, und noch mehr dadurch, daß der Bruder ihm kaum zuhörte.

»Mir erscheint es nicht wichtig, ich habe keine Lust dazu, was willst du also, daß ich tun soll?« ... versetzte Ljewin, der jetzt herausgebracht hatte, daß das, was er beobachtet hatte, der Verwalter war, der wahrscheinlich die Bauern vom Ackern entließ. Sie waren im Begriff, die Hakenpflüge umzustürzen. »Sollten sie wirklich schon mit Pflügen zu Ende sein?« dachte er.

»Nun aber hör' mir mal zu«, sagte der ältere Bruder und verzog verdrießlich sein schönes, kluges Gesicht, »alles hat seine Grenzen. Es ist sehr schön, ein Sonderling und ein aufrichtiger Mensch zu sein und jede Falschheit von der Hand zu weisen – ich weiß das alles; aber das, was du da sagst, hat entweder gar keinen oder einen sehr schlechten Sinn. Wie kann es dir als etwas Unwichtiges erscheinen, daß dasselbe Volk, das du zu lieben behauptest ...«

»Ich habe das niemals behauptet«, dachte Konstantin Ljewin.

»... ohne Hilfe dahinsiecht. Rohe Bauernweiber lassen ihre Kinder verhungern, und das Volk verharrt in Unwissenheit und ist der Willkür jedes beliebigen Dorfschreibers ausgesetzt; dir aber ist das Mittel, diesem abzuhelfen, in die Hand gegeben, und du rührst keinen Finger, weil alles das nach deiner Meinung nicht wichtig ist.«

Und Sergej Iwanowitsch stellte ihn vor folgendes Dilemma: »Entweder bist du geistig so wenig entwickelt, daß du nicht einzusehen vermagst, was du alles zu leisten imstande wärest, oder du hast nicht den Willen, deine Eitelkeit, und ich weiß nicht was alles, diesem Zwecke zum Opfer zu bringen.«

Konstantin Ljewin fühlte, daß ihm nichts übrig blieb, als nachzugeben oder seinen Mangel an Liebe für die öffentlichen Angelegenheiten einzugestehen. Und das kränkte und erbitterte ihn.

»Sowohl das eine, wie das andere«, antwortete er entschieden, »ich sehe nicht ein, wie es möglich sein sollte.«

»Wie? Es sollte unmöglich sein, bei einer rationellen Verwendung der zu Gebote stehenden Geldmittel dafür zu sorgen, daß ärztliche Hilfe stets in genügendem Maße vorhanden sei?«

»Mir scheint es unmöglich ... Bei den viertausend Quadratwerst, die unser Kreis umfaßt, bei unserem Schneewasser, unseren Schneestürmen, unserer Arbeitszeit sehe ich nicht die Möglichkeit, allerorten ärztliche Hilfe bieten zu können. Übrigens habe ich auch keinen rechten Glauben an die medizinische Wissenschaft.«

»Na, erlaube mal: das ist ungerecht ... Ich kann dir Tausende von Beispielen nennen ... Nun, und die Schulen?«

»Wozu brauchen wir Schulen?«

»Was sagst du da? Kann denn auch nur ein Zweifel über den Nutzen der Bildung obwalten? Wenn sie für dich gut ist, so ist sie es auch für jedermann.«

Konstantin Ljewin fühlte sich moralisch an die Wand gedrückt, geriet darum in Hitze und ließ sich unwillkürlich dazu hinreißen, das auszusprechen, was der Hauptgrund seiner Gleichgültigkeit gegen die öffentlichen Angelegenheiten und die Errichtung von ärztlichen Stationen war.

»Es mag sein, daß alles dies auch wirklich von Nutzen ist; aber weshalb sollte ich mich um die Einrichtung von ärztlichen Stationen kümmern, die ich selbst niemals benutzen werde, oder um Schulen, wohin ich meine eigenen Kinder nie schicken werde, und wohin auch die Bauern ihre Kinder nicht schicken wollen. Und obendrein bin ich nicht einmal fest überzeugt, daß es nötig ist, sie hinzuschicken!«

Sergej Iwanowitsch war einen Augenblick von der unerwarteten Auffassung der Sache überrascht; aber er bereitete sogleich einen neuen Angriffsplan vor.

Er schwieg eine Weile, zog seine Angel heraus, warf sie an eine andere Stelle und wandte sich dann lächelnd zu dem Bruder:

»Na, erlaube mal … Erstens, die ärztliche Station hat sich bereits für dich als eine Notwendigkeit erwiesen. Da haben wir ja zum Beispiel wegen Agafja Michajlowna zum Bezirksarzt schicken müssen!«

»Ich glaube, daß ihre Hand krumm bleiben wird.«

»Das ist noch die Frage … Ferner kannst du einen Bauern und Arbeiter, der lesen und schreiben kann, besser brauchen, als einen, der dies nicht kann.«

»Nein, da frage, wen du willst«, entgegnete Konstantin in entschiedenem Tone, »ein Arbeiter, der Schulbildung besitzt, ist bedeutend schlechter. Und was die Wege betrifft, so ist es unmöglich, sie auszubessern; und die Brücken werden, sobald sie errichtet sind, auch schon gestohlen.«

Sergej Iwanowitsch spielte die Frage in das für Konstantin Ljewin unzugängliche philosophisch-historische Gebiet hinüber und zeigte ihm die ganze Unhaltbarkeit seiner Ansicht.

»Was endlich den Punkt betrifft, daß dir alles dies nicht gefällt, – verzeih, daß ich das sage – aber das liegt an unserer russischen Trägheit und Selbstherrlichkeit; ich bin aber überzeugt, daß dies bei dir nur eine zeitweilige Verirrung ist, die vorübergehen wird.«

Konstantin schwieg. Er fühlte, daß er auf der ganzen Linie geschlagen war und empfand doch zugleich, daß gerade das, was er eigentlich hatte sagen wollen, von seinem Bruder nicht verstanden worden war. Er wußte nur nicht, aus welchem Grunde dieser es nicht verstanden hatte, ob es deswegen der Fall war, weil er nicht imstande gewesen war, seinen Gedanken klar genug auszudrücken, oder weil der Bruder ihn nicht verstehen wollte oder endlich, weil er ihn nicht verstehen konnte? Aber er vertiefte sich nicht lange in diese Betrachtungen, sondern begann, ohne dem Bruder zu antworten, an etwas ganz anderes, an seine persönlichen Angelegenheiten, zu denken.

Sergej Iwanowitsch wickelte die letzte Angel auf, band das Pferd los, und sie fuhren nach Hause.

4

Die persönliche Angelegenheit, die Ljewin während des Gespräches mit seinem Bruder so sehr in Anspruch genommen hatte, war folgende: im vergangenen Jahre war er einmal zu den Schnittern hinausgefahren und hatte sich dort über den Verwalter geärgert; darauf hatte er sein Beruhigungsmittel angewendet – nämlich die Sense eines der Bauern ergriffen und zu mähen begonnen.

Diese Arbeit hatte ihm so sehr gefallen, daß er sie mehrmals wieder aufnahm; er hatte die ganze Wiese vor dem Hause abgemäht und sich in diesem Jahre gleich zu Beginn des Frühlings vorgenommen, mit den Bauern zusammen tagelang zu mähen. Seit der Ankunft des Bruders war er im Zweifel, ob er mähen solle oder nicht. Es erschien ihm als unpassend, den Bruder ganze Tage lang allein zu lassen, und dann fürchtete er auch, daß der Bruder ihn verspotten würde. Aber als er über die Wiese gegangen war und sich der Empfindungen erinnerte, die ihn bei Mähen überkommen waren, da war er beinahe entschlossen, seinen Vorsatz auszuführen. Nach dem aufregenden Gespräch mit dem Bruder war ihm sein Vorhaben wieder eingefallen.

»Ich brauche körperliche Anstrengung, sonst leidet mein Charakter ganz entschieden«, dachte er und beschloß mit den Bauern zu mähen, so peinlich ihm dies auch vor dem Bruder und vor den Leuten sein würde.

Am Abend ging Konstantin Ljewin in die Verwalterstube, traf Anordnungen betreffs der Arbeiten und schickte in die umliegenden Dörfer, um für den morgenden Tag Schnitter zu bestellen und die Kalinow-Wiese, die größte und beste von allen, abzumähen.

»Ach ja, schicken Sie bitte auch meine Sense zu Tit, damit er sie dengelt und morgen mit herausbringt; ich werde vielleicht selbst mit mähen«, sagte er, bemüht, seine Verlegenheit zu verbergen.

Der Verwalter lächelte und sagte:
»Wie Sie befehlen.«

Abends beim Tee sagte Ljewin es auch dem Bruder.

»Es scheint, daß das Wetter beständig bleibt«, begann er. »Morgen fange ich an zu mähen.«

»Ich habe diese Arbeit sehr gern«, sagte Sergej Iwanowitsch.

»Ich habe sie furchtbar gern. Ich habe bisweilen schon mit den Bauern zusammen gemäht, und morgen will ich den ganzen Tag mähen.«

Sergej Iwanowitsch hob den Kopf und blickte den Bruder neugierig an.

»Das heißt, wie meinst du das? Ganz so, wie die Bauern, den ganzen Tag?«

»Ja, das ist sehr angenehm«, sagte Ljewin.

»Es ist als körperliche Übung gewiß sehr zu empfehlen, nur glaube ich, daß du es kaum aushalten wirst«, versetzte Sergej Iwanowitsch ohne jeglichen Spott.

»Ich habe es schon versucht. Im Anfang geht es schwer, nachher gewöhnt man sich daran. Ich denke, daß ich nicht zurückstehen werde ...«

»Schau einer! ... Aber sag' doch, was meinen die Bauern dazu? Die müssen doch wohl darüber lachen, daß der Herr so wunderliche Streiche macht.«

»Nein, das glaub' ich nicht; und dann ist es auch eine so fröhliche und zugleich so schwere Arbeit, daß man keine Zeit hat, sich dabei irgendwelchen Gedanken hinzugeben.«

»Wirst du auch mit ihnen zu Mittag essen? Dir eine Flasche Château Lafitte und eine gebratene Pute hinschicken zu lassen, das wird doch wohl nicht gut gehen.«

»Nein; während ihrer Ruhepause komme ich nach Hause.«

Am folgenden Morgen erhob sich Konstantin Ljewin früher als gewöhnlich, doch die Wirtschaftsangelegenheiten hielten ihn auf, und als er auf die Mahd hinauskam, gingen die Mäher bereits an die zweite Reihe.

Vom Gipfel des Hügels aus erblickte er bereits am Abhang die schattige, schon zum Teil abgemähte Wiese mit den grauen Streifen und ein paar schwarzen Haufen; das waren die Kaftans, welche die Schnitter an dem Platz abgelegt hatten, wo sie den ersten Strich begannen.

In dem Maße, wie er näher kam, entdeckte er die in lang ausgezogener Linie einer hinter dem andern einherschreitenden Schnitter, die in verschiedenem Schwunge mit den Sensen ausholten. Die einen hatten ihre Kaftans anbehalten, die anderen waren im Hemd. Er zählte zweiundvierzig Mann.

Sie bewegten sich langsam auf dem unebenen, niederen Teil der Wiese, wo ein alter Damm stand. Ljewin erkannte einige seiner eigenen Bauern. Da war der alte Jermil in einem ungewöhnlich langen weißen Hemde, der sich beim Mähen tief vornüber beugte; da war der junge Wassjka, der bei Ljewin als Kutscher gedient hatte, der nahm jede Reihe mit einem Streich. Da war auch Tit, ein kleines, mageres Bäuerlein, Ljewins Lehrmeister im Mähen. Er schritt als erster voran, und ohne sich vorzubeugen, mähte er, als ob er mit der Sense nur spiele, seine breite Reihe ab.

Ljewin stieg vom Pferde, band es am Wege an und gesellte sich zu Tit, der unter einem Busch eine zweite Sense hervorholte und sie ihm übergab.

»Sie ist fertig, Herr; das reine Rasiermesser, sie schneidet von selbst«, sagte Tit, indem er lächelnd die Mütze abnahm und ihm die Sense reichte.

Ljewin nahm die Sense und schickte sich an, in Reih und Glied zu treten. Die schweißbedeckten, fröhlichen Mäher, die eben ihre Reihe zu Ende gemäht hatten, kamen einer nach dem andern auf den Weg heraus und begrüßten lächelnd ihren Gutsherrn. Sie sahen ihn alle an, aber keiner sagte ein Wort, bis ein hochgewachsener mit einem Schafsfellkittel bekleider Alter mit runzligem und bartlosem Gesicht auf den Weg heraustrat und sich mit den Worten an ihn wandte:

»Gib acht, Herr! Hast du dich mal eingespannt, so zieh' auch gut«, sagte er, und Ljewin hörte ein unterdrücktes Gelächter unter den Mähern.

»Ich werde mir Mühe geben, nicht zurückzubleiben«, gab er zur Antwort, stellte sich hinter Tit auf und wartete, bis die Arbeit beginnen würde.

»Gib acht«, wiederholte der Alte.

Tit machte einen Platz frei und Ljewin folgte ihm. Das Gras am Wege war niedrig, und Ljewin, der lange nicht gemäht hatte, und den die Blicke, die alle auf ihn gerichtet hatten, verlegen machten, mähte im Anfang schlecht, obgleich er stark ausholte. Hinter ihm ertönten Stimmen:

»Die Sense ist schlecht angesetzt, der Griff ist zu hoch, sieh', wie er sich bücken muß«, sagte einer.

»Du mußt stärker auf der Ferse aufliegen«, meinte ein anderer.

»Tut nichts, 's ist gut, er wird sich schon machen«, meinte der Alte. »Schau, wie er draufgeht ... Nimmst einen zu breiten Strich, wirst bald müde werden ... Der Herr plagt sich für sich selber! Na, schau, ob das in gleicher Reihe gemäht ist! Dafür hätte unsereiner gleich eins über den Buckel weg.«

Das Gras wurde weicher, und Ljewin, der wohl zuhörte, aber keine Antwort gab, bemühte sich, so gut wie möglich zu mähen und folgte Tit. Sie waren etwa hundert Schritt weit gekommen. Tit ging immer vorwärts, ohne Halt zu machen und ohne die geringste Müdigkeit zu verraten; Ljewin aber wurde bereits bange, daß er es nicht aushalten würde, so müde war er schon geworden.

Er fühlte, daß er die Sense mit der letzten Kraft schwang, und war schon entschlossen, Tit zu bitten, inne zu halten. Aber in demselben Augenblick blieb Tit von selber stehen; er bückte sich, nahm ein Büschel Gras, wischte die Sense ab und begann sie zu wetzen. Ljewin trat zu ihm, reckte sich und blickte sich tiefatmend um. Hinter ihm kam ein Bauer, der sichtlich gleichfalls müde war, da er sofort, ohne bis zu Ljewin heranzukommen, stehen blieb und seine Sense zu wetzen begann. Tit wetzte seine und Ljewins Sense, und dann ging es wieder an die Arbeit.

Bei der zweiten Reihe ging alles in derselben Weise. Tit schritt bei jedem Strich vorwärts, ohne stehen zu bleiben und ohne müde zu werden. Ljewin folgte ihm, bestrebt, nicht zurückzubleiben, und es wurde ihm immer schwerer und schwerer: dann kam ein Augenblick, wo er fühlte, daß seine Kraft zu Ende sei, und gerade in diesem Augenblick blieb Tit stehen und begann wieder zu wetzen.

So mähten sie die erste Reihe durch. Und diese lange Reihe erschien Ljewin besonders mühsam; aber als sie am Ende angelangt waren und Tit die Sense über die Achsel warf, um langsamen Schrittes auf den Spuren zurückzugehen, die seine Stiefelabsätze auf dem abgemähten Streifen hinterlassen hatten, da ging auch Ljewin ebenso auf dem von ihm gemähten Streifen zurück. Und obgleich ihm der Schweiß in Strömen über das Gesicht rann und von der Nase tropfte, und sein ganzer Rücken so naß war, als wäre er aus dem Wasser gezogen – war ihm dabei doch sehr wohl zumute. Ganz besonders freute er sich darüber, daß er jetzt wußte, daß er es bis zu Ende würde aushalten können.

Seine Freude wurde nur dadurch beeinträchtigt, daß seine Reihe nicht gut ausgefallen war.

»Ich will weniger stark mit dem Arm ausholen, mehr mit dem ganzen Körper aufliegen«, dachte er, als er den schnurgrade gemähten Streifen von Tit mit seiner verstreuten und ungleichmäßigen Reihe verglich.

Bei der ersten Reihe war Tit, wie Ljewin bemerkt hatte, besonders rasch zu Werke gegangen, wahrscheinlich hatte er den gnädigen Herrn auf die Probe stellen wollen, und die Reihe war sehr lang. Bei den folgenden Reihen ging es schon leichter; aber Ljewin mußte trotzdem alle seine Kräfte anspannen, um nicht hinter den Bauern zurückzubleiben.

Er dachte an nichts, er wünschte nichts, außer dem einen, nicht hinter den andern zurückzubleiben, und seine Sache so gut wie möglich zu machen. Er hörte weiter nichts als das Schwirren der Sensen und sah nur die sich entfernende stramme Gestalt Tits, den ausgebogenen Halbkreis der abgemähten Fläche, die langsam und wogend sich neigenden Gräser und Blumenhäupter an der Schneide seiner Sense und vor sich das Ende der Reihe, wo die Ruhepause eintreten würde.

Ohne zu begreifen, was das eigentlich zu bedeuten habe und woher es komme, hatte er plötzlich mitten in der Arbeit das angenehme Gefühl der Kühle an seinen heißen, schweißbedeckten Gliedern. Er blickte zum Himmel auf, während die Sensen gewetzt wurden. Eine niedrig hängende schwere Wolke war heraufgezogen, und es regnete in großen Tropfen. Einige der Bauern gingen zu ihren Kaftans und zogen sie an;

andere zuckten wie Ljewin unter der erfrischenden Nässe nur freudig mit den Schultern.

Wieder arbeiteten sie sich durch eine Reihe, der wieder eine andere folgte. Es trafen sich lange und kurze, mit gutem und mit schlechtem Grase bestandene Reihen. Ljewin hatte jede Fähigkeit der Zeitbestimmung verloren, er wußte nicht, ob es spät oder früh sei. In seiner Arbeit begann jetzt eine Veränderung vor sich zu gehen, die in ihm das höchste Wonnegefühl hervorrief. Mitten in der Arbeit überkamen ihn Augenblicke, in denen er völlig vergaß, was er tat: es wurde ihm leicht zumute, und gerade in diesen Augenblicken wurde seine Reihe fast so gleichmäßig und schön wie die von Tit. Sowie er aber daran dachte, was er tat, und sich Mühe geben wollte, es noch besser zu machen, wurde ihm auch sogleich die ganze Last der Arbeit fühlbar, und die Reihe fiel schlecht aus.

Nachdem wieder eine Reihe abgemäht war, wollte er an die folgende gehen; aber Tit blieb stehen, trat auf den alten Bauern zu und sprach leise mit ihm. Beide schauten nach der Sonne. »Wovon mögen sie sprechen, und warum beginnt er keine neue Reihe?« dachte Ljewin, ohne daran zu denken, daß die Bauern nunmehr ununterbrochen nicht weniger als vier Stunden gemäht hatten, und daß die Frühstückszeit herangekommen war.

»Frühstückszeit, Herr«, sagte der Greis.

»Schon? Dann wollen wir also frühstücken.«

Ljewin gab Tit seine Sense und ging mit den Bauern, die sich zu ihren Kaftans begaben, um sich das Brot zu holen, das sie mitgebracht hatten, über die leicht vom Regen benetzten Streifen der langen, abgemähten Fläche zu seinem Pferde.

Jetzt erst begriff er, daß er sich im Wetter getäuscht hatte, und daß sein Heu vom Regen durchnäßt worden war.

»Das Heu wird zu Grunde gehen«, sagte er.

»Tut nichts, Herr, schneiden im Regen, im Sonnenschein legen«, erwiderte der Alte.

Ljewin band das Pferd los und ritt nach Hause, um Kaffee zu trinken.

Sergej Iwanowitsch war eben erst aufgestanden. Nachdem

Ljewin gefrühstückt hatte, ritt er wieder auf die Mahd hinaus, noch bevor Sergej Iwanowitsch Zeit gehabt hatte, sich umzukleiden und ins Eßzimmer zu kommen.

5

Nach dem Frühstück kam Ljewin in der Reihe schon nicht mehr an seinen vorigen Platz zu stehen, sondern zwischen einen lustigen Alten, der ihn aufgefordert hatte, sich zu ihm zu gesellen, und einen jungen Bauern, der sich erst im Herbst verheiratet hatte und in diesem Sommer zum erstenmal auf die Heumahd gegangen war.

Der Alte schritt in gerader Haltung voraus, indem er mit seinen etwas nach auswärts gedrehten Füßen gleichmäßig und breit auftrat, und mit genauer und regelmäßiger Bewegung, die ihn anscheinend nicht mehr Mühe kostete, als wenn er die Hände beim Gehen hin und her schlenkerte, legte er gleichsam spielend eine hohe, immer gleichmäßige Reihe nieder. Es war, als ob nicht er arbeite, sondern die scharfe Sense ganz von selbst über die saftigen Gräser sauste.

Hinter Ljewin ging der junge Mischka. Sein ansprechendes, junges Gesicht, mit dem um das Haar geschlungenen Bündel frischen Grases, schien ordentlich vor Anstrengung mitzuarbeiten; aber sobald man ihn anschaute, lächelte er. Er war sichtlich entschlossen, eher zu sterben, als einzugestehen, daß es ihm schwer falle.

Ljewin schritt zwischen den beiden aus. Jetzt zur Zeit der größten Sonnenglut erschien ihm das Mähen nicht so mühsam. Der an ihm herabströmende Schweiß kühlte ihn zugleich, während die Sonne, die ihm Rücken, Kopf und die bis zum Ellenbogen entblößten Arme versengte, ihm auch Kraft und Ausdauer bei der Arbeit verlieh; und immer öfter wiederholten sich jene Augenblicke des halb unbewußten Zustandes, in denen seine Gedanken von seiner Tätigkeit losgelöst waren. Die Sense schien wie von selbst zu schneiden.

Das waren glückliche Augenblicke. Noch glücklicher fühlte er sich, wenn er an den Fluß kam, wo die Reihen zu Ende gingen, und der Alte dann seine Sense mit dem nassen, dichten Grase abwischte, ihren Stahl in dem frischen Wasser des Flusses abspülte, den Wetzsteinbehälter vollschöpfte und Ljewin einen Trunk anbot.

»Da! Was sagst du zu meinem Kwaß?* Gelt, der schmeckt?« sprach er, mit den Augen zwinkernd. Und in der Tat, Ljewin hatte noch nie einen solchen Trunk getan, wie dieses warme Wasser mit dem darin schwimmenden Grün und dem von dem blechernen Wetzsteinbehälter herrührenden Rostgeschmack. Und dann begann jene selige, langsame Wanderung mit der Sense im Arm, wobei man den herabrinnenden Schweiß abwischen, aus tiefster Brust Atem schöpfen und die ganze sich ausdehnende Reihe der Schnitter und das, was ringsum in Wald und Feld geschah, betrachten konnte.

Je länger Ljewin mähte, desto öfter kamen diese Augenblicke des Selbstvergessens über ihn, wobei nicht mehr die Hände die Sense schwangen, sondern diese sich von selbst bewegte, wie ein bewußter, lebenerfüllter Körper, und die Arbeit, ohne daß er an sie dachte, wie durch Zauberwerk, gleichmäßig und sichtbar vor sich ging. Das waren herrliche Augenblicke.

Schwer wurde die Arbeit nur dann, wenn er diese unbewußt gewordene Bewegung unterbrach und zu denken begann; wenn er rings um einen Erdhaufen herum mähen mußte oder an einen nicht ausgejäteten Sauerampferstengel kam. Der Alte tat dies ganz mühelos; kam diesem ein Erdhaufen in den Weg, so änderte er nur ein wenig seine Bewegung und schlug bald mit dem Stiel, bald mit dem Ende der Sense den Erdhaufen von beiden Seiten mit kurzen Hieben zusammen. Und während er das tat, sah und beobachtete er alles, was ihm unter die Augen kam: bald riß er ein eßbares Kräutlein ab, aß es auf oder bot es Ljewin an; bald warf er mit dem spitzen Ende der Sense einen Zweig zur Seite; bald

---

* Kwaß = ein säuerlich-süßes durch Gärung aus Brot bereitetes Getränk.

betrachtete er ein Wachtelnest, aus dem das Weibchen fast unter der Sense aufflog; bald fing er eine kleine Schlange, die ihm in den Weg kam, hob sie wie auf einer Gabel mit der Sense in die Höhe, zeigte sie Ljewin und warf sie dann beiseite.

Sowohl Ljewin, wie dem jungen Burschen hinter ihm fielen diese Änderungen der Bewegung schwer. Sie waren beide, nachdem sie sich einmal der angestrengten Bewegung angepaßt hatten, mit ganzer Seele bei der Arbeit und waren außerstande, ihre Bewegung zu ändern und zu gleicher Zeit zu beobachten, was sich vor ihnen befand.

Ljewin merkte nicht, wie die Zeit verging. Wenn man ihn gefragt hätte, wie lange er schon mähe, so würde er vielleicht glaubt haben, eine halbe Stunde, und doch näherte man sich bereits der Mittagszeit. Als man an eine neue Reihe gehen wollte, lenkte der Alte Ljewins Aufmerksamkeit auf eine Anzahl kleiner Mädchen und Knaben, die von verschiedenen Seiten her, kaum sichtbar, durch das hohe Gras und auf dem Fußwege, auf die Schnitter zukamen und in den allzu schwer belasteten Händchen Bündel mit Brot und in Lappen eingewickelte Krüge mit Kwaß trugen.

»Schau, da kriechen die Käferchen!« sagte er, auf sie hindeutend und schaute unter der vorgehaltenen Hand nach der Sonne.

Noch zwei Reihen mähten sie ab, dann blieb der Alte stehen.

»Na, Herr, jetzt ist Mittagszeit!« sagte er entschieden. Und beim Flusse angelangt, schritten die Schnitter über das abgemähte Gras zu der Stelle, wo ihre Kaftans lagen, und wo die Kinder, die das Mittagsbrot gebracht hatten, saßen und auf sie warteten. Die Bauern versammelten sich – die entfernteren unter den Fuhren, die in der Nähe befindlichen unter dem Baumkleebusch, über den sie ein paar Arme voll Gras geworfen hatten.

Ljewin setzte sich zu ihnen; er mochte noch nicht nach Hause.

Jede Spur von Befangenheit vor dem Herrn war schon längst geschwunden. Die Bauern trafen ihre Vorbereitungen zum Essen. Die einen wuschen sich; die kleinen Kinder badeten im Fluß; andere suchten sich ein Ruheplätzchen, banden die Brotbeutel auf und öffneten die Krüge mit Kwaß. Der Greis bröckelte Brot in eine Schüssel, zerdrückte es mit dem Löffelstiel, goß aus dem Wetzsteinbehälter Wasser drauf, schnitt sich noch mehr Brot zurecht, schüttete Salz darauf und wandte sich dann gegen Osten, um zu beten.

»Na, Herr, versuch' mal von meiner Tjurka«,* sagte er und hockte sich vor die Schüssel auf die Knie.

Die Tjurka war so schmackhaft, daß Ljewin seine Absicht, zum Mittagsessen nach Hause zu fahren, aufgab. Er aß mit dem Alten und ließ sich mit ihm in ein Gespräch über seine häuslichen Angelegenheiten ein, an denen er den lebhaftesten Anteil nahm. Dann erzählte er ihm auch von seinen eigenen Angelegenheiten und teilte ihm alles mit, was für den Alten von Interesse sein mochte. Er fühlte sich ihm näher als seinem eigenen Bruder, und die Zärtlichkeit, die er für diesen Mann empfand, verlieh seinem Gesicht unwillkürlich einen lächelnden Ausdruck. Als der Alte wieder aufstand, sein Gebet verrichtete und sich dann unter dem Busch zum Ausruhen niederlegte, nachdem er sich ein Bündel unter den Kopf geschoben hatte, tat Ljewin dasselbe; und er schlief trotz der klebrigen, in der Sonne besonders zudringlichen Fliegen und Käfer, die seinen schweißbedeckten Kopf und Körper kitzelten, sofort ein und erwachte erst, als die Sonne auf die andere Seite des Busches gelangt war, und ihre Strahlen auf sein Gesicht zu fallen begannen. Der Alte schlief schon lange nicht mehr und saß aufrecht da, während er die herbeigekommenen Kinder von der Sense abwehrte.

Ljewin sah sich rings um und vermochte den Ort nicht mehr zu erkennen: so sehr hatte sich alles verändert. Die ungeheure Wiesenfläche war abgemäht und erglänzte mit ihren schon duftenden Grasreihen in den abendlichen, schrägen Sonnenstrahlen in einem besonderen, ungewohnten Glanz. Die ringsum freigemähten Büsche am Fluß, und der Fluß selbst, der vorher nicht sichtbar gewesen war, jetzt aber

* Tjurka = Brot in Kwaß gebröckelt

wie Stahl in seinen Windungen glänzte, die sich nach der Ruhepause erhebenden und tummelnden Leute, und die steile Graswand auf dem noch nicht abgemähten Teil der Wiese und die Habichte, die über dem kahlen Felde ihre Kreise zogen, – alles dies erschien ihm als etwas völlig neues. Vollkommen munter geworden, begann Ljewin jetzt abzuschätzen, wie viel schon abgemäht sei und was heute noch getan werden könnte.

Für die Zahl von zweiundvierzig Arbeitern war außerordentlich viel geleistet worden.

Die ganze große Wiese, an der früher zur Zeit der Leibeigenschaft dreißig Mann zwei Tage lang zu mähen hatten, war bereits abgemäht. Es blieben nur noch die Ecken mit den kurzen Reihen übrig. Aber Ljewin hätte gern so viel wie möglich an diesem Tage zustande gebracht und ärgerte sich nun darüber, daß die Sonne so schnell herabsank. Er fühlte keine Müdigkeit; er hatte nur den Wunsch, immer schneller zu arbeiten und so viel wie möglich zu leisten.

»Na, was meinst du, mähen wir heute noch die Maschkinhöhe ab?« wandte er sich zu dem Alten.

»Wie Gott will, die Sonne steht nicht mehr hoch. Wenn's Branntwein für die Leute gibt.«

Während der Mittagspause, als alle sich wieder zur Ruhe gesetzt, und die Raucher ihre Zigaretten angesteckt hatten, hatte der Alte den Männern eröffnet: »Wenn die Maschkinhöhe heute noch abgemäht wird, gibt's Branntwein.«

»Das wäre noch schöner, wenn wir das nicht fertig brächten. Auf, Tit! Das machen wir flink! Kannst dich heut abend vollessen. Vorwärts!« ... ertönten mehrere Stimmen, und die Schnitter stellten sich, ihr Brot zu Ende kauend, wieder in Reih und Glied.

»Na, Kinder, haltet euch tapfer dran!« rief Tit und begann fast im Trab als erster.

»Vorwärts, vorwärts!« rief der Alte, der hinter ihm hereilte und ihn mühelos einholte, »nimm dich in acht, ich mäh' dich ab!« Und jung und alt mähten um die Wette drauf los. Aber so sehr sie sich auch beeilten, sie verdarben das Gras nicht, und die abgemähten Reihen legten sich ebenso sauber und gleichmäßig hin wie vorher. Die noch übrig gebliebene Ecke war in fünf Minuten abgemäht. Noch waren die letzten Mäher mit ihrer Reihe nicht zu Ende, als die ersten schon ihre Kaftans auf die Schultern warfen und über den Weg zur Maschkinhöhe gingen.

Die Sonne senkte sich schon zu den Baumwipfeln herab, als sie mit den Wetzsteinhülsen klappernd zum waldigen Hohlweg der Maschkinhöhe kamen. Das Gras reichte in der Mitte der Schlucht bis zum Gürtel; es war zart, weich und saftig und hie und da im Walde mit wilden Stiefmütterchen bunt besprenkelt.

Nach kurzer Beratung, – ob man der Länge nach oder querüber mähen solle, – ging Prochor Jermilin, ein riesenhafter, dunkelhaariger Bauer, der sich als Mäher eines besonderen Rufes erfreute, voran. Er durchschritt die Reihe, machte kehrt und holte mit mächtigem Schwunge aus. Und am Fuße des Hügels, im Hohlweg, auf der Anhöhe und am Rande des Waldes pflanzten sich nun alle in gleicher Linie mit ihm auf und legten los. Die Sonne verschwand bereits hinter dem Walde; es fiel schon der Tau. Nur die Mäher auf der Höhe des Hügels waren noch in der Sonne; unten aber, wo schon feuchte Dünste aufzusteigen begannen, und auf der anderen Seite schritten sie im frischen, tauigen Schatten aus. Alle arbeiteten mit fieberhaftem Eifer.

Das saftige, würzig duftende Gras zischte bei jedem Schnitt und legte sich in hohen Reihen auf die Seite. Die Mäher drängten sich in den kurzen Reihen von allen Seiten; bald hörte man das Klappern der Wetzsteinhülsen, bald das Aneinanderklirren der Sensen, bald das Zischen der Wetzsteine an den Sensen, bald die fröhlichen Zurufe der einander anfeuernden Mäher.

Ljewin mähte noch immer zwischen dem jungen Mäher und dem Alten. Dieser hatte seinen Schaffellkittel wieder angelegt und war noch immer ebenso lustig, so scherzhaft aufgelegt und so ungezwungen in seinen Bewegungen wie vorher. Im Walde traf man beständig auf Birkenpilze, die in dem saftigen Gras aufgeschossen waren und nun von den Sensen zerschnitten wurden. Aber der Alte bückte sich jedesmal, wenn er auf einen Pilz traf, hob ihn auf und verwahrte ihn hinter dem Brustlatz. »Da hab' ich was Schönes für meine Alte«, meinte er.

So leicht es auch war, das nasse und weiche Gras zu schneiden, so beschwerlich wurde es, auf dem steilen Abhang des Hohlwegs hinab- und hinaufzusteigen. Aber den Alten focht das wenig an. Mit demselben gleichmäßigen Sensenschwung schritt er mit den kleinen, festen Schritten seiner in großen Bastschuhen steckenden Füße langsam den Hügel hinauf, und obgleich er am ganzen Körper zitterte und ihm die Hosen unter dem Hemd herabgeglitten waren, ließ er doch auf seinem Wege keinen Grashalm, keinen Pilz stehen und scherzte mit den Bauern und mit Ljewin wie vorher. Dieser ging hinter ihm her und dachte oftmals, daß er unbedingt herabstürzen müsse, wenn er mit der Sense einen steilen Hügel hinanstieg, der auch ohne Sense schwierig zu erklettern gewesen wäre; aber er kam doch glücklich hinauf und tat, was nötig war. Er fühlte sich wie von einer von außen kommenden Kraft getrieben.

6

Die Maschkinhöhe war gemäht; die letzten Reihen wurden beendet, die Kaftans angezogen, und dann machte sich alles fröhlich auf den Heimweg. Ljewin bestieg sein Pferd, nahm mit Bedauern von den Bauern Abschied und ritt nach Hause. Vom Hügel aus schaute er sich noch einmal um: sie waren in dem aus der Niederung aufsteigenden Nebel nicht mehr zu sehen; nur die fröhlichen, rauhen Stimmen drangen noch zu ihm, das Lachen und der Schall der aneinanderprallenden Sensen.

Sergej Iwanowitsch hatte schon längst zu Mittag gespeist, er trank Wasser mit Zitronensaft und Eis in seinem Zimmer und sah dabei die eben erst mit der Post eingetroffenen Zeitungen und Zeitschriften durch; da stürzte Ljewin mit feuchtem, an der Stirn klebendem, verwirrten Haar, dunkel gewordenem, nassen Rücken und dunkler, nasser Brust mit fröhlichem Zuruf ins Zimmer.

»Wir sind mit der ganzen Wiese fertig geworden! Ach, wie das schön ist, wunderbar! Und was hast du getrieben?« fragte Ljewin, der das gestrige unangenehme Gespräch ganz und gar vergessen hatte.

»Herr Gott, wie siehst du aus!« rief Sergej Iwanowitsch, der im ersten Augenblick den Bruder mißbilligend betrachtete. »Die Tür! Mach' doch die Tür zu!« rief er. »Du hast mindestens ein ganzes Dutzend hereingelassen.«

Sergej Iwanowitsch konnte die Fliegen nicht leiden, er öffnete in seinem Zimmer das Fenster nur nachts und hielt die Türen stets sorgfältig verschlossen.

»Weiß Gott, nicht eine einzige! Und wenn wirklich eine hereingekommen ist, so will ich sie dir fangen. Du glaubst nicht, was das für ein Genuß ist! Wie hast du den Tag verbracht?«

»Ich? Ganz gut. Aber hast du wirklich den ganzen Tag gemäht? Ich denke, du mußt hungrig sein wie ein Wolf. Kusjma hat alles für dich bereitgestellt.«

»Nein, ich mag nicht einmal essen. Ich habe dort gegessen. Aber ich will jetzt gehen und mich waschen.«

»Na ja, geh', geh', ich komme auch gleich«, sagte Sergej Iwanowitsch und blickte den Bruder kopfschüttelnd an. »So geh' doch, so geh' doch nur schnell«, setzte er lächelnd hinzu, nahm seine Bücher zusammen und wandte sich zum Gehen. Ihm selber wurde auf einmal fröhlich zumute, und er mochte sich nicht von dem Bruder trennen. »Wo warst du denn während des Regens?«

»Während welchen Regens? – Ach, die paar Tröpfchen! Ich komme gleich. Also du hast den Tag gut verbracht? Na, freut mich sehr.« Und Ljewin ging, um sich umzukleiden.

Fünf Minuten später trafen sich die Brüder wieder im Eßzimmer. Obgleich es Ljewin schien, daß er keinen Hunger habe und er sich nur zum Essen setze, um Kusjma nicht zu kränken, so hatte er doch kaum zu essen angefangen, als ihm die Speisen ungewöhnlich schmackhaft vorkamen. Sergej Iwanowitsch sah ihm lächelnd zu.

»Ach ja, ein Brief ist für dich da«, sagte er dann. »Kusjma, bringe ihn bitte herauf. Aber gib acht, daß du die Tür gut schließest.«

Der Brief war von Oblonskij. Ljewin las ihn laut vor. Oblonskij schrieb aus Petersburg: »Ich habe einen Brief von Dolly erhalten; sie ist in Jerguschowo und es will immer noch nicht recht stimmen mit ihr. Bitte, fahre doch einmal zu ihr herüber und hilf ihr mit Deinem Rate – Du verstehst Dich ja auf alle diese Dinge. Sie wird sich außerordentlich freuen, Dich zu sehen. Sie ist ganz allein, die Arme. Die Schwiegermutter ist mit den andern noch immer im Ausland.«

»Das ist prächtig! Ich fahre auf jeden Fall zu ihr«, rief Ljewin. »Oder wollen wir beide hin? Sie ist solch' eine brave Frau. Nicht?«

»Und sie wohnen unweit von hier?«

»Etwa dreißig Werst, vielleicht auch vierzig. Aber der Weg ist vortrefflich. Wir kommen in aller Bequemlichkeit hin.«

»Sehr gern«, sagte Sergej Iwanowitsch noch immer lächelnd.

Der Anblick seines jüngeren Bruders versetzte ihn unmittelbar in eine heitere Stimmung.

»Na, Appetit hast du!« sagte er dann, während er auf sein über den Teller gebeugtes, von der Sonne braunrot verbranntes Gesicht und seinen Hals schaute.

»Gewaltigen! Du glaubst nicht, wie solch' eine Lebensweise gegen alle möglichen Übel hilft. Ich will die Medizin mit einem neuen Terminus bereichern: Arbeitskur.«

»Nun, ich glaube, du hast sie nicht gerade nötig.«

»Vielleicht nicht, aber allen Nervenkranken wäre sie sehr zu empfehlen.«

»Ja, man müßte das versuchen. Aber ich wollte ja eigentlich auf die Heumahd kommen und dir zusehen; die Hitze war aber so unerträglich, daß ich nicht weiter als bis in den Wald gekommen bin. Ich saß dort ein Weilchen und ging dann durch den Wald aufs Vorwerk, begegnete dort deiner alten Amme und habe sie ein wenig darüber ausgeforscht, was die Bauern von dir denken. Soviel ich verstehen konnte, billigen sie es nicht. Sie sagen: ›Das ist keine Arbeit für den Herrn.‹ –

Überhaupt scheint mir nach den Begriffen des Volkes diejenige Tätigkeit, die ausschließlich dem ›Herren‹ zusteht, eine ganz bestimmte Abgrenzung zu haben. Und sie wollen nicht zugeben, daß ihre Herren aus den in ihrer Vorstellung genau abgesteckten Grenzen heraustreten.«

»Kann sein; aber es ist ein solcher Genuß, wie ich in meinem ganzen Leben noch keinen erfahren habe. Und Schlimmes ist ja nichts dabei. Nicht wahr?« sagte Ljewin. »Was kann ich tun, wenn es ihnen nicht gefällt? Übrigens glaube ich, daß es nicht so schlimm ist. Wie?«

»Überhaupt«, fuhr Sergej Iwanowitsch fort, »bist du, wie ich sehe, mit deinem Tagewerk zufrieden.«

»Sehr zufrieden. Wir haben die ganze Wiese abgemäht. Und mit was für einem Alten ich mich da angefreundet habe! Du kannst dir gar nicht vorstellen, wie entzückend das war.«

»Na, du bist also zufrieden mit deinem Tagewerk. Und ich auch. Erstens habe ich zwei Schachaufgaben gelöst und eine davon ist sogar sehr hübsch – Bauerneröffnung. Ich zeige dir's nachher. Dann aber – habe ich über unser gestriges Gespräch nachgedacht.«

»Über was? Unser gestriges Gespräch?« sagte Ljewin selig blinzelnd und nach dem beendeten Mittagsmahl behaglich pustend, während er sich schlechterdings nicht mehr darauf zu besinnen vermochte, worin das gestrige Gespräch eigentlich bestanden habe.

»Ich finde, daß du teilweise im Rechte bist. Unsere Meinungsverschiedenheit besteht darin, daß du das persönliche Interesse als treibende Kraft aufstellst, während ich annehme, daß bei jedem Menschen, der auf einer gewissen Bildungsstufe steht, ein Interesse für das Gemeinwohl vorhanden sein muß. Vielleicht hast du darin recht, daß es wünschenswert wäre, wenn der gemeinnützigen Tätigkeit ein persönliches Interesse zu Grunde gelegt werden könnte. Überhaupt bist du eine zu primesautière Natur, wie die Franzosen es nennen; du willst eine leidenschaftliche, energische Tätigkeit oder nichts.«

Ljewin hörte ihm zu, verstand kein Wort von dem, was er sagte, und wollte auch nichts verstehen. Er fürchtete nur, daß der Bruder irgendeine Frage stellen könnte, aus der sich ergeben würde, daß er nicht aufmerksam zugehört habe.

»Ist es nicht so, mein Lieber?« sagte Sergej Iwanowitsch und berührte seine Schulter.

»Ja, natürlich. Warum nicht! Ich bestehe ja nicht auf meinem Kopf«, erwiderte Ljewin mit einem kindlichen, schuldbewußten Lächeln. »Worüber habe ich bloß gestritten?« dachte er. »Natürlich habe ich recht, und er hat auch recht, und alles ist in schönster Ordnung. Ich muß ja noch in die Verwalterstube gehen und Verschiedenes anordnen.« Er stand auf, reckte sich und lächelte.

Auch Sergej Iwanowitsch lächelte.

»Wenn du ein wenig herumschlendern willst, wollen wir zusammengehen«, sagte er, da er gern in der Gesellschaft seines Bruders geblieben wäre, von dem ihn ein Hauch von Frische und Lebenslust anwehte. »Komm, ich gehe mit dir in die Verwalterstube, wenn du hin mußt.«

»Ach, du lieber Gott!« rief Ljewin so laut, das Sergej Iwanowitsch zusammenfuhr.

»Was, was hast du?«

»Wie steht es mit Agafja Michajlownas Hand?« fragte Ljewin und schlug sich vor die Stirn. »Ich habe sie ganz und gar vergessen.«

»Es geht ihr viel besser.«

»Ich will trotzdem schnell zu ihr hin. Bis du deinen Hut geholt hast, bin ich schon wieder zurück.« Und er eilte die Treppe hinunter, daß seine Stiefelabsätze wie eine Schnarre klapperten.

7

Während Stjepan Arkadjewitsch nach Petersburg gereist war, um einer der natürlichsten Verpflichtungen nachzukommen, ohne welche der Staatsdienst eine Unmöglichkeit ist, einer allen Beamten wohlbekannten, wenngleich für Nicht-Beamte unverständlichen Verpflichtung – nämlich sich im Ministerium in Erinnerung zu bringen – und während er zur Erfüllung dieser Verpflichtung fast alle flüssigen Gelder von Hause mitgenommen hatte und nun die Zeit in angenehmster, fröhlichster Weise auf Rennen und in Landhäusern verbrachte, war Dolly mit den Kindern aufs Gut übergesiedelt, um die Ausgaben so viel wie möglich einzuschränken. Sie war auf das von ihr in die Ehe mitgebrachte elterliche Gut Jerguschowo übergesiedelt, das nämliche, wo im Frühling der Wald verkauft worden war, und das ungefähr fünfzig Werst von Ljewins Gut Pokrowskoje entfernt war.

In Jerguschowo war das große, alte Haus schon vor langer Zeit abgebrochen worden, und schon der alte Fürst hatte einen Flügel ausbauen und vergrößern lassen. Dieser Flügel war vor ungefähr zwanzig Jahren, als Dolly noch ein Kind war, wohnlich und behaglich gewesen, obgleich er, wie alle Flügel, seitwärts zur Anfahrtsallee und gegen Süden lag. Jetzt aber war dieser Flügel alt und muffig. Als Stjepan Arkadjewitsch im Frühjahr wegen des Waldverkaufs herübergefahren war, hatte Dolly ihm noch ans Herz gelegt, das Haus zu besichtigen und die notwendigen Ausbesserungsarbeiten vornehmen zu lassen. Stjepan Arkadjewitsch, der, wie alle schuldbewußten Ehemänner, um die Bequemlichkeit seiner Frau sehr besorgt war, hatte das Haus selbst in Augenschein genommen und seiner Meinung nach alles angeordnet, was nötig war. Seiner Meinung nach war es nötig, alle Möbel mit frischem Cretonne zu überziehen, Gardinen aufzuhängen, den Garten zu säubern, über den Teich eine kleine Brücke zu bauen und Blumen zu pflanzen; aber er vergaß viele andere unumgänglich notwendige Dinge, deren Mangel später Darja Alexandrowna recht quälend empfand.

So sehr sich auch Stjepan Arkadjewitsch Mühe gab, ein besorgter Vater und Gatte zu sein, so konnte er doch um keinen Preis immer daran denken, daß er Weib und Kinder habe. Er hatte die Geschmacksrichtung eines Junggesellen und betrachtete in der entsprechenden Weise das Leben. Nach Moskau zurückgekehrt, erklärte er seiner Frau voll Stolz, daß alles bereit sei, daß das Haus wie ein Schmuckkästchen aussähe und er ihr nur raten könne, recht bald hinzureisen. Der Aufenthalt seiner Frau auf dem Land war für Stjepan Arkadjewitsch in jeder Beziehung angenehm: für die Kinder war es dort gesund, die Ausgaben wurden dadurch verringert, und er selbst hatte mehr Freiheit. Darja Alexandrowna ihrerseits hielt die Übersiedelung für die Dauer des Sommers im Interesse der Kinder für notwendig, namentlich wegen des kleinen Mädchens, das sich nach dem Scharlachfieber nicht recht erholen konnte; und dann auch, um verschiedenen kleinlichen Demütigungen, den kleinen Schulden zu entgehen – dem Holzhändler, dem Fischhändler, dem Schuhmacher, die sie alle quälten. Außerdem war ihr die Abreise auch noch aus dem Grunde angenehm, weil sie es sehnlichst wünschte, ihre Schwester Kitty zu sich aufs Land zu locken; sie sollte gegen Mitte des Sommers aus dem Auslande zurückkehren, und kalte Bäder waren ihr verordnet worden. Und Kitty schrieb aus dem Badeort, daß ihr nichts so verlockend erscheine, als die Aussicht, den Sommer mit Dolly in Jerguschowo zu verbringen, an das sich für sie beide so viele Erinnerungen aus ihrer Kindheit knüpften.

Die erste Zeit des Aufenthaltes auf dem Lande war jedoch für Dolly mit sehr vielen Schwierigkeiten verbunden gewesen. Sie hatte seit ihrer Kindheit auf dem Lande gelebt, und ihr war der Eindruck geblieben, daß das Dorfleben eine Errettung aus allen städtischen Unannehmlichkeiten bedeute; daß dort das Leben, wenn auch nicht schön, (damit hätte Dolly sich leicht ausgesöhnt) so doch billig und behaglich sei: man hat alles, was man braucht, alles ist billig, alles kann man bekommen, und die Kinder blühen auf. Jetzt aber, da sie als Hausfrau nach dem Landgut zurückgekehrt war, sah sie, daß sich alles ganz anders verhielt, als sie es sich gedacht hatte.

Am zweiten Tage nach ihrer Ankunft hatte es stark geregnet, und in der Nacht tropfte es im Korridor und im Kinderzimmer durch die Decke, so daß man die Kinderbettchen ins Besuchszimmer hinübertragen mußte. Eine Köchin für das Gesinde gab es nicht; von den neun Kühen war nach der Aussage der Viehmagd die eine trächtig, die andere hatte eben erst gekalbt, die dritte war alt, und die vierte harteuterig.

Weder Butter noch Milch war auch nur für die Kinder in ausreichender Menge aufzutreiben. Eier gab es nicht. Eine Henne war nirgends zu bekommen; man kochte und briet alte, lilafarbene, sehnige Hähne. Es waren nicht einmal Tagelöhnerinnen zu haben, um die Fußböden zu reinigen – alle waren beim Kartoffelstechen. Man konnte nicht spazieren fahren, weil das Pferd störrisch war. Es war keine Möglichkeit, irgendwo zu baden – das ganze Ufer des Flusses war vom Vieh zerstampft und nach der Straße zu offen; sogar spazieren konnte man nicht gehen, weil das Vieh über einen zerbrochenen Zaun in den Garten kam und ein fürchterlicher Stier darunter war, welcher brüllte und darum auch wahrscheinlich stößig war. Kleiderschränke gab es nicht. Die vorhandenen Schränke schlossen nicht und öffneten sich von selber, wenn man an ihnen vorbeiging. Eiserne Kochtöpfe und irdene Töpfe suchte man vergebens; ein Kessel für die Waschküche war nicht da, und sogar ein Plättbrett für die Mädchenstube fehlte.

Die erste Zeit brachte für Darja Alexandrowna, als sie in diese von ihrem Standpunkte aus schrecklichen Nöte geriet, statt Ruhe und Erholung – Verzweiflung: sie mühte sich aus Leibeskräften ab, sie fühlte die Aussichtslosigkeit ihrer Lage und hielt jeden Augenblick die Tränen zurück, die ihr in die Augen traten. Der Verwalter, ein früherer Wachtmeister, an dem Stjepan Arkadjewitsch wegen seines hübschen und ehrerbietigen Äußern Gefallen gefunden, und den er deshalb vom Schweizer zum Verwalter befördert hatte, nahm keinen Anteil an Darja Alexandrownas Not. Er sagte immer nur ehrerbietig: »Das ist ganz und gar unmöglich; mit dem Volk hier ist nichts anzufangen« – und war ihr in keiner Weise behilflich.

Die Lage schien aussichtslos. Aber im Oblonskijschen Hause diente, wie in allen größeren Familien, eine Person, die zwar wenig bemerkt wurde, aber von höchster Wichtigkeit und dem größten Nutzen war – Maria Filimonowna. Sie beruhigte ihre Herrin, versicherte ihr, daß sich alles schon machen würde, (dies war ihr Lieblingsausdruck und von ihr hatte es Matwej übernommen) und war selber ohne alle Hast und Aufregung rastlos tätig.

Sie schloß sich sofort an die Inspektorsfrau an und trank schon am ersten Tag mit ihr und dem Inspektor unter den Akazien Tee, wobei alle Angelegenheiten erörtert wurden. Bald bildete sich unter diesen Akazien Maria Filimonownas Klub; und durch diesen Klub, der aus der Inspektorsfrau, dem Dorfältesten und dem Gutsschreiber bestand, begannen allmählich die Schwierigkeiten des Lebens sich auszugleichen, so daß innerhalb einer Woche sich wirklich ›alles *gemacht*‹ hatte. Das Dach wurde ausgebessert; eine Köchin fand sich in der Person der Gevatterin des Dorfältesten; Hühner wurden gekauft; die Kühe begannen, Milch zu geben; der Garten wurde mit Stangen eingezäunt; der Zimmermann fertigte eine Wäscherolle an; die Schränke wurden mit Riegeln versehen, so daß sie sich nicht mehr eigenmächtig öffneten; ein Plättbrett wurde mit einem alten Soldatenrock bezogen und ruhte zwischen einer Stuhllehne und der Kommode, und im Mädchenzimmer begann es nach Plätteisen zu riechen.

»Na, sehen Sie, und da wollten Sie schon verzweifeln«, sagte Maria Filimonowna, indem sie auf das Brett wies.

Sogar ein Badehäuschen wurde aus Strohmatten erbaut. Lilly begann zu baden, und für Darja Alexandrowna gingen wenigstens teilweise die Erwartungen in Erfüllung, die sie an ein, wenn auch nicht ruhiges, so doch behagliches Landleben geknüpft hatte. Ein ruhiges Dasein war mit sechs Kindern für Darja Alexandrowna nicht möglich. Heute kränkelte das eine; das andere konnte leicht krank werden; dem dritten fehlte irgend etwas; das vierte zeigte Merkmale eines schlechten Charakters usw., usw. Selten, ganz selten nur gab es kurze Zeitabschnitte der Ruhe. Aber diese Sorgen und diese Unruhe waren für Darja Alexandrowna das einzig mögliche Glück. Wäre dies nicht gewesen, so würde sie ganz allein geblieben sein, allein mit ihren Gedanken an den Gatten, der sie nicht liebte. Aber so schwer auch die Mutter an all diesen Sorgen zu tragen hatte – dieser beständigen Angst vor Erkrankungen der Kinder, oder wenn wirklich eines von ihnen erkrankte, oder wenn bei ihnen schlimme Neigungen zu Tage traten – die Kinder selbst entgalten ihr jetzt schon mit kleinen Freuden all ihren Kummer. Diese Freuden waren so gering, daß sie unbemerkt blieben, wie Gold im Sand, und in schlimmen Augenblicken sah sie nur die Sorgen, nur den Sand; aber es gab auch gute Augenblicke, in denen sie nur die Freuden, nur das Gold sah.

Jetzt, in der Einsamkeit des Landaufenthaltes, begann sie öfter und öfter diese Freuden kennen zu lernen. Oft, wenn sie auf die Kinder blickte, gab sie sich alle erdenkliche Mühe, um sich zu überzeugen, daß sie in einem Irrtum befangen, daß sie als Mutter von ihren Kindern eingenommen sei; trotz alledem aber konnte sie nicht umhin, sich zu sagen, daß ihre Kinder entzückend seien, alle sechs, alle auf verschiedene Art, aber alle so, wie man sie selten findet – und sie war glücklich mit ihnen und stolz auf sie.

8

Ende Mai, als alles schon mehr oder weniger gut in Ordnung gebracht war, erhielt sie von ihrem Manne eine Antwort auf ihre Klagen über alle die Übelstände, die sie auf dem Lande vorgefunden hatte. Er schrieb ihr, bat sie um Verzeihung, daß er nicht alles vorbedacht habe und versprach, bei der ersten Möglichkeit selbst zu kommen. Diese Möglichkeit trat aber nicht ein, und Darja Alexandrowna war bis Anfang Juni allein auf dem Lande.

An einem Sonntag, zur Zeit der Petri-Fasten, fuhr Darja Alexandrowna zur Messe, um mit allen ihren Kindern zum Abendmahl zu gehen.* In ihren vertraulichen philosophischen Gesprächen mit Schwester, Mutter oder Freunden hatte Darja Alexandrowna diese oft durch ihre freien Ansichten in bezug auf Religion in Erstaunen gesetzt. Sie hatte sich ihre eigene seltsame Religion, eine Art von Seelenwanderungslehre, zurecht gelegt, an die sie fest glaubte, während sie sich

---

* In der russischen Kirche ist der Gebrauch des Abendmahls auch im zartesten Kindesalter üblich.

um die Dogmen der Kirche wenig kümmerte. Aber in ihrer Familie erfüllte sie – und nicht nur, um ein Beispiel zu geben, sondern von ganzer Seele – alle Forderungen der Kirche aufs strengste. Es beunruhigte sie nun sehr, daß die Kinder schon fast seit einem Jahr nicht mehr beim Abendmahl gewesen waren, und sie beschloß, dies jetzt im Sommer nachzuholen, ein Entschluß, der Maria Filimonownas vollste Billigung fand.

Darja Alexandrowna dachte mehrere Tage zuvor darüber nach, wie sie alle Kinder kleiden solle. Es wurden Kleidchen genäht, umgeändert und gewaschen; Säume und Einschläge wurden ausgelassen, Knöpfe angenäht und Schleifen vorbereitet. Nur Tanjas Kleid, dessen Umänderung die Engländerin übernommen hatte, verursachte Darja Alexandrowna viel Ärger. Die Engländerin hatte beim Umnähen die Abnäher nicht am richtigen Ort angebracht, die Ärmel zu sehr ausgeschnitten und hätte beinahe das ganze Kleid verdorben. Es zog Tanja die Schultern so sehr zusammen, daß einem schon der bloße Anblick wehtat. Aber Maria Filimonowna kam auf den Gedanken, Keile einzusetzen, und einen kleinen Überwurf anzufertigen. Die Sache wurde in Ordnung gebracht, mit der Engländerin wäre es jedoch fast zum Streit gekommen. Am festlichen Morgen indessen war alles in schönster Ordnung, und um neun Uhr – der Stunde, bis zu welcher man den Geistlichen gebeten hatte, mit der Messe zu warten – standen die festlich gekleideten, freudestrahlenden Kinder an der Freitreppe vor dem Wagen und warteten auf die Mutter.

Vor den Wagen war anstatt des störrischen ›Raben‹ infolge der Gönnerschaft von Maria Filimonowna des Inspektors Brauner gespannt, und Darja Alexandrowna, die noch durch ihre eigenen Toilettensorgen aufgehalten worden war, kam endlich in einem weißen Mullkleide heraus und setzte sich in den Wagen.

Darja Alexandrowna hatte sich mit Sorgfalt und einer gewissen Erregung frisiert und angekleidet. In früheren Zeiten pflegte sie um ihrer selbst willen hübsche Kleider anzulegen, um schön zu sein und zu gefallen; aber je älter sie wurde, um so peinlicher wurde es ihr auch, sich gut zu kleiden. Denn es fiel ihr dann auf, wieviel sie an Schönheit eingebüßt hatte. Jetzt aber hatte sie wieder mit Vergnügen und in einer gewissen Erregung Toilette gemacht. Sie tat es diesmal nicht für sich, nicht ihrer eigenen Schönheit wegen, sondern damit sie als Mutter dieser Engelchen den allgemeinen Eindruck nicht störe. Und als sie zum letztenmal in den Spiegel blickte, war sie mit sich zufrieden. Sie sah hübsch aus. Nicht so hübsch, wie sie wohl in früheren Zeiten auf einem Ball auszusehen gewünscht hatte; aber hübsch genug für den Zweck, den sie jetzt im Auge hatte.

In der Kirche war niemand außer den Bauern, den Gutsknechten und ihren Weibern. Aber Darja Alexandrowna sah oder glaubte zu sehen, daß ihre Kinder und sie selbst das allgemeine Entzücken erregten. Die Kinder waren nicht nur in ihren Festtagskleidchen an und für sich schön, sondern die Art und Weise, wie sie sich benahmen, übte einen ganz besonderen Reiz aus. Aljoscha stand nicht ganz so da, wie es sich gehörte: er drehte sich immer um und wollte sein Jäckchen von hinten besehen; aber trotzdem war er ungewöhnlich lieb. Tanja hielt sich wie eine Erwachsene und gab auf die Kleinen acht. Aber die Jüngste, Lilly, war reizend in ihrer naiven Verwunderung über alles, und es war schwer, ein Lächeln zu unterdrücken, als sie nach Empfang des Abendmahls sagte: »*Please, some more.*«

Nach Hause zurückgekehrt, fühlten die Kinder, daß etwas Feierliches vor sich gegangen war, und verhielten sich sehr still.

Auch zu Hause ging alles gut; aber beim Frühstück fing Grischa zu pfeifen an und, was noch schlimmer war, er gehorchte der Engländerin nicht – und bekam daher keinen Kuchen. Darja Alexandrowna hätte gern an einem solchen Tage von einer Strafe abgesehen, wenn sie zugegen gewesen wäre; aber unter diesen Umständen war es nötig, die Verfügung der Engländerin aufrecht zu erhalten, und so bestätigte sie es denn, daß Grischa zur Strafe keinen Kuchen bekommen solle. Dadurch wurde die allgemeine Freude ein wenig gestört.

Grischa weinte und sagte, daß Nikolinka gepfiffen habe

und doch ungestraft geblieben sei, und daß er nicht wegen des Kuchens weine – das wäre ihm einerlei – sondern weil man ungerecht gegen ihn sei. Das war schon gar zu traurig, und Darja Alexandrowna beschloß, der Engländerin zuzureden, daß sie Grischa verzeihen möge, und begab sich zu ihr. Als sie jedoch durch den Saal schritt, sah sie ein Bild, das ihr Herz mit solcher Freude erfüllte, daß die Tränen ihr in die Augen traten und sie selbst dem Übeltäter verzieh.

Der Bestrafte saß im Saal auf einem Fensterbrett in der Ecke; neben ihm stand Tanja mit einem Teller in der Hand. Unter dem Vorwand, daß die Puppen zu Mittag essen müßten, hatte sie bei der englischen Gouvernante die Erlaubnis erbeten, ihr Stück Kuchen ins Kinderzimmer zu tragen, und es statt dessen dem Brüderchen gebracht. Während er fortfuhr, über die Ungerechtigkeit der über ihn verhängten Strafe zu weinen, verzehrte er den hereingebrachten Kuchen und sprach, vom Schluchzen unterbrochen: »Iß du auch, wir wollen zusammen essen ... zusammen.«

Anfangs wirkte bei Tanja noch ihr Mitleid mit Grischa nach, dann gesellte sich das Bewußtsein ihrer tugendhaften Handlung hinzu, und Tränen standen auch ihr in den Augen; aber sie schlug ihm seine Bitte nicht ab und aß ihren Teil.

Als sie die Mutter sahen, erschraken sie; aber ein Blick in ihr Gesicht belehrte sie, daß sie nichts Schlimmes taten, und unter fröhlichem Lachen begannen sie, den Mund voll Kuchen, die lächelnden Lippen mit den Händen abzuwischen und beschmierten dabei ihre strahlenden Gesicht mit Tränen und Eingemachtem über und über.

»Himmel! Das neue weiße Kleid! Tanja! Grischa!« rief die Mutter, indem sie sich bemühte, das Kleid zu retten; aber mit Tränen in den Augen lächelte sie ein seliges, entzücktes Lächeln.

Die neuen Kleider wurden ausgezogen und die Weisung gegeben, den kleinen Mädchen Blusen, den Jungen die alten Jäckchen anzuziehen; dann wurde angeordnet, den langen Wagen anzuspannen und – zum Kummer des Inspektors – wieder den Braunen dazu zu nehmen, um nach Pilzen zu suchen und zum Baden zu fahren. Ein brüllendes Triumphgeschrei erhob sich im Kinderzimmer und hörte nicht eher auf, als bis der Wagen sich in Bewegung gesetzt hatte. Ein ganzer Korb voller Pilze wurde gesammelt; sogar Lilly fand einen Birkenpilz. Früher pflegte es ihr so zu gehen, daß Miss Goole einen fand und ihn ihr zeigte; jetzt aber hatte sie selber einen großen Birkenpilz gefunden, und es erhob sich der entzückte allgemeine Schrei: »Lilly hat einen Pilz gefunden!«

Dann fuhr man zum Flusse, stellte die Pferde unter die jungen Birken und ging ins Badehäuschen. Der Kutscher Terentij band die Pferde, die mit den Schweifen die Bremsen abwehrten, an einen Baum, legte sich in den Schatten der Birken nieder, indem er das Gras niedertrat, und rauchte seinen Blättertabak; aus dem Badehäuschen aber tönte das unaufhörliche, fröhliche Gekreisch der Kinder zu ihm herüber.

Obgleich es sehr mühsam war, auf alle Kinder acht zu geben und ihren Unarten Einhalt zu tun; obgleich es schwer war, ohne Verwechselung all diese Strümpfchen, Höschen, Schühchen der verschiedenen Füße richtig zu behalten und die Bänderchen und Knöpfchen aufzubinden, aufzuknöpfen und zuzubinden: so hatte doch Darja Alexandrowna, die selbst gern badete und es für die Kinder für zuträglich hielt, an nichts eine so große Freude, als an diesem Baden in Gesellschaft aller Kinder. Alle diese vollen Beinchen in die Hände zu nehmen, während man die Strümpfchen aufstreifte; all diese nackten Körperchen zu fassen und ins Wasser zu tauchen und bald ein lustiges, bald ein erschrecktes Kreischen zu hören; diese atemlosen Gesichter mit den weit geöffneten erschreckten oder lustigen Augen zu sehen, all diese kleinen, umherspritzenden Engelchen um sich zu haben – war für sie ein hoher Genuß.

Als schon die Hälfte der Kinder angezogen war, traten ein paar festtäglich gekleidete Bauernweiber, die noch Gaisfuß und Wolfsmilch gesucht hatten, mit schüchterner Miene in das Badehäuschen. Maria Filimonowna hatte eine von ihnen herbeigerufen, um sich von ihr ein ins Wasser gefallenes Laken und ein Hemdchen austrocknen zu lassen, und Darja Alexandrowna begann sich mit den Weibern zu unterhalten. Die Bäuerinnen kicherten anfangs hinter der vorgehaltenen

Hand und verstanden ihre Fragen nicht, wurden aber bald kecker und gesprächiger und bestachen Darja Alexandrowna sofort durch ihre aufrichtige Freude an den Kindern, die sie offen zeigten.

»Ei, du schöne Kleine, du bist ja weiß wie Zucker«, sagte eine von ihnen, sich an Tanitschka weidend und den Kopf dabei schüttelnd. »Aber mager ist sie ...«

»Ja, sie war krank.«

»Schau einer, das Kleinste haben sie auch gebadet«, sprach eine andere und wies auf den Säuling.

»Nein, er ist erst drei Monate alt«, erwiderte Darja Alexandrowna mit Stolz.

»Schau mal einer an!«

»Und hast du auch Kinder?«

»Vier hab' ich gehabt, zwei sind geblieben: ein Bub und ein Mädchen. Vor den letzten Fasten hab' ich's von der Brust genommen.«

»Und wie alt ist sie?«

»Sie geht ins zweite Jahr.«

»Ja, warum hast du's denn so lange gestillt?«

»Das ist schon so unser Brauch: drei Fastenzeiten ...«

Und das Gespräch wurde für Darja Alexandrowna interessant: Wie das Kind zur Welt kam? Welche Krankheiten es durchgemacht habe? Wo der Mann sei? Ob er viel zu Hause sei?

Darja Alexandrowna wäre am liebsten von den Weibern gar nicht fortgegangen – so unterhaltend fand sie das Gespräch mit ihnen, so völlig stimmten deren Interessen mit ihren eigenen überein. Am freudigsten fühlte sich Darja Alexandrowna dadurch bewegt, daß alle diese Frauen, wie sie deutlich sah, sich am meisten darüber freuten, daß sie so viele Kinder hatte und daß diese so hübsch waren. Die Weiber brachten Darja Alexandrowna sogar zum Lachen und beleidigten zugleich die Engländerin dadurch, daß sie die Ursache dieses für sie unverständlichen Gelächters war. Eine von den jungen Bäuerinnen hatte die Engländerin betrachtet, die sich später als alle andern anzog, und als sie den dritten Rock überstreifte, konnte das Weib eine Bemerkung nicht unterdrücken: »Schau einer, wickelt sich und wickelt sich und kann sich nicht zu Ende wickeln!« sagte sie, und alle brachen in ein schallendes Gelächter aus.

9

Umringt von allen ihren gebadeten Kindern mit dem noch nassen Haar war Darja Alexandrowna, ein Tuch auf dem Kopfe, schon in die Nähe ihres Hauses gelangt, als der Kutscher zu ihr sagte: »Da kommt ein Herr gegangen, ich glaub', es ist der von Pokrowskoje.«

Darja Alexandrowna sah auf den Weg und erblickte zu ihrer Freude die bekannte Gestalt Ljewins, der ihnen in grauem Hut und grauem Überzieher entgegenkam. Sie freute sich immer, wenn sie ihn sah, aber jetzt war sie ganz besonders froh, daß er sie in all ihrem Glanze schauen konnte. Niemand war besser imstande als Ljewin, ihre Herrlichkeit zu würdigen.

Ihr Anblick bot ihm eines jener Bilder dar, wie sie seiner Einbildungskraft von seinem eigenen zukünftigen Familienleben vorgeschwebt hatten.

»Sie gleichen ja einer Gluckhenne, Darja Alexandrowna.«

»Ach, wie ich mich freue!« sagte sie und streckte ihm die Hand entgegen.

»Sie freuen sich, und ließen mich nicht wissen, daß Sie da sind. Mein Bruder ist jetzt bei mir. Ich habe erst von Stiwa durch einen Brief erfahren, daß Sie hier sind.«

»Von Stiwa?« fragte Darja Alexandrowna mit Verwunderung.

»Ja, er schreibt mir, daß Sie hierhergezogen sind und meint, daß Sie mir erlauben würden, Ihnen in irgend einer Weise nützlich zu sein«, antwortete Ljewin. Doch als er das gesagt hatte, hielt er plötzlich verlegen inne und ging weiter schweigend neben dem Wagen her, indem er die jungen Lindenschößlinge von Zeit zu Zeit abriß und daran kaute. Ihn hatte die Vermutung verlegen gemacht, daß Darja Alexandrowna die Hilfe eines Fremden in einer Sache, deren Ordnung eigentlich ihrem Manne obgelegen hätte, unangenehm sein könnte. Darja Alexandrowna fand in der Tat diese Art und Weise von Stjepan Arkadjewitsch, seine häuslichen Besorgungen Fremden aufzuladen, tadelnswert, und sie merkte sogleich, daß Ljewin dies begriff. Wegen dieser Feinheit des Verständnisses, wegen dieses Zartgefühls schätzte eben Darja Alexandrowna Ljewin in so hohem Maße.

»Ich habe dies«, sagte Ljewin jetzt, »natürlich nur so aufgefaßt, daß Sie mich zu sehen wünschten und freue mich darüber sehr. Selbstverständlich vermute ich, daß es Ihnen, die an die Führung eines städtischen Haushaltes gewöhnt sind, hier wild und wüst vorkommt, und wenn Sie irgend etwas brauchen sollten, so stehe ich ganz zu Ihren Diensten.«

»Oh, nein«, erwiderte Dolly. »In der ersten Zeit allerdings haben sich mancherlei Unbequemlichkeiten fühlbar gemacht; jetzt aber haben wir uns ganz vortrefflich eingerichtet – dank meiner alten Kinderfrau«, fügte sie hinzu und wies auf Maria Filimonowna, die wohl verstand, daß von ihr die Rede war, und heiter und freundlich Ljewin zulächelte. Sie kannte ihn und wußte, daß er ein vortrefflicher Mann fürs gnädige Fräulein gewesen wäre, und sie wünschte, daß diese Angelegenheit wieder ins richtige Geleise käme.

»Bitte, setzen Sie sich zu uns, wir rücken hier enger zusammen«, sprach sie zu ihm.

»Nein, ich gehe neben Ihnen her. Kinder, wer von euch läuft mit? Wir wollen mit den Pferden um die Wette rennen.«

Die Kinder kannten Ljewin sehr wenig; sie erinnerten sich nicht, wann sie ihn gesehen hatten; aber sie zeigten in ihrem Betragen gegen ihn keineswegs jenes seltsame Gefühl von Befangenheit und Scheu, das Kinder so oft Erwachsenen gegenüber, die ihnen mit verstellter Freundlichkeit entgegenkommen, an den Tag legen, ein Gefühl, um dessentwillen sie so oft und hart gescholten werden. Heuchelei auf irgend einem Gebiete kann den klügsten, scharfsinnigsten Mann täuschen; aber selbst das beschränkteste Kind durchschaut sie und wendet sich davon ab, sei sie auch noch so kunstvoll verhehlt. Welche Mängel auch Ljewin immer hatte, von Verstellung war keine Spur in ihm, und darum bezeigten ihm die Kinder die gleiche Freundschaft, wie sie auf dem Gesicht ihrer Mutter ausgeprägt war. Auf seine Aufforderung sprangen die beiden ältesten sofort zu ihm hinunter und liefen ebenso selbstverständlich mit ihm, wie sie es mit der Kinderfrau, mit Miss Goole oder der Mutter getan hätten. Auch Lilly wollte gern mit, und die Mutter reichte sie herunter; er setzte sie sich auf die Schulter und lief mit ihr davon.

»Ohne Sorge, ohne Sorge, Darja Alexandrowna!« rief er mit fröhlichem Lächeln der Mutter zu. »Es ist gar keine Gefahr, daß ich sie stoße oder fallen lasse.«

Und die Mutter beruhigte sich, als sie auf seine geschickten, starken, vorsichtig-sorglichen, ja fast zu sorgsamen Bewegungen blickte und lächelte ihm ebenfalls fröhlich und ermunternd zu.

Hier auf dem Lande, beim Zusammensein mit den Kindern und der ihm sympathischen Darja Alexandrowna, geriet Ljewin in jene kindlich-frohe Stimmung, die häufig über ihn kam und die Darja Alexandrowna ganz besonders an ihm liebte. Während er sich mit den Kindern jagte, lehrte er sie zugleich turnen, brachte Miss Goole durch sein schlechtes Englisch zum Lachen und erzählte Darja Alexandrowna von seiner Tätigkeit auf dem Gut.

Nach dem Mittagessen saß Darja Alexandrowna allein mit ihm auf dem Balkon und begann hier von Kitty zu sprechen.

»Wissen Sie, daß Kitty hierherkommen wird, um den Sommer bei mir zu verbringen?«

»Wirklich?« sagte er jäh errötend und fügte sofort, um den Gesprächsgegenstand zu wechseln, hinzu: »Soll ich Ihnen also zwei Kühe schicken? Wenn Sie durchaus auf einer Vergütung bestehen, so können Sie mir ja fünf Rubel monatlich dafür zahlen, falls Sie dies mit Ihrem Gewissen vereinbaren können.«

»Nein, danke sehr. Die Sache ist schon in bester Ordnung.«

»Nun, dann will ich Ihre Kühe besichtigen, und wenn Sie gestatten, einige Anordnungen treffen, wie man sie füttern soll. Alles liegt am Futter.«

Und nur um das Gespräch abzulenken, setzte Ljewin Darja Alexandrowna seine Theorie der Milchwirtschaft auseinander, die darin bestand, daß die Kuh nur eine Maschine sei, um das aufgenommene Futter zu Milch zu verarbeiten, usw.

Und während er davon sprach, hatte er doch den leidenschaftlichen Wunsch, über Kitty Näheres zu erfahren, obgleich er sich zugleich davor scheute. Er fürchtete, daß seine mühsam erworbene Ruhe wieder zerstört werden könnte.

»Ganz schön; aber man muß alles dies beaufsichtigen, und wer soll das tun?« gab Darja Alexandrowna widerstrebend zur Antwort.

Sie hatte jetzt mit Hilfe von Maria Filimonowna ihre Wirtschaft schon so weit in Ordnung gebracht, daß sie darin nichts mehr ändern mochte, und außerdem glaubte sie nicht recht an Ljewins Kenntnisse in der Landwirtschaft. Seine Auseinandersetzungen darüber, daß die Kuh eine Maschine zur Milchbereitung sei, machten sie stutzig. Es schien ihr, daß Erwägungen solcher Art für den Wirtschaftsbetrieb nicht heilsam sein könnten. Sie faßte die Sache viel einfacher auf: nämlich, daß man, wie Maria Filimonowna ihr erklärte hatte, nur dafür Sorge tragen müsse, daß die Scheckin und die Weißstirnige mehr Futter und Kleitrank bekämen, und daß der Koch nicht das Spülicht aus der Küche für die Kuh der Wäscherin beiseite schaffe. Dies war ihr klar. Betrachtungen über Trocken- und Grünfütterung hingegen hatten etwas Zweifelhaftes und Unklares an sich. Und was die Hauptsache war, es lag ihr daran, über Kitty zu sprechen.

10

»Kitty schreibt mir, daß sie nichts so sehr wünsche, wie Einsamkeit und Ruhe«, unterbrach jetzt Dolly das eingetretene Stillschweigen.

»Und geht es mit ihrer Gesundheit besser?« fragte Ljewin erregt.

»Gott sei Dank, sie ist ganz wieder hergestellt. Ich habe nie daran geglaubt, daß sie brustkrank sei.«

»Ach, das freut mich sehr!« rief Ljewin, und etwas Rührendes, Hilfloses lag für Dolly in seinen Zügen, als er das sagte und sie dann schweigend ansah.

»Hören Sie, Konstantin Dmitritsch«, sagte Darja Alexandrowna und lächelte gutmütig und zugleich ein wenig spöttisch, »weshalb sind Sie Kitty böse?«

»Ich? Ich bin ihr nicht böse«, gab Ljewin zurück.

»Doch, Sie sind ihr böse. Warum sind Sie, als Sie in Moskau waren, weder zu uns, noch zu ihnen gekommen?«

»Darja Alexandrowna«, sagte er und errötete bis zu den Haarwurzeln, »ich wundere mich, daß Sie bei Ihrer Güte dies nicht fühlen. Wie ist es möglich, daß Sie nicht einfach Mitleid mit mir haben, da Sie doch wissen ...«

»Was weiß ich?«

»Wissen, daß ich um ihre Hand angehalten habe und«, beendigte Ljewin seinen Satz, »und abgewiesen worden bin.« All die Zärtlichkeit, die er noch einen Augenblick vorher für Kitty gefühlt hatte, wandelte sich in seiner Seele zu einem Gefühl der Erbitterung über die ihm widerfahrene Kränkung.

»Weshalb glauben Sie denn, daß ich es weiß?«

»Weil es eben alle wissen.«

»Nun, darin irren Sie doch; ich wußte es nicht, obgleich ich es mir dachte.«

»Ah! So wissen Sie es also jetzt.«

»Ich wußte nur, daß irgend etwas vorgefallen war, was sie furchtbar quälte, weil sie mich gebeten hatte, niemals davon zu sprechen. Und wenn sie es nicht einmal mir gesagt hat, so hat sie auch zu niemand anderem davon gesprochen. Aber was ist denn zwischen Ihnen vorgefallen? Sagen Sie mir's doch.«

»Ich habe Ihnen ja schon gesagt, was es war.«

»Wann ist es denn geschehen?«

»Als ich das letzte Mal bei Ihnen war.«

»Wissen Sie auch, was ich Ihnen sagen will –«, versetzte Darja Alexandrowna, »sie tut mir furchtbar, furchtbar leid. Sie leiden nur aus Stolz ...«

»Mag sein –«, sagte Ljewin, »aber ...«

Sie unterbrach ihn.

»Aber sie, die arme Seele, tut mir schrecklich, schrecklich leid. Jetzt verstehe ich alles.«

»Darja Alexandrowna, verzeihen Sie mir«, erwiderte er, indem er sich erhob. »Leben Sie wohl, Darja Alexandrowna, auf Wiedersehen.«

»Nein, bleiben Sie noch«, versetzte sie und hielt ihn am Ärmel zurück. »Warten Sie doch, setzen Sie sich.«

»Bitte, bitte, lassen Sie uns nicht mehr davon sprechen«, rief er und nahm wieder Platz, während er doch zugleich fühlte, daß die begraben geglaubte Hoffnung in seinem Herzen neu zu erstehen und sich zu regen begann.

»Wenn ich Sie nicht lieb hätte«, sagte Darja Alexandrowna und Tränen traten ihr in die Augen, »wenn ich Sie nicht kennen würde, wie ich Sie kenne ...«

Das Gefühl, das er erstorben gewähnt, gewann immer stärkeres und stärkeres Leben, erstand von neuem und herrschte wieder in Ljewins Herzen.

»Ja, jetzt habe ich alles verstanden«, fuhr Darja Alexandrowna fort. »Sie können dies nicht begreifen: Euch Männern, die ihr frei seid und eure Wahl treffen könnt, wie ihr wollt, euch ist es immer klar, wen ihr liebt. Aber ein Mädchen, das mit ihrem weiblichen, jungfräulichen Schamgefühl gezwungen ist zu warten, bis die Entscheidung an sie herantritt, ein Mädchen, das euch Männer nur von weitem sieht und alles auf Treu und Glauben annimmt, – ein Mädchen kann so empfinden, daß es nicht weiß, was es sagen soll.«

»Ja, wenn ihr Herz nicht spricht ...«

»Oh, nein, das Herz spricht; aber begreifen Sie doch nur: Ihr Männer, wenn ihr Absichten auf ein Mädchen habt, so verkehrt ihr im Elternhaus, ihr nähert euch dem Mädchen, ihr sehet zu, ihr wartet ab, ob ihr auch das findet, was ihr lieben könntet; und dann, wenn ihr überzeugt seid, daß ihr liebt, dann macht ihr euren Antrag ...«

»Nun, ganz so verhält es sich nicht.«

»Gleichviel, ihr macht euren Antrag erst dann, wenn eure Liebe gereift ist, oder wenn bei euch zwischen zwei erwählten die eine das Übergewicht erhält. Ein Mädchen aber wird nicht gefragt. Es wird verlangt, daß sie selbst ihre Wahl treffe; sie kann aber keine Wahl treffen, sie kann nur antworten: ›Ja‹ oder ›Nein‹ ...«

»Ja, die Wahl zwischen mir und Wronskij«, dachte Ljewin, und der in seiner Seele zu neuem Leben erwachte Leichnam starb abermals und lastete nur mit qualvollem Druck auf seinem Herzen.

»Darja Alexandrowna«, sagte er, »so wählt man ein Kleid oder irgend eine Sache, die man kaufen will; nicht aber die Liebe. Die Wahl ist geschehen, um so besser ... Und eine Wiederholung kann es nicht geben.«

»Ach, das ist Stolz und nichts als Stolz!« erwiderte Darja Alexandrowna, als ob sie ihn wegen der Niedrigkeit dieses Gefühles, im Vergleich zu jenem andern Gefühle, das nur Frauen kennen, verachtete. »Damals, als Sie um Kittys Hand anhielten, da war sie gerade in einer solchen Lage, in der sie nicht wußte, was sie zur Antwort geben sollte. Sie schwankte. Sie schwankte zwischen Ihnen und Wronskij. Ihn sah sie jeden Tag, und Sie hatte sie lange nicht gesehen. Nehmen wir an, wenn sie älter gewesen wäre – für mich zum Beispiel, wäre an ihrer Stelle ein Schwanken unmöglich gewesen. Er war mir immer zuwider und ist es geblieben.«

Ljewin gedachte der Antwort, die ihm Kitty gegeben hatte. Sie hatte gesagt: *Nein, das kann nicht sein* ...

»Darja Alexandrowna«, sagte er trocken, »ich schätze Ihr Vertrauen zu mir; aber ich glaube, daß Sie im Irrtum sind. Doch ob ich nun recht oder unrecht habe, jener Stolz, den Sie so sehr verachten, macht mir jeglichen Gedanken an Katharina Alexandrowna unmöglich – begreifen Sie wohl, vollkommen unmöglich.«

»Ich will nur noch eins sagen: begreifen Sie Ihrerseits, daß ich von meiner Schwester spreche, die ich so lieb habe wie meine eigenen Kinder. Ich sage nicht, daß sie Sie geliebt hat; ich wollte nur sagen, daß ihre Weigerung in jenem Augenblick gar nichts beweist.«

»Ich weiß es nicht!« rief Ljewin aufspringend. »Wenn Sie wüßten, wie weh Sie mir tun! Es ist, wie wenn man Ihnen, nachdem Ihnen ein Kind gestorben wäre, sagen wollte: wäre es so und so gekommen, so würde es vielleicht am Leben geblieben sein und Sie hätten sich seiner freuen können. Und es ist doch tot, tot, tot ...«

»Wie komisch Sie sind«, sagte Darja Alexandrowna mit traurigem Lächeln über Ljewins Erregung. »Ja, jetzt wird mir's immer klarer und klarer«, fuhr sie sinnend fort. »Sie wollen also nicht zu uns kommen, wenn Kitty hier ist?«

»Nein, ich komme nicht. Selbstverständlich werde ich Katharina Alexandrowna nicht ausweichen; aber wo es möglich ist, werde ich bemüht sein, sie von der Unannehmlichkeit meiner Gegenwart zu befreien.«

»Sie sind sehr, sehr komisch«, wiederholte Darja Alexandrowna und blickte ihm voller Zärtlichkeit ins Gesicht. »Gut denn, so wollen wir annehmen, daß wir darüber nicht gesprochen hätten. Was willst du Tanja?« wandte sich Darja Alexandrowna auf französisch zu dem kleinen Mädchen, das gerade hereinkam.

»Wo ist meine Schaufel, Mama?«

»Ich spreche französisch, und du mußt es auch auf Französisch sagen.«

Das Kind wollte gehorchen, hatte aber vergessen, wie Schaufel auf Französisch heißt; die Mutter sagte es ihr und fügte dann auf Französisch hinzu, wo sie die Schaufel suchen müsse. Alles das berührte Ljewin unangenehm.

Jetzt kam ihm alles, was er im Hause von Darja Alexandrowna und was er an ihren Kindern sah, gar nicht mehr so liebenswert vor wie vorher.

»Und weshalb spricht sie französisch mit den Kindern?« dachte er. »Wie unnatürlich und gekünstelt das ist! Und die Kinder fühlen das auch. Französisch lehrt man sie und Aufrichtigkeit gewöhnt man ihnen ab«, fuhr er in seinem Gedankengange fort. Er wußte nicht, daß sich Darja Alexandrowna alles dies wohl schon zwanzigmal selbst gesagt hatte und daß sie es trotzdem, wenngleich auf Kosten der Natürlichkeit, für notwendig fand, ihre Kinder in dieser Weise zu erziehen.

»Ja, weshalb wollen Sie denn schon fort? Bleiben Sie doch noch.«

Ljewin blieb zum Tee, aber seine Fröhlichkeit war völlig geschwunden, und er fühlte sich unbehaglich.

Nach dem Tee ging er ins Vorzimmer, anspannen zu lassen, und als er zurückkehrte, fand er Darja Alexandrowna sehr aufgeregt mit verstörtem Gesicht und Tränen in den Augen. Während Ljewin hinausgegangen war, hatte sich für Darja Alexandrowna etwas ereignet, was plötzlich das ganze Glück des heutigen Tages und den Stolz über ihre Kinder zerstört hatte. Grischa und Tanja hatten sich wegen eines Balles gerauft. Darja Alexandrowna hatte das Geschrei in der Kinderstube gehört, war herzugeeilt und hatte sie in einer schrecklichen Verfassung vorgefunden. Tanja hielt Grischa bei den Haaren, er aber, mit vor Zorn entstelltem Gesicht, schlug sie mit den Fäusten, wohin er gerade traf. In Dollys Herzen schien bei diesem Anblick etwas entzwei zu reißen. Es war, als ob sich ein plötzliches Dunkel über ihr Leben breite: Sie begriff, daß ihre Kinder, mit denen sie sich so sehr gebrüstet hatte, nicht nur die allergewöhnlichsten Kinder waren, sondern sogar böse, schlecht erzogene Rangen mit groben, tierischen Neigungen.

Sie konnte jetzt von nichts anderem sprechen und an nichts anderes denken und mußte Ljewin ihren Jammer erzählen.

Ljewin sah, daß sie sich unglücklich fühlte, und bemühte sich, sie zu trösten; er sagte, der Zwischenfall beweise noch durchaus nichts Böses und alle Kinder prügelten sich. Aber während er so sprach, dachte er doch in seinem Herzen: »Nein, ich werde mir keinen Zwang antun und nicht mit meinen Kindern französisch sprechen; aber ich werde auch keine solchen Kinder haben; man muß seine Kinder nur nicht verderben, nicht verbilden; dann werden sie reizend sein. Ja, ich werde andere Kinder haben.«

Er verabschiedete sich und fuhr weg, und sie suchte ihn nicht länger zurückzuhalten.

11

Mitte Juli fand sich der Dorfälteste vom Gute seiner Schwester, das ungefähr zwanzig Werst von Pokrowskoje entfernt war, bei Ljewin ein und legte Rechenschaft über den Stand der Wirtschaftsangelegenheiten und über die Ernte ab. Die Haupteinnahme vom Gute seiner Schwester wurde durch wasserreiche Wiesen erzielt. In früheren Jahren wurden die Erntefelder von den Bauern für den Preis von zwanzig Rubel die Deßjätine gepachtet. Als Ljewin die Verwaltung des Gutes übernahm und die Erntefelder besichtigte, fand er, daß sie mehr wert waren und erhöhte den Preis auf fünfundzwanzig Rubel die Deßjätine. Die Bauern wollten diesen Preis nicht zahlen und verscheuchten, wie Ljewin argwöhnte, auch andere Pächter. Darauf begab sich Ljewin selbst an Ort und Stelle und ließ das Einernten teils durch gemietete Mäher besorgen, teils durch Bauern, denen er einen Anteil an dem Ernteertrag zusicherte. Seine Bauern suchten aus allen Kräften diese Neuerung zu verhindern, aber die Sache gelang, und schon im ersten Jahre ergaben die Wiesen fast den doppelten Ertrag. Im folgenden und dritten Jahre dauerte dieser Widerstand der Bauern noch an, und die Heuernte ging in derselben Weise vor sich. In diesem Jahre nun hatten die Bauern die Arbeit auf allen Mahden für ein Drittel des Gesamtertrages übernommen, und jetzt war der Dorfälteste mit der Meldung gekommen, daß die Heuernte beendigt, und daß er aus Furcht vor Regen den Gutsschreiber zu sich gebeten, in seiner Gegenwart die Einteilung gemacht und bereits elf herrschaftliche Heuschober eingebracht habe. Die unbestimmten Antworten auf die Frage, wieviel Heu die Hauptwiese ergeben habe, die Eilfertigkeit des Dorfältesten, der ohne vorherige Anfrage das Heu verteilt hatte, sowie das ganze Gebaren des Bauern legten Ljewin den Gedanken nahe, daß bei dieser Heueinteilung irgend etwas nicht in Ordnung sei, und er beschloß, sich auf das Gut zu begeben und die Angelegenheit selbst zu prüfen.

Er kam zur Mittagszeit im Dorfe an, stellte das Pferd bei

einem ihm befreundeten alten Bauern, dem Manne der ehemaligen Amme seines Bruders ein, und begab sich zu dem Alten mit dem Bienenstand, da er von ihm Näheres über die Heuernte zu erfahren hoffte. Der redselige, ehrbare Greis, Parmjenytsch genannt, begrüßte Ljewin voller Freude, zeigte ihm seine ganze Wirtschaft, und berichtete in allen Einzelheiten über seine Bienen und die Körbe dieses Jahres; aber auf Ljewins Frage nach dem Heulag gab er unbestimmte und widerstrebende Antworten. Dies bestärkte Ljewin nur in seinen Vermutungen. Er begab sich auf die Erntefelder und besichtigte die Schober. Es war unmöglich, daß die einzelnen Schober je fünfzig Fuhren enthielten; um die Bauern auf frischer Tat zu ertappen, befahl Ljewin sofort, eins der heuführenden Gespanne herbeizuholen, ließ einen Schober aufladen und in die Scheune abführen. Der Schober ergab nur zweiunddreißig Fuhren. Trotz der Versicherungen des Dorfältesten, daß das Heu locker sei, und daß es sich jetzt in den Schobern zusammengesackt habe; trotzdem er schwor, daß alles aufs christlichste zugegangen sei, blieb Ljewin dabei, daß das Heu ohne seinen Befehl verteilt worden sei, und daß er sich darum weigere, fünfzig Fuhren auf den Schober zu rechnen. Nach langem Streit wurde die Sache dahin entschieden, daß die Bauern diese elf Schober, auf je fünfzig Fuhren berechnet, auf ihren Anteil zu übernehmen hätten, und daß der der Herrschaft zukommende Anteil neuerdings abgezählt werde. Diese Unterhandlungen und die Teilung der Heuhaufen zogen sich bis zur Vesperzeit hin. Nachdem das letzte Heu verteilt war, trug Ljewin die fernere Aufsicht dem Gutsschreiber auf, setzte sich auf einen durch einen kleinen Baumkleepflock bezeichneten Heuhaufen und ergötzte sich an der von Menschen wimmelnden Wiese. Vor ihm, an der Biegung des Flusses hinter der morastigen Niederung, bewegte sich die bunte Reihe der Bauernweiber mit fröhlichem Stimmengewirr, und aus dem auf weiter Fläche verstreuten Heu wurden eilig graue, wellenförmige Wälle auf dem hellgrünen Grummet zusammengeharkt. Hinter den Weibern schritten die Bauern mit Heugabeln einher, und aus den Wällen erstanden breite, hohe, lockere Schober. Zur linken Seite rasselten auf der schon rein geharkten Wiese die Fuhren, und die Heuschober, in ungeheuren Ballen auf den Gabeln emporgehoben, verschwanden einer nach dem anderen, und an ihrer Stelle türmten sich die schweren Fuhren des duftenden Heus auf, das tief auf die Rücken der Pferde niederhing.

»Ist das ein Erntewetter! Gibt das ein Heu!« rief der Alte, der sich neben Ljewin gesetzt hatte. »Das ist Tee, und nicht Heu! Schau, wie es wimmelt! Als ob man jungen Enten Körner vorschüttete!« fügte er hinzu, indem er auf die geschäftigen Mäher deutete. »Seit Mittag ist gut die Hälfte eingefahren.«

»Ist's die letzte?« rief er einen Burschen an, der vorn fast auf der Wagendeichsel stand und die Enden seiner Hanfzügel schwenkend, vorbeifuhr.

»Die letzte, Väterchen!« schrie der Bursche zurück, hielt das Pferd einen Augenblick an und blickte lächelnd auf ein rotwangiges, ebenfalls heiter lächelndes Weib, das auf dem Wagenkasten saß, und jagte dann weiter.

»Wer ist das? Dein Sohn?« fragte Ljewin.

»Mein Jüngster«, sagte der Alte mit freundlichem Lächeln.

»Welch ein prächtiger Bursch!«

»Ja, ein guter Junge.«

»Schon verheiratet?«

»Ja, das dritte Jahr seit Advent.«

»Und sind Kinder da?«

»Ach was, Kinder! Ein ganzes Jahr hat er nichts fertiggebracht, 's ist 'ne Schande«, antwortete der Alte. »Nein, ist das ein Heu! Der reinste Tee! Der reinste Tee!« wiederholte er dann, da er offenbar das Gesprächsthema ändern wollte.

Ljewin beobachtete aufmerksam Wanjka* Parmjenow und sein Weib. Sie luden unweit von ihm den Heuhaufen auf. Iwan Parmjenow stand auf der Fuhre, nahm die ungeheuren Heuballen entgegen, die ihm sein junges schönes Eheweib zuerst mit den Armen, dann mit der Gabel behende hinaufreichte, schichtete sie auf und stampfte sie dann glatt. Der jungen Bäuerin ging die Arbeit leicht, munter und geschickt von

* Abkürzung von Iwan

der Hand. Das durch das Liegen zusammengeballte Heu ließ sich nicht sogleich auf die Gabel schieben. Sie lockerte es erst, schob dann die Gabel ein, stemmte sich in elastischer und rascher Bewegung mit der ganzen Schwere ihres Körpers dagegen und bog den von einem roten Gürtel umspannten Rücken zurück, richtete sich dann sofort in die Höhe, reckte die volle Brust unter dem weißen Brusttuch, erfaßte mit gewandten Griffen die Gabel und schleuderte den Heuballen hoch auf die Fuhre. Iwan ergriff eilig mit weit ausgebreiteten Armen das ihm zugeworfene Heu und schichtete es auf der Fuhre auf, sichtlich bemüht, dem jungen Weibe jede überflüssige Mühe zu ersparen. Das letzte Heu reichte sie mit dem Rechen hinauf, schüttelte dann die Spreu, die ihr unter den Hals herabgeglitten war, ab, rückte sich das rote Tuch zurecht, das ihr in die weiße, noch unverbrannte Stirn hineinhing und schlüpfte dann unter den Wagen, um die Fuhre festbinden zu helfen. Iwan zeigte ihr, wie sie das Seil an der Leiste zu befestigen habe, und lachte laut über etwas, das sie zu ihm sagte. In dem Gesichtsausdruck der beiden lag eine starke, junge, erst unlängst erwachte Liebe.

12

Die Fuhre war festgebunden, Iwan sprang herunter und führte das gute, wohlgenährte Pferd am Zügel heran. Das junge Weib warf die Rechen oben auf die Fuhre und gesellte sich mit rüstigem Schritt, mit den Armen schlenkernd, zu den anderen Weibern, die sich zum Reigen versammelten. Iwan fuhr auf den Weg hinaus und schloß sich dann der Reihe der übrigen Fuhren an. Die Weiber schulterten ihre Rechen und folgten den Fuhren in ihren buntfarbigen Kleidern unter volltönendem fröhlichem Schwatzen. Eine grobe, wilde Weiberstimme begann ein Lied und sang es bis zum Wiederholungsreim, und gleichzeitig stimmten fünfzig verschiedene gesunde Kehlen, grobe und feine, die Melodie noch einmal von vorn an.

Die singenden Weiber näherten sich Ljewin, und er hatte die Empfindung, als ob eine Wolke von donnernder Fröhlichkeit sich auf ihn zubewege. Die Wolke hatte ihn erreicht und hüllte ihn ein und der Heuschober, auf dem er lag, und die andern Schober, die Fuhren und die ganze Wiese mit den daranstoßenden Feldern – alles regte sich und wiegte sich im Takte dieses wild-lustigen Liedes mit seinem Gejohl, Gepfeif und Geschrei. Ljewin fühlte sich inmitten dieser gesunden Lustigkeit fast von Neid ergriffen, und er wünschte sich, daß er an dem Ausdruck dieser Lebensfreude hätte teilnehmen können. Aber er konnte nichts tun und mußte liegenbleiben, zuschauen und zuhören. Als die Schar und ihr Lied aus seinem Gesicht und Gehör verschwunden war, überkam Ljewin ein drückendes Gefühl der Trauer über seine Vereinsamung, sein müßiges Leben, und seine feindliche Gesinnung gegen diese Welt.

Einige Bauern, dieselben, die bei dem Streit um das Heu am widerhaarigsten gewesen waren, die er gekränkt hatte oder die ihn hatten betrügen wollen, gingen jetzt mit frohem Gruße an ihm vorüber und waren ihm offenbar keineswegs gram und konnten dies auch nicht sein, aber sie schienen auch keinerlei Reue zu empfinden, ja nicht einmal eine Erinnerung daran zu haben, daß sie ihn hatten übervorteilen wollen. Alles dies war in dem Meere der allgemeinen frohen Arbeit versunken. Gott hat den Tag, Gott hat die Kräfte gegeben. Und der Tag, wie die Kräfte waren der Arbeit geweiht und in ihr selbst liegt der Lohn. Für wen aber geschah die Arbeit? Was für Früchte brachte sie? Das – waren nebensächliche und unbedeutende Fragen.

Ljewin hatte oft an diesem Leben seine Freude gehabt, hatte oft ein Gefühl des Neides gegen die Leute empfunden, die dieses Leben führten; heute aber war in ihm, namentlich unter dem Eindruck, den Iwan Parmjenow und sein junges Weib in ihrem Verhalten gegeneinander auf ihn gemacht hatte, zum ersten Male der Gedanke in voller Klarheit aufgetaucht, daß es nur von ihm abhinge, sein eigenes so drückendes, müßiges, gekünsteltes und selbstsüchtiges Leben zu ändern, und es in jenes arbeitsame, lautere und gemeinschaftliche, reizvolle Dasein zu verwandeln.

Der Alte, der neben ihm gesessen hatte, war schon längst nach Hause gegangen; die Menge hatte sich verlaufen. Die Näherwohnenden fuhren nach Haus, die Entfernteren bereiteten sich ein Mahl und ein Nachtlager auf der Wiese. Ljewin blieb, von ihnen unbeachtet, auf seinem Heuschober liegen und fuhr fort zu beobachten, zu lauschen und nachzusinnen. Die Bauern, die zum Übernachten auf der Wiese geblieben waren, durchwachten beinahe die ganze kurze Sommernacht. Anfangs tönte das allgemeine lustige Geplauder und Lachen der Bauern, die zu Abend aßen, herüber; dann erschallten wieder Lieder und Gelächter.

Der ganze lange, mühevolle Tag hatte in ihnen keine anderen Spuren als Fröhlichkeit zurückgelassen. Erst kurz vor Morgenrot wurde alles still. Nur die nächtlichen Töne der nimmer schweigenden Frösche im Sumpfe ließen sich hören und das Schnauben der Pferde im Morgennebel auf der Wiese. Ljewin erwachte aus seinen Träumen und erhob sich von seinem Heuschober; er blickte nach den Sternen und begriff, daß die Nacht vergangen war.

»Was also soll ich beginnen? Wie soll ich es beginnen?« sprach Ljewin zu sich selbst, in dem Bemühen, sich selbst über das klar zu werden, was er in dieser kurzen Nacht durchdacht und empfunden hatte. Alle seine Gedanken und Gefühle verliefen in drei voneinander verschiedenen Richtungen. Zuerst war ihm der Gedanke gekommen, mit seinem alten Leben und seiner Bildung, die für niemand von Nutzen war, abzuschließen. Dieser Verzicht gewährte ihm sogar einen Genuß und erschien ihm leicht und einfach. Andere Gedanken und Vorstellungen berührten das Leben, das er künftig führen wollte. Die Einfachheit, Reinheit und Berechtigung dieses Lebens fühlte er klar, und er war überzeugt, daß er in ihm die Befriedigung, Ruhe und Würde finden werde, deren Mangel er jetzt so schmerzlich empfand. Sein dritter Gedankengang jedoch drehte sich um die Frage, wie er diesen Übergang vom alten zum neuen Leben bewerkstelligen solle. Und in bezug auf diesen Punkt konnte er zu keiner klaren Vorstellung gelangen.

»Ein Weib nehmen? Arbeiten und arbeiten zu müssen? Pokrowskoje verlassen? Ackerland kaufen? Einer Gemeinschaft beitreten? Eine Bäuerin heiraten? Wie soll ich das vollbringen?« fragte er sich abermals und fand keine Antwort darauf. »Übrigens habe ich die ganze Nacht nicht geschlafen und bin nicht imstande, mir jetzt hierüber klar zu werden«, sagte er zu sich selbst. »Später werde ich zur Klarheit kommen. Eins ist gewiß, diese Nacht hat über mein Schicksal entschieden. Alle meine bisherigen Träume von einem Familienleben sind albern, sind nicht das Richtige. Alles dies ist viel einfacher und viel besser ...«

»Wie schön!« dachte er plötzlich, als er gerade über sich mitten am Himmel eine Schar weißer Lämmerwölkchen bemerkte, die eine seltsame, perlmuttergleiche Muschel bildeten. »Wie herrlich doch alles in dieser herrlichen Nacht ist! Und wie schnell hat sich diese Muschel geformt? Eben erst sah ich zum Himmel hinauf, und dort war nichts außer zwei weißen Streifen zu sehen. So unmerklich haben sich auch meine Ansichten über das Leben geändert!«

Er verließ die Wiese und ging die Landstraße entlang, dem Dorfe zu. Ein leichter Wind erhob sich, und es wurde grau und düster um ihn her. Der trübe Augenblick brach an, der gewöhnlich der Morgendämmerung vorausgeht, Vorläufer des vollen Sieges des Lichtes über die Finsternis.

Ljewin fröstelte und schritt gesenkten Blickes rasch vorwärts. »Was ist das? Da kommt ein Wagen!« dachte er, als er Schellengeläute vernahm, und er erhob den Kopf. Etwa vierzig Schritte vor ihm kam ihm auf demselben breiten graswachsenen Wege, auf dem er einherschritt, ein vierspänniger Wagen mit Reisegepäck auf dem Verdeck entgegen. Die Deichselpferde drängten von der Radspur weg der Deichsel zu; aber der gewandte Fuhrmann, der seitwärts auf dem Bocke saß, hielt die Deichsel scharf im Geleise, so daß die Räder auf glattem Boden dahinliefen.

Ljewin hatte nur dies bemerkt, und er blickte zerstreut auf den Wagen, ohne daran zu denken, wer wohl drin sein könnte. In einer Wagenecke schlummerte eine alte Dame; am Fenster aber saß ein junges Mädchen, das offenbar eben erst erwacht war und mit beiden Händen die Bänder eines weißen

Häubchens festhielt. Heiter und gedankenverloren, ganz erfüllt von einem herrlichen und mannigfaltigen inneren Leben, das Ljewin fremd war, blickte sie über ihn hinweg in das Rot des Sonnenaufgangs.

Im Augenblick, als die Erscheinung auch schon verschwand, traf ihn ein Blick aus einem ehrlich dreinschauenden Augenpaar. Sie erkannte ihn, und freudige Überraschung erhellte ihr Gesicht.

Er konnte sich nicht geirrt haben. Es gab nur *ein* solches Augenpaar auf der Welt. Nur ein Wesen gab es, welches fähig war, alles Licht und allen Sinn des Lebens für ihn in einen Mittelpunkt zusammenzufassen. Das war sie. Das war Kitty. Er begriff, daß sie jetzt von der Eisenbahnstation nach Jerguschowo fahre. Und alles, was Ljewin in dieser schlaflosen Nacht so sehr bewegt hatte, alle Vorsätze, die er gefaßt, alles war plötzlich verschwunden. Mit Widerwillen dachte er jetzt an seinen Plan, eine Bäuerin zum Weibe zu nehmen. Dort allein, in jenem Wagen, der sich jetzt schnell entfernte und einen andern Weg einschlug, dort allein war die Möglichkeit, das Rätsel seines Lebens zu lösen, das in der letzten Zeit so quälend auf ihm gelastet hatte.

Sie hatte sich nicht mehr nach im umgeschaut. Der Schall der Räder verklang. Kaum hörbar tönten noch die Schellenglöckchen. Hundegebell zeigte an, daß der Wagen bereits durchs Dorf fuhr – und um ihn blieben die leeren Felder, vor ihm das Dorf, und er selber schritt einsam und allem entfremdet auf der verlassenen Landstraße dahin.

Er blickte zum Himmel empor und hoffte, dort noch jene Muschel zu finden, über die er sich so sehr gefreut und in der er in dieser Nacht den ganzen Gang seiner Gedanken und Gefühle verkörpert gesehen hatte. Aber am Himmel war nichts mehr zu sehen, was einer Muschel geglichen hätte. Dort, in der unerreichbaren Höhe, hatte sich bereits eine geheimnisvolle Wandlung vollzogen. Die Muschel war verschwunden, und über die eine Himmelshälfte spannte sich ein gleichmäßiger Teppich von immer kleiner und kleiner werdenden Lämmerwölkchen aus. Der Himmel wurde blau und heiter und erwiderte seinen fragenden Blick mit der gleichen Zartheit, aber auch mit der gleichen Unerreichbarkeit.

»Nein«, sprach er zu sich selber, »wie schön auch dieses einfache und arbeitsvolle Leben sein mag, ich kann doch nicht mehr zu ihm zurückkehren. Ich liebe *sie*.«

13

Niemand außer den Eingeweihtesten wußte, daß Alexej Alexandrowitsch, dieser anscheinend so kalte und bedächtige Mann, eine Schwäche hatte, die seiner ganzen Charakteranlage widersprach. Alexej Alexandrowitsch war nicht imstande, das Weinen eines Kindes oder einer Frau gleichgültig mitanzusehen und anzuhören. Der Anblick von Tränen machte ihn fassungslos, und er verlor vollkommen die Fähigkeit ruhiger Überlegung. Sein Bureauvorsteher und sein Sekretär wußten dies und warnten Bittstellerinnen, daß sie in keinem Falle weinen möchten, wenn sie ihrer Sache nicht schaden wollten. »Er wird dann ärgerlich und hört Sie nicht weiter an«, pflegten sie zu sagen. Und in der Tat, in solchen Fällen fand die seelische Verstimmung, die bei Alexej Alexandrowitsch durch den Anblick von Tränen hervorgerufen wurde, in rasch aufflackerndem Zorn ihren Ausdruck. »Ich kann in der Sache nichts tun. Bitte, entfernen Sie sich!« rief er gewöhnlich in solchen Fällen.

Als ihm Anna bei der Rückkehr vom Rennen ihre Beziehungen zu Wronskij eingestand und gleich darauf das Gesicht in den Händen verbarg und in Tränen ausbrach, da fühlte Alexej Alexandrowitsch trotz des Hasses, von dem er gegen sie erfüllt war, zugleich den Ansturm jener Seelenpein, die stets durch Tränen in ihm erweckt wurde. Da er dies wußte und auch wußte, daß in diesem Augenblick der Ausdruck seiner Gefühle in keinem Verhältnis zu seiner Lage stehen würde, so bemühte er sich, jede Lebensregung in sich zu verschließen, und darum rührte er sich nicht und blickte sie nicht an. Und dies war auch der Grund jenes seltsamen, totenstarren Gesichtsausdrucks, der Anna so sehr überrascht hatte.

Als sie beim Hause angelangt waren, hob er sie aus dem Wagen, verabschiedete sich von ihr mit äußerster Willensanstrengung in der gewöhnlichen höflichen Weise und sprach jene Worte, die ihn eigentlich zu nichts verpflichteten; er sagte, er würde ihr morgen seinen Entschluß mitteilen.

Die Worte seiner Frau, die seinen schlimmsten Verdacht bestätigten, hatten Alexej Alexandrowitschs Herz mit bitterem Weh erfüllt. Dies Weh wurde durch das eigentümliche Gefühl physischen Mitleids mit ihr noch verstärkt, das ihre Tränen in ihm erweckt hatten. Als er aber im Wagen allein geblieben war, fühlte Alexej Alexandrowitsch zu seiner freudigen Verwunderung eine vollkommene Befreiung, sowohl von diesem Mitleid als auch von den Zweifeln und Eifersuchtsqualen, die ihn in der letzten Zeit gemartert hatten.

Er hatte ein ähnliches Gefühl, wie es ein Mensch empfindet, der sich einen lange schmerzenden Zahn hat ausziehen lassen. Nach dem furchtbaren Schmerz, nach der Empfindung, als werde eine ungeheure Masse, etwas, was größer sei als der ganze Kopf, aus seiner Kinnlade herausgerissen, fühlt der Kranke auf einmal, wenn er auch an sein Glück noch nicht zu glauben wagt, daß das, was ihm so lange das Leben vergällt und all seine Aufmerksamkeit in Anspruch genommen hatte, nicht mehr vorhanden sei, daß er jetzt wieder leben, denken könne und sich nicht mehr ausschließlich mit seinem Zahne zu beschäftigen brauche. Solch ein Gefühl hatte Alexej Alexandrowitsch. Der Schmerz war seltsam und furchtbar gewesen, jetzt aber war er vergangen, und er fühlte, daß er wieder leben könne, ohne ausschließlich an seine Frau zu denken.

»Sie hat keine Ehre, kein Herz, keine Religion, sie ist ein verworfenes Weib! Das habe ich immer gewußt und habe es immer gesehen, obgleich ich in meinem Mitleid mit ihr bemüht war, mich selbst zu täuschen«, sprach er zu sich. Und wirklich war es ihm in diesem Augenblick, als hätte er dies immer gesehen; er erinnerte sich jetzt an Einzelheiten aus ihrer Vergangenheit, die ihm früher als durchaus nichts

Schlimmes erschienen waren – jetzt bewiesen ihm diese Einzelheiten klar, daß sie seit jeher innerlich verderbt gewesen war. »Ich habe einen Irrtum begangen, als ich mein Leben an das ihre kettete; aber in meinem Irrtum liegt nichts Schlimmes, und darum kann ich nicht unglücklich sein. Nicht ich bin der Schuldige«, sprach er zu sich, »sondern sie. Aber sie geht mich nichts mehr an. Sie existiert nicht mehr für mich …«

Alles, was sie und den Sohn anging, für den seine Gefühle ganz so verwandelt waren, wie für die Mutter, hörte auf, ihn zu beschäftigen. Das einzige, was ihn in Anspruch nahm, war die Frage: wie er auf die beste, anständigste, für sich bequemste und darum gerechteste Weise den Schmutz, mit dem sie ihn durch ihren Fall bespritzt hatte, von sich abschütteln könnte, um dann auf seinem tätigen, ehrlichen und nutzbringenden Lebenspfade weiter zu wandeln.

»Ich kann dadurch nicht unglücklich werden, daß ein verächtliches Weib ein Verbrechen begangen hat; ich muß nur den besten Ausweg aus dieser schwierigen Lage finden, in die sie mich gebracht hat. Und ich werde ihn finden«, sprach er weiter und zog die Stirn in immer ernstere Falten. »Ich bin nicht der Erste und werde nicht der Letzte sein.« Und außer geschichtlichen Beispielen, von dem im Gedächtnis aller durch die ›Schöne Helena‹ neu belebten Menelaus an, erstand vor Alexej Alexandrowitschs geistigem Auge eine ganze Reihe von Fällen aus der Gegenwart, wo Frauen der höchsten Gesellschaftskreise ihren Männern die Treue gebrochen hatten. »Darjalow, Poltawskij, Fürst Karibanow, Graf Paskudin, Dramm … Ja, und Dramm … solch ein ehrlicher, vernünftiger Mann … Semjonow, Tschagin, Sigonin«, zählte Alexej Alexandrowitsch in seinem Gedächtnisse her. »Man muß zugeben, daß ein unvernünftiges *ridicule* auf diese Männer fällt; ich aber habe darin nie etwas anderes als ein Unglück gesehen und ihm stets meine Teilnahme entgegengebracht.« So dachte Alexej Alexandrowitsch, obgleich es nicht der Wahrheit entsprach, da er niemals einem Unglück dieser Art Teilnahme entgegengebracht, sondern nur sich selbst immer höher geschätzt hatte, je öfter er Beispiele von ungetreuen Frauen sah. »Es ist ein Unglück, das jeden Mann treffen kann. Und

dieses Unglück hat nun auch mich betroffen. Es handelt sich jetzt nur darum, wie man der Lage am besten Herr wird.«
Und er begann im einzelnen durchzugehen, wie sich die Männer, die in derselben Lage wie er gewesen waren, verhalten hatten.

»Darjalow hat sich duelliert.«

In jungen Jahren hatte das Duell Alexej Alexandrowitschs Gedanken viel beschäftigt, weil er ein zaghafter Mensch war und dies auch ganz gut wußte. Er konnte nicht ohne Entsetzen an eine auf ihn gerichtete Pistole denken und hatte nie in seinem Leben irgend eine Waffe gehandhabt. Gerade diese Furcht hatte ihn von Jugend auf oft veranlaßt, an ein Duell zu denken und sich eine Lage auszumalen, in der es für ihn nötig sein würde, sein Leben dieser Gefahr auszusetzen. Nachdem er Erfolge errungen und sich eine feste Stellung im Leben gegründet hatte, vergaß er lange Zeit dieses Gefühl; aber die Gewohnheit forderte ihr Recht, und die Furcht, die auf seiner Feigheit beruhte, erwies sich auch jetzt noch so stark, daß Alexej Alexandrowitsch die Frage des Duells lange und von allen Seiten in Erwägung zog, obgleich er im voraus wußte, daß er sich in keinem Falle duellieren würde.

»Zweifellos sind die Zustände in unserer Gesellschaft noch so barbarische (in England ist dies anders), daß sehr viele« – und unter diesen vielen waren Männer, deren Meinung Alexej Alexandrowitsch besonders hoch schätzte, – »daß *sehr* viele das Duell nur von der guten Seite sehen; welches Resultat kann aber dadurch erreicht werden? Nehmen wir an, ich fordere ihn –«, fuhr Alexej Alexandrowitsch in seinem Gedankengange fort und stellte sich dann lebhaft die Nacht vor, die er nach der Forderung verbringen würde, dann die auf ihn gerichtete Pistole – dabei zuckte er zusammen und begriff, daß er sich nie schlagen würde. – »Nehmen wir an, ich fordere ihn. Nehmen wir an, man zeigt mir alles – man weist uns die Plätze an, ich spanne den Hahn«, er schloß unwillkürlich die Augen, – »und es stellt sich heraus, daß ich ihn getötet habe«, – Alexej Alexandrowitsch schüttelte den Kopf, wie um diese törichten Gedanken zu verscheuchen. »Was für einen Sinn hat es, einen Menschen zu töten, um die eigenen Beziehungen zu einer verbrecherischen Gattin und deren Sohn klarzustellen? Ich werde ebenso wie vorher eine Entscheidung darüber zu treffen haben, was mit ihr geschehen soll? Aber wenn, was viel wahrscheinlicher ist, ja was sogar zweifellos eintreten wird – wenn ich getötet oder verwundet werde. Ich, ein unschuldiger Mensch, ein Opfer – werde getötet oder verwundet. Das ist noch sinnloser. Aber das ist noch nicht alles: eine Forderung von meiner Seite würde keine ehrenhafte Handlung sein. Weiß ich denn nicht im voraus, daß meine Freunde es nicht zulassen werden, daß ich mich duelliere – nicht zulassen werden, daß das Leben eines Staatsmannes, dessen Wirken für das Wohl Rußlands notwendig ist, einer solchen Gefahr ausgesetzt würde! Es liefe also alles nur darauf hinaus, daß ich, vollkommen überzeugt von der Ungefährlichkeit der Sache, mich durch diese Forderung nur mit einem gewissen falschen Nimbus umgeben wollte. Dies ist nicht ehrenhaft, dies wäre eine Lüge, eine Täuschung anderer und meiner selbst. An ein Duell ist nicht zu denken, und niemand erwartet es von mir. Ich habe mein Ziel darin zu suchen, meinen guten Ruf zu wahren, der mir für die ungehinderte Fortsetzung meiner Wirksamkeit unentbehrlich ist.«

Die dienstliche Tätigkeit, die schon vorher in Alexej Alexandrowitschs Augen eine hervorragende Bedeutung hatte, erschien ihm jetzt als von ganz besonderer Wichtigkeit.

Nachdem er auf diese Weise die Frage eines Duells wohl erwogen und abgelehnt hatte, wandten sich Alexej Alexandrowitschs Gedanken der Scheidung zu, dem anderen Ausweg, zu dem einige jener betrogenen Ehegatten, deren er gedachte, gegriffen hatten. Er ging in seiner Erinnerung alle ihm bekannten Scheidungsfälle durch (ihre Anzahl war in den höchsten, ihm wohlbekannten Gesellschaftskreisen ziemlich groß); aber Alexej Alexandrowitsch fand auch nicht einen einzigen Fall, in dem der Zweck der Scheidung der gewesen wäre, den er selbst im Auge hatte. In all jenen Fällen hatte der Gatte sein ungetreues Weib entweder abgetreten oder verkauft, und gerade der Teil, der wegen seiner Schuld nicht das Recht hatte, eine neue Ehe einzugehen, schloß nun einen schlau ersonnenen, scheinbar gesetzmäßigen Bund mit einem sogenannten neuen Gatten. In seinem Falle dagegen sah Alexej Alexandrowitsch wohl, daß die Erreichung einer gesetzmäßigen Scheidung, d. h. einer solchen, bei der nur die schuldige Gattin verstoßen würde – außer dem Bereich der Möglichkeit lag. Er sah ein, daß die verwickelten Lebensbedingungen, in denen er sich befand, die Möglichkeit jener groben Beweise nicht zuließen, welche das Gesetz zur Überführung der schuldigen Frau fordert; er sah ein, daß bei der einmal bestehenden Verfeinerung der gesellschaftlichen Zustände die Anwendung jener Beweismittel nicht einmal in dem Falle zulässig sei, wenn sie wirklich vorhanden waren, da ein solches Vorgehen ihn selbst in der öffentlichen Meinung noch tiefer herabgewürdigt hätte als die Schuldige selbst.

Ein Scheidungsversuch konnte nur zu einem Skandalprozesse führen, der seinen Feinden eine hochwillkommene Gelegenheit geboten hätte, ihrer Verleumdungssucht die Zügel schießen zu lassen und ihn von der Höhe seiner gesellschaftlichen Stellung herabzuzerren. Sein Hauptziel, die Lage durch das geringste Maß von Unzuträglichkeiten zu klären, würde auch durch die Scheidung nicht erreicht werden. Außerdem lag es auf der Hand, daß bei einer Scheidung, ja, sogar bei dem bloßen Versuche einer Scheidung, seine Frau jede Verbindung mit ihm lösen und ihrem Liebhaber folgen würde. Und in Alexej Alexandrowitschs Seele war trotz seiner, wie ihm schien, jetzt völligen, mit Verachtung gemischten Gleichgültigkeit gegen seine Frau, doch in bezug auf sie noch *ein* Gefühl zurückgeblieben – der Wunsch, sie ihre Verbindung mit Wronskij nicht ungehindert bewerkstelligen zu lassen und es ihr unmöglich zu machen, aus ihrem Verbrechen irgendwelchen Vorteil zu ziehen. Der bloße Gedanke daran regte Alexej Alexandrowitsch dermaßen auf, daß er vor innerem Schmerz aufbrüllte, in die Höhe fuhr und seinen Platz im Wagen wechselte, und sich noch lange nachher mit gerunzelten Brauen immer wieder das weiche Plaid um seine frierenden und knochigen Beine wickelte.

»Außer der formellen Scheidung könnte ich auch noch so verfahren, wie Karibanow, Paskudin und jener gute Dramm

– nämlich, mich von meiner Frau trennen«, – fuhr er, ruhiger geworden, in seinem Gedankengange fort; aber auch durch diese Maßregel würde er nicht weniger als durch die Scheidung der Schmach des öffentlichen Ärgernisses entgehen, und was die Hauptsache war, durch ein solches Vorgehen würde seine Frau ebenso wie durch die gesetzmäßige Scheidung Wronskij in die Arme getrieben werden. »Nein, das ist unmöglich, unmöglich!« rief er laut und machte sich wieder mit seinem Plaid zu schaffen. »Ich darf nicht unglücklich werden, aber sie und er sollen auch nicht glücklich sein.«

Das Gefühl der Eifersucht, das ihn während der Zeit der Ungewißheit gequält hatte, war in jenem Augenblick von ihm gewichen, als ihm durch die Worte seiner Frau unter solchen Schmerzen sein weher Zahn ausgezogen wurde. Aber jenes Gefühl hatte einem andern Platz gemacht: dem Wunsche, sie nicht nur nicht den Sieg davontragen zu lassen, sondern auch für ihr Vergehen Vergeltung zu üben. Er wurde sich dieses Gefühls nicht voll bewußt; aber in der Tiefe seiner Seele hegte er den Wunsch, daß sie, die seine Ruhe gestört und seine Ehre verletzt hatte, auch dafür leiden möge. Und abermals erwog Alexej Alexandrowitsch die näheren Umstände eines Duells, der Scheidung, der Trennung und wiederum verwarf er alles miteinander; er gewann die Überzeugung, daß es nur einen Ausweg gäbe – sie bei sich zu behalten, vor der Welt, was geschehen war, zu verbergen und alle Maßregeln, die in seiner Macht lagen, zu ergreifen, um jenes Verhältnis zu lösen und hauptsächlich – was er sich aber nicht eingestand – um sie zu strafen.

»Ich muß ihr mitteilen, daß ich nach reiflicher Erwägung der schwierigen Lage, in die sie ihre Familie gebracht hat, zu dem Entschluß gelangt bin, daß jeder andere Ausweg für beide Teile schlimmer sein würde, als der äußere status quo, und daß ich bereit bin, ihn aufrecht zu erhalten, aber nur unter der strengen Bedingung, daß sie sich meinem Willen unterwirft, das heißt, ihre Beziehungen zu ihrem Liebhaber abbricht.« In diesem Entschluß wurde Alexej Alexandrowitsch – nachdem er ihn endgültig gefaßt hatte – durch einen neuen Gedanken, der in ihm auftauchte, noch besonders bestärkt. »Nur bei dieser Art des Vorgehens werde ich auch meinem religiösen Standpunkt gemäß handeln«, sprach er zu sich selbst, »nur auf diese Weise verstoße ich mein schuldiges Weib nicht, sondern mache es ihr möglich, sich zu bessern, und ich will sogar – so schwer mir dies auch fallen wird – einen Teil meiner Kraft ihrer Besserung und ihrer Rettung widmen.«

Obgleich Alexej Alexandrowitsch wußte, daß er keinen moralischen Einfluß auf seine Frau haben könne und daß alle diese Versuche zu ihrer Besserung nichts als eine Lüge ergeben würden, obgleich er in dieser schweren Zeit auch nicht ein einziges Mal daran gedacht hatte, in der Religion eine Richtschnur seines Handelns zu suchen: so brachte ihm doch jetzt, als sein Entschluß mit den Forderungen der Religion übereinzustimmen schien, diese religiöse Sanktion seines Beschlusses vollkommene Befriedigung und zum Teil Beruhigung. Er freute sich bei dem Gedanken, daß auch bei einer so wichtigen Lebensfrage niemand sagen konnte, er habe nicht in Übereinstimmung mit den Vorschriften jener Religion gehandelt, deren Banner er inmitten der allgemeinen Erkaltung und Gleichgültigkeit stets hochgehalten hatte. Als er die ferneren Einzelheiten erwog, sah Alexej Alexandrowitsch nicht einmal ein, warum seine Beziehungen zu seiner Frau nicht im großen ganzen die gleichen bleiben könnten wie früher. Zweifellos würde er niemals wieder imstande sein, ihr seine Achtung zu schenken; aber es gab keinen Grund und konnte auch keinen geben, weshalb er sein eigenes Leben zerstören und selber leiden sollte, weil sie eine schlechte und ungetreue Gattin war. »Ja, und wenn die Zeit, die alles heilende Zeit, ihren Einfluß ausgeübt haben wird, dann werden auch unsere Beziehungen die früheren werden«, sprach Alexej Alexandrowitsch zu sich, »das heißt, bis zu einem solchen Grade, daß ich das Vorgefallene nicht mehr als eine Störung in meinem Leben empfinden werde. Sie muß unglücklich sein, aber mich trifft keine Schuld und darum darf ich nicht unglücklich werden. –«

14

Als Alexej Alexandrowitsch in Petersburg angelangt war, hatte sich in ihm dieser Entschluß nicht nur vollkommen gefestigt, sondern er hatte auch schon in Gedanken den Brief entworfen, den er seiner Frau schreiben wollte. Er trat in das Pförtnerstübchen, warf einen Blick auf die Briefe und Papiere, die aus dem Ministerium angelangt waren, und befahl, sie in sein Arbeitszimmer zu bringen.

»Ausspannen und niemand vorlassen!« erwiderte er mit einem gewissen Behagen, was als ein Zeichen seiner guten Laune aufzufassen war auf die Fragen des Schweizers, wobei er die Worte »niemand vorlassen« betonte.

In seinem Arbeitszimmer ging Alexej Alexandrowitsch ein paarmal auf und ab und blieb dann an seinem ungewöhnlich großen Schreibtische stehen, auf dem der ihm vorausgeeilte Kammerdiener bereits sechs Kerzen angezündet hatte; er knackte mit den Fingern, setzte sich und ordnete das Schreibgerät. Die Ellenbogen auf den Tisch gestützt, neigte er den Kopf zur Seite, dachte vielleicht eine Minute lang nach und begann dann zu schreiben, ohne auch nur eine Sekunde innezuhalten. Er schrieb ohne Anrede und in französischer Sprache, in der das Fürwort ›Sie‹ nicht jenen Ausdruck der Kälte besitzt, den es im Russischen hat:

»Bei unserer letzten Unterredung hatte ich Ihnen meine Absicht ausgesprochen, Ihnen meinen Beschluß hinsichtlich des Gegenstandes unseres Gesprächs mitzuteilen. Ich habe alles sorgfältig erwogen und schreibe jetzt, um mein Versprechen zu erfüllen. Mein Entschluß ist folgender: welcher Art auch immer Ihre Handlungen gewesen sein mögen, so halte ich mich doch nicht für berechtigt, das Band zu zerreißen, durch das eine höhere Macht uns verknüpft hat. Eine Familie kann nicht um einer Laune willen zerstört werden; auch nicht durch die Willkür, nicht einmal durch ein Verbrechen eines der Gatten; unser Leben muß in derselben Weise weitergeführt werden. Dies ist unumgänglich notwendig in meinem

Interesse, in dem Ihrigen, in dem unseres Sohnes. Ich bin fest überzeugt, daß Sie den Anlaß zu dem gegenwärtigen Brief bereut haben und noch bereuen, und daß Sie mich darin unterstützen werden, die Ursache unseres Zerwürfnisses mit der Wurzel auszureißen und die Vergangenheit zu vergessen. Im entgegengesetzten Falle können Sie sich selbst vorstellen, was Sie und Ihr Sohn zu gewärtigen haben. Ich hoffe, dies alles bei einer persönlichen Zusammenkunft mit Ihnen näher zu besprechen. Da die Zeit des Landaufenthaltes sich jetzt ihrem Ende naht, möchte ich Sie bitten, so schnell wie möglich, jedenfalls nicht später als Dienstag, nach Petersburg überzusiedeln. Alle dazu erforderlichen Anordnungen sollen getroffen werden. Ich bitte Sie zu beachten, daß ich der Erfüllung dieses meines Wunsches eine ganz besondere Bedeutung beilege.

A. Karenin.

PS. Ich lege diesem Briefe einen Geldbetrag bei, der wie ich glaube, für Ihre Ausgaben erforderlich sein dürfte.«

Er las den Brief durch und war damit zufrieden, besonders damit, daß er nicht vergessen hatte, Geld beizufügen; das Schreiben enthielt kein hartes Wort, keinen Vorwurf und war doch auch nicht entgegenkommend. Die Hauptsache aber war, daß er sich eine goldene Brücke zur Rückkehr gebaut hatte. Er faltete den Brief, glättete ihn mit einem großen, wuchtigen Papiermesser aus Elfenbein und legte ihn mit den Banknoten in den Briefumschlag: dann klingelte er mit jenem Behagen, das er stets in sich auftauchen fühlte, wenn er sein vorzüglich ausgestattetes Schreibzeug handhabte.

»Übergib das dem Kurier, er soll es morgen Anna Arkadjewna nach dem Landhaus bringen«, sagte er und stand auf.

»Zu Befehl, Excellenz! Befehlen Sie den Tee hier im Arbeitszimmer?«

Alexej Alexandrowitsch ließ sich den Tee ins Arbeitszimmer bringen, spielte eine Weile mit dem elfenbeinernen Falzbein und trat dann zu einem Sessel, neben dem bereits eine Lampe aufgestellt und ein französisches Buch über die Eugubinischen Tafeln, das er zu lesen begonnen hatte, aufgeschlagen war. Über dem Sessel hing in einem ovalen Goldrahmen ein von einem berühmten Künstler vortrefflich ausgeführtes Porträt Annas. Alexej Alexandrowitsch richtete seinen Blick darauf. Die unergründlichen Augen schauten spöttisch und keck auf ihn nieder, wie an jenem letzten Abend, wo er eine Aussprache mit ihr herbeizuführen gesucht hatte. Unerträglich keck und herausfordernd wirkte auf Alexej Alexandrowitsch der Anblick der von dem Künstler vortrefflich ausgeführten schwarzen Spitzen auf dem Kopfe des schwarzen Haares und der weißen schönen Hand mit dem von Ringen bedeckten Goldfinger. Nachdem Alexej Alexandrowitsch das Bild etwa eine Minute lang angeblickt hatte, begann er so stark zu zittern, daß seine Lippen bebten und den Laut »Brr« hervorbrachten, und er wandte sich ab. Er ließ sich hastig in den Sessel nieder und öffnete das Buch. Er versuchte zu lesen, aber vergeblich bemühte er sich, das vordem so lebhafte Interesse für die Eugubinischen Tafeln wieder in sich zu erwecken. Er sah in das Buch und dachte an ganz etwas anderes. Aber seine Gedanken waren nicht mit seiner Frau beschäftigt, sondern mit einer in der letzten Zeit in einer dienstlichen Angelegenheit eingetretenen Verwicklung, die gerade jetzt in seiner amtlichen Tätigkeit den Gegenstand seines ganz besonderen Interesses bildete. Er fühlte, daß er jetzt tiefer als je zuvor diese Verwicklung durchschaute und daß in seinem Hirn – er konnte dies ohne Selbstüberhebung sagen – ein hervorragender Gedanke keimte, der diese ganze Angelegenheit entwirren, ihn zugleich in seiner Laufbahn fördern, seine Feinde stürzen und darum dem Reich den größten Nutzen bringen mußte. Sobald der Diener, der den Tee hereinbrachte, das Zimmer verlassen hatte, stand Alexej Alexandrowitsch auf und trat an seinen Schreibtisch. Er schob die Mappe mit den laufenden Angelegenheiten in die Mitte des Tisches, zog mit kaum bemerkbarem, selbstzufriedenen Lächeln einen Bleistift aus dem Ständer und vertiefte sich in das Lesen der von ihm eingeforderten Akten, die auf die bevorstehende verwickelte Angelegenheit Bezug hatten.

Diese Verwicklung bestand in folgendem: Alexej Alexandrowitsch besaß, als Regierungsbeamter, einen besonderen, ihm eigentümlichen Charakterzug wie dies bei jedem hervorragenden Beamten der Fall zu sein pflegt: dieser Charakterzug, der ihm im Verein mit seinem zähen Ehrgeiz, seiner Zurückhaltung, Ehrenhaftigkeit und seinem Selbstvertrauen zu seiner Laufbahn verholfen hatte, bestand in der Geringschätzung jeden bureaukratischen Formelkrams, in der Verminderung unnötiger Schreibereien, in der möglichst unmittelbaren Beziehung zu jeder aktuellen Frage und endlich in seiner Sparsamkeit. Nun war in der berühmten Kommission vom 2. Juni die Angelegenheit der Bewässerung der Felder im Saraischen Gouvernement berührt worden, diese Angelegenheit unterstand dem Ministerium, in dem Alexej Alexandrowitsch tätig war, und bot ein schroffes Beispiel unfruchtbarer Ausgaben und der Unzulänglichkeit der altgewohnten bureaukratischen Amtsgepflogenheiten. Alexej Alexandrowitsch wußte, daß die Sache sich so verhielt. Die Bewässerungsangelegenheit der Felder im Saraischen Gouvernement war bereits von dem Vorgänger von Alexej Alexandrowitschs Vorgänger angeregt worden. Und in der Tat, in dieser Angelegenheit war sehr viel Geld verausgabt worden und wurde auch weiterhin verausgabt, und zwar in völlig nutzloser Weise, so daß die ganze Sache augenscheinlich zu nichts führen konnte. Alexej Alexandrowitsch hatte dies, als er sein Amt antrat, sofort begriffen und wollte auch Hand ans Werk legen; aber in der ersten Zeit, so lange er sich in seiner Stellung noch nicht sicher fühlte, wußte er, daß gar zu viele Interessen auf dem Spiel stünden, und daß es daher unklug wäre, wenn er gleich vorgehen wollte; später hatte er, von anderen Dingen in Anspruch genommen, diese Sache einfach vergessen. Sie ging, wie alle anderen Angelegenheiten, unterdessen von selbst vermöge der ihr innewohnenden vis inertiae ihren Gang weiter. (Vielen Leuten brachte diese Sache Brot und Lohn, besonders einer sehr sittenstrengen und musikalischen Familie: alle Töchter spielten auf Saiteninstrumenten. Alexej Alexandrowitsch kannte diese Familie und war Brautvater bei einer der älteren Töchter gewesen.) Diese Frage durch ein feindliches Ministerium aufrühren zu lassen, wäre nach Alexej Alexandrowitschs Meinung nicht ehrenhaft gewesen, da in jedem Ministerium noch ganz andere Fragen existieren, die dennoch in dem Gefühl eines gewissen dienstlichen Anstandes von niemandem aufgerührt wurden. Jetzt aber, da nun einmal der Handschuh hingeworfen war, hatte er ihn kühn aufgenommen und die Einsetzung einer besonderen Kommission gefordert, welche die Arbeiten der Kommission behufs Bewässerung der Felder des Saraischen Gouvernements durchstudieren und prüfen solle. Dafür aber ließ er nun seinerseits keinem jener Herren gegenüber irgendwelche Rücksicht gelten. Er forderte nun auch die Einsetzung einer zweiten besonderen Kommission in der Angelegenheit der Ansiedelung der Fremdvölker. Diese Frage war zufällig in der Komiteesitzung vom 2. Juni berührt und von Alexej Alexandrowitsch energisch unterstützt worden, da sie, seiner Ansicht nach, bei der bedauerlichen Lage der Fremdvölker keinen Aufschub dulde. In der Komiteesitzung hatte diese Frage auch den Anlaß zu Zerwürfnissen zwischen einigen Ministerien gegeben.

Das Alexej Alexandrowitsch feindliche Ministerium bewies, daß die Lage der Fremdvölker eine durchaus blühende sei, und daß die vorgeschlagene Neuordnung der Dinge diesen blühenden Zustand nur schädigen könne; wenn dagegen Übelstände wirklich vorhanden sein sollten, so kämen sie nur daher, daß Alexej Alexandrowitschs Ministerium die durch das Gesetz vorgeschriebenen Maßregeln nicht ausgeführt habe. Jetzt beabsichtigte Alexej Alexandrowitsch folgende Forderungen zu stellen: erstens solle eine neue Kommission eingesetzt werden, um die Lage der Fremdvölker an Ort und Stelle zu prüfen; zweitens solle, wenn es sich erwiese, daß ihre Lage wirklich eine solche sei, wie sie nach den in den Händen des Komitees befindlichen offiziellen Berichten erschien, noch eine andere gelehrte Kommission zur Erforschung der Ursachen dieser unerfreulichen Lage der Fremdvölker ernannt werden, und diese von folgenden Gesichtspunkten aus prüfen: a) vom politischen, b) vom administrativen, c) vom ökonomischen, d) vom ethnographischen, e) vom materiellen und f) vom religiösen; drittens, seien vom feindlichen Ministerium Dokumente über die Maßregeln einzufordern, welche dies Ministerium in den letzten zehn Jahren behufs Beseitigung der ungünstigen Lage unternommen hatte, in der sich neuerdings die Fremdvölker befänden; und viertens endlich müsse vom Ministerium eine Erklärung gefordert werden, weshalb es, wie aus den im Komitee niedergelegten Berichten unter No. 17015 und 18308 vom 5. Dezember 1863 und vom 7. Juni 1864 ersichtlich wäre, direkt dem Sinne des organischen Grundgesetzes Bd ... Art. 18 und der Randbemerkung zum Art. 36 zuwider gehandelt habe. Alexej Alexandrowitschs Gesicht war vor Erregung gerötet, als er sich schnell eine Skizze dieser Gedanken niederschrieb. Er notierte einiges auf einem Papierbogen, stand auf, klingelte und schickte den Zettel zum Bureauvorsteher, um sich von diesem die erforderlichen Unterlagen herbeischaffen zu lassen. Nachdem er sich erhoben hatte, ging er im Zimmer auf und ab, und als er nun wiederum einen Blick auf das Bild warf, runzelte er die Brauen und lächelte verächtlich. Dann begann er mit erneutem Interesse das Buch über die Eugubinischen Tafeln zu lesen und begab sich endlich um elf Uhr zur Ruhe; und als er schon im Bette liegend, sich nochmals seine Unterredung mit seiner Frau ins Gedächtnis zurückrief, da erschien ihm bereits die ganze Angelegenheit lange nicht mehr in einem so düsteren Licht wie vorher.

15

Anna hatte Wronskij hartnäckig und gereizt widersprochen, als dieser ihr gesagt hatte, daß ihre Lage unhaltbar sei, in der Tiefe ihres Herzens aber hielt sie selber ihre Stellung für falsch und unehrlich und wünschte mit ganzer Seele, eine Änderung herbeizuführen. Als sie dann mit ihrem Manne vom Rennen zurückkehrte, da hatte sie ihm in einem Moment der Erregung alles gesagt und hatte sich trotz des Schmerzes, den sie dabei empfand, darüber gefreut. Auch später, als sie schon allein geblieben war, sagte sie sich, sie sei froh, daß sich jetzt alles klären müsse und wenigstens Lüge und Verstellung nicht mehr nötig seien. Es schien ihr unzweifelhaft, daß ihre Lage jetzt ein für allemal geregelt werden würde. Diese Lage konnte ihr Schlimmes bringen, aber sie mußte genau geregelt sein; Unklarheit und Lüge würden jedenfalls nicht mehr herrschen. Der Schmerz, den sie ihrem Manne und sich selber durch jene Erklärung bereitet hatte, würde jetzt, wie sie sich sagte, dadurch wettgemacht werden, daß alles genau geregelt wurde. Am nämlichen Abend noch traf sie mit Wronskij zusammen, sagte ihm aber nicht, was zwischen ihr und ihrem Gatten vorgefallen war, obgleich Offenheit zur Klärung der Lage unumgänglich nötig gewesen wäre.

Das erste, was ihr beim Erwachen am andern Morgen einfiel, waren die Worte, die sie zu ihrem Manne gesprochen hatte, und sie erschienen ihr so schrecklich, daß sie nicht begreifen konnte, wie sie den Mut gehabt hatte, diese seltsamen groben Reden zu führen; sie vermochte es sich nicht vorzustellen, was daraus entstehen würde. Aber das Geständnis war einmal gemacht, und Alexej Alexandrowitsch war fortgefahren, ohne etwas gesagt zu haben. »Ich habe Wronskij gesehen und ihm nichts gesagt. Noch im letzten Augenblick wollte ich ihn zurückrufen und es ihm mitteilen; aber ich besann mich eines anderen, weil es ihm doch sonderbar hätte erscheinen müssen, daß ich es ihm nicht gleich im ersten Moment gesagt hatte. Weshalb wollte ich's ihm sagen und konnte es doch nicht tun?« Und als Antwort auf diese Frage stieg ihr die heiße Röte der Scham ins Gesicht. Sie begriff sehr wohl, was sie davon zurückgehalten hatte; sie begriff, daß sie sich geschämt hatte. Ihre Lage, die ihr gestern abend als geklärt erschienen war, kam ihr jetzt plötzlich nicht nur nicht geklärt, sondern aussichtslos vor. Sie hatte Furcht vor der Schande, an die sie früher nicht einmal gedacht hatte. Als sie aber jetzt darüber nachsann, was ihr Mann tun könnte, da fuhren ihr die entsetzlichsten Gedanken durch den Kopf. Es kam ihr der Gedanke, daß ein Bevollmächtigter in kürzester Zeit erscheinen und sie aus dem Hause jagen könne, daß ihre Schande der ganzen Welt offenbar werden würde. Sie fragte sich, wohin sie sich wenden solle, wenn sie das Haus verlassen müßte, und fand keine Antwort darauf.

Sie dachte an Wronskij, aber es schien ihr auf einmal, daß er sie nicht mehr liebe, daß er schon anfange, sie als eine Last zu empfinden; sie sagte sich, daß sie sich ihm nicht aufdrängen könne, und ein Gefühl der Feindseligkeit gegen ihn begann sich in ihr zu regen. Sie hatte die Empfindung, als habe sie das, was sie ihrem Gatten gesagt hatte und was sie beständig in ihrer Phantasie wiederholte, vor aller Welt ausgesprochen. Sie konnte es nicht über sich gewinnen, ihren Hausgenossen in die Augen zu sehen. Sie konnte sich nicht entschließen, ihr Kammermädchen zu rufen und noch weniger, hinunter zu gehen und vor ihren Sohn und die Erzieherin zu treten.

Die Zofe hatte schon lange an der Tür gelauscht und kam jetzt ungerufen ins Zimmer. Anna blickte sie fragend an und errötete erschreckt. Das Mädchen entschuldigte ihr Eintreten damit, sie habe geglaubt, es sei geklingelt worden. Sie brachte ein Kleid und einen Brief von Betsy. Betsy schrieb, Lisa Merkalowa und die Baronin Stolz mit ihren Anbetern Kaluschskij und dem alten Strjemow würden sich heute vormittag zu einer Croquetpartie bei ihr einfinden. »Kommen Sie, wenn auch nur zum Zusehen, zum Sittenstudium. Ich erwarte Sie«, schloß sie.

Anna las den Brief und seufzte schwer auf.

»Geh nur, ich brauche nichts«, sagte sie zu Annuschka, die inzwischen Essenzen und Bürsten auf dem Toilettentischchen geordnet hatte. »Geh nur, ich ziehe mich gleich an und werde herunter kommen. Geh nur, ich brauche dich nicht.«

Annuschka entfernte sich, Anna aber dachte nicht daran, sich anzukleiden; sie blieb in derselben Stellung, den Kopf auf die Hand gestützt, unbeweglich sitzen; von Zeit zu Zeit erbebte ihr ganzer Körper, als wolle sie eine Bewegung machen, ein Wort sagen, dann verfiel sie wieder in ihre frühere Erstarrung. Sie wiederholte unaufhörlich: »Mein Gott! Mein Gott!« Aber keins der beiden Worte hatte irgend welchen Sinn für sie. Der Gedanke, in der Religion Trost und Hilfe zu suchen, lag ihr, obgleich sie niemals an der Religion, in der sie erzogen worden war, gezweifelt hatte, ebenso fern, wie der, bei Alexej Alexandrowitsch selbst Schutz zu suchen. Sie wußte nur zu gut, daß die Religion nur dann Hilfe gewähren konnte, wenn sie dem entsagte, was für sie ihren ganzen Lebensinhalt ausmachte. Ihr war nicht nur schwer zumute; sie begann sich auch vor diesem neuen Seelenzustand, den sie bisher noch nie empfunden hatte, zu fürchten. Sie fühlte, daß sich in ihrer Seele alles zu verdoppeln begann, so wie bisweilen dem müden Auge die Gegenstände doppelt erscheinen. Sie wußte nicht, wovor sie sich fürchtete, was sie eigentlich wünschte. Fürchtete oder wünschte sie das, was war, oder das, was kommen mußte, – sie wußte es nicht, ebensowenig wie sie wußte, was sie eigentlich wünschte.

»Ach, was tue ich denn!« rief sie auf einmal, als sie einen plötzlichen Schmerz an beiden Seiten des Kopfes empfand. Als sie zur Besinnung kam, sah sie, daß sie mit beiden Händen in die Schläfenhaare gegriffen hatte und daran zerrte. Sie sprang auf und begann auf und ab zu gehen.

»Der Kaffee ist fertig, und das Fräulein und Serjoscha warten«, sagte Annuschka, die jetzt hereintrat und Anna noch in derselben Stellung fand, in der sie sie verlassen hatte.

»Serjoscha? Was ist mit Serjoscha?« fragte Anna plötzlich lebhafter und erinnerte sich zum ersten Male an diesem Morgen an ihren Sohn.

»Er ist, glaube ich, unartig gewesen«, erwiderte Annuschka lächelnd.

»Inwiefern?«

»In Ihrem Eckzimmer hatten Sie Pfirsiche stehen; da hat, glaube ich, der junge Herr heimlich einen aufgegessen.«

Die Erinnerung an den Sohn riß Anna plötzlich aus der verzweifelten Stimmung, in der sie sich befand. Sie gedachte der zum Teil aufrichtigen, wenn auch etwas übertriebenen Rolle der für ihren Sohn lebenden Mutter, die sie in den letzten Jahren gespielt hatte, und sie fühlte voller Freude, daß sie in ihrer jetzigen Lage eine Macht in Händen habe, die von ihrem Verhältnis zu Wronskij und zu ihrem Gatten unabhängig war. Diese Macht war ihr Sohn. In welche Lage sie auch immer geraten mochte, den Sohn konnte sie nicht verlassen. Wenn ihr Mann sie auch mit Schmach belud und verstieß, auch wenn Wronskijs Liebe erkaltete, und er sein unabhängiges Leben weiterführte (abermals gedachte sie seiner mit vorwurfsvoller Bitterkeit): sie konnte ihren Sohn nicht verlassen. Sie hatte einen Lebenszweck. Und sie mußte handeln, etwas tun, um ihr Verhältnis zu ihrem Sohne so sicherzustellen, daß man ihn ihr nicht rauben konnte. Und zwar mußte sie schnell handeln, so schnell wie möglich, bevor man den Versuch machte, ihn ihr zu rauben. Sie mußte fort mit den Sohne. Das war das einzige, was sie jetzt zu tun hatte. Sie mußte ruhiger werden und diesem qualvollen Zustand zu entrinnen suchen. Der Gedanke an tatkräftiges Handeln, das auf ihren Sohn Bezug hatte, der Gedanke, daß sie binnen kurzem mit ihm irgend wohin werde fliehen müssen, gab ihr ihre Ruhe wieder.

Sie kleidete sich rasch an, begab sich hinunter und trat entschlossenen Schrittes ins Eßzimmer, wo, wie gewöhnlich, der Kaffee bereits auf sie wartete und sich auch Serjoscha mit seiner Gouvernante befand. Serjoscha trug einen weißen Anzug; er stand an einem Spiegeltischchen, Rücken und Kopf mit gespanntester Aufmerksamkeit nach vorn gebeugt; sie kannte diesen Ausdruck, durch den er dem Vater ähnlich wurde. Er machte sich mit den Blumen zu schaffen, die er mitgebracht hatte.

Das Gesicht der Erzieherin hatte einen besonders strengen Ausdruck. Serjoscha rief mit durchdringender Stimme, wie er dies öfters tat: »Ach Mama!« und blieb dann unentschlossen stehen: er war im Zweifel, ob er die Mutter begrüßen und die Blumen liegen lassen oder den Kranz fertig machen und dann erst zu ihr kommen solle?

Die Erzieherin begrüßte Anna und begann langsam und ausführlich von Serjoschas Unart zu berichten; Anna aber hörte ihr nicht zu; sie dachte inzwischen darüber nach, ob sie die Gouvernante mitnehmen solle oder nicht. »Nein«, beschloß sie bei sich, »ich werde mit ihm allein fortreisen!«

»Ja, das ist sehr unrecht«, sagte sie jetzt laut, zog den Sohn an der Schulter näher zu sich heran, wobei sie ihn nicht mit strengem Ausdruck, sondern schüchtern anblickte, was den

Knaben zugleich verwirrte und erfreute, und küßte ihn dann. »Lassen Sie ihn bei mir«, wandte sie sich darauf zu der verwunderten Erzieherin und nahm, ohne die Hand des Sohnes loszulassen, an dem gedeckten Frühstückstisch Platz.

»Mama! Ich ... ich ... wollte ...«, begann er und suchte aus ihren Zügen zu erraten, was seiner harrte.

»Serjoscha«, sagte sie, sobald die Erzieherin das Zimmer verlassen hatte, »das ist sehr unrecht von dir, aber du wirst es nicht wieder tun? ... Du liebst mich doch?«

Sie fühlte, daß ihr Tränen in die Augen traten. »Kann ich denn aufhören, ihn zu lieben«, sprach sie zu sich selbst, indem sie den Blick in seine erschreckt und zugleich freudig dreinblickenden Augen versenkte. »Sollte es wirklich möglich sein, daß er die Partei des Vaters ergreift, um mich zu strafen? Wird er nicht Mitleid mit mir haben?« Die Tränen rannen ihr über die Wangen, und um sie zu verbergen, stand sie hastig auf und eilte auf die Terrasse hinaus.

Nach den Regenstürmen der letzten Tage war kaltes, klares Wetter eingetreten. Trotz des hellen Sonnenscheins, der sich durch die blank gewaschenen Blätter stahl, war die Luft kalt.

Sie bebte vor Kälte und vor innerem Grauen, die sie in der reinen, freien Luft mit erneuter Kraft ergriffen.

»Geh, geh zu Mariette«, sagte sie zu Serjoscha, der ihr gefolgt war, und begann, auf der Strohmatte der Terrasse auf- und abzugehen. »Ist es denn möglich, daß sie mir nicht verzeihen, daß sie nicht verstehen, wie alles kam und kommen mußte?« dachte sie bei sich.

Sie blieb stehen und blickte auf die im Winde schwankenden Wipfel der Espen mit den blanken vom Regen reingewaschenen Blättern, die in den kalten Sonnenstrahlen blitzten; und sie begriff, daß ›sie‹ ihr nicht verzeihen würden, daß alles und alle jetzt gegen sie ebenso mitleidlos wie dieser Himmel, wie dieses Grün sein würden. Und wieder fühlte sie, wie sich in ihrer Seele ein Zwiespalt regte. »Nicht denken, nur nicht denken«, sprach sie zu sich. »Ich muß mich zur Reise rüsten. Aber wohin? Wann? Wen soll ich mitnehmen? Ja, – das ist's – nach Moskau mit dem Abendzug. Ich nehme Annuschka und

Serjoscha mit, und nur die allernotwendigsten Sachen. Vorher aber muß ich beiden schreiben.« Sie eilte ins Haus zurück, trat in ihr Wohnzimmer, setzte sich an den Tisch und schrieb an ihren Mann:

»Nach dem, was vorgefallen ist, kann ich nicht länger in Ihrem Hause bleiben. Ich reise fort und nehme meinen Sohn mit. Ich kenne die Gesetze nicht und weiß daher nicht, bei wem von uns beiden unser Sohn bleiben muß; aber ich nehme ihn mit mir, weil ich ohne ihn nicht leben kann. Seien Sie großmütig, lassen Sie ihn mir.«

Bis hierher hatte sie rasch und zwanglos geschrieben, aber die Berufung auf seine Großmut, die sie ihm gar nicht zugestand, und die Notwendigkeit, den Brief mit irgend einem rührenden Worte zu schließen, ließen sie innehalten.

»Von meiner Schuld und meiner Reue kann ich nicht sprechen, weil ...«

Wieder unterbrach sie sich und fand keinen Zusammenhang in ihren Gedanken. »Nein«, sprach sie vor sich hin, »nichts davon.« Sie zerriß den Brief, schrieb ihn noch einmal, schloß mit der Erwähnung der Großmut und siegelte ihn.

Einen zweiten Brief mußte sie an Wronskij schreiben. »Ich habe meinem Manne alles gesagt«, begann sie und saß dann lange Zeit da, ohne die Kraft zu haben, fortzufahren. Das war so roh, so unweiblich. »Und dann, was könnte ich ihm denn schreiben?« dachte sie. Wieder stieg ihr die Röte der Scham ins Gesicht, als sie seiner Ruhe gedachte, und das Gefühl des Verdrusses gegen ihn ließ sie den Papierbogen mit dem begonnenen Satz in kleine Fetzen zerreißen. »Es ist ganz überflüssig!« sagte sie sich und schloß die Briefmappe; sie begab sich hinauf, teilte der Erzieherin und der Dienerschaft mit, daß sie noch heute nach Moskau reise, und schickte sich sofort an, ihre Sachen zu packen.

16

In allen Zimmern des Landhauses regten sich Hausknechte, Diener und Gärtner, die mit dem Heraustragen der Sachen beschäftigt waren. Schränke und Kommoden standen offen; zweimal war zum Seiler geschickt worden, um Stricke für die Koffer zu holen; auf dem Fußboden lag Zeitungspapier unordentlich umher. Zwei Koffer, Reisetaschen und ein Plaidbündel waren bereits auf die Freitreppe hinausgetragen worden. Der Wagen und zwei Mietdroschken hielten vor der Anfahrt. Anna hatte bei der Arbeit des Einpackens ihre innere Unruhe vergessen; sie stand gerade vor ihrem Schreibtisch im Wohnzimmer und packte ihre Handtasche, als Annuschka sie auf eine heranrollende Equipage aufmerksam machte. Anna sah aus dem Fenster und erblickte auf der Freitreppe Alexej Alexandrowitschs Kurier, der an der Eingangstür klingelte.

»Geh und sieh, was es gibt«, sagte sie und mit ruhiger Ergebenheit setzte sie sich, die Hände im Schoß, in einen Sessel. Ein Diener brachte einen dicken Brief, der die wohlbekannten Schriftzüge Alexej Alexandrowitschs trug.

»Der Kurier soll auf Antwort warten«, sagte der Diener.

»Es ist gut«, erwiderte sie und riß, als er kaum die Tür hinter sich geschlossen hatte, mit zitternden Fingern den Brief auf. Ein Päckchen enggefalteter Banknoten, die von einem Streifband zusammen gehalten wurden, fiel heraus. Sie entfaltete den Brief und begann ihn vom Ende anfangend zu lesen. »Alle erforderlichen Vorbereitungen für Ihre Übersiedelung sollen getroffen werden; ich lege der Erfüllung dieses Wunsches eine ganz besondere Bedeutung bei«, las sie. Sie durchflog einige der vorhergehenden Zeilen, las dann alles und fing den ganzen Brief noch einmal von vorn zu lesen an. Als sie fertig war, fühlte sie, daß sie friere und daß ein so furchtbares Unglück über sie hereingebrochen sei, wie sie es nicht erwartet hatte.

Einige Stunden vorher, am Morgen, hatte sie bereut, ihrem Manne alles gesagt zu haben, und wünschte nur das eine, daß jene Worte ungesprochen geblieben wären. Und nun machte dieser Brief jene Worte ungesprochen und erfüllte ihren Wunsch. Jetzt aber schien ihr dieser Brief entsetzlicher als alles, was sie sich vorgestellt hatte.

»Er hat recht, er hat recht!« sprach sie vor sich hin. »Natürlich, er hat immer recht, er ist ein Christ, er ist großmütig! Oh, dieser niedrig denkende, dieser verächtliche Mann! Und dies kann und wird niemand außer mir verstehen, und ich kann es niemandem begreiflich machen. Alle nennen sie ihn einen religiösen, sittenstrengen, ehrenhaften, klugen Mann; aber sie sehen nicht, was ich gesehen habe. Sie wissen nicht, daß er acht Jahre hindurch mein Leben erstickt hat, alles erstickt hat, was an Lebensfreude in mir war – daß er nicht ein einziges Mal auch nur daran gedacht hat, daß ich ein lebendiges Wesen bin, das der Liebe bedarf. Sie wissen nicht, wie er mich auf Schritt und Tritt gekränkt hat, ohne dabei seine Selbstzufriedenheit einzubüßen. Habe ich mich etwa nicht bemüht, aus allen Kräften bemüht, mein Leben zu rechtfertigen? Habe ich etwa nicht versucht, ihn zu lieben, nicht versucht, meinen Sohn zu lieben, als ich den Gatten nicht mehr lieben konnte? Dann aber kam die Zeit, wo ich begriff, daß ich mich selbst nicht mehr betrügen konnte; daß ich ein lebendiges Geschöpf bin und nicht schuld daran, daß Gott mich so geschaffen hat, daß ich lieben und mich ausleben muß. Und jetzt – was ist jetzt geschehen? Hätte er mich getötet, ihn getötet – alles hätte ich ertragen, alles hätte ich verziehen – aber nein, er ...«

»Wie ist es nur möglich, daß ich nicht gleich erraten habe, was er tun würde? Er mußte ja so handeln, wie es seinem niedrigen Charakter entspricht. Er bleibt im Recht, aber mich, die ich zu Grunde gegangen bin, stürzt er noch ärger, noch tiefer ins Verderben ...« »Sie können sich selbst vorstellen, was Sie und Ihr Sohn zu gewärtigen haben«, diese Stelle seines Briefes zog ihr durch den Sinn. »Das ist eine Drohung, daß er mir den Sohn nehmen wird, und wahrscheinlich kann er das nach unseren unvernünftigen Gesetzen. Aber weiß ich denn nicht, weshalb er das sagt? Er glaubt nicht einmal an meine Liebe zu meinem Kinde; oder er verachtet (wie er ja auch stets darüber gespottet hat), verachtet dieses Gefühl; und doch weiß er, daß ich von meinem Knaben nicht lasse, nicht lassen

kann, daß es ohne mein Kind für mich kein Leben geben kann
– nicht einmal mit dem Mann, den ich liebe; er weiß, daß ich,
wenn ich meinen Sohn verlasse und ihm entfliehe, wie das
schändlichste, gemeinste Weib handeln würde – er weiß das
und weiß auch, daß ich nie imstande sein werde, dies zu tun.«

»Unser Leben muß sich so gestalten wie früher«, hat er in
dem Briefe gesagt. »Jenes Leben war schon früher qualvoll
genug gewesen, in der letzten Zeit war es unerträglich geworden. Was soll nun erst werden? Und er weiß das alles, weiß,
daß ich meine Liebe ebensowenig bereuen kann, wie ich
bereuen kann, daß ich atme; er weiß, daß nur Lüge und Täuschung daraus entstehen können; er will mich nur länger
quälen. Oh, ich kenne ihn. Ich weiß, daß er sich in der Lüge
wohlfühlt, wie der Fisch im Wasser. Und ich sollte ihm diesen
Genuß lassen? Nein! Ich zerreiße dies Lügennetz, in das er
mich verstricken will; mag daraus entstehen, was da will!
Alles ist besser, als lügen und betrügen!« –

»Aber wie? Mein Gott! Mein Gott! Hat es jemals ein
unglücklicheres Weib gegeben, als mich? ...«

»Nein, ich zerreiße sein Lügengewebe, ich zerreiße es!« rief
sie aus, indem sie vom Stuhl aufsprang und ihre Tränen
zurückdrängte. Sie ging zum Schreibtisch, um einen andern
Brief an ihn zu schreiben. Doch tief in ihrer Seele fühlte sie,
daß sie nicht die Kraft haben würde, irgend etwas zu zerreißen, nicht die Kraft haben würde, ihre jetzige Lage zu
ändern, wie lügnerisch und ehrlos sie auch sei.

Sie ließ sich am Schreibtisch nieder; aber sie begann nicht
zu schreiben, sondern stützte die Arme auf die Platte, lehnte
den Kopf in die Hände und brach in leidenschaftliches Weinen aus. Sie weinte, wie Kinder weinen, ihre Brust hob und
senkte sich schluchzend. Sie weinte darüber, daß ihre Hoffnung auf eine Klärung, auf eine völlige Regelung ihrer Lage
auf immer zerstört war. Sie wußte im voraus, daß alles beim
alten bleiben und sogar viel schlimmer werden würde, als es
früher gewesen war. Sie fühlte sehr wohl, daß die Stellung in
der Welt, die sie genoß und die ihr noch am Morgen so nichtig erschienen war, trotz alledem einen Wert für sie hatte; sie
fühlte, daß sie nicht imstande sein würde, diese Stellung auf-

zugeben und dafür die Schmach einzutauschen, die auf ein Weib fällt, das Gatten und Kind verlassen und sich mit ihrem Liebhaber vereinigt hat; sie fühlte, daß sie nie über ihre eigene Kraft hinauskommen würde, und wenn sie sich auch noch so sehr anstrengte. Niemals wieder würde sie die Freiheit in der Liebe genießen können; sie würde immer nur die verbrecherische Gattin bleiben und davor zittern, jeden Augenblick entlarvt und beschuldigt zu werden, daß sie den Gatten betrogen und einen schmählichen Bund mit einem fremden, unabhängigen Manne geschlossen habe, mit dem sie niemals ihr Leben vereinigen konnte. Sie wußte, daß ihr dies bevorstand, und zugleich war es doch so furchtbar, daß sie sich nicht einmal vorstellen konnte, wie es enden sollte. Und sie weinte, weinte, ohne sich zurückzuhalten, wie gestrafte Kinder weinen.

Das Geräusch herannahender Schritte zwang sie, sich zu beherrschen; sie verbarg das Gesicht vor dem eintretenden Diener und gab sich den Anschein, als ob sie schriebe.

»Der Kurier bittet um Antwort«, meldete der Lakai.

»Antwort? Ja«, entgegnete Anna, »er soll noch etwas warten. Ich werde klingeln.«

»Was kann ich schreiben?« dachte sie. »Was kann ich allein beschließen? Was weiß ich? Weiß ich auch nur, was ich will? Was ziehe ich vor?« Und wieder empfand sie den Zwiespalt, der sich in ihrer Seele zu regen begann. Sie erschrak vor diesem Gefühl und ergriff den ersten sich ihr darbietenden Vorwand zum Handeln, der sie von ihren eigene Gedanken ablenken konnte. »Ich muß Alexej sehen, (so nannte sie in Gedanken Wronskij,) er allein kann mir sagen, was ich tun soll. Ich will zu Betsy fahren, vielleicht treffe ich ihn dort.« – Sie vergaß dabei völlig, daß sie ihm gestern gesagt hatte, sie habe nicht die Absicht, zur Fürstin Twerskaja zu fahren, worauf er geantwortet hatte, daß er dann auch nicht hinkommen werde. Sie beugte sich über den Tisch und schrieb ihrem Manne: »Ich habe Ihren Brief empfangen. A.« Dann klingelte sie und übergab dem Diener das gefaltete Blatt.

»Wir reisen nicht«, sagte sie zu Annuschka, die hereinkam.

»Überhaupt nicht?«

»Ich weiß es nicht; bis morgen bleibt alles eingepackt, und der Wagen soll warten. Ich fahre zur Fürstin.«
»Welches Kleid befehlen Sie?«

17

Die Gesellschaft bei der Croquetpartie, zu welcher Fürstin Twerskaja Anna eingeladen hatte, sollte aus zwei Damen mit ihren Verehrern bestehen. Diese beiden Damen waren die hauptsächlichsten Vertreterinnen eines gewählten, neuen Petersburger Kreises, der sich in Nachahmung irgend einer Nachahmung ›les sept merveilles du monde‹ nannte. Die Damen gehörten allerdings einem der höchsten Gesellschaftskreise an, er stand aber dem, in dem sich Anna bewegte, vollkommen feindlich gegenüber. Dazu kam, daß der alte Strjemow, einer der einflußreichsten Männer Petersburgs und der Verehrer von Lisa Merkalowa, in Dienstsachen ein Feind von Alexej Alexandrowitsch war. Alle diese Gründe hatten Anna bestimmt, die Einladung abzulehnen, und auf ihre Absage bezogen sich die Anspielungen in Fürstin Twerskajas Antwort. Jetzt aber wollte Anna, in der Hoffnung, Wronskij zu treffen, die Gesellschaft besuchen.

Anna traf bei der Fürstin früher ein, als die andern Gäste. Als sie vorfuhr, war Wronskijs Diener, der mit seinem gepflegten Backenbart eher einem Kammerjunker glich, gerade im Begriff, das Haus zu betreten. Er blieb an der Tür stehen, nahm die Mütze ab und ließ ihr den Vortritt. Anna erkannte ihn, und jetzt erst fiel ihr ein, daß Wronskij gestern gesagt hatte, er würde nicht kommen. Wahrscheinlich hatte er nun in diesem Sinne geschrieben.

Während sie im Vorzimmer die Oberkleider ablegte, hörte sie, wie der Diener, der das ›r‹ ebenfalls wie ein Kammerjunker schnarrte, sagte: »Vom Grafen für die Fürstin«, und den Brief übergab.

Sie hätte gern gefragt, wo sein Herr sei. Sie wäre gern

umgekehrt und hätte ihm einen Brief geschickt, um ihn zu bitten, zu ihr zu kommen; sie wäre gern selber zu ihm gefahren. Aber weder das eine noch das andere, noch das dritte konnte geschehen: schon von weitem hörte sie das Klingeln, das ihre Ankunft anzeigte, und der Lakai der Fürstin stand bereits mit halber Wendung an der geöffneten Tür und wartete auf ihren Eintritt in die inneren Räume.

»Die Frau Fürstin sind im Garten; es wird sofort gemeldet. Belieben gnädige Frau, sich auch in den Garten zu bemühen?« meldete ein anderer Lakai im zweiten Zimmer.

Der Zustand der Unentschlossenheit und Unklarheit war hier ganz derselbe wie zu Hause; er war sogar noch schlimmer, weil sie nichts unternehmen, Wronskij nicht aufsuchen konnte, sondern hier in einer fremden und ihrer Stimmung so widersprechenden Gesellschaft verweilen mußte. Aber sie war in einem Gesellschaftskleide, das ihr, wie sie wußte, gut stand; sie war nicht allein, rings um sich her sah sie sich von der ihr gewohnten feierlichen Atmosphäre des Müßiggangs umgeben, und es wurde ihr leichter zumute als zu Hause. Sie brauchte nicht darüber zu grübeln, was sie tun sollte. Alles machte sich wie von selbst. Betsy kam ihr in einem weißen Kleide entgegen, das ihr durch ihre Eleganz auffiel, und Anna lächelte sie an wie immer. Die Fürstin war in Gesellschaft von Tuschkewitsch und einem ihr verwandten jungen Mädchen, das zur höchsten Freude ihrer in der Provinz lebenden Eltern den Sommer bei der berühmten Fürstin verbrachte.

Anna hatte wahrscheinlich irgend etwas Besonderes an sich, da es Betsy sofort auffiel.

»Ich habe schlecht geschlafen«, erwiderte Anna auf ihre Frage und blickte dabei auf den Diener, der ihnen entgegenkam und, wie sie vermutete, Wronskijs Brief überbrachte.

»Wie freue ich mich, daß Sie gekommen sind«, sagte Betsy. »Ich bin ganz müde und wollte eben eine Tasse Tee trinken, ehe meine Gäste da sind.« Sie wandte sich zu Tuschkewitsch: »Vielleicht wollen Sie unterdessen mit Mascha den crocketground besichtigen; da, wo ich den Rasen habe schneiden lassen. Wir wollen unterdessen bei unserem Tee ein bißchen plaudern, *we'll have a cosy chat*, nicht wahr?« sprach sie dann lächelnd zu Anna und drückte ihr die Hand, die den Sonnenschirm hielt.

»Und dies um so mehr, als ich nicht lange bei Ihnen werde bleiben können; ich muß unbedingt noch zur alten Wrede. Es sind hundert Jahre her, seit ich's ihr versprochen habe«, erwiderte Anna, für welche die gesellschaftliche Lüge, die ihrer Natur sonst so fremd war, nicht nur etwas Einfaches und Natürliches, sondern sogar ein Vergnügen geworden war. Weshalb sie dies sagte, woran sie noch vor einer Sekunde gar nicht gedacht hatte, hätte sie sich durch nichts erklären können. Sie sagte es nur in der raschen Erwägung, daß sie sich, weil Wronskij nicht kommen würde, ihre Freiheit sichern und ihrerseits den Versuch machen müsse, ihn zu sehen. Warum sie aber gerade das alte Fräulein Wrede nannte, der sie ebenso wie vielen anderen einen Besuch schuldig war, hätte sie nicht erklären können; sie hätte aber, wie sich später herausstellte, unter allen schlauen Mitteln, ein Zusammentreffen mit Wronskij herbeizuführen, kein besseres wählen können.

»Nein, ich lasse Sie um keinen Preis fort«, erwiderte Betsy und blickte Anna forschend ins Gesicht. »Ich würde mich wirklich beleidigt fühlen, wenn ich Sie nicht so lieb hätte. Sie scheinen geradezu zu fürchten, daß meine Gesellschaft Sie kompromittieren könnte. Servieren Sie bitte den Tee im kleinen Salon«, sagte sie dann und kniff dabei, wie immer, wenn sie mit einem Diener sprach, die Augen etwas zu.

Sie nahm den Brief von ihm entgegen und las.

»Da macht uns Alexej einen Strich durch die Rechnung«, sagte sie dann auf Französisch, »er schreibt, daß er nicht kommen kann.« Sie sagte dies in so natürlichem, einfachen Tone, als könnte es ihr niemals auch nur in den Sinn kommen, daß Wronskij für Anna eine andere Bedeutung als die eines Croquetspielers habe. Anna wußte sehr wohl, daß Betsy alles wisse; aber wenn sie hörte, in welcher Weise sie über Wronskij in ihrer Gegenwart sprach, so war sie einen Augenblick lang immer davon überzeugt, daß jene nichts wissen könne.

»Ach!« entgegnete Anna gleichgültig, als ob sie dies sehr wenig interessiere und fügte dann lächelnd hinzu: »Wie kann Ihre Gesellschaft irgend jemand kompromittieren?«

Dieses Spiel mit Worten, dies Verbergen eines Geheimnisses hatte, wie für alle Frauen, auch für Anna einen großen Reiz. Und es war nicht die Notwendigkeit des Verhehlens, auch nicht der Zweck, weswegen sie verhehlte, sondern das Versteckspiel selber, das sie anzog.

»Ich kann nicht katholischer sein als der Papst«, sagte sie dann. »Strjemow und Lisa Merkalowa – *c'est la crême de la crême* der Gesellschaft. Außerdem sind sie überall gern gesehen, und ich« – sie betonte das ›ich‹ ganz besonders – »ich war niemals streng und unduldsam. Ich habe einfach keine Zeit dazu.«

»Nein, vielleicht möchten Sie nur nicht mit Strjemow zusammentreffen? Mögen Strjemow und Alexej Alexandrowitsch in ihren Komiteesitzungen sich in den Haaren liegen – uns geht das nichts an. Aber in der Gesellschaft ist er der liebenswürdigste Mann, den ich kenne und ein leidenschaftlicher Croquetspieler. Sie werden ja sehen. Und trotz der etwas komischen Lage, in der er sich als alter Anbeter von Lisa befindet, muß man nur sehen, wie er sich aus dieser komischen Lage herauszuhelfen versteht! Er ist sehr nett. Sapphos Stolz kennen Sie nicht? Das ist ein neues, ganz neues Genre.«

Betsy sprach ohne Unterbrechung; das aber erriet Anna aus ihrem lustigen, klugen Blick, daß sie halb und halb ihre Stimmung verstand und irgend etwas im Schilde führte. Sie befanden sich jetzt allein im kleinen Arbeitszimmer der Fürstin.

»Inzwischen muß ich aber doch an Alexej schreiben«, und Betsy setzte sich an den Schreibtisch, warf einige Zeilen aufs Papier und schob das Blatt in den Briefumschlag.

»Ich schreibe ihm, er möge zum Mittagessen kommen. Eine Dame sei zum Diner bei mir und es fehle an einem Herrn für sie. Sehen Sie, ist dies überzeugend genug? Pardon, ich muß Sie auf eine Minute allein lassen. Bitte, siegeln Sie selbst und schicken Sie ihn ab«, sprach sie schon in der Tür, »ich muß noch einige Anordnungen treffen.«

Ohne auch nur einen Augenblick zu überlegen, setzte sich Anna mit Betsys Brief an den Tisch und schrieb, ohne das Vorhergehende zu lesen, darunter: »Ich muß Sie unbedingt sprechen. Kommen Sie in den Garten der Wrede. Ich werde um sechs Uhr dort sein.« Sie versiegelte den Brief; Betsy kam zurück und gab in ihrer Gegenwart den Brief zur Besorgung ab.

Wie die Fürstin Twerskaja versprochen hatte, entspann sich wirklich zwischen ihnen beiden ›a cosy chat‹, während sie in dem kühlen, kleinen Empfangszimmer beim Tee saßen, der auf einem Präsentiertischchen hereingebracht worden war. Sie hielten Gericht über die Gäste, die sie erwarteten, und das Gespräch verweilte lange bei Lisa Merkalowa.

»Sie ist sehr nett und war mir immer sympathisch«, bemerkte Anna.

»Sie werden sie lieben. Sie schwärmt von Ihnen. Gestern kam sie nach dem Rennen zu mir und war in Verzweiflung, als sie Sie nicht fand. Sie sagt immer, Sie seien eine echte Romanheldin, und wenn sie ein Mann wäre, würde sie Ihretwegen tausend Torheiten begehen. Strjemow sagt ihr zwar, daß sie auch ohnedies schon welche begehe.«

»Aber bitte, sagen Sie mir, ich habe es nie verstehen können –«, begann Anna nach einer kurzen Pause und in einem Tone, der klar bewies, daß sie keine müßige Frage tat, sondern daß das, wonach sie fragte, für sie über Gebühr wichtig war. »Sagen Sie, bitte, was hat es eigentlich mit ihrem Verhältnis zur Fürsten Kaluschskij, dem sogenannten Mischka, für eine Bewandtnis? Ich bin ihnen nur wenig begegnet. Ist etwas daran?«

Betsy lächelte nur mit den Augen und blickte Anna forschend an.

»Es ist einen neue Manier«, erwiderte sie. »Alle unsere Damen haben diese Manier. ›Sie werfen ihre Haube hinter die Mühle.‹ Aber es gibt verschiedene Arten, das zu tun.«

»Nun ja, aber welcher Art sind eigentlich ihre Beziehungen zu Kaluschskij?«

Betsy brach unerwartet in ein unaufhaltsames, lustiges Gelächter aus, was bei ihr selten der Fall war.

»Da greifen Sie in das Gebiet der Fürstin Mjachkaja hinüber. Das ist die Frage eines rechten Kindes«, und Betsy bemühte sich sichtlich, aber ohne Erfolg, sich zu beherrschen. Sie brach aufs neue in jenes ansteckende Lachen aus, wie es

Menschen, die selten lachen, eigen zu sein pflegt. »Sie müssen sie selber fragen«, sagte sie dann, während sie lachte, daß ihr die Tränen in die Augen traten.

»Nun ja, Sie lachen«, sagte Anna, unwillkürlich von ihrer Heiterkeit angesteckt, »aber ich habe es nie verstehen können. Ich kann die Rolle nicht begreifen, die der Gatte dabei spielt.«

»Der Gatte? Lisa Merkalowas Gatte trägt ihr das Plaid nach und steht immer zu ihren Diensten. Was sich dahinter in Wirklichkeit verbirgt, das verlangt niemand zu wissen. Sie wissen, in guter Gesellschaft spricht man von gewissen Toilettengegenständen nicht, ja, man denkt nicht einmal daran. Ganz dasselbe gilt in diesem Fall.«

»Werden Sie zur Feier von Rolandakis Namensfest kommen?« fragte Anna, um die Rede auf etwas anderes zu bringen.

»Wohl kaum«, erwiderte Betsy und begann, ohne ihre Freundin anzublicken, den duftigen Tee vorsichtig in die kleinen, durchsichtigen Tassen einzuschenken. Sie schob Anna eine Tasse hin, holte dann ein Cigarillo hervor, das sie in eine silberne Zigarettenspitze steckte, und begann zu rauchen.

»Nun, sehen Sie, ich befinde mich in einer glücklichen Lage«, begann sie, jetzt schon ohne zu lachen, indem sie die Tasse in die Hand nahm. »Ich verstehe Sie und verstehe Lisa. Lisa ist eine von jenen naiven Naturen, die wie die Kinder, nicht wissen, was gut und was böse ist. Wenigstens hat sie es nicht gewußt, als sie noch sehr jung war. Und jetzt weiß sie, daß dieses Nicht-Wissen ihr gut steht. Jetzt weiß sie's vielleicht absichtlich nicht –«, fuhr Betsy mit einem feinen Lächeln fort. »Jedenfalls steht es ihr gut. Sehen Sie, man kann dieselbe Sache in einem tragischen Lichte sehen und sie sich zur Qual machen, und kann sie auch einfach und sogar von der heiteren Seite betrachten. Vielleicht sind Sie geneigt, die Dinge allzu tragisch zu nehmen.«

»Wie gern möchte ich andere so kennen, wie ich mich selber kenne«, sagte Anna ernst und nachdenklich. »Bin ich schlechter als andere oder besser? Mich dünkt schlechter.«

»Sie sind ein rechtes Kind, ein rechtes Kind!« wiederholte Betsy. »Aber da kommen sie.«

18

In diesem Augenblick ließen sich näherkommende Schritte vernehmen und eine Männerstimme und gleich darauf eine Frauenstimme und ein Lachen, und unmittelbar darauf traten die erwarteten Gäste ein: Sappho Stolz und ein junger von Gesundheit strotzender Mann, Wassjka*, wie man ihn nannte. Man sah es ihm an, daß ihm der Genuß von saftigem Fleisch, Trüffeln und Burgunder gut anschlug. Wassjka verbeugte sich vor den Damen, aber sein Blick verweilte nur eine Sekunde lang auf ihnen. Er folgte Sappho in das Empfangszimmer und durch seine ganze Länge, als ob er an sie angekettet wäre, und er verwandte seine glänzenden Augen keinen Moment von ihr, gleich als wolle er sie verzehren. Sappho Stolz war eine Blondine mit schwarzen Augen. Sie kam mit kleinen, festen Schritten auf den hohen Absätzen ihrer feinen Schuhe herein und drückte beiden Damen kräftig, nach Männerart, die Hand.

Anna hatte diese neue Berühmtheit noch kein einziges Mal gesehen und war durch ihre Schönheit ebenso betroffen, wie durch die Extravaganz ihres Anzuges und die Keckheit ihres Benehmens. Auf ihrem Kopfe erhob sich aus eigenem und falschem Haar von zartgoldiger Farbe ein turmartiger Aufbau, von einer Höhe, daß ihr Kopf an Größe fast der schlanken, gewölbten und vorn tief ausgeschnittenen Büste gleichkam. Der ganze Körper war so stark nach vorn gezwängt, daß sich bei jeder Bewegung die Formen der Knie und Oberschenkel unter dem Kleide abzeichneten, und in dem Beschauer unwillkürlich die Frage aufstieg, wo eigentlich hinten in diesem so künstlich aufgebauten hin und herschwankenden Berge der kleine, schlanke Körper in Wirklichkeit endige, der oben so tief entblößt und unten und hinten so tief versteckt war.

Betsy beeilte sich, sie beiden Damen einander vorzustellen.

»Können Sie sich denken, daß wir zwei Soldaten fast über-

---

* Wassjka = Abkürzung für Wassilij

fahren hätten?« – begann die Neuangekommene sofort mit Augenzwinkern und Lachen zu erzählen, während sie ihre Schleppe ein wenig zurechtzog, die sie vorher zu sehr nach einer Seite geworfen hatte. »Ich fuhr mit Wassjka zusammen ... Ach, ja, Sie sind noch nicht miteinander bekannt –« Sie nannte seinen Familiennamen, stellte den jungen Mann vor und lachte dann errötend über ihren Mißgriff hell auf, daß sie ihn vor einer Unbekannten Wassjka genannt hatte. Wassjka verbeugte sich noch einmal vor Anna, sprach aber kein Wort zu ihr. Er wandte sich an Sappho: »Sie haben die Wette verloren. Wir sind früher angekommen. Sie müssen den Einsatz zahlen«, sagte er lächelnd.

Sappho lachte noch fröhlicher auf.

»Doch nicht jetzt«, bemerkte sie.

»Gleichviel, dann bekomm' ich's später.«

»Gut, gut. Ach ja!« wandte sie sich plötzlich an die Wirtin, »ich bin wirklich gelungen ... Das habe ich ja ganz vergessen ... Ich habe Ihnen einen Gast mitgebracht. Da ist er.«

Der nicht erwartete junge Gast, den Sappho mitgebracht und den sie vergessen hatte, war jedoch eine so vornehme hochstehende Persönlichkeit, daß beide Damen ungeachtet seiner Jugend aufstanden, um ihn zu begrüßen.

Es war dies ein neuer Verehrer von Sappho. Er folgte ihr gegenwärtig, wie Wassjka, auf den Fersen nach.

Bald kamen auch Fürst Kaluschskij und Lisa Merkalowa mit Strjemow. Lisa Merkalowa war eine etwas magere Brünette mit orientalischem, apathischen Gesichtstypus und, wie alle sagten, wunderbaren, unergründlichen Augen. Ihre dunkle Kleidung (Anna bemerkte dies sofort und wußte es zu würdigen) war ihrer Schönheit vollkommen angepaßt. Während bei Sappho alles straff und aufgerafft war, saß bei Lisa alles weich und lose.

Aber nach Annas Geschmack war Lisa bedeutend anziehender. Betsy hatte in bezug auf sie zu Anna gesagt, sie hätte die Art und Weise eines unwissenden Kindes angenommen; als Anna sie jedoch sah, fühlte sie, daß diese Bemerkung nicht zutraf. Sie war in der Tat ein unwissendes, verderbtes, aber süßes, sanftes Weib, das man für nichts verantwortlich machen konnte. Es war freilich wahr, daß ihr Gebaren dem von Sappho glich; daß ebenso wie bei Sappho zwei Anbeter – der eine noch jung, der andre ein Greis – ihr auf Schritt und Tritt wie behext folgten und sie mit den Augen verschlangen; aber in ihr war etwas, was sie über ihre Umgebung erhob – in ihr war der Glanz des echten Diamanten unter Glasscherben. Dieser Glanz leuchtete aus ihren herrlichen und wahrhaft unergründlichen Augen hervor. Der müde und zugleich leidenschaftliche Blick dieser von dunklen Ringen umränderten Augen überraschte durch seine vollkommene Aufrichtigkeit. Jeder, der in diese Augen schaute, mußte glauben, sie ganz erkannt zu haben, und wer sie erkannt zu haben glaubte, der konnte nicht anders als sie lieben. Bei Annas Anblick erhellte plötzlich ein freudiges Lächeln ihr ganzes Gesicht.

»Ach, wie freue ich mich, Sie zu sehen!« sagte sie und ging auf Anna zu. »Ich wollte gestern beim Rennen gerade zu Ihnen, als Sie wegfuhren. Ich habe so sehr gewünscht, Sie gerade gestern zu sehen. Nicht wahr, es war entsetzlich?«

Und ihr Blick, in dem ihre ganze Seele zu liegen schien, ruhte auf Annas Zügen.

»Ja, ich hätte nie gedacht, daß man sich dabei so aufregen könne«, erwiderte Anna errötend.

Die Gesellschaft hatte sich inzwischen erhoben, um in den Garten zu gehen.

»Ich komme nicht mit«, sagte Lisa lächelnd und setzte sich neben Anna. »Sie bleiben auch hier? Wie kann man nur am Croquetspiel Gefallen finden!«

»O doch, ich habe das Spiel recht gern«, versetzte Anna.

»Sagen Sie nur, wie fangen Sie es eigentlich an, daß Sie sich nicht langweilen? Wenn man Sie ansieht, wird einem froh ums Herz. Sie leben, aber ich langweile mich.«

»Wie können Sie das sagen? Sie gehören ja zur lustigsten Gesellschaft von ganz Petersburg«, sagte Anna.

»Vielleicht ist denen, die nicht zu unserer Gesellschaft gehören, noch langweiliger zumute; aber wir – oder ich wenigstens kann es von mir mit Bestimmtheit sagen, – sind durchaus nicht lustig gestimmt; ich finde alles schrecklich langweilig.«

Sappho hatte unterdessen eine Zigarette angesteckt und begab sich mit den beiden jungen Leuten in den Garten. Betsy und Strjemow blieben noch am Teetisch sitzen.

»Wie langweilig!« bemerkte Betsy. »Sappho sagt, daß man sich gestern bei Ihnen vortrefflich unterhalten hat.«

»Ach, es war ja so langweilig!« versetzte Lisa Merkalowa. »Wir fuhren nach dem Rennen alle zu mir nach Haus. Und immer dieselben Menschen, immer dieselben! Und auch immer ein und dasselbe. Den ganzen Abend saßen sie auf den Sofas herum. Was ist denn das für ein Vergnügen? Wie machen Sie es nur, daß Sie sich nicht langweilen?« wandte sie sich wieder zu Anna. »Man braucht Sie nur anzusehen, um zu begreifen, daß man eine Frau vor sich hat, die glücklich oder unglücklich sein, aber niemals sich langweilen kann. Lehren Sie mich, wie Sie das anfangen?«

»Ich fange durchaus nichts Besonderes an«, antwortete Anna und errötete bei diesen aufdringlichen Fragen.

»Das ist die beste Art und Weise«, mischte sich jetzt Strjemow ins Gespräch. Strjemow war ein Fünfziger, halb ergraut, noch frisch, sehr häßlich, aber mit charaktervollem und klugem Gesicht. Lisa Merkalowa war eine Nichte seiner Frau, und er brachte jede freie Stunde mit ihr zu. Als er jetzt Anna traf, bemühte er sich als kluger Weltmann, obgleich er in Dienstsachen Alexej Alexandrowitschs Gegner war, mit ihr, der Gattin seines Gegners, besonders liebenswürdig zu sein.

»Nichts Besonderes anfangen«, wiederholte er mit feinem Lächeln, »das ist das allerbeste Mittel. – Ich habe es Ihnen schon immer gesagt«, wandte er sich dann an Lisa Merkalowa, »um keine Langeweile zu empfinden, muß man nicht daran denken, daß man sich langweilen könnte. Es ist ebenso, wie man sich nicht davor fürchten darf, daß man nicht einschläft, wenn man sich vor der Schlaflosigkeit fürchtet. Genau dasselbe hat Ihnen Anna Arkadjewna eben gesagt.«

»Ich wäre sehr froh, wenn ich dies gesagt hätte«, versetzte Anna lächelnd, »denn es ist nicht nur klug, sondern auch wahr.«

»Nein, sagen Sie mir lieber, woher kommt es, daß man

nicht einschlafen kann und daß es unmöglich ist, sich nicht zu langweilen?«

»Um einzuschlafen, muß man gearbeitet haben, und um sich zu amüsieren, muß man gleichfalls gearbeitet haben.«

»Wozu sollte ich arbeiten, da doch niemand meine Arbeit braucht? Und bewußt heucheln kann und will ich auch nicht.«

»Sie sind unverbesserlich«, erwiderte Strjemow, ohne sie jedoch anzusehen und wandte sich wieder zu Anna.

Da er Anna selten traf, so konnte er ihr wenig mehr als Gemeinplätze sagen; aber diese allgemeinen Redensarten darüber, wann sie wohl nach Petersburg übersiedeln würde, oder wie sehr sie von der Gräfin Lydia Iwanowna geliebt werde, brachte er mit einem Ausdruck vor, der klar bewies, daß er von ganzem Herzen wünschte, ihr angenehm zu sein und ihr seine Achtung und sogar noch mehr zu bezeigen.

Tuschkewitsch kam herein und erklärte, daß die ganze Gesellschaft auf die Teilnehmer am Croquetspiel warte.

»Ach, bitte, gehen Sie doch noch nicht«, bat Lisa Merkalowa, als sie sah, daß Anna sich zum Aufbruch rüstete. Strjemow unterstützte ihre Bitte.

»Es würde ein zu großer Kontrast sein«, sagte er, »nach dieser Gesellschaft das alte Fräulein Wrede zu besuchen. Und überdies würden Sie ihr nur Gelegenheit geben, über andere Leute zu lästern; hier aber erwecken Sie ganz andere, nur die besten und der Lästerrede ganz entgegengesetzte Gefühle.« –

Anna dachte einen Augenblick unentschlossen nach. Die schmeichelhaften Worte dieses klugen Mannes, die naiv kindliche Sympathie, die Lisa Merkalowa ihr entgegenbrachte, und diese ihr so vertraute, vornehme Umgebung – alles dies war so angenehm, während andererseits so Schweres ihrer harrte, daß sie einen Augenblick lang unentschlossen war, ob sie nicht bleiben, den schweren Moment der ihr bevorstehenden Aussprache aufschieben solle. Als sie aber daran dachte, was sie zu Hause erwartete, wenn sie nicht bald einen Entschluß faßte; als sie jener, ihr selbst in der Erinnerung noch fürchterlichen Gebärde gedachte, mit der sie mit beiden Händen an ihrem Haar gezerrt hatte – da verabschiedete sie sich und fuhr weg.

19

Obgleich Wronskij dem Anschein nach ein leichtsinniges, weltliches Leben führte, so war er doch ein Mann, der jede Unordnung haßte. Schon in seiner Kindheit, als er noch im Pagenkorps war, hatte er einmal die Demütigung einer abschlägigen Antwort erfahren, als er in einer Geldverlegenheit um ein Darlehen gebeten hatte; seit jener Zeit hatte er sich niemals mehr in eine derartige Lage gebracht.

Um seine Angelegenheiten immer in Ordnung zu halten, hatte er es sich zur Regel gemacht, sich je nach den Umständen öfter oder seltener, etwa fünfmal im Jahre einzuschließen und alle seine Angelegenheiten ins reine zu bringen. Er nannte das seine Abrechnung halten oder *faire la lessive*.

Am Morgen nach dem Rennen war Wronskij spät erwacht; ohne sich zu rasieren oder sein Bad zu nehmen, zog er einen Leinwandkittel an, legte sein ganzes Bargeld, seine Rechnungen und Briefe ausgebreitet auf den Tisch und machte sich an die Arbeit. Petrizkij wußte, daß in solchen Augenblicken Wronskij in einer gereizten Stimmung zu sein pflegte; als er daher beim Erwachen den Kameraden am Schreibtisch sitzen sah, kleidete er sich leise an und ging hinaus, ohne ihn zu stören.

Jeder Mensch, der die ganze Mannigfaltigkeit der ihn umgebenden Verhältnisse bis in die kleinsten Einzelheiten kennt, setzt unwillkürlich voraus, daß die Mannigfaltigkeit dieser Verhältnisse und die Schwierigkeit ihrer Klärung nur eine ihn persönlich treffende, zufällige Eigentümlichkeit sei, und er vermag sich durchaus nicht vorzustellen, daß andere Leute in bezug auf ihre persönlichen Angelegenheiten mit ebensolchen Verwicklungen zu kämpfen haben, wie er selbst. So schien es auch Wronskij. Und nicht ohne inneren Stolz und auch nicht ohne Grund dachte er, daß jeder andere wahrscheinlich schon längst in Verlegenheit geraten und gezwungen gewesen wäre, zu unschönen Mitteln zu greifen, wenn er sich in einer so schwierigen Lage befunden hätte wie er. Aber

Wronskij fühlte, daß es jetzt hohe Zeit war, Abrechnung zu halten und seine Lage klar zu stellen, wenn er nicht ernstlich in Verlegenheit geraten wollte.

Das erste, was Wronskij, da es das Leichteste war, in Angriff nahm, waren seine Geldangelegenheiten. Mit seiner kleinen Handschrift verzeichnete er auf einem Bogen Briefpapier alle seine Schulden, rechnete die Summe zusammen und fand, daß er siebzehntausend und einige hundert Rubel, die er der Übersichtlichkeit halber abstrich, schuldig war. Nachdem er sein Bargeld und sein Bankkonto zusammengezählt hatte, stellte es sich heraus, daß ihm eintausendachthundert Rubel blieben, während vor Neujahr ein Zuschuß nicht zu erwarten stand. Er las noch einmal das Verzeichnis seiner Schulden durch und ordnete sie in drei verschiedene Rubriken. In die erste kamen die Schulden, die sofort bezahlt werden mußten oder zu deren Erledigung wenigstens in jedem Falle flüssiges Geld vorhanden sein mußte, damit bei einer etwaigen Forderung die Zahlung jeden Augenblick erfolgen könnte. Die Schulden dieser Art betrugen ungefähr viertausend Rubel: tausendfünfhundert für das Pferd und zweitausendfünfhundert Bürgschaft, die er für seinen jungen Kameraden Wenjewskij geleistet hatte, der in Wronskijs Gegenwart dieses Geld an einen Falschspieler verloren hatte. Wronskij wollte damals dies Geld sofort bezahlen, (er hatte es bei sich), aber Wenjewskij und Jaschwin bestanden darauf, es selbst bezahlen zu wollen, da Wronskij gar nicht mitgespielt hatte. Alles dies war sehr schön; aber Wronskij wußte, daß er in dieser unsauberen Angelegenheit unbedingt diese zweitausendfünfhundert bereit halten mußte, um sie dem Betrüger ins Gesicht zu werfen und sich mit ihm auf keinerlei Auseinandersetzungen einlassen zu müssen, obgleich sein Anteil an der ganzen Sache nur darin bestand, daß er mit seinem Worte für Wenjewskij gebürgt hatte. Es waren somit für diese erste, wichtigste Rubrik viertausend Rubel nötig. Bei der zweiten Rubrik, in der achttausend Rubel verzeichnet waren, handelte es sich um weniger wichtige Schulden. Vorzugsweise betrafen sie den Rennstall, den Lieferanten von Hafer und Heu, seinen Engländer, Sattler und dergleichen Leute mehr. Aber auch von diesen Schulden mußte er, um völlig ruhig sein zu können, ungefähr zweitausend Rubel gleich abtragen. Die letzte Rubrik – Schulden in Kaufläden, in Hotels und beim Schneider – waren nicht einmal des Nachdenkens wert. Aus alledem ergab sich, daß er wenigstens sechstausend Rubel für die laufenden Ausgaben brauchte, während er nur über tausendachthundert verfügte. Einem Manne wie Wronskij, dessen Einkünfte von aller Welt auf hunderttausend Rubel geschätzt wurden, konnten solche Schulden scheinbar keinerlei Schwierigkeiten machen; aber der Haken bestand darin, daß er in Wirklichkeit bei weitem nicht diese hunderttausend Rubel Einkommen hatte. Das riesige väterliche Vermögen, das allein gegen zweimal hunderttausend Rubel jährlicher Einkünfte einbrachte, war unter den Brüdern ungeteilt geblieben. Als aber der älteste Bruder, der eine Menge Schulden hatte, sich mit der Prinzessin Warja Tschirkowa, der Tochter eines Dekabristen, die keinen Heller Vermögen besaß, vermählte, da trat Alexej dem älteren Bruder den ganzen Ertrag ab und bedang sich dafür nur fünfundzwanzigtausend Rubel jährlich aus. Alexej hatte damals dem Bruder gesagt, daß er mit dieser Summe auskommen könne, solange er nicht heirate, was wahrscheinlich niemals der Fall sein würde. Und sein Bruder, der Kommandeur eines der teuersten Regimenter war und sich eben erst verheiratet hatte, konnte nicht umhin, dieses Geschenk anzunehmen. Die Mutter, die eigenes Vermögen besaß, steuerte für Alexej neben den ausbedungenen fünfundzwanzigtausend jährlich ungefähr noch zwanzigtausend Rubel bei, und Alexej brauchte diese Summe auch völlig auf. In der letzten Zeit hatte nun seine Mutter, die sich mit ihm wegen seiner Beziehungen zu Anna und seiner plötzlichen Abreise aus Moskau überworfen hatte, ihre Geldsendungen eingestellt. Die Folge davon war, daß sich Wronskij, der sich daran gewöhnt hatte, auf einem Fuße zu leben, wie es einem Einkommen von fünfundvierzigtausend Rubeln entsprach, bei dem auf fünfundzwanzigtausend Rubel verringerten Einkommen jetzt in Verlegenheit befand. Seine Mutter konnte er, um aus dieser Lage herauszukommen, nicht um Geld angehen. Ihr letzter Brief, den er gestern erhalten, hatte ihn gerade durch die darin enthaltene Anspielung gereizt, daß sie gern bereit wäre, ihm darin behilflich zu sein, Erfolge in der Welt und im Dienste zu erringen, nicht aber ein Leben fortzuführen, das die ganze gute Gesellschaft in Aufruhr bringe. Der Wunsch seiner Mutter, ihn auf diese Weise zu bestechen – verletzte ihn bis ins tiefste Herz hinein und erkältete sein Gefühl für sie in noch höherem Maße. Auf der anderen Seite konnte er seinen Verzicht, den er nun einmal in so großherziger Weise ausgesprochen hatte, nicht zurückziehen, obgleich er jetzt durch seine Beziehungen zu Anna Karenina verschiedene Möglichkeiten, die eintreten konnten, dunkel voraussah und fühlte, daß jener großherzige Verzicht Leichtsinn gewesen war, und daß er, obgleich unvermählt, vielleicht doch in die Lage kommen würde, die ganzen hunderttausend Rubel jährlicher Einkünfte zu brauchen. Aber ein Widerruf war unmöglich. Er brauchte nur der Gattin seines Bruders zu gedenken, sich nur zu vergegenwärtigen, wie diese liebe, brave Warja ihm bei jeder passenden Gelegenheit sagte, daß sie seiner edlen Handlungsweise beständig eingedenk sei und sie nach Gebühr zu schätzen wisse, um sich über die Unmöglichkeit klar zu werden, das worauf er einmal verzichtet hatte, zurückzunehmen. Es war ebenso unmöglich, wie es unmöglich war, ein Weib zu schlagen, zu stehlen oder zu lügen. So blieb ihm nur ein Ausweg, den er notwendigerweise ergreifen mußte und zu dem sich auch Wronskij, ohne einen Augenblick zu schwanken, entschloß: bei einem Wucherer zehntausend Rubel aufzunehmen, was ohne Schwierigkeiten zu bewerkstelligen war, dann seine Ausgaben im großen ganzen einzuschränken und seine Rennpferde zu verkaufen. Nachdem er diesen Entschluß gefaßt hatte, schrieb er sofort einen Brief an Rolandaki, der ihm schon mehrmals den Vorschlag gemacht hatte, seine Pferde zu kaufen. Darauf ließ er den Engländer und den Wucherer holen und teilte das bare Geld, das er hatte, so ein, wie es dem Betrag seiner Rechnung entsprach. Nachdem dies geschehen war, schrieb er seiner Mutter eine kalte scharfe Antwort. Darauf holte er aus seiner Brieftasche die drei Briefe heraus, die Anna ihm geschickt hatte, las sie durch und verbrannte sie; und dann fiel ihm sein gestriges Gespräch mit ihr ein, und er versank in Nachdenken.

20

Wronskijs Leben war besonders dadurch ein glückliches, daß er sich gewissermaßen einen Kodex aufgestellt hatte, der alles, was er tun und lassen mußte, mit unzweifelhafter Bestimmtheit regelte. Der Kodex dieser Lebensregeln umfaßte einen sehr kleinen Kreis von Bestimmungen; dafür aber waren diese Regeln unantastbar, und Wronskij hatte noch nie diesen Kreis überschritten und niemals auch nur einen Augenblick bei der Ausführung dessen, was er zu tun habe, geschwankt. Es stand für ihn kraft dieser Lebensregeln in unzweifelhafter Weise fest, daß man einen Falschspieler bezahlen müsse, einen Schneider aber nicht; daß man einen Mann nicht belügen dürfe, eine Frau aber wohl; daß man niemand auf der Welt betrügen dürfe, ausgenommen einen Ehemann; daß man eine Beleidigung nie verzeihen dürfe, selbst aber beleidigen könne, und dergleichen mehr. Alle diese Lebensregeln waren vielleicht weder vernünftig noch gut; aber sie standen über jedem Zweifel, und Wronskij fühlte, daß er, wenn er nach ihrer Richtschnur lebte, ruhig sein und den Kopf hoch tragen könnte. Nur in der allerletzten Zeit begann Wronskij, infolge seiner Beziehungen zu Anna, zu fühlen, daß durch seinen Kodex nicht alle Lebensbedingungen vollständig geregelt würden, und daß sich in der Zukunft Schwierigkeiten und Zweifel einstellen könnten, bei denen er bereits den leitenden Faden nicht mehr zu finden vermochte.

Seine gegenwärtigen Beziehungen zu Anna und ihrem Gatten waren für ihn einfach und klar. Sie waren deutlich und genau in jenem Gesetzbuch geregelt, von dem er sich leiten ließ.

Sie war eine anständige Frau, die ihm ihre Liebe geschenkt

hatte, und er liebte sie; und darum war sie für ihn ein Weib, das der gleichen und sogar noch größerer Achtung würdig war, wie seine gesetzmäßige Gattin. Er hätte sich eher die Hand abhacken lassen, als daß er sich erlaubt hätte, sie durch ein Wort, durch eine Anspielung nicht nur zu kränken, sondern ihr nicht die volle Achtung zu bezeigen, auf die das edelste Weib nur immer Anspruch hat.

Seine Beziehungen zur Gesellschaft waren ebenfalls klar. Alle konnten von der Sache wissen oder sie argwöhnen; aber niemand durfte wagen, davon zu sprechen. Im entgegengesetzten Falle war er bereit, jeden Unberufenen zum Schweigen zu bringen und Achtung für die nichtvorhandene Ehre des Weibes, das er liebte, zu erzwingen.

Seine Beziehungen zu ihrem Gatten waren noch klarer als alles andere. Von dem Augenblick an, wo Anna Wronskij ihr Herz geschenkt hatte, hatte er sein ausschließliches Recht auf sie als unantastbar angesehen. Der Gatte war nur eine überflüssige und störende Persönlichkeit. Gewiß, er befand sich in einer kläglichen Lage, aber was ließ sich da machen? Das einzige, wozu der Gatte ein Recht hatte, war, mit der Waffe in der Hand Genugtuung zu fordern, und dazu war Wronskij vom ersten Augenblick an bereit.

Aber in der letzten Zeit waren neue, innerliche Beziehungen zwischen ihm und ihr aufgetaucht, die Wronskij durch ihre Unbestimmtheit erschreckten. Gestern erst hatte sie ihm eröffnet, daß sie schwanger sei. Und er hatte gefühlt, daß diese Nachricht und das, was sie von ihm erwartete, ein Vorgehen erforderte, das nicht vollständig in jenem Kodex festgelegt war, von dem er sich im Leben leiten ließ. Und in der Tat, diese Nachricht traf ihn ganz unvorbereitet, und als sie ihm ihren Zustand mitgeteilt hatte, da flüsterte ihm im ersten Moment sein Herz zu, daß sie verpflichtet sei, ihren Gatten zu verlassen. Er hatte es ihr auch gesagt, jetzt aber, als er darüber nachdachte, sah er klar, daß es besser sei, das zu umgehen; und während er sich dies sagte, fürchtete er doch zugleich, daß dies vielleicht eine schlechte Handlung sei.

»Wenn ich gesagt habe, daß sie ihren Mann verlassen müsse, so bedeutete dies, daß sie ihr Leben mit dem meinigen vereinigen solle; bin ich dazu bereit? Wie soll ich sie jetzt von hier fortbringen, da ich kein Geld habe? Diese Schwierigkeit könnte ich allerdings überwinden ... Aber wie kann ich sie von hier fortbringen, während ich im Dienst bin? Da ich es gesagt habe, so muß ich auch bereit sein, es auszuführen, das heißt, Geld flüssig haben und den Abschied nehmen.«

Und er verfiel in Nachdenken. Die Frage, ob er den Abschied nehmen solle oder nicht, berührte einen anderen, geheimen, ihm allein bekannten Punkt in seinem Innern, der vielleicht das hauptsächlichste, wenn auch vor den Blicken der anderen verborgene Interesse seines ganzen Lebens betraf.

Der Ehrgeiz war ein alter Traum seiner Kindheit und Jugend gewesen – ein Traum, den er sich selbst nicht eingestand, aber der so stark in ihm war, daß sogar jetzt diese Leidenschaft mit seiner Liebe kämpfte. Seine ersten Schritte in der großen Welt und im Dienst waren erfolgreich gewesen; aber vor zwei Jahren hatte er einen groben Fehler begangen. Er hatte in dem Wunsche, seine Unabhängigkeit zu beweisen und vorwärts zu rücken, einen ihm angebotenen Posten zurückgewiesen und gehofft, daß diese Ablehnung ihm nur höheren Wert verleihen würde; aber es erwies sich, daß er zu kühn gewesen war, und man hörte auf, sich für ihn zu interessieren. Da er sich nun einmal wohl oder übel die Stellung eines unabhängigen Mannes geschaffen hatte, so ertrug er sie und benahm sich dabei überaus fein und klug, indem er sich den Anschein gab, als ob er niemand grolle, sich von niemand beleidigt fühle und nur den Wunsch habe, daß man ihn in Ruhe lasse, da er sich so höchst behaglich fühle. In Wirklichkeit aber hatte er schon im vorigen Jahre, als er nach Moskau reiste, aufgehört, sich behaglich zu fühlen. Er merkte es wohl, daß die Kehrseite der unabhängigen Stellung eines Mannes, der alles könnte, aber nichts will, sich bereits fühlbar zu machen beginne, und daß vielen der Gedanke kam, daß er in der Tat zu nichts anderem fähig sei, als zu der Rolle eines ehrlichen und guten Burschen. Sein Verhältnis mit Anna Karenina, das viel Lärm machte und die allgemeine Aufmerksamkeit auf sich lenkte, umgab ihn mit neuem Glanz und beruhigte für einige Zeit den an ihm nagenden Wurm des

Ehrgeizes; aber in der vergangenen Woche war dieser Wurm mit neuer Kraft erwacht. Sein Jugendfreund und Mitschüler aus dem Pagenkorps, Serpuchowskoj, der demselben Kreise, derselben Gesellschaft angehörte, wie er, der mit ihm zugleich die Militärschule beendigt hatte, und mit dem er seit jeher in der Klasse, beim Turnen, bei losen Streichen und in ehrgeizigen Träumen um den Vorrang gestritten hatte – Serpuchowskoj war vor einigen Tagen aus Mittelasien zurückgekehrt, wo er um zwei Rangstufen befördert worden war und eine Auszeichnung erhalten hatte, wie sie so jungen Generälen nur selten zuteil wird.

Kaum war er in Petersburg angelangt, als man auch schon von ihm, wie von einem neu aufsteigenden Gestirn erster Größe zu sprechen begann. Altersgenosse und Schulkamerad von Wronskij, war er schon General und durfte auf eine Ernennung hoffen, durch die er möglicherweise einen Einfluß auf den Gang der Regierungsangelegenheiten gewinnen konnte; Wronskij dagegen war, obgleich ein unabhängiger und glänzender und von einem entzückenden Weibe geliebter Mann, doch nur ein Rittmeister, dem man es jetzt überließ, unabhängig zu sein, so viel es ihm beliebte.

»Natürlich beneide ich Serpuchowskoj nicht und kann ihn nicht beneiden; aber seine Rangerhöhung beweist mir, daß man nur die richtige Zeit abpassen muß, und die Karriere eines Mannes, wie ich, ist dann sehr schnell gemacht. Vor drei Jahren noch war er in derselben Stellung wie ich. Wenn ich den Abschied nehme, so verbrenne ich meine Schiffe hinter mir. Bleibe ich im Dienste, so verliere ich durchaus nichts. Sie hat selbst gesagt, daß sie ihre Lage nicht zu ändern wünsche. Und ich, der ich im Besitz ihrer Liebe bin, kann Serpuchowskoj nicht beneiden.« Er stand vom Tische auf, begann langsam seinen Schnurrbart zu drehen und ging im Zimmer auf und ab. Seine Augen hatten einen besonders hellen Glanz, und er fühlte sich in jenem festen, ruhigen und freudigen Seelenzustand, den er immer nach einer Sichtung und Klärung seiner Angelegenheiten empfand. Ganz wie bei früheren Abrechnungen war auch diesmal alles klar und geregelt. Er rasierte sich, kleidete sich an, nahm ein kaltes Bad und verließ das Zimmer.

21

»Ich wollte dich gerade abholen. Deine Aufräumungsarbeit hat heut lange gedauert«, rief ihm Petrizkij zu. »Nun, bist du fertig?«

»Ja, ich bin fertig«, erwiderte Wronskij, und nur seine Augen lächelten, während er die Spitzen seines Schnurrbartes so vorsichtig drehte, als könne jede allzu kühne und rasche Bewegung die Ordnung, die er in seine Angelegenheiten gebracht hatte, wieder zerstören.

»Wenn du so etwas hinter dir hast, ist's immer, als ob du aus dem Bade kämst«, sagte Petrizkij. »Ich komme von Gritzkij (so nannten sie ihren Regimentskommandeur), du wirst erwartet.«

Wronski blickte den Kameraden ohne zu antworten an und dachte an etwas ganz anderes.

»Wird etwa bei ihm Musik gemacht?« fragte er dann und lauschte auf die zu ihm dringenden, bekannten Töne der Polka- und Walzerweisen der Baßtrompeten. »Was ist denn heute für ein Fest?«

»Serpuchowskoj ist angekommen.«

»Ah!« sagte Wronskij, »davon wußte ich gar nichts.«

Und das Lächeln in seinen Augen leuchtete noch heller auf.

Nachdem er einmal mit sich darüber ins reine gekommen war, daß er sein Glück in seiner Liebe gefunden und ihr seinen Ehrgeiz geopfert habe – wenigstens hatte er sich zu dieser Rolle entschlossen –, so konnte er auf Serpuchowskoj weder neidisch sein noch auch Verdruß darüber empfinden, daß jener, bevor er sein Regiment besucht hatte, nicht zuerst zu ihm gekommen war. Serpuchowskoj war ein guter Freund, und er freute sich über seine Ankunft.

»Ah! Ich bin sehr froh.«

Der Regimentskommandeur Djemin bewohnte ein großes, herrschaftliches Haus. Die ganze Gesellschaft befand sich auf dem geräumigen unteren Balkon. Das erste, was Wronskij auf dem Hof in die Augen fiel, waren Korpssänger in Leinwandkitteln, die neben einem Fäßchen mit Branntwein standen und die gesundheitsstrotzende, fröhliche Gestalt des Regimentskommandeurs, der von Offizieren umgeben war; er war gerade auf die erste Stufe des Balkons getreten und erteilte mit einer Stimme, welche die Offenbachsche Quadrille, die gespielt wurde, übertönte, irgend einen Befehl, während er den ein wenig seitwärts stehenden Soldaten zuwinkte. Eine kleine Anzahl Soldaten, ein Wachtmeister und mehrere Unteroffiziere schritten mit Wronskij zugleich dem Balkon zu. Der Regimentskommandeur wandte sich dem Tische zu und trat dann wieder mit einem Pokal in der Hand auf die Freitreppe hinaus, um einen Toast auszubringen: »Auf die Gesundheit unseres früheren Kameraden und tapferen Generals, des Fürsten Serpuchowskoj! Hurra!«

Hinter dem Regimentskommandeur trat nun auch Serpuchowskoj, das Champagnerglas in der Hand, lächelnd hervor.

»Du wirst ja immer jünger, Bondarjenko«, wandte er sich an den gerade vor ihm stehenden kräftigen, rotwangigen Wachtmeister, der seine zweite Dienstzeit abdiente.

Wronskij hatte Serpuchowskoj seit drei Jahren nicht gesehen. Er war männlicher geworden, denn er hatte sich den Backenbart stehen lassen, er war aber ebenso schlank geblieben; und überraschte nicht sowohl durch Schönheit, als durch die Zartheit und den Adel seiner Züge und seines Körperbaues. Die einzige Veränderung, die Wronskij an ihm wahrnahm, war jenes stille, beständige Leuchten, das auf den Gesichtern von Menschen erscheint, die Erfolg haben und der allseitigen Anerkennung dieses Erfolges sicher sind. Wronskij kannte dieses Leuchten wohl, und bemerkte es sofort bei Serpuchowskoj.

Dieser kam die Treppe herab und erblickte Wronskij. Ein Lächeln der Freude erhellte sein Gesicht. Er grüßte mit dem Kopf hinauf und erhob das Glas gegen Wronskij, indem er zugleich durch diese Gebärde andeutete, daß er gezwungen sei, zuerst zu dem Wachtmeister heranzutreten, der schon in strammer Haltung dastand und die Lippen zum Kusse spitzte.

»Na, da ist er ja!« rief der Regimentskommandeur. »Und

Jaschwin hat mir gesagt, daß wieder einer deiner Anfälle von Trübsinn über dich gekommen sei.«

Serpuchowskoj küßte den hübschen Wachtmeister auf die feuchten, frischen Lippen, wischte sich dann den Mund mit dem Tuch und trat zu Wronskij.

»Nein, wie ich mich freue!« sagte er, indem er ihm die Hand drückte und ihn etwas beiseite führte.

»Nehmen Sie sich seiner an!« rief der Regimentskommandeur Jaschwin zu, indem er auf Wronskij wies, und stieg dann die Treppenstufen zu den Soldaten hinunter.

»Warum warst du gestern nicht beim Rennen? Ich habe gehofft, dich dort zu treffen«, sagte Wronskij, während er Serpuchowskoj aufmerksam betrachtete.

»Ich bin dagewesen, aber erst spät. Entschuldige«, fügte er hinzu, indem er sich zu seinem Adjutanten wandte: »Bitte, lassen Sie das in meinem Namen unter die Leute verteilen, so viel auf den Mann kommt.« Er holte hastig aus seiner Brieftasche drei Hundertrubelscheine hervor und errötete dabei.

»Du, Wronskij! möchtest du nicht etwas essen oder trinken?« fragte Jaschwin. »He da, bring dem Grafen etwas zu essen! Und hier ist was zum Trinken!«

Das Gelage beim Regimentskommandeur dauerte lange. Es wurde viel getrunken. Serpuchowskoj wurde, wie es üblich ist, auf den Händen auf und ab geschaukelt, in die Höhe geworfen und wieder aufgefangen. Dann kam der Regimentskommandeur an die Reihe. Darauf tanzte der Kommandeur selbst mit Petrizkij vor den Korpssängern. Später setzte sich der Regimentskommandeur schon etwas ermattet auf eine Bank am Hofe und begann, Jaschwin die militärischen Vorzüge Rußlands vor Preußen, insbesondere in bezug auf Reiterattacken, auseinanderzusetzen, und der Lärm beim Gelage verstummte auf einen Augenblick. Serpuchowskoj trat ins Haus, um sich im Waschraum die Hände zu waschen, und fand dort Wronskij, der sich mit Wasser begoß. Er hatten den Waffenrock abgelegt, hielt seinen mit Haaren bewachsenen, roten Hals unter den Strahl der Waschtischröhre und rieb mit den Händen Hals und Kopf. Sie saßen auf einem kleinen Sofa nebeneinander, und es entspann sich zwischen ihnen ein Gespräch, das für beide von großen Interesse war.

»Ich habe alles, was dich betrifft, von meiner Frau erfahren«, begann Serpuchowskoj. »Es freut mich, daß du sie oft besucht hast.«

»Sie ist mit Warja befreundet, und die beiden sind die einzigen Petersburger Damen, mit denen ich gern verkehre«, erwiderte Wronskij lächelnd. Er lächelte, weil er das Thema vorausgesehen hatte, dem sich das Gespräch zuwenden würde, und er freute sich darüber.

»Die einzigen?« fragte Serpuchowskoj gleichfalls lächelnd.

»Ich habe ebenfalls von dir gehört, und nicht nur aus dem Munde deiner Frau«, erwiderte Wronskij mit einem strengen Gesichtsausdruck, der eine Zurückweisung der soeben gefallenen Anspielung bedeutete. »Ich habe mich sehr über deinen Erfolg gefreut, ohne im geringsten darüber verwundert zu sein. Ich habe noch mehr erwartet.«

Serpuchowskoj lächelte wieder. Es war ihm sichtlich angenehm, diese Meinung über sich zu hören, und er hielt es für unnötig, dies zu verbergen.

»Ich muß im Gegenteil aufrichtig gestehen, daß ich weniger erwartet habe; aber ich freue mich, freue mich außerordentlich. Ich bin ehrgeizig, das ist meine Schwäche, und ich gestehe sie ein.«

»Vielleicht würdest du sie nicht eingestehen, wenn du keinen Erfolg gehabt hättest«, sagte Wronskij.

»Kaum«, gab Serpuchowskoj abermals lächelnd zurück. »Ich will nicht behaupten, daß es sich sonst nicht zu leben verlohnte, aber das Dasein würde dann langweilig sein. Es versteht sich von selbst, daß ich mich täuschen kann; aber ich möchte glauben, daß ich einige Fähigkeiten für den Wirkungskreis besitze, den ich mir erwählt habe, und daß ich über den Einfluß, den ich erlangen mag, sei er nun groß oder gering, besser werde verfügen können, als viele andere, die ich kenne.«

Serpuchowskoj sprach mit dem feurigen Selbstgefühl des Erfolges und schloß: »Und darum ist meine Befriedigung um so größer, je näher ich diesem Ziele rücke.«

»Das trifft vielleicht bei dir zu, aber nicht bei allen. Auch ich habe so gedacht, und jetzt führe ich doch ein ganz erträgliches Dasein und finde, daß es sich nicht lohnt, sein Leben ausschließlich diesem Zwecke zu widmen«, erwiderte Wronskij.

»Da haben wir's, da haben wir's!« gab Serpuchowskoj lachend zur Antwort. »Das hatte ich gerade mit meiner Bemerkung im Auge gehabt, was ich von dir, von der Ablehnung des Postens gehört hatte, den man dir angeboten hat ... Natürlich mußte ich dir rechtgeben. Aber weißt du, alles hat seine Art. Und ich glaube, daß deine Handlungsweise an sich gut war, daß du die Sache aber nicht in der richtigen Weise angefaßt hast.«

»Was geschehen ist, ist geschehen, und du weißt, daß ich niemals etwas widerrufe, was ich einmal getan habe. Und dann befinde ich mich dabei sehr wohl.«

»Sehr wohl – für einige Zeit. Aber auf die Dauer wird es dich nicht befriedigen. Ich würde so nicht zu deinem Bruder sprechen. Der ist ein liebenswürdiges Kind, gerade so wie unser Gastgeber hier. Dort ist er«, fügte er hinzu und lauschte den Hurrarufen, die gerade ertönten. »Ihm macht das Vergnügen«, fuhr er dann fort, »du aber würdest darin keine Befriedigung finden.«

»Ich behaupte ja nicht, daß es mich befriedigen würde.«

»Ja, und nicht nur das. Solche Leute wie du sind unentbehrlich.«

»Für wen denn?«

»Für wen? Für die Gesellschaft, für Rußland. Rußland braucht eine starke Partei, sonst geht alles vor die Hunde.«

»Wie meinst du das? Die Bertenjewsche Partei gegen die russischen Kommunisten?«

»Nein«, entgegnete Serpuchowskoj und verzog das Gesicht vor Ärger darüber, daß man ihm eine solche Dummheit zutrauen konnte. »*Tout ça est une blague.* Das war immer und wird immer sein. Hier ist nicht von Kommunisten die Rede. Aber intrigante Leute müssen immer darauf aus sein, eine schädliche, gefährliche Partei ins Leben zu rufen. Das ist eine alte Geschichte. Nein, wir brauchen eine machtvolle Partei von unabhängigen Männern wie du und ich.«

»Warum aber –« Wronskij nannte einige einflußreiche Männer – »warum aber sind diese Leute nicht unabhängig?«

»Nur darum, weil sie die Unabhängigkeit des Standes und Vermögens entweder nicht besitzen oder wenigstens bei der Geburt nicht besessen haben, weil sie keinen Namen haben, nicht in der Sonnenregion, aus der wir stammen, geboren wurden. Sie sind entweder für Geld oder für Schmeichelei zu haben. Und um sich zu behaupten, müssen sie sich irgend eine Richtung geben. Daher führen sie irgend einen Gedanken aus, schlagen irgend eine Richtung ein, an die sie selbst nicht glauben und die nur Unheil stiftet; und diese ganze Richtung ist nur das Mittel, um eine Dienstwohnung und so und so viel Gehalt zu bekommen. *Cela n'est pas plus fin que ça*, wenn du ihnen nur erst in die Karten schaust. Vielleicht bin ich schlimmer, dümmer als sie, obgleich ich nicht einsehe, warum ich schlimmer sein sollte. Aber ich sowohl wie du, wir haben wenigstens einen wichtigen Vorzug vor ihnen – uns kann man schwerer kaufen. Und solche Männer braucht der Staat jetzt mehr als jemals.«

Wronskij hörte ihm aufmerksam zu; aber es war nicht sowohl der Inhalt seiner Rede, was ihn beschäftigte, als die Stellungnahme Serpuchowskojs, der bereits vorhatte, gegen die gegenwärtigen Machthaber zu kämpfen und in dieser Welt bereits seine Sympathien und Antipathien hatte, während für ihn selber im Dienst nur die Interessen seiner Schwadron in Frage kamen. Wronskij begriff auch, welche Kraft Serpuchowskoj innewohnte, infolge seiner unzweifelhaften Befähigung, die Dinge zu erfassen und zu durchdringen, infolge seines Verstandes und seiner Rednergabe, die in der Sphäre, in der er lebte, so selten zu finden waren. Und obgleich er sich dessen schämte, regte sich in ihm doch ein Gefühl des Neides.

»Trotz alledem fehlt mir dazu eine wichtige Vorbedingung«, antwortete er. »Es fehlt mir das Streben nach Macht. Das war einst bei mir vorhanden, aber jetzt ist es vorbei.«

»Entschuldige, aber das ist nicht wahr«, sagte Serpuchowskoj lächelnd.

»Nein, es ist wahr, es ist wahr! – Jetzt wenigstens, um ganz aufrichtig zu sein –«, fügte Wronskij hinzu.

»Ja freilich, *jetzt*, das ist etwas anderes, aber dieses *Jetzt* wird nicht immer währen.«

»Vielleicht nicht«, entgegnete Wronskij.

»Du sagst, *vielleicht*«, fuhr Serpuchowskoj fort, als hätte er seine Gedanken erraten, »ich aber sage dir: es ist sicher. Und gerade deswegen wollte ich mit dir sprechen. Du hast so gehandelt, wie du mußtest. Das verstehe ich wohl; aber du mußt nicht *persévériren*. Ich bitte dich nur um *carte blanche*. Ich will dich nicht protegieren ... Obgleich ich eigentlich nicht einsehe, weshalb ich dich nicht protegieren sollte? – wie oft hast du mich schon protegiert! Ich hoffe, unsre Freundschaft ist darüber erhaben. Ja«, fügte er zärtlich mit einem frauenhaften Lächeln hinzu. »Gib mir *carte blanche*, tritt aus dem Regiment, und ich ziehe dich unmerklich hinter mir her.«

»Aber so begreife doch, daß ich nichts erstrebe«, schob Wronskij ein, »als dies eine, daß alles bleiben möge, wie es ist.«

Serpuchowskoj stand auf und stellte sich gerade vor ihn hin.

»Du sagst, daß alles so bleiben möge, wie es ist. Ich verstehe, was das bedeutet. Aber höre: wir sind Altersgenossen; vielleicht hast du, was die Zahl anbelangt, mehr Frauen gekannt als ich. –« Aus Serpuchowskojs Lächeln und Gebärde ging klar hervor, daß Wronskij nichts zu fürchten habe, daß er den wunden Punkt zart und schonend berühren werde. – »Aber ich bin verheiratet, und glaube mir (irgendein Schriftsteller hat es auch gesagt), wenn du nur dein Weib allein, das du liebst, ergründet hast, so kennst du alle andern Frauen besser, als wenn du ihrer tausende gekannt hättest.«

»Wir kommen gleich!« rief Wronskij einem Offizier zu, der in das Zimmer blickte und sie zum Regimentskommandeur berief.

Wronskij hatte jetzt den Wunsch, Serpuchowskoj bis zu Ende anzuhören und zu erfahren, was dieser ihm zu sagen haben könne.

»Und nun will ich dir meine Meinung sagen. Das Weib – das ist der hauptsächlichste Stein des Anstoßes im Wirkungskreis des Mannes. Es ist schwer, ein Weib zu lieben und dabei tätig zu sein. In dieser Beziehung gibt es nur ein Mittel, das uns zugleich die Annehmlichkeit verschafft, uns ungestört unserer Liebe hinzugeben – das ist die Ehe. Wie soll ich, wenn kann ich dir nur meinen Gedanken ausdrücken –«, fuhr Serpuchowskoj fort, der gerne in Gleichnissen sprach, »halt, halt! – Ja, das ist, als ob man ein *fardeau* zu tragen und dabei mit den Händen noch etwas zu tun hätte – das ist nur dann möglich, wenn das *fardeau* auf den Rücken geschnürt ist, und dies ist – nur in der Ehe der Fall. Ich habe dies wohl gefühlt, als ich heiratete. Mir wurden plötzlich die Hände frei. Aber ohne Ehe dieses *fardeau* mit sich zu schleppen – man hat die Hände so voll davon, daß man nichts anderes tun kann. Denk' an Masankow, an Krupow. Sie haben ihre ganze Karriere um einer Frau willen ruiniert.«

»Was waren das aber auch für Frauen!« rief Wronskij und vergegenwärtigte sich die Französin und die Schauspielerin, mit welchen die beiden genannten Männer ein Verhältnis hatten.

»Um so schlimmer – je gesicherter die Stellung einer Frau in der Welt ist, um so schlimmer. Das ist dann schon so, als ob du das *fardeau* nicht nur mit den Händen zu tragen hättest, sondern gezwungen wärest, es einem andern aus den Händen zu reißen.«

»Du hast nie geliebt«, sagte Wronskij leise, indem er gerade vor sich in die Luft sah und an Anna dachte.

»Vielleicht. Aber denke an das, was ich dir gesagt habe. Und noch eins: alle Frauen sind materieller veranlagt, als wir Männer. Wir machen aus der Liebe etwas Ungeheures, sie aber sind immer *terre-à-terre*.«

»Gleich, gleich!« rief er dem eintretenden Diener zu. Aber dieser kam nicht, um sie abermals zu rufen, wie er vermutet hatte. Der Diener brachte Wronskij einen Brief.

»Ein Bedienter der Fürstin Twerskaja hat dies für Sie gebracht.«

Wronskij öffnete den Brief, und eine dunkle Röte stieg ihm ins Gesicht

»Ich habe plötzlich Kopfschmerzen bekommen! Ich will nach Hause«, sagte er zu Serpuchowskoj.

»Nun, also adieu. Gibst du mir *carte blanche*?«

»Wir sprechen noch darüber, ich suche dich in Petersburg auf.«

22

Es ging schon auf sechs Uhr, und um rechtzeitig einzutreffen und doch nicht seine eigenen Pferde zu benutzen, die alle kannten, setzte sich Wronskij in Jaschwins Mietkutsche und befahl dem Kutscher, so rasch wie möglich zu fahren. Die alte, viersitzige Mietskutsche war geräumig genug. Er setzte sich in eine Ecke, streckte die Füße auf den gegenüberliegenden Sitz und versank in Gedanken.

Ein dunkles Bewußtsein der Ordnung, die er in seine Geschäftsangelegenheiten gebracht hatte; eine dunkle Erinnerung an die Freundschaft und schmeichelhaften Worte Serpuchowskojs, der ihn für eine unentbehrliche Kraft hielt; und vor allem – die Erwartung des Wiedersehens: alles dies vereinigte sich in ihm zu der allgemeinen Empfindung eines freudigen Lebensgefühls. Diese Empfindung war so stark, daß er unwillkürlich lächelte. Er zog die Füße vom Sitz herunter, legte den einen auf das Knie des andern Beines, nahm ihn in die Hand, betastete das elastische Fleisch der Wade, die er sich gestern beim Falle verletzt hatte, warf sich dann in den Wagen zurück und seufzte mehrmals aus vollster Brust.

»Gut, sehr gut!« sprach er zu sich selbst. Er war auch wohl früher schon häufig bei dem Gedanken an seinen gesundheitsstrotzenden Körper von einem freudigen Selbstgefühl erfüllt gewesen, aber niemals hatte er sich selbst, seinen Körper, so geliebt, wie in diesem Augenblick. Es war für ihn eine Lust, diesen leichten Schmerz in dem kraftvollen Beine zu empfinden; eine Lust, seine Muskeln bei der Atembewegung seiner Brust zu spüren. Derselbe klare und kalte Augusttag, der so hoffnungslos auf Anna gewirkt hatte, erschien ihm ermunternd und belebend und erfrischte ihm Gesicht und Hals, die nach der kalten Abwaschung brannten. Der leise Duft der Brillantine in seinem Schnurrbart erschien ihm in dieser frischen Luft besonders angenehm. Alles, was er durch das Wagenfenster sah, alles in dieser kalten, reinen Luft, in diesem bleichen Licht der Dämmerung, war so frisch, so heiter und kräftig wie er selbst: die Dächer der Häuser, die in den letzten Strahlen der untergehenden Sonne blitzten; die scharfen Umrisse der Zäune und Häuserecken; die Formen der ihm hie und da begegnenden Fußgänger und Wagen; das unbewegliche Grün der Bäume und Gräser, und die Felder mit den regelmäßig gezogenen Furchen der Kartoffelpflanzungen, die schrägen Schatten, welche die Häuser, die Bäume, die Büsche und sogar die Kartoffelfurchen warfen. Alles war schön, wie ein gutes Landschaftsgemälde, das eben erst beendigt und gefirnißt worden war.

»Fahr zu, fahr zu!« rief er dem Kutscher zu, indem er den Kopf zum Fenster hinausstreckte und dem sich umblickenden Kutscher einen Dreirubelschein, den er aus der Tasche hervorzog, in die Hand drückte. Die Hand des Kutschers betastete etwas neben der Wagenlaterne, die Peitsche pfiff durch die Luft, und der Wagen rollte auf der glatten Chaussee rasch dahin.

»Nichts, gar nichts wünsche ich mir mehr als nur dieses Glück«, dachte er, während er auf den kleinen Knochenknopf der Klingel an der Hinterwand zwischen beiden Fenstern blickte, und dabei Anna vor seinem geistigen Auge sah, ganz so, wie er sie das letzte Mal erblickt hatte. »Je länger ich sie kenne, desto mehr liebe ich sie. Da ist auch der Garten der zur Kronswohnung der Wrede gehört. Wo ist sie denn? Wo? Wie kommt sie her? Weshalb hat sie mich hierher bestellt und schreibt doch in einer Zuschrift zu einem Brief von Betsy?« dachte er jetzt nur noch; aber er hatte keine Zeit mehr, länger darüber nachzudenken. Er ließ den Kutscher halten, bevor er die Allee erreicht hatte, öffnete die Wagentür, sprang noch im Fahren heraus und betrat die Allee, die zum Hause führte. In der Allee selbst war niemand; als er aber den Blick nach rechts wandte, sah er sie. Ihr Gesicht war von einem Schleier verhüllt: aber er erfaßte mit freudigem Blick ihre eigenartige, nur ihr eigentümliche Bewegung beim Gang, die Beugung der Schultern und die Haltung des Kopfes, und es war ihm, als ob ein elektrischer Strom seinen Körper durchliefe. Mit erneuter Stärke regte sich in ihm jenes Vollgefühl seiner kraftvollen Persönlichkeit, kraftvoll von dem elastischen Tritt seiner Füße bis zur Atembewegung seiner Lungen, während er zugleich ein Prickeln auf den Lippen verspürte.

Als er an sie herangekommen war, drückte sie ihm fest die Hand.

»Du bist mir nicht böse, daß ich dich gebeten habe zu kommen? Ich mußte dich notwendig sehen«, sagte sie. Und der ernste, fast strenge Ausdruck um ihre Lippen, den er durch den Schleier sah, wandelte im Fluge seine Seelenstimmung.

»Ich sollte böse sein! Aber wie bist du hierher gekommen?«

»Gleichviel«, erwiderte sie, indem sie ihren Arm in den seinen legte, »komm jetzt, ich habe mit dir zu sprechen.«

Er begriff, daß sich irgend etwas ereignet hatte und daß diese Zusammenkunft keine freudige sein würde. In ihrer Gegenwart besaß er keinen eigenen Willen: ohne die Ursache ihrer Aufregung zu kennen, fühlte er bereits, daß diese Aufregung sich auch ihm unwillkürlich mitteilte.

»Was gibt es denn? Was? –«, fragte er und preßte mit dem Ellenbogen ihren Arm an sich, während er sich bemühte, ihr die Gedanken vom Gesicht abzulesen.

Sie machte schweigend einige Schritte, nahm all ihren Mut zusammen und blieb dann plötzlich stehen. »Ich habe dir gestern nicht gesagt«, begann sie rasch und schwer atmend, »daß ich – als ich mit Alexej Alexandrowitsch nach Hause fuhr, ihm alles gestanden habe, daß ich – ihm gesagt habe, ich könne nicht länger seine Gattin sein und, daß ich ihm ... alles gesagt habe.«

Er hörte ihr zu, indem er unwillkürlich seine ganze Gestalt zu ihr herabbeugte, als wolle er dadurch die Schwere ihrer Lage mildern. Aber kaum hatte sie zu Ende gesprochen, als er sich plötzlich aufrichtete und sein Gesicht einen stolzen und strengen Ausdruck annahm.

»Ja, ja, so ist es besser, tausendmal besser! Ich begreife, wie schwer dir das fallen mußte«, rief er aus. Sie aber hörte nicht auf seine Worte, sie las seine Gedanken aus seinem Mienenspiel. Sie konnte nicht wissen, daß der Ausdruck in Wronskijs Zügen den ersten Gedanken, der ihm gekommen war, widerspiegelte – daß nunmehr ein Duell unvermeidlich sei. Ihr dagegen war niemals der Gedanke an die Möglichkeit eines Duells gekommen, und darum gab sie diesem flüchtigen Ausdruck der Strenge eine andere Deutung.

Als sie den Brief ihres Mannes erhalten hatte, da war sie sich bereits im Grunde ihrer Seele darüber klar, daß alles beim alten bleiben würde, daß sie nicht die Kraft haben würde, ihre gesellschaftliche Stellung aufzugeben, ihren Sohn zu verlassen und dem Geliebten zu folgen. Durch den Vormittag, den sie bei der Fürstin Twerskaja verbracht hatte, war sie darin nur noch mehr bestärkt worden. Aber diese Zusammenkunft war trotz alledem für sie überaus wichtig. Sie hoffte, diese Zusammenkunft würde ihre und seine Lage ändern und sie selbst retten. Wenn er ihr bei dieser Nachricht mit Entschiedenheit, mit Leidenschaft, ohne einen Moment zu schwanken, sagen würde: »Gib alles preis und entflieh mit mir!« – dann würde sie den Sohn im Stiche lassen und ihm folgen. Aber ihre Worte hatten auf ihn nicht die erwartete Wirkung ausgeübt; sie schienen ihn nur aus irgend einem Grunde verletzt zu haben.

»Es ist mir durchaus nicht schwer gefallen. Das hat sich ganz von selbst gemacht –«, sagte sie gereizt, »und da …« Sie zog den Brief ihres Mannes aus dem Handschuh hervor.

»Ich verstehe, ich verstehe«, unterbrach er sie und nahm den Brief, ohne ihn jedoch zu lesen, da er nur bestrebt war, sie zu beruhigen, »ich habe nur eins gewünscht, nur um eins gefleht – dieser unerträglichen Lage ein Ende zu machen, um mein Leben deinem Glücke weihen zu können.«

»Weshalb sagst du mir das?« erwiderte sie. »Kann ich denn daran zweifeln? Wenn ich zweifeln könnte ...«

»Wer kommt dort?« rief Wronskij plötzlich und wies auf zwei Damen, die auf sie zukamen. »Vielleicht kennt man uns!« Und er schlug hastig einen Seitenpfad ein, indem er sie nach sich zog.

»Ach, mir ist alles gleich!« sagte sie. Ihre Lippen zitterten, und es schien ihm, als ob ihre Augen durch den Schleier hindurch ihn mit einem seltsamen Ausdruck von Gehässigkeit anblickten. »Ich sage also, daß davon nicht die Rede ist – ich kann daran gar nicht zweifeln; aber sieh, was er mir schreibt. Lies. –« Sie blieb wieder stehen.

Wie im ersten Augenblick bei der Mitteilung von dem Zerwürfnis mit ihrem Manne, gab sich Wronskij abermals beim Lesen des Briefes jenem natürlichen Eindruck hin, den sein eigenes Verhältnis zu dem beleidigten Gatten in ihm wach rief. Und jetzt, während er seinen Brief in der Hand hielt, dachte er unwillkürlich an die Herausforderung, die er wahrscheinlich heute oder morgen zu Hause vorfinden würde; und dann malte er sich das Duell aus, wie er mit demselben kalten und stolzen Ausdruck, den seine Züge auch jetzt trugen, in die Luft schießen würde, um dann dem Schusse des beleidigten Gatten die Brust zu bieten. Und in demselben Augenblick fuhr ihm der Gedanke an das durch den Kopf, was Serpuchowskoj eben erst zu ihm gesprochen und was er selber am Morgen gedacht hatte – daß es besser sei, sich nicht zu binden – und er wußte zugleich, daß er ihr alles dies nicht würde sagen können.

Nachdem er den Brief zu Ende gelesen hatte, hob er seine Augen zu ihr, und in seinem Blick lag keine Festigkeit. Sie begriff sofort, daß er schon früher mit sich selbst über diesen Gegenstand zu Rate gegangen war. Sie wußte, daß er ihr, was er auch immer sagen mochte, nicht alles enthüllen würde, was er in Wirklichkeit dachte. Und sie begriff, daß sie sich in ihrer letzten Hoffnung getäuscht hatte. Nicht das war's, was sie erwartet hatte.

»Du siehst, was das für ein Mann ist«, sagte sie mit zitternder Stimme, »er ...«

»Verzeih mir, aber ich freue mich darüber«, unterbrach sie Wronskij. »Um Gottes willen, laß mich ausreden«, fügte er hinzu, und in seinem Blick lag die Bitte, ihm Zeit zu lassen, seine Worte zu erklären. »Ich freue mich aus dem Grunde, weil dies nicht so bleiben kann, auf keine Weise so bleiben kann, wie er es voraussetzt.«

»Warum sollte es nicht so bleiben können?« sagte sie, indem sie ihre Tränen zurückdrängte; sie legte augenscheinlich dem, was er sagen würde, keine Bedeutung mehr bei. Sie fühlte, daß ihr Schicksal besiegelt war.

Wronskij wollte sagen, daß nach dem Duell, das, wie er glaubte, unvermeidlich war, dieser Zustand nicht andauern könne; aber er sagte ganz etwas anderes.

»Es kann nicht so bleiben. Ich hoffe, daß du ihn jetzt verläßt. Ich hoffe«, er geriet in Verwirrung und errötete, »daß du es mir überläßt, über unsere Zukunft nachzudenken und sie zu gestalten. Morgen ...«, wollte er fortfahren. Sie ließ ihn nicht ausreden.

»Und mein Sohn?« schrie sie auf. »Du siehst, was er schreibt? – Ich müßte ihn verlassen, und das kann und will ich nicht tun.«

»Aber um Gottes willen, was ist denn besser? Deinen Sohn zu verlassen oder diese demütigende Lage zu verlängern?«

»Für wen ist diese Lage demütigend?«

»Für alle, und am meisten für dich.«

»Du sagst, demütigend ... sprich nicht so. Diese Worte haben keinen Sinn für mich –«, erwiderte sie mit bebender Stimme. Sie wollte nicht, daß er jetzt etwas sagte, was nicht der Wahrheit entsprach. Seine Liebe war das einzige, was sie noch besaß, und sie wollte ihn lieben können. – »Verstehe wohl, seit dem Tage, wo ich dich zu lieben begann, hat sich alles für mich verwandelt. Deine Liebe ist für mich alles. Wenn sie mir gehört, so fühle ich mich so hoch, so stark, daß nichts für mich demütigend sein kann. Ich bin stolz auf meine Lage, denn ... ich bin stolz auf ... stolz ...« Sie sprach es nicht aus, worauf sie stolz war. Tränen der Scham und Verzweiflung erstickten ihre Stimme. Sie hielt inne und begann zu weinen.

Auch er fühlte, wie es ihm heiß in die Kehle stieg – und zum erstenmal in seinem Leben fühlte er sich dem Weinen nah. Er hätte nicht sagen können, was ihn eigentlich so sehr ergriff; sie tat ihm leid, und er fühlte, daß er ihr nicht helfen könne, während er zugleich wußte, daß er an ihrem Unglück schuld sei, das er etwas Schlimmes getan habe.

»Ist denn die Scheidung unmöglich?« fragte er mit schwacher Stimme. Sie schüttelte schweigend den Kopf. – »Kannst du denn deinen Sohn nicht zu dir nehmen und ihn trotzdem verlassen?«

»Ja; aber das hängt alles von ihm ab. Jetzt muß ich zu ihm«, sagte sie trocken. Ihr Vorgefühl, daß alles beim alten bleiben würde, hatte sie nicht betrogen.

»Am Dienstag werde ich in Petersburg sein, und alles kommt dann zur Entscheidung.«

»Ja«, versetzte sie. »Aber wir wollen nicht mehr darüber sprechen.«

Annas Wagen, den sie fortgeschickt hatte, und der sie am Gartentor des Wredeschen Hauses erwarten sollte, näherte sich jetzt. Anna nahm von Wronskij Abschied und fuhr nach Hause.

23

Am Montag fand die übliche Sitzung der Kommission vom 2. Juni statt. Alexej Alexandrowitsch trat in den Sitzungssaal, begrüßte die Mitglieder und den Vorsitzenden wie gewöhnlich und nahm dann seinen Platz ein, indem er die Hand auf die vor ihm ausgebreiteten Papiere legte. Unter diesen Papieren befanden sich die erforderlichen Notizen und der skizzierte Entwurf der Rede, die er halten wollte. Die Notizen hatte er übrigens gar nicht nötig. Er hatte alles im Kopf und hielt es für überflüssig sich das, was er sagen würde, noch einmal ins Gedächtnis zurückzurufen. Er wußte, daß, wenn die Stunde geschlagen haben und er das Gesicht seines Gegners vor sich sehen würde, der sich umsonst bemühen würde, sich einen gleichgültigen Ausdruck zu geben, der Strom seiner Rede von selbst besser dahinfließen würde, als wenn er sich darauf vorbereiten wollte. Er fühlte, daß der Inhalt seiner Rede so großartig war, daß jedes Wort von Bedeutung sein mußte. Während der übliche Bericht verlesen wurde, hatte er die unschuldigste, harmloseste Miene von der Welt. Wer ihn so dasitzen sah, während er mit den länglichen Fingern seiner weißen Hände, auf denen die Adern hervortraten, beide Ecken des vor ihm liegenden weißen Papierbogens betastete und den Kopf mit müdem Ausdruck zur Seite geneigt hielt, der hätte nie gedacht, daß in kürzester Zeit diesen Lippen Worte entströmen sollten, die den furchtbarsten Sturm entfesseln, die Mitglieder dazu bringen würden, zu lärmen und einander zu überschreien, und den Vorsitzenden zwingen würde, zur Ordnung zu mahnen. Als die Verlesung des Berichts zu Ende war, erklärte Alexej Alexandrowitsch mit seiner leisen, dünnen Stimme, daß er einige Bemerkungen in bezug auf die Regelung der Fremdvölkerfrage machen möchte. Die allgemeine Aufmerksamkeit wandte sich ihm zu. Alexej Alexandrowitsch räusperte sich und begann seine Gedanken auseinanderzusetzen, wobei er nicht seinen Gegner ansah, sondern, wie er es stets während seiner Reden zu tun pflegte, die erste beste vor ihm sitzende Person ins Auge faßte – diesmal ein kleines, friedfertiges, altes Männchen, das nicht den geringsten Einfluß in der Versammlung besaß. Als er auf das organische Grundgesetz zu sprechen kam, sprang sein Gegner vom Sitze auf und begann ihm zu widersprechen. Strjemow, der auch ein Mitglied der Kommission war und sich gleichfalls an einem wunden Punkte getroffen fühlte, begann sich zu rechtfertigen – und die ganze Sitzung nahm einen stürmischen Verlauf. Alexej Alexandrowitsch behielt jedoch die Oberhand, seine Vorschläge wurden angenommen, drei neue Kommissionen wurden ernannt, und am andern Tage war in gewissen Petersburger Kreisen von nichts anderem als dieser Sitzung die Rede. Alexej Alexandrowitschs Erfolg war sogar größer, als er selbst erwartet hatte.

Am nächsten Morgen, einem Dienstag, gedachte Alexej

Alexandrowitsch schon beim Erwachen mit Vergnügen des gestrigen Sieges, und so sehr er sich auch den Schein der Gleichgültigkeit zu geben suchte, so konnte er doch nicht umhin zu lächeln, als der Bureauvorsteher ihm in einschmeichelnder Weise erzählte, was man sich, wie er gehört habe, von den Vorgängen der Kommissionssitzung erzählte.

Über seiner Beschäftigung mit dem Bureauvorsteher hatte Alexej Alexandrowitsch vollständig vergessen, daß heute Dienstag, das heißt der von ihm für Anna Arkadjewnas Übersiedlung bestimmte Tag sei, und er war erstaunt und unangenehm überrascht, als ihm ein Diener ihre Ankunft meldete.

Anna war früh am Morgen in Petersburg angelangt; auf ein Telegramm von ihr war ihr der Wagen entgegengeschickt worden, man mußte daher annehmen, daß Alexej Alexandrowitsch von ihrer Ankunft wußte. Als sie eintraf, kam er ihr aber nicht entgegen. Man sagte ihr, daß er noch nicht aus seinem Zimmer herausgekommen und mit dem Bureauvorsteher beschäftigt sei. Sie befahl ihm ihre Ankunft zu melden, begab sich in ihr Zimmer und räumte, in der Erwartung, daß er sie aufsuchen würde, inzwischen ihre Sachen ein. Aber eine Stunde verging, ohne daß er kam. Sie begab sich unter dem Vorwand, einige Anordnungen zu treffen, in das Speisezimmer und sprach absichtlich laut, in der Erwartung, daß er zu ihr heraustreten würde; aber er kam nicht, obgleich sie hörte, daß er bis zur Tür seines Arbeitszimmers ging und den Bureauvorsteher hinausgeleitete. Sie wußte, daß er sich seiner Gewohnheit gemäß dann bald in den Dienst begab, und wollte ihn vorher sehen, um ihre gegenseitigen Beziehungen endgültig zu regeln.

Sie durchschritt den Saal und wandte sich entschlossen seinem Zimmer zu. Als sie sein Arbeitszimmer betrat, saß er in kleiner Uniform, schon zur Abfahrt bereit, an einem Tischchen, auf den er den Arm gestützt hatte, und blickte trübe vor sich hin. Sie sah ihn, bevor er ihrer gewahr wurde, und sie erriet, daß er an sie dachte.

Als er sie erblickte, wollte er sich erheben, besann sich jedoch eines anderen; dann stieg ihm das Blut in die Wangen, was Anna nie zuvor an ihm gesehen hatte, und er erhob sich rasch und ging ihr entgegen, wobei er ihren Blick vermied, und höher hinauf, auf ihre Stirn und auf ihr Haar sah. Er trat ganz nahe an sie heran, nahm ihre Hand und lud sie zum Sitzen ein.

»Es freut mich sehr, daß Sie gekommen sind«, sagte er, indem er neben ihr Platz nahm; er wollte offenbar noch etwas hinzufügen, aber er stockte. Mehrmals wollte er wieder zu sprechen beginnen, hielt aber immer wieder inne. Obwohl sie sich auf diese Zusammenkunft vorbereitet und sich klar zu machen gesucht hatte, daß sie ihn verachten und ihm die ganze Schuld zuschreiben müsse, wußte sie doch nicht, was sie ihm sagen sollte, und er begann ihr leid zu tun. So dauerte denn dieses Schweigen ziemlich lange.

»Ist Serjosha wohlauf?« begann er endlich und fügte, ohne eine Antwort abzuwarten, hinzu: »Ich werde heute nicht zu Hause speisen und muß gleich fort.«

»Ich hatte nach Moskau reisen wollen«, sagte sie.

»Nein, Sie haben sehr, sehr wohl getan, daß Sie gekommen sind«, erwiderte er und schwieg dann wieder.

Sie sah, daß er nicht imstande war, das Gespräch wieder zu beginnen, und so tat sie es denn selbst:

»Alexej Alexandrowitsch«, sagte sie, indem sie zu ihm aufsah, ohne das Auge vor seinem Blicke zu senken, den er auf ihr Haar gerichtet hielt, »ich bin ein sündhaftes Weib, ich bin ein schlechtes Weib, aber ich bin noch dieselbe, die ich war; das, was ich Ihnen damals sagte, besteht auch jetzt noch, und ich bin gekommen, um Ihnen zu sagen, daß ich hierin nichts ändern kann.«

»Ich habe Sie nicht danach gefragt«, erwiderte er, indem er ihr plötzlich entschlossen und voller Haß gerade in die Augen sah, »ich habe dies auch vorausgesetzt.« – Unter dem Einfluß des Zornes erlangte er sichtlich wieder die volle Gewalt über alle seine Fähigkeiten. »Aber, wie ich Ihnen damals sagte und auch schrieb«, fuhr er nun mit seiner scharfen, dünnen Stimme fort, »wiederhole ich es jetzt, daß ich nicht verpflichtet bin, dies zu wissen. Ich ignoriere es einfach. Nicht alle Ehefrauen sind so gütig wie Sie und haben so große Eile, dem Gatten eine *so angenehme* Mitteilung zu machen. –« Er betonte das Wort ›angenehm‹ ganz besonders. »Und ich werde es so lange ignorieren, als die Welt es nicht weiß, solange als mein Name nicht entehrt ist. Und darum sage ich Ihnen im voraus, daß unsere Beziehungen dieselben bleiben müssen, wie sie immer waren, und daß ich nur in dem Falle, daß Sie sich *bloßstellen* sollten, Maßregeln ergreifen müßte, um meine Ehre zu schützen.«

»Aber unsere Beziehungen können nicht dieselben sein wie immer«, sagte Anna mit zaghafter Stimme und blickte ihn erschreckt an. Als sie wieder diese ruhigen Gebärden sah, wieder diese durchdringende, spöttische Kinderstimme hörte, da gewann der Widerwille in ihr über das Mitleid, das sie vorher empfunden hatte, die Oberhand und sie fürchtete sich jetzt nur vor ihm, während sie doch zugleich, koste es, was es wolle, ihr Verhältnis zu ihm klarstellen wollte.

»Ich kann nicht Ihre Gattin sein, wenn ich ...«, begann sie.
Er lachte; es war ein böses und kaltes Lachen.
»Die Lebensweise, die Sie sich erwählt haben, ist jedenfalls nicht ohne Einfluß auf Ihre Begriffe geblieben. Ich habe genug Achtung oder Verachtung, sowohl das eine wie das andere, ... ich achte Ihre Vergangenheit, und ich verachte die Gegenwart zur Genüge ... um weit entfernt von derjenigen Deutung zu sein, die Sie meinen Worten gegeben haben.«

Anna seufzte auf und senkte den Kopf.

»Übrigens begreife ich nicht«, fuhr er hitziger werdend fort, »wenn man so viel Unabhängigkeit besitzt wie Sie – wenn man dem Gatten geradezu seine Untreue eingesteht und darin anscheinend nichts Tadelnswertes findet, ich begreife nicht, wie Sie die Erfüllung der Pflichten, die eine Gattin gegen ihren Mann hat, tadelnswert finden können?«

»Alexej Alexandrowitsch! Was wollen Sie von mir?«

»Ich will, daß ich niemals diesem Menschen hier begegne; ich will, daß Sie sich so verhalten, daß weder die *Welt*, noch die *Dienerschaft* Ihnen irgend einen Vorwurf machen *könnten* ... ich will, daß Sie ihn nicht sehen. Mir scheint, dies ist nicht zu viel verlangt. Und als Entgelt werden Sie die Rechte einer ehrbaren Frau genießen, ohne ihre Pflichten zu erfüllen. Das ist alles, was ich Ihnen zu sagen habe ... Jetzt ist es Zeit für mich, zu gehen. Ich werde nicht zu Hause speisen. –« Er stand auf und wandte sich zur Tür.

Anna erhob sich gleichfalls. Er verbeugte sich schweigend und ließ sie an sich vorüber.

24

Die Nacht, die Ljewin damals auf dem Heuhaufen verbracht hatte, war für ihn nicht ohne Nutzen gewesen; seine Wirtschaft, wie er sie führte, war ihm zuwider geworden und hatte jegliches Interesse für ihn verloren. Ungeachtet der herrlichen Ernte hatte er niemals – wenigstens schien es ihm so – über so viele Fehlschläge und so feindliche Beziehungen zwischen ihm und den Bauern zu klagen gehabt, wie gerade in diesem Jahre, und die Ursache der Fehlschläge wie auch der Feindseligkeit war ihm jetzt vollkommen begreiflich. Der Reiz, den er in der Arbeit selbst fand; die daraus hervorgehende Annäherung an die Bauern; der Neid, mit dem er auf sie, auf ihre Lebensweise blickte; der Wunsch, zu der gleichen Lebensweise überzugehen, ein Wunsch, der in jener Nacht für ihn kein unbestimmter Traum mehr gewesen, sondern zum Entschluß gereift war, und dessen Durchführung er bereits in seinen Einzelheiten überdacht hatte – alles dies hatte eine solche Veränderung in seinen Ansichten über die von ihm eingeführte Wirtschaftsordnung hervorgebracht, daß er jetzt seiner Tätigkeit auf keine Weise das frühere Interesse abzugewinnen vermochte und nicht umhin konnte, einzusehen, daß der Grund von allem in seinem unerquicklichen Verhältnis zu seinen Arbeitern zu suchen sei. Die durch eine Anzahl Kühe wie Pawa aufgebesserte Viehherde; das ganze, gut gedüngte, mit Pflügen bearbeitete Erdreich; die neun gleichmäßigen, ringsum mit jungen Reisern umpflanzten Felder; neunzig Deßjätinen tief eingeackerten Düngers; die reihenweise arbeitenden Sämaschinen und dergleichen mehr –

all dies wäre sehr schön gewesen, wenn er es nur selber oder doch im Verein mit gleichgesinnten Männern, mit Kameraden hätte ausführen können. Aber er sah jetzt klar, (und sein Werk über Landwirtschaft, an dem er fortgesetzt tätig war und in dem der Arbeiter als das Hauptelement der Wirtschaft betrachtet werden sollte, förderte in ihm diese Erkenntnis ganz besonders), er sah jetzt klar, daß die von ihm eingeführte Art der Bewirtschaftung nur ein erbitterter und hartnäckiger Kampf zwischen ihm und den Arbeitern war, der auf der einen, auf seiner Seite, das beständige, angespannte Streben darstellte, alles nach einem Vorbild umzugestalten, das für das beste galt, während sich ihm auf der andern Seite die natürliche Ordnung der Dinge entgegenstellte. Und er sah, daß dieser Kampf bei der größten Kraftanspannung seinerseits und ohne jegliche Anstrengung oder auch nur irgend ein Streben auf der anderen Seite, nur das eine zur Folge hatte, daß er mit seiner Wirtschaft auf keinen grünen Zweig kam und das herrliche Arbeitsgerät, das prächtige Vieh und Land vollkommen nutzlos verdorben wurde. Die Hauptsache aber war, nicht nur die ganze Tatkraft, die er darauf verwandte, war völlig nutzlos vergeudet, es drängte sich ihm jetzt, wo ihm die Bedeutung seiner Wirtschaft klar geworden war, auch noch das Gefühl auf, daß das Ziel seiner Tatkraft ein unwürdiges war. Um was handelte es sich denn eigentlich bei diesem Kampf? Er kämpfte um jeden Heller (und er mußte kämpfen, denn hätte seine Energie nur ein wenig nachgelassen, so wäre ihm nicht genug Geld zur Ablohnung der Arbeiter geblieben); sie aber kämpften um das Recht ruhig und angenehm, das heißt so, wie sie es gewohnt waren, zu arbeiten. In seinem Interesse war es, daß jeder Arbeiter so viel wie möglich zustande brachte, daß er dabei nichts zu tun unterließ und sich außerdem bemühte, die Worfeln, Rechen, Harken und Dreschmaschinen nicht zu zerbrechen; daß sich eben jeder genau Rechenschaft davon ablegte, was er tat; der Arbeiter dagegen strebte danach, seine Arbeit in der möglichst angenehmen Weise mit Ruhepausen zu verrichten, und vor allen Dingen sein Tagwerk sorglos, ohne bei der Sache zu sein und seinen Verstand anzustrengen, zu vollbringen. Im

Laufe dieses Sommers hatte Ljewin auf Schritt und Tritt Gelegenheit gehabt, sich von der Richtigkeit seiner Wahrnehmungen zu überzeugen. Er hatte befohlen, den Klee fürs Futter zu schneiden, und hatte dazu die schlechtesten Felder gewählt, die mit Gras und Wermut durchwachsen und zum Säen nicht geeignet waren; und nun mähte man ihm der Reihe nach die allerbesten Samenfelder ab, indem man sich damit entschuldigte, daß der Verwalter es so angeordnet habe, und ihn mit der Versicherung tröstete, daß das Heu herrlich ausfallen würde; er aber wußte sehr wohl, daß dies nur geschehen war, weil diese Felder sich leichter mähen ließen. Er schickte eine Heuwendemaschine aufs Feld, um das Heu umzuwühlen; man zerbrach sie ihm schon bei den ersten Reihen, weil es den Bauer langweilte, unter den über ihm herumwirbelnden Flügeln auf dem Bock zu sitzen. Und dann hieß es: »Der gnädige Herr brauchen sich nicht zu beunruhigen, die Bauernweiber werden das Heu schon flink auseinanderschütteln.« Die ausländischen Pflüge erwiesen sich als unbrauchbar, weil es dem Arbeiter nicht in den Sinn kam, die gehobene Schneide herabzulassen, und er infolge dessen die Pferde quälte und das Land verdarb, indem er die Umdrehung mit Gewalt hervorzubringen versuchte; und wiederum hieß es, Ljewin habe keine Ursache, sich zu beunruhigen. Die Pferde ließ man in den Weizen einbrechen, weil keiner der Arbeiter die Nachtwache versehen wollte und die Leute sich untereinander ungeachtet des entgegengesetzten Befehls bei der Nachtwache ablösten, wobei Wanjka, der den ganzen Tag gearbeitet hatte, einschlief; und dieser gestand dann seine Sünde mit den Worten ein: »Wie Sie befehlen.« Die drei besten Kälber wurden überfüttert, weil man sie ohne Tränke ins Kleegrummet gelassen hatte; und die Bauern wollten nicht glauben, daß der Klee die Tiere auftrieb, sondern berichteten zum Trost, daß beim Nachbar in drei Tagen hundertzwölf Stück Vieh gefallen seien. Alles dies geschah nicht etwa, weil irgend jemand Ljewin oder seiner Wirtschaft etwas Böses gewünscht hätte – im Gegenteil, er wußte, daß man ihn gern hatte und ihn für einen ›einfachen Herrn‹ hielt, (was für das höchste Lob gilt); sondern es geschah nur aus dem Grunde, weil die Leute lustig und sorglos drauf los zu arbeiten wünschten, und weil seine Interessen ihnen nicht nur fremd und unverständlich waren, sondern auch in verhängnisvollem Gegensatz zu ihren eigenen rechtmäßigen Interessen standen. Schon längst hatte sich in Ljewin ein Gefühl der Unzufriedenheit über sein Verhältnis zur Wirtschaft geregt. Er sah sehr wohl, daß sein Boot ein Leck hatte, aber er fand das Leck nicht und suchte auch nicht danach; vielleicht darum nicht, weil er sich absichtlich täuschen wollte. (Es wäre ihm ja nichts mehr im Leben geblieben, wenn er sich hätte eingestehen müssen, daß er auch in dieser Beziehung eine Enttäuschung erfahren habe.) Jetzt aber konnte er sich nicht mehr länger einer Selbsttäuschung hingeben. Die Art der Wirtschaft, die er führte, besaß nichts Anziehendes mehr für ihn, ja war ihm sogar zuwider geworden, und er fühlte sich nicht imstande, sich noch länger damit abzugeben.

Dazu kam noch der Gedanke, daß sich Kitty Schtscherbazkaja, die zu sehen es ihn drängte und die er doch nicht sehen durfte, in einer Entfernung von nur dreißig Werst von ihm befand. Darja Alexandrowna Oblonskaja hatte ihn zwar, als er bei ihr war, aufgefordert zu kommen – in der Absicht, ihn zu veranlassen, aufs neue um die Hand ihrer Schwester anzuhalten, die ihn jetzt, wie sie ihm zu verstehen gab, nicht abweisen würde. Und Ljewin hatte, als er Kitty erblickte, gefühlt, daß seine Liebe zu ihr nicht vergangen sei; aber trotzdem konnte er Oblonskijs nicht besuchen, wo er wußte, daß sie dort sei. Durch die Tatsache, daß er um sie angehalten und sie ihn abgewiesen hatte, war zwischen ihnen eine unübersteigliche Schranke errichtet worden. »Ich kann sie nicht bitten, mein Weib zu werden, nur weil sie nicht das Weib des Mannes sein kann, den sie gewollt hat«, sagte er zu sich selbst.

Bei diesem Gedanken stieg in ihm ein kaltes und feindseliges Gefühl gegen sie auf. »Ich werde nicht imstande sein, ohne ein Gefühl des Vorwurfs mit ihr zu sprechen, sie ohne Erbitterung anzusehen, und sie wird mich nur um so mehr hassen, wie das ja auch nicht anders sein kann. Und außerdem, wie kann ich jetzt, nachdem Darja Alexandrowna so zu mir gesprochen hat, zu ihnen kommen? Bin ich denn imstande, mir's nicht merken zu lassen, daß ich weiß, was sie mir gesagt hat? Und ich soll großmütig hinkommen – um ihr zu verzeihen, um Gnade zu üben. – Ich soll in der Rolle des Verzeihenden, der sie seiner Liebe würdigt, vor ihr erscheinen! ... Warum hat mir Darja Alexandrowna nur das gesagt? Der Zufall hätte uns vielleicht zusammengeführt, und dann hätte sich alles von selbst gemacht; jetzt aber ist es unmöglich, unmöglich!«

Darja Alexandrowna schrieb ihm einen Brief, in dem sie um einen Damensattel für Kitty bat. »Man hat mir gesagt, daß Sie einen besitzen«, schrieb sie. »Und ich hoffe, daß Sie ihn selbst bringen werden.«

Das war mehr, als er ertragen konnte. Wie war es möglich, daß eine kluge, zartfühlende Frau ihre Schwester so sehr erniedrigte? Er schrieb zehn Briefe, die er alle zerriß und schickte ihr endlich den Sattel ohne irgend welche Antwort zu. Schreiben, daß er kommen würde – war unmöglich, weil er nicht kommen konnte; schreiben, daß er nicht kommen könne, weil er aus irgendeinem Grunde verhindert sei oder verreisen müsse – war noch schlimmer. So ließ er ihr denn den Sattel ohne jedes Begleitschreiben überbringen; aber in dem Bewußtsein, daß er etwas Beschämendes getan hatte, übergab er andertags seinem Verwalter die ganze Wirtschaft, die ihm zur Last geworden war und fuhr in einen entfernten Bezirk zu seinem Freunde Swijaschskij, der prachtvolle, schnepfenreiche Sümpfe besaß und ihm erst vor kurzem geschrieben hatte, er möge seine längst ausgesprochene Absicht, ihn zu besuchen, endlich ausführen. Die schnepfenreichen Sümpfe im Kreise Surow hatten Ljewin schon lange verführerisch angelockt; aber infolge seiner Wirtschaftsangelegenheiten hatte er diese kleine Reise immer wieder aufgeschoben. Jetzt war er froh, der Nachbarschaft der Schtscherbazkijs zu entgehen, und namentlich freute er sich, die Last seiner Wirtschaft mit dem Jagdgenuß zu vertauschen, der ihm in allen seinen Kümmernissen noch immer der beste Tröster gewesen war.

25

Im Kreise Surow gab es weder Eisenbahnen noch Postpferde, und Ljewin benutzte seinen eigenen Tarantaß.

Auf halbem Wege machte er Halt, um seine Pferde bei einem reichen Bauern füttern zu lassen. Der kahlköpfige, frische Alte mit dem breiten, fuchsroten Bart, der an den Wangen zu ergrauen begann, öffnete das Tor und drückte sich dann eng an den Türpfosten, um das Dreigespann durchzulassen. Er wies dem Kutscher einen Platz in einem Schuppen auf dem großen, reinen, aufgeräumten, neuen Hofe voll angebrannten Hakenpflügen an und forderte dann Ljewin auf, ins Zimmer zu treten. Eine rein gekleidete, junge Frau mit Galoschen an den bloßen Füßen, scheuerte in gebückter Haltung den Fußboden im neugezimmerten Vorraum. Sie erschrak über Ljewins Hund, der hinter ihm herlief und kreischte auf, lachte aber gleich darauf über ihren Schreck, als sie sah, daß der Hund sie nicht anrührte. Sie wies mit dem Arm, auf dem der Ärmel aufgekrempelt war, auf die Stubentür, verbarg dann wieder, indem sie sich bückte, ihr hübsches Gesicht und fuhr fort, den Boden zu scheuern.

»Soll ich den Samowar aufstellen?« fragte sie.

»Ja, bitte.«

Die Stube war groß, hatte einen holländischen Ofen und einen Verschlag. Unter den Heiligenbildern in der Ecke stand ein mit bunten Zeichnungen verzierter Tisch, eine Bank und zwei Stühle. An der Eingangstür befand sich ein Schränkchen mit Geschirr. Die Läden waren geschlossen, Fliegen gab es nur wenig, und alles war so sauber, daß Ljewin darauf achtete, daß Laßka, die den Weg zu Fuß gemacht und in jeder Pfütze gebadet hatte, die Diele nicht beschmutzte; er wies ihr daher einen Winkel an der Tür an. Nachdem Ljewin sich in der Stube umgesehen hatte, trat er auf den hinteren Hof. Die schmucke, junge Frau in den Galoschen schwenkte die leeren Eimer, die am Schulterjoch hingen, und lief an ihm vorbei, um Wasser vom Brunnen zu holen.

»Mach hurtig!« rief ihr der Alte fröhlich nach und trat zu

Ljewin. »Also, gnäd'ger Herr, zu Nikolaj Iwanowitsch Swijaschskij fahren Sie? Auch er hat die Gnade, bisweilen bei uns einzukehren«, begann er redselig und stützte sich auf das Treppengeländer am Eingang. Mitten in der Erzählung des Alten von seiner Bekanntschaft mit Swijaschskij kreischte das Tor wieder in den Angeln, und die Tagelöhner, die vom Felde kamen, fuhren mit Hakenpflügen und Eggen in den Hof ein. Die vorgespannten Pferde waren wohlgenährt und kräftig. Die Arbeiter gehörten offenbar zur Familie: zwei von ihnen waren junge Männer, trugen Kattunkittel und Mützen; die beiden anderen waren gemietete Knechte und hatten Hanfhemden an – der eine schon bejahrt, der andere ein junger Bursche.

Der alte Bauer trat vom Geländer weg, ging auf die Pferde zu und begann sie auszuspannen. »Was habt ihr denn gepflügt?« fragte Ljewin.

»Die Kartoffelfelder haben wir umgepflügt. Wir haben auch ein eigenes Stück Land. Du, Fjedot, den Wallach laß nicht heraus, sondern stell ihn an den Trog, wir spannen ein anderes ein.«

»Du, Vater«, sagte ein großgewachsener gesunder Bursche, augenscheinlich der Sohn des Alten, »ich habe die Pflugeisen holen lassen. Sind sie da?«

»Dort ... im Schlitten sind sie«, erwiderte der Alte, rollte die abgenommenen Zügel zusammen und warf sie auf die Erde. »Setz sie instand, während wir zu Mittag essen.«

Die schmucke junge Frau kehrte jetzt mit vollen, schwer von den Schultern niederhängenden Eimern ins Vorhaus zurück. Und nun kamen von irgendwoher noch verschiedene Weiber, junge und hübsche, mittleren Alters und ganz alte häßliche, mit und ohne Kinder herein.

Der Samowar begann zu summen; Tagelöhner und Familienangehörige stiegen von den Pferden und versammelten sich zum Mittagbrot. Ljewin holte aus seiner Kalesche den mitgenommenen Proviant hervor und lud den Alten ein, mit ihm Tee zu trinken.

»Warum nicht gar, ich hab' ja heut' schon welchen getrunken«, erwiderte der Alte, nahm jedoch mit sichtlichem Vergnügen die Einladung an. »Allenfalls zur Gesellschaft.«

Während des Tees erfuhr Ljewin, wie der Alte zu seinem Bauernhof gekommen war. Er hatte vor zehn Jahren bei einer Gutsbesitzerin hundertundzwanzig Deßjätinen gepachtet; war dann im vergangenen Jahre bereits imstande gewesen, sie käuflich zu erwerben und hatte dann von einem benachbarten Gutsbesitzer noch dreißig weitere Deßjätinen in Pacht genommen. Einen Teil des Landes, den schlechtesten, hatte er verpachtet, vierzig Deßjätinen Ackerland bestellte er selbst mit seiner Familie und zwei gemieteten Arbeitern. Der Alte klagte, daß es mit der Wirtschaft schlecht stünde. Aber Ljewin merkte sehr wohl, daß dies nur Redensarten waren und daß seine Wirtschaft in blühendem Zustand war. Wenn es ihm wirklich schlecht ginge, hätte er nicht für fünfhundert Rubel neues Land kaufen, und auch nicht drei Söhne und einen Neffen verheiraten können, und wäre nicht imstande gewesen, zweimal, nachdem es bei ihm gebrannt hatte, alles neu und jedesmal in gediegenerer Weise wieder aufbauen zu können. Trotz der Klagen des Alten war es ersichtlich, daß er mit Recht auf seinen Wohlstand stolz war, stolz auf seine Söhne, den Neffen, die Schwiegertöchter, seine Pferde, Kühe und ganz besonders darauf, daß die ganze Wirtschaft fest begründet war. Aus dem Gespräch mit dem Alten ersah Ljewin, daß er Neuerungen keineswegs abgeneigt war. Er baute viel Kartoffeln, und seine Kartoffeln waren, wie Ljewin beim Vorbeifahren bemerkt hatte, schon im Abblühen begriffen und begannen zu reifen, während sie bei Ljewin eben erst zu blühen anfingen. Er hatte sein Kartoffelland mit dem »Pflugeisen«, wie er den bei seinem Gutsbesitzer entliehenen westeuropäischen Pflug nannte, beackert. Er säte auch Weizen. Die geringfügige Einzelheit, die er erfuhr, daß der Alte, nachdem er den Roggen hatte ausjäten lassen, mit dem ausgejäteten Roggen seine Pferde fütterte, fiel Ljewin ganz besonders auf. Wie oft schon hatte Ljewin, wenn er sah, wie dieses schöne Futter umsonst vergeudet wurde, es einsammeln wollen; jedesmal aber hatte sich dies als unmöglich erwiesen. Dieser Bauer wußte es jedoch durchzusetzen, und er konnte dies Futter nicht genug rühmen.

»Was hätten denn die Weibsleute sonst zu tun? Sie tragen's

in kleinen Haufen auf den Weg, und die Fuhre fährt es dann ein.«

»Bei uns Gutsbesitzern dagegen steht's mit den Arbeitern schlecht«, sagte Ljewin, indem er ihm ein Glas Tee reichte.

»Danke untertänigst«, sagte der Alte und nahm das Glas, wies aber den Zucker zurück, indem er auf das übrig gebliebene angebissene Stückchen zeigte. »Wie kann man denn mit Arbeitern etwas zuwege bringen?« sagte er dann. »Die richten einen nur zu Grunde! Da schau'n Sie mal, wie es Swijaschskij geht. Wir wissen, was für schönes Land der hat – der reine Mohn, und doch läßt sein Ernteertrag zu wünschen übrig. Es liegt alles an der mangelhaften Aussicht.«

»Und doch wirtschaftest du auch mit Arbeitern?«

»Ja, unsere Arbeit ist Bauernarbeit. Wir sind bei allem mit dabei. Wenn einer nicht tüchtig ist – dann fliegt er hinaus; mit meinen eigenen komm' ich schließlich auch durch.«

»Väterchen, Finogen möchte Teer haben«, meldete die junge Frau in den Galoschen.

»So stehen die Dinge, gnäd'ger Herr!« sagte der Alte, indem er sich erhob, und sich mehrmals bekreuzte; dann dankte er Ljewin und verließ das Zimmer.

Als Ljewin in die Gesindestube trat, um seinen Kutscher zu rufen, sah er alle männlichen Mitglieder der Familie um den Tisch herumsitzen, während die Weiber sie stehend bedienten. Der junge, gesundheitsstrotzende Sohn des Hauses erzählte gerade, den Mund voller Grützbrei, irgend etwas Lustiges, worüber er und alle anderen lachten, und besonders hell lachte das junge Weib in den Galoschen, das gerade Kohlsuppe in eine Schüssel goß.

Es ist leicht möglich, daß das liebliche Gesicht dieses jungen Weibes in den Galoschen viel zu dem Eindruck der vorzüglichen Ordnung beitrug, den dies Bauernhaus auf Ljewin machte; der Eindruck selbst aber war ein so starker, daß er ihn nie vergessen konnte. Und den ganzen Weg vom Hause des Alten bis zu Swijaschskij dachte er immer wieder an diesen Bauernhof, als ob in dem Eindruck, den er davon empfangen hatte, etwas läge, was seine ganz besondere Aufmerksamkeit in Anspruch nehmen müsse.

26

Swijaschskij war der Adelsmarschall seines Kreises. Er war fünf Jahre älter als Ljewin und schon längst verheiratet. In seinem Hause lebte auch seine Schwägerin, ein junges Mädchen, das Ljewin sehr sympathisch war. Und er wußte ganz gut, daß sowohl Swijaschskij wie seine Frau dieses junge Mädchen sehr gern mit ihm verheiratet hätten. Er wußte dies unzweifelhaft, wie junge Leute, die, wie man zu sagen pflegt, begehrenswerte Männer sind, das eben wissen, obgleich es ihm niemals eingefallen wäre, irgend jemandem ein Wort davon zu sagen; aber er wußte auch, trotzdem er heiraten wollte, trotzdem er aller Voraussetzung nach in diesem jungen Mädchen ein vortreffliches Weib gefunden hätte, daß er sie ebensowenig heiraten konnte, wie zum Himmel emporfliegen – selbst dann, wenn er nicht in Kitty Schtscherbazkaja verliebt gewesen wäre. Und dieses Bewußtsein verdarb ihm bis zu einem gewissen Grade die Freude an seinem Besuch bei Swijaschskij.

Als er Swijaschskijs Brief mit der Jagdeinladung erhalten hatte, war Ljewin dieser Umstand sofort eingefallen; er war aber trotzdem zu der Schlußfolgerung gelangt, daß seine Einbildungskraft allein Swijaschskij ganz ohne Grund derartige Absichten auf ihn zuschrieb, und daß er deshalb ungehindert hinfahren könne. Abgesehen davon regte sich im Grunde seines Herzens der Wunsch, sich selbst noch einmal zu prüfen, sich klar zu machen, ob er und dieses Mädchen zu einander paßten. Das häusliche Leben der Swijaschskijs war ein im höchsten Grade angenehmes, und Swijaschskij selbst, der beste Typus eines im Interesse der ständischen Selbstverwaltung tätigen Mannes, den Ljewin je gekannt hatte, war für ihn stets eine ungewöhnlich anziehende Persönlichkeit gewesen.

Swijaschskij war einer jener Menschen, die stets Ljewins Verwunderung erweckten; einer jener Männer, deren Urteil immer sehr folgerichtig, wenn auch niemals selbständig ist, und sich immer in einer bestimmten Bahn bewegt, während ihr Leben, dessen Richtung durchaus bestimmt und unwandelbar ist, sich gleichfalls in einer bestimmten Bahn bewegt, die jedoch von jenem Urteil völlig unabhängig ist und fast immer im schärfsten Widerspruch dazu steht. Swijaschskij war ein Mann von äußerst freisinniger Denkungsart. Er verachtete den Adel und hielt die Mehrzahl der Edelleute für geheime Anhänger der Leibeigenschaft, die dies nur aus Zaghaftigkeit nicht einzugestehen wagten. Er hielt Rußland für ein dem Untergang geweihtes Reich, gleich der Türkei, und die russische Regierung für so schlecht, daß er es sogar niemals für nötig hielt, ihre Handlungen ernsthaft zu kritisieren. Zugleich aber war er im Staatsdienst angestellt, war ein mustergültiger Adelsmarschall und setzte auf Reisen immer eine Dienstmütze mit der Dienstkokarde und dem roten Mützenrand auf. Er war der Meinung, daß ein menschenwürdiges Dasein nur im Auslande möglich sei, wohin er auch immer bei jeder Gelegenheit reiste; dabei entfaltete er aber in Rußland eine sehr verwickelte und vervollkommnete landwirtschaftliche Tätigkeit, verfolgte mit gespanntem Interesse alle Ereignisse, und wußte stets alles, was in Rußland vorging. Er stellte den russischen Bauer in bezug auf seine Entwicklung auf eine Übergangsstufe zwischen Affen und Menschen; dabei aber drückte er auf den landständischen Wahlen am liebsten den Bauern die Hand und hörte ihre Meinungen gern an. Er glaubte weder an den Tod, noch an den Teufel; dabei kümmerte er sich aber sehr um die Frage der Aufbesserung des geistlichen Standes und der Verringerung der Kirchengemeinden, wobei er noch besonders dafür tätig war, daß die Kirche in seinem Dorfe verbleiben solle.

In der Frauenfrage war er auf der Seite der extremsten Befürworter der vollen Freiheit des weiblichen Geschlechts und ganz besonders ihres Rechtes auf Arbeit; aber mit seiner Frau lebte er so, daß alle an ihrem freundschaftlichen, kinderlosen Familienleben ihre Freude hatten; und er hatte ihr Leben so gestaltet, daß sie nichts tat und nichts tun konnte, als mit dem Gatten die Sorge zu teilen, wie die Zeit am besten und am fröhlichsten zu verbringen wäre.

Hätte Ljewin nicht die Eigenschaft besessen, die Menschen immer von der besten Seite zu nehmen, so wäre er bei der

Beurteilung von Swijaschskijs Charakter weder auf die geringste Schwierigkeit noch auf irgendeinen Zweifel gestoßen; er hätte sich gesagt: »Er ist ein Narr oder ein Lump«, und alles wäre klar gewesen. Aber er konnte ihn nicht einen Narren nennen, denn Swijaschskij war zweifellos ein kluger und zugleich ein sehr gebildeter Mann, und machte sich mit seiner Bildung ganz und gar nicht wichtig. Es gab keinen Gegenstand, den er nicht gekannt hätte; aber er zeigte sein Wissen erst dann, wenn eine zwingende Veranlassung dazu vorlag. Und noch weniger konnte Ljewin sagen, daß er ein Lump sei, denn Swijaschskij war zweifellos ein ehrenhafter, gutherziger und kluger Mensch, der in freudiger, hingebender und ausdauernder Weise eine Tätigkeit entfaltete, die von seiner ganzen Umgebung hoch geschätzt wurde; und sicherlich hatte er niemals bewußt irgend etwas Schlechtes getan und war auch unfähig, es zu tun.

Ljewin gab sich Mühe, sein Wesen zu ergründen, aber er konnte zu keinem Verständnis gelangen, und so blickte er denn auf ihn und auf sein Leben wie auf ein lebendes Rätsel.

Beide standen in einem freundschaftlichen Verhältnis zueinander, und daher erlaubte sich Ljewin, Swijaschskij auszuforschen, um bis zu den Grundlagen seiner Weltanschauung durchzudringen; aber immer war das vergebens gewesen. So oft Ljewin versucht hatte, weiter als bis in die für alle Besucher geöffneten Kammern von Swijaschskijs Geist vorzudringen, hatte er jedesmal bemerkt, daß jener in leichte Verwirrung geriet; ein kaum bemerkbarer Ausdruck der Scheu zeigte sich in seinem Blick, gleichsam, als ob er fürchte, daß Ljewin ihn durchschauen könne und er setzte ihm dann stets einen gutmütigen und scherzhaften Widerstand entgegen.

Jetzt, nach der Enttäuschung, die er in bezug auf seine landwirtschaftliche Tätigkeit erlebt hatte, war für Ljewin der Aufenthalt bei Swijaschskij von ganz besonderem Reiz. Abgesehen davon, daß der Anblick dieser glücklichen, mit sich und aller Welt zufriedenen, wie ein paar Turteltäubchen miteinander lebenden Leute und ihres so hübsch eingerichteten Nestes immer erquickend auf ihn wirkte, drängte es ihn jetzt, wo er sich mit seinem Leben so unzufrieden fühlte, jenes

Geheimnis von Swijaschskij zu ergründen, das seinem Dasein eine solche Klarheit, Bestimmtheit und Heiterkeit verlieh. Zudem wußte Ljewin, daß er bei Swijaschskij mehrere benachbarte Gutsbesitzer treffen würde, und er hatte jetzt ein ganz besonderes Interesse daran, die bekannten wirtschaftlichen Gespräche über die Ernte, die Anwerbung der Tagelöhner und anderes ähnliches mit anzuhören –, Gespräche, die, wie Ljewin wußte, allgemein gering geschätzt wurden, ihm aber jetzt äußerst wichtig erschienen. »Es ist möglich, daß dies zur Zeit der Leibeigenschaft nicht wichtig war, oder daß es jetzt in England nicht wichtig ist. In beiden Fällen waren oder sind die Grundbedingungen bestimmt; bei uns in Rußland aber und in der jetzigen Zeit, wo alles eine Umwälzung erfahren hat und sich erst wieder neu gestaltet, ist die Frage, wie diese Grundbedingungen geregelt werden, die einzige wichtige Frage«, dachte Ljewin.

Die Jagd erwies sich schlechter, als er erwartet hatte. Der Sumpf war ausgetrocknet, und Schnepfen waren nicht zu sehen. Er strich den ganzen Tag umher und brachte nur drei Stück nach Hause; dafür aber brachte er, wie immer von der Jagd, einen ausgezeichneten Appetit mit, eine ebenso gute Laune und jenen angeregten Geisteszustand, der bei ihm stets mit starker, körperlicher Bewegung Hand in Hand ging. Und während er auf der Jagd an gar nichts Fernerliegendes denken zu können schien, kehrte er in seinen Gedanken immer wieder zu dem alten Bauern und seiner Familie zurück, und der Eindruck, den er dort empfangen hatte, schien nicht nur seine ganze Aufmerksamkeit in Anspruch zu nehmen, sondern auch die Lösung irgendeiner Frage in sich zu schließen, die damit im Zusammenhange stand.

Am Abend, während der Teestunde, entspann sich in Gegenwart zweier anderer Gutsbesitzer, die sich wegen einer Vormundschaftssache eingefunden hatten, gerade das interessante Gespräch, das Ljewin erwartet hatte.

Ljewin saß neben der Frau des Hauses am Teetisch und war gezwungen, sich mit ihr und der Schwägerin, die ihm gegenüber saß, zu unterhalten. Die Hausfrau war von nicht hohem Wuchs, blond, mit einem runden Gesichtchen, das mit ihren Grübchen und dem hin und her huschenden Lächeln förmlich zu leuchten schien. Ljewin bemühte sich, durch sie eine Lösung des für ihn wichtigen Rätsels zu erlangen, das ihr Gatte für ihn bildete, aber er war unfähig, sich in völliger Freiheit seinem Gedanken hinzugeben, weil er ein fast quälendes Unbehagen empfand. Der Grund dieses Unbehagens lag darin, daß die Schwägerin ihm gegenüber saß, in einem, wie ihn dünkte, besonders für ihn angelegten Kleide, mit einem wunderbaren trapezförmigen Ausschnitt auf der weißen Brust; dieser viereckige Ausschnitt raubte Ljewin, trotzdem ihr Hals sehr weiß war oder gerade darum, weil er sehr weiß war, die Freiheit seines Gedankenganges. Er bildete sich, wahrscheinlich irrtümlich, ein, daß dieser Ausschnitt im Hinblick auf ihn gemacht worden war, und hielt sich nicht für berechtigt, darauf hinzusehen, bemühte sich auch, es nicht zu tun; aber er fühlte sich schon deswegen schuldig, weil dieser Ausschnitt überhaupt gemacht worden war. Es war ihm, als ob er jemand betrüge, als ob er irgendeine Erklärung abgeben müsse, während es ihm doch ganz unmöglich gewesen wäre, irgend etwas zu erklären, und deshalb errötete er beständig, war unruhig und fühlte sich unbehaglich. Diese Befangenheit teilte sich auch der hübschen Schwägerin mit. Die Frau des Hauses schien dies jedoch nicht zu bemerken und zog sie absichtlich ins Gespräch.

»Sie sagen«, fuhr die Wirtin in der begonnenen Unterhaltung fort, »daß für meinen Mann alles, was russisch ist, keinen Reiz habe. Im Gegenteil, er pflegt im Auslande wohl lustig zu sein, aber niemals in solchem Grade wie hier. Hier fühlt er sich in seiner Sphäre. Er hat so viel zu tun und besitzt die Gabe, sich für alles zu interessieren. Haben Sie unsere Schule nicht besichtigt?«

»Ich habe sie mir angesehen ... Es ist doch das von Efeu umrankte Häuschen?«

»Ja; das gehört übrigens in Nastjas Wirkungskreis«, erwiderte sie und wies auf ihre Schwester.

»Sie unterrichten selbst?« fragte Ljewin, bemüht, an dem Ausschnitt vorbeizusehen, während er doch das Gefühl hatte, daß er, wohin er auch immer in jener Richtung blicken möge, unbedingt diesen Ausschnitt zu sehen bekommen würde.

»Ja, ich habe selbst unterrichtet und tue es noch. Aber wir haben jetzt eine ausgezeichnete Lehrerin. Und auch Turnen haben wir eingeführt.«

»Nein, ich danke verbindlichst, ich möchte keinen Tee mehr«, sagte jetzt Ljewin und obwohl er fühlte, daß er eine Unhöflichkeit begehe, erhob er sich errötend, da er nicht imstande war, dieses Gespräch fortzuführen. »Ich höre dort ein sehr interessantes Gespräch«, fügte er hinzu und näherte sich dem andern Ende des Tisches, wo der Hausherr mit den beiden Gutsbesitzern saß. Swijaschskij saß seitwärts am Tische; er hatte den Arm aufgestemmt und drehte mit der einen Hand seine Tasse hin und her, während er mit der anderen seinen Bart zusammenballte, den er abwechselnd zur Nase hob und wieder losließ, als wolle er daran riechen. Mit seinen blitzenden schwarzen Augen blickte er gerade auf den eifrig sprechenden Grundbesitzer mit dem grauen Schnurrbart und schien offenbar etwas Ergötzliches an seinen Reden zu finden. Der Gutsbesitzer klagte über das Volk. Ljewin war es klar, daß Swijaschskij auf die Klagen des Gutsbesitzers eine Entgegnung in Bereitschaft hatte, durch die er den ganzen Sinn seiner Ausführungen mit einem Schlage zerstören könnte, daß ihm jedoch seine Stellung diese Entgegnung unmöglich mache und er mit einem gewissen Behagen die komischen Reden des Gutsbesitzers anhörte.

Der Grundbesitzer mit dem grauen Schnurrbart war augenscheinlich ein eingefleischter Anhänger der Leibeigenschaft, ein Landjunker und leidenschaftlicher Landwirt. Ljewin merkte dies sowohl an seiner Kleidung, einem altmodischen, abgetragenen Überrock, der dem Manne sichtlich ungewohnt war, als auch an seinen klugen Augen unter den etwas gerunzelten Brauen, und der klaren, echt russischen Rede; ferner an dem sichtlich durch lange Gewohnheit ihm eigen gewordenen befehlenden Ton und den entschiedenen Gebärden der großen, aber schönen sonnenverbrannten Hände mit einem alten Trauring am Goldfinger.

27

»Wenn es mir nur nicht leid täte, alles aufzugeben, was ich eingeführt habe, ... es hängt viel Mühe und Arbeit daran – so würde ich die ganze Sache an den Nagel hängen, alles verkaufen und wie Nikolaj Iwanowitsch auf Reisen gehen ... wenn auch nur, um ›die schöne Helena‹ zu hören –«, sagte der Gutsbesitzer, während ein anziehendes Lächeln sein kluges, altes Gesicht erhellte.

»Aber Sie geben die Sache doch nicht auf«, entgegnete Swijaschskij, »es muß also doch wohl ein Vorteil dabei herausspringen.«

»Nur der eine Vorteil, daß ich im eigenen Hause lebe, und nichts auswärts zu kaufen oder zu mieten brauche. Und dann hegt man immer noch die Hoffnung, daß das Volk zur Vernunft kommt. Aber im übrigen, es ist kaum zu glauben – welch eine Trunksucht, welch eine Liederlichkeit um sich greift! Alles verschleudert dieses Volk, keine Mähre, keine Kuh ist mehr im Hause. Sie verrecken vor Hunger; wenn Sie aber einen von ihnen als Tagelöhner dingen, – dann stellt er sich so an, daß er Ihnen alles verdirbt und Sie schließlich noch beim Friedensrichter verklagt!«

»Dafür können Sie ihn ja auch beim Friedensrichter verklagen«, sagte Swijaschskij.

»Ich verklagen? Um nichts in der Welt! Das gibt dann so viel Gerede, daß man der Klage nimmer froh wird! Da haben zum Beispiel auf der Fabrik die Leute das Aufgeld genommen und haben sich dann damit aus dem Staub gemacht. Und was hat der Friedensrichter getan? Freigesprochen hat er sie. Alles hält sich nur noch durch den Amtsrichter und allenfalls den Gemeindevorsteher. Der läßt so einen Kerl nach alter Weise tüchtig auspeitschen. Wenn's das nicht gäbe, dann bliebe einem nichts übrig, als alles aufzugeben! Dann nur schnell fort, bis ans Ende der Welt!«

Es war ersichtlich, daß der Gutsbesitzer Swijaschskij reizen wollte; dieser aber ärgerte sich nicht nur nicht, sondern fand augenscheinlich Gefallen an diesem Redner.

»Na, na, wir führen doch auch unsere Wirtschaft und ohne zu solchen Maßregeln zu greifen«, sagte er lächelnd, »ich, Ljewin und dieser Herr hier.«

Und er wies auf den anderen Gutsbesitzer.

»Ja, bei Michail Pjetrowitsch geht ja die Sache, aber fragen Sie ihn einmal, wie? Ist das etwa eine rationelle Wirtschaft?« sagte der Gutsbesitzer, sichtlich stolz auf das Wort »rationell«.

»Mein Wirtschaftsbetrieb ist sehr einfach«, erwiderte Michail Pjetrowitsch. »Ich danke meinem Herrgott dafür. Ich führe die Wirtschaft nur, um das Geld für die Herbststeuern zusammenzubringen. Kommt so ein Bäuerlein und bittet: ›Bester Herr, Vater, helft mir heraus!‹ Na, alle meine Nachbarn sind Bauern, sie tun einem schließlich leid. So gibt man ihnen denn Geld für's erste Drittel und sagt dabei: ›Denkt dran, Kinder, ich hab' euch geholfen, aber ihr müßt mir auch wieder helfen, wenn's Not tut – ob sich's nun um Hafersaat, Heueinfuhr oder Ernte handelt‹ – na, und da macht man eben ab, wieviel Zins ein jeder zu leisten hat. Natürlich gibt's auch unter diesen gewissenlose Schelme, das ist schon wahr.«

Ljewin, der längst diese patriarchalischen Gebräuche kannte, tauschte mit Swijaschskij einen Blick und unterbrach dann Michail Pjetrowitsch, indem er sich wieder an den Gutsbesitzer mit dem grauen Schnurrbart wandte.

»Was ist also Ihre Meinung?« fragte er. »Wie muß man jetzt die Wirtschaft führen?«

»Ja, was bleibt einem übrig, als es so zu machen wie Michail Pjetrowitsch – entweder auf halbpart zu arbeiten* oder das Land den Bauern zu verpachten; das geht alles – nur daß man gerade dadurch den allgemeinen Wohlstand des Reiches vernichtet. Während mein Land zur Zeit der Leibeigenschaft bei guter Bewirtschaftung den neunfachen Ertrag brachte, bringt es jetzt bei der Arbeitsweise auf halbpart ein Drittel davon. Die Emanzipation hat Rußland zugrunde gerichtet!«

Swijaschskij warf Ljewin mit lächelnden Augen einen Blick zu und gab ihm sogar einen kaum bemerkbaren spöttischen Wink; Ljewin aber fand die Worte des Gutsbesitzers keines-

---

* Hälfte des Ernteertrages für die geleistete Arbeit.

wegs lächerlich; er verstand ihn sogar besser, als er Swijaschskij verstand. Vieles von dem, was der Gutsbesitzer noch weiter darlegte, indem er zu beweisen suchte, weshalb Rußland durch die Bauernemanzipation zugrunde gerichtet würde, erschien ihm sogar sehr richtig, neu und unwiderlegbar. Der Gutsbesitzer sprach augenscheinlich seine eigenen Gedanken aus – was so selten der Fall zu sein pflegt –, und zwar entsprangen diese Gedanken nicht dem Wunsch, das müßige Hirn mit irgend etwas zu beschäftigen, sondern sie waren aus den Bedingungen seines Lebens hervorgewachsen, das er in seiner Dorfeinsamkeit verbracht und von allen Seiten betrachtet hatte.

»Sehen Sie«, sagte er, offenbar von dem Wunsche beseelt, zu zeigen, daß ihm Bildung nicht fremd sei, »die ganze Sache erklärt sich dadurch, daß jeder Fortschritt nur durch Gewalt zustande kommt. Nehmen Sie die Reformen Peters, Katharinas, Alexanders. Nehmen Sie die Geschichte Europas. Und in um so höherem Maße gilt dies für den Fortschritt im landwirtschaftlichen Leben. Selbst die Kartoffeln – selbst die sind mit Gewalt bei uns eingeführt worden. Auch mit dem Hakenpflug hat man ja nicht immer gepflügt. Vielleicht ist auch er einmal während der Lehnsherrschaft eingeführt worden, aber sicherlich ist dies mit Gewalt geschehen. Jetzt, zu unserer Zeit, haben wir Gutsbesitzer während der Leibeigenschaft unseren landwirtschaftlichen Betrieb mit Hilfe der Vervollkommnungen der Neuzeit geführt: die Trockenböden, die Heuschwingen, die Düngerausfuhr und alle landwirtschaftlichen Geräte – alles haben wir auf eigene Faust mit Gewalt eingeführt, und die Bauern, die sich uns anfangs widersetzten, machten es uns schließlich nach. Jetzt aber, nach der Aufhebung der Leibeigenschaft, sind wir unserer Macht beraubt; und so muß denn unsere Wirtschaft dort, wo sie auf eine hohe Stufe gebracht war, zum rohesten, ursprünglichen Anfangszustand herabsinken. So fasse ich die Sache auf.«

»Aber weshalb denn nur? Wenn Ihre Wirtschaft eine rationelle ist, können Sie sie auch mit gemieteten Kräften durchführen«, entgegnete Swijaschskij.

»Mir fehlt jede Möglichkeit dazu. Gestatten Sie die Frage, womit soll ich sie denn führen?«

»Das ist's – die Arbeitskraft, das Grundelement der Wirtschaft«, dachte Ljewin.

»Mit Arbeitern.«

»Die Arbeiter wollen keine tüchtige Arbeit verrichten und haben eine Abneigung gegen gute Arbeitsgeräte. Unser Arbeiter kann nur eins – sich wie ein Schwein vollsaufen und alles verderben, was Sie ihm in die Hand geben. Die Pferde richten sie durch unzeitiges Tränken zugrunde; das gute Geschirr zerreißen sie; die Schienenräder vertauschen sie, um den Erlös zu versaufen; in die Dreschmaschine lassen sie den Deichselnagel hinein, um sie zu zerbrechen! Unser Landarbeiter hat einen Widerwillen gegen alles, was nicht nach seinem Sinn ist. Darum ist das ganze Niveau der Landwirtschaft gesunken. Man läßt Felder brach liegen und Wermut wuchert darin, oder man gibt sie den Bauern in Pacht, und wo früher ein Ertrag von einer Million Viertel herauskam, da werden jetzt nur einige hunderttausend hervorgebracht; der allgemeine Wohlstand hat sich verringert. Wenn man das Gleiche getan hätte, aber mit Verstand …«

Und er begann seinen Plan einer Bauernbefreiung zu entwickeln, bei dessen Durchführung sich alle diese Übelstände würden beseitigen lassen.

Ljewin hatte kein Interesse dafür; als er aber mit seinen Ausführungen zu Ende war, kehrte Ljewin wieder zu der ersten Behauptung zurück, die jener aufgestellt hatte. Er wandte sich zu Swijaschskij und sagte, in dem Bestreben, ihn dazu zu veranlassen, seine wirkliche Ansicht auszusprechen:

»Daß das Niveau der Landwirtschaft gesunken und daß es bei unseren Beziehungen zu den Feldarbeitern unmöglich ist, mit Vorteil eine rationelle Wirtschaft zu führen, das ist vollkommen richtig.«

»Ich finde das nicht«, entgegnete Swijaschskij diesmal in völligem Ernst, »ich sehe nur, daß wir uns nicht darauf verstehen, Landwirtschaft zu treiben, und daß im Gegenteil die Art des Wirtschaftsbetriebs, wie er bei uns zur Zeit der Leibeigenschaft bestand, keineswegs auf einer zu hohen, sondern auf einer allzu niedrigen Stufe stand. Wir haben weder Maschinen noch gutes Arbeitsvieh, noch eine richtige Organisation, und wir verstehen auch nicht zu rechnen. Fragen Sie nur irgendeinen beliebigen Landwirt – er weiß es selbst nicht, was für ihn von Vorteil und was von Nachteil ist.«

»Es verhält sich damit wie mit der italienischen Buchführung«, warf der Gutsbesitzer ironisch ein. »Sie können rechnen, soviel sie wollen, aber sobald man Ihnen alles verdirbt, läßt sich kein Gewinn dabei herausnehmen.«

»Weshalb sollte denn alles verdorben werden? Eine elende Dreschmaschine, eine russische Stampfe, die zerbrechen sie Ihnen vielleicht; aber meine Dampfdreschmaschine, die werden sie nicht zerbrechen. Einen russischen Dorfklepper von – wie soll ich sagen – von der Rasse der Kreuzlahmen, den man am Schwanz ziehen muß, den verderben sie Ihnen; aber führen Sie Zuchtpferde, ›Percherons‹, oder wenigstens starke Lastpferde ein, – die wird man Ihnen nicht zugrunde richten. Und so ist's mit allem. Wir müssen die Landwirtschaft auf eine höhere Stufe bringen.«

»Ja, woher nehmen und nicht stehlen, Nikolaj Iwanowitsch? Sie haben gut reden; ich aber habe einen Sohn auf der Universität und meine kleinen Jungen im Gymnasium zu erhalten – ich kann mir keine Percherons kaufen.«

»Dafür gibt es Banken.«

»Damit das Letzte unter den Hammer kommt? Nein, danke ergebenst.«

»Ich bin nicht der Ansicht, daß es nötig und möglich ist, die Landwirtschaft auf eine höhere Stufe zu heben«, sagte jetzt Ljewin. »Ich habe dieses Ziel verfolgt, und mir stehen Mittel zur Verfügung, und doch konnte ich nichts ausrichten. Wem Banken nützen können, weiß ich nicht. Ich wenigstens habe, so oft ich Geld zu wirtschaftlichen Zwecken aufwenden mochte, stets nur Schaden davon gehabt. Am Vieh hat man Verlust, und an Maschinen hat man auch Verlust.«

»Das ist wahr«, bestätigte der Gutsbesitzer mit dem grauen Schnurrbart und lachte geradezu vor Vergnügen.

»Und ich bin nicht der einzige«, fuhr Ljewin fort, »ich berufe mich auf alle Landwirte, die eine rationelle Wirtschaft führen; alle, mit seltenen Ausnahmen, arbeiten mit Schaden. Nun, sagen Sie selber, ist Ihre Wirtschaft etwa gewinnbringend?« fügte er hinzu und bemerkte im selben Augenblick in Swijaschskijs Augen jenen flüchtigen Ausdruck der Bangigkeit, den er immer wahrnahm, wenn er weiter als bis in die Vorzimmer seines Geistes einzudringen versuchte.

Ljewin war übrigens nicht ganz ehrlich gewesen, als er diese Frage stellte. Die Hausfrau hatte ihm eben erst während des Tees erzählt, daß sie im diesjährigen Sommer aus Moskau einen Deutschen berufen hatten, der die Buchführung aus dem Grunde kannte, und der gegen ein Honorar von fünfhundert Rubeln die Rentabilität ihrer Wirtschaft ausgerechnet und herausgefunden hatte, daß sie einen Verlust von dreitausend und etlichen Rubeln aufweise. Die Hausfrau erinnerte sich nicht ganz genau, wieviel es betrug; aber der Deutsche hatte, wie sie glaubte, alles bis auf Viertel-Kopeken ausgerechnet.

Der alte Grundbesitzer lächelte bei der Frage, ob Swijaschskijs Wirtschaft gewinnbringend sei; er schien zu wissen, von was für einem Überschuß bei seinem Nachbarn und Adelsmarschall die Rede sein könne.

»Es ist möglich, daß sie nicht gewinnbringend ist«, erwiderte Swijaschskij. »Das würde aber nur beweisen, daß ich entweder ein schlechter Landwirt bin, oder daß ich Kapital zur Erhöhung der Bodenrente verwende.«

»Ach, die Bodenrente!« rief Ljewin mit Entsetzen aus. »Vielleicht gibt es im westlichen Europa eine Bodenrente, wo das Land dank der darauf verwandten Mühe ertragsfähiger geworden ist; bei uns aber wird das Land überall durch die darauf verwandte Mühe schlechter, das heißt, man saugt sie zu sehr aus – bei uns kann's keine Bodenrente geben.«

»Natürlich muß es eine Bodenrente geben! Das ist ein unabänderliches Gesetz.«

»Dann stehen wir eben außerhalb dieses Gesetzes: durch die Bodenrente kann bei uns nichts erklärt werden, sie verwirrt vielmehr die ganze Sache. Nein, sagen Sie selbst, wie kann die Lehre von der Bodenrente …«

»Wünschen Sie vielleicht saure Milch? Mascha, schick uns

doch etwas saure Milch oder auch Himbeeren herein« – wandte sich der Hausherr an seine Frau. »In diesem Jahr halten sich die Himbeeren ungewöhnlich spät.« Und in der heitersten Laune stand Swijaschskij auf und trat hinweg; er schien der Ansicht zu sein, daß das Gespräch an dem Punkte beendigt sei, wo es für Ljewin erst recht anzufangen schien.

So setzte denn Ljewin auch ohne Swijaschskijs Teilnahme seine Unterhaltung mit dem Gutsbesitzer fort und bemühte sich, ihm zu beweisen, daß alle Schwierigkeiten daraus entsprängen, daß wir die Eigenschaften und Gewohnheiten unserer Arbeiter nicht kennen wollen. Der Gutsbesitzer aber war, wie überhaupt alle Menschen, deren Gedanken sich selbständig und in der Einsamkeit entwickeln, in bezug auf einen fremden Gedanken von einer etwas schwerfälligen Auffassungsgabe und hielt mit besonderer Zähigkeit an seinen eigenen Ideen fest. Er beharrte dabei, daß der russische Bauer ein Schwein sei und seine Schweinerei liebe, daß Machtmittel nötig seien, um ihn aus seiner Schweinerei zu reißen – diese aber besäßen wir nicht; der Stock sei das, was not tue, wir aber seien so liberal geworden, daß wir den tausendjährigen Prügel plötzlich mit allerhand Advokaten und Konklusionen vertauscht hätten, dank denen man die untauglichen, stinkenden Bauern mit guter Suppe füttere und herausgerechnet habe, daß so und so viel Kubikfuß Luft für jeden nötig seien.

»Warum meinen Sie«, begann Ljewin wieder, bemüht, zu der eigentlichen Frage zurückzukehren, »daß es unmöglich sei, eine solche Beziehung zur Arbeitskraft herzustellen, daß die Arbeit produktiv sei?«

»Niemals wird man mit dem russischen Volke so weit kommen! Uns fehlt die Macht«, – gab der Gutsbesitzer zur Antwort.

»Wie sollten sich denn neue Beziehungen auffinden lassen!« sagte jetzt Swijaschskij, der seine saure Milch genossen, und nachdem er eine Zigarette angesteckt hatte, nun wieder zu den Streitenden herantrat. »Alle nur möglichen Beziehungen zur Arbeitskraft sind definiert und durchstudiert. Das Überbleibsel der Barbarei, die uranfängliche Gemeinde mit ihrer Einrichtung der Gesamtbürgschaft fällt von selbst zusammen; das Recht der Leibeigenschaft ist ungültig geworden – so bleibt jetzt nur noch die freie Arbeit; ihre Formen sind fest bestimmt und ausgearbeitet, und wir können sie nicht zurückweisen. Knechte, Tagelöhner, Pächter – aus diesem Kreise kommt Ihr nicht heraus.«

»In Europa ist man aber mit diesen Formen unzufrieden.«

»Allerdings, und man sucht nach neuen und wird sie wahrscheinlich auch finden.«

»Davon rede ich ja auch nur«, erwiderte Ljewin. »Warum sollen wir denn unsererseits nicht danach suchen?«

»Weil das ganz dasselbe wäre, als wenn man neue Methoden für den Eisenbahnbau erfinden wollte. Sie sind ja schon ein für allemal festgestellt und erfunden.«

»Aber wenn sie für uns nicht passen, wenn sie albern sind?« warf Ljewin ein.

Und wieder bemerkte er jenen Ausdruck des Schreckens in Swijaschskijs Augen.

»Ja, wir treffen's gewiß auf den ersten Wurf, wir werden das finden, was Europa sucht! Das weiß ich alles, aber entschuldigen Sie, wissen Sie auch, was alles in Europa in der Arbeiterfrage geschehen ist?«

»Nein, nicht genau.«

»Diese Frage beschäftigt jetzt die besten Köpfe Europas. Da ist die Schulze-Delitzsche Richtung ... Ferner die ganze gewaltige Literatur über die Arbeiterfrage von der allerfreiesten Lassalleschen Richtung ... Die Mülhausener Einrichtungen – das ist ja schon eine Tatsache, die Sie wohl kennen!«

»Ich habe einen, wenn auch nur unklaren Begriff davon.«

»Nein, das sagen Sie nur. Sie wissen das alles gewiß ebenso gut wie ich. Ich bin natürlich kein Professor der Sozialwissenschaften, aber die Sache hat mich interessiert und wenn Sie wirklich Interesse dafür haben, so rate ich Ihnen, sich näher damit zu beschäftigen.«

»Aber zu welchen Schlußfolgerungen ist man denn gelangt?«

»Verzeihung ...«

Die Gutsbesitzer waren aufgestanden, und Swijaschskij

hatte sich erhoben, um seine Gäste hinauszugeleiten und machte es so wieder einmal Ljewin unmöglich, seine unangenehme Neugier, einen Einblick in das zu tun, was sich hinter den Empfangszimmern seines Geistes befand, zu befriedigen.

28

Ljewin empfand an diesem Abend, den er in der Gesellschaft der Damen verbrachte, eine unerträgliche Langeweile; wie nie zuvor erregte ihn der Gedanke, daß seine gegenwärtige Unzufriedenheit mit seinem Wirtschaftsbetrieb nicht seinen persönlichen Verhältnissen zuzuschreiben sei, sondern auf dem allgemeinen Zustand beruhe, in dem sich die Landwirtschaft Rußlands befinde. Und er sagte sich, es könne kein Traum, sondern müsse eine notwendig zu lösende Aufgabe sein, irgendein Verhältnis zu den Arbeitern herzustellen, bei dem ihre Arbeitsweise sich so gestalten sollte, wie es bei jenem Bauern, den er auf halbem Wege hierher getroffen hatte, der Fall war. Und es schien ihm, daß diese Aufgabe lösbar sei, und daß er zu diesem Zweck einen Versuch machen müsse.

Ljewin verabschiedete sich von den Damen und versprach, noch den ganzen morgigen Tag zu bleiben, um mit allen zusammen auszureiten und einen interessanten Erdsturz in dem nicht weit entfernten Domänenwalde in Augenschein zu nehmen. Vor dem Schlafengehen begab er sich noch in das Arbeitszimmer des Hausherrn, um sich die Bücher über die Arbeiterfrage geben zu lassen, die Swijaschskij ihm angeboten hatte. Das Arbeitszimmer war ein riesiger Raum, in dem ringsumher Schränke mit Büchern und zwei Tische standen – ein massiver Schreibtisch in der Mitte des Zimmers und ein anderer runder Tisch, auf dem sternförmig um die Lampe herum die letzten Nummern von Zeitungen und Zeitschriften in verschiedenen Sprachen lagen. Neben dem Schreibtisch befand sich ein Ständer mit Schubfächern, deren Inhalt auf die verschiedensten Angelegenheiten Bezug hatte, die durch goldene Etiketten bezeichnet waren.

Swijaschskij holte die Bücher herbei und nahm dann in einem Schaukelstuhl Platz.

»Was suchen Sie dort?« fragte er Ljewin, der am runden Tische stehen geblieben war und in den dort ausliegenden Zeitschriften blätterte.

»Ach ja, das ist ein sehr interessanter Artikel«, fuhr er dann fort und wies auf die Zeitschrift, die Ljewin in den Händen hielt. »Nun stellt sich heraus«, setzte er lustig und lebhaft hinzu, »daß der Hauptschuldige an der Teilung Polens nicht etwa Friedrich II. war. Es stellt sich heraus ...«

Und mit der ihm eigenen Klarheit gab er in Kürze den Inhalt dieser neuen, sehr wichtigen und interessanten Enthüllungen an. Obgleich jetzt Ljewin mit seinen Gedanken am meisten bei der Landwirtschaft war, fragte er sich doch, während er seinem Wirte zuhörte: »Was steckt eigentlich in ihm? Und weshalb interessiert er sich für die Teilung Polens?« Nachdem Swijaschskij geendigt hatte, fragte Ljewin unwillkürlich: »Nun also, was hat denn das auf sich?« – Aber es war weiter nichts daran. Das Interessante daran war nur das, was »sich herausstellte«. Swijaschskij aber gab keine weitere Erklärung und fand nicht nötig zu erklären, warum ihn dies so sehr interessierte.

»Übrigens hat mich der aufgeregte Gutsbesitzer sehr interessiert«, sagte Ljewin aufseufzend. »Er ist ein gescheiter Mann und hat in vielem recht.«

»Ach, gehen Sie mir! Ein eingewurzelter, heimlicher Anhänger der Leibeigenschaft, wie sie es alle sind!« rief Swijaschskij.

»Deren Adelsmarschall Sie sind ...«

»Allerdings; doch führt mein Adelsmarschallsamt sie nach der andern Seite«, gab Swijaschskij lachend zurück.

»Mich beschäftigt eine Frage sehr«, sagte Ljewin. »Er hat darin recht, daß unsere Sache, das heißt, eine rationelle Landwirtschaft, nicht vorwärts kommt, sondern entweder nur eine Wucherwirtschaft, wie bei jenem Herrn, der die ganze Zeit geschwiegen hat, oder die allerprimitivste Art der Wirtschaft gedeiht ... Wer trägt die Schuld daran?«

»Selbstverständlich wir. Übrigens ist es nicht richtig, daß wir nicht vorwärts kommen. Bei Wassiltschikow zum Beispiel geht alles vortrefflich.«

»Das ist eine Fabrik ...«

»Und bei alledem weiß ich nicht, worüber Sie sich wundern. Unser Volk steht auf einer so niederen Stufe der materiellen und sittlichen Entwicklung, daß es sich natürlich allem widersetzen muß, was ihm fremd erscheint. Im übrigen Europa ist ein rationeller Wirtschaftsbetrieb möglich, weil das Volk gebildeter ist; daraus folgt, daß wir unser Volk bilden müssen, das ist alles.«

»Wie aber soll man dem Volke Bildung geben?«

»Um dem Volke Bildung zu geben, sind drei Dinge nötig: Schulen, Schulen und abermals Schulen.«

»Aber Sie haben doch selbst gesagt, daß das Volk auf einer niedrigen Stufe der materiellen Entwicklung stehe: was können da Schulen nützen?«

»Wissen Sie, Sie erinnern mich an eine Anekdote, von den Ratschlägen, die einem Kranken gegeben wurden. ›Sie sollten doch einmal ein Abführungsmittel gebrauchen.‹ Man gab es ihm: es wurde schlimmer. ›Sie sollten doch Blutegel gebrauchen.‹ Er versuchte es: es wurde schlimmer. ›Nun, dann bleibt nur übrig, Gott um Hilfe anzuflehen.‹ Man versuchte auch das: es wurde schlimmer. – Ganz so machen wir beide es jetzt. Ich weise Sie auf die Nationalökonomie hin, und Sie antworten – es wird dadurch nur schlimmer. Ich weise auf den Sozialismus hin, und Sie antworten – es wird nur schlimmer. Ich weise auf die Volksbildung hin, und Sie antworten – es wird nur schlimmer.«

»Ja, was können denn Schulen nützen?«

»Sie erwecken andere Bedürfnisse in ihnen.«

»Sehen Sie, das habe ich nie verstehen können«, entgegnete Ljewin voller Eifer. »Auf welche Weise helfen die Schulen dem Volke, seine materielle Lage zu verbessern? Sie sagen: Schulen und Bildung – das erweckt bei dem Volk neue Bedürfnisse. Um so schlimmer, denn es wird ja nicht imstande sein, diese Bedürfnisse zu befriedigen. Und auf welche Weise die Kenntnis von Addition und Subtraktion und der Katechismus dem Volke helfen sollen, seine materielle Lage zu verbessern – das habe ich auch nie begriffen. Vor drei Tagen begegnete ich abends einem Bauernweib mit ihrem Säugling und fragte sie, wohin sie ginge. Sie antwortet: ›Ich war bei der Hebamme, der Junge ist vom Schreikrampf befallen worden, und da habe ich ihn zu ihr gebracht, damit sie ihn heilt.‹ Ich fragte: ›Wie heilt denn die Hebamme den Schreikrampf?‹ ›Sie setzt das Kind zu den Hühnern auf den Hühnersteg und murmelt Sprüche dazu.‹«

»Na also, da sagen Sie es ja selber! Damit sie den Schreikrampf nicht auf dem Hühnersteg kuriert, dazu ist die Schule nötig ...«, gab Swijaschskij mit heiterem Lächeln zur Antwort.

»Ach nein!« rief Ljewin ärgerlich, »diese Art des Kurierens dient mir nur als Gleichnis für die Heilung des Volkes durch Schulen. Das Volk ist arm und ungebildet – das sehen wir ebenso klar, wie das alte Weib den Schreikrampf sieht, weil das Kind eben schreit. Auf welche Weise aber die Schulen das Volk von diesem Elend der Armut und der Unbildung retten sollen – das ist für mich ebenso unbegreiflich, wie der Umstand, daß die Hühner auf dem Hühnersteg ein Mittel gegen den Schreikrampf sein sollen. Die Hilfe muß da einsetzen, wo die Ursache der Armut liegt.«

»Nun, darin wenigstens stimmen Sie mit Spencer überein, gegen den Sie eine solche Abneigung haben; auch er sagt, daß die Bildung eine Folge größeren Wohlstandes und Lebenskomforts sein kann – der häufigen Abwaschungen, wie er es nennt, nicht aber eine Folge der bloßen Fertigkeit im Lesen und Schreiben.«

»Nun, da bin ich ja sehr froh, oder eigentlich im Gegenteil, gar nicht froh, daß ich mit Spencer übereinstimme; nur weiß ich dies schon lage. Schulen können da nicht helfen; hier hilft nur eine Wirtschaftsordnung, bei der das Volk reicher wird und mehr freie Zeit hat; dann werden die Schulen schon kommen.«

»Trotzdem ist in ganz Europa jetzt der Schulzwang eingeführt.«

»Und doch sind Sie in diesem Punkte mit Spencer einverstanden?« fragte Ljewin.

Aber in Swijaschskijs Augen blitzte der erschreckte Ausdruck auf, und er erwiderte lächelnd: »Nein, diese Schreikrampfgeschichte ist wundervoll! Haben Sie es wirklich selbst erlebt?«

Ljewin sah, daß er auf diese Weise das Band, das zwischen dem Leben dieses Mannes und seinen Gedanken bestand, nicht finden werde. Es war ihm sichtlich völlig gleichgültig, wohin ihn seine Erwägungen führten; was er brauchte, war nur der Gedankenprozeß. Und es war ihm nur unangenehm, wenn dieser Gedankenprozeß ihn in eine Sackgasse führte. Nur das hatte er nicht gern und vermied es, indem er dem Gespräch eine andere, angenehm heitere Richtung gab.

Alle Eindrücke dieses Tages, von jenem ersten an, den der Bauer am Wege auf ihn gemacht und der gewissermaßen die Grundlage für alle seine übrigen Eindrücke und Gedanken bildete, hatten Ljewin heftig erregt. Dieser gute Swijaschskij, der offenbar eine Anzahl Gedanken für den allgemeinen Hausgebrauch bereit hatte und außerdem noch eine andere, für Ljewin verborgene Weltanschauung in sich trug, während er zugleich, im Verein mit der großen Menge, deren Name Legion ist, die öffentliche Meinung auf Grund von leitenden Gedanken, die seiner inneren Überzeugung fremd waren, zu lenken suchte; dann jener verbitterte Gutsbesitzer, der zwar in seiner durch das Leben qualvoll errungenen Auffassung der Dinge vollkommen recht hatte, aber in seiner Erbitterung gegen eine ganze Klasse, und zwar die beste Gesellschaftsklasse in Rußland im Unrecht war; endlich seine eigene Unzufriedenheit mit seiner Tätigkeit und die dunkle Hoffnung, einen Ausweg aus diesem Wirrsal zu finden – alles das verschmolz zu einem Gefühl innerer Unruhe und der Erwartung einer nahen Entscheidung.

Als er sich in dem ihm angewiesenen Zimmer allein befand, legte er sich auf die Sprungfedermatratze, auf der seine Arme und Füße unerwartet in die Höhe schnellten; aber er vermochte lange Zeit nicht einzuschlafen. Alles, was Swijaschskij gesagt hatte, war, obgleich viel Vernünftiges darin enthalten war, ohne Interesse für Ljewin; dagegen regten ihn die Beweisgründe des Gutsbesitzers zum Nachdenken an. Ljewin gedachte unwillkürlich alles dessen, was dieser gesagt hatte, und verbesserte in Gedanken seine eigenen Einwände.

»Ja, ich hätte so sprechen sollen: Sie sagen, daß Ihre Wirtschaft deshalb nicht in Gang komme, weil der Bauer alle Verbesserungen haßt und man sie mit Gewalt einführen müsse; indessen würden Sie nur dann recht haben, wenn es überhaupt unmöglich wäre, die Wirtschaft ohne diese Vervollkommnungen zu führen; aber die Landwirtschaft gedeiht nur da, wo der Feldarbeiter seinen Gewohnheiten entsprechend arbeitet, wie bei dem alten Bauer, der auf halbem Wege hierher lebt. Ihre und unsere allgemeine Unzufriedenheit mit der Wirtschaft beweist, daß wir selbst und nicht die Arbeiter die Schuld tragen. Wir verharren schon seit langer Zeit eigensinnig auf unserem, dem westeuropäischen Standpunkt und fragen nicht nach den Eigenschaften der Arbeitskraft. Versuchen wir es doch, in der Arbeitskraft nicht eine ideelle, arbeitende *Kraft* zu sehen, sondern den russischen Bauer mit all seinen Instinkten, und richten wir dementsprechend unsere Wirtschaft ein. Stellen Sie sich vor, – hätte ich ihm sagen sollen – daß Ihre Wirtschaft so wie bei jenem alten Bauer geführt wird, daß Sie ein Mittel gefunden haben, Ihre Arbeiter an dem Erfolge der Arbeit zu interessieren; und daß Sie auch jene rechte Mitte bei Ihren neuen Vervollkommnungen gefunden haben, die von den Bauern gut geheißen wird: – so werden Sie, ohne den Boden auszusaugen, das Doppelte und Dreifache des bisherigen Ertrags erzielen. Arbeiten Sie auf halbpart, geben Sie die Hälfte an die Arbeitskraft ab; der Gewinnanteil, der Ihnen verbleibt, wird größer sein, und auch die arbeitenden Kräfte werden mehr erhalten. Um das aber zu erreichen, muß man die Landwirtschaft auf einfachere Weise betreiben und den Feldarbeitern einen Anteil am wirtschaftlichen Gewinn geben. Wie das zu bewerkstelligen wäre – das ist eine Frage, bei der alle einzelnen Umstände in Betracht gezogen werden müßten; daß es aber möglich ist, steht unzweifelhaft fest.«

Dieser Gedanke erregte Ljewin aufs heftigste. Er schlief die halbe Nacht nicht und erwog in allen Einzelheiten, wie er sich verwirklichen ließe. Er hatte nicht die Absicht gehabt, schon am nächsten Tage abzureisen, beschloß jetzt aber, gleich früh morgens nach Hause zurückzukehren. Dazu kam, daß die Schwägerin mit dem Kleiderausschnitt in ihm ein Gefühl erweckte, das dem der Scham und Reue über eine schlechte Handlung sehr ähnlich sah. Die Hauptsache aber war: er mußte ohne Zögern fort; er mußte den Bauern seinen neuen Plan vorgelegt haben, bevor die Wintersaat begann, damit schon auf Grundlage der neuen Bedingungen gesät werden könne. Er war entschlossen, seine ganze bisherige Wirtschaftsordnung umzugestalten.

29

Die Durchführung dieses Planes machte Ljewin viele Schwierigkeiten, aber er spannte alle seine Kräfte an und erreichte, wenn auch nicht alles, was er erstrebte, so doch wenigstens so viel, daß er ohne Selbsttäuschung glauben konnte, die Sache verlohne sich der Mühe. Eine der Hauptschwierigkeiten bestand darin, daß die Wirtschaft schon im Gange war, daß es unmöglich war, alles zum Stillstand zu bringen, um dann von neuem zu beginnen; er war vielmehr gezwungen, an der Maschine herumzuändern, während sie in vollem Gange war!

Als er dem Verwalter noch am Abend seiner Heimkehr seine Pläne mitteilte, stimmte dieser mit sichtlichem Vergnügen dem Teil seiner Ausführungen bei, aus dem hervorging, daß alles bis jetzt Geleistete sinnlos und unvorteilhaft war. Der Verwalter sagte, er habe dies schon längst behauptet, man habe aber auf ihn nicht hören wollen. Was dagegen Ljewins Vorschlag betraf, im Verein mit den Arbeitern an allen wirtschaftlichen Unternehmungen als Teilhaber mitzuwirken, so äußerte der Verwalter nur eine große Mutlosigkeit und keinerlei bestimmte Ansicht und begann sofort von der Notwendigkeit zu sprechen, morgen bereits die übrig gebliebenen Roggengarben einzuführen und die Erde sofort zwiebrachen zu lassen, so daß Ljewin die Empfindung hatte, es sei nicht der rechte Augenblick für diese Dinge.

Als er dann mit den Bauern über dieselbe Angelegenheit sprach und ihnen den Vorschlag machte, ihnen unter den neuen Bedingungen Ackerland zu überlassen, da stieß er auch hier auf das Haupthindernis, daß sie von der drängenden Arbeit des Tages zu sehr in Anspruch genommen waren, um über den Vorteil oder Nachteil des neuen Unternehmens ruhig nachdenken zu können. Einem einfachen Bauer, dem Viehknecht Iwan, schien Ljewins Vorschlag – mit seiner Familie an dem Ertrag des Viehhofes einen Anteil zu erhalten – völlig einzuleuchten, und das Unternehmen schien auch seinen vollen Beifall zu finden. Als ihm aber Ljewin die zukünftigen Vorteile vor Augen zu führen suchte, lag in Iwans Zügen Unruhe und Bedauern darüber, daß er den Herrn nicht zu Ende hören könne, und er beeilte sich irgendeine Arbeit ausfindig zu machen, die keinen Aufschub duldete: entweder griff er zu der Heugabel, um Heu aus der Hürde hinauszuschaffen, oder er füllte Wasser zum Tränken ein oder er machte sich daran, den Dünger umzukehren.

Eine zweite Schwierigkeit bestand in dem unüberwindlichen Mißtrauen der Bauern; sie konnten es nicht glauben, daß der Gutsherr ein anderes Ziel haben könne, als den Wunsch, sie so viel wie möglich auszubeuten. Sie waren fest davon überzeugt, daß sein wirklicher Zweck, (was er ihnen auch immer sagen möge) stets auf etwas gerichtet sei, was er ihnen nicht enthüllen würde. Und sie selber sprachen, wenn sie ihre Ansicht äußerten, viel, sagten aber niemals das, was sie eigentlich wollten. Außerdem (Ljewin fühlte, daß der gallige Gutsbesitzer doch recht hatte) stellten die Bauern für ihr Eingehen auf seine Pläne als erste und unabänderliche Bedingung die Forderung auf, daß sie in keiner Weise zu irgendwelcher neuen Wirtschaftshandhabung unter Benutzung neuer Geräte gezwungen werden dürften. Sie gaben zu, daß der europäische Pflug besser pflüge, daß der Schaufelpflug schneller arbeite; aber sie fanden tausend Gründe, aus denen man weder den einen, noch den andern benutzen könne; und obgleich Ljewin davon überzeugt war, daß er seine Wirtschaft auf einfachere Weise betreiben müsse, tat es ihm doch leid, Vervollkommnungen aufzugeben, deren Vorteile so sehr auf der Hand lagen. Aber ungeachtet all dieser Schwierigkeiten setzte er seine Absicht durch, und zum Herbst kam die Sache in Gang, oder es wollte ihm wenigstens so scheinen.

Anfangs hatte Ljewin daran gedacht, seine ganze Wirtschaft, wie sie war, den Bauern, den Feldarbeitern und dem Verwalter unter neuen, genossenschaftlichen Vereinbarungen abzutreten; bald aber gewann er die Überzeugung, daß dies unmöglich sei, und er beschloß, eine Teilung des Wirtschaftsbetriebes vorzunehmen. Der Viehhof, der Garten, der Gemüsegarten, die Äcker und Felder wurden in mehrere Teile geteilt und sollten als getrennte Objekte nebeneinander bestehen. Der einfache Viehknecht, Iwan, schien nach Ljewins Meinung die Sache am besten von allen zu erfassen; er wählte sich einige Genossen, vorzugsweise aus der eigenen Familie, und wurde Teilhaber am Viehhof. Ein weit entlegenes Feld, das acht Jahre lang brach gelegen hatte, wurde mit Hilfe des klugen Zimmermanns Fjodor Rjesunow von sechs Bauernfamilien auf der neuen genossenschaftlichen Grundlage übernommen, und ein Bauer namens Schurajew übernahm unter denselben Bedingungen alle Gemüsegärten. Alles übrige blieb beim alten; diese drei Abteilungen aber bildeten den Anfang einer neuen Einrichtung und beschäftigten Ljewin vollauf.

Allerdings gingen auf dem Viehhof die Dinge bis jetzt nicht besser als früher, und Iwan widersetzte sich aus allen Kräften der Einführung warmer Ställe für die Kühe sowie auch dem Buttern aus süßer Sahne; er behauptete, daß eine Kuh in kalter Stallung weniger Futter verbrauche, und daß die Butter aus saurer Sahne vorteilhafter sei; auch forderte er seinen Lohn wie vorher und bekümmerte sich nicht im geringsten darum, daß das Geld, das er ausgezahlt bekam, kein Lohn war, sondern ein Vorschuß auf seinen Gewinnanteil.

Allerdings hatte die Genossenschaft von Fjodor Rjesunow das Land vor der Aussaat nicht zweimal mit Pflügen bearbeitet, wie abgemacht war; sie entschuldigte sich damit, daß die Zeit zu knapp dazu sei. Allerdings nannten die Bauern, die dieser Genossenschaft angehörten, obgleich sie darauf eingegangen waren, die ganze Sache auf Grund der neuen Vereinbarungen zu handhaben, diese Äcker nicht genossenschaftliches Gut, sondern bezeichneten es als in Pacht gegebenes Land, und die bäuerlichen Mitglieder dieser Genossenschaft, ja Rjesunow selbst, hatten mehr als einmal Ljewin gegenüber geäußert: »Wenn man ein Stück Geld für's Land bekommen könnte, so hätte der Herr mehr Ruhe und wir mehr Freiheit.« Außerdem verschoben es die Bauern unter allerhand Vorwänden, auf diesem Stück Land, der Übereinkunft gemäß, einen Viehhof und eine Getreidedarre zu errichten, und zogen dies bis zum Winter hin.

Allerdings wollte Schurajew die von ihm übernommenen Gemüsegärten in kleinen Parzellen an verschiedene Bauern verteilen. Er hatte augenscheinlich die Voraussetzungen, unter denen ihm das Land überlassen worden war, vollkommen verkehrt und – wie es schien – absichtlich verkehrt aufgefaßt.

Und allerdings hatte Ljewin oft, wenn er mit den Bauern sprach und ihnen alle Vorteile des Unternehmens auseinandersetzte, das Gefühl, daß sie nur dem Klang seiner Stimme lauschten, innerlich aber fest entschlossen waren, was er auch immer vorbringen möge, nicht auf den Leim zu gehen. Ganz besonders hatte er dies Gefühl, wenn er mit dem klügsten von allen, mit Rjesunow, sprach und in den Augen des Mannes jenes Aufflackern bemerkte, aus dem Ljewin deutlich den heimlichen Spott über sich herauslas, und auch die feste Überzeugung, daß, wenn jemand bei der Sache übervorteilt werden sollte, dies sicherlich nicht er, Rjesunow, sein würde.

Trotz alledem meinte Ljewin doch, daß das Unternehmen in gedeihlicher Entwicklung begriffen sei, daß er bei strengster Rechnungsführung und genügender Festigkeit von seiner Seite die Bauern in Zukunft von den Vorteilen der neuen Einrichtung würde überzeugen können und daß sich dann alles schon von selbst machen würde.

Alles dies im Verein mit dem übrigen Wirtschaftsbetrieb, der wie früher auf seinen Schultern lag, und der Arbeit an seinem Buch, die ihn an den Schreibtisch fesselte, nahm Ljewin den ganzen Sommer über so sehr in Anspruch, daß er kaum einmal auf die Jagd ging. Ende August erfuhr er von dem Diener, der ihm seinen Sattel wiederbrachte, daß Oblonskijs nach Moskau zurückgekehrt seien. Er konnte nicht ohne Schamröte an die Unhöflichkeit denken, die er durch sein Schweigen Darja Alexandrownas Briefen gegenüber begangen hatte; er fühlte, daß er dadurch seine Schiffe hinter sich verbrannt hatte, und daß er sich nun niemals wieder bei Oblonskij würde sehen lassen können. Ganz ebenso hatte er es mit Swijaschskij gemacht, dem er ohne Abschied durchgegangen war. Auch bei ihm wollte er sich in Zukunft nicht mehr blicken lassen. Jetzt ließ ihn alles gleichgültig. Sein neuer Wirtschaftsbetrieb nahm sein Interesse in einer Weise in Anspruch, wie es durch nichts zuvor in seinem Leben der Fall gewesen war. Er arbeitete die Bücher durch, die Swijaschskij ihm geliehen hatte, und bestellte sich andere, die dieser nicht besaß; er las nationalökonomische und sozialistische Werke über diesen Gegenstand, fand aber, seiner Erwartung gemäß, nichts darin, was sich auf sein Unternehmen bezogen hätte. In den nationalökonomischen Werken – bei Mill zum Beispiel, den er zuerst mit großem Eifer durchstudierte, weil er darin jeden Augenblick die Lösung der ihn beschäftigenden Fragen zu finden hoffte – fand er nur diejenigen Gesetze, die aus den in Westeuropa herrschenden wirtschaftlichen Zuständen gefolgert waren; aber er vermochte es nicht einzusehen, wie diese Gesetze, die auf Rußland keine Anwendung fanden, auf allgemeine Gültigkeit Anspruch erheben durften. Ganz das nämliche galt auch von den Büchern sozialistischen Inhalts: entweder waren es schöne, aber unpraktische Phantasien, von denen er sich ehemals in seiner Studienzeit hatte hinreißen lassen, oder Verbesserungen und Flickwerk jener Ordnung der Dinge, die im übrigen Europa herrschte und mit der die landwirtschaftliche Lage Rußlands nichts gemein hatte. Die Nationalökonomie behauptete, die Gesetze, nach welchen sich der Wohlstand Europas entwickelt habe und noch entwickle, hätten allgemeine und zweifellose Gültigkeit. Die sozialistische Lehre behauptete, eine Weiterentwicklung nach diesen Gesetzen müsse zum Untergange führen. Und weder in der einen noch in der anderen Lehre war die geringste Antwort, nicht einmal die leiseste Anspielung darauf zu finden, was er, Ljewin, und mit ihm alle russischen Bauern und Grundeigentümer, mit ihren Millionen Händen und Äckern tun sollten, um dem allgemeinen Wohlstand am besten zu dienen.

Da er sich der Sache nun einmal ganz gewidmet hatte, so las er gewissenhaft alles durch, was auf den Gegenstand Bezug hatte, und faßte den Entschluß, im Herbst ins Ausland zu reisen, um diese Frage an Ort und Stelle zu studieren – damit ihm wenigstens in dieser Angelegenheit nicht mehr begegnen könne, was er so häufig bei den verschiedensten Anlässen erfahren hatte. Kaum hatte er nämlich bisweilen im Laufe der Unterhaltung den Gedanken des anderen erfaßt und begonnen, seinen eigenen Standpunkt klarzulegen, als ihm auch schon plötzlich der Einwurf gemacht wurde: »Aber Kaufmann und Jones, aber Dubois und Mitscheli? Sie haben ihre Schriften nicht gelesen. Lesen Sie sie: die haben diese Frage durchgearbeitet.«

Er sah jetzt klar, daß Kaufmann und Mitscheli ihm nichts zu sagen hatten. Er wußte, was er wollte. Er sah wohl, daß Rußland vorzüglichen Grund und Boden, auch vorzügliche Arbeiter besaß, und daß in einigen Fällen, wie zum Beispiel bei dem alten Bauern am Wege, Arbeiter und Land reichen Ertrag brachten; daß dagegen in der Mehrzahl der Fälle, wo nach westeuropäischem Muster Kapital angelegt wurde, das Ergebnis ein schlechtes war; und das kam einzig und allein daher, daß die Feldarbeiter nur auf eine ihnen eigentümliche Weise arbeiten wollten und auch nur auf diese Art gut arbeiteten; dieser Widerstand war also kein zufälliger, sondern ein stetiger, der im Volksgeist seine Begründung hatte. Er dachte jetzt, daß das russische Volk, das dazu berufen sei, einen ungeheuren, noch unbebauten Flächenraum zu bevölkern und zu bearbeiten, so lange, als nicht alles Land bebaut war, bewußt an der dazu nötigen Arbeitsweise festhielt und daß diese Arbeitsweise durchaus nicht so schlecht sei, wie man gewöhnlich annähme. Und er wollte dies nun theoretisch in seinem Buch und praktisch in seinem eigenen Wirtschaftsbetrieb beweisen.

30

Ende September wurde das Holz für den Bau des Viehhofes auf dem der Genossenschaft abgetretenen Stück Land angefahren, die Butter wurde verkauft und der Gewinn geteilt. In der wirtschaftlichen Praxis machte sich alles ausgezeichnet, oder wenigstens schien es Ljewin so. Um aber das ganze Unternehmen auch wissenschaftlich zu begründen und das Werk zu vollenden, das, wie Ljewin es sich träumte, einen völligen Umschwung in der nationalökonomischen Wissenschaft hervorbringen, ja, diese Wissenschaft aufheben und den Grund zu einer neuen Volkswirtschaftslehre – einer Lehre über die Beziehungen des Volkes zum Grund und Boden legen sollte: – um dies zu vollbringen, brauchte er nur ins Ausland zu reisen, an Ort und Stelle alles durchzustudieren, was dort in dieser Richtung geschehen war, und überzeugende Beweisgründe dafür ausfindig zu machen, daß alles, was geschehen war, – nicht das war, was Not tat. Ljewin wartete nur auf die Weizenablieferung, um Gelder einzunehmen und ins Ausland zu reisen. Doch es trat Regenwetter ein, wodurch das Einheimsen des noch auf den Feldern stehenden Korns und der Kartoffeln verhindert, alle Arbeit ins Stocken gebracht und sogar ein Aufschub in der Weizenlieferung verursacht wurde. Auf den Wegen war vor Schmutz nicht durchzukommen; zwei Mühlen wurden vom Hochwasser fortgeschwemmt, und das Wetter wurde immer schlechter.

Am dreißigsten September zeigte sich endlich vom frühen Morgen an die Sonne wieder; Ljewin, der nun auf besseres Wetter hoffen zu dürfen glaubte, begann ernstlich zur Abreise zu rüsten. Er ließ den Weizen aufschütten, schickte seinen

Verwalter zum Händler, um das Geld in Empfang zu nehmen, und machte eine Inspektionsfahrt von einem Ort zum andern, um vor der Abreise die letzten Anordnungen zu treffen.

Nachdem er alles Nötige angeordnet hatte, kehrte Ljewin, zwar durchnäßt von den Rinnsalen, die fortwährend das Schutzleder entlangliefen und ihm bald in den Hals, bald in die Stiefelschäfte rannen, aber doch in der muntersten und gehobensten Gemütsstimmung am Abend nach Hause zurück. Das Unwetter war gegen Abend aufs neue und noch ärger losgebrochen: die Hagelkörner peitschten so schmerzhaft das völlig durchnäßte, Ohren und Kopf schüttelnde Pferd, daß es in seitwärts gedrehter Haltung vorwärts schritt. Ljewin aber war unter seinem Baschlik ganz wohl zumute, und er blickte fröhlich bald auf die trüben Rinnsale, die die Radspuren entlangliefen, dann auf die schweren, an jedem kahlen Zweiglein hängenden Tropfen, bald auf den weißen Fleck, den die auf den Brückenbohlen noch nicht aufgetauten Hagelkörner bildeten, bald auf die saftigen, noch fleischigen Blätter der Ulmen, die in dichter Schicht um den entblößten Baum umherlagen. Ungeachtet der Düsterheit der ihn umgebenden Natur, fühlte er sich in ganz besonders gehobener Stimmung. Durch die Gespräche, die er mit den Bauern in jenem abgelegenen Dörfchen geführt hatte, war es ihm klar geworden, daß sie sich in die neuen Verhältnisse zu finden begannen. Der alte Hofhüter, bei dem Ljewin vorfuhr, um sich ein wenig zu trocknen, billigte augenscheinlich die Pläne seines Herrn und erbot sich selbst, in die Genossenschaft einzutreten, um den Kauf von Vieh zu übernehmen.

»Man muß nur hartnäckig sein Ziel verfolgen; ich werde das meinige schon erreichen«, dachte Ljewin, »und diese Sache verlohnt sich wahrlich der Arbeit und Mühe. Es handelt sich hier nicht nur um mich persönlich, sondern um das Gemeinwohl. Die ganze Landwirtschaft, die Hauptbedingung der Volkslage, muß eine völlige Umwandlung erfahren. Statt der Armut – allgemeiner Wohlstand, Zufriedenheit; statt der Feindschaft – Eintracht und das Band gemeinsamer Interessen. Mit einem Wort: eine unblutige Revolution, aber eine der größten Revolutionen, die in dem kleinen Kreise unseres

Bezirks beginnt, dann das Gouvernement ergreift, dann Rußland und die ganze Welt. Denn ein berechtigter Gedanke kann nicht unfruchtbar bleiben. Ja, das ist ein Ziel, das der Arbeit wert ist. Und daß gerade ich es bin, der darauf hinarbeitet, ich Kostja Ljewin, derselbe Ljewin, der in schwarzer Krawatte auf Bälle gegangen ist, dem die Schtscherbazkaja einen Korb gegeben hat, und der sich selbst so kläglich und unbedeutend erscheint – das beweist gar nichts. Ich bin überzeugt, daß Franklin sich für ebenso unbedeutend gehalten hat und ebenso wenig Selbstvertrauen hatte, wenn er über sich selbst nachdachte. Das beweist gar nichts. Und auch er wird wohl seine Agafja Michajlowna gehabt haben, der er seine Geheimnisse anzuvertrauen pflegte.«

Unter solchen Gedanken fuhr Ljewin schon in der Dunkelheit an seinem Hause vor.

Der Verwalter, der beim Händler gewesen, war gleichfalls zurückgekehrt und hatte einen Teil des Geldes für den Weizen mitgebracht. Der Vertrag mit dem Hofhüter wurde abgeschlossen, und unterwegs hatte der Verwalter erfahren, daß das Korn überall noch auf den Feldern stand, so daß der Umstand, daß hundertundsechzig Schober bei ihm nicht eingefahren waren, im Vergleich mit dem Stand der Dinge bei andern Grundbesitzern, nichts zu bedeuten hatte.

Nach dem Mittagessen setzte sich Ljewin seiner Gewohnheit gemäß mit einem Buche in den Sessel und fuhr während des Lesens fort, an seine bevorstehende Reise und in Verbindung damit an sein wissenschaftliches Werk zu denken. Heute stand ihm die ganze Bedeutung seines Unternehmens besonders klar vor Augen, und in seinem Hirn reihten sich von selbst ganze Perioden aneinander, die das Wesentliche seiner Gedanken ausdrückten. »Das muß ich aufschreiben«, dachte er. »Das muß eine kurze Einführung bilden, die ich vorher für unnötig hielt.« Er erhob sich, um zum Schreibtisch zu gehen und Laßka, die zu seinen Füßen lag, reckte sich, stand gleichfalls auf, und blickte ihn an, gleichsam, als ob sie fragen wollte, wohin es ginge. Aber er hatte keine Zeit, etwas aufzuschreiben, denn die Aufseher kamen, um die Instruktionen entgegenzunehmen, und Ljewin mußte zu ihnen ins Vorzimmer hinaus. Nachdem er seine Instruktionen erteilt, das heißt, die erforderlichen Anordnungen für die morgen bevorstehenden Arbeiten getroffen hatte, und alle Bauern, die ein Anliegen an ihn hatten, empfangen waren, begab sich Ljewin in sein Arbeitszimmer zurück und setzte sich an die Arbeit. Laßka legte sich unter den Tisch; Agafja Michajlowna nahm mit ihrem Strumpf in ihrer Ecke Platz.

Nachdem er eine Zeitlang geschrieben hatte, wurde in Ljewin plötzlich mit ungewöhnlicher Lebendigkeit die Erinnerung an Kitty, an ihre Abweisung und an das letzte Zusammentreffen mit ihr wach. Er erhob sich und begann im Zimmer auf und ab zu gehen.

»Was brauchen Sie sich zu langweilen?« wandte sich Agafja Michajlowna an ihn. »Weshalb sitzen Sie immer zu Haus? Sie sollten in ein Bad fahren, wo es warme Quellen gibt; Sie sind ja, Gott sei Dank, schon zur Abreise gerüstet.«

»Ich reise ja auch schon übermorgen, Agafja Michajlowna. Ich muß mein Unternehmen zum guten Ende führen.«

»Das ist mir ein schönes Unternehmen! Haben Sie etwa den Bauern noch zu wenig eingeräumt? Sie sagen ohnehin schon: Euer Herr kriegt dafür vom Kaiser eine Auszeichnung. Es ist ganz unbegreiflich, was brauchen Sie sich um die Bauern zu kümmern?«

»Ich kümmere mich nicht um sie, ich tute es für mich selbst.«

Agafja Michajlowna war in alle Einzelheiten von Ljewins wirtschaftlichen Plänen eingeweiht. Ljewin hatte ihr schon oftmals seine Gedanken bis ins kleinste dargelegt, und nicht selten stritt er mit ihr und war mit ihrer Auffassung der Dinge nicht einverstanden.

»Freilich, freilich, ans Seelenheil muß man am meisten denken«, sagte sie mit einem Seufzer. »Da ist Parfjen Djenissytsch; wenn er auch nicht lesen und schreiben konnte, ist er doch so gestorben, daß der Himmel jedem solch ein Ende vergönnen möge«, erzählte sie von einem unlängst verstorbenen Hofknecht. »Er hat das Abendmahl genommen, die letzte Ölung empfangen.«

»Davon spreche ich nicht«, erwiderte er. »Ich meine, daß

ich zu meinem eigenen Vorteil so handle. Es ist für mich vorteilhafter, wenn die Bauern besser arbeiten.«

»Ja, da können Sie tun, was Sie wollen, wenn der Bauer faul ist, so wird er's doch immer so einrichten, daß ihm die Arbeit möglichst schnell von der Hand geht. Wer ein Gewissen hat, der wird arbeiten, und wenn einer keins hat, dann richten Sie nichts aus.«

»Ja, Sie haben aber doch selbst gesagt, daß Iwan jetzt besser nach dem Vieh sieht?«

»Ich sage nur eins«, antwortete Agafja Michajlowna, offenbar nicht zufällig, sondern in strenger Folgerichtigkeit ihres Gedankens, »heiraten müssen Sie, da liegt's!«

Agafja Michajlownas Mahnung an eben das, woran er in diesem Augenblick gedacht hatte, tat ihm weh und verletzte ihn. Ljewin runzelte die Stirn und setzte sich, ohne ihr zu antworten, wieder an seine Arbeit, während er sich im Geiste alles wiederholte, was er von der Bedeutung dieser Arbeit gedacht hatte. Zuweilen nur lauschte er in der eingetretenen Stille auf das leise Klappern von Agafja Michajlownas Stricknadeln, dachte an das, woran er nicht denken wollte, und runzelte wieder die Stirn.

Um neun Uhr ertönte Schellengeläut und das dumpfe Schüttern des Kutschenkastens auf der kotigen Straße.

»Sehen Sie, da haben wir Gäste bekommen, nun werden Sie sich nicht mehr langweilen«, bemerkte Agafja Michajlowna, indem sie aufstand und sich zur Tür wandte. Aber Ljewin überholte sie. Die Arbeit ging ihm jetzt nicht von der Hand, und er war jeden Gastes froh, wer er auch immer sein mochte.

31

Als er die halbe Treppe hinabgeeilt war, vernahm Ljewin im Hausflur ein ihm wohlbekanntes Husten; aber er hörte es nicht ganz deutlich wegen des Geräusches seiner eigenen Schritte und hoffte, daß er sich geirrt haben könnte. Dann aber sah er auch die ganze lange, knochige, ihm so wohlbekannte Gestalt, und ein Irrtum schien ausgeschlossen zu sein; aber noch hoffte er, daß er sich getäuscht haben möge, hoffte, daß dieser lange Mann, der eben den Pelz abnahm und sich aushustete, nicht sein Bruder Nikolaj sein möchte.

Ljewin liebte seinen Bruder, aber ein Zusammensein mit ihm war stets eine Qual für ihn gewesen. Und jetzt, wo Ljewin sich, unter dem Einfluß der auf ihn einstürmenden Gedanken und der Mahnung Agafja Michajlownas, in einem unklaren, verwirrten Gemütszustande befand, erschien ihm das bevorstehende Wiedersehen mit dem Bruder als etwas ganz besonders Qualvolles. Statt mit einem fröhlichen, gesunden, fremden Gaste, der ihn, wie er gehofft hatte, in der unklaren Gemütsverfassung, in der er sich befand, hätte zerstreuen können, mußte er jetzt mit seinem Bruder zusammen sein, der ihn durch und durch kannte, der in ihm alles, auch das, was auf dem Grunde seines Herzens ruhte, heraufbeschwören und ihn zwingen würde, sich ihm ganz zu erschließen. Und das wollte er nicht.

Zugleich aber ärgerte sich Ljewin über sich selbst wegen dieses unedlen Gefühls und eilte ins Vorzimmer; kaum aber hatte er seinen Bruder in der Nähe gesehen, als jenes Gefühl seiner persönlichen Enttäuschung auch sofort verschwand und sich in Mitleid wandelte. Wie erschreckend sein Bruder Nikolaj auch bereits früher durch seine Hagerkeit und Kränklichkeit gewesen – jetzt war er noch mehr abgemagert, noch mehr erschöpft. Er war ein mit Haut bedecktes Gerippe.

Er stand im Vorzimmer, damit beschäftigt, von dem langen Hals, den er krampfhaft bewegte, einen Schal herunterzuzerren, und dabei lächelte er in seltsam kläglicher Weise. Als Ljewin dies Lächeln sah, so sanft und ergeben, da fühlte er, daß ihm ein Krampf die Kehle zusammenpreßte.

»Siehst du, ich bin zu dir gekommen«, begann Nikolaj mit hohler Stimme, und verwandte das Auge nicht einen Augenblick von dem Bruder. »Ich hatte es schon längst vor, war aber immer leidend. Jetzt aber habe ich mich recht erholt«, schloß er und trocknete mit den großen, mageren Handflächen seinen Bart.

»Ja, ja!« erwiderte Ljewin. Und sein Grauen vermehrte sich noch, als er den Bruder küßte und mit den Lippen die Trockenheit des Körpers fühlte und aus nächster Nähe seine großen, seltsam glänzenden Augen sah.

Einige Wochen zuvor hatte Konstantin seinem Bruder geschrieben, daß jener kleine Besitz, der zwischen den Brüdern noch ungeteilt geblieben war, jetzt verkauft sei, und er seinen Anteil, ungefähr zweitausend Rubel, in Empfang nehmen könne.

Nikolaj sagte, er sei jetzt gekommen, um dies Geld in Empfang zu nehmen – hauptsächlich aber, um ein wenig in seinem Neste zu verweilen, den heimatlichen Boden zu berühren und, wie jene sagenhaften Helden, Kraft für die ihm bevorstehende Tätigkeit zu sammeln. Ungeachtet seiner noch mehr vornübergebeugten Haltung, ungeachtet der bei seinem Wuchs erschreckenden Magerkeit, waren seine Bewegungen, wie gewöhnlich, rasch und ungestüm. Ljewin führte ihn in sein Arbeitszimmer.

Der Bruder kleidete sich besonders sorgfältig um, was er früher nicht zu tun pflegte, kämmte sein dünnes, schlichtes Haar und begab sich dann lächelnd in die oberen Räume.

Er war in der freundlichsten und heitersten Stimmung, wie sich Ljewin erinnerte ihn oft in der Kindheit gesehen zu haben. Sogar von Sergej Iwanowitsch sprach er ohne Bitterkeit. Als er Agafja Michajlowna erblickte, scherzte er mit ihr und fragte sie nach den alten Dienern. Die Nachricht vom Tode Parfjen Djenissytschs machte einen unangenehmen Eindruck auf ihn. In seinen Zügen prägte sich ein erschreckter Ausdruck aus; aber er gewann sofort die Fassung wieder.

»Er war ja schon alt«, sagte er und wechselte dann den Gesprächsgegenstand. »Nun, ich will also einen oder zwei Monate bei dir zubringen und dann nach Moskau gehen. Weißt du, mir hat Mjachkow eine Stelle versprochen, und ich will wieder in den Staatsdienst treten. Jetzt werde ich mir mein Leben ganz anders gestalten«, fuhr er dann fort. »Weißt du, dieses Weib habe ich fortgeschickt.«

»Marja Nikolajewna? Wie, warum denn?«

»Ach, es ist ein garstiges Weib! Die hat mir eine Menge

Unannehmlichkeiten verursacht.« Aber er sagte nicht, was das für Unannehmlichkeiten waren. Er konnte auch nicht gut sagen, daß er Maria Nikolajewna aus dem Grunde weggejagt hatte, weil sie den Tee zu schwach bereitete, und hauptsächlich deswegen, weil sie ihn wie einen Kranken pflegte.

»Und überhaupt, jetzt will ich mein Leben von Grund aus ändern. Ich habe, das versteht sich von selbst, Dummheiten begangen, wie alle Menschen; aber mein Vermögen – das ist das Allerletzte, das tut mir nicht leid. Wenn's nur mit der Gesundheit geht; meine Gesundheit aber hat sich Gott sei Dank gebessert.«

Ljewin hörte zu und dachte nach, was er wohl sagen könnte, aber es fiel ihm nichts ein. Wahrscheinlich ging in Nikolaj dasselbe vor; er begann den Bruder über dessen Angelegenheiten zu befragen, und Ljewin war froh, von sich sprechen zu dürfen, weil er dies ohne Heuchelei tun konnte. Er berichtete dem Bruder von seinen Plänen und von dem, was er schon vollbracht hatte.

Der Bruder hörte ihm zu, aber er hatte augenscheinlich kein Interesse dafür.

Diese beiden Menschen waren so vertraut miteinander, sie standen sich so nahe, daß die geringste Bewegung, der Ton der Stimme mehr für sie beide bedeutete, als alles, was sich durch Worte ausdrücken läßt.

Jetzt lebte in ihnen beiden nur ein Gedanke – die Krankheit und die Nähe von Nikolajs Tode – und dieser Gedanke erstickte alles übrige. Aber weder der eine noch der andere wagte davon zu sprechen, und darum war alles, was sie sagten, da es nicht das betraf, was sie einzig und allein beschäftigte, unwahr. Noch nie war Ljewin so froh darüber gewesen, daß ein Abend zu Ende war und man schlafen gehen mußte. Noch niemals, bei keiner gleichgültigen, fremden Person, bei keinem durch die bloße Form gebotenen Besuch, war er so wenig natürlich und so unwahr gewesen, wie an diesem Abend. Und das Bewußtsein dieser Unnatürlichkeit sowie seine Reue darüber machten ihn noch unnatürlicher. Er hätte über seinen geliebten, dahinsiechenden Bruder weinen mögen, und er mußte ihm zuhören und eine Unterhaltung darüber führen, wie er sein Leben gestalten wollte.

Da es im Hause ein wenig feucht und nur ein Zimmer geheizt war, so brachte Ljewin seinen Bruder in seinem eigenen Schlafzimmer hinter einem Wandschirm unter.

Nikolaj legte sich nieder und – ob er nun schlief oder nicht – er wälzte sich wie ein Kranker fortwährend hin und her, hustete und knurrte mitunter, wenn er sich die Kehle nicht freihusten konnte. Bisweilen atmete er schwer und sprach vor sich hin: »Ach, mein Gott!« Dann wieder, wenn der Schleim ihn erstickte, brummte er verdrießlich: »Ah, Teufel!« Ljewin konnte lange nicht einschlafen, weil er dies alles hörte. Die verschiedensten Gedanken gingen ihm durch den Kopf, aber alle liefen schließlich auf eins hinaus – auf den Tod.

Der Tod, das unabwendbare Ende von allem, trat zum erstenmal mit unwiderstehlicher Gewalt vor ihn hin. Und dieser Tod, der dort in jenem geliebten Bruder schon wohnte, in dem Bruder, der dort im Halbschlaf stöhnte und unterschiedslos nach seiner Gewohnheit bald Gott und bald den Teufel anrief – dieser Tod war gar nicht in so weiter Ferne, wie es ihm früher scheinen wollte. Er war auch in ihm selber – das fühlte er. Wenn nicht heute, dann morgen; wenn nicht morgen, dann nach dreißig Jahren; es kam auf dasselbe hinaus! Was aber eigentlich dieser unvermeidliche Tod sei – das wußte er nicht nur nicht, er hatte nicht nur niemals daran gedacht: er vermochte und wagte auch nicht, daran zu denken.

»Ich arbeite, ich will etwas zustande bringen und ich habe vergessen, daß alles ein Ende nimmt, daß der Tod kommt.«

Er setzte sich in der Dunkelheit auf, beugte sich vornüber und umfaßte seine Knie, während er vor angespanntem Denken den Atem anhielt. Aber je mehr er seine Gedanken anstrengte, desto klarer wurde ihm, daß es sich zweifellos so verhielt, daß er wirklich in seinem Leben einen geringfügigen Umstand vergessen und übersehen hatte – den Umstand, daß der Tod kommt und alles zu Ende ist, daß es nicht einmal der Mühe wert sei, etwas zu beginnen, und daß es dagegen keine Hilfe gäbe. Ja, es ist furchtbar, aber es ist einmal so.

»Aber ich lebe ja noch. Was muß ich also jetzt tun, was?« fragte er sich verzweifelt. Er zündete ein Licht an, stand behutsam auf, trat zum Spiegel und begann, seine Gesichtszüge und Haare zu betrachten. Ja, an den Schläfen zeigten sich graue Haare. Er öffnete den Mund. Die Backenzähne begannen schlecht zu werden. Er entblößte seine muskulösen Arme. Ja, Kraft hatte er. Aber auch Nikolenka (Nikolaj), der dort mit den letzten Resten seiner Lunge atmete, hatte einen gesunden Körper gehabt. Und plötzlich erinnerte er sich, wie sie als Kinder zusammen schlafen gingen und nur auf den Moment warteten, wo Fjodor Bogdannytsch die Tür hinter sich schloß, um einander die Kissen zuzuschleudern und zu lachen, so unaufhaltsam zu lachen, daß selbst die Furcht vor Fjodor Bogdannytsch dieses überströmende und überschäumende Gefühl des Lebensglückes nicht mäßigen konnte. »Und jetzt diese gekrümmte, hohle Brust ... und ich, der ich nicht weiß, wozu ich auf der Welt bin und was aus mir werden wird ...«

»Kcha! Kcha! Zum Teufel! Was spukst du da herum, warum schläfst du nicht?« rief die Stimme des Bruders zu ihm herüber.

»Ich weiß es nicht, ich kann nicht schlafen.«

»Ich habe aber ganz gut geschlafen, und ich habe jetzt sogar keinen Nachtschweiß mehr. Sieh selbst, fühl das Hemd an. Nicht wahr?«

Ljewin gehorchte, ging dann hinter den Wandschirm und löschte das Licht aus, vermochte aber noch lange nicht einzuschlafen. Kaum war er sich einigermaßen über die Frage klar geworden, wie er zu leben habe, als ihm auch schon eine neue, unlösbare Frage – der Tod – entgegentrat. »Ja, er ist ein Sterbender – ja, er wird im Frühling sterben – und wie könnte ich ihm helfen? Was kann ich ihm sagen? Was weiß ich davon? Ich habe ja sogar vergessen, daß es einen Tod gibt.«

32

Ljewin hatte schon längst die Bemerkung gemacht, daß Leute, deren übertriebene Nachgiebigkeit und Unterwürfigkeit uns befangen machen, uns sehr bald durch übermäßige Ansprüche und Händelsucht unerträglich zu werden pflegen. Er fühlte, daß dies auch bei seinem Bruder zutraf. Und in der Tat war die Sanftmut seines Bruders Nikolaj nicht von langer Dauer. Schon am folgenden Morgen zeigte er sich gereizt und suchte unaufhörlich mit dem Bruder Händel, wobei er sich Mühe gab, ihn an seinen wundesten Stellen zu treffen.

Ljewin fühlte sich selbst schuldig und konnte doch nichts daran ändern. Er fühlte, daß, wenn sie beide nicht heucheln, sondern so sprechen wollten, wie es ihnen ums Herz war, das heißt, so wie sie wirklich dachten und fühlten, sie einander nur in die Augen sehen mußten, und dann würde Konstantin nur sagen können: »Du wirst sterben, du wirst sterben!« Und Nikolaj würde nicht anders antworten können als: »Ich weiß, daß ich sterben muß; aber ich fürchte, fürchte, fürchte mich davor!« Und weiter hätten sie sich nichts zu sagen gehabt, wenn sie aus ihrem innersten Herzen gesprochen hätten. Aber jedes fernere Zusammenleben wäre dadurch unmöglich geworden, und darum gab sich Konstantin Mühe, das zu tun, was er sein ganzes Leben lang versucht hatte, ohne es jedoch fertigzubringen: das, worauf sich nach seiner Beobachtung viele Leute so gut verstanden und was man im Leben nicht entbehren kann: er bemühte sich, etwas anderes zu sagen, als er dachte, und hatte dabei fortwährend die Empfindung, daß er einen unaufrichtigen Eindruck machte, daß sein Bruder ihn dabei ertappte und aus diesem Grunde so reizbar war.

Am dritten Tage forderte Nikolaj seinen Bruder auf, ihm nochmals seine Pläne mitzuteilen, und er beurteilte sie nicht nur abfällig, er stellte sie sogar absichtlich dem Kommunismus gleich.

»Du hast einfach einen fremden Gedanken aufgegriffen, hast ihn entstellt und willst ihn nun auf etwas anwenden, worauf er gar nicht paßt.«

»Aber ich sagte dir ja eben, daß diese beiden Dinge nichts miteinander gemein haben. Die Sozialisten bestreiten das Recht auf Eigentum, auf Kapitalbesitz und das Erbrecht; ich aber verneine diesen größten Stimulus nicht.« (Ljewin ärgerte sich selbst darüber, daß er solche Worte gebrauchte; aber seit er mit Feuereifer an seinem Werk arbeitete, hatte er unwillkürlich immer häufiger Fremdwörter anzuwenden begonnen.) »Ich will nur die Arbeit regulieren.«

»Das ist es ja gerade, du hast einen fremden Gedanken aufgegriffen, alles von ihm losgelöst, was seine Stärke bildet, und willst einen nun glauben machen, daß das etwas Neues sei«, erwiderte Nikolaj, indem er ärgerlich an seinem Halstuch zerrte.

»Aber mein Gedanke hat ja nichts gemein mit ...«

»Dort –«, sprach Nikolaj weiter, indem seine Augen boshaft blitzten und er ironisch lächelte, »dort ist doch wenigstens ein sozusagen geometrischer Reiz der Klarheit, der Unzweideutigkeit vorhanden. Möglich, daß es eine Utopie ist. Aber wenn wir einräumen, daß man mit der ganzen Vergangenheit *tabula rasa* machen könnte: daß es kein Eigentum, kein Familienleben gäbe, so würde sich auch die Arbeit regeln lassen. Bei dir aber ist ja gar nichts ...«

»Warum wirfst du alles durcheinander? Ich bin niemals Kommunist gewesen.«

»Aber ich war einer und finde, daß der Kommunismus zwar verfrüht, aber vernünftig ist, und daß er dieselbe Zukunft hat, wie das Christentum in den ersten Jahrhunderten.«

»Ich gehe ja nur von der Ansicht aus, daß man die Arbeitskraft vom naturwissenschaftlichen Gesichtspunkte aus betrachten müsse, das heißt, sie studieren, ihre Eigenschaften anerkennen müsse und ...«

»Ach, das ist ja ganz vergeblich. Diese Kraft findet schon von selbst je nach der Stufe ihrer Entwicklung eine bestimmte Form ihrer Tätigkeit. Überall gab es Sklaven, dann später *metayers;* und auch bei uns gibt es Halbpart-Arbeit, gibt es ein Pachtwesen und genossenschaftliche Arbeit – was willst du eigentlich mehr?«

Ljewin geriet plötzlich bei diesen Worten in Hitze, weil er in tiefster Seele fürchtete, daß jener recht hatte – recht darin, daß er zwischen dem Kommunismus und den bestehenden Gesellschaftsformen die Schwebe halten wolle – und daß dies doch kaum innerhalb der Grenzen der Möglichkeit lag.

»Ich suche nach Mitteln, die geeignet wären, die Arbeit sowohl für mich selbst, als auch für den Arbeiter gewinnbringend zu machen. Ich will versuchen ...«, entgegnete er erregt.

»Nichts willst du versuchen; du möchtest dich einfach, wie du es dein ganzes Leben hindurch getan hast, als originell aufspielen, du willst zeigen, daß du die Bauern nicht schlechtweg ausbeutest, sondern dies nach einer bestimmten Idee tust.«

»Schön, das ist nun mal deine Meinung, bleib also dabei!« gab Ljewin zur Antwort und fühlte, wie sein linker Wangenmuskel ununterdrückbar zuckte.

»Du hattest und hast keine Überzeugung, sondern du willst nur deiner Eigenliebe schmeicheln.«

»Schon recht, dann laß mich also in Frieden!«

»Ja, ich will dich in Frieden lassen! Ich hätt' es längst tun sollen. Scher dich zum Teufel! Ich bedaure sehr, daß ich hergekommen bin!«

So sehr sich auch Ljewin nachher bemühte, den Bruder zu besänftigen, Nikolaj wollte nichts mehr hören, er sagte nur, es wäre viel besser, sich zu trennen, und Konstantin ward sich darüber klar, daß dem Bruder das Zusammensein mit ihm einfach unerträglich geworden war.

Nikolaj hatte schon alle seine Vorbereitungen zur Abreise getroffen, als Konstantin ihn noch einmal aufsuchte und ihn, so unnatürlich es auch herauskam, um Verzeihung bat, wenn er ihn durch irgend etwas gekränkt habe.

»Ah, ein Anfall von Großmut!« sagte Nikolaj lächelnd. »Wenn du um jeden Preis recht behalten willst, so kann ich dir dies Vergnügen gewähren. Du hast also recht gehabt; aber ich reise dennoch ab!«

Erst unmittelbar vor der Abreise küßte Nikolaj seinen Bruder und sagte, während er ihm plötzlich mit einem seltsam ernsten Ausdruck in die Augen sah: »Trotz allem, gedenke meiner nicht im bösen, Kostja!« – und seine Stimme bebte.

Das waren die einzigen Worte, die er in aufrichtigem Tone gesprochen hatte. Ljewin begriff, daß unter diesen Worten zu verstehen war: »Du siehst und weißt, daß es schlecht mit mir steht, und vielleicht sehen wir uns nie wieder.« Ljewin verstand dies und Tränen stürzten ihm aus den Augen. Er küßte den Bruder noch einmal, aber er vermochte nichts hervorzubringen und wußte auch nicht, was er hätte sagen können.

Drei Tage nach der Abreise seines Bruders reiste auch Ljewin ins Ausland. Auf der Eisenbahn traf er mit Schtscherbazkij, einem Vetter Kittys, zusammen, dem Ljewins düsteres Wesen im höchsten Grade auffiel.

»Was hast du?« fragte ihn Schtscherbazkij.

»Nichts Besonderes, aber im großen und ganzen finde ich, daß es wenig Erfreuliches in der Welt gibt.«

»Wieso denn, wenig! Komm lieber mit mir nach Paris, statt nach so einem Mühlhausen zu fahren. Du wirst sehen, wie wir uns amüsieren werden.«

»Nein, damit habe ich schon abgeschlossen. Für mich ist es bald Zeit zu sterben.«

»Das ist einmal eine Idee«, sagte Schtscherbazkij lachend. »Ich habe eben erst alle Anstalten getroffen, das Leben anzufangen.«

»Auch ich habe noch vor kurzem so gedacht; jetzt aber weiß ich, daß ich bald sterben werde.« Ljewin sprach damit nur die Gedanken aus, die ihn in der letzten Zeit ernstlich beschäftigt hatten. Er sah in allem nur den Tod oder die Nähe des Todes. Aber das Unternehmen, das er in Angriff genommen hatte, beschäftigte ihn nur um so mehr. Man mußte doch auf irgendeine Weise das Leben auszunutzen suchen, solange der Tod noch nicht gekommen war. Alles war für ihn in Dunkel gehüllt; aber gerade infolge dieses Dunkels fühlte er, daß der einzige Ariadnefaden in dieser Finsternis kein Unternehmen sei, und mit aller Kraft klammerte er sich an dieses und suchte in ihm einen Halt zu finden.

# VIERTES BUCH

1

Karenins, Mann und Frau, fuhren fort, in einem Hause zu leben; aber obgleich sie sich jeden Tag sahen, waren sie einander doch völlig fremd geworden. Alexej Alexandrowitsch hatte es sich zur Regel gemacht, jeden Tag seine Frau zu sehen, um der Dienerschaft keine Veranlassung zu Redereien zu geben; aber er vermied es, zu Haus zu speisen. Wronskij ließ sich niemals in Alexej Alexandrowitschs Hause sehen; aber Anna traf ihn außer dem Hause, und ihr Mann wußte das.

Dieser Zustand war qualvoll für alle drei, und keiner von ihnen hätte die Kraft gehabt, auch nur einen Tag in dieser Lage zu verharren, wenn sie nicht die Hoffnung beseelt hätte, daß eine Änderung eintreten müsse und dies nur als eine vorübergehende beklagenswerte Heimsuchung zu betrachten sei. Alexej Alexandrowitsch wartete darauf, daß diese Leidenschaft ein Ende nehme, wie alles in der Welt ein Ende nimmt – daß dann niemand mehr an die ganze Sache denken und kein Makel an seinem Namen haften bleiben würde. Anna, von der alles abhing und die unter dem jetzigen Zustand am meisten zu leiden hatte, ertrug ihn, weil sie nicht nur erwartete, sondern fest davon überzeugt war, daß diese ganze Verwickelung sich in kürzester Zeit lösen und klären müsse. Sie wußte zwar nicht im geringsten, auf welche Weise der Knoten gelöst werden würde, aber sie war fest davon überzeugt, daß das »Etwas«, worauf sie wartete, sehr bald eintreten müsse. Wronskij, der sich ihrem Einfluß unwillkürlich fügte, wartete gleichfalls auf etwas, wodurch, unabhängig von ihm selbst, alle Schwierigkeiten beseitigt werden sollten.

Um die Mitte des Winters hatte Wronskij eine äußerst langweilige Woche zu überstehen. Er war einem ausländischen Prinzen, der nach Petersburg gekommen war, als Begleiter zugeteilt worden und mußte diesem die Sehenswürdigkeiten von Petersburg zeigen. Wronskij war ein Mann von sehr einnehmenden Äußern; außerdem verstand er die Kunst, sich mit würdevoller Höflichkeit zu betragen und war den Verkehr mit hohen Persönlichkeiten gewohnt; darum war er auch zum Begleiter des Prinzen ausersehen worden. Aber die Erfüllung seiner Verpflichtung erschien ihm als etwas äußerst Lästiges. Der Prinz wollte sich nichts entgehen lassen, wovon man ihn in seiner Heimat hätte fragen können, ob er es in Rußland gesehen habe, und außerdem hatte er auch persönlich den Wunsch, von echt russischen Vergnügungen soviel wie möglich kennenzulernen. Wronskij lag es ob, ihm zu dem einen wie zu dem anderen Zweck als Führer zu dienen. An den Vormittagen widmeten sie sich der Besichtigung der Sehenswürdigkeiten; an den Abenden nahmen sie an nationalen Belustigungen teil. Der Prinz erfreute sich einer sogar unter Prinzen seltenen Gesundheit; er hatte durch Turnen und gute Körperpflege eine solche Widerstandskraft erworben, daß er ungeachtet des Übermaßes, mit dem er sich seinen Vergnügungen hingab, frisch war wie eine große grüne glänzende holländische Gurke. Der Prinz war viel gereist und fand, daß einer der Hauptvorteile der jetzigen Verkehrserleichterung in der Erreichbarkeit der nationalen Vergnügungen bestehe. Er war in Spanien gewesen, hatte dort Serenaden gebracht und mit einer Spanierin, die auf der Mandoline spielte, ein Verhältnis angeknüpft. In der Schweiz hatte er einen Gemsbock erlegt. In England hatte er im roten Frack über Zäune gesetzt und infolge einer Wette zweihundert Fasane geschossen. In der Türkei war er im Harem gewesen, in Indien hatte er auf dem Rücken eines Elefanten gesessen, und jetzt in Rußland wollte er alle speziell russischen Genüsse durchkosten.

Wronskij, der bei ihm gewissermaßen die Stelle eines Oberzeremonienmeisters vertrat, kostete es viele Mühe, die Reihenfolge aller dem Prinzen von verschiedenen Personen vorgeschlagenen russischen Vergnügungen festzusetzen. Es gab Ausfahrten mit russischen Trabern und russische Pfannkuchen und eine Bärenjagd und eine Troikafahrt und Zigeuner und Trinkgelage mit dem in Rußland üblichen Zerschlagen des Geschirrs. Und der Prinz paßte sich mit erstaunlicher Leichtigkeit dem russischen Geist an; er zerschlug ganze Teebretter mit Geschirr, setzte sich eine Zigeunerin auf die Knie und schien nur immer zu fragen: »Was gibt es noch, oder besteht nur darin der ganze russische Geist?«

In Wahrheit fand der Prinz von allen russischen Belustigungen am meisten Gefallen an französischen Schauspielerinnen, einer Ballettänzerin und Champagner mit weißem Siegel. Wronskij war an den Umgang mit Prinzen gewöhnt; aber – sei es, daß er selbst in der letzten Zeit eine innere Wandlung erlebt hatte, sei es, daß im Verkehr mit diesem Prinzen eine größere Annäherung stattfand, als es sonst der Fall war – aber die Verpflichtungen dieser Woche erschienen ihm als eine furchtbar schwere Last. Er hatte die ganze Woche hindurch beständig das Gefühl, das ein Mensch empfinden mag, der einem gefährlichen Irrsinnigen beigesellt worden ist und sich vor dem Kranken fürchtet, während er zugleich infolge der großen Annäherung auch für seine eigene Vernunft zittert.

Wronskij fühlte beständig die Notwendigkeit, auch nicht auf eine Sekunde den Ton strenger förmlicher Ehrerbietung fallen zu lassen, um nicht selbst beleidigt zu werden. Mit den Leuten, die zu Wronskijs Verwunderung alles mögliche aufboten, um dem Prinzen den Genuß echt russischer Vergnügungen zu bieten, verkehrte dieser in einer fast verächtlichen Art. Sein Urteil über die russischen Frauen, deren Wesen zu ergründen er sich vorgenommen hatte, machte Wronskij mehr als einmal vor Entrüstung erröten. Der Hauptgrund aber, weshalb die Gesellschaft des Prinzen für Wronskij so besonders lästig war, lag darin, daß er in ihm unwillkürlich sich selber sah. Und was er in diesem Spiegel erblickte, schmeichelte nicht gerade seiner Eigenliebe. Es war dies – ein sehr alberner, sehr selbstgefälliger, sehr gesunder und sehr reinlicher Mann und weiter nichts. Er war ein Gentleman ohne Zweifel, und Wronskij konnte dies nicht leugnen. Er betrug sich gleichmäßig und ungesucht gegen höher Gestellte, war frei und einfach im Verkehr mit Gleichgestellten und verhielt sich gegen unter ihm Stehende mit wohlwollender Geringschätzung. Wronskij war selbst genau ebenso, und er hielt dies für ein Zeichen von großer Würde; aber in seiner Beziehung zum Prinzen war er der Untergeordnete, und dieses wohlwollend geringschätzige Verhalten ihm gegenüber brachte ihn auf.

»Dummes Rindvieh! sollte ich wirklich ebenso sein?« dachte er.

Wie dem auch sei, als er sich am siebenten Tage, vor der Abreise des Prinzen nach Moskau, von diesem verabschiedete und den Ausdruck seiner Dankbarkeit entgegengenommen hatte, fühlte er sich glücklich, von dieser unbequemen Lage und diesem unangenehmen Spiegel befreit zu sein. Er verabschiedete sich von ihm auf der Eisenbahnstation, als sie von einer Bärenjagd zurückkehrten, bei der die ganze Nacht hindurch eine Vorführung russischer Keckheit und Bravour gegeben wurde.

2

Zu Hause fand Wronskij einen kurzen Brief von Anna vor. Sie schrieb: »Ich bin krank und unglücklich. Ich kann das Haus nicht verlassen, aber ich kann es auch nicht länger ertragen, Sie nicht zu sehen. Kommen Sie heute abend. Um sieben Uhr geht Alexej Alexandrowitsch in die Sitzung und wird dort bis zehn Uhr bleiben.« Er dachte einen Augenblick darüber nach, wie seltsam es sei, daß sie ihn trotz des Verbotes ihres Gatten in ihrem Hause empfangen wolle; dann beschloß er kurzerhand, hinzufahren. – Wronskij war in diesem Winter zum Obersten befördert worden, hatte das Regiment verlassen und wohnte jetzt allein. Er frühstückte, warf sich dann sofort aufs Sofa, und fünf Minuten später verwirrten sich die Erinnerungen an die häßlichen Bilder der letzten Tage und verwoben sich mit Annas Erscheinung und mit dem Gedanken an einen bäuerischen Treiber, der bei der Bärenjagd eine große Rolle gespielt hatte; dann umfing ihn der Schlaf. Als er erwachte, war es dunkel; er zitterte vor Furcht und zündete hastig ein Licht an. »Was gibt es? Was ist denn geschehen? Was habe ich doch Entsetzliches im Traum gesehen? Ja, das ist's; der Bauer, ich glaube der Treiber, ein kleiner, schmutziger Mensch mit zerzaustem Bart, hantierte in gebückter Haltung mit etwas herum und fing plötzlich an, sonderbare französische Worte zu sprechen. Weiter habe ich nichts im Traum gesehen«, sprach er vor sich hin. »Warum war das nur so fürchterlich?« Er erinnerte sich lebhaft jenes Bauern und der unverständlichen französischen Worte, die er gesprochen hatte – und ein kalter Schauer lief ihm über den Rücken.

»Welch' ein Unsinn!« dachte Wronskij und blickte dann auf die Uhr.

Es war schon halb neun. Er klingelte dem Diener, kleidete sich hastig an und verließ das Haus; er hatte seinen Traum völlig vergessen und schalt sich nur seiner Verspätung wegen. Als er bei Karenins vorfuhr, blickte er auf die Uhr und sah, daß es zehn Minuten vor neun war. Eine hohe, schmale Equipage, mit zwei Grauschimmeln bespannt, stand bei der Anfahrt. Er erkannte Annas Wagen. »Sie will zu mir«, dachte Wronskij, »und es wäre auch besser gewesen. Es ist mir unangenehm, dieses Haus zu betreten. Aber nun ist's einerlei; ich kann mich doch nicht verstecken.« Und mit dem von Kindheit auf gewohnten Auftreten eines Menschen, der keinen Grund hat sich zu schämen, stieg Wronskij aus seinem Schlitten und näherte sich der Tür. Die Tür öffnete sich gerade und der Schweizer, mit einem Plaid auf dem Arm, winkte den Wagen heran. Wronskij hatte zwar nicht die Gewohnheit, Einzelheiten zu bemerken; diesmal jedoch nahm er den erstaunten Ausdruck wahr, mit dem der Schweizer ihn ansah. In der Tür wäre Wronskij fast mit Alexej Alexandrowitsch zusammengestoßen. Die Gasflamme beleuchtete hell das blutlose, abgemagerte Gesicht unter dem schwarzen Hut und ließ das weiße Halstuch unter dem Biberkragen des Paletots hervorschimmern. Die unbeweglichen, trüben Augen Karenins hefteten sich fest auf Wronskijs Gesicht. Dieser verbeugte sich; Alexej Alexandrowitsch hob die Hand zum Hute, während er mit dem Munde eine kauende Bewegung machte, und ging an ihm vorüber. Wronskij sah, wie er, ohne sich umzublicken, in den Wagen stieg, durch das Fenster Plaid und Opernglas in Empfang nahm und dann verschwand. Wronskij trat in den

Hausflur. Seine Brauen waren fest zusammengezogen, und seine Augen blitzten in feindseligem und stolzem Glanz.

»Ist das eine Lage!« dachte er. »Wenn er sich wehren, seine Ehre wahren wollte, dann könnte ich meinerseits vorgehen, könnte meinen Gefühlen Ausdruck geben; aber diese Schwäche oder Niederträchtigkeit ... Er drängt mich dazu, als ein Betrüger zu erscheinen, während ich dies niemals sein wollte, noch sein will.«

Seit jener Aussprache mit Anna im Wredeschen Garten hatten Wronskijs Anschauungen eine Wandlung erfahren. Er hatte, indem er sich unwillkürlich Annas Schwäche unterwarf, die ihm ja alles geopfert und von ihm nur die Entscheidung über ihr Schicksal erwartete, der sie sich im voraus fügte – er hatte schon längst aufgehört zu denken, daß diese Verbindung ein solches Ende nehmen könnte, wie er es sich damals vorgestellt hatte. Seine ehrgeizigen Pläne waren wieder in den Hintergrund getreten; er fühlte, daß er aus jenem Wirkungskreise herausgetreten sei, in dem alles fest geregelt war, und gab sich jetzt ganz seinem Gefühle hin; und dieses Gefühl verknüpfte ihn immer fester und fester mit ihr.

Noch im Vorzimmer hörte er ihre sich entfernenden Schritte. Er erriet, daß sie ihn bei jedem Geräusch aufhorchend erwartet hatte und jetzt ins Empfangszimmer zurückkehrte.

»Nein«, rief sie aus, als sie ihn erblickte, und bei der ersten Silbe traten ihr auch schon die Tränen in die Augen –, »nein, wenn dies so weiter geht, so wird es noch früher, noch viel früher geschehen!«

»Was, mein Herz?«

»Was? Ich warte, ich martere mich, eine Stunde, zwei Stunden ... Nein, ich will nicht! ... Ich kann mich nicht mit dir zanken. Gewiß war es dir nicht früher möglich. Nein, ich will mich nicht mit dir zanken!«

Sie legte beide Hände auf seine Schultern und schaute ihn lange mit tiefem, entzücktem und doch zugleich prüfendem Blicke an. Sie suchte aus seinen Zügen herauszulesen, was während der ganze Zeit ihrer Trennung in ihm vorgegangen war. Wie bei jedem Zusammentreffen verglich sie das Bild, das sie sich in ihrer Phantasie von ihm ausmalte, (ein unvergleichlich schöneres Bild, als es in Wirklichkeit möglich war) mit ihm, wie er in Wahrheit war.

3

»Du bist ihm begegnet?« fragte sie, als sie beide am Tisch unter der Hängelampe saßen. »Das ist die Strafe dafür, daß du zu spät gekommen bist.«

»Ja, aber wie kam es nur? Ich denke, er sollte in der Sitzung sein?«

»Er war auch dort, kam dann zurück und fuhr wieder irgendwo hin. Aber das kann uns gleichgültig sein. Sprich nicht weiter davon. Wo bist du gewesen? Immer mit dem Prinzen zusammen?«

Sie kannte sein Leben bis in alle Einzelheiten. Er wollte ihr sagen, daß er die ganze Nacht nicht geschlafen hatte und dann eingeschlummert war; aber als er in ihr erregtes und glückliches Gesicht blickte, schämte er sich dies einzugestehen. Und er sagte nur, daß er verpflichtet gewesen sei, über die Abreise des Prinzen Bericht zu erstatten.

»Jetzt aber ist alles zu Ende? Er ist fort?«

»Gott sei Dank, es ist zu Ende. Du glaubst nicht, welch' eine Qual das für mich war.«

»Warum denn? Das entspricht doch der Lebensweise, die ihr jungen Männer beständig zu führen gewohnt seid«, sagte sie, indem sie die Brauen zusammenzog; dann griff sie nach einer Häkelarbeit, die auf dem Tische lag und begann, ohne Wronskij anzusehen, die Häkelnadel herauszunehmen.

»Ich habe diese Lebensweise schon längst aufgegeben«, erwiderte er, über die Veränderung in ihrem Gesichtsausdruck verwundert und bemüht, seine Bedeutung zu erraten. »Und ich muß gestehen«, setzte er hinzu, während ein Lächeln seine dichten, weißen Zähne entblößte, »ich habe in dieser Woche wie in einen Spiegel geschaut, als ich mir über dieses Leben Rechenschaft gab, und es ist mir zuwider gewesen.«

Sie hielt die Arbeit in den Händen, aber sie häkelte nicht, sondern sah ihn mit einem seltsamen, funkelnden und feindseligen Blicke an.

»Heute morgen hat mich Lisa besucht – man scheut sich noch nicht davor, mich zu besuchen, trotz der Gräfin Lydia Iwanowna –«, schob sie ein, »und hat mir von eurem Atheniensischen Abend erzählt. Welch' eine Gemeinheit!«

»Ich wollte eben sagen, daß ...«

Sie unterbrach ihn.

»Diese Therese war auch da, die du früher gekannt hast?«

»Ich wollte sagen ...«

»Wie ihr Männer doch abscheulich seid. Wie ist es möglich, daß ihr nicht begreifen könnt, daß eine Frau so etwas niemals vergessen kann«, sprach sie, indem sie immer heftiger wurde und ihm dadurch die Ursache ihrer Gereiztheit verriet. »Besonders eine Frau, die von deinem Leben nichts wissen kann. Was weiß ich denn? Was wußte ich? –« fuhr sie fort. »Nur das, was du mir sagst. Und wie kann ich wissen, ob du mir die Wahrheit sagst ...«

»Anna! du kränkst mich. Glaubst du mir denn nicht? Habe ich dir denn nicht gesagt, daß ich keinen einzigen Gedanken hege, den ich dir nicht enthüllen würde?«

»Ja, ja«, erwiderte sie, offenbar bemüht, ihre eifersüchtigen Gedanken zu verscheuchen. »Aber wenn du wüßtest, wie schwer es mir ums Herz ist. Ich glaube, glaube dir ... Was wolltest du also sagen?«

Aber er war nicht imstande, sich sogleich ins Gedächtnis zurückzurufen, was er hatte sagen wollen. Diese Anfälle von Eifersucht, die sich in der letzten Zeit immer häufiger bei ihr einstellten, erschreckten ihn; und obgleich er wußte, daß die Ursache ihrer Eifersucht nur in ihrer Liebe zu ihm lag, so wirkte dies doch erkältend auf sein Gefühl für sie ein, so sehr er sich auch Mühe gab, dies zu verbergen. Wie oft sagte er sich, daß ihre Liebe sein Glück ausmache; und nun liebte sie ihn, wie nur ein Weib lieben kann, dem die Liebe mehr galt, als alle Güter des Lebens – und doch war er viel weiter vom

Glück entfernt, als damals, als er ihr aus Moskau nachreiste. Damals hatte er sich für unglücklich gehalten, aber das Glück lag in der Zukunft; jetzt hingegen fühlte er, daß sein schönstes Glück schon hinter ihm lag. Sie war durchaus nicht mehr die Frau, als die sie ihm in der ersten Zeit erschienen war. Seelisch und körperlich hatte sie sich zu ihrem Nachteil verändert. Ihre Gestalt war in die Breite gegangen, und als sie von der Schauspielerin sprach, hatte ihr Gesicht einen bösen Ausdruck angenommen, der ihre Züge entstellte. Er betrachtete sie, wie jemand, der auf eine Blume blickt, die er abgerissen hat und die nun verwelkt, in der er nur mit Mühe jene Schönheit wiedererkennt, um derentwillen er sie abgerissen und zerstört hat. Und trotz alledem fühlte er, daß er damals, wo seine Liebe viel stärker war, bei kräftiger Willensanstrengung diese Liebe aus seinem Herzen hätte reißen können – jetzt aber, wo es ihm, wie in diesem Augenblick, schien, daß er keine Liebe für sie empfinde, wußte er, daß das Band, das sie aneinander knüpfte, nie würde zerrissen werden können.

»Nun, also, was wolltest du mir von dem Prinzen sagen? Ich habe den Dämon vertrieben, ganz vertrieben«, fügte sie hinzu. Mit dem »Dämon« pflegte sie ihre Eifersucht zu bezeichnen. »Also was wolltest du mir eben vom Prinzen zu erzählen anfangen? Warum war das eine solche Qual für dich?«

»Ach, es war unerträglich!« erwiderte er, indem er den Faden des unterbrochenen Gedankenganges wiederzufinden suchte. »Er gewinnt nicht bei näherer Bekanntschaft. Wenn ich ihn charakterisieren sollte, so ist das – ein vortrefflich aufgefüttertes Vieh, wie sie auf den Ausstellungen die ersten Preise bekommen, und weiter nichts«, sagte er in ärgerlichem Tone, daß ihr Interesse dadurch erregt wurde.

»Nein, wieso denn?« entgegnete sie. »Er hat aber doch wohl viel gesehen und ist ein gebildeter Mann?«

»Das ist eine ganz andere Art von Bildung – die Bildung dieser Leute. Man merkt, daß er nur deshalb einige Bildung erworben hat, um das Recht zu haben, auch die Bildung gering zu schätzen, wie diese Leute alles gering schätzen, mit Ausnahme von tierischen Genüssen.«

»Aber ihr alle liebt ja diese tierischen Genüsse –«, sagte sie, und wieder bemerkte er an ihr jenen finsteren Blick, der dem seinen auszuweichen suchte.

»Warum nimmst du ihn nur so sehr in Schutz?« fragte er lächelnd.

»Ich nehme ihn nicht in Schutz, er ist mir ja ganz gleichgültig; ich denke nur, du hättest ja ablehnen können, wenn du selbst diese Art von Vergnügungen nicht liebtest. Aber dir macht es auch Vergnügen, die Therese im Evakostüm zu sehen ...«

»Da ist er wieder, der Dämon!« sagte Wronskij, indem er ihre Hand nahm, die auf dem Tische lag, und sie küßte.

»Ja, aber ich kann nicht anders! Du weißt nicht, wie sehr ich gelitten habe, während ich auf dich wartete! – Ich glaube, daß ich nicht eifersüchtig bin. Ich bin nicht eifersüchtig; ich habe Vertrauen zu dir, wenn du hier, wenn du bei mir bist; aber wenn du irgendwo allein dein unbegreifliches Leben führst ...«

Sie bog sich von ihm zurück, machte endlich den Haken von der Häkelarbeit los und begann rasch mit Hilfe des Zeigefingers eine Masche nach der andern aus dem weißen, im Lampenlicht blitzenden Wollfaden zu schlingen; mit schneller, nervöser Bewegung drehte sich ihr feines Handgelenk in der gestickten Manschette hin und her.

»Sag, wo bist du Alexej Alexandrowitsch begegnet?« erklang plötzlich ihre Stimme in unnatürlichem Ton.

»Wir stießen in der Tür aufeinander.«

»Und er hat dich so gegrüßt?«

Sie zog das Gesicht in die Länge, schloß die Augen zur Hälfte, gab blitzschnell ihrem Gesicht einen gänzlich veränderten Ausdruck, legte die Hände zusammen – und Wronskij erblickte in ihren schönen Zügen plötzlich genau das Mienenspiel, mit dem Alexej Alexandrowitsch seinen Gruß erwidert hatte. Er lächelte und sie brach fröhlich in jenes liebliche, aus voller Brust kommende Lachen aus, das einen ihrer Hauptreize bildete.

»Ich kann ihn einfach nicht verstehen«, bemerkte Wronskij. »Wenn er nach deiner Erklärung im Sommer mit dir gebrochen hätte, wenn er mich gefordert hätte – das aber kann ich nicht begreifen, wie er eine solche Situation ertragen kann. Er leidet ja darunter, das ist doch klar.«

»Er?« erwiderte sie mit Hohn. »Er ist vollkommen zufrieden.«

»Weshalb martern wir uns nur alle so sehr, während doch alles so gut sein könnte?«

»Nur er nicht. Ich kenne ihn nur zu gut, kenne diesen Geist der Lüge, von dem er ganz erfüllt ist ... Ist es denn möglich, daß jemand, der noch das geringste Gefühl besitzt, so lebt, wie er mit mir lebt? Er begreift nichts, er fühlt nichts. Ist es denn möglich, daß ein Mann, in dem nicht alles Gefühl erstorben ist, mit seinem sündigen Weibe unter einem Dache lebt, daß er mit ihr spricht, ›du‹ zu ihr sagt?«

Und wieder ahmte sie ihm unwillkürlich nach. »Du, *ma chère*, du, Anna!«

»Das ist kein Mann, kein Mensch, das ist eine Puppe! Niemand weiß das, aber ich weiß es. Oh, wenn ich an seiner Stelle wäre! Ich hätte längst diese Frau getötet, ich hätte sie in Stücke gerissen, ein solches Weib, wie ich es bin. Ich hätte nicht gesagt: du, *ma chère*, Anna. Das ist kein Mensch, das ist eine ministerielle Maschine. Er begreift nicht, daß ich deine Gattin bin, daß er ein Fremder, daß er überflüssig ist ... Sprechen wir, ich bitte dich, nicht mehr davon!«

»Du hast unrecht, sehr unrecht, mein Herz«, erwiderte Wronskij, indem er sich bemühte, sie zu beruhigen. »Aber gleichviel, wir brauchen nicht von ihm zu sprechen. Erzähle mir, was du getrieben hast. Wie geht es dir? Was hat es mit deiner Krankheit auf sich, was hat der Arzt dazu gesagt?«

Sie sah ihn mit spöttischer Freude an. Augenscheinlich hatte sie noch einige komische und häßliche Seiten an ihrem Manne gefunden und wartete nur auf den Augenblick, wo sie darauf hinweisen könnte.

Er aber fuhr fort: »Ich errate, daß es sich nicht um eine Krankheit, sondern um deinen Zustand handelt. Wann denkst du, daß es eintreten wird?«

Der spöttische Glanz erlosch in ihren Augen; aber ein anderes Lächeln – in dem die Erkenntnis von etwas ihm Unbekannten und eine stille Trauer lag – verdrängte den früheren Ausdruck.

»Bald, bald. Du sagst, daß unsere Lage qualvoll ist und daß man sie ändern müsse. Wenn du wüßtest, wie schwer sie für mich zu ertragen ist, was ich dafür hinzugeben bereit wäre, wenn ich dich frei und offen lieben dürfte! Ich würde mich und dich mit meiner Eifersucht nicht quälen ... Und – dies wird bald kommen. Doch nicht so, wie wir es uns denken.«

Und bei dem Gedanken daran, wie es kommen würde, fühlte sie sich von solch einem Mitleid mit sich selbst ergriffen, daß ihr Tränen in die Augen traten und sie nicht fortfahren konnte zu sprechen. Sie legte ihre im Lampenlichte weißschimmernde Hand mit den an ihren Fingern blitzenden Ringen auf seinen Arm.

»Es wird anders kommen, als wir denken. Ich wollte es dir nicht sagen, aber du zwingst mich dazu. Bald, bald wird sich alles lösen, und wir alle, alle werden Ruhe finden und aufhören zu leiden.«

»Ich verstehe dich nicht«, sagte er, obwohl er sie nur zu gut verstand.

»Du fragtest, wann? Bald. Und ich werde es nicht überleben. Unterbrich mich nicht!« fuhr sie hastig fort. »Ich weiß es, ich weiß es bestimmt. Ich werde sterben, und ich bin froh, daß ich sterben und mich selbst und euch erlösen werde.«

Tränen rannen ihr aus den Augen, er beugte sich über ihre Hand und bedeckte sie mit Küssen, indem er sich vergeblich bemühte, seine Erregung zu verbergen, die – wie er wohl wußte – keinen Grund hatte und die er doch nicht zu bemeistern vermochte.

»So, so ist es besser«, sagte sie und drückte ihm heftig die Hand. »Das ist das einzige, das einzige, was uns geblieben ist.«

Er hatte seine Fassung wiedergewonnen und erhob den Kopf.

»Was für ein Unsinn! Was für ein sinnloses Zeug du da sprichst!«

»Nein, es ist die Wahrheit.«

»Was ist die Wahrheit?«

»Daß ich sterben werde. Ich habe es im Traum gesehen.«

»Im Traum?« wiederholte Wronskij und erinnerte sich im selben Augenblick des Bauern, der ihm im Traum erschienen war.

»Ja, im Traum«, entgegnete sie. »Ich sehe diesen Traum schon seit langer Zeit. Ich sah, wie ich in mein Schlafzimmer eilte, dort etwas holen, etwas nachsehen wollte – du weißt, wie das im Traume vorkommt –«, sprach sie voll Entsetzen mit weitaufgerissenen Augen, »und im Schlafzimmer in der Ecke sehe ich etwas stehen.«

»Ach, welch ein Unsinn! Wie kann man nur daran glauben ...«

Aber sie ließ sich nicht unterbrechen. Was sie zu sagen hatte, war zu wichtig für sie.

»Und das Etwas, das da stand, dreht sich um, und ich sehe, daß es ein Bauer ist, mit zerzaustem Bart, klein und grauenhaft. Ich wollte fliehen, aber er bückte sich über einen Sack und wühlte mit den Händen darin herum ...«

Sie zeigte, wie die Traumgestalt im Sacke gewühlt hatte. Entsetzen prägte sich auf ihrem Gesicht aus. Und Wronskij mußte an seinen Traum denken und fühlte seine Seele von dem gleichen Entsetzen erfüllt.

»Er wühlt darin herum und spricht hastig, hastig, etwas auf Französisch, und weißt du, er schnarrt das ›r‹: *il faut battre le fer, le broyer, le pétrir* ... Und ich hatte vor Furcht den Wunsch aufzuwachen und wachte auch wirklich auf ... aber ich erwachte im Traume. Und ich begann mich im Traum zu fragen, was das bedeute? Und da sagt Kornej zu mir: ›Im Wochenbett, im Wochenbett werden Sie sterben; im Wochenbett, Mütterchen ...‹ Und da erwachte ich ...«

»Was für ein Unsinn, was für ein Unsinn!« sprach Wronskij wieder. Aber er fühlte selbst, daß keine Überzeugung in seiner Stimme lag.

»Wir wollen nicht mehr davon sprechen. Klingele, ich will den Tee bestellen. Ja, warte nur, jetzt dauert es nicht mehr lange, ich ...«

Plötzlich hielt sie inne. Blitzschnell änderte sich der Ausdruck ihres Gesichts. Das Entsetzen und die Aufregung machten plötzlich einer stillen, ernsten und beglückten Aufmerksamkeit Platz. Er konnte die Bedeutung dieser Veränderung nicht verstehen. Sie hatte in ihrem Innern die Bewegung des neuen Lebens verspürt.

4

Alexej Alexandrowitsch war, nachdem er auf der Freitreppe mit Wronskij zusammengestoßen war, wie er beabsichtigt hatte, in die italienische Oper gefahren. Er saß dort zwei Akte ab und sah alle diejenigen, die er hatte treffen wollen. Nach Hause zurückgekehrt, musterte er aufmerksam den Kleiderständer, und als er sah, daß dort kein Uniformmantel hing, begab er sich, wie gewöhnlich, in seine Wohnräume. Aber gegen seine Gewohnheit legte er sich nicht zu Bett, sondern ging bis drei Uhr nachts in seinem Arbeitszimmer auf und ab. Der Zorn gegen seine Frau, die den Anstand nicht wahren und die einzige von ihm gestellte Bedingung nicht erfüllen wollte – ihren Liebhaber nicht bei sich zu empfangen – ließ ihm keine Ruhe. Sie hatte seine Forderung nicht erfüllt, und er mußte sie jetzt strafen und seine Drohung ausführen – die Ehescheidung verlangen und ihr den Sohn nehmen. Er kannte alle Schwierigkeiten, die mit einer solchen Angelegenheit verknüpft waren; aber er hatte gesagt, daß er es tun würde, und jetzt mußte er seine Drohung ausführen. Gräfin Lydia Iwanowna hatte ihm gegenüber darauf angespielt, daß dies der beste Ausweg aus seiner Lage wäre; und in der letzten Zeit hatte die praktische Durchführung von Ehescheidungen eine solche Ausbildung erlangt, daß Alexej Alexandrowitsch die Möglichkeit sah, die entgegenstehenden formellen Schwierigkeiten zu überwinden. Überdies kommt ein Unglück selten allein, und so hatten auch die Fragen über die Ansiedlung der Fremdvölker und die Bewässerung der Felder im Saraischen Gouvernement für Alexej Alexandrowitsch so viele Unannehmlichkeiten dienstlicher Art zur Folge gehabt, daß er sich in der letzten Zeit in äußerster Aufregung befand.

Er schlief die ganze Nacht nicht, und sein Zorn, der sich bis zur Maßlosigkeit steigerte, hatte am Morgen die äußerste Grenze erreicht. Er kleidete sich hastig an und ging zu seiner Frau, sobald er erfahren hatte, daß sie aufgestanden war, indem er gleichsam die volle Schale seines Zornes in Händen trug und sich fürchtete, etwas davon zu verschütten, um nicht zugleich mit dem Zorn auch die Energie zu verlieren, die er für die bevorstehende Auseinandersetzung nötig hatte.

Anna, die doch ihren Mann so gut zu kennen glaubte, war, als er bei ihr eintrat, von seinem Aussehen überrascht. Seine Stirn war gerunzelt, die Augen blickten düster vor sich hin und vermieden ihren Blick; seine Lippen waren fest und verächtlich zusammengepreßt. In seinem Gang, in jeder Gebärde, im Klang seiner Stimme sprach sich eine Entschlossenheit und Festigkeit aus, wie seine Frau sie noch nie an ihm wahrgenommen hatte. Er trat ins Zimmer und ging, ohne sie zu begrüßen, gerade auf ihren Schreibtisch zu, nahm die Schlüssel und öffnete eine Schublade.

»Was wollen Sie?« schrie sie auf.

»Die Briefe ihres Liebhabers«, sagte er.

»Sie sind nicht hier«, versetzte sie und schloß die Schublade; aber an dieser Bewegung sah er, daß er richtig geraten hatte; er stieß rauh ihre Hand zurück und ergriff schnell eine Briefmappe, in der sie, wie er wußte, ihre wichtigsten Papiere zu verwahren pflegte. Sie wollte ihm die Mappe entreißen, aber er stieß sie zurück.

»Setzen Sie sich! Ich habe mit Ihnen zu reden«, begann er und nahm die Mappe unter den Arm, die er mit dem Ellbogen so stark an sich preßte, daß seine Schulter sich in die Höhe hob.

Sie sah ihn voller Verwunderung und Zagen schweigend an.

»Ich habe Ihnen gesagt, daß ich Ihnen nicht erlaube, Ihren Liebhaber hier zu empfangen.«

»Ich mußte ihn sehen, um …«

Sie hielt inne, weil sie keine Ausrede fand.

»Ich will mich in bezug auf die Frage, weshalb eine Frau ihren Geliebten sehen muß, nicht auf Einzelheiten einlassen.«

»Ich wollte, ich wollte nur ...«, sagte sie, heftig errötend. Aber seine Grobheit reizte sie und verlieh ihr Mut. »Fühlen Sie wirklich nicht, wie leicht es für Sie ist, mich zu beleidigen?« setzte sie hinzu.

»Beleidigen kann man einen ehrlichen Mann und eine ehrliche Frau; aber einem Diebe sagen, daß er ein Dieb ist, das ist nur *la constation d'un fait*.«

»Diesen neuen Zug von Härte habe ich an Ihnen noch nicht gekannt.«

»Sie nennen es Härte, daß ein Mann seiner Gattin volle Freiheit läßt, daß er sie unter den Schutz seines ehrlichen Namens stellt, unter der einzigen Bedingung, den Anstand zu wahren. Ist das Härte?«

»Es ist schlimmer als Härte, es ist eine Gemeinheit, wenn Sie es denn wissen wollen«, rief Anna in Wut ausbrechend und erhob sich, um das Zimmer zu verlassen.

»Nein!« schrie er mit seiner kreischenden Stimme, die jetzt noch einen Ton höher als gewöhnlich klang; er faßte sie mit seinen großen Fingern so fest bei der Hand, daß das Armband, auf das er dabei gedrückt hatte, rote Spuren darauf zurückließ und drängte sie gewaltsam auf ihren Sitz zurück.

»Gemeinheit? Wenn Sie dieses Wort gebrauchen wollen, so ist es eine Gemeinheit – Mann und Kind um eines Liebhabers willen zu verlassen und doch das Brot dieses Mannes zu essen!«

Sie senkte den Kopf. Nicht nur, daß sie nicht aussprach, was sie gestern dem Geliebten gesagt hatte – daß *er* allein in Wahrheit ihr Gatte sei, und daß ihr Gatte im Hause überflüssig sei; sie dachte nicht einmal daran. Sie fühlte die ganze Berechtigung seiner Worte und versetzte nur leise: »Sie können meine Lage nicht schlimmer schildern, als ich sie selber auffasse; aber weshalb sagen Sie mir das alles?«

»Weshalb ich das sage, weshalb?« fuhr er ebenso zornig fort. »Damit Sie wissen: daß ich, da Sie meinen Willen hinsichtlich der Wahrung des äußeren Anstandes nicht erfüllt haben, Maßregeln treffen werde, um dieser Lage ein Ende zu machen.«

»Bald, sehr bald wird sie ohnedies ein Ende nehmen –«, entgegnete sie, und wieder traten ihr bei dem Gedanken an den nahen Tod, den sie jetzt herbeisehnte, Tränen in die Augen.

»Sie wird früher ein Ende nehmen, als Sie mit Ihrem Liebhaber ausgemacht haben! Sie brauchen Befriedigung Ihrer tierischen Leidenschaft ...«

»Alexej Alexandrowitsch! Ich sage nicht, daß es nicht großmütig ist, es ist nicht einmal anständig – einen Wehrlosen zu schlagen.«

»Ja, Sie denken nur an sich! Aber die Leiden eines Mannes, der Ihr Gatte war, um die kümmern Sie sich nicht. Es ist Ihnen gleichgültig, daß sein ganzes Leben zerstört ist, gleichgültig, was er el ... el ... elduldet hat!«

Alexej Alexandrowitsch sprach so schnell, daß er zu stammeln begann und dies letzte Wort trotz aller Mühe nicht aussprechen konnte. Endlich brachte er »elduldet« heraus. Sie fand dies komisch und schämte sich in demselben Moment, daß ihr irgend etwas in diesem Augenblick lächerlich erscheinen konnte. Und zum erstenmal regte sich in ihr einen Augenblick ein Gefühl für ihn, zum erstenmal versetzte sie sich in seine Lage und sie empfand Mitleid mit ihm. Was aber konnte sie sagen oder tun? Sie senkte den Kopf und schwieg. Auch er schwieg eine Zeitlang und fing dann von neuem zu sprechen an. Er tat dies aber jetzt mit einer weniger kreischenden, ruhigen Stimme, wobei er seine Worte willkürlich, ohne sich nach ihrem Sinne zu richten, betonte.

»Ich bin gekommen, um Ihnen zu sagen –«, begann er.

Sie warf ihm einen Blick zu. »Nein, das ist mir nur so vorgekommen«, sagte sie sich bei dem Gedanken an seinen Gesichtsausdruck, als er das Wort »elduldet« hervorstammelte, »nein, kann denn ein Mann mit diesen trüben Augen, dieser selbstzufriedenen Ruhe irgend etwas fühlen?«

»Ich kann nichts daran ändern«, flüsterte sie.

»Ich bin gekommen, um Ihnen zu sagen, daß ich morgen nach Moskau reise und dies Haus nicht wieder betreten werde; Sie werden über meine Beschlüsse durch einen Rechtsanwalt unterrichtet werden, den ich mit der Einleitung der Scheidungsklage betrauen werde. Mein Sohn wird bei meiner Schwester untergebracht werden«, schloß Alexej Alexandrowitsch, indem er sich mit Anstrengung ins Gedächtnis zurückrief, was er über den Sohn zu sagen hatte.

»Sie benutzen Serjosha, um mir weh zu tun –«, gab sie zurück und blickte mit gesenktem Kopfe zu ihm auf. »Sie lieben ihn nicht ... Lassen Sie Serjosha hier!«

»Ja, ich habe sogar meine Liebe zu meinem Sohne verloren, weil mit ihm mein Abscheu vor Ihnen verknüpft ist. Aber nichtsdestoweniger nehme ich ihn Ihnen fort. Leben Sie wohl.«

Und er wandte sich zum Gehen; jetzt aber hielt sie ihn zurück.

»Alexej Alexandrowitsch, lassen Sie mir Serjosha!« flüsterte sie noch einmal. »Ich habe weiter nichts zu sagen. Lassen Sie mir Serjosha, bis ... Ich werde bald Mutter werden, lassen Sie ihn mir!« Alexej Alexandrowitsch wurde feuerrot, riß seine Hand aus der ihren und verließ schweigend das Zimmer.

5

Das Wartezimmer des berühmten Petersburger Rechtsanwalts war voll von Klienten, als Alexej Alexandrowitsch hereintrat. Drei Damen – eine alte, eine junge und eine Kaufmannsfrau; drei Herren – ein deutscher Bankier mit einem großen Siegelring am Finger, ein russischer Kaufmann mit langem Bart und ein verdrießlich dreinschauender Beamter in kleiner Uniform mit dem Kreuz am Halse – warteten offenbar schon seit längerer Zeit. Zwei Angestellte saßen schreibend und mit den Federn kratzend an ihren Tischen. Das Schreibgerät – Alexej Alexandrowitsch war ein Liebhaber von Schreibgerätschaften – war ungewöhnlich schön. Er konnte nicht umhin, dies zu bemerken. Einer der Schreiber wandte sich ohne aufzustehen mit verdrießlicher Miene Alexej Alexandrowitsch zu.

»Was ist Ihnen gefällig?«

»Ich habe mit dem Herrn Rechtsanwalt zu sprechen.«

»Der Herr Rechtsanwalt ist beschäftigt«, gab der Angestellte in strengem Tone zur Antwort, zeigte mit der Feder auf die wartenden Personen und fuhr dann zu schreiben fort.

»Vielleicht findet er etwas Zeit für mich?« fragte Alexej Alexandrowitsch.

»Er hat keine freie Zeit, er ist immer beschäftigt. Wollen Sie gefälligst warten.«

»Dann haben Sie vielleicht die Güte, meine Karte zu übergeben«, versetzte Alexej Alexandrowitsch würdevoll, da er die Notwendigkeit einsah, sein Inkognito aufzugeben.

Der Schreiber nahm die Karte in Empfang, deren Inhalt ihn offenbar befriedigte, und wandte sich der Tür zu.

Alexej Alexandrowitsch war im Prinzip ein Anhänger des öffentlichen Gerichtsverfahrens; aber verschiedene Einzelheiten bei der Anwendung dieses Verfahrens in Rußland fanden auf Grund gewisser ihm bekannter, höherer dienstlicher Erwägungen seine Billigung nicht, und er verurteilte dies, so weit es ihm überhaupt möglich war, etwas, was die allerhöchste Zustimmung gefunden hatte, zu verurteilen. Sein ganzes Leben war im Verwaltungsdienst verlaufen, wenn er daher irgend etwas mißbilligte, so wurde diese Mißbilligung bei ihm durch das Bewußtsein gemildert, daß einerseits jeder Sache notwendigerweise Mängel anhaften müßten, während andererseits stets die Möglichkeit irgendwelcher Verbesserungen gegeben sei. In bezug auf die neue Gerichtsordnung billigte er die Rechte nicht, welche dem Anwaltsstande eingeräumt worden waren. Aber er hatte bis jetzt mit dem Anwaltsstande nichts zu schaffen gehabt, und darum war seine Mißbilligung rein theoretischer Natur; jetzt aber wurde diese Mißbilligung durch den unangenehmen Eindruck verstärkt, den er im Empfangszimmer des Rechtsanwalts davongetragen hatte.

»Der Herr Rechtsanwalt werden sofort kommen«, meldete der Schreiber, und in der Tat tauchte zwei Minuten später in der Tür die lange Gestalt eines alten Zöglings der Petersburger höheren Rechtsschule auf, und hinter ihm der Anwalt selbst, mit dem jener eine Beratung gehabt hatte.

Der Rechtsanwalt war ein kleiner, gedrungener, kahlköpfiger Mann mit rötlich-schwarzem Barte, hellen, langgezeichneten Brauen und überhängender Stirn. Er war geschniegelt wie ein Mensch, der auf Freiersfüßen geht, von der Krawatte und doppelten Uhrkette bis zu den Lackstiefeln. Sein Gesicht hatte einen klugen und männlichen Ausdruck, der Anzug aber war geckenhaft und von schlechtem Geschmack.

»Darf ich bitten«, sagte der Rechtsanwalt, indem er sich zu Alexej Alexandrowitsch wandte. Er ließ Karenin mit finsterer Miene den Vortritt, folgte ihm und schloß die Tür.

»Wollen Sie gefälligst Platz nehmen?« Er wies auf einen Sessel, neben dem mit Papieren bedeckten Schreibtisch und nahm selbst, gleichsam als Vorsitzender auf dem Stuhl vor der Mitte des Tisches Platz, während er die kleinen Hände mit den kurzen, mit weißen Härchen bewachsenen Fingern gegeneinander rieb und den Kopf auf eine Seite neigte. Kaum hatte er sich zurechtgesetzt, als eine Motte über den Tisch flog. Mit einer Schnelligkeit, die man nie von ihm erwartet hätte, löste der Advokat die Hände, fing die Motte und nahm dann wieder seine frühere Stellung ein.

Alexej Alexandrowitsch folgte mit den Augen verwundert der Bewegung des Rechtsanwalts und sagte dann: »Bevor ich von meiner Angelegenheit zu sprechen beginne, muß ich bemerken, daß das, was ich Ihnen zu sagen habe, ein Geheimnis bleiben muß.« Ein kaum merkliches Lächeln verzog den rötlichen herabhängenden Schnurrbart des Anwalts.

»Ich wäre kein Rechtsanwalt, wenn ich die mir anvertrauten Geheimnisse nicht zu bewahren wüßte. Aber wenn Sie eine besondere Versicherung wünschen …«

Alexej Alexandrowitsch blickte ihm ins Gesicht und sah, wie die grauen, klugen Augen lachten, als ob sie bereits alles wüßten.

»Sie kennen meinen Namen?« fuhr Alexej Alexandrowitsch fort.

»Ich kenne Sie und Ihre gemeinnützige –« hier fing er wieder eine Motte – »Tätigkeit, wie jeder Russe«, erwiderte der Anwalt mit einer Verbeugung.

Alexej Alexandrowitsch seufzte auf und nahm all seinen Mut zusammen. Aber sein Entschluß stand unerschütterlich fest, und so fuhr er denn mit seiner hohen Stimme, ohne in Verlegenheit zu geraten, und ohne zu stocken, einzelne Worte stärker betonend, fort.

»Ich habe das Unglück«, begann er, »ein betrogener Gatte zu sein, und wünsche die Verbindung mit meiner Frau gesetzlich zu lösen, das heißt, mich von ihr zu scheiden; das soll aber in der Weise geschehen, daß mein Sohn nicht der Mutter zugesprochen wird.«

Die grauen Augen des Anwalts bemühten sich, nicht zu lachen, aber sie tanzten vor ununterdrückbarer Freude, und Alexej Alexandrowitsch sah, daß dies nicht allein die Freude eines Menschen war, der einen vorteilhaften Auftrag erhält – das war der Ausdruck des Triumphes, des Entzückens, es war ein Aufleuchten, das dem unheilkündenden Glanze glich, den er in den Augen seiner Frau gesehen hatte.

»Sie wünschen meinen Beistand zur Erlangung der Scheidung?«

»Ja, eben dies; aber ich muß Ihnen von vornherein bemerken, daß ich Gefahr laufe, Ihre Aufmerksamkeit möglicherweise umsonst in Anspruch zu nehmen. Ich bin zunächst nur gekommen, um mich vorläufig mit Ihnen zu beraten. Ich wünsche die Scheidung; aber für mich sind die äußeren Bedingungen, unter denen sie sich ermöglichen läßt, von Bedeutung. Es ist möglich, daß ich, wenn diese Bedingungen mit meinen Forderungen nicht übereinstimmen, auf ein gesetzliches Vorgehen verzichten würde.«

»Oh, dies ist immer der Fall«, bemerkte der Anwalt, »und dies steht immer in Ihrem Belieben.«

Er senkte dabei den Blick auf Alexej Alexandrowitschs Füße, da er das Gefühl hatte, daß der Anblick seiner rückhaltlosen Freude seinen Klienten verletzen könnte. Da sah er eine Motte, die ihm an der Nase vorbeiflog, und zuckte schon mit der Hand; aber aus Schonung für Alexej Alexandrowitschs Lage fing er sie nicht.

»Obgleich mir unsere Gesetzesbestimmungen über diesen Gegenstand im allgemeinen bekannt sind«, fuhr Alexej Alexandrowitsch fort, »so möchte ich doch die Form kennenlernen, in der derartige Angelegenheiten in der Praxis durchgeführt werden.«

»Sie wünschen«, erwiderte der Rechtsanwalt, ohne die Augen zu heben und mit einem gewissen Behagen auf den Ton seines Klienten eingehend, »Sie wünschen, daß ich Ihnen die verschiedenen Mittel darlege, durch die sich die Ausführung Ihres Vorhabens ermöglichen läßt?«

Und auf das bejahende Kopfnicken von Alexej Alexandrowitsch fuhr er in seiner Rede fort, während er nur bisweilen und ganz flüchtig auf seinen Klienten blickte, dessen Gesicht sich mit roten Flecken bedeckte.

»Nach unseren Gesetzen«, begann er mit einem leichten Schatten von Mißbilligung dieser Gesetze, »ist eine Scheidung in folgenden, Ihnen wahrscheinlich bekannten Fällen möglich ... Warten!« wandte er sich an seinen Gehilfen, der den Kopf zur Tür hereinsteckte, stand aber doch auf, sagte einige Worte und nahm dann wieder Platz. »In folgenden Fällen: bei physischen Mängeln eines der beiden Gatten; bei fünfjähriger Abwesenheit ohne irgendwelche Benachrichtigung –« er bog den kurzen, mit Härchen bewachsenen Finger ein – »ferner bei Ehebruch.« (Dieses Wort schien er mit sichtlichem Behagen auszusprechen.) »Hier bei gibt es folgende Unterabteilungen (er fuhr fort, die dicken Finger einzubiegen, obgleich die einzelnen Fälle und deren Unterabteilungen sich offenbar nicht zusammen klassifizieren ließen): physische Fehler des Gatten oder der Ehefrau, ferner Ehebruch seitens des Gatten oder der Ehefrau –« Da ihm jetzt alle Finger ausgegangen waren, so bog er sie wieder alle gerade und fuhr dann fort: »Dies sind die theoretischen Grundlagen; aber ich nehme an, daß Sie mir die Ehre Ihres Besuches erwiesen haben, um die praktische Anwendung kennenzulernen. Und darum muß ich Ihnen auf Grund von früheren tatsächlichen Fällen darlegen, daß alle Scheidungsfälle auf folgendes hinauslaufen: – physische Mängel kommen bei Ihnen, soviel ich sehen kann, nicht in Frage und ebensowenig die Tatsache des Verschollenseins …?«

Alexej Alexandrowitsch neigte bejahend den Kopf.

»Auf folgendes hinauslaufen«, fuhr er fort: »Ehebruch eines der Gatten und Überführung des schuldigen Teiles nach gegenseitiger Übereinkunft; ohne eine solche Übereinkunft bleibt die unfreiwillige Überführung. – Ich muß bemerken, daß dieser letzte Fall in der Praxis sehr selten vorkommt –«, sagte der Anwalt, indem einen flüchtigen Blick auf Alexej Alexandrowitsch warf. Dann verstummte er wie ein Pistolenverkäufer, der die Vorzüge der einen oder der anderen Waffe beschrieben hat und jetzt die Wahl des Käufers abwartet. Allein Alexej Alexandrowitsch schwieg, und darum fuhr der Rechtsanwalt in seiner Rede fort: »Das gebräuchlichste und einfachste und, wie ich meine, auch vernünftigste Mittel ist der Ehebruch auf Grund gegenseitiger Übereinkunft. Ich hätte mir nicht erlaubt, mich in dieser Weise auszudrücken, wenn ich es mit einem geistig weniger entwickelten Menschen zu tun hätte«, schloß der Anwalt seine Rede, »aber ich darf wohl annehmen, daß Ihnen dies völlig verständlich ist.«

Alexej Alexandrowitsch befand sich jedoch in einer so peinlichen Gemütsstimmung, daß er nicht sogleich imstande war, das Vernunftsgemäße des Ehebruchs auf Grund gegenseitiger Übereinkunft zu begreifen; und dieser Mangel an Verständnis kam in seinem Blicke zum Ausdruck; der Anwalt kam ihm jedoch sofort zu Hilfe.

»Zwei Menschen können nicht länger zusammen leben – das ist die Tatsache, von der wir ausgehen. Und wenn beide hierin einig sind, so können die Einzelheiten und Formalitäten nicht mehr in Betracht kommen. Und obendrein ist dies das einfachste und sicherste Mittel.«

Alexej Alexandrowitsch hatte jetzt vollkommen verstanden. Aber er huldigte gewissen religiösen Anschauungen, die ihm eine solche Maßregel als unannehmbar erscheinen ließen.

»Dies ist im gegenwärtigen Falle ausgeschlossen«, sagte er. »Hier ist nur ein Fall möglich: die unfreiwillige Überführung auf Grund von Briefen, die sich in meinem Besitze befinden.«

Bei der Erwähnung von Briefen preßte der Anwalt die Lippen zusammen und ließ einen feinen Laut ertönen, der wie der Ausdruck von Mitleid und Geringschätzung klang.

»Wollen Sie gütigst folgendes beachten«, begann er. »Angelegenheiten dieser Art werden, wie Ihnen bekannt ist, von der geistlichen Behörde entschieden; die Protopopen aber sind in solchen Dingen große Liebhaber der genauesten Einzelheiten«, setzte er mit einem Lächeln hinzu, das ein gewisses Verständnis für diesen Geschmack der Protopopen durchblicken ließ. »Die Briefe können zweifellos zum Teil als Beweis dienen; überführende Beweise aber können nur auf direktem Wege, das heißt durch Zeugen, beigebracht werden. Überhaupt, wenn Sie mir die Ehre erweisen, mich Ihres Vertrauens zu würdigen, so überlassen Sie mir die Wahl der Mittel, zu denen gegriffen werden muß. Wer den Zweck will, der muß auch die Mittel wollen.«

»Wenn es so steht...«, begann Alexej Alexandrowitsch, indem er plötzlich erblaßte; aber im selben Augenblick erhob sich der Anwalt und trat wieder an die Tür zu seinem Gehilfen, der ihn mitten im Satz unterbrach.

»Sagen Sie ihr, daß hier kein Trödelkram ist!« sagte er und kehrte dann zu Alexej Alexandrowitsch zurück.

Bevor er seinen Platz wieder einnahm, fing er unbemerkt noch rasch eine Motte. »Mein Rips wird im Sommer schön aussehen!« dachte er und runzelte die Stirn.

»Also, Sie beliebten zu sagen...«, fragte er.

»Ich werde Ihnen meinen Entschluß brieflich mitteilen«, versetzte Alexej Alexandrowitsch, indem er aufstand und sich auf den Tisch stützte. Nachdem er eine Zeitlang schweigend dagestanden hatte, sagte er: »Aus Ihren Worten kann ich also schließen, daß eine Durchführung der Scheidung möglich ist. Ich möchte Sie nur noch bitten, mir Ihre Bedingungen mitzuteilen.«

»Möglich ist alles, wenn Sie mir volle Freiheit des Handelns lassen«, erwiderte der Anwalt, ohne auf die letzte Frage zu antworten. »Wann kann ich darauf rechnen, von Ihnen benachrichtigt zu werden?« fragte er dann, indem er sich zur

Türe wandte, wobei seine Augen ebenso blitzten wie seine schwarzen Lackstiefel.

»In einer Woche. Und Sie würden dann vielleicht die Güte haben, mir mitzuteilen, ob und unter welchen Bedingungen Sie in dieser Angelegenheit die Vermittlung übernehmen wollen.«

»Sehr wohl.«

Der Rechtsanwalt verbeugte sich ehrerbietig, geleitete seinen Klienten bis zur Tür und überließ sich dann, nachdem er allein geblieben war, seinem freudigen Gefühle. Es war ihm so wohl zumute, daß er ganz gegen seine Grundsätze der feilschenden Dame ein geringeres Honorar bewilligte und sogar aufhörte, Motten zu fangen; auch faßte er den endgültigen Entschluß, im nächsten Winter die Möbel mit Samt überziehen zu lassen, damit sie so wären wie bei Sigonin.

6

Alexej Alexandrowitsch erfocht in der Kommissionssitzung vom 17. August einen glänzenden Sieg; aber die Folgen dieses Sieges legten ihn lahm. Die neue Kommission, welche die Fremdvölkerfrage nach allen Richtungen hin prüfen sollte, wurde eingesetzt und an Ort und Stelle geschickt, und zwar geschah dies mit einer ungewöhnlichen, von Alexej Alexandrowitsch angefachten Schnelligkeit und Energie. Nach drei Monaten war der Rechenschaftsbericht eingeliefert. Die Daseinsbedingungen der Fremdvölker waren geprüft worden und zwar in politischer, administrativer, ökonomischer, materieller und religiöser Beziehung. Auf alle Fragen waren vortrefflich ausgearbeitete Antworten erfolgt, und diese Antworten konnten keinem Zweifel mehr unterliegen, da sie nicht ein Ergebnis des immerhin dem Irrtum unterworfenen menschlichen Verstandes, sondern ein Ergebnis der dienstlichen Tätigkeit waren. All diese Antworten beruhten auf amtlichen Feststellungen, auf Berichten von Gouverneuren und kirchlichen Würdenträgern, die auf den Berichten der Bezirksvorsteher und Bischöfe beruhten, denen ihrerseits wieder die Berichte der Bezirksbeamten und der Gemeindeprediger zu Grunde lagen; und aus diesen Gründen waren alle diese Antworten über jeden Zweifel erhaben. Alle Fragen, welche, wie zum Beispiel die Frage, weshalb Mißernten eintreten, weshalb die Einwohner an ihren Konfessionen hängen usw., ohne die bequeme Mitwirkung der dienstlichen Maschine nicht gelöst werden können und Jahrhunderte hindurch nicht gelöst werden konnten, erfuhren eine klare, nicht anzuzweifelnde Beantwortung. Und die Entscheidung war zu Gunsten der Ansicht, die Alexej Alexandrowitsch ausgesprochen hatte. Strjemow aber, der in der letzten Sitzung an einer wunden Stelle getroffen worden war, wandte beim Eintreffen des Kommissionsberichtes eine für Alexej Alexandrowitsch unerwartete Taktik an. Er ging nämlich plötzlich, nachdem er einige Komiteemitglieder für sich gewonnen hatte, auf Alexej Alexandrowitschs Seite über und verteidigte nicht nur mit Feuer die Einführung und Anwendung der von Karenin vorgeschlagenen Maßregeln, sondern stellte auch noch andere Anträge, die sich zwar in derselben Richtung bewegten, aber ins Extrem getrieben waren. Diese Maßregeln bedeuteten im Vergleich mit den Gedanken, die Karenins Vorgehen zu Grunde gelegen hatten, eine erhebliche Verschärfung; sie wurden angenommen und hier erst enthüllte sich Strjemows Taktik. Auf die Spitze getrieben, erwiesen sich diese Maßnahmen plötzlich als so unsinnig, daß sowohl die höheren Regierungsbeamten als auch die öffentliche Meinung, kluge Frauen und die Zeitungen – sich sämtlich gegen diese Maßnahmen wandten und ihrer Entrüstung sowohl gegen diese, als auch gegen ihren anerkannten Urheber, Alexej Alexandrowitsch, Ausdruck gaben. Strjemow trat in den Hintergrund zurück und gab sich den Anschein, als sei er dem von Karenin vorgezeichneten Wege blindlings gefolgt und jetzt selbst über das erstaunt und aufgebracht, was geschehen war. Dadurch wurde Alexej Alexandrowitsch lahm gelegt. Aber trotz seiner angegriffenen Gesundheit, trotz seiner Familienkümmernisse ergab er sich noch nicht. In der

Kommission vollzog sich eine Spaltung. Die einen, mit Strjemow an der Spitze, rechtfertigten ihren Fehler damit, daß sie der von Alexej Alexandrowitsch geleiteten Revisions-Kommission und ihren Berichten vertraut hätten, und sie erklärten jetzt, daß die Berichte dieser Kommission nichts als dummes Zeug und beschriebenes Papier bedeuteten. Alexej Alexandrowitsch und mit ihm eine Gruppe von Leuten, die die Gefahr einer solchen revolutionären Erhebung gegen die Autorität amtlicher Papiere einsahen, hielten nach wie vor die von der Revisions-Kommission ausgearbeiteten Belege aufrecht. Die Folge davon war, daß in den höheren Sphären und sogar in der Gesellschaft alles durcheinander geriet, und daß ungeachtet des allseitigen lebhaftesten Interesses niemand zu verstehen vermochte, ob die Fremdvölker in Wirklichkeit Not litten und mit dem Untergange kämpften, oder sich in blühendem Zustand befänden. Alexej Alexandrowitschs Stellung wurde infolgedessen, und zum Teil auch infolge der Mißachtung, die ihn wegen der Untreue seiner Frau traf, aufs äußerste erschüttert. In dieser Lage faßte nun Alexej Alexandrowitsch einen wichtigen Entschluß. Zur Verwunderung der Kommission erklärte er, daß er die Bewilligung einholen wolle, sich selbst behufs Prüfung der Angelegenheit an Ort und Stelle zu begeben. Und nachdem er die Bewilligung erhalten hatte, begab sich Alexej Alexandrowitsch nach den ferngelegenen Gouvernements.

Alexej Alexandrowitschs Abreise machte viel Lärm, um so mehr, als er unmittelbar vorher offiziell und schriftlich die Reisegelder zurückwies, die ihm für zwölf Pferde bis zum Bestimmungsort ausgesetzt worden waren.

»Ich finde, daß dies höchst anständig von ihm ist«, sagte in bezug darauf Betsy zur Fürstin Mjachkaja. »Wozu braucht man Gelder für Postpferde, wo jedermann weiß, daß es jetzt überall Eisenbahnen gibt?«

Fürstin Mjachkaja war damit jedoch nicht einverstanden, und die von der Fürstin Iwerskaja ausgesprochene Ansicht erregte sogar ihren Unwillen.

»Sie haben gut reden«, sagte sie, »im Besitz von Ihren, ich weiß nicht wie vielen Millionen; mir aber ist es sehr lieb, wenn mein Mann im Sommer seine Revisionsreise macht. Es ist für ihn sehr gesund und ist ihm sehr lieb, eine kleine Reise zu machen, und bei mir ist es schon so eingeführt, daß wir für dies Geld die Equipage und den Kutscher halten.«

Auf seiner Reise in die ferngelegenen Gouvernements machte Alexej Alexandrowitsch auf drei Tage in Moskau Halt.

Am Tage nach seiner Ankunft fuhr er zum Generalgouverneur, um ihm seinen Besuch zu machen. An der Kreuzung bei der Zeitungsgasse, wo sich stets Wagen und Mietkutschen drängen, hörte Alexej Alexandrowitsch sich plötzlich beim Namen gerufen, und zwar von einer so lauten und fröhlichen Stimme, daß er sich unwillkürlich umsah. An der Ecke des Bürgersteiges stand in kurzem, modischen Paletot, mit niedrigem, modischem, tief aufgesetztem Hut auf einem Ohr, mit einem fröhlichen Lächeln, das die weißen Zähne zwischen den roten Lippen entblößte, lustig, jung und strahlend – Stjepan Arkadjewitsch, der entschieden und dringend den Kutscher anrief und ihm zu halten befahl. Er stand da, die eine Hand auf das Fenster eines an der Ecke haltenden Wagens gestützt, aus dem ein Damenkopf in einem Samthut und zwei Kinderköpfchen herausschauten, und lächelte und winkte dem Schwager mit der andern Hand zu. Auch die Dame lächelte freundlich und winkte Alexandrowitsch zu. Es war Dolly mit den Kindern.

Alexej Alexandrowitsch hatte niemanden in Moskau sehen wollen, am wenigsten aber den Bruder seiner Frau. Er lüftete den Hut und wollte weiterfahren; Stjepan Arkadjewitsch aber befahl dem Kutscher zu halten und lief über den Schnee an den Wagen heran.

»Wie, schämst du dich nicht, mir nichts sagen zu lassen? Bist du schon lange hier? Ich war gestern abend bei Duffot und sehe an der Zimmertafel ›Karenin‹; aber ich kam gar nicht auf den Gedanken, daß du das seiest!« sagte Stjepan Arkadjewitsch indem er den Kopf durch das Wagenfenster steckte. »Sonst wär' ich zu dir gekommen. Wie freut es mich, dich zu sehen!« fuhr er fort, während er einen Fuß gegen den andern schlug, um den Schnee abzuklopfen. »Es ist sündhaft, daß du mir nichts hast sagen lassen!« wiederholte er dann.

»Ich hatte keine Zeit, ich bin sehr beschäftigt«, erwiderte Alexej Alexandrowitsch trocken.

»So komm doch zu meiner Frau herüber, sie möchte dich so gern sehen.«

Alexej Alexandrowitsch wickelte das Plaid los, das er um seine leicht frierenden Füße gehüllt hatte, stieg aus dem Wagen und arbeitete sich durch den Schnee zu Darja Alexandrowna hinüber.

»Aber Alexej Alexandrowitsch, wie kommt es nur, daß Sie uns so vernachlässigen?« sagte Dolly lächelnd.

»Ich war sehr beschäftigt. Es freut mich sehr, Sie zu sehen«, erwiderte er in einem Tone, aus dem deutlich hervorging, daß er höchst ärgerlich darüber sei. »Wie befinden Sie sich?«

»Und was macht meine liebe Anna?«

Alexej Alexandrowitsch brummte etwas Unverständliches vor sich hin und schickte sich an hinwegzutreten. Aber Stjepan Arkadjewitsch hielt ihn fest.

»Weißt du, was wir morgen tun wollen? Dolly, lade ihn zum Diner ein! Wir laden noch Kosnyschew und Pjeszow ein, um ihm unsere Moskauer Intelligenz vorzuführen.«

»Also kommen Sie bitte auf alle Fälle«, sagte Dolly, »wir werden Sie um fünf, um sechs Uhr erwarten, wie Sie wollen. Nun, was macht meine liebe Anna? Wie lange …«

»Sie ist gesund«, brummte Alexej Alexandrowitsch mit finsterer Miene. »Es hat mich sehr gefreut!« und er wandte sich zu seinem Wagen zurück.

»Also Sie kommen?« rief ihm Dolly nach.

Alexej Alexandrowitsch sagte etwas, was Dolly im Lärm des davonrollenden Wagens nicht verstehen konnte. »Ich komme morgen zu dir!« rief ihm noch Stjepan Arkadjewitsch nach.

Alexej Alexandrowitsch setzte sich in seinen Wagen und drückte sich in die Ecke, so daß er nichts sehen und nicht gesehen werden konnte.

»Ein sonderbarer Mensch!« bemerkte Stjepan Arkadjewitsch zu seiner Frau; dann warf er einen Blick auf seine Uhr, machte vor dem Gesicht eine Handbewegung, die eine Liebkosung für Frau und Kinder bedeuten sollte, und ging jugendlichen Schrittes auf dem Trottoir weiter.

»Stiwa! Stiwa!« rief ihm Dolly errötend nach.

Er wandte sich um.

»Ich muß ja für Grischa und Tanja einen Paletot kaufen. Gib mir doch Geld!«

»Nicht nötig, sag nur, daß ich's bezahlen werde!« Und er verschwand, nachdem er noch einem vorbeifahrenden Bekannten lustig zugenickt hatte.

7

Der folgende Tag war ein Sonntag. Stjepan Arkadjewitsch begab sich ins »große Theater« zur Ballettprobe, wo er Mascha Tschibissowa, einer hübschen, neuerdings dank seiner Protektion engagierten Tänzerin, die Korallenschnur, die er ihr am Abend vorher versprochen hatte, überreichte, und hinter den Kulissen in der tagsüber herrschenden Dunkelheit des Theaters Gelegenheit fand, auf ihr hübsches, durch die Freude über das Geschenk strahlendes Gesichtchen einen Kuß zu drücken. Aber er war nicht nur wegen der Korallenschnur, die er ihr zum Geschenk machen wollte, gekommen, sondern er hatte mit ihr auch noch ein Stelldichein nach dem Ballett zu verabreden. Er teilte ihr mit, daß er unmöglich zum Beginn des Ballettes da sein könnte, und versprach, zum letzten Akte zu kommen, um mit ihr dann zum Abendessen zu fahren. Aus dem Theater fuhr Stjepan Arkadjewitsch in die Markthallen, suchte dort einen Fisch und Spargel für das Mittagessen aus, und um zwölf Uhr war er schon bei Duffot, wo er drei Herren, die glücklicherweise in demselben Hotel wohnten, besuchen wollte: Ljewin, der längst aus dem Ausland zurückgekehrt und hier abgestiegen war; seinen neuen Vorgesetzten, der eben erst diesen höheren Posten angetreten hatte und jetzt zur Revision nach Moskau gekommen war;

und endlich seinen Schwager Karenin, den er durchaus zum Mittagessen mitbringen wollte.

Stjepan Arkadjewitsch war ein Freund von Diner-Einladungen, noch lieber aber gab er selbst Dinner in kleinem Kreise, ausgezeichnet durch die feine Wahl der Speisen und Getränke und der Gäste. Die Zusammenstellung des heutigen Mittagessens gefiel ihm sehr: es sollte frische Barsche geben, Spargel und als *pièce de résistance* – ein prachtvolles, aber einfaches Roastbeef, sowie die entsprechenden Weine; dies, soweit Speisen und Getränke in Betracht kamen. Was die Gäste anlangte, so sollten Kitty und Ljewin kommen, und damit dies weniger auffallend erscheine, noch eine Cousine und der junge Schtscherbazkij, und als *pièce de résistance* in bezug auf die Gäste – Sergej Kosnyschew und Alexej Alexandrowitsch. Sergej Iwanowitsch war ein Moskauer Kind und Philosoph, Alexej Alexandrowitsch war ein Petersburger und ein Mann, der mitten im praktischen Leben stand; außerdem wollte er noch den berühmten, wunderlichen Enthusiasten Pjeszow einladen, der ein Anhänger des Liberalismus, zugleich Redner, Musiker, Historiker und der liebenswürdigste fünfzigjährige Jüngling war, den man sich denken konnte – er sollte die Sauce oder die Garnierung zu Kosnyschew und Karenin bilden. Diese beiden hatte er vor aufzustacheln und sie gegeneinander zu hetzen.

Die zweite Ratenzahlung für den Wald, den er verkauft hatte, war eingetroffen und das Geld war noch nicht völlig ausgegeben; Dolly war in der letzten Zeit sehr lieb und freundlich, und der Gedanke an dieses Dinner war für Stjepan Arkadjewitsch in jeder Beziehung angenehm. Er war in der fröhlichsten Stimmung. Es gab nur zwei Umstände, die ihn etwas unangenehm berührten; aber diese beiden Umstände versanken in dem Meere gutmütigen Frohsinns, das jetzt in Stjepan Arkadjewitschs Seele hin- und herwogte. Der eine dieser beiden Umstände war der, daß er bei seiner gestrigen Begegnung mit Alexej Alexandrowitsch auf der Straße dessen kaltes und abweisendes Verhalten sehr wohl bemerkt hatte. Und wenn er Karenins Gesichtsausdruck und den Umstand, daß dieser ihn nicht aufgesucht und ihn von seiner Ankunft nicht unterrichtet hatte, mit den Gerüchten in Beziehung brachte, die ihm über Anna und Wronskij zu Ohren gekommen waren, so mußte Stjepan Arkadjewitsch zu dem Schluß gelangen, daß zwischen den Ehegatten irgend etwas nicht in der Ordnung sei.

Das war die eine Unannehmlichkeit. Die andere kleine Unannehmlichkeit bestand darin, daß der neue Vorgesetzte, wie alle neuen Vorgesetzten, bereits in dem Ruf stand, ein schrecklicher Mensch zu sein, der um sechs Uhr morgens aufstehe, wie ein Pferd arbeite und die gleiche Arbeitsleistung von seinen Untergebenen verlange. Außerdem stand dieser neue Vorgesetzte noch in dem Ruf, im Verkehr ein Bär zu sein, und er gehörte, den Gerüchten nach, einer Richtung an, die derjenigen, welcher der frühere Vorgesetzte und bis zum gegenwärtigen Zeitpunkt auch Stjepan Arkadjewitsch selber gehuldigt hatte, völlig entgegengesetzt war. Gestern war Stjepan Arkadjewitsch dienstlich in voller Uniform erschienen, und der neue Vorgesetzte war sehr liebenswürdig gewesen und hatte sich mit Oblonskij wie mit einem alten Bekannten unterhalten; darum hielt es Stjepan Arkadjewitsch für seine Pflicht, ihm jetzt im schwarzen Rock einen Besuch zu machen. Der Gedanke, daß der Vorgesetzte ihn nicht wohlwollend empfangen könne, war der andere unangenehme Umstand. Aber Stjepan Arkadjewitsch fühlte instinktiv, daß alles sich vortrefflich »machen« würde. »Alle Menschenkinder sind Sünder, wie wir selbst: weshalb sollte man sich ärgern und einander bekämpfen?« dachte er, als er das Hotel betrat.

»Guten Tag, Wassilij«, sagte er, den Hut auf einem Ohr, als er auf dem Korridor einem ihm bekannten Lakaien begegnete. »Hast du dir einen Backenbart stehen lassen? Herr Ljewin wohnt Nr. 7, nicht? Bitte, zeige mir den Weg. Und erkundige dich auch, ob Graf Anitschkin (das war der neue Vorgesetzte) mich empfangen kann?«

»Sehr wohl«, antwortete Wassilij lächelnd. »Sie sind schon lange nicht mehr hier gewesen?«

»Ich war gestern erst hier, bin aber durch die andere Einfahrt gekommen. Dies ist Nr. 7?«

Ljewin stand mit einem Bauern aus Twerj in der Mitte des

Zimmers und war gerade im Begriff, mit einer Elle ein frisches Bärenfell auszumessen, als Stjepan Arkadjewitsch eintrat.

»Ah, habt ihr einen geschossen?« rief Stjepan Arkadjewitsch. »Ein Prachtstück! Eine Bärin? Guten Tag, Archip!«

Er reichte dem Bauern die Hand und ließ sich, ohne Hut und Paletot abzunehmen, auf einen Stuhl nieder.

»So lege doch ab, bleib doch ein wenig!« sagte Ljewin indem er ihm den Hut vom Kopfe nahm.

»Nein, ich habe keine Zeit, ich bin nur auf eine Sekunde gekommen«, erwiderte Stjepan Arkadjewitsch. Er schlug den Paletot auseinander, zog ihn schließlich ganz aus und blieb eine ganze Stunde da, und sprach mit Ljewin über die Jagd und über die allerintimsten Angelegenheiten.

»Nun, sag mal, was hast du eigentlich im Auslande getrieben? Wo bist du gewesen?« begann er, als der Bauer sich entfernt hatte.

»Ich war in Deutschland, in Preußen, in Frankreich und in England, aber nicht in den Hauptstädten, sondern in Fabrikstädten, und habe viel Neues gesehen. Ich bin sehr zufrieden, daß ich dort war.«

»Ja, ich kenne deine Idee in bezug auf die Regelung der Arbeiterfrage.«

»Durchaus nicht: in Rußland kann von einer Arbeiterfrage überhaupt keine Rede sein. In Rußland handelt es sich nur um die Frage, in welcher Beziehung die Arbeiterbevölkerung zum Grund und Boden steht; dies ist zwar auch dort der Fall, dort aber ist es – Flickwerk von etwas, was bereits verdorben ist, bei uns aber …«

Stjepan Arkadjewitsch hörte ihm aufmerksam zu.

»Ja, freilich«, sagte er dann. »Es ist sehr wohl möglich, daß du recht hast. Es freut mich jedenfalls, daß du so guter Dinge bist: du fährst auf die Bärenjagd und arbeitest und interessierst dich für alles … Und doch hat mir Schtscherbazkij gesagt, – er hat dich ja getroffen – daß du so niedergeschlagen seist, immerzu vom Tode gesprochen hättest …«

»Und weshalb sollte ich das nicht? – Ich denke immerfort an den Tod«, erwiderte Ljewin. »Es ist wahr, daß es bald Zeit zum Sterben ist und daß alles, worum wir uns hier kümmern, nur dummes Zeug ist. Ich sage dir aufrichtig: ich halte meine Gedanken und meine Arbeit sehr hoch und wert; im Grunde genommen aber – das mußt du dich doch selber fragen – diese unsere ganze Welt, was ist sie? Ein Stückchen Schimmel, der sich auf einem winzigen Planeten angesetzt hat. Wir aber mit unseren Gedanken und Taten bilden uns ein, daß bei uns von irgend etwas Großem die Rede sein könne! – Das sind alles nur Sandkörnchen.«

»Das ist ja so alt wie die Welt, mein Bester!«

»Alt! aber weißt du, wenn man sich das recht klar gemacht hat, so kommt einem alles so nichtig vor. Wenn man eingesehen hat, daß man heute oder morgen sterben kann und nichts von uns übrig bleibt, so erscheint einem alles dies so nichtig! Und dabei halte ich meinen Gedanken für etwas Wichtiges; aber er erweist sich als ebenso unbedeutend, selbst wenn ich ihn durchführen könnte – wie die Erlegung dieser Bärin. So verbringt man sein Leben und zerstreut sich durch Jagd und Arbeit, nur um nicht an den Tod denken zu müssen.«

Ein feines und freundliches Lächeln umspielte Stjepan Arkadjewitschs Mund, während er ihm zuhörte.

»Na, das versteht sich doch von selbst! Damit hast du dich ja ganz zu meinem Standpunkt bekehrt; erinnerst du dich noch, wie du über mich herfielst, weil ich dieses Leben zu genießen suche? O du Sittenrichter, sei nicht so streng! …«

»Nein, nichtsdestoweniger hat ja das Leben seinen Reiz …«, Ljewin war in Verwirrung geraten. »Übrigens weiß ich nichts. Ich weiß nur, daß wir bald sterben werden.«

»Warum denn bald?«

»Und weißt du, das Leben bietet zwar weniger Genüsse, wenn man an den Tod denkt, aber man wird ruhiger.«

»Im Gegenteil, zu guter Letzt wird's immer lustiger. Übrigens ist's jetzt hohe Zeit für mich«, sagte Stjepan Arkadjewitsch und erhob sich schon zum zehnten Mal.

»Nein, bleib noch!« sagte Ljewin und hielt ihn fest. »Wann werden wir uns denn wiedersehen? Ich reise schon morgen ab.«

»Ich bin aber wirklich gelungen – und bin extra deswegen hergekommen … Du mußt nämlich unbedingt heute zu mir zum Dinner kommen. Dein Bruder wird da sein, auch mein Schwager Karenin.«

»Ist er denn hier?« fragte Ljewin und wollte sich nach Kitty erkundigen. Er hatte gehört, daß sie sich im Anfang des Winters in Petersburg bei ihrer anderen Schwester, die an einen Diplomaten verheiratet war, aufgehalten hatte, und wußte nicht, ob sie bereits zurückgekehrt sei oder nicht: dann aber bedachte er sich eines anderen. »Ob sie da ist oder nicht – mir ist's gleich –«

»Du kommst also?«

»Selbstverständlich.«

»Also um fünf Uhr und im Gehrock.«

Und Stjepan Arkadjewitsch stand auf und begab sich in das untere Stockwerk zu seinem neuen Vorgesetzten. Sein Instinkt hatte ihn nicht betrogen. Der neue schreckliche Chef erwies sich als ein sehr umgänglicher Mann, und Stjepan Arkadjewitsch frühstückte mit ihm und blieb solange, daß es bereits auf vier Uhr ging, als er sich zu Alexej Alexandrowitsch begab.

8

Alexej Alexandrowitsch hatte, nachdem er in der Messe gewesen war, den ganzen Vormittag zu Hause verbracht. An diesem Vormittag hatte er zwei Angelegenheiten zu erledigen. Erstens mußte er eine Abordnung der Fremdvölker, die sich jetzt in Moskau befand und sich nach Petersburg begeben wollte, empfangen und ihr die erforderlichen Verhaltungsmaßregeln geben; und zweitens mußte er an den Rechtsanwalt den Brief schreiben, den er ihm angesagt hatte. Die Abordnung war zwar auf die Anregung von Alexej Alexandrowitsch hin abgesandt worden, konnte aber viele Unzuträglichkeiten und sogar Gefahren herbeiführen, und Alexej Alexandrowitsch war sehr froh, daß er sie noch in Moskau angetroffen hatte. Die Mitglieder dieser Abordnung hatten nicht den geringsten Begriff von ihrer Rolle und ihren Verpflichtungen. Sie waren der naiven Überzeugung, daß ihre ganze Aufgabe darin bestünde, ihren Notstand und die gegenwärtige Lage der Dinge darzulegen und von der Regierung Hilfe zu erbitten; sie konnten es durchaus nicht begreifen, daß einige ihrer Aussagen und Forderungen geeignet seien, den Interessen der feindlichen Partei zu dienen und daher den Erfolg ihrer eigenen Bestrebungen in Frage zu stellen. Alexej Alexandrowitsch plagte sich lange mit ihnen ab. Er schrieb ihnen ein Programm auf, über das sie nicht hinausgehen sollten, und sandte, nachdem er sie entlassen hatte, noch einige Briefe nach Petersburg, um der Abordnung die Wege zu ebnen. Eine der wichtigsten Bundesgenossinnen in dieser Angelegenheit sollte die Gräfin Lydia Iwanowna sein. Deputationsangelegenheiten waren überhaupt ihre Spezialität, und niemand verstand es so gut wie sie, Leben in eine Sache zu bringen und eine Deputation in die richtigen Wege zu leiten. Nachdem diese erledigt war, schrieb Alexej Alexandrowitsch auch noch den Brief an den Rechtsanwalt. Ohne im geringsten zu schwanken, gab er ihm Vollmacht, nach seinem Gutdünken zu handeln. Diesem Brief legte er drei Briefe Wronskijs an Anna bei, die er in der von ihm beschlagnahmten Briefmappe gefunden hatte.

Seitdem Alexej Alexandrowitsch sein Haus mit der Absicht verlassen hatte, nicht mehr zu seiner Familie zurückzukehren, seitdem er bei dem Rechtsanwalt gewesen war und somit auch nur mit einem Dritten von seiner Absicht gesprochen hatte; besonders aber, seitdem er diese Angelegenheit, die sich im wirklichen Leben abspielte, zu einer Aktensache gemacht hatte – gewöhnte er sich mehr und mehr an seinen Entschluß und sah jetzt klar die Möglichkeit vor sich, ihn durchzuführen.

Er war gerade im Begriff, den Brief an den Rechtsanwalt zu versiegeln, als er den lauten Klang von Stjepan Arkadjewitschs Stimme hörte. Er stritt mit Alexej Alexandrowitschs Diener und bestand darauf, daß er ihn anmelden solle.

»Gleichviel«, dachte Alexej Alexandrowitsch, »um so besser – ich will ihn sofort über meine Stellung seiner Schwester gegenüber aufklären und ihm verständlich machen, warum ich nicht bei ihm speisen kann.«

»Ich lasse bitten!« rief er laut, indem er die Papiere zusammenschob und in die Briefmappe legte.

»Nun, siehst du, daß du mir etwas vorlügst und daß er zu Hause ist!« ertönte die Stimme von Stjepan Arkadjewitsch, der diese Worte zu dem Diener sprach, der ihn nicht hatte einlassen wollen; und Oblonskij betrat, indem er im Gehen den Paletot abnahm, das Zimmer. »Ich bin sehr froh, daß ich dich getroffen habe! Ich hoffe also ...«, begann er fröhlich.

»Ich kann unmöglich kommen«, gab Alexej Alexandrowitsch kalt zur Antwort, indem er stehen blieb und auch den Gast nicht zum Sitzen einlud.

Er hatte sich vorgenommen, von vornherein die kalten Beziehungen anzubahnen, die von nun an zwischen ihm und dem Bruder der Frau, gegen die er Scheidung beantragte, herrschen müßten; aber er hatte nicht mit dem Meer von Gutmütigkeit gerechnet, das in Stjepan Arkadjewitschs Seele die Ufer überflutete.

Dieser öffnete weit seine glänzenden, klaren Augen.

»Weshalb kannst du nicht kommen? Was willst du damit sagen?« fragte er verständnislos auf Französisch. »Nein, nun hast du's schon einmal versprochen. Und wir rechnen alle auf dich.«

»Ich will damit sagen, daß ich nicht Ihr Gast sein kann, weil die verwandtschaftlichen Beziehungen, die zwischen uns bestanden haben, aufhören müssen.«

»Wie? Ja, was heißt denn das? Warum denn? –« fragte Stjepan Arkadjewitsch mit einem Lächeln.

»Weil ich gegen Ihre Schwester, meine Frau, die Scheidungsklage einleite. Ich mußte ...«

Aber Alexej Alexandrowitsch hatte seine Rede noch nicht beendigt, als Stjepan Arkadjewitsch sich schon ganz anders verhielt, als er vorausgesetzt hatte. Er stöhnte und ließ sich in einen Sessel fallen. »Nein, Alexej Alexandrowitsch, was sagst du da nur!« rief er aus, während sich eine schmerzliche Bewegung in seinen Zügen ausprägte.

»So ist es.«

»Verzeih, aber ich kann, ich kann das nicht glauben ...«

Alexej Alexandrowitsch setzte sich ebenfalls, da er fühlte, daß seine Worte nicht die erwartete Wirkung gehabt hatten und es nun notwendig sein würde, sich auf eine nähere Auseinandersetzung einzulassen; er fühlte aber zugleich, daß, zu welchem Ergebnis auch diese Auseinandersetzung führen mochte, seine Beziehungen zu seinem Schwager unverändert bleiben würden.

»Ja, ich stehe vor der schweren Notwendigkeit, die Ehescheidung zu verlangen«, sagte er.

»Ich möchte nur das eine sagen, Alexej Alexandrowitsch. Ich kenne dich als einen vortrefflichen, gerechten Menschen; ich kenne auch Anna – verzeih mir, ich kann meine Meinung von ihr nicht ändern – ich kenne sie als ein vortreffliches, herrliches Weib, und darum verzeih mir, darum kann ich es nicht glauben. Es muß hier ein Mißverständnis vorliegen.«

»Ja, wenn es nur ein Mißverständnis wäre ...«

»Erlaube, ich begreife«, unterbrach ihn Stjepan Arkadjewitsch. – »Aber selbstverständlich ... Nur das eine bedenke: man darf nichts übereilen. Man darf sich, darf sich nicht übereilen!«

»Ich habe mich nicht übereilt«, sagte Alexej Alexandrowitsch kalt, »und in einer solchen Sache andere um Rat zu fragen, ist unmöglich. Mein Entschluß steht fest.«

»Das ist entsetzlich!« versetzte Stjepan Arkadjewitsch mit einem schweren Seufzer. »Ich würde aber doch das eine tun, Alexej Alexandrowitsch. Ich flehe dich an, tu das!« fuhr er fort. »Die Sache ist noch nicht eingeleitet, soviel ich verstanden habe. Bevor du weitergehst, suche meine Frau auf, sprich mit ihr. Sie liebt Anna, wie eine Schwester; sie liebt auch dich, und sie ist eine bewundernswürdige Frau. Um Gottes Willen, sprich mit ihr! Erweise mir diesen Freundschaftsdienst, ich flehe dich an!«

Alexej Alexandrowitsch besann sich eine Weile, und Stjepan Arkadjewitsch blickte ihn teilnahmsvoll an, ohne sein Schweigen zu unterbrechen.

»Willst du zu ihr gehen?«

»Ich weiß es nicht. Aus diesem Grunde habe ich Euch auch

nicht besucht. Ich bin der Ansicht, daß unsere Beziehungen sich jetzt ändern müssen.«

»Weshalb denn? Das sehe ich nicht ein. Laß mich glauben, daß du unabhängig von unseren verwandtschaftlichen Beziehungen für mich wenigstens einen Teil der freundschaftlichen Empfindungen hegst, die in mir stets für dich lebendig waren ... Und auch aufrichtige Hochachtung«, fuhr Stjepan Arkadjewitsch fort, indem er ihm die Hand drückte. – »Wenn sich sogar deine schlimmsten Vermutungen bewahrheiten sollten, so kann und könnte ich es niemals übers Herz bringen, die eine oder die andere Seite zu verurteilen, und ich sehe keinen Grund, weshalb unsere Beziehungen sich ändern sollten. Jetzt aber tue das und komm zu meiner Frau.«

»Wir betrachten eben die Sache verschieden«, erwiderte Alexej Alexandrowitsch kalt. »Übrigens wollen wir nicht weiter davon sprechen.«

»Nein, warum solltest du denn nicht kommen können? Warum nicht etwa heute zum Essen? Meine Frau erwartet dich. Ich bitte dich, komm. Und was die Hauptsache ist, sprich mit ihr. Sie ist eine bewundernswürdige Frau. Ich bitte dich um Gottes willen, ich bitte dich auf den Knien darum!«

»Wenn Euch so sehr daran gelegen ist, so will ich kommen«, sagte Alexej Alexandrowitsch mit einem Seufzer.

Und in dem Bestreben, das Gespräch auf etwas anderes zu bringen, ging er auf eine Frage über, die für sie beide von Interesse war, indem er sich nach Oblonskijs neuem Vorgesetzten erkundigte, der, obgleich noch verhältnismäßig jung, plötzlich zu einem so hohen Posten berufen worden war.

Alexej Alexandrowitsch hatte schon vorher den Grafen Anitschkin nicht leiden können, und es hatte zwischen ihnen stets Meinungsverschiedenheiten gegeben, jetzt aber konnte er das bei einem Beamten gewiß begreifliche Gefühl des Hasses nicht zurückhalten, den ein Mann, der eine dienstliche Niederlage erlitten hat, einem andern entgegenbringt, dem eine Beförderung zuteil geworden ist. »Hast du ihn schon gesehen?« fragte Alexej Alexandrowitsch mit giftigem Lächeln.

»Gewiß, er war gestern bei uns in der Sitzung. Er scheint

sich auf seine Sache ausgezeichnet zu verstehen und viel Tatkraft zu besitzen.«

»Ja, worauf richtet sich aber seine Tatkraft?« erwiderte Alexej Alexandrowitsch. »Etwa darauf, Taten zu vollbringen, oder nur das umzuändern, was bereits getan ist? Das ist das Unglück unseres Landes – dieser papierene Verwaltungsbetrieb, dessen würdiger Vertreter er ist.«

»Ich weiß wirklich nicht, worin er zu tadeln wäre. Seine Richtung kenne ich nicht, aber das eine ist sicher, daß er ein lieber Mensch ist«, antwortete Stjepan Akradjewitsch. »Ich war eben bei ihm und wirklich – er ist ein lieber Mensch. Wir haben zusammen gefrühstückt, und ich habe ihm gezeigt, wie man dies Getränk braut, weißt du, Wein mit Apfelsinen. Es ist sehr erfrischend. Merkwürdigerweise kannte er es nicht. Es hat ihm sehr gut gemundet. Nein, er ist wirklich ein sehr netter Mensch.«

Stjepan Arkadjewitsch sah nach der Uhr.

»Ach Gott, es geht schon auf fünf, und ich muß noch zu Dolgowuschin! Also bitte, komm zum Essen. Du kannst dir nicht denken, wie sehr du mich und meine Frau sonst betrüben würdest.«

Alexej Alexandrowitsch begleitete seinen Schwager hinaus, und er tat dies schon in ganz anderer Weise, als er ihn empfangen hatte.

»Ich habe nun einmal zugesagt und werde kommen«, gab er mit trübseliger Miene zur Antwort.

»Glaube mir, daß ich es dir hoch anrechne, und ich hoffe, daß du es nicht bereuen wirst«, erwiderte Stjepan Arkadjewitsch mit einem Lächeln.

Er zog im Gehen den Paletot an, stieß dabei mit der Hand gegen den Kopf des Dieners, lachte darüber und ging zur Tür hinaus.

»Um fünf Uhr und im Gehrock, bitte!« rief er noch einmal, indem er wieder an die Türe kam.

9

Es war schon nach fünf Uhr, und einige von den Gästen waren bereits da, als auch der Hausherr selbst anlangte. Er trat zugleich mit Sergej Iwanowitsch Kosnyschew und Pjeszow herein, die an der Anfahrt zusammengetroffen waren. Dies waren die zwei Hauptrepräsentanten der Moskauer Intelligenz, wie Oblonskij sie zu nennen pflegte. Beide standen sowohl ihres Charakters als auch ihres Geistes wegen in hohem Ansehen. Sie schätzten sich auch gegenseitig, huldigten aber fast in allen Dingen gänzlich verschiedenen Ansichten, ohne die Hoffnung zu hegen, jemals zu einer Verständigung zu gelangen – nicht etwa, weil sie entgegengesetzten Richtungen angehörten, sondern gerade, weil sie Anhänger einer Partei waren (ihre Feinde erkannten keinen Unterschied zwischen ihnen an), innerhalb welcher jedoch jeder von ihnen eine besondere Schattierung vertrat. Und wie es nichts gibt, was weniger geeignet wäre, eine Übereinstimmung herbeizuführen, als eine Meinungsverschiedenheit in halbabstrakten Dingen, so kamen sie nicht nur niemals in ihren Ansichten überein, sondern jeder von ihnen hatte sich schon längst daran gewöhnt, ohne Groll über die unverbesserlichen Verirrungen des andern zu lachen.

Sie waren gerade im Begriff einzutreten, während sie vom Wetter sprachen, als Stjepan Arkadjewitsch sie einholte. Im Empfangssaal saßen bereits der alte Fürst Alexander Dmitrijewitsch Schtscherbazkij, der junge Schtscherbazkij, Turowzyn, Kitty und Karenin.

Stjepan Arkadjewitsch sah auf den ersten Blick, daß ohne ihn in der Gesellschaft nicht die richtige Stimmung herrschte. Darja Alexandrowna, die ihr grauseidenes Staatskleid angelegt hatte, war sichtlich um die Kinder besorgt, die im Kinderzimmer allein essen sollten, und fühlte sich auch offenbar ohne ihren Mann unbehaglich, da sie allein unfähig war, es dieser ganzen Gesellschaft gemütlich zu machen. Sie saßen alle da wie Prediger-Töchter, die einen Besuch machen (wie der alte Fürst sich auszudrücken pflegte), augenscheinlich im

Zweifel darüber, weshalb sie eigentlich gekommen seien, und preßten einzelne Wörter heraus, um nicht ganz zu schweigen. Der gutmütige Turowzyn fühlte sich offenbar unbehaglich in diesem Gesellschaftskreise, und das Lächeln seiner dicken Lippen, mit dem er Stjepan Arkadjewitsch begrüßte, sprach so deutlich die Worte: »Aber, mein Lieber, welch' eine Idee, mich mit Schöngeistern zusammenzubringen. Einen guten Trunk zu tun und dann ins *Château des fleurs* zu fahren – dazu bin ich der rechte Mann.« Der alte Fürst saß schweigend da, blickte von Zeit zu Zeit mit seinen blitzenden kleinen Augen seitwärts zu Karenin hinüber, und Stjepan Arkadjewitsch merkte, daß er bereits irgendein Witzwort im Sinne hatte, um diesen hohen Regierungsbeamten zu kennzeichnen, dem zu Ehren man, wie zu einem Sterlet-Essen, auserlesene Gäste geladen hatte. Kitty blickte nach der Tür und nahm all ihre Kraft zusammen, um nicht zu erröten, wenn Konstantin Ljewin eintreten würde. Der junge Schtscherbazkij, der Karenin nicht vorgestellt worden war, gab sich Mühe zu zeigen, daß er sich nicht das geringste daraus machte.

Karenin selbst war, wie es in Petersburg bei Diners, an denen Damen teilnehmen, Sitte ist, im Frack und weißer Binde erschienen, und Stjepan Arkadjewitsch las aus seinen Zügen, daß er nur gekommen sei, um ihm Wort zu halten, und daß er durch seine Anwesenheit in dieser Gesellschaft eine drückende Pflicht erfülle. Er war es auch, der die Hauptschuld an der eisigen Kälte trug, die alle Gäste bis zur Ankunft von Stjepan Arkadjewitsch gleichsam zum Erstarren gebracht hatte.

Bei seinem Eintritt in das Empfangszimmer entschuldigte sich Stjepan Arkadjewitsch, erklärte, daß er von jenem Fürsten aufgehalten worden sei, der ihm stets als Sündenbock für alle seine Verspätungen und jedes Fernbleiben vom Hause diente, und hatte im nächsten Moment alle Anwesenden miteinander vertraut gemacht; er brachte Alexej Alexandrowitsch mit Sergej Kosnyschew zusammen und warf ihnen als Lockspeise das Gesprächsthema von der Russifizierung Polens vor, an dem sie beide und Pjeszow sich sofort festbissen. Dann klopfte er Turowzyn auf die Schulter, flüsterte ihm irgend etwas Scherzhaftes ins Ohr und ließ ihn bei seiner Frau und dem Fürsten Platz nehmen. Dann wandte er sich mit der Bemerkung an Kitty, daß sie heute sehr hübsch aussehe, und stellte Schtscherbazkij Karenin vor. In einem Nu hatte er diesen gesellschaftlichen Teig dermaßen durchgeknetet, daß eine allgemeine Belebung eintrat und die Stimmen lebhaft durcheinander schallten. Nur Konstantin Arkadjewitsch hatte, als er in den Speisesaal trat, zu seinem Schrecken bemerkt, daß der Portwein und Xeres von Depré und nicht von Löwe bezogen worden waren; er ordnete an, daß der Kutscher so rasch wie möglich zu Löwe geschickt werde, und begab sich dann wieder ins Empfangszimmer zurück.

Im Speisesaal stieß er mit Konstantin Ljewin zusammen.

»Komm' ich nicht zu spät?«

»Als ob du anders als zu spät kommen könntest!« gab Stjepan Arkadjewitsch zur Antwort, indem er den Arm in den seinen schob.

»Sind viele Leute geladen? Wer ist denn alles da?« fragte Ljewin unwillkürlich errötend, während er mit dem Handschuh den Schnee von der Pelzmütze abklopfte.

»Nur ein ganz intimer Kreis. Kitty ist auch da. Komm nur, ich will dich mit Karenin bekannt machen.«

Stjepan Arkadjewitsch verschloß sich trotz seiner freisinnigen Anschauungen nicht der Erkenntnis, daß es für jedermann nicht anders als schmeichelhaft sein könne, Karenin kennenzulernen, und daher tischte er ihn nur seinen besten Freunden auf. Aber in diesem Augenblick war Ljewin unfähig, das Vergnügen dieser Bekanntschaft völlig zu würdigen. Er hatte Kitty, abgesehen von jenem kurzen Augenblick, als er sie auf der Landstraße erblickt hatte, seit dem für ihn denkwürdigen Abend, an dem er Wronskij getroffen hatte, nicht wieder gesehen. Im Grunde seiner Seele wußte er sehr wohl, daß er sie heute hier treffen würde. Er bemühte sich jedoch seinen Gedanken freien Lauf zu lassen und sich einzureden, daß er dies nicht wisse. Als er jetzt aber hörte, daß sie hier sei, empfand er plötzlich eine solche Freude und zugleich eine solche Furcht, daß ihm der Atem stockte und er das, was er sagen wollte, nicht auszusprechen vermochte.

»Wie mag sie sein, wie mag sie sein? Wird sie ebenso wie früher sein, oder so, wie ich sie damals im Wagen sah? Wie, wenn Darja Alexandrowna mir die Wahrheit gesagt hätte? Und warum sollte es nicht die Wahrheit sein?« dachte er.

»Ach ja, bitte, stelle mich Karenin vor«, brachte er endlich mühsam hervor, und mit verzweifelt entschlossenem Schritt trat er in das Empfangszimmer und erblickte sie.

Sie war nicht dieselbe wie früher, sie war auch nicht dieselbe, die er im Wagen gesehen hatte – sie war eine völlig andere.

Sie war erschreckt, schüchtern, befangen, und darum nur noch reizender. Sie sah ihn in demselben Augenblick, in dem er ins Zimmer trat. Sie hatte ihn erwartet. Sie hatte sich darauf gefreut und war über diese Freude in so hohem Grade verwirrt, daß es eine Minute lang – gerade, als er an die Hausfrau herantrat und dabei wieder einen Blick auf sie warf – sowohl ihr, wie ihm und Dolly, der nichts entgangen war, schien, daß sie unfähig sein würde, sich zu beherrschen und in Tränen ausbrechen müßte. Sie errötete, erblaßte gleich darauf, wurde wieder rot und saß dann in der Erwartung, daß er sich ihr nähern würde, unbeweglich da, während es leise um ihre Lippen zuckte. Er trat zu ihr heran, verbeugte sich und streckte ihr schweigend die Hand entgegen. Wäre nicht das leise Zucken ihrer Lippen und der feuchte Schimmer, der über ihren Augen lag, gewesen, so hätte ihr Lächeln fast ruhig geschienen, als sie sagte:

»Wie lange wir uns nicht gesehen haben!« Und mit verzweifelter Entschlossenheit drückte sie mit ihrer kalten Hand die seine.

»Sie haben mich nicht gesehen, ich aber habe Sie gesehen«, antwortet Ljewin mit strahlendem Lächeln. »Ich sah Sie, als Sie von der Eisenbahnstation nach Jerguschowo fuhren.«

»Wann denn?« fragte sie voller Verwunderung.

»Sie fuhren nach Jerguschowo«, sagte Ljewin nochmals, wobei er das Gefühl hatte, als ob ihm das Glück, von dem seine Seele überströmte, den Atem raube. Und er dachte: »Wie konnte ich es nur wagen, mit diesem rührenden Geschöpf den Gedanken an etwas, was nicht reinste Unschuld ist, zu verknüpfen! Ja, Darja Alexandrowna scheint in der Tat die Wahrheit gesprochen zu haben –«

In diesem Augenblick faßte ihn Stjepan Arkadjewitsch unter und führte ihn zu Karenin.

»Erlauben Sie, daß ich Sie miteinander bekannt mache.« Und er nannte beider Namen.

»Sehr erfreut, Sie wiederzutreffen«, sagte Alexej Alexandrowitsch kühl und drückte Ljewin die Hand.

»Kennt ihr euch denn?« fragte Stjepan Arkadjewitsch verwundert.

»Wir haben drei Stunden im Eisenbahnwagen miteinander verbracht«, gab Ljewin lächelnd zur Antwort, »gingen jedoch, wie bei einer Maskerade, sehr neugierig auseinander – wenigstens was mich betrifft.«

»So, so! – Aber darf ich bitten«, sagte Stjepan Arkadjewitsch und deutete dabei nach dem Speisesaal.

Die Herren begaben sich dorthin und traten an den Tisch, wo die Vorspeisen aufgestellt waren: sechs verschiedene Sorten Liköre, und ebensoviele Sorten Käse, mit kleinen silbernen Schaufeln und ohne Schaufeln, Kaviar, Hering, die verschiedensten Konserven und Teller mit feinen Weißbrotschnittchen.

Die Herren standen um die wohlduftenden Getränke und verschiedenen Vorspeisen herum, und das Gespräch, das zwischen Sergej Iwanowitsch Kosnyschew, Karenin und Pjeszow über die Russifizierung Polens im Gange war, geriet in Erwartung des Mittagessens ins Stocken.

Sergej Iwanowitsch verstand wie kein zweiter, das abstrakteste und ernsteste Wortgefecht unerwartet durch das Hineinstreuen einiger Körner attischen Salzes zu beendigen und dadurch die Stimmung der übrigen zu verändern, und er tat dies auch jetzt.

Alexej Alexandrowitsch hatte nachzuweisen gesucht, daß die Russifizierung Polens sich nur unter Zuhilfenahme höherer Gesichtspunkte, die von der russischen Verwaltung geltend gemacht werden müßten, vollziehen könne.

Pjeszow dagegen hatte beharrlich die Meinung vertreten,

daß nur ein Volk, das eine dichtere Bevölkerung aufzuweisen habe, imstande sei, ein anderes Volk in sich aufzusaugen.

Kosnyschew gab sowohl das eine, wie das andere zu, aber er tat dies mit einigen Einschränkungen. Als sie aber aus dem Empfangssaal traten, sagte er, um dem Gespräch ein Ende zu machen, mit einem Lächeln: »Darum gibt es für die Russifizierung der Fremdvölker nur ein Mittel – so viel Kinder wie möglich zu erzeugen. Und hierin haben wir, mein Bruder und ich, uns am meisten vorzuwerfen. Sie aber, meine Herren Ehemänner und ganz besonders Sie, Stjepan Arkadjewitsch, handeln im höchsten Grade patriotisch: wieviel haben Sie eigentlich?« wandte er sich mit freundlichem Lächeln an den Hausherrn, indem er ihm ein winziges Gläschen reichte.

Alle lachten, und Stjepan Arkadjewitsch lachte besonders herzlich.

»Ja, das ist das allerbeste Mittel!« erwiderte er, indem er seinen Käse kaute und sich eine ganz besondere Sorte Likör in das dargereichte Gläschen einschenkte. Das Gespräch war in der Tat durch ein Scherzwort zum Abschluß gebracht worden.

»Dieser Käse ist nicht übel. Wünschen Sie welchen?« sagte der Hausherr. »Hast du wirklich wieder Gymnastik getrieben«, wandte er sich dann an Ljewin und betastete mit der linken Hand seine Muskeln. Ljewin lächelte, spannte den Arm straff, und unter den Fingern Oblonskijs trat eine stählerne Erhöhung wie ein runder Käse durch das feine Tuch des Rockärmels hervor.

»Das ist einmal ein Bizeps! Ein wahrer Simson!«

»Ich glaube, daß man zur Bärenjagd großer Körperkraft bedarf«, sagte jetzt Alexej Alexandrowitsch, der nur die nebelhaftesten Begriffe von der Jagd hatte – während er den Käse aufschmierte und dabei das Brotschnittchen, das dünn wie Spinngewebe war, zerriß.

Ljewin lächelte.

»Durchaus nicht. Im Gegenteil, ein Kind kann einen Bären töten«, erwiderte er und machte mit leichter Verbeugung den Damen Platz, die jetzt an den Tisch mit den Vorspeisen traten.

»Sie haben einen Bären erlegt, wie ich gehört habe?« sagte

Kitty, während sie sich vergeblich bemühte, mit der Gabel einen widerspenstigen, ihr immer wieder entgleitenden Pilz zu erhaschen, und dabei den Spitzenbesatz ihres Ärmels schüttelte, durch den ihr Arm hindurchschimmerte. »Gibt es denn bei Ihnen Bären?« fügte sie dann hinzu, indem sie ihm in halber Drehung ihr reizendes Köpfchen zuwandte und dabei lächelte.

Es lag scheinbar nichts Außergewöhnliches in ihren Worten; und doch welch' eine Bedeutung, die sich nicht durch Worte ausdrücken ließ, lag für ihn in jedem Laut, in jeder Bewegung ihrer Lippen, ihrer Augen und Hände, während sie das sagte. Es klang daraus die Bitte um Verzeihung und Vertrauen zu ihm hervor, und Liebkosung, zarte, schüchterne Liebkosung, und ein Versprechen, und Hoffnung, und Liebe zu ihm, eine Liebe, an der er nicht zweifeln konnte, und die ihn mit einem Glücksgefühl erfüllte, das ihm den Atem raubte.

»Nein, wir haben im Twerschen Gouvernement gejagt. Auf der Rückkehr von dort traf ich im Eisenbahnwagen mit Ihrem *beau-frère* zusammen, oder vielmehr mit dem Schwager Ihres *beau-frère*«, erwiderte er mit einem Lächeln. »Das war eine komische Begegnung.« Und er erzählte fröhlich und in humoristischer Weise, wie er nach einer durchwachten Nacht in seiner Pelzjacke in das Abteil, in dem Alexej Alexandrowitsch saß, eingedrungen war.

»Der Schaffner wollte mich, ganz gegen das Sprichwort, wegen meiner Kleidung hinausbefördern; da aber begann ich mich in gewählter Sprache auszudrücken, und auch Sie«, fügte er zu Karenin gewendet hinzu, »auch Sie wollten mich erst wegen meiner Pelzjacke hinausjagen, traten aber dann für mich ein, wofür ich Ihnen sehr dankbar bin.«

»Die Rechte der Reisenden auf die Wahl ihrer Plätze sind überhaupt sehr unbestimmt«, sagte Alexej Alexandrowitsch, indem er mit dem Taschentuch seine Fingerspitzen abwischte.

»Ich sah, daß Sie hinsichtlich meiner Persönlichkeit im Zweifel waren«, erwiderte Ljewin mit gutmütigem Lächeln, »aber ich beeilte mich, ein geistvolles Gespräch zu beginnen, um den Eindruck meiner Pelzjacke wieder wett zu machen.«

Sergej Iwanowitsch hatte unterdessen seine Unterhaltung mit der Wirtin fortgesetzt, aber mit einem Ohr dem Bruder zugehört: jetzt schielte er zu ihm hinüber. »Was nur heute mit ihm los ist? Er hat so etwas Siegesgewisses an sich«, dachte er. Er wußte nicht, daß Ljewin ein Gefühl hatte, als seien ihm Flügel gewachsen. Ljewin wußte, daß sie seine Worte hörte, und daß sie ihm freudig zuhörte. Und dieser Gedanke erfüllte ihn ganz. Nicht nur in diesem Zimmer, in der ganzen Welt gab es für ihn jetzt nur ihn selbst – der auf einmal in seinen eigenen Augen eine ungeheure Bedeutung und Wichtigkeit erlangt hatte – und sie. Er fühlte sich auf einer Höhe, die ihn schwindeln machte, und tief unten, irgendwo in weiter Ferne, waren alle diese guten, trefflichen Leute, diese Karenins, Oblonskijs und die ganze Welt.

Ganz unauffällig, ohne sie anzusehen, nur so, als sei kein anderer Platz da, setzte Stjepan Arkadjewitsch Ljewin und Kitty zusammen.

»Du kannst dich vielleicht hierher setzen«, sagte er zu Ljewin.

Das Mittagsmahl war ebenso vorzüglich wie das Tafelgeschirr, wovon Stjepan Arkadjewitsch ein großer Liebhaber war. Die Suppe à la Marie-Louise war vortrefflich geraten; die winzigen Pastetchen zergingen im Munde und waren tadellos. Zwei Diener und Matwej, mit weißen Krawatten, entledigten sich ihrer Aufgabe, sowohl was das Auftragen der Speisen als auch das Einschenken der Weine anbetraf, unmerklich, leise und in musterhafter Weise. In materieller Beziehung war das Mittagessen als ein sehr gelungenes zu betrachten, und nicht weniger günstig gestaltete es sich in bezug auf die nicht materiellen Genüsse. Das Gespräch, das bald allgemein war, bald zwischen den einzelnen Gästen geführt wurde, geriet keinen Augenblick ins Stocken und war gegen Ende des Mahles so lebhaft geworden, daß die Herren vom Tisch aufstanden, ohne ihre Rede zu unterbrechen, und sogar Alexej Alexandrowitsch lebendig wurde.

10

Pjeszow liebte es, ein einmal angeschlagenes Thema gründlich zu erörtern und war von dem, was Sergej Iwanowitsch gesagt hatte, um so weniger befriedigt, als er das Irrige seiner eigenen Ansicht fühlte.

»Ich habe niemals«, sagte er, während man bei der Suppe war, zu Alexej Alexandrowitsch gewendet, »ich habe niemals die Dichtigkeit der Bevölkerung an und für sich im Auge gehabt, sondern sie mit den natürlichen Grundlagen des Volkscharakters, nicht aber mit prinzipiellen Gesichtspunkten in Verbindung gesetzt sehen wollen.«

»Mir scheint«, erwiderte Alexej Alexandrowitsch bedächtig und mit einer gewissen Unlust, »daß dies ein und dasselbe ist. Meiner Ansicht nach kann nur das Volk auf ein anderes Einfluß gewinnen, das auf einer höheren Entwicklungsstufe steht, das Volk, das ...«

»Darum handelt es sich ja gerade«, unterbrach ihn mit seiner tiefen Baßstimme Pjeszow, der immer gleich mit seiner Ansicht bei der Hand war und stets seine ganze Seele in das zu legen schien, wovon er sprach, »es handelt sich ja gerade darum, was wir unter höherer Entwicklung zu verstehen haben. Die Engländer, Franzosen, Deutschen – wer von ihnen steht auf der höchsten Stufe der Entwicklung? Welches dieser Völker wird das andere nationalisieren können? Wir sehen, daß der Rhein französischem Einfluß unterlag, während das deutsche Volk auf keiner niedereren Stufe steht! Hier waltet ein anderes Gesetz«, rief er aus.

»Mir scheint, daß der Einfluß immer auf Seiten der wahren Bildung ist«, sagte Alexej Alexandrowitsch, indem er die Brauen etwas in die Höhe zog.

»Worin sollen wir denn die Merkmale der wahren Bildung sehen?« fragte Pjeszow dagegen.

»Ich denke, daß diese Merkmale allgemein bekannt sind«, erwiderte Alexej Alexandrowitsch.

»Sollten sie wirklich unzweifelhaft feststehen?« mischte sich Sergej Iwanowitsch mit feinem Lächeln ein. »Heute herrscht zum Beispiel die Ansicht vor, daß nur der klassisch Gebildete auf wahre Bildung Anspruch machen könne; aber wir sehen dabei, daß beide Seiten einander mit Erbitterung bekämpfen, und es läßt sich nicht leugnen, daß auch die Gegner der klassischen Bildung gewichtige Gründe zu ihren Gunsten anzuführen vermögen.«

»Sie sind eben ein Anhänger des Klassizismus, Serge Iwanowitsch. Wünschen Sie Rotwein?« fragte Stjepan Arkadjewitsch.

»Ich äußere nicht meine Ansicht über diese oder jene Art der Bildung«, erwiderte Sergej Iwanowitsch mit herablassendem Lächeln, als ob er zu einem Kinde spräche, während er ihm sein Glas hinhielt. »Ich behaupte nur, daß beide Seiten gewichtige Gründe zu ihren Gunsten anführen können«, – fuhr er dann wieder zu Alexej Alexandrowitsch gewendet fort. »Ich bin meinem Bildungsgang nach ein Vertreter des Klassizismus, aber ich weiß nicht, wie ich mich persönlich zu dieser Streitfrage zu stellen habe. Ich sehe keinen überzeugenden Grund, weshalb man den klassischen Wissenschaften vor den realen den Vorzug geben sollte.«

»Die Naturwissenschaften haben den gleichen erzieherischen Einfluß«, nahm Pjeszow wieder das Wort. »Nehmen Sie nur die Astronomie, oder auch die Botanik, die Zoologie mit ihrer allgemeinen Systematik.«

»Ich kann mich damit nicht ganz einverstanden erklären«, entgegnete Alexej Alexandrowitsch. »Es läßt sich, wie mir scheint, unmöglich leugnen, daß allein schon das Studium der Sprachformen besonders fruchtbringend auf die geistige Entwicklung wirkt. Außerdem kann man auch nicht verkennen, daß der Einfluß der klassischen Dichter ein im höchsten Grade sittlicher ist, während leider mit dem Studium der Naturwissenschaften auch jene schädlichen und lügenhaften Lehren verbunden sind, die eine Seuche unserer Zeit bilden.«

Sergej Iwanowitsch wollte etwas entgegnen; allein Pjeszow unterbrach ihn mit seiner tiefen Baßstimme. Er begann eifrig das Irrige dieser Ansicht darzulegen. Sergej Iwanowitsch wartete ruhig ab, bis er zu Worte kommen würde, und hatte offenbar eine ausschlaggebende Erwiderung in Bereitschaft.

»Man kann jedoch nicht umhin, zuzugeben«, sagte er, indem er sich mit feinem Lächeln an Karenin wandte, »daß es schwer ist, alle Vorteile und Schäden dieser oder jener Wissenschaften genau gegeneinander abzuwägen, und daß die Frage, welche von ihnen vorzuziehen seien, nicht so schnell und entscheidend gelöst worden wäre, wenn auf der Seite der klassischen Bildung nicht jener Vorzug stände, dessen Sie soeben gedachten: der sittliche oder – *disons le mot* – der anti-nihilistische Einfluß.«

»Ohne Zweifel.«

»Besäßen die klassischen Wissenschaften nicht diesen Vorzug, einen anti-nihilistischen Einfluß auszuüben, so würden wir uns länger bedenken, würden die Beweisgründe beider Parteien genauer gegeneinander abwägen«, sagte Sergej Iwanowitsch mit seinem feinen Lächeln, »wir würden dann der einen wie der andern Richtung freien Spielraum lassen. Jetzt aber wissen wir, daß diesen Pillen der klassischen Bildung auch noch die heilsame Kraft des Anti-Nihilismus innewohnt, und wir verordnen sie daher kühn unseren Patienten ... Wie aber, wenn diese heilsame Kraft gar nicht darin enthalten wäre? –« schloß er mit der ihm eigenen Dosis attischen Salzes.

Als Sergej Iwanowitsch seinen Ausspruch von den »Pillen der klassischen Bildung« tat, lachten alle und Turowzyn, der endlich die witzige Bemerkung zu hören bekam, auf die er während des ganzen Gesprächs gewartet hatte, brach in ein besonders lautes und lustiges Gelächter aus.

Stjepan Arkadjewitsch hatte keinen Fehlgriff getan, als er Pjeszow einlud. In seiner Gegenwart konnte eine vernünftige Unterhaltung keinen Augenblick ins Stocken geraten. Kaum hatte Sergej Iwanowitsch das Gespräch mit seinem Scherzwort beendet, als Pjeszow auch schon ein neues Thema anschlug.

»Man kann nicht einmal zugeben«, sagte er, »daß die Regierung dieses Ziel hätte. Die Regierung läßt sich offenbar von allgemeinen Erwägungen leiten und verhält sich gleichgültig gegen die Wirkungen, welche die von ihr eingeschlagenen Maßregeln haben können. So sollte zum Beispiel die

Frage der Frauenbildung als eine verderbliche angesehen werden; die Regierung aber richtet weibliche Fortbildungskurse und Universitäten ein.«

Die Unterhaltung sprang nun sofort auf das neue Thema der Frauenbildung über.

Alexej Alexandrowitsch sprach den Gedanken aus, daß die Frauenbildung gewöhnlich mit der Frauenemanzipation vermengt werde und nur aus diesem Grunde für schädlich gehalten werden könne.

»Ich bin im Gegenteil der Ansicht, daß diese beiden Fragen unlöslich miteinander verknüpft sind«, sagte Pjeszow, »das ist ein Kreis, aus dem man nicht herauskommt. Die Frau besitzt keine Rechte wegen ihres Mangels an Bildung; und der Mangel an Bildung geht seinerseits wiederum daraus hervor, daß sie keine Rechte besitzt. Wir dürfen nicht vergessen, daß die Knechtung der Frau eine so furchtbare und langjährige ist, daß wir oft den Abgrund nicht ermessen wollen, der sie von uns trennt.«

»Sie sprachen eben von Rechten«, erwiderte Sergej Iwanowitsch, nachdem er ruhig gewartet hatte, bis Pjeszow zu Ende war, »von dem Recht, als Geschworene, Wähler, Verwaltungspräsidenten tätig zu sein, von dem Recht, öffentliche Ämter zu bekleiden, sich ins Parlament wählen zu lassen ...«

»Zweifellos.«

»Zugegeben, daß Frauen in seltenen Ausnahmefällen solche Stellen ausfüllen können, so scheint mir doch der Ausdruck ›Rechte‹ hier nicht ganz am Platze zu sein. Es wäre richtiger gewesen, von Verpflichtungen zu sprechen. Ein jeder wird mir zugeben, daß wir bei der Ausübung irgendeines Amtes, als Geschworene, als Wähler, als Telegraphenbeamte, von der Empfindung durchdrungen sind, daß wir eine Pflicht erfüllen. Es wäre daher richtiger zu sagen, daß die Frauen nach neuen Pflichten suchen und dies mit vollem Recht tun. Und dieser Bestrebung der Frau, bei der gemeinsamen Arbeit der Männer mitzuwirken, kann man nur seine Teilnahme entgegenbringen.«

»Das ist vollkommen richtig«, bekräftigte Alexej Alexandrowitsch. »Die Frage besteht, wie ich glaube, nur darin, ob die

Frauen für die Erfüllung solcher Pflichten auch die erforderlichen Fähigkeiten besitzen.«

»Wahrscheinlich werden sie sich als höchst befähigt dazu erweisen«, schob Stjepan Arkadjewitsch hier ein, »wenn erst die Bildung unter ihnen eine allgemeinere Verbreitung erlangt haben wird. Wir sehen das ...«

»Aber wie sagt das Sprichwort?« fiel der alte Fürst ein, der dem Gespräch schon lange zugehört hatte, während seine kleinen spöttischen Augen lustig blitzten, »in Gegenwart meiner Töchter kann ich es ja sagen: Langes Haar und kurzer Verstand ...«

»Ganz ebenso sprach man von den Negern bis zu ihrer Befreiung von der Sklaverei!« entgegnete Pjeszow ärgerlich.

»Ich finde es nur sonderbar, daß die Frauen nach neuen Pflichten suchen«, sagte Sergej Iwanowitsch, »während wir leider sehen, daß wir Männer den unsrigen gewöhnlich aus dem Wege gehen.«

»Pflichten sind mit Rechten verknüpft, mit Macht, Geldeinnahmen und Ehren: und das ist es, wonach die Frauen streben«, meinte Pjeszow.

»Das ist ungefähr dasselbe, als wenn ich nach dem Rechte strebte, eine Amme zu sein, und mich gekränkt fühlte, weil man Frauen dafür bezahlt, mich aber verschmäht«, bemerkte der alte Fürst.

Turowzyn brach in ein lautes Gelächter aus, und Sergej Iwanowitsch bedauerte im geheimen, daß nicht er dies gesagt hatte. Sogar Alexej Alexandrowitsch lächelte.

»Ja, aber ein Mann kann nicht stillen«, sagte Pjeszow, »die Frau dagegen ...«

»Nicht doch, ein Engländer hat einmal auf dem Schiff seinen Säugling aufgepäppelt«, versetzte der alte Fürst, der sich diese kleine Freiheit in Gegenwart seiner Töchter herausnehmen zu können glaubte.

»Es wird jedenfalls ebensoviele als Beamte angestellte Frauen geben, als es solche Engländer gibt«, bemerkte nun auch Sergej Iwanowitsch.

»Schön; aber was soll ein Mädchen tun, das ohne Familie dasteht?« warf Stjepan Arkadjewitsch ein, dem bei diesen

Worten die Tschibissowa einfiel. Sie hatte ihm die ganze Zeit unklar vorgeschwebt, während er in bezug auf die Streitfrage mit seinen Sympathien auf Pjeszows Seite stand und ihn in seinen Behauptungen unterstützte.

»Wenn man aber auf die Lebensgeschichte eines solchen Mädchens genauer eingeht, so wird man finden, daß sie entweder ihre eigene Familie oder die einer Schwester verlassen hat, in der ihr die Möglichkeit geboten war, eine für die Frau geeignete Tätigkeit auszuüben«, mischte sich unerwartet Darja Alexandrowna mit einiger Gereiztheit ins Gespräch; sie hatte wahrscheinlich erraten, welches Mädchen Stjepan Arkadjewitsch im Auge hatte.

»Wir verteidigen aber doch ein Prinzip, ein Ideal!« entgegnete Pjeszow mit seiner klangvollen Baßstimme. »Die Frau strebt nach dem Recht, unabhängig zu sein und sich Bildung zu erwerben. Das Bewußtsein, daß dies unmöglich ist, beengt und bedrückt sie.«

»Ich aber fühle mich dadurch beengt und bedrückt, daß man mich im Findelhaus nicht als Amme annehmen will«, bemerkte der alte Fürst abermals zu Turowzyns größter Freude, der vor Lachen die Spargel mit dem dicken Ende in die Sauce fallen ließ.

11

Alle Anwesenden hatten an diesem allgemeinen Gespräch teilgenommen, nur Kitty und Ljewin nicht. Im Anfang, als von dem Einfluß, den ein Volk auf das andere habe, die Rede war, dachte Ljewin unwillkürlich an das, was er selbst über diesen Gegenstand hätte sagen können; aber diese Gedanken, die früher für ihn von so großer Wichtigkeit gewesen waren, huschten ihm jetzt nur wie im Traume durch den Kopf und hatten für ihn jedes Interesse verloren. Es kam ihm sogar sonderbar vor, daß die Menschen sich so viel Mühe gaben, über etwas zu sprechen, was doch niemanden etwas anging. Ebenso hätte man meinen sollen, daß Kitty sich für das interessieren müßte, was über Frauenrechte und Frauenbildung gesprochen wurde. Wie oft hatte sie nicht darüber nachgedacht, wenn sie ihrer Freundin Marjenka, die sie im Ausland kennengelernt hatte, und der drückenden Abhängigkeit, in der sie lebte, gedachte. Wie oft hatte sie sich nicht die Frage vorgelegt, was aus ihr selber werden solle, wenn sie nicht heiraten würde, und wie oft hatte sie mit ihrer Schwester diesen Gegenstand erörtert! Jetzt aber hatte sie dafür nicht das geringste Interesse. Zwischen ihr und Ljewin fand eine besondere Unterhaltung statt, oder vielmehr keine Unterhaltung, sondern ein geheimnisvolles Sichmitteilen, das sie beide mit jeder Minute enger miteinander verknüpfte und ein Gefühl freudigen Bangens vor jenem unbekannten Gebiet hervorrief, das sie jetzt betraten. Das Gespräch hatte damit begonnen, daß Ljewin Kitty auf ihre Frage, wie es denn eigentlich gekommen sei, daß er sie im vergangenen Jahre im Wagen gesehen habe, erzählte, wie er auf dem Heimweg von der Heumahd die Landstraße entlanggegangen und ihr dort begegnet war.

»Es war beim ersten Morgengrauen. Sie waren wahrscheinlich eben erst erwacht. Ihre *maman* schlief in einer Ecke des Wagens. Es war ein wundervoller Morgen. Ich schlendere einher und denke: ›Wer mag da mit einem Biergespann fahren?‹ Es war ein hübsches Biergespann mit kleinen Schellen; im nächsten Moment fuhren Sie blitzschnell an mir vorbei, und ich sehe, wie Sie am Fenster – so dasaßen, mit beiden Händen die Bänder Ihres Häubchens festhielten und tief in Gedanken versunken waren«, sprach er lächelnd. »Wie gern hätte ich wissen mögen, woran Sie damals dachten! War es etwas Wichtiges?«

»Ob wohl mein Haar sehr zerzaust war?« dachte sie; aber als sie das entzückte Lächeln sah, das durch die Erinnerung an diese Einzelheiten in ihm wachgerufen wurde, da fühlte sie, daß im Gegenteil der Eindruck, den sie hervorgebracht hatte, ein sehr günstiger gewesen sein mußte. Sie errötete und lachte. »Ich weiß es wirklich nicht mehr.«

»Wie herzerquickend doch Turowzyns Lachen ist!« sagte

Ljewin, indem er seinen Blick mit Wohlgefallen auf seinen feuchtglänzenden Augen und seinem vor Lachen sich schüttelnden Körper ruhen ließ.

»Kennen Sie ihn schon lange?« fragte Kitty.

»Wer kennt ihn denn nicht!«

»Ich sehe, daß Sie ihn für einen schlechten Menschen halten?«

»Ich halte ihn nicht für schlecht, aber für unbedeutend.«

»Damit sind Sie völlig im Unrecht. Ändern Sie geschwind Ihre Meinung!« versetzte Kitty. »Ich hatte auch zuerst eine geringe Meinung von ihm; aber er ist ein sehr lieber und ungewöhnlich guter Mensch. Er hat ein Herz wie Gold.«

»Hatten Sie denn Gelegenheit, sein Herz kennenzulernen?«

»Wir sind sehr gute Freunde. Ich kenne ihn sehr gut. Im vergangenen Winter, bald nachdem ... Sie bei uns gewesen waren –«, sagte sie mit einem schuldbewußten und dabei doch vertrauensvollen Lächeln –, »erkrankten bei Dolly alle Kinder am Scharlach, und da machte er ihr zufällig einen Besuch, und denken Sie sich«, fuhr sie flüsternd fort, »sie tat ihm so leid, daß er bei ihr blieb und ihr die Kinder pflegen half. Ja, und ganze drei Wochen hat er bei ihnen im Hause zugebracht und die Kinder wie eine Wartefrau gepflegt.«

»Ich erzähle eben Konstantin Dmitritsch, wie Turowzyn sich während des Scharlachfiebers der Kinder verhalten hat«, sagte sie dann, indem sie sich zu ihrer Schwester hinüberbeugte.

»Ja, er war bewundernswürdig, ganz reizend!« sagte Dolly, indem sie zu Turowzyn, der gemerkt hatte, daß man von ihm sprach, hinübersah und ihm sanft zulächelte. Auch Ljewin warf einen Blick auf Turowzyn und wunderte sich nun, daß er nicht gleich die Vortrefflichkeit dieses Mannes erkannt habe.

»Verzeihen Sie, verzeihen Sie, ich will nie wieder von anderen Menschen schlecht denken!« sagte er fröhlich und sprach damit nur aufrichtig aus, was er in diesem Augenblicke fühlte.

12

In dem Gespräch, das über Frauenrechte geführt wurde, tauchten einige, in Gegenwart von Damen schwierig zu behandelnde Fragen über die Ungleichheit der Rechte in der Ehe auf. Pjeszow berührte während des Essens mehrmals diese Fragen; allein Sergej Iwanowitsch und Stjepan Arkadjewitsch wußten ihn behutsam davon abzulenken.

Als aber die Tafel aufgehoben war und die Damen das Zimmer verlassen hatten, wandte sich Pjeszow, der ihnen nicht gefolgt war, zu Alexej Alexandrowitsch und begann, die Hauptursache der Ungleichheit darzulegen. Die Ungleichheit zwischen den Gatten bestand seiner Ansicht nach darin, daß die Untreue der Frau und die Untreue des Mannes sowohl von dem Gesetz, wie auch von der öffentlichen Meinung, mit verschiedenem Maße gemessen würden.

Stjepan Arkadjewitsch trat eilig an Alexej Alexandrowitsch heran und fragte ihn, ob er nicht rauchen wolle.

»Nein, ich rauche nicht«, erwiderte Alexej Alexandrowitsch ruhig, und wandte sich, als wolle er absichtlich zeigen, daß er diesen Gesprächsgegenstand nicht scheue, wieder mit kaltem Lächeln zu Pjeszow.

»Ich glaube, die Gründe einer solchen Auffassung sind im Wesen der Sache zu suchen«, sagte er, indem er sich anschickte, in den Salon zu treten; aber in diesem Augenblick begann Turowzyn plötzlich zu sprechen, wobei er das Wort an Alexej Alexandrowitsch richtete.

»Sagen Sie, bitte, haben Sie von Prjatschnikow gehört?« fragte Turowzyn, der, angeregt durch den genossenen Champagner, schon lange auf eine Gelegenheit gewartet hatte, um das ihn drückende Schweigen zu brechen. Seine feuchten, roten Lippen umspielte ein gutmütiges Lächeln, während er das Wort vorzugsweise an den vornehmsten Gast, Alexej Alexandrowitsch, richtete: »Wassja Prjatschnikow hat sich, wie ich heute hörte, in Twer mit Kwitskij geschlagen und ihn erschossen.«

Wie wir immer die Empfindung haben, als stießen wir uns

absichtlich gerade an einer schmerzenden Körperstelle, so fühlte jetzt auch Stjepan Arkadjewitsch, daß das Gespräch heute wie zum Trotz jeden Augenblick die wunde Stelle Alexej Alexandrowitschs berührte. Er wollte den Schwager wieder beiseite führen, aber Alexej Alexandrowitsch fragte selbst mit Neugier:

»Weshalb hat sich denn Prjatschnikow geschlagen?«

»Wegen seiner Frau. Er hat sich brav benommen; er hat ihn gefordert und getötet!«

»Ah!« sagte Alexej Alexandrowitsch gleichmütig und trat dann, indem er die Augenbrauen etwas in die Höhe zog, in den Salon.

»Wie freue ich mich, daß Sie gekommen sind«, redete ihn Dolly mit verlegenem Lächeln an, als sie ihm im Durchgangszimmer begegnete, »ich habe mit Ihnen zu sprechen. Setzen wir uns hierher.«

Alexej Alexandrowitsch nahm mit jenem Ausdruck der Gleichgültigkeit, den die hochgezogenen Brauen seinem Gesicht verliehen, neben Darja Alexandrowna Platz und lächelte gezwungen.

»Um so lieber«, erwiderte er, »als ich Sie um Entschuldigung bitten und mich sogleich verabschieden wollte. Ich muß morgen abreisen.«

Darja Alexandrowna war von Annas Unschuld fest überzeugt, und sie fühlte, wie sie erblaßte und ihre Lippen vor Zorn über diesen kalten, fühllosen Mann bebten, der sich mit solcher Ruhe anschickte, ihre unschuldige Freundin ins Verderben zu stürzen.

»Alexej Alexandrowitsch«, begann sie und sah ihm mit verzweifelter Entschlossenheit in die Augen. »Ich habe Sie nach Anna gefragt, Sie haben mir nicht darauf geantwortet. Wie geht es ihr?«

»Ich glaube, sie ist gesund, Darja Alexandrowna«, erwiderte Karenin, ohne sie anzusehen.

»Alexej Alexandrowitsch, verzeihen Sie mir, ich habe kein Recht ... aber ich liebe und achte Anna wie eine Schwester; ich bitte, ich flehe Sie an, mir zu sagen, was zwischen Ihnen vorgefallen ist, was Sie ihr vorzuwerfen haben?«

Alexej Alexandrowitsch runzelte die Brauen und senkte den Kopf, indem er die Augen fast völlig schloß.

»Ich darf wohl annehmen, daß Ihr Gatte Ihnen die Gründe mitgeteilt hat, aus denen ich es für nötig erachte, meine bisherigen Beziehungen zu Anna Arkadjewna abzubrechen«, erwiderte er, ohne ihr in die Augen zu sehen, indem er Schtscherbazkij, der gerade durch das Zimmer ging, mißmutig mit den Blicken folgte.

»Nein, ich glaube es nicht, ich kann es nicht glauben!« brach Dolly aus, während sie ihre knochigen Hände mit energischer Gebärde zusammenpreßte. Dann stand sie rasch auf, wobei sie ihre Hand auf seinen Arm legte. »Wir werden hier gestört werden. Bitte, lassen Sie uns hier eintreten.«

Dollys Aufregung verfehlte nicht, auf Alexej Alexandrowitsch eine gewisse Wirkung auszuüben. Er erhob sich und folgte ihr gehorsam in das Schulzimmer der Kinder. Hier nahmen sie an einem Tische Platz, der mit dunklem, stark von Federmessern zerkratztem Wachstuch überzogen war.

»Ich glaube es nicht, ich glaube es nicht!« wiederholte Dolly und bemühte sich, seinem Blick zu begegnen, der dem ihrigen auszuweichen suchte.

»Tatsachen gegenüber kann man sich nicht verschließen, Darja Alexandrowna«, sagte er, wobei er das Wort Tatsachen besonders betonte.

»Aber was hat sie denn nur getan?« fragte Darja Alexandrowna. »Was ist es denn, was sie getan hat?«

»Sie hat ihre Pflichten verletzt und ihrem Gatten die Treue gebrochen. Das ist's, was sie getan hat«, sagte er.

»Nein, nein, das kann nicht sein! Nein, bei Gott, Sie irren sich«, rief Dolly, indem sie die Hände an die Schläfen legte und die Augen schloß.

Alexej Alexandrowitsch lächelte kalt, nur mit den Lippen: er wollte ihr und sich selber zeigen, wie fest seine Überzeugung begründet sei; ihre glühende Verteidigung konnte ihn zwar nicht wanken machen, wohl aber riß sie seine Wunde von neuem auf. Er entgegnete mit größerer Lebhaftigkeit:

»Es ist sehr schwer, an einen Irrtum zu glauben, wenn die Gattin ihrem Manne alles selbst eingestanden hat. Wenn sie ihm eröffnet, daß ein achtjähriges Zusammenleben mit Mann und Kind – daß alles das ein Irrtum war und daß sie ein neues Leben beginnen wolle«, sagte er zornig, indem er schnaufend die Luft durch die Nase zog.

»Anna – und das Laster – das läßt sich nicht vereinigen, das kann ich nicht glauben!«

»Darja Alexandrowna!« versetzte er; er sah ihr jetzt gerade in das gutmütige, erregte Gesicht und fühlte, daß die Zunge sich ihm unwillkürlich löste. »Ich würde viel darum geben, wenn noch ein Zweifel möglich wäre. Als ich noch zweifelte, hatte ich schwer zu tragen, aber doch war es mir leichter ums Herz, als jetzt. Als ich noch zweifelte, konnte ich doch noch hoffen; jetzt aber gibt es keine Hoffnung mehr, und trotzdem – zweifle ich an allem. Ich zweifele an allem so sehr, daß ich meinen Sohn hasse und manchmal nicht glaube, daß er wirklich mein Sohn ist. Ich bin sehr unglücklich.«

Er hätte dies nicht zu sagen brauchen. Dolly sah es, sobald er sie anblickte; sie hatte Mitleid mit ihm, und der Glaube an die Unschuld ihrer Freundin begann in ihr zu wanken.

»Ach, das ist furchtbar, furchtbar! Und ist es wirklich wahr, daß Sie zur Scheidung entschlossen sind?«

»Ich habe mich zu diesem äußersten Schritt entschlossen. Es blieb mir nichts anderes übrig.«

»Nichts anderes übrig, nichts anderes übrig ...« wiederholte sie mit Tränen in den Augen. »Nein, sagen Sie das nicht!« rief sie dann.

»Das ist eben das Entsetzliche bei einem Kummer solcher Art, daß man nicht wie bei jedem anderen Unglück – bei einem Verlust, bei einem Todesfall – sein Kreuz tragen kann, sondern daß man handelnd vorgehen muß –« erwiderte er, als hätte er ihren Gedanken erraten. »Ich muß der demütigenden Lage ein Ende machen, in der ich mich befinde; man kann nicht zu dreien leben.«

»Ich begreife das, ich begreife das sehr wohl«, sagte Dolly, indem sie den Kopf senkte. Sie schwieg eine Weile, in Gedanken an sich selbst und ihren eigenen ehelichen Kummer versunken; dann erhob sie plötzlich mit energischer Bewegung den Kopf und faltete flehend die Hände. »Nein, nicht so! Sie sind ein Christ. Denken Sie auch an sie! Was soll aus ihr werden, wenn Sie sie verstoßen?«

»Ich habe darüber nachgedacht, Darja Alexandrowna, ich habe viel darüber nachgedacht –« erwiderte Alexej Alexandrowitsch. Auf seinem Gesicht erschienen rote Flecken, und seine trüben Augen blickten gerade in die ihren. Er tat Dolly jetzt von ganzer Seele leid. »Ich habe das, wovon Sie eben sprachen, getan, nachdem sie mir selbst meine Schmach gestanden hatte; ich ließ alles beim alten. Ich gab ihr die Möglichkeit, sich zu bessern, ich bemühte mich, sie zu retten. Und was war die Folge? Sie hat nicht einmal die leichteste Forderung – die Wahrung des äußeren Anstandes – erfüllt«, fuhr er heftiger werdend fort. »Retten kann man einen Menschen, der nicht untergehen will; ist aber seine Natur so durch und durch verderbt und entsittlicht, daß der Untergang selbst als eine Rettung erscheint, was soll man dann tun?«

»Alles, nur keine Scheidung!« antwortete Darja Alexandrowna.

»Was denn alles?«

»Nein, das ist fürchterlich. Sie wird ja dann niemandes Gattin sein, sie wird zugrunde gehen!«

»Was kann ich dagegen tun?« fragte Alexej Alexandrowitsch, indem er Achseln und Augenbrauen gleichzeitig in die Höhe zog. Die Erinnerung an das letzte Vergehen seiner Frau brachte ihn so sehr auf, daß er wieder kalt wurde wie zum Beginn des Gesprächs. »Ich bin Ihnen für Ihre Teilnahme sehr verbunden, aber es ist Zeit, daß ich gehe«, sagte er, indem er sich erhob.

»Nein, hören Sie mich an! Sie dürfen sie nicht ins Verderben stürzen. Bleiben Sie, ich will Ihnen etwas erzählen, was mich selbst betrifft. Ich hatte geheiratet, und mein Mann wurde mir untreu; im Zorn und in der Eifersucht wollte ich alles aufgeben, ich wollte selber ... Aber ich kam zur Besinnung und durch wen? Es war Anna, die mich rettete. Und jetzt lebe ich doch. Die Kinder wachsen heran, mein Mann kehrt zu seiner Familie zurück und sieht sein Unrecht ein, er wird reiner, besser, und ich lebe ... Ich habe verziehen, und auch Sie müssen verzeihen!«

Alexej Alexandrowitsch hörte ihr zu, aber ihre Worte hatten keine Wirkung mehr auf ihn. In seiner Seele erwachte wieder der ganze Grimm jener Stunde, in der er sich zur Scheidung entschlossen hatte. Er gewann seine Fassung wieder und sagte mit durchdringender und lauter Stimme: »Verzeihen kann und will ich nicht, und halte es auch für unrecht. Ich habe alles für diese Frau getan, und sie hat alles in den Kot getreten, in den sie hinein gehört. Ich bin kein bösartiger Mensch, ich habe nie jemanden gehaßt, aber sie hasse ich mit der ganzen Kraft meiner Seele; ich kann ihr nicht einmal verzeihen, denn ich hasse sie für all das Böse, das sie mir angetan hat!« Tränen des Zornes klangen in seiner Stimme.

»Liebet, die euch hassen –«, flüsterte Darja Alexandrowna schamhaft.

Alexej Alexandrowitsch lächelte verächtlich. Das wußte er schon längst; aber auf seinen Fall konnte das doch keine Anwendung finden.

»Liebet, die euch hassen – ja; aber die zu lieben, die man selbst haßt, das ist nicht möglich. Verzeihen Sie, daß ich Sie verstimmt habe. Jeder hat an seinem eigenen Kummer genug zu tragen!«

Und Alexej Alexandrowitsch, der seine Fassung völlig wiedergewonnen hatte, verabschiedete sich ruhig und verließ das Haus.

13

Als die Tafel aufgehoben wurde, wäre Ljewin Kitty gern in den Salon gefolgt; er fürchtete jedoch, daß ihr dies unangenehm sein würde, da sie es als ein allzu deutliches Zeichen dafür betrachten könnte, daß er sich um ihre Gunst bewerbe. Er blieb daher noch im Kreise der Herren und nahm Anteil am allgemeinen Gespräch, aber ohne nach Kitty hinzusehen, fühlte er jede ihrer Bewegungen, jeden ihrer Blicke und wußte instinktiv, an welcher Stelle des Salons sie sich befand.

Er erfüllte gleich jetzt und ohne die geringste Anstrengung das Versprechen, das er ihr gegeben: stets nur gut von allen Menschen zu denken und alle zu lieben. Das Gespräch hatte sich der Frage der Gemeindevertretungen zugewandt; Pjeszow sah darin einen Anfang von grundlegender Bedeutung, den er mit dem Worte »Chorbasis« bezeichnete. Ljewin war weder mit Pjeszow noch mit seinem Bruder einverstanden, der in der ihm eigentümlichen Weise die Bedeutung der russischen Gemeindevertretungen zugleich anerkannte und verwarf. Dennoch beteiligte er sich an der Unterhaltung und war bemüht, zwischen den beiden Gegnern zu vermitteln und ihre Einwürfe zu mildern. Er hatte nicht das geringste Interesse an dem, was er selbst sagte, und noch weniger an dem, was jene sprachen; er hatte nur den einen Wunsch – daß sie und alle anderen Menschen sich wohl und behaglich fühlen möchten. Er wußte jetzt, was einzig und allein für ihn von Wichtigkeit war. Und dieses einzig und allein Wichtige befand sich erst drüben im Salon, dann begann es sich zu nähern und blieb an der Türe stehen. Er fühlte, ohne sich umzuwenden, den Blick, der auf ihn gerichtet war, und ihr Lächeln, und er konnte nicht anders – er mußte sich umwenden. Sie stand mit Schtscherbazkij an der Tür und blickte zu ihm hinüber.

»Ich dachte, daß Sie ans Klavier wollten«, sagte er, indem er sich ihr näherte. »Das ist's, was mir auf dem Lande fehlt: die Musik.«

»Nein, wir sind nur gekommen, um Sie zu holen«, erwiderte sie, indem sie ihn mit ihrem Lächeln, wie mit einem Geschenk, belohnte, »und ich danke Ihnen, daß Sie sich uns beigesellt haben. Was soll das Streiten? Der eine überzeugt doch niemals den andern.«

»Ja, das ist wahr«, sagte Ljewin, »es geschieht meistens, daß man nur darum so heftig streitet, weil man durchaus nicht begreifen kann, was der Gegner eigentlich beweisen will.«

Ljewin hatte schon oft bei Streitfragen, die zwischen den klügsten Männern erörtert wurden, die Beobachtung gemacht, daß die Streitenden nach den größten Anstrengungen und einer Anzahl von logischen Feinheiten und Worten schließlich zu dem Schlusse kamen: daß das, was sie einander so lange zu beweisen suchten, ihnen schon längst, schon von Beginn des Streites an, bekannt gewesen war; daß sie aber bei der Verschiedenartigkeit dessen, was jedem von ihnen am Herzen lag, gerade das, was sie bevorzugten, nicht aussprechen wollten, um es nicht zum Gegenstand des Streites zu machen. Er hatte schon oft die Erfahrung gemacht, daß man bisweilen während des Streites sehr wohl begreift, was dem Gegner am Herzen liegt, daß man dann plötzlich selbst daran Gefallen findet und sofort mit dem Gegner einverstanden ist, so daß alle ferneren Einwürfe überflüssig werden. Bisweilen jedoch hatte er auch die umgekehrte Erfahrung gemacht: wenn wir es schließlich über uns gebracht haben, das, was uns in Wirklichkeit am Herzen liegt, und was wir durch allerhand Einwürfe zu verbergen gesucht haben, auszusprechen, und wenn wir dies auf eine herzliche und aufrichtige Weise zu tun vermocht haben, so bekehrt sich auch der Gegner plötzlich zu unserer Ansicht, und der Streit nimmt ein Ende. Das war es, was er durch seine Bemerkung hatte ausdrücken wollen.

Sie legte, in dem Bemühen, seinen Gedanken zu verstehen, die Stirn in Falten. Kaum aber hatte er angefangen, seinen Gedanken zu erklären, als sie ihn auch schon begriff.

»Ich verstehe: man muß zu ergründen suchen, weswegen der Gegner streitet, was ihm am Herzen liegt, dann ist es möglich ...«

Sie hatte seinen unklar ausgedrückten Gedanken vollkommen erraten und ihm den rechten Ausdruck verliehen. Ljewin lächelte erfreut: so überraschend wirkte auf ihn der Übergang von dem verwickelten, wortreichen Streit mit Pjeszow und seinem Bruder – zu diesem lakonischen und klaren, fast wortlosen Austausch der verwickeltsten Gedanken.

Schtscherbazkij entfernte sich von ihnen, und Kitty trat an einen der aufgestellten Spieltische und setzte sich hin. Sie nahm ein Stück Kreide und begann damit auf dem neuen grünen Tuche verschlungene Kreise zu ziehen.

Sie kamen wieder auf die Unterhaltung zurück, die bei

Tische geführt worden war: auf die Frage der Frauenfreiheit und Frauenarbeit. Ljewin stimmte mit Darja Alexandrownas Ansicht überein, daß ein unverheiratet gebliebenes Mädchen in der eigenen Familie eine passende weibliche Beschäftigung finden könne. Er erhärtete diesen Satz dadurch, daß keine Familie ohne Hilfsperson auskommen könne, daß es in jeder armen oder reichen Familie Kindermädchen gibt und geben muß, ob diese nun gemietete Personen oder Verwandte sein mögen.

»Nein«, erwiderte Kitty errötend, indem sie ihn aber deshalb nur um so mutiger mit ihren ehrlichen Augen ansah, »es gibt Fälle, in denen ein Mädchen so gestellt ist, daß es nicht ohne Demütigung in eine Familie eintreten kann, während es selbst ...«

Er verstand sie sofort bei dieser bloßen Andeutung ihres Gedankens.

»O ja!« rief er. »Ja, ja, ja, Sie haben recht, Sie haben ganz recht!«

Und es wurde ihm jetzt alles klar, was Pjeszow bei Tisch in bezug auf die Frage der Frauenfreiheit zu beweisen gesucht hatte; er verstand dies aus dem Grunde, weil er in Kittys Herzen die Furcht vor der Ehelosigkeit und jener demütigenden Lebensstellung, in die ein Mädchen geraten konnte, las, und da er sie liebte, fühlte er selbst diese Furcht und diese Demütigung und gab sofort alle seine bisherigen Einwürfe preis.

Eine Zeitlang schwiegen beide. Sie zeichnete noch immer mit der Kreide auf dem Tisch herum. Ihre Augen leuchteten in ruhigem Glanz. Ihre Seelenstimmung hatte sich seiner bemächtigt, und er fühlte in seinem ganzen Wesen die immer wachsende Spannung des Glücks.

»Ach, ich habe den ganzen Tisch vollgekritzelt!« sagte sie, indem sie die Kreide weglegte und eine Bewegung machte, als wolle sie sich erheben.

»Wie ist es denn möglich, daß ich allein, ohne sie bleibe?« dachte er erschreckt und nahm die Kreide in die Hand. »Bitte, bleiben Sie«, sagte er laut, indem er sich an den Tisch setzte. »Ich wollte Sie schon längst etwas fragen.«

Er blickte ihr gerade in die freundlichen, wenn auch erschreckten Augen.

»Bitte, fragen Sie.«

»Das wollte ich fragen«, sagte er und schrieb folgende Anfangsbuchstaben hin: »A, S. m, a,: d, k, n, s, b, d – n, o, n, d?« Diese Buchstaben sollten bedeuten: »Als Sie mir antworteten: das kann nicht sein, bedeutete das – niemals oder nur damals?« Es war ganz unwahrscheinlich, daß sie diesen verwickelten Satz verstehen konnte; aber er blickte sie mit einem solchen Ausdruck an, als hinge sein Leben davon ab, ob sie diese Worte verstehen würde oder nicht.

Sie sah ihn ernst an, dann stützte sie die leicht gefaltete Stirn in die Hand und begann zu lesen. Bisweilen blickte sie zu ihm hinüber und fragte ihn mit den Augen: »Ist dies wohl das, was ich denke?«

»Ich habe verstanden«, sagte sie endlich errötend.

»Was heißt dieses Wort?« fragte er, indem er auf das »n« zeigte, das das Wort niemals bedeuten sollte.

»Das Wort bedeutet ›niemals‹« erwiderte sie, »aber das ist nicht wahr!« Er löschte rasch das Geschriebene aus, reichte ihr die Kreide und stand auf. Sie schrieb: »D, k, i, n, a, a.«

Als Dolly die beiden zusammen sah, fühlte sie sich völlig über den Kummer getröstet, den ihr das Gespräch mit Alexej Alexandrowitsch verursacht hatte. Kitty saß mit der Kreide in der Hand und blickte mit schüchternem und glücklichem Lächeln zu Ljewin auf, während seine stattliche Gestalt sich über den Tisch beugte, die brennenden Augen bald auf die Tischplatte, bald auf Kitty gerichtet. Plötzlich flog ein Strahl der Freude über sein Gesicht: er hatte verstanden. Das bedeutete: »Damals konnte ich nichts anderes antworten.«

Er blickte sie fragend, zaghaft an.

»Damals nur?«

»Ja«, antwortete ihr Lächeln.

»Und j ... Und jetzt?« fragte er.

»Nun, so lesen Sie noch einmal. Ich werde sagen, was ich wünsche. Was ich sehnlichst wünsche!« Und sie schrieb die folgenden Anfangsbuchstaben hin: »d, S, v, u, v, k, w, g, i.« Das sollte heißen: »Daß Sie vergeben und vergessen könnten, was geschehen ist.«

Er ergriff den Kreidestift mit angespannten, zitternden Fingern, so daß er zerbrach, und schrieb die Anfangsbuchstaben folgender Worte hin: »Ich habe nichts zu vergessen und zu vergeben – ich habe niemals aufgehört, Sie zu lieben.«

Sie sah ihn mit einem Lächeln an, das auf ihren Lippen zu erstarren schien.

»Ich habe verstanden«, flüsterte sie endlich.

Er setzte sich und schrieb einen langen Satz hin. Sie verstand alles, und ohne ihn zu fragen: »Ist es so?« – nahm sie die Kreide und schrieb die Antwort.

Er vermochte nicht zu verstehen, was sie aufgeschrieben hatte und blickte ihr oft fragend in die Augen. Ein Taumel des Glücks kam über ihn. Er war völlig außerstande, die Worte, die sie angedeutet hatte, zu erraten; aber in ihren herrlichen, glückstrahlenden Augen las er alles, was er zu wissen brauchte. Und er schrieb nun drei Buchstaben hin. Doch er war damit noch nicht zu Ende, als sie schon hinter seiner Hand das Geschriebene las, er selbst ergänzte und die Antwort dazu schrieb: »Ja.«

»Spielt Ihr *secrétaire*?« fragte der alte Fürst, der zu ihnen trat. »Es ist aber höchste Zeit, wenn du nicht zu spät ins Theater kommen willst.« Ljewin stand auf und geleitete Kitty zur Tür. In ihrer Unterhaltung war alles gesagt worden; es war gesagt worden, daß sie ihn liebe und daß sie ihrem Vater und ihrer Mutter sagen wolle, daß er morgen früh kommen würde.

14

Als Kitty gegangen und Ljewin allein geblieben war, fühlte er sich von einer so heftigen Unruhe und einem so ungeduldigen Verlangen ergriffen, nur schnell, recht schnell die Zeit bis zum folgenden Morgen, wo er sie wiedersehen und auf immer mit ihr vereint werden würde, zu verbringen, daß er sich vor diesen vierzehn Stunden, die er ohne sie verleben sollte, wie vor dem Tode fürchtete. Er hatte das dringende Bedürfnis, mit irgend jemandem zusammen zu sein, mit jemandem sprechen zu können, um nicht allein zu bleiben, sich über die Zeit hinwegzutäuschen. Stjepan Arkadjewitsch wäre für ihn der angenehmste Gesellschafter gewesen; aber er mußte, wie er sagte, zu einer Abendgesellschaft, in Wirklichkeit aber fuhr er ins Ballett. So hatte Ljewin nur gerade Zeit, ihm zu versichern, daß er glücklich sei, daß er ihn liebe, und daß er niemals vergessen werde, was er für ihn getan habe. Stjepan Arkadjewitschs Blick und Lächeln zeigten Ljewin, daß er den Ursprung dieses Gefühls richtig zu deuten wußte.

»Na, es ist also doch noch nicht Zeit zu sterben?« sagte Stjepan Arkadjewitsch, indem er Ljewin gerührt die Hand drückte.

»N-n-n-ei-ei-n!« rief Ljewin.

Auch Darja Alexandrowna schien ihn, als er sich von ihr verabschiedete, gewissermaßen zu beglückwünschen und sagte: »Wie froh ich bin, daß Sie mit Kitty wieder zusammengetroffen sind; alte Freundschaft muß man hochhalten.« Aber diese Worte Dollys berührten Ljewin unangenehm. Sie konnte ja nicht verstehen, wie hoch und unerreichbar das alles für sie war, und sie hätte nicht wagen dürfen, daran zu rühren.

Ljewin verabschiedete sich von allen; um aber nicht allein zu bleiben, drängte er sich seinem Bruder auf.

»Wohin fährst du?«

»In eine Sitzung.«

»Dann komm' ich mit dir. Darf ich?«

»Warum nicht? Komm nur«, erwiderte Sergej Iwanowitsch lächelnd. »Was hast du heute nur?«

»Was ich habe? Ich habe mein Glück gefunden!« rief Ljewin, indem er das Wagenfenster herunterließ. »Du hast doch nichts dagegen? Es ist sonst zu schwül. Ich habe mein Glück gefunden! Warum hast du nicht geheiratet?«

Sergej Iwanowitsch lächelte.

»Ich freue mich sehr, sie scheint ein reizendes Mäd …«, wollte er beginnen.

»Sprich nicht, sprich nicht, sprich nicht!« rief Ljewin, indem er mit beiden Händen den Kragen seines Pelzes ergriff und ihn einmummte. ›Ein reizendes Mädchen‹, waren so gewöhnliche, so wenig erhabene Worte, daß sie seinem Gefühl ganz und gar nicht entsprachen.

Sergej Iwanowitsch brach in ein fröhliches Lachen aus, was bei ihm selten vorkam.

»Na, das darf ich doch aber sagen, daß ich mich sehr darüber freue.«

»Das kannst du morgen, morgen, und jetzt kein Wort mehr! Kein Wort, kein Wort, nur schweigen –«, sagte Ljewin, und nachdem er ihn noch einmal in den Pelz eingemummt hatte, fügte er hinzu: »Ich habe dich sehr lieb! Wie ist es, kann ich mit dir in die Sitzung?«

»Natürlich kannst du das.«

»Wovon wird heute die Rede sein?« fragte Ljewin, ohne daß das Lächeln aus seinem Gesicht verschwand.

Sie kamen in die Sitzung. Ljewin hörte zu, wie der Schriftführer stockend ein Protokoll verlas, das dieser augenscheinlich selbst nicht verstand; aber Ljewin sah es diesem Schriftführer am Gesicht an, daß er ein lieber, guter und prächtiger Mensch sein müsse. Das war schon daraus zu sehen, daß er bei der Verlesung des Protokolls in Verwirrung geriet und verlegen wurde. Dann begannen die Verhandlungen. Man stritt über die Abstreichung irgendwelcher Summen und über das Legen irgendwelcher Röhren, und Sergej Iwanowitsch griff zwei andere Mitglieder an und sprach lange und mit Erfolg über irgend etwas. Ein anderes Mitglied, das etwas auf einem Zettel notiert hatte, antwortete ihm, anfangs schüchtern, dann aber in sehr giftiger und hübscher Rede. Darauf erhob sich Swijaschskij, der auch zugegen war, und sprach gleichfalls in schöner und würdiger Weise. Ljewin hörte ihnen allen zu, und es war ihm ganz klar, daß es sich weder um die abzustreichenden Summen noch um die Röhren, noch um irgend etwas ähnliches handelte; er sah auch, daß sie gar nicht böse waren, sondern daß sie alle sehr gute, liebe Menschen waren, und daß alles auf eine schöne und nette Art vor sich ging. Sie taten niemand etwas zuleide, und alle mußten sich wohl fühlen. Was Ljewin besonders auffiel, war der Umstand, daß sie alle für ihn gleichsam durchsichtig geworden waren und er heute die Seele eines jeden durchschaute und klar erkannte, daß sie alle gute Menschen waren. Ganz besonders schienen sie ihn, Ljewin, heute überaus lieb zu haben. Das war an der Art und Weise zu erkennen, wie sie mit ihm sprachen, wie freundlich und liebreich selbst alle diejenigen auf ihn blickten, denen er ganz unbekannt war.

»Nun, wie gefällt es dir, bist du zufrieden?« fragte ihn Sergej Iwanowitsch.

»Sehr. Ich hätte nicht gedacht, daß das so interessant sein könnte! Das ist alles sehr nett, ganz ausgezeichnet!«

Swijaschskij kam auf Ljewin zu und lud ihn zum Tee ein. Ljewin konnte es jetzt gar nicht begreifen und sich vergegenwärtigen, was er früher an Swijaschskij auszusetzen gehabt und was er eigentlich von ihm verlangt hatte. Er war zweifellos ein kluger und ungewöhnlich guter Mensch.

»Mit Vergnügen«, antwortete er und fragte ihn dann nach seiner Frau und seiner Schwägerin. Und in einer sonderbaren Gedankenverbindung schien es ihm – da sich in seiner Einbildung der Gedanke an die Schwägerin mit dem einer Heirat verknüpfte – daß er mit niemand so gut wie mit Swijaschskijs Frau und Schwägerin von seinem Glücke sprechen könne, und er freute sich daher sehr, der Einladung Folge zu leisten.

Swijaschskij fragte ihn über sein Unternehmen auf seinem Gute aus, wobei er es wie immer als unmöglich hinstellte, irgend etwas ausfindig zu machen, was nicht schon in Westeuropa als nützlich erkannt worden wäre. Jetzt aber fühlte sich Ljewin dadurch keineswegs unangenehm berührt. Er fühlte im Gegenteil, daß Swijaschskij recht habe, daß alle diese Dinge bedeutungslos seien, und war nur durch die ungewöhnliche Weichheit und Zartheit überrascht, mit der Swijaschskij es vermied, die Richtigkeit seines Standpunktes zu betonen. Die Damen des Hauses waren von einer ganz besonderen Liebenswürdigkeit. Ljewin war es, als ob sie schon alles wüßten und vollen Anteil an seinem Glück nähmen, aber nur aus Zartgefühl kein Wort davon erwähnten. So blieb er eine, zwei, drei Stunden mit ihnen zusammen und unterhielt sich von den verschiedensten Dingen; aber dabei schwebte ihm fortwährend nur das eine vor, von dem seine Seele erfüllt war, und er bemerkte gar nicht, daß er seine Wirte fürchterlich langweilte und für alle längst die Schlafenszeit herangerückt war. Swijaschskij begleitete ihn gähnend ins Vorzimmer und wunderte sich über den seltsamen Zustand, in dem sich sein Freund befand. Es war gegen zwei Uhr nachts. Ljewin kehrte in sein Hotel zurück und erschrak bei dem Gedanken, wie er jetzt ganz allein mit seiner Ungeduld die noch übrigen zehn Stunden verbringen sollte.

Der wachgebliebene Diener, der den Nachtdienst hatte, zündete ihm die Kerzen an und wollte sich dann entfernen; Ljewin aber hielt ihn zurück. Dieser Diener namens Jegor, den Ljewin früher nicht einmal bemerkt hatte, erwies sich jetzt als ein sehr kluger, netter und vor allen Dingen als ein guter Mensch.

»Na, wie ist's, Jegor, es muß wohl recht beschwerlich sein, die Nächte nicht zu schlafen?«

»Was soll man machen! Unser Beruf bringt's nun mal mit sich. Im Herrschaftsdienst hat man's zwar bequemer; dafür verdient man aber hier mehr.«

Im Laufe der Unterhaltung erfuhr Ljewin, daß Jegor Familienvater war, drei Knaben und eine Tochter hatte, die Näherin war, und die er einem Handlungsgehilfen in einem Sattlergeschäft zur Frau geben wollte.

Ljewin benutzte die Gelegenheit, um Jegor den Gedanken auszusprechen, daß in der Ehe die Liebe die Hauptsache sei, und daß man, wenn Liebe vorhanden sei, immer glücklich sein müsse, da das wahre Glück nur in unserem eigenen Innern wohne.

Jegor hörte aufmerksam zu und verstand augenscheinlich Ljewins Gedanken vollkommen; doch zur Bekräftigung dessen machte er auch die für Ljewin unerwartete Bemerkung, er sei, wenn er bei guten Herrschaften diente, immer mit seinen Herrschaften zufrieden gewesen und sei auch jetzt mit seinem gegenwärtigen Herrn durchaus zufrieden, obgleich dieser ein Franzose sei.

»Ein selten guter Mensch!« dachte Ljewin und sagte laut:

»Na, Jegor, und du, als du dich verheiratetest, hast du deine Frau geliebt?«

»Das will ich meinen«, gab Jegor zur Antwort.

Und Ljewin sah, daß Jegor sich gleichfalls in gehobener Stimmung befand und bereit war, ihm seine geheimsten Gefühle zu offenbaren.

»Mein Leben ist auch wunderlich. Von klein auf ...«, begann er mit leuchtenden Augen, offenbar von Ljewins Begeisterung ebenso angesteckt, wie das Gähnen anzustecken pflegt.

Aber in diesem Augenblick ertönte draußen eine Klingel; Jegor ging hinaus, und Ljewin blieb allein. Er hatte bei Tisch fast nichts genossen, hatte bei Swijaschskijs sowohl Tee wie Abendessen abgelehnt und mochte doch nicht an Essen denken. Er hatte die vergangene Nacht nicht geschlafen und mochte doch nicht an Schlaf denken. Im Zimmer war es frisch, er aber meinte, vor Hitze zu ersticken. Er öffnete beide Schalterfensterchen* und setzte sich den offenen Fenstern gegenüber auf den Tisch. Hinter den schneebedeckten Dächern tauchte ein kunstvoll gearbeitetes Kreuz mit herabhängenden Ketten auf, und hoch darüber erhob sich das Dreieck des Sternbildes des Fuhrmanns mit der gelblich leuchtenden Kapella. Er blickte bald auf das Kreuz, bald auf das Sternbild und atmete mit vollen Zügen die frische Frostluft ein, die gleichmäßig ins Zimmer strömte, während er wie im Traum den Bildern und Erinnerungen, die in seiner Phantasie auftauchten, folgte. Gegen vier Uhr hörte er Schritte im Korridor und blickte durch die Türspalte. Es war Mjaskin, ein ihm bekannter Kartenspieler, der aus dem Klub kam. Er schritt finster blickend einher und hüstelte. »Der Arme, der Unglückliche!« dachte Ljewin, und Tränen der Liebe und des Mitleids für diesen Menschen traten ihm in die Augen. Er hätte gern mit ihm gesprochen, ihn getröstet; da er sich aber erinnerte, daß er nur im Hemde war, besann er sich eines andern und setzte sich wieder dem offenen Schalterfenster gegenüber, um

---

* Im Winter werden in Rußland die Fenster fest verklebt, während nur eine eingefügte, kleine Scheibe frei bleibt, die zum Lüften dient.

sich in der kalten Luft zu baden und sich in die Betrachtung des herrlich geformten, stummen, aber für ihn bedeutungsvollen Kreuzes und des höher steigenden gelbleuchtenden Sternes zu versenken. Gegen sieben Uhr begannen die Dielenbohner zu lärmen, es wurde irgendwo zur Frühmesse geläutet; Klingeln ertönten immer öfter, und Ljewin fühlte, daß er zu frösteln begann. Er schloß das Fenster, wusch sich, kleidete sich an und trat auf die Straße hinaus.

15

Die Straßen waren menschenleer. Ljewin begab sich zu dem Hause, in dem die Schtscherbazkijs wohnten. Die vordere Haustür war noch geschlossen und alles schlief. Er kehrte ins Hotel zurück, ging wieder in sein Zimmer und ließ sich Kaffee bringen. Ein Tageskellner, diesmal nicht Jegor, brachte ihm das Verlangte. Ljewin hatte Lust, sich mit ihm in eine Unterhaltung einzulassen, aber es wurde geklingelt, und der Kellner eilte hinaus. Ljewin versuchte Kaffee zu trinken und eine Semmel in den Mund zu stecken; aber sein Mund schien wirklich nicht zu wissen, was er mit der Semmel anfangen sollte. Er spuckte den Bissen aus, zog den Überzieher an und ging wieder fort. Es war gegen zehn Uhr, als er zum zweiten Male an der Freitreppe des Schtscherbazkijschen Hause ankam. Im Hause war man eben erst aufgestanden, und der Koch schickte sich an, seine Einkäufe zu machen. Es ging nicht anders, er mußte jetzt noch mindestens zwei Stunden der Erwartung verbringen.

Die ganze Nacht und den Morgen hatte Ljewin vollkommen unbewußt durchlebt; er fühlte sich von allen materiellen Lebensbedingungen völlig losgelöst. Er hatte den ganzen Tag über nichts gegessen, hatte zwei Nächte nicht geschlafen, hatte mehrere Stunden entkleidet in der Frostluft verbracht – und er fühlte sich nicht nur frisch und wohl wie nie zuvor, sondern hatte auch die Empfindung, als sei er von seinem

Körper völlig unabhängig: er bewegte sich ohne jede Muskelanstrengung und war von dem Gefühl durchdrungen, daß es nichts auf der Welt gäbe, was er nicht zu vollbringen vermöge. Er war überzeugt, daß er in die Lüfte fliegen oder die Ecke eines Hauses von der Stelle rücken könnte, wenn es sein müßte. Er verbrachte die übrige Zeit im Herumschlendern durch die Straßen, blickte unaufhörlich auf die Uhr und sah sich nach allen Seiten um.

Und was er an jenem Morgen sah, hat er später niemals wieder gesehen. Besonders rührten ihn die Kinder, die in die Schule gingen; die dunkelblauen Tauben, die von den Dächern auf die Straße herunterflogen; und sogar die mit Mehl bestreuten, kleinen Semmelchen, die von einer unsichtbaren Hand hinter das Schaufenster gelegt wurden. Diese Brötchen, die Tauben und zwei kleine Knaben erschienen ihm wie überirdische Geschöpfe. Alles dies geschah in ein und demselben Augenblick: ein kleiner Junge lief auf die Taube zu und blickte lächelnd zu Ljewin auf; die Taube hob geräuschvoll ihre Flügel und flatterte im Sonnenschein schimmernd zwischen den in der Luft zitternden Schneestäubchen davon, während aus einem Fenster der wohltuende Duft frischgebackenen Brotes hervordrang und die Semmeln herausgelegt wurden. Dies alles zusammen hatte einen so ungewöhnlichen Reiz, daß Ljewin vor Freude zugleich lachte und weinte. Nachdem er einen großen Umweg durch die Zeitungsgasse und die Kisslowka gemacht hatte, kehrte er abermals ins Hotel zurück, legte die Uhr vor sich hin und setzte sich, um zu warten, bis es zwölf sein würde. Im Nebenzimmer wurde von Maschinen und von einer Betrugsangelegenheit gesprochen, und es hustete jemand, wie man am Morgen nach dem Schlafe zu husten pflegt. Diese Leute verstanden ja nicht, was es für eine Bedeutung hatte, daß der Zeiger schon auf zwölf ging. Jetzt war der Zeiger auf zwölf gerückt, Ljewin trat auf die Freitreppe hinaus. Die Droschkenkutscher wußten offenbar alles. Sie umringten Ljewin mit frohen Gesichtern und stritten um den Vorrang, indem jeder von ihnen ihm seine Dienste anbot. Während er einen von ihnen auswählte und ihn zu Schtscherbazkijs fahren hieß, war er bemüht, die anderen nicht zu kränken und versprach ihnen, ein andermal auch ihre Dienste in Anspruch zu nehmen. Der Kutscher erschien ihm entzückend in seinem weißen Hemdkragen, der aus dem Kaftan hervorragte und sich knapp um den kräftigen, roten, festen Hals legte. Der Schlitten dieses Kutschers war hoch, leicht und so schön, wie Ljewin später nie wieder einen ähnlichen benutzt hatte; und auch das Pferd war gut und gab sich Mühe, schnell zu laufen, kam aber nicht vom Fleck. Der Kutscher kannte das Schtscherbazkijsche Haus; er rundete die Arme mit ganz besonderer Ehrerbietung für den Fahrgast, sagte »Tprru« und hielt an der Anfahrt. Der Schtscherbazkijsche Schweizer aber wußte ganz bestimmt alles. Das war an seinen lächelnden Augen zu erkennen und an der Art und Weise, wie er sagte: »Sie sind aber lange nicht hier gewesen, Konstantin Dmitrijewitsch!«

Und er wußte nicht nur alles, sondern jubelte auch offenbar innerlich darüber und hatte Mühe, seine Freude zu verbergen. Und als Ljewin in seine alten, gutmütigen Augen blickte, da gesellte sich sogar zu seinem Glücke noch ein neues Gefühl.

»Sind die Herrschaften schon auf?«

»Bitte schön! Das können Sie ja hier lassen«, setzte er lächelnd hinzu, als Ljewin umkehren und seine Pelzmütze nehmen wollte. Das mußte doch etwas zu bedeuten haben.

»Wem darf ich Sie melden?« fragte der Diener.

Dieser Diener war, obgleich noch jung und etwas geckenhaft, wie es die neumodischen Diener zu sein pflegen, doch dabei ein sehr guter und braver Mensch, der offenbar auch alles begriff.

»Der Fürstin ... dem Fürsten ... der Prinzessin«, gab Ljewin zur Antwort.

Die erste Person, der er begegnete, war Mademoiselle Linon. Sie ging durch den Saal, und ihr Gesicht sowie alle ihre Wickellöckchen schienen förmlich zu strahlen. Er hatte eben erst mit ihr zu sprechen begonnen, als plötzlich hinter der Tür ein leises Kleiderrascheln vernehmbar wurde. Mademoiselle Linon verschwand vor Ljewins Augen, und ein freudiger Schreck über die Nähe seines Glückes bemächtigte sich seiner.

Mademoiselle Linon wandte sich in geschäftiger Hast von ihm weg, und entfernte sich durch eine andere Tür. Kaum war sie fort, als flinke, leichte Schritte über das Parkett huschten, und sein Glück, sein Leben, sein Ich – sein besseres Selbst, das, was er so lange gesucht und ersehnt hatte – näherte sich ihm mit geflügelten Schritten. Sie ging nicht, sondern schwebte, wie durch unsichtbare Kraft getragen, auf ihn zu.

Er sah nur ihre klaren, ehrlichen Augen, die jetzt in derselben Liebesfreude, die auch sein Herz erfüllte, etwas erschreckt dreinblickten. Diese Augen leuchteten näher und näher zu ihm hin und blendeten ihn mit ihrem Liebeslicht. Sie blieb dicht neben ihm stehen, so daß sie ihn streifte. Ihre Arme hoben sich leicht und senkten sich auf seine Schultern.

Sie hatte alles getan, was sie tun konnte – sie war auf ihn zugeeilt und hatte sich ihm zaghaft und freudig ganz zu eigen gegeben. Da umarmte er sie und preßte seine Lippen auf ihren Mund, der seinen Kuß suchte.

Auch sie hatte die ganze Nacht nicht geschlafen und ihn den ganzen Morgen erwartet. Ihre Eltern hatten ohne Widerspruch ihre Zustimmung gegeben und waren glücklich über ihr Glück. Sie hatte auf ihn gewartet. Sie wollte ihm als erste ihr und sein Glück mitteilen. Sie machte sich bereit, ihn allein zu empfangen, und freute sich dieses Gedankens und zagte und schämte sich zugleich und wußte selbst nicht, was sie tun würde. Da hörte sie seine Schritte, seine Stimme und wartete hinter der Tür, bis Mademoiselle Linon sich entfernt haben würde. Jetzt war Mademoiselle Linon fort, und ohne sich zu besinnen, ohne sich zu fragen, wie sie es und was sie anfangen würde, eilte sie auf ihn zu und tat, was sie tun mußte.

»Kommen Sie zu Mama!« sagte sie und nahm ihn bei der Hand. Er vermochte lange kein Wort hervorzubringen; nicht sowohl, weil er sich fürchtete, die Erhabenheit seiner Gefühle durch ein Wort zu stören, als vielmehr, weil er, sobald er anfangen wollte zu sprechen, fühlte, daß ihm statt der Worte Tränen des Glückes entströmen würden. Er ergriff ihre Hand und küßte sie.

»Ist es wirklich wahr?« sagte er endlich mit erstickter Stimme. »Ich kann es kaum glauben, daß du mich liebst!«

Sie lächelte über dieses »du« und die Schüchternheit, mit der er sie ansah.

»Ja!« sprach sie langsam und bedeutungsvoll. »Ich bin so glücklich!«

Ohne seine Hand loszulassen, trat sie mit ihm in den Empfangssaal. Als die Fürstin die beiden erblickte, begann sie hastig zu atmen und brach dann sogleich in Tränen aus; im selben Augenblick aber lachte sie auch schon, eilte mit so energischen Schritten, wie es ihr Ljewin nicht zugetraut hätte, auf ihn zu, nahm seinen Kopf in beide Hände und küßte ihn, indem sie seine Wangen mit ihren Tränen benetzte.

»So hat alles ein gutes Ende gefunden! Ich bin sehr glücklich. Hab sie lieb! Ich bin sehr glücklich ... Kitty!«

»Ihr seid aber schnell miteinander ins reine gekommen!« bemerkte der alte Fürst, der bemüht war, gleichmütig zu erscheinen. Aber Ljewin sah wohl, daß seine Augen, als er sich zu ihm wandte, feucht waren.

»Ich habe das längst, ich habe das immer gewünscht!« sagte er dann, nahm Ljewins Hand und zog ihn an sich. »Damals schon, als dieses Wetterfähnchen den Einfall hatte ...«

»Papa!« rief Kitty aus und verschloß ihm mit beiden Händen den Mund.

»Na, ich will ruhig sein!« versetzte er. »Ich bin sehr, sehr ... gl ... Ach, wie töricht ich doch bin ...«

Er umarmte Kitty, küßte ihr Gesicht, ihre Hand, und wieder ihr Gesicht und schlug dann ein Kreuz über sie.

Und Ljewin wurde von einem neuen Gefühl der Liebe zu diesem ihm bisher fremden Manne, dem alten Fürsten, ergriffen, als er sah, wie Kitty seine fleischige Hand lange und zärtlich küßte.

16

Die Fürstin nahm schweigend und lächelnd in einem Sessel Platz; der Fürst setzte sich neben sie. Kitty stand neben dem Sessel des Vaters und hielt ihn noch immer fest an der Hand. Alle schwiegen.

Die Fürstin war die erste, die alles beim richtigen Namen nannte und aller Gedanken und Gefühle den Fragen des wirklichen Lebens zuwandte. Und allen erschien dies im ersten Augenblick gleich seltsam und sogar ein wenig peinlich.

»Wann also? Wir müssen die Verlobung feiern und veröffentlichen. Und wann soll dann die Hochzeit sein? Was meinst du, Alexander?«

»Der da«, antwortete der alte Fürst, indem er auf Ljewin deutete, »der ist dabei die Hauptperson.«

»Wann?« fragte Ljewin errötend. »Morgen. Wenn Sie mich fragen, so müßte heute die Verlobung und morgen die Hochzeit stattfinden.«

»Nun, *mon cher*, das ist Unsinn!«

»Gut, dann in acht Tagen.«

»Er ist einfach verrückt.«

»Nein, warum denn nicht?«

»Du lieber Himmel!« versetzte die Mutter mit freudigem Lächeln über diese Eile. »Und die Aussteuer?«

»Soll es wirklich eine Aussteuer und alles, was drum und dran hängt, geben?« dachte Ljewin mit Entsetzen. »Übrigens, kann denn die Aussteuer und die Verlobung und alles andere – kann denn das mein Glück stören? Nichts kann es stören!« Er blickte auf Kitty und bemerkte, daß der Gedanke an eine Aussteuer sie auch nicht im geringsten verletzt hatte. »Wahrscheinlich muß das so sein«, dachte er weiter.

»Ich verstehe ja nichts davon, ich habe nur meinen Wunsch geäußert«, sagte er dann zu seiner Entschuldigung.

»Wir müssen nun alles überlegen. Die Verlobung kann jetzt stattfinden und veröffentlicht werden. Das ist ganz in der Ordnung.«

Die Fürstin trat zu ihrem Gemahl, küßte ihn und wollte sich entfernen, aber er hielt sie fest, umarmte sie und küßte sie zärtlich mehrmals und lächelnd, wie ein junger Bräutigam. Die beiden Alten waren offenbar einen Augenblick lang verwirrt und wußten nicht recht, ob sie selber wieder verliebt seien oder nur ihre Tochter. Als der Fürst und die Fürstin sich entfernt hatten, näherte sich Ljewin seiner Braut und nahm sie bei der Hand. Er hatte jetzt seine Selbstbeherrschung wiedergewonnen und war imstande zu sprechen, und er hatte ihr viel zu sagen. Aber was er sagte, war keineswegs das, was er sagen wollte.

»Ich wußte, daß es so kommen würde! Ich hegte eigentlich niemals irgendwelche Hoffnung; aber im Grunde meiner Seele war ich doch immer davon überzeugt«, begann er. »Ich glaube, daß es so vorherbestimmt war.«

»Und ich?« entgegnete sie. »Selbst damals ...« Sie hielt inne, begann dann aber von neuem, indem sie ihn mit ihren ehrlichen Augen entschlossen ansah: »Selbst damals, als ich mein Glück von mir stieß. Ich habe immer nur Sie geliebt, aber ich war damals verblendet. Ich muß sagen ... werden Sie es vergessen können?«

»Vielleicht ist es besser so. Sie werden mir vieles zu verzeihen haben. Ich muß Ihnen bekennen ...«

Dies war eins von den Dingen, die er beschlossen hatte, ihr zu sagen. Er hatte es bei sich ausgemacht, ihr gleich in den ersten Tagen zweierlei mitzuteilen – einmal, daß er nicht so rein sei wie sie, und dann – daß er kein gläubiger Christ sei. Das war peinlich, aber er hielt sich für verpflichtet, ihr sowohl das eine, wie das andere zu sagen.

»Nein, nicht jetzt, später einmal!« sagte er dann.

»Gut, später einmal; aber Sie müssen es mir unbedingt sagen. Ich fürchte nichts. Ich muß alles wissen. Jetzt ist die Sache also abgemacht.«

Er erläuterte ihren Satz: »Abgemacht ist, daß Sie mich nehmen, wie ich auch immer sei – Sie werden mich nicht mehr abweisen, nicht wahr?«

»Nein, nein.«

Ihre Unterhaltung wurde durch Mademoiselle Linon

gestört, die zwar mit gekünsteltem, aber doch zärtlichem Lächeln hereintrat, um ihren Lieblingszögling zu beglückwünschen. Noch hatte sie das Zimmer nicht verlassen, als die Dienerschaft erschien, um ihre Glückwünsche darzubringen. Dann kamen die Verwandten, und es begann jener glückselige Wirrwarr, aus dem Ljewin bis zum Tag nach seiner Hochzeit überhaupt nicht mehr herauskam. Er fühlte sich beständig peinlich berührt und gelangweilt; aber sein Glücksgefühl steigerte sich immer mehr und mehr. Er hatte fortwährend das Gefühl, daß von ihm vielerlei gefordert würde, wovon er gar nichts wußte – und er tat alles, was man ihm sagte, und alles dies gewährte ihm ein neues Glück. Er dachte, seine Brautschaft könne gar keine Ähnlichkeit mit der aller anderen Menschen haben; die üblichen Bedingungen der Brautschaft müßten sein Glück, das ein ganz außergewöhnliches sein mußte, beeinträchtigen; aber das Ende vom Liede war, daß er genau ebenso handelte, wie alle anderen auch. Und sein Glück wurde dadurch nur immer größer und nahm immer mehr und mehr den Charakter von etwas ganz Besonderem an, das seinesgleichen niemals hatte, noch haben würde.

»Jetzt wollen wir aber Konfekt naschen«, sagte Mademoiselle Linon einmal, und Ljewin machte sich auf, um Konfekt zu kaufen.

»Ich freue mich sehr«, sprach Swijaschskij. »Ich empfehle Ihnen für Ihre Blumensträuße das Fominsche Geschäft.«

»Ah, das muß sein?« sagte er und begab sich zu Fomin.

Sein Bruder äußerte ihm gegenüber, daß er Geld aufnehmen sollte, weil er doch viele Ausgaben haben würde, Geschenke und dergleichen ...

»Ah, Geschenke müssen auch sein?« sagte er und eilte spornstreichs zu Fouldier.

Und sowohl beim Konditor, wie bei Fomin und Fouldier sah er, daß man ihn erwartet hatte, daß die Leute sich dort über ihn und sein Glück freuten, ganz so, wie alle, mit denen er während dieser Zeit in Berührung kam. Es fiel ihm auf, daß ihn nicht nur alle liebten, sondern daß auch alle ihm früher unsympathischen, gegen ihn kalten oder gleichgültigen Menschen von ihm entzückt waren und sich ihm in allem fügten;

alle Welt verhielt sich zart und feinsinnig gegen sein Gefühl und teilte seine Überzeugung, daß er der glückseligste Mensch auf der Welt sei, da seine Braut der Gipfel aller Vollkommenheit sei. Ganz dieselbe Empfindung hatte auch Kitty. Als die Gräfin Nordston sich darauf anzuspielen erlaubte, daß sie sich doch noch etwas Besseres für sie gewünscht hätte, da wurde Kitty so heftig und wies so überzeugend nach, daß ein Besserer als Ljewin in der ganzen Welt nicht zu finden sei, daß die Gräfin Nordston dies zugeben mußte und künftig in Kittys Gegenwart Ljewin nie anders als mit einem entzückten Lächeln begegnete.

Das Geständnis, das er abzulegen versprochen hatte, war das einzige peinliche Ereignis, das in diese Zeit fiel. Er zog den alten Fürsten zu Rat, erhielt von ihm einige Winke und übergab dann Kitty sein Tagebuch, worin aufgezeichnet war, was ihn so sehr quälte. Er hatte einst dieses Tagebuch gerade im Hinblick auf die Braut, die ihm einmal beschieden sein könnte, geschrieben. Zwei Dinge quälten ihn: sein Vorleben und sein Unglaube. Das Geständnis seines Unglaubens ging unbemerkt vorüber. Kitty war religiös und hatte nie an den Wahrheiten der Religion gezweifelt; aber sein äußerlicher Unglaube verletzte sie nicht im geringsten. Sie kannte kraft ihrer Liebe seine ganze Seele, und in seiner Seele sah sie alles, was sie darin zu sehen wünschte. Daß aber ein solcher Seelenzustand mit dem Worte ›ungläubig‹ bezeichnet wurde, das war ihr völlig gleichgültig. Das andere Geständnis dagegen hatte ihr bittere Tränen entlockt.

Ljewin hatte ihr nicht ohne inneren Kampf sein Tagebuch übergeben. Er wußte, daß es zwischen ihm und ihr kein Geheimnis geben könne und dürfe, und darum war er zu dem Schluß gekommen, daß er so handeln müsse; aber er gab sich keine Rechenschaft darüber, wie dies auf sie wirken könnte, er versetzte sich nicht in ihren Seelenzustand hinein. Erst als er an diesem Abend vor der Theatervorstellung zu Schtscherbazkijs kam und beim Eintritt in Kittys Zimmer ihr verweintes, bekümmertes und liebliches Gesicht sah, in dem das ganze Weh über den nicht wieder gutzumachenden, durch ihn verschuldeten Kummer ausgeprägt war – da erst wurde es ihm völlig klar, welch' ein Abgrund seine schmähliche Vergangenheit von ihrer Taubenreinheit trennte, und Entsetzen erfaßte ihn über das, was er getan hatte.

»Nehmen Sie, nehmen Sie diese entsetzlichen Bücher fort!« sagte sie, indem sie die Hefte wegstieß, die vor ihr auf dem Tische lagen. »Warum haben Sie sie mir gegeben? ... Nein, es ist trotz alledem besser so –«, fügte sie, von Mitleid ergriffen hinzu, als sie seine verzweifelte Miene sah. »Aber es ist entsetzlich, entsetzlich!«

Er senkte den Kopf und schwieg. Er konnte nichts sagen.

»Sie werden mir nicht verzeihen können?« brachte er flüsternd hervor.

»Nein, ich habe verziehen; aber es ist entsetzlich!«

Sein Glück war jedoch so groß, daß es auch durch dieses Geständnis nicht gestört werden konnte, sondern dadurch nur eine neue Schattierung erhielt. Sie hatte ihm verziehen; aber seit jenem Tage hielt er sich ihrer noch für weniger würdig, beugte sich moralisch noch tiefer vor ihr und schätzte das unverdiente Glück, das ihm zugefallen war, nur um so höher.

17

Während Alexej Alexandrowitsch in sein einsames Hotelzimmer zurückkehrte, suchte er sich unwillkürlich die Eindrücke der verschiedenen Gespräche zu vergegenwärtigen, die heute während des Mittagessens und nachher geführt worden waren. Was Dolly vom Verzeihen gesagt hatte, rief in ihm nur das Gefühl des Verdrusses hervor. Die Frage, ob das christliche Grundgesetz auf seinen besonderen Fall Anwendung finden könne oder nicht, war eine allzu schwierige, als daß sie mit ein paar oberflächlichen Worten hätte abgetan werden können, und diese Frage hatte Alexej Alexandrowitsch überdies schon längst in verneinendem Sinne entschieden. Von allem, was er heute gehört hatte, hafteten in seinem Geiste die Worte des einfältigen guten Turowzyn am meisten: ›*Er hat sich brav benommen; er hat ihn gefordert und erschossen.*‹ Dieses Vorgehen war offenbar von allen Anwesenden gebilligt worden, wenn sie es auch aus Höflichkeit nicht für angebracht gehalten hatten, ihrem Beifall Ausdruck zu geben.

»Übrigens ist die Sache erledigt, es hat keinen Sinn, weiter daran zu denken«, sprach Alexej Alexandrowitsch zu sich selbst. Und mit seinen Gedanken von nun an nur noch mit seiner bevorstehenden Abreise und seiner Revisionsangelegenheit beschäftigt, betrat er sein Zimmer und fragte den Schweizer, der ihn hinaufgeleitete, wo sein Diener wäre; der Schweizer erwiderte, er sei eben erst fortgegangen. Alexej Alexandrowitsch ließ sich Tee bringen, setzte sich an einen Tisch, nahm das Kursbuch zur Hand und begann den Fahrplan zu studieren.

»Zwei Telegramme –«, sagte der eintretende Diener, der wieder zurückgekehrt war. »Verzeihen Exzellenz, ich war vorhin gerade erst fortgegangen.«

Alexej Alexandrowitsch nahm die Telegramme zur Hand und öffnete sie. Das erste enthielt die Nachricht, daß Strjemow gerade zu dem Posten ernannt worden sei, den Karenin für sich erstrebt hatte. Alexej Alexandrowitsch warf das Telegramm beiseite, erhob sich mit gerötetem Gesicht und begann im Zimmer auf und abzugehen. »*Quos vult perdere dementat*«, sagte er, wobei er unter ›quos‹ jene Persönlichkeiten im Auge hatte, die bei dieser Ernennung mitgewirkt hatten. Was ihn aufbrachte, war nicht der Umstand, daß nicht er es war, der diesen Posten erhielt, daß man ihn geflissentlich umgangen hatte; aber er fand es unbegreiflich, ja erstaunlich, daß man nicht eingesehen hatte, daß dieser Schwätzer, dieser ›Phrasenmacher‹ Strjemow weniger als jeder andere für diese Stellung taugte. Wie ist es möglich, daß diese Leute nicht begriffen haben, daß sie sich und ihr ›Prestige‹ mit dieser Ernennung vernichteten!

»Wahrscheinlich noch etwas von der gleichen Sorte«, sagte er gallig, während er das zweite Telegramm öffnete. Es war von seiner Frau. Die mit Blaustift geschriebene Unterschrift ›Anna‹ fiel ihm zuerst in die Augen. »Ich liege im Sterben, ich bitte, ich flehe dich an, zu kommen. Mit deiner Verzeihung werde ich ruhiger sterben«, las er.

Er lächelte verächtlich und warf das Telegramm beiseite. Daß dies nichts als List und Täuschung sei, daran zweifelte er, wie es ihm schien, im ersten Augenblick nicht im geringsten.

»Es gibt keinen Betrug, dessen sie nicht fähig wäre. Sie muß bald niederkommen. Vielleicht besteht ihre ganze Krankheit in ihrer Niederkunft. Aber welchen Zweck können die beiden damit verfolgen? Die gesetzliche Anerkennung des Kindes zu erlangen, mich zu kompromittieren und die Scheidung zu verhindern«, dachte er weiter. »Aber hier steht doch etwas wie: Ich liege im Sterben ...« Er las das Telegramm noch einmal; und plötzlich traf ihn mit unmittelbarer Gewalt der nackte Sinn der Worte, die darin zu lesen waren. – »Wie, wenn es wahr wäre, daß sie im Augenblick des Leidens und angesichts des Todes aufrichtig bereut – und wenn ich das als eine List betrachte und ihre Bitte abschlage? Das würde nicht nur grausam sein, und die Verurteilung aller herausfordern – ich würde dadurch auch eine Dummheit begehen.«

»Pjotr, bestelle einen Wagen. Ich reise nach Petersburg«, rief er dem Diener zu.

Alexej Alexandrowitsch beschloß, sich sofort nach Petersburg zu begeben und seine Frau zu besuchen. Wenn ihre Krankheit nur Vorspiegelung war, so wollte er schweigen und auf der Stelle wieder abreisen. Wenn sie aber wirklich im Sterben lag und den Wunsch hegte, ihn vor ihrem Tode noch einmal zu sehen – so wollte er ihr verzeihen, wenn er sie noch am Leben träfe, und ihr, sollte er zu spät kommen, die letzte Ehre erweisen.

Während der ganzen Reise dachte er nicht mehr an das, was er zu tun habe.

Mit jenem Gefühl der Müdigkeit und der Unsauberkeit, wie es durch eine im Eisenbahnwagen verbrachte Nacht hervorgerufen zu werden pflegt, fuhr Alexej Alexandrowitsch im Frühnebel des Petersburger Morgens durch die noch leere Newskij-Perspektive und blickte vor sich hin, ohne an das zu denken, was seiner harrte. Er vermochte es nicht, daran zu denken, da er, sobald er sich vorstellte, was eintreten könne, den Gedanken nicht zu verscheuchen vermochte, daß durch ihren Tod auf einen Schlag alle Schwierigkeiten seiner Lage aus dem Wege geräumt sein würden. Die Bäckerjungen, die geschlossenen Läden, die Nachtdroschken, die Hausknechte, die das Trottoir fegten – alles schwirrte vor seinen Augen vorüber, und er zwang sich, alles dies zu beobachten, um die Gedanken an das, was ihm bevorstand – an das, was er zu wünschen nicht wagte und dennoch wünschte, zu übertäuben. Er fuhr an seinem Hause vor. Ein Mietschlitten und ein Wagen mit einem eingeschlafenen Kutscher auf dem Bock standen vor der Anfahrt. Als er in den Vorflur trat, holte Alexej Alexandrowitsch gleichsam aus einem entfernten Winkel seines Gehirns einen Entschluß hervor und wurde einig mit sich selbst. Dieser Entschluß lautete: »Wenn es eine Täuschung ist – ruhige Verachtung und Abreise. Wenn es Wahrheit ist – den äußeren Anstand wahren.«

Der Schweizer öffnete die Tür, noch bevor Alexej Alexandrowitsch geklingelt hatte. Der Schweizer Pjetrow, auch Kapitonytsch genannt, hatte in seinem alten Rock, ohne Binde und in Pantoffeln ein sonderbares Aussehen.

»Was macht die gnädige Frau?«

»Die gnädige Frau sind gestern glücklich entbunden worden.«

Alexej Alexandrowitsch blieb stehen und erblaßte. Jetzt erst wurde es ihm klar, wie heiß er ihren Tod herbeigewünscht hatte.

»Und wie ist ihr Befinden?«

Sein Diener Kornej eilte, noch in der Morgenschürze, die Treppe herab.

»Es steht sehr schlimm«, berichtete er. »Gestern fand eine Konsultation statt, und auch jetzt ist der Doktor hier.«

»Nimm die Sachen«, sagte Alexej Alexandrowitsch, und mit dem Gefühl der Erleichterung über die Nachricht, daß trotz alledem noch Hoffnung auf ihren Tod sei – trat er in das Vorzimmer.

Am Kleiderständer hing ein Offiziersmantel. Alexej Alexandrowitsch bemerkte dies und fragte: »Wer ist hier?«

»Der Arzt, die Hebamme und Graf Wronskij.«

Alexej Alexandrowitsch ging weiter und betrat die inneren Räume.

Im Empfangszimmer befand sich niemand; aus Annas Zimmer trat beim Geräusch seiner Schritte die Hebamme heraus; sie trug ein Häubchen mit lila Bändern. Sie ging auf Alexej Alexandrowitsch zu, nahm ihn mit der Vertraulichkeit, die durch die Nähe des Todes hervorgerufen wird, bei der Hand und zog ihn ins Schlafzimmer.

»Gott sei Dank, daß Sie gekommen sind! Sie spricht immer und immer nur von Ihnen«, sagte sie.

»So geben Sie doch rasch Eis her!« ertönte aus dem Schlafzimmer die gebietende Stimme des Arztes.

Alexej Alexandrowitsch betrat Annas Arbeitszimmer. An ihrem Tisch saß seitwärts zur Stuhllehne Wronskij auf einem niedrigen Sitz. Er hatte das Gesicht in die Hände gedrückt und weinte.

Bei den Worten des Doktors fuhr er auf, ließ die Hände sinken und erblickte Alexej Alexandrowitsch. Beim Anblick des rechtmäßigen Gatten geriet er in eine solche Verwirrung, daß er sich wieder auf seinen Sitz herabsinken ließ und den Kopf in die Schultern einzog, als ob er irgendwohin verschwinden möchte; aber er beherrschte sich gewaltsam, erhob sich und sagte: »Sie liegt im Sterben. Die Ärzte haben erklärt, daß keine Hoffnung mehr sei. Ich muß mich Ihrem Willen völlig unterwerfen – aber erlauben Sie mir, hierzubleiben ... übrigens füge ich mich Ihrem Willen, ich ...«

Als Alexej Alexandrowitsch Wronskij weinen sah, fühlte er sich von jener seelischen Verstimmung ergriffen, die durch den Anblick fremden Leidens stets in ihm hervorgerufen wurde; er wandte das Gesicht ab und ging, ohne ihn zu Ende anzuhören, schnell auf die Tür zu. Aus dem Schlafzimmer ertönte Annas Stimme, die irgend etwas sprach. Ihre Stimme klang heiter, lebhaft, und die Worte kamen in wechselndem, aber auffallend bestimmten Tonfall hervor. Alexej Alexandrowitsch betrat das Schlafzimmer und näherte sich dem Bett. Sie lag so, daß ihr Gesicht ihm zugewandt war. Auf den Wangen brannte eine Röte, ihre Augen blitzten, die kleinen, weißen Hände sahen aus den Manschetten der Nachtjacke hervor und spielten mit einem Zipfel der Bettdecke, den sie hin- und herwandte. Sie schien nicht nur gesund und frisch, sondern in der allerbesten Laune zu sein. Sie sprach rasch, klangvoll und mit ungewöhnlich richtiger und gefühlvoller Betonung.

»Weil Alexej, ich spreche von Alexej Alexandrowitsch – (was für ein sonderbares, schreckliches Schicksal, daß beide Alexej heißen, nicht wahr?) – weil Alexej es mir nicht abschlagen würde. Ich würde es vergessen und er würde mir verzeihen. – Aber warum kommt er denn nicht? Er ist gut, er weiß selbst nicht, wie gut er ist. Ach mein Gott, wie traurig ich bin! Geben Sie mir schnell etwas Wasser! Ach, das wird ihr – meiner Kleinen, schaden! Gut, so geben Sie sie der Amme. Nun, ich bin ja einverstanden, es ist sogar besser so. Er wird kommen, und es wird ihm weh tun, sie zu sehen. Tun Sie sie fort.«

»Anna Arkadjewna, er ist gekommen. Da ist er! –« sprach die Hebamme und bemühte sich, ihre Aufmerksamkeit auf Alexej Alexandrowitsch zu lenken.

»Ach, was für ein Unsinn!« fuhr Anna fort, ohne den Gatten zu sehen. »Geben Sie sie mir doch, meine Kleine, geben Sie sie mir! Er ist noch nicht gekommen. Sie sagen, er wird mir nicht verzeihen, weil Sie ihn nicht kennen. Keiner hat ihn gekannt. Nur ich, und auch mir ist es schwergefallen. Seine Augen, man muß sie kennen – Serjosha hat ebensolche, und ich mag sie deshalb nicht sehen. Hat man Serjosha zu essen gegeben? Ich weiß ja, das werden alle vergessen. Er hätte es nicht vergessen. Man muß Serjosha ins Eckzimmer betten und Mariette bitten, bei ihm zu schlafen.«

Plötzlich kauerte sie sich zusammen, verstummte und hob erschreckt, als erwarte sie einen Schlag, als wolle sie sich schützen, die Hände zum Gesicht. Sie hatte ihren Mann gesehen.

»Nein, nein!« begann sie wieder, »ich fürchte ihn nicht, ich fürchte den Tod. Alexej, komm hierher. Ich habe Eile, weil ich keine Zeit habe; ich habe nur noch kurze Zeit zu leben, gleich wird mich wieder das Fieber ergreifen und dann werde ich nichts mehr verstehen. Jetzt bin ich bein klarem Verstand, ich verstehe alles und sehe alles.«

Alexej Alexandrowitschs runzeliges Gesicht hatte einen

Ausdruck der Qual angenommen; er ergriff ihre Hand und wollte etwas sagen, vermochte aber kein Wort hervorzubringen; seine Unterlippe begann zu zittern, aber noch kämpfte er mit seiner Erregung und blickte nur zuweilen auf Anna herab. Und jedesmal, wenn er sie ansah, begegnete er ihren Augen, die mit einer so gerührten und feierlichen Zärtlichkeit zu ihm aufblickten, wie er sie noch niemals in ihnen gesehen hatte.

»Warte nur, du weißt nicht ... Warten Sie, warten Sie ...«, sie hielt inne, als wolle sie ihre Gedanken sammeln. »Ja«, begann sie dann wieder. »Ja, ja, ja. Das war's, was ich sagen wollte. Wundere dich nicht über mich. Ich bin immer dieselbe geblieben ... Aber in mir ist noch eine andere, ich fürchte sie – diese hat sich in ihn verliebt, und ich wollte dich gerne hassen und konnte doch nicht vergessen, wie ich früher gewesen war. Die bin ich nicht. Jetzt bin ich die richtige, ganz die eine. Ich sterbe jetzt, ich weiß, daß ich sterben werde, frag ihn nur. Ich fühle jetzt auch, da sind sie – Zentnergewichte auf den Händen, auf den Füßen, auf den Fingern. Die Finger – so riesengroß sind sie! Aber das ist alles bald zu Ende ... Ich will nur eins: du verzeih mir, verzeih mir von Herzen! Ich bin voller Sünde, aber mir hat die Njanja gesagt: die heilige Märtyrerin – wie hieß sie doch? Die war noch schlimmer. Und ich will nach Rom fahren, da gibt es einsame Klöster, da werde ich niemand stören, und ich nehme nur Serjosha mit mir und mein kleines Mädchen ... Nein, du kannst mir nicht verzeihen! Ich weiß, das kann man nicht verzeihen! Nein, nein, geh fort, du bist zu gut! –« Sie hielt mit der einen heißen Hand die seine, während sie ihn mit der andern von sich stieß.

Die seelische Erschütterung, die sich Alexej Alexandrowitschs bemächtigt hatte, steigerte sich immer mehr und hatte jetzt einen solchen Grad erreicht, daß er nicht länger dagegen ankämpfte; er fühlte plötzlich, daß die Empfindung, die er für eine seelische Erschütterung gehalten hatte, im Gegenteil ein glückseliger Gemütszustand war, der ihn auf einmal mit einem neuen Glücksgefühl erfüllte, wie er es nie zuvor empfunden hatte. Er dachte nicht daran, daß ihm jenes christliche Gebot, das er sein ganzes Leben lang befolgen wollte, befahl, zu verzeihen und seine Feinde zu lieben; aber ein freudiges Gefühl der Liebe und Vergebung für seine Feinde erfüllte seine Seele. Er fiel auf die Knie, legte den Kopf auf ihr Handgelenk, das ihn durch den Stoff des Ärmels hindurch wie Feuer brannte, und schluchzte wie ein Kind. Sie umfing seinen kahlen Kopf, schob sich näher zu ihm heran und hob die Augen mit herausforderndem Stolz zum Himmel empor.

»Da ist er, ich wußte es! Jetzt lebt alle wohl, lebt wohl! ... Da sind sie wieder gekommen – warum gehen sie nicht weg? ... Ach, nehmen Sie doch die Pelze von mir herunter!«

Der Doktor löste ihre Hände, hob sie vorsichtig auf das Kissen und deckte ihre Arme bis auf die Schultern zu. Sie lag gehorsam auf dem Rücken und sah mit strahlendem Blicke vor sich hin.

»Denke daran, daß ich nur deine Vergebung haben wollte, daß ich weiter nichts will ... Warum kommt er nicht? –« sprach sie dann wieder, zur Tür gewendet, wo Wronskij saß. »Komm her, komm her! Gib ihm die Hand.«

Wronskij näherte sich dem Bettrande, und als er Anna erblickte, schlug er wieder die Hände vors Gesicht.

»So zeig doch dein Gesicht, sieh ihn doch an. Er ist ein Heiliger!« rief sie. »Zeig dein Gesicht, zeig dein Gesicht!« wiederholte sie ärgerlich. »Alexej Alexandrowitsch, nimm ihm die Hände vom Gesicht! Ich will ihn sehen.«

Alexej Alexandrowitsch ergriff Wronskijs Hände und zog sie ihm vom Gesicht, dem jetzt die Qual und Scham, die es zerwühlten, einen schrecklichen Ausdruck verliehen.

»Gib ihm die Hand. Verzeih ihm.«

Alexej Alexandrowitsch reichte ihm die Hand, ohne die Tränen zurückzuhalten, die ihm aus den Augen stürzten.

»Gott sei Dank, Gott sei Dank«, murmelte sie, »jetzt ist alles getan. Nur ein bißchen streckt mir die Füße gerade. So, so ist's gut. Wie diese Blumen doch geschmacklos sind, sie sehen Veilchen gar nicht ähnlich –«, sprach sie dann, indem sie auf die Tapete deutete. »Mein Gott! Mein Gott! Wann wird das ein Ende nehmen? Geben Sie mir Morphium. Doktor, geben Sie mir doch Morphium. O mein Gott, mein Gott!«

Und sie warf sich im Bette hin und her. –

Der Hausarzt und die andern Ärzte erklärten, daß bei ihr das Kindbettfieber ausgebrochen sei, das in neunundneunzig Fällen unter hundert mit dem Tode endige. Den ganzen Tag lag sie im Fieber, sprach irre oder verfiel in Bewußtlosigkeit. Um Mitternacht lag die Kranke ohne Besinnung da, und der Puls war kaum mehr zu spüren.

Das Ende wurde jeden Augenblick erwartet.

Wronskij begab sich nach Hause, gegen Morgen aber kam er wieder, um zu hören, wie es stehe, und Alexej Alexandrowitsch, der ihm im Vorzimmer entgegenkam, sagte zu ihm: »Bleiben Sie, vielleicht fragt sie nach Ihnen.« Er führte ihn selbst ins Wohnzimmer seiner Frau. Gegen Morgen trat wieder der frühere Zustand ein: fieberhafte Erregung und Lebhaftigkeit, ein blitzschnelles Abspringen der Gedanken, in wilder Hast hervorgesprudelte Reden, bis die Kranke schließlich wieder in Bewußtlosigkeit verfiel. Der dritte Tag nahm den gleichen Verlauf, und die Ärzte erklärten, daß ein Schimmer von Hoffnung vorhanden sei. An diesem Tage betrat Alexej Alexandrowitsch das Arbeitszimmer, in welchem Wronskij sich aufhielt und nahm, nachdem er die Tür hinter sich geschlossen hatte, ihm gegenüber Platz.

»Alexej Alexandrowitsch«, begann Wronskij, in dem Gefühl, daß jetzt die erwartete Auseinandersetzung nahe sei, »ich bin unfähig zu sprechen, und ebenso unfähig irgend etwas zu verstehen. Schonen Sie mich! So schwer Sie auch zu tragen haben, glauben Sie mir, meine Qualen sind noch furchtbarer.«

Er wollte sich erheben, Alexej Alexandrowitsch aber ergriff seine Hand und sagte:

»Ich bitte Sie, mich anzuhören, es ist durchaus notwendig. Ich muß Ihnen meine Gefühle erklären, sowohl diejenigen, von denen ich mich bisher habe leiten lassen, als auch diejenigen, die in der Zukunft für mich maßgebend sein werden; ich tue dies, damit Sie sich in bezug auf mich keiner Täuschung hingeben. Sie werden wissen, daß ich zur Scheidung entschlossen war und sogar schon die einleitenden Schritte dazu getan hatte. Ich will Ihnen nicht verhehlen, daß ich anfangs mit mir kämpfte und große Qualen litt; ich gestehe

Ihnen, daß mich der Gedanke verfolgte, mich an Ihnen und an ihr zu rächen. Als ich das Telegramm erhielt, reiste ich mit denselben Gefühlen hierher; ich will noch mehr sagen: ich wünschte ihren Tod herbei. Aber ...« Er schwieg einen Augenblick, in Unschlüssigkeit, ob er diesem Manne alle seine Gefühle enthüllen solle oder nicht. – »Aber als ich sie wiedersah, da verzieh ich ihr. Und das Glück, das ich empfand, als ich ihr verzieh, zeigte mir, wo meine Pflicht liegt. Ich habe ganz und ohne Rückhalt verziehen. Ich will die andere Backe hinhalten, ich will auch das Hemd hergeben, wenn man mir den Rock nimmt. Ich bitte Gott nur darum, daß er mir das Glück nicht rauben möge, das ich in der Vergebung finde!«

In seinen Augen glänzten Tränen, und sein heller, ruhiger Blick machte Wronskij betroffen.

»Das ist die Lage, in der ich mich befinde. Sie können mich in den Kot treten, mich zur Zielscheibe des Spottes vor der Welt machen – ich werde sie nicht verstoßen, und Ihnen werde ich nie ein Wort des Vorwurfes sagen«, fuhr Alexej Alexandrowitsch fort. »Meine Pflicht liegt klar vor mir: ich muß mit ihr zusammenbleiben und werde es tun. Wenn sie danach verlangen sollte, Sie zu sehen, so werde ich Sie davon benachrichtigen; jetzt aber wird es wohl am besten sein, wenn Sie sich entfernen.«

Er stand auf; Schluchzen unterbrach seine Worte. Auch Wronskij erhob sich und blickte in gebeugter Haltung, ohne sich aufzurichten, unter den Augenbrauen hervor zu ihm hinüber. Er war unfähig, Alexej Alexandrowitschs Gefühle zu begreifen. Aber das eine fühlte er, daß darin etwas Hohes und seiner Weltanschauung sogar Unzugängliches lag.

18

Nach seiner Unterredung mit Alexej Alexandrowitsch ging Wronskij die Treppe des Kareninschen Hauses hinunter und blieb dann stehen, während er sich mit Mühe klarzumachen suchte, wo er sich befand und wohin er gehen oder fahren wollte. Er fühlte sich beschämt, gedemütigt, schuldbeladen und dabei der Möglichkeit beraubt, die Schmach seiner Erniedrigung abzuwaschen. Er fühlte sich aus jener Bahn geschleudert, auf der er bis jetzt so stolz und leicht einhergewandelt war. Alle die Gewohnheiten und Grundsätze seines Lebens, die ihm bisher so unverrückbar erschienen waren, hatten sich plötzlich als falsch oder als nicht anwendbar erwiesen. Der betrogene Gatte, den er bis jetzt als ein klägliches Geschöpf, als ein zufälliges und einigermaßen lächerliches Hindernis, das seinem Glück im Wege stand, betrachtet hatte, war plötzlich von ihr selbst herbeigerufen worden und zeigte sich jetzt auf einer Höhe der Gesinnung, die eine geradezu knechtische Ehrfurcht zu ihm einflößte – und dieser Gatte erschien auf dieser Höhe nicht etwa bösartig, falsch oder lächerlich, sondern als ein guter, einfacher und erhabener Mensch. Wronskij konnte nicht umhin, das zu fühlen. Die Rollen waren plötzlich vertauscht. Wronskij fühlte die Seelengröße dieses Mannes und seine eigene Erniedrigung, fühlte wie sehr jener im Recht und er im Unrecht war. Er fühlte, wie großherzig der Gatte selbst in seinem Kummer zu sein wußte, und wie erbärmlich und klein er dagegen in seinem Betrug war. Aber diese Erkenntnis seiner Erbärmlichkeit im Vergleich mit eben dem Mann, den er ungerechterweise verachtet hatte, machte nur einen kleinen Teil seiner Qualen aus. Er fühlte sich jetzt unaussprechlich unglücklich, weil seine Leidenschaft für Anna, gegen die er in der letzten Zeit erkaltet zu sein schien, jetzt, wo er wußte, daß er sie für immer verloren hatte, heftiger aufflammte als je zuvor. Er hatte sie während ihrer Krankheit erst ganz kennengelernt, hatte auf den Grund ihrer Seele geschaut, und es schien ihm, als habe er sie bis jetzt nie wirklich geliebt. Und jetzt, da er sie erkannt, da er sie liebte, wie man in Wahrheit lieben muß – jetzt war er vor ihr gedemütigt worden, jetzt hatte er sie für immer verloren und hinterließ ihr nichts anderes als eine beschämende Erinnerung. Am furchtbarsten aber war seine Lage in jenem lächerlichen, schmählichen Augenblick gewesen, als Alexej Alexandrowitsch ihm die Hände von dem schamroten Gesicht zog. Er stand wie verloren auf der Freitreppe des Kareninschen Hauses und wußte nicht, was er tun sollte.

»Wünschen Sie einen Wagen?« fragte der Schweizer.

»Ja, einen Wagen.«

Nach Hause zurückgekehrt, warf sich Wronskij nach den drei schlaflosen Nächten angekleidet, wie er war, der Länge nach, mit dem Gesicht nach unten, aufs Sofa und drückte die Stirn gegen die gefalteten Hände. Der Kopf war ihm schwer. Die seltsamsten Vorstellungen, Erinnerungen und Gedanken lösten einander mit außergewöhnlicher Schnelligkeit und Klarheit ab: bald war es die Arznei, die er für die Kranke in einen Löffel goß und dabei überlaufen ließ; dann waren es die weißen Hände der Hebamme, dann die sonderbare Stellung, in der er Alexej Alexandrowitsch auf dem Boden vor dem Bett gesehen hatte.

»Schlafen! Vergessen!« sprach er zu sich selbst, mit der ruhigen Zuversicht eines gesunden Menschen, der gewohnt ist, daß der Schlaf sich sogleich einstellt, sobald er sich müde fühlt und das Bedürfnis nach Ruhe hat. Und in der Tat begannen sich seine Gedanken in demselben Augenblick zu verwirren, und er begann in den Abgrund der Vergessenheit zu versinken. Die Meereswogen des unbewußten Lebens schlugen bereits über seinem Haupt zusammen, als er sich plötzlich wie von einem starken elektrischen Schlag getroffen fühlte. Er zuckte so heftig zusammen, daß sein ganzer Körper auf den Sprungfedern des Sofas erzitterte und er sich auf die Hände gestützt erschreckt auf den Knien in die Höhe richtete. Seine Augen waren weit geöffnet, als ob er gar nicht geschlafen hätte. Die Schwere im Kopf und die Mattigkeit in den Gliedern, die er noch einen Augenblick vorher empfunden hatte, waren plötzlich verschwunden.

»Sie können mich in den Kot treten«, hörte er Alexej

Alexandrowitschs Worte, und er sah ihn vor sich, und er sah auch Anna mit dem von der Fieberhitze geröteten Gesicht und den funkelnden Augen, wie sie voll Zärtlichkeit und Liebe nicht auf ihn, sondern auf Alexej Alexandrowitsch blickte. Und er sah seine eigene, wie ihm schien, jämmerliche und zugleich lächerliche Gestalt in dem Augenblick, als Alexandrowitsch ihm die Hände vom Gesicht zog. Er streckte wieder die Füße aus, warf sich in der früheren Stellung auf den Diwan und schloß die Augen.

»Schlafen, schlafen!« wiederholte er bei sich. Aber vor den geschlossenen Augen erstand noch deutlicher Annas Gesicht, wie er es an dem für ihn denkwürdigen Abend nach dem Rennen gesehen hatte.

»Das ist vorbei und wird nie wiederkehren, sie will es aus ihrer Erinnerung löschen. Ich aber kann ohne sie nicht leben. Wie sollen wir uns denn versöhnen, wie sollen wir uns denn versöhnen?« sprach er laut und begann unbewußt diese Worte zu wiederholen. Diese Wiederholung derselben Worte hemmte ein wenig das Auftauchen von neuen Bildern und Erinnerungen, die sich, wie er fühlte, in seinem Kopfe zusammendrängten. Aber seine überreizte Einbildungskraft ließ sich dadurch nicht lange in Fesseln halten. Wieder begannen die schönsten Augenblicke der Vergangenheit einer nach dem andern mit außerordentlicher Schnelligkeit vor ihm aufzutauchen, zugleich aber auch die Erinnerung an die vor kurzem erlittene Demütigung. »Nimm ihm die Hände fort«, hörte er Annas Stimme. Und er nimmt ihm die Hände fort und fühlt den beschämten und einfältigen Ausdruck seines Gesichts.

Er lag noch immer da und versuchte einzuschlafen, obgleich er fühlte, daß nicht die geringste Hoffnung darauf vorhanden sei; und fortwährend wiederholte er flüsternd Worte, wie sie ihm gerade in den Sinn kamen, in dem Bestreben, die neu auftauchenden Bilder dadurch zurückzudrängen. Er lauschte seiner eigenen Stimme – und hörte, wie er mit seltsamem wahnsinnigen Geflüster die Worte wiederholte: »Ich habe es nicht zu schätzen gewußt, ich habe es nicht zu benutzen gewußt! Ich habe es nicht zu schätzen gewußt, ich habe es nicht zu benutzen gewußt!«

»Was ist das? Werd' ich am Ende wahnsinnig?« sprach er zu sich. »Wohl möglich. Weshalb wird man denn verrückt, weshalb erschießt man sich denn?« beantwortete er sich selbst seine Frage; er öffnete die Augen und bemerkte mit Verwunderung neben seinem Kopf ein Kissen, das Warja, die Frau seines Bruders, für ihn gestickt hatte. Er streichelte die Quaste des Kissens und bemühte sich, an Warja zu denken, sich darauf zu besinnen, wann er sie zum letzten Mal gesehen habe. Allein es wurde ihm zur Qual, an irgend etwas Nebensächliches zu denken. »Nein, ich muß einschlafen!« Er schob das Kissen näher zu sich heran und drückte den Kopf dagegen, aber es kostete ihn große Anstrengung, die Augen geschlossen zu halten. Endlich sprang er auf und setzte sich aufrecht hin. »Das ist für mich abgetan«, sprach er zu sich selbst. »Ich muß mir überlegen, was ich tun soll, was mir zu tun noch übrig bleibt!« Er durchlief rasch in Gedanken sein ganzes Leben, soweit es sich unabhängig von seiner Liebe zu Anna abgespielt hatte.

»Ehrgeiz? Serpuchowskoj? Die große Welt? Der Hof?« An keinem Punkte wollten seine Gedanken haften bleiben. Alles dies hatte früher einen Sinn gehabt, jetzt aber gab es für ihn nichts Derartiges mehr. Er erhob sich vom Sofa, zog den Rock aus, lockerte den Gürtelriemen, entblößte die behaarte Brust, um freier atmen zu können, und schritt im Zimmer auf und ab. »Ja, so wird man verrückt«, wiederholte er, »und so erschießt man sich auch ... damit man sich nicht zu schämen braucht«, fügte er langsam hinzu.

Er ging zur Tür und verschloß sie; dann ging er mit starrem Blick und fest zusammengebissenen Zähnen an seinen Tisch, nahm einen Revolver zur Hand, betrachtete ihn, drehte ihn auf die geladene Kammer und versank in Nachdenken. Wohl zwei Minuten stand er so mit gesenktem Kopf und dem Ausdruck angespanntester Denkarbeit, den Revolver in der Hand, unbeweglich da und brütete. »Selbstverständlich«, sagte er dann, als hätte ihn ein logischer, lange andauernder und klarer Gedankengang zu einem unwiderleglichen Schluß geführt. In Wahrheit dagegen war dieses für ihn so überzeugende ›selbstverständlich‹ nur eine Folge der Wiederholung genau desselben Kreises von Erinnerungen und Vorstellungen, den er nun schon hundertmal in dieser Stunde durchlaufen hatte. Es waren dieselben Erinnerungen an ein für immer verlorenes Glück, dieselben Vorstellungen der Zwecklosigkeit alles dessen, was ihm noch im Leben bevorstand; es war dasselbe Bewußtsein seiner Demütigung; und es war auch die gleiche Folge dieser Vorstellungen und Gefühle.

»Selbstverständlich«, wiederholte er, als seine Gedanken zum drittenmal den gleichen, verzauberten Kreis von Erinnerungen und Bildern zu durchlaufen begannen, und indem er den Revolver an die linke Seite der Brust legte, tat er mit der ganzen Hand einen starken Ruck, als ob er sie plötzlich zur Faust ballen wollte und drückte ab. Er hörte nicht den Knall eines Schusses, aber ein kräftiger Stoß gegen seine Brust warf ihn plötzlich um. Er wollte sich am Rande des Tisches festhalten, ließ den Revolver fallen, schwankte und fiel in sitzender Haltung zur Erde, während er verwundert um sich schaute. Er erkannte sein Zimmer nicht, als sein Blick von unten auf die gedrechselten Füße des Tisches, auf den Papierkorb und das Tigerfell fiel. Die schnellen knarrenden Schritte seines Dieners, der durch den Salon eilte, brachten ihn zur Besinnung. Er strengte seine Gedanken an und begriff nun, daß er am Boden liege, und als er das Blut auf dem Tigerfell und an seiner Hand sah, da wurde ihm klar, daß er auf sich geschossen hatte.

»Wie dumm! Schlecht getroffen«, murmelte er und tastete mit der Hand nach dem Revolver. Er lag dicht neben ihm – aber er suchte ihn weiter ab. Während er fortfuhr, umherzutasten, bog er sich nach der anderen Seite, und außerstande, sich im Gleichgewicht zu halten, sank er blutüberströmt zu Boden.

Sein stutzerhafter Diener mit dem Backenbart, der mehr als einmal den eigenen Bekannten gegenüber über die Schwäche seiner Nerven geklagt hatte, erschrak so heftig, als er seinen Herrn am Boden liegen sah, daß er auf die Gefahr hin, ihn verbluten zu lassen, forteilte, um Hilfe herbeizuholen. Eine Stunde später war Warja, die Frau von Wronskijs Bruder, zur Stelle; sie brachte mit Hilfe dreier Ärzte, nach denen sie gleichzeitig ausgeschickt und die sich alle eingefunden hatten, den Verwundeten zu Bett und blieb an seiner Seite, um ihn zu pflegen.

19

Der Fehler, den Alexej Alexandrowitsch damit begangen hatte, daß er damals, als er sich auf das Wiedersehen mit seiner Frau vorbereitete, nicht an die Möglichkeit gedacht hatte, daß ihre Reue eine aufrichtige sein könne, daß er ihr verzeihen, und sie am Leben bleiben würde, – dieser Fehler kam ihm erst zwei Monate nach seiner Rückkehr aus Moskau in seiner ganzen Tragweite zum Bewußtsein. Aber der Fehler, den er begangen, war nicht nur daher gekommen, daß er an diese Möglichkeit nicht gedacht hatte, sondern auch daraus, daß er bis zur Stunde des Wiedersehens mit seiner todkranken Frau sein eigenes Herz nicht gekannt hatte. Zum erstenmal in seinem Leben gab er sich am Krankenbett seiner Frau jenem Gefühl mitleidiger Rührung hin, das in ihm durch die Leiden anderer Menschen erweckt zu werden pflegte und dessen er sich früher als einer schädlichen Schwäche geschämt hatte. Und sein Mitleid mit ihr und die Reue darüber, daß er ihren Tod herbeigewünscht hatte, und vor allem die Seligkeit des Verzeihens – dies alles bewirkte, daß er plötzlich nicht nur eine Linderung seiner eigenen Leiden fühlte, sondern auch eine seelische Ruhe empfand, die er früher nie gekannt hatte. Er wurde sich plötzlich bewußt, daß gerade das, was die Quelle seiner Schmerzen gewesen, zur Quelle seiner seelischen Freude geworden war, – daß das, was er als unlösbar betrachtet hatte, als er noch verurteilte, richtete und haßte, einfach und klar geworden war, nachdem er gelernt hatte zu verzeihen und zu lieben.

Er hatte seiner Frau verziehen und Mitleid mit ihr gefühlt, als er sah, daß sie litt und das Geschehene bereute. Er hatte Wronskij verziehen und Mitleid mit ihm gefühlt, besonders, als das Gerücht von dessen Verzweiflungstat zu ihm gedrungen war. Auch sein Sohn dauerte ihn jetzt mehr als früher, und er machte es sich zum Vorwurf, daß er sich zu wenig um ihn gekümmert hatte. Aber dem neugeborenen kleinen Mädchen brachte er ein ganz besonderes Gefühl entgegen, ein Gefühl nicht nur des Mitleids, sondern der Zärtlichkeit. Anfangs hatte er sich einfach aus Mitleid des neugeborenen, schwächlichen Mädchens, das nicht seine Tochter war, angenommen. Es wäre, da es während der Krankheit der Mutter vernachlässigt wurde, wahrscheinlich gestorben, wenn er sich nicht um das Kind bekümmert hätte – und er selber merkte es nicht, wie es ihm nach und nach ans Herz wuchs. Mehr als einmal am Tag ging er ins Kinderzimmer und verweilte dort längere Zeit, so daß sich die Amme und die Bonne, die sich im Anfang vor ihm fürchteten, allmählich an ihn gewöhnten. Bisweilen konnte er eine halbe Stunde lang schweigend auf das schlafende, rötlich-safranfarbige und faltige Gesichtchen des Säuglings blicken und den Bewegungen der sich runzelnden Stirn oder der vollen Händchen mit den eingebogenen Fingerchen folgen, wie sie mit dem Handrücken die Äuglein oder das Näschen rieben. In solchen Augenblicken fühlte sich Alexej Alexandrowitsch ganz besonders ruhig und im Einklang mit sich selbst und sah in seiner Lage nichts Außergewöhnliches, nichts, was einer Änderung bedurft hätte.

Aber je mehr Zeit verging, um so klarer sah er ein, daß es ihm, so natürlich ihm selbst jetzt diese Lage erschien, nicht vergönnt sein würde, darin zu verharren. Er fühlte, daß es außer der wohltuenden geistigen Kraft, die seine Seele lenkte, auch noch eine andere, gröbere, ebenso mächtige oder noch mächtigere Kraft gab, die sein Leben lenkte, und daß diese Kraft ihm jenen Seelenfrieden nicht auf die Dauer lassen würde, den er sich so sehr zu bewahren wünschte. Er fühlte, daß ihn alle Menschen mit fragender Verwunderung ansahen, daß sie ihn nicht verstanden und irgend etwas von ihm erwarteten. Ganz besonders machte sich ihm die Unsicherheit und Unnatürlichkeit seiner Beziehungen zu seiner Frau fühlbar.

Als die durch die Nähe des Todes in ihr wachgerufene weiche Stimmung verflogen war, begann Alexej Alexandrowitsch zu bemerken, daß Anna sich vor ihm fürchtete, seine Gegenwart als lästig empfand, und daß sie ihm nicht gerade in die Augen sehen konnte. Sie schien ihm etwas sagen zu wollen und sich doch nicht dazu entschließen zu können. Es war, als ob auch sie im Vorgefühl dessen, daß ihre jetzigen Beziehungen nicht andauern könnten, etwas von ihm erwarte, was eine Änderung dieses Zustandes hervorrufen müßte.

Ende Februar geschah es, daß Annas neugeborenes Töchterchen, das gleichfalls Anna getauft worden war, erkrankte. Alexej Alexandrowitsch war am Morgen im Kinderzimmer gewesen, hatte angeordnet, daß zum Arzt geschickt würde, und war dann ins Ministerium gefahren. Nachdem er seine dienstlichen Angelegenheiten erledigt hatte, kehrte er gegen vier Uhr nach Hause zurück. Im Vorzimmer fand er einen stattlichen Bedienten mit Goldtressen und in einem Bärenkragen vor, der einen weißen Pelzmantel aus amerikanischem Hundefell über dem Arm trug.

»Wer ist da?« fragte Alexej Alexandrowitsch.

»Die Fürstin Jelisawjeta Fjodorowna Twerskaja«, erwiderte der Diener, wie Karenin zu bemerken glaubte, mit einem Lächeln.

Im Laufe dieser schweren Zeit hatte Alexej Alexandrowitsch bemerkt, daß seine Bekannten aus der Gesellschaft, und besonders die Damen, einen außerordentlichen Anteil an ihm und seiner Frau nahmen. Er hatte bei all diesen Bekannten eine mühsam verhehlte Freude über irgend etwas bemerkt, denselben Ausdruck der Freude, den er damals in den Augen des Rechtsanwalts und jetzt eben in den Augen des Dieners gesehen hatte. Alle schienen über irgend etwas entzückt zu sein, sich in einer Stimmung zu befinden, als feierten sie eine Hochzeit. Wenn man ihm begegnete, so erkundigte man sich mit kaum verhehlter Freude nach ihrem Befinden.

Die Anwesenheit der Fürstin Twerskaja war Alexej Alexandrowitsch sowohl durch die Erinnerungen, die mit ihr verknüpft waren, als auch wegen der Abneigung, die er stets

625

gegen sie empfunden hatte, unangenehm, und er begab sich daher ohne Aufenthalt in die für die Kinder bestimmten Räume. Im ersten Kinderzimmer lag Serjosha mit der Brust auf dem Tisch und den Füßen auf einem Stuhl und zeichnete etwas, wobei er lustig plauderte. Die englische Gouvernante, die während Annas Krankheit die Französin abgelöst hatte und mit einer Mignardise-Häkelarbeit neben dem Knaben saß, stand hastig auf, machte vor dem Eintretenden einen Knicks und zog Serjosha herunter.

Alexej Alexandrowitsch strich seinem Sohn mit der Hand übers Haar, beantwortete die Frage der Gouvernante nach dem Befinden seiner Frau und erkundigte sich darauf, was der Arzt über das Baby gesagt habe.

»Der Arzt meinte, daß es nicht Gefährliches sei, und hat Wannenbäder verordnet, gnädiger Herr.«

»Aber sie leidet sichtlich«, bemerkte Alexej Alexandrowitsch, indem er auf das Geschrei des Kindes im Nebenzimmer lauschte.

»Ich glaube, daß die Amme nichts taugt, gnädiger Herr«, sagte die Engländerin jetzt entschieden.

»Weshalb meinen Sie das?« fragte er, indem er stehenblieb.

»So war es bei der Gräfin Paul, gnädiger Herr. Das Kind wurde als krank behandelt, bis es sich herausstellte, daß es einfach hungrig war: die Amme hatte keine Milch, gnädiger Herr.«

Alexej Alexandrowitsch wurde nachdenklich, blieb noch einige Sekunden lang stehen und ging dann durch die andere Tür hinaus. Die Kleine lag mit zurückgeworfenem Köpfchen, unter krampfhaften Zuckungen in den Armen der Amme und wollte weder die dargereichte volle Brust annehmen noch aufhören zu schreien, obwohl sowohl Amme wie Kinderfrau sich über sie beugten und sie mit wiederholtem ›Sch-sch-sch‹ zu beruhigen suchten.

»Geht es noch immer nicht besser?« fragte Alexej Alexandrowitsch.

»Sie ist sehr unruhig«, erwiderte die Kinderfrau flüsternd.

»Miß Edward meint, die Amme habe möglicherweise nicht genügend Milch«, sagte er.

»Ich glaube es fast selbst, Alexej Alexandrowitsch.«
»Warum haben Sie es denn nicht gleich gesagt?«
»Wem hätte ich's denn sagen sollen? Anna Arkadjewna sind noch immer leidend«, gab die Kinderfrau mißvergnügt zur Antwort.

Die Kinderfrau war seit vielen Jahren im Haus. Aber selbst in ihren einfachen Worten glaubte Alexej Alexandrowitsch eine Anspielung auf seine Lage zu sehen.

Der Säugling schrie noch lauter, bis er den Atem verlor und heiser wurde. Die Kinderfrau trat mit einer mutlosen Handbewegung an die Kleine heran, nahm sie der Amme aus den Armen und begann mit ihr hin- und herzugehen und sie zu wiegen.

»Man muß den Doktor bitten, die Amme zu untersuchen«, sagte Alexej Alexandrowitsch.

Die dem Anschein nach gesunde und stattliche Amme erschrak, daß man ihr den Dienst aufsagen könnte; sie murmelte etwas unter der Nase vor sich hin, verhüllte die mächtige Brust und lächelte verächtlich darüber, daß man an ihrem Milchreichtum zweifeln konnte. Und auch in diesem Lächeln glaubte Alexej Alexandrowitsch etwas wie Spott über seine Lage zu sehen.

»Armes Kind!« sagte die Kinderfrau leise, während sie noch immer unter leisem Zischen und fortwährendem Auf- und Abgehen die Kleine zu beruhigen suchte.

Alexej Alexandrowitsch setzte sich auf einen Stuhl und blickte mit niedergeschlagenem, leidendem Gesichtsausdruck der Hin- und Hergehenden nach.

Als man die Kleine, die endlich still geworden war, in das tiefe Bettchen legte und die Kinderfrau, nachdem sie das kleine Kissen geordnet hatte, zur Seite trat, stand Alexej Alexandrowitsch auf und ging vorsichtig auf den Fußspitzen an das Kind heran. Wohl eine Minute lang sah er schweigend und mit dem gleichen niedergeschlagenen Gesichtsausdruck auf den Säugling herab; plötzlich aber flog ein Lächeln, durch das sich Haar und Stirnhaut verschoben, über seine Züge, und er verließ ebenso leise das Zimmer.

Im Speisezimmer klingelte er und befahl dem eintretenden

Diener, zum Arzt zu schicken. Er war ein wenig ärgerlich über seine Frau, weil sie sich um das reizende Kind nicht kümmerte, und in dieser verdrießlichen Laune hatte er weder Lust, zu ihr zu gehen, noch mochte er die Fürstin Betsy begrüßen. Aber seiner Frau hätte es auffallen können, wenn er gegen seine Gewohnheit nicht zu ihr käme, und so bezwang er sich denn und wandte sich dem Schlafzimmer zu. Als er sich auf dem weichen Teppich der Tür näherte, hörte er unwillkürlich ein Gespräch, das er nicht die Absicht gehabt hatte, zu belauschen.

»Wenn er nicht abreisen würde, so könnte ich Ihre Weigerung und auch die seinige begreiflich finden. Aber Ihr Gatte muß darüber erhaben sein«, sagte Betsy.

»Es ist nicht meines Mannes wegen, sondern um meiner selbst willen, daß ich dagegen bin. Sprechen Sie nicht so! –« erwiderte Anna mit erregter Stimme.

»Ja, aber Sie müssen doch den Wunsch haben, von einem Mann Abschied zu nehmen, der sich Ihretwegen zu erschießen versucht hat ...«

»Gerade deswegen will ich es nicht.«

Alexej Alexandrowitsch blieb mit erschreckter und schuldbewußter Miene stehen und wollte sich zuerst unbemerkt zurückziehen. Doch er sagte sich, daß dies seiner unwürdig wäre; er kehrte daher wieder um, hüstelte und näherte sich dann dem Schlafzimmer. Die Stimmen verstummten, und er trat ein.

Anna saß in einem grauen Schlafrock auf der Ottomane. Ihr kurzgeschorenes Haar starrte wie eine dichte schwarze Bürste auf ihrem runden Kopf in die Höhe. Wie immer beim Anblick ihres Mannes erlosch plötzlich der lebhafte Ausdruck in ihren Zügen; sie senkte den Kopf und blickte sich unruhig nach Betsy um.

Betsy saß neben Anna; sie war nach der allerneuesten Mode gekleidet: der Hut, den sie trug, schien irgendwo über ihrem Kopf zu schweben wie ein kleiner Lampenschirm, der über einer Lampe hängt; ihr Kleid war aus graublauem Stoff mit schrägen, in die Augen springenden Streifen, die auf der Taille nach der einen und auf dem Rock nach der anderen

Seite liefen. Sie hielt ihre flache und hohe Figur sehr gerade und begrüßte Alexej Alexandrowitsch, indem sie den Kopf neigte, mit etwas spöttischem Lächeln.

»Ah«, sagte sie wie erstaunt. »Es freut mich sehr, daß Sie zu Hause sind. Sie lassen sich nirgends blicken, und ich habe Sie seit Annas Krankheit nicht mehr gesehen. Aber ich habe von allem gehört – von all der Sorgfalt, die Sie an den Tag gelegt haben. Ja, Sie sind ein bewunderswerter Gatte!« schloß sie mit vielsagender und liebevoller Miene, als verleihe sie ihm den Orden der Großmut für sein Verhalten gegen seine Frau.

Alexej Alexandrowitsch verbeugte sich kalt, küßte seiner Frau die Hand und fragte nach ihrem Befinden.

»Ich glaube, es geht besser«, antwortete sie, vermied jedoch seinen Blick.

»Aber mir scheint, als ob Ihr Gesicht etwas fieberhaft gerötet wäre«, sagte er, indem er das Wort ›fieberhaft‹ betonte.

»Wir haben zuviel miteinander geplaudert«, versetzte Betsy, »ich fühle, daß dies meinerseits etwas selbstsüchtig ist, und ich will mich nun gleich davonmachen.«

Sie erhob sich, aber Anna, die plötzlich errötet war, ergriff rasch ihre Hand.

»Nein, bitte, bleiben Sie noch. Ich muß Ihnen sagen ... nicht doch, Ihnen vielmehr ...« – wandte sie sich an Alexej Alexandrowitsch, indem eine dunkle Röte ihren Hals und ihre Stirn überzog. »Ich will und kann vor Ihnen kein Geheimnis haben«, fuhr sie fort.

Alexej Alexandrowitsch knackte mit den Fingern und senkte den Kopf.

»Betsy sagte mir, daß Graf Wronskij zu uns kommen möchte, um sich vor seiner Abreise nach Taschkent zu verabschieden.« Sie sah dabei ihren Mann nicht an und beeilte sich offenbar, alles auszusprechen, was sie zu sagen hatte, so schwer ihr dies auch fallen mochte. »Ich habe ihr gesagt, ich könne ihn nicht empfangen.«

»Sie meinten, meine Liebe, daß dies von Alexej Alexandrowitsch abhängen müsse«, verbesserte sie Betsy.

»Nein, ich kann ihn nicht empfangen, und es hat auch

wenig ...« Sie hielt plötzlich inne und blickte fragend zu ihrem Gatten auf, dieser aber sah sie nicht an. »Mit einem Wort, ich will nicht ...«

Alexej Alexandrowitsch näherte sich ihr und wollte ihre Hand ergreifen. Sie machte zuerst eine Bewegung, um sie seiner feuchten Hand zu entziehen, auf der die großen Adern stark hervortraten, während er nach der ihren suchte; aber sie überwand sich mit sichtlicher Anstrengung und drückte ihm die Hand.

»Ich bin Ihnen für Ihr Vertrauen sehr dankbar, aber –«, sagte er und fühlte mit Verwirrung und Verdruß, daß er das, was er so leicht und klar entscheiden konnte, wenn er allein war, in Gegenwart der Fürstin Twerskaja nicht zu beurteilen imstande sei. Sie erschien ihm wie eine Verkörperung jener rohen Gewalt, die sein Leben in den Augen der Welt lenken mußte, und ihn hinderte, sich dem Gefühl der Liebe und der alles verzeihenden Milde, das ihn erfüllte, hinzugeben. Er hielt inne und sah die Fürstin an.

»Nun, leben Sie wohl, mein Liebling«, sagte Betsy und erhob sich. Sie küßte Anna und verließ das Zimmer. Alexej Alexandrowitsch geleitete sie hinaus.

»Alexej Alexandrowitsch! Ich kenne Sie als einen wahrhaft großmütigen Mann«, sagte Betsy, während sie im kleinen Salon stehenblieb und ihm noch einmal die Hand besonders kräftig drückte. »Ich bin nur eine unbeteiligte Dritte, aber ich liebe Anna so innig und achte Sie selbst so sehr, daß ich mir einen Rat erlauben möchte. Empfangen Sie ihn. Alexej Wronskij ist die verkörperte Ehre, und er steht vor seiner Abreise nach Taschkent.«

»Ich danke Ihnen, Fürstin, für Ihre Teilnahme und Ihren Rat. Aber die Entscheidung über die Frage, ob meine Frau irgend jemand empfangen darf oder nicht, hängt von ihr selbst ab.«

Er sprach diese Worte, indem er nach seiner Gewohnheit würdevoll die Augenbrauen etwas in die Höhe zog. Aber in demselben Augenblick sagte er sich, daß es für einen Mann in seiner Lage, mochte er die Worte setzen, wie er wolle, etwas wie Würde nicht mehr gäbe. Und er las denselben Gedanken in dem unterdrückten, boshaften und spöttischen Lächeln, mit dem ihn Betsy, nachdem er diese Worte gesprochen hatte, anblickte.

20

Alexej Alexandrowitsch verabschiedete sich von Betsy im Empfangszimmer und begab sich zu seiner Frau zurück. Sie hatte sich auf dem Ruhebett ausgestreckt, richtete sich jedoch, als sie seine Schritte hörte, hastig auf und blickte ihn erschreckt an. Er sah, daß sie geweint hatte.

»Ich bin dir sehr dankbar für dein Vertrauen zu mir«, wiederholte er jetzt sanft auf Russisch die Worte, die er vorhin in Betsys Gegenwart auf Französisch zu ihr gesagt hatte und nahm neben ihr Platz.

Wenn er russisch mit ihr sprach und ›du‹ zu ihr sagte, wurde in Anna durch dieses ›du‹ jedesmal eine Gereiztheit hervorgerufen, die sie nicht zu bezwingen vermochte.

»Und ich bin dir sehr dankbar für die Entscheidung, die du getroffen hast«, fuhr er fort. »Auch ich bin der Ansicht, daß für den Grafen Wronskij, da er doch abreist, keine Notwendigkeit vorliegt, uns zu besuchen. Übrigens ...«

»Das habe ich ja schon gesagt, wozu es also wiederholen?« unterbrach ihn Anna plötzlich mit einer Gereiztheit, die sie nicht schnell genug zu unterdrücken vermochte. »Keine Notwendigkeit für einen Mann«, dachte sie, »sich von der Frau zu verabschieden, die er liebt, für die er sterben wollte und sich zugrunde gerichtet hat, und die ohne ihn nicht leben kann. Nein – keine Notwendigkeit!« – Sie preßte die Lippen zusammen und senkte die funkelnden Augen auf seine Hände mit den geschwollenen Adern, die er langsam gegeneinander rieb.

»Wir wollen nie mehr davon sprechen«, fügte sie dann ruhiger hinzu.

»Ich habe es dir überlassen, diese Frage zu entscheiden,

und ich freue mich sehr zu sehen«, ... begann Alexej Alexandrowitsch.

»Daß mein Wunsch mit dem Ihren übereinstimmt«, beendete sie schnell den angefangenen Satz, durch seine langsame Sprechweise um so mehr gereizt, als sie im voraus alles wußte, was er sagen würde.

»Ja«, bestätigte er, »und die Fürstin Twerskaja mischt sich völlig unberufenerweise in die schwierigsten Familienangelegenheiten. Gerade sie ...«

»Ich glaube kein Wort von dem, was man von ihr sagt«, unterbrach ihn Anna rasch, »ich weiß, daß sie mich aufrichtig lieb hat.«

Alexej Alexandrowitsch seufzte auf und schwieg. Sie spielte unruhig mit den Quasten ihres Morgenkleides und blickte auf ihn mit jenem qualvollen Gefühl physischer Abneigung, das sie sich oft selbst zum Vorwurf machte, ohne jedoch die Kraft zu haben, es zu überwinden. Sie wünschte jetzt nur eins – von seiner ihr lästigen Gegenwart befreit zu sein.

»Ich habe soeben zum Arzt geschickt«, sagte Alexej Alexandrowitsch.

»Ich bin ja gesund, wozu brauche ich einen Arzt?«

»Nein, die Kleine schreit, und ich höre, daß die Amme zu wenig Milch haben soll.«

»Warum hast du denn trotz meiner Bitten nicht zugegeben, daß ich sie stille? Es ist ja ganz gleichgültig« (Karenin verstand, was sie mit diesem: »Es ist ja ganz gleichgültig« sagen wollte), »sie ist nur – ein kleines Kind, und man wird sie zu Tode quälen.« Sie klingelte und befahl, die Kleine hereinzubringen. »Ich habe darum gebeten, es stillen zu dürfen; man hat es mir nicht erlaubt, und jetzt macht man mir noch Vorwürfe.«

»Ich mache Ihnen keinen Vorwurf ...«

»Doch, Sie tun es. Oh, mein Gott, warum bin ich nicht gestorben?« Und sie begann zu schluchzen. »Verzeih mir, ich bin aufgeregt, ich bin ungerecht –«, sagte sie dann, nachdem sie sich gefaßt hatte. »Aber geh jetzt ...«

»Nein, so kann es nicht bleiben«, sagte Alexej Alexandrowitsch entschlossen zu sich selbst, als er das Zimmer seiner Frau verließ. Noch nie war ihm die Unhaltbarkeit seiner Lage vor der Welt, der Haß, den seine Frau gegen ihn hegte, noch nie die Macht jener rohen, geheimnisvollen Gewalt, die in völligem Gegensatz zu seiner Seelenstimmung sein Leben lenkte und von ihm die Erfüllung ihres Wissens und eine Änderung seiner Beziehungen zu seiner Frau forderte, mit solcher Augenscheinlichkeit klargeworden, wie an diesem Tage. Er sah es deutlich, daß die ganze Welt und seine eigene Frau etwas von ihm verlangten; aber worin dies eigentlich bestand, das vermochte er sich nicht klarzumachen. Er fühlte, wie in seiner Seele ein Gefühl der Erbitterung aufstieg, das ihn um seine Ruhe brachte und seiner großmütigen Handlungsweise jedes Verdienst raubte. Er war der Ansicht, daß es für Anna das beste wäre, alle Beziehungen zu Wronskij abzubrechen; wenn aber alle anderen fanden, daß dies unmöglich sei, so war er sogar bereit, diese Beziehungen fernerhin zuzulassen, wenn er dadurch nur erreichte, daß die Kinder vor der Schande bewahrt würden, er mit ihnen zusammenbleiben konnte und seine jetzige Lage nicht geändert zu werden brauchte. So schlimm dies auch sein mochte, es war doch immer noch besser als ein Bruch, der Anna in eine aussichtslose, schmachvolle Lage brachte, und ihn selber alles dessen beraubte, was er liebte. Aber er fühlte sich machtlos; er wußte im voraus, daß alle gegen ihn sein und es nicht zulassen würden, daß er das tue, was ihm jetzt so natürlich und gut erschien, er wußte, daß sie ihn im Gegenteil zwingen würden, etwas zu tun, was schlecht war, aber von ihnen allen als das Richtige angesehen wurde.

21

Betsy hatte das Empfangszimmer noch nicht verlassen, als ihr Stjepan Arkadjewitsch, der eben von Jelissejew kam, wo frische Austern eingetroffen waren, in der Tür begegnete.

»Ah, Fürstin! Welch eine freudige Begegnung!« rief er aus. »Ich bin bei Ihnen gewesen.«

»Eine Begegnung von einer Minute, denn ich bin gerade im Begriff fortzugehen«, erwiderte Betsy lächelnd, indem sie den Handschuh anzog.

»Warten Sie noch, Fürstin, mit dem Handschuhanziehen; lassen Sie mich erst Ihr Händchen küssen. Ich bin der Wiederkehr der alten Sitten für nichts so dankbar, wie für die Wiedereinführung des Handkusses.« Er küßte Betsy die Hand und fuhr fort: »Wann sehen wir uns wieder?«

»Sie verdienen es nicht«, gab Betsy lächelnd zur Antwort.

»Oh, ich verdiene es sehr, ich bin der ernsthafteste Mensch von der Welt geworden. Ich bringe nicht nur meine eigenen, sondern auch fremde Familienangelegenheiten ins rechte Geleise«, sagte er mit vielsagender Miene.

»Ach, das freut mich sehr«, erwiderte Betsy, die sofort begriff, daß er von Anna sprach. Sie kehrten beide in das Empfangszimmer zurück und blieben in einer Ecke stehen. »Er wird sie zu Tode quälen«, flüsterte Betsy mit gewichtiger Betonung. »Es ist unmöglich, ganz unmöglich ...«

»Es freut mich sehr, daß Sie auch dieser Meinung sind«, antwortete Stjepan Arkadjewitsch, indem er den Kopf mit ernstem und kläglich-teilnahmsvollem Gesichtsausdruck schüttelte, »ich bin nur deswegen nach Petersburg gekommen.«

»Die ganze Stadt spricht davon«, sagte sie. »Es ist eine unhaltbare Lage. Sie löst sich auf, sie verzehrt sich. Er begreift nicht, daß sie eine von jenen Frauen ist, die mit ihren Gefühlen nicht zu scherzen verstehen. Hier gibt es nur zwei Möglichkeiten: entweder muß sich Wronskij zu einer energischen Handlung aufraffen und sie entführen, oder *er* muß sich von ihr scheiden lassen. So aber erstickt sie geradezu.«

»Ja, ja, so ist es ...«, sagte Oblonskij mit einem Seufzer. »Ich bin nur deswegen hergekommen. Das heißt, eigentlich nicht nur deswegen ... Ich bin zum Kammerherrn ernannt worden, und da muß man eben gehörigen Orts seinen Dank abstatten. Aber die Hauptsache ist doch, diese Angelegenheit zu ordnen.«

»Nun, möge Gott Ihnen beistehen!« sagte Betsy.

Er begleitete sie bis in die Vorhalle, küßte noch einmal ihre

Hand oberhalb des Handschuhs an der Stelle, wo der Puls zu fühlen ist, schwatzte ihr noch in aller Geschwindigkeit eine Menge so zweideutigen Unsinns vor, daß sie nicht wußte, ob sie sich ärgern oder lachen sollte, und begab sich dann zu seiner Schwester. Er fand sie in Tränen aufgelöst.

Ungeachtet der übersprudelnden lustigen Stimmung, in der sich Stjepan Arkadjewitsch befand, wußte er doch sofort in ganz natürlicher Weise jenen teilnehmenden, poetisch angehauchten Ton zu treffen, der zu ihrer Seelenstimmung paßte. Er fragte nach ihrem Befinden und wie sie den Morgen verbracht habe.

»Sehr, sehr schlecht. Den Tag, und den Morgen, und alle vergangenen und alle künftigen Tage –«, antwortete sie.

»Mir scheint, du gibst dich einer trüben Gemütsstimmung hin. Man muß sich aufraffen, dem Leben gerade in die Augen sehen. Ich weiß, es ist schwer, aber ...«

»Ich habe gehört, daß Frauen fähig sind, Männer sogar wegen ihrer Laster zu lieben«, begann Anna plötzlich, »ich aber hasse ihn wegen seiner Tugend. Ich kann mit ihm nicht leben. Versteh mich recht, sein Anblick wirkt physisch in einer Weise auf mich, daß ich außer mich gerate. Ich kann nicht, ich kann nicht mit ihm leben! Was soll ich nur tun? Ich war unglücklich und dachte, man könne nicht unglücklicher sein, aber von dem entsetzlichen Zustand, in dem ich mich jetzt befinde, hatte ich keinen Begriff. Wirst du es glauben: obwohl ich weiß, daß er ein guter, vortrefflicher Mensch ist und ich seinen kleinen Finger nicht wert bin – trotz alledem hasse ich ihn. Ich hasse ihn wegen seiner Großmut. Und mir bleibt nichts übrig, als ...«

Sie wollte sagen, der Tod, aber Stjepan Arkadjewitsch ließ sie den Satz nicht aussprechen. »Du bist krank und aufgeregt«, sagte er, »glaube mir, daß du furchtbar übertreibst. An der ganzen Sache ist gar nichts, was so schrecklich wäre.«

Und Stjepan Arkadjewitsch lächelte. Niemand hätte an seiner Stelle und angesichts einer solchen Verzweiflung zu lächeln gewagt, denn es wäre als eine Roheit erschienen; aber in seinem Lächeln lag so viel Güte und fast weibliche Zärtlichkeit, daß es nicht verletzen konnte, sondern lindernd und beruhigend wirkte. Seine leisen, besänftigenden Worte und sein Lächeln wirkten mildernd und beruhigend wie Mandelöl, und auch Anna fühlte das alsbald.

»Nein, Stiwa«, versetzte sie. »Ich bin verloren, verloren! Schlimmer noch als das. Ich bin noch nicht völlig verloren, ich kann noch nicht sagen, daß alles zu Ende ist. Ich fühle im Gegenteil, daß es noch nicht zu Ende ist. Ich bin – wie eine straff gespannte Saite, die springen muß. Aber es ist noch nicht zu Ende ... und das Ende wird furchtbar sein.«

»Keineswegs; man kann die Saite allmählich lockern. Es gibt keine Lage, aus der sich nicht ein Ausweg finden ließe.«

»Ich habe nachgedacht und immer wieder nachgedacht. Es gibt nur einen einzigen ...«

Wieder las er in ihrem erschreckten Blick, daß dieser einzige Ausweg ihrer Ansicht nach der Tod sei, und wieder ließ er sie nicht zu Ende sprechen.

»Keineswegs«, wiederholte er, »erlaube. Du bist nicht imstande, deine Lage so zu beurteilen, wie ich es kann. Laß mich dir aufrichtig meine Meinung sagen.« – Wieder lächelte er zart – mit jenem mandelölweichen Lächeln. – »Ich will von Anfang beginnen: du hast dich mit einem Mann verheiratet, der beinahe zwanzig Jahre älter ist als du. Du bist ohne Liebe in die Ehe getreten, oder doch ohne die Liebe zu kennen. Das war ein Fehler, wie ich zugeben will.«

»Ein furchtbarer Fehler!« sagte Anna.

»Aber ich wiederhole: das ist eine vollendete Tatsache. Später hattest du – wollen wir sagen, das Unglück, dich in einen anderen Mann, der nicht dein Gatte war, zu verlieben. Das ist – ein Unglück; aber auch das ist eine vollendete Tatsache. Und dein Gatte hat sie anerkannt und verziehen. –« Er hielt nach jedem Satz inne, als ob er auf eine Antwort warte; aber sie erwiderte nichts. – »So steht die Sache. Jetzt handelt es sich um die Frage: kannst du fortfahren, mit deinem Gatten zusammen zu leben? Willst du das? Will er das?«

»Ich weiß nichts, gar nichts.«

»Aber du sagtest mir doch selbst, daß er dir unerträglich ist.«

»Nein, das habe ich nicht gesagt! Ich nehme es zurück. Ich weiß nichts und verstehe nichts mehr.«

»Ja, aber erlaube ...«

»Du kannst das nicht verstehen. Ich habe das Gefühl, als ob ich kopfüber in einen Abgrund stürzte, aber nichts tun dürfe und auch nichts tun könne, um mich zu retten.«

»Das tut nichts, wir fangen dich auf und halten dich fest. Ich verstehe dich, ich verstehe, du kannst es nicht auf dich nehmen, deinem Wunsch, deinem Gefühl Ausdruck zu geben.«

»Ich wünsche nichts, nichts mehr ... nur, daß alles ein Ende nehme.«

»Aber er sieht das und weiß es. Und meinst du etwa, daß es ihn weniger bedrückt als dich? Du quälst dich, und er quält sich; was soll denn daraus werden – während doch eine Scheidung alles lösen würde –«, sagte Stjepan Arkadjewitsch, den es einige Überwindung kostete, seinen Hauptgedanken auszusprechen, indem er sie bedeutungsvoll ansah.

Sie erwiderte nichts und schüttelte nur verneinend den kurzgeschorenen Kopf. Aber an dem Ausdruck ihres Gesichts, das plötzlich in seiner früheren Schönheit aufleuchtete, erkannte er, daß sie dies nur deshalb nicht gewünscht hatte, weil es ihr als ein unerreichbares Glück erschien.

»Ihr tut mir furchtbar leid! Und wie glücklich würde ich sein, wenn ich die Sache ordnen könnte!« sagte Stjepan Arkadjewitsch jetzt schon mit etwas kühnerem Lächeln. »Sprich nicht, sage nichts! Wenn Gott mir nur die Gabe schenken wollte, alles so zu sagen, wie ich es fühle. ich will jetzt zu ihm gehen.«

Anna sah ihn mit gedankenvollen, leuchtenden Blicken an und sagte nichts.

22

Stjepan Arkadjewitsch betrat mit derselben etwas feierlichen Miene Karenins Arbeitszimmer, mit der er auf dem Präsidentenstuhl in seinem Sitzungssaal Platz zu nehmen pflegte. Alexej Alexandrowitsch ging, die Hände auf dem Rücken zusammengelegt, im Zimmer auf und ab, und seine Gedanken verweilten bei derselben Frage, die von den Geschwistern soeben besprochen worden war.

»Störe ich dich nicht?« begann Oblonskij, den beim Anblick seines Schwagers ein ganz ungewohntes Gefühl der Verlegenheit überkam. Um seine Befangenheit leichter zu verbergen, zog er eine mit neuer Verschlußvorrichtung versehene Zigarrentasche, die er eben erst gekauft hatte, hervor, roch am Leder und nahm sich eine Zigarette.

»Nein! Wünschst du etwas?« gab Karenin mißmutig auf seine Frage zur Antwort.

»Ja, ich möchte wohl ... ich hätte gern ... ich habe mit dir zu sprechen –«, erwiderte Stjepan Arkadjewitsch, der zu seiner eigenen Verwunderung eine ihm sonst fremde Zaghaftigkeit verspürte. Dieses Gefühl war so unerwartet über ihn gekommen und hatte für ihn etwas so Sonderbares, daß er darin nicht die Stimme des Gewissens erkennen wollte, die ihm deutlich sagte, daß er etwas Schlimmes vorhabe. Er bemeisterte sich gewaltsam, und es gelang ihm, diese Anwandlung von Scheu zu überwinden.

»Ich hoffe, daß du an meiner Liebe zu meiner Schwester und der aufrichtigen Anhänglichkeit und Hochachtung, die ich für dich empfinde, nicht zweifelst –«, begann er errötend.

Alexej Alexandrowitsch blieb stehen und gab keine Antwort; aber Oblonskij war überrascht, als er in seinem Gesicht plötzlich den Ausdruck eines in sein Schicksal ergebenen Schlachtopfers gewahrte.

»Ich hatte die Absicht – – ich wollte mit dir von meiner Schwester und euren gegenseitigen Beziehungen sprechen«, fuhr Stjepan Arkadjewitsch fort, obgleich er noch immer mit der ihm ungewohnten Befangenheit kämpfte.

Karenin lächelte traurig, indem er seinen Schwager ansah. Dann trat er stumm an seinen Schreibtisch, nahm von dort einen angefangenen Brief und reichte ihn Oblonskij.

»Meine Gedanken sind unaufhörlich damit beschäftigt«, sagte er dann. »Hier ist das, was ich angefangen habe zu schreiben, da ich glaube, daß ich es brieflich besser sagen kann, und weil meine Gegenwart sie aufregt.«

Stjepan Arkadjewitsch nahm den Brief, während er mit verständnislosem Staunen in die trüben Augen blickte, die so unbeweglich auf ihn geheftet waren, und las:

»Ich sehe, daß Ihnen meine Anwesenheit lästig ist. So bitter es mir auch war, mich davon zu überzeugen, so sehe ich doch ein, daß es nicht anders sein kann. Ich beschuldige Sie nicht, und Gott ist mein Zeuge: als ich Sie damals während Ihrer Krankheit wiedersah, war ich mit ganzer Seele bereit, alles Geschehene zu vergessen und ein neues Leben zu beginnen. Ich bereue auch nicht und werde nie bereuen, was ich getan habe; aber mein einziger Wunsch war, Ihr Wohl, das Wohl Ihrer Seele zu fördern, und jetzt muß ich sehen, daß ich dies nicht erreicht habe. Sagen Sie mir selbst, was Ihnen in Wahrheit Glück und Seelenruhe zu verleihen vermag. Ich unterwerfe mich ganz Ihrem Willen und Ihrem Gerechtigkeitsgefühl.«

Stjepan Arkadjewitsch gab den Brief zurück und blickte dann wieder seinen Schwager ratlos an, ohne eine Antwort zu finden. Dies Schweigen war für sie beide so peinlich, daß Oblonskijs Lippen krankhaft zu beben begannen, während er wortlos dastand und kein Auge von Karenins Zügen verwandte.

»Das war's, was ich ihr sagen wollte –«, sagte Alexej Alexandrowitsch, indem er sich abwandte.

»Ja, ja ...«, murmelte Stjepan Arkadjewitsch. Er war unfähig, ein Wort zu erwidern, da ihm die Tränen die Kehle zuschnürten. »Ja, ja ... Ich verstehe Sie –«, brachte er endlich heraus.

»Ich fürchte, daß sie sich über ihre eigene Lage nicht völlig im klaren ist. Sie kann nicht Richter in dieser Sache sein ...«, sagte Stjepan Arkadjewitsch jetzt gefaßter. »Sie ist erdrückt, geradezu erdrückt von deiner Großmut. Wenn sie diesen Brief liest, wird sie nicht die Kraft haben, irgendeinen Wunsch zu äußern; sie wird das Haupt nur noch tiefer beugen.«

»Was soll ich aber in diesem Fall tun? – Wie soll ich mich darüber aufklären ... wie ihre Wünsche erraten?«

»Wenn du mir erlauben willst, meine Ansicht auszusprechen, so glaube ich, daß es nur von dir abhängt, ohne Umschweife die Maßregeln anzugeben, die du für notwendig hältst, um dieser Lage ein Ende zu machen!«

»Folglich findest du, daß ihr ein Ende gemacht werden muß?« unterbrach ihn Alexej Alexandrowitsch. »Aber auf welche Weise?« fügte er hinzu und machte eine ihm sonst ungewohnte Bewegung mit der Hand vor den Augen. »Ich sehe keinen Ausweg, der im Bereich der Möglichkeit läge.«

»Es gibt aus jeder Lage einen Ausweg«, sagte Stjepan Arkadjewitsch mit größerer Lebhaftigkeit als bisher und erhob sich. »Es gab eine Zeit, wo du selbst einen Bruch herbeiführen wolltest ... Wenn du jetzt die Überzeugung gewonnen hast, daß ihr einander nicht glücklich zu machen vermögt ...«

»Man kann das Glück verschieden auffassen. Aber nehmen wir an, daß ich mit allem einverstanden bin, daß ich für mich nichts begehre. Welchen Ausweg gibt es aus unserer Lage?«

»Wenn du wirklich meine Ansicht hören willst –«, begann Stjepan Arkadjewitsch mit demselben besänftigenden, mandelölweichen Lächeln, mit dem er zu Anna gesprochen hatte. Dieses gutmütige Lächeln wirkte so überzeugend, daß Alexej Alexandrowitsch, obgleich er seine Schwäche wohl fühlte und ihr nachgab, unwillkürlich bereit war, alles zu glauben, was sein Schwager vorbringen würde.

»Sie wird es niemals aussprechen«, fuhr Oblonskij fort. »Aber ich sehe nur eine Möglichkeit, und nur dies eine kann sie wünschen. Das ist – die Lösung des bestehenden Verhältnisses und aller damit verbundenen Erinnerungen. Meiner Ansicht nach ist es in eurem Fall unbedingt erforderlich, für eure gegenseitigen Beziehungen eine neue Grundlage zu schaffen. Und diese Beziehungen können nur dann herbeigeführt werden, wenn beide Teile frei sind.«

»Also die Scheidung!« – unterbrach ihn Alexej Alexandrowitsch mit Abscheu.

»Ja – so denke ich, die Scheidung – – ja, die Scheidung –«, wiederholte Stjepan Arkadjewitsch errötend. »Dies ist, von allen Seiten betrachtet, der vernünftigste Ausweg für ein Ehepaar, dessen Beziehungen sich so gestaltet haben, wie es bei euch der Fall ist. Was für ein anderes Mittel gibt es denn – wenn beide Gatten fühlen, daß ein gemeinsames Zusammenleben nicht mehr möglich ist? Und dieser Fall kann stets eintreten.«

Alexej Alexandrowitsch seufzte schwer auf und schloß die Augen.

»Man muß hierbei nur eines in Betracht ziehen, nämlich, ob der eine Teil eine neue Ehe einzugehen wünscht. Wenn nicht, so ist die Sache sehr einfach«, fügte Stjepan Arkadjewitsch noch hinzu, der seiner Befangenheit jetzt immer mehr und mehr Herr wurde.

Alexej Alexandrowitsch verzerrte vor Erregung das Gesicht, sprach ein paar Worte mit sich selbst und antwortete nicht. Alles, was Oblonskij so einfach vorkam, hatte Karenin tausend- und abertausendmal bei sich überdacht. Und alles dies erschien ihm nicht nur nicht sehr einfach, sondern völlig unmöglich. Der Scheidungsprozeß, dessen Einzelheiten er nun schon kannte, erschien ihm jetzt unmöglich, weil das Gefühl der eigenen Würde und die Achtung vor der Religion es ihm verwehrten, die Schuld eines scheinbaren Ehebruches auf sich zu nehmen; noch viel weniger aber ließ es seine eigene Empfindung zu, die Gattin, der er aufs neue seine Verzeihung und Liebe geschenkt hatte, mit Schuld und Schmach beladen zu lassen. Und auch aus anderen, fast noch wichtigeren Gründen erschien ihm die Scheidung als eine Unmöglichkeit.

Was sollte in diesem Fall aus seinem Sohn werden? Ihn der Mutter zu überlassen, war unmöglich. Die geschiedene Mutter würde ihre eigene uneheliche Familie haben, in welcher die Stellung und Erziehung eines Stiefsohns aller Wahrscheinlichkeit nach eine schlechte sein würde. Ihn bei sich behalten? Er wußte, daß dies seinerseits ein Akt der Rache sein würde, und das wollte er nicht. Abgesehen davon aber, fand Karenin eine Scheidung schon aus dem Grunde durchaus unzulässig, weil er dadurch Anna ins Verderben stürzen würde. Das Wort, das Darja Alexandrowna damals in Moskau gesprochen, daß er, wenn er sich zur Scheidung entschließe, nur an sich, nicht aber daran denke, daß er Anna unrettbar zugrunde richte, hatte in seinem Herzen Wurzel gefaßt. Und er deutete jetzt jenes Wort in seiner Weise, indem er es mit seiner Verzeihung und seiner Zuneigung für die Kinder in Verbindung brachte. Sich mit der Scheidung einverstanden erklären, Anna die Freiheit wiedergeben, das hieß jetzt in seiner Auffassung: sich selber der letzten Bande, die ihn ans Leben fesselten, der Kinder, die er liebte, berauben, und zugleich ihr – die letzte Stütze auf dem Weg zum Guten entziehen und sie dem Untergang weihen. War sie erst eine geschiedene Frau, so würde sie Wronskij folgen, das wußte er; und diese Verbindung mußte eine ungesetzliche und sündhafte sein, weil es im Sinn des Kirchengesetzes für eine Frau keine zweite Ehe gibt, solange der erste Gatte noch am Leben ist. »Sie wird mit ihm zusammenleben, und in ein oder zwei Jahren wird er sie verlassen oder sie selbst wird ein neues Verhältnis eingehen«, war Karenins Gedankengang. »Und ich, der ich zu dieser ungesetzlichen Scheidung meine Einwilligung gegeben habe, werde an ihrem Verderben schuld sein.« Alles dies hatte er sich hundert- und aberhundertmal gesagt und war davon überzeugt, daß die Scheidungsangelegenheit durchaus nicht, wie sein Schwager soeben gemeint hatte, eine sehr einfache Sache, sondern fast unmöglich sei. Er war mit keiner Silbe von dem, was Stjepan Arkadjewitsch gesagt hatte, einverstanden, er hätte auf jedes Wort tausend Einwände vorbringen können; aber während er ihm zuhörte, fühlte er, daß in diesen Worten jene gewaltige, rohe Kraft ihren Ausdruck fand, die sein Leben lenkte und der er sich würde unterwerfen müssen.

»Die Frage besteht nur darin, wie und unter welchen Bedingungen du einverstanden wärst, in die Scheidung zu willigen. Sie begehrt nichts, sie wagt keine Bitte an dich; sie überläßt alles deinem eigenen Großmut!«

»Mein Gott, mein Gott! Wofür das alles?« dachte Alexej Alexandrowitsch und erinnerte sich deutlich aller Nebenumstände eines Scheidungsprozesses, in dem der Gatte die Schuld auf sich genommen hatte. Und mit der gleichen Gebärde wie damals Wronskij am Krankenlager verbarg er jetzt vor Scham das Gesicht in den Händen.

»Du bist aufgeregt, und ich kann das wohl begreifen. Aber wenn du alles erwogen haben wirst ...«

»So dir jemand einen Streich gibt auf deinen rechten Backen, dem biete den anderen auch dar, und so jemand deinen Rock nehmen will, dem laß auch den Mantel«, dachte Karenin.

»Ja, ja!« – schrie er plötzlich mit kreischender Stimme. »Ich will die Schmach auf mich nehmen, will sogar auf meinen Sohn verzichten, aber ... aber ist es nicht besser, all das zu lassen? – Übrigens, tu, was du willst ...«

Er wandte sich ab von seinem Schwager, damit dieser sein Gesicht nicht sehen könne, und ließ sich auf einen Stuhl am Fenster nieder. Bitterer Schmerz und Scham erfüllten sein Herz, und doch fühlte er durch diesen Schmerz und diese Scham hindurch etwas wie Freude und Rührung über die Größe seiner Demut.

Stjepan Arkadjewitsch war erschüttert. Er schwieg eine Weile.

»Alexej Alexandrowitsch, glaube mir, daß sie deine Großmut zu schätzen wissen wird«, sagte er endlich. »Aber es war sichtlich Gottes Wille«, fügte er dann hinzu. Er fühlte sofort, noch während er sprach, daß er etwas Dummes gesagt hatte und unterdrückte mit Mühe ein Lächeln über seine Dummheit.

Alexej Alexandrowitsch wollte etwas erwidern, aber Tränen erstickten seine Stimme.

»Es ist ein unglückseliges Verhängnis, dem man sich unterwerfen muß. Ich erkenne dieses Unglück als eine vollendete Tatsache an und bemühe mich, sowohl ihr als auch dir zu helfen! –« schloß Stjepan Arkadjewitsch seine Rede.

Als er das Zimmer seines Schwagers verließ, war er bewegt; aber seine Zufriedenheit darüber, daß er diese Angelegenheit glücklich beendet hatte, wurde dadurch nicht beeinträchtigt, denn er war davon überzeugt, daß Karenin sein Wort nicht zurücknehmen werde. Zu diesem Gefühl der Befriedigung kam noch etwas anderes hinzu. Ihm war nämlich der Gedanke gekommen, daß er nach Erledigung der ganzen Angelegenheit seine Frau und den nächsten Freunden ein Rätsel vorlegen wolle: »Welcher Unterschied besteht zwischen mir und einem Chemiker?« Antwort: »Der Chemiker bewirkt eine Scheidung – und niemand ist dadurch besser daran; aber ich bewirke eine Scheidung – und drei sind dadurch besser dran ...« Oder: »Welche Ähnlichkeit besteht zwischen mir und einem Chemiker? Wenn ... Übrigens«, sprach er lächelnd zu sich selbst, »übrigens wird mir noch etwas Hübscheres einfallen!«

23

Wronskijs Wunde war gefährlich gewesen, obgleich sie das Herz nicht gestreift hatte, und mehrere Tage lang schwebte er zwischen Leben und Tod. Als er zum erstenmal wieder zu sprechen vermochte, befand sich nur Warja, die Frau seines Bruders, bei ihm im Zimmer.

»Warja«, sagte er und blickte sie ernst an, »ich habe zufällig auf mich geschossen. Bitte, sprich nie davon und sage allen das gleiche. Sonst macht es sich gar zu dumm!«

Warja sagte kein Wort; sie beugte sich über ihn und blickte ihm mit freudigem Lächeln ins Gesicht. Seine Augen waren hell, nicht fieberhaft; aber ein strenger Ausdruck lag in ihnen.

»Nun, Gott sei Dank!« sagte sie. »Hast du keine Schmerzen?«

»Hier ein wenig.« – Er wies auf die Brust.

»Wart', ich will dir einen neuen Verband anlegen.«

Er preßte schweigend die starken Kiefer zusammen und sah sie an, während sie den Verband erneuerte. Als sie fertig war, sagte er:

»Ich phantasiere jetzt nicht; bitte, sorg doch dafür, daß die Leute nicht umhertragen, ich hätte absichtlich auf mich geschossen.«

»Niemand spricht davon. Ich will nur hoffen, daß du nicht wieder zufällig auf dich schießen wirst?« – erwiderte sie mit einem fragenden Lächeln.

»Ich denke, nein; aber es wäre besser ...« Und er lächelte finster.

Trotz dieser Worte und dieses Lächelns, die Warja nicht wenig erschreckten, fühlte er, als erst die Entzündung vorüber war und er der Genesung entgegenging, daß er von einem Teil seines Kummers vollkommen frei geworden war. Er schien durch diese Tat die Scham und die Erniedrigung, die er vorher empfunden, gleichsam abgewaschen zu haben. Jetzt konnte er mit Ruhe an Alexej Alexandrowitsch denken. Er zollte Karenins Großmut die vollste Anerkennung und fühlte sich selbst nicht mehr gedemütigt. Er fand sich außerdem wieder in das frühere Geleise seines Lebens zurück. Er fühlte sich imstande, den Menschen ohne Beschämung in die Augen zu sehen, und vermochte weiterzuleben, indem er sich von seinen Gewohnheiten leiten ließ. Das einzige, was er nicht aus seinem Herzen zu reißen vermochte, obwohl er unablässig mit diesem Gefühl kämpfte, war der an Verzweiflung grenzende Schmerz darüber, daß er Anna für immer verloren hatte. Jetzt, nachdem er seine Schuld vor dem Gatten gesühnt hatte, war er zu dem festen Entschluß gekommen, ihr zu entsagen und niemals wieder zwischen ihre Reue und ihren Gatten zu treten; aber er konnte aus seinem Herzen nicht den Schmerz über den Verlust ihrer Liebe reißen, konnte die Augenblicke des Glücks, die er mit ihr genossen, die er damals so wenig zu schätzen gewußt und die ihn jetzt mit all ihrem Zauber verfolgten, nicht aus dem Gedächtnis löschen.

Serpuchowskoj hatte für ihn eine Versetzung nach Taschkent in Vorschlag gebracht, und Wronskij war auf dieses Anerbieten ohne das geringste Schwanken eingegangen. Aber je näher die Zeit der Abreise heranrückte, um so schwerer wurde ihm das Opfer, das er dem brachte, was er für seine Pflicht hielt.

Seine Wunde war vernarbt, und er war schon viel in der Stadt, um seine Vorbereitungen zur Abreise nach Taschkent zu treffen.

»Nur ein einziges Mal noch sie sehen und dann mich vergraben und sterben!« dachte er und sprach bei seinem Abschiedsbesuch diesen Gedanken Betsy gegenüber aus. Mit dieser Botschaft war Betsy zu Anna gegangen und hatte ihm dann ihre abschlägige Antwort überbracht.

»Um so besser«, dachte Wronskij, als er diese Nachricht empfing. »Es war eine Schwäche, die meine letzten Kräfte vernichtet hätte.«

Am folgenden Tag kam Betsy selber in aller Frühe zu ihm und erklärte, sie habe durch Oblonskij den bestimmten Bescheid erhalten, daß Alexej Alexandrowitsch in die Scheidung willige und daß Wronskij Anna daher besuchen dürfe. Er versäumte es, Betsy hinauszugeleiten; alle früheren Vorsätze waren vergessen; er fragte nicht, wann er kommen dürfe, wo ihr Mann sei. Er fuhr auf der Stelle zu Karenins. Er stürmte die Treppe hinauf, ohne sich auch nur umzublicken, und stürzte förmlich in Annas Zimmer. Und ohne daran zu denken oder zu beachten, ob nicht etwa noch jemand im Zimmer sei, umfing er sie und bedeckte ihr Gesicht, ihre Hände und ihren Hals mit Küssen.

Anna hatte sich auf dieses Wiedersehen vorbereitet, sie hatte darüber nachgedacht, was sie ihm sagen würde, brachte aber von alledem kein Wort hervor. Seine Leidenschaft teilte sich auch ihr mit. Sie hatte ihn beruhigen wollen, sich selbst beruhigen wollen, doch es war schon zu spät. Sein Gefühl riß sie mit sich fort. Ihre Lippen bebten, so daß sie lange Zeit nicht zu sprechen vermochte.

»Ja, du hast mich ganz gewonnen, ich bin dein«, brachte sie endlich hervor und drückte seine Hand an ihre Brust.

»Es hat nicht anders sein können!« sagte er. »Solange wir leben, muß es so sein. Das weiß ich jetzt.«

»Es ist wahr«, sprach sie; dabei wurde sie immer bleicher und bleicher und umfing seinen Kopf mit beiden Händen. »Und doch liegt etwas Schreckliches darin, nach allem, was geschehen ist.«

»Es wird alles vorübergehen, es wird alles vorübergehen, wir werden so glücklich sein! Wäre es möglich, daß unsere Liebe noch stärker würde, so würde sie dadurch stärker werden, daß etwas Schreckliches in ihr ist«, entgegnete er, indem er den Kopf erhob und durch ein Lächeln seine starken Zähne sehen ließ.

Und sie konnte nicht anders als mit einem Lächeln erwidern – nicht seinen Worten, aber seinen liebeheischenden Augen. Sie nahm seine Hand und streichelte damit ihre eigenen, kalt gewordenen Wangen und das kurzgeschorene Haar.

»Ich erkenne dich gar nicht wieder, in diesen kurzen Locken. Du bist so viel schöner geworden. Ein Knabe. Aber wie blaß du bist!«

»Ja, ich bin sehr schwach«, sagte sie lächelnd. Und ihre Lippen erbebten wieder.

»Wir gehen nach Italien, dort erholst du dich«, sagte er.

»Ist es denn möglich, daß wir wie Mann und Frau leben werden, wir allein, ich und du, eine Familie?« sagte sie und sah ihm ganz nah in die Augen.

»Mich hat nur gewundert, daß es je anders sein konnte.«

»Stiwa sagt, daß *er* mit allem einverstanden ist, aber ich kann *seine* Großmut nicht annehmen«, sagte sie und blickte sinnend an Wronskijs Gesicht vorüber. »Ich will gar keine Scheidung, mir ist jetzt alles gleich. Ich weiß nur nicht, was er über Serjosha beschließen wird.«

Er konnte gar nicht begreifen, wie sie in diesem Augenblick des Wiedersehens an den Sohn, an die Scheidung denken, wie sie davon sprechen konnte. War denn nicht alles einerlei?

»Sprich nicht davon, denk nicht daran«, sagte er, indem er ihre Hand in der seinen hin- und herwandte und sich bemühte, ihre Aufmerksamkeit auf sich zu lenken; aber sie hielt noch immer ihren Blick abgewandt.

»Ach, warum bin ich nicht gestorben, es wäre besser gewesen! –« sagte sie, und lautlose Tränen rannen ihr über beide Wangen; aber sie bemühte sich, wieder zu lächeln, um ihn nicht zu betrüben.

Nach Wronskijs früheren Begriffen wäre es schmählich, ja unmöglich gewesen, von dem ehrenvollen und gefährlichen

Posten in Taschkent zurückzutreten. Jetzt aber tat er es, ohne sich auch nur einen Augenblick zu besinnen, und als er bemerkte, daß seine Vorgesetzten seine Handlungsweise mißbilligten, nahm er sofort seinen Abschied.

Einen Monat später war Alexej Alexandrowitsch mit seinem Sohn allein in seiner Wohnung; Anna war mit Wronskij ins Ausland gereist; die Scheidung hatte sie nicht durchgeführt, sie hatte sie sogar entschieden abgelehnt.

# FÜNFTES BUCH

1

Die Fürstin Schtscherbazkaja fand, daß es unmöglich sei, die Hochzeit vor den Fasten zu feiern, die in fünf Wochen anfingen, da die Aussteuer bis zu diesem Zeitpunkt nur zur Hälfte fertig sein konnte. Andererseits mußte sie jedoch Ljewin darin recht geben, daß es nach den Fasten vielleicht zu spät werden würde, da eine alte Tante des Fürsten Schtscherbazkij sehr krank war und bald sterben konnte, so daß dann die Hochzeit der Trauer wegen noch weiter hinausgeschoben werden müßte. Die Fürstin entschloß sich daher, die Aussteuer in zwei Teile – eine große und eine kleine Hälfte – zu teilen und willigte darein, die Hochzeit vor den Fasten stattfinden zu lassen. Die kleinere Hälfte der Aussteuer sollte sogleich fertiggestellt werden, die größere dagegen wollte sie später nachsenden, und sie war sehr ungehalten über Ljewin, weil er ihr durchaus keine ernsthafte Antwort geben konnte, ob er damit einverstanden sei oder nicht. Diese Anordnung war um so zweckmäßiger, als die Neuvermählten sich gleich nach der Hochzeit auf ihren Landsitz begeben wollten, wo sie die Gegenstände, die zu dem größeren Teil der Aussteuer gehörten, doch nicht brauchen konnten.

Ljewin verharrte immer noch in jenem Zustand halber Unzurechnungsfähigkeit, der ihn glauben ließ, daß er und sein Glück den hauptsächlichsten und einzigen Zweck alles Vorhandenen darstelle, daß er jetzt an nichts zu denken und sich um nichts zu kümmern brauche, sondern daß alles für ihn von anderen getan werde und getan werden würde. Er hatte keinerlei Pläne und Ziele in bezug auf sein künftiges Leben ins Auge gefaßt, er überließ die Entscheidung darüber anderen – wußte er doch, daß sich alles vortrefflich gestalten würde. Sein Bruder Sergej Iwanowitsch, Stjepan Arkadjewitsch, und die Fürstin leiteten ihn bei allem, was er zu tun hatte. Er selbst war stets mit allem einverstanden, was ihm vorgeschlagen wurde. Sein Bruder nahm für ihn ein Darlehen auf, die Fürstin riet ihm, nach der Hochzeit Moskau zu verlassen. Stjepan Arkadjewitsch riet ihm zu einer Reise ins Ausland. Er war mit allem einverstanden: »Tut, was ihr wollt, wenn es euch Spaß macht. Ich bin glücklich, und mein Glück kann weder größer noch geringer werden, was ihr auch tun mögt«, dachte er bei sich. Als er Kitty mitteilte, daß Stjepan Arkadjewitsch zu einer Hochzeitsreise ins Ausland geraten habe, war er sehr verwundert, daß sie sich damit nicht einverstanden erklärte, sondern vielmehr in bezug auf die künftige Gestaltung ihres Lebens gewisse, ganz bestimmte Pläne zu haben schien. Sie wußte, daß seiner auf dem Lande eine Beschäftigung harrte, der er zugetan war. Wie Ljewin sehr wohl merkte, verstand sie nicht nur nichts von dieser Beschäftigung, sondern sie wollte auch nichts davon verstehen. Das hinderte sie jedoch nicht, sie für sehr wichtig zu halten. Sie wußte also ganz genau, daß sie beide ihren ständigen Wohnsitz auf dem Land würden zu nehmen haben und wollte daher nicht ins Ausland reisen, wo ihr kein bleibender Aufenthalt bevorstand, sie wollte dahin, wo ihr künftiges Heim sein sollte. Diese bestimmt ausgesprochene Absicht setzte Ljewin in Verwunderung. Da ihm jedoch alles gleichgültig war, so bat er sofort Stjepan Arkadjewitsch – als ob dieser dazu verpflichtet gewesen wäre – aufs Gut zu fahren und alles, was er für nötig hielt, vorzubereiten, mit jenem Geschmack, den er in so hohem Maß besäße.

»Hör mal«, – sagte Stjepan Arkadjewitsch zu Ljewin, nachdem er vom Land zurückgekehrt war, wo er alles zum Empfang des jungen Paares instand gesetzt hatte –, »hast du eigentlich ein Zeugnis darüber, daß du dich zum Abendmahl vorbereitet hast?«

»Nein, warum?«

»Ohne das kannst du nicht getraut werden.«

»O weh, o weh«, rief Ljewin aus, »ich habe ja, glaub' ich, seit neun Jahren nicht mehr das Abendmahl genommen. Daran hab' ich ja gar nicht mehr gedacht.«

»Du bist mir einer«, lachte Stjepan Arkadjewitsch –, »und dabei hast du mich einen Nihilisten genannt! Aber, im Ernst, so wird die Sache nicht gehen. Du mußt dich zum Abendmahl vorbereiten.«

»Ja, aber wann denn? Ich habe ja nur noch vier Tage vor mir!«

Stjepan Arkadjewitsch wußte auch diese Schwierigkeit zu ordnen und Ljewin begann sich zum Abendmahl vorzubereiten. Ljewin, der selbst keinem Glauben anhing, dabei aber den Glauben anderer zu achten wußte, fiel es sehr schwer, irgendwelchen kirchlichen Zeremonien beiwohnen und daran Anteil nehmen zu müssen. Jetzt aber, in seiner weichen Gemütsstimmung, in der er sich alles besonders zu Herzen nahm, fiel ihm die Notwendigkeit zu heucheln nicht nur schwer, sondern sie erschien ihm völlig unmöglich. Jetzt, im Vollgefühl seines Selbstbewußtseins, seines aufblühenden Lebens, jetzt sollte er entweder lügen oder, was anderen heilig war, entweihen! Er fühlte sich nicht imstande, weder das eine noch das andere zu tun. Aber so sehr er auch Stjepan Arkadjewitsch damit quälte, ob er nicht, ohne das Abendmahl genommen zu haben, ein Zeugnis erhalten könne – Stjepan Arkadjewitsch erklärte dies für unmöglich.

»Ja, was kann dir denn das ausmachen – es dauert ja nur zwei Tage? Der Pfarrer ist ein so lieber, vernünftiger Alter. Er zieht dir diesen Zahn mit solcher Leichtigkeit, daß du es gar nicht merkst.«

Als Ljewin die erste Messe mitmachte, versuchte er seine jugendlichen Erinnerungen an jenes starke religiöse Gefühl in sich wachzurufen, das in ihm zwischen seinem sechzehnten und siebzehnten Jahr lebendig gewesen war. Doch überzeugte er sich sogleich, daß ihm das ganz unmöglich sei. Er bemühte sich nun, alles, was um ihn her geschah, als einen bedeutungslosen, hohlen Brauch, etwa wie den des Besuchemachens, zu betrachten. Aber er fühlte, daß ihm auch das nicht gelingen wollte. Ljewin befand sich in bezug auf die Religion, wie die meisten unter den Altersgenossen seines Kreises, in einer durchaus unklaren Lage. Glauben konnte er nicht, während er zugleich keineswegs die feste Überzeugung von der Unwahrheit aller Glaubenslehren besaß. Da er somit nicht imstande war, an die Bedeutung dessen, was er tat, zu glauben und er es andererseits nicht mit Gleichgültigkeit, als eine leere Formalität, betrachten konnte – so hatte er während dieser ganzen Vorbereitungszeit das Gefühl einer gewissen Verlegenheit und Beschämung darüber, daß er etwas tue, wofür er kein Verständnis hatte, und was daher, wie ihm eine innere Stimme sagte, unwahr und unschön sei.

Während des Gottesdienstes hörte er bald auf die Gebete, indem er ihnen eine Bedeutung beizulegen suchte, die mit seinen Überzeugungen nicht im Widerstreit stände, bald bemühte er sich, nicht hinzuhören, da er fühlte, daß er sie nicht begreifen könne und daß er sie verwerfen müsse, und gab sich seinen eigenen Gedanken, Beobachtungen und Erinnerungen hin, die ihm während seines müßigen Stehens in der Kirche mit besonderer Lebhaftigkeit durch den Kopf gingen.

Er machte die ganze Nachmittagsmesse und die Vesper mit und kam am nächsten Tag, nachdem er früher als gewöhnlich aufgestanden war, ohne Tee getrunken zu haben, um acht Uhr morgens zum Frühgebet und zur Beichte in die Kirche.

Außer einem alten bettelnden Soldaten, zwei alten Weibern und den Kirchenangestellten war noch niemand da.

Der junge Diakonus, unter dessen dünnem Leibrock sich die beiden Hälften seines langen Rückens in scharfen Umrissen abzeichneten, empfing ihn, trat dann gleich an ein Tischchen an der Wand und begann mit dem Verlesen der Gebete. Während des Lesens, namentlich bei den Worten: ›Herr, erbarm' dich unser‹, die in ihrer häufigen und raschen Wiederholung wie »erbarmt'ch uns, erbarmt'ch uns« klangen, fühlte Ljewin, daß sein Sinn verschlossen und verriegelt sei, und daß er jetzt nicht an seine Gedanken rühren und daran rütteln dürfe, wenn er sie nicht noch mehr in Verwirrung bringen wollte. Und so fuhr er denn fort, während er hinter dem Diakonus stand, ohne auf ihn zu hören und in den Sinn seiner Worte einzudringen, seinen Gedanken nachzuhängen. »Wie wunderbar viel Ausdruck doch in ihrer Hand liegt«, dachte er, in der Erinnerung daran, wie sie gestern zusammen am Ecktisch gesessen hatte. Sie wußten nicht, wovon sie sprechen sollten, wie fast immer in dieser Zeit; sie hatte ihre Hand auf den Tisch gelegt, öffnete und schloß sie und lachte selbst dazu, indem sie ihre Bewegung mit den Augen verfolgte. Er erinnerte sich, wie er ihr die Hand geküßt und dann die ineinanderlaufenden Linien auf ihrer rosigen Handfläche betrachtet hatte. »Wieder dieses erbarmt'ch uns«, dachte Ljewin, indem er sich bekreuzte und verneigte und dabei den biegsamen Rücken des sich verneigenden Diakonus beobachtete. »Sie ergriff darauf meine Hand und betrachtete ihre Linien: ›Du hast eine prachtvolle Hand‹, sagte sie«, und er sah auf seine Hand und dann auf die kurze Hand des Diakonus. »Ja, jetzt ist es bald zu Ende. Nein, jetzt scheint er von neuem anzufangen«, dachte er, auf die Gebete hinhorchend. »Nein, jetzt geht es zu Ende; jetzt neigt er sich schon bis zur Erde, das geschieht immer vor dem Schluß.«

Ohne es scheinbar zu bemerkten, nahm der Diakonus mit der Hand unter dem Plüschaufschlag einen Dreirubelschein in Empfang und schritt dann, nachdem er Ljewin ins Register einzutragen versprochen hatte, mit seinen neuen Stiefeln fest auftretend, über die hallenden Steinfliesen zum Altar. Einen Augenblick später ließ er sich von dort blicken und winkte Ljewin zu sich heran. Die bisher zurückgedrängten Gedanken begannen sich jetzt in Ljewins Kopf zu regen, aber er beeilte sich, sie zu verscheuchen. »Es wird schon irgendwie gehen«, dachte er und schritt zum Altar. Er stieg die Stufen hinan und sah, daß er sich nach rechts wandte, den Geistlichen vor sich. Dieser, ein altes Männchen, mit spärlichem, halbergrautem Bart und runden, gutmütigen Augen, stand am Analogion und blätterte in der Agende. Nachdem er Ljewin flüchtig gegrüßt hatte, begann er sogleich, mit dem gewohnten Tonfall die Gebete zu verlesen. Als er damit zu Ende war, neigte er sich bis zur Erde herab und wandte Ljewin sein Gesicht zu.

»Christus steht hier unsichtbar und empfängt deine Beichte«, – sagte er, auf das Kruzifix deutend. »Sage, ob du an alles glaubst, was uns die heilige, apostolische Kirche lehrt?« fuhr der Priester fort, indem er die Augen von Ljewins Gesicht abwandte und die Hände unter dem Epitrachelion zusammenlegte.

»Ich habe gezweifelt, ich zweifle an allem«, – sagte Ljewin, mit einer Stimme, die ihm selbst unangenehm klang, und verstummte.

Der Priester wartete einige Sekunden, ob er nicht noch etwas sagen würde, und sprach dann, indem er die Augen schloß, in raschem Wladimirschem, auf den Vokal »o« gestimmtem Dialekt:

»Der Zweifel ist der menschlichen Schwachheit eigen, aber wir müssen beten, auf daß der barmherzige Gott uns kräftige. Welche besondere Sünden hast du auf der Seele?« fuhr er, ohne sich im geringsten zu unterbrechen, fort, als sei ihm daran gelegen, keine Zeit zu verlieren.

»Meine Hauptsünde ist der Zweifel. Ich zweifle an allem und befinde mich fast stets im Zweifel.«

»Der Zweifel ist der menschlichen Schwachheit eigen«, wiederholte der Priester seine früheren Worte. »Was ist es denn, woran du besonderen Zweifel hegst?«

»Ich zweifle an allem. Ich zweifle zuweilen sogar am Dasein Gottes«, – sagte Ljewin unwillkürlich und entsetzte sich selbst über das Ungehörige dessen, was er gesagt hatte. Auf den Geistlichen jedoch schienen Ljewins Worte keinen Eindruck zu machen.

»Welche Zweifel am Dasein Gottes kann es denn geben?« versetzte er rasch, mit kaum merklichem Lächeln.

Ljewin schwieg.

»Welche Zweifel kannst du denn an deinem Schöpfer haben, wenn du auf seine Werke schaust?« fuhr der Priester in seiner raschen, gewohnten Sprechweise fort. »Wer hat da Himmelsgewölbe mit Sternen geschmückt? Wer hat die Erde in ihre Schönheit gekleidet? Wie wäre dies möglich ohne den Schöpfer?« sagte er, indem er Ljewin fragend ansah.

»Ich weiß es nicht.«

»Du weißt es nicht? Wie also kannst du daran zweifeln, daß alles von Gott erschaffen ist?« versetzte der Geistliche.

»Ich begreife nichts«, – sagte Ljewin errötend, denn er fühlte, daß seine Worte töricht seien und in seiner Lage nicht anders als töricht sein konnten.

»Bete zu Gott, bitte Ihn. Wurden doch selbst die heiligen Väter vom Zweifel befallen und flehten zu Gott, daß Er ihren Glauben kräftige. Der Teufel hat zuzeiten große Macht über uns, aber wir dürfen uns nicht in seine Gewalt geben. Bete zu Gott, flehe zu ihm. Bete zu Gott!« wiederholte er eilig.

Der Geistliche schwieg hierauf einige Zeit, wie in Gedanken versunken.

»Wie ich höre, bereitest du dich, mit der Tochter des Fürsten Schtscherbazkij, meines Gemeindemitgliedes und Beichtkindes in die Ehe zu treten?« fuhr er sodann mit einem Lächeln fort. »Eine treffliche Jungfrau.«

»Ja«, erwiderte Ljewin und errötete über den Geistlichen. »Ist es denn nötig, mich darüber bei der Beichte zu befragen?« dachte er bei sich.

Als wolle er auf diesen Gedanken antworten, sprach der Priester zu ihm:

»Du bereitest dich, in die Ehe zu treten, und Gott wird dich vielleicht mit Nachkommenschaft segnen, ist es nicht so? Welche Erziehung vermagst du deinen Kleinen zu geben, solange du nicht der Versuchung des Teufels, der dich zum Unglauben verleitet, besiegt hast?« fragte er mit sanftem Vorwurf. »Wenn du dein Kind lieb hast, dann wirst du ihm, als guter Vater, nicht allein Reichtum, Überfluß und Ehren wünschen: du wirst auch nach seinem Heil, seiner geistigen Erleuchtung durch das Licht der Wahrheit trachten. Ist dem nicht so? Was aber willst du ihm antworten, wenn das unschuldige Kindlein dich fragt: ›Vater, wer hat alles erschaffen, was mich auf dieser Welt erfreut – die Erde, das Wasser, die Sonne, Blumen und Gräser?‹ Willst du ihm darauf erwidern: ›Ich weiß es nicht?‹ Es kann nicht sein, daß du es nicht weißt, denn Gott der Herr in seiner hohen Gnade hat es dir geoffenbart. Oder aber, dein Kind wird dich fragen: ›Was erwartet mich im Jenseits?‹ Was willst du ihm sagen, wenn du selbst nichts weißt? Wie willst du es darüber aufklären? Willst du es den Freuden der Welt und des Teufels überlassen? Das wäre nicht wohl getan«, sagte er und hielt inne, indem er den Kopf auf die Seite neigte und Ljewin mit seinen gütigen, sanften Augen anschaute.

Ljewin gab jetzt nichts mehr zur Antwort, nicht etwa, weil er sich mit dem Geistlichen auf keine Erörterung einlassen wollte, sondern weil noch nie jemand derartige Fragen an ihn gerichtet hatte: wenn aber, dachte er bei sich, seine Kleinen einmal mit diesen Fragen zu ihm kämen, dann würde er schon noch Zeit genug haben, über seine Antwort nachzudenken.

»Du trittst in einen Abschnitt deines Lebens«, fuhr der Priester fort, »in dem es nötig ist, sich seinen Weg zu wählen und auf ihm zu verharren. Bete zu Gott, daß er dir in seiner Gnade helfe und dir vergebe«, schloß er. »Unser Herr und Gott, Jesus Christus, in seiner göttlichen Gnade und Milde, seiner Liebe zu den Menschen, vergebe dir, mein Sohn«, – und nachdem der Priester das Sühnegebet beendet, segnete er ihn und entließ ihn.

Als Ljewin an diesem Tag heimkehrte, hatte er die freudige Empfindung, daß seine peinliche Lage ein Ende genommen hatte, und zwar in einer Weise, durch die er der Notwendigkeit, zur Lüge zu greifen, überhoben worden war. Auch war in ihm eine unklare Erinnerung daran zurückgeblieben, daß die Worte des gütigen und liebevollen alten Mannes keineswegs so töricht seien, wie er anfangs geglaubt hatte, daß vielmehr etwas darin enthalten sei, was einer Aufklärung bedürfe.

»Natürlich nicht jetzt gleich«, dachte Ljewin, »aber später einmal.« Er empfand jetzt mehr als je, daß in seiner Seele etwas unklar und unrein sei, und daß er sich in bezug auf die Religion in derselben Lage befand, die ihm bei anderen so deutlich zum Bewußtsein kam und ihn stets so unangenehm berührte und die er bei seinem Freund Swijaschskij so sehr getadelt hatte.

An diesem Abend, den Ljewin mit seiner Braut bei Dolly verbrachte, war er besonders fröhlich und gab Stjepan Arkadjewitsch für die gehobene Stimmung, in der er sich befand, die Erklärung, daß er lustig sei, wie ein Hund, der dazu abgerichtet wird, durch den Reifen zu springen und der, nachdem er endlich begriffen und ausgeführt, was man von ihm verlange, freudig aufbellt und mit dem Schwanze wedelnd vor Entzücken auf Tische und Fenster springt.

2

Am Tage der Trauung bekam Ljewin, wie es Brauch ist – die Fürstin und Darja Alexandrowna bestanden auf der Einhaltung aller vorgeschriebenen Bräuche in aller Strenge –, seine Braut nicht zu sehen und speiste in Gesellschaft dreier Junggesellen, die such zufällig eingefunden hatten, in seinem Hotel; der eine war Sergej Iwanowitsch, der andere Katawassow, sein Studiengenosse von der Universität, jetzt Professor der Naturwissenschaften, den Ljewin auf der Straße getroffen und mitgebracht hatte, und der dritte war Tschirikow, sein Brautführer, Friedensrichter in Moskau und sein Gefährte von der Bärenjagd her. Das Diner verlief in der heitersten Stimmung. Sergej Iwanowitsch war sehr guter Laune und fand Gefallen an der Originalität Katawassows. Dieser fühlte, daß seine Originalität Beifall fand und gebührend gewürdigt wurde und suchte damit zu glänzen. Tschirikow unterstützte die Unterhaltung in seiner heiteren und gutmütigen Art.

»Ja, ja«, sagte Katawassow, indem er nach seiner auf dem Katheder erworbenen Gewohnheit die Worte dehnte, »welch ein befähigter junger Mann doch unser Freund Konstantin Dmitritsch gewesen ist. Ich spreche von dem Abwesenden, denn er existiert ja nicht mehr. Damals liebte er die Wissenschaft, und nach seinem Abgang von der Universität hatte er allgemein menschliche Interessen, jetzt aber ist die eine Hälfte seiner Fähigkeiten darauf gerichtet, sich selbst zu betrügen und die andere – diesen Betrug zu rechtfertigen.«

»Ein entschiedenerer Gegner der Ehe als Sie ist mir noch nie vorgekommen«, sagte Sergej Iwanowitsch.

»Ach nein, ich bin kein Gegner der Ehe; ich bin nur ein Freund der Arbeitsteilung. Leute, die sonst nichts hervorzubringen vermögen, sollen Menschen hervorbringen, die anderen aber sollen sich deren Aufklärung und Beglückung widmen. Es gibt eine Unmasse Leute, die diese beiden Berufszweige gern vereinigen möchten – ich gehöre nicht zu ihnen.«

»Wie glücklich werde ich sein, wenn ich einmal erfahre,

daß Sie sich verliebt haben!« sagte Ljewin. »Bitte, laden Sie mich ja zu Ihrer Hochzeit.«

»Ich bin ja schon verliebt.«

»Ja, in eine Seespinne –. Du weißt doch«, wandte sich Ljewin an seinen Bruder, »Michael Semjonitsch schreibt an einem Werk über die Ernährung und –«

»Bitte, Sie werfen ja alles durcheinander: übrigens gleichviel, worüber ich schreibe; die Sache ist die, daß ich wirklich in eine Seespinne verliebt bin.«

»Sie wird Sie aber nicht hindern, Ihre Frau zu lieben.«

»Sie nicht, aber meine Frau wird mich hindern.«

»Wieso denn?«

»Das werden Sie schon sehen. Sie sind ein großer Freund der Landwirtschaft, der Jagd – warten Sie nur, Sie werden schon sehen.«

»Übrigens, heute war Archip hier und hat berichtet, daß es eine Menge Elentiere gäbe und zwei Bären in Prudno«, sagte Tschirikow.

»Nun, auf die müßt ihr schon ohne mich Jagd machen.«

»Da hast du recht«, sagte Sergej Iwanowitsch. »Und auch für die Zukunft kannst du gleich der Bärenjagd Valet sagen. Deine Frau läßt dich nicht fort.«

Ljewin lächelte. Der Gedanke, seine Frau könne ihn nicht fortlassen, hatte für ihn etwas so Angenehmes, daß er bereit war, für immer dem Vergnügen zu entsagen, jemals wieder einen Bären zu sehen.

»Es ist aber doch schade, daß die beiden Bären ohne unser Zutun erlegt werden wollen. Denken Sie noch an das letzte Mal in Chapilowo? Das war eine herrliche Jagd«, sagte Tschirikow.

Ljewin wollte ihm nicht die Illusion rauben, daß es irgendwo ohne sie etwas Schönes geben könne und schwieg.

»Es hat doch seinen guten Grund, daß sich diese Sitte, von seinem Junggesellenleben Abschied zu nehmen, eingebürgert hat«, sagte Sergej Iwanowitsch. »Man mag noch so glücklich sein, die verlorene Freiheit tut einem doch leid.«

»Gestehen Sie's nur ein, Sie haben gewiß auch die Empfindung wie jener Gogolsche Bräutigam, daß man zum Fenster hinausspringen möchte?«

»Natürlich hat er es, er will es nur nicht zugeben«, sagte Katawassow und brach in ein lautes Gelächter aus.

»Nun also, das Fenster ist offen ... Fahren wir also gleich nach Twerj. Dort ist eine Bärin, die spüren wir schnurstracks in ihrer Höhle auf. Wahrhaftig, fahren wir mit dem Fünfuhrzug! Und hier mögen die anderen machen, was sie wollen«, meinte Tschirikow lächelnd.

»Bei allem, was mir heilig ist«, sagte Ljewin lächelnd, »ich kann in meiner Seele jenes Gefühl des Bedauerns über meine verlorene Freiheit nicht finden, von dem eben die Rede war.«

»Ja, in Ihrem Innern herrscht jetzt ein solches Chaos, daß Sie überhaupt gar nichts darin zu finden vermögen«, versetzte Katawassow. »Warten Sie nur, bis Sie ein wenig mit sich ins reine kommen, dann werden Sie es schon finden.«

»Nein, ich würde doch, wenn auch nur in geringem Maße, neben meinem Gefühl«, es widerstrebte ihm, vor den anderen das Wort Liebe auszusprechen, »und meinem Glück ein Bedauern über den Verlust meiner Freiheit empfinden können. Ganz im Gegenteil, ich freue mich gerade über diesen Verlust.«

»Schlimm genug! Sie sind also unrettbar verloren!« sagte Katawassow. »Na, trinken wir auf seine Genesung, oder wünschen wir ihm nur, daß wenigstens der hundertste Teil seiner Träume in Erfüllung gehen möge. Schon das wird ein Glück sein, wie es auf Erden noch keins gegeben hat.«

Bald nach dem Essen brachen die Gäste auf, um sich beizeiten zur Trauung umzukleiden.

Als Ljewin allein geblieben war und sich die Reden dieser Junggesellen vergegenwärtigte, richtete er nochmals die Frage an sich, ob er im Herzen etwas von jenem Gefühl des Bedauerns über seine verlorene Freiheit verspüre, von dem jene gesprochen hatten. Er lächelte bei dieser Frage. »Freiheit? Wozu brauche ich Freiheit? Das Glück besteht nur darin, daß ich liebe, daß ich danach strebe, in ihren Wünschen, in ihren Gedanken aufzugehen, daß ich also gar keine Freiheit habe – darin allein besteht das Glück!«

»Aber kenne ich denn auch ihre Gedanken, ihre Wünsche, ihre Gefühle?« flüsterte ihm plötzlich eine innere Stimme zu. Das Lächeln verschwand aus seinen Zügen, und er wurde nachdenklich. Und mit einemmal befiel ihn eine sonderbare Empfindung. Angst und Zweifel kamen über ihn – Zweifel an allem.

»Wie, wenn sie mich nicht liebte? Wenn sie mich nur deshalb erwählt hätte, um überhaupt zu heiraten? Wie, wenn sie sich selbst über das nicht klar wäre, was sie im Begriff ist zu tun? Sie kann plötzlich zur Besinnung kommen und sich erst, nachdem sie mich geheiratet hat, darüber klar werden, daß sie mich nicht liebt und nicht hat lieben können.« Und die sonderbarsten und schlimmsten Gedanken in bezug auf sie gingen ihm durch den Kopf. Er war eifersüchtig auf Wronskij, wie ein Jahr zuvor, als ob jener Abend, an dem er sie mit ihm zusammen gesehen hatte, erst gestern gewesen wäre. Er hatte sie im Verdacht, daß sie ihm nicht alles gesagt habe.

Er sprang schnell auf. »Nein, das kann so nicht weitergehen«, sprach er mit Verzweiflung zu sich selbst. »Ich muß zu ihr, muß sie fragen, ihr zum letzten Mal sagen: wir sind noch frei, ist es nicht besser, wenn wir nicht weitergehen? Alles ist besser als ewiges Elend, als Schande und Untreue!« Verzweiflung im Herzen und voll Groll gegen alle Menschen, gegen sich selbst und sie, verließ er das Hotel und begab sich zu ihr.

Er traf sie in den hinteren Zimmern. Sie saß auf einem Koffer und traf mit ihrem Stubenmädchen irgendwelche Anordnungen, indem sie ganze Haufen verschiedenfarbiger Kleider durchmusterte, die teils auf den Stuhllehnen herumhingen, teils auf dem Fußboden ausgebreitet waren.

»Ah«, rief sie aus, als sie ihn erblickte, und ihr Gesicht strahlte vor Freude. »Du bist es, Sie sind es« – bis zu diesem letzten Tag hatte sie ihn bald mit ›du‹, bald mit ›Sie‹ angeredet? »Und ganz unerwartet! Ich sehe inzwischen meine Mädchenkleider durch, damit ich weiß, wem ich das eine oder das andere schenken soll.«

»So, das ist sehr gut«, sagte er, mit einem finsteren Blick auf das Mädchen.

»Geh hinaus, Dunjaschka, ich rufe dich dann«, sagte Kitty. »Was ist dir«, fragte sie, indem sie ihn jetzt, nachdem das Mädchen hinausgegangen war, unbefangen mit ›du‹ anredete. Sie hatte sein seltsames Gebaren, seine aufgeregte und finstere Miene bemerkt und war ernstlich erschrocken.

»Kitty, mich quält etwas, und ich kann meine Qualen nicht allein ertragen«, sagte er, Verzweiflung in der Stimme, indem er vor ihr stehenblieb und ihr flehend in die Augen sah. Er hatte schon an ihrem Gesicht, aus dem Liebe und Wahrhaftigkeit sprachen, erkannt, daß es zu nichts führen könne, wenn er ihr alles sagen würde, was er auf dem Herzen hatte, aber dennoch schien es ihm unerläßlich, daß sie selbst ihn von seinen Zweifeln erlöse. »Ich bin gekommen, um dir zu sagen, daß es noch Zeit ist. Alles kann noch rückgängig gemacht und geordnet werden.«

»Wie? Ich verstehe kein Wort! Was ist dir?«

»Ich sage, was ich schon tausendmal gesagt habe und was ich immer wieder denken muß ... daß ich deiner nicht würdig bin. Es ist nicht möglich, daß du wirklich eingewilligt hast, mich zum Mann zu nehmen. Überlege dir's noch einmal, du hast dich geirrt. Überlege dir's recht wohl. Du kannst mich nicht lieben ... Ist es so ... dann sag es lieber«, brachte er, ohne sie anzusehen, hervor. »Ich werde unglücklich sein. Die Leute mögen sagen, was sie wollen; aber so ist es doch besser, als wenn ein Unglück geschieht ... Es ist besser jetzt, solange es noch Zeit ist ...«

»Ich begreife nichts«, erwiderte sie ängstlich, »das heißt, du willst zurück ... du willst nicht mehr? ...«

»Ja, wenn du mich nicht liebst.«

»Du bist von Sinnen«, rief sie aus, und wurde rot vor Ärger. Aber sein Gesicht hatte einen so kläglichen Ausdruck, daß sie ihren Ärger unterdrückte und sich näher zu ihm setzte, nachdem sie die Kleider von einem der Sessel geworfen hatte.

»Ich glaube, daß du mich nicht lieben kannst. Warum solltest du mich denn lieben?«

»Mein Gott, was soll ich tun?« sagte sie und brach in Tränen aus.

»Oh, was hab' ich getan«, rief er aus; er fiel vor ihr auf die Knie und bedeckte ihre Hände mit Küssen.

Als die Fürstin fünf Minuten später ins Zimmer trat, fand sie die beiden schon vollständig miteinander versöhnt vor. Kitty hatte ihm nicht nur die Versicherung gegeben, daß sie ihn liebe, sie hatte ihm sogar, als sie ihm auf seine Frage antwortete, warum sie ihn liebe, genau auseinandergesetzt, warum dies der Fall sei. Sie hatte ihm gesagt, daß sie ihn liebe, weil sie ihn ganz verstehe, weil sie wisse, was er lieben müsse, und weil alles, was er liebe, stets gut sei. Und dies schien ihm auch vollständig klar zu sein. Als die Fürstin eintrat, saßen sie nebeneinander auf dem Koffer, durchmusterten die Kleider und waren in Streit geraten, weil Kitty das braune Kleid, das sie angehabt hatte, als Ljewin ihr seinen Antrag machte, der Dunjascha schenken wollte, während er darauf bestand, daß dieses Kleid überhaupt nicht weggegeben werden dürfe; der Dunjascha möge sie das blaue schenken.

»Aber verstehst du denn gar nichts? Sie ist doch brünett, und dies hier kann ihr doch nicht stehen ... Ich habe mir das alles wohl überlegt.«

Als die Fürstin erfahren hatte, weshalb er gekommen war, wurde sie halb scherzhaft, halb ernsthaft ärgerlich und schickte ihn nach Hause, damit er sich ankleide und Kitty beim Frisieren nicht störe, da Charles gleich kommen müsse.

»Sie hat schon ohnedies die letzten Tage nichts gegessen und sieht schlecht aus, und du kommst noch obendrein und verstimmst sie mit deinen Torheiten«, sagte sie. »Nur schnell fort, schnell fort, mein Lieber.«

Ljewin kehrte schuldbewußt und beschämt, aber beruhigt ins Hotel zurück. Sein Bruder, Darja Alexandrowna und Stjepan Arkadjewitsch, alle bereits in vollem Staat, erwarteten ihn, um ihn mit dem Heiligenbild zu segnen. Es war keine Zeit zu verlieren. Darja Alexandrowna mußte noch einmal zu Hause vorfahren, um ihren wohlpomadisierten und schöngelockten Sohn abzuholen, der dazu ausersehen war, das Heiligenbild mit der Braut zur Kirche zu geleiten. Dann mußte ein Wagen zum Brautführer geschickt werden, während der andere, der für Sergej Iwanowitsch bestimmt war, wieder zurückfahren mußte. – Überhaupt gab es vielerlei äußerst verwickelte Dinge zu ordnen. Nur eines war unzweifelhaft, daß man nicht länger zögern dürfe, denn es war schon halb sieben Uhr.

Die Segnung mit dem Heiligenbild verlief nicht gerade in besonders eindrucksvoller Weise. Stjepan Arkadjewitsch hatte sich in halb komischer, halb feierlicher Haltung neben seiner Frau postiert; dann nahm er das Heiligenbild, befahl Ljewin, sich bis zur Erde herabzuneigen, segnete ihn mit einem gutmütigen und zugleich ironischen Lächeln und küßte ihn darauf dreimal hintereinander. Das gleiche tat auch Darja Alexandrowna und beeilte sich dann fortzufahren, wobei sie nicht verfehlte, in der von ihr angegebenen Wagenordnung wieder einige Verwirrung anzurichten.

»Nun also«, sagte sie schließlich, »wir wollen es folgendermaßen machen: Du holst ihn in unserem Wagen ab, und Sergej Iwanowitsch ist vielleicht so freundlich vorauszufahren und dann den Wagen zurückzuschicken.«

»Mit dem größten Vergnügen.«

»Wir kommen gleich mit ihm nach. Ist das Gepäck schon abgeschickt?« fragte Stjepan Arkadjewitsch.

»Jawohl«, versetzte Ljewin und befahl Kusjma, ihm beim Ankleiden behilflich zu sein.

3

Eine große Menschenmenge, darunter besonders viele Frauen, umstanden die zur Trauungsfeier erleuchtete Kirche. Diejenigen, denen es nicht gelungen war bis zur Mitte vorzudringen, drängten sich, einander stoßend und schimpfend, an die Fenster und versuchten durch die Gitter zu sehen.

Mehr als zwanzig Wagen hielten bereits in der von der Polizei angewiesenen Ordnung längs der Straße. Ein Polizeileutnant stand unbekümmert um den starken Frost strahlend in seiner Uniform am Eingang. Unaufhörlich fuhren noch weitere Equipagen vor, und bald traten blumengeschmückte Damen mit aufgerafften Schleppen, bald Herren die Militärmütze oder den schwarzen Zylinder abnehmend, in die Kirche. Hier waren bereits beide Kronleuchter und alle Kerzen vor den Heiligenbildern angezündet. Der goldene Heiligenschein auf dem roten Untergrund des Ikonostas, das vergoldete Schnitzwerk der Heiligenbilder, das Silber der Räuchergefäße und Leuchter, die Steinfliesen des Bodens, die Teppiche, die Kirchenbanner oben bei den Chören, die Altarstufen, die altersgeschwärzten Bücher, die Leibröcke und die Meßgewänder – alles war von Licht überflutet. Auf der rechten Seite der geheizten Kirche in dem Gewimmel von Fräcken, weißen Krawatten, Uniformen und verschiedenartigen Stoffen von Samt, Atlas, Haaren, Blumen, entblößten Schultern und Armen, hohen Handschuhen, ertönte ein Stimmengewirr von verhaltenen und lebhaften Reden, das von der hohen Kuppel seltsam widerhallte. Jedesmal, wenn sich die Kirchentür mit kreischendem Ton öffnete, verstummte das Gespräch in der Menge, und alles blickte um sich in der Erwartung, das eintretende Brautpaar zu erblicken.

Aber die Tür hatte sich schon mehr als zehnmal geöffnet und wieder geschlossen, und jedesmal war es einer der verspäteten Gäste, ein Herr oder eine Dame, die sich dem rechter Hand stehenden Kreis der Geladenen zugesellten, oder es war eine der Zuschauerinnen, der es gelungen war, den Polizeileutnant zu hintergehen oder den Eintritt zu erschmeicheln, und die sich dem fremden Haufen links anschloß. Und alle, die Geladenen wie die Ungeladenen, hatten schon sämtliche Zwischenstufen der Erwartung überstanden.

Anfangs glaubte man, daß der Bräutigam mit der Braut jeden Augenblick kommen müßte, und legte der Verspätung keinerlei Bedeutung bei. Dann aber begann man immer öfter und öfter nach der Tür zu schauen, und Befürchtungen wurden laut, ob nicht etwas passiert sei. Schließlich wurde die Verspätung schon peinlich empfunden, und Verwandte und Gäste gaben sich den Anschein, als dächten sie gar nicht mehr an den Bräutigam und als wären sie von ihrer Unterhaltung völlig in Anspruch genommen.

Der Protodiakonus begann, als wolle er daran gemahnen, wie kostbar seine Zeit sei, ungeduldig zu husten, daß die Scheiben klirrten. Vom Chor her vernahm man, wie die gelangweilten Sänger ihre Stimmen probierten oder sich schneuzten. Der Geistliche schickte beständig bald den Küster, bald den Diakonus hinaus, um nachzusehen, ob der Bräutigam noch nicht da sei, und er selbst trat schließlich in seinem lilafarbenen Meßgewand mit dem gestickten Gürtel immer öfter und öfter an die Seitenpforte. Endlich sagte eine der Damen, nachdem sie nach der Uhr gesehen hatte: »Das ist aber sonderbar!«, und nun wurden alle Gäste unruhig und begannen laut ihre Verwunderung oder ihren Unwillen zu äußern. Einer der Brautführer hatte sich aufgemacht, um zu erfahren, was geschehen sei.

Inzwischen stand Kitty, die schon längst fertig war, im weißen Kleid, mit dem langen Schleier und dem Kranz aus Pomeranzenblüten neben ihrer Schwester Frau Ljwowa, die ihr als Brautmutter zugewiesen war, im Saal des Schtscherbazkijschen Hauses und sah zum Fenster hinaus. Schon über eine halbe Stunde wartete sie auf den Brautführer, der ihr die Ankunft des Bräutigams in der Kirche zu melden hatte.

Ljewin ging mittlerweile, in Beinkleidern, aber ohne Weste, in seinem Zimmer hin und her, wobei er jeden Augenblick den Kopf durch die Tür steckte und den Korridor auf und ab spähte. Aber hier ließ sich der, den er erwartete, nicht sehen und verzweiflungsvoll und mit den Händen herumfuchtelnd, wandte er sich zu Stjepan Arkadjewitsch, der in aller Gemütsruhe rauchte.

»Ist es je dagewesen, daß ein Mensch sich schon in einer so fürchterlich albernen Lage befunden hätte?« sagte er.

»Ja, es ist zu dumm«, bestätigte Stjepan Arkadjewitsch, mit einem beschwichtigenden Lächeln. »Aber beruhige dich nur, er wird es gleich bringen.«

»Nein, gewiß nicht«, versetzte Ljewin mit verhaltener Wut. »Oh, über diese einfältigen, ausgeschnittenen Westen! Unmöglich«, rief er mit einem Blick auf seinen zerknitterten Brusteinsatz. »Und wie, wenn die Sachen schon alle nach der Eisenbahn abgegangen wären«, rief er verzweiflungsvoll aus.

»Dann ziehst du eben eines von den meinen an.«

»Das hätte ich schon längst tun sollen.«

»Mach dich nicht lächerlich – warte nur, es wird sich schon machen.«

Das Unglück bestand nämlich darin, daß, als Ljewin sich ankleiden lassen wollte, sein alter Diener Kusjma ihm Frack, Weste und alles, was dazugehörte, mit Ausnahme des Hemdes hereinbrachte. »Und das Hemd!« rief Ljewin aus.

»Das Hemd haben Sie ja schon an«, versetzte Kusjma in aller Ruhe lächelnd.

Es war Kusjma nämlich gar nicht in den Sinn gekommen, ein Hemd zurückzulegen, und so hatte er denn, nachdem ihm befohlen worden war, alles einzupacken und zu Schtscherbazkijs zu befördern, von deren Haus aus das junge Paar am Abend abreisen sollte, getan, wie ihm geheißen worden, und alles, mit Ausnahme des Fracks eingepackt. Das Hemd, das Ljewin am Morgen angezogen hatte, war zerknittert und konnte unter der neumodischen tiefausgeschnittenen Weste nicht mehr getragen werden. Zu Schtscherbazkijs zu schicken, wäre zu weit gewesen. Nun wollte er sich ein Hemd kaufen lassen. Der Diener kam aber unverrichteter Sache zurück: es war Sonntag – alles geschlossen. Er schickte zu Stjepan Arkadjewitsch. Das Hemd kam, aber es war unverhältnismäßig weit und kurz. Endlich schickte er zu Schtscherbazkijs, um seine Sachen wieder auspacken zu lassen.

Der in der Kirche sehnlichst erwartete Bräutigam lief indessen, wie ein wildes Tier im Käfig, im Zimmer auf und ab, sah beständig in den Korridor hinaus und dachte mit Entsetzen und Verzweiflung an alles, was er heute Kitty gesagt hatte und was sie jetzt von ihm denken müsse.

Endlich stürzte der schuldbewußte Kusjma atemlos mit dem Hemd ins Zimmer.

Drei Minuten später lief Ljewin, ohne nach der Uhr gesehen zu haben, um sein Herz nicht noch schwerer zu machen, eilig den Korridor entlang.

»Das hilft jetzt nicht mehr viel«, sagte Stjepan Arkadjewitsch lächelnd und folgte ihm ohne besondere Eile. »Es wird sich schon machen, es wird sich schon machen, sag' ich dir.«

4

Sie sind da! – Da ist er! – Welcher ist's? Doch wohl der Jüngere? – Und sie, die Arme, mehr tot als lebendig! flogen die Worte in der Menge durcheinander, als Ljewin mit seiner Braut, die er am Eingang erwartet hatte, die Kirche betrat.

Stjepan Arkadjewitsch teilte seiner Frau den Grund der Verzögerung mit, und die Gäste flüsterten lächelnd miteinander. Ljewin hatte für nichts Augen und Ohren; er sah immer nur unverwandt seine Braut an.

Alle waren der Ansicht, daß sie sich in den letzten Tagen sehr zu ihrem Nachteil verändert habe, und in ihrem Hochzeitsstaat lange nicht so hübsch sei, wie sonst; Ljewin aber fand dies nicht. Er sah auf ihre hohe Frisur mit dem langen, weißen Schleier und den weißen Blüten, auf den hochstehenden gefältelten Kragen, der so ganz eigenartig, so jungfräulich an beiden Seiten ihren schlanken Hals bedeckte und ihn vorn frei ließ. Er sah auf ihre auffallend schmale Taille, und seine Braut erschien ihm herrlicher als je, nicht etwa, weil diese Blüten, dieser Schleier, dieses aus Paris verschriebene Kleid etwas zu ihrer Schönheit hinzugefügt hätten, sondern weil trotz dieser beabsichtigten Pracht ihrer Toilette der Ausdruck ihres lieben Gesichtes, ihres Blickes, ihrer Lippen ganz der gleiche in seiner Unschuld und Wahrhaftigkeit geblieben war.

»Ich dachte schon, du wolltest mir durchgehen«, sagte sie und lächelte ihm zu.

»Es war zu albern, was mir passiert ist, ich schäme mich, es zu erzählen«, versetzte er errötend, mußte sich nun aber zu Sergej Iwanowitsch wenden, der eben zu ihm trat.

»Das ist eine kostbare Geschichte mit deinem Hemd«, sagte Sergej Iwanowitsch, indem er lächelnd den Kopf schüttelte.

»Ja, ja«, erwiderte Ljewin, ohne zu verstehen, was man mit ihm sprach.

»Jetzt aber, Kostja, müssen wir eine wichtige Frage entscheiden«, sagte Stjepan Arkadjewitsch mit scheinbar bestürzter Miene. »Jetzt gerade bist du imstande, die ganze Wichtigkeit dieser Frage zu ermessen. Man fragt mich: ob man angebrannte oder nicht angebrannte Kerzen anstecken soll? Der Unterschied beträgt zehn Rubel«, setzte er hinzu, während sich seine Lippen zu einem Lächeln verzogen. »Ich habe eine Entscheidung getroffen, aber ich fürchte, du könntest damit nicht einverstanden sein.«

Ljewin verstand, aß es sich um einen Scherz handle, aber er vermochte nicht zu lächeln.

»Also wie soll es sein? Angebrannte oder nicht angebrannte? Das ist die Frage.«

»Ja, ja, also nicht angebrannte!«

»Freut mich sehr. Die Frage wäre also entschieden«, sagte Stjepan Arkadjewitsch lächelnd. »Wie töricht sich doch die Menschen in dieser Lage anstellen«, wandte er sich zu Tschirikow, als Ljewin, nachdem er ihn wie geistesabwesend angeblickt hatte, wieder zu seiner Braut getreten war.

»Paß nur auf, Kitty, daß du zuerst auf den Teppich trittst«, sagte die Gräfin Nordston, indem sie zu ihr trat. »Sie sind wirklich einzig!« wandte sie sich zu Ljewin.

»Ist dir nicht bang?« fragte Marja Dmitrijewna, Kittys alte Tante.

»Dir ist es vielleicht zu kühl hier. Du siehst blaß aus. Bück dich einen Augenblick«, sagte Kittys Schwester Frau Ljwowa, und ordnete ihr, indem sie ihre vollen, schönen Arme rundete, lächelnd die Blüten auf dem Haar.

Dolly trat ebenfalls zu ihr, wollte etwas sagen, vermochte jedoch kein Wort hervorzubringen und brach in Tränen aus; dann begann sie unnatürlich zu lachen.

Kitty sah alle mit ebenso abwesenden Blicken an wie Ljewin.

Mittlerweile hatten der Geistliche und der Diakonus ihre Gewänder angelegt und traten zum Analogion, das im Schiff der Kirche stand. Der Priester wandte sich mit einigen Worten an Ljewin. Ljewin hörte nicht, was ihm der Geistliche sagte.

»Nehmen Sie Ihre Braut an der Hand und führen Sie sie«, flüsterte ihm der Brautführer zu.

Es dauerte lange, bis Ljewin begriff, was von ihm verlangt wurde. Man machte sich lange Zeit mit ihm zu schaffen und wollte ihn schon aufgeben – denn entweder reichte er seiner Braut nicht die richtige Hand oder er ergriff nicht die richtige Hand – endlich aber hatte er verstanden, daß er mit der rechten Hand, ohne seine Stellung zu ändern, ebenfalls ihre rechte Hand ergreifen müsse. Als er schließlich seine Braut, wie es sich gehört, bei der Hand genommen hatte, trat der Priester einige Schritte vor und blieb vor dem Analogion stehen. Die Schar der Angehörigen und Freunde folgte ihnen in summender Unterhaltung und mit den Schleppen rauschend. Einer beugte sich herab und ordnete die Schleppe der Braut. Es wurde so still in der Kirche, daß man das Fallen der Wachstropfen hören konnte.

Der alte Priester, in seiner Kopfbedeckung mit den silberglänzenden langen Haarsträhnen, die hinter den Ohren nach beiden Seiten gekämmt waren, hatte seine kleinen greisenhaften Hände unter dem schweren silbernen Meßgewand, dem auf dem Rücken ein goldenes Kreuz aufgestickt war, hervorgestreckt und machte sich am Analogion zu schaffen.

Stjepan Arkadjewitsch ging behutsam an ihn heran, flüsterte ihm etwas zu und trat dann wieder zurück, indem er Ljewin zuzwinkerte.

Der Priester zündete nun zwei mit Blumen geschmückte Kerzen an, die er in der linken Hand geneigt hielt, so daß das Wachs langsam von ihnen herabtröpfelte, und wandte sich dann mit dem Gesicht zu dem Brautpaar. Es war derselbe Geistliche, der Ljewin die Beichte abgenommen hatte. Er warf einen müden und traurigen Blick auf das Brautpaar, seufzte auf und segnete den Bräutigam mit der rechten Hand, die er unter dem Meßgewand hervorstreckte. Und ebenso, aber mit einer gewissen sorgenden Zärtlichkeit, ließ er die zusammengelegten Finger auf Kittys gesenktes Haupt nieder. Darauf reichte er ihnen die Kerzen, ergriff das Räucherfaß und trat langsam zurück.

»Ist es denn wirklich wahr?« dachte Ljewin und sah nach seiner Braut hin. Er konnte von oben einen Teil ihres Profils sehen und erkannte nach einer kaum merklichen Bewegung ihrer Lippen und Wimpern, daß sie seinen Blick fühlte. Sie sah sich nicht um, aber ihr hoher gefälteter Kragen bewegte sich und hob sich bis zu ihrem kleinen rosafarbigen Ohr. Er sah, daß sie einen Seufzer in ihrer Brust zurückdrängte und daß ihre kleine, von dem hohen Handschuh umspannte Hand, mit der sie die Kerze hielt, zitterte.

Alles, was ihn so sehr erregt hatte, die Unannehmlichkeit wegen des Hemdes, sein Zuspätkommen, die unvermeidlichen Unterhaltungen mit den anwesenden Bekannten und Angehörigen, ihre Mißbilligung, die alberne Lage, in der er sich befunden hatte – alles dies war plötzlich verschwunden, und es wurde ihm freudig und zugleich bang ums Herz.

Der schöne, stattliche Protodiakonus im silberglänzenden Meßgewand, mit dem nach beiden Seiten gekämmten, kunstvoll gelockten Haar, trat kecken Schrittes vor und blieb, indem er mit der gewohnten Bewegung seine Stola mit zwei Fingern hob, dem Priester gegenüber stehen.

»Herr, segne uns!« ertönten langsam, einer nach dem anderen, die feierlichen Klänge durch die schallbewegte Luft.

»Gelobt sei unser Gott immerdar jetzt und fürderhin in alle Ewigkeit«, replizierte demütig und in singendem Tonfall der alte Priester, indem er fortfuhr auf dem Analogion etwas zu ordnen. Und die ganze Kirche, von den Fenstern bis hinauf zu den Kreuzbögen, mit seinem Klang erfüllend, erhob sich der volltönende Akkord vom unsichtbaren Chor aus, erst anschwellend, einen Augenblick gleichsam erstarrend und leise verklingend.

Man betete, wie es üblich ist, für den himmlischen Frieden und das Seelenheil, für den Synod, für den Zaren; man betete für den jetzt in die Ehe tretenden Knecht Gottes Konstantin und die Magd Gottes Jekatjerina.

»Daß Er ihnen sende hernieder eine vollkommene, friedsame Liebe, daß Er ihnen helfe, das bitten wir Gott«, atmete gleichsam die ganze Kirche, als der Protdiakonus dieses Gebet anstimmte.

Ljewin vernahm diese Worte und ward davon ergriffen. »Wie richtig das empfunden ist, daß Hilfe, ja eben Hilfe vonnöten ist?« dachte er bei der Erinnerung an die Furcht und den Zweifel, denen er vor kurzem unterworfen gewesen. »Was kann ich denn wissen? Was vermag ich dieser furchtbar schweren Lebensaufgabe gegenüber ohne Hilfe?« dachte er. »Ja, was ich jetzt brauche, ist Hilfe.«

Als der Diakonus die Litanei beendet hatte, wandte sich der Priester mit dem Buch zu dem Brautpaar:

»Ewiger Gott, der Du das Getrennte vereint hast«, las er mit demütigem und singendem Ton, »der Du das Band der Liebe unauflöslich gestifte, und Isaak und Rebekka gesegnet hast, Dir stelle ich diese als Nachfolger in Deinem Bund vor. Segne Du sie selbst, diese Deine Knechte, Konstantin und Jekatjerina, denen ich allen Segen wünsche, gleichwie Du ein erbarmender Gott voll Menschenliebe bist und wir Dir Lob singen, dem Vater und dem Sohne und dem heiligen Geiste jetzt und von Ewigkeit zu Ewigkeit. Amen«, erklang es wiederum vom unsichtbaren Chor durch die Luft.

»Der das Getrennte vereint hat und das Band der Liebe gestiftet«, welch tiefsinnige Worte, »und wie entsprechen sie dem, was uns in diesem Augenblick bewegt!« dachte Ljewin. »Ob sie wohl dasselbe fühlt wie ich?«

Er schaute sich um und begegnete ihrem Blick. Und aus ihrem Ausdruck schloß er, daß seine Gedanken auch die ihren waren. Aber er täuschte sich, denn sie hatte fast kein Wort vom Gottesdienst verstanden und hatte während der Trauung nicht einmal hingehört. Sie war nicht imstande, irgend etwas zu hören oder zu verstehen; so mächtig war das eine Gefühl in ihr, das sie ganz und gar erfüllte und immer stärker und stärker wurde. Es war das Gefühl der Freude über die vollkommene Erfüllung dessen, was sich schon seit anderthalb Monaten in ihrer Seele vollzogen und sie im Lauf dieser ganzen sechs Wochen glücklich gemacht und zugleich geschreckt hatte. An jenem Tag, an dem sie im Saal des Hauses am Arbat in ihrem braunen Kleid zu ihm getreten war und sich ihm wortlos zu eigen gegeben hatte – an jenem Tag, von dieser Stunde an hatte sie mit ihrem ganzen bisherigen Leben gebrochen. Und es begann für sie ein völlig verändertes, neues, ihr gänzlich unbekanntes Dasein, während in Wirklichkeit ihr Leben im früheren Geleise verlief. Diese sechs

Wochen bildeten die glücklichste und zugleich qualvollste Zeit ihres Lebens. Ihr ganzes Dasein, alle ihre Wünsche und Hoffnungen drehten sich um diesen ihr noch fremden Mann, mit dem sie sich durch etwas noch Fremdartigeres, als es seine Persönlichkeit für sie war, verknüpft fühlte, nämlich durch jene Empfindung, die sie bald zu ihm hinzuziehen, bald von ihm abzustoßen schien. Zugleich aber nahm ihr äußeres Leben in der gewohnten Weise seinen Fortgang. Und während sie dieses altgewohnte Leben fortsetzte, erschrak sie über sich selbst, als sie erkannte, von welch völliger, unüberwindlicher Gleichgültigkeit sie gegen ihre ganze Vergangenheit erfüllt war: gegen alle ihre altvertrauten Sachen, gegen ihre Gewohnheiten, gegen alle Menschen, die sie bisher geliebt hatte und denen sie teuer war, gegen ihre durch diese Gleichgültigkeit gekränkte Mutter, ihren guten, bis dahin über alles in der Welt geliebten, zärtlichen Vater. Bald erschrak sie über diese Gleichgültigkeit, bald freute sie sich über das, was sie in diesen Zustand versetzt hatte. Sie vermochte an nichts anderes zu denken, nichts anderes zu wünschen, als was ihr künftiges Leben in Gemeinschaft mit diesem Mann betraf; aber dieses neue Dasein hatte noch nicht begonnen, und sie war auch nicht imstande, sich einen klaren Begriff davon zu machen. Es war nur eine beständige Erwartung, ein Gefühl der Furcht und der Freude dem Neuen und Unbekannten gegenüber. Und jetzt, gleich jetzt, sollte diese Erwartung und das Unbekannte sowie die Reue über den Verlust ihres früheren Lebensinhaltes ein Ende nehmen und das neue Dasein beginnen. Dieses Neue, ihr Unbekannte konnte ihr nicht anders als furchtbar erscheinen, aber furchtbar oder nicht – es hatte sich schon vor sechs Wochen in ihrem Innern vollzogen, und durch das, was in diesem Augenblick geschah, erhielt es nur seine kirchliche Weihe.

Der Priester wandte sich wieder dem Analogion zu und erhaschte Kittys Ring, der so klein war, daß er ihn nur mit Mühe halten konnte, um ihn dann, nachdem er sich Ljewins Hand hatte geben lassen, an das erste Glied seines Fingers zu stecken:

»Es wird verbunden der Knecht Gottes Konstantin mit der

Magd Gottes Jekatjerina.« Und der Priester wiederholte die nämlichen Worte, nachdem er den größeren Ring an Kittys rosafarbigen, kleinen und rührend schwachen Finger gesteckt hatte.

Mehrmals suchten Braut und Bräutigam das Richtige zu treffen, wobei sie sich aber jedesmal irrten, so daß der Priester ihnen leise bedeutete, was sie zu tun hätten. Nachdem es ihnen endlich gelungen war und er sie mit den Ringen gesegnet hatte, übergab er wiederum Kitty den großen und Ljewin den kleinen Ring; wieder gerieten sie in Verwirrung und zweimal gingen die Ringe von einer Hand in die andere über, ohne daß sie das, was sie tun sollten, richtig gemacht hätten.

Dolly, Tschirikow und Stjepan Arkadjewitsch traten nun vor, um ihnen zu helfen. Es gab eine kleine Verwirrung, ein Flüstern und Lächeln unter den Versammelten, aber der feierlich-gerührte Ausdruck in den Zügen des Brautpaares blieb unverändert: ja, als ihre Hände sich verwirrten, blickten sie noch ernster und feierlicher als vorher, und das Lächeln, mit dem Stjepan Arkadjewitsch ihnen zuflüsterte, daß jetzt jeder seinen eigenen Ring anzustecken habe, erstarb unwillkürlich auf seinen Lippen. Er fühlte, daß in diesem Augenblick jedes Lächeln nur kränkend sein könne.

»Denn Du hast von Anfang an das männliche Geschlecht geschaffen und das weibliche«, las der Priester, nachdem sie die Ringe gewechselt hatten –, »und von Dir ward dem Manne das Weib gesellt zur Hilfe und zur Fortpflanzung des Menschengeschlechts. Denn Du selbst, Herr unser Gott, hast die Wahrheit gesandt zu Deiner Nachfolge und für Deinen Bund, für Deine Knechte, unsere heiligen Väter, Deine Auserwählten; schaue auf Deinen Knecht Konstantin und Deine Magd Jekatjerina und bestätige ihren Bund im Glauben und in der Einmütigkeit und in der Wahrheit und in der Liebe.«

Ljewin hatte immer mehr und mehr die Empfindung, daß alle seine Gedanken über die Ehe, alle seine Phantasien darüber, wie er sein Leben gestalten wolle, kindisch gewesen seien. Er fühlte, daß hier etwas geschehen sei, wofür er bisher gar kein Verständnis gehabt habe und was er jetzt noch weniger zu beweisen imstande sei, obwohl es in diesem Augenblick an ihm selbst vollzogen wurde. Ein Krampf schnürte ihm stärker und stärker die Kehle zusammen, und die Tränen, die er vergeblich zurückzudrängen gesucht hatte, traten ihm in die Augen.

5

Ganz Moskau war in der Kirche versammelt, Angehörige und Bekannte. Während der Trauungsfeierlichkeit, in der glänzend beleuchteten Kirche war im Kreise der geputzten Frauen, Mädchen und Herren mit weißen Krawatten, im Frack und in Uniform, eine der Gelegenheit angemessene, geziemend gedämpfte Unterhaltung ununterbrochen geführt worden, die hauptsächlich von den Herren in Gang gebracht wurde, während die Damen in die Beobachtung aller Einzelheiten der Zeremonie vertieft waren, die für sie ja stets einen ganz besonderen Reiz zu haben pflegt.

Unter denen, die in nächster Nähe der Braut standen, befanden sich ihre beiden Schwestern: Dolly und die ältere, aus dem Ausland eingetroffene Frau Ljwowa in ihrer ruhigen Schönheit.

»Wie sonderbar von Mary – in einem lilafarbenen, fast schwarzen Kleid zur Trauung zu kommen«, – sagte Frau Korsunskaja.

»Bei ihrem Teint – ihre einzige Rettung –«, erwiderte Frau Drubetzkaja. »Es wundert mich übrigens, daß man die Trauung am Abend stattfinden läßt. Beim Kaufmannsstand ist das ja begreiflich ...«

»Aber so ist es schöner. Ich habe mich auch abends trauen lassen«, erwiderte Frau Korsunkskaja mit einem Seufzer, in der Erinnerung daran, wie hübsch sie damals ausgesehen hatte, wie lächerlich verliebt ihr Gatte in sie gewesen, und wie jetzt alles so ganz anders geworden war.

»Man sagt, wer mehr als zehnmal Brautführer gewesen ist, der bleibe unverheiratet; ich wollte dieses Amt zum zehnten

Mal übernehmen, um mich gegen die Ehe zu versichern, aber die Stelle war schon besetzt«, sagte Graf Sinjawin zur hübschen Prinzessin Tscharskaja, die ein Auge auf ihn geworfen hatte.

Die Prinzessin antwortete ihm nur mit einem Lächeln. Sie blickte auf Kitty und dachte daran, wann und wie sie eines Tages mit dem Grafen Sinjawin an Kittys Stelle stehen und ihn dann an seinen Scherz von heute erinnern würde.

Schtscherbazkij wandte sich zu der alten Hofdame Nikolajewna mit der Bemerkung, er habe sich vorgenommen, die Krone auf Kittys Chignon zu setzen, da dies Glück bringe.

»Es wäre gar nicht nötig gewesen, einen Chignon aufzusetzen«, erwiderte Fräulein Nikolajewna, die schon längst beschlossen hatte, daß ihre Hochzeit, wenn der alte Witwer, auf den sie es abgesehen hatte, sie heiraten würde, die denkbar einfachste sein sollte. »Ich habe diesen ›Chic‹ nicht gern.«

Sergej Iwanowitsch unterhielt sich mit Darja Dmitrijewna und versicherte ihr scherzend, die Sitte, nach der Hochzeit abzureisen, sei aus dem Grunde so verbreitet, weil Neuvermählte sich immer etwas schämten.

»Ihr Bruder kann stolz sein. Sie ist geradezu entzückend.«

»Sie beneiden ihn wohl?«

»Ich bin darüber schon hinaus, Darja Dmitrijewna«, versetzte er, und sein Gesicht nahm plötzlich einen traurigen und ernsten Ausdruck an.

Stjepan Arkadjewitsch erzählte seiner Schwägerin einen Witz über eine Ehescheidung.

»Man muß den Kranz zurechtrücken«, sagte diese, ohne ihm zuzuhören.

»Wie schade, daß sie so unvorteilhaft aussieht«, wandte sich die Gräfin Nordston zu Frau Ljwowa. »Und doch, er ist ihren kleinen Finger nicht wert, nicht wahr?«

»Nein, er gefällt mir sehr gut. Nicht etwa, weil er mein zukünftiger ›beau frère‹ ist«, versetzte Frau Ljwowa. »Und wie vollendet seine Haltung ist! Es ist ja so schwer, in dieser Situation richtig aufzutreten und keine komische Figur zu machen. Er aber nimmt sich gar nicht komisch aus, er benimmt sich ganz ungezwungen, und man sieht ihm an, daß er ergriffen ist.«

»Ich glaube, sein Antrag kam Ihnen nicht ganz unerwartet?«

»Kaum. Sie hat ihn ja immer geliebt.«

»Jetzt wollen wir aber aufpassen, wer von ihnen zuerst den Fuß auf den Teppich setzt. Ich habe Kitty geraten, daß sie es tut.«

»Das ist ja ganz einerlei«, erwiderte Frau Ljwowa, »wir Frauen sind alle unterwürfig – das liegt in unserer Natur.«

»Ich bin damals mit Wassilij absichtlich zuerst darauf getreten. Und Sie, Dolly?«

Dolly stand neben ihnen und hörte, was sie sprachen, aber sie antwortete nicht. Sie war ergriffen. Tränen standen ihr in den Augen, und sie hätte kein Wort hervorbringen können, ohne zu weinen. Sie weidete sich an Kittys und Ljewins Anblick; in ihrer Erinnerung versetzte sie sich in die Zeit ihrer eigenen Hochzeit zurück und warf hin und wieder einen Blick auf den glückstrahlenden Stjepan Arkadjewitsch; sie vergaß alles Gegenwärtige und dachte nur an die Zeit ihrer ersten, unschuldigen Liebe. Sie dachte nicht an sich allein, sondern an alle Frauen, die ihr nahe standen oder die sie nur flüchtig kannte; sie dachte an jene unwiederbringliche, feierliche Stunde, in der sie alle, wie Kitty, mit dem Brautkranz vor dem Altar gestanden, Hoffnung und Furcht im Herzen, losgelöst von der Vergangenheit und den Fuß in die geheimnisvolle Zukunft setzend. Und aus der Zahl dieser Bräute, an die sie jetzt zurückdachte, trat die Erinnerung an die ihr so liebgewordene Anna hervor, von deren beabsichtigter Ehescheidung sie vor kurzem ausführlich gehört hatte. Auch sie stand damals als unschuldvolles Mädchen, Pomeranzenblüten im Haar, im Brautschleier vor dem Altar. »Und jetzt« dachte sie. »Wie seltsam, wie rätselhaft doch das Leben ist«, sprach sie vor sich hin.

Aber nicht nur die Schwestern, Freundinnen und Angehörigen verfolgten die Einzelheiten der Trauungsfeierlichkeit. Auch die nicht geladenen Frauen, die als bloße Zuschauerinnen gekommen waren, beobachteten alles mit einer Erregung, die ihnen den Atem benahm, ängstlich bemüht, sich ja keine einzige Bewegung, keine Veränderung in den Zügen des Bräutigams und der Braut entgehen zu lassen, und ärgerlich ließen sie die gleichgültigen Bemerkungen der Männer ohne Antwort und überhörten sie wohl gänzlich, wenn sie scherzhafte Glossen oder ungehörige Bemerkungen machten.

»Warum sieht sie so verweint aus? Sie nimmt ihn wohl nicht gern?«

»So einen prächtigen Burschen – und nicht gern nehmen? Er ist wohl ein Fürst?«

»Und die in dem weißen Kleid, ist das ihre Schwester? Hör nur, wie der Diakonus grölt: ›Und sie soll ihren Mann fürchten‹.«

»Sind die Sänger vom Tschudowokloster*?«

»Nein, von der Synodskirche.«

»Ich weiß es von einem der Diener. Es heißt, er bringt sie gleich auf sein Gut. Mächtig reich soll er sein. Darum hat er sie auch gekriegt.«

»'s ist aber ein schönes Paar. Da haben Sie neulich nicht glauben wollen, daß die Krinoline nach hinten abstehend getragen werde. Dort, sieh mal die im Plüschkleid – eine Gesandtenfrau soll's sein –, wie das Kleid gerafft ist ... So und nochmal so ....«

»Nein, ist die Braut reizend, wie ein geschmücktes Schäfchen! Man mag sagen, was man will, uns Frauen tut's doch immer leid um so ein junges Ding.«

So schwatzten die Zuschauerinnen durcheinander, denen es gelungen war, durch die Kirchentüren hindurchzuschlüpfen.

---

* Tschudowokloster in Moskau, berühmt durch seinen Chorgesang.

6

Nachdem die Trauungszeremonie zu Ende war, breitete der Küster vor dem Analogion, das in der Mitte der Kirche stand, ein Stück rosaseidenen Stoffes aus, und der Chor stimmte einen kunstvollen und vielgegliederten Psalm an, wobei Baß und Tenor einander ablösten. Der Priester deutete inzwischen, indem er sich zu den Neuvermählten wandte, auf den ausgebreiteten rosaseidenen Stoff. Sooft und soviel sie auch davon gehört hatten, daß, wer von beiden zuerst den Fuß auf diesen Teppich setze, in der Ehe das Zepter führen werde, so waren wohl Ljewins, als auch Kittys Gedanken, während sie die wenigen Schritte zurücklegten, ganz woanders. Sie hörten auch keine der lauten Bemerkungen und Meinungen, die sich jetzt kundgaben. Die einen wollten gesehen haben, daß er, die anderen, daß sie beide gleichzeitig den Teppich betreten hätten.

Nach den üblichen Fragen, ob sie gewillt seien, die Ehe zu schließen und ob sie sich nicht schon anderen versprochen hätten, und ihren Antworten, die ihnen selbst sonderbar zu klingen schienen, begann jetzt ein neuer Abschnitt der Trauungszeremonie. Kitty horchte auf die Worte des Gebetes und gab sich Mühe, ihren Sinn zu erfassen – aber sie vermochte es nicht. Ein Gefühl des Triumphes und einer klaren Freudigkeit nahm, je näher die Feier sich ihrem Ende zuneigte, von ihrer Seele Besitz und machte es ihr unmöglich, aufmerksam zuzuhören.

Man betete: »Gib ihnen Weisheit und Leibesfrucht zu ihrem Nutzen, damit sie sich erfreuen am Anblick ihrer Söhne und Töchter«; dann wurde erwähnt, wie Gott das Weib aus der Rippe Adams geschaffen habe, und »darum wird ein Mann seinen Vater und seine Mutter verlassen und an seinem Weibe hangen und sie werden beide sein ein Leib«, und daß »dies ein großes Mysterium« sei; es wurde gebetet, daß der Herr ihnen Fruchtbarkeit und Segen verleihe, wie Isaak und Rebekka, Josef, Moses und Zipporah, und daß sie die Söhne ihrer Söhne noch sehen mögen. »Alles das ist schön«, dachte

Kitty, als sie diese Worte hörte, »alles das kann auch gar nicht anders sein«, und ein seliges Lächeln, das sich unwillkürlich allen, die sie ansahen, mitteilte, erglänzte auf ihrem freudestrahlenden Antlitz.

»Setzen Sie sie ganz auf«, redete man zu, nachdem der Priester ihnen die Kronen auf einen Augenblick aufgesetzt hatte und Schtscherbazkij darauf die von Kitty, mit der in dem dreiknöpfigen Handschuh zitternden Hand, hoch über ihrem Kopf hielt.

»Setzen Sie sie auf«, flüsterte sie lächelnd.

Ljewin sah zu ihr hin und war überrascht von dem freudigen Glanz, der ihr Antlitz erhellte; und ihr Gefühl teilte sich ihm unwillkürlich mit. Auch ihm wurde, ebenso wie ihr, leicht und froh ums Herz.

Es war für sie eine Freude, dem Verlesen des Apostelbriefes zu lauschen und die dröhnende Stimme des Protodiakonus beim letzten Vers, der von dem ungeladenen Publikum stets mit solcher Ungeduld erwartet wird, zu vernehmen. Es war für sie eine Freude, aus der flachen Schale den lauwarmen roten Wein mit Wasser zu trinken, und noch freudiger wurde ihnen zumute, als der Priester das Meßgewand zurückschlug, beider Hände in die seine nahm und sie unter den dröhnenden Klängen des Basses, der das ›Jesu, freue dich‹ erschallen ließ, um das Analogion herumführte. Schtscherbazkij und Tschirikow, welche die Kronen in die Höhe hielten, verwickelten sich in die Schleppe der Braut, lächelten gleichfalls vor unbewußter Freude, indem sie bald zurückblieben, bald an die Neuvermählten anstießen, sooft der Priester haltmachte. Der Freudenfunke, der sich in Kitty entzündet hatte, schien auf alle in der Kirche Anwesenden überzuspringen. Ljewin schien es, als ob auch die Lippen des Priesters und des Diakonus ein Lächeln umspielte.

Der Priester nahm die Kronen von ihren Häuptern, verlas das letzte Gebet und beglückwünschte die Neuvermählten. Ljewin blickte auf Kitty, und noch nie hatte er sie bis jetzt so gesehen. Sie war entzückend in dem frischen Abglanz des Glückes, das auf ihrem Antlitz lag. Ljewin wollte zu ihr sprechen, aber er wußte nicht, ob die Feier wirklich zu Ende sei.

Der Priester erlöste ihn aus dieser Verlegenheit. Er lächelte mit seinen gutmütigen Lippen und sagte leise: »Küssen Sie Ihre Gattin und Sie Ihren Gatten«, und nahm ihnen die Kerzen aus den Händen.

Ljewin küßte sie vorsichtig auf ihre lächelnden Lippen, reichte ihr den Arm und verließ, im seltsamen Gefühl der ungewohnten Nähe ihrer Berührung, die Kirche. Er glaubte es nicht, er konnte es nicht glauben, daß es Wahrheit geworden war. Nur wenn ihre verwunderten und schüchternen Blicke sich trafen, glaubte er daran, denn dann fühlte er, daß sie schon eins waren. Nach dem Mahl reisten die Neuvermählten in derselben Nacht auf ihr Landgut.

7

Wronskij und Anna reisten schon seit drei Monaten miteinander in Europa umher. Sie hatten Venedig, Rom, Neapel besucht und waren gerade in einer kleinen italienischen Stadt angekommen, wo sie sich einige Zeit aufzuhalten gedachten.

Der bildschöne Oberkellner mit dem üppigen, wohlpomadisierten Haar, durch das sich ein vom Nacken anhebender Scheitel hindurchzog, stand im Frack, mit dem breiten weißen Batistvorhemd, und einem Haufen von Uhrgehängen auf dem wohlgerundeten Bäuchlein, die Hände in den Taschen, da, und gab einem vor ihm stehenden Herrn, indem er die Augen geringschätzig zusammenkniff, mit barscher Stimme Antwort auf irgendeine Frage. Kaum hatte er von der anderen Seite der Einfahrt jemanden kommen hören, der die Treppe hinaufschritt, und mit einer Wendung des Kopfes den russischen Grafen, der im Hotel die teuersten Zimmer bewohnte, erblickt, als er ehrerbietig die Hände aus den Taschen nahm und in vorgebeugter Haltung berichtete, der Kurier sei dagewesen, um zu melden, daß die Angelegenheit wegen der Miete des Palazzos geordnet sei. Der Verwalter sei bereit, den Vertrag zu unterzeichnen.

»So! Das ist mir sehr lieb«, sagte Wronskij. »Und die gnädige Frau, ist sie zu Hause?«

»Die gnädige Frau waren ausgegangen, sind jetzt aber zurück«, erwiderte der Oberkellner.

Wronskij nahm seinen weichen, breitkrempigen Hut vom Kopf und wischte sich mit dem Taschentuch den Schweiß von der Stirn und dem halb über die Ohren hängenden Haar, das zurückgekämmt war und seine Glatze verdeckte.

»Der Herr dort ist ein Russe und hat nach Ihnen gefragt«, fügte der Oberkellner hinzu.

Mit einem gemischten Gefühl des Ärgers darüber, daß es unmöglich schien, seinen Bekannten gänzlich zu entgehen, und zugleich in dem geheimen Wunsch nach irgendeiner Abwechslung in der Einförmigkeit seines jetzigen Daseins, sah sich Wronskij nochmals nach dem Herrn um, der wartend zur Seite getreten war. Beider Augen leuchteten zugleich auf.

»Golenischtschew!«

»Wronskij!«

Es war wirklich Golenischtschew, Wronskijs Kamerad vom Pagenkorps her. Er gehörte damals der liberalen Richtung an, verließ das Pagenkorps, ohne einen militärischen Grad erreicht zu haben, und hatte sich nirgends anstellen lassen. Nach dem Abgang aus dem Korps hatten sich ihre Wege vollständig getrennt, und sie waren inzwischen nur einmal zusammengetroffen.

Bei jener Begegnung hatte Wronskij erkannt, daß Golenischtschew sich irgendeinen hochintellektuellen, liberalen Wirkungskreis erwählt hatte und daß er infolgedessen auf Wronskijs Beruf und gesellschaftliche Stellung mit Geringschätzung herabsah. Wronskij war ihm daher bei jenem Zusammentreffen mit jener kalten und stolzen Zurückhaltung begegnet, die er den Menschen gegenüber geltend zu machen verstand und der der unausgesprochene Gedanke zugrunde lag: ›Meine Lebensweise mag Euch gefallen oder nicht, das läßt mich völlig kalt, aber wenn Ihr mit mir bekannt sein wollt, verlange ich, daß Ihr mich achtet.‹ Golenischtschew seinerseits verhielt sich dieser Haltung Wronskijs gegenüber mit geringschätziger Gleichgültigkeit. Man sollte meinen, jene Begegnung hätte sie noch weiter auseinanderbringen müssen; und doch leuchtete es jetzt freudig in ihren Augen auf, und sie konnten beide einen Ausruf angenehmer Überraschung nicht unterdrücken, als sie einander erkannt hatten. Wronskij hätte nie gedacht, daß er sich so sehr darüber freuen könne, Golenischtschew wiederzusehen; denn es war ihm wohl selbst noch nicht zum Bewußtsein gekommen, wie sehr er sich bei seiner jetzigen Lebensweise langweilte. Die unangenehme Erinnerung an ihre letzte Begegnung war verschwunden, und er streckte seinem früheren Kameraden mit offener und herzlicher Freude die Hand entgegen. Auch in Golenischtschews Gesicht verschwand der ernste, etwas gezwungene Ausdruck und machte dem aufrichtiger Freude Platz.

»Wie freue ich mich, dich getroffen zu haben!« sagte Wronskij mit freundschaftlichem Lächeln, indem er dabei seine starken, weißen Zähne zeigte.

»Ich habe zufällig gehört, daß ein Wronskij hier sein soll, welcher, wußte ich nicht. Ich freue mich, freue mich sehr!«

»Aber treten wir doch ein. Nun, wie geht es dir?«

»Ich bin schon seit zwei Jahren hier. Ich arbeite.«

»So!« sagte Wronskij voller Teilnahme. »Willst du nicht mit hinaufkommen?«

Und nach der Gewohnheit aller Russen fing er an, französisch zu sprechen, anstatt gerade das, was nicht für die Ohren der Dienerschaft bestimmt ist, auf Russisch zu sagen.

»Bist du mit Frau Karenina bekannt? Wir reisen zusammen. Ich wollte gerade zu ihr«, sagte er, indem er Golenischtschew forschend ansah.

»Ach, das wußte ich gar nicht«, gab dieser gleichmütig zur Antwort, obgleich er es sehr wohl wußte. »Bist du schon lange hier?« fuhr er fort.

»Ich? Seit vier Tagen«, erwiderte Wronskij und sah ihn nochmals aufmerksam an.

»Ja, er ist ein anständiger Mensch und betrachtet die Sache vom richtigen Standpunkt«, sprach Wronskij zu sich selbst, überzeugt, daß er Golenischtschews Gesichtsausdruck und die Wendung, die er der Unterhaltung zu geben suchte, richtig deutete. »Ich kann es schon wagen, ihn mit Anna bekannt zu machen – sie faßt die Sache ja auch so auf, wie es sich gehört.«

Im Laufe dieser drei Monate, die Wronskij mit Anna im Ausland verbracht hatte, legte er sich jedesmal, wenn er mit fremden Leuten zusammentraf, die Frage vor, wie dieser einzuführende Dritte sich angesichts der Beziehungen, in denen er zu Anna stand, verhalten würde. Meistenteils traf er bei Männern auf das Verständnis, das sich in einem solchen Fall ›gehörte‹. Hätte man jedoch an ihn oder an die Leute, die die Sache so auffaßten, wie es sich ›gehört‹, die Frage gerichtet, worin dieses Verständnis eigentlich bestehe, er und die anderen wären in nicht geringe Verlegenheit geraten.

Im Grunde genommen hatten die Leute, die nach Wronskijs Ansicht, die Sache so auffaßten, ›wie es sich gehört‹, überhaupt keine Meinung darüber; sie verhielten sich eben einfach, wie es wohlerzogene Menschen angesichts aller verwickelten und unlösbaren Fragen, die von allen Seiten unser Leben umgeben, zu tun pflegen – sie verhielten sich einfach anständig, indem sie jede Art von Anspielungen und peinlichen Fragen vermieden. Sie gaben sich den Anschein, als verständen sie sehr wohl die Wichtigkeit und innere Bedeutung ihrer Lage, ja sie schienen sie anzuerkennen und gutzuheißen, taten jedoch, als hielten sie es für unpassend und überflüssig, dies alles ausdrücklich zu erklären.

Wronskij erriet sofort, daß Golenischtschew eben zu dieser Kategorie gehöre, und freute sich daher doppelt, ihn getroffen zu haben. In der Tat benahm er sich, nachdem er ihn vorgestellt hatte, Anna gegenüber in einer Weise, wie Wronskij es nur immer wünschen konnte. Er verstand es offenbar, ohne den geringsten Zwang, jedes Gespräch zu vermeiden, das zu irgendeiner peinlichen Situation hätte führen können.

Er hatte Anna vorher nicht gekannt und war überrascht von ihrer Schönheit und noch mehr von jener natürlichen Einfachheit, mit der sie sich in ihre Lage zu finden wußte. Sie errötete, als Wronskij mit Golenischtschew eintrat, und dieses kindliche Erröten, das ihr offenes und schönes Antlitz färbte, gefiel ihm außerordentlich. Besonders angenehm fühlte er sich dadurch berührt, daß sie, um jedem Mißverständnis die Spitze abzubrechen, Wronskij von vornherein mit offener Absichtlichkeit bei seinem Vornamen, Alexej, anredete, als sie davon sprach, daß sie im Begriff seien, ein eben gemietetes Haus – hier Palazzo genannt – zu beziehen. Dieses offenherzige und einfache Verhalten in ihrer Situation gefiel Golenischtschew. Da er nicht nur Wronskij, sondern auch Alexej Alexandrowitsch kannte, so glaubte er Annas Handlungsweise angesichts ihrer ungezwungenen-heiteren und selbstbewußten Haltung vollkommen zu verstehen. Es schien ihm, als begreife er das, worüber sie selbst sich auf keine Weise klar zu werden vermochte; nämlich wie es möglich gewesen sei, daß sie, die ihren Gatten dadurch, daß sie ihn und ihr Kind verlassen, unglücklich gemacht und sich selbst um ihren guten Ruf gebracht hatte, es fertigbringen konnte, sich ungezwungen heiter und selbstbewußt zu fühlen.

»Er steht im Fremdenführer«, – sagte Golenischtschew, als von jenem Palazzo, den Wronskij gemietet hatte, die Rede war. »Dort befindet sich ein sehr schöner Tintoretto aus seiner letzten Periode.«

»Wissen Sie was – das Wetter ist günstig, wir könnten eigentlich hinübergehen und uns alles noch einmal ansehen«, – wandte sich Wronskij zu Anna.

»Sehr gern, ich will nur meinen Hut aufsetzen. Sie meinten vorhin, es sei heiß?«, – sagte sie, indem sie in der Tür stehenblieb und Wronskij fragend ansah. Dabei stieg wieder eine helle Röte in ihre Wangen.

Wronskij las in ihrem Blick, daß sie nicht wisse, wie er sich Golenischtschew gegenüber zu stellen gedenke, und zugleich lag darin auch eine gewisse Unruhe, ob sie sich auch so verhalten habe, wie er es wünschte.

Er warf ihr einen langen, zärtlichen Blick zu: »Nein, es ist nicht sehr heiß«, sagte er.

Sie glaubte alles zu lesen, was in diesem Blick lag und besonders, daß er mit ihr zufrieden sei; sie lächelte ihm zu und ging raschen Schrittes zur Tür hinaus.

Die beiden Freunde sahen einander an, und in ihren Mienen drückte sich eine gewisse Verlegenheit aus; es schien, als wolle Golenischtschew, den sie offenbar in hohem Maße für sich eingenommen hatte, etwas sagen, ohne daß ihm jedoch etwas Passendes eingefallen wäre. Ebenso schien es Wronskij zu gehen.

»So also stehen die Sachen«, begann schließlich Wronskij, nur um etwas zu sagen. »Du hast dich hier also ganz und gar niedergelassen? Und du bist immer noch mit demselben Gegenstand beschäftigt?« fuhr er fort, da er sich gehört zu haben erinnerte, daß Golenischtschew an einem Buch schreibe.

»Ja, ich schreibe jetzt am zweiten Teil meiner ›Zwei Prinzipien‹«, versetzte Golenischtschew, der bei dieser Frage in freudige Erregung geriet –, »das heißt, um mich genauer auszudrücken, ich schreibe noch nicht, ich bereite erst vor, ich sammle das erforderliche Material. Dieser Teil wird viel umfassender werden, da darin fast alle einschlägigen Fragen in Betracht kommen sollen. Bei uns in Rußland will man nicht begreifen, daß Byzanz uns gehören muß«, begann er in eifriger Rede seine Gedanken zu entwickeln.

Wronskij war anfangs etwas verlegen, weil er von den ›Zwei Prinzipien‹ nicht einmal den ersten Teil, von dem der Verfasser als von etwas Bekanntem sprach, gelesen hatte. Dann aber, als Golenischtschew seine Ideen weiterentwickelte, vermochte Wronskij seinen Auseinandersetzungen sehr wohl, auch ohne seine Kenntnis der ›Zwei Prinzipien‹ zu folgen, und er hörte ihm nicht ohne Interesse zu, da Golenischtschew sehr gut sprach. Nur vermochte er das Gefühl einer gewissen schmerzlichen Verwunderung nicht zu unterdrücken, als er die Gereiztheit und Aufregung bemerkte, mit denen Golenischtschew über den Gegenstand sprach, der ihn beschäftigte. Je länger er sprach, um so aufgeregter glänzten seine Augen, um so eifriger polemisierte er gegen seine eingebildeten Gegner und eine um so größere Unruhe und Gereiztheit prägten sich in seinen Zügen aus. In seiner Erinnerung sah Wronskij ihn als einen mageren, lebhaften, gutmütigen und gutgearteten Knaben vor sich, der immer der erste unter den Zöglingen im Pagenkoprs war, und er tadelte innerlich diese Gereiztheit, die er sich nicht zu erklären vermochte. Besonders mißfiel es ihm, daß Golenischtschew, der doch den besseren Gesellschaftskreisen angehörte, sich mit allerlei Skribenten, die ihn reizten, auf eine Stufe stellte, und daß die ihn ärgern konnten. Als ob diese Leute es wert wären! Wronskij mißfiel das, aber abgesehen davon, fühlte er, daß Golenischtschew nicht glücklich sei, und hatte Mitleid mit ihm. Ein unglücklicher, ja fast irrsinniger Ausdruck lag auf seinem nicht unschönen Gesicht, als er, ohne Anna, die inzwischen hereingetreten war, zu bemerken, eifrig und erregt in seinen Auseinandersetzungen fortfuhr.

Als Anna in Hut und Mantille neben ihm stehen geblieben war, während ihre schöne Hand in rascher Bewegung mit dem Sonnenschirm spielte, wandte er sich mit einem Gefühl der Erleichterung von Golenischtschew ab, dessen Blicke mit einem klagenden Ausdruck unverwandt auf ihn gerichtet waren, und sah mit neuer Liebe auf seine reizende, Leben und Freude atmende Gefährtin. Golenischtschew vermochte sich nur mit Mühe wieder zu sammeln und schaute anfangs niedergeschlagen und finster drein. Es gelang jedoch Anna, die – wie es während dieser ganzen Zeit bei ihr der Fall war – gegen alle Menschen freundlich gestimmt war, ihn durch ihr natürliches und heiteres Wesen zu ermuntern. Sie versuchte verschiedene Gesprächsstoffe anzuschlagen und kam endlich auf die Malerei, über die er sehr gut zu sprechen wußte, und hörte ihm aufmerksam zu. Sie gingen zu Fuß bis zu dem gemieteten Haus und nahmen alles in Augenschein.

»Eines freut mich ganz besonders«, wandte sich Anna auf dem Heimweg zu Golenischtschew –, »nämlich, daß Alexej hier ein gutes Atelier haben wird. Du mußt dazu unbedingt jenes Zimmer nehmen«, fuhr sie zu Wronskij gewendet in russischer Sprache fort – sie redete ihn jetzt ungeniert mit ›du‹ an, da sie sich sagte, daß Golenischtschew in ihrer Abgeschiedenheit jedenfalls zu ihrem näheren Bekanntenkreis gehören würde und daß es daher nicht nötig sei, sich in seiner Gegenwart Zwang anzutun.

»Malst du denn?« fragte dieser, indem er sich rasch zu Wronskij wandte.

»Ja, ich habe mich schon früher damit beschäftigt und

fange jetzt wieder an«, erwiderte Wronskij und errötete dabei.

»Er hat viel Talent«, sagte Anna mit freudigem Lächeln. »Ich kann zwar selbstverständlich kein eigenes Urteil haben, aber Leute, die etwas davon verstehen, haben dasselbe gesagt.«

8

Anna fühlte sich in dieser ersten Zeit ihrer Freiheit und Genesung unverzeihlich glücklich und voller Lebensfreude. Die Erinnerung an das Elend ihres Gatten war nicht imstande, ihr Glücksgefühl zu trüben. Einerseits war die Erinnerung zu furchtbar, als daß sie an das Geschehene denken mochte, während andererseits aus dem Unglück ihres Gatten für sie ein so großes Glück erwachsen war, daß sie keinerlei Reue zu empfinden vermochte. Die Erinnerung an alles, was nach ihrer Krankheit geschehen war: die Versöhnung mit ihrem Gatten, der völlige Bruch, die Nachricht von Wronskijs Verwundung, sein Besuch bei ihr, die vorbereitenden Schritte zur Ehescheidung, das Verlassen des Hauses ihres Gatten, der Abschied von ihrem Sohn – alles dies erschien ihr wie ein Fiebertraum, aus dem sie erst erwachte, als sie sich allein mit Wronskijs im Ausland befand. Die Erinnerung an das Unglück, das sie über ihren Gatten gebracht hatte, vermochte in ihr nur ein an Abscheu grenzendes Gefühl zu erwecken, ein Gefühl ähnlich dem, das ein Ertrinkender empfinden muß, der einen anderen, der sich an ihn anklammert, fortstößt. Dieser Fortgestoßene muß ertrinken. Gewiß, daß war schlecht gehandelt, aber es war die einzige Rettung, und das beste war, sich alle diese schrecklichen Einzelheiten aus dem Sinn zu schlagen.

Nur ein einziger Gedanke war es, in dem sie Beruhigung fand, wenn sie an ihre Handlungsweise dachte, und dieser Gedanke war im ersten Moment nach dem Bruch mit ihrem Gatten in ihr aufgestiegen. Und sooft sie an die Vergangenheit dachte, kam sie immer wieder auf diesen einen Gedanken zurück. »Ich habe das Unglück dieses Menschen verschuldet, ich konnte nicht anders«, – dachte sie – »aber ich will aus diesem Unglück keinen Nutzen ziehen; auch ich leide und werde fortfahren zu leiden, ich habe verloren, was mir das teuerste war: meinen guten Ruf und meinen Sohn. Ich habe unrecht getan und will daher nicht glücklich sein, darum will ich keine Ehescheidung, und meine Strafe soll in meiner Schande und in der Trennung von meinem Sohn bestehen.« Aber so aufrichtig auch Anna gewillt war zu leiden, dennoch litt sie nicht. Von der Schande, die sie erdulden wollte, bekam sie nichts zu merken. Mit jenem vollendeten Takt, den sie beide in so hohem Maße besaßen, vermieden sie im Ausland jede Begegnung mit russischen Damen und entgingen daher der Unannehmlichkeit, in eine peinliche Lage zu geraten. Im übrigen gaben sich diejenigen Leute, mit denen sie zusammentrafen, den Anschein, als verständen sie die Situation noch weit besser als sie selbst. Auch die Trennung von ihrem Sohn, den sie liebte, auch diese empfand sie in der ersten Zeit nicht schmerzlich. Das kleine Mädchen, sein Kind, war so entzückend und war Anna, seitdem ihr dies eine Kind geblieben, so lieb geworden, daß sie nur noch selten ihres Sohnes gedachte.

Die Lust am Leben, durch die Genesung erhöht, war so mächtig in ihr und der ganze Zuschnitt ihres Lebens so neu und angenehm, daß Anna sich unverzeihlich glücklich fühlte. Je mehr sie Wronskij kennenlernte, desto mehr wuchs ihre Liebe zu ihm. Sie liebte ihn um seiner selbst willen und für seine Liebe zu ihr. Seine Nähe war ihr immer angenehm. Jeder Zug seines Charakters, den sie immer mehr und mehr kennenlernte, hatte für sie einen unsagbaren Reiz. Sein Äußeres, das sich im Zivilkostüm verändert hatte, war für sie so anziehend wie für eine junge Braut. Alles, was er sprach, dachte oder tat, erschien ihr als etwas besonders Edles und Erhabenes. Ihre Bewunderung für ihn schreckte sie oft selbst: sie suchte in ihm etwas Unschönes zu entdecken, konnte aber nichts finden. Sie wagte es nicht, ihn merken zu lassen, wie sehr sie ihre eigene Unbedeutendheit ihm gegenüber empfand. Es schien ihr, als würde er, wenn er sie in dieser Unbedeutendheit kennenlernte, schneller aufhören sie zu lieben, und ohne daß er ihr den geringsten Anlaß dazu gegeben hätte, fürchtete sie jetzt nichts so sehr als den Verlust seiner Liebe. Sie war sich wohl bewußt, wie viel Dank sie ihm für sein Verhalten gegen sie schuldete, und konnte nicht umhin, ihm zu zeigen, wie sehr sie dies anerkannte. Er, der ihrer Meinung nach einen so ausgesprochenen Beruf für den Staatsdienst hatte, in dem ihm eine hervorragende Rolle beschieden gewesen wäre – er hatte ihr seinen Ehrgeiz zum Opfer gebracht, ohne sie jemals das geringste Bedauern darüber merken zu lassen. Er bezeigte ihr seine Liebe in noch höherem Maße als früher, und der Gedanke, alles zu vermeiden, was ihr das Peinliche ihrer Lage zum Bewußtsein bringen könnte, verließ ihn keinen Augenblick. Er, der starke Mann, hatte für sie nicht nur nie ein Wort des Widerspruchs, sondern schien auch auf jede eigene Willensäußerung verzichtet zu haben, immer nur darauf bedacht, jedem ihrer Wünsche zuvorzukommen. Und sie konnte nicht umhin, dieses Verhalten hoch anzuschlagen, wenn sie sich auch andererseits eben durch diese Intensität seiner stets auf sie gerichteten Aufmerksamkeit, diese Atmosphäre von Sorgfalt, mit der er sie umgab, bisweilen bedrückt fühlte.

Was Wronskij betraf, so fühlte sich dieser trotz der völligen Verwirklichung seiner lange gehegten Wünsche nicht vollkommen glücklich. Er empfand sehr bald, daß ihm die Verwirklichung seiner Wünsche gleichsam nur ein Sandkorn von jenem Berg von Glück gewährt habe, der ihm in seiner Einbildung vorgeschwebt hatte. Diese Verwirklichung führte ihm den ewigen Irrtum vor Augen, in den die Menschen zu verfallen pflegen, wenn sie das Glück in der Verwirklichung ihrer Wünsche zu finden vermeinen.

In der ersten Zeit, nachdem er sein Leben mit dem ihrigen vereinigt und die Uniform mit dem Zivilrock vertauscht hatte, gab er sich ganz dem ihm bis dahin unbekannten Gefühl völliger Freiheit in allen Dingen und dem der Freiheit in der Liebe hin, und er fühlte sich zufrieden; aber dieser Zustand währte nicht lange. Er empfand sehr bald, daß sich in seiner Seele der Wunsch nach einem Wunsch – die Schwermut einzunisten begann. Und gegen seinen Willen begann er jeder flüchtigen Laune nachzugeben, indem er sie als einen wirklichen Wunsch, als ein ernstes Ziel betrachtete. Die sechzehn Stunden des Tages wollten irgendwie ausgefüllt sein, um so mehr als beide fern von der Heimat in völliger Freiheit, außerhalb der Bedingungen des gesellschaftlichen Treibens, dem sie ihre Zeit in Petersburg zu widmen gewohnt waren, dahinlebten. Von jenen Vergnügungen des Junggesellenlebens, denen Wronskij sich vor seiner Reise hingegeben hatte, konnte jetzt gar keine Rede mehr sein, und ein einziger Versuch in dieser Richtung hatte Anna einen Kummer verursacht, der zu der unschuldigen Ursache – einem nächtlichen Souper in Gesellschaft einiger Bekannten – in gar keinem vernünftigen Verhältnis stand. Mit der hier ansässigen einheimischen und russischen Gesellschaft Beziehungen anzuknüpfen, war angesichts der schiefen Stellung, in der sie sich befanden, ebenfalls ganz unmöglich. Der Besuch der Sehenswürdigkeiten konnte für ihn, abgesehen davon, daß er alles schon besichtigt hatte, in seiner Eigenschaft als nüchterner Russe und als vernünftig denkender Mann nicht jene unerklärliche Wichtigkeit haben, welche die Angehörigen der englischen Nation diesen Dingen beizulegen pflegen.

So kam es denn, daß Wronskij sich, wie ein hungriges Tier, das jeden auf der Erde liegenden Gegenstand, in der Hoffnung, damit seinen Hunger zu befriedigen, gierig aufrafft, halb unbewußt bald auf die Politik, bald auf die Literatur, bald auf die Malerei warf.

Er hatte von Jugend auf eine gewisse Befähigung zur Malerei gezeigt, und da er nicht wußte, was er mit seinem Geld anfangen solle, seltene Stiche zu sammeln begonnen. So kam es denn, daß er schließlich bei der Malerei blieb, der er sich eifrig hingab, indem er den ganzen in ihm aufgespeicherten Vorrat von Wünschen, die nach Befriedigung lechzten, auf diese Tätigkeit verwandte.

Er hatte ein gewisses richtiges Verstandnis für die Kunst und zugleich das Talent, sich nachahmend zu betätigen, und da er hiermit dasjenige, was den wahren Künstler ausmacht, zu besitzen glaubte, so ging er nach einigem Hin- und Herschwanken, welche Kunstgattung, der religiösen, der historischen, dem Stilleben oder der realistischen, er sich zuwenden solle, daran zu malen. Er hatte Verständnis für jede dieser Kunstgattungen und besaß die Fähigkeit, sich bald für die eine, bald für die andere von ihnen zu begeistern. Aber er konnte sich nicht vorstellen, daß es möglich sei, in völliger Unkenntnis aller bestehenden Kunstrichtungen unmittelbar das, was die eigene Seele bewegt, zu schöpferischer Gestaltung zu bringen, ohne sich darum zu kümmern, zu welcher Richtung das, was er schaffen wollte, zu zählen sein würde. Da ihm dies jedoch nicht gegeben war und er nicht unmittelbar aus dem Leben selbst, sondern mittelbar aus den in den Werken der Kunst schon verkörperten Lebenserscheinungen seine Inspiration schöpfte, so fand er die erforderliche Anregung stets sehr leicht und schnell und brachte es daher ebenso leicht und schnell zuwege, daß das, was er malte, eine Ähnlichkeit mit derjenigen Kunstgattung aufwies, der nachzuahmen er sich vorgenommen hatte.

Am meisten fühlte er sich von der französischen Richtung durch ihre Grazie und effektvolle Wirkung angezogen, und so begann er denn nach ihrem Vorbild Annas Porträt in italienischer Tracht zu malen, ein Porträt, daß jeder, der es sah, als äußerst gelungen bezeichnete.

9

Der alte, verwahrloste Palazzo mit den hohen, stuckverzierten Decken und den Fresken an den Wänden, den Mosaikböden und den schweren gelben Stoffgardinen an den hohen Fenstern, den vielerlei Vasen auf Konsolen und Kaminen, den geschnitzten Türen und düsteren Sälen, deren Wände von Gemälden bedeckt waren – dieser Palazzo, den sie nun bezogen hatten, war ganz dazu angetan, Wronskij in der angenehmen Selbsttäuschung zu erhalten, daß er nicht so sehr russischer Gutsbesitzer und Stallmeister außer Dienst, als vielmehr ein aufgeklärter Kunstliebhaber und Mäzen sei, zugleich selbst ein bescheidener Künstler, der sich von der Welt, seinen gesellschaftlichen Beziehungen und seinem Ehrgeiz aus Liebe für das Weib seiner Wahl losgesagt habe.

Diese Rolle, die sich Wronskij seit ihrem Umzug in den Palazzo erkoren hatte, gelang ihm vollständig, und er fühlte sich, nachdem er noch durch Vermittlung von Golenischtschew einige interessante Männer kennengelernt hatte, im Anfang ganz zufrieden. Er malte unter der Anleitung eines italienischen Professors Studien nach der Natur und beschäftigte sich außerdem mit dem Kulturleben Italiens im Mittelalter. Dieses mittelalterliche Leben hatte es Wronskij in letzter Zeit so sehr angetan, daß er seinen Hut nach der Mode jener Zeit wählte und seinen Plaid nach mittelalterlicher Manier über der Schulter zu tragen begann, was ihm übrigens sehr gut stand.

»Da leben wir dahin und wissen von gar nichts«, sagte Wronskij zu Golenischtschew, der eines Morgens früh zu ihm gekommen war. »Hast du das Bild von Michajlow gesehen?« fuhr er fort, indem er ihm eine soeben eingetroffene russische Zeitung reichte und auf einen Artikel über den russischen Maler deutete, der in derselben Stadt lebte und soeben ein Bild vollendet hatte, über das schon längst allerhand Gerüchte umliefen und das schon im voraus angekauft worden war. In diesem Artikel wurde der Regierung und der Akademie vorgeworfen, daß diesem hervorragenden Künstler weder irgendwelche Aufmunterung noch Unterstützung zuteil werde.

»Ja, ich habe es gesehen«, versetzte Golenischtschew. »Gewiß, es fehlt ihm nicht an Talent, aber er hat eine ganz verkehrte Richtung eingeschlagen. Immer wieder jenes Iwanow-Strauß-Renansche Verhältnis zu Christus und zur religiösen Malerei.«

»Was stellt denn das Bild vor?« fragte Anna.

»Christus vor Pilatus. Christus ist als Jude dargestellt, mit dem ganzen Realismus der modernen Schule.« Und Golenischtschew begann, durch die Frage nach dem Inhalt des

Gemäldes auf eines seiner Lieblingsthemen gebracht, seine Ideen zu entwickeln:

»Es ist mir unbegreiflich, wie ein so grober Irrtum möglich ist. Christus hat doch schon seine feststehende Verkörperung in dem Gemälde der größten alten Meister gefunden. Wenn daher die Jungen keinen Gott, sondern einen Revolutionär oder einen Weisen darstellen wollen, so mögen sie sich doch einen Sokrates, einen Franklin, eine Charlotte Corday zu ihrem Gegenstand wählen, nur nicht Christus. Dennoch greifen sie gerade die Gestalt heraus, die nicht in die Kunst hineingehört und dann ...«

»Ist es denn eigentlich wahr, daß Michajlow in solcher Armut lebt?« unterbrach ihn Wronskij, der daran dachte, daß er, als russischer Mäzen, gleichviel, ob das Bild gut oder schlecht sei, den Künstler unterstützen müsse.

»Ich glaube kaum. Er ist ein ausgezeichneter Porträtmaler. Haben Sie sein Porträt der Wassiltschikowa gesehen? Ich glaube übrigens, er will keine Porträts mehr malen, und so ist es immerhin möglich, daß er sich infolgedessen in Not befindet. Ich sagte also vorhin ...«

»Könnte man ihn nicht auffordern, Anna Arkadjewna zu malen?« warf Wronskij wiederum dazwischen.

»Warum denn mich?« sagte Anna. »Nach dem Porträt, das du von mir malst, möchte ich kein anderes mehr haben. Lieber eines von Annie« – so nannte sie ihr kleines Mädchen. »Ach, da ist sie ja«, setzte sie hinzu, als sie, aus dem Fenster hinaussehend, die wunderschöne italienische Amme erblickte, die das Kind soeben in den Garten hinaus trug und sich dabei verstohlen nach Wronskij umsah. Diese schöne Amme, deren Kopf Wronskij als Modell zu seinem Bild diente, bildete den einzigen geheimen Kummer an Annas Dasein. Wronskij war, während er sie malte, von ihrer Schönheit und ›Mittelalterlichkeit‹ entzückt, und Anna wagte sich nicht einzugestehen, daß sie sich fürchtete, sie könne auf diese schöne Amme eifersüchtig werden. Sie war infolgedessen ganz besonders freundlich mit ihr und verwöhnte sie und ihr Söhnchen, soviel sie konnte.

Wronskij blickte gleichfalls durchs Fenster und sah dann

Anna in die Augen, wandte sich aber sogleich wieder zu Golenischtschew und sagte:

»Kennst du diesen Michajlow?«

»Ich habe ab und zu Gelegenheit gehabt, mit ihm zusammenzutreffen. Er ist ein Sonderling und ohne jede Erziehung. Sie wissen, einer von jenen Menschen, wie man ihnen heutzutage so häufig begegnet, einer von jenen Freidenkern, die *d'emblée* in den Begriffen des Unglaubens, der Verneinung, des Materialismus aufgezogen worden sind. In früheren Zeiten«, fuhr Golenischtschew fort, ohne zu merken, daß sowohl Anna als Wronskij etwas sagen wollten, »galt der für einen Freidenker, der in den Begriffen der Religion, des Gesetzes, der Sittlichkeit aufwuchs und durch Kampf und innere Arbeit sich selbst zum Freidenkertum durchrang. Heute aber tritt ein neuer Typus auf, die geborenen Freidenker, die plötzlich emporwachsen und niemals etwas davon gehört haben, daß es überhaupt Dinge wie Gesetze der Sittlichkeit, der Religion gibt, Leute, die einfach in den Begriffen absoluter Negation, das heißt wie Wilde, aufwachsen. Zu dieser Gattung gehört er. Er ist, glaub' ich, der Sohn eines Moskauer Kammerdieners und hat gar keine Erziehung genossen. Als er in die Akademie eingetreten war und sich schon einen gewissen Namen gemacht hatte, wollte er sich, als einsichtsvoller Mensch, der er war, einige Bildung erwerben. Und so wandte er sich dann dem zu, was ihm als Ausfluß aller Bildung erschien, er machte sich an die Zeitschriften. Bemerken Sie wohl, in früheren Zeiten hätte ein Mensch, der den Trieb nach Bildung in sich fühlte, sagen wir, ein Franzose, sich dem Studium der Klassiker zugewandt, er würde die Theologen, die Tragiker, die Geschichtsschreiber, die Philosophen, mit einem Wort, das ganze ihm unbekannte Gebiet der geistigen Errungenschaften studiert haben. Bei uns aber geriet er geradewegs in das Fahrwasser der alles verneinenden Literatur, nahm mit Leichtigkeit die Quintessenz der alles negierenden Wissenschaft in sich auf – und der Mann stand fertig da. Aber nicht genug – vor etwa zwanzig Jahren hätte er in dieser Literatur die Anzeichen des Kampfes gegen den Autoritätenglauben, gegen die jahrhundertealten Anschauungen gefunden, er hätte eben aus diesem beginnenden Kampfe den Schluß gezogen, daß früher etwas anderes vorhanden gewesen sein muß. Jetzt aber stieß er direkt auf eine Literatur, die sich gar nicht einmal dazu herabläßt die alten Anschauungen zu diskutieren, sondern schlankweg erklärt: nichts ist gegeben, Evolution, Zuchtwahl, Kampf ums Dasein – und weiter nichts. Ich habe in meiner Abhandlung ...«

»Wissen Sie was«, sagte Anna, die schon lange mit Wronskij unbemerkt Blicke gewechselt hatte und wohl wußte, daß ihn der Bildungsgang des Künstlers gar nicht interessierte, sondern daß ihn nur der Gedanke beschäftigte, ihn durch Bestellung des Porträts zu unterstützen. »Wissen Sie was«, unterbrach sie den unaufhörlichen Redefluß Golenischtschews, »wir wollen zu ihm hin.«

Golenischtschew hielt inne und erklärte sich mit Vergnügen dazu bereit. Da der Maler in einem entfernten Stadtteil wohnte, so beschloß man, einen Wagen zu nehmen.

Eine Stunde später fuhren Anna mit Golenischtschew an ihrer Seite und Wronskij auf dem Vordersitz des Wagens, an einem neuen, unschönen Haus des abgelegenen Stadtteils vor. Von der Frau des Hausknechtes, die zu ihnen hinausgetreten war, erfuhren sie, daß Michajlow in seinem Atelier Besucher zu empfangen pflege, daß er jedoch augenblicklich in seiner wenige Schritte entfernten Wohnung sei, und so beauftragten sie denn die Frau, ihm ihre Karten mit der Bitte zu überbringen, ihnen zu erlauben, seine Bilder zu besichtigen.

10

Der Maler Michajlow war, wie gewöhnlich, bei der Arbeit, als ihm die Karten des Grafen Wronskij und Golenischtschews überbracht wurden. Diesen Morgen hatte er in seinem Atelier an einem großen Gemälde gearbeitet. Als er nach seiner Wohnung zurückgekehrt war, hatte er sich über seine Frau geärgert, der er vorwarf, daß sie der Hauswirtin, die das Geld für die Miete verlangt hatte, nicht in der gehörigen Weise zu begegnen wisse.

»Zwanzigmal habe ich dir schon gesagt, daß du dich auf gar keine Auseinandersetzungen einlassen sollst. Du bist ohnedies eine dumme Gans, fängst du aber erst noch an italienisch zu radebrechen, so machst du dich noch dreimal dümmer«, sagte er zu ihr nach einem längeren Wortgeplänkel.

»Dann sorge du dafür, daß der Termin eingehalten wird; meine Schuld ist es nicht. Wenn ich Geld hätte ...«

»Um Gottes willen, laß mich in Frieden«, schrie Michajlow mit Tränen in der Stimme und ging, indem er sich die Ohren zuhielt, in sein hinter der Zwischenwand gelegenes Arbeitszimmer, dessen Tür er hinter sich verschloß. »Einfältiges Ding«, sprach er bei sich, indem er sich an den Tisch setzte und eine Mappe aufschlug, worauf er sich sofort mit ganz besonderem Eifer an eine schon begonnene Zeichnung machte.

Niemals pflegte er sich mit größerem Eifer und Erfolg in die Arbeit zu stürzen, als wenn es ihm schlechtging und namentlich, wenn er sich mit seiner Frau gezankt hatte. »Ach, es ist zum Davonlaufen«, dachte er, während er in seiner Arbeit fortfuhr. Er war damit beschäftigt, die Figur eines von Zorn ergriffenen Mannes zu zeichnen; es war dies ein Vorwurf, an dem er sich schon früher versucht hatte, ohne daß ihn jedoch seine Zeichnung befriedigt hätte. »Nein, das andere war doch besser ...; wo ist es nur gleich?« Er ging wieder zu seiner Frau hinein und fragte sein ältestes Töchterchen mit finsterer Miene und ohne sie anzusehen, wo das Blatt Papier wäre, das er ihnen gegeben habe. Das Blatt mit de Skizze fand sich auch, war aber beschmutzt und voller Stearinflecken. Gleichwohl nahm er das Blatt, legte es vor sich auf den Tisch, trat ein paar Schritte zurück und betrachtete es, indem er dabei die Augen zusammenkniff. Plötzlich begann er zu lächeln und vor Freude mit den Händen herumzufuchteln.

»So, so muß es sein«, sprach er vor sich hin, nahm einen Bleistift zur Hand und begann eilig zu zeichnen. Durch den

Stearinfleck war die Stellung der Figur eine andere geworden.

Während er diese Stellung weiter herausarbeitete, tauchte mit einem Mal vor seinem inneren Auge das energische Gesicht des Kaufmanns auf, bei dem er seine Zigarren zu holen pflegte, und dieses Gesicht, dieses Kinn stellte er nun in seiner Zeichnung dar. Er lachte vor Freude laut auf. In die tote, unnatürliche Figur war plötzlich Leben gekommen, und jetzt war sie so geworden, daß nichts mehr an ihr geändert werden durfte. Diese Gestalt lebte und hatte ein deutliches und fest bestimmtes Gepräge. Diese Figur erforderte vielleicht noch einige Verbesserungen, ja es war wohl sogar notwendig, den Beinen eine andere Stellung zu geben, die Lage des linken Armes gänzlich zu ändern, das Haar zurückzulegen, aber durch diese Verbesserungen würde die Figur nicht verändert, sondern nur das, was ihrer vollen Wirkung hinderlich war, beseitigt werden. Es war, als würden dadurch nur die Hüllen entfernt, die über der Zeichnung lagen und die Vollkommenheit der Eindrucks störten. Durch jeden neuen Strich trat die ganze Gestalt in ihrer energischen Kraft immer stärker hervor, und zwar genau so, wie sie ihm plötzlich infolge des Stearinflecks erschienen war. Er war gerade im Begriff, seine Zeichnung mit vorsichtigen Strichen zu vollenden, als ihm die Visitenkarten übergeben wurden.

»Gleich, gleich«, rief er und ging zu seiner Frau nebenan. »Laß es gut sein, Sascha«, sagte er, »sei nicht böse«, und lächelte ihr sanft und zärtlich zu. »Die Schuld lag an dir und auch an mir. Ich bringe schon alles wieder in Ordnung.« Und nachdem er sich mit seiner Frau ausgesöhnt hatte, zog er seinen olivenfarbigen Überzieher mit dem Samtkragen an, nahm seinen Hut und ging in sein Atelier hinüber. Die Zeichnung, die ihm eben so gut gelungen war, hatte er schon vergessen. Jetzt dachte er in freudiger Erregung nur an den Besuch der vornehmen Russen, die im Wagen bei ihm vorgefahren waren.

In bezug auf das Gemälde, das er jetzt auf seiner Staffelei stehen hatte, war er im Grunde seines Herzens überzeugt, daß bis jetzt noch niemand ein derartiges Werk gemalt habe. Er dachte zwar nicht, daß sein Bild besser sei als alles, was ein

Rafael geleistet habe, aber er wußte, daß das, was er in diesem Bilde ausdrücken wollte, noch nie von einem Maler dargestellt worden war. Das wußte er ganz bestimmt, und er wußte es schon längst, von dem Augenblick an, als er es begonnen hatte. Und dennoch war das Urteil der Menschen, es mochte sein, wer es wollte, für ihn von der größten Bedeutung und erregte ihn bis auf den Grund seiner Seele. Jede, selbst die geringste Bemerkung, aus der hervorging, daß die Beurteiler auch nur einen kleinen Teil von dem, was er in dieses Bild hineingelegt hatte, erfaßte hatten, konnten ihn aufs tiefste erregen. Er gestand stets den Leuten, die über sein Bild ein Urteil fällten, eine größere Tiefe des Verständnisses zu als sich selbst, und er erwartete immer, daß sie ihm etwas offenbaren sollten, was er selbst aus seinem Gemälde noch nicht herausgelesen hatte; und oft schien es ihm wirklich, als fände er in den Bemerkungen dieser Beurteiler etwas Neues, das ihm bisher völlig verborgen geblieben sei.

Als er sich mit raschen Schritten der Tür seines Ateliers näherte, war er trotz seiner Aufregung von den weichen Farbtönen betroffen, aus denen sich die Gestalt Annas abhob, die im Schatten des Haustores stand, und dem eifrig auf sie einsprechenden Golenischtschew zuhörte, während sie gleichzeitig bemüht war, den auf sie zukommenden Maler ins Auge zu fassen. Er merkte es selbst kaum, daß er, während er an sie herantrat, den soeben gewonnenen Eindruck erfaßt und ihn gleichsam verschluckt hatte, um ihn in seinem Innern zu verschließen und, sobald er ihn brauchte, wieder hervorzuholen, wie jenen Eindruck, den er von dem hervorstehenden Kinn des Zigarrenhändlers in sich aufgenommen hatte. Die Besucher, die schon im voraus durch das, was Golenischtschew von dem Maler erzählt hatte, enttäuscht waren, wurden dies bei seinem Anblick noch mehr. Von mittlerer Größe und gedrungener Gestalt, mit seinem tänzelnden Gang, in seinem braunen Hut, seinem olivenfarbigen Überzieher und seinen engen Beinkleidern, die er, im Gegensatz zu den längst Mode gewordenen weiten Beinkleidern, trug, insbesondere aber durch das Gewöhnliche seines breiten Gesichts und den in seinen Zügen deutlich hervortretenden Ausdruck von

Schüchternheit, während sich zugleich das Bestreben deutlich bemerkbar machte, seiner Würde nichts zu vergeben, brachte Michajlow einen unangenehmen Eindruck hervor.

»Bitte ergebenst«, sagte er, indem er sich Mühe gab, ein gleichgültiges Gesicht zu machen, worauf er in den Hausflur trat und einen Schlüssel aus der Tasche zog, mit dem er die Tür aufschloß.

11

Beim Eintritt in das Atelier ließ Michajlow nochmals einen Blick über seine Besucher gleiten und fügte zu den übrigen in seinem Innern aufgespeicherten Eindrücken den von Wronskijs Gesichtsausdruck hinzu, wobei ihm seine Backenknochen besonders auffielen. Obgleich sein künstlerisches Empfinden keinen Augenblick ruhte und fortwährend neues Material in sich aufnahm, obgleich er bei dem Gedanken, daß der Augenblick, in dem über sein Werk das Urteil gefällt werden sollte, näher rückte, in immer größere Aufregung geriet, bildete er sich in seinem beobachtenden Geiste dennoch aus kaum erkennbaren Anzeichen ein Urteil über seine drei Besucher. Jener – Golenischtschew war ein hier ansässiger Russe. Michajlow konnte sich weder seines Namens noch der Umstände, unter denen er ihn getroffen, noch wovon er mit ihm gesprochen hatte, erinnern. Er entsann sich nur seines Gesichts, wie er überhaupt alle Gesichter, die er nur einmal gesehen hatte, immer wieder erkannte, aber er wußte noch ganz genau, daß dieses Gesicht zu denen gehörte, die er in seiner Einbildung in die zahlreiche Kategorie der nur scheinbar bedeutenden, in Wahrheit aber ausdrucksarmen Gesichter eingereiht hatte. Das lange Haar und seine sehr hohe Stirn verliehen diesem Gesicht den Schein von Bedeutung, während sich darin in Wirklichkeit nur eine kleinliche, kindliche Unruhe ausprägte, deren Ausdruck sich über dem schmalen Nasenrücken konzentriert zu haben schien. Was ferner Wronskij und Anna anbetraf, so mußten sie nach Michajlows Urteil vornehme und reiche Russen sein, die, wie alle diese Leute, für die Kunst gar kein Verständnis hatten und sich als Liebhaber und Kenner aufspielten. »Sicherlich haben sie sich schon alle alten Werke angesehen und bereisen jetzt die Ateliers der jungen Künstler, die der deutschen Scharlatane und der englischen Narren von Präraffaeliten, und zu mir sind sie nur der Vollständigkeit halber gekommen«, dachte er. Er kannte jene Gewohnheit der Dilettanten sehr wohl – und je klüger sie waren, um so schlimmer waren sie –, die Ateliers der modernen Künstler nur in der Absicht zu besuchen, um sich dann einzubilden, daß sie das Recht hätten, zu sagen, die moderne Kunst stehe auf einer niederen Stufe, und je mehr man die Maler von heute kennenlerne, desto stärker werde man von der Überzeugung durchdrungen, wie unnachahmlich groß die alten Meister seien. Er war auf alles dies gefaßt, er las es in ihren Mienen, er sah es an der nachlässigen Gleichgültigkeit, mit der sie unter sich sprachen, auf die Holzmodelle und Büsten blickten und ungezwungen umhergingen, während sie darauf warteten, bis er das Gemälde enthüllen würde. Nichtsdestoweniger empfand er, während er seine Studienblätter umwendete, die Vorhänge in die Höhe zog, und die Decken vom Bilde herunter nahm, eine Erregung, die um so heftiger war, als ihn Wronskij und namentlich Anna, obgleich alle vornehmen und reichen Russen seiner Meinung nach Esel und rohe Menschen sein mußten, sympathisch berührten.

»Bitte, wenn es gefällig ist«, sagte er, indem er auf das Bild deutete und mit tänzelnden Schritten zur Seite trat. »Es stellt Jesus vor Pilatus vor, Matthäus 27 Kap. XXVII«, fuhr er fort und fühlte dabei, wie seine Lippen vor Aufregung zu zittern begannen. Er trat hinweg und stellte sich hinter seine Besucher.

Im Verlaufe der wenigen Augenblicke, während welcher die Besucher das Bild schweigend betrachteten, sah auch Michajlow hin, und er tat dies mit dem gleichgültigen Blick eines Unbeteiligten. Während dieser wenigen Sekunden war er im voraus davon überzeugt, daß gerade von diesen Besuchern, die er noch einen Moment vorher so sehr verachtet hatte, das höchste und gerechteste Urteil gefällt werden müsse. Es war ihm vollständig aus dem Gedächtnis geschwunden, was er früher, im Laufe der drei Jahre, während deren er daran malte, von seinem Bilde gedacht hatte; er hatte alle die Vorzüge des Bildes, die ihm vorher über allem Zweifel zu stehen schienen, vergessen – er betrachtete sein Werk jetzt nur noch mit gleichgültigen, unbeeinflußten und frischen Blicken und konnte an ihm nichts Gutes mehr sehen. Er sah im Vordergrund die unwillige Miene des Pilatus und das ruhige Antlitz Christi und im Hintergrund die Gestalten der Helfershelfer des Pilatus und das Antlitz des Johannes, der den Vorgang beobachtete! Alle diese Gesichter, von denen jedes einzelne nach so langem Suche, Irren und Verbessern endlich in einer fest ausgeprägten Individualität vor seinem inneren Auge erstanden war, alle diese Gestalten, die ihm so viel Leid und Freude gebracht, die er so oft um der Harmonie des Ganzen willen bald hierhin, bald dorthin hatte verlegen müssen, alle Schattierungen des Kolorits und der Töne, alles, was er mit solcher Mühe erreicht hatte – alles das erschien ihm, mit dem Augen seiner Besucher gesehen, als eine schon tausendmal dagewesene Trivialität. Selbst die den Mittelpunkt des Gemäldes bildende Christusgestalt, die ihm am meisten ans Herz gewachsen war und bei deren Schöpfung er von solch einer Begeisterung erfüllt gewesen, selbst diese hatte jede Bedeutung für ihn verloren, als er jetzt das Bild mit ihren Augen betrachtete. Er sah nichts als eine gut gemalte – (ja es war nicht einmal gut gemalt, da ihm jetzt eine Menge Fehler deutlich auffielen) – Wiederholung jener zahllosen Christusbilder, wie sie Tizian, Raffael, Rubens geschaffen hatten, und der nämlichen Kriegsknechte und des nämlichen Pilatus. Alles das war trivial, armselig und veraltet, und es war sogar schlecht gemalt – bunt und kraftlos. Diese Leute werden ganz recht haben, wenn sie jetzt, in Gegenwart des Künstlers höfliche Phrasen machen und ihn dann, wenn sie unter sich sind, bemitleiden und verspotten.

Das anhaltende Schweigen wurde ihm schließlich, obwohl es nicht länger als eine Minute gedauert hatte, unerträglich und um es zu brechen und zu zeigen, daß er nicht im geringsten erregt sei, wandte er sich, wenn auch mit einiger Anstrengung, an Golenischtschew:

»Wenn ich nicht irre, hatte ich bereits das Vergnügen, mit Ihnen zusammenzutreffen«, sagte er, indem er dabei bald auf Anna, bald auf Wronskij blickte, um sich ja keinen Zug in ihrem Gesichtsausdruck entgehen zu lassen.

»Gewiß! Wir haben uns bei Rossi getroffen, in jener Abendgesellschaft, wenn Sie sich dessen erinnern, wo die italienische Dame deklamiert hat«, erwiderte Golenischtschew munter, indem er ohne jedes Bedauern den Blick von dem Gemälde ab- und dem Maler zuwandte. Als er jedoch bemerkte, daß Michajlow auf ein Urteil über sein Gemälde wartete, fügte er hinzu: »Ihr Bild ist sehr fortgeschritten, seit ich es zum letztenmal gesehen habe. Wie damals, so wirkt auch jetzt die Gestalt des Pilatus ganz außerordentlich. So dargestellt, wird uns dieser gutmütige, wackere Bursche, der aber durch und durch eine Beamtenseele ist und nicht weiß, was er tut, vollkommen verständlich. Aber mir scheint ...«

Das bewegliche Gesicht des Malers erstrahlte über und über vor Freude, und seine Augen glänzten. Er wollte etwas erwidern, vermochte aber in seiner Erregung kein Wort hervorzubringen und tat, als müsse er husten. So niedrig er auch das Kunstverständnis Golenischtschews einschätzte, so unbedeutend auch seine, wenn auch treffende Bemerkung über Pilatus' Gesichtsausdruck, in dem sich seine Beamtenseele ausprägte, gewesen war, so verletzend ihm auch die Hervorhebung einer so geringfügigen Wahrnehmung und die gleichzeitige Außerachtlassung derjenigen Züge, auf die es hauptsächlich ankam, erscheinen konnte – Michajlow war dennoch von dieser Bemerkung entzückt. Er war selbst der gleichen Ansicht über die Gestalt des Pilatus wie Golenischtschew. Der Umstand, daß diese Wahrnehmung, wie Michajlow bestimmt wußte, eine unter den Millionen anderer, ebenso richtiger Wahrnehmungen darstellte, vermochte für ihn die Wichtigkeit von Golenischtschews Bemerkung nicht zu verringern. Er gewann jetzt Golenischtschew lieb für diese Bemerkung und fiel aus seinem bisherigen Zustand der Niedergeschlagenheit in den der Begeisterung. Sofort gewann sein ganzes Gemälde für ihn neues Leben, mit all den unaussprechlichen, verwickelten Erscheinungsformen des Lebens. Michajlow wollte wieder etwas sagen, wollte es aussprechen, daß er den Pilatus gerade in dieser Weise aufgefaßt habe, aber seine bebenden Lippen wollten ihm nicht gehorchen, und er vermochte kein Wort hervorzubringen. Wronskij und Anna sagten ebenfalls etwas mit der gedämpften Stimme, mit der man, teils um den Künstler nicht zu verletzen, teils um nicht Gefahr zu laufen, irgendeine jener Dummheiten, deren man sich bei Kulturteilen so leicht schuldig machen kann, laut auszusprechen, in Gemäldeausstellungen zu flüstern pflegt. Michajlow schien es, als habe sein Werk auf sie Eindruck gemacht. Er trat zu ihnen.

»Wie wunderbar doch der Ausdruck von Christi Antlitz ist!« sagte Anna. Von allem, was sie sah, gefiel ihr dieser Ausdruck am meisten; sie fühlte, daß diese Gestalt den Mittelpunkt des Gemäldes bildete und glaubte daher, dem Künstler durch dieses Lob etwas Angenehmes zu sagen. »Man sieht, daß er Mitleid mit Pilatus hat.«

Das war wiederum eine von den Millionen richtiger Wahrnehmungen, die sich aus seinem Gemälde und seinem Christusbild ergaben. Sie hatte gesagt, er habe Mitleid mit Pilatus. Selbstverständlich mußte in dem Ausdruck von Christus zugleich der des Mitleids liegen, da in ihm auch Liebe, überirdische Ruhe, Todesbereitschaft und die Erkenntnis der Nichtigkeit alles Redens ausgeprägt war. Gewiß liegt der Ausdruck einer Beamtenseele in dem Gesicht des Pilatus, und zugleich der des Mitleids in Christi Antlitz, denn der eine ist die Verkörperung des fleischlichen, der andere die des geistigen Lebens. Alles dies und noch manches andere fuhr Michajlow durch den Kopf. Und wieder strahlte sein Gesicht vor Freude.

»Ja, und wie diese Gestalt durchgearbeitet ist, wieviel Luft, man glaubt förmlich, um ihn herumgehen zu können«, – sagte Golenischtschew, der durch diese Bemerkung offenbar andeuten wollte, daß er den Inhalt und die Idee dieser Figur nicht billige.

»In der Tat, welch eine hohe Meisterschaft!« sagte Wronskij. »Wie die Figuren im Hintergrund hervortreten. Das nennt man Technik«, fuhr er zu Golenischtschew gewendet fort, indem er durch diese letztere Bemerkung auf eine Äußerung anspielte, durch die er sich, anläßlich eines früheren Gesprächs über diesen Gegenstand, die Fähigkeit abgesprochen hatte, die erforderliche Technik zu erwerben.

»Ja, ja, wundervoll«, bestätigten Anna und Golenischtschew. Trotz seiner gehobenen Stimmung gab dem Maler diese Bemerkung über die Technik einen Stich ins Herz, und er blickte ärgerlich, mit verfinsterter Miene auf Wronskij. Er hatte das Wort Technik schon oft zu hören bekommen, und war nie imstande gewesen zu begreifen, was er darunter zu verstehen habe. Er wußte zwar, daß mit diesem Wort die zum Malen und Zeichnen erforderliche, rein mechanische Fertigkeit in völliger Unabhängigkeit von dem Inhalt des Werkes gemeint sei. Oft hatte er auch, wie es bei dem ihm soeben gespendeten Lob der Fall war, bemerkt, daß die Technik dem inneren Werte gegenübergestellt wurde, als ob es überhaupt möglich wäre, das gut zu malen, was inhaltlich schlecht war. Er wußte sehr wohl, wieviel Sorgfalt und Vorsicht nötig sei, um ein Kunstwerk nicht zu schädigen, wenn man damit beschäftigt war, nur eine einzige von den über ihm gelagerten Hüllen loszulösen, um schließlich den letzten Schleier davon zu entfernen – aber die Technik hatte mit dieser Tätigkeit nichts zu tun. Wenn sich einem kleinen Kind oder gar seiner Köchin das geoffenbart hätte, was in seiner Seele deutlich vor ihm lag, so würden, glaubte er, auch diese herauszuschälen verstanden haben, was vor ihrem inneren Auge stand.

Andererseits wäre selbst der erfahrenste und geschickteste Techniker seine Kunst einzig und allein kraft seiner mechanischen Fertigkeit nie imstande, ein Gemälde zu schaffen, ohne daß sich ihm zuvor die Grenzen seines Inhalts geoffenbart hätten. Endlich aber erkannte er auch, daß, wollte man schon von Technik sprechen, ihm auf jeden Fall dafür kein Lob gebühre. Bei allem, was er malte und gemalt hatte, erkannte er in die Augen springende Mängel, die von der Unachtsamkeit herrührten, mit der er die verhüllenden Schleier von seinen Gemälden, die er jetzt nicht mehr verbessern konnte, entfernte, ohne das ganze Werk zu verderben. Und bei allen seinen Gestalten und Gesichtern fand er immer wieder die Reste von noch nicht völlig entfernten Hüllen, die seine Gemälde verdarben.

»Eines könnte man vielleicht einwenden, wenn Sie mir eine Bemerkung gestatten wollen –«, begann Golenischtschew.

»Oh, es wird mich sehr freuen, ich bitte Sie«, versetzte Michajlow mit gezwungenem Lächeln.

»Es ist der Umstand, daß Sie in Ihm einen Mensch-Gott; nicht aber einen Gottmenschen geschaffen haben. Übrigens weiß ich ja, daß dies auch in Ihrer Absicht lag.«

»Ich konnte unmöglich einen anderen Christus malen als den, der in meiner Seele lebte«, versetzte Michajlow mit finsterer Miene.

»Ja, aber in diesem Falle, wenn Sie mir gestatten wollen, meinen Gedanken auszusprechen ... Ihr Bild ist eine so vollendete Leistung, daß ich Ihnen mit meinem Einwand in keiner Weise nahetreten kann, und dann handelt es sich ja auch nur um meine persönliche Ansicht. Bei Ihnen ist dies ganz etwas anderes, das Motiv selbst ist ein anderes. Aber nehmen wir zu Beispiel meinetwegen Iwanow. Ich bin der Ansicht, daß, wenn man nun einmal Christus als historische Persönlichkeit auffaßt, Iwanow besser daran getan hätte, sich ein anderes historisches Ereignis, ein neues und noch unberührtes Thema zum Vorwurf zu nehmen.«

»Aber wenn dies das erhabenste Thema ist, das sich der darstellenden Kunst überhaupt bietet?«

»Man braucht nur zu suchen, um ein anderes zu finden. Aber die Sache ist die, daß die Kunst keinerlei Diskussion und Erörterungen duldet. Bei dem Gemälde von Iwanow erhebt sich sowohl für den Gläubigen als für den Ungläubigen die Frage: ist dies ein Gott oder ist es keiner – und dadurch wird die Einheit der Wirkung gestört.«

»Wieso denn? Mir scheint, daß in diesem Punkt für einen gebildeten Menschen kein Zweifel bestehen kann –«, versetzte Michajlow.

Golenischtschew erklärte sich hiermit nicht einverstanden, indem er bei seiner ursprünglichen Behauptung von der für die Kunst erforderlichen Einheit der Wirkung beharrte, und Michajlow erschien bei dieser Diskussion als der unterlegene Teil. Er war aufgeregt und wußte nichts zu sagen, um seine Ideen zur Geltung zu bringen.

12

Anna und Wronskij hatten schon seit geraumer Zeit Blicke miteinander gewechselt, indem sie die Redseligkeit ihres intelligenten Freundes bedauerten. Schließlich trat Wronskij, ohne die Aufforderung des Hausherrn abzuwarten, an ein anderes, kleineres Gemälde heran.

»Ach, wie reizend, wie entzückend! Herrlich. Wie wundervoll –«, riefen sie beide durcheinander.

»Was mag ihnen nur so sehr gefallen haben?« dachte Michajlow. Dieses Bild, das er vor drei Jahren gemalt hatte, war vollständig aus seinem Gedächtnis geschwunden. Er hatte alle die Qualen und Freuden, die er bei der Schöpfung dieses Werkes durchgekostet hatte, als er viele Monate Tag und Nacht davon erfüllt gewesen war, vergessen – er dachte nicht mehr daran, wie er stets an seine vollendeten Bilder nicht mehr dachte. Er vermied sogar, es anzuschauen, und hatte es nur in der Erwartung irgendeines kauflustigen Engländers ausgestellt.

»Ach, das ist nur eine alte Studie«, sagte er.

»Wie schön!« rief Golenischtschew aus, offenbar aufrichtig von dem Reiz des Bildes gefesselt.

Zwei Knaben angelten im Schatten einer Weide. Der eine, ältere, hatte gerade die Angel ausgeworfen, und bemüht, die Spule aus einem Strauch vorsichtig herauszuführen, war er in diese Beschäftigung ganz versunken; der andere, jüngere lag im Grase, den Kopf mit dem wirren, blondlockigen Haar auf die Hände gestützt und blickte mit träumerischen, blauen Augen ins Wasser. Woran er wohl denken mochte?

Das Entzücken, das dieses Bild hervorgerufen hatte, erweckte in Michajlow die alte, längst vergangene Erregung, aber er fürchtete sich und hatte einen Widerwillen vor diesem müßigen Gefühl für das Vergangene, und suchte daher die Aufmerksamkeit seiner Besucher, obgleich ihm deren Lobeserhebungen sehr angenehm waren, auf das nächste Bild hinzulenken.

Wronskij wandte sich jedoch mit der Frage an ihn, ob jenes Bild nicht käuflich sei. Für Michajlow, den dieser Besuch erregt hatte, war diese geschäftliche Frage eine sehr willkommene Ablenkung.

»Es ist zum Verkauf ausgestellt«, erwiderte er mit mürrischer Miene.

Nachdem die Besucher sich entfernt hatten, setzte sich Michajlow vor das Gemälde ›Pilatus und Christus‹ und wiederholte in seinem Geiste alles, was er soeben gehört hatte, sowie auch das, was unausgesprochen geblieben und von seinen Besuchern nur angedeutet worden war. Und merkwürdig genug: alles, was für ihn von solcher Bedeutung gewesen, solange jene bei ihm waren und er sich auf ihren Standpunkt stellte, hatte für ihn jetzt plötzlich allen Wert verloren. Er begann sein Gemälde mit der ganzen Schärfe seines künstlerischen Verständnisses zu betrachten, und der Glaube an die Vollkommenheit und somit an die Bedeutung seines Werkes erwachte in ihm mit jener Stärke, die er zu der alle anderen Interessen ausschließenden Anspannung brauchte, bei der allein er zu arbeiten imstande war.

Das eine, in der Verkürzung dargestellte Bein Jesu war immer noch nicht so, wie er es haben wollte. Er nahm die Palette zur Hand und machte sich ans Werk. Während er das Bein verbesserte, blickte er unaufhörlich nach der im Hintergrund befindlichen Gestalt des Johannes, den die Besucher gar nicht bemerkt hatten und der, wie er wußte, eine vollendete Leistung war. Nachdem er mit dem Fuße zu Ende gekommen war, wollte er sich nun auch an die Figur machen; aber er fühlte sich zu erregt dazu. Er war ebensowenig imstande zu arbeiten, wenn er sich innerlich kalt fühlte, wie auch, wenn er sich in einer allzu weichen Stimmung befand, oder wenn sein Blick zu sehr geschärft war. Es gab für ihn bei diesem Übergang von der inneren Kälte zur Inspiration nur eine Stimmung, in der er zur Arbeit fähig war. Jetzt aber fühlte er sich zu erregt. Er wollte das Bild wieder verhüllen, blieb jedoch stehen und blickte, den Vorhang in der Hand, mit einem glücklichen Lächeln auf die Gestalt seines Johannes. Endlich riß er sich mit schmerzlicher Anstrengung los, ließ den Vorhang herab und ging abgespannt, aber vollkommen glücklich nach Hause.

Wronskij, Anna und Golenischtschew waren auf dem Heimweg in besonders angeregter und fröhlicher Stimmung. Sie sprachen von Michajlow und seinen Bildern. Das Wort Talent, worunter sie eine angeborene, fast körperliche, von Vernunft und Gefühl unabhängige Fähigkeit verstanden und womit sie alles das zu bezeichnen glaubten, was vom Künstler innerlich durchlebt wird – dieses Wort kam besonders häufig in ihrer Unterhaltung vor; denn sie brauchten es notwendig, um dem einen Ausdruck zu geben, wovon sie im Grunde genommen gar keine Ahnung hatten, während sie doch davon sprechen wollten. Sie sagten, man könne ihm ein gewisses Talent nicht absprechen, sein Talent hätte sich jedoch infolge der – allen unseren einheimischen Künstlern eigentümlichen – mangelhaften Bildung nicht genügend entwickeln können. Aber das Bild der beiden Knaben war in ihrem Innern haften geblieben, und immer und immer kehrten sie wieder zu ihm zurück. »Wie entzückend das war! Wie vollendet in seiner Einfachheit. Und er selbst weiß es gar nicht einmal, wie prächtig das ist. Ja, das dürfen wir uns nicht entgehen lassen, das wollen wir uns anschaffen«, sagte Wronskij.

13

Michajlow hatte Wronskij das Bild verkauft und sich bereit erklärt, Annas Porträt zu malen. Am festgesetzten Tage kam er und machte sich ans Werk.

Nach der fünften Sitzung waren alle, namentlich Wronskij, von dem Bild überrascht; was ihnen besonders daran auffiel, war nicht nur seine Porträtähnlichkeit, sondern die eigenartige Schönheit, die aus ihm sprach. Es war sonderbar, wie gut Michajlow es verstanden hatte, gerade diese ihr eigene, charakteristische Schönheit hervorzuheben. »Man muß sie so kennen und lieben, wie ich sie geliebt habe, um diesen besonders reizvollen, ihre Seele widerspiegelnden Ausdruck bei ihr zu entdecken«, dachte Wronskij, obgleich ihm in Wirklichkeit erst dieses Gemälde eben diesen ›besonders reizvollen, ihre Seele widerspiegelnden Ausdruck‹ geoffenbart hatte.

Aber dieser Ausdruck war so lebenswahr, daß es ihm und allen anderen schien, als hätten sie ihn längst an ihr gekannt.

»Wie lange habe ich mich schon damit abgequält und nichts zustande gebracht«, sprach er von seinem Porträt, »und jener braucht sie nur anzusehen, um sie auf die Leinwand zu zaubern. Da sieht man, was Technik ist.«

»Das kommt schon mit der Zeit«, tröstete ihn Golenischtschew, in dessen Augen Wronskij Talent und, was wichtiger war, die Bildung besaß, die nötig ist, um uns zu einer höheren Auffassung der Kunst zu befähigen. Golenischtschews Überzeugung von Wronskijs Talent wurde dadurch noch ganz besonders aufrechterhalten, daß er dessen Symphatie und Lob für seine eigenen Abhandlungen und Ideen brauchte, und fühlte, daß Lob und Unterstützung auf Gegenseitigkeit beruhen müßten.

In einem fremden Hause, und namentlich in Wronskijs Palazzo, trat Michajlow ganz anders auf als bei sich, in seinem Atelier. Er war von einer geradezu unangenehmen Höflichkeit, als fürchte er eine Annäherung an Menschen, die er geringschätzte. Er nannte Wronskij stets ›Ew. Erlaucht‹ und ließ sich niemals, trotz der wiederholten Aufforderung Annas und Wronskijs, dazu überreden, zum Essen zu bleiben. Er ließ sie fühlen, daß er ausschließlich zu den Sitzungen ins Haus kam. Anna war gegen ihn noch freundlicher, als sie es gegen andere zu sein pflegte, und war ihm für ihr Bild von Herzen dankbar. Wronskij verhielt sich ihm gegenüber mit der ausgesuchtesten Höflichkeit, und es war ihm offenbar daran gelegen, den Künstler zu einen Urteil über sein Gemälde zu veranlassen. Golenischtschew ließ keine Gelegenheit vorübergehen, um Michajlow die richtigen Begriffe von der Kunst beizubringen. Michajlow aber verhielt sich gleich ablehnend gegen alle. Anna fühlte es an seinem Blick, daß er sie gern ansah; aber auch mit ihr vermied er jede Unterhaltung. Wenn Wronskij auf seine Malstudien zu sprechen kam, schwieg er ebenso beharrlich, wie er sich, nachdem ihm Wronskijs Gemälde zur Begutachtung vorgelegt worden waren, in Schweigen hüllte. Ebenso lästig schien ihm Golenischtschew mit seinem Gerede zu fallen, und er ließ sich auf keine Erörterung mit ihm ein.

Überhaupt wurde ihnen Michajlow mit seinem zurückhaltenden, unfreundlichen, fast feindseligen Wesen nach näherer Bekanntschaft sehr unsympathisch, und sie waren daher sehr froh, als er nach Beendigung der Sitzungen den glücklichen Besitzern des Bildes fern blieb.

Golenischtschew war der erste, der den von allen gehegten Verdacht aussprach, daß Michajlow auf Wronskij einfach neidisch sei.

»Ich will nicht gerade sagen, daß er neidisch ist, denn er besitzt Talent, aber jedenfalls ärgert er sich darüber, daß ein hoffähiger und reicher Mann, der noch dazu den Grafentitel führt – das ist ja allen diesen Leuten von vornherein verhaßt –, ohne besondere Anstrengungen dasselbe und vielleicht noch besser zustande bringt als er, der sein ganzes Leben der Kunst geweiht hat. Die Hauptsache ist eben die Bildung, an der es ihm fehlt.«

Wronskij pflegte den Maler in Schutz zu nehmen, aber im Grunde seines Herzens war er selbst der gleichen Ansicht, da nach seinen Begriffen ein Angehöriger der niederen Stände in bezug auf ihn nicht anders als von Neid erfüllt sein konnte.

Annas Porträt, das ja ebenso wie das von Michajlow nach der Natur und nach demselben Modell gemalt war, hätte Wronskij den Unterschied zwischen seiner und des Künstlers Begabung deutlich vor Augen führen müssen, aber er erkannte diesen Unterschied nicht. Er hörte nach der Vollendung von Michajlows Arbeit nur auf, an Annas Bild weiter zu malen, indem er dies nun für überflüssig erklärte. Dagegen arbeitete er an seinem Gemälde aus dem mitteralterlichen Leben fort. Und er selbst, wie auch Golenischtschew und insbesondere Anna fanden, daß dies Werk sehr gelungen sei, da es mit den Bildern berühmter Vorbilder weit mehr Ähnlichkeit habe als die Gemälde Michajlows.

Michajlow war seinerseits, obwohl es für ihn einen großen Reiz gehabt hatte, Anna zu malen, noch froher als jene, daß die Sitzungen zu Ende waren und er nun nicht mehr nötig hatte, Golenischtschews Reden über die Kunst über sich ergehen zu lassen und von Wronskijs Malerei zu hören. Er verstand sehr wohl, daß niemand Wronskij verbieten könne, in der Malerei zu dilettieren; er wußte, daß dieser, wie alle Dilettanten, das Recht hätten, zu malen, was sie wollten, aber er fühlte sich dadurch verletzt. Man kann niemandem verbieten, sich eine große Wachspuppe zu machen und sie zu küssen. Wollte aber jemand mit dieser Puppe kommen und sich anschicken, sie vor den Augen eines Verliebten zu liebkosen, wie dieser es mit dem Gegenstand seiner Leidenschaft tut, so würde sich der Verliebte dadurch angewidert fühlen. Ein ebensolches Gefühl hatte Michajlow beim Anblick von Wronskijs Malversuchen; er machte sich darüber lustig, aber zugleich hatte er dabei die Empfindung von Ärger, Mitleid und einer gewissen Kränkung.

Wronskijs Begeisterung für die Malerei und das Mittelalter war nicht von langer Dauer. Er besaß doch genügend Geschmack, um sein Bild nicht zu Ende zu führen und ließ es liegen. Er hatte die unklare Empfindung, daß die in den Anfangsstadien seiner Arbeit kaum bemerkbaren Mängel des Bildes im weiteren Verlauf immer deutlicher in die Augen springen müßten. Es ging ihm damit ebenso wie Golenischtschew mit seinem Werk, der sehr wohl fühlte, daß er nichts

Neues zu sagen habe und sich gleichwohl mit der Ausrede zu trösten suchte, seine Ideen seien noch nicht völlig ausgereift, er müsse sie erst noch eine Weile in seinem Geiste sich entwickeln lassen und noch weiteres Material sammeln. Golenischtschew litt unter dieser Erkenntnis und wurde verbittert.

Wronskij war jedoch nicht der Mann, sich selbst zu betrügen, und noch weniger lag es in seiner Natur, verbittert zu werden. Mit der ihm eigenen Entschiedenheit gab er einfach die Malerei auf, ohne irgend jemand eine Erklärung dafür zu geben oder sich zu rechtfertigen.

Aber ohne die Beschäftigung erschien sowohl ihm als auch Anna, die sich über seine Ernüchterung wunderte, das Leben in dem italienischen Städtchen unerträglich langweilig. Der Palazzo sah plötzlich so augenfällig alt und schmutzig aus, so unerträglich wurde ihnen mit einem Mal der Anblick derselben Flecken auf den Gardinen, der Ritzen in den Fußböden, des abgebröckelten Stuckwerks auf den Decken, so überdrüssig waren sie der Gesellschaft immer desselben Golenischtschew, desselben italienischen Professors und desselben deutschen Reisenden geworden, daß ihnen eine Änderung dieses Lebens als eine Notwendigkeit erschien. So beschlossen sie denn, nach Rußland zurückzukehren. In Petersburg wollte Wronskij mit seinem Bruder eine Vermögensteilung ins Werk setzen, und Anna sehnte sich danach, ihren Sohn wiederzusehen. Den Sommer gedachten Sie auf Wronskijs großem Stammgut zu verbringen.

14

Ljewin war seit drei Monaten verheiratet. Er fühlte sich glücklich, aber in ganz anderer Weise, als er es erwartet hatte. Auf Schritt und Tritt begegnete er in bezug auf seine früheren Träume einer Enttäuschung und einem neuen, unerwarteten Reiz. Er war glücklich, aber das Familienleben, das er jetzt führte, erschien ihm auf jedem Schritt gänzlich verschieden von dem, was ihm vorgeschwebt hatte. Jeden Augenblick hatte er eine Empfindung, wie sie etwa denjenigen ergreifen muß, der, nachdem er mit wohlgefälligen Blicken der ruhigen, glatten Bewegung eines Nachens auf dem See gefolgt ist, nun selbst den Kahn besteigt. Er muß es nun erfahren, daß es nicht damit getan ist, ruhig und ohne zu schaukeln, sitzen zu bleiben, sondern daß er außerdem noch beständig seine Gedanken zusammenhalten muß und keinen Augenblick die Richtung, die er zu nehmen hat, aus dem Auge verlieren darf – denn unter seinen Füßen befindet sich Wasser. Er erfährt, daß er rudern muß, daß dies für Hände, die diese Arbeit nicht gewohnt sind, mit Schmerzen verbunden ist, kurz, daß dies alles nur leicht schien, solange man den Zuschauer spielte, daß es jedoch, wenn man es selbst tun will, eine zwar sehr angenehme, aber zugleich sehr mühsame Arbeit ist.

Wenn er als Junggeselle das eheliche Leben anderer mit all seinen kleinen Sorgen, seinen Zwistigkeiten und Eifersüchteleien beobachtete, so pflegte er nur geringschätzig in seinem Innern zu lächeln. Ja, in seinem ehelichen Leben könnte – davon war er fest überzeugt – etwas Ähnliches nicht nur niemals vorkommen, sondern auch die äußeren Formen könnten bei ihm in jeder Beziehung mit denen, in welchen sich das Leben anderer abspielt, nichts gemein haben. Und nun sah er plötzlich, daß sich sein Leben mit seiner jungen Frau nicht nur nicht in besonderer Weise gestaltet hatte, sondern daß es sich im Gegenteil aus eben denselben Kleinigkeiten zusammensetzte, die er früher so sehr verachtet hatte, die aber jetzt, gegen seinen Willen, zu einer ungewöhnlichen und unabweisbaren Bedeutung erhoben wurden. Und Ljewin erkannte, daß die Regelung all dieser kleinlichen Dinge lange nicht so leicht sei, wie es ihm früher erschienen war. Obgleich er überzeugt war, daß er vom Eheleben die allerrichtigsten Begriffe habe, hatte er es sich, wie alle Männer, unwillkürlich nur als einen immerwährenden Genuß, der durch nichts gestört werden dürfe und von dem keinerlei kleinliche Rücksichten ablenken dürften, vorgestellt. Er hatte, nach seinen Begriffen, nichts anderes zu tun, als seine tägliche Arbeit zu verrichten, um sich dann in das Meer seiner Liebe zu versenken. Sie aber, sein Weib, hatte nichts zu tun, als sich lieben zu lassen. Er vergaß, wie alle Männer, daß auch sie arbeiten müsse. Und er wunderte sich darüber, daß sie, seine poetische, reizende Kitty, es nicht nur in den ersten Wochen, sondern gleich in den ersten Tagen ihres ehelichen Zusammenlebens fertig bringen konnte, an Dinge wie Tischtücher, Möbel, Matratzen, an die Gastzimmer, an ein Teebrett, an den Koch, an das Mittagessen und dergleichen zu denken, sich darum zu bekümmern und zu sorgen. Schon als Bräutigam hatte ihn damals jene Bestimmtheit überrascht, mit der sie auf eine Hochzeitsreise ins Ausland verzichtet und ihren Entschluß kundgegeben hatte, aufs Land zu ziehen, als wisse sie ganz genau, was sie zu tun habe, und er hatte sich gewundert, wie sie noch für etwas anderes Gedanken haben konnte als für ihn, den sie liebte. Das hatte ihn damals verletzt, und auch jetzt fühlte er sich manchmal durch ihre kleinlichen Sorgen und Beschäftigungen peinlich berührt. Aber er erkannte sehr wohl, daß dies für sie ein Bedürfnis sei. Und in seiner Liebe zu ihr konnte er nicht anders, als sie bewundern, wenn er sich auch über ihre geschäftige Tätigkeit lustig machte und nicht begriff, wozu dies alles nötig sei. Er machte sich darüber lustig, als sie die aus Moskau mitgebrachten Möbel aufstellte, sein Zimmer und das ihrige neu einrichtete, die Gardinen aufhängte, daß sie die Zimmer für zukünftigen Fremdenbesuch und für Dolly instandsetzte, ihre neue Kammerjungfer unterbrachte, dem alten Koch wegen des Mittagessens Weisungen gab und mit Darja Michajlowna, der sie die Verwaltung der Speisekammer entziehen wollte, verhandelte. Er sah, wie der alte Koch lächelte und an ihrer Unerfahrenheit Gefallen fand, wenn sie ihm ihre ungeschickten, unausführlichen Befehle erteilte. Er sah, daß Darja Michajlowna bedenklich und wohlwollend über die neuen Anordnungen der jungen Hausfrau betreffs der Speisekammer den Kopf schüttelte. Er fand Kitty entzückend, wenn sie zugleich lachend und weinend zu ihm kam, um sich bei ihm darüber zu beklagen, daß Mascha gewohnt sei, sie als das junge Fräulein zu betrachten, und daß daher niemand vor ihr den gehörigen Respekt habe. Er fand dies reizend, aber auch befremdlich und dachte, daß es doch ohne diese Dinge viel schöner wäre.

Er konnte ihre Gefühle über ihre veränderte Stellung nicht mitempfinden, die ihr doch deutlich zum Bewußtsein kam, wenn sie daran dachte, wie sie jetzt als Herrin alles anordnen konnte, was sie wollte, wie sie jetzt ohne Widerspruch Haufen von Konfekt kaufen und nach Herzenslust Geld ausgeben oder Backwerk bestellen durfte, während sie sich doch früher zu Hause, wenn sie gerade die Lust nach Kraut mit Kwas oder Süßigkeiten anwandelte, diese Genüsse hatte versagen müssen.

Sie dachte mit Freuden an die Ankunft von Dolly mit den Kindern, besonders, weil sie jetzt jedem der Kinder sein Lieblingsgebäck vorsetzen und von Dolly die von ihr umgestaltete Hausordnung und ihre neue Einrichtung bewundern lassen konnte. Sie wußte selbst nicht warum, aber das Hauswesen hatte einen unwiderstehlichen Reiz für sie. Sie fühlte instinktiv das Herannahen des Frühlings, und da sie wußte, daß er auch unfreundliche Tage bringt, baute sie ihr Nestchen, so gut sie konnte. Sie beeilte sich, dies Nestchen instandzusetzen, indem sie zugleich zu lernen suchte, wie sie dies zu tun haben. Diese kleinlichen Sorgen, von denen Kitty so sehr erfüllt war und die zu Ljewins Ideal von der hohen Glückseligkeit der ersten Zeit in einem solchen Gegensatz standen, bildeten eine seiner großen Enttäuschungen, und zugleich lag in diesen kleinlichen Sorgen, deren tieferen Sinn er nicht begriff, die er aber doch so liebenswürdig fand, für ihn eine der ungeahnten Freuden seines Ehelebens.

Eine andere Enttäuschung, die aber gleichfalls einen neuen Reiz in sich trug, waren die Zwistigkeiten, die zwischen ihnen ausbrachen. Ljewin hätte sich niemals vorstellen können, daß es zwischen ihm und seiner Frau etwas anderes als die allerzärtlichsten, achtungsvollsten und liebevollsten Beziehungen geben könnte, und nun hatten sie sich mit einem Mal, gleich nach den ersten Tagen, gezankt, und zwar so heftig, daß sie ihm vorwarf, er liebe sie nicht, er liebe nur sich allein, und heftig gestikulierend in Tränen ausbrach.

Dieser erste Zwist war dadurch hervorgerufen worden,

daß Ljewin, der sein neues Vorwerk besichtigen wollte, eine halbe Stunde länger ausgeblieben war, weil er sich, in der Absicht den Heimweg abzukürzen, verirrt hatte. Während der Rückfahrt dachte er nur an sie, an ihre Liebe, an sein Glück, und je näher er kam, um so heißer wallte seine Zärtlichkeit für sie auf. Er stürzte ins Zimmer von denselben, ja von noch stärkeren Gefühlen erfüllt, als mit denen er einst zu Schtscherbazkijs geeilt war, um ihr sein Herz anzutragen. Da aber begegnete sie ihm mit einem düsteren Ausdruck, wie er ihn noch nie an ihr gesehen hatte. Er wollte sie küssen, aber sie stieß ihn zurück.

»Was ist dir?«

»Du bist natürlich sehr fröhlich gestimmt«, ... begann sie, augenscheinlich bemüht, ihn durch kalten Hohn zu verletzen.

Aber kaum hatte sie den Mund geöffnet, als sie ihn auch mit einer Flut von Vorwürfen, dem Ausfluß einer sinnlosen Eifersucht und all der Gefühle, von denen sie im Laufe dieser halben Stunde, während sie unbeweglich am Fenster gesessen hatte, gequält worden war, überschüttete. In diesem Augenblick wurde ihm zum ersten Mal klar, was er damals, als er sie nach der Trauung aus der Kirche führte, noch dunkel empfunden hatte; – er verstand jetzt erst, daß sie ihm nicht nur nahe stehe, sondern mit ihm eins geworden sei, so daß er nicht mehr wisse, wo sie aufhöre und wo er anfange. Er erkannte dies an jenem quälenden Gefühl des Doppeldaseins, das ihn in diesem Augenblick überkam. Im ersten Moment fühlte er sich gekränkt, aber in derselben Sekunde empfand er, daß sie ihn nicht kränken könne, denn sie und er waren eins. Er hatte im ersten Augenblick eine Empfindung, wie sie etwa denjenigen überkommen muß, der plötzlich von hinten einen starken Schlag erhält, sich gereizt umwendet, um seinen Angreifer zu entdecken und den Schlag zu rächen, und der nun erst merkt, daß er sich unvermutet selbst gestoßen hat, daß kein Mensch da ist, dem er zürnen könnte und daß ihm nichts übrigbleibt, als den Schmerz zu verbeißen und zu lindern.

Niemals wieder kam diese Empfindung in derselben Stärke über ihn, wie dieses erste Mal, aber er konnte lange

Zeit nicht zu sich kommen. Ein natürliches Gefühl trieb ihn dazu an, sich zu rechtfertigen und ihr ihre Schuld klarzumachen. Aber sie von ihrer Schuld überzeugen hieße sie noch mehr erbittern und den Riß, der das ganze Unglück verursacht hatte, noch zu vergrößern. Die eine altgewohnte Empfindung drängte ihn dazu, die Schuld von sich ab- und ihr zuzuwälzen, während ein anderes, stärkeres Gefühl ihn dazu trieb, diesen Riß so schnell als möglich, bevor er Zeit gehabt hätte noch größer zu werden, auszugleichen. Es war schmerzlich, diese unverdiente Beschuldigung, ohne sich zu rechtfertigen, auf sich sitzen zu lassen – aber noch schlimmer wäre es, ihr durch seine Rechtfertigung weh zu tun. Wie ein Mensch, der im Halbschlaf einen quälenden Schmerz loszuwerden sucht, so wollte er auch jetzt die schmerzende Stelle herausreißen, von sich schleudern, da aber fühlte er, daß diese schmerzende Stelle – er selbst sei. Es galt nur, das Vernarben der schmerzhaften Stelle zu fördern, und er gab sich Mühe, das zu tun.

So versöhnten sie sich denn. Sie erkannte ihre Schuld, ohne dies einzugestehen, aber sie bezeigte ihm eine noch größere Zärtlichkeit, und sie fühlten sich doppelt glücklich. Aber das verhinderte nicht, daß sich derartige Zwistigkeiten bei den unerwartetsten und unbedeutendsten Anlässen wiederholten und sogar besonders häufig wurden. Diese Zwistigkeiten hatten ihren Grund oft darin, daß sie einander noch nicht völlig kannten und nicht wußten, was sich jeder von ihnen besonders zu Herzen nahm, oft aber lag der Grund darin, daß in dieser ersten Zeit beide häufig schlechter Laune waren. War der eine von ihnen gut und der andere schlecht gestimmt, so wurde der Friede nicht gestört, war aber die Stimmung bei beiden eine schlechte, so gingen die Zwistigkeiten aus so unbegreiflich geringfügigen Ursachen hervor, daß sie sich später einfach nicht mehr darauf zu besinnen vermochten, weshalb sie sich gezankt hatten. Allerdings schien sich dafür ihre Lebensfreudigkeit zu verdoppeln, wenn sie beide gut gestimmt waren, aber dennoch war – alles in allem genommen – diese erste Zeit für beide eine schwere.

Während dieser ganzen Periode machte sich namentlich

eine gewisse Anspannung fühlbar, gleichsam als würde das Band, das sie zusammenhielt, bald nach der einen, bald nach der anderen Seite gezerrt. Überhaupt hatte dieser Honigmond, das heißt der erste Monat nach der Hochzeit, von dem Ljewin sich, nach alter Überlieferung, so viel versprochen hatte, nicht nur nichts von der Süßigkeit des Honigs an sich, sondern er blieb in beider Erinnerung als die schwerste und beschämendste Zeit ihres Lebens zurück. Sie bemühten sich, im späteren Verlauf ihres Lebens alle die unschönen, beschämenden Vorgänge dieser ungesunden Periode, in der sie beide selten in einer normalen Gemütsverfassung gewesen waren, selten sie selbst gewesen waren, aus ihrem Gedächtnis auszulöschen.

Erst im dritten Monat ihres Ehelebens, nach ihrer Rückkehr aus Moskau, wohin sie sich für vier Wochen begeben hatten, lenkte ihr Leben in weniger stürmische Bahnen ein.

15

Sie waren eben erst aus Moskau zurückgekehrt und genossen ihre Einsamkeit. Er saß in seinem Arbeitszimmer am Schreibtisch und schrieb, während sie in jenem dunkellila Kleide, das sie in der ersten Zeit ihrer Ehe zu tragen pflegte und heute wieder angelegt hatte und das ihm besonders denkwürdig und teuer war, auf dem Sofa saß, demselben ledernen, altertümlichen Sofa, das seit jeher im Arbeitszimmer von Ljewins Großvater und Vater gestanden hatte, und stickte an einer ›broderie anglaise‹. Er war mit seinen Gedanken beschäftigt und schrieb, wobei ihn jedoch die freudige Empfindung ihrer Nähe keinen Augenblick verließ. Er hatte die Bewirtschaftung seines Gutes sowie seine Beschäftigung mit dem Werk, in dem er alle seine Gedanken über die Grundlagen einer neuen Landwirtschaft niederlegen wollte, nicht aufgegeben. Aber wie ihm auch schon früher diese Tätigkeit und seine Ideen im Vergleich zu der Finsternis, die über dem ganzen menschlichen Leben liegt, kleinlich und unbedeutend erschienen war, ebenso unwichtig und nichtig dünkte sie ihm jetzt im Vergleich mit dem hellen Lichtglanz des Glückes umflossenen Leben, das vor ihm lag. Er setzte seine Arbeit fort, aber er fühlte jetzt, daß der Schwerpunkt seiner Gedankenarbeit auf etwas anderes übergegangen war und daß er infolgedessen die ganze Frage in einem anderen Licht sah und sie klarer erfaßte als vorher. Früher hatte er in dieser Beschäftigung Zuflucht vor der Wirklichkeit gesucht; damals hatte er das Gefühl gehabt, daß sein Leben ohne diese Interessen in allzu trostloser Weise verlaufen würde. Jetzt aber hatte er diese Beschäftigung nötig, um der einförmigen Helligkeit seines Lebens zu entgehen. Als er sein Manuskript wieder zur Hand nahm und das schon Geschriebene überlas, erkannte er mit Befriedigung, daß sein Werk einer Fortführung wert sei. Von seinen früheren Ideen erschienen ihm viele überflüssig oder übertrieben, aber auch vieles, was er früher außer acht gelassen hatte, wurde ihm, als er jetzt seine Gedanken wieder diesem Gegenstand zuwandte, klar. Er schrieb gerade an einem neuen Kapitel – über die Ursachen der ungünstigen Lage der Landwirtschaft in Rußland. Er führte aus, daß die Armut in Rußland nicht nur eine Folge der ungerechten Verteilung des Grundbesitzes und eines unrichtigen Wirtschaftssystems sei, sondern daß dazu in der letzten Zeit auch die ihm in abnormer Weise aufgepfropfte, rein äußerliche Zivilisation erheblich beigetragen habe – insbesondere die Entwicklung der Verkehrswege, die Eisenbahnen, und die dadurch bewirkte Zentralisierung in den Städten, das Überhandnehmen des Luxus und die dadurch zum Schaden der Landwirtschaft hervorgerufene Entwicklung des Fabrikwesens, des Kredits und dessen Begleiterscheinung – des Börsenspiels. Er war der Ansicht, daß bei einer normalen Entwicklung des Wohlstandes in einem Land alle diese Erscheinungen erst bei einer durch angestrengte Arbeit hervorgerufenen Hebung der Landwirtschaft unter geregelten, oder zum mindesten feststehenden Verhältnissen ins Leben gerufen werden dürften.

Er war der Ansicht, daß der Reichtum eines Landes gleichmäßig und besonders in dem Maße anwachsen müsse, daß die Landwirtschaft nicht durch andere Industriezweige überflügelt werde; daß die Ausbreitung der Verkehrswege mit der Entwicklung der Landwirtschaft Hand in Hand zu gehen habe, daß daher bei der in unserem Vaterland bestehenden ungleichmäßigen Ausnutzung des Grundbesitzes die Einführung der Eisenbahnen, die bei uns nicht dem ökonomischen, sondern einem politischen Bedürfnis entsprungen wäre, verfrüht gewesen sei. Statt, wie erwartet wurde, zur Hebung der Landwirtschaft beizutragen, hätten sie sie ins Stocken gebracht, indem sie sie überflügelten und die Entwicklung der Industrie und des Kredits zur Folge hatten. Wie die einseitige und verfrühte Entwicklung irgendeines Organs im lebenden Körper seine allgemeine Entwicklung nachteilig beeinflusse, ebenso hätten die Einführung des Kredits, der Eisenbahnen, die Erweiterung der Fabriktätigkeit – alles Dinge, die für Westeuropa zeitgemäß und daher von zwingender Notwendigkeit gewesen seien – der Entwicklung des allgemeinen Wohlstandes bei uns nur geschadet, da infolgedessen die wichtigste Frage, die Reform der Landwirtschaft, von der Tagesordnung abgesetzt worden sei.

Während er an seiner Arbeit schrieb, dachte sie daran, wie übertrieben liebenswürdig ihr Mann neulich mit dem jungen Fürsten Tscharskij gewesen sei, der ihr am Abend vor der Abreise in ziemlich taktloser Weise den Hof gemacht hatte. »Er ist ja doch eifersüchtig«, dachte sie, »mein Gott, wie reizend und wie dumm er doch ist, er – eifersüchtig auf mich! Wenn er nur wüßte, daß ich mir aus ihnen allen soviel mache wie aus unserem Koch Pjotr«, sprach sie bei sich, indem sie mit einem ihr selbst sonderbar vorkommenden Gefühl des Besitzes auf seinen Nacken und seinen roten Hals blickte. »Zwar tut es mir leid, ihn in seiner Arbeit zu stören – er wird übrigens schon noch Zeit finden –, aber ich muß jetzt gleich sein Gesicht sehen – ob er wohl fühlt, daß mein Blick auf ihn gerichtet ist? Ich will, daß er sich umsieht ... ich will es – nun!« Und sie öffnete die Augen ganz weit in dem Wunsch, die Wirkung ihres Blickes zu verstärken.

»Ja, sie nehmen alle Säfte in sich auf und haben einen trügerischen Glanz zur Folge«, murmelte er vor sich hin, indem er im Schreiben innehielt, und dann blickte er sich um, denn er fühlte plötzlich, daß sie ihn lächelnd ansah.

»Was willst du?« fragte er lächelnd und stand auf.

»Nichts, ich wollte nur, daß du dich umsiehst«, erwiderte sie, indem sie ihm ins Gesicht sah und zu erraten suchte, ob er darüber ärgerlich sei oder nicht, daß sie ihn von der Arbeit abgelenkt hatte.

»Ach, wie wohl wir uns doch zu zweien fühlen – das heißt, ich wenigstens«, sagte er und trat mit einem glückstrahlenden Lächeln zu ihr.

»Mir ist so wohl! ich will nirgends mehr fort von hier, am wenigsten nach Moskau.«

»Woran hast du eigentlich eben gedacht?«

»Ich? Ich dachte ... Nein, nein, geh, schreibe weiter, laß dich nicht ablenken«, sagte sie, indem sie die Lippen aufwarf, »Ich muß jetzt diese kleinen Löcher ausschneiden, siehst du?«

Sie nahm die Schere zur Hand und fing an auszuschneiden.

»Nein, sag mir, woran du gedacht hast«, wiederholte er, indem er sich zu ihr setzte und der kreisförmigen Bewegung der kleinen Schere folgte.

»Ach, woran ich gedacht habe? Ich habe an Moskau gedacht, an deinen Nacken.«

»Wodurch habe ich, gerade ich ein solches Glück verdient? Es ist geradezu unnatürlich – das Glück ist zu groß«, sagte er und küßte ihr die Hand.

»Ich finde das Gegenteil, je größer es ist, um so natürlicher ist es!«

»Du hast ja ein Zöpfchen«, sagte er, indem er behutsam ihren Kopf umwandte, »ja, ein Zöpfchen, siehst du hier, an dieser Stelle! Aber nein, nein, wir haben ja ernsthaft zu arbeiten.«

Aber die Arbeit wurde nicht mehr fortgesetzt und sie fuhren, wie schuldbewußt, auseinander, als Kusjma mit der Meldung, daß der Tee serviert sei, eintrat.

»Ist etwas aus der Stadt gekommen?« wandte sich Ljewin an Kusjma.

»Eben ist der Bote zurückgekehrt, es wird gerade ausgepackt.«

»Also, beeile dich«, sagte sie zu Ljewin, indem sie das Zimmer verließ, »sonst sehe ich die Post ohne dich durch. Und dann wollen wir vierhändig spielen.«

Nachdem er allein geblieben war, legte er seine Hefte in die neue Mappe, die sie ihm gekauft hatte und wusch sich die Hände in dem neuen Waschbecken mit all dem neuen eleganten Zubehör, das mit ihr zusammen hier aufgetaucht war. Er lächelte über seine eigenen Gedanken, wobei er selbst mißbilligend den Kopf schüttelte: ein Gefühl, ähnlich dem der Reue, überkam ihn. Etwas Beschämendes, Verweichlichendes, ›Kapuanisches‹, wie er es nannte, hatte jetzt von seinem Leben Besitz ergriffen. »Es ist nicht gut, so zu leben«, dachte er. »Es sind nun schon bald drei Monate, und ich tue fast gar nichts. Heute habe ich mich beinahe zum ersten Mal ernstlich an eine Arbeit gemacht, und was ist dabei herausgekommen? Kaum angefangen, habe ich sie beiseite geworfen. Sogar meine gewohnte Beschäftigung habe ich auch fast aufgegeben. Auch in meiner Gutswirtschaft sehe ich beinahe gar nicht mehr nach dem Rechten und kümmere mich um nichts. Bald tut es mir leid, Kitty allein zu lassen, bald merke ich, daß sie sich ohne mich langweilt. Ich hatte gerade gemeint, daß das Leben vor der Heirat nicht besonders ernst genommen zu werden brauche und daß erst nach diesem Ereignis das wahre Leben beginne, und nun sind schon drei Monate vergangen, und ich habe meine Zeit noch nie so müßig und unnütz verbracht wie jetzt. Nein, das geht nicht so weiter – ich muß einen Anfang machen. Natürlich, sie trifft ja keine Schuld, ihr kann ich nichts vorwerfen. Ich hätte selbst von vornherein stärker sein, hätte meine männliche Unabhängigkeit wahren müssen. Auf diese Weise laufe ich ja Gefahr, mich selbst und auch sie an dieses Leben zu gewöhnen ... Natürlich trifft sie gar keine Schuld«, – sprach er vor sich hin.

Es ist jedoch für einen Unzufriedenen schwer, einem anderen, und namentlich dem, der ihm am nächsten steht, keine Schuld an seiner Unzufriedenheit zuzuschreiben. Und so hatte auch Ljewin die unklare Empfindung, daß sie selbst zwar keinerlei Schuld trage – das konnte überhaupt niemals möglich sein – aber daß ihre allzu oberflächliche und frivole Erziehung für alles verantwortlich gemacht werden müsse. (›Dieser Dummkopf von Tscharskij, ich weiß wohl, sie hätte ihn zurechtgewiesen, aber sie vermochte es nicht.‹) »Ja, so ist es, außer ihren häuslichen Sorgen, ihren Toilettenangelegenheiten und der ›broderie anglaise‹ hat sie keinerlei ernste Interessen. Sie hat kein Interesse für die Gutswirtschaft, für die Bauern, für die Musik, in der sie ziemlich tüchtig ist, noch für Lektüre. Sie tut gar nichts und ist dabei vollständig zufrieden.« Ljewin warf ihr dies innerlich vor, denn er begriff noch nicht, daß sie sich auf die Periode ihrer Tätigkeit vorbereitete, die für sie eintreten mußte, wenn sie zu gleicher Zeit Gattin, Hausfrau zu sein, ein Kind unter dem Herzen zu tragen, es zu stillen und später Kinder zu erziehen haben würde. Er begriff nicht, daß sie dies instinktiv fühlte und sich bei der Vorbereitung zu dieser ungeheuren Arbeit, wegen der wenigen Augenblicke der Sorglosigkeit und des Liebesglückes, denen sie sich jetzt noch hingeben durfte, keinen Vorwurf machen konnte, während sie sich fröhlich ihr Nest für die Zukunft baute.

16

Als Ljewin hinaufkam, saß seine Frau bereits vor dem neuen silbernen Samowar mit dem neuangeschafften Teeservice, während sie die alte Agafja Michajlowna mit einer vollgeschenkten Tasse Tee am kleinen Tischchen hatte Platz nehmen lassen, und las einen Brief von Dolly, mit der sie in anhaltendem und häufigem Briefwechsel stand.

»Sehen Sie, da hat mir die gnädige Frau zu sitzen befohlen, damit ich mit ihr Tee trinke«, sagte Agafja Michajlowna und lächelte Kitty wohlwollend zu.

Aus diesen Worten konnte Ljewin den befriedigenden Abschluß des Dramas herauslesen, das sich in der letzten Zeit zwischen Agafja Michajlowna und Kitty abgespielt hatte. Er sah, daß Kitty trotz der Kränkung, die Agafja Michajlowna dadurch widerfahren war, daß ihr die junge Hausfrau die Zügel der Herrschaft aus der Hand genommen hatte, die Oberhand behalten und zugleich verstanden hatte, ihre Zuneigung zu gewinnen.

»Da habe ich einen Brief an dich gelesen«, sagte Kitty, indem sie ihm einen unorthographisch geschriebenen Brief hinreichte. »Er ist, glaube ich, von jener Person, die mit deinem Bruder«, ... fuhr sie fort. »Ich habe ihn übrigens nicht zu Ende gelesen. Und da ist einer von den Eltern und von Dolly. Denke nur! Dolly hat Grischa und Tanja auf einen Kinderball bei Ssarmatskijs geführt; Tanja war im Kostüm einer Marquise.«

Ljewin hörte jedoch nicht, was sie sagte; er nahm errötend den Brief der Marja Nikolajewna, der früheren Geliebten seines Bruders Nikolaj, und begann zu lesen. Das war schon der zweite Brief von Marja Nikolajewna. Das erste Mal hatte sie geschrieben, sein Bruder habe sie ohne jeden Grund fortgejagt, wobei sie mit rührender Naivität hinzusetzte, sie sei zwar von allen Mitteln entblößt, bäte jedoch um keinerlei Unterstützung für sich und wünsche auch keine. Nur sei ihr der Gedanke unerträglich, daß Nikolaj Dmitrijewitsch bei seiner jetzigen Schwäche ohne sie unfehlbar zugrunde gehen müsse, und sie bat Ljewin, sich seines Bruders anzunehmen. Diesmal aber war der Inhalt ihres Briefes ein anderer: sie hatte Nikolaj Dmitrijewitsch wieder aufgesucht, war in Moskau zu ihm gezogen und hatte ihn nach der Kreishauptstadt begleitet, wo er eine Anstellung erhalten hatte. Dort aber hätte er sich mit seinem Vorgesetzten überworfen und habe nach Moskau zurückkehren wollen, unterwegs aber sei er so krank geworden, daß er sich kaum jemals wieder erholen würde. »Er spricht immer von Ihnen, und es ist auch kein Geld mehr im Hause«, schrieb sie.

»Lies doch, was Dolly von dir schreibt«, – begann Kitty lächelnd, hielt aber plötzlich inne, als sie den veränderten Gesichtsausdruck ihres Gatten bemerkte. »Was hast du, was ist geschehen?«

»Sie schreibt, mein Bruder Nikolaj liege im Sterben. Ich muß zu ihm.«

In Kittys Zügen ging plötzlich eine Veränderung vor. Der Gedanke an Tanja als Marquise, an Dolly, alles das war verschwunden.

»Wann willst du denn fahren?« fragte sie.

»Morgen.«

»Ich fahre mit. Darf ich?«

»Kitty! was soll das?« sagte er mit einem Vorwurf in der Stimme.

»Wieso?« erwiderte sie gekränkt darüber, daß er ihrem Vorschlag augenscheinlich mit Widerstreben und Unwillen begegnete. »Weshalb soll ich denn nicht mitfahren? Ich störe dich doch nicht. Ich ...«

»Ich fahre, weil mein Bruder im Sterben liegt«, – sagte Ljewin. »Wozu willst du denn? ...«

»Wozu? Aus demselben Grund, aus dem du fährst.«

»Selbst in diesem für mich so ernsten Augenblick denkt sie nur daran, daß sie sich allein langweilen wird«, – dachte Ljewin, ernstlich böse über den kleinlichen Vorwand, den sie bei dieser so wichtigen Sache vorgebracht hatte.

»Das ist unmöglich«, versetzte er streng. Agafja Michajlowna sah, daß ein Streit im Anzug sei, stellte ihre Tasse hin und ging aus dem Zimmer. Kitty hatte dies gar nicht bemerkt. Der Ton, in welchem ihr Gatte die letzten Worte gesprochen, hatte sie ganz besonders gekränkt, weil er offenbar an den Grund, den sie ihm soeben angegeben hatte, nicht glaubte.

»Ich sage dir aber, wenn du fährst, so gehe ich mit, unbedingt gehe ich mit«, – stieß sie rasch und zornig hervor. »Weshalb soll es unmöglich sein? Weshalb sagst du, daß es unmöglich sei?«

»Weil wir Gott weiß wohin und auf was für Wegen zu reisen und Gott weiß in welchen Gasthäusern Unterkunft zu suchen haben werden ... Du würdest mir Umstände machen«, erwiderte Ljewin, indem er sich bemühte, seine Kaltblütigkeit zu bewahren.

»Nicht im geringsten ... Ich brauche gar keine Bequemlichkeit. Wo du sein kannst, da kann ich auch ...«

»Nein, und schon aus dem einen Grund nicht, weil du dort jene Person treffen würdest, mit der du doch nichts gemein haben kannst.«

»Ich weiß nichts und will nichts wissen, mag dort sein, wer will, und mag es zugehen, wie es will. Ich weiß nur, daß der Bruder meines Mannes im Sterben liegt, daß mein Mann zu ihm fährt und daß ich mit ihm fahren muß, damit ...«

»Kitty, sei nicht böse. Aber bedenke doch nur, daß es mir weh tut zu sehen, wie in dieser so ernsten Sache ein schwächliches Gefühl, deine Abneigung allein zu bleiben, eine Rolle spielen kann.«

»Da haben wir's – du schiebst mir immer schlimme, gemeine Gedanken unter«, – sprach sie unter Tränen der Kränkung und des Zornes. »Ich denke an nichts, an keine Schwäche, an gar nichts ... Ich fühle nur, daß es meine Pflicht ist, bei meinem Mann zu sein, wenn er ein Unglück zu tragen hat, du aber willst mich absichtlich kränken, willst mich absichtlich nicht verstehen ...«

»Nein, das ist entsetzlich. Ein Sklave sein zu müssen«, rief Ljewin aus, indem er sich, unfähig seinen Unwillen länger zurückzudrängen, erhob. Aber in demselben Moment hatte er schon die Empfindung, als ob er gleichsam auf sich selbst losschlüge.

»Warum hast du dann geheiratet? Du hättest ja ein freier Mann bleiben können. Warum hast du geheiratet, wenn es dir jetzt leid tut?« erwiderte sie aufspringend, und stürzte ins Wohnzimmer.

Als er sie dort aufsuchte, schluchzte sie unter Tränen. Er begann ihr zuzusprechen, indem er sich Mühe gab, Worte zu finden, die sie nicht überreden, sondern nur beruhigen sollten. Aber sie hörte nicht auf ihn und war mit nichts einverstanden.

Er beugte sich über sie und ergriff ihre widerstrebende Hand. Er küßte ihre Hand, ihr Haar und wieder ihre Hand – aber sie schwieg die ganze Zeit. Als er aber ihr Gesicht zwischen seine beiden Hände nahm und: »Kitty« sagte – da kam sie glücklich zur Besinnung, weinte eine Zeitlang und war schließlich versöhnt.

Es wurde ausgemacht, daß sie morgen zusammen reisen würden. Ljewin hatte seiner Frau gesagt, er glaube ihr, daß sie nur aus dem Grunde mitfahren wollte, um ihm nützlich zu sein, er gab auch zu, daß die Anwesenheit von Marja Nikolajewna bei seinem Bruder nichts Unpassendes an sich habe. Aber im Grunde seiner Seele war er unzufrieden mit ihr und sich selbst. Mit ihr, weil sie es nicht über sich bringen konnte, die Notwendigkeit, ihn allein fortzulassen, anzuerkennen (und wie sonderbar erschien ihm jetzt der Gedanke, daß er, der vor kurzem noch an das Glück, von ihr geliebt zu werden, nicht glauben wollte, sich jetzt unglücklich fühlen konnte, weil er sah, daß sie ihn zu sehr liebte). Mit sich selbst aber war er unzufrieden, weil er sich als zu schwach erwiesen hatte, auf seinem Willen zu bestehen. Am wenigsten aber konnte er ihr darin recht geben, daß sie die Anwesenheit jener Person, die bei seinem Bruder war, nichts angehe, und er dachte mit Schrecken an alle die Schwierigkeiten, die daraus hervorgehen könnten.

Schon bei dem bloßen Gedanken daran, daß seine Frau, seine Kitty, sich in demselben Zimmer mit einem gefallenen Mädchen befinden könnte, durchschauerte es ihn vor Ekel und Entsetzen.

17

Das Gasthaus der Kreishauptstadt, in welchem Nikolaj Ljewin krank lag, war eines von jenen Provinz-Hotels, die mit allen Vervollkommnungen der Neuzeit ausgestattet, mit den besten Absichten in bezug auf Sauberkeit, Bequemlichkeit und sogar mit einem gewissen Luxus eingerichtet sind, sich aber durch das Publikum, das in ihnen verkehrt, mit unglaublicher Geschwindigkeit in schmierige Herbergen verwandeln, dabei aber ihre Ansprüche auf moderne Vervollkommnungen keineswegs aufgeben, Ansprüche, durch die sie in Wirklichkeit noch unter das Niveau der früheren, nur unsauberen

Gasthäuser herabsinken. Dieses Hotel war bereits bei diesem Zustand angelangt: der alte Soldat in der schmierigen Uniform, der rauchend am Eingang stand und den Schweizer vorstellen sollte, die schmiedeeiserne, zugige, düstere und unbequeme Treppe, der vorlaute Kellner im fleckigen Frack, das gemeinsame Gastzimmer mit dem staubigen Strauß aus Wachsblumen, der den Tisch zierte, der Schmutz, der Staub, die überall herrschende Unordnung, verbunden mit einer gewissen ungewohnten, modernen, eisenbahnartigen, selbstzufriedenen Geschäftigkeit – alles das machte auf Ljewin, nach dem Idyll seines jungen Ehelebens, den niederdrückendsten Eindruck, ganz besonders dadurch, daß das Gepräge des Unechten, das dieses Gasthaus trug, so gar nicht im Einklang stand mit dem, was ihrer harrte.

Wie es stets der Fall ist, so stellte sich auch hier nach der üblichen Frage, zu welchem Preise ein Zimmer gewünscht werde, heraus, daß kein einziges anständiges mehr zu haben sei: ein schönes Zimmer sei von einem Eisenbahnrevisor bewohnt, ein anderes von einem Rechtsanwalt aus Moskau, ein drittes von einer Fürstin Astafjewa, die von ihrem Landgut gekommen sei. Es stand nur ein einziges, unsauberes Zimmer leer, neben welchem ein anderes bis zum Abend frei werden sollte. Ärgerlich über seine Frau, weil das Gefürchtete eingetroffen war, daß er nämlich im Moment der Ankunft, während sein Herz sich bei dem Gedanken, wie es mit dem Bruder stehe, vor Aufregung zusammenkrampfte, gezwungen war, sich um sie zu bekümmern, anstatt sogleich zu dem Kranken zu eilen, brachte er sie auf das Zimmer, das ihnen angewiesen wurde.

»Geh nur, geh«, sagte sie und schaute mit schüchternen, schuldbewußten Blicken zu ihm auf.

Er verließ schweigend das Zimmer und stieß in der Tür mit Marja Nikolajewna zusammen, die von seiner Ankunft wußte, aber nicht gewagt hatte, sein Zimmer zu betreten. Sie sah noch genau ebenso aus wie damals, als er sie in Moskau gesehen hatte, dasselbe Wollkleid, dieselben entblößten Arme und Hals, und dasselbe zutraulich-stumpfe, etwas voller gewordene, blatternarbige Gesicht.

»Nun? Wie steht es? Was?«

»Sehr schlimm. Er steht gar nicht mehr auf. Er hat Sie die ganze Zeit erwartet. Er ... Sie ... sind mit Ihrer Gemahlin hier?«

Ljewin konnte im ersten Augenblick gar nicht begreifen, weshalb sie in eine solche Verwirrung geriet, aber sie selbst klärte ihn sogleich darüber auf.

»Ich gehe fort, ich gehe in die Küche«, sagte sie. »Er wird sich sehr freuen. Er weiß, daß sie hier ist, er kennt sie, er erinnert sich ihrer vom Ausland her.«

Ljewin begriff jetzt, daß sie von seiner Frau sprach und wußte nicht, was er antworten sollte.

»Kommen Sie, kommen Sie!« sagte er.

Kaum hatte er jedoch einige Schritte gemacht, als die Tür seines Zimmers aufging und Kitty herausschaute. Ljewin wurde rot vor Scham und Ärger darüber, daß seine Frau sich und ihn in diese peinliche Lage gebracht hatte. Marja Nikolajewna errötete indessen noch mehr. Sie duckte sich förmlich zusammen und wurde so rot, daß sie in Tränen auszubrechen drohte. Sie wußte nicht, was sie sagen oder tun sollte, und ergriff die beiden Enden ihres Tuches, die sie mit ihren Fingern hin- und herzurollen begann.

Im ersten Moment las Ljewin den Ausdruck heftiger Neugier in dem Blicke, mit dem Kitty dieses ihr so unverständliche, schreckliche Weib ansah; das währte indessen nur einen Augenblick.

»Was macht er, wie steht es?« wandte sie sich sogleich zu ihrem Mann und dann zu ihr.

»Wir können uns doch hier im Korridor nicht unterhalten!« bemerkte Ljewin und sah sich ärgerlich nach einem Herrn um, der, mit den Beinen schlenkernd, die ganze Zeit im Korridor auf und ab ging, als ob er dort etwas zu tun hätte.

»Dann kommen Sie also herein«, sagte Kitty zu Marja Nikolajewna gewandt, die sich inzwischen einigermaßen gesammelt hatte, fügte aber, als sie die erschreckte Miene ihres Mannes bemerkte, schnell hinzu: »Oder gehen Sie, gehen Sie lieber und lassen Sie mich dann holen«, worauf sie wieder in ihr Zimmer zurückging, während Ljewin sich zu seinem Bruder begab.

Das, was er hier bei seinem Bruder sah und empfand, hätte er niemals für möglich gehalten. Er hatte erwartet, ihn in demselben Zustand der Selbsttäuschung zu finden, dem, wie er vom Hörensagen wußte, die Schwindsüchtigen so häufig ausgesetzt sind und der ihn bei dem Besuch seines Bruders im Herbst so überrascht hatte. Er hatte erwartet, in ihm die physischen Anzeichen des herannahenden Todes noch stärker ausgeprägt zu sehen – eine größere Schwäche, größere Magerkeit, aber ihn dennoch im großen ganzen annähernd im gleichen Zustande zu finden. Er hatte erwartet, daß er selbst wieder dasselbe Gefühl des Kummers über den drohenden Verlust des geliebten Bruders sowie jene Furcht vor dem Tode, die ihn damals befallen hatte, nur noch in höherem Grade, empfinden würde. Er hatte sich darauf gefaßt gemacht, aber in Wirklichkeit fand er ganz etwas anderes vor.

In einem kleinen, unsauberen Zimmer, dessen bemaltes Getäfel vollgespuckt war und durch dessen dünnen, Zwischenwand das Gespräch fremder Stimmen hindurchdrang, in einer von dem erstickenden Geruch von Verunreinigungen erfüllten Atmosphäre lag auf dem von der Wand abgerückten Bett ein in eine Decke gehüllter menschlicher Körper. Der eine Arm dieses Körpers lag auf der Decke, und die unförmlich große, einem Rechen ähnliche Hand schien auf eine unbegreifliche Weise mit einer dünnen und vom Anfang bis zur Mitte gleichmäßig verlaufenden, langen Spule zusammenzuhängen. Der Kopf lag seitwärts auf dem Kissen. Ljewin konnte die vom Schweiß feuchten, spärlichen Haare sowie die unter der straffgezogenen Haut hervortretende, fast durchsichtige Stirn sehen.

»Es kann nicht sein, daß dieser furchtbare Körper mein Bruder Nikolaj ist«, dachte Ljewin. Als er aber näher trat und sein Gesicht erblickte, konnte er nicht länger zweifeln. Trotz der schrecklichen Veränderungen dieses Gesichts brauchte Ljewin nur einen Blick auf diese lebhaften, auf den Eintretenden gerichteten Augen zu werfen, und die schwache Bewegung des Mundes unter dem zusammengepappten Schnurrbart zu bemerken, um die furchtbare Wahrheit zu begreifen, daß dieser tote Körper sein lebender Bruder sei.

Die glänzenden Augen blickten ernst und vorwurfsvoll auf den eintretenden Bruder, und sogleich bildete sich durch diesen Blick eine lebendige Wechselwirkung zwischen den Lebenden. Ljewin las sofort den Vorwurf in dem auf ihn gerichteten Blick, und ihn selbst überkam ein Gefühl der Reue über sein eigenes Glück.

Als Konstantin Nikolajs Hand ergriff, lächelte dieser. Es war ein schwaches, kaum merkliches Lächeln, und trotz dieses Lächelns änderte sich der strenge Ausdruck seines Blickes nicht.

»Du hast nicht erwartet, mich so zu finden«, – brachte er mit Mühe hervor.

»Ja – nein«, sagte Ljewin, dessen Sprache sich verwirrte. »Wir konntest du es nur übers Herz bringen, nichts vorher von dir hören zu lassen, ich meine noch zur Zeit meiner Heirat? Ich habe überall nach dir gesucht.«

Er mußte sprechen, um nur nicht zu schweigen, obgleich er nicht wußte, was er sagen sollte, um so weniger als sein Bruder nichts antwortete, sondern ihn nur ansah, ohne die Augen abzuwenden und sich offenbar bemühte, in die tiefere Bedeutung eines jeden seiner Worte einzudringen. Ljewin teilte ihm mit, daß seine Frau mitgekommen sei. Nikolaj sprach seine Befriedigung darüber aus, fügte aber hinzu, daß er sie durch seinen Zustand zu erschrecken fürchte. Hierauf schwiegen beide eine Weile. Plötzlich begann Nikolaj sich zu bewegen und zu sprechen. Nach dem Ausdrucke seines Gesichts erwartete Ljewin etwas besonders Bedeutsames und Wichtiges zu hören, aber Nikolaj sprach nur über seine Gesundheit. Er beschuldigte den Doktor, klagte darüber, daß er den berühmten Moskauer Arzt nicht holen lassen könnte, und Ljewin begriff, daß er immer noch die Hoffnung nicht aufgegeben hatte.

Ljewin benutzte den ersten Moment des Schweigens, das wieder eingetreten war, um sich zu erheben, denn er wollte wenigstens auf einen Augenblick die Qualen, die er empfand, loswerden, und so sagte er denn, er wolle gehen, um seine Frau herbeizuholen.

»Gut, ich will inzwischen etwas reinmachen lassen. Es ist hier schmutzig und riecht schlecht – ich glaub' es wohl. Mascha, räume hier auf«, sagte der Kranke mit Anstrengung, »und wenn du fertig bist, kannst du selbst hinausgehen«, – setzte er hinzu, indem er den Bruder fragend ansah.

Ljewin antwortete nicht. Als er sich im Korridor befand, blieb er stehen. Er hatte gesagt, er wolle seine Frau herbeiholen, aber jetzt, nachdem er sich das Gefühl, von dem er erfüllt war, klar gemacht hatte, beschloß er im Gegenteil den Versuch zu machen, sie zu überreden, dem Kranken ganz fern zu bleiben. »Wozu soll sie sich so quälen wie ich?« dachte er.

»Nun, wie steht es? Was?« fragte Kitty erschrocken.

»Ach, es ist fürchterlich, fürchterlich! Warum bist du nur mitgekommen?« sagte Ljewin.

Kitty schwieg einige Sekunden und blickte scheu und mitleidsvoll auf ihren Mann; dann trat sie zu ihm und umfaßte mit beiden Händen seinen Ellbogen.

»Kostja! Führe mich zu ihm, wir werden es leichter ertragen zu zweien. Nur führe mich zu ihm, ich bitte dich, führe mich zu ihm und gehe dann selbst fort. Du mußt doch begreifen, daß es für mich viel schlimmer ist, wenn ich dich sehe und ihn nicht zu sehen bekomme. Dort werde ich vielleicht dir und ihm nützlich sein können. Ich bitte dich, erlaub' es mir«, flehte sie, als ob das Glück ihres Lebens davon abhinge.

Ljewin mußte ihr den Willen tun und begab sich, nachdem er sich wieder gefaßt hatte – die Gegenwart von Marja Nikolajewna hatte er ganz vergessen –, mit Kitty zusammen zu seinem Bruder.

Leichten Schrittes und fortwährend zu ihrem Gatten aufblickend, dem sie ein tapferes und teilnahmsvolles Gesicht zeigte, betrat sie das Zimmer des Kranken und schloß, indem sie sich ohne Übereilung umwandte, geräuschlos die Tür. Mit unhörbaren Schritten trat sie rasch an das Lager des Kranken, und nachdem sie sich ihm so genähert hatte, daß er den Kopf nicht zu wenden brauchte, nahm sie sogleich das Gerippe seiner unförmlich großen Hand in ihre frische junge Hand, drückte sie und begann mit jener, nicht verletzenden und teilnehmenden, stillen Lebhaftigkeit, die nur Frauen eigen zu sein pflegt, mit ihm zu sprechen.

»Wir sind uns schon begegnet, in Soden, sind dort aber nicht miteinander bekannt geworden. Sie haben damals wohl nicht gedacht, daß ich Ihre Schwester werden würde.«

»Sie hätten mich wohl nicht erkannt?« fragte er mit dem Lächeln, das seine Züge schon bei ihrem Eintritt erhellt hatte.

»Nein, ich hätte Sie erkannt. Wie gut, daß Sie von sich haben hören lassen! Es ist kein Tag vergangen, ohne daß Kostja an Sie gedacht und sich Ihretwegen beunruhigt hätte.«

Die größere Lebhaftigkeit des Kranken war jedoch nicht von langer Dauer. Sie hatte noch nicht zu sprechen aufgehört, als sich über sein Antlitz wieder jener strenge, vorwurfsvolle Ausdruck des Neides breitete, den der Sterbende dem Lebenden gegenüber empfindet.

»Ich fürchte, daß Sie es hier nicht besonders bequem haben«, sagte sie, indem sie sich von seinem unverwandt auf sie gerichteten Blicke abwandte und sich im Zimmer umschaute. »Wir müssen vom Wirt ein anderes Zimmer verlangen«, – wandte sie sich zu ihrem Manne –, »schon damit wir einander näher sind.«

18

Ljewin konnte es nicht über sich bringen, seinen Bruder ruhig anzusehen, er vermochte es nicht, in seiner Gegenwart ein natürliches und ruhiges Wesen zur Schau zu tragen. Sobald er bei dem Kranken eintrat, schien sich, ihm selbst unbewußt, ein Schleier um seine Augen und sein Beobachtungsvermögen zu legen, und er war nicht imstande, die Einzelheiten, in denen sich der Zustand seines Bruders äußerte, zu erkennen und zu unterscheiden. Er bemerkte den entsetzlichen Geruch, er sah den Schmutz, die Unordnung, seine qualvolle Lage, er hörte sein Stöhnen und fühlte, daß jede Hilfe unmöglich sei.

Es war ihm nicht in den Sinn gekommen, daß er es versuchen könne, sich über alle Einzelheiten, die den Zustand des Kranken betreffen, klar zu werden, darüber nachzudenken, in welcher Lage sich dort unter jener Decke dieser Körper, diese gekrümmten, abgemagerten Beine, diese Hüften, dieser Rücken befänden, und ob es nicht irgendwie möglich wäre, alle diese Körperteile in eine bequemere Lage zu bringen, irgend etwas zu tun, um seine Leiden, wenn auch nicht zu lindern, so doch wenigstens nicht zunehmen zu lassen. Es lief ihm eiskalt über den Rücken, sobald er anfing, an diese Einzelheiten zu denken. Er war unumstößlich davon überzeugt, daß weder für die Verlängerung seines Lebens noch für die Linderung seiner Leiden etwas geschehen könne. Aber diese Erkenntnis von der Vergeblichkeit jeder Hilfe teilte sich auch dem Kranken mit und brachte ihn in eine gereizte Stimmung. Ljewin ward es dadurch noch schwerer ums Herz. Im Krankenzimmer zu sein war für ihn eine Qual, nicht da zu sein war noch qualvoller, und so ging er beständig aus dem Zimmer hinaus, um es gleich darauf wieder, unter irgendeinem Vorwand, zu betreten, da er sich nicht stark genug fühlte, um allein zu bleiben.

Kitty aber dachte, empfand und handelte ganz anders. Beim Anblick des Kranken wurde sie von Mitleid ergriffen, und dieses Mitleid rief in ihrer weiblichen Seele keineswegs jenes Gefühl des Entsetzens und des Ekels, wie in ihrem Manne, hervor, sondern das Bedürfnis, tätig einzugreifen, alle Einzelheiten seines Zustandes zu ergründen und dem Kranken zu helfen. Da sie nun nicht im geringsten daran zweifelte, daß sie ihm helfen müsse, so zweifelte sie auch nicht an der Möglichkeit, ihm Hilfe zu bringen, und ging daher sogleich ans Werk. Dieselben Einzelheiten, an die ihr Mann nicht ohne Entsetzen denken konnte, nahmen sofort ihre Aufmerksamkeit in Anspruch. Sie schickte zum Arzt und in die Apotheke, hieß ihr Mädchen, das sie von Hause mitgebracht hatte, mit Hilfe von Marja Nikolajewna das Zimmer reinfegen, den Staub wischen, waschen, wusch und spülte auch selbst dies und jenes aus und legte etwas zur Unterlage unter die Bettdecke. Auf ihre Anordnung wurde etwas in das Krankenzimmer hinein- und wieder herausgebracht. Sie selbst ging mehrmals, ohne der ihr begegnenden Hotelgäste zu achten, in ihr Zimmer und holte Bettlaken, Kissenüberzüge, Handtücher und Hemden hervor, die sie hinüberbrachte.

Der Diener, der im Gastzimmer den Herren Ingenieuren das Mittagessen servierte, stellte sich mehrmals mit ärgerlicher Miene auf ihren Ruf ein, konnte aber nicht umhin, ihren Anordnungen Folge zu leisten, da sie ihnen einen mit so viel Herzlichkeit gemischten Nachdruck zu geben verstand, daß man ihr wohl oder übel willfahren mußte. Ljewin fand dies alles durchaus nicht in der Ordnung; er glaubte nicht, daß dem Kranken dadurch in irgendeiner Weise genützt würde. Am meisten aber fürchtete er, daß der Kranke ärgerlich werden könnte. Das war jedoch keineswegs der Fall, er ließ vielmehr das ruhig geschehen und schien nur eine gewisse Scham zu empfinden und sich im allgemeinen für das zu interessieren, was sie für ihn tat. Vom Arzte zurückgekehrt, zu dem ihn Kitty geschickt hatte, erblickte Ljewin, als er die Tür öffnete, den Kranken in dem Moment, wo ihm auf Kittys Anordnung die Wäsche gewechselt wurde. Das lange, weiße Gerippe des Rückens mit den unförmlich großen, herausragenden Schulterblättern und den hervorstehenden Rippen und Wirbeln war entblößt, und Marja Nikolajewna und der Diener, die mit dem Ärmel des Hemdes nicht zurechtkommen konnten, bemühten sich vergeblich, den langen, herabhängenden Arm hineinzubringen. Kitty, die eilig die Tür hinter Ljewin wieder schloß, sah nicht nach jener Seite; aber der Kranke stöhnte auf, und sie ging rasch zu ihm hin.

»Schneller«, – sagte sie.

»Kommen Sie doch nicht hierher«, – sprach der Kranke ärgerlich –, »ich kann selbst ...«

»Was meinten Sie?« fragte Marja Nikolajewna, die nicht recht gehört hatte.

Kitty aber hatte die Worte gehört und verstanden, daß er sich schäme und es ihm peinlich sei, vor ihr entblößt zu sein.

»Ich sehe nicht hin, ich sehe nicht hin!« sagte sie, während sie den Arm in die richtige Lage brachte. »Marja Nikolajewna, helfen Sie auf der anderen Seite nach«, setzte sie hinzu. »Bitte, geh doch einmal hinüber«, – wandte sie sich zu ihrem Gatten –, »und hole aus meinem kleinen Reisesack, du weißt schon, in der Seitentasche, das Fläschchen. Inzwischen wird hier alles vollends in Ordnung gebracht werden.«

Als Ljewin mit dem Fläschchen zurückkehrte, fand er den Kranken schon zurechtgelegt, und alles um ihn herum war völlig verändert. Die drückende und schlechte Luft war einer Atmosphäre von wohlriechenden Essigessenz gewichen, die Kitty mit gespitzten Lippen und aufgeblasenen roten Wangen durch ein Röhrchen durch das Zimmer umherspritzte. Keine Spur von Staub war mehr zu sehen, und vor dem Bett lag ein Teppich. Auf dem Tisch standen verschiedene Fläschchen geordnet sowie eine Wasserkaraffe; die notwendige Wäsche lag fein säuberlich gefaltet da, wie auch Kittys *broderie anglaise*. Auf einem anderen Tisch, neben dem Bett des Kranken, stand sein Getränk, ein Licht und seine Pulver. Er selbst lag auf hochgestellten Kissen, gewaschen und gekämmt, auf der sauberen Bettwäsche, im reinen Hemd mit dem weißen Kragen um den unnatürlich dünnen Hals und blickte mit einem an ihm ungewohnten Ausdruck von Hoffnung unverwandt auf Kitty.

Der von Ljewin herbeigeholte Arzt, den er im Klub gefunden hatte, war ein anderer als der, der Nikolaj Ljewin vorher behandelt hatte und mit dem er unzufrieden war. Der neue Arzt holte sein Röhrchen hervor, behorchte ihn, schüttelte den Kopf und schrieb eine Arznei auf, wobei er zuerst mit besonderer Ausführlichkeit erklärte, wie der Kranke sie einzunehmen habe, und dann in bezug auf die zu befolgende Diät Verhaltensmaßregeln gab. Er empfahl rohe oder weichgekochte Eier und verordnete Selterswasser mit frisch gemolkener Milch von bestimmter Temperatur. Als der Doktor den Kranken verlassen hatte, sagte dieser etwas zu seinen Bruder. Ljewin vernahm jedoch nur die letzten Worte: »Deine Katja«, aber an dem Blicke, mit dem er sie ansah, erkannte er, daß er etwas zu ihrem Lobe gesagt haben müsse. Er rief nun auch Katja, wie er sie stets nannte, zu sich heran.

»Mir ist schon viel besser«, sagte er. »Ja, bei Ihrer Pflege wäre ich schon längst gesund geworden. Wie wohl mir ist!«

Er ergriff ihre Hand und zog sie an seine Lippen, aber als fürchte er, daß es ihr unangenehm sein könne, besann er sich plötzlich eines anderen, ließ die Hand sinken und begnügte sich damit, sie zu streicheln. Kitty nahm seine Hand zwischen ihre beiden Hände und drückte sie.

»Jetzt legen Sie mich auf die linke Seite und dann gehen Sie selbst zu Bett«, – sagte er.

Niemand hatte gehört, was er gesagt hatte, nur Kitty allein hatte es verstanden. Sie verstand ihn immer, weil ihre Aufmerksamkeit fortwährend darauf gerichtet war, seine Wünsche und Bedürfnisse zu erraten.

»Auf die andere Seite«, – sagte sie zu ihrem Manne –, »er schläft immer auf jener Seite. Leg ihn herum, es wäre unangenehm, deswegen die Leute zu rufen. Ich kann es nicht tun. Und Sie, können Sie es?« – wandte sie sich an Marja Nikolajewna.

»Ich fürchte mich«, – erwiderte diese.

So furchtbar es auch für Ljewin war, mit seinen beiden Armen diesen grauenhaften Körper zu umfassen, jene Stellen unter der Bettdecke zu berühren, von denen er nichts wissen wollte, so nahm er sich doch unter dem Einfluß seiner Frau zusammen und schob mit jener entschlossenen Miene, die sie an ihm kannte, seine Hände unter den Körper des Kranken und versuchte ihn zu heben. Aber trotz seiner Muskelkraft war er von der seltsamen Schwere dieser ausgemergelten Gliedmaßen überrascht. Während er ihn auf die andere Seite legte, wobei er seinen Hals von der unförmlichen abgemagerten Hand des Kranken umfaßt fühlte, wendete Kitty schnell und unhörbar das Kissen, schüttelte es auf, legte seinen Kopf zurecht und ordnete ihm das spärliche Haar, das wieder an den Schläfen festklebte.

Der Kranke hielt in seiner Hand die des Bruders fest. Ljewin fühlte, daß er etwas mit dieser Hand tun wollte, daß er sie an sich zog; und er überließ sie ihm mit stockendem Atem. Da zog er sie an seine Lippen und küßte sie. Von den hervorbrechenden Tränen geschüttelt, verließ Ljewin, unfähig, ein Wort über seine Lippen zu bringen, das Zimmer.

19

»Er hat es den Weisen verborgen und den Kindern und Unmündigen offenbart«, dachte Ljewin von seiner Frau, als er an diesem Abend mit ihr sprach.

Ljewin dachte an das Wort des Evangeliums, nicht etwa, weil er sich zu den Weisen rechnete. Er hielt sich zwar für keinen Weisen, konnte es sich aber nicht verhehlen, daß er klüger sei als seine Frau oder als Agafja Michajlowna. Er wußte auch, daß er, sobald er an den Tod dachte, an diese Frage mit der ganzen Geisteskraft, die ihm gegeben war, herantrat. Aber er wußte zugleich, daß viele Männer von großen Geistesgaben, deren Gedanken über diesen Gegenstand er gelesen hatte, über diese Frage nachgedacht und doch den hundertsten Teil von dem nicht ergründet hatten, was seiner Frau und Agafja Michajlowna klar geworden war. So verschieden auch diese beiden Frauen, Agafja Michajlowna und Katja, wie sie sein Bruder Nikolaj nannte und wie dies Ljewin selbst jetzt mit besonderer Vorliebe tat, von einander waren, in dieser Beziehung bestand zwischen ihnen eine vollkommene Übereinstimmung. Es war zweifellos, daß sie beide wußten, was das Leben und was der Tod bedeuteten, und obgleich sie auf die Fragen, die sich Ljewin aufdrängten, keine Antwort zu geben gewußt, ja nicht einmal ihren Sinn verstanden hätten, so hegten sie beide doch keinerlei Zweifel an der Bedeutung dieser Erscheinungen und betrachteten sie nicht nur in derselben Weise, sondern teilten ihre Auffassung mit Millionen anderer Menschen. Ein Beweis dafür, daß sie mit Sicherheit wußten, was eigentlich der Tod sei, lag darin, daß sie, ohne einen Moment zu zweifeln, sich darüber vollkommen klar waren, wie sie sich Sterbenden gegenüber zu verhalten hatten, und daß sie keine Furcht vor ihnen empfanden. Ljewin aber und andere konnten zwar lange Betrachtungen über den Tod aufstellen, wußten offenbar nicht, was er ist, denn sie fürchteten sich vor dem Tode und wußten einfach nicht, was sie tun sollten, wenn sie mit einem Sterbenden in Berührung kamen. Wenn Ljewin in dieser Zeit mit seinem Bruder Nikolaj allein gewesen wäre, so würde er ihn nur mit Grauen angeschaut und mit noch größerem Grauen auf etwas gewartet haben – weiter hätte er nichts zu tun gewußt.

Ja, noch mehr, er wußte nicht, was er sagen, wie er den Sterbenden ansehen, wie er sich bewegen sollte. Von fernliegenden Dingen zu sprechen, wäre unpassend erschienen; vom Tode, von düsteren Fragen zu sprechen, ging ebensowenig an, schweigen durfte er auch nicht. »Ihn anzusehen, fürchte ich mich, denn er würde meinen, ich wolle ihn beobachten; ihn nicht anzusehen, das würde ihn auf den Verdacht bringen, daß ich an etwas anderes denke; wollte ich auf den Fußspitzen gehen, so würde er ärgerlich werden – und fest aufzutreten erscheint mir als unschicklich.« Kitty dagegen dachte offenbar nicht über sich nach und hatte auch keine Zeit dazu, an sich zu denken; ihre Gedanken waren mit ihm beschäftigt, eben weil ihr etwas klar war, was ihm verschlossen blieb, und alles machte sich bei ihr infolgedessen vortrefflich. Sie wußte ihm von sich zu erzählen, und von ihrer Hochzeit, und vermochte zu lächeln, ihn zu bedauern, ihn zu liebkosen; sie sprach auch von Fällen, in denen solche Kranke wie er wieder gesund geworden seien, und alles das machte sich bei ihr vortrefflich; folglich war ihr jenes Etwas klar, das ihm verschlossen war. Ein Beweis dafür, daß ihre und Agafja Michajlownas Tätigkeit keine instinktive, rein physische, vernunftlose war, lag darin, daß beide Frauen außer der körperlichen Pflege, der Linderung seiner Leiden, für den Sterbenden auch noch etwas weit Wichtigeres als diese körperliche Pflege für notwendig erachteten, etwas, das mit den Erfordernissen der Materie nichts gemein hatte. Agafja Michajlowna hatte, als sie von jenem verstorbenen Greis sprach, gesagt: »Nun hat er, Gott sei Dank, das Abendmahl und die heilige Ölung bekommen, gebe Gott, daß es jedem beschieden sein möge, so zu sterben.« Von demselben Gedanken geleitet war es Kitty, neben all ihrer Sorge in bezug auf frische Wäsche, die wundgelegenen Stellen, das Stillen des Durstes, gleich am ersten Tage gelungen, den Kranken von der Notwendigkeit zu überzeugen, das Sakrament zu nehmen.

Als sie von dem Kranken für die Nacht in ihre Zimmer

zurückgekehrt waren, setzte sich Ljewin mit gesenktem Kopf nieder, er wußte nicht, was er nun anfangen solle. Nicht nur daß er nicht daran dachte, zu Abend zu essen oder sich für die Nacht einzurichten, oder zu überlegen, was sie nun tun sollten – es war ihm überhaupt unmöglich, mit seiner Frau auch nur ein Wort zu sprechen; ein gewisses Schamgefühl hielt ihn davon ab. Kitty aber war im Gegenteil noch geschäftiger als sonst; sie war sogar noch lebhafter als gewöhnlich. Sie ließ das Abendessen bringen, nahm selbst das Reisegepäck auseinander, half die Betten machen und vergaß nicht einmal, sie mit Insektenpulver zu bestreuen. Sie zeigte jene Erregung, jene Schnelligkeit des Denkens, die sich bei Männern vor einem bedeutungsvollen Ereignis, vor einer Schlacht, in gefährlichen und entscheidenden Momenten des Lebens einzustellen pflegen – jenen Augenblicken, wo der Mann ein für allemal zeigt, was er wert ist, wo er den Beweis liefert, daß seine ganze Vergangenheit nicht nutzlos, sondern eine Vorbereitung für die Erfordernisse dieser Augenblicke war.

Alles ging ihr rasch von der Hand, und es war noch nicht zwölf Uhr, als alle Sachen schon ausgepackt und sauber und sorgfältig geordnet waren; und dabei hatte sie es verstanden, der fremden Umgebung einen so besonderen, persönlichen Anstrich zu geben, daß das Hotelzimmer ihn an sein eigenes Heim, an Kittys Räume erinnerte. Die Betten waren hergerichtet, die Bürsten, Kämme, Spiegel lagen bereit, und allerhand kleine Tischdeckchen waren ausgebreitet, wie sie es zu Hause gewohnt waren.

Ljewin hatte die Empfindung, als sei es in einem solchen Augenblick unverzeihlich, wie gewöhnlich zu essen, zu schlafen, ja sogar zu sprechen, und es kam ihm vor, als müsse in jeder Bewegung, die er machen würde, etwas Unschickliches liegen. Sie aber ordnete ihre Bürstchen und wußte dies in einer Weise zu tun, daß darin nichts Verletzendes war.

Zu essen vermochten sie übrigens beide nicht und konnten, nachdem sie sich sehr spät zur Ruhe begeben hatten, auch lange nicht einschlafen.

»Ich bin sehr glücklich, daß ich ihn überredet habe, morgen das Abendmahl zu nehmen«, sagte sie, während sie in ihrem

Nachtjäckchen vor ihrem zusammenlegbaren Spiegel saß und mit dem dichten Kamm das weiche, duftige Haar auskämmte. »Ich habe diese Zeremonie noch nie mit angesehen, aber Mama sagte mir, es kämen darin Gebete für die Heilung des Kranken vor.«

»Denkst du wirklich, daß er gesund werden könne?« fragte Ljewin, indem er den engen Scheitel hinten in ihrem runden Köpfchen beobachtete, der jedesmal verschwand, sobald sie mit dem Kamm nach vorwärts durch das Haar strich.

»Ich habe den Doktor gefragt: Er sagt, er habe höchstens noch drei Tage zu leben. Aber wer kann das wissen? Ich bin jedenfalls froh, daß ich ihn dazu überredet habe«, fuhr sie fort, indem sie unter dem Haar hervor nach ihrem Gatten blickte. »Alles ist möglich«, setzte sie mit jenem besonderen, listigen Ausdruck hinzu, der sich immer auf ihrem Gesicht zeigte, wenn sie auf religiöse Dinge zu sprechen kam.

Nach jenem Gespräch über Religion, das sie zu der Zeit, als sie noch Braut und Bräutigam waren, miteinander geführt hatten, war dieses Thema weder von seiner noch von ihrer Seite jemals wieder angeschlagen worden. Aber sie fuhr fort, alle religiösen Bräuche zu erfüllen, die Kirche zu besuchen, die gewohnten Gebete zu sprechen, und sie tat dies alles mit einer gleichmäßigen Ruhe, aus der das Bewußtsein sprach, daß es so sein müsse. Trotz seiner Versicherungen des Gegenteils war sie fest davon überzeugt, daß er ein ebensolcher und noch besser Christ sei als sie, und daß alles, was er über diese Dinge redete, zu seinen komischen, ihm als Mann eigentümlichen Sonderbarkeiten gehöre, ähnlich der, daß er sie wegen ihrer *broderie anglaise* aufzog, indem er zu sagen pflegte: »Andere ehrbare Leute mühen sich ab, ihre Löcher zu stopfen, du aber schneidest absichtlich welche aus«, und dergleichen mehr.

»Sieh, diese Frau, die Marja Nikolajewna, hat es nicht verstanden, alles so gut einzurichten«, sagte Ljewin. »Und ... ich muß gestehen, daß ich sehr, sehr froh bin, daß du mitgekommen bist. Um dich ist alles so rein, daß ...« Er ergriff ihre Hand, küßte sie aber nicht – denn er empfand es als eine Unschicklichkeit, sie in dieser Nähe des Todes zu küssen – er drückte sie nur, indem er ihr mit einem schuldbewußten Ausdruck in die aufleuchtenden Augen sah.

»Es wäre für dich eine solche Qual gewesen, allein hier zu sein«, sagte sie, indem sie die Arme, die ihre vor Freude errötenden Wangen verdeckt hatten, in die Höhe hob, ihre Zöpfe auf dem Nacken zusammendrehte und feststeckte. »Nein«, fuhr sie fort, »das hat sie nicht verstanden ... Ich habe das zum Glück in Soden gelernt.«

»Gab es dort ebenso schwer Kranke?«

»Noch schwerere.«

»Für mich ist es schrecklich, daß ich ihn immer so vor mir sehe, wie er in seiner Jugend war ... Du kannst dir's nicht denken, welch ein prächtiger Junge er war; aber ich verstand ihn damals nicht.«

»Das ist richtig, sehr richtig. Wie deutlich empfinde ich es, daß wir sehr gute Freunde geworden wären«, versetzte sie und blickte erschreckt über das, was sie gesagt hatte, auf ihren Gatten. Tränen traten ihr in die Augen.

»Ja, geworden wären«, wiederholte er traurig. »Hier haben wir einen von den Menschen vor uns, von denen man sagt, daß sie nicht für diese Welt geschaffen sind.«

»Wir aber müssen daran denken, daß wir noch viele Tage vor uns haben. Gehen wir zu Bett«, sagte Kitty, indem sie nach ihrer winzigen Uhr sah.

20

Der Tod

Am andern Tage empfing der Kranke das Abendmahl und die heilige Ölung. Während der heiligen Handlung betete Nikolaj Ljewin inbrünstig. In seinen weitgeoffneten Augen, die auf das Heiligenbild geheftet waren, das auf einem mit einer geblümten Serviette bedeckten Tischchen stand, lag ein so leidenschaftliches Flehen und Hoffen, daß dieser Anblick für Ljewin entsetzlich war. Er fühlte, daß dieses leidenschaftliche Flehen und Hoffen ihm die Trennung vom Leben, an dem er so sehr hing, noch schwerer machen müsse. Er kannte seinen Bruder, den Entwicklungsgang, den er genommen hatte; er wußte, daß dessen Unglaube nicht etwa daher rührte, daß ihm ein Leben ohne Glauben leichter erschienen wäre, sondern daher, daß die modernen, wissenschaftlichen Erklärungen der Welterscheinungen die alten Glaubenslehren Schritt für Schritt verdrängt hatten. Er wußte, daß seine jetzige Rückkehr zum Glauben sich nicht auf dem Wege der folgerichtigen Durchführung desselben Gedankens vollzogen hatte, sondern daß ihr nur ein flüchtiges, selbstsüchtiges, durch seine wahnsinnige Hoffnung auf Genesung hervorgerufenes Motiv zugrunde lag. Ebenso wußte er, daß diese Hoffnung noch durch Kittys Erzählungen von ihr bekannten außergewöhnlichen Heilungen genährt worden war. Alles dies war ihm völlig klar, und diese flehenden, von Hoffnung erfüllten Blicke, dieses abgemagerte Gelenk seiner Hand, die er mühsam erhob, um auf seiner straffgespannten Stirn das Zeichen des Kreuzes zu machen, diese hervorstehenden Schultern und diese röchelnde leere Brust, die für das Leben, das der Kranke erflehte, keinen Raum mehr hatte – alles dies mit ansehen zu müssen war für ihn eine grenzenlose Qual. Während der heiligen Handlung tat Ljewin, was er, der keinen Glauben hatte, schon tausendmal getan hatte. Er wandte sich mit seinen Gedanken an Gott und sprach: »Mache, wenn du in Wahrheit bist, daß dieser Mensch gesund werde« – diese Worte kamen ja im Laufe der Zeremonie viele Male vor – »und du wirst ihn erretten und auch mich!«

Nach der Ölung wurde dem Kranken plötzlich viel besser. Er hustete im Laufe einer Stunde kein einziges Mal, lächelte, küßte Kitty die Hand, indem er ihr unter Tränen dankte und sagte, er fühle sich so wohl, er habe gar keine Schmerzen und verspüre Appetit und frische Kräfte. Er war sogar imstande, sich selbst aufzurichten, als man ihm seine Suppe brachte, und verlangte noch ein Kotelett. So hoffnungslos auch sein Zustand war, so deutlich es auch jedem bei seinem Anblick sein mußte, daß keine Heilung möglich sei, so befanden sich Ljewin und Kitty während dieser einen Stunde in einer freudigen und zugleich ängstlichen Erregung, als fürchteten sie, daß sie sich getäuscht haben könnten.

»Es geht besser? Ja, bedeutend besser. Wunderbar. Was ist dabei Wunderbares? Es geht ihm wirklich besser«, flüsterten sie unter sich, indem sie einander zulächelten.

Diese Selbsttäuschung war jedoch nicht von langer Dauer. Der Kranke, der sanft eingeschlummert war, wurde nach einer halben Stunde von einem heftigen Hustenanfall geweckt. Und mit einem Schlage war auch wieder jede Hoffnung in seiner Umgebung, wie auch in ihm selbst, verschwunden. Die Wirklichkeit der Leiden hatte die Möglichkeit jeden Zweifels, ja sogar die Erinnerung an die noch eben gehegten Hoffnungen bei Ljewin und Kitty, wie bei dem Kranken selbst zerstört.

Ohne dessen zu gedenken, woran er noch vor einer halben Stunde so sehr geglaubt hatte, gleich als ob selbst die Erinnerung daran für ihn etwas Beschämendes hätte, verlangte er, daß ihm Jod zum Einatmen in einem Gläschen gegeben werde, das mit einem durchlöcherten Papier bedeckt war. Ljewin reichte ihm das Gläschen, und nun richtete sich derselbe Blick leidenschaftlicher Hoffnung, mit dem er die heilige Ölung empfangen hatte, auf den Bruder, und dieser Blick verlangte von ihm eine Bestätigung der Versicherung des Arztes, daß Einatmungen von Jod schon Wunder getan hätten.

»Ist Kitty nicht hier?« röchelte er, sich umblickend, nachdem Ljewin mit Widerstreben die Worte des Arztes bestätigt hatte. »Nicht, dann kann ich es ja sagen ... Ich habe nur um ihretwillen diese Komödie durchgemacht. Sie ist ja so gut, aber wir beide dürfen einander nicht belügen. An das hier glaube ich«, – fuhr er fort und begann über dem Gläschen einzuatmen, das er in seiner knochigen Hand fest zusammenpreßte.

Gegen acht Uhr abends saß Ljewin mit seiner Frau in ihrem Zimmer beim Tee, als Marja Nikolajewna atemlos hereinstürzte. Sie war bleich, und ihre Lippen bebten. »Ich fürchte, er stirbt gleich ...«

Sie eilten zu ihm. Er saß, halb aufgerichtet, auf die Hand gestützt, im Bett, der lange Rücken war gekrümmt, und der Kopf hing tief auf die Brust herab.

»Wie fühlst du dich?« fragte Ljewin flüsternd nach einer Pause.

»Ich fühle, daß es zu Ende geht«, sagte Nikolaj mit Anstrengung, aber mit ungewöhnlicher Deutlichkeit, indem er langsam jedes Wort hervorzupressen schien. Er hob den Kopf nicht, sondern richtete nur seine Augen nach oben, ohne sie jedoch hoch genug zu heben, um das Gesicht des Bruders zu sehen. »Katja, gehe hinaus«, fügte er dann hinzu.

Ljewin sprang auf und zwang sie, indem er ihr eindringlich etwas zuflüsterte, hinauszugehen.

»Es geht zu Ende«, wiederholte der Kranke.

»Warum glaubst du das?« fragte Ljewin, nur um etwas zu sagen.

»Weil es zu Ende geht«, wiederholte jener, als habe er an diesem Ausdruck besonderen Gefallen gefunden. »Es ist zu Ende.«

Marja Nikolajewna trat zu ihm. »Sie sollten sich hinlegen, es wird Ihnen dann leichter sein«, sagte sie.

»Bald werde ich liegen«, versetzte er leise, »tot daliegen«, fügte er höhnisch und zugleich finster hinzu. »Meinetwegen legt mich also hin, wenn ihr wollt.«

Ljewin legte den Bruder auf den Rücken, setzte sich neben ihn und blickte ihn, mit verhaltenem Atem, an. Der Sterbende lag mit geschlossenen Augen regungslos da, nur auf der Stirn bewegten sich von Zeit zu Zeit seine Muskeln wie bei jemandem, der in tiefes und angestrengtes Nachdenken versunken ist. Ljewin dachte unwillkürlich an das, was jetzt in der Seele des Sterbenden vorgehen mußte. Aber trotz aller Anstrengung, die er machte, um seinem Gedankengang auf die Spur zu kommen, erkannte er an dem Ausdruck dieses ruhigen und strengen Antlitzes und an dem Spiel der Muskeln über den Brauen, daß dem Sterbenden in diesem Augenblicke klar und klarer wurde, eben das, was für Ljewin allzeit gleich dunkel bleibt.

»Ja, ja, so ist es«, sprach der Sterbende langsam, indem er

zwischen den einzelnen Worten innehielt. »Halt!« Wiederum schwieg er. »So«, brachte er plötzlich gedehnt, in befriedigtem Tone hervor, als sei ihm jetzt alles klar geworden. »O Gott!« sagte er dann und seufzte schwer auf.

Marja Nikolajewna befühlte seine Füße. »Sie werden kalt«, murmelte sie.

Lange, sehr lange, so schien es Ljewin, lag der Kranke regungslos da. Aber er lebte immer noch und seufzte von Zeit zu Zeit. Ljewin war von der angestrengten Gedankenarbeit, die sich in ihm vollzog, ermüdet. Er fühlte, daß er trotz des angespanntensten Denkens nicht zu begreifen imstande sein würde, was das ›So‹ des Sterbenden bedeute. Er fühlte, daß der Sterbende ihn weit hinter sich zurückgelassen habe. Er war jetzt nicht mehr imstande, über den Sinn des Todes weiter nachzudenken, und unwillkürlich drängten sich ihm Gedanken über das auf, was er jetzt, sofort, zu tun haben würde: dem Toten die Augen zuzudrücken, ihn anzukleiden, den Sarg zu bestellen. Und, merkwürdig, er fühlte sich völlig kalt und empfand weder Kummer noch hatte er das Gefühl, daß er im Begriff sei, den Bruder zu verlieren, und noch weniger war er von Mitleid ergriffen. Wenn er in diesem Augenblick irgendein Gefühl für den Bruder hatte, so war es eher Neid über jene Erkenntnis, die sich jetzt dem Sterbenden erschlossen hatte, während er selbst im Dunkel zurückblieb.

Lange noch saß er so vor ihm und wartete auf das Ende. Aber das Ende kam nicht. Die Tür öffnete sich, und Kitty erschien auf der Schwelle. Ljewin erhob sich, um sie zurückzuhalten. Aber in dem Augenblick, als er aufstand, hörte er, daß der Tote sich bewegte.

»Geh nicht fort«, sagte Nikolaj und streckte die Hand aus. Ljewin reichte ihm die seine und winkte seiner Frau unwillig zu, sie solle hinausgehen.

Die Hand des Toten in der seinen, saß er eine halbe Stunde, eine ganze Stunde und noch eine Stunde. Er dachte jetzt gar nicht mehr an den Tod, er dachte, was jetzt wohl Kitty tue, wer in dem Nachbarzimmer wohne, ob der Doktor ein eigenes Haus habe. Er bekam plötzlich Lust zu essen und zu schlafen. Er machte vorsichtig seine Hand los und befühlte die Füße. Sie waren kalt, aber der Kranke atmete noch. Ljewin wollte wieder auf den Fußspitzen das Zimmer verlassen, aber der Kranke bewegte sich wieder und flüsterte: »Geh nicht fort.«

Der Morgen dämmerte heran; der Zustand des Kranken war unverändert. Ljewin machte behutsam seine Hand frei, ohne dabei den Sterbenden anzusehen, ging in sein Zimmer und schlief ein. Als er erwachte, wurde ihm nicht, wie er erwartet hatte, die Mitteilung von dem Ableben seines Bruders gemacht, sondern er erfuhr, daß er sich wieder in seinem früheren Zustand befinde. Er war wieder imstande, aufrecht zu sitzen, er hustete wieder, begann zu essen, zu sprechen. Er hörte auf, vom Tod zu reden, sprach von seiner wiedererwachten Hoffnung auf Genesung und wurde noch reizbarer und mürrischer als vorher. Niemand, weder sein Bruder noch Kitty, vermochten ihn zu beruhigen. Er ärgerte sich über alle und sagte jedem etwas Unangenehmes, machte allen Vorwürfe wegen seiner Leiden und verlangte, daß der berühmte Arzt aus Moskau herbeigerufen werde. Auf alle Fragen, die an ihn über sein Befinden gestellt wurden, antwortete er mit dem gleichen Ausdruck des Ingrimms und des Vorwurfs: »Ich leide entsetzlich, unerträglich.«

Der Kranke litt immer mehr und mehr, namentlich infolge der wundgelegenen Stellen, die sich nicht mehr heilen ließen; wurde immer reizbarer und reizbarer gegen seine Umgebung, indem er ihr an allem die Schuld beimaß und besonders daran, daß man ihm den Doktor aus Moskau nicht kommen lasse. Kitty suchte ihm auf jede Weise zu helfen, ihn zu beruhigen; aber alles war vergeblich, und Ljewin sah, daß sie selbst körperlich und moralisch erschöpft war, obwohl sie es nicht zugeben wollte. Jenes Gefühl des Todes, das alle in jener Nacht, als er vom Leben Abschied nahm und den Bruder zu sich berief, erfaßt hatte, war verscheucht. Alle wußten, daß das Unvermeidliche kommen und er bald werde sterben müssen, ja daß er schon halb eine Leiche sei. Und alle wünschten nur das eine, daß der Tod recht bald eintreten möge. Dabei fuhren sie aber fort, ihm aus dem Fläschchen Arznei zu geben, suchten nach neuen Medikamenten, holten Ärzte und betrogen ihn, sich selbst und einer den andern. Alles war Lüge, häßliche, beleidigende und entheiligende Lüge. Und diese Lüge empfand Ljewin, sowohl infolge seiner Charakteranlage als auch, weil der Sterbende seinem Herzen am nächsten stand, besonders schmerzlich.

Ljewin, der schon längst den Gedanken gehabt hatte, die beiden Brüder wenigstens vor dem Tod miteinander zu versöhnen, hatte an seinen Bruder Sergej Iwanowitsch geschrieben und dem Kranken dessen Antwort vorgelesen. Sergej Iwanowitsch schrieb, er könne selbst nicht kommen, bat aber den Bruder in rührenden Ausdrücken um Verzeihung.

Der Kranke hatte nichts darauf gesagt.

»Was soll ich ihm schreiben?« fragte Ljewin. »Ich hoffe, daß du ihm nicht mehr zürnst?«

»Nein, nicht im geringsten!« erwiderte Nikolaj gereizt auf diese Frage. »Schreibe ihm, daß er mir einen Arzt schickt.«

Es vergingen noch weitere drei qualvolle Tage; der Kranke verharrte immer im gleichen Zustand. Jetzt hatte schon jeder, der ihn sah, den Wunsch, daß er sterben möge: sowohl der Zimmerkellner als auch der Wirt, der Doktor und Marja Nikolajewna und Ljewin und Kitty, und sogar die Hausbewohner. Nur der Kranke selbst äußerte diesen Wunsch nicht, sondern war im Gegenteil ärgerlich, weil man den Doktor nicht habe kommen lassen, und fuhr fort, seine Arzneien zu nehmen und vom Leben zu sprechen. Nur in den seltenen Momenten, in denen das Opium auf Augenblicke seine ununterbrochenen Schmerzen betäubte, sprach er bisweilen im Halbschlummer aus, wovon seine eigene Seele stärker als die aller anderen erfüllt war: »Ach, wenn es doch bald zu Ende wäre!« Oder auch: »Wann wird es vorüber sein?«

Die sich stetig steigernden Schmerzen taten ihr Werk und bereiteten ihn auf den Tod vor. Es gab keine Lage, in der er nicht gelitten hätte, keine Minute mehr, in der er nicht bei Bewußtsein gewesen wäre, es gab keine einzige Stelle, kein einziges Glied seines Körpers, die ihn nicht geschmerzt, ihn nicht gemartert hätten. Selbst jede Erinnerung, jeder Eindruck, jeder Gedanke, die noch in diesem Körper lebten, erweckten in ihm jetzt die gleichen schmerzlichen Empfindungen wie dieser Körper selbst. Der Anblick anderer Menschen, ihre Reden, seine eigenen Erinnerungen – alles das war für ihn nichts als Qual. Seine Umgebung fühlte dies, und keiner wagte in seiner Gegenwart irgendeine ungezwungene Bewegung zu machen, über irgend etwas zu sprechen, oder irgendeinen Wunsch zu äußern. Alles, was noch von Leben in ihm war, vereinigte sich in dem einen Gefühl seiner Leiden und dem Wunsche, von ihnen erlöst zu werden.

Es vollzog sich in ihm offenbar jener Umschwung, der ihn lehren mußte, den Tod als Befriedigung seiner Wünsche, als ein Glück zu betrachten. Früher fand jeder einzelne seiner durch das Leiden oder durch irgendeine Entbehrung hervorgerufenen Wünsche, wie Hunger, Mattigkeit, Durst, durch die entsprechende körperliche Verrichtung, die ihm einen gewissen Genuß verschaffte, seine Befriedigung. Jetzt aber war für seine Entbehrungen und Leiden eine Befriedigung nicht mehr möglich, denn jeder Versuch einer solchen bildete nur die Veranlassung zu neuen Qualen. Und deshalb flossen alle seine Wünsche in den einen zusammen – den Wunsch, von allen Leiden und ihrem Ursprung, dem Körper, erlöst zu werden. Aber er vermochte es nicht, diesen Wunsch nach Erlösung in Worte zu kleiden, und so konnte er auch nicht davon sprechen, sondern strebte aus Gewohnheit nach der Befriedigung der Wünsche, für die es keine Erfüllung mehr gab. »Legt mich auf die andere Seite«, – sprach er, um im nächsten Moment zu verlangen, daß man ihn wieder in die frühere Lage bringe. »Gebt mir Bouillon – nehmt die Bouillon fort. Erzählt mir etwas, warum schweigt ihr alle?« – um dann, sobald man anfing zu sprechen, die Augen zu schließen und Zeichen von Ermüdung, Gleichgültigkeit und Widerwillen zu geben.

Am zehnten Tag nach ihrer Ankunft in der Stadt wurde Kitty unwohl. Sie hatte Kopfweh, mußte sich erbrechen und war den ganzen Morgen nicht imstande, das Bett zu verlassen.

Der Arzt erklärte, daß das Unwohlsein durch die Überanstrengung und die Aufregung verursacht sei und schrieb ihr vor, sich keiner Gemütsbewegung auszusetzen.

Am Nachmittag stand Kitty aber doch auf und ging mit ihrer Handarbeit, wie immer, zu dem Kranken hinüber. Er warf ihr einen strengen Blick zu, als sie eintrat, und lächelte verächtlich, als sie ihm von ihrem Unwohlsein erzählte. An diesem Tag schneuzte er sich beständig und stöhnte kläglich.

»Wie fühlen Sie sich?« fragte sie ihn.

»Schlimmer«, brachte er mit Mühe hervor. »Ich habe Schmerzen.«

»Wo haben Sie Schmerzen?«

»Überall.«

»Heute geht es mit ihm zu Ende, Sie werden sehen«, sagte Marja Nikolajewna, und obgleich sie dies Wort nur geflüstert hatte, mußte der Kranke, dessen Sinne, wie Ljewin bemerkt hatte, sehr geschärft waren, die Worte gehört haben. Ljewin zischte beschwichtigend und sah sich nach dem Kranken um. Nikolaj hatte diese Worte vernommen, aber sie schienen auf ihn gar keinen Eindruck gemacht zu haben. Sein Blick war immer noch der gleiche vorwurfsvolle und gespannte.

»Weshalb glauben Sie das?« fragte Ljewin, nachdem sie ihm auf den Korridor gefolgt war.

»Er hat angefangen, an sich herumzuzupfen«, erwiderte Maja Nikolajewna.

»Wieso, herumzuzupfen?«

»Sehen Sie, so«, versetzte sie, indem sie an den Falten ihres Wollkleides zupfte. In der Tat hatte Ljewin bemerkt, daß der Kranke den ganzen Tag nach etwas zu greifen schien, als wolle er etwas von sich abstreifen.

Marja Nikolajewnas Voraussage erwies sich als zutreffend. Der Kranke hatte in der Nacht nicht mehr die Kraft, die Arme zu heben und blickte nur fortwährend mit demselben gespannten, konzentrierten Ausdruck vor sich hin. Selbst wenn sein Bruder oder Kitty sich über ihn beugten, so daß er sie sehen konnte, veränderte sich dieser Blick nicht. Kitty schickte zu dem Geistlichen, um die Sterbegebete verlesen zu lassen.

Während der Geistliche die Gebete las, gab der Sterbende

kein Lebenszeichen von sich, seine Augen waren geschlossen. Ljewin, Kitty und Marja Nikolajewna standen am Bett. Der Priester hatte das Gebet noch nicht beendigt, als der Sterbende sich streckte, einen Seufzer ausstieß und die Augen öffnete. Der Geistliche las sein Gebet zu Ende, legte das Kreuz an die kalte Stirn und wickelte es darauf bedächtig in die Stola; dann blieb er noch einige Augenblicke schweigend stehen und berührte seine erkaltete und blutlose, unförmlich große Hand.

»Er hat ausgelitten«, sagte der Geistliche und wollte hinwegtreten. Aber plötzlich bewegte sich der zusammengeklebte Schnurrbart des Toten, und durch die Stille drangen deutlich aus der Tiefe der Brust die scharfartikulierten Töne:

»Noch nicht ... Bald.«

Einen Augenblick später erhellten sich seine Züge, ein Lächeln erschien unter dem Schnurrbart, und die herbeigeeilten Leichenfrauen bemühten sich um den Toten.

Der Anblick des Bruders und die Ruhe des Todes hatten in Ljewins Seele das Gefühl des Grauens über das Rätsel des Todes und zugleich über seine Nähe und Unvermeidlichkeit wiedererweckt, das an jenem Herbstabend, als sein Bruder ihn besucht hatte, über ihn gekommen war. Diese Empfindung war jetzt noch stärker geworden als vorher. Jetzt fühlte er sich noch weniger imstande, den Sinn des Todes zu begreifen und noch furchtbarer erschien ihm jene Unvermeidlichkeit. Aber jetzt brachte ihn diese Empfindung, dank der Gegenwart seiner Frau, nicht zur Verzweiflung. Er empfand, trotz der Nähe des Todes, das unabweisbare Bedürfnis zu leben und zu lieben. Er fühlte, daß die Liebe ihn vor der Verzweiflung gerettet hatte und daß diese Liebe angesichts der Verzweiflung, von der er bedroht war, immer stärker und reiner wurde.

Kaum hatte sich vor seinen Augen das ungelöste Rätsel des Todes abgespielt, als ein anderes, ebenso ungelöstes Rätsel vor ihm auftauchte, aber ein solches, das zur Liebe und zum Leben aufforderte. Die Voraussagen des Arztes in bezug auf Kittys Zustand hatten sich bestätigt – ihr Unwohlsein war der Beginn der Schwangerschaft. –

21

Von dem Augenblick an, als Alexej Alexandrowitsch aus seinen Unterredungen mit Betsy und Stjepan Arkadjewitsch die Einsicht erlangt hatte, daß man von ihm nur das eine wollte, daß er seiner Gattin nicht weiter zur Last fallen und sie nicht mit seiner Gegenwart behelligen möge, da sie es selbst so wünsche, fühlte er sich so verloren, daß er nicht mehr imstande war, überhaupt irgendeinen selbständigen Entschluß zu fassen. Er wußte nicht einmal mehr, was er jetzt wollte, und nachdem er sich in die Hände derjenigen begeben hatte, die sich seiner Angelegenheiten mit so großem Vergnügen widmeten, erklärte er sich mit allem einverstanden, was ihm gesagt wurde. Erst als Anna sein Haus schon verlassen hatte und die englische Gouvernante bei ihm anfragen ließ, ob sie mit ihm zusammen oder allein ihr Mittagessen einzunehmen habe, da kam ihm zum erstenmal seine Lage deutlich zum Bewußtsein, und Entsetzen erfaßte ihn.

Am schwierigsten erschien ihm in dieser Lage der Umstand, daß er es in keiner Weise fertigbringen konnte, seine Vergangenheit mit den letzten Ereignissen in eine logische Beziehung und in Einklang zu bringen. Es war nicht jener Abschnitt der Vergangenheit, in der er mit seiner Frau glücklich zusammengelebt hatte, was ihn irre machte. Den Übergang von dieser Vergangenheit zu der Erkenntnis von der Untreue seiner Frau hatte er schon unter Qualen niedergekämpft; dieser Zustand war schwer zu ertragen, aber er war ihm verständlich gewesen. Wäre seine Frau damals, nachdem sie ihm ihre Untreue gestanden hatte, von ihm gegangen, so würde ihn dies geschmerzt, es würde ihn unglücklich gemacht haben, aber er wäre nicht in diese unentwirrbare, ihm selbst unverständliche Lage gekommen, in der er sich jetzt gefangen fühlte. Es war ihm jetzt ganz unmöglich, seine damalige Vergebung, seine Rührung, seine Liebe zu der kranken Gattin und zu dem fremden Kind mit seiner jetzigen Lage in Einklang zu bringen, mit der Tatsache, daß er sich nun, gleichsam zur Belohnung für alles, was er damals getan hatte, verlassen, entehrt, verspottet, überall überflüssig und von allen verachtet fand.

Die ersten zwei Tage nach der Abreise seiner Frau empfing er, wie gewöhnlich, die verschiedenen Bittsteller, seinen Abteilungschef, fuhr ins Komitee und fand sich zum Mittagessen ganz wie sonst im Speisezimmer ein. Ohne sich Rechenschaft davon abzulegen, zu welchem Zweck er dies tue, spannte er während dieser zwei Tage alle seine seelischen Kräfte an, um ruhig und sogar gleichgültig zu erscheinen. Als er auf die Frage, was er mit den Sachen und den Zimmern von Anna Arkadjewna geschehen solle, antworten mußte, suchte er sich mit der größten Willensanstrengung das Aussehen eines Menschen zu geben, für den das, was sich ereignet hatte, nichts Unvorhergesehenes war und in die natürliche Ordnung der Dinge gehörte, und er erreichte in der Tat seinen Zweck. Niemand konnte an ihm irgendein Zeichen von Verzweiflung gewahren. Als aber Kornej ihm am zweiten Tage nach ihrer Abreise eine Rechnung aus einem Modewarengeschäft brachte, die Anna zu bezahlen vergessen hatte, und meldete, daß der Kommis selber da sei, ließ Alexej Alexandrowitsch ihn zu sich rufen.

»Verzeihung, daß ich mir die Freiheit nehme, Exzellenz zu belästigen. Wenn ich mich aber vielleicht an ihre Exzellenz selbst wenden soll, so darf ich wohl Exzellenz gehorsamst um die Adresse bitten.«

Alexej Alexandrowitsch wurde, wie es dem Kommis schien, nachdenklich, wandte sich plötzlich um und nahm an seinem Tisch Platz. Den Kopf in die Hände gestützt, blieb er lange in dieser Stellung sitzen, versuchte einige Male etwas zu sagen, hielt aber wieder inne.

Kornej erriet die Empfindungen seines Herrn und ersuchte den Kommis ein andermal wiederzukommen.

Als Alexej Alexandrowitsch allein geblieben war, wurde ihm klar, daß er nicht mehr die Kraft habe, die Rolle der Festigkeit und Ruhe, die er auf sich genommen hatte, durchzuführen. Er ließ den Wagen, der schon vorgefahren war, wieder ausspannen, befahl, niemanden vorzulassen, und kam nicht zum Mittagessen.

Er fühlte sich nicht imstande, diesen allgemeinen Anprall von Geringschätzung und Gereiztheit aufzuhalten, die er so deutlich auf den Gesichtern dieses Kommis, dieses Kornej und von allen ohne Ausnahme las, denen er in diesen zwei Tagen begegnet war. Er fühlte, daß er den Haß der Menschen nicht von sich abwenden konnte, denn dieser Haß rührte nicht etwa daher, daß er ein schlechter Mensch sei – in diesem Fall hätte er sich ja Mühe geben können, besser zu werden –, sondern daher, daß das Unglück, das ihn betroffen hatte, ein schmachvolles und widerliches war. Er wußte, daß sie alle gerade aus dem Grunde, weil sein Herz zerfleischt war, kein Erbarmen mit ihm haben würden. Er fühlte es, daß die Menschen ihn zertreten würden, wie Hunde, die einen anderen gemarterten, vor Schmerz winselnden Hund erwürgen. Er wußte, daß die einzige Rettung vor den Menschen darin lag, daß er seine Wunden vor ihnen verbarg, und er hatte dies in diesen zwei Tagen instinktiv zu tun gesucht. Jetzt aber fühlte er nicht mehr die Kraft in sich, den ungleichen Kampf fortzusetzen.

Seine Verzweiflung wurde noch durch die Erkenntnis gesteigert, daß er einsam sei in seinem Schmerz. Nicht nur in Petersburg hatte er keinen einzigen Menschen, mit dem er sich über alles, was ihn quälte, hätte aussprechen können, der mit ihm nicht in seiner Eigenschaft als hoher Beamter, nicht als Angehöriger der höheren Gesellschaft, sondern einfach wie mit einem unglücklichen, leidenden Menschen Mitleid gehabt hätte. Aber nirgends kannte er einen solchen Menschen.

Alexej Alexandrowitsch war als Waisenknabe aufgewachsen. Sie waren zwei Brüder gewesen. An den Vater hatten sie keine Erinnerung mehr, die Mutter starb, als Alexej Alexandrowitsch zehn Jahre alt war. Das hinterlassene Vermögen war gering. Der Onkel Karenin, ein hochgestellter Beamter und einst der Liebling des verstorbenen Kaisers, übernahm die Erziehung der Kinder.

Nach Absolvierung des Gymnasiums und der Universität, die er beide mit goldenen Medaillen verließ, trat er, von seinem Onkel gefördert, in den Staatsdienst, und wußte sich von vornherein bemerkbar zu machen. Von dieser Zeit an war sein ganzes Streben ausschließlich darauf gerichtet, Karriere zu machen. Weder im Gymnasium noch auf der Universität, noch auch während seiner ferneren dienstlichen Laufbahn hatte Alexej Alexandrowitsch mit irgend jemandem Freundschaft geschlossen. Sein Bruder, der seinem Herzen an nächsten stand, war im Ministerium des Auswärtigen tätig und lebte stets im Ausland, wo er auch bald nach Alexej Alexandrowitschs Heirat starb.

Zu der Zeit, als er noch das Amt eines Gouverneurs bekleidete, führte Annas Tante, eine reiche, in der Provinz ansässige Dame, den zwar nicht mehr ganz jungen, aber für einen Gouverneur immerhin noch jungen Mann mit ihrer Nichte zusammen und wußte es so einzurichten, daß er sich vor die Wahl gestellt sah, sich entweder zu erklären oder die Stadt zu verlassen. Es ließen sich damals ebenso viele Gründe dafür wie gegen diese Verbindung anführen, und es lag für ihn durchaus keine bestimmte Veranlassung vor, seinem Grundsatz untreu zu werden: nämlich in zweifelhaften Lebenslagen zurückhaltend zu sein. Aber die Tante verstand es, ihm durch einen gemeinsamen Bekannten einreden zu lassen, daß er das junge Mädchen bereits bloßgestellt habe und daß es jetzt Ehrenpflicht für ihn sei, um sie anzuhalten. So machte er ihr denn seinen Antrag und übertrug von nun an alles Gefühl, dessen er fähig war, auf seine Braut und dann auf seine Frau.

Die Anhänglichkeit, die er für Anna empfand, hatte aus seinem Herzen jeden Rest eines etwa noch vorhandenen Bedürfnisses nach einem freundschaftlichen Verhältnis mit anderen Menschen verdrängt. So war es denn gekommen, daß er in seiner jetzigen Lage unter allen seinen Bekannten keinen einzigen Menschen hatte, der ihm nahestand. Er hatte zwar viele Verbindungen, wie man so zu sagen pflegt, aber mit niemandem war er durch freundschaftliche Bande verknüpft. Es gab viele Leute, die Alexej Alexandrowitsch zu sich zum Essen einluden, die er in irgendeiner ihm an Herzen liegenden Angelegenheit um ihren Beistand, die er für irgendeinen Bittsteller um Protektion bitten, oder mit denen er sich aufrichtig über die Handlungsweise dritter Personen oder über Regierungsmaßnahmen aussprechen konnte. Aber die Beziehungen zu diesen Leuten beschränkten sich alle auf ein durch Sitte und Gewohnheit bestimmt abgezirkeltes Gebiet, aus dem es unmöglich war herauszutreten. Er hatte zwar einen Universitätskameraden, dem er in späterer Zeit nähergetreten war und mit dem er über sein persönliches Unglück hätte sprechen können. Aber dieser Freund war als Kurator in einem ferngelegenen Lehrbezirk angestellt. Aus seinem Petersburger Umgangskreise standen ihm sein Abteilungschef und sein Hausarzt am nächsten, und nur sie konnten in seiner Lage in Frage kommen.

Michael Wassiljewitsch Sljudin, der Abteilungschef, war ein einfacher, gescheiter, gutmütiger und ehrenwerter Mann, und Alexej Alexandrowitsch fühlte, daß er ihm persönlich zugetan sei. Aber durch ihre gemeinsame, fünfjährige, amtliche Tätigkeit war zwischen ihnen eine Grenze gezogen, die jeder Aussprache in Privatangelegenheiten hinderlich war.

Alexej Alexandrowitsch blickte, nachdem er die ihm vorgelegten Papiere alle unterschrieben hatte, lange Zeit schweigend auf Michael Wassiljewitsch und nahm mehrmals einen vergeblichen Anlauf zu sprechen. Er hatte schon den Satz: »Haben Sie wohl schon von meinem Unglück gehört?« auf der Zunge – aber er brachte nur wie gewöhnlich die Worte hervor: »Also, bereiten Sie mir diese Sache vor« – und entließ ihn damit.

Der zweite, der in Betracht kam, war sein Hausarzt, der ihm gleichfalls zugetan war; aber zwischen ihnen bestand seit langer Zeit das stillschweigende Einverständnis, daß sie beide sehr mit Arbeit überhäuft seien und daß sie es immer eilig hätten.

An seine weiblichen Freunde und den intimsten von allen – die Gräfin Lydia Iwanowna dachte Alexej Alexandrowitsch gar nicht. Alle Frauen flößten ihm, schon in ihrer Eigenschaft als Frauen, Furcht und Widerwillen ein.

22

Alexej Alexandrowitsch hatte die Gräfin Lydia Iwanowna vergessen, nicht aber sie ihn. In dieser schwersten Zeit seiner Vereinsamung und Verzweiflung eilte sie zu ihm und trat unangemeldet in sein Arbeitszimmer. Sie fand ihn in derselben Stellung, in der er schon lange gesessen hatte, den Kopf in beide Hände gestützt.

»J'ai forcé la consigne«, sagte sie, indem sie raschen Schrittes und schwer atmend vor Erregung und von der schnellen Bewegung zu ihm trat. »Ich habe alles gehört, Alexej Alexandrowitsch, mein lieber Freund«, fuhr sie fort, indem sie ihm mit beiden Händen die Hand drückte und ihm mit ihren schönen, träumerischen Augen ins Gesicht sah.

Alexej Alexandrowitsch erhob sich mit finsterer Miene, machte seine Hand frei und rückte ihr einen Stuhl heran.

»Wollen Sie sich nicht setzen, Gräfin? Ich empfange niemanden, denn ich bin nicht ganz wohl«, sagte er mit bebenden Lippen.

»Mein lieber Freund!« wiederholte die Gräfin Lydia Iwanowna, ohne die Augen von ihm abzuwenden; und plötzlich hoben sich die unteren Linien ihrer Augenbrauen, indem sie auf der Stirn ein Dreieck bildeten; ihr unschönes, gelbliches Gesicht wurde dadurch noch häßlicher. Aber Alexej Alexandrowitsch fühlte, daß sie mit ihm Mitleid habe und dem Weinen nahe sei. Die Rührung übermannte ihn; er ergriff ihre fleischige Hand und bedeckte sie mit Küssen.

»Mein Freund«, sagte sie wiederum mit einer vor Erregung stockenden Stimme, »Sie dürfen sich nicht Ihrem Schmerz hingeben. Ihr Unglück ist groß, aber Sie müssen Trost finden.«

»Ich bin vernichtet, ich bin niedergeschmettert, ich bin kein Mensch mehr«, sagte Alexej Alexandrowitsch, indem er ihre Hand losließ, aber fortfuhr, ihr in die von Tränen erfüllten Augen zu schauen. »Meine Lage ist dadurch eine so furchtbare, daß ich nirgends und auch in mir selbst keinen Halt zu finden vermag.«

»Sie werden einen Halt finden, suchen Sie ihn aber nicht in

mir, wenn ich Sie auch bitte, an meine Freundschaft zu glauben«, – versetzte sie mit einem Seufzer. »Ihr Halt ist die Liebe, jene Liebe, die Er uns vermacht hat. Seine Last ist leicht«, fügte sie mit jenem verzückten Blick hinzu, den Alexej Alexandrowitsch so gut an ihr kannte. »Er wird Sie stützen und Ihnen helfen.«

Obgleich sich in diesen Worte jene Gerührtheit über die eigenen erhabenen Gefühle sowie auch jene neue, begeisterte, erst vor kurzem in Petersburg aufgetretene, mystische Richtung kundgab, die Alexej Alexandrowitsch bisher so überschwenglich erschienen war, so berührten ihn diese Worte in diesem Augenblick doch angenehm.

»Ich bin schwach. Ich bin vernichtet. Ich habe nichts vorausgesehen und bin auch jetzt unfähig, irgend etwas zu begreifen.«

»Mein Freund«, – wiederholte Lydia Iwanowna.

»Nicht der Verlust dessen, was ich jetzt nicht mehr besitze, nicht dies ist es!« fuhr Alexej Alexandrowitsch fort. »Das beklage ich nicht. Aber ich kann nicht anders, ich schäme mich vor den Menschen wegen der Lage, in der ich mich jetzt befinde. Das ist schlecht von mir, aber ich kann, ich kann nicht anders.«

»Nicht Sie waren es, der jene erhabene Tat der Vergebung vollbracht hat, die ich und alle anderen so sehr bewundern, sondern Er war es, der in Ihrem Herzen thront«, sagte Lydia Iwanowna, indem sie verzückt nach oben blickte –, »und deshalb dürfen Sie sich Ihrer Handlungsweise nicht schämen.«

Alexej Alexandrowitschs Züge verfinsterten sich, und er begann, in der gewohnten Weise mit den Fingern zu knacken.

»Man muß alle Einzelheiten kennen«, sagte er mit seiner dünnen Stimme. »Die Kräfte eines jeden Menschen haben ihre Grenzen, Gräfin, und ich bin am Ende der meinigen angelangt. Den ganzen heutigen Tag mußte ich Anordnungen treffen, häusliche Anordnungen, die bedingt sind« – die Worte ›bedingt sind‹ sprach er mit besonderem Nachdruck – »durch die neue, vereinsamte Lage, in der ich mich befinde. Die Dienerschaft, die Gouvernante, die Rechnungen ... – Dieses schwache Feuer hat mich völlig geröstet, und ich hatte nicht

die Kraft, das zu ertragen. Beim Diner gestern ... war ich nahe daran, vom Tisch aufzustehen. Ich konnte den Blick nicht ertragen, mit dem mein Sohn mich ansah. Wenn er mich auch nicht fragte, was alles zu bedeuten habe, so wollte er mich doch fragen, und ich konnte seinen Blick nicht ertragen. Er fürchtete sich, mich anzusehen, aber das ist nicht alles ...«
Hier wollte Alexej Alexandrowitsch jene Rechnung erwähnen, die man ihm gebracht hatte, aber seine Stimme begann zu zittern, und er hielt inne. An diese Rechnung auf dem blauen Papier für einen Hut und Bänder konnte er nicht denken, ohne daß ihn das Mitleid mit sich selbst überwältigte.

»Ich verstehe, mein Freund«, sagte die Gräfin Lydia Iwanowna. »Ich verstehe alles. Hilfe und Trost werden Sie zwar bei mir nicht finden können, aber ich bin dennoch gekommen, um Ihnen zu helfen, wenn ich es vermag. Wenn ich Ihnen alle diese kleinlichen, erniedrigenden Sorgen abnehmen könnte ... Ich verstehe, daß hier das Wort einer Frau, eine weibliche Hand vonnöten ist. Wollen Sie sie mir anvertrauen?«

Alexej Alexandrowitsch drückte ihr schweigend und dankbar die Hand.

»Wir wollen uns beide zusammen Serjoshas annehmen. Ich verstehe zwar nicht viel von praktischen Dingen. Aber ich will mich daranmachen, ich will Ihrem Haushalt vorstehen. Danken Sie mir nicht. Nicht ich tue dies ...«

»Ich muß Ihnen danken.«

»Aber, mein Freund, geben Sie sich nicht jener Empfindung hin, von der Sie vorhin sprachen – daß Sie sich dessen schämen, was die höchste Vollkommenheit des Christen bedeutet: ›Wer sich selbst erniedrigt, der soll erhöht werden.‹ Und danken dürfen Sie mir auch nicht. Ihm muß man danken, Ihn um Hilfe bitten. In Ihm allein können wir Ruhe, Trost, Heil und Liebe finden«, – sagte sie und begann, indem sie den Blick nach oben richtete, zu beten, wie Alexej Alexandrowitsch aus ihrem Schweigen schloß.

Während Alexej Alexandrowitsch ihr jetzt zuhörte, erschien ihm das, was ihm früher, wenn nicht gerade unangenehm gewesen war, so doch den Eindruck des Überschwenglichen gemacht hatte, in diesem Augenblicke als natürlich und trostbringend. Er sympathisierte nicht mit dieser neuen und überschwenglichen Geistesströmung. Er war ein religiöser Mensch, interessierte sich jedoch für Religion hauptsächlich vom politischen Standpunkt, und die neue Lehre, die sich einige neue Auslegungen herausnahm, war ihm im Prinzip aus dem Grunde unangenehm, weil dadurch dem Meinungsstreit und der Untersuchung die Tür geöffnet wurde. Er hatte sich früher dieser neuen Lehre gegenüber kühl und sogar feindselig verhalten und sich mit der Gräfin, die von ihr hingerissen war, niemals in eine Diskussion eingelassen, sondern war stets bemüht gewesen, ihre herausfordernden Reden durch Schweigen zu umgehen. Jetzt aber hörte er ihr zum ersten Male mit einer gewissen Befriedigung zu und widersprach ihr innerlich nicht.

»Ich bin Ihnen sehr, sehr dankbar für das, was Sie für mich tun, wie auch für das, was Sie sagen«, – sprach er, nachdem sie aufgehört hatte zu beten.

Die Gräfin drückte ihrem Freunde nochmals beide Hände.

»Jetzt will ich ans Werk gehen«, – sagte sie, während sie sich mit einem Lächeln die Spuren der Tränen aus den Augen wischte, nachdem sie eine Zeitlang geschwiegen hatte. »Ich gehe jetzt zu Serjosha. Nur im Notfall werde ich mich an Sie wenden.« Damit erhob sie sich und verließ das Zimmer.

Die Gräfin Lydia Iwanowna ging in den Serjosha angewiesenen Flügel des Hauses hinüber und erklärte ihm dort, indem sie die Wangen des erschrockenen Knaben mit Tränen benetzte, daß sein Vater ein Heiliger und seine Mutter gestorben sei.

Die Gräfin erfüllte ihr Versprechen. Sie nahm in der Tat alle Sorgen betreffs der Ordnung und Führung von Alexej Alexandrowitschs Hauswesen auf sich. Sie hatte indessen nicht übertrieben, als sie sagte, daß sie von praktischen Dingen nicht viel verstehe. Alle ihre Anordnungen mußten abgeändert werden, da sie sich als unausführbar erwiesen, und es war Kornej, Alexej Alexandrowitschs Kammerdiener, der diese Abänderungen veranlaßte, ohne daß es jemand merkte, das ganze Haus regierte und ruhig und vorsichtig seinem Herrn beim Ankleiden alles Nötige berichtete. Dennoch war Lydia Iwanownas Hilfe von der größten Wichtigkeit: Sie gab Alexej Alexandrowitsch durch die Liebe und Hochachtung, die sie ihm bezeigte, und insbesondere dadurch, daß es ihr, wie sie gern glaubte, gelungen war, ihn beinahe zu einem wahren Christen zu bekehren, das heißt ihn aus einem indifferenten und lauen Gläubigen in einen eifrigen und fest überzeugten Anhänger jener neuen, in der letzten Zeit in Petersburg so verbreiteten Erklärungsart der christlichen Lehre zu verwandeln. Es war nicht schwer gewesen, Alexej Alexandrowitsch zu dieser neuen Auffassung des Christentums zu bekehren. Denn wie Lydia Iwanowna und viele andere, die ihre Anschauungen teilten, so war auch ihm jene in die Tiefe dringende Einbildungskraft, jene seelische Tätigkeit versagt, mit deren Hilfe die durch die Tätigkeit der Phantasie hervorgerufenen Vorstellungen mit solcher Deutlichkeit vor unserem Geist erstehen, daß sie uns dazu drängen, sie mit anderen gewohnten Begriffen und mit der Wirklichkeit in Einklang zu bringen. Er sah nichts Unmögliches und Ungereimtes in der Vorstellung, daß der Tod zwar für den Ungläubigen, nicht aber für ihn existiere, und daß sein Herz, da er den vollkommenen Glauben besitze, wie er selbst darüber urteilte, nun frei von jeder Sünde geworden und er schon hier auf Erden das wahre Heil gefunden habe.

Zwar empfand Alexej Alexandrowitsch in unklarer Weise die Leichtfertigkeit und Fehlerhaftigkeit dieser Vorstellung von seinem Glauben, und er wußte sehr wohl, daß er damals, als er ohne daran zu denken, daß seine Verzeihung der Wirkung einer höheren Macht zuzuschreiben sei, diesem unmittelbaren Gefühl unbewußt gefolgt war, ein größeres Glück empfunden, als wenn er wie jetzt jeden Augenblick daran dachte, daß in seiner Seele Jesus Christus wohne und er, wenn er zum Beispiel seine Unterschrift unter ein Schriftstück setzte, nur Seinen Willen erfülle. Aber es war für Alexej Alexandrowitsch zur Notwendigkeit geworden, so zu denken, es war für ihn eine solche Notwendigkeit geworden in seiner Erniedrigung auf dieser, wenn auch nur eingebildeten Höhe zu stehen, von der aus er, von allen verachtet, andere selbst verachten konnte, daß er sich an seine vermeintliche Erlösung anklammerte, als ob sie die wahre sei.

23

Die Gräfin Lydia Iwanowna war als sehr junges, überspanntes Mädchen an einen weichen, vornehmen, gutmütigen und ausschweifenden Lebemann verheiratet worden. Im zweiten Monat schon begann er sie zu vernachlässigen und begegnete ihren exaltierten Zärtlichkeitsbeteuerungen nur mit Spott oder gar mit einer Feindseligkeit, die sich die Leute, die sowohl das gute Herz des Grafen kannten als auch in der schwärmerischen Lydia keinerlei Mängel erkennen konnten, gar nicht zu erklären wußten. Von dieser Zeit an lebten sie, wenn sie auch ihre Ehe nicht scheiden ließen, getrennt, und sooft der Gatte mit seiner Frau zusammentraf, begegnete er ihr mit jenem unveränderten giftigen Spott, dessen Ursache niemand zu ergründen vermochte.

Die Gräfin Lydia Iwanowna war schon längst nicht mehr in ihren Mann verliebt, hörte aber von jener Zeit an nicht auf, in irgend jemanden verliebt zu sein. Es kam vor, daß sie in mehrere Menschen zugleich, in Männer und Frauen verliebt war. Sie pflegte fast in alle Menschen verliebt zu sein, die sich durch irgend etwas Besonderes auszeichneten. Sie war verliebt in alle neu angekommenen Prinzessinnen und Prinzen, die mit der Familie des Zaren in verwandtschaftliche Verhältnisse getreten waren, sie war verliebt in einen Metropoliten, einen Vikar und einen Pfarrer. Sie war verliebt in einen Journalisten, in drei Slowenen, in Komissarow, in einen Minister, einen Arzt, einen englischen Missionar und endlich in Karenin. Alle diese Herzensneigungen, die bald ab-, bald zunahmen, hinderten sie nicht, die ausgedehntesten und verwickeltsten Beziehungen zum Hof und der höheren Gesellschaft zu pflegen. Aber von der Zeit an, da sie nach dem

Unglück, das über Karenin hereingebrochen war, diesen unter ihren besonderen Schutz genommen hatte, von der Zeit an, da sie in der Sorge um Karenins Wohlergehen seine häuslichen Angelegenheiten in die Hand genommen hatte, fühlte sie, daß alle ihre anderen Neigungen nicht die richtigen gewesen waren, sondern daß sie Karenin allein wahrhaft liebte. Das Gefühl, das sie jetzt für ihn empfand, erschien ihr stärker als alle ihre früheren Neigungen, und indem sie ihr Gefühl analysierte und mit allen ihren vorhergegangenen Neigungen verglich, erkannte sie deutlich, daß sie zum Beispiel in Komissarow nicht verliebt gewesen wäre, wenn er nicht dem Zaren das Leben gerettet hätte, daß sie sich ebensowenig in Ristitsch-Kudschitzkij verliebt hätte, wenn nicht der Panslawismus aufgetaucht wäre, daß sie aber Karenin um seiner selbst willen liebte, um seiner edlen, unverstandenen Seele, um des ihrem Ohr so lieben Klanges seiner zarten Stimme mit den langgezogenen modulationsfähigen Tönen, um seines matten Blickes, um seiner Charaktereigenschaften, um seiner weichen weißen Hände willen mit den hervortretenden Adern. Sie freute sich nicht nur jedes Zusammenseins mit ihm, sie suchte auch aus seinen Zügen den Eindruck herauszulesen, den sie auf ihn machte. Sie wollte ihm nicht nur durch das, was sie sagte, sondern auch durch ihre Persönlichkeit gefallen. Sie war um seinetwillen jetzt mehr auf ihre Toilette bedacht als zuvor. Sie ertappte sich auf Gedanken darüber, was wohl hätte sein können, wenn sie nicht verheiratet und er frei wäre. Sie errötete vor Erregung, sobald er ins Zimmer trat, sie konnte ein entzücktes Lächeln nicht unterdrücken, wenn er ihr etwas Angenehmes sagte.

Schon seit Tagen befand sich die Gräfin in der größten Aufregung. Sie hatte erfahren, daß sich Anna mit Wronskij wieder in Petersburg befand. Es war unumgänglich notwendig, Alexej Alexandrowitsch vor einem Zusammentreffen mit ihr zu bewahren, es war notwendig, ihn vor der Qual zu bewahren, sich mit diesem schrecklichen Weib auch nur in derselben Stadt zu wissen und der Möglichkeit ausgesetzt zu sein, ihr jeden Augenblick zu begegnen.

Lydia Iwanowna suchte durch ihre Bekannten zu erfahren,

was diese ›schrecklichen Leute‹, wie sie Anna und Wronskij nannte, vorhatten, und bemühte sich, alle Schritte ihres Freundes so zu lenken, um jede Begegnung mit ihnen zu vermeiden. Ein junger Adjutant, einer von Wronskijs Freunden, durch dessen Vermittlung sie ihre Erkundigungen einzog und der durch die Gräfin Lydia Iwanowna eine für ihn wichtige Konzession zu erhalten hoffte, hatte ihr mitgeteilt, daß die beiden ihre Angelegenheiten erledigt hätten und am nächsten Tage abreisen wollten. Lydia Iwanowna fing schon an, sich zu beruhigen, als ihr am nächsten Morgen ein Billett überbracht wurde, dessen Handschrift sie mit Entsetzen erkannte. Es war Anna Kareninas Handschrift, das Kuvert war aus dickem, rindenartigen Papier; auf dem länglichen gelben Papier war ein großes Monogramm angebracht, und ein wohlriechendes Parfüm ging von dem Brief aus.

»Wer hat das gebracht?«

»Ein Bote aus dem Hotel.«

Die Gräfin Lydia Iwanowna war lange Zeit nicht imstande, sich zu setzen, um den Brief zu lesen. Sie bekam vor Aufregung einen ihrer asthmatischen Anfälle. Nachdem sie sich etwas beruhigt hatte, las sie folgendes Schreiben, das in französischer Sprache abgefaßt war:

Madame la comtesse, die christlichen Gefühle, von denen Ihr Herz erfüllt ist, geben mir die, wie ich sehr wohl empfinde, unverzeihliche Kühnheit, an Sie zu schreiben. Die Trennung von meinem Sohn macht mich unglücklich, und ich flehe Sie an, mir zu erlauben, ihn vor meiner Abreise ein einziges Mal zu sehen. Verzeihen Sie, daß ich mich Ihnen in Erinnerung bringe. Ich wende mich nur aus dem Grunde an Sie und nicht an Alexej Alexandrowitsch, weil ich diesem großmütigen Manne durch die Erinnerung an mich nicht weh tun will. Die Freundschaft, die Sie für ihn empfinden, ist mir eine Gewähr dafür, daß Sie mich verstehen werden. Wollen Sie Serjosha zu mir bringen lassen, oder soll ich zu einer Zeit, die Sie bestimmen wollen, zu ihm ins Haus kommen, oder würden Sie mir mitteilen lassen, wann und wo ich ihn außerhalb des Hauses sehen könnte? Ich ziehe die Möglichkeit einer Ablehnung meiner Bitte nicht in Betracht, da ich die Großmut meines Mannes kenne, von dem die Entscheidung abhängt. Sie können sich nicht vorstellen, wie sehr ich danach schmachte, ihn zu sehen, und sind daher auch nicht imstande die Dankbarkeit, die Ihre Unterstützung meiner Bitte in mir erwecken wird, zu ermessen.

Anna.

Alles in diesem Brief ärgerte die Gräfin Lydia Iwanowna: sowohl sein Inhalt als auch die Anspielung auf die Großmut und ganz besonders sein, wie ihr schien, allzufreier Ton.

»Sag, es gäbe keine Antwort«, sagte die Gräfin, öffnete ihre Schreibmappe und schrieb sogleich an Alexej Alexandrowitsch, daß sie hoffe, ihn gegen ein Uhr bei der Gratulationscour bei Hofe zu sehen.

»Ich habe«, fuhr sie fort, »mit Ihnen über eine wichtige und traurige Angelegenheit zu sprechen. Dort wollen wir verabreden, wo dies geschehen soll. Am besten wird es bei mir gehen, wo ich Ihnen ›Ihren‹ Tee bereiten lassen werde. Es ist dringend notwendig. Er bürdet uns das Kreuz auf, aber Er verleiht uns auch die Kraft«, fügte sie hinzu, um ihn wenigstens einigermaßen vorzubereiten.

Die Gräfin pflegte zwei- bis dreimal täglich an Alexej Alexandrowitsch zu schreiben. Es machte ihr Vergnügen, mit ihm in dieser Weise zu verkehren, die den Reiz der Eleganz und des Geheimnisvollen mit sich brachte, die sie in ihrem persönlichen Verkehr mit ihm vermißte.

24

Die Gratulationscour war beendet. Bei dem allgemeinen Aufbruch, der nun folgte, unterhielt man sich, wenn man einander begegnete, über die letzten Neuigkeiten des Tages – über neu verliehene Auszeichnungen und Beförderungen hoher Beamten.

»Wie wäre es, wenn die Gräfin Maria Borissowna das Portefeuille des Kriegsministers und die Fürstin Watkowskaja das Generalstabskommando erhielten?« sagte ein weißhaariges Männchen in goldgestickter Uniform zu einer hochgewachsenen Hofdame von großer Schönheit, die ihn wegen einer der Beförderungen befragt hatte.

»Und ich müßte zum Adjutanten ernannt werden«, meinte die Hofdame lächelnd.

»Sie haben bereits eine Bestimmung, Sie kommen in das Ressort für geistliche Angelegenheiten und als Adjunkten erhalten Sie Karenin.«

»Guten Tag, mein Fürst!« sagte der alte Herr, indem er einem herantretenden Herrn die Hand drückte.

»Was haben Sie von Karenin gesagt?« fragte der Fürst.

»Er und Putjatow haben den Alexander-Njewskij-Orden erhalten.«

»Ich dachte, den hätte er schon.«

»Nein, sehen Sie ihn sich einmal an«, sagte der Alte, indem er mit seinem goldgestickten Hut auf Karenin deutete, der in Galauniform mit seinem neuen roten Band über der Schulter mit einem der einflußreichen Mitglieder des Reichsrats an der Saaltür stand. »Er ist glücklich und zufrieden wie ein Kupfergroschen«, setzte er hinzu, indem er stehen blieb, Um einem schönen Kammerherrn von athletischem Körperbau die Hand zu drücken.

»Nein, er ist alt geworden«, versetzte der Kammerherr.

»Das kommt von den Sorgen. Er arbeitet jetzt immerhin an neuen Plänen. Er läßt jetzt den Unglücksmenschen nicht los, bevor er ihm nicht alles haarklein systematisch auseinandergesetzt hat.«

»Wie kommt das? Sollte er alt geworden sein? *Il fait des passions.* Ich glaube, die Gräfin Lydia Iwanowna quält ihn jetzt mit ihrer Eifersucht auf seine Frau.«

»Nicht doch! Von der Gräfin Lydia Iwanowna dürfen Sie nichts Schlimmes reden.«

»Ist es denn etwas Schlimmes, wenn Sie in Karenin verliebt ist?«

»Übrigens, ist es wahr, daß die Karenina hier ist?«

»Hier im Palais ist sie zwar nicht, aber sie ist in Petersburg. Ich bin ihr gestern mit Wronskij, *bras dessus, bras dessous*, auf der Morskaja begegnet.«

»*C'est un homme, qui n'a pas* ...«, begann der Kammerherr, hielt aber inne, um sich vor einem vorbeikommenden Mitglied des Zarenhauses zu verbeugen.

So drehte sich das Gespräch fortwährend in abfälligen und spöttischen Bemerkungen um Alexej Alexandrowitsch, während dieser dem Mitglied des Reichsrats, den er in Beschlag genommen hatte, den Weg vertrat und ihm Punkt für Punkt sein neues Finanzprojekt auseinandersetzte, ohne seine Darlegung auf einen Augenblick zu unterbrechen, um jenen nicht entschlüpfen zu lassen.

Fast zur selben Zeit, als Alexej Alexandrowitsch von seiner Frau verlassen wurde, hatte er die bitterste Erfahrung gemacht, die einem Beamten vorbehalten sein kann – einen Stillstand in seiner aufsteigenden Laufbahn. Dieser Stillstand war tatsächlich eingetreten, und alle waren sich völlig darüber klar, nur Alexej Alexandrowitsch gab sich noch keine Rechenschaft davon, daß seiner ferneren Laufbahn ein Ziel gesetzt sei. War es sein Konflikt mit Strjemow, sein Unglück in bezug auf seine Frau oder einfach der Umstand, daß Alexej Alexandrowitsch die ihm gesetzte Grenze erreicht hatte, jedenfalls wurde es im Laufe dieses Jahres jedermann ersichtlich, daß seine amtliche Laufbahn zu Ende sei. Er hatte zwar noch einen hohen Posten inne, war Mitglied vieler Kommissionen und Komitees, aber er gehörte von nun an zu denen, die als abgetan betrachtet wurden und von denen man nichts mehr erwartete. Was er auch reden, was er vorschlagen mochte, man hörte ihn mit einer Miene an, als ob das, was er beantragte, allen schon längst bekannt und gerade das sei, was man nicht brauchen könne. Alexej Alexandrowitsch aber merkte dies nicht; im Gegenteil, seit er sich von der direkten Teilnahme an der Regierungstätigkeit ausgeschlossen sah, traten für ihn die Mängel und Fehler in der Tätigkeit anderer um so deutlicher hervor, und er hielt es für seine Pflicht, auf die Mittel und Wege zu deren Abstellung hinzuweisen. Bald nach der Trennung von seiner Frau machte er sich an die Ausarbeitung seines Projekts über die neue Gerichtsordnung, das erste aus der Reihe seiner zahllosen, alle Zweige der Verwaltung umfassenden, von niemandem beachteten Projekte, die zu verfassen ihm beschieden war.

Alexej Alexandrowitsch war nicht nur weit entfernt, die Hoffnungslosigkeit seiner Stellung in der Beamtenwelt zu bemerken und sich dies zu Herzen zu nehmen, er war sogar mehr als je von seiner Tätigkeit befriedigt.

»Wer ledig ist, der sorget, was dem Herrn angehöret, wie er dem Herrn gefalle. Wer aber freiet, der sorget, was der Welt angehöret, wie er dem Weibe gefalle«, sagt der Apostel Paulus, und Alexej Alexandrowitsch, der sich jetzt in allen Dingen von der Heiligen Schrift leiten ließ, dachte oft an diesen Text. Es schien ihm, als ob er seit der Zeit, da ihn seine Frau verlassen hatte, durch diese seine Projekte dem Herrn mehr diente als früher.

Alexej Alexandrowitsch ließ sich durch die augenscheinliche Ungeduld des Reichsratsmitgliedes, der von ihm loszukommen suchte, nicht irre machen. Er unterbrach seine Auseinandersetzung erst dann, als jener den Moment benutzte, in dem das Mitglied des Zarenhauses vorbeischritt, und ihm entschlüpfte.

Allein geblieben ließ Alexej Alexandrowitsch den Kopf sinken, um seine Gedanken zu sammeln, blickte dann zerstreut um sich und schritt dem Ausgang zu, wo er die Gräfin Lydia Iwanowna zu treffen hoffte.

»Was das alles für kräftige und gesundheitsstrotzende Menschen sind«, dachte Alexej Alexandrowitsch, als sein Blick auf die mächtige Gestalt eines Kammerherrn mit seitwärts gekämmtem Backenbart und auf den roten Hals eines in seinen Uniformrock eingezwängten Fürsten fiel. »Es liegt Wahrheit in dem Wort, daß alles in der Welt vom Übel ist«, dachte er, indem er nochmals nach dem Backenbart des Kammerherrn hinschielte.

Er schritt langsam weiter und grüßte mit seiner gewohnten matten und würdevollen Miene die Herren, die sich von ihm unterhielten, während er nach der Türe blickte und die Gräfin Lydia Iwanowna mit den Augen suchte.

»Ah! Alexej Alexandrowitsch!« sagte der alte Herr mit einem boshaften Aufleuchten in seinem Blick, als er an ihm vorbeikam und den Kopf zu einem kalten Gruß neigte. »Ich habe Ihnen noch nicht gratuliert –«, fuhr er fort, indem er auf das neue Ordensband wies.

»Ich danke Ihnen«, erwiderte Alexej Alexandrowitsch. »Was für einen herrlichen Tag wir heute haben«, setzte er hinzu, wobei er nach seiner Gewohnheit besonderen Nachdruck auf das Wort ›herrlich‹ legte.

Er wußte es wohl, daß sie alle über ihn spotteten, aber er erwartete von ihnen auch nichts anderes als ein feindseliges Verhalten – er war dies schon gewohnt.

Als Alexej Alexandrowitsch die Gräfin Lydia Iwanowna erblickte, die eben mit ihren über dem Korsett hervortretenden gelben Schultern und ihren schönen, träumerischen Augen, mit denen sie ihn heranzuwinken schien, zur Tür hereintrat, lächelte er ihr zu, indem er seine weißen, unverwüstlichen Zähne zeigte, und ging ihr entgegen.

Die Toilette der Gräfin hatte sie, wie dies in der letzten Zeit immer der Fall war, große Mühe gekostet. Der Zweck dieser Bemühungen war jetzt dem, den sie vor dreißig Jahren damit verfolgt hatte, direkt entgegengesetzt. Damals hatte sie einfach die Sucht gehabt sich zu putzen, und je mehr sie sich putzte, desto besser. Jetzt aber pflegte sie sich in einer ihren Jahren und ihrer Figur so wenig entsprechenden Weise herauszustaffieren, daß sie nur darauf bedacht war, diesen Kontrast zwischen ihrer Toilette und dem Eindruck ihrer äußeren Erscheinung nicht allzu auffällig hervortreten zu lassen. In bezug auf Alexej Alexandrowitsch hatte sie ihren Zweck in der Tat erreicht, und sie erschien ihm anziehend. Für ihn war sie gleichsam das einzige Eiland, auf dem er in dem Meer von Gehässigkeit und Spott, das ihn umgab, nicht nur herzliche Teilnahme, sondern auch ideale Liebe gefunden hatte.

Während er durch das Kreuzfeuer der auf ihn gerichteten spöttischen Blicke schritt, zog es ihn naturgemäß zu ihr hin, zu ihrem für ihn von Liebe erfüllten Blick, wie die Pflanze zum Licht strebt.

»Ich gratuliere Ihnen«, sagte sie, indem sie mit den Augen auf sein Ordensband wies.

Er unterdrückte ein Lächeln der Befriedigung und zuckte die Achseln, wobei er die Augen schloß, als wolle er damit ausdrücken, daß ihm dies keine Freude machen könne. Die Gräfin Lydia Iwanowna wußte aber sehr wohl, daß dies eine seiner höchsten Freuden war, wenn er es auch niemals eingestehen würde.

»Was macht unser kleiner Engel?« fragte sie, womit sie Serjosha meinte.

»Ich kann nicht gerade sagen, daß ich mit ihm völlig zufrieden wäre«, versetzte Alexej Alexandrowitsch, indem er die Brauen emporzog und die Augen wieder öffnete. »Auch Sitnikow ist nicht mit ihm zufrieden.« (Sitnikow war der Pädogoge, dem die weltliche Erziehung Serjoshas anvertraut war.) »Wie ich Ihnen schon früher sagte, verhält er sich kühl gerade zu den wichtigen Fragen, die die Seele jedes Menschen und insbesondere die eines Kindes berühren müssen«, begann Alexej Alexandrowitsch seine Ideen über den einzigen Gegenstand, für den er außer seiner amtlichen Tätigkeit Interesse hatte, die Erziehung seines Sohnes, zu entwickeln.

Nachdem Alexej Alexandrowitsch sich mit Lydia Iwanownas Hilfe wieder den Interessen seines Privatlebens und seiner gewohnten Tätigkeit zugewandt hatte, empfand er es als seine Pflicht, sich um die Erziehung seines Söhnchens, der seiner Obhut überlassen war, zu bekümmern. Da Alexej Alexandrowitsch sich früher niemals mit pädagogischen Fragen abgegeben hatte, so beschäftigte er sich zunächst eine Zeitlang mit dem theoretischen Studium dieses Gegenstandes. Nachdem er einige Bücher über Anthropologie, Pädagogik und Didaktik gelesen hatte, entwarf er einen Erziehungsplan, berief den besten Erzieher Petersburgs, dem er die Leitung anvertraute, und ging ans Werk. Dieses Werk beschäftigte ihn fortwährend.

»Ja, aber das Herz? Ich erkenne in ihm das Herz seines Vaters, und mit einem solchen Herzen kann das Kind nicht schlecht sein«, – versetzte Lydia Iwanowna mit Begeisterung.

»Ja, das ist möglich ... – Was mich betrifft, ich erfülle meine Pflicht. Das ist alles, was ich tun kann.«

»Sie müssen zu mir kommen«, – sagte die Gräfin nach einer Pause – »wir haben eine für Sie traurige Angelegenheit zu besprechen. Ich würde alles darum geben, um Sie mit gewissen Erinnerungen zu verschonen, leider denken aber andere Leute nicht so. Ich habe von *ihr* einen Brief erhalten. Sie ist hier in Petersburg.«

Alexej Alexandrowitsch schrak bei der Erwähnung seiner Frau zusammen, aber gleich lagerte sich auf seinem Antlitz jene totenähnliche Starrheit, die der Ausdruck seiner völligen Hilflosigkeit in dieser Sache war.

»Ich habe dies erwartet«, sagte er.

Die Gräfin Lydia Iwanowna sah ihn mit begeisterten Blicken an, und Tränen der Bewunderung vor dieser Seelengröße traten ihr in die Augen.

25

Als Alexej Alexandrowitsch das kleine, mit altem Porzellan und Porträts geschmückte, gemütliche Arbeitszimmer der Gräfin Lydia Iwanowna betrat, war die Herrin des Hauses selbst noch nicht anwesend. Sie kleidete sich um.

Auf einem runden Tisch, der mit einem Tischtuch bedeckt war, stand ein chinesisches Service und eine silberne Spiritusteemaschine. Alexej Alexandrowitsch blickte zerstreut auf die zahllosen ihm vertrauten Porträts, mit denen das Zimmer geschmückt war, und schlug, nachdem er sich an den Tisch gesetzt hatte, das darauf liegende Evangelium auf. Das Geräusch des seidenen Kleides der Gräfin störte ihn auf.

»So, nun wollen wir's uns bequem machen«, sagte die Gräfin Lydia Iwanowna, indem sie sich mit aufgeregtem Lächeln eilig zwischen dem Tisch und dem Sofa hindurchzwängte, »und die Sache beim Tee besprechen.«

Nach einigen einleitenden Worten reichte ihm die Gräfin,

schwer atmend und errötend, den Brief, den sie erhalten hatte.

Nachdem er ihn gelesen hatte, schwieg er lange.

»Ich glaube nicht, daß ich das Recht habe, ihre Bitte abzuweisen«, sagte er zaghaft, indem er die Augen zu ihr aufschlug.

»Mein Freund, Sie vermögen in keinem Menschen etwas Schlimmes zu sehen.«

»Ich sehe, im Gegenteil, daß alles vom Übel ist. Aber ob es auch gerecht ist ...«

In seinem Gesicht malte sich Unschlüssigkeit und eine stumme Bitte um Rat, Unterstützung und Anleitung in dieser für ihn ganz unverständlichen Sache.

»Nein«, unterbrach ihn die Gräfin, »alles hat seine Grenzen. Ich kann die Unsittlichkeit begreifen«, fuhr sie nicht ganz aufrichtig fort, da sie niemals imstande gewesen wäre zu verstehen, wodurch die Frauen dazu getrieben werden –, »aber ich kann die Grausamkeit nicht begreifen – und noch dazu gegen wen? – gegen Sie. In derselben Stadt zu bleiben, in der Sie wohnen! Nein, man mag hundert Jahre leben, man lernt nie aus. Und ich suche zu lernen, ich bemühe mich, Ihre Seelengröße und die Niedrigkeit dieser Frau zu verstehen.«

»Wer aber will den ersten Stein auf sie werfen?« sagte Alexej Alexandrowitsch, den die Rolle, die ihm zugewiesen wurde, offenbar mit Genugtuung erfüllte. »Ich habe ihr alles vergeben und darf sie daher nicht dessen berauben, was für sie ein Bedürfnis der Liebe ist – der Liebe zu ihrem Sohne ...«

»Aber ob das Liebe ist, mein Freund? Ob es aufrichtig ist? Es ist wahr, Sie haben vergeben, Sie vergeben das, was ... aber ob wir das Recht haben, auf die Seele dieses Engels einzuwirken? Er hält sie für tot, er betet für sie und bittet Gott um Vergebung für ihre Sünden ... Und es ist besser so. Was aber müßte er nun plötzlich denken, wenn er sie wiedersähe?«

»Das habe ich nicht bedacht«, – sagte Alexej Alexandrowitsch, der ihr offenbar recht gab.

Die Gräfin Lydia Iwanowna bedeckte ihr Gesicht mit den Händen und schwieg eine Weile. Sie betete.

»Wenn Sie mich um meinen Rat fragen«, – sagte sie, nachdem sie zu Ende gebetet und die Hände vom Gesicht genommen hatte –, »so rate ich Ihnen, es nicht zu tun. Sehe ich denn nicht, wie Sie leiden, wie dies alle ihre Wunden wieder aufgerissen hat? Aber wenn Sie wie immer, so auch in diesem Falle, nicht an sich selbst denken wollen – wozu sollte es denn führen? Zu nichts als zu neuen Leiden für Sie und zu Qualen für das Kind! Wenn sie noch einen Rest von Menschlichkeit besitzt, so darf sie dies selbst nicht wünschen. Nein, ich schwanke keinen Augenblick, ich rate Ihnen ab und, wenn Sie mich dazu ermächtigen, will ich ihr schreiben.«

Alexej Alexandrowitsch stimmte ihr bei, und die Gräfin Lydia Iwanowna schrieb in französischer Sprache folgenden Brief:

»Madame, die Erinnerung an Sie könnte Ihrem Sohn zu Fragen Veranlassung geben, auf die es unmöglich wäre, ihm zu antworten, ohne in die Seele des Kindes das Gefühl der Verdammung einzupflanzen gegen Dinge, die für ihn ein Heiligtum bleiben sollten. Ich bitte daher, die Ablehnung Ihrer Bitte durch Ihren Gatten im Geiste der christlichen Liebe aufzufassen. Ich flehe zum Allmächtigen um Barmherzigkeit für Sie.

Gräfin Lydia.«

Mit diesem Brief erreichte die Gräfin den geheimen Zweck, den sie sich selbst nicht eingestehen mochte. Anna fühlte sich dadurch in tiefster Seele gekränkt.

Alexej Alexandrowitsch seinerseits war, nachdem er von Lydia Iwanowna zurückgekehrt war, an diesem Tage nicht imstande, sich seinen gewohnten Beschäftigungen hinzugeben und jenen inneren Frieden des gläubigen und geretteten Christen zu finden, den er vorher in sich gefühlt hatte.

Die Erinnerung an seine Frau, die sich so schwer an ihm vergangen hatte, und vor der er, wie die Gräfin ihm mit Recht versicherte, wie ein Heiliger dastand, hätte seinen Frieden nicht stören dürfen, und doch war er nicht ruhig: er konnte das Buch, das er zur Hand genommen hatte, nicht verstehen, konnte die quälenden Erinnerungen an sein Verhältnis zu ihr, an die Fehler, die er, wie ihm jetzt schien, in bezug auf sie begangen hatte, nicht verscheuchen. Die Erinnerung daran, wie er auf der Rückfahrt von dem Rennen das Geständnis ihrer Untreue aufgenommen hatte und besonders die Tatsache, daß er, anstatt den Verführer zum Zweikampf herauszufordern, von ihr nur verlangt hatte, sie solle den äußeren Anstand wahren, marterte ihn wie einen Sünder, der von Reue gepeinigt wird. Ebenso quälte ihn der Gedanke an den Brief, den er ihr geschrieben; und insbesondere die Erinnerung an die verzeihende Milde, die er geübt und nach der niemand verlangt hatte, sowie seine Sorge um jenes ihm fremde Kind erfüllte ihn mit Scham und Reue und brannte in seinem Herzen.

Das gleiche Gefühl der Scham und Reue empfand er jetzt, als er seine ganze Vergangenheit, insofern sie mit ihr verknüpft war, durchlief und der ungeschickten Worte gedachte, mit denen er nach langem Zögern um ihre Hand angehalten hatte.

»Aber worin liegt meine Schuld?« sprach er zu sich. Diese Frage rief in ihm stets eine andere hervor – nämlich die, ob andere Menschen, diese Wronskijs, Oblonkijs, diese Kammerherren mit den dicken Waden wohl anders empfänden, anders liebten, anders in die Ehe träten. Und eine ganze Reihe dieser gesundheitsstrotzenden, kraftvollen, selbstbewußten Männer, die unwillkürlich immer und überall sein neugieriges Interesse erweckt hatten, zog an seinem Geiste vorüber. Er suchte diese Gedanken zu verscheuchen, sich zu überreden, daß nicht das irdische, vergängliche Leben den Zweck seines Daseins bilde, sondern das ewige Leben, und daß Friede und Liebe in seiner Seele wohnten. Aber der Gedanke daran, daß er in diesem vergänglichen Leben, wie ihm schien, einige nichtige Fehler begangen hatte, folterte ihn doch so sehr, als ob es jenes ewige Heil nicht gäbe, an das er glaubte. Diese Versuchung währte indessen nicht lange, und bald waren in Alexej Alexandrowitschs Herzen jene Ruhe und Erhabenheit wieder eingezogen, die ihn in den Stand setzten, das zu vergessen, woran er sich nicht erinnern wollte.

26

»Nun, wie steht's, Kapitonytsch?« sagte Serjosha, als er fröhlich und mit roten Wangen einen Tag vor seinem Geburtstag von seinem Spaziergang nach Hause kam und seinen faltigen, langschößigen Überzieher dem baumlangen alten Schweizer reichte, der von seiner Höhe auf das kleine Kerlchen herablächelte.

»Sag mal, war heute der Beamte, der immer einen Verband anhat, da, hat ihn Papa empfangen?«

»Ja. Sobald der Abteilungschef gegangen war, habe ich ihn angemeldet«, sagte der Schweizer und zwinkerte ihm lustig zu. »Bitte, ich helfe Ihnen ablegen.«

»Serjosha!« sagte der slawische Hauslehrer, der in der Tür, die in die inneren Gemächer führte, stehen geblieben war, »legen Sie selbst ab!«

Aber obwohl Serjosha die schwache Stimme des Hauslehrers hörte, schenkte er ihm nicht die geringste Beachtung. Er blieb stehen, indem er sich mit der Hand am Leibgurt des Schweizers festhielt, und sah ihm ins Gesicht.

»Und hat Papa für ihn getan, was nötig ist?«

Der Schweizer nickte bejahend mit dem Kopf.

Der Beamte mit dem Verband, der schon siebenmal mit einem Anliegen zu Alexej Alexandrowitsch gekommen war, hatte das Interesse Serjoshas wie auch des Schweizers erweckt. Serjosha hatte ihn einmal im Vorzimmer getroffen und gehört, wie er den Schweizer kläglich gebeten, ihn anzumelden, und gesagt hatte, daß er mit seinen Kindern Hungers sterben müsse.

Seitdem hatte Serjosha angefangen, sich für den Beamten, dem er noch einmal im Vorzimmer begegnet war, sehr zu interessieren.

»Hat er sich sehr gefreut?« fragte er.

»Das will ich meinen. Er wäre beinahe vor Freude gesprungen, als er fortging.«

»Sind vielleicht Pakete gebracht worden?« fragte Serjosha nach einer Pause.

»Ja«, erwiderte der Schweizer flüsternd und nickte geheimnisvoll mit dem Kopf, »es ist etwas gekommen – von der Gräfin.«

Serjosha hatte sofort begriffen, daß der Schweizer ein Geschenk meinte, das ihm von der Gräfin Lydia Iwanowna zu seinem Geburtstag zugedacht sei.

»Wirklich, wo ist es?«

»Kornej hat es zum Papa hineingetragen. Es wird gewiß was sehr Schönes sein.«

»Wie groß, so?«

»Etwas kleiner, aber schön ist's.«

»Ein Buch vielleicht?«

»Nein, ein Spielzeug. Gehen Sie, gehen Sie jetzt, Wassilij Lukitsch ruft«, sagte der Schweizer, als er die sich nähernden Schritte des Hauslehrers hörte, indem er behutsam dem Händchen, mit dem ihn der Kleine am Gürtel festhielt, aus dem halbabgezogenen Handschuh heraushalf und Wunitsch zuzwinkerte.

Serjosha aber war in einer zu fröhlichen Stimmung, er war heute zu glücklich, als daß er sich hätte enthalten können, mit seinem Freunde, dem Schweizer, seine Freude über ein wichtiges Ereignis in der Familie zu teilen, das er auf seinem Spaziergang im Sommergarten von der Nichte der Gräfin Lydia Iwanowna erfahren hatte. Diese Freude schien ihm als etwas besonders Wichtiges, weil sie mit der des beglückten Beamten und seiner eigenen Freude über das ihm zugedachte Spielzeug zusammenfiel. Serjosha war zumute, als sei heute ein Tag, an dem alle Menschen fröhlich und glücklich sein mußten.

»Weißt du schon, Papa hat den Alexander Njewskij-Orden bekommen?«

»Wie sollt' ich das nicht wissen! Es ist doch schon Gratulationsbesuch dagewesen.«

»Hat er sich sehr gefreut?«

»Wie sollt' er sich über die Gunst des Zaren nicht freuen! Da sie ihm zuteil geworden ist, hat er sie demnach verdient«, sagte der Schweizer in strengem und ernstem Tone.

Serjosha wurde nachdenklich, indem er das ihm bis auf die

kleinsten Einzelheiten bekannte Gesicht des Schweizers prüfend betrachtete, wobei sein Blick mit ganz besonderer Aufmerksamkeit auf seinem Kinn haften blieb, das zwischen den beiden Hälften des Backenbartes herabhing, und das außer Serjosha, der zu ihm nicht anders als von unten hinauf sehen konnte, bis jetzt noch niemand gesehen hatte.

»Und ist deine Tochter lange nicht mehr bei dir gewesen?«

Die Tochter des Schweizers war Ballettänzerin.

»Wie kann sie denn an Wochentagen kommen? Die haben auch zu lernen – und Sie müssen jetzt auch an die Arbeit, junger Herr, eilen Sie sich.«

In seinem Zimmer angelangt, begann Serjosha, anstatt sich an seine Aufgaben zu machen, dem Hauslehrer auseinanderzusetzen, daß nach seiner Vermutung in dem Paket eine Maschine sein müsse. »Wie denken Sie darüber?«

Wassilij Lukitsch aber dachte nur daran, daß er ihn zur Grammatikstunde für den Lehrer vorzubereiten habe, der um zwei Uhr kommen müßte.

»Nein, sagen Sie mir nur das eine, Wassilij Lukitsch«, fragte er plötzlich, als er schon an seinem Arbeitstisch saß und das Buch in der Hand hielt, »was ist höher als der Alexander Njewksij? Sie wissen, Papa hat den Alexander Njewskij bekommen?«

Wassilij Lukitsch erwiderte, höher als der Alexander Njewskij sei der Wladimir-Orden.

»Und noch höher?«

»Der höchste Orden ist der des heiligen Andreas.«

»Und noch höher als der Andreas-Orden?«

»Ich weiß es nicht.«

»Wie, auch Sie wissen es nicht?« sagte Serjosha und versank, die Ellbogen aufstemmend, in Nachdenken.

Seine Gedanken waren äußerst verwickelter und verschiedenartiger Natur. Er malte sich aus, wie sein Vater jetzt plötzlich sowohl den Wladimir- als auch den Andreas-Orden bekommen würde, und wie er infolgedessen in seiner Stunde viel nachsichtiger gegen ihn sein würde und wie er selbst, wenn er erst einmal erwachsen wäre, alle Orden und auch den, der noch erfunden werden müßte und höher als der

Andreas sei, bekommen würde. Sobald er erfunden wäre, würde er ihn gleich zu verdienen wissen. Und noch höhere Orden würden erfunden werden, und er würde sie alle gleich verdienen.

Unter solchen Gedanken verging die Zeit, und als der Lehrer kam, war er mit seiner Aufgabe über die Adverbien der Zeit und des Ortes sowie über die der Art und Weise nicht fertig, so daß der Lehrer nicht nur unzufrieden, sondern auch gekränkt war. Daß er den Lehrer gekränkt hatte, tat Serjosha leid. Darin, daß er seine Aufgaben nicht gelernt hatte, fühlte er sich unschuldig. So sehr er sich auch Mühe gegeben hatte, er brachte sie durchaus nicht fertig; solange der Lehrer sie ihm erklärte, erschien ihm alles glaubwürdig und verständlich, aber sobald er sich selbst überlassen war, hatte er alles wieder vergessen, und er konnte es durchaus nicht begreifen, daß das kurze und ihm so geläufige Wort ›plötzlich‹ ein Adverbium der Art und Weise sein sollte; aber dennoch tat es ihm leid, daß er dem Lehrer weh getan hatte.

Plötzlich fragte er, als der Lehrer einen Augenblick schweigend in das Buch blickte:

»Michail Iwanytsch, wann ist eigentlich Ihr Namenstag?«

»Sie täten besser, an Ihre Lektion zu denken – und was Ihre Frage betrifft, so hat ein Namenstag für einen vernünftigen Menschen gar keine Bedeutung. Es ist ein Tag, wie alle anderen, an denen man arbeiten muß.«

Serjosha sah seinen Lehrer aufmerksam an, er blickte auf sein dünnes Bärtchen, auf seine Brille, die unter den Einschnitt auf seiner Nase gerutscht war, und überließ sich seinen Gedanken so sehr, daß er gar nichts mehr von dem hörte, was ihm der Lehrer erklärte. Er merkte, daß dieser selbst gar nicht glaubte, was er sagte, er fühlte dies an dem Ton, in dem er sprach. »Warum sie sich nur alle verabredet haben uns dies alles zu sagen, immer in derselben Weise, immer auf das Langweiligste und Zwecklöseste? Warum stößt er mich von sich, warum hat er mich nicht gern?« fragte er sich betrübt und konnte keine Antwort finden.

27

Nach der Stunde bei dem Lehrer folgte der Unterricht bei seinem Vater. Bevor dieser kam, setzte sich Serjosha an den Tisch und begann wieder seinen Gedanken nachzuhängen, während er mit seinem Taschenmesser spielte. Zu seinen Lieblingsbeschäftigungen gehörte es, daß er während seiner Spaziergänge seine Mutter überall suchte. An den Tod glaubte er überhaupt nicht, am wenigsten aber an den seiner Mutter, und obgleich Lydia Iwanowna ihm versichert und sein Vater es bestätigt hatte, daß sie gestorben sei, suchte er dennoch während seiner Spaziergänge eifrig nach ihr. Jede etwas volle, graziöse Frau mit dunklem Haar mußte seine Mutter sein. Sobald er eine solche Frau erblickte, wurde sein Herz von einer so starken Zärtlichkeit ergriffen, daß er kaum atmen konnte und seine Augen sich mit Tränen füllten. Gleich jetzt, im nächsten Augenblick erwartete er, mußte sie zu ihm treten und ihren Schleier in die Höhe ziehen, er wird ihr Gesicht sehen können, sie wird ihm zulächeln, ihn umarmen, der Wohlgeruch, den er an ihr kannte, wird ihn umgeben, er wird ihre weichen Hände fühlen, und weinen wird er vor Glück, wie einstmals, da er sich zu ihren Füßen gekauert und sie ihn gekitzelt hatte, so daß er unbändig lachte und ihre weiße mit Ringen geschmückte Hand küßte. Später, als er dann zufällig von seiner Bonne erfuhr, daß seiner Mutter nicht tot sei, und sein Vater und Lydia Iwanowna ihm erklärten, sie sei für *ihn* tot, weil sie nicht gut gewesen sei – was er schon gar nicht glauben konnte, da er sie ja so lieb hatte – fuhr er ebenso fort sie zu suchen und auf ihre Rückkehr zu warten. Heute, im Sommergarten, hatte er eine Dame in einem lilafarbenem Schleier gesehen, deren Bewegungen er mit stockendem Herzen, in dem Glauben, daß sie es sei, mit den Augen gefolgt war, als sie sich ihm in einer der Alleen näherte. Aber die Dame kam gar nicht bis zu ihnen heran und war auf einmal verschwunden. Heute fühlte Serjosha mehr als je sein Herz vor Zärtlichkeit für die Mutter überwallen, und jetzt saß er in der Erwartung seines Vaters selbstvergessen da, hatte den ganzen Tischrand mit dem Messer zerschnitten und sah, ganz erfüllt von dem Gedanken an sie, mit glänzenden Augen vor sich hin.

»Der Vater kommt«, schreckte ihn Wassilij Lukitsch auf.

Serjosha sprang auf, trat an seinen Vater heran, drückte einen Kuß auf seine Hand und blickte ihn aufmerksam an, da er nach irgendeinem Anzeichen der Freude über den Empfang des Alexander-Njewskij-Ordens an ihm suchte.

»Hast du einen schönen Spaziergang gemacht?« fragte Alexej Alexandrowitsch, indem er sich auf seinem Sessel niederließ, das Alte Testament zu sich heranschob und es aufschlug. Obwohl Alexej Alexandrowitsch mehr als einmal zu Serjosha gesagt hatte, jeder gute Christ müsse die biblische Geschichte genau kennen, war er doch selbst oft gezwungen, ins Buch zu blicken, und Serjosha hatte dies bemerkt.

»Ja, es war sehr lustig, Papa«, sagte Serjosha, indem er sich seitwärts auf den Stuhl setzte und sich schaukelte, was ihm verboten war. »Ich habe Nadjenka gesehen.« Nadjenka war eine Nichte von Lydia Iwanowna, wurde von ihr erzogen und wohnte bei ihr. »Sie hat mir erzählt, daß Sie einen neuen Stern bekommen haben. Sind Sie froh, Papa?«

»Erstens sei so gut und schaukle nicht«, sagte Alexej Alexandrowitsch, »und zweitens merke dir, daß uns nicht die Belohnung, sondern die Arbeit selbst teuer sein muß. Ich möchte, daß dir das klar wird. Siehst du, wenn du arbeiten, lernen wolltest, nur um eine Belohnung zu erhalten, dann wird dir deine Arbeit schwer erscheinen; wenn du aber arbeitest«, – fuhr Alexej Alexandrowitsch fort, indem er daran dachte, wie ihn heute morgen bei der langweiligen Arbeit, hundertundachtzehn Schriftstücke zu unterschreiben, sein Pflichtbewußtsein aufrechterhalten hatte, – »aus Liebe zur Arbeit, dann wirst du in dieser selbst deine Belohnung finden.«

Serjoshas vor Zärtlichkeit und Freude strahlende Augen wurden trübe und senkten sich unter dem Blick des Vaters. Das war der gleiche, ihm wohlbekannte Ton, in dem sein Vater stets zu ihm sprach und dem Serjosha sich schon längst anzupassen gelernt hatte.

Der Vater sprach stets mit ihm, das fühlte Serjosha ganz deutlich – als spräche er mit einem in seiner Einbildung vorhandenen Knaben, einem von denen, wie sie in Büchern vorkommen, die aber mit ihm, mit Serjosha selbst nichts gemein hatten. Und Serjosha gab sich Mühe, sich zu verstellen, um den Eindruck zu erwecken, als sei er einer von diesen Knaben, wie sie in den Büchern vorkommen.

»Ich hoffe, daß du das verstehst!« sagte der Vater.

»Ja, Papa«, erwiderte Serjosha, bemüht, sich jenem Knaben anzupassen, den er sich in seiner Einbildung vorstellte.

Die Stunde bestand im Auswendiglernen einiger Verse aus dem Evangelium und in der Wiederholung des Anfangs des Alten Testaments. Die Verse hatte Serjosha ziemlich gut gelernt, aber gerade in dem Augenblick, als er sie hersagte, vertiefte er sich so sehr in den Anblick des an den Schläfen auffallend schroff abbiegenden Stirnbeins seines Vaters, daß er sich verwirrte und ein Wort vom Ende eines Verses an den Anfang des nächsten versetzte. Alexej Alexandrowitsch war es klar, daß er das, was er sagte, nicht verstand, und das ärgerte ihn.

Er zog die Brauen zusammen und begann Serjosha zu erklären, was dieser schon oftmals gehört hatte und niemals hatte behalten können, weil es ihm allzu verständlich erschien, ähnlich wie die Erklärung, daß das Wort ›plötzlich‹ ein Adverbium sei. Serjosha blickte erschreckt auf den Vater und dachte nur an das eine: ob der Vater sich von ihm, wie es manchmal vorgekommen war, das soeben Gesagte wiederholen lassen würde oder nicht. Dieser Gedanke erschreckte Serjosha so sehr, daß er gar nichts mehr verstehen konnte. Aber der Vater verlangte heute keine Wiederholung und ging zu der Aufgabe aus dem Alten Testament über. Serjosha wußte die Ereignisse selbst sehr gut zu erzählen, doch als er auf die Fragen antworten sollte, was einige dieser Ereignisse bedeuteten, da wußte er gar nichts, obgleich er wegen dieser Aufgabe schon einmal bestraft worden war. Die Stelle aber, bei der er überhaupt gar nichts zu sagen wußte und verlegen am Tisch herumschnitt und mit dem Stuhle schaukelte, war die, wo er an die vorsintflutlichen Patriarchen kam. Von diesen konnte er sich auf keinen besinnen, außer auf Enoch, der noch bei Lebzeiten in den Himmel gekommen war. Früher hatte er noch alle Namen gewußt, jetzt aber waren sie ihm vollständig entfallen, besonders aus dem Grunde, weil Enoch seine Lieblingsgestalt aus dem ganzen Alten Testament war, und die Tatsache, daß er bei Lebzeiten in den Himmel gekommen war, in seinem Geiste eine lange Reihe von Gedanken hervorgerufen hatte, der er sich auch jetzt überließ, während er seine Blicke auf die Uhrkette sowie auf einen halb durch das Knopfloch gesteckten Knopf an der Weste seines Vaters heftete.

An den Tod, von dem man ihm so oft erzählt hatte, wollte Serjosha nicht recht glauben. Er glaubte nicht daran, daß die Menschen, die er lieb hatte, sterben konnten und am wenigsten daran, daß er selbst sterben könnte. Das erschien ihm als völlig unmöglich und unbegreiflich. Aber man sagte ihm, daß alle Menschen sterben müßten. Er hatte sogar solche Leute gefragt, deren Worten er Glauben schenkte, und auch von diesen war es ihm bestätigt worden: seine alte Bonne sagte es gleichfalls, wenn sie es auch ungern zugab. Aber Enoch war ja nicht gestorben, also brauchen doch nicht alle Menschen zu sterben. »Und warum sollten sich denn nicht alle Menschen vor Gott so verdient machen können, um bei Lebzeiten in den Himmel genommen zu werden?« dachte Serjosha. Böse Menschen, das heißt die Menschen, die Serjosha nicht mochte, die konnten vielleicht sterben, aber den guten kann allen dasselbe widerfahren wie Enoch.

»Nun, wie heißen also die Patriarchen?«

»Enoch, Enos.«

»Das hast du ja schon gesagt. Das ist schlecht, Serjosha, sehr schlecht von dir. Wenn du dir nicht Mühe gibst, das kennenzulernen, was für einen Christen am nötigsten ist«, sagte sein Vater, indem er sich erhob, »was kann dann überhaupt für dich von Interesse sein? Ich bin unzufrieden mit dir, und Peter Ignatjewitsch«, das war der leitende Pädagoge, »ist gleichfalls unzufrieden mit dir. Ich werde dich strafen müssen ...«

Der Vater sowie auch der Pädagoge waren beide unzufrieden mit Serjosha, und in der Tat, er lernte sehr schlecht. Dennoch konnte man ihn nicht einen unbegabten Knaben nennen. Im Gegenteil, er war weit begabter als diejenigen unter seinen Altersgenossen, die ihm von dem Pädagogen als Muster hingestellt wurden. Von dem Standpunkt aus, von dem sein Vater ihn betrachtete, wollte er das nicht lernen, was man ihn lehrte. In Wirklichkeit aber konnte er das nicht lernen, er konnte es deshalb nicht, weil sich in seiner Seele Forderungen geltend machten, die für ihn viel gebieterischer waren als die, die sein Vater und der Pädagoge an ihn stellten. Diese Forderungen standen in einem schroffen Gegensatz zueinander, und er lag daher in fortwährendem Kampfe mit seinen Erziehern.

Er zählte erst neun Jahre, er war noch ein Kind, aber seine Seele kannte er, sie war ihm teuer, er hütete sie, wie das Lid das Auge hütet, und schloß keinen in sein Herz, der nicht den Schlüssel der Liebe besaß. Seine Erzieher klagten über ihn, daß er nicht lernen wolle, und doch war seine Seele von Wißbegierde erfüllt. Seine wahren Lehrer waren Kapitonytsch, seine alte Wärterin, Nadjenka, Wassilij Lukitsch, nicht aber seine Erzieher. Das Wasser, daß sein Vater und der Pädagoge auf die Räder ihrer Erziehungsmaschine leiten wollten, war schon längst durchgesickert und verrichtete seine Arbeit an einer ganz andern Stelle.

Der Vater strafte Serjosha, indem er ihn heute nich zu Nadjenka, Lydia Iwanownas Nichte, gehen ließ; aber diese Strafe schlug zu seinem Glück aus. Wassilij Lukitsch war sehr guter Laune und zeigte ihm, wie man Windmühlen macht. Der ganze Abend verging in dieser Beschäftigung und in Gedanken darüber, wie man es anzufangen habe, um eine Windmühle zustande zu bringen, auf der man sich mitdrehen könne; wenn man sich mit den Händen an ihre Flügel anklammern oder sich daran festbinden lassen würde, dann müßte es möglich sein, sich mit ihr zu drehen. An seine Mutter dachte Serjosha den ganzen Abend nicht, aber als er schon im Bett lag, fiel sie ihm plötzlich wieder ein, und er betete in seiner Weise, daß seine Mutter morgen, an seinem Geburtstag, aufhören möge sich zu verbergen und daß sie zu ihm käme.

»Wassilij Lukitsch, wissen Sie, um was ich Gott noch gebeten habe?«

»Daß Sie Ihre Aufgaben besser machen?«

»Nein.«

»Um Spielsachen?«

»Nein, Sie werden es nicht raten. Etwas sehr Schönes, aber es ist ein Geheimnis! Wenn es erfüllt wird, dann sag' ich's Ihnen. Haben Sie's noch nicht erraten?«

»Nein, ich rat' es auch nicht. Sie werden's mir schon sagen«, versetzte Wassilij Lukitsch mit einem Lächeln, was bei ihm selten vorkam. »Jetzt aber legen Sie sich ordentlich hin, ich mache das Licht aus.«

»Ohne Licht ist mir das, was ich sehe und wofür ich gebetet habe, viel deutlicher. Da, fast hätte ich's ausgeplaudert«, sagte Serjosha mit fröhlichem Lachen.

Nachdem das Licht hinausgebracht war, hörte und fühlte Serjosha die Nähe seiner Mutter. Sie stand über ihn gebeugt, und ihr zärtlicher Blick schien ihn zu liebkosen. Dann aber tauchten Windmühlen, sein Federmesser vor ihm auf – alles floß ineinander, und er schlief ein.

28

Nach ihrer Ankunft in Petersburg waren Wronskij und Anna in einem der ersten Hotels abgestiegen. Wronskij wohnte allein im unteren Stockwerk und Anna mit dem Kind, der Amme und ihrer Jungfer eine Treppe höher, in einer Flucht von vier Zimmern.

Gleich am ersten Tag seiner Ankunft begab sich Wronskij zu seinem Bruder, wo er auch seine Mutter antraf, die in Geschäften aus Moskau herübergekommen war. Mutter und Schwägerin begrüßten ihn wie gewöhnlich, sie befragte ihn über seine Reisen im Auslande, sprachen von gemeinsamen Bekannten, erwähnten aber mit keinem Wort seine Beziehungen zu Anna. Der Bruder hingegen, der Wronskij am nächsten

Morgen besuchte, fragte ihn selbst nach ihr, und Alexej Wronskij erklärte ihm offen, daß er seine Verbindung mit Anna Karenina wie eine Ehe betrachte, daß er die Scheidung herbeizuführen hoffe und sie dann heiraten werde. Er fügte hinzu, daß er sie bis dahin ebenso als seine Gattin betrachte wie jede andere verheiratete Dame, und ihn bitte, dies ihrer Mutter und seiner Frau mitzuteilen.

»Wenn die Welt dies nicht billigt, so läßt mich das gleichgültig«, sagte Wronskij, »wenn aber meine Angehörigen ihre verwandtschaftlichen Beziehungen zu mir aufrechterhalten wollen, dann müssen sie sie auch auf meine Frau übertragen.«

Der ältere Bruder, der stets gewohnt war, das Urteil des jüngeren zu achten, wußte noch nicht, ob dieser recht habe oder nicht, solange die Welt über diese Frage nicht entschieden haben würde. Er persönlich aber hatte nichts dagegen, und so ging er denn mit Alexej zusammen zu Anna hinauf.

Wronskij redete Anna vor seinem Bruder, wie auch vor allen anderen, mit ›Sie‹ an und verkehrte mit ihr wie mit einer guten Bekannten. Es bestand jedoch die stillschweigende Voraussetzung, daß dem Bruder ihre wahren Beziehungen bekannt seien, und man sprach offen davon, daß sich Anna mit Wronskij auf dessen Landgut begeben würde. Trotz all seiner Weltkenntnis war Wronskij infolge der ungewohnten Lage, in der er sich befand, in einem seltsamen Irrtum befangen. Er müßte sich, sollte man meinen, darüber klar geworden sein, daß die Türen der Gesellschaft für ihn mit Anna verschlossen seien. Statt dessen hatten sich aber jetzt in seinem Kopf allerlei unklare Vorstellungen gebildet, und er redete sich ein, daß dies alles nur in früheren Zeiten so gewesen sei, jetzt aber, in dieser Epoche des Fortschritts – er war jetzt, ohne es selbst zu merken, ein Anhänger jeder Art von Fortschritt geworden – seien die Anschauungen der Gesellschaft über diese Dinge andere geworden, und die Frage, ob sie in ihren Kreisen Aufnahme finden würden, sei noch lange nicht entschieden. »Selbstverständlich«, dachte er bei sich, »werden die Hofkreise sie nicht aufnehmen, aber unsere näheren Bekannten können und müssen die Sache so auffassen, wie es sich gehört.«

Man kann es aushalten, einige Stunden hintereinander zusammengekauert in derselben Lage auf einem Platze sitzen zu bleiben, solange man sich bewußt ist, daß uns nichts daran hindert, diese Lage zu ändern. Sobald aber jemand weiß, daß er gezwungen ist, zusammengekauert dazusitzen, wird er von einem Krampf befallen, seine Beine werden zu zucken anfangen und sich nach der Richtung hinbewegen, wohin er sie gerne ausstrecken möchte. Eine ähnliche Empfindung hatte Wronskij in bezug auf seine Stellung in der Gesellschaft. Obwohl er im Grunde seines Herzens sehr wohl wußte, daß sie beide aus der Gesellschaft ausgeschlossen seien, wollte er doch prüfen, ob die Anschauungen ihrer Kreise sich nicht geändert hätten und sie nicht doch Aufnahme finden würden. Aber sehr bald merkte er, daß die Türen der Gesellschaft zwar ihm persönlich offen standen, für Anna aber verschlossen waren. Wie bei dem Katz-und-Maus-Spiel hoben sich für ihn die Hände, um sich für Anna sofort zu senken.

Eine der ersten Damen aus der Petersburger Gesellschaft, mit der Wronskij zusammentraf, war seine Cousine Betsy.

»Endlich«, begrüßte sie ihn freudig. »Und Anna? Wie freue ich mich! Wo sind Sie abgestiegen? Ich kann mir denken, wie schrecklich Ihnen nach Ihrer herrlichen Reise unser Petersburg vorkommen muß. Ich kann mir Ihren Honigmond in Rom vorstellen! Wie steht es mit der Scheidung? Ist das alles schon in Ordnung?«

Wronskij bemerkte, daß Betsys Entzücken eine Abnahme zeigte, als sie erfuhr, daß die Scheidung noch nicht vollzogen sei.

»Man wird mich mit Steinen werfen, ich weiß es«, sagte sie –, »aber ich komme doch zu Anna; ja, ich komme ganz bestimmt. Sie bleiben wohl nicht lange hier?«

In der Tat besuchte sie Anna noch am selben Tage, aber ihr Ton war schon ein ganz anderer als früher. Sie war offenbar stolz auf ihre Kühnheit und hatte den Wunsch, die Standhaftigkeit ihrer Freundschaft von Anna gewürdigt zu sehen. Sie blieb nicht länger als zehn Minuten, sprach von dem neuesten Gesellschaftsklatsch, und beim Abschied sagte sie dann:

»Sie haben mir nicht gesagt, wann die Scheidung erfolgen

soll. Es ist ja wahr, ich habe allerdings, wie man zu sagen pflegt, meine Kappe über die Dächer geworfen, aber andere Leute werden die Kragen in die Höhe schlagen und Ihnen mit eisiger Kälte begegnen, solange Sie nicht verheiratet sind.«

»Die Sache ist ja jetzt so einfach. *Ça se fait.* Sie reisen also am Freitag ab. Wie schade, daß wir uns vorher nicht noch einmal sehen.«

An Betsys Art und Weise konnte Wronskij sehen, was er von der Gesellschaft zu erwarten habe. Dennoch beschloß er, noch einen Versuch in seiner eigenen Familie zu machen. Auf seine Mutter setzte er keinerlei Hoffnung. Er wußte, daß seine Mutter, die bei ihrer ersten Bekanntschaft mit Anna von dieser so entzückt gewesen war, sie jetzt mit unerbittlicher Strenge verurteilte, weil sie an der Zerstörung der Laufbahn ihres Sohnes die Schuld trage. Aber er setzte große Hoffnungen auf Warja, die Frau seines Bruders. Es schien ihm, daß sie keinen Stein gegen sie aufheben, sondern einfach und entschlossen zu Anna kommen und sie auch bei sich empfangen würde.

Am Tage nach seiner Ankunft begab sich denn auch Wronskij zu ihr. Er traf sie allein und teilte ihr offen seinen Wunsch mit.

»Du weißt, Alexej«, sagte sie, nachdem sie ihn zu Ende gehört hatte, »wie ich dich liebe, und bereit bin, alles für dich zu tun; wenn ich bis jetzt geschwiegen habe, so geschah dies, weil ich wußte, daß ich dir und Anna Arkadjewna« – sie sagte Anna Arkadjewna mit besonderer Betonung – »nicht nützlich sein könne. Du mußt nicht glauben, daß ich sie verurteile. Niemals; vielleicht würde ich an ihrer Stelle das gleiche getan haben. Ich will und kann nicht auf Einzelheiten eingehen«, fuhr sie fort, indem sie ihm schüchtern in das verfinsterte Gesicht sah. »Aber man muß die Dinge beim rechten Namen nennen. Du willst, daß ich sie besuchen, sie bei mir empfangen und dadurch vor der Welt rehabilitieren soll – aber du mußt begreifen, daß ich das *nicht kann*. Ich habe heranwachsende Töchter und muß auch um meines Mannes willen in der Gesellschaft verkehren. Setzen wir den Fall, ich ginge sogar zu Anna Arkadjewna, so wird sie doch begreifen müssen, daß ich sie nicht auffordern kann, zu mir zu kommen, oder daß ich es dann so einrichten müßte, die Möglichkeit einer Begegnung mit denen, welche die Sache mit anderen Augen ansehen, zu vermeiden. Ich kann sie nicht emporziehen ...«

»Ich bin durchaus nicht der Ansicht, daß sie tiefer steht als Hunderte von Frauen, die Ihr bei Euch empfangt!« unterbrach sie Wronskij mit noch finsterer Miene und erhob sich, denn es war ihm klar, daß der Entschluß seiner Schwägerin unerschütterlich sei.

»Alexej, sei mir nicht böse. Du mußt einsehen, daß mich keine Schuld trifft«, sagte Marja, indem sie ihn mit schüchternem Lächeln ansah.

»Ich bin dir nicht böse«, versetzte er mit dem gleichen düsteren Ausdruck, »aber es ist mir doppelt schmerzlich. Es tut mir auch deshalb weh, weil unsere freundschaftlichen Beziehungen dadurch zerstört oder wenn nicht gerade zerstört, so doch erschüttert werden. Du wirst einsehen, daß dies auch für mich nicht wird anders sein können.«

Mit diesen Worten schied er von ihr.

Wronskij wußte jetzt, daß jeder weitere Versuch vergeblich sei und daß sie beide die wenigen Tage ihres Aufenthalts in Petersburg wie in einer fremden Stadt zuzubringen und jeder Berührung mit ihrem früheren Gesellschaftskreise aus dem Wege zu gehen hätten, um sich nicht Unannehmlichkeiten und Kränkungen auszusetzen, die er qualvoll empfinden müßte. Einer der hauptsächlichen Unannehmlichkeiten ihrer Stellung in der Petersburger Gesellschaft bestand darin, daß der Name von Alexej Alexandrowitsch sowie dieser selbst überall aufzutauchen schienen. Man konnte von nichts zu sprechen beginnen, ohne daß das Gespräch auf Alexej Alexandrowitsch gekommen wäre, man konnte nirgends hinkommen, ohne ihm zu begegnen. So wenigstens schien es Wronskij, wie es einem Menschen, der einen schlimmen Finger hat, scheint, als ob er, wie absichtlich, gerade mit der wehen Stelle überall anstoße.

Der Aufenthalt in Petersburg war für Wronskij um so unerträglicher, als er während dieser Zeit bei Anna eine neue, für ihn unerklärliche Gemütsstimmung wahrnahm. Bald schien sie ihn leidenschaftlicher als je zu lieben, bald wurde sie kalt, reizbar, undurchdringlich. Irgendein geheimer Gedanke quälte sie offenbar, sie suchte etwas vor ihm zu verbergen und schien die Kränkungen gar nicht zu bemerken, die ihm das Leben vergifteten und die sie bei ihrem Feingefühl noch qualvoller empfinden mußte.

29

Einer der Gründe von Annas Rückkehr nach Rußland bestand darin, daß sie sich vorgenommen hatte, ein Wiedersehen mit ihrem Sohn ins Werk zu setzen. Seit dem Tag, an dem sie von Italien zurückgekehrt war, ließ ihr der Gedanke an dieses Wiedersehen keine Ruhe, und je mehr sie sich Petersburg näherten, um so größer erschien ihr die Freude und Wichtigkeit dieses Wiedersehens. Sie legte sich nicht die Frage vor, auf welche Weise diese Zusammenkunft zustande gebracht werden könnte. Es erschien ihr als etwas ganz Natürliches und Einfaches, ihren Sohn zu sehen, sobald sie sich erst mit ihm in derselben Stadt befände. Aber nach ihrer Rückkehr nach Petersburg kam ihr plötzlich ihre jetzige Stellung in der Gesellschaft deutlich zum Bewußtsein, und sie begriff, daß es sehr schwierig sein würde, eine Begegnung mit ihrem Sohn herbeizuführen. Schon seit zwei Tagen war sie in Petersburg. Der Gedanke an ihren Sohn verließ sie keinen Augenblick, und noch hatte sie ihn nicht gesehen. Einfach ins Haus zu fahren, wo sie Alexej Alexandrowitsch begegnen konnte, dazu, fühlte sie, hatte sie nicht das Recht. Sie lief Gefahr, nicht vorgelassen und beleidigt zu werden. Ihrem Gatten zu schreiben und sich auf diese Weise mit ihm in Verbindung zu setzen – der Gedanke allein war für sie eine Qual: Sie konnte nur ruhig sein, wenn sie an ihren Gatten nicht dachte. In Erfahrung zu bringen, wohin und zu welcher Zeit ihr Sohn ausging, um ihn während seines Spaziergangs zu sehen, das dünkte ihr zu wenig: Sie hatte sich ja so lange auf dieses Wiedersehen vorbereitet, hatte ihm so viel zu sagen, es verlangte sie so sehr, ihn in ihre Arme zu schließen, ihn zu küssen. Serjoshas alte Wärterin hätte ihr vielleicht helfen und raten können. Aber sie war schon längst nicht mehr in Alexej Alexandrowitschs Diensten. In diesem Hin- und Herschwanken und in der Suche nach der Wärterin waren zwei Tage verstrichen.

Nachdem Anna von den nahen Beziehungen Alexej Alexandrowitschs zur Gräfin Lydia Iwanowna erfahren hatte, entschloß sie sich am dritten Tage mit großer Selbstüberwindung jenen Brief an sie zu schreiben, worin sie mit Absicht bemerkte, daß die Erlaubnis, ihren Sohn zu sehen, von der Großmut ihres Mannes abhängen müsse. Sie wußte, daß dieser, wenn ihm der Brief gezeigt würde, der einmal übernommenen Rolle der Großmut treu bleiben und ihre Bitte nicht abschlagen würde.

Der Bote, der den Brief überbringen sollte, kam mit der allergrausamsten und unerwartetsten Antwort zurück, daß es nämlich keine Antwort gäbe. Sie hatte sich noch nie so gedemütigt gefühlt wie in jenem Augenblick, als sie den Boten zu sich hereinkommen ließ und dessen ausführlichen Bericht anhören mußte, wie er eine Zeitlang hatte warten müssen und dann den Bescheid erhielt: es gäbe keine Antwort. Anna fühlte sich gedemütigt, gekränkt, aber sie sah ein, daß die Gräfin von ihrem Standpunkt aus recht habe. Ihr Schmerz war um so größer, als sie ihn allein zu tragen hatte, denn sie konnte und wollte ihn nicht mit Wronskij teilen. Sie wußte, daß ihm, obwohl er die Hauptschuld an ihrem Unglück trug, das Wiedersehen mit ihrem Sohn als eine sehr geringfügige Sache erscheinen würde. Sie wußte, daß er niemals imstande sein würde, die ganze Größe ihres Schmerzes zu ermessen, sie wußte, daß sie, wenn er ihr bei Erwähnung dieses Punktes in kaltem Tone antworten sollte, anfangen würde ihn zu hassen, und das fürchtete sie mehr als alles in der Welt. So kam es denn, daß sie alles, was ihren Sohn betraf, vor ihm verbarg.

Den ganzen Tag über war sie zu Hause geblieben und grübelte über die Mittel und Wege nach, wie sie zu ihrem Sohn gelangen könne. Schließlich war sie bei dem Entschluß stehengeblieben, an ihren Gatten zu schreiben. Sie hatte ihren Brief schon aufgesetzt, als ihr Lydia Iwanownas Brief überbracht wurde. Das bisherige Schweigen der Gräfin hatte sie mit einer gewissen Ruhe und Ergebung hingenommen, aber dieser Brief, alles das, was zwischen den Zeilen zu lesen war, erbitterte sie so sehr, so empörend erschien ihr diese Gehässigkeit, im Gegensatz zu ihrer leidenschaftlichen, berechtigten Zärtlichkeit zu ihrem Sohn, daß in ihr der Zorn gegen die anderen Menschen erwachte und sie aufhörte, sich selbst zu beschuldigen.

»Diese Kälte – diese Gefühlsheuchelei!« sprach sie zu sich selbst. »Sie wollen mich nur verletzen und mein Kind quälen, und ich soll mich ihnen fügen! Um keinen Preis! Sie sind schlechter als ich, ich lüge wenigstens nicht.« Und in diesem Augenblick faßte sie den Entschluß, gleich morgen früh, an seinem Geburtstag, geradewegs ins Haus ihres Mannes zu kommen, die Dienerschaft zu bestechen, zu hintergehen, und koste es, was es wolle, ihren Sohn zu sehen und dieses gemeine Lügengewebe zu zerreißen, mit dem man das Kind umgab.

Sie fuhr in ein Spielwarengeschäft, wo sie eine Menge Spielsachen kaufte. Dann legte sie sich ihren Plan zurecht: Sie wird früh morgens, um acht Uhr, wenn Alexej Alexandrowitsch sicher noch nicht aufgestanden ist, hinkommen; in der Hand wird sie das Geld bereit halten, das sie dem Schweizer und dem Diener geben will, damit sie sie einlassen, und dann wird sie, ohne den Schleier zu lüften, sagen, sie sei von Serjoshas Taufpaten beauftragt, ihm zu gratulieren und ihm die Spielsachen neben sein Bett zu legen. Nur die Worte, die sie mit ihrem Sohne sprechen wollte, hatte sie sich nicht zurechtgelegt. Soviel sie auch darüber nachdachte, sie konnte nichts finden.

Am anderen Tag, um acht Uhr morgens stieg Anna allein aus der Mietsdroschke und schellte am großen Eingangstor ihres früheren Hauses.

»Geh, sieh mal, was los ist, da ist eine Dame«, sagte Kapitonytsch, der noch unangekleidet, im Überzieher und Gummischuhen, die verschleierte Dame, die hart an der Tür stand, durch das Fenster gesehen hatte. Der Gehilfe des Schweizers, ein junger Mensch, den Anna nicht kannte, hatte ihr kaum die Tür geöffnet, als sie schon hereingetreten war und ihm eiligst einen Dreirubelschein, den sie aus ihrem Muff gezogen hatte, in die Hand drückte.

»Serjosha ... Sergej Alexandrowitsch ...«, murmelte sie und ging rasch an ihm vorbei. Nachdem er die Banknote betrachtet hatte, hielt der Gehilfe des Schweizers sie an der zweiten Glastür an.

»Zu wem wünschen Sie?« fragte er.

Sie hörte nicht, was er gefragt hatte, und gab keine Antwort.

Kapitonytsch, der die Verlegenheit der unbekannten Dame bemerkt hatte, trat nun selbst zu ihr hinaus, ließ sie durch die Tür hindurch und fragte, zu wem sie wünsche.

»Im Auftrag des Fürsten Skorodumow zu Sergej Alexandrowitsch«, murmelte sie.

»Der junge Herr sind noch nicht aufgestanden«, sagte der Schweizer, indem er sie forschend ansah.

Anna hatte durchaus nicht erwartet, daß die völlig unverändert gebliebene Einrichtung des Vestibüls des Hauses, in dem sie neun Jahre lang gewohnt hatte, sie so mächtig ergreifen würde. Erinnerungen, freudige und schmerzliche, tauchten eine nach der anderen in ihrer Seele auf, und auf einen Augenblick vergaß sie fast gänzlich, zu welchem Zweck sie gekommen war.

»Wollen Sie gütigst warten?« fragte Kapitonytsch, indem er ihr das Pelzjackett abnahm. Als dies geschehen war, blickte er ihr ins Gesicht, und machte ihr, nachdem er sie erkannt hatte, schweigend eine tiefe Verbeugung.

»Bitte gefälligst, Exzellenz«, sagte er dann.

Sie wollte sprechen, aber sie vermochte keinen Ton hervorzubringen; sie blickte nur wie schuldbewußt, flehend zu dem alten Mann auf und ging mit raschen Schritten die Treppe hinauf. Mit vorgebeugtem Oberkörper und mit den Gummischuhen an den Treppenstufen hängenbleibend, eilte Kapitonytsch hinter ihr her, um sie einzuholen.

»Der Hauslehrer ist bei ihm, er ist vielleicht noch nicht angekleidet. Ich will erst anmelden!«

Anna schritt die ihr so wohlbekannte Treppe weiter hinauf, ohne zu verstehen, was der alte Mann zu ihr sprach.

»Bitte hierher, nach links. Verzeihung, daß noch nicht rein gemacht ist. Der junge Herr bewohnen jetzt das frühere Diwanzimmer«, sagte der Schweizer ganz außer Atem. »Erlauben Exzellenz, nur einen Augenblick; bitte sich gedulden zu wollen, ich will nachsehen«, sagte er, nachdem er sie eingeholt hatte, öffnete die hohe Tür und verschwand hinter ihr. Anna blieb stehen und wartete. »Sie sind eben erst aufgewacht«, sagte der Schweizer, als er wieder aus der Tür trat.

Im selben Moment, als der Schweizer dies sagte, drangen die Laute eines kindlichen Gähnens an Annas Ohr. Nach dem Klang dieses Gähnens erkannte Anna sogleich die Stimme ihres Kindes und sah ihn leibhaftig vor sich.

»Laß mich, laß mich, geh«, sagte sie und ging durch die hohe Tür. Rechts von dieser stand ein Bett und auf dem Bett saß, halb aufgerichtet, der Knabe in einem halbaufgeknöpften Hemdchen; den kleinen Körper vorgebeugt, streckte er sich und war im Begriff auszugähnen. In dem Augenblick, als seine Lippen sich schlossen, formten sie sich zu einem glückselig-schläfrigen Lächeln, und mit diesem Lächeln ließ er sich langsam und wonnig wieder in die Kissen zurücksinken.

»Serjosha«, flüsterte sie, indem sie mit unhörbaren Schritten zu ihm trat.

Während ihrer Trennung von ihm und in der letzten Zeit, in der die Liebe zu ihrem Kind von neuem in ihr aufgewallt war, hatte sie ihn immer noch als den vierjährigen Knaben vor sich gesehen, als den sie ihn am meisten geliebt hatte. Jetzt aber war er ein anderer als der, den sie verlassen hatte, er war nicht mehr der vierjährige Knabe, er war noch gewachsen und hagerer geworden. Welch eine Veränderung! Wie mager sein Gesicht, wie kurz sein Haar war! Wie lang seine Hände geworden sind. Wie hatte er sich verändert, seit sie von ihm getrennt gewesen! Aber er war es doch, es war die Form seines Kopfes, es waren seine Lippen, es war sein weicher Hals mit den breiten, kleinen Schultern.

»Serjosha!« wiederholte sie dicht über dem Ohr des Kindes.

Er richtete sich wieder, auf die Ellenbogen gestützt, in die Höhe, wandte den Kopf verwirrt nach beiden Seiten, als ob er etwas suche, und öffnete die Augen. Still und fragend blickte er einige Sekunden auf seine Mutter, die unbeweglich vor ihm stand, lächelte dann auf einmal glückselig, schloß wieder die schlaftrunkenen Augen und ließ sich nicht mehr zurück, sondern in die Arme seiner Mutter fallen.

»Serjosha! Mein lieber Junge!« sagte sie mit erstickter Stimme, indem sie seinen weichen Körper mit ihren Armen umfing.

»Mama!« murmelte er, indem er sich an sie schmiegte, um alle Teile seines Körpers mit ihren Armen in Berührung zu bringen.

Schlaftrunken lächelnd, noch immer mit geschlossenen Augen, faßte er erst die Bettlehne, ergriff sie dann an ihren Schultern, auf die er sich hinsinken ließ, indem er sie mit jener süßduftenden und warmen Atmosphäre umgab, die nur Kindern eigen ist, und begann sein Gesicht an Hals und Schultern der Mutter zu reiben.

»Ich hab's gewußt«, sagte er, indem er die Augen öffnete. »Heut ist mein Geburtstag. Ich habe gewußt, du wirst kommen. Ich will gleich aufstehen.«

Und während er sprach, kämpfte er immer noch mit dem Schlaf.

Anna betrachtete ihn mit gierigen Blicken; sie sah, wie er gewachsen war und sich während ihrer Abwesenheit verändert hatte. Sie erkannte und erkannte auch wieder nicht seine nackten, jetzt so großen Füße, die unter der Bettdecke hervorschauten, sie erkannte diese abgemagerten Wangen, diese kurzgeschnittenen Haare mit den kleinen Löckchen im Nacken, auf den sie ihn so oft geküßt hatte. Sie betastete das alles und vermochte nicht zu sprechen: Tränen würgten sie.

»Warum weinst du, Mama?« fragte er, nun völlig ermuntert. »Mama, warum weinst du?« rief er mit weinerlicher Stimme.

»Ich will nicht mehr weinen ... Ich weine vor Freude. Ich

habe dich so lange nicht gesehen. Nein, ich will gewiß nicht mehr weinen«, sagte sie, indem sie ihre Tränen schluckte und sich abwandte. »Jetzt ist es aber Zeit, daß du dich anziehst«, fügte sie nach einer Pause hinzu, nachdem sie sich gesammelt hatte und setzte sich, ohne seine Hände aus den ihren zu lassen, neben sein Bett auf einen Stuhl, auf dem seine Kleider bereit lagen.

»Wie bringst du es denn fertig, dich ohne mich anzuziehen? Wie ...«, wollte sie in ungezwungenem und fröhlichem Tone zu sprechen beginnen, vermochte aber nicht fortzufahren und wandte sich wieder ab.

»Ich wasche mich nicht mit kaltem Wasser, Papa erlaubt es nicht! Und Wassilij Lukitsch, hast du ihn nicht gesehen? Er kommt gleich. Du hast dich ja auf meine Kleider gesetzt.«

Und Serjosha brach in ein Gelächter aus. Sie sah ihn an und lächelte.

»Mama, mein Herz, mein Täubchen!« rief er aus, indem er sich wieder auf sie stürzte und sie umarmte, als ob ihm eben jetzt erst, als er sie lächeln sah, deutlich zum Bewußtsein gekommen wäre, was geschehen sei. »Das mußt du nicht tun«, sagte sie, indem sie ihren Hut abnahm. Und als hätte er sie eben erst, als sie ohne Hut vor ihm stand, von neuem erblickt, warf er sich wieder unter Küssen auf sie.

»Nun, und was hast du die ganze Zeit gedacht? Du hast doch nicht geglaubt, daß ich gestorben sei?«

»Nein, das hab' ich nie geglaubt.«

»Wirklich nicht, mein Liebling?«

»Ich hab's gewußt, ich hab's gewußt!« wiederholte er von neuem seinen Lieblingsausdruck, und indem er die Hand ergriff, mit der sie ihm liebkosend über das Haar fuhr, preßte er ihre Handfläche an seinen Mund und küßte sie wieder und wieder.

30

Wassilij Lukitsch, der anfangs nicht begreifen konnte, wer die Dame sei, und erst aus dem, was gesprochen wurde, erfuhr, daß dies die Mutter sei, die Frau, die ihren Mann verlassen hatte und die er nicht kannte, da er erst nach ihrer Abreise ins Haus gekommen war, war inzwischen unschlüssig, ob er ins Zimmer treten solle oder nicht, oder ob er nicht gut daran täte, Alexej Alexandrowitsch zu benachrichtigen. Endlich aber kam er zu dem Schluß, daß seine Pflicht darin bestehe, Serjosha zu einer bestimmten Stunde zu wecken, und daß es daher nicht seine Sache sei, zu untersuchen, wer bei ihm sitze, seine Mutter oder sonst wer, daß er vielmehr nur seinen gewohnten Obliegenheiten nachzukommen habe; so ging er denn, nachdem er sich angekleidet hatte, an die Tür und öffnete sie.

Aber die Liebkosungen der Mutter und des Sohnes, der Klang ihrer Stimmen und das, was sie sprachen, alles dies veranlaßte ihn, sein Vorhaben aufzugeben. Er schüttelte den Kopf, und schloß mit einem Seufzer die Tür. »Ich will noch zehn Minuten warten«, sprach er zu sich, indem er sich räusperte und die Tränen aus den Augen wischte.

Die ganze Dienerschaft des Hauses war inzwischen in einer nicht geringen Aufregung. Alle hatten erfahren, daß die Herrin des Hauses gekommen war, daß Kapitonytsch sie eingelassen hatte, und daß sie jetzt in der Kinderstube sei, während doch der Herr gegen neun Uhr immer selbst in dieses Zimmer kam. Und alle begriffen, daß ein Zusammentreffen der Ehegatten unmöglich sei und verhindert werden müsse. Kornej, der Kammerdiener, der in die Portierloge hinabgegangen war, um zu fragen, wer sie eingelassen habe und wie dies habe geschehen können, machte dem alten Mann Vorwürfe, als er erfuhr, daß Kapitonytsch ihr geöffnet und sie hinaufgeleitet hatte. Der Schweizer schwieg anfangs beharrlich, als aber Kornej sagte, daß man ihn dafür aus dem Dienste jagen müsse, ging Kapitonytsch auf ihn zu und sagte, indem er vor Kornejs Gesicht mit den Händen herumfuchtelte:

»Ja, du hättest sie nicht hinaufgelassen! Zehn Jahre habe ich hier gedient und nichts als Gutes erfahren; du wärst natürlich imstande jetzt hinzugehen und zu sagen: ›Bitte, machen Sie, daß Sie hinauskommen.‹ Du verstehst die Dinge auf eine feine Art. So muß man's nach dir machen. Du solltest lieber daran denken, wie gut du dich darauf verstehst, deinen Herrn zu betrügen und seine Schuppenpelze zu stehlen.«

»Gemeiner Soldat«, versetzte Kornej verächtlich und wandte sich zu der Wärterin, die eben eintrat. »Was sagen Sie dazu, Marja Jefimowna; da läßt er sie herein und sagt niemandem was davon«, sprach Kornej zu ihr. »Alexej Alexandrowitsch muß gleich herauskommen und ins Kinderzimmer gehen.«

»Das sind Sachen, das sind Sachen«, versetzte die Wärterin. »Sie, Kornej Wassiljewitsch, sollten unsern Herrn irgendwie aufhalten, und ich will inzwischen rasch hinauf und sie auf irgendeine Art fortbringen. Das sind Sachen!«

Als die Wärterin ins Kinderzimmer trat, erzählte Serjosha seiner Mutter gerade, wie er mit Nadjenka beim Herumrutschen von einem Berg gefallen sei und sich dreimal überschlagen habe. Sie vernahm den Ton seiner Stimme, sah sein Gesicht und Mienenspiel, fühlte den Druck seiner Hand, aber sie verstand nicht, was er sprach. Ich werde fortgehen, ich werde ihn verlassen müssen – das war das einzige, woran sie dachte und was sie empfand. Sie hörte Wassilij Lukitschs Schritte, der an die Tür getreten war und hüstelte, sie hörte auch die Schritte der herankommenden Wärterin, aber sie saß wie versteinert, unfähig ein Wort hervorzubringen noch sich zu erheben.

»Gnädige Frau, mein Täubchen!« begann die Wärterin, indem sie zu Anna herantrat und ihr die Hände und die Schulter küßte. »Da hat aber der liebe Gott unserem Geburtstagskind eine Freude beschert! Sie sehen gar nicht verändert aus.«

»Ach Njanja, liebe Njanja, ich habe gar nicht gewußt, daß Sie noch im Hause sind«, sagte Anna, die auf einen Augenblick aus ihrer Erstarrung erwacht war.

»Ich bin nicht mehr im Hause, ich wohne bei meiner Tochter; ich bin nur gekommen, um zu gratulieren, Anna Arkadjewna, mein Täubchen.«

Die Wärterin begann plötzlich zu weinen und küßte ihr wieder die Hand.

Serjoshas Augen strahlten vor Glück, während er sich mit der einen Hand an der Mutter, mit der anderen an der Wärterin festhielt und mit seinen dicken, nackten Beinchen auf dem Teppich strampelte. Die Zärtlichkeit der geliebten, alten Wärterin gegen seine Mutter erfüllte ihn mit Wonne.

»Mama! Sie kommt oft zu mir, und immer, wenn sie kommt ...«, begann er zu sprechen, hielt aber plötzlich inne, als er bemerkte, daß sich auf dem Gesicht seiner Mutter, die der alten Frau etwas zuflüsterte, Angst und ein Ausdruck von Scham malte, was ihm ganz und gar nicht zu ihr zu passen schien.

Sie trat an ihn heran.

»Mein lieber Junge!« sagte sie.

Sie brachte das Wort ›lebe wohl‹ nicht über ihre Lippen, aber der Ausdruck in ihrem Gesicht sagte es ihm, und er hatte verstanden. »Mein lieber Kutik«, sagte sie, indem sie ihn bei dem Namen nannte, bei dem sie ihn zu rufen pflegte, als er noch ganz klein war. »Du wirst mich nicht vergessen? Du ...«, aber weiter vermochte sie nicht zu sprechen.

Wieviel Worte fielen ihr hinterher ein, die sie ihm hätte sagen können. Jetzt aber war sie unfähig, zu denken oder etwas zu sagen. Aber Serjosha hatte alles verstanden, was sie ihm sagen wollte. Er hatte verstanden, daß sie unglücklich war und ihn liebte. Er hatte sogar verstanden, was die Wärterin ihr zugeflüstert hatte. Er hatte die Worte gehört: »Immer gegen neun Uhr«, und er wußte, daß vom Vater die Rede sei und daß die Mutter ihm nicht begegnen dürfe. Das hatte er alles verstanden, aber eins konnte er nicht verstehen: warum sich auf ihrem Gesicht Angst und Scham ausprägten. Sie ist unschuldig und doch fürchtet sie sich vor ihm und schämt sich aus irgendeinem Grunde. Er wollte eine Frage stellen, die ihm diesen Zweifel hätte aufklären können, aber er hatte nicht das Herz dazu; er sah, daß sie litt, und fühlte Mitleid mit ihr. Er schmiegte sich schweigend an sie und flüsterte ihr zu:

»Geh nicht fort. Er kommt noch nicht so bald.«

Sie machte sich von ihm los, um in seinen Zügen zu lesen, ob er das, was er gesagt hatte, auch so meinte, und aus dem angstvollen Ausdruck seines Gesichts las sie es heraus, daß er nicht nur vom Vater sprach, sondern sie auch gleichsam zu fragen schien, was er von seinem Vater zu denken habe.

»Serjosha, mein Herzenskind«, sage sie, »liebe ihn, er ist besser und gütiger als ich, und ich bin schuldig vor ihm. Wenn du groß geworden bist, wirst du selbst urteilen können.«

»Besser als du ist niemand«, schrie er verzweiflungsvoll unter Tränen und preßte sie, indem er ihre Schultern erfaßte, mit aller Kraft und vor Anstrengung zitternden Händen an sich.

»Mein Liebling, mein kleiner Junge«, brachte Anna hervor und fing ebenso schwach, ebenso kindlich zu weinen an wie er selbst.

In diesem Augenblick wurde die Tür geöffnet, und Wassilij Lukitsch trat herein. Von der andern Tür her wurden Schritte vernehmbar, und die Wärterin flüsterte erschreckt: »Er kommt«, indem sie Anna ihren Hut hinhielt.

Serjosha hatte sich auf das Bett fallen lassen und weinend sein Gesicht mit den Händen bedeckt. Anna zog ihm die Hände fort, küßte noch einmal sein tränenüberströmtes Gesicht und ging rasch zur Tür hinaus. Alexej Alexandrowitsch kam ihr entgegen. Als er sie erblickte, blieb er stehen und senkte den Kopf.

Obwohl sie eben erst gesagt hatte, daß er besser und gütiger sei als sie, so wallte jetzt doch, bei dem flüchtigen Blick, mit dem sie seine ganze Erscheinung mit allen ihren Einzelheiten streifte, ein Gefühl des Widerwillens, des Hasses und des Neides in ihr auf, wegen ihres Sohnes, den sie verlassen mußte. Sie ließ mit einer raschen Bewegung den Schleier herab und eilte, ja stürzte fast aus dem Zimmer.

Sie hatte nicht einmal Zeit gefunden, die Spielsachen, die sie gestern abend mit soviel Liebe und Schmerz im Laden ausgesucht hatte, auszupacken und brachte sie wieder nach Hause zurück.

31

So sehr auch Anna das Wiedersehen mit ihrem Sohne herbeigesehnt, so lange sie den Gedanken daran in sich gehegt und sich darauf vorbereitet hatte, sie hätte doch nicht geglaubt, daß dieses Wiedersehen sie so heftig erschüttern würde. In ihre einsame Hotelwohnung zurückgekehrt, konnte sie lange Zeit nicht fassen, wozu sie eigentlich hier sei.

»Ja, es ist alles aus, und ich bin wieder allein«, sprach sie zu sich selbst, indem sie sich, ohne den Hut abzunehmen, auf einen Sessel vor dem Kamin niederließ. Die Augen starr auf eine Bronzeuhr gerichtet, die auf einem Tisch zwischen den Fenstern stand, versank sie in dumpfes Brüten.

Die französische Kammerjungfer, die sie aus dem Ausland mitgebracht hatte, kam herein und fragte, ob sie sich nicht umkleiden wolle. Sie blickte verwundert zu ihr auf und sagte: »Später.« Der Diener wollte ihr den Kaffee servieren – »Später«, sagte sie.

Die italienische Amme, die eben das Kind in Ordnung gebracht hatte, kam herein und wollte es Anna geben. Das dicke, wohlgenährte Kind drehte, wie immer wenn es die Mutter sah, ihre nackten, von einem Bändchen umspannten Ärmchen mit den Handflächen nach unten und begann, mit dem zahnlosen Munde lächelnd, die Händchen, wie ein Fisch mit seinen Flossen, hin und her zu bewegen, und damit auf den gestärkten Falten ihres gestickten Röckchens zu rascheln. Es war unmöglich, nicht zu lächeln, die Kleine nicht zu küssen, es war unmöglich, ihr nicht den Finger hinzuhalten, den sie jauchzend erfaßte, während dabei der ganze, kleine Körper in Bewegung geriet; es war unmöglich, ihr die Lippen nicht hinzuhalten, die sie in ihrer Weise küßte, indem sie sie in das Mündchen nahm. Das alles tat Anna: sie nahm sie auf den Arm, ließ sie hüpfen und küßte sie auf die frische Wange und auf die bloßen Ellbogen. Aber beim Anblick dieses kleinen Mädchens wurde es ihr noch klarer, daß das, was sie für das Kind empfand, im Vergleich mit dem Gefühl, das für Serjosha in ihr lebte, gar keine Liebe sei. Alles an diesem Kind war entzückend, und doch stand es, wie sie fühlte, ihrem Herzen nicht nahe. Auf das erste Kind hatte sie, wenn auch ein ungeliebter Mann der Vater gewesen war, die ganze Kraft ihrer unbefriedigten Liebe übertragen. Dieses Mädchen aber war unter den unglücklichsten Verhältnissen zur Welt gekommen, und es war nicht mit dem hundertsten Teil jener Sorgfalt umgeben worden, die dem ersten Kind zuteil geworden war. Außerdem war bei dem Mädchen alles gleichsam erst im Keime vorhanden, während Serjosha schon ein beinah fertiger Mensch war, ein Mensch, an dem sie mit Liebe hing. In ihm gärten schon Gedanken und Empfindungen, er verstand, er liebte sie, er hatte ein Urteil über sie, dachte sie, indem sie sich seine Worte und Blicke in Erinnerung zurückrief. Und von ihm war sie nun für immer, nicht nur räumlich, sondern auch geistig getrennt, und es gab keine Hilfe dagegen.

Sie gab das Kind der Amme zurück und entließ sie. Dann öffnete sie ein Medaillon, das Serjoshas Bild aus einer Zeit enthielt, als er fast in demselben Alter wie das Mädchen stand. Sie erhob sich, setzte den Hut ab und nahm von einem Tischchen ein Album, in dem sich Photographien ihres Knaben aus früheren Lebensaltern befanden. Sie wollte die Bilder miteinander vergleichen und begann sie aus dem Album herauszuziehen. Sie hatte schon alle herausgenommen, nur noch eines, das letzte und beste Bild, war noch darin geblieben. Er saß in einem weißen Hemde rittlings, mit gerunzelten Brauen und lachendem Mund, auf einem Stuhl. Auf diesem Bild hatte er jenen ganz besonderen Ausdruck, den sie bei ihm am meisten liebte. Mit ihren kleinen, flinken Händen, deren weiße, schlanke Finger sich heute besonders energisch bewegten, erfaßte sie mehrmals eine Ecke des Bildes, aber es rutschte immer wieder ab und ließ sich nicht hervorziehen. Ein Falzbein war auf dem Tisch nicht zu finden, und sie zog daher das daneben befindliche Bild heraus – es war eine in Rom angefertigte Fotografie von Wronskij im runden Hut und mit langem Haar – und schob damit das Bild ihres Knaben heraus. »Das ist ja er!« sagte sie, als ihr Blick auf Wronskijs Bild fiel, und plötzlich kam es ihr wieder zum Bewußtsein, wer an ihrem jetzigen Unglück schuld sei. Sie hatte im Laufe dieses Morgens nicht ein einziges Mal an ihn gedacht. Aber als sie jetzt seine männlichen, edlen, ihr so wohlbekannten und teueren Züge erblickte, da wallte in ihr von neuem ein unerwartetes Gefühl der Liebe zu ihm auf.

»Wo er nur sein mag? Wie kann er es denn über sich bringen, mich jetzt mit meinem Leid allein zu lassen?« dachte sie plötzlich mit einem Gefühl des Vorwurfs, wobei sie ganz vergaß, daß sie ja selbst bemüht gewesen war, vor ihm alles, was ihren Sohn betraf, zu verbergen. Sie sandte zu ihm mit der Bitte, sogleich hinaufzukommen. Mit pochendem Herzen erwartete sie ihn, indem sie sich alles, was sie ihm sagen wollte, zurechtlegte und sich die Liebesbeteuerungen, mit denen er sie trösten wollte, ausmalte. Der Diener kam mit dem Bescheid zurück, er habe Besuch, würde aber gleich kommen und ließe bei ihr anfragen, ob sie ihn mit dem Fürsten Jaschwin, der nach Petersburg gekommen und jetzt bei ihm sei, empfangen wolle. »Er kommt also nicht allein und hat mich doch seit gestern mittag nicht gesehen«, dachte sie –, »er kommt also nicht so, daß ich ihm alles sagen kann, sondern mit Jaschwin.« Und plötzlich fuhr ihr der seltsame Gedanke durch den Kopf: wie, wenn er auf einmal aufgehört hätte, sie zu lieben?

Sie durchlief im Geiste alle Vorkommnisse der letzten Tage, und es schien ihr, als sehe sie in allem eine Bestätigung dieses furchtbaren Verdachtes: sie sah diese Bestätigung darin, daß er gestern nicht zu Hause gespeist, daß er darauf bestanden hatte, in Petersburg getrennt von ihr zu wohnen, und sogar darin, daß er selbst jetzt nicht allein zu ihr käme, gerade als wolle er ein Zusammensein mit ihr unter vier Augen vermeiden.

»Aber er muß es mir gestehen. Ich muß es wissen. Wenn ich es weiß, so werde ich auch wissen, was ich zu tun habe«, sagte sie zu sich selber und hatte doch nicht die Kraft, sich die Lage vorzustellen, in der sie sein würde, wenn sie sich von seiner Gleichgültigkeit überzeugt hatte. Sie glaubte, er habe aufgehört, sie zu lieben, sie fühlte sich der Verzweiflung nahe und war infolgedessen in einer besonders heftigen Erregung. Sie klingelte ihrer Zofe und begab sich in ihr Ankleidezimmer. Sie verwandte heute eine größere Sorgfalt auf ihre Toilette als während der letzten Tage, gleich als könnte er sich, wenn er aufgehört hätte, sie zu lieben, ihr wieder zuwenden, weil sie das Kleid und die Frisur trug, die ihr am besten zu Gesicht standen.

Noch bevor sie fertig war, ertönte die Klingel.

Als sie in den Salon trat, begegnete sie nicht seinem, sondern Jaschwins Blick. Er selbst betrachtete die Fotografien ihres Knaben, die sie auf dem Tisch vergessen hatte, und beeilte sich nicht, zu ihr aufzusehen.

»Wir sind ja Bekannte«, sagte sie, indem sie ihre kleine Hand in die große Hand des verlegenen Jaschwins legte; seine Verlegenheit machte bei seiner riesigen Gestalt und seinen groben Zügen einen eigentümlichen Eindruck. »Wir haben uns im vorigen Jahre bei den Rennen getroffen.«

»Geben Sie her«, sagte sie, indem sie Wronskij mit einer raschen Bewegung die Bilder wegnahm, die er betrachtete, und ihn mit ihren glänzenden Augen vielsagend ansah. »Waren die diesjährigen Rennen gut? Ich habe statt der hiesigen Rennen die auf dem Korso in Rom gesehen. Sie sind übrigens kein Freund des Lebens im Ausland«, sagte sie mit freundlichem Lächeln. »Ich kenne Sie und kenne Ihren Geschmack in allen Dingen, obgleich wir uns selten getroffen haben.«

»Das beklage ich sehr, denn mein Geschmack ist in den meisten Dingen ein arger«, sagte Jaschwin, indem er sich auf die linke Spitze seines Schnurrbarts biß.

Nachdem sie sich noch einige Zeit unterhalten hatten, fragte Jaschwin, als er bemerkte, daß Wronskij nach der Uhr sah, ob Anna noch lange in Petersburg zu verweilen gedenke, und griff, indem er seine mächtige Gestalt in die Höhe richtete, nach seinen Käppi.

»Ich glaube, nicht lange«, erwiderte sie, und blickte mit einiger Verwirrung auf Wronskij.

»Dann werden wir uns also nicht mehr sehen?« sagte Jaschwin, indem er sich erhob, zu Wronskij. »Wo speist du heute?«

»Kommen Sie doch zum Diner«, sagte Anna in entschiedenem Ton, als sei sie über sich selbst wegen ihrer Verwirrung ärgerlich, errötete aber, wie stets, wenn sie gezwungen war, sich in bezug auf die Lage, in der sie sich befand, vor einem ihr wenig bekannten Dritten bloßzustellen. »Das Essen ist hier zwar nicht sehr gut, aber Sie können dann doch wenigstens zusammen sein. Alexej hängt an keinem seiner Regimentskameraden so sehr wie an Ihnen.«

»Sehr gern«, sagte Jaschwin mit einem Lächeln, aus dem Wronskij schloß, daß Anna ihm sehr gut gefallen habe.

Jaschwin empfahl sich und wandte sich zum Gehen; Wronskij stand hinter ihm.

»Gehst du auch?« fragte sie ihn.

»Ich habe mich schon verspätet«, erwiderte er. »Geh nur voraus – ich hole dich ein«, rief er Jaschwin nach.

Sie ergriff seine Hand und sah ihn unverwandt an, während sie in ihren Gedanken nach etwas suchte, was sie ihm sagen könne, um ihn zurückzuhalten.

»Wart einen Augenblick, ich muß dir etwas sagen«, und indem sie seine kurze Hand umspannte, preßte sie sie an ihren Hals. »Nicht wahr, du hast doch nichts dagegen, daß ich ihn zum Essen eingeladen habe?«

»Du hast sehr wohl daran getan«, versetzte er mit beruhigendem Lächeln, indem er seine dichten Zähne zeigte und ihr die Hand küßte.

»Alexej, du hast dich gegen mich nicht verändert?« frage sie, indem sie mit beiden Händen die seine drückte. »Alexej, ich kann es hier nicht mehr aushalten. Wann reisen wir ab?«

»Bald, bald. Du glaubst es nicht, wie schwer auch mir das Leben hier fällt«, sagte er, und zog seine Hand aus der ihren.

»Nun, geh nur, geh!« sagte sie gekränkt und trat raschen Schrittes von ihm weg.

32

Als Wronskij nach Hause zurückkehrte, traf er Anna noch nicht an. Bald nach seinem Weggang war, wie man ihm sagte, eine Dame zu ihr gekommen, mit der sie weggefahren sei. Der Umstand, daß sie ausgefahren war, ohne zu hinterlassen, wohin sie fahre, daß sie bis jetzt noch nicht nach Hause zurückgekehrt war, daß sie früh am Morgen irgendwo gewesen, ohne ihm etwas davon zu sagen – alles dies, und noch dazu jener sonderbare, aufgeregte Ausdruck, den er heute morgen in ihrem Gesicht wahrgenommen, sowie die Erinnerung an ihre feindselige Haltung, als sie ihm in Jaschwins Gegenwart die Fotografie ihres Knaben fast aus der Hand gerissen hatte, gab ihm zu denken. Er sagte sich, daß es notwendig sei, sich mit ihr auseinanderzusetzen, und wartete im Salon auf sie. Anna kehrte jedoch nicht allein zurück, sondern in Gesellschaft ihrer Tante, der Prinzessin Oblonskaja, die unverheiratet geblieben war. Das war dieselbe Dame, die am Morgen gekommen und mit der Anna weggefahren war, um Einkäufe zu machen. Anna tat, als bemerke sie Wronskijs besorgten und fragenden Ausdruck nicht, und berichtete ihm in heiterem Tone, was sie heute morgen alles eingekauft habe. Er sah, daß in ihr etwas Besonderes vorging; in ihren glänzenden Augen nahm er, wenn er sie flüchtig auf sich gerichtet sah, den Ausdruck einer gespannten Aufmerksamkeit wahr, und in ihren Reden und Bewegungen fiel ihm jene nervöse Raschheit und Grazie auf, die ihn in der ersten Zeit ihrer näheren Bekanntschaft so sehr gefesselt hatten, ihn aber jetzt beunruhigten und erschreckten.

Zum Diner war für vier Personen gedeckt worden. Alle waren schon versammelt, um in das kleine Speisezimmer hinüberzugehen, als Tuschkewitsch mit einem Auftrag von Betsy zu Anna kam. Betsy ließ um Entschuldigung bitten, daß sie nicht gekommen sei, um sich zu verabschieden, sie sei nicht wohl, bitte aber Anna zwischen halb sieben und neun Uhr zu ihr zu kommen. Wronskij blickte bei dieser Zeitbestimmung, aus der zu ersehen war, daß Maßregeln getroffen waren, damit sie niemandem begegnen könne, auf Anna; Anna aber schien dies gar nicht zu bemerken.

»Es tut mir sehr leid, daß es mir gerade zwischen halb sieben und neun nicht möglich ist«, versetzte sie mit kaum merklichem Lächeln.

»Die Fürstin wird das sehr bedauern.«

»Und ich auch.«

»Sie werden wahrscheinlich die Patti hören wollen?«

»Die Patti? – Da bringen Sie mich auf eine Idee. Ich würde gern hinfahren, wenn es möglich wäre, eine Loge zu haben.«

»Ich kann Ihnen eine verschaffen«, erbot sich Tuschkewitsch.

»Ich wäre Ihnen äußerst dankbar«, sagte Anna. »Wollen Sie nicht vielleicht mit uns speisen?«

Wronskij zuckte kaum merklich die Achseln. Er konnte Anna heute durchaus nicht begreifen. Wozu hatte sie diese alte Prinzessin mitgebracht, wozu forderte sie Tuschkewitsch auf, zum Essen zu bleiben, und, was das Merkwürdigste war, wozu wollte sie eine Loge besorgt haben. War es denn denkbar, in ihrer Lage in eine Abonnementsvorstellung zur Patti zu gehen, wo ihr ganzer Bekanntenkreis versammelt sein würde? Er warf ihr einen ernsten Blick zu, aber sie erwiderte ihn mit dem herausfordernden, halb fröhlichen, halb verzweifelten Blick, dessen Bedeutung er nicht verstehen konnte. Beim Diner war sie von einer herausfordernden Lustigkeit; sie schien geradezu mit Tuschkewitsch wie auch mit Jaschwin zu kokettieren. Als man sich vom Tisch erhob und Tuschkewitsch sich entfernt hatte, um die Loge zu besorgen, begab sich Jaschwin in Wronskijs Wohnräume, um zu rauchen; dieser folgte ihm nach. Nachdem er eine Weile mit ihm zugebracht hatte, eilte er wieder hinauf. Anna hatte bereits ein helles, seidenes Kleid mit Samtbesatz und ausgeschnittener Brust, das sie sich in Paris hatte machen lassen, angelegt. Auf dem Kopf hatte sie kostbare weiße Spitzen, die ihr Gesicht umrahmten und ihre blendende Schönheit besonders vorteilhaft hervortreten ließen.

»Sie wollen also wirklich ins Theater?« fragte er, indem er es vermied, sie anzusehen.

»Warum fragen Sie denn in so erschrecktem Ton?« versetzte sie, von neuem dadurch gekränkt, daß er sie nicht ansah. »Weshalb sollte ich denn nicht hin?«

Sie tat, als verstehe sie den Sinn seiner Worte nicht.

»Selbstverständlich liegt gar kein Grund vor«, sagte er mit finsterer Miene.

»Das meine ich auch«, versetzte sie, in absichtlicher Verkennung der Ironie seiner Worte, während sie ruhig den langen duftenden Handschuh umstülpte.

»Anna, um Gottes willen! Was geht mit Ihnen vor?« sagte er, als wolle er sie zur Besinnung bringen, genau in derselben Weise, wie einst ihr Mann mit ihr zu sprechen pflegte.

»Ich begreife nicht, was Sie wollen?«

»Sie wissen, daß Sie nicht in die Oper können.«

»Weshalb? Ich will ja nicht allein hin. Prinzessin Warwara ist fortgefahren, um Toilette zu machen, sie begleitet mich.«

Er zuckte die Achseln mit dem Ausdruck der Verständnislosigkeit und der Verzweiflung.

»Aber wissen Sie denn nicht –«, begann er.

»Ich will nichts wissen!« sagte sie fast schreiend. »Ich will nicht. Bereue ich etwa, was ich getan habe? Nein, nein, nein. Und wenn ich wieder in derselben Lage wäre, so würde ich wieder genauso handeln. Für uns, für mich und für Sie, ist nur das eine von Wichtigkeit, ob wir einander lieben. Andere Erwägungen gibt es nicht. Weshalb leben wir hier getrennt und können einander nicht sehen? Weshalb soll ich nicht in die Oper? Ich liebe dich und mir ist alles andere gleichgültig«, fuhr sie auf Russisch fort, indem sie ihn mit jenem besonderen, ihm unerklärlichen Leuchten der Augen ansah, »wenn nur du dich nicht verändert hast. Warum siehst du mich nicht an?«

Er richtete seinen Blick auf sie und sah die ganze Schönheit ihres Gesichtes und der Toilette, die ihr stets so gut gestanden hatte. Jetzt aber waren es gerade ihre Schönheit und Eleganz, was ihn so sehr verstimmte.

»Meine Gefühle für Sie können sich nicht ändern, das wissen Sie, aber ich bitte Sie, nicht ins Theater zu gehen, ich flehe Sie an«, wiederholte er auf Französisch mit zärtlichem Flehen in der Stimme, aber mit Kälte im Blick.

Sie hörte seine Worte nicht, aber sie sah seinen kalten Blick und antwortete gereizt:

»Und ich bitte Sie, mir zu erklären, warum ich nicht in Oper soll.«

»Weil Ihnen dort widerfahren könnte, was ...«, begann er und hielt verwirrt inne.

»Ich verstehe nicht, was Sie wollen. *Jaschwin n'est pas compromettant*, und Prinzessin Warwara ist nicht schlechter als die anderen. Da ist sie übrigens.«

33

Zum ersten Mal war heute in Wronskij ein Gefühl des Verdrusses, ja des Zornes gegen Anna aufgestiegen, weil sie die Lage, in der sie sich befand, absichtlich verkennen zu wollen schien. Dieses Gefühl wurde dadurch noch verstärkt, daß er ihr die Ursache seiner Mißstimmung nicht angeben durfte. Wenn er unumwunden aussprechen wollte, was er dachte, so hätte er ihr sagen müssen: in dieser Toilette, in Begleitung dieser allen so wohl bekannten Prinzessin im Theater zu erscheinen – hieße nicht nur ihre Stellung als die einer gefallenen Frau offen zugestehen, sondern auch der Gesellschaft den Fehdehandschuh hinwerfen, mit anderen Worten, sich für immer von ihr lossagen.

Das aber konnte er ihr nicht sagen. »Aber wie ist es möglich, daß sie dies nicht selbst einsieht, und was geht überhaupt in ihr vor?« sprach er zu sich. Er fühlte, wie sich seine Achtung für sie verringerte, während sich zu gleicher Zeit seine Bewunderung ihrer Schönheit steigerte.

Mit finsterer Miene kehrte er in sein Zimmer zurück, setzte sich zu Jaschwin, der, seine langen Beine auf einen Stuhl gestreckt, Kognak mit Selterswasser trank, und ließ sich dasselbe bringen.

»Du sprichst von Lankowskijs Mogutschij. Es ist ein gutes Pferd und ich rate dir, es zu kaufen«, sagte Jaschwin, mit einem Blick auf Wronskijs finstere Miene. »Es hat zwar ein Hängekreuz, aber Beine und Kopf lassen nichts zu wünschen übrig.«

»Ich denke, ich schaffe mir ihn an«, erwiderte Wronskij.

Das Gespräch über Pferde interessierte ihn, aber dennoch verließ ihn der Gedanke an Anna keinen Augenblick; er horchte unwillkürlich auf jeden Schritt, der vom Korridor hereindrang, und blickte von Zeit zu Zeit nach der Uhr auf dem Kamin.

»Anna Arkadjena haben zu melden befohlen, daß sie ins Theater gefahren sind.«

Jaschwin goß noch ein Glas Kognak in das schäumende Wasser, trank es aus, stand dann auf und knöpfte seinen Rock zu.

»Nun, fahren wir?« sagte er mit einem unter dem Schnurrbart kaum merklichen Lächeln, aus dem aber deutlich genug hervorging, daß er den Grund von Wronskijs Verstimmung kenne, ohne ihm jedoch irgendwelche Bedeutung beizulegen.

»Ich fahre nicht mit«, erwiderte Wronskij finster.

»Ich muß jedenfalls hin, ich habe es versprochen. Nun denn, auf Wiedersehen. Vielleicht kommst du doch ins Parterre, du kannst Krassinskijs Platz haben«, fügte er im Hinausgehen hinzu.

»Nein, ich habe zu tun.«

»Mit seiner angetrauten Frau hat man seine Last, mit einer nicht angetrauten ist es noch schlimmer«, dachte Jaschwin, als er das Hotel verließ.

Allein geblieben, erhob sich Wronskij von seinem Stuhl und begann im Zimmer auf- und abzugehen.

»Was haben wir heute eigentlich? Es ist das vierte Abonnement ... Jegór mit Frau und Mutter sind wahrscheinlich dort – mit anderen Worten ganz Petersburg wird versammelt sein. Jetzt ist sie schon angekommen, hat den Pelzmantel abgeworfen und ist in den Vordergrund der Loge getreten; Tuschkewitsch, Jaschwin, Prinzessin Warwara ...«, malte er sich aus. »Und ich? Oder fürchte ich mich etwa und habe sie der Obhut von Tuschkewitsch übergeben? Wie ich die Sache auch ansehen mag ... es ist eine abscheuliche, ganz abscheuliche Geschichte ... Und weshalb bringt sie mich nur in eine solche Lage?« sprach er mit einer ärgerlichen Handbewegung zu sich selbst.

Dabei stieß er zufällig an das Tischchen, auf dem das Selterswasser und die Karaffe mit dem Kognak standen, und hätte es beinahe umgeworfen. Er wollte das Tischchen halten, aber es entglitt ihm; da gab er ihm vor lauter Ärger einen Stoß mit dem Fuß und klingelte.

»Wenn du in meinen Diensten bleiben willst«, herrschte er den hereintretenden Kammerdiener an, »so denke an das, was du zu tun hast. Daß dies nicht wieder vorkommt. Du hättest abräumen sollen.«

Der Kammerdiener, der sich völlig unschuldig fühlte, wollte sich rechtfertigen, als er aber seinen Herrn ansah, belehrte ihn der Ausdruck seines Gesichts, daß er besser daran tue, zu schweigen, und so ließ er sich denn eiligst auf den Teppich nieder, um mit geschmeidigen Bewegungen die noch ganzen und zerschlagenen Gläser und Karaffen zusammenzuraffen.

»Das ist nicht deine Sache, schicke den Diener her und lege mir den Frack zurecht.«

Wronskij betrat um halb neun Uhr das Theater. Die Vorstellung war im vollsten Gange. Der alte Logenschließer nahm Wronskij den Pelz ab, redete ihn, als er ihn erkannte, mit ›Erlaucht‹ an und sagte, er brauche keine Garderobennummer zu nehmen, sondern möge beim Weggehen nur ›Fjodor‹ rufen. Im erleuchteten Korridor befand sich niemand außer dem Logenschließer und zwei Dienern, die mit Pelzmänteln unter den Armen horchend an der Tür standen. Durch die nur angelehnte Tür hindurch hörte man die Klänge der leisen Staccatobegleitung des Orchesters und einer weiblichen Stimme, die eben im Begriff war, einen musikalischen Satz deutlich zu phrasieren. Die Tür öffnete sich, um den hindurchschlüpfenden Logenschließer herauszulassen, und der Satz, der eben zu Ende ging, drang deutlich an Wronskijs Ohr. Aber die Tür wurde sogleich wieder zugezogen, und Wronskij konnte den Schluß sowie die darauffolgende Kadenz nicht mehr hören; er erkannte aber an dem donnernden Beifallsklatschen, das durch die Tür hindurchdrang, daß die Kadenz zu Ende war. Als er in den von Kronleuchtern und Bronzekandelabern hell erleuchteten Saal trat, dauerte der Lärm noch fort. Auf der Bühne erstrahlte die Sängerin im Glanz ihrer entblößten Schultern und Diamanten und verbeugte sich lächelnd, während sie mit Hilfe des Tenors, der sie an der Hand hielt, die ungeschickt über die Rampe fliegenden Buketts sammelte und zu einem Herrn mit einem durch die Mitte des pomadeglänzenden Haares gezogenen Scheitel trat, der irgendeinen Gegenstand in der Hand hielt und sich mit seinen langen Armen über die Rampe zu ihr herüberreckte. Das gesamte Publikum im Parterre, wie in den Logen war in Erregung, beugte sich vor, schrie und klatschte mit den Händen. Der Kapellmeister auf seinem erhöhten Platze half bei der Überreichung des Geschenkes für die Sängerin und schob dann seine Krawatte zurecht. Wronskij trat bis in die Mitte des Parterres vor, wo er stehen blieb und Umschau zu halten begann. Heute schenkte er seine Aufmerksamkeit noch weniger als sonst der ihm so wohlbekannten Umgebung, den Vorgängen auf der Bühne, dem verworrenen Lärm, und dem ganzen, ihm vertrauten, für ihn uninteressanten, bunten Schwarm der Zuschauer in dem dichtgedrängten Theater.

Wie immer saßen in den Logen allerlei Damen und im Hintergrund Offiziere, immer dieselben, zweideutigen, buntgekleideten Damen, dieselben Uniformen und Röcke waren überall verstreut, derselbe unsaubere Haufen drängte sich oben im ›Paradiese‹. In dieser ganzen Menschenmenge gab es in den Logen und den Fauteuils vielleicht vierzig ›wirkliche‹ Herren und Damen. Auf diese Oasen richtete Wronskij sogleich seinen Blick und setzte sich mit ihnen in unsichtbare Verbindung.

Als er eintrat, war der Akt gerade zu Ende, und so schritt er denn, ohne in die Loge seines Bruders zu gehen, bis zur ersten Reihe vor, wo er an der Rampe bei Serpuchowskoj stehen blieb, der mit eingeknicktem Knie und mit dem Absatz gegen die Rampe klopfend, dastand und Wronskij, als er ihn von weitem erblickte, mit einem Lächeln zu sich heranrief.

Wronskij hatte Anna noch nicht gesehen, er schaute

absichtlich nicht nach der Seite, wo sie saß. Aber er wußte nach der Richtung der Blicke, die er auffing, wo sie sich befinden mußte. Er hielt verstohlen Umschau, aber er suchte nicht nach ihr. Auf das Schlimmste gefaßt, suchte er mit den Augen Alexej Alexandrowitsch zu entdecken, aber zu seinem Glück war dieser heute nicht im Theater.

»Wie wenig man dir doch den früheren Militär noch ansieht«, wandte sich Serpuchowskoj an ihn. »Man könnte dich für einen Diplomaten, einen Künstler oder etwas Derartiges halten.«

»Ja, nach meiner Rückkehr aus dem Ausland habe ich gleich den Frack angezogen«, erwiderte Wronskij lächelnd, während er langsam sein Opernglas hervorzog.

»In dieser Beziehung beneide ich dich, offen gestanden. Wenn ich aus dem Auslande zurückkomme und dies hier wieder anlege«, sagte er, indem er seine Achselbänder berührte –, »tut mir meine verlorene Freiheit leid.«

Serpuchowskoj hatte Wronskij schon längst für die dienstliche Laufbahn verloren gegeben, aber er hatte ihm seine frühere Zuneigung bewahrt und behandelte ihn jetzt stets mit besonderer Liebenswürdigkeit.

»Schade, daß du den ersten Akt versäumt hast.« Wronskij hörte ihm mit einem Ohre zu, während er sein Glas vom Parterre nach der Beletage gleiten ließ und die Logen musterte. Neben einer Dame in einem Turban und einem kahlköpfigen alten Herrn, dessen ärgerliches Zwinkern er durch das Opernglas, das er auf ihn gerichtet hatte, sehen konnte, erblickte Wronskij plötzlich den Kopf von Anna, die in stolzer Haltung, in ihrer strahlenden Schönheit aus den sie umrahmenden Spitzen hervorlächelte. Sie saß in der fünften Parterreloge, kaum zwanzig Schritte von ihm entfernt, im Vordergrund und sprach, den Kopf leicht nach hinten gewandt, mit Jaschwin. Die Haltung ihres Kopfes auf den schönen und üppigen Schultern, die verhaltene Erregung, die sich im Glanz ihrer Augen und in ihrem ganzen Gesicht kundgab – das alles erinnerte ihn an jenen Abend, an dem sie auf dem Ball in Moskau genau ebenso ausgesehen hatte. Jetzt aber wirkte diese Schönheit in ganz anderer Weise auf ihn. Seine

Gefühle für sie hatten den Reiz des Geheimnisvollen eingebüßt, und ihre Schönheit, die ihn jetzt noch stärker als früher anzog, verletzte ihn zu gleicher Zeit. Sie blickte nicht nach der Seite, wo er stand, aber Wronskij fühlte, daß sie ihn schon gesehen hatte.

Als Wronskij dann wieder das Glas nach jener Richtung wandte, bemerkte er, daß die Prinzessin Warwara, die plötzlich auffallend rot geworden war, unnatürlich lachte und beständig nach der Nachbarloge hinsah, während Anna, die mit dem zusammengeklappten Fächer auf den roten Samt der Balustrade klopfte, gespannt nach irgendeinem Punkt zu blicken schien und nicht sah oder nicht sehen wollte, was in der Nachbarloge vorging. Auf Jaschwins Gesicht lag jener Ausdruck, den er immer hatte, wenn er im Spiel verlor. Mit finsterer Miene zog er die linke Spitze seines Schnurrbartes noch tiefer in den Mund hinein und schielte nach derselben Loge hinüber.

In dieser links gelegenen Loge saßen Kartassows. Wronskij kannte sie und wußte, daß sie zu Annas Bekanntenkreis gehörten. Frau Kartassowa, eine magere, kleine Person, stand in ihrer Loge, mit dem Rücken gegen Anna gewandt, und war im Begriff, sich in ihren Überwurf, den ihr Gatte ihr hinhielt, zu hüllen. Ihr Gesicht war bleich und hatte einen unwilligen Ausdruck, und sie sprach in erregtem Ton mit ihrem Gatten. Kartossow selbst, ein dicker, kahlköpfiger Herr, blickte sich beständig nach Anna um, während er sich bemühte, seine Frau zu beschwichtigen. Als diese die Loge verlassen hatte, zögerte ihr Gatte noch einige Zeit, indem er Annas Blick zu begegnen suchte, offenbar in der Absicht, sie zu grüßen. Anna schien ihn jedoch geflissentlich nicht zu bemerken und unterhielt sich, nach rückwärts gewandt, mit Jaschwin, der seinen kurzgeschorenen Kopf zu ihr herüberbeugte. Kartossow ging, ohne gegrüßt zu haben, hinaus, und seine Loge blieb leer.

Wronskij konnte zwar nicht wissen, was zwischen Kartassows und Anna vorgefallen war, aber so viel wurde ihm klar, daß etwas für Anna Demütigendes geschehen sein mußte. Er erkannte dies an dem, was er gesehen hatte, besonders aber an Annas Gesichtsausdruck, die, wie er sehr wohl merkte, ihre letzten Kräfte zusammennahm, um die Rolle, die sie auf sich genommen hatte, durchzuführen. Und diese Rolle scheinbarer Ruhe gelang ihr vollkommen. Wer ihr und ihrem Bekanntenkreis fern stand, wer alle die Bemerkungen nicht gehört hatte, mit denen die Damen ihrem Mitgefühl, ihrem Unwillen, ihrem Erstaunen darüber Ausdruck gaben, daß sie es gewagt hatte, in der Gesellschaft zu erscheinen und noch dazu in dieser so auffälligen Spitzentoilette, durch die ihre Schönheit zur vollen Wirkung kam, der konnte nur von Bewunderung für die Ruhe und Schönheit dieser Frau erfüllt sein, und ahnte nicht, daß sie die Qualen eines Menschen erduldete, der an den Pranger gestellt ist.

Die Überzeugung, daß etwas Unangenehmes vorgefallen sei, wenn er auch nicht genauer wußte, was es war, versetzte Wronskij in einen Zustand quälender Unruhe, und er begab sich, in der Hoffnung etwas Näheres zu erfahren, in die Loge seines Bruders. Er wählte absichtlich einen der Loge Annas gegenüberliegenden Durchgang im Parterre, stieß aber beim Hinausgehen auf seinen früheren Regimentskommandeur, der sich gerade mit zwei bekannten Herren unterhielt. Wronskij hörte, wie der Name Karenin genannt wurde und bemerkte, wie der Regimentskommandeur sich dann beeilte, ihn anzurufen, indem er zugleich den Herren, die eben sprachen, einen vielsagenden Blick zuwarf.

»Ah, Wronskij! Wann kommst du endlich einmal zum Regiment. Wir können dich ohne Liebesmahl nicht fortlassen. Du bist doch mit Leib und Seele mit uns verwachsen«, sagte der Kommandeur.

»Ich werde diesmal wohl kaum Zeit finden – tut mir sehr leid; beim nächsten Mal«, erwiderte Wronskij und eilte die Treppe hinauf nach der Loge seines Bruders.

Die alte Gräfin, Wronskijs Mutter, mit ihren stahlblauen Haarlocken, befand sich in der Loge. Warja und die Prinzessin Sorokina waren ihm im Korridor der Beletage begegnet.

Nachdem Marja die Prinzessin zu ihrer Mutter geleitet hatte, reichte sie dem Schwager die Hand und begann ohne Umschweife mit ihm von dem zu sprechen, was ihm am meisten am Herzen lag. Sie war in einer Erregung, wie er sie selten an ihr bemerkt hatte.

»Ich finde das niedrig und gemein; Madame Kartassowa hatte gar kein Recht dazu. Madame Karenina ...«, begann sie.

»Aber was ist denn geschehen? Ich weiß von gar nichts.«

»Wie, du hast nichts gehört?«

»Du wirst begreifen, daß ich der letzte bin, der etwas davon zu hören bekommen wird.«

»Gibt es wohl eine bösartigere Person als diese Kartassowa?«

»Ja, was hat sie denn getan?«

»Mir hat es mein Mann erzählt. – Sie hat die Karenina beleidigt. Ihr Mann fing an, mit ihr über die Loge hinüber zu sprechen, worauf ihm die Kartassowa eine Szene machte. Sie soll ganz laut eine beleidigende Bemerkung gemacht haben und hat dann die Loge verlassen.«

»Graf, Ihre Mama ruft Sie«, sagte die Prinzessin Sorokina, indem sie aus der Tür der Loge blickte.

»Ich warte schon die ganze Zeit auf dich«, sagte seine Mutter mit ironischem Lächeln. »Man sieht dich gar nicht mehr.«

Der Sohn bemerkte, daß sie ein Lächeln der Schadenfreude nicht zu unterdrücken vermochte.

»Guten Abend, *maman*. Ich war gerade im Begriff zu Ihnen zu kommen.«

»Warum gehst du denn nicht, *faire la cour à madame Karenina*?« frage sie, nachdem die Prinzessin Sorokina weggetreten war. »*Elle fait sensation. On oublie la Patti pour elle.*«

»*Maman*, ich habe Sie schon gebeten, hiervon nicht mit mir zu sprechen«, erwiderte er mit gerunzelten Brauen.

»Ich wiederhole nur, was alle sagen.«

Wronskij antwortete nicht und ging, nachdem er mit der Prinzessin Sorokina einige Worte gewechselt hatte, hinaus. In der Tür stieß er mit seinem Bruder zusammen.

»Ah, Alexej!« sagte dieser. »Welch eine Gemeinheit. Sie ist einfach dumm, weiter nichts. – Ich wollte gerade zu ihr. Gehen wir zusammen.«

Wronskij hörte nicht, was er sagte. Schnellen Schrittes ging er hinunter; er fühlte, daß er etwas tun müsse, aber er wußte nicht, was. Sein Verdruß darüber, daß sie sich in eine so schiefe Lage gebracht, und zugleich das Mitleid mit ihr wegen der Qualen, die sie erdulden mußte, erregten ihn aufs heftigste. Er begab sich ins Parterre hinunter und ging geradewegs auf Annas Loge zu, wo er Strjemow stehen sah, der sich mit ihr unterhielt.

»Es gibt keine Tenore mehr. *Le moule en est brisé*.« Wronskij verbeugte sich vor ihr und blieb stehen, indem er Strjemow begrüßte.

»Ich glaube, Sie sind etwas spät gekommen und haben die schönste Arie nicht gehört«, sagte Anna, indem sie ihm einen, wie ihm schien, spöttischen Blick zuwarf.

»Ich verstehe nicht viel davon«, – versetzte er mit einem strengen Blick.

»Wie Fürst Jaschwin«, – sprach sie lächelnd –, »welcher der Ansicht ist, daß die Patti zu laut singe.«

»Danke«, sagte sie, indem sie mit ihrer kleinen, von dem langen Handschuh umspannten Hand der herabgefallenen Theaterzettel nahm, den Wronskij aufgehoben hatte. In diesem Augenblicke sah er, wie es plötzlich auf ihrem Gesicht zuckte. Sie erhob sich und trat in den Hintergrund der Loge zurück.

Als Wronskij bemerkte, daß ihre Loge im nächsten Akt leer blieb, verließ er unter dem Zischen des Publikums, das bei den Klängen der Kavatine still geworden war, das Parterre und fuhr nach Hause. Anna war schon zurückgekehrt. Als Wronskij bei ihr eintrat, fand er sie in derselben Toilette vor, in der sie im Theater gewesen war. Sie saß auf dem ersten der an der Wand stehenden Sessel und sah vor sich hin. Sie blickte zu ihm auf, um dann sogleich wieder in ihre frühere Stellung zu verfallen.

»Anna«, sagte er.

»Du, du bist schuld an allem!« rief sie unter Tränen der Verzweiflung mit zornerstickter Stimme und erhob sich von ihrem Sitz.

»Ich habe dich gebeten, dich angefleht, nicht hinzugehen, ich wußte, daß dir etwas Unangenehmes passieren würde.«

»Unangenehmes!« rief sie aus, »nein, Fürchterliches.

Solange ich lebe – das werde ich nie vergessen. Sie hat gesagt, es sei entehrend, neben mir zu sitzen.«

»Das sind die Worte eines einfältigen Weibes. Aber wozu sich Unannehmlichkeiten aussetzen, wozu die Menschen herausfordern …?«

»Ich hasse deine Gelassenheit. Du hättest mich nicht soweit bringen dürfen. Wenn du mich wirklich liebtest …«

»Anna! Was hat meine Liebe damit zu tun?«

»Ja, wenn du mich so lieben würdest, wie ich dich liebe, wenn du so leiden würdest, wie ich leide …«, sagte sie, indem sie ihm angstvoll ins Gesicht sah.

Sie tat ihm leid und dennoch war er ihr böse. Er versicherte sie seiner Liebe, weil er sah, daß nur dies allein geeignet war, sie in ihrem jetzigen Zustand zu beruhigen, und wenn er ihr auch mit Worten nichts vorwarf, in seinem Herzen tadelte er sie doch.

Und diese Liebesbeteuerungen, die ihm so trivial erschienen, daß er sich schämte, sie auszusprechen, sog sie gierig ein und wurde allmählich ruhiger. Am andern Tage reisten sie völlig ausgesöhnt aufs Land.

SECHSTES BUCH

1

Darja Alexandrowna brachte den Sommer mit den Kindern in Pokrowskoj, bei ihrer Schwester, Kitty Ljewina, zu. Auf ihrem eigenen Gute war das Wohnhaus gänzlich in Verfall geraten, und Ljewin und seine Frau hatten sie überredet, den Sommer bei ihnen zu verbringen. Stjepan Arkadjewitsch war mit diesem Arrangement sehr zufrieden. Er bedauerte es, wie er sagte, außerordentlich, daß der Dienst ihn verhindere, den Sommer mit seiner Familie auf dem Land zu verbringen, was für ihn ja das höchste Glück wäre, und blieb in Moskau, von wo er ab und zu auf einen oder zwei Tage herüberkam. Außer Oblonskijs mit sämtlichen Kindern und der Gouvernante hatte sich in diesem Sommer bei Ljewins auch noch die alte Fürstin eingefunden, die es für ihre Pflicht hielt, ihre unerfahrene Tochter, die sich in ›anderen Umständen‹ befand, zu beaufsichtigen. Ferner hatte auch Warjenka, Kittys Freundin vom Ausland her, ihr Versprechen, sie zu besuchen, wenn sie verheiratet wäre, eingelöst und war jetzt bei ihr zu Besuch. Alles dies waren Angehörige und Freunde von Ljewins Frau, und obwohl er ihnen allen zugetan war, so regte sich doch in ihm ein gewisses Bedauern darüber, daß seine, die Ljewinsche Welt und Ordnung der Dinge von dieser Hochflut des ›Schtscherbazkijschen Elements‹ überschwemmt wurde, wie er für sich sagte. Von seinen eigenen Angehörigen war in diesem Sommer nur Sergej Iwanowitsch gekommen, aber auch dieser war nicht von dem Schlage der Ljewins, sondern von dem der Kosnyschews, so daß das Ljewinsche Element völlig unterdrückt war.

In Ljewins Haus, das so lange verödet gewesen war, befanden sich jetzt so viele Gäste, daß nahezu alle Zimmer besetzt waren, und fast jeden Tag mußte die alte Fürstin, ehe man zu Tisch ging, sich vergewissern, ob auch alle vollzählig seien, und den Dreizehnten, Enkel oder Enkelin, an einen Extratisch setzen. Auch für Kitty, die eifrig die Hauswirtschaft führte, war es keine geringe Sorge, alle die Hühner, Kapaunen, Enten, die bei dem sommerlichen Appetit der Gäste und Kinder in nicht unbedeutenden Mengen vertilgt wurden, zu beschaffen.

Die ganze Familie saß beim Essen. Dollys Kinder erörterten mit der Gouvernante und Warjenka die Frage, wohin man gehen solle, um Schwämme zu suchen. Sergej Iwanowitsch, der bei allen Gästen wegen seines großen Verstandes und seiner Gelehrsamkeit in einem Ansehen stand, das fast an Verehrung grenzte, setzte alle in Verwunderung, als er sich gleichfalls in die Unterhaltung von den Schwämmen mischte.

»Nehmt mich, bitte, auch mit. Ich suche sehr gern Schwämme«, sagte er, indem er auf Warja blickte, »ich finde, es ist ein sehr angenehmer Zeitvertreib.«

»Wir werden uns sehr freuen«, erwiderte Warja errötend. Kitty wechselte mit Dolly einen vielsagenden Blick. Der Vorschlag des hochgelehrten und geistvollen Sergej Iwanowitsch, mit Warja Schwämme zu suchen, bestätigte in Kitty gewisse Vermutungen, die sie in der letzten Zeit besonders beschäftigt hatten. Sie beeilte sich, einige Worte an ihre Mutter zu richten, damit ihr Blick nicht bemerkt würde. Nach Tisch setzte sich Sergej Iwanowitsch mit seiner Tasse Kaffee ans Fenster und führte eine mit seinem Bruder begonnene Unterhaltung fort, schaute dabei aber immer nach der Tür, durch die die Kinder, die sich zur verabredeten Partie fertig machten, hereinkommen mußten. Ljewin setzte sich zu seinem Bruder aufs Fenstersims.

Kitty stand neben ihrem Gatten, sie wartete offenbar auf das Ende des für sie uninteressanten Gesprächs, um ihm etwas zu sagen.

»Du hast dich seit deiner Heirat in mancherlei Beziehung verändert, und zwar zu deinem Vorteil«, sagte Sergej Iwanowitsch, den die Unterhaltung wenig zu interessieren schien, und lächelte Kitty zu, »aber deiner Leidenschaft, die allerparadoxesten Behauptungen aufzustellen, bist du treu geblieben.«

»Katja, das Stehen ist für dich nicht gut«, sagte ihr Gatte, indem er ihr mit einem vielsagenden Blick einen Stuhl herbeizog.

»Übrigens habe ich augenblicklich keine Zeit mehr«, setzte

Sergej Iwanowitsch hinzu, als er die Kinder zur Tür hereinstürmen sah.

Allen voran, in seitlichem Galopp, sprang Tanja in ihren fest anliegenden Strümpfen, ihren Korb schwingend und Sergej Iwanowitschs Hut in der Hand, geradewegs auf ihn zu.

Sie rannte keck auf Sergej Iwanowitsch zu, sah ihn an mit ihren strahlenden Augen, die den schönen Augen ihres Vaters so sehr glichen, reichte ihm den Hut und tat, als wolle sie ihn ihm aufsetzen, milderte aber durch ein schüchternes und zärtliches Lächeln ihe Keckheit.

»Warjenka wartet schon«, sagte sie und setzte ihm behutsam den Hut auf, nachdem sie an Sergej Iwanowitschs Lächeln erkannt hatte, daß sie das dürfe.

Warjenka stand in einem gelben Kattunkleid, das sie eben angelegt hatte, und mit einem weißen Tuch auf dem Kopf in der Tür.

»Ich komme, ich komme schon, Warwara Andrejewna«, – sagte Sergej Iwanowitsch, indem er seine Tasse Kaffee vollends leerte und Taschentuch und Zigarettenetui in seine Taschen verteilte.

»Was sagst du zu meiner Warjenka, ist sie nicht entzückend? Wie?« fragte Kitty ihren Gatten, als Sergej Iwanowitsch sich erhob. Sie sagte das so, daß dieser ihre Worte hören konnte, was sie offenbar auch bezweckte. »Und von welch einer Schönheit, einer edlen Schönheit sie ist. Warjenka!« rief Kitty laut, »ihr werdet wohl im Mühlenwald sein? Wir kommen nach!«

»Du vergißt vollständig deinen Zustand, Kitty«, sagte die alte Fürstin, die schnell zur Tür hereinkam. »Du darfst nicht so schreien.«

Warjenka, die Kittys Stimme und die Ermahnung der Mutter gehört hatte, ging mit leichten Schritten an Kitty heran. Die Raschheit ihrer Bewegungen, die Röte, die ihr lebhaftes Gesicht bedeckte – alles deutete darauf hin, daß etwas Ungewöhnliches in ihr vorging. Kitty wußte, was dieses Ungewöhnliche sei, und beobachtete sie genau. Sie hatte Warjenka nur zu dem Zweck herangerufen, um sie innerlich im Hinblick auf das wichtige Ereignis zu segnen, das, wie

Kitty glaubte, heute, nach dem Essen, im Walde eintreten mußte.

»Warjenka, ich werde sehr glücklich sein, wenn ein gewisses Ereignis eintreten sollte«, sagte sie flüsternd und küßte sie.

»Kommen Sie auch mit?« wandte sich Warjenka an Ljewin, indem sie tat, als habe sie Kittys Worte nicht gehört.

»Ja, ich gehe aber nur bis zur Tenne mit und bleibe dort.«

»Wozu hast du denn das nötig?« sagte Kitty.

»Ich muß mir die neuen Fuhren ansehen und sie nachzählen«, sagte Ljewin –, »und du, wo wirst du bleiben?«

»Auf der Terrasse.«

2

Auf der Terrasse hatte sich der ganze weibliche Teil der Gesellschaft versammelt. Man pflegte überhaupt nach dem Essen mit Vorliebe dort zu sitzen, heute aber war etwas Besonderes im Werk. Außer dem Nähen der Hemdchen und dem Stricken der Wickelbänder, mit dem alle beschäftigt waren, wurde heute Eingemachtes gekocht, und zwar nach einer für Agafja Michajlowna neuen Methode, ohne Zusatz von Wasser. Kitty wollte diese neue Methode einführen, die bei ihr zu Hause in Gebrauch war. Agafja Michajlowna, der bisher dieses Geschäft anvertraut war, huldigte der Ansicht, daß das, was im Ljewinschen Hause stets üblich gewesen sei, nicht schlecht sein könne, und hatte daher zu den Wald- und Gartenerdbeeren trotzdem Wasser zugegossen, da sie steif und fest behauptete, es ginge nicht anders. Hierbei war sie ertappt worden, und nun wurden die Himbeeren in Anwesenheit aller gekocht, um Agafja Michajlowna zur Überzeugung zu bringen, daß das Eingemachte auch ohne Zusatz von Wasser gut ausfalle.

Agafja Michajlowna bewegte, mit erhitztem und gekränktem Gesicht, wirrem Haar und bis zum Ellbogen entblößten, mageren Armen, die Schüssel im Kreise über dem Feuer und blickte finster auf die Himbeeren, während sie von ganzem Herzen wünschte, daß sie erstarren und nicht geraten möchten. Die Fürstin, die wohl fühlte, daß Agafja Michajlownas Zorn gegen sie, als die hauptsächliche Ratgeberin in der Eingemachtenfrage, gerichtet sein müsse, gab sich den Anschein, als seien ihre Gedanken ganz woanders und als habe sie gar kein Interesse für die Himbeeren, und sprach von nebensächlichen Dingen, wobei sie aber doch von Zeit zu Zeit nach dem Kohlenbecken schielte.

»Ich kaufe den Mädchen stets Kleider unter den zurückgesetzten Waren«, fuhr die Fürstin in einem vorher begonnenen Gespräch fort. – »Soll man jetzt nicht den Schaum abschöpfen, meine Liebe?« fügte sie, sich zu Agafja Michajlowna wendend, hinzu. »Du brauchst das gar nicht selbst zu tun, es ist viel zu heiß«, – hielt sie Kitty zurück.

»Ich will es tun«, sagte Dolly, indem sie sich erhob, und strich vorsichtig mit dem Löffel über den schäumenden Zucker hin, wobei sie ab und zu mit ihm auf den Teller klopfte, um das, was an dem Löffel hängen blieb, zu entfernen; der Teller war bereits von bunten rotgelben Schaumflocken bedeckt, mit denen sich der langsam hinzufließende blutfarbige Sirup mischte. »Wie sie das zum Tee schlecken werden«, dachte sie von ihren Kindern, indem sie sich erinnerte, wie sie selbst sich als Kind darüber gewundert hatte, daß die Erwachsenen das Beste, nämlich den Schaum, nicht äßen.

»Stiwa behauptet, es sei viel besser, den Leuten ein Geldgeschenk zu machen«, fuhr unterdessen Dolly in dem unterhaltenden Gespräch über die Art und Weise, wie man die Dienerschaft am zweckmäßigsten beschenke, fort –, »aber ...«

»Wie kann man nur Geld schenken!« riefen die Fürstin und Kitty gleichzeitig aus. »Sie wissen es ja nicht zu schätzen.«

»Ich habe zum Beispiel im vorigen Jahre unserer Matrjona Semjonowna einen Stoff – es war nicht Popelin, aber etwas ähnliches – gekauft«, sagte die Fürstin.

»Ich erinnere mich, sie trug das Kleid an Ihrem Namenstag.«

»Es war ein reizendes Muster – so einfach und fein

zugleich. Ich hätte mir selbst ein solches Kleid machen lassen, wenn sie es nicht schon gehabt hätte. Es war ähnlich wie Warjenkas Kleid. So hübsch und so billig.«

»Nun, jetzt ist es, glaub ich, fertig«, sagte Dolly, indem sie den Sirup vom Löffel herabfließen ließ.

»Erst wenn es in Kringeln siedet, dann ist es fertig. Lassen Sie es noch ein wenig kochen, Agafja Michajlowna.«

»Ach, diese Fliegen«, sagte Agafja Michajlowna verdrießlich. »Es wird ja genau ebenso werden«, fügte sie hinzu.

»Ach, wie entzückend er ist, erschreckt ihn nicht!« sagte Kitty ganz unvermittelt, indem sie auf einen Spatz blickte, der sich auf dem Geländer niedergelassen hatte, einen Himbeerzweig umdrehte und daran zu picken begann.

»Ja, aber du solltest nicht so nahe am Feuer stehen«, versetzte die Mutter.

»*A propos de Warjenka*«, – sagte Kitty französisch – sie hatten sich die ganze Zeit in dieser Sprache unterhalten, um von Agafja Michajlowna nicht verstanden zu werden. »Wissen Sie, Mama, daß ich heute aus irgendeinem Grunde die Entscheidung erwarte. Sie verstehen schon, was ich meine. Wie wäre das schön!«

»Das muß man sagen – du verstehst dich aufs Heiratsstiften!« sagte Dolly. »Wie vorsichtig und geschickt sie die beiden zusammenzubringen weiß ...«

»Nein, sagen Sie, *maman*, was meinen Sie dazu?«

»Was soll ich dazu meinen? Er« – damit meinte sie Sergej Iwanowitsch – »hätte stets eine der ersten Partien in Rußland machen können; jetzt ist er allerdings nicht mehr ganz jung, aber ich weiß, daß ihn trotzdem auch heute noch gar manche zum Mann nehmen würde. – Sie ist ein sehr gutes Mädchen, aber er könnte ...«

»Nein, begreifen Sie doch, *maman*, warum weder ihm noch ihr etwas Besseres zu wünschen wäre. Erstens – ist sie entzückend!« sagte Kitty, indem sie einen Finger einbog.

»Sie gefällt ihm ausnehmend – das ist sicher«, – bestätigte Dolly.

»Zweitens ist seine Stellung in der Gesellschaft eine solche, daß er bei seiner Frau weder auf Vermögen noch auf gesellschaftliche Position zu sehen braucht. Er braucht nur eines – eine brave, gute und vernünftige Frau.«

»Ja, bei ihr kann man beruhigt sein«, bestätigte Dolly.

»Drittens, muß sie ihn lieben. Und auch dies trifft hier zu. – Das heißt, es würde so schön sein, wenn es der Fall wäre! – Ich warte darauf, daß, wenn sie jetzt aus dem Wald kommen, alles entschieden sein wird. Ich werde es ihnen gleich an den Augen ansehen. Ich würde so glücklich sein. Wie denkst du darüber, Dolly?«

»Reg dich doch nicht so auf. Du darfst dich gar nicht aufregen«, sagte die Mutter.

»Aber ich rege mich ja gar nicht auf, *maman*. Ich glaube, er hält heute um sie an.«

»Ach, es ist eine sonderbare Empfindung, die man hat, wenn ein Mann uns einen Antrag macht. – Es ist, wie wenn eine Scheidewand, die uns bis dahin getrennt hat, plötzlich durchbrochen würde«, sagte Dolly mit einem träumerischen Lächeln, indem sie an die längst vergangenen Zeiten zurückdachte, als Stjepan Arkadjewitsch um sie geworben hatte.

»Mama, wie hat Papa um Sie angehalten?« fragte Kitty plötzlich.

»Ach, es war gar nichts Außergewöhnliches dabei – das hat sich ganz einfach gemacht«, erwiderte die Fürstin, aber in ihrem Gesicht leuchtete es auf bei dieser Erinnerung.

»Nein, aber wie war es denn? Sie haben ihn doch gewiß auch geliebt, bevor Sie noch das Recht hatten, es ihm zu gestehen?«

Kitty fand einen besonderen Reiz darin, jetzt mit der Mutter, wie mit einer Gleichgestellten, über alle diese Dinge, die im Leben der Frau den wichtigsten Platz einnehmen, sprechen zu können.

»Selbstverständlich hat er mich vorher geliebt. Er besuchte uns oft auf dem Lande.«

»Aber wie kam es zur Entscheidung, *maman*?«

»Du bildest dir wohl ein, daß ihr beide etwas Neues erfunden hättet? Es bleibt immer ein und dasselbe: mit Blicken und Lächeln kam es zur Entscheidung …«

»Wie treffend du das gesagt hast, *maman*! Ja, so ist es, mit Blicken und Lächeln«, bestätigte Dolly.

»Aber mit welchen Worten hat er es dir gesagt?«

»Mit welchen Worten hat es dein Kostja dir gesagt?«

»Er hat es mit Kreide aufgeschrieben. Das war wunderbar. – Wie weit scheint mir das zurückzuliegen!« versetzte sie.

Die drei Frauen verstummten und hingen alle den gleichen Gedanken nach. Kitty brach das Schweigen zuerst. In ihrer Erinnerung war jener Winter vor ihrer Heirat und ihre Leidenschaft für Wronskij aufgetaucht.

»Die Sache hat vielleicht einen Haken – nämlich Warjenkas frühere Leidenschaft«, sagte sie, einer natürlichen Ideenverbindung folgend. »Ich möchte es Sergej Iwanowitsch irgendwie andeuten, ihn vorbereiten. Die Männer sind ja alle furchtbar eifersüchtig auf unsere Vergangenheit«, setzte sie hinzu.

»Nicht alle«, – sagte Dolly. »Du urteilst nur nach deinem Mann. Die Erinnerung an Wronskij quält ihn immer noch. Nicht wahr? Ist es nicht so?«

»Ja, es ist so«, erwiderte Kitty träumerisch, während sie mit den Augen lächelte.

»Ich verstehe nur nicht«, – sagte die Fürstin, die auf die Tadellosigkeit ihrer früheren mütterlichen Beaufsichtigung nichts kommen lassen wollte –, »inwiefern ihn irgend etwas in deiner Vergangenheit beunruhigen konnte. Etwa, daß Wronskij dir den Hof gemacht hat? Dergleichen kommt aber doch bei jedem jungen Mädchen vor.«

»Ach nein, davon sprechen wir ja gar nicht«, sagte Kitty errötend.

»Nein, erlaube«, fuhr die Mutter fort, »außerdem wolltest du ja selbst nicht zugeben, daß ich mit Wronskij spreche. Weißt du noch?«

»Ach, Mama!« sagte Kitty mit schmerzlichem Ausdruck.

»Heutzutage ist es schwer, euch Mädchen zurückzuhalten. – Jedenfalls wären deine Beziehungen zu ihm niemals weiter gediehen, als es zulässig gewesen wäre – ich würde ihn selbst gezwungen haben, sich zu erklären. Übrigens ist es nichts für dich, daß du dich aufregst, mein Herz. Bitte, denke daran und beruhige dich.«

»Ich bin vollkommen ruhig, *maman*.«

»Welch ein Glück war es damals für Kitty, daß Anna zu uns kam, und welch ein Unglück wurde es für sie selbst«, sagte Dolly. »Es ist alles gerade ins Gegenteil umgeschlagen«, fuhr sie, von ihrem eigenen Gedanken betroffen, fort. »Damals war Anna so glücklich, während Kitty sich für unglücklich hielt. Wie ist jetzt alles anders geworden! Ich denke oft an sie.«

»Da denkst du an was Rechtes! Solch ein schlechtes, widerwärtiges Weib, ohne Herz«, versetzte die Mutter, die es nicht vergessen konnte, daß Kitty nicht Wronskijs, sondern Ljewins Frau geworden war.

»Wozu brauchen wir überhaupt davon zu sprechen«, sagte Kitty ärgerlich; »ich denke nicht mehr an die Sache und will auch nicht mehr daran denken ... Ich will nicht daran denken«, murmelte sie, indem sie dem ihr wohlbekannten Schritt ihres Gatten auf der zur Terrasse führenden Treppe lauschte.

»Wovon sprecht ihr? Woran willst du nicht denken?« fragte Ljewin, als er auf die Terrasse trat.

Niemand antwortete ihm, und er wiederholte seine Frage nicht.

»Es tut mir leid, daß ich den Frieden eures Frauenreiches gestört habe«, sagte er, indem er alle der Reihe nach mißmutig anblickte, denn er hatte gemerkt, daß von irgend etwas die Rede gewesen war, wovon man in seiner Gegenwart nicht gesprochen haben würde.

Eine Sekunde lang hatte er die Empfindung, daß er Agafja Michajlownas Gefühle teile, nämlich ihre Unzufriedenheit darüber, daß das Himbeereingemachte ohne Wasserzusatz gekocht werde und über das Überhandnehmen des fremden, Schtscherbazkijschen Einflusses überhaupt. Dennoch lächelte er und trat an Kitty heran.

»Nun, wie steht's?« fragte er, indem er sie mit demselben Ausdruck ansah, mit dem sich während dieser Zeit alle an sie zu wenden pflegten.

»Danke, ganz gut«, erwiderte Kitty lächelnd. »Und wie steht es bei dir?«

»Man hat dreimal mehr aufgeladen, als der Wagen faßt.

Wollen wir nun die Kinder abholen? Ich habe den Wagen anspannen lassen.«

»Wie, du willst Kitty in dem Rüttelkasten mitfahren lassen?« fragte die Mutter in vorwurfsvollem Ton.

»Wir fahren ja im Schritt, Fürstin.«

Ljewin nannte die Fürstin niemals *maman*, wie das ja Schwiegersöhne zu tun pflegen. Aber obwohl er die Fürstin sehr gern hatte und sie hochschätzte, konnte er es doch nicht über sich bringen, sie so zu nennen, da es ihm als eine Entweihung seiner Gefühle für seine verstorbene Mutter erschienen wäre.

»Fahren Sie mit uns, *maman*«, sagte Kitty.

»Ich will diesen Leichtsinn nicht mitansehen.«

»Nun, dann gehe ich zu Fuß, das ist ja sehr gesund für mich.« Kitty erhob sich, trat zu ihrem Gatten und nahm ihn bei der Hand.

»Gesund ist es schon, aber alles mit Maß«, versetzte die Fürstin.

»Nun, wie steht's, Agafja Michajlowna, ist das Eingemachte fertig?« fragte Ljewin, indem er ihr, in dem Wunsch, ihre Mißstimmung zu vertreiben, zulächelte. »Ist es nach der neuen Art gut geraten?«

»Es muß wohl gut sein. Nach dem zu urteilen, wie wir es gewohnt sind, ist es zu sehr eingekocht.«

»Das ist auch besser, Agafja Michajlowna, es wird nicht so leicht sauer; bei uns ist das ganze Eis sowieso schon geschmolzen, und wir haben ja keinen geeigneten Raum zum Aufbewahren«, sagte Kitty, die sogleich die Absicht ihres Gatten verstanden hatte und sich in der gleichen Absicht an die alte Frau wandte. »Dafür ist aber alles, was Sie eingesalzen haben, so gut geraten, daß *maman* sagt, sie habe es noch nirgends so vorzüglich gegessen«, fügte sie lächelnd hinzu, indem sie ihr das Kopftuch ordnete.

Agafja Michajlowna warf Kitty einen finsteren Blick zu.

»Suchen Sie nicht, mich zu trösten, gnädige Frau. Ich brauche Sie und ihn nur anzusehen, damit mir's froh ums Herz wird«, sagte sie, und dieses derbe ›ihn‹ anstatt ›den gnädigen Herrn‹ rührte Kitty.

»Kommen Sie mit uns, Schwämme suchen, Sie können uns die Plätze zeigen.« Agafja Michajlowna lächelte und schüttelte den Kopf, als wolle sie sagen: »Ich möchte Ihnen gern böse sein, aber ich kann es nicht.«

»Machen Sie es bitte so, wie ich es Ihnen rate«, sagte die alte Fürstin, »über das Eingemachte legen Sie ein Stück Papier und feuchten es mit Rum an: dann wird es auch ohne Eis nie schimmlig werden.«

3

Kitty freute sich besonders über die Gelegenheit, mit ihrem Gatten unter vier Augen zu sein, denn sie hatte es wohl bemerkt, wie sein Gesicht, auf dem sich jede Gefühlsregung so leicht widerspiegelte, von einem Schatten der Verstimmung überflogen wurde, als er auf die Terrasse getreten war und auf seine Frage, wovon die Rede gewesen war, keine Antwort erhalten hatte.

Als sie zu Fuß vor den anderen hergingen und vom Hause aus, auf der ausgefahrenen Straße, auf der Kornähren und Getreidekörner verstreut lagen, nicht mehr gesehen werden konnten, stützte sie sich fester auf seinen Arm und drückte ihn an sich. Er hatte den momentanen, unangenehmen Eindruck schon ganz vergessen, und in dieser Zeit, wo ihn der Gedanke an ihre Schwangerschaft keinen Augenblick verließ, wurde er bei diesem Alleinsein mit ihr von einem für ihn neuen und freudigen, reinen, von jeder Sinnlichkeit freien Gefühl der Befriedigung über die Nähe des geliebten Weibes ergriffen. Er wollte nicht sprechen, er wollte nur den Klang ihrer Stimme hören, der sich ebenso wie der Ausdruck ihres Blickes unter dem Einfluß der Schwangerschaft verändert hatte. In ihrer Stimme, wie in ihrem Blick lag eine Weichheit und ein Ernst, wie man sie bei Menschen antrifft, deren Aufmerksamkeit fortwährend auf ein und denselben geliebten Gegenstand gerichtet ist.

»Wirst du nicht müde werden? Stütz dich fester auf!« sagte er.

»Nein, ich bin so glücklich, daß ich mit dir allein sein kann, und muß gestehen, so wohl ich mich auch mit ihnen allen fühle, um unsere einsamen Winterabende tut es mir doch leid.«

»Damals war es gut und schön, und jetzt ist es noch besser. Beides ist besser!« sagte er, indem er ihren Arm an sich drückte.

»Weißt du, wovon wir sprachen, als du vorhin eintratest?«

»Vom Eingemachten?«

»Ja, vom Eingemachten; aber dann darüber, wie man einen Heiratsantrag macht.«

»Ah«, sagte Ljewin, der mehr auf den Klang ihrer Stimme als auf die Worte hörte, die sie sprach, während er die ganze Zeit auf den Weg achtete, der jetzt durch den Wald führte, und diejenigen Stellen zu vermeiden suchte, wo sie hätte fehltreten können.

»Und von Sergej Iwanowitsch und Warjenka haben wir auch gesprochen. Du hast es doch gemerkt? Ich wünsche es so sehr«, fuhr sie fort. »Wie denkst du darüber?« Und sie sah ihm ins Gesicht.

»Ich weiß nicht, was ich denken soll«, erwiderte Ljewin lächelnd.

»Sergej scheint mir in dieser Beziehung sehr sonderbar zu sein. Ich habe dir ja erzählt ...«

»Ja, daß er ein Mädchen geliebt hat, das dann gestorben ist ...«

»Das war, als ich noch ein Kind war; ich weiß das nur vom Hörensagen. Ich erinnere mich seiner noch ganz wohl – er war damals außerordentlich nett. Aber seit jener Zeit beobachte ich sein Verhalten Frauen gegenüber: er ist liebenswürdig mit ihnen, manche erregen sein Wohlgefallen, aber man hat die Empfindung, daß sie ihm nur als Menschen, nicht aber als Frauen gefallen.«

»Ja, aber diesmal, bei Warjenka! ... Es scheint doch ernster ...«

»Mag sein. – Aber man muß ihn kennen ... Er ist ein merkwürdiger, ungewöhnlicher Mensch. Er führt ein rein geistiges Leben. Er ist als Mensch zu rein und von einer allzu erhabenen Gesinnung.«

»Wie? Würde er sich denn dadurch erniedrigen?«

»Nein, er ist aber so sehr daran gewöhnt, ein rein geistiges Dasein zu führen, daß er nicht imstande ist, sich mit der Wirklichkeit zu versöhnen, und Warjenka ist denn doch ein Stück Wirklichkeit.«

Ljewin war jetzt schon daran gewöhnt, seine Gedanken auszusprechen, ohne sich die Mühe zu geben, sie in präzise Worte zu fassen; er wußte, daß er in solchen Augenblicken liebevollen Zwiegesprächs das, was er sagen wollte, nur anzudeuten brauchte, um von seiner Frau verstanden zu werden; und sie hatte ihn auch diesmal verstanden.

»Ja, aber in ihr ist nicht die Wirklichkeit, wie zum Beispiel in mir. Ich begreife, daß er mich niemals hätte lieben können. Sie dagegen ist völlig durchgeistigt.«

»Ach nein, er hat dich sehr lieb, und mir tut es stets wohl, wenn meine Angehörigen dich lieb haben …«

»Ja, er ist sehr gut zu mir, aber …«

»Aber mit unserem verstorbenen Nikolenjka war es doch etwas andres«, – vollendete Ljewin den Satz. »Ihr hattet einander sehr lieb gewonnen. Weshalb sollte ich das nicht sagen? Ich mache mir manchmal Vorwürfe; – und das Ende vom Lied wird doch sein, daß man ihn schließlich vergißt. Ach, welch ein schrecklicher und zugleich vortrefflicher Mensch er war. – Wovon sprachen wir doch gleich?« fragte Ljewin nach einer Pause.

»Du meinst, er sei nicht imstande, sich zu verlieben«, sagte Kitty, indem sie seine Gedanken in ihre Sprache übertrug.

»Nicht, daß er unfähig sei, sich zu verlieben«, versetzte Ljewin lächelnd, »aber er besitzt nicht die Schwäche, die dazu nötig ist … Ich habe ihn immer beneidet, und auch jetzt, wo ich doch so glücklich bin, beneide ich ihn.«

»Du beneidest ihn, weil er sich nicht verlieben kann?«

»Ich beneide ihn darum, weil er besser ist als ich«, sagte Ljewin mit einem Lächeln. »Er lebt nicht für sich selbst. Sein ganzes Leben ist der Pflicht geweiht, und darum kann er ruhig und zufrieden sein.«

»Und du?« fragte Kitty mit einem schelmischen und liebevollen Lächeln.

Sie war vollkommen unfähig, dem Gedankengang Ausdruck zu geben, der sie soeben lächeln gemacht hatte; aber ihre letzte Schlußfolgerung war die, daß ihr Gatte in seiner Selbsterniedrigung vor dem Bruder, den er bewunderte, nicht ganz aufrichtig sei. Kitty wußte, daß diese Unaufrichtigkeit aus seiner Liebe zu seinem Bruder hervorging, aus einem Gefühl der Beschämung über sein eigenes allzugroßes Glück und vor allem aus dem stets in ihm lebendigen Streben, besser zu werden. Sie liebte diesen Zug an ihm, und darum hatte sie gelächelt.

»Und du? Womit bist du denn unzufrieden?« fragte sie, immer mit dem nämlichen Lächeln.

Er freute sich, daß sie an die Aufrichtigkeit seiner Unzufriedenheit mit sich selbst nicht glaubte, und forderte sie unbewußt dazu heraus, ihm die Gründe ihrer Ungläubigkeit einzugestehen.

»Ich bin glücklich, aber zugleich unzufrieden mit mir selbst«, – sagte er.

»Wie kannst du denn unzufrieden sein, wenn du glücklich bist?«

»Ich will damit sagen – wie soll ich es nur ausdrücken? – Ich wünsche von ganzem Herzen nichts sehnlicher, als daß du jetzt nicht straucheln mögest. Ach, du darfst doch nicht so springen!« unterbrach er das Gespräch und schalt sie, weil sie eine allzu rasche Bewegung gemacht hatte, um über einen Baumstumpf zu steigen, der quer über dem Fußpfad lag. – »Wenn ich über mich selbst Betrachtungen anstelle und mich mit anderen, insbesondere mit meinem Bruder vergleiche, dann fühle ich, daß ich nicht viel tauge.«

»Aber inwiefern denn?« fuhr Kitty mit dem gleichen Lächeln fort. »Bist du etwa nicht auch für andere tätig. Und deine Vorwerke, deine Ökonomie, dein Buch?«

»Nein, ich fühle es, und besonders jetzt – du bist schuld daran«, sagte er, indem er ihren Arm an sich drückte –, »es ist nicht das Richtige. Wenn ich alle diese Dinge so lieben könnte, wie ich dich liebe – so aber finde ich mich mit alledem in einer Weise ab, als wenn es eine aufgegebene Lektion wäre.«

»Was mußt du dann von meinem Vater sagen?« fragte Kitty. »Taugt er also auch nicht viel, weil er für das allgemeine Wohl nicht gewirkt hat?«

»Er? Nein. Aber man muß dann auch diese Natürlichkeit, diese Klarheit, diese Güte besitzen, durch die sich dein Vater auszeichnet. Habe ich etwa diese Eigenschaften? Ich tue nichts, und das quält mich. An alledem bist du schuld. Solange ich dich nicht kannte und *das* noch nicht vorhanden war«, sagte er mit einem Blick auf ihren Leib, den sie verstand –, »verwandte ich alle meine Kräfte auf das Allgemeine. Jetzt aber vermag ich das nicht mehr, und ich schäme mich dessen. Ich mache wohl auch manches, aber wie eine aufgegebene Lektion, ich heuchle …«

»Nun, und möchtest du jetzt gleich mit Sergej Iwanowitsch tauschen?« fragte Kitty. »Möchtest du dich dieser gemeinnützigen Tätigkeit widmen und dein Herz an diese aufgegebenen Lektionen hängen, wie er es tut, und weiter nichts vom Leben haben?«

»Gewiß nicht«, sagte Ljewin. »Übrigens bin ich so glücklich, daß ich überhaupt unfähig bin, irgend etwas zu begreifen. – Du glaubst also wirklich, daß er heute um sie anhalten wird?« fügte er nach einer Pause hinzu.

»Ich glaube es, und auch wieder nicht. Jedenfalls wünschte ich es sehr. Da, wart mal.« Sie bückte sich und pflückte am Rande des Weges eine wilde Kamille. »Jetzt zähl mal! Hält er um sie an, oder nicht«, sagte sie und reichte ihm die Blume.

»Er hält an, hält nicht an«, sagte Ljewin, indem er die weißen, schmalen, gefurchten Blätter ausriß.

»Nein, nein!« hielt ihn Kitty an, die die Bewegung seiner Finger aufgeregt verfolgt hatte, und erfaßte seine Hand. »Du hast zwei Blätter auf einmal abgerissen.«

»Nun, dafür zählt dieses kleine hier nicht« versetzte Ljewin, indem er ein kurzes, noch nicht ausgewachsenes Blättchen abriß. »Da holt uns übrigens der Wagen ein.«

»Bist du nicht müde, Kitty?« rief die Fürstin.

»Nicht im geringsten.«

»Sonst setze dich lieber zu uns, wenn die Pferde stille halten, wir fahren dann im Schritt.«

Doch es verlohnte sich nicht zu fahren, und die ganze Gesellschaft ging zu Fuß weiter.

4

Warjenka, mit ihrem weißen Tuch auf dem schwarzen Haar, umringt von den Kindern, mit denen sie sich in ihrer freundlichen und heiteren Weise abgab, und in einer merklichen Erregung über die Möglichkeit einer Erklärung von dem Mann, zu dem sie sich hingezogen fühlte, sah ungemein anziehend aus. Sergej Iwanowitsch schritt neben ihr her und hörte nicht auf, sie wohlgefällig zu betrachten. Er sah sie an und dachte an alle die ihm so lieben Reden, die er von ihr gehört hatte, er dachte an all das Gute, das er von ihr wußte, und wurde sich immer mehr und mehr darüber klar, daß das Gefühl, das in ihm für sie erwacht war, ein ganz besonderes sei, ein Gefühl, wie er es vor langer, langer Zeit und nur ein einziges Mal in seiner frühesten Jugend gekannt hatte. Das Gefühl der Freude über ihre Nähe wurde immer stärker und steigerte sich schließlich so sehr, daß, als er ihr einen großen dünnstieligen Birkenschwamm mit eingebogenen Rändern, den er gefunden hatte, in ihren Korb legte, ihr dabei in die Augen blickte und die Farbe der freudigen und zugleich ängstlichen Erregung, die ihr in die Wangen gestiegen war, bemerkte, er selbst in Verwirrung geriet und ihr schweigend mit einem Lächeln zulächelte, das nur allzu deutlich sprach.

»Wenn es so steht«, sagte er zu sich selbst, »muß ich mit mir zu Rate gehen und mich entscheiden, ich darf mich nicht wie ein Knabe von einer momentanen Aufwallung hinreißen lassen.«

»Ich will jetzt ganz allein Schwämme sammeln gehen, sonst bleibt meine eigene Ausbeute unbemerkt«, sagte er und wandte sich vom Saume des Waldes, an dem sie auf dem seidenweichen, niederen Grase zwischen vereinzelten alten Birken hingeschritten waren, der Mitte des Waldes zu, wo zwischen den weißen Birkenstämmen graue Eschen und dunkle Haselnußsträucher schimmerten. Nachdem Sergej Iwanowitsch etwa vierzig Schritte abseits gegangen und hinter einen in voller Blüte stehenden Zwergkirschenbusch mit seinen rosaroten Ohrringen gleichen Blüten getreten war, blieb er stehen, da er wußte, daß man ihn hier nicht mehr sehen konnte. Rings um ihn herum war es völlig still. Nur über ihm, in den Birkenzweigen, unter denen er stand, summten unaufhörlich die Fliegen wie ein Bienenschwarm, und ab und zu drangen die Stimmen der Kinder an sein Ohr. Da plötzlich ertönte unweit vom Saum des Waldes her der Klang von Warjenkas Altstimme, und ein freudiges Lächeln umspielte Sergej Iwanowitschs Lippen. Er fühlte dieses Lächeln und schüttelte mißbilligend den Kopf über seinen Zustand. Dann holte er eine Zigarre hervor, um zu rauchen. Aber lange Zeit ließ sich das Streichholz an dem Birkenstamm nicht entzünden. Die zarte Haut der weißen Rinde haftete am Phosphor und erstickte die Flamme. Endlich fing eines der Streichhölzer Feuer, und der duftende Rauch der Zigarre zog sich wie ein wallendes, breites Tischtuch in schroffer Bewegung nach vorwärts und hinauf über den Busch, bis unter die niederhängenden Zweige der Birke. Sergej Iwanowitsch folgte mit den Augen den Streifen des Rauches und ging, über seinen Gemütszustand grübelnd, langsamen Schrittes weiter.

»Und warum nicht?« dachte er. »Wenn dies eine momentane Aufwallung oder eine Leidenschaft wäre, wenn ich bei dieser Neigung – ich kann sagen bei dieser *gegenseitigen* Neigung – zugleich die Empfindung hätte, daß sie zu der ganzen Gestaltung meines Lebens im Widerspruch stände, wenn ich fühlte, daß ich durch meine Hingabe an diese Neigung meinem Beruf und meine Pflicht untreu würde – aber das ist hier nicht der Fall. Das einzige, was dagegen spricht, ist der Umstand, daß ich mir, als ich Marie verlor, sagte, ich würde ihrem Andenken treu bleiben. Das ist das einzige, was sich gegen mein jetziges Gefühl einwenden läßt. – Das ist von

Wichtigkeit«, sprach Sergej Iwanowitsch zu sich selbst, während er zugleich fühlte, daß dieser Einwand für ihn persönlich von keiner Bedeutung sei, sondern höchstens nur in den Augen anderer Leute der poetischen Rolle, die er auf sich genommen hatte, Eintrag tun könne. »Aber hiervon abgesehen, kann ich, soviel ich auch suchen mag, nichts finden, was sich gegen meine Gefühle einwenden ließe. Wollte ich mich nur von meiner Vernunft leiten lassen, so könnte ich nichts Besseres finden!«

So viele Frauen und Mädchen, denen er im Leben begegnet war, er sich auch ins Gedächtnis zurückrief, er konnte kein einziges Mädchen darunter finden, das in diesem Maße alle, ausnahmslos alle die Eigenschaften in sich vereinigt hätte, die, wie er sich bei nüchterner Überlegung sagte, das Weib seiner Wahl besitzen mußte. Sie hatte den ganzen Reiz und die Frische der Jugend, ohne doch ein Kind zu sein, und wenn sie ihn liebte, liebte sie ihn mit Bewußtsein, so wie eine Frau lieben muß; das war das eine. Das zweite war: sie stand nicht nur dem Leben der großen Welt fern, sondern hatte auch offenbar geradezu eine Abneigung dagegen; dabei kannte sie jedoch diese Welt und beherrschte alle äußeren Formen der guten Gesellschaft, eine Eigenschaft, ohne die eine künftige Lebensgefährtin für ihn undenkbar war. Und drittens, sie war religiös, und zwar nicht von der unbewußten Religiosität und Herzensgüte eines Kindes, wie es zum Beispiel bei Kitty der Fall war, sondern ihre ganze Lebensführung beruhte auf religiöser Überzeugung. Bis in alle Einzelheiten hinein fand Sergej Iwanowitsch in ihr alles, was er von seiner zukünftigen Gattin wünschte: sie war arm und stand allein, so daß sie keinen Anhang von Verwandten mit ihrem Einfluß in das Heim ihres Gatten mit sich bringen würde, wie er dies bei Kitty sah. Sie würde daher in jeder Beziehung nur ihrem Manne verpflichtet sein, was er sich ebenfalls für sein künftiges Familienleben stets gewünscht hatte. Und dieses Mädchen, das alle diese Eigenschaften in sich vereinigte, liebte ihn. So bescheiden er auch war, aber dieser Tatsache konnte er sich nicht verschließen. Nur eins sprach dagegen – seine Jahre. Aber er gehörte zu einer langlebigen Familie, er hatte noch kein einziges graues Haar, niemand sah ihm seine vierzig Jahre an, und er erinnerte sich sehr wohl, wie Warjenka ihm einmal gesagt hatte, daß sich nur in Rußland Männer von fünfzig Jahren für Greise hielten, während sich in Frankreich ein Fünfzigjähriger *dans la force de l'age* fühle, und ein Vierzigjähriger als *un jeune homme* gelte. Aber was lag auch an der Zahl der Jahre, solange er sich innerlich jung fühlte wie vor zwanzig Jahren. War denn etwa das Gefühl, das ihn in diesem Augenblick ergriff, nicht ein Zeichen von Jugend, als er von der andern Seite sich dem Saum des Waldes wieder nähernd, in der hellen Beleuchtung der schräg auffallenden Sonnenstrahlen die graziöse Figur Warjenkas erblickte, die im gelben Kleid und mit dem Körbchen in der Hand, leichten Schrittes an einem Birkenstamm vorüberglitt, und in seiner Seele dieser Eindruck von Warjenkas Erscheinung in eins zusammenfloß mit dem durch seine Schönheit ergreifenden Schauspiel des von den schrägen Sonnenstrahlen überfluteten gelb schimmernden Kornfeldes und des alten Waldes hinter dem Feld, der mit seinen in gelblichen Farbenschattierungen spielenden Tönen in der blauen Ferne verschwamm? Sein Herz zuckte freudig zusammen, ein Gefühl der Rührung überkam ihn. Er fühlte, daß er sich entschlossen habe. Warjenka, die sich soeben zusammengekauert hatte, um einen Pilz aufzuheben, erhob sich mit einer elastischen Bewegung und blickte sich um. Sergej Iwanowitsch warf seine Zigarre von sich und ging entschlossenen Schrittes auf sie zu.

5

»Warwara Andrejewna, als ich noch sehr jung war, da hatte ich mir das Ideal der Frau gebildet, die ich lieben würde und die ich glücklich wäre, mein Gattin zu nennen. Ich habe ein langes Leben hinter mir, und jetzt finde ich in Ihnen zum ersten Male das, was ich suchte. Ich liebe Sie und trage Ihnen meine Hand an.«

So sprach Sergej Iwanowitsch zu sich selbst, als er noch kaum zehn Schritte von Warjenka entfernt war. Diese hatte sich auf die Knie niedergelassen und schützte mit den Händen einen Pilz vor Grischas Eingriff, während sie die kleine Mascha zu sich heranrief.

»Hierher, hierher! Kinder! Hier sind viele«, rief sie mit ihrer wohlklingenden Bruststimme.

Als sie Sergej Iwanowitsch herankommen sah, erhob sie sich nicht und verharrte in derselben Stellung. Aber alles sagte ihm, daß sie seine Nähe fühle und sich darüber freue.

»Nun, haben Sie etwas gefunden?« fragte sie unter ihrem weißen Tuch hervor, indem sie ihm ihr schönes, friedlich lächelndes Antlitz zuwandte.

»Nicht einen einzigen«, erwiderte Sergej Iwanowitsch. »Und Sie?«

Sie antwortete ihm nicht, da sie mit den Kindern beschäftigt war, die sie umringten.

»Jetzt noch den dort, neben dem Zweig«, sagte sie zu Mascha, indem sie auf einen kleinen Erdpilz wies, dessen elastisches rosafarbiges Hütchen von einem trockenen Grasbüschelchen, aus dem es hervorlugte, durchquert war. Warjenka erhob sich, nachdem Mascha den Erdpilz aufgehoben, den sie in zwei weißfarbige Hälften gebrochen hatte, »das erinnert mich an meine Kindheit«, sagte sie, während sie mit Sergej Iwanowitsch von den Kindern hinwegschritt.

Sie gingen schweigend ein paar Schritte nebeneinander her. Warjenka sah, daß er sprechen wollte, sie erriet, wovon die Rede sein sollte, und ihr Herz stockte vor freudiger Erregung und Bangigkeit. Sie hatten sich schon so weit von den anderen entfernt, daß sie von niemandem gehört werden könnten, aber noch immer hatte er nicht zu sprechen begonnen. Warjenka fühlte, daß sie das Schweigen nicht brechen dürfe, denn das, was sie einander zu sagen hatten, ließ sich, nachdem kein weiteres Wort gefallen war, leichter aussprechen als nach ihrem Gespräch über Schwämme. Aber gegen ihren eigenen Willen sagte Warjenka ganz unwillkürlich:

»Sie haben also nichts gefunden? Übrigens gibt es mitten im Walde immer weniger Schwämme.«

Sergej Iwanowitsch seufzte auf und erwiderte nichts. Es verdroß ihn, daß sie die Rede wieder auf die Schwämme gebracht hatte. Er hatte auf das, was sie vorhin von ihrer Kindheit gesagt hatte, zurückkommen wollen, aber ganz gegen seinen Willen entfuhr ihm nach einem kurzen Stillschweigen eine Bemerkung, durch die er ihre letzten Worte beantwortete.

»Ich habe immer nur gehört, daß die weißen vornehmlich am Rande des Waldes wachsen, allerdings bin ich unfähig, einen weißen Schwamm von anderen zu unterscheiden.«

Es vergingen noch einige Minuten; sie hatten sich von den Kindern noch mehr entfernt und waren jetzt völlig allein. Warjenkas Herz klopfte so heftig, daß sie seine Schläge hören konnte, und sie fühlte, wie sie abwechselnd rot und blaß und wieder rot wurde.

Die Gattin eines Mannes, wie Kosnyschew, zu werden, erschien ihr bei der Erinnerung an ihre Stellung bei Frau Stahl als der Gipfel des Glücks. Zudem war sie auch beinahe davon überzeugt, daß sie ihn liebe. Und gleich jetzt sollte die Entscheidung fallen. Sie hatte Furcht – sie fürchtete sich bei dem Gedanken an das, was er sagen, wie auch an das, was er nicht sagen würde.

Jetzt oder nie mußte er sich erklären, das fühlte Sergej Iwanowitsch. Alles an ihr, ihr Blick, die Röte ihrer Wangen, ihre gesenkten Augenlider, alles verriet peinvolle Erwartung. Sergej Iwanowitsch sah dies, und sie dauerte ihn. Er fühlte sogar, daß es sie beleidigen hieße, wenn er jetzt nicht sprechen würde. Er wiederholte rasch im Geiste alle die Gründe, die zugunsten seines Entschlusses sprachen. Er wiederholte sich auch die Worte, in die er seinen Antrag kleiden wollte – und statt dieser Worte brachte er plötzlich infolge eines unerwarteten Gedankensprunges die Frage hervor:

»Welcher Unterschied besteht denn eigentlich zwischen einem weißen Schwamm und einem Birkenschwamm?«

Warjenkas Lippen bebten vor Erregung, als sie ihm zur Antwort gab:

»Die Köpfe weisen kaum einen Unterschied auf, wohl aber die Wurzeln.«

Und sobald die Worte gefallen waren, wußte er sowohl als sie, daß alles zu Ende war, daß das, was hätte gesagt werden sollen, unausgesprochen bleiben würde, und ihre beiderseitige Erregung, die den höchsten Grad erreicht hatte, begann sich zu legen.

»Der Birkenschwamm – seine Wurzel erinnert an den zwei Tage lang unrasiert gebliebenen Bart eines brünetten Mannes«, sagte Sergej Iwanowitsch schon in ruhigem Ton.

»Ja, das ist wahr«, erwiderte Warjenka lächelnd, und unwillkürlich änderten sie die Richtung, in der sie bisher gegangen waren; sie begannen sich den Kindern wieder zu nähern. Warjenka war es weh ums Herz, und sie fühlte sich beschämt, zugleich aber empfand sie eine gewisse Erleichterung.

Als Sergej Iwanowitsch zu Hause alle die Gründe, die für oder gegen seine beabsichtigte Verbindung sprachen, noch einmal gegeneinander abwog, fand er, daß er zu einer falschen Schlußfolgerung gelangt war: er durfte dem Andenken von Marie nicht untreu werden.

»Ruhig, Kinder, ruhig!« rief Ljewin, fast ernstlich böse, den Kindern zu, indem er sich schützend vor seine Frau stellte, als die junge Schar ihnen jubelnd entgegenflog.

Nach den Kindern kam auch Sergej Iwanowitsch mit Warjenka aus dem Walde heraus. Kitty hatte nicht nötig, Warjenka erst noch zu fragen; sie erkannte an dem ruhigen und einigermaßen beschämten Ausdruck der beiden, daß sich die Hoffnung, die sie gehegt, nicht erfüllt hatte.

»Nun, wie steht's?« fragte sie ihr Gatte auf dem Heimweg.

»Es kommt nicht zum Klappen«, sagte Kitty, in deren Lächeln und Sprechweise, wie Ljewin öfters mit Vergnügen wahrgenommen hatte, manchmal etwas lag, was an ihren Vater erinnerte.

»Wieso kommt es nicht zum Klappen?«

»Siehst du, so machen sie's«, versetzte sie, indem sie die Hand ihres Mannes an ihren Mund führte und sie mit geschlossenen Lippen berührte. »Wie man einem Erzbischof die Hand küßt.«

»Und an wem liegt es denn, daß es nicht zum Klappen kommt?« fragte er lachend.

»An beiden! Siehst du, so muß man's machen ...«

»Dort kommen Bauern gefahren.«

»Nein, sie haben nichts gesehen.«

6

Während die Kinder ihren Tee tranken, saßen die Erwachsenen auf der Terrasse und unterhielten sich, als wäre nichts geschehen, obgleich alle, insbesondere Sergej Iwanowitsch und Warjenka, sich sehr wohl bewußt waren, daß sich etwas, wenn es auch nur etwas Negatives war, so doch sehr Wichtiges ereignet hatte. Sie waren beide von der gleichen Empfindung beherrscht, einer Empfindung, wie sie wohl einen Schüler befallen mag, der nach einem mißglückten Examen in der Klasse sitzengeblieben oder gar für immer von der Anstalt ausgeschlossen worden ist. Alle Anwesenden hatten gleichfalls das Gefühl, daß sich etwas ereignet habe, und unterhielten sich um so lebhafter über die nebensächlichen Dinge. Ljewin und Kitty waren an diesem Abend in einer besonders glücklichen und liebevollen Stimmung; und daß sie in ihrer Liebe glücklich waren, schien gleichsam einen peinlichen Vorwurf für diejenigen in sich zu schließen, die es gleichfalls hatten sein wollen und denen es versagt geblieben war – und sie schämten sich ihres Glücks.

»Denken Sie an das, was ich sage: *Alexandre* kommt nicht«, sagte die alte Fürstin.

Heute mit dem Abendzuge wurde Stjepan Arkadjewitsch erwartet, und auch der alte Fürst hatte geschrieben, daß er vielleicht mitkommen würde.

»Und ich weiß, warum«, fuhr die Fürstin fort; »er sagt, ein junges Ehepaar müsse in der ersten Zeit allein gelassen werden.«

»Ja, Papa hat uns ganz verlassen, wir haben ihn noch gar

nicht gesehen. Und ein junges Paar sollen wir sein; wir sind doch schon so alt!«

»Wenn er nicht kommt, werde ich euch jedenfalls auch verlassen müssen«, sagte die Fürstin mit einem schmerzlichen Seufzer.

»Aber, Mama, welch eine Idee!« fielen beide Töchter gleichzeitig ein.

»Bedenke doch nur, wie ihm jetzt zumute sein muß! Jetzt bleibt ihm ja nur ...«

Und bei diesen Worten begann die Stimme der alten Fürstin plötzlich zu zittern. Ihre Töchter verstummten und wechselten einen Blick. »*Maman* kommt doch immer auf traurige Gedanken« – sagten sie mit diesem Blick. Sie wußten nicht, daß die Fürstin, so wohl sie sich auch bei ihrer Tochter fühlte, so sehr sie auch von der Nützlichkeit ihrer Anwesenheit überzeugt war, sich um ihret- und ihres Gatten willen grämte, seit ihre letzte, geliebte Tochter verheiratet und ihr häuslicher Herd verödet war.

»Was ist Ihnen, Agafja Michajlowna?« wandte sich Kitty plötzlich an diese, als sie mit geheimnisvoller und vielsagender Miene zu ihr getreten war.

»Es ist wegen des Abendessens.«

»Nun also«, – sagte Dolly –, »du kannst jetzt deine Anordnungen treffen, und ich will inzwischen mit Grischa seine Aufgaben wiederholen; er hat ja heute den ganzen Tag nichts getan.

»Die Aufgaben wiederholen – das ist ja mein Amt! Nein, Dolly, ich gehe«, – sagte Ljewin, indem er aufsprang.

Grischa, der schon ins Gymnasium eingetreten war, mußte während des Sommers, was er gelernt hatte, repetieren. Darja Alexandrowna, die ihm schon in Moskau im Lateinischen nachzuhelfen pflegte, hatte es sich während ihres Besuches bei Ljewins zur Pflicht gemacht, die schwierigsten Aufgaben im Rechnen und im Lateinischen wenigstens einmal täglich mit ihm durchzugehen. Ljewin hatte sich erboten, die Mutter zu vertreten, aber als sie einmal dem Unterricht Ljewins beigewohnt und bemerkt hatte, daß dieser dabei anders verfuhr als der Lehrer in Moskau, hatte sie ihm zwar mit einiger Verlegenheit und ängstlich darauf bedacht, ihn nicht zu kränken, aber mit einer gewissen Bestimmtheit bedeutet, daß es notwendig sei, sich an das Buch zu halten, wie es der Lehrer tat, und daß sie die Aufgaben lieber selbst wieder mit ihm durchnehmen wolle. Ljewin ärgerte sich über Stjepan Arkadjewitsch, weil er in seiner Sorglosigkeit nicht selbst die Aufsicht über den Unterricht führte, sondern dies der Mutter überließ, die nichts davon verstand, und er ärgerte sich auch über die Lehrer, weil sie die Kinder so schlecht unterrichteten. Dennoch versprach er der Schwägerin, den Unterricht in der Weise zu geben, sie sie es wünschte, und fuhr fort, Grischa nicht mehr nach seiner Methode, sondern nach dem Buch zu unterweisen. Er tat dies jetzt aber ungern und vergaß oft, sich zu der für die Stunde bestimmten Zeit einzufinden. So war es auch heute gewesen.

»Nein, ich gehe, Dolly, bleib' du nur. Wir wollen alles der Reihe nach durchnehmen, genau nach dem Buch. Allerdings, wenn Stiwa kommt – wollen wir auf die Jagd, und dann werde ich aussetzen müssen«, sagte er und begab sich zu Grischa.

Das nämlich sagte Warjenka zu Kitty. Warjenka hatte sich im glücklichen und wohlbestellten Ljewinschen Hause schon nützlich zu machen verstanden: »Ich will das Abendessen besorgen, bleiben Sie ruhig hier«, sagte sie, indem sie sich erhob und zu Agafja Michajlowna trat.

»Es sind sicherlich keine jungen Hühner mehr aufzutreiben gewesen. Dann müssen wir also die unsrigen ...«

»Das wollen wir schon alles mit Agafja Michajlowna besprechen« – und Warjenka eilte mit dieser hinaus.

»Welch ein liebes Mädchen!« sagte die Fürstin.

»Nicht nur lieb, sondern einfach entzückend, *maman*, wie es keine zweite mehr gibt.«

»Sie erwarten Stjepan Arkadjewitsch also heute?« fragte Sergej Iwanowitsch, der offenbar eine Fortsetzung des Gespräches über Warjenka zu vermeiden wünschte. »Es ist nicht leicht, zwei Schwäger zu finden, die einander so unähnlich wären«, fuhr er mit einem feinen Lächeln fort: »Der eine lebenslustig, im gesellschaftlichen Getriebe sich tummelnd wie der Fisch im Wasser, der andere, unser Kostja, lebhaft, rasch, mit seinem Verständnis für alles begabt, aber sobald er sich in Gesellschaft befindet, erstarrt er förmlich und zappelt zwecklos hin und her wie ein Fisch auf dem Trockenen.«

»Ja, er ist sehr leichtsinnig!« stimmte die Fürstin Sergej Iwanowitsch bei. »Ich wollte Sie gerade darum bitten, ihm klar zu machen, daß es für sie (indem sie auf Kitty deutete) unmöglich ist, hier zu bleiben, sondern daß sie unbedingt nach Moskau muß. Er meint zwar, man könne die Ärzte ja hierher kommen lassen ...«

»*Maman*, er wird schon alles tun, er ist mit allem einverstanden«, – versetzte Kitty, ärgerlich darüber, daß sie sich in dieser Sache an Sergej Iwanowitschs Urteil wandte.

Die Unterhaltung wurde plötzlich durch das Wiehern von Pferden und das Knirschen der Räder auf dem geschotterten Wege gestört.

Dolly hatte sich kaum erhoben, um ihrem Gatten entgegen zu gehen, als Ljewin aus dem Fenster des unten gelegenen Zimmers sprang, in dem Grischa seinen Unterricht hatte, und dann den Knaben herunter hob.

»Das ist Stiwa«, – rief Ljewin den auf dem Balkon Versammelten von unten zu. »Wir sind gerade fertig geworden, Dolly, sei ganz unbesorgt«, fügte er hinzu und begann wie ein kleiner Junge dem Wagen entgegen zu rennen.

»*Is, ea, id, ejus, ejus, ejus!*« rief Grischa, indem er die Allee entlang sprang.

»Es ist noch jemand mit ihm. Wahrscheinlich Papa!« rief Ljewin der am Ende der Allee stehengeblieben war. »Kitty, komme nicht die steile Treppe hinunter, sondern geh' hinten herum.«

Ljewin hatte sich jedoch geirrt, als er den Mann im Wagen für den alten Fürsten gehalten hatte. Als er sich dem Wagen näherte, sah er an Stjepan Arkadjewitschs Seite nicht den Fürsten, sondern einen hübschen, wohlbeleibten, jungen Mann in einer schottischen Mütze mit langen, hinten herabhängenden Bändern. Es war dies Wassenjka Wjeßlowskij, einer von Schtscherbazkijs Vettern im dritten Gliede, ein junger Mann, der in der Petersburger und Moskauer Gesellschaft glänzte,

»ein vortrefflicher Jüngling und leidenschaftlicher Jäger«, wie Stjepan Arkadjewitsch ihn vorstellte.

Nicht im geringsten verlegen wegen der Enttäuschung, die er dadurch hervorgebracht hatte, daß nur er und nicht der alte Fürst im Wagen saß, begrüßte Wjeßlowskij Ljewin auf das fröhlichste, wobei er ihn an ihre alten Bekanntschaft erinnerte, und hob dann Grischa, indem er ihn über Stjepan Arkadjewitschs Pointer, den dieser mitgebracht hatte, hinüberschwang, in den Wagen.

Ljewin setzte sich nicht mit hinein, sondern ging hinterher. Es verdroß ihn ein wenig, daß der alte Fürst, den er um so lieber gewann, je näher er ihn kennenlernte, nicht gekommen war. Auch ärgerte es ihn, daß dieser Wassenjka Wjeßlowskij, ein völlig fremder und überflüssiger Gast, sich eingestellt hatte. Er kam ihm noch fremder und überflüssiger vor, als er, während er sich der Einfahrt näherte, an der sich die ganze lebhaft erregte Schar der Erwachsenen und Kinder versammelt hatte, sah, daß Wassenjka Wjeßlowskij in besonders freundlicher und galanter Weise Kitty die Hand küßte.

»Ihre Frau und ich sind ja Vetter und Base und noch dazu alte Bekannte«, – sagte Wassenjka Wjeßlowskij, indem er Ljewin nochmals besonders kräftig die Hand schüttelte.

»Nun, gibt es jetzt viel Wild?« wandte sich Stjepan Arkadjewitsch, der kaum Zeit fand, jeden besonders zu begrüßen, an Ljewin. »Wir beide haben nämlich die allergrausamsten Absichten. Unbegreiflich, *maman*, daß die seit ihrer Hochzeit nicht mehr in Moskau gewesen sind. Dort, Tanja, ist was für dich! Hol' es, bitte, hinten im Wagen«, – sprach er nach allen Seiten hin. »Wie frisch du aussiehst, Dollenjka«, sagte er zu seiner Frau, indem er ihr nochmals die Hand, die er in der seinen festhielt, küßte, während er sie mit der anderen tätschelte.

Ljewin, der noch vor einigen Augenblicken in der allerfröhlichsten Stimmung gewesen war, blickte mit finsterer Miene auf alle, und alles mißfiel ihm jetzt.

»Wen er wohl gestern mit denselben Lippen geküßt haben mag?« dachte er, als er sah, wie zärtlich Stjepan Arkadjewitsch mit seiner Frau umging. Er warf einen Blick auf Dolly, und auch diese mißfiel ihm jetzt.

»Sie glaubt ja gar nicht an seine Liebe – weshalb freut sie sich denn so sehr? Wie widerlich!« dachte er.

Er sah auch die Fürstin, die er einen Augenblick vorher noch so hochgeschätzt hatte, und ihm mißfiel die Art und Weise, wie sie diesen Wassenjka mit seinen Hutbändern begrüßte, gerade, als ob sie selbst die Frau des Hauses wäre.

Selbst Sergej Iwanowitsch, der gleichfalls auf die Freitreppe herausgetreten war, erschien ihm unsympathisch angesichts der erheuchelten Herzlichkeit, mit der er Stjepan Arkadjewitsch bewillkommnete, während Ljewin doch recht wohl wußte, daß sein Bruder den Fürsten Oblonskij weder liebte noch achtete.

Sogar Warjenka war ihm zuwider durch die Art, wie sie mit ihrer *sainte-nitouche*-Miene diesen Herrn begrüßte, während sie doch beständig nur daran dachte, wie sie einen Mann bekommen könne.

Am allermeisten aber war ihm Kitty zuwider, als er sah, wie sie in den fröhlichen Ton einstimmte, mit dem dieser Herr seinen Besuch auf dem Lande wie ein Fest für sich und für alle anderen feiern zu wollen schien, und besonders unangenehm fühlte er sich durch das eigentümliche Lächeln berührt, mit dem sie das des Gastes erwiderte.

In geräuschvoller Unterhaltung begaben sich alle ins Haus. Kaum hatte man jedoch Platz genommen, als Ljewin kehrt machte und das Zimmer verließ.

Kitty sah, daß in ihrem Manne etwas vorging. Sie wollte einen Moment erhaschen, um mit ihm unter vier Augen zu sprechen, aber er beeilte sich, von ihr loszukommen, indem er sagte, er habe in der Verwalterstube zu tun. Schon lange waren ihm seine Wirtschaftsangelegenheiten nicht so wichtig erschienen wie gerade heute. »Für die Leute dort wird alles zu einem Fest«, dachte er, »hier aber gibt es Arbeit, die keinen Feiertag duldet, die sich nicht aufschieben läßt und ohne die man nichts zum Leben haben würde.«

7

Ljewin kehrte erst nach Hause zurück, nachdem man ihn zum Abendessen hatte rufen lassen. Auf der Treppe stand Kitty mit Agafja Michajlowna und beratschlagte mit ihr wegen der Weine zum Abendessen.

»Weshalb machte ihr denn solch einen ›fuss‹? Laßt doch alles wie gewöhnlich.«

»Nein, Stiwa trinkt ihn nicht ... Kostja, warte doch, was ist mit dir?« sagte Kitty, indem sie ihm nacheilte. Er aber ging unbarmherzig, ohne auf sie zu warten, mit langen Schritten nach dem Eßzimmer und beteiligte sich sogleich an der lebhaften allgemeinen Unterhaltung, die von Wassenjka Wjeßlowskij und Stjepan Arkadjewitsch im Gange erhalten wurde.

»Nun, wie ist's, fahren wir morgen auf die Jagd?« fragte Stjepan Arkadjewitsch.

»Bitte, fahren wir«, – sagte Wjeßlowskij, indem er sich seitwärts auf einen andern Stuhl setzte und sein fettes Bein unter sich zog.

»Mit dem größten Vergnügen. Haben Sie dieses Jahr schon gejagt?« fragte Ljewin, während er Wjeßlowskijs Bein aufmerksam betrachtete, in jenem Ton geheuchelter Freundlichkeit, den Kitty an ihm kannte und der so schlecht zu ihm paßte. »Ob wir Schnepfen finden werden, weiß ich zwar nicht, aber Bekassinen gibt es eine Menge. Nur müssen wir in aller Frühe aufbrechen. Werden Sie nicht zu müde sein? Bist du müde, Stiwa?«

»Ich müde, das ist bei mir noch niemals vorgekommen; wir wollen die ganze Nacht aufbleiben! Machen wir einen Spaziergang!«

»Wahrhaftig, wir wollen uns heute gar nicht zu Bett legen. Ausgezeichnet!« stimmte Wjeßlowskij bei.

»Oh, dann sind wir überzeugt, daß du es ohne Schlaf aushalten kannst und andere Leute auch nicht schlafen läßt«, sagte Dolly zu ihrem Gatten mit jener kaum merklichen Ironie, mit der sie ihn jetzt immer behandelte. »Nach meiner

Meinung ist es aber jetzt schon Schlafenszeit ... Ich gehe, ich will heute nicht zu Nacht essen.«

»Nein, bleibe noch ein wenig, Dollenjka«, sagte Stjepan Arkadjewitsch, indem er auf ihre Seite an den großen Tisch hinüberging, an dem das Abendessen eingenommen wurde. »Ich habe dir noch so viel zu erzählen.«

»Es ist sicher nichts Besonderes.«

»Weißt du übrigens, daß Wjeßlowskij bei Anna zu Besuch war; und er geht jetzt wieder hin. Sie wohnen ja nur siebzig Werst von euch entfernt. Ich habe auch fest vor, einmal hinüberzufahren. Wjeßlowskij, komm mal her!«

Wassenjka trat zu den Damen und nahm neben Kitty Platz.

»Ach, erzählen Sie, bitte, Sie waren also bei ihr? Wie geht es ihr?« wandte sich Darja Alexandrowna an ihn.

Ljewin blieb am anderen Ende des Tisches sitzen und bemerkte, ohne sein Gespräch mit der Fürstin und Warjenka zu unterbrechen, wie zwischen Stjepan Arkadjewitsch, Dolly, Kitty und Wjeßlowskij eine lebhafte und zugleich geheimnisvolle Unterhaltung in Gang kam. Aber nicht genug, daß sie sich in dieses geheimnisvolle Gespräch vertieften, Ljewin gewahrte auch noch in dem Gesicht seiner Frau den Ausdruck einer wahren Empfindung, als sie, ohne die Augen von Wassenjka zu wenden, ihm in sein hübsches Gesicht sah, während er mit Lebhaftigkeit etwas erzählte.

»Es ist sehr nett bei ihnen«, – berichtete Wassenjka von Wronskij und Anna. »Ich erlaube mir selbstverständlich kein Urteil, aber in ihrem Hause fühlt man sich wie in einer Familie.«

»Was haben sie eigentlich für Pläne?«

»Ich glaube, sie wollen den Winter in Moskau zubringen.«

»Es wäre doch sehr nett, wenn wir einmal alle zusammen hinführen. Wann willst du hin?« fragte Stjepan Arkadjewitsch.

»Ich will den Juli bei ihnen verbringen.«

»Und du, willst du sie nicht auch besuchen?« wandte sich Stjepan Arkadjewitsch an seine Frau.

»Ich hatte es längst vor und will unbedingt einmal hinüber«, sagte Dolly. »Sie tut mir leid, und ich kenne sie genau.

Sie ist eine vortreffliche Frau. Ich will allein hinfahren, wenn du fort bist, und falle dann niemandem dadurch zur Last. Es ist sogar besser, wenn du nicht mitkommst.«

»Schön«, sagte Stjepan Arkadjewitsch. »Und du, Kitty?«

»Ich? Weshalb sollte ich denn hin«, versetzte Kitty, von flammender Röte übergossen, und blickte sich nach ihrem Gatten um.

»Sind Sie mit Anna Arkadjewitsch bekannt?« fragte Wjeßlowskij. »Sie ist eine äußerst anziehende Frau.«

»Ja«, sagte Kitty, noch heftiger errötend, indem sie sich erhob und zu ihrem Gatten trat.

»Du gehst also morgen auf die Jagd?« fragte sie.

Seine Eifersucht hatte sich in den letzten Minuten, besonders, nachdem er bemerkt hatte, wie ihr während ihres Zwiegesprächs mit Wjeßlowskij die Röte in die Wangen gestiegen war, aufs höchste gesteigert. Jetzt faßte er das, was sie soeben gesagt hatte, auf eine ganz besondere Weise auf. So sehr er sich auch später darüber wunderte, jetzt schien es ihm klar zu sein, daß die Frage, ob er auf die Jagd wolle, für sie nur aus dem Grund von Interesse sei, weil sie wissen wollte, ob er Wassenjka Wjeßlowkij, in den sie, seiner Meinung nach, schon verliebt war, dieses Vergnügen bereiten würde.

»Ja, ich gehe morgen auf die Jagd«, erwiderte er mit unnatürlicher, ihm selbst widerwärtiger Stimme.

»Nein, bleib lieber morgen den ganzen Tag noch bei uns; Dolly hat ja sonst ihren Mann gar nicht gesehen. Übermorgen könnt ihr dann auf die Jagd«, sagte Kitty.

Ljewin legte sich jetzt den Sinn von Kittys Worten schon folgendermaßen aus: »Trenne mich nicht von ihm. Ob du fortgehst oder nicht, ist mir gleichgültig, aber laß mich die Gesellschaft dieses reizenden jungen Mannes genießen.«

»Oh, wenn du es wünschst, können wir ja morgen zu Hause bleiben«, versetzte Ljewin mit besonderer Freundlichkeit.

Wassenjka, der seinerseits nicht das geringste von den Qualen ahnte, deren Urheber er durch seine Gegenwart geworden war, hatte sich nach Kitty gleichfalls erhoben und ging hinter ihr her, während er sie mit freundlich-heiterem Blick verfolgte.

Ljewin sah diesen Blick. Er erbleichte und einen Augenblick stockte sein Atem. »Wie kann er sich herausnehmen, meine Frau so anzusehen«, kochte es in ihm.

»Also morgen? Ach ja, fahren wir«, sagte Wassenjka, indem er sich auf einen Stuhl niederließ und das eine Bein nach seiner Gewohnheit unter sich zog.

Ljewins Eifersucht steigerte sich immer mehr. Er sah sich schon als betrogenen Ehegatten, der für seine Frau und ihren Liebhaber nur dazu da sei, um ihnen die Annehmlichkeiten und Vergnügungen des Lebens zu verschaffen ... Aber trotz seines Zustandes fragte er Wassenjka als liebenswürdiger Wirt nach seinen Jagdausflügen, seinem Gewehr, seinen Jagdstiefeln und erklärte sich bereit, morgen die Jagdpartie zu unternehmen. Zum Glück für Ljewin machte die alte Fürstin seinen Qualen dadurch ein Ende, daß sie sich erhob und Kitty ans Schlafengehen mahnte. Aber auch jetzt ging es nicht ohne eine neue Qual für Ljewin ab. Als Wassenjka sich von der Frau des Hauses verabschiedete, wollte er ihr wieder die Hand küssen, aber Kitty entzog sie ihm errötend, indem sie mit einer naiven Schroffheit, wegen der die alte Fürstin sie hinterher tadelte, bemerkte: »Das ist bei uns nicht der Brauch.«

In Ljewins Augen war sie dadurch schuldig, daß sie solche Beziehungen überhaupt zugelassen hatte, und noch schuldiger erschien sie im dadurch, daß sie in so ungeschickter Weise ihr Mißfallen daran hatte merken lassen.

»Ach, welch eine Idee, jetzt schlafen zu gehen«, sagte Stjepan Arkadjewitsch, der beim Abendessen mehrere Gläser Wein geleert hatte und sich infolgedessen in aufgeräumtester und poetischster Stimmung befand. »Sieh nur, Kitty«, sagte er, indem er auf den Mond, der hinter der Linde heraufstieg, deutete, »wie herrlich das ist. Wjeßlowskij, das ist der Augenblick für eine Serenade. Weißt du, er hat eine sehr schöne Stimme, wir haben uns unterwegs eingesungen. Er hat einige schöne Romanzen mitgebracht, zwei neue; die sollte er einmal mit Warwara Andrejewa vortragen.«

Als sich alle zurückgezogen hatten, ging Stjepan Arkadjewitsch mit Wjeßloswkij noch lange in der Allee auf und ab, und man hörte, wie sie die neue Romanze probierten.

Ljewin saß mittlerweile, dem Gesang lauschend, mit gerunzelten Brauen auf einem Sessel im Schlafzimmer seiner Frau und schwieg beharrlich auf alle ihre Fragen, was mit ihm eigentlich sei. Als sie in aber schließlich mit schüchternem Lächeln selbst fragte: »Hat dir etwa irgend etwas in meinem Benehmen in bezug auf Wjeßlowkij mißfallen?«, da konnte er nicht mehr an sich halten und sagte ihr alles, was er auf dem Herzen hatte; und da er sich durch das, was er sagte, selbst beleidigte, so kam er in eine immer gereiztere Stimmung.

Er stand vor ihr, seine Augen glänzten drohend unter den zusammengezogenen Brauen hervor, er preßte die starken Hände gegen seine Brust, als müßte er all seine Kraft zusammennehmen, um sich zurückzuhalten. Der Ausdruck seines Gesichts wäre streng, ja grausam gewesen, wenn sich nicht zugleich eine Qual darin ausgeprägt hätte, von der sie sich gerührt fühlte. Seine Kinnbacken bebten, und die Stimme versagte ihm.

»Du begreifst, daß ich nicht eifersüchtig bin: das ist ein gemeines Wort. Ich kann nicht eifersüchtig sein und glauben, daß … Ich kann es nicht ausdrücken, was ich empfinde, aber es ist entsetzlich … Ich bin nicht eifersüchtig, aber ich bin gekränkt, gedemütigt dadurch, daß irgend jemand den Gedanken zu fassen wagt, daß er es sich herausnimmt, dich mit solchen Blicken anzusehen …«

»Mit was für Blicken denn?« fragte Kitty, indem sie sich Mühe gab, sich so gewissenhaft als möglich jedes Wort, das gefallen und jede Gebärde, die am heutigen Abend gemacht worden war, mit allen Schattierungen ins Gedächtnis zurückzurufen.

Im Grunde ihres Herzens fühlte sie, daß es sich um jenen Augenblick handeln müsse, als Wjeßlowskij ihr ans andere Ende des Tisches nachgefolgt war; aber sie wagte nicht, sich selbst dies einzugestehen, und konnte sich daher noch um so weniger entschließen, es ihm zu sagen, da sie seine Qual dadurch vermehrt hätte.

»Was kann denn an mir Anziehendes sein, in meinem jetzigen Zustande?«

»Ach!« schrie er auf, indem er sich an den Kopf griff. »Du tätest besser daran, nichts zu sagen! ... Das heißt also, wenn du anziehend wärest ...«

»Nicht doch, Kostja, höre, so höre doch nur!« sagte sie, während sie ihn mit schmerzerfülltem und mitleidsvollem Blick ansah. »Sag, was ist es denn nur, was dir in den Sinn kommen kann? Es gibt doch für mich keinen einzigen Menschen außer dir, keinen, keinen! ... Willst du, daß ich niemand mehr sehen soll?« – Im ersten Moment fühlte sie sich durch seine Eifersucht gekränkt, es ärgerte sie, daß ihr die geringste Zerstreuung, selbst die allerunschuldigste versagt sein sollte. In diesem Augenblick aber wäre sie bereit gewesen, nicht nur auf diese kleinen Freuden des Lebens, sondern auf alles zu verzichten, um ihm seine Ruhe wiederzugeben und ihn von den Qualen zu erlösen, die ihn peinigten.

»Begreife doch nur«, fuhr er in verzweifeltem Flüstertone fort, »das Entsetzliche und zugleich Komische meiner Lage, die darin besteht, daß er als Gast in meinem Hause weilt, daß er sich außer seinem ungezwungenen Ton und der Manier, wie er seine Beine unter sich zieht, nichts hat zuschulden kommen lassen, was man wirklich unanständig nennen könnte. Er hält dies vollkommen im Einklang mit dem guten Ton, und meine Pflicht verlangt daher, daß ich mit ihm liebenswürdig bin.«

»Aber Kostja, du übertreibst«, versetzte Kitty, im Grunde ihres Herzens erfreut über die Stärke seiner Liebe, die in seiner Eifersucht zum Ausdruck kam.

»Das Schrecklichste von allem ist, daß du genau dieselbe bist wie immer, und daß jetzt in deinem Zustand, indem du für mich ein unantastbares Heiligtum bist, daß gerade jetzt, wo wir so glücklich, so ganz besonders glücklich sind, plötzlich ein solcher Wicht ... Nein, kein Wicht, weshalb sollte ich ihn schmähen? Er geht mich ja gar nichts an. Aber weshalb soll mein Glück, dein Glück? ...«

»Weißt du, ich verstehe jetzt, woher dies alles kommt«, begann Kitty.

»Woher? Woher?«

»Ich habe es wohl bemerkt, wie du uns ansahst, als wir während des Abendessens miteinander sprachen.«

»Nun ja, nun ja!« sagte Ljewin angstvoll. Sie erzählte ihm, wovon sie gesprochen hatten, und während sie dies tat, stockte ihr der Atem vor Erregung. Ljewin schwieg, blickte ihr dann eine Weile in das blasse, erschreckte Gesicht und griff sich plötzlich an den Kopf.

»Katja, ich habe dich gemartert. Mein Herzblatt, vergib mir! Es war ja Wahnsinn. Katja, ich, nur ich allein bin an allem Schuld. Wie konnte ich dich nur wegen einer solchen Kleinigkeit so quälen.«

»Nein, du tust mir leid.«

»Ich, ich tue dir leid? Wie, bin ich wirklich wahnsinnig? ... Und weshalb bin ich über dich hergefallen? Es ist entsetzlich zu denken, daß es jedem fremden Menschen möglich sein sollte, unser Glück zu zerstören.«

»Gewiß, das ist eben das Kränkende an der Sache.«

»Nein, nun will ich ihn absichtlich bei uns behalten, den ganzen Sommer und will ihn mit Freundlichkeit überschütten«, sagte Ljewin, indem er ihr die Hände küßte. »Du wirst schon sehen, gleich morgen ... Ach richtig, morgen fahren wir ja auf die Jagd.«

8

Am anderen Tag, als die Damen noch nicht aufgestanden waren, standen die Jagdwagen und ein Bauernwagen schon an der Einfahrt, und Laßka, die bereits am frühesten Morgen gemerkt hatte, daß es auf die Jagd gehe, saß nun, nachdem sie sich nach Herzenslust satt gebellt und freudig herumgesprungen war, auf dem Bauernwagen neben dem Kutscher und blickte aufgeregt und mißbilligend über die Verspätung nach der Tür, aus der die Jäger noch immer nicht herauskommen wollten. Als erster erschien Wassenjka Wjeßlowskij in großen, funkelnagelneuen Stiefeln, die ihm bis an die Mitte der dicken Waden reichten, in einer grünen Bluse, mit einer neuen, nach Leder riechenden Patronentasche, seine Mütze mit den Bändern auf dem Kopf, mit einem ganz neuen englischen Gewehr und ohne Patronentaschenriemen. Laßka lief auf ihn zu, bewillkommnete ihn, sprang an ihm herum und fragte auf ihre Weise, ob die anderen nun bald kommen würden. Da sie aber keine Antwort erhielt, so kehrte sie auf ihren Warteposten zurück, wo sie, den Kopf auf die Seite geneigt und das eine Ohr gespitzt, regungslos liegen blieb. Endlich öffnete sich die Tür mit Gepolter und heraus flog, herumwirbelnd und sich in der Luft drehend, Krack, der hellgescheckte Pointer von Stjepan Arkadjewitsch, der, die Flinte in den Händen und die Zigarre im Mund, gleich darauf selbst heraustrat. »Ruhig, Krack, ruhig«, beschwichtigte er freundlich den Hund, der ihm die Pfoten auf den Leib und Brust legte, wobei er mit ihnen an seiner Jagdtasche hängenblieb. Stjepan Arkadjewitsch trug bäuerisches, aus einem Stück gefertigtes Schuhwerk und Strumpflappen, ausgefranste Beinkleider und einen kurzen Überzieher. Auf dem Kopf saß eine Ruine von irgendeinem Hut, dagegen war seine Flinte neuesten Systems ein wahres Prachtstück, und Jagd- und Patronentasche waren, wenn auch abgenutzt, von der besten Qualität.

Wassenjka Wjeßlowskij hatte bis jetzt keinen Begriff von diesem Staat des echten Jägers gehabt, der darin besteht, daß man selbst fast in Lumpen geht, aber mit Jagdgerät von der feinsten Qualität ausgerüstet ist. Das Verständnis hierfür ging ihm erst jetzt auf, als er Stjepan Arkadjewitschs mit Lumpen bekleidete, aber in seiner Eleganz strahlende, wohlgenährte und joviale Herrenerscheinung erblickte, und er beschloß sofort, sich für die nächste Jagd unbedingt in derselben Weise auszurüsten.

»Nun, und unser Wirt, wo bleibt der?« frage er.

»Eine so junge Frau«, sagte Stjepan Arkadjewitsch lächelnd.

»Ja, und noch dazu eine so entzückende.«

»Es war schon angekleidet, aber wahrscheinlich ist er noch einmal schnell zu ihr gegangen.« Stjepan Arkadjewitsch hatte richtig geraten. Ljewin war wieder zu seiner Gattin geeilt, um sie erstens noch einmal zu fragen, ob sie ihm seine gestrige Torheit verziehen habe, und außerdem, um ihr ans Herz zu legen, sich um Gottes willen ja recht in acht zu nehmen; namentlich solle sie den Kindern möglichst fern bleiben – sie könnten sie so leicht einmal stoßen. Dann mußte er von ihr noch einmal die Bestätigung erhalten, daß sie ihm nicht böse sei, weil er sie auf zwei Tage verlasse, und endlich hatte er noch die Bitte an sie, ihm morgen früh durch einen reitenden Boten unbedingt ein Billett zu schicken und ihm wenigstens zwei Worte zu schreiben, nur damit er über ihr Befinden beruhigt sei.

Kitty fiel es, wie immer, schwer, sich von ihrem Gatten, wenn auch nur für zwei Tage, zu trennen. Als sie ihn aber in seiner freudigen Erregung, mit seiner Gestalt, die in den Jagdstiefeln und der weißen Joppe besonders groß und kraftvoll erschien, eintreten sah, und den ihr unverständlichen Ausdruck der Jagdlust gewahrte, die ihm aus den Augen blitzte, da vergaß sie um seiner Freude willen ihren eigenen Schmerz und nahm fröhlich Abschied von ihm.

»Verzeihung, meine Herren«, sagte er, während er die Freitreppe hinablief. »Ist das Frühstück eingepackt? Weshalb ist der Braune rechts angespannt? Übrigens, gleichviel. Laßka, ruhig, leg dich!«

»Laß sie in die ledige Herde«, wandte er sich an den Viehtreiber, der an der Freitreppe mit einer Frage wegen der Wallachen zu ihm hingetreten war. »Bitte, noch einen Moment – da kommt noch so ein Bösewicht.«

Ljewin sprang vom Wagen, in dem er schon Platz genommen hatte, einem Zimmermann entgegen, der sich mit einem Maßstab der Freitreppe näherte.

»Gestern ist er nicht in die Verwalterstube gekommen und heute muß er mich aufhalten. Nun, was gibt's?«

»Befehlen Sie noch eine Windung zu machen. Nur drei Stufen müssen wir dann noch hinzufügen, und dann paßt es ganz genau. Das wird dann viel bequemer sein.«

»Du hättest auf mich hören sollen«, versetzte Ljewin ärgerlich. »Ich habe dir gesagt: zuerst lege die Treppenlager und dann erst haue die Stufen aus. Jetzt läßt sich's nicht mehr verbessern. Tue wie ich gesagt habe und zimmere eine neue Treppe zurecht.«

Es handelte sich darum, daß der Zimmermann in dem im Bau begriffenen Flügel die Treppe verpfuscht hatte, da er sie zimmerte, ohne zuvor die Steigung berechnet zu haben, so daß es sich, als die Treppe eingefügt werden sollte, herausstellte, daß die Stufen alle schief liefen. Jetzt wollte der Zimmermann nun, anstatt eine neue Treppe anzufertigen, zu der alten drei Stufen hinzufügen.

»Es wird so bei weitem besser werden.«

»Ja, wo willst du denn hinauskommen mit deinen drei Stufen?«

»Mit Verlaub«, – sagte der Zimmermann mit geringschätzigem Lächeln.«

»So wie sie also unten aufsitzt«, sagte er mit einer überzeugenden Handbewegung, »steigt sie und steigt sie immer höher, bis sie oben auftrifft.«

»Aber durch die drei Stufen wird doch die Treppe auch länger. – Wo wird sie also auftreffen?«

»Ja also, so wie sie eben unten aufsitzt, steigt sie, bis sie oben auftrifft«, wiederholte der Zimmermann hartnäckig und in überzeugendem Ton.

»Bis sie an die Decke und an die Wand stößt.«

»Mit Verlaub. Sie kommt doch von unten – sie steigt, steigt und trifft oben auf.«

Ljewin ergriff seinen Ladestock und begann damit im Staube die Treppe zu zeichnen.

»Nun, siehst du es jetzt?«

»Wie Sie befehlen«, sagte der Zimmermann, in dessen Augen es plötzlich verständnisvoll aufleuchtete, da er die Sache endlich begriffen zu haben schien. »Ja, es bleibt wohl nichts übrig, als eine neue Treppe zu zimmern.«

»Nun also, tue wie ich dir sage«, rief Ljewin, indem er sich in den Wagen setzte. »Fahr zu! Halt die Hunde, Philipp.«

Ljewin fühlte sich jetzt, nachdem er alle häuslichen und wirtschaftlichen Sorgen hinter sich gelassen hatte, von einem so starken Gefühl der Lebensfreudigkeit und frohen Erwartung ergriffen, daß er keine Lust verspürte zu sprechen.

Zudem hatte er jenes Gefühl der verhaltenen Erregung, das jeden Jäger ergreift, wenn er sich dem Jagdrevier nähert. Alles, woran er jetzt denken konnte, drehte sich um die Fragen, ob sie im Kolpenskijschen Moor etwas finden würden, wie sich Laßka im Vergleich zu Krack anstellen, und ob sich seine Schießkunst heute bewähren würde. Wenn er sich nur vor diesem fremden jungen Manne keine Blöße gab. Wenn nur Oblonskij nicht mehr Wild schießen würde als er selbst – auch dieser Gedanke fuhr ihm durch den Kopf.

Oblonskij hatte ein ähnliches Gefühl und war ebenfalls einsilbig. Nur Wassenjka Wjeßlowskij redete unaufhörlich munter drauf los. Während ihm Ljewin zuhörte, schämte er sich, als er daran dachte, wie sehr er ihm gestern unrecht getan hatte. Wassenjka war wirklich ein netter, ungekünstelter, gutmütiger und sehr lustiger junger Mann. Wenn Ljewin noch als Junggeselle seine Bekanntschaft gemacht hätte, so wäre er ihm wahrscheinlich näher getreten. Seine leichtfertige Auffassung des Lebens, sowie seine etwas übertriebene, elegant sein sollende Ungezwungenheit waren ihm allerdings ein wenig unsympathisch. Es schien, als schreibe er seiner eigenen Persönlichkeit eine besonders hohe und unzweifelhafte Bedeutung zu, weil er die Nägel lang trug und seine Mütze und alles andere dementsprechend gewählt war. Doch darüber konnte man züglich hinwegsehen, da er ein herzensguter und anständiger Mensch war. Er gefiel Ljewin wegen seiner guten Erziehung, seiner vorzüglichen Aussprache des Französischen und Englischen und endlich – weil er zu seinem Gesellschaftskreis gehörte.

Wassenjka gefiel besonders das Donsche, links angespannte Steppenpferd. Er gab fortwährend seinem Entzücken darüber Ausdruck: »Wie schön ist es, auf einem Steppenpferd durch die Steppe zu jagen! Wie? meinen Sie nicht auch?« sagte er. Er stellte sich unter einem solchen Ritt durch die Steppe etwas Wildes, Poetisches, Zielloses vor. Und seine Naivität hatte, namentlich im Verein mit seinem hübschen Gesicht, seinem gewinnenden Lächeln und der Grazie seiner Bewegungen, etwas sehr Anziehendes. Mochte es nun daher kommen, daß seine Natur Ljewin sympathisch war oder daher, daß dieser um sein gestriges Unrecht gut zu machen, alles an ihm schön zu finden suchte – genug, Ljewin fühlte sich in seiner Gesellschaft wohl.

Nachdem sie etwas drei Werst gefahren waren, bemerkte Wjeßlowskij plötzlich, daß ihm seine Zigarren und seine Brieftasche fehlten, und er wußte nicht, ob er sie verloren oder auf dem Tisch hatte liegen lassen. In der Brieftasche waren dreihundertundsiebzig Rubel, und er konnte daher die Sachen nicht auf sich beruhen lassen.

»Wissen Sie was, Ljewin, ich will auf diesem Donschen Seitenpferd nach Hause reiten. Das wird das beste sein. Meinen Sie nicht?« sagte er, indem er sich schon aufzusitzen anschickte.

»Nein, wozu denn?« erwiderte Ljewin, der sich schon ausgerechnet hatte, daß Wassenjka nicht weniger als sechs Pud Gewicht haben können. »Ich will den Kutscher hinschicken.«

So ritt denn der Kutscher auf dem Seitenpferd zurück, und Ljewin lenkte nun das Zweigespann selbst.

9

»Nun, wie geht unsere Marschroute? Setz sie mal genauer auseinander –«, sagte Stjepan Arkadjewitsch.

»Mein Plan ist folgender: Jetzt fahren wir bis Gwosdjewo, dort befindet sich diesseits ein Schnepfensumpf und hinter Gwosdjewo ziehen sich großartige Bekassinensümpfe hin, und auch Schnepfen kommen dort vor. Jetzt ist es heiß – gegen Abend (wir haben zwanzig Werst zurückzulegen) sind wir dort und können ein Abendfeld nehmen. Dann übernachten wir und morgen geht's dann in die großen Sümpfe.

»Und unterwegs, gibt es da nichts?«

»O ja, aber das würde uns nur aufhalten, und es ist auch zu heiß. Ich kenne zwei vorzügliche Plätze, aber jetzt wird da wohl kaum etwas zu finden sein.«

Ljewin hatte selbst Lust, diese Plätze aufzusuchen, aber sie lagen seinem Wohnsitz so nahe, daß er jederzeit hin konnte; zudem waren sie auch nicht groß – und zu dreien ließ sich dort nicht gut jagen. Er war daher nicht ganz aufrichtig, als er sagte, daß dort kaum etwas zu finden sein dürfte. Als sie den kleinen Sumpf erreicht hatten, wollte Ljewin vorbeifahren, allein Stjepan Arkadjewitschs geübtes Jägerauge bemerkte sogleich die vom Fahrweg aus sichtbare Feuchtigkeit.

»Wie wär's, wenn wir hineingingen?« sagte er, indem er auf den Sumpf deutete.

»Ljewin, bitta ja, das wäre doch reizend!« begann Wassenjka Wjeßlowskij zu bitten, und Ljewin konnte nicht umhin, nachzugeben.

Sie hatten noch nicht haltgemacht, als die Hunde miteinander wetteifernd dem Sumpf zuflogen.

»Krack, Laßka!« –

»Zu dreien wird es uns zu eng werden. Ich will hier bleiben«, sagte Ljewin, in der Hoffnung, daß sie nichts finden möchten als Kiebitze, von denen einige durch die Hunde aufgeschreckt in die Höhe fuhren und im Fluge hin- und herflatternd kläglich über dem Sumpf schrieen.

»Nein, kommen Sie, Ljewin, gehen Sie mit!« rief Wjeßlowskij.

»Wahrhaftig, es ist zu eng. Laßka, zurück! Laßka! Sie brauchen doch wohl den zweiten Hund nicht?«

Ljewin blieb bei dem Wagen zurück und sah den Jägern mit Neid nach. Sie durchstreiften den ganzen Sumpf, aber außer einer Henne und den Kiebitzen, von denen Wassenjka einen geschossen hatte, war nichts aufgeflogen.

»Nun, seht ihr, daß es mir nicht darum zu tun war, den Sumpf zu schonen – es war nur Zeitverlust –«, sagte Ljewin.

»Ach, nein, es war doch ganz nett. Haben Sie was gesehen?« versetzte Wassenjka Wjeßlowskij, während er, die Flinte und den Kiebitz in den Händen, schwerfällig in den Wagen stieg. »Wie gut ich den getroffen habe, nicht wahr? Kommen wir jetzt bald an den richtigen Platz?«

Plötzlich rissen die Pferde in das Geschirr, Ljewin stieß mit dem Kopf gegen den Lauf eines der Gewehre, und es ertönte ein Schuß. In Wirklichkeit war der Schuß vorher erfolgt, aber

Ljewin schien es anders. Wassenjka Wjeßlowskij hatte, als er die Hähne in Ruhe setzte, einen der Drücker angezogen, während er den anderen Hahn festhielt. Die Ladung war in die Erde gegangen, ohne jemandem Schaden zugefügt zu haben. Stjepan Arkadjewitsch schüttelte den Kopf und lächelte Wjeßlowskij mißbilligend zu. Ljewin seinerseits brachte es nicht über sich, ihm einen Vorwurf zu machen. Denn erstens hätte es so ausgesehen, als beziehe sich der Vorwurf auf die Gefahr, die nun schon vorüber war, und auf die Beule, die auf Ljewins Stirn hervortrat, und zweitens zeigte Wjeßlowskij anfangs eine so naive Betrübnis und lachte nachher so gutmütig und ansteckend über die allgemeine Verwirrung, die er angerichtet hatte, daß es unmöglich war, in das Lachen nicht miteinzustimmen.

Als sie zu dem zweiten Sumpf kamen, der von beträchtlicher Ausdehnung war und daher, wenn man ihn absuchen wollte, ziemlich viel Zeit in Anspruch nehmen mußte, redete Ljewin den beiden anderen zu, nicht auszusteigen. Aber Wjeßlowskij wußte ihn wiederum durch seine Bitten zum Nachgeben zu bewegen. Und auch diesmal blieb Ljewin, da der Sumpf schmal war, als gastfreundlicher Wirt allein bei dem Wagen zurück.

Gleich beim Betreten des Sumpfes schoß Krack auf die Maulwurfshügel zu. Wassenjka Wjeßlowskij lief als der erste dem Hunde nach, und Stjepan Arkadjewitsch hatte noch nicht Zeit gehabt heranzukommen, als schon eine Schnepfe aufging. Wjeßlowskij schoß fehl, und die Schnepfe ließ sich auf einer ungemähten Wiese nieder. Diese Beute blieb Wjeßlowskij überlassen. Krack schreckte sie wieder auf, stellte sie, und Wjeßlowskij schoß sie und kehrte zum Wagen zurück.

»Jetzt gehen Sie, und ich bleibe inzwischen bei den Pferden«, sagte er.

Ljewin begann der Jagdneid zu verzehren. Er übergab Wjeßlowskij die Zügel und ging in den Sumpf.

Laßka, die schon längst kläglich gewinselt und sich über die ihr widerfahrene Unbill beklagt hatte, jagte jetzt geradewegs auf einen Ljewin bekannten Erdhügel zu, wo sie eine gute Beute zu wittern schien und wo Krack noch nicht gewesen war.

»Warum hältst du sie denn nicht zurück?« rief Stjepan Arkadjewitsch.

»Sie wird dir kein Wild aufschrecken«, erwiderte Ljewin, über den Eifer seines Hundes erfreut, und eilte ihm nach.

Auf der Suche nahm Laßka, je mehr sie sich den bekannten Maulwurfshügeln näherte, ein immer ernsteres und ernsteres Wesen an. Ein kleiner Sumpfvogel vermochte sie nur auf einen Augenblick zu zerstreuen. Sie beschrieb einen Kreis um die Erdhügel herum, begann einen zweiten und blieb plötzlich wie angewurzelt stehen.

»Hierher, hierher, Stiwa!« rief Ljewin, der fühlte, wie sein Herz stärker klopfte, und wie plötzlich, als sei in seinem angespannten Gehörsinn ein Riegel zurückgezogen worden, jeder Laut gleichsam unabhängig von der räumlichen Entfernung, ungeregelt, aber deutlich an sein Ohr drang. Er hörte Stjepan Arkadjewitschs Schritte, die ihm wie fernes Pferdegetrampel erschienen, er hörte das schwache Geräusch des sich mit den Wurzeln loslösenden Stückchens eines Maulwurfshügels, auf den er getreten war, und es schien ihm, als rühre dies Geräusch von einer auffliegenden Schnepfe her. Er hörte auch unweit hinter sich etwas wie ein Plätschern im Wasser, aber er vermochte sich von diesem Geräusch keine Rechenschaft zu geben.

Stets darauf bedacht, einen festen Standort für seine Füße zu finden, bewegte er sich auf seinen Hund zu.

»Faß an!«

Es war keine Schnepfe, sondern eine Bekassine, die unter dem Hund in die Höhe fuhr. Ljewin legte an, aber in dem Augenblick, als er zielte, hörte er, wie sich jenes Plätschern auf dem Wasser verstärkte, wie es näher kam und Wjeßlowskijs Stimme, der in sonderbaren Tönen laut rief, sich damit vermischte. Ljewin sah sehr wohl, daß er unter die Schnepfe visierte, denn drückte er los.

Nachdem er sich überzeugt hatte, daß er fehlgeschossen, blickte er sich um und sah nun, daß die Pferde mit dem

Wagen nicht mehr auf dem Wege standen, sondern im Sumpf staken.

Wjeßlowskij, der die Jäger hatte schießen sehen wollen, war in den Sumpf gefahren, und die Pferde waren im Morast stecken geblieben.

»Hol ihn der Teufel!« murmelte Ljewin, indem er zum Wagen zurückkehrte. »Weshalb sind Sie uns nachgefahren?« fragte er trocken und begann den Pferden mit Hilfe des Kutschers, den er herbeigerufen hatte, herauszuhelfen.

Ljewin ärgerte sich darüber, daß man ihn im Schießen gestört und daß man seine Pferde in den Morast geführt hatte. Besonders aber verdroß es ihn, daß weder Stjepan Arkadjewitsch noch Wjeßlowskij ihm und dem Kutscher an die Hand gingen, um den Pferden, die ausgespannt werden mußten, herauszuhelfen, denn keiner von beiden hatte eine Ahnung davon, worin das Anschirren der Pferde eigentlich bestehe. Ohne auf Wassenjkas Versicherungen, daß es an dieser Stelle ganz trocken gewesen sei, ein Wort zu erwidern, mühte sich Ljewin mit dem Kutscher schweigend ab, die Pferde herauszubringen. Dann aber, als er bei der Arbeit warm geworden war und sah, mit welch aufrichtigem Eifer Wjeßlowskij sich abmühte, den Wagen an den Kotschirmen herauszuziehen, so daß einer davon sogar abbrach, schalt sich Ljewin, weil er unter dem Einfluß seiner gestrigen Mißstimmung allzu kalt gegen Wjeßlowskij sei, und bemühte sich, seine Schroffheit durch besondere Liebenswürdigkeit wiedergutzumachen. Als alles in Ordnung gebracht war und der Wagen wieder auf dem Weg stand, ließ Ljewin das Frühstück hervorholen.

»*Bon appétit – bonne conscience! Ce poulet va tomber jusqu'au fond de mes bottes*«, zitierte Wassenjka, wieder in fröhlichster Laune, das französische Wiegenliedchen, indem er das zweite Hühnchen verzehrte. »Jetzt aber sind unsere Leiden zu Ende, von nun an wird alles gut ablaufen. Nur will ich mich für mein Vergehen verpflichten, die ganze übrige Zeit auf dem Bock zu sitzen. Nicht? Wie? Nein, nein, ich bin der Automedon. Ihr werdet sehen, wie ich Euch fahren werde!« erwiderte er, indem er die Zügel festhielt, als Ljewin ihn bat, sie dem Kutscher zu übergeben. »Nein, ich muß meine Schuld süh-

nen, und außerdem sitze ich sehr bequem auf dem Bock!«
Und so fuhr er denn drauf los.

Ljewin hegte einigermaßen die Befürchtung, daß er die Pferde zuschanden fahren würde, namentlich den linker Hand angespannten Fuchs, den er nicht zurückzuhalten verstand. Aber unwillkürlich unterlag er Wjeßlowskijs Fröhlichkeit, lauschte den Romanzen, die er auf dem Kutscherbock während des ganzen Weges sang, oder den Geschichten, die er zum besten gab, oder seiner Vorführung, wie man nach englischer Manier ›four in hand‹ fahren müsse. So kamen alle nach dem Frühstück in der heitersten Stimmung am Gwosdjewschen Sumpf an.

10

Wassenjka hatte die Pferde so heftig angetrieben, daß man zu früh, als es noch heiß war, zum Sumpf kam.

Als sie bei dem großen Sumpf, dem Hauptziel der Fahrt, angelangt waren, dachte Ljewin unwillkürlich daran, wie er Wassenjka loswerden könnte, um ungestört zu jagen. Stjepan Arkadjewitsch wünschte seinerseits offenbar das gleiche, und Ljewin bemerkte in seinem Gesicht den Ausdruck jener Besorgnis, die jeden echten Jäger vor Beginn der Jagd zu beschleichen pflegt, sowie einer gewissen ihm eigenen, gutmütigen Verschlagenheit.

»Welchen Weg wollen wir also nehmen? Der Sumpf ist prächtig, und dort sehe ich auch Habichte!« sagte Stjepan Arkadjewitsch, indem er auf zwei große Vögel deutete, die über dem Ried kreisten. »Wo Habichte sind, da ist auch sicher Wild.«

»Nun also, meine Herren«, – sagte Ljewin, indem er mit etwas verfinsterter Miene seine Stiefel zurechtzog und die Zündhütchen an seinem Gewehr prüfte. »Sehen Sie dieses Ried?« Er wies auf eine in der Ferne in schwärzlichem Grün sich abhebende kleine Insel, die sich auf einem weiten, halb abgemähten, nassen Wiesengrund erhob, der sich von dem Fluß nach rechts hin ausdehnte. »Der Sumpf beginnt gleich hier, gerade vor Ihnen, sehen Sie dort, wo das Grün ist. Von da biegt er nach rechts ab, wo die Pferde gehen; dort sind Maulwurfshaufen, und es gibt da Schnepfen, auch dort rund um dieses Ried, bis zu dem Erlenwald, und hart bis an jene Mühle. Siehst du, dort, wo die Bucht ist. Das ist der beste Platz. Ich habe dort einmal siebzehn Bekassinen geschossen. Wir wollen hier mit den beiden Hunden nach verschiedenen Seiten auseinandergehen und dort, an der Mühle, wollen wir uns wieder treffen.«

»Wer soll aber nach rechts und wer nach links gehen?« fragte Stjepan Arkadjewitsch. »Rechts ist der Sumpf breiter, gehen Sie beide zusammen, und ich gehe nach links«, sagte er in scheinbar harmlosem Tone.

»Vortrefflich, wir schießen ihm alles weg; nun, kommen Sie, kommen Sie«, stimmte Wassenjka eifrig bei.

Ljewin mußte sich einverstanden erklären, und so ging man denn auseinander.

Kaum hatten sie den Sumpf betreten, als die beiden Hunde gleichzeitig zu suchen begannen und nach den Tümpeln hindrängten. Ljewin kannte dieses vorsichtige und unbestimmte Suchen Laßkas. Er kannte auch den Platz und hoffte, auf einen ganzen Schwarm von Bekassinen zu stoßen.

»Wjeßlowskij, gehen Sie neben mir her, hart neben mir!« flüsterte er mit gedämpfter Stimme seinem Gefährten zu, der hinter ihm durch das Wasser patschte, denn nach dem unverhofften Schuß in dem Kolpenskischen Sumpf hatte er unwillkürlich ein gewisses Interesse an der Richtung, die jener dem Lauf seines Gewehres gab.

»Nein, ich will Sie nicht stören, denken Sie gar nicht an mich.«

Ljewin dachte jedoch unwillkürlich an ihn und erinnerte sich an Kittys Worte, mit denen sie ihn von sich gelassen hatte: »Gebt nur acht, daß ihr einander nicht totschießt!« Näher und näher kamen die Hunde, indem sie einander auswichen und jeder seine Spur verfolgte. Die Spannung, mit der Ljewin auf Bekassinen zu stoßen erwartete, war so mächtig in ihm, daß ihm das Klatschen seines Stiefelabsatzes, den er aus dem Schlamm zog, jedesmal wie der Schrei einer Bekassine erschien, und er den Kolben seines Gewehrs erfaßte und an sich preßte.

Piff! Paff! ertönte es gerade über seinem Ohr. Wassenjka hatte auf einem Schwarm von Enten geschossen, die über dem Sumpf schwebten und in diesem Augenblick den Jägern in den Weg geflogen kamen, aber noch lange außer Schußweite waren. Ljewin hatte kaum Zeit gehabt, sich umzublicken, als das Schmatzen einer Bekassine vernehmbar wurde, dann hörte er eine zweite, eine dritte, und er sah, wie noch etwa acht Bekassinen nacheinander aufflogen.

Stjepan Arkadjewitsch holte eine gerade in dem Augenblick herunter, als sie ihre zickzackförmigen Linien zu beschreiben begann, und die Bekassine fiel wie ein Klumpen in den Moorgrund. Oblonskij legte bedächtig auf eine zweite an, die noch in niedrigem Flug der Wiese zuschwebte, und auch diese Bekassine sank zugleich mit dem Knall des Schusses herab. Man konnte sehen, wie sie aus dem abgemähten Wiesengrund hervorsprang und mit dem nicht angeschossenen, weißen Flügel um sich schlug.

Ljewin war nicht so glücklich gewesen: er hatte auf die erste Bekassine aus allzugroßer Nähe abgedrückt und einen Fehlschuß getan; dann hatte er, als sie schon aufzusteigen begann, nochmals angelegt, aber im nämlichen Augenblick flatterte noch eine andere dicht vor seinen Füßen auf und lenkte ihn von der ersten ab, so daß er wieder fehl schoß.

Während sie ihre Gewehre luden, erhob sich noch eine Bekassine, und Wjeßlowskij, der mit dem Laden gerade fertig geworden war, sandte ihr noch zwei feine Schrotladungen über das Wasser nach. Stjepan Arkadjewitsch hob seine Bekassinen auf und warf Ljewin mit blitzenden Augen einen Blick zu.

»Nun, jetzt wollen wir auseinander gehen«, sagte Stjepan Arkadjewitsch und wandte sich, indem er das Gewehr schußbereit in der Hand hielt und seinem Hund pfiff, nach der einen Seite, wobei er den linken Fuß etwas nach sich schleppte. Ljewin und Wjeßlowskij gingen nach der anderen.

Ljewin war es stets so gegangen, daß er, wenn die ersten zwei Schüsse nicht getroffen hatten, aufgeregt wurde, sich ärgerte, und dann den ganzen Tag schlecht schoß. So ging es im auch heute. Bekassinen zeigten sich in Menge. Dicht vor dem Hund, vor den Füßen der beiden Jäger flogen fortwährend welche auf, und Ljewin hätte Gelegenheit genug gehabt, sein Mißgeschick wiedergutzumachen. Aber je öfter er schoß, um so mehr blamierte er sich vor Wjeßlowskij, der in und außer Schußweite lustig drauf los knallte und obwohl er keinen einzigen Vogel zu Fall brachte, sich aber deswegen nicht ihm geringsten aus der Fassung bringen ließ. Ljewin begann sich zu überhasten, nahm sein Ziel nicht genügend aufs Korn, wurde immer hitziger und hitziger und kam schließlich so weit, daß er, während er schoß, selbst kaum mehr zu treffen hoffte. Auch Laßka schien den Gemütszustand ihres Herrn zu verstehen. Sie begann weniger eifrig zu suchen und schaute wie fragend und mißbilligend zu den Jägern auf. Schuß folgte auf Schuß. Der Pulverdampf lagerte sich um die Jäger, aber in dem geräumigen Netze der Jagdtasche befanden sich nur drei leichte, kleine Bekassinen und von diesen hatte Wjeßlowskij eine geschossen, während die zweite gemeinsame Beute war. Inzwischen ließen sich von der anderen Seite des Sumpfes nicht gerade häufige, aber wie es Ljewin schien, um so bedeutsamere Schüsse vernehmen, die von Stjepan Arkadjewitsch abgegeben wurden, und fast nach jedem ertönte es: »Krack, Krack, apport!«

Ljewin geriet dadurch in noch größere Erregung. Die Bekassinen kreisten ununterbrochen in der Luft über dem Ried. Ihr Schmatzen auf dem nassen Grunde und ihr Schreien in der Höhe ertönten unaufhörlich von allen Seiten. Die vorher aufgeflogenen Bekassinen, die bis jetzt in der Luft geflattert hatten, ließen sich jetzt vor den Jägern nieder. Anstatt der zwei Habichte kreisten jetzt Dutzende von ihnen pfeifend über dem Sumpf.

Als Ljewin und Wjeßlowskij die größere Hälfte des Sumpfes durchschritten hatten, kamen sie zu einer Stelle, wo eine sich bis zum Schilfdickicht hinziehende Wiese lag, die in langen Streifen an Bauern verpachtet und teils durch hie und da ausgetretene Streifchen, teils durch abgemähte, kleine Flächen bezeichnet war. Die Hälfte dieser Streifen war bereits abgemäht.

Obgleich wenig Hoffnung war, auf dem ungemähten Boden ebensoviel zu finden wie auf dem gemähten, hatte Ljewin doch Stjepan Arkadjewitsch versprochen, mit ihm zusammenzutreffen, und ging daher mit seinem Gefährten weiter durch die gemähten und ungemähten Streifen hindurch.

»Holla! Ihr Jägersleute«, rief er der Bauern, die an einem ausgespannten Leiterwagen saßen; »kommt her, eßt mit uns; trinkt einen Schnaps mit.«

Ljewin schaute sich um.

»Kommt nur her!« rief ein fröhlicher, bärtiger Bauersmann mit rotem Gesicht, indem er seine weißen Zähne zeigte und die grünliche, in der Sonne glitzernde Flasche in die Höhe hielt.

»*Qu'est ce qu'ils disent?*«

»Sie laden uns ein, mit ihnen Schnaps zu trinken. Wahrscheinlich haben sie eben die Wiese unter sich verteilt. Ich würde ganz gern mittrinken«, – sagte Ljewin nicht ohne schlaue Berechnung, in der Hoffnung, daß Wjeßlowskij der Versuchung nicht widerstehen und sich zu ihnen gesellen würde.

»Weshalb wollen sie uns denn freihalten?«

»Es macht ihnen eben Spaß. Gehen Sie doch hin, das wird für Sie ganz interessant sein.«

»*Allons, c'est curieux.*«

»Gehen Sie, gehen Sie – den Weg zur Mühle finden Sie schon allein«, rief Ljewin und gewahrte, als er sich umsah, mit Befriedigung, daß Wjeßlowskij in gebückter Haltung und mit den müde gewordenen Füßen stolpernd, das Gewehr in der ausgestreckten Hand, durch den Sumpf zu den Bauern hinüberwatete.

»Komm du doch auch!« rief der Bauer Ljewin zu. »Iß ein Stück Kuchen mit.«

Ljewin hatte große Lust, einen Schluck Branntwein zu nehmen und ein Stück Brot zu essen. Er war ermüdet und fühlte, wie er die einsinkenden Füße nur mit Mühe aus dem Morast zog. Einen Augenblick war er unschlüssig geworden, aber da sah er plötzlich, wie sein Hund sich stellte. Sofort war alle Müdigkeit verschwunden, und leichten Schrittes ging er durch den Morast auf den Hund zu. Dicht vor seinen Füßen flog eine Bekassine auf; er schoß und traf – aber der Hund stand noch immer. »Faß an!« Unter dem Hund hervor erhob sich eine zweite, Ljewin feuerte, aber es war heute ein Unglückstag – er schoß fehl, und als er nach der zuerst geschossenen Bekassine suchte, konnte er sie nicht finden. Er suchte das ganze Schilfdickicht ab, aber Laßka glaubte ihm nicht, daß er getroffen habe, und als Ljewin ihr befahl, sie aufzuspüren, stellte sie sich, als ob sie suche, in Wirklichkeit aber suchte sie gar nicht.

Also auch ohne Wassenjka, dem er die Schuld an seinem Mißgeschick zuschrieb, ging es nicht besser. Bekassinen gab es auch hier in Menge, aber Ljewin tat einen Fehlschuß nach dem andern.

Die schrägen Strahlen der Sonne waren noch heiß. An seinem Körper klebten die vom Schweiß durchnäßten Kleider; sein linker Stiefel, der sich mit Wasser gefüllt hatte, war schwer geworden und machte bei jedem Schritt ein klatschendes Geräusch; auf seinem von Pulverdampf geschwärzten Gesicht rann der Schweiß in Tropfen herab. In seinem Mund fühlte er einen bitteren Geschmack, in der Nase den Geruch von Pulver und Rost, und in den Ohren klang ihm das unaufhörliche Schnarren der Bekassinen. Die Flintenläufe waren so heiß geworden, daß er sie gar nicht berühren konnte; seine Hände zitterten vor Erregung, und seine müden Beine stolperten über die Maulwurfshügel und blieben im Morast stecken. Aber trotzdem ging er weiter und schoß. Endlich warf er, nachdem er wieder einen schmählichen Fehlschuß getan hatte, Flinte und Mütze auf die Erde.

»Nein, ich muß mich erst wieder sammeln«, sprach er zu sich, und nachdem er Flinte und Mütze wieder aufgenommen hatte, rief er Laßka heran und verließ das Moor. Als er sich wieder auf trockenem Boden befand, setzte er sich auf einen Maulwurfshügel, zog seinen Stiefel aus und befreite ihn von dem eingedrungenen Wasser; dann ging er wieder zum Sumpf zurück, stillte seinen Durst mit dem nach Rost schmeckenden Wasser, befeuchtete die heiß gewordenen Flintenläufe und wusch sich Gesicht und Hände. Nachdem er sich auf diese Weise erfrischt hatte, begab er sich an jene Stelle zurück, wo sich vorhin die Bekassine niedergelassen hatte, und nahm sich fest vor, nicht wieder in Hitze zu geraten.

Er wollte ruhig sein, aber alles blieb beim alten. Sein Finger bewegte den Drücker, bevor er sich noch Zeit genommen hatte, den Vogel aufs Korn zu nehmen. Es ging immer schlimmer und schlimmer.

Als er aus dem Sumpf heraustrat und sich dem Erlenwald näherte, wo er mit Stjepan Arkadjewitsch zusammentreffen sollte, hatte er nur fünf Stück in der Jagdtasche.

Bevor er noch diesen selbst erblickte, gewahrte er dessen Hund. Unter der umgestülpten Wurzel einer Erle sprang Krack hervor, ganz schwarz von dem übelriechenden Sumpfschlamm, und begann Laßka mit dem Ausdruck eines Siegers zu beschnüffeln. Hinter Krack tauchte dann auch im Schatten der Erlen Stjepan Arkadjewitschs stattliche Gestalt auf. Er ging Ljewin mit rotglühendem Gesicht, in Schweiß gebadet, den Kragen aufgeknöpft, entgegen und schleppte den einen Fuß noch immer nach.

»Nun, wie steht's? Ihr habt viel geknallt!« sagte er mit fröhlichem Lächeln.

»Und du?« fragte Ljewin. Doch es war überflüssig danach zu fragen, denn er hatte schon seine gefüllte Jagdtasche bemerkt.

»Oh, es ging ganz leidlich.«

Er hatte vierzehn Stück.

»Ein prächtiger Sumpf. Dir wird wohl Wjeßlowskij hinderlich gewesen sein. Es geht nicht gut zu zweien mit *einem* Hund«, sagte Stjepan Arkadjewitsch, um seinen Triumph etwas abzuschwächen.

11

Als Ljewin mit Stjepan Arkadjewitsch in die Hütte des Bauern trat, bei dem er auf seinen Jagdausflügen zu rasten pflegte, fanden sie Wjesslowskij bereits vor. Er saß in der Mitte der Hütte auf einer Bank, an der er sich mit beiden Händen festhielt, um nicht von dem Bruder der Bauersfrau, einem Soldaten, der sich bemühte, ihm die mit Schlamm bedeckten Stiefel auszuziehen, heruntergezerrt zu werden, und lachte mit seinem ansteckend- fröhlichen Lachen.

»Ich bin eben erst gekommen. *Ils ont été charmants.* Denken Sie sich, sie haben mich getränkt und gespeist. Welch ein Brot – wundervoll. *Délicieux!* Und ein Branntwein – ich habe noch nie einen vorzüglicheren getrunken. Und sie wollten um nichts in der Welt Geld von mir annehmen. Sie sagten nur immerzu: ›Nichts für ungut.‹«

»Weshalb hätten sie auch Geld nehmen sollen? Sie haben Sie eben freihalten wollen. Sie halten doch ihren Branntwein nicht zum Verkauf«, sagte der Soldat, nachdem er endlich den durchnäßten Stiefel zugleich mit dem schwarz gewordenen Strumpf heruntergezogen hatte.

Trotz der Unsauberkeit in der Hütte, die von den Stiefeln der Jäger und den schmutzigen, sich beleckenden Hunden verunreinigt war, trotz des Sumpf- und Pulvergeruchs, von dem sie erfüllt war, und des Fehlens von Messern und Gabeln, tranken die Jäger ihren Tee und verzehrten ihr Abendbrot mit einem Heißhunger, wie er sich nur auf der Jagd einzustellen pflegt. Gewaschen und gereinigt zogen sie sich sodann in den sauber gefegten Heuschober zurück, wo die Kutscher ihren Herren ein Lager zurechtgemacht hatten.

Obgleich es schon dämmerte, hatte noch keiner der Jäger Lust zu schlafen.

Das Gespräch bewegte sich eine Zeitlang hin und her zwischen Berichten über die soeben abgelaufene Jagd, über die Schüsse, die jeder von ihnen gemacht hatte, über ihre Hunde und früheren Jagderlebnisse. Schließlich kam man aber auf ein Thema, das alle in gleichem Maße interessierte. Bei Gelegenheit des bereits mehrmals von Wassenjka geäußerten Entzückens über den Reiz ihres jetzigen Nachtlagers und den Duft des Heus, über einen zerbrochenen Wagen, der ihm aufgefallen war (er hatte ihn für zerbrochen gehalten, weil die Vorderräder abgenommen waren), über die gutmütige Zutraulichkeit der Bauern, die ihn mit Branntwein traktiert hatten, über die Hunde, von denen jeder zu Füßen seines Herrn lag, kam Oblonskij auf eine prachtvolle Jagd zu sprechen, die er im vergangenen Sommer bei Maltus, einem bekannten Eisenbahnkrösus, mitgemacht hatte. Stjepan Arkadjewitsch erzählte, was für prachtvolle Sumpfgebiete dieser Maltus im Twerschen Gouvernement erworben habe und wie er sie instand halte, was für Equipagen und Dogcarts den Jägern zur Verfügung gestellt wurden, und was für ein herrliches Frühstückszelt am Sumpfe errichtet worden war.

»Ich begreife nicht«, sagte Ljewin, indem er sich auf seinem Heulager aufrichtete, »daß dir diese Gattung Menschen nicht zuwider ist? Ich kann sehr wohl verstehen, daß ein Frühstück mit Château Lafitte seine Annehmlichkeiten hat, aber ist dir gerade diese Art von Luxus nicht zuwider? Alle diese Leute erwerben ihr Vermögen wie früher unsere Branntweinpächter in einer Weise, durch die sie die Verachtung anständiger Menschen auf sich ziehen, aber sie setzen sich über diese Verachtung ruhig hinweg und kaufen sich nachträglich mit dem ehrlos erworbenen Geld von der Verachtung los, die auf ihnen lastet.«

»Sehr richtig!« rief Wassenjka Wjeßlowskij dazwischen. »Vollkommen richtig! Selbstverständlich läßt sich Oblonskij zu dieser Gesellschaft nur aus ›*bonhomie*‹ herab; andere Leute aber werden natürlich sagen: ›Denken Sie sich, Oblonskij verkehrt mit ...‹ –«

»Keineswegs«, versetzte Oblonskij – und Ljewin hörte, wie er dabei lächelte –, »ich halte ihn einfach nicht für ehrloser als irgendeinen von unseren reichen Kaufleuten oder Adligen. Sie sind alle, ebensogut wie diese Menschenrasse, durch ihre Arbeit und Intelligenz reich geworden.«

»Ja, aber durch welche Art von Arbeit? Kann man das etwa

Arbeit nennen, daß sie eine Konzession erlangen und diese weiter verkaufen?«

»Gewiß ist es das – in dem Sinne nämlich, daß wir ohne diese und ähnliche Arbeit keine Eisenbahnen hätten.«

»Aber es ist eine andere Art von Arbeit als die des Landmannes oder des Gelehrten.«

»Allerdings, aber es ist Arbeit in dem Sinne, als diese Art von Tätigkeit ein Resultat ergibt – die Eisenbahnen. Du hältst ja übrigens die Eisenbahnen für überflüssig.«

»Nein, das ist wieder eine andere Frage; ich bin bereit zuzugeben, daß die Eisenbahnen einen gewissen Nutzen bringen. Dennoch ist jeder Erwerb ehrlos, der nicht im Verhältnis zur aufgewendeten Arbeit steht.«

»Aber wer soll denn das richtige Verhältnis festsetzen?«

»Jeder Erwerb durch ehrlose Mittel, durch schlaue Manöver ist verwerflich«, fuhr Ljewin fort, er fühlte, daß er nicht imstande sei, die Grenzlinie zwischen den Begriffen von Ehrlichkeit und Unehrlichkeit genau zu bestimmen –, »zum Beispiel, die Gründung von Bankhäusern. Dieses Übel – die mühelose Erwerbung ungeheurer Reichtümer, wie sie zur Zeit unserer Branntweinpächter gang und gäbe war, hat nur seine Gestalt verändert. ›*Le roi est mort, vive le roi!*‹ Kaum hatte man diesem Pachtunwesen ein Ende gemacht, als schon die Eisenbahnen und Banken auftauchten, auch ein Erwerb ohne Arbeit.«

»Ja, das mag alles ganz richtig und geistreich sein. – Leg dich, Krack!« rief Stjepan Arkadjewitsch seinem Hunde zu, der sich kratzte und im Heu herumwühlte, und fuhr dann, offenbar von der Richtigkeit seiner Ansichten durchdrungen, und daher in ruhigem und bedächtigem Ton fort: »Aber du hast die Grenze zwischen ehrlich und unehrlich nicht festgelegt. Ist es zum Beispiel unehrlich, daß ich ein größeres Gehalt beziehe als mein Bürovorsteher, obwohl dieser doch viel mehr von der Sache versteht als ich?«

»Ich weiß es nicht.«

»Nun, dann will ich es dir sagen: daß du für deine Arbeit in der Gutswirtschaft, sagen wir, fünftausend Rubel einnimmst, während unser Bauer, soviel er sich in seiner Wirtschaft auch abmühen mag, nicht mehr als fünfzig Rubel einnimmt, das ist ebenso ehrlos wie der Umstand, daß ich ein größeres Gehalt beziehe als mein Bürovorsteher und daß Maltus mehr besitzt als ein Bahnmeister. Aber nein! Ich sehe ein geradezu feindseliges Verhalten der Gesellschaft gegen diese Leute, das durchaus jeder Begründung entbehrt; mir will es fast scheinen, als ob da der Neid ...«

»Nein, das ist ungerecht«, – fiel Wjeßlowskij ein –, »von Neid kann hier nicht die Rede sein, aber es liegt in der Tat etwas Unsauberes in derartigen Geschäften.«

»Nein, erlaube«, fuhr Ljewin fort. »Du sagst, es sei ungerecht, daß ich fünftausend Rubel einnehme, während der Bauer nur fünfzig Rubel verdient: das ist richtig. Aber es ist ungerecht, und ich fühle dies, aber ...«

»Ja, das ist wahr. Weshalb sollen wir immerzu essen, trinken, jagen, nichts tun können, während der Bauer sich immer und ewig abmühen muß«, – sagte Wassenjka Wjeßlowskij, der offenbar zum erstenmal ernstlich darüber nachgedacht hatte und daher seinen Gedanken völlig aufrichtig aussprach.

»Ja, du fühlst es wohl, aber dein Gut trittst du dennoch dem Bauern nicht ab«, sagte Stjepan Arkadjewitsch, der Ljewin geflissentlich reizen zu wollen schien.

In der letzten Zeit hatte sich in den Beziehungen der beiden Schwager eine gewisse unausgesprochene Feindseligkeit fühlbar gemacht. Es war, wie wenn sich zwischen ihnen, seit jeder von ihnen eine der beiden Schwestern zur Frau hatte, ein Wettstreit in bezug auf die Frage entsponnen hätte, wer von ihnen es besser verstanden habe, sein Leben zu gestalten, und jetzt äußerte sich diese Feindseligkeit in der persönlichen Wendung, die das Gespräch zu nehmen begann.

»Ich gebe es deswegen nicht ab, weil das niemand von mir verlangt, und wenn ich es auch tun wollte, so würde ich es nicht können«, antwortete Ljewin –, »und ich wüßte auch nicht, wem ich es geben sollte.«

»Gib es diesem Bauern, er wird es nicht ablehnen.«

»Aber wie sollte ich das denn machen? Soll ich aufs Amt fahren und einen Kaufvertrag mit ihm abschließen?«

»Das weiß ich nicht; aber wenn du überzeugt bist, daß du nicht mehr das Recht hast ....«

»Ich bin keineswegs davon überzeugt. Im Gegenteil, ich fühle, daß ich nicht das Recht habe, es herzugeben, da ich sowohl meinem Grund und Boden als auch meiner Familie gegenüber Pflichten habe.«

»Nein, erlaube; wenn du aber der Ansicht bist, daß diese Ungleichheit eine Ungerechtigkeit ist, weshalb handelst du dann nicht deiner Überzeugung entsprechend?«

»Ich handle ja auch entsprechend, aber nur in negativer Weise, nämlich in dem Sinne, daß ich nicht bestrebt sein werde, die Verschiedenheit der Lage, die zwischen mir und ihnen besteht, zu vergrößern.«

»Nein, entschuldige – aber das ist einfach paradox.«

»Ja, das scheint eine einigermaßen sophistische Erklärung zu sein«, bekräftigte Wjeßlowskij. »Ah, unser Wirt!« sagte er zu dem Bauern, der mit der Tür knarrend in den Heuschober trat. »Wie, du schläfst noch nicht?«

»Nein, wie sollte ich denn schlafen! Ich hab' gemeint, die Herren schlafen schon, aber dann hab' ich gehört, wie sie miteinander sprachen. Ich muß hier einen Haken holen. Beißt er nicht?« fragte er, indem er vorsichtig mit den bloßen Füßen auftrat.

»Und wo schläfst du denn?«

»Wir haben Nachtwache bei der Herde.«

»Ah, welch eine Nacht!« sagte Wjeßlowskij, indem er auf die beim schwachen Schein der Abenddämmerung in dem großen Rahmen des jetzt geöffneten Scheunentores sichtbare Ecke der Hütte und die ausgespannten Wagen blickte. »Hören Sie nur, da singen ja Frauenstimmen und wahrhaftig gar nicht so übel. Wer singt da, Wirt?«

»Ach, das sind die Mägde vom Hof, hier nebenan.«

»Kommen Sie, wir wollen ein wenig ins Freie! Wir schlafen ja doch nicht ein. Oblonskij, kommen Sie!«

»Wenn's nur so einzurichten wäre, daß man liegen bleiben und zu gleicher Zeit gehen könnte«, erwiderte Oblonskij, indem er sich dehnte. »Es liegt sich so ausgezeichnet hier.«

»Nun, dann gehe ich allein«, sagte Wjeßlowskij, indem er

sich lebhaft erhob und seine Strümpfe anzog. »Auf Wiedersehen, meine Herren. Wenn's amüsant ist, rufe ich Euch. Sie haben mich mit Wild versorgt – ich will Ihrer auch nicht vergessen.«

»Nicht wahr, ein braver Bursche?« sagte Oblonskij, als Wjeßlowskij gegangen war und der Bauer das Tor hinter ihm geschlossen hatte.

»Ja, gewiß«, – erwiderte Ljewin, immer noch in seinen Gedanken mit dem Gegenstand des soeben geführten Gesprächs beschäftigt. Er meinte, er habe seine Gedanken und Empfindungen so klar als es ihm möglich war ausgesprochen, und dennoch waren seine Gefährten, beide intelligente und aufrichtige Männer, einmütig der Meinung gewesen, daß er sich durch Sophismen zu trösten suche. Das verwirrte ihn.

»So ist es also, mein Freund«, sagte Stjepan Arkadjewitsch. »Eins von beiden: entweder muß man anerkennen, daß die gegenwärtige Gesellschaftsordnung eine gerechte ist, und dann darf man sich seine Rechte nicht verkümmern lassen, oder aber man muß anerkennen, daß man aus unrechtmäßigen Vorteilen Nutzen zieht, wie es bei mir der Fall ist, und fortfahren, sie mit Vergnügen zu genießen.«

»Nein, wenn dies ungerecht wäre, so könntest du aus diesen Gütern nicht mit Vergnügen Nutzen ziehen – ich wenigstens wäre unfähig dazu. Für mich liegt der Schwerpunkt darin, daß ich mich nicht schuldig fühle.«

»Übrigens, wollen wir nicht am Ende doch nachkommen?« sagte Stjepan Arkadjewitsch, offenbar von diesem Gespräch ermüdet, das seine Geisteskräfte allzusehr in Anspruch genommen hatte. »Wir schlafen ja doch nicht ein. Wirklich, wir wollen gehen!«

Ljewin antwortete nicht. Die Bemerkung, die er im Laufe des Gesprächs gemacht hatte, daß er nur im negativen Sinne gerecht zu handeln suche, beschäftigte ihn. »Ist es wirklich nur in negativer Weise möglich, gerecht zu sein?« fragte er sich.

»Wie stark es doch nach dem frischen Heu riecht!« sagte Stjepan Arkadjewitsch, indem er sich erhob. »Ich kann auf keinen Fall einschlafen. Wassenjka hat dort etwas angesponnen. Hörst du das Gekicher und seine Stimme? Wollen wir nicht hingehen? Komm doch!«

»Nein, ich gehe nicht mit.«

»Geschieht das auch aus Prinzip?« fragte Stjepan Arkadjewitsch lächelnd, indem er in der Dunkelheit nach seinem Hut suchte.

»Nein, nicht aus Prinzip, aber zu welchem Zweck sollte ich denn hingehen?«

»Weißt du, es wird mit der Zeit sehr schlimm mit dir stehen«, sagte Stjepan Arkadjewitsch, der seinen Hut gefunden hatte und sich nun erhob.

»Wieso?«

»Sehe ich etwa nicht, wie du dich mit deiner Frau gestellt hast? Ich habe Euch wie über eine Lebensfrage darüber verhandeln hören, ob du für zwei Tage auf die Jagd fährst oder nicht. Das alles ist ganz schön für ein Idyll aber das ganze Leben lang läßt es sich nicht durchführen. Der Mann muß – männlich sein«, – sagte Oblonskij, indem er das Tor öffnete.

»Das heißt, er soll hingehen und den Mägden den Hof machen?« fragte Ljewin.

»Warum denn nicht, wenn man sich dabei amüsiert. *Ça ne tire pas à conséquence.* Meine Frau wird dabei nicht schlimmer fahren, und mir macht es Vergnügen. Die Hauptsache ist immer nur, daß man den heiligen Herd des Hauses nicht entweiht. Im Hause selbst darf nicht das geringste vorfallen, aber im übrigen braucht man sich die Hände nicht binden zu lassen.«

»Mag sein«, – versetzte Ljewin trocken und drehte sich auf die andere Seite um. »Morgen muß zeitig aufgebrochen werden, ich wecke niemanden und mache mich auf, sobald es tagt.«

»*Messieurs, venez vite!*« ließ sich die Stimme Wjeßlowskijs, der zurückgekehrt war, vernehmen. »*Charmante!* Das habe ich entdeckt. *Charmante* – ein richtiges Gretchen, und wir haben schon miteinander Bekanntschaft gemacht. Außerordentlich hübsch, in der Tat!« berichtete er mit einer so beifälligen Miene, als sei sie eigens für ihn so hübsch geschaffen worden und als wolle er dem, der sie ihm zugedacht hatte, seine Zufriedenheit darüber ausdrücken.

Ljewin stellte sich schlafend, während Oblonskij, nachdem er seine Pantoffeln angezogen und sich eine Zigarre angesteckt hatte, den Heuschober verließ; bald darauf verhallten ihre Stimmen.

Ljewin konnte lange nicht einschlafen. Er hörte, wie seine Pferde ihr Heu kauten und wie der Hauswirt mit dem ältesten Knaben aufbrach und zur Nachtweide fuhr. Dann hörte er, wie der Soldat sich jenseits des Heuschobers mit seinem Neffen, dem kleinen Sohne des Wirtes, schlafen legte; er hörte, wie der Kleine mit seinem feinen Kinderstimmchen dem Onkel von dem Eindruck erzählte, den die Jagdhunde, die ihm furchtbar und ungeheuer groß erschienen waren, auf ihn gemacht, und wie er ihn ausfragte, wen diese Hunde fangen sollten, worauf ihn der Soldat mit heiserer und schläfriger Stimme darüber aufklärte, daß die Jäger morgen in den Sumpf gehen und dort aus ihren Flinten schießen würden, und wie er endlich, um die Fragen des Knaben los zu werden, zu ihm sagte: »Schlaf, Wasjka, schlaf, sonst gibt's –«, worauf er bald selbst zu schnarchen begann; dann wurde alles still. Nur das Wiehern der Pferde und das Schnarren einer Bekassine ließen sich noch vernehmen.

»Sollte es wirklich nur im negativen Sinne möglich sein?« wiederholte er seine Frage bei sich. »Nun, und wenn auch? Meine Schuld ist es doch nicht.« Und er begann an den morgigen Tag zu denken.

»Morgen in aller Frühe mache ich mich auf und nehme mir fest vor, mich nicht aufzuregen. Bekassinen gibt es eine Unmenge. Und Schnepfen gibt es auch. Und bis ich zurückkehre, ist schon Nachricht von Kitty da. Ja, Stiwa hat am Ende doch recht. Ich bin ihr gegenüber nicht männlich genug, ich bin weibisch geworden. – Aber was läßt sich dagegen tun – das ist auch wieder etwas Negatives!«

Im Schlaf hörte er das Gelächter und fröhliche Geplauder Wjeßlowskijs und Stjepan Arkadjewitschs. Er öffnete einen Moment die Augen: der Mond war aufgegangen und von seinem hellen Licht beschienen, standen sie unter dem offenen

Torweg und plauderten. Stjepan Arkadjewitsch sagte etwas über die Frische eines Mädchens, die er mit einer eben erst von der Schale losgelösten frischen Nuß verglich, und Wjeßlowskij wiederholte mit seinem ansteckenden Lachen die Worte, die einer der Bauern zu ihm gesprochen haben mochte: »Sieh du lieber zu, daß du eine eigene Frau kriegst!«

Ljewin murmelte halb im Schlaf: »Meine Herren, morgen in aller Frühe!« und schlief wieder ein.

12

Ljewin, der beim ersten Morgengrauen erwacht war, versuchte seine Gefährten zu wecken. Wassenjka lag auf dem Bauch, den einen Fuß, der noch im Strumpf steckte, von sich gestreckt und schlief so fest, daß von ihm keine Antwort zu bekommen war. Oblonskij weigerte sich, halb im Schlaf, so früh mitzukommen. Selbst Laßka, die rund zusammengerollt, am Rande des Heulagers schlief, erhob sich nur ungern und reckte und streckte träge die Hinterpfoten eine nach der anderen. Nachdem Ljewin Strümpfe und Schuhe angezogen und das knarrende Tor des Heuschobers vorsichtig geöffnet hatte, trat er auf die Straße hinaus. Die Kutscher schliefen bei ihren Wagen, die Pferde dämmerten vor sich hin. Nur eines von ihnen fraß träge seinen Hafer und verstreute ihn mit seinem Schnauben über die Krippe.

»Schon so früh auf, lieber Herr?« fragte ihn freundschaftlich, wie einen guten, alten Bekannten, die alte Bauersfrau, die aus der Hütte heraustrat.

»Ich will auf die Jagd, Mütterchen. Komme ich hier nach dem Sumpf?«

»Gerade hinten herum, an unseren Tennen vorbei, lieber Herr, und durch die Hanffelder, dort ist ein Fußpfad.«

Vorsichtig mit den bloßen, sonnenverbrannten Füßen auftretend, geleitete die Alte Ljewin und öffnete ihm den Verschlag bei der Tenne.

»Jetzt gerade aus und du stößt auf den Sumpf. Unsere Kinder haben dort Nachtweide gehabt.«

Laßka sprang fröhlich den Fußpfad voran; Ljewin ging raschen, leichten Schrittes hinter ihr her und blickte beständig nach dem Himmel. Er wünschte, die Sonne möge nicht früher aufgehen, als bis er an den Sumpf gelangt wäre. Aber die Sonne zögerte nicht. Der Mond, der noch bei seinem Aufbruch geleuchtet hatte, glänzte jetzt nur noch wie ein Stück Quecksilber; die Morgenröte, die vorher überall sichtbar gewesen war, konnte man jetzt nur noch mit Mühe hie und da erkennen, und die bisher verschwommenen Flecken im fernen Felde waren jetzt schon deutlich zu sehen: es waren Roggenschober.

Der ohne das Sonnenlicht noch unsichtbare Tau in dem duftenden hohen Hanf, der schon von seiner Hülle bereit war, benetzte Ljewins Beine und seine Joppe bis über den Gürtel. In der durchsichtigen Stille des Morgens war das leiseste Geräusch vernehmbar. Eine Biene schoß mit dem pfeifenden Laut einer Kugel an Ljewins Ohr vorbei. Er blickte genauer hin und sah noch eine zweite und eine dritte. Sie alle kamen hinter dem Zaune des Bienenhauses hervor und verschwanden über dem Hanffeld in der Richtung des Sumpfes. Der Fußweg führte geradeaus nach dem Sumpf, und diesen selbst konnte man an den Dünsten erkennen, die hier dichter, dort weniger dicht aus ihm aufstiegen, so daß die Wiese und die Binsenbüsche wie kleine Inseln in diesen Dünsten hin und her zu schwanken schienen. Am Rande des Sumpfes lagen Bauern, halbwüchsige und erwachsene; sie hatten dort Nachtweide gehabt und schliefen nun alle in der Morgendämmerung unter ihren Kaftans. Unfern von ihnen streiften drei gefesselte Pferde einher, von denen das eine mit seinen Ketten klirrte. Laßka lief neben ihrem Herrn her, drängte immer vorwärts und sah immerzu um sich. Nachdem Ljewin an den schlafenden Bauern vorbeigekommen war und die erste moosbewachsene Stelle erreicht hatte, prüfte er die Zündhütchen auf seinem Gewehr und ließ den Hund los. Eines der Pferde, ein wohlgefütterter, brauner Dreijähriger, scheute, als er den Hund erblickte, hob den Schwanz und begann zu schnauben. Auch die anderen Pferde erschraken und sprangen, indem sie mit ihren gefesselten Beinen durch das Wasser wateten, aus dem Sumpf heraus, wobei sie jedesmal, wenn sie die Hufe aus dem dichten Lehm zogen, ein klatschendes Geräusch hervorbrachten. Laßka war stehengeblieben und schaute den Pferden, während sie Ljewin fragend anblickte, mit spöttischem Ausdruck nach. Ljewein streichelte den Hund und pfiff, zum Zeichen, daß es nun losgehen könne.

Laßka lief fröhlich und zugleich mit einer gewissen Besorgnis durch den unter ihr schwankenden Sumpf.

Kaum befand sich Laßka im Sumpf, als sie schon unter den ihr vertrauten Gerüchen der Wurzeln, Sumpfgräser, des Schlammes und des ihr fremden Duftes von Pferdemist den über das ganze Revier verbreiteten Geruch des Vogels empfand, der stets in ihr eine ganz besondere Erregung hervorrief. An manchen Stellen, im Moos und in der Nähe der Sumpfpflanzen, machte sich dieser Geruch besonders stark bemerkbar, aber es ließ sich nicht mit Sicherheit bestimmen, nach welcher Seite hin er stärker oder schwächer wurde. Um die Richtung zu finden, war es nötig, sich weiterhin in den Wind zu stellen. Ohne ihre Füße unter sich zu spüren, sprang Laßka im Galopp, aber derart, daß sie jederzeit, sobald es not tat, haltmachen konnte, nach rechts in der Richtung, die dem von Osten kommenden leichten Morgenwind entgegengesetzt war, und wandte sich dann dem Wind entgegen. Kaum hatte sie die Luft mit aufgeblähten Nüstern eingesogen, als sie schon witterte, daß sie nicht nur die Spur der Vögel gefunden habe, sondern daß diese selbst hier unmittelbar vor ihr seien, und zwar nicht nur *einer* von ihnen, sondern viele. Laßka verminderte sofort die Geschwindigkeit ihres Laufes – sie waren da, aber wo sie waren, das konnte sie noch nicht bestimmen. Um die Stelle selbst aufzusuchen, begann sie bereits einen Kreis zu beschreiben, als sie plötzlich von der Stimme ihres Herrn davon abgelenkt wurde. »Laßka, hier!« rief er, nach der andern Seite deutend. Sie blieb einen Augenblick stehen, als wollte sie ihn fragen, ob es nicht vielleicht besser sei, so fortzufahren, wie sie begonnen hatte. Aber er wiederholte seinen Befehl mit barscher Stimme, indem er auf eine mit Wasser überdeckte Erderhöhung deutete, wo doch sicherlich nichts sein konnte. Dennoch gehorchte sie, um ihm den Willen zu tun, und sie stellte sich, als ob sie suche, durchstreifte die Erderhöhung und kehrte dann an ihren früheren Platz zurück, wo sie sofort wieder denselben Geruch witterte. Jetzt, da er sie nicht mehr störte, wußte sie, was sie zu tun hatte, und ohne unter ihre Füße zu schauen, ärgerlich über die hohen Maulwurfshügel strauchelnd und ins Wasser rutschend, wobei sie sich jedoch mit ihren elastischen, kräftigen Beinen stets zu helfen wußte, begann sie ihren Kreis zu beschreiben, der ihr alles aufklären mußte. Der Geruch drang immer stärker und stärker, mit immer größerer Bestimmtheit auf sie ein, und mit einem Mal wurde es ihr völlig klar, daß einer von ihnen hier, hinter diesem Hügel, fünf Schritte von ihr entfernt sei, und sie blieb mit dem ganzen Körper wie angewurzelt stehen. Auf ihren kurzen Beinen vermochte sie nichts vor sich zu sehen, aber sie wußte es nach dem Geruch, daß der Vogel sich kaum fünf Schritte von ihr befinden mußte. Sie stand regungslos da, sie fühlte immer stärker und stärker die Nähe des Wildes und verharrte in freudiger Erwartung. Die steifgewordene Rute war hochgestreckt und erzitterte nur an ihrem äußersten Ende. Das Maul war halb geöffnet, die Ohren gespitzt. Das eine Ohr hatte sich noch im Lauf umgestülpt, und sie atmete schwer, aber behutsam, während sie sich noch behutsamer, mehr mit den Augen als mit dem Kopf, nach ihrem Herrn umwandte. Er kam mit dem ihr bekannten Gesichtsausdruck, aber mit dem ihr stets furchtbaren Blick des Jägers, über die Maulwurfshügel stolpernd, hinter ihr her, aber das geschah, wie es ihr schien, mit ungewöhnlicher Langsamkeit. Sie glaubte, daß er langsam gehe, während er doch in Wirklichkeit lief.

Als Ljewin Laßkas charakteristisches Suchen bemerkte, bei dem sie sich ganz an den Boden herandrückte, als ob sie mit den Hinterfüßen gleichsam mit großen Schritten rudere, und das Maul halbgeöffnet hielt, da wußte Ljewin, daß sie den Schnepfen auf der Spur sei und lief, im Geiste zu Gott betend, daß er ihm namentlich beim ersten Schuß Erfolg verleihen möge, auf Laßka zu. Als er dicht bei ihr war, schaute er von seiner Höhe herab vor sich hin und erblickte mit den Augen, was sie mit der Nase gesehen hatte. In einer Furche zwischen den Maulwurfshügeln, etwa einen Faden entfernt, war eine Schnepfe zu sehen. Sie hatte den Kopf gewendet und horchte auf. Dann breitete sie die Flügel ein wenig auseinander, legte sie wieder zusammen und verschwand, mit dem Hinterteil ungeschickt in die Höhe fahrend, hinter einer Ecke.

»Faß an, faß an!« rief Ljewin, indem er Laßka von hinten anstieß.

»Ich kann aber doch nicht«, dachte Laßka. »Wo soll ich denn hin. Von hier aus wittere ich sie, sobald ich mich aber nach vorwärts bewege, weiß ich gar nicht, wo sie sind und mit wem ich's zu tun habe.« Da aber gab er dem Hund einen Stoß mit dem Knie und flüsterte erregt: »Faß an, Lassotschka, faß an!«

»Nun denn, wenn er's durchaus haben will, tu' ich's, aber ich will für nichts verantwortlich sein«, dachte sie und stürmte mit aller Macht vorwärts zwischen die Maulwurfshügel. Jetzt witterte sie nichts mehr, sie sah und hörte nur noch, ohne etwas zu verstehen.

Zehn Schritte von ihrem früheren Standort erhob sich mit rauhem Schmatzen und dem charakteristischen Flügelschlag eine Schnepfe und plumpste gleich, nachdem der Schuß gefallen war, mit ihrer weißen Brust schwerfällig auf den nassen Moorgrund; die zweite wartete nicht, bis der Hund sie aufgestört hatte, und stieg sofort hinter Ljewin auf. Als dieser sich nach ihr umwandte, war sie schon in weiter Ferne, aber der Schuß holte sie doch herunter. Sie flog noch etwa zwanzig Schritt weiter, stieg in steilem Fluge in die Höhe, überschlug sich und stürzte dann wie ein Ball in schwerem Fall auf eine trockene Stelle.

»So wird sich die Sache schon machen«, dachte Ljewin, während er die warmen und fetten Schnepfen in der Jagdtasche barg. »Wie meinst du, Lassotschka, wird sich's machen?«

Als Ljewin sein Gewehr geladen hatte und weiter schritt, war die Sonne, obwohl sie hinter den kleinen Wolken noch nicht zu sehen war, schon aufgegangen; der Mond hatte all seinen Glanz verloren und schimmerte wie ein weißes Wölkchen am Himmel, kein einziger Stern war mehr zu erblicken. Die mit Moos bewachsenen Stellen, die vorher vom Tau wie versilbert schienen, leuchteten jetzt in goldigem Glanz. Der Morast schimmerte wie Bernstein. Der bläuliche Ton der Gräser hatte sich in ein gelbliches Grün verwandelt. Die Sumpfvögel sprangen auf den tauschimmernden und lange Schatten werfenden Sträuchern am Bache umher. Ein Habicht, der aus dem Schlaf erwacht war, saß auf einem Schober und drehte den Kopf von einer Seite auf die andere, wobei er unwillig nach dem Sumpf blickte. Dohlen flogen über das Feld, und ein barfüßiger Junge trieb schon seine Pferde zu einem der alten Bauern, der unter seinem Kaftan hervorgekrochen war und sich den Kopf kraulte. Der Pulverdampf lagerte sich weiß wie Milch über dem grünen Gras.

Einer der Jungen lief an Ljewin heran.

»Onkelchen, gestern waren hier Enten!« rief er ihm zu und folgte ihm dann von weitem.

Und Ljewin fand ein doppeltes Vergnügen daran, angesichts dieses Jungen, der mit seinen Beifallsäußerungen nicht zurückhielt, gleich noch Schlag auf Schlag drei weitere Bekassinen zu schießen.

13

Die alte Jägerregel, daß, wenn das erste Wild, der erste Vogel nicht gefehlt worden, die Jagd immer günstig verlaufe, erwies sich als richtig.

Müde, hungrig und glücklich kehrte Ljewin gegen zehn Uhr morgens, nachdem er dreißig Werst zurückgelegt hatte, mit neunzehn Stück Rotwild und einer Ente, die er an dem Gürtel hatte befestigen müssen, da in der Jagdtasche kein Platz mehr war, in sein Absteigequartier zurück. Seine Gefährten waren schon längst wach und hatten inzwischen Zeit gefunden, hungrig zu werden und zu frühstücken.

»Warten Sie, warten Sie, ich weiß, daß es neunzehn sind«,

sagte Ljewin, während er zum zweiten Male die Schnepfen und Bekassinen zählte, die jetzt verschrumpft, zusammengekrümmt, mit dem geronnenen Blut und den seitwärts gedrehten Köpfchen, sich lange nicht mehr so stattlich ausnahmen wie in dem Augenblick, als sie vor ihm aufgeflogen waren.

Die Rechnung stimmte und Stjepan Arkadjewitschs schlecht verhüllter Neid tat Ljewin wohl. Auch das war ihm angenehm, daß er bei seiner Rückkehr schon den Boten von Kitty mit ihrem Brief vorfand.

»Ich bin völlig wohl und munter«, schrieb sie. »Wenn du um mich besorgt bist, so kannst du jetzt noch ruhiger sein, als zuvor, denn ich habe eine neue Leibwache – Marja Wassiljewna (dies war nämlich die Hebamme, eine neue und wichtige Persönlichkeit in Ljewins Familie). Sie ist gekommen, um sich nach meinem Zustand zu erkundigen und hat mich vollkommen wohl befunden. Wir behalten sie bis zu deiner Rückkehr hier. Alle sind wohlauf und munter; du brauchst dich daher nicht zu beeilen, sondern kannst, wenn die Jagd gut ist, noch einen Tag länger fortbleiben.«

Diese beiden freudigen Ereignisse, die glückliche Jagd und die Nachricht von seiner Frau, waren so bedeutungsvoll, daß sich Ljewin über zwei geringfügige Unannehmlichkeiten, die ihm nach der Jagd passierten, leicht hinwegsetzen konnte. Die eine bestand darin, daß das braune Handpferd, das gestern offenbar überanstrengt worden war, nicht fressen wollte und teilnahmslos dastand. Der Kutscher meinte, es sei zu sehr gehetzt worden.

»Es ist gestern zuschanden gefahren worden, Konstantin Dmitritsch«, sagte er. »Kein Wunder – zehn Werst ist es gejagt worden und noch dazu nicht einmal auf Fahrwegen.«

Die zweite Unannehmlichkeit, die seine gute Laune im ersten Moment gestört hatte, über die er jedoch später herzlich lachte, bestand darin, daß von all dem Mundvorrat, den Kitty ihnen in so großer Fülle mitgegeben hatte, daß es ihnen unmöglich erschienen war, ihn in acht Tagen zu bewältigen, nichts für ihn übrig geblieben war. Als Ljewin von der Jagd müde und hungrig zurückkehrte, hatte er sich so lebhaft auf die Pasteten, die seiner harrten, gefreut, daß er, in der Nähe seines Absteigequartiers angelangt, ebenso wie Laßka das Wild witterte, ihren Duft und Geschmack schon im Munde verspürte. Kaum angekommen, befahl er denn auch Philipp sie ihm zu bringen. Da aber stellte es sich heraus, daß nicht nur keine Pasteten, sondern auch keine jungen Hühner mehr da waren.

»Der hat aber auch einen Appetit entwickelt«, lachte Stjepan Arkadjewitsch, indem er auf Wassenjka Wjeßlowskij deutete. »Ich leide zwar auch nicht an Appetitlosigkeit, aber das war denn doch eine ganz erstaunliche Leistung.« –

»Nun, da ist nichts zu machen!« versetzte Ljewin und warf Wjeßlowskij einen finsteren Blick zu. »Philipp, dann gib mir wenigstens Braten.«

»Der Braten ist aufgegessen, und die Knochen haben die Hunde bekommen«, erwiderte Philipp.

Ljewin fühlte sich so gekränkt, daß er ärgerlich sagte: »Irgend etwas hättet Ihr mir aber lassen können.« Er war dem Weinen nahe.

»So weide doch das Wild aus«, wandte er sich mit bebender Stimme zu Philipp, indem er sich bemühte, Wassenjka nicht anzusehen, »und lege Nesseln auf. Und für mich laß dir wenigstens Milch geben.«

Erst später, nachdem er sich schon mit Milch gesättigt hatte, schämte er sich, daß er sich einem Fremden gegenüber hatte gehen lassen, und fing selbst an, sich über die Verdrießlichkeit, die der Hunger in ihm hervorgerufen hatte, lustig zu machen.

Am Abend machten sie noch einen Streifzug, wobei Wassenjka noch einige Vögel schoß, und kehrten nachts nach Hause zurück.

Die Heimfahrt verlief ebenso vergnügt wie die Herfahrt, Wjeßlowskij sang bald Lieder, bald gedachte er mit Wonne seiner Erlebnisse bei den Bauern, die ihn mit Branntwein traktiert und zu ihm »nichts für ungut« gesagt hatten, bald seiner Erlebnisse mit den Nüssen und der Bauernmagd und dem Landmann, der ihn gefragt hatte, ob er nicht verheiratet wäre und ihm, nachdem er geantwortet, daß dies nicht der Fall sei, gesagt hatte: »Laß deine Finger von anderen Weibern, und mach lieber, daß du dir ein eigenes anschaffst.« Über diese Worte amüsierte sich Wjeßlowskij ganz besonders.

»Überhaupt hat mich unser Ausflug ungeheuer befriedigt. Und Sie, Ljewin?«

»Ich bin auch sehr befriedigt«, erwiderte Ljewin aufrichtig, der eine besondere Freude darüber empfand, daß jene Gehässigkeit, die er zu Hause gegen Wassenjka gehegt hatte, einem Gefühl freundschaftlichster Zuneigung gewichen war.

14

Am anderen Tage, um zehn Uhr, klopfte Ljewin, der bereits einen Rundgang durch seine Wirtschaft gemacht hatte, an der Tür des Zimmers, das Wassenjka für die Nacht angewiesen war.

»*Entrez!*« rief Wjeßlowskij. »Entschuldigen Sie mich, bitte, ich habe soeben erst meine *absolutions* beendigt«, – fügte er lächelnd hinzu, während er in seinen Unterkleidern vor ihm stand.

»Bitte, lassen Sie sich nicht stören«, versetzte Ljewin und setzte sich auf das Fensterbrett. »Haben Sie gut geschlafen?«

»Wie ein Toter. Was das heute für ein herrlicher Tag für die Jagd wäre.«

»Was nehmen Sie, Tee oder Kaffee?«

»Weder das eine noch das andere. Ich frühstücke sogleich. Ich schäme mich förmlich. Ich denke, die Damen werden schon auf sein? Es wäre sehr nett, jetzt gleich einen kleinen Spaziergang zu machen. Sie könnten mir vielleicht Ihre Pferde zeigen.«

Nachdem Ljewin mit seinem Gast den Garten durchstreift, den Pferdestall besucht und sogar einige Turnübungen am Barren gemacht hatte, kehrte er mit ihm ins Haus zurück und trat ins Wohnzimmer.

»Wir haben eine herrliche Jagd gehabt und eine Menge neuer Eindrücke mitgebracht«, sagte Wjeßlowskij, indem er zu Kitty trat, die am Samowar saß. »Wie schade, daß die Damen auf derartige Genüsse verzichten müssen.«

»Nun, es gehört sich doch, daß er einige Worte an die Frau des Hauses richtet«, dachte Ljewin bei sich, während er schon wieder etwas Besonderes, Auffälliges in dem Lächeln und dem siegesbewußten Ausdruck, womit jener sich an Kitty gewandt hatte, zu bemerken glaubte ...

Die Fürstin, die mit Marja Wassiljewna und Stjepan Arkadjewitsch auf der anderen Seite des Tisches saß, rief Ljewin zu sich heran und begann mit ihm eine Unterhaltung über die für Kittys Niederkunft erforderliche Übersiedelung nach Moskau und die Notwendigkeit, daselbst eine Wohnung zu mieten. Ljewin hatte schon vor seiner Hochzeit jeden Gedanken an die damit verknüpften Veranstaltungen peinlich genug empfunden, da sie für ihn in ihrer Nichtigkeit im Vergleich zu der Erhabenheit des Ereignisses, das sich vollziehen sollte, etwas Verletzendes hatten. Noch verletzender aber erschienen ihm jetzt diese Vorbereitungen für die zu erwartende Niederkunft, deren Termin gleichsam an den Fingern abgezählt wurde. Er gab sich die ganze Zeit mühe, alle diese Erörterungen über die Art, wie der künftige Säugling am besten gewickelt werden sollte, zu überhören, er pflegte sich, wenn die Rede darauf kam, absichtlich abzuwenden und suchte gewisse geheimnisvolle, gestrickte Streifen von unendlicher Länge, gewisse dreieckige Leinwandstücke, denen Dolly eine besondere Wichtigkeit beizulegen schien usw., nicht zu bemerken. Die Geburt eines Sohnes – er war überzeugt, daß es ein Sohn sein würde –, ein Ereignis, das, wie man ihm gesagt hatte, unbedingt eintreten mußte, an das er aber, so ungewöhnlich dünkte es ihm, trotzdem nicht zu glauben vermochte, erschien ihm einerseits als ein so ungeheures und daher unmögliches Glück und andererseits als ein so geheimnisvoller Vorgang, daß diese vermeintliche Voraussicht dessen, was geschehen müsse, sowie alle die Vorbereitungen, die getroffen wurden, als handle es sich um etwas ganz Gewöhnliches, von Menschen Erzeugtes, für ihn etwas Empörendes und Erniedrigendes hatten.

Die Fürstin hatte jedoch kein Verständnis für diese Empfindungen und schrieb seine Unlust, über diese Angelegenheit nachzudenken und zu sprechen, seinem Leichtsinn und seiner Gleichgültigkeit zu. Sie hatte Stjepan Arkadjewitsch damit beauftragt, eine geeignete Wohnung ausfindig zu machen und rief nun Ljewin zu sich heran.

»Ich weiß gar nichts, Fürstin. Tun Sie, was Sie für richtig halten«, versetzte er.

»Aber ihr müßt bestimmen, wann ihr hinzieht.«

»Ich weiß es wirklich nicht. Ich weiß nur, daß Millionen Kinder außerhalb Moskaus und ohne Ärzte geboren werden ... weshalb also ...«

»Ja, wenn du das meinst ...«

»Nicht doch, ganz wie Kitty will.«

»Mit Kitty kann ich nicht darüber reden! Willst du vielleicht, daß ich sie dadurch erschrecken soll? Du weißt vielleicht, daß dieses Frühjahr Natalie Golitzina durch die Schuld eines schlechten Geburtshelfers gestorben ist.«

Die Fürstin redete weiter auf ihn ein, aber er hörte nicht zu. Obwohl ihn das Gespräch mit der Fürstin verstimmte, waren es nicht ihre Worte, die jetzt sein Gemüt wieder verdüsterten, sondern das, was er in der Nähe des Samowars beobachtete.

»Nein, es ist unmöglich«, dachte er, indem er hin und wieder auf Wassenjka blickte, der sich zu Kitty herabgebeugt hatte und ihr mit seinem hübschen Lächeln etwas erzählte, während sie ihm, wie er deutlich sah, errötend und aufgeregt zuhörte.

Es lag etwas Unreines in Wassenjkas Haltung, in seinem Blick, in seinem Lächeln. Ljewin glaubte sogar auch in Kittys Haltung und Blick etwas Unreines zu bemerken, und wiederum erschien ihm alles in der Welt in Dunkel gehüllt. Wie gestern fühlte er sich plötzlich wieder ohne den geringsten Übergang von der Höhe seines Glücks, seiner Ruhe und Selbstachtung in den Abgrund der Verzweiflung, des Hasses und der Erniedrigung herabgeschleudert. Und wiederum erfaßte ihn ein Widerwille gegen alle Menschen und gegen alles in der Welt.

»Machen Sie es nur ganz, wie Sie wünschen, Fürstin«, sagte er, indem er sich wieder umsah.

»Ja, man hat's nicht leicht«, wandte sich Stjepan Arkadjewitsch in scherzhaftem Ton zu ihm, wobei er offenbar nicht bloß auf die Unterhaltung mit der Fürstin, sondern auch auf die Ursache von Ljewins Aufregung, die er wohl bemerkt hatte, anspielte. »Wie spät du heute kommst, Dolly.«

Alle erhoben sich, um Darja Alexandrowna zu begrüßen.

Wassenjka war nur für einen Moment von seinem Sitz aufgestanden, hatte ihr mit jenem Mangel an Höflichkeit, wie er jungen Leuten verheirateten Frauen gegenüber eigentümlich zu sein pflegt, eine kaum merkliche Verbeugung gemacht und dann die unterbrochene Unterhaltung fortgesetzt, wobei er über etwas zu lachen begann.

»Mascha hat mich heute nacht zu Tode gequält. Sie hat schlecht geschlafen und ist heute furchtbar ungezogen.«

Die Unterhaltung zwischen Wassenjka und Kitty drehte sich um die Ereignisse des gestrigen Tages, um Anna und das Thema, ob sich die Liebe über die von der Gesellschaft gezogenen Schranken hinwegsetzen dürfe. Kitty war dieses Gespräch unangenehm, das sie sowohl durch seinen Inhalt als auch durch den Ton, in dem es geführt wurde, namentlich aber auch darum erregte, weil sie schon wußte, wie sich ihr Gatte dazu verhalten würde. Aber sie war zu naiv und unerfahren, um zu wissen, wie sie es abbrechen sollte, ja sogar, wie sie es anfangen müsse, um sich die Befriedigung nicht anmerken zu lassen, die sie über die sichtliche Bevorzugung, die dieser junge Mann ihr angedeihen ließ, empfand.

Sie hätte das Gespräch gern abgebrochen, aber sie wußte nicht, wie sie das anfangen sollte. Was sie auch anfangen mochte, sie wußte, daß ihr Mann alles merken und übel auslegen würde. Und in der Tat, als sie sich an Dolly mit der Frage wandte, was es eigentlich mit Mascha auf sich habe, und Wassenjka, in der Erwartung, wann dieses für ihn langweilige Thema ein Ende nehmen würde, seine gleichgültigen Blicke auf Dolly richtete, erschien Ljewin diese Frage als eine unnatürliche und widerliche List.

»Wie ist's, fahren wir heute Schwämme suchen?« fragte Dolly.

»Bitte, fahren wir, ich komme auch mit«, sagte Kitty errötend. Sie wollte Wassenjka aus Höflichkeit fragen, ob er auch mitkäme, unterließ es aber. »Wohin willst du, Kostja?« wandte sie sich mit schuldbewußter Miene an ihren Gatten, als dieser mit entschlossenem Schritte an ihr vorbei wollte. Dieser schuldbewußte Ausdruck bestärkte ihn noch in allen seinen Zweifeln.

»Der Werkführer ist während meiner Abwesenheit angekommen, und ich habe ihn noch nicht gesehen«, erwiderte er, ohne sie anzublicken.

Er schickte sich an hinunterzugehen, hatte aber sein Arbeitszimmer noch nicht verlassen, als er den ihm vertrauten Schritt seiner Gattin hörte; sie war ihm, ungeachtet ihres Zustandes, in unvorsichtiger Hast nachgeeilt.

»Was willst du?« fragte er trocken. »Wir haben zu tun.«

»Entschuldigen Sie, bitte«, wandte sie sich an den deutschen Werkführer, »ich möchte mit meinem Mann einige Worte sprechen.«

Der Deutsche wandte sich zum Gehen, Ljewin aber sagte zu ihm:

»Lassen Sie sich nicht stören.«

»Geht der Zug nicht um drei Uhr?« fragte der Deutsche. »Daß ich ihn ja nicht versäume.«

Ljewin antwortete ihm nicht und ging selbst mit seiner Frau aus dem Zimmer.

»Nun, was haben Sie mir zu sagen?« fragte er in französischer Sprache.

Er sah ihr nicht ins Gesicht und wollte trotz ihres Gesundheitszustandes auch nicht sehen, wie es über ihr ganzes Gesicht zuckte und wie kläglich und zerknirscht sie aussah.

»Ich ... ich wollte nur sagen, daß kein Mensch so leben kann, daß dies eine Marter ist«, murmelte sie.

»Die Dienstboten sind dort am Büffet«, sagte er ärgerlich, »machen Sie keine Szene!«

»Nun, dann komm hierher.«

Sie standen in einem Durchgangszimmer. Kitty wollte in den benachbarten Raum treten, aber dort hatte Tanja bei der englischen Gouvernante Unterricht.

»Dann wollen wir in den Garten gehen.«

Im Garten stießen sie auf einen Bauern, der den Weg säuberte. Ohne daran zu denken, daß dieser ihr verweintes Gesicht und die Erregung in Ljewins Zügen bemerken mußte, ohne darauf zu achten, daß sie das Aussehen von Leuten haben mußten, die sich vor irgendeinem Unglück flüchten, eilten sie vorwärts, von der Empfindung getrieben, daß es notwendig sei, sich gegenseitig auszusprechen, einander zu überzeugen, allein zu sein und diese Qual los zu werden, unter der sie beide litten.

»So können wir nicht weiter leben! Das ist eine Qual! Ich leide, und du leidest. Und weshalb?« sagte sie, als sie endlich zu einer abgelegenen Bank am Ende der Lindenallee gekommen waren.

»Sag' mir nur das eine: lag in seinem Ton etwas Unanständiges, Unreines, etwas Erniedrigendes und Beleidigendes?« fragte er, indem er in derselben Stellung wie in jener Nacht, die Fäuste vor die Brust gepreßt, vor sie hintrat.

»Ja, das lag darin«, erwiderte sie mit bebender Stimme. »Aber, Kostja, siehst du denn nicht, daß ich unschuldig daran bin? Ich wollte heute morgen, von vornherein einen anderen Ton mit ihm anschlagen, aber diese Art von Menschen ... Warum ist er nur zu uns gekommen? Wie glücklich waren wir!« sagte sie, von einem Schluchzen unterbrochen, das ihre voller gewordene Gestalt schüttelte.

Der Gärtner sah, wie sie nach einer Weile mit beruhigten und glückstrahlenden Gesichtern an ihm vorbeistürmten. Er blickte ihnen verwundert nach, denn es war niemand da, von dem sie verfolgt wurden und vor dem sie hätten die Flucht zu ergreifen brauchen, während andererseits auch die Möglichkeit ausgeschlossen war, daß sie auf der Bank, auf der sie gesessen hatten, irgendeinen erfreulichen Fund hätten machen können, der ihren eiligen Lauf erklärlich erscheinen ließe.

15

Nachdem Ljewin seine Frau hinaufgeleitet hatte, begab er sich in die für Dolly bestimmten Wohnräume. Darja Alexandrowna war heute ihrerseits in großer Verzweiflung. Sie ging im Zimmer auf und ab und sprach in strengem Ton zu ihrem kleinen Mädchen, das in der Ecke stand und bitterlich weinte.

»Ja, du wirst den ganzen Tag in der Ecke stehen und wirst allein zu Mittag essen, und von deinen Puppen bekommst du heute keine einzige zu sehen, und dein neues Kleid nähe ich dir auch nicht«, sagte sie, da sie schließlich selbst nicht mehr wußte, welche Strafe sie ihr androhen sollte.

»Nein, das ist ein ganz nichtsnutziges Mädchen!« wandte sie sich zu Ljewin. »Woher sie nur diese schlimmen Neigungen haben mag?«

»Aber was hat sie denn nur getan?« fragte Ljewin in ziemlich gleichgültigem Ton. Er hatte vorgehabt, sich bei ihr in seiner Angelegenheit Rat zu holen und war nun ärgerlich, daß er zur Unzeit gekommen war.

»Sie war mit Grischa Himbeeren suchen gegangen, und dort ... ich kann es nicht einmal aussprechen, was sie getan hat. Tausendmal habe ich schon den Weggang von Miß Elliot bedauert – die jetzige Gouvernante sieht gar nicht nach ihnen; sie ist einfach eine Maschine. – *Figurez vous, que la petite* ...«

Und Darja Alexandrowna berichtete die Untat der Kleinen.

»Das beweist gar nichts, das sind gar keine schlimmen Neigungen, das ist nur Mutwillen«, beruhigte sie Ljewin.

»Aber du scheinst selbst verstimmt zu sein? Weshalb hast du mich aufgesucht?« fragte Dolly. »Was geht drüben bei euch vor?«

Ljewin merkte an dem Ton, in dem sie diese Fragen stellte, daß es ihm leicht fallen würde zu sagen, was er vorhatte.

»Ich bin nicht dort gewesen, ich war allein mit Kitty im Garten. Wir haben uns zum zweitenmal verunreinigt, seit ... Stiwa gekommen ist.«

Dolly blickte ihn mit klugen, verständnisvollen Augen an.

»Nun sag' mir, Hand aufs Herz, ob – nicht in Kittys

Wesen ... sondern in dem jenes Herrn etwas lag, was unangenehm, nein, nicht unangenehm, sondern furchtbar, verletzend für den Gatten sein mußte.«

»Das heißt, wie soll ich's ausdrücken ... Steh in der Ecke, bleib stehen!« wandte sie sich zu Mascha, die sich umgeblickt hatte, als sie im Gesicht der Mutter ein kaum merkliches Lächeln wahrgenommen hatte. »Das Urteil der großen Welt«, fuhr sie fort, »würde so lauten, daß er sich so benimmt, wie sich alle unsere jungen Leute benehmen. *Il fait la cour à une jeune et jolie femme,* und ein Gatte müßte sich, als Mann von Welt, dadurch nur geschmeichelt fühlen.«

»Ja, ja«, versetzte Ljewin finster, »also gemerkt hast du's auch.«

»Nicht nur ich, auch Stiwa hat es gemerkt. Er hat mir heute nach dem Tee direkt gesagt: ›*Je crois, que Wjeßlowskij fait un petit brin de cour à Kitty.*‹«

»Schön, jetzt kann ich ganz beruhigt sein. Ich werde ihn aus dem Hause jagen«, sagte Ljewin.

»Wie, bist du von Sinnen?« schrie Dolly entsetzt auf. »Was fällt dir ein, nimm doch Vernunft an!« fuhr sie lächelnd fort. »Nun, du kannst jetzt zu Fanny gehen«, wandte sie sich zu Mascha. »Nein, wenn du ihn los werden willst, so kann ich es Stiwa sagen; er bringt ihn schon fort. Er kann vielleicht vorschützen, daß du andere Gäste erwartest. Er paßt überhaupt nicht in unser Haus.«

»Nein, nein, ich will es selbst tun.«

»Aber du wirst mit ihm in Streit geraten.«

»Nicht im geringsten. Ich werde dabei sehr guter Laune sein«, versetzte Ljewin, und in seinen Augen blitzte es in der Tat lustig auf. »Na, verzeih ihr, Dolly, sie tut's nicht wieder«, sagte er in bezug auf die kleine Übeltäterin, die aber nicht zu Fanny ging, sondern unschlüssig, mit gesenktem Kopf vor der Mutter stand und einen Blick von ihr zu erhaschen suchte.

Endlich sah die Mutter sie an. Die Kleine brach in Tränen aus, begrub ihr Gesicht im Schoß der Mutter, und Dolly legte ihre magere, zarte Hand auf ihren Kopf.

»Ja, was kann es zwischen uns und ihm Gemeinsames

geben?« dachte Ljewin und ging hinaus, um Wjeßlowskij aufzusuchen.

Als er durch das Vorzimmer kam, befahl er die Kalesche zur Fahrt nach dem Bahnhof anzuspannen.

»Gestern ist die Feder gebrochen«, erwiderte der Diener.

»Dann nimm den Tarantáß*, aber schnell. Wo ist der Gast?«
»Sie sind auf ihr Zimmer gegangen.«

Ljewin traf Wjeßlowskij, der alle seine Sachen ausgepackt und seine neuen Romanzen zurechtgelegt hatte, gerade in dem Augenblick, als er seine neuen Reitgamaschen anprobierte.

Ob nun in Ljewins Miene ein besonderer Ausdruck lag, oder ob Wassenjka selbst die Empfindung hatte, daß sein »*petit brin de cour*« in dieser Familie nicht am Platze sei, genug, er wurde bei Ljewins Eintritt ein wenig (soweit dies bei einem Manne von Welt überhaupt möglich ist) verlegen.

»Sie reiten in Gamaschen?«

»Ja, man wird dabei nicht so schmutzig«, erwiderte Wjeßlowskij mit gutmütig-heiterem Lächeln, während er seinen dicken Fuß auf einen Stuhl stellte und die unterste Schnalle zuhakte.

Er war zweifellos ein netter Mensch, und als Ljewin seinen schüchternen Blick bemerkte, tat er ihm leid, während er sich zugleich der Rolle schämte, die er, als Hausherr, hier zu spielen gekommen war.

Auf dem Tisch lag ein Bruchstück von dem Stock, den sie heute morgen bei ihren gemeinsamen Turnübungen, als sie sich bemühten, den aufgequollenen Barren zu heben, zerbrochen hatten. Ljewin nahm das abgebrochene Stück in die Hand und begann dann das zersplitterte Ende auseinanderzureißen. Er wußte nicht, wie er das, was er sich vorgenommen hatte zu sagen, einleiten sollte.

»Ich wollte …« Er hielt inne, aber dann dachte er plötzlich an Kitty und an alles, was vorgefallen war, und sagte nun,

---

* Tarantáß – ein zweisitziger Wagen mit Verdeck und ohne Sprungfedern.

indem er ihm fest ins Auge sah: »Ich habe für Sie anspannen lassen.«

»Das heißt, wie meinen Sie das?« begann Wassenjka verwundert. »Wohin soll's denn gehen?«

»Sie sollen fahren, zum Bahnhof«, erwiderte Ljewin finster, während er an dem ausgefaserten Ende des Stockes herumzupfte.

»Wollen Sie verreisen, oder ist vielleicht etwas geschehen?«

»Es ist weiter nichts geschehen, als daß ich Besuch erwarte«, sagte Ljewin, während er mit seinen kräftigen Fingern immer rascher und rascher die Enden des zersplitterten Stockes auseinanderriß. »Oder vielmehr, ich erwarte gar keinen Besuch, und es ist auch sonst nichts geschehen, aber trotzdem ersuche ich Sie abzureisen. Sie können sich meine Unhöflichkeit erklären, wie Sie wollen.«

Wassenjka richtete sich in die Höhe.

»Ich bitte Sie, mir zu erklären ...«, sprach er mit Würde, nachdem er endlich verstanden hatte.

»Ich kann Ihnen nichts erklären«, versetzte Ljewin langsam und leise, bemüht, das Zittern seiner Kinnbacken zu verbergen. »Und Sie würden auch besser daran tun, nicht zu fragen.«

Da jetzt sämtliche zersplitterte Enden schon abgebrochen waren, klemmte Ljewin seine Finger zwischen die dicken Enden, riß den ganzen Stock auseinander und fing das herabfallende Stück sorgsam auf.

Der Anblick dieser angespannten Arme mit den Muskeln, die er am Morgen beim Turnen befühlt hatte, dieser funkelnden Augen, der verhaltenen Stimme und der zitternden Kinnbacken mußten wohl für Wassenjka eine größere Überzeugungskraft besitzen, als Worte. Er zuckte die Achseln, lächelte verächtlich und verbeugte sich.

»Kann ich vielleicht Oblonskij sehen?«

Das Achselzucken und das Lächeln hatte Ljewin kalt gelassen. »Was bleibt ihm denn anderes übrig?« dachte er.

»Ich will ihn gleich zu Ihnen schicken.«

»Welch ein Unsinn!« sagte Stjepan Arkadjewitsch, nachdem er von seinem Freund erfahren hatte, daß er aus dem Hause gewiesen worden sei, zu Ljewin, den er im Garten fand, wo er, auf die Abfahrt des Gastes wartend, umherging. *Mais c'est ridicule!* Was für eine Fliege hat dich gestochen! *Mais c'est du dernier ridicule!* Was hast du denn darin besonderes gesehen, daß dieser junge Mann? ...«

Aber die Stelle, an der die Fliege Ljewin gestochen hatte, schmerzte offenbar noch, denn er erbleichte wieder, als Stjepan Arkadjewitsch auf den Grund seiner Handlungsweise eingehen wollte, und unterbrach ihn hastig.

»Bitte erkläre mir meine Gründe nicht! Ich habe nicht anders handeln können. Ich schäme mich sehr vor dir und vor ihm. Aber ich denke, ihm wird es keinen besonderen Kummer bereiten abzureisen, und mir und meiner Frau ist seine Anwesenheit unangenehm.«

»Aber es ist für ihn beleidigend! *Et puis c'est ridicule!*«

»Für mich aber ist es beleidigend und qualvoll zugleich! Ich bin an nichts schuld und ich habe keine Ursache, mich diesen Qualen auszusetzen.«

»Jedenfalls hätte ich das nicht von dir erwartet! *On peut être jaloux, mais à ce point c'est du dernier ridicule!*«

Ljewin wandte sich hastig ab und ging weiter in die Allee hinein und fuhr fort, allein auf und ab zu gehen. Bald vernahm er das Rollen des Wagens und sah durch die Bäume hindurch, wie Wassenjka mit seiner schottischen Mütze, auf dem Heu sitzend (zum Unglück gab es im Tarantáß keine Sitzbank), durch die Allee fuhr, wobei er bei jedem Stoß des Wagens in die Höhe flog.

»Was soll denn das?« dachte Ljewin, als der Diener, der aus dem Hause eilte, den Tarantáß halten ließ. Es war der Werkführer, den Ljewin ganz vergessen hatte. Er begrüßte Wjeßlowskij und sagte etwas zu ihm, dann stieg er in den Wagen, und sie fuhren zusammen weiter.

Stjepan Arkadjewitsch und die Fürstin waren über Ljewins Vorgehen empört. Auch er selbst kam sich nicht nur im höchsten Grade »*ridicule*« vor, er fühlte sich auch vollständig im Unrecht und entehrt. Sobald er jedoch daran dachte, wie sehr er und seine Frau gelitten hatten, gab er sich auf die Frage, wie er sich ein anderes Mal im gleichen Falle verhalten würde, zur Antwort, daß er genau ebenso handeln würde.

Nichtsdestoweniger waren am Ende dieses Tages alle, mit Ausnahme der Fürstin, die Ljewin seine Handlungsweise nicht verzeihen konnte, in einer besonders lebhaften und fröhlichen Stimmung, wie es bei Kindern nach einer abgebüßten Strafe oder bei Erwachsenen nach einem beschwerlichen offiziellen Empfang der Fall zu sein pflegt. Über Wassenjkas Entfernung wurde in Abwesenheit der Fürstin schon wie über einen längst vergangenen Vorfall gesprochen. Und Warjenka wollte sich vor Lachen ausschütten, als Dolly, die ihres Vaters humoristische Darstellungsgabe besaß, nun schon zum dritten- und viertenmal, immer mit neuen komischen Zutaten, erzählte, wie sie gerade im Begriff gewesen war, dem Gast zu Ehren in einem Paar neuer Schuhe zu erscheinen und eben in den Salon treten wollte, als plötzlich das Gerassel der schwerfälligen Kutsche an ihr Ohr drang. Und wer saß darin? Wassenjka in eigner Person war's, der mit seiner schottischen Mütze, mit all seinen Romanzen, in seinen Gamaschen – auf dem Heu saß!

»Hättest du doch wenigstens den geschlossenen Wagen anspannen lassen! Nein, und dann höre ich plötzlich: ›Halten Sie!‹ Nun, dachte ich, Sie haben sich vielleicht seiner erbarmt. Aber da sehe ich, wie der dicke Deutsche sich hineinsetzt und mit ihm weiterfährt. Und weg waren sie, meine schottischen Bänder.«

16

Darja Alexandrowna führte ihre Absicht aus und machte sich auf, um Anna zu besuchen. Es tat ihr sehr leid, ihre Schwester zu verletzen und etwas zu tun, was deren Gatten unangenehm sein mußte: sie begriff sehr wohl, wie sehr beide darin recht hatten, daß sie keinerlei Beziehungen mit Wronskij zu unterhalten wünschten. Dennoch hielt sie es für ihre Pflicht,

Anna zu besuchen und ihr zu zeigen, daß ihre Gefühle trotz der Veränderung ihrer Lage unverändert geblieben waren.

Um bei ihrer beabsichtigten Fahrt in keiner Weise von Ljewin abzuhängen, hatte sie nach dem Dorf geschickt, um dort Pferde mieten zu lassen. Aber Ljewin war darüber sehr ungehalten.

»Weshalb glaubst du denn, daß mir der Besuch, den du vorhast, unangenehm sei? Und wenn dies wirklich der Fall wäre, so würde ich mich dadurch noch unangenehmer berührt fühlen, daß du meine Pferde nicht benutzen willst«, sagte er. »Du hast mir noch kein einziges Mal gesagt, daß du entschlossen seiest, hinzufahren. Wenn du nun im Dorf Pferde mieten wolltest, so würde dies erstens mir persönlich unangenehm sein und was die Hauptsache ist, die Leute würden es übernehmen, dich hinzufahren, ohne dich schließlich an Ort und Stelle zu bringen. Ich habe Pferde, und wenn du mich nicht kränken willst, so nimmst du sie.«

Darja Alexandrowna mußte nachgeben, und am festgesetzten Tage ließ Ljewin für seine Schwägerin ein Viergespann und ein Reservepferd bereithalten, die er aus einer Anzahl von Zug- und Reitpferden ausgewählt hatte, und die, wenn sie auch nicht sehr schön von Ansehen waren, jedenfalls die erforderliche Ausdauer besaßen, um Darja Alexandrowna in einem Tage ans Ziel ihrer Fahrt zu bringen. Gerade zu dieser Zeit, wo Ljewin sowohl wegen der Fürstin, die abreisen wollte, wie auch der Hebamme wegen seine Pferde nicht gut entbehren konnte, war ihm die Sache nicht ganz leicht geworden. Aber seine Begriffe von den Pflichten der Gastfreundschaft verboten es ihm, zuzugeben, daß Darja Alexandrowna, solange sie in seinem Hause wohnte, fremde Pferde miete. Zudem wußte er, daß die zwanzig Rubel, die man von Darja Alexandrowna für die Fahrt mit Mietsgäulen verlangt hatte, für sie eine sehr empfindliche Ausgabe gewesen wären, und Ljewin nahm sich die Geldangelegenheiten seiner Schwägerin, die sich in einem sehr mißlichen Zustand befanden, zu Herzen, als wären es seine eigenen.

Darja Alexandrowna fuhr auf Ljewins Rat noch vor Tagesanbruch ab. Der Weg war gut, der Wagen bequem, die Pferde griffen munter aus, und auf dem Bock saß außer dem Kutscher noch der Rechnungsführer, der die Stelle eines Dieners vertreten sollte und den ihr Ljewin der größeren Sicherheit halber mitgegeben hatte. Darja Alexandrowna nickte unterwegs ein und erwachte erst, als sie sich schon der Poststation näherten, wo die Pferde gewechselt werden mußten.

Nachdem Darja Alexandrowna bei demselben wohlhabenden Bauernwirt, bei dem Ljewin früher auf seiner Fahrt zu Swijaschskij abgestiegen war, den Tee eingenommen, sich mit den Weibern über Kinder und mit dem Alten über den Grafen Wronskij unterhalten hatte, von dem dieser nur Gutes zu erzählen wußte, fuhr sie um zehn Uhr weiter. Zu Hause hatte sie in ihrer beständigen Sorge um die Kinder nie Zeit, sich ihren eigenen Gedanken hinzugeben. Dafür drängten sich jetzt, während ihrer vierstündigen Fahrt, plötzlich alle bisher zurückgehaltenen Gedanken in ihrem Kopf zusammen, und sie hielt nun, wie noch nie zuvor, von den verschiedensten Seiten aus eine Rückschau auf ihr ganzes vergangenes Leben. Ihre eigenen Gedanken erschienen ihr seltsam. Zuerst dachte sie an ihre Kinder, um die sie in Sorge war, obwohl die Fürstin und namentlich Kitty (auf die sie sich mehr verlassen zu dürfen glaubte) versprochen hatten, nach ihnen zu sehen. »Wenn nur Mascha nicht wieder in ihre Unarten verfällt, wenn nur Grischa nicht vom Pferd getreten und Maschas Magenverstimmung nicht schlimmer wird.« Dann aber begannen die Fragen der Zukunft vor denen der nächsten Vergangenheit zurückzutreten. Sie begann an die Notwendigkeit zu denken, für den kommenden Winter eine neue Wohnung in Moskau zu mieten, für den Salon andere Möbel anzuschaffen und ihrem ältesten Mädchen einen neuen Pelz machen zu lassen. Sodann tauchten die Fragen einer ferneren Zukunft vor ihr auf: wie sie das Leben ihrer Kinder in sichere Bahnen leiten sollte. »Mit den Mädchen geht es noch«, dachte sie, »aber wie wird es mit den Knaben werden?«

»Es ist ganz schön – vorläufig arbeite ich mit Grischa, aber das kann ich jetzt nur deshalb tun, weil ich augenblicklich frei bin und durch keine bevorstehende Niederkunft daran gehindert werde. Auf Stiwa kann ich natürlich in keiner Weise rechnen. Mit Hilfe guter Freunde werde ich sie schon auf den rechten Weg bringen – aber, wenn ich wieder in gesegnete Umstände kommen sollte? ...« Und es kam ihr der Gedanke an die Ungerechtigkeit der Worte, daß der Fluch auf dem Weibe liege, Kinder in Schmerzen zu gebären. »Gebären ist noch nicht so schlimm, als die Zeit der Schwangerschaft selbst, das ist das Qualvolle«, und sie dachte an ihre letzte Schwangerschaft und an den Tod des letzten Kindes. Hier fiel ihr das Gespräch mit der jungen Frau auf der Poststation ein: auf ihre Frage, ob sie Kinder habe, hatte die hübsche junge Frau fröhlich zur Antwort gegeben:

»Ein Mädchen hab ich gehabt, aber Gott hat's von mir genommen, zur Fastenzeit hab ich's begraben.«

»Nun, und betrauerst du das Kind sehr?« fragte Darja Alexandrowna.

»Weshalb sollt' ich's betrauern. Der Alte hat ohnehin schon so viele Enkel. Es wär' nur eine Sorge mehr gewesen. Es hält einen von der Arbeit und von allem ab. Es ist nur eine Last.«

Darja Alexandrowna hatte sich von dieser Antwort trotz des gutmütigen und angenehmen Ausdrucks der hübschen jungen Frau angewidert gefühlt. Jetzt aber fielen ihr unwillkürlich diese Worte wieder ein, und sie fand, daß in dieser zynischen Auffassung ein gut Teil Wahrheit stecke.

»Ja, im großen ganzen also«, schloß Darja Alexandrowna ihren Rückblick auf ihr ganzes Leben, wie es während der fünfzehn Jahre ihrer Ehe verlaufen war –, »Schwangerschaft, Übelkeit, geistige Abstumpfung, Gleichgültigkeit gegen alles, und vor allem die physische Entstellung. Selbst Kitty, die junge, hübsche Kitty, auch sie ist jetzt häßlich geworden, und ich sehe während der Schwangerschaft einfach abstoßend aus, das weiß ich. Dann die Geburt selbst, diese Qualen, diese grauenhaften Qualen, und endlich der letzte Moment .... Und dann das Stillen, die schlaflosen Nächte, die furchtbaren Schmerzen ....«

Darja Alexandrowna schauderte bei der bloßen Erinnerung an jene Schmerzen, die sie infolge ihrer aufgesprungenen Brustwarzen zu erdulden gehabt hatte und die fast bei jedem Kind wiedergekehrt waren. »Dann die Krankheiten der Kinder, diese ewige Angst; dann die Erinnerung an diesen Zustand, schlimme Neigungen (hier fiel ihr die Untat der kleinen Mascha in den Himbeersträuchen ein), der Unterricht, die Lateinstunden – alles das ist so unbegreiflich und so mühsam. Und zu alledem noch der Tod dieser Kinder.« Und wieder tauchte in ihrer Einbildungskraft die auf ihrem Mutterherzen unaufhörlich lastende herbe Erinnerung an den Tod des letzten Säuglings auf, der an der Grippe gestorben war. Sie dachte an das Begräbnis, an die allgemeine Teilnahmslosigkeit angesichts dieses kleinen rosafarbigen Sarges und an ihren eigenen herzzerreißenden, einsamen Schmerz beim Anblick dieser bleichen Stirn mit den an den Schläfen sich kräuselnden Haaren, beim Anblick dieses Mündchens, das wie vor Verwunderung geöffnet, noch aus dem Sarg hervorschaute, als man schon den rosafarbigen Deckel mit dem goldgestickten Kreuz darüber deckte.

»Und alles dies, wozu? Was wird das Ende von alledem sein? Daß ich, ohne einen Augenblick Ruhe zu haben, bald schwanger, bald stillend, immer und ewig in ärgerlicher, mürrischer Stimmung, selbst halb zu Tode gequält und die anderen quälend, dem eigenen Manne zuwider, mein Leben verbringe und meine Kinder im Unglück, mangelhaft erzogen und bettelarm heranwachsen lasse. Ich würde ja schon jetzt nicht gewußt haben, wie ich mich durchschlagen sollte, wenn wir für den Sommer nicht zu Ljewins gezogen wären. Allerdings sind Kostja und Kitty so zartfühlend, daß sie es uns nicht empfinden lassen; aber das kann doch nicht so weitergehen. Auch sie werden Kinder bekommen und uns dann nicht mehr unterstützen können. Sie müssen sich ohnedies schon einschränken. Wird uns vielleicht der Vater, der für sich selbst kaum etwas zurückbehalten hat, helfen? So bin ich denn nicht imstande, meine Kinder zu versorgen, ohne die Hilfe anderer in Anspruch zu nehmen und mich zu demütigen. Und nehmen wir den glücklichsten Fall: daß keines der Kinder mehr stirbt und ich es mit Mühe und Not fertig bringe, sie zu erziehen. In diesem besten Falle werde ich nur das eine erreicht haben, daß sie keine Taugenichtse werden. Das ist alles, was ich mir wünschen darf. Und dafür so viele Qualen,

soviel Mühe! ... Dafür das ganze Leben zum Opfer bringen!«
Wieder kam ihr in den Sinn, was jene junge Bäuerin gesprochen hatte, und wieder war ihr die Erinnerung daran zuwider; aber dennoch konnte sie sich nicht verhehlen, daß in jenen Worten ein gut Teil roher Wahrheit lag.

»Ist es noch weit, Michajla?« fragte Darja Alexandrowna den Buchhalter, um ihre bangen Gedanken los zu werden.

»Von diesem Dorf aus sollen es noch sieben Werst sein.«

Der Wagen fuhr von der Dorfstraße auf eine kleine Brücke, über die gerade lärmend und lustig schwatzend ein Haufen fröhlicher Bauernweiber mit ihren über den Schultern hängenden geflochtenen Garbenbändern ging. Die Weiber blieben auf der Brücke stehen und betrachteten den Wagen mit neugierigen Blicken. Alle diese Gesichter, die sich ihr zugewandt hatten, machten auf Darja Alexandrowna einen gesundheitsstrotzenden und fröhlichen Eindruck, als wollten sie sie durch die Lebensfreude, die aus ihnen atmete, reizen. »Alle leben, alle freuen sich ihres Daseins«, fuhr Darja Alexandrowna in ihrem Gedankengang fort, nachdem sie an den Weibern vorüber war und nun von den elastischen Federn des Wagens angenehm geschaukelt, eine Anhöhe hinauf und dann wieder im Trab auf der Ebene weiterfuhr, »ich aber bin wie ein eben aus dem Gefängnis entlassener Sträfling, jetzt für einen Augenblick jener Welt entronnen, die mich mit ihren Sorgen gefangen hält und alles in mir ertötet. Alle leben – diese Weiber, und meine Schwester Natalie und Warjenka und Anna, zu der ich jetzt fahre – nur ich lebe nicht.«

»Alle fallen über Anna her, und weshalb eigentlich? Bin ich denn besser als sie? Ich habe wenigstens einen Gatten, den ich liebe. Nicht so, wie ich ihn lieben möchte, aber ich liebe ihn doch, und Anna hat ihren Mann nicht geliebt. Worin besteht also ihre Schuld? Sie will leben. Gott hat uns diesen Trieb in die Seele gelegt. Es ist sehr leicht möglich, daß auch ich ebenso gehandelt hätte wie sie. Und ich weiß auch heute noch nicht, ob ich wohl daran getan habe, daß ich in jener entsetzlichen Zeit, als sie zu mir nach Moskau kam, ihrem Rat gefolgt bin. Ich hätte damals meinen Mann verlassen und mein Leben von neuem beginnen sollen. Ich wäre fähig gewesen zu lieben und hätte wahrhaft geliebt werden können. Und ist es jetzt etwa besser geworden? Ich achte ihn nicht, aber ich kann ihn nicht entbehren«, – dachte sie von ihrem Gatten –, »und so dulde ich ihn neben mir. Bedeutet das etwa eine Verbesserung meiner Lage? Damals war ich noch fähig Gefallen zu erwecken, damals besaß ich noch meine Schönheit«, fuhr Darja Alexandrowna in ihrem Gedankengang fort, und sie bekam plötzlich Lust, sich im Spiegel zu betrachten. Sie hatte einen kleinen Reisespiegel in ihrem Täschchen und wollte ihn nun hervorholen. Als aber ihr Blick auf den Rücken des Kutschers und des hin und her schaukelnden Rechnungsführers fiel, da fühlte sie, daß sie sich schämen würde, wenn einer von den beiden sich nach ihr umwenden sollte, und so unterließ sie es, ihren Spiegel hervorzuholen.

Aber auch ohne in den Spiegel zu blicken, meinte sie, daß es auch jetzt noch nicht zu spät sei, und sie dachte an Sergej Iwanowitsch, der sie durch besondere Freundlichkeit auszeichnete, an Stiwas Freund, Turowzyn, der mit ihr zusammen die Kinder während des Scharlachfiebers gepflegt hatte und in sie verliebt gewesen war. Dann gab es noch jemand, einen ganz jungen Mann, der, wie ihr Gatte scherzhaft zu ihr gesagt hatte, der Meinung sei, daß sie schöner sei als alle ihre Schwestern. Und Darja Alexandrowna malte sich die allerleidenschaftlichsten und unwahrscheinlichsten romantischen Begebenheiten in ihrer Einbildungskraft aus. »Anna hat ganz richtig gehandelt, und ich bin die letzte, die sie darum tadeln wird. Sie ist glücklich, macht das Glück eines anderen Menschen aus, sie ist nicht vom Leiden abgestumpft wie ich, sondern sicherlich ebenso frisch, verständig, für alles empfänglich, wie sie es immer war«, dachte Darja Alexandrowna, während ein listiges Lächeln ihre Lippen umspielte. Dieses Lächeln hatte seinen Grund namentlich darin, daß sie sich bei dem Gedanken an Annas Roman gleichzeitig einen eigenen, fast ebenso verlaufenden Roman mit einem erdichteten, alles Schöne in sich vereinigenden Helden ausmalte, der in sie verliebt sei. Ebenso wie Anna gestand sie ihrem Gatten alles, und Stjepan Arkadjewitschs eingebildete Verwunderung und Bestürzung bei diesem Bekenntnis machten sie lächeln.

Unter solchen Träumen näherte sie sich dem Seitenweg, der von der Landstraße nach Wosdwischenskoje führte.

17

Der Kutscher hielt das Viergespann an und blickte rechts nach dem Roggenfeld, wo einige Bauern neben ihren Wagen saßen. Der Rechnungsführer machte eine Bewegung, als wolle er abspringen, besann sich jedoch eines anderen und winkte sie zu sich heran. Der leichte Wind, der während der Fahrt geweht hatte, war, als der Wagen hielt, kaum mehr zu spüren. Die schweißbedeckten Pferde wehrten ärgerlich die Bremsen ab, die an ihnen klebten. Der metallische, vom Bauernwagen herüberdringende Klang des Sensendengelns war verstummt. Einer der Bauern erhob sich und näherte sich dem Wagen.

»Heda! Bist wohl ganz ausgedörrt«, rief der Rechnungsführer dem Bauern ärgerlich zu, der mit seinen bloßen Füßen langsam über die Erderhöhungen des nicht ausgefahrenen Weges herankam. »Mach vorwärts.«

Der kraushaarige Alte beschleunigte den Schritt. Sein Haar war mit Baststreifen aufgebunden und sein gekrümmter Rücken war vom Schweiß dunkel gefärbt. Er trat an den Wagen heran und legte seine Hand auf einen der Kotschirme.

»Nach Wosdwischenskoje, zum Herrenhof, zum Grafen?« wiederholte er. »Dort den Hügel geht's hinauf, dann biegt's links ab, dann immer geradeaus auf der Landstraße, und du stößt dann gerade darauf. Zu wem wollt ihr denn – zum Herrn selbst?«

»Weißt du vielleicht, ob sie zu Hause sind, mein Lieber?« fragte Darja Alexandrowna ausweichend, da sie, selbst diesem einfachen Bauern gegenüber, nicht wußte, wie sie nach Anna fragen sollte.

»Sie werden wohl daheim sein«, versetzte der Bauer, indem er von einem der nackten Füße auf den anderen trat und dabei auf dem Staub deutliche Spuren seiner Fußsohle mit allen fünf Zehen zurückließ. »Werden wohl daheim sein«, wiederholte er, augenscheinlich zu einer weiteren Unterhaltung aufgelegt. »Gestern ist noch Besuch gekommen. Es sind eine Unmenge Gäste da ... Was ist los?« wandte er sich nach einem jungen Burschen um, der ihm etwas vom Wagen her zurief.

»Vorhin sind sie gerade alle zu Pferde hier vorbeigekommen, um sich die neuen Erntemaschinen anzusehen. Werden jetzt wohl schon daheim sein. Und ihr, wo kommt ihr her?«

»Wir kommen von weit her«, sagte der Kutscher, indem er auf den Bock stieg. »Also wir haben nicht mehr weit?«

»Ich sag' ja, 's ist gleich dort! Sobald du da herausfährst«, ... sagte er, indem er mit der Hand auf dem Kotschirm hin- und herfuhr.

Ein junger, gedrungener Bursche kam nun auch heran: »Ist vielleicht Arbeit beim Einfahren der Ernte zu vergeben?«

»Ich weiß es nicht, mein Bester.«

»Also, sowie du links herumfährst, kommst du geradewegs hin«, wiederholte der redselige Bauer, der die Reisenden offenbar ungern fortließ.

Der Kutscher trieb die Pferde an; kaum hatten sie jedoch die Wendung gemacht, als der Bauer ihnen nachrief: »Halt, holla, halt, mein Lieber.« Und auch der zweite Bauer rief dasselbe.

Der Kutscher hielt an.

»Da kommen sie selber gefahren! Dort sind sie! Geh'n Sie, dort kommen sie!« rief der Bauer, indem er auf vier Reiter und einen *char à bancs*, in welchem zwei Personen saßen, deutete.

Es war Wronskij mit dem Jockei. Wjeßlowskij und Anna zu Pferde, während die Prinzessin Warwara mit Swijaschskij im *char à bancs* saß. Sie hatten einen Ausflug gemacht und zugleich die neu eingeführten Erntemaschinen besichtigen wollen.

Der Wagen blieb stehen, und die Reitenden kamen im Schritt heran. Voran ritt Anna mit Wjeßlowskij. Anna ritt in ruhigem Schritt auf einer kleinen, gedrungenen englischen Vollblutstute mit gestutzter Mähne und kurzem Schweif. Ihr schöner Kopf mit dem unter dem hohen Hute hervordringenden schwarzen Haar, ihre vollen Schultern, ihre schmale Taille im schwarzen Reitkleid sowie ihre ganze ruhige und graziöse Haltung fielen Dolly auf.

Im ersten Moment erschien es ihr unpassend, daß Anna ausritt. Mit der Vorstellung von einer Dame zu Pferde war nach Darja Alexandrownas Begriffen zugleich der Gedanke an eine jugendliche oberflächliche Koketterie verknüpft, die nach ihrer Ansicht zu der Lage, in der Anna sich befand, nicht gut paßte. Als sie sie jedoch in der Nähe betrachtete, söhnte sie sich sogleich mit ihrem Reiten aus. Trotz all ihrer Eleganz war alles so einfach, ruhig und würdevoll sowohl in Annas Haltung als auch in ihrer Kleidung und ihren Bewegungen, daß nichts natürlicher erscheinen konnte.

Anna zur Seite ritt auf einem grauen, erhitzten Kavalleriepferd, in seiner schottischen Mütze mit den flatternden Bändern, die dicken Beine von sich gestreckt und offenbar sehr befriedigt von seiner eigenen Erscheinung Wassenjka Wjeßlowskij. Darja Alexandrowna vermochte bei seinem Anblick ein belustigtes Lächeln nicht zu unterdrücken. Hinter ihnen ritt Wronskij. Er saß auf einem dunkelbraunen Vollblut, das offenbar vom Galopp erregt war. Er hielt es zurück und arbeitete mit den Zügeln. Hinter ihm ritt ein kurzgewachsener Mann in einem Jockeikostüm. Swijaschskij und die Prinzessin fuhren in einem neuen *char à bancs* hinterdrein, der von einem großen, schwarzen Traber gezogen wurde.

In dem Augenblick, als Anna in der kleinen, in der Ecke des alten Wagens zurückgelehnten Gestalt Dolly erkannte, wurde ihr Gesicht von einem freudigen Lächeln erhellt. Sie stieß einen Schrei aus, zuckte im Sattel zusammen und setzte ihr Pferd in Galopp. Am Wagen angelangt, sprang sie ohne Hilfe ab und lief, ihr Reitkleid aufraffend, Dolly entgegen.

»Ich habe es mir gleich gedacht und wollte es doch kaum glauben. Welche Freude! Du kannst dir nicht denken, wie sehr ich mich freue!« sagte sie, während sie sich bald an Dolly mit ihrem Gesicht anschmiegte, bald sich von ihr losmachte, um sie lächelnd zu betrachten. »Das ist einmal eine Freude, Alexej«, rief sie, indem sie sich nach Wronskij umwandte, der vom Pferd gestiegen war und jetzt auf sie zukam.

Wronskij hatte den grauen, hohen Hut abgezogen und trat an Dolly heran.

»Sie können sich nicht denken, wie sehr wir über Ihren Besuch erfreut sind«, sagte er mit einem besonderen Nachdruck in seinen Worten, indem er seine starken, weißen Zähne zeigte.

Wassenjka nahm, ohne vom Pferde zu steigen, seine Mütze ab und begrüßte den Gast, indem er seine Mütze mit den Bändern freudig über dem Kopf schwang.

»Das ist die Prinzessin Warwara«, gab Anna auf einen fragenden Blick Dollys zur Antwort, als der *char à bancs* herangekommen war.

»Ah!« sagte Darja Alexandrowna, während ihr Gesicht unwillkürlich einen mißvergnügten Ausdruck annahm.

Die Prinzessin Warwara war eine Tante ihres Gatten. Sie kannte sie schon seit langer Zeit und hatte keine Achtung vor ihr. Sie wußte, daß die Prinzessin ihr ganzes Leben lang bei ihren reichen Verwandten das Gnadenbrot gegessen hatte. Aber der Umstand, daß sie jetzt bei Wronskij, der ihr ein Fremder war, lebte, verletzte sie in ihren Gefühlen für die Verwandten ihres Gatten. Anna, der die Veränderung in Dollys Gesichtsausdruck nicht entgangen war, wurde verlegen; sie errötete, ließ die Schleppe des aufgerafften Reitkleides aus der Hand gleiten und stolperte darüber.

Darja Alexandrowna trat zu dem *char à bancs*, der angehalten hatte, und begrüßte die Prinzessin Warwara kalt. Swijaschskij war ihr gleichfalls bekannt. Er erkundigte sich bei ihr, wie es seinem sonderbaren Freund mit seiner jungen Frau gehe, und forderte, nachdem er einen flüchtigen Blick auf Dollys Wagen mit den geflickten Kotschirmen geworfen hatte, die Damen auf, die Fahrt zusammen im *char à bancs* fortzusetzen.

»Ich fahre dann in diesem Vehikel«, sagte er. »Das Pferd ist sehr ruhig, und die Prinzessin kutschiert vortrefflich.«

»Nein, bleiben Sie, bitte, wie Sie waren«, sagte Anna, die

herangetreten war, »wir fahren im Wagen zusammen!« Dabei nahm sie Dollys Arm und führte sie mit sich fort.

Darja Alexandrownas Augen schweiften bewundernd über die prächtige Equipage, wie sie noch nie eine gesehen hatte, die schönen Pferde und alle diese eleganten, glänzenden Erscheinungen, die sie umringten. Am meisten aber überraschte sie die Veränderung, die mit der ihr vertrauten und lieben Anna vorgegangen war. Eine andere weniger beobachtende Frau, die Anna, wie sie früher war, nicht gekannt und insbesondere nicht unter der Nachwirkung all der Gedanken gestanden hätte, die Darja Alexandrowna während ihrer Fahrt beschäftigt hatten, würde an Anna keine besondere Veränderung wahrgenommen haben. Dolly aber war jetzt von jener vorübergehenden Schönheit überrascht, wie sie den Frauen nur in Momenten der Liebe eigen zu sein pflegt und die sie jetzt in Annas Gesicht wahrnahm. Alles in diesem Gesicht: die scharf ausgeprägten Grübchen in den Wangen und am Kinn, die Form der geschlossenen Lippen, das Lächeln, das auf ihrem Gesicht gleichsam hin- und herzuhuschen schien, der Glanz der Augen, die Grazie und Raschheit ihrer Bewegungen, der volltönende Klang ihrer Stimme, ja selbst die scherzhaft-ärgerliche Art und Weise, mit der sie Wjeßlowskij auf seine Bitte, sich auf ihre Stute setzen zu dürfen, um dieser Galopp mit Rechtseinsatz beizubringen, antwortete – alles dies hatte einen ganz besonderen Reiz und machte den Eindruck, als ob sie sich selbst dessen bewußt sei und sich darüber freue.

Nachdem die beiden Frauen im Wagen Platz genommen hatten, bemächtigte sich ihrer eine plötzliche Verlegenheit. Anna war unter dem aufmerksam forschenden Blick, mit dem Dolly sie musterte, verwirrt geworden. Dolly hingegen fühlte sich befangen, weil sie sich nach den Worten, die Swijaschskij über ihr Vehikel hatte fallen lassen, dieses schmutzigen, alten Kastens, in dem Anna mit ihr Platz genommen hatte, unwillkürlich schämte. Philipp, der Kutscher, und der Rechnungsführer hatten die gleiche Empfindung. Um seine Verlegenheit zu verbergen, bemühte sich der Rechnungsführer um die Damen, indem er ihnen in den Wagen half. Philipp hingegen war mürrisch geworden und nahm sich fest vor, sich von dieser rein äußerlichen Überlegenheit nicht imponieren zu lassen. Er lächelte ironisch, während er auf den schwarzen Traber schaute, und hatte schon im Geiste festgestellt, daß dieser Rappe als Wagenpferd nur für die »Promenade« tauge, aber nicht imstande sei, vierzig Werst in der Hitze und ohne Ausspann zu machen.

Die Bauern hatten sich alle erhoben und sahen neugierig und belustigt der Begrüßung des angekommenen Gastes zu, indem sie ihre Bemerkungen dazu machten.

»Die freuen sich ordentlich, haben sich wohl lange nicht gesehen«, sagte der kraushaarige Alte mit den Baststreifen im Haar.

»Was meinst du, der schwarze Hengst müßte die Garben heimführen, das ginge geschwind!«

»Da sieh mal – ist das ein Frauenzimmer in Hosen?« fragte ein anderer, indem er auf Wassenjka Wjeßlowskij, der sich in den Damensattel setzte, deutete.

»Ne, das ist ein Mannsbild! Schau, wie flink sich der in den Sattel geschwungen hat.«

»Hört, Kinder, heut ist's wohl nichts mit unserem Schlaf?«

»Jetzt gibt's keinen Schlaf mehr!« versetzte der Alte, indem er nach der Sonne hinschielte. »Mittag ist schon vorbei. Nehmt die Sensen und macht euch an die Arbeit!«

18

Anna blickte in Dollys mageres, abgehärmtes Gesicht, in dessen Runzeln sich der Staub festgesetzt hatte. Sie wollte gerade aussprechen, was sie dachte, nämlich, daß Dolly mager geworden sei; da aber fiel ihr ein, daß sie selbst noch an Schönheit zugenommen habe und daß Dollys Blick ihr dies sagte, und so seufzte sie nur auf und begann von sich zu sprechen.

»Du siehst mich an«, sagte sie, »und denkst bei dir, ob ich

denn in meiner Lage glücklich sein kann? Nun ja – ich schäme mich fast es einzugestehen, aber ich …. Ich bin unverzeihlich glücklich. Mit mir ist etwas Wunderbares vorgegangen, wie mit jemand, der von einem schrecklichen Traum geängstigt wird und dann plötzlich erwacht und nun fühlt, daß alle diese Schrecknisse in Wirklichkeit gar nicht vorhanden sind. Ich bin erwacht. Ich habe das Qualvolle, das Schreckliche, das hinter mir liegt, durchlebt und bin nun schon lange, besonders seit wir hier sind, so glücklich!« … sagte sie und blickte Dolly mit schüchtern fragendem Lächeln an.

»Wie mich das freut«, versetzte Dolly lächelnd, aber unwillkürlich in kühlerem Ton, als sie gewollt hatte. »Ich freue mich sehr für dich. Warum hast du mir denn gar nicht geschrieben?«

»Warum? … Weil – ich nicht durfte. – Du vergißt meine Lage …«

»Mir? Mir durftest du nicht schreiben? Wenn du nur wüßtest, wie ich … Ich bin der Ansicht …«

Darja Alexandrowna wollte ihre Gedanken vom heutigen Morgen aussprechen, aber aus irgendeinem Grunde schien ihr das in diesem Augenblick nicht am Platze zu sein.

»Übrigens, davon später. Was ist denn das hier, alle diese Gebäude?« fragte sie, um dem Gespräch eine andere Wendung zu geben, indem sie auf die roten und grünen Dächer deutete, die hinter dem Grün der Akazien- und Sirenenzäune hervorblickten. »Das sieht ja aus wie eine kleine Stadt.«

Aber Anna antwortete nicht.

»Nein, nein! Welcher Ansicht bist du denn in bezug auf meine Lage, wie denkst du darüber, wie?« fragte sie.

»Ich denke«, begann Darja Alexandrowna, aber in diesem Augenblick galoppierte Wassenjka Wjeßlowskij, dem es gelungen war, die Stute in Galopp mit Rechtseinsatz zu bringen, an ihnen vorüber, wobei er in seinem kurzen Jäckchen schwerfällig auf dem schwedischen Leder des Damensattels aufschlug.

»Es geht, Anna Arkadjewna!« rief er.

Anna blickte nicht einmal zu ihm hin. Aber Darja Alexandrowna hatte jetzt wieder die Empfindung, daß es in dem

Wagen nicht anginge, dieses langwierige Thema zu erörtern, und sie verfolgte daher den Gedanken, den sie aussprechen wollte, nicht weiter.

»Ich habe gar keine Ansicht darüber, aber ich habe dich immer lieb gehabt, und wenn man jemanden lieb hat, so liebt man den ganzen Menschen so wie er ist, und nicht so, wie man möchte, daß er sei.«

Anna wandte den Blick von dem Gesicht der Freundin ab und kniff die Augen zu (es war dies eine neue Angewohnheit, die Dolly an ihr nicht kannte), dann versank sie in Gedanken und versuchte, sich den ganzen Sinn dieser Worte völlig klarzumachen. Nachdem sie sich ihren Inhalt in ihrer Weise, das heißt so zurechtgelegt hatte, wie es ihr paßte, blickte sie zu Dolly auf.

»Wenn du irgendwelche Sünden hättest«, sagte sie, »so würden sie dir alle dafür vergeben werden, daß du zu mir gekommen bist und diese Worte gesprochen hast.«

Dolly sah, wie Anna die Tränen in die Augen traten, und drückte ihr schweigend die Hand.

»Also, was sind denn das für Gebäude? Welch eine Menge«, wiederholte sie nach einem minutenlangen Schweigen ihre Frage.

»Das sind die Häuser der Angestellten, die Fabrik, die Stallungen«, erwiderte Anna. »Dort beginnt der Park. Alles dies war ganz verwahrlost, aber Alexej hat alles wieder instand gesetzt. Er hängt sehr an diesem Besitztum und, was ich gar nicht erwartet hätte, er hat sich der Landwirtschaft mit einer wahren Leidenschaft hingegeben. Er ist ja auch eine so reich begabte Natur! Was er auch anfassen mag, er führt alles tadellos durch. Er empfindet dabei nicht nur keine Langeweile, er ist vielmehr mit leidenschaftlichem Eifer bei der Sache. Ich habe mich sogar davon überzeugt, daß er ein sparsamer, vortrefflicher Landwirt, ja daß er in der Wirtschaft geradezu geizig geworden ist, aber nur in der Wirtschaft. Da, wo es sich jedoch um Zehntausende handelt, pflegt er nicht zu rechnen«, sagte sie mit jenem freudig-listigen Lächeln, das Frauen häufig eigen ist, wenn sie von den geheimen, ihnen allein bekannten Vorzügen des geliebten Mannes sprechen. »Siehst du dort jenes große Gebäude? Das ist das neue Krankenhaus. Ich glaube, es wird ihn mehr als hunderttausend Rubel kosten. Das ist jetzt sein *dada**. Und weißt du, wie er darauf gekommen ist? Die Bauern hatten ihn, glaub' ich, gebeten, ihnen die Felder billiger zu verpachten, und als er sie abwies, da warf ich ihm Geiz vor. Natürlich war dies nicht der einzige Grund, aber es wirkte neben Erwägungen anderer Art jedenfalls dahin, daß er das Krankenhaus zu bauen begann, um zu zeigen, verstehst du, wie wenig geizig er in Wirklichkeit ist. Wenn du willst – *c'est une petitesse* – aber ich liebe ihn darum nur desto mehr. Und nun wirst du gleich das Wohnhaus sehen. Es stammt noch vom Großvater her, und er hat an seinem Äußeren nichts geändert.«

»Wie schön es ist«, sagte Dolly, indem sie mit unwillkürlicher Verwunderung auf das prächtige, auf Säulen ruhende Haus blickte, das aus dem vielfarbigen Grün der alten Bäume des Gartens hervortrat.

»Nicht wahr, es ist herrlich? Und oben vom Haus hat man eine wunderbare Aussicht.«

Sie fuhren in einen beschotterten und mit Blumenbeeten geschmückten Vorplatz, auf dem zwei Arbeiter die aufgelockerte Erde eines Blumenboskets mit unbehauenen, tuffartigen Steinen einfaßten, und hielten an der gedeckten Freitreppe.

»Ah, sie sind schon da!« rief Anna, als sie die Reitpferde erblickte, die gerade von der Einfahrt weggeführt wurden. »Nicht wahr, dieses Pferd ist schön? Es ist ein englisches Vollblut. Führt es hierher, und bringt mir Zucker. Wo ist der Graf?« wandte sie sich an zwei von der Freitreppe herbeieilende Diener. »Ah, da ist er ja!« sagte sie, als sie den Grafen mit Wjeßlowskij zu ihrem Empfange heraustreten sah.

»Wo wollen Sie die Fürstin unterbringen?« wandte sich Wronskij auf Französisch zu Anna und bewillkommnete sodann, ohne ihre Antwort abzuwarten, Darja Alexandrowna nochmals, der er jetzt die Hand küßte. »Ich denke, im großen Balkonzimmer?«

---

* Dada aus dem Französischen = Steckenpferd.

»Ach nein, das ist zu abgelegen. Lieber im Eckzimmer, dort werden wir uns öfter sehen. Nun, gehen wir«, sagte Anna, nachdem sie ihrem Lieblingspferd den Zucker gegeben, den ein Diener ihr herausgebracht hatte.

»*Et vouz oubliez votre devoir*«, sagte sie zu Wjeßlowskij, der ebenfalls auf die Freitreppe herausgetreten war.

»*Pardon, j'en ai tout plein les poches*«, – erwiderte dieser, indem er die Finger in seine Westentasche steckte.

»*Mais vous venez trop tard*«, – versetzte sie und wischte ihre Hand ab, die naß geworden war, als sie ihr Pferd mit Zucker fütterte.

Anna wandte sich wieder zu Dolly: »Du bist doch für längere Zeit gekommen? Auf einen Tag? Das geht unmöglich.«

»Ich habe es so verabredet, und die Kinder ...«, sagte Dolly; sie war verlegen, erstens weil sie ihre Reisetasche aus dem Wagen nehmen mußte, und dann auch, weil sie wußte, daß ihr Gesicht von der Reise mit Staub bedeckt sein müsse.

»Nein, Dolly, mein Herz ... Nun, wir werden ja sehen. Komm, komm jetzt!« und Anna führte Dolly mit diesen Worten auf ihr Zimmer.

Es war nicht das Prunkgemach, das Wronskij vorgeschlagen hatte, sondern das Zimmer, um dessentwillen Anna für nötig gehalten hatte, sich bei Dolly zu entschuldigen. Aber auch dieses Zimmer, das einer Entschuldigung bedurft hatte, war mit einem Luxus ausgestattet, wie ihn Dolly in ihrem Hause nicht gewohnt war und der sie an die ersten Hotels im Ausland erinnerte.

»Ach, mein Herz, wie bin ich glücklich!« sagte Anna, die sich auf einen Augenblick in ihren Reitkleidern neben Dolly gesetzt hatte. »Erzähle mir von deinen Kleinen. Stiwa habe ich einmal flüchtig gesehen. Aber er versteht sich nicht darauf, von den Kindern zu erzählen. Was macht mein Liebling Tanja? Sie muß schon ein großes Mädchen sein.«

»Ja, sehr groß«, erwiderte Darja Alexandrowna kurz, selbst darüber verwundert, daß sie die Frage nach ihren Kindern so kalt beantwortete. »Wir leben sehr angenehm bei Ljewins«, setzte sie hinzu.

»Ach, wenn ich nur gewußt hätte, daß du mich nicht verachtest ...«, sagte Anna. »Ihr hättet dann alle zu mir kommen müssen. Stiwa ist ja ein alter und intimer Freund von Alexej«, – fügte sie hinzu und errötete plötzlich.

»Ja, aber wir fühlen uns so wohl«, – erwiderte Dolly verwirrt.

»Es ist ja übrigens nur in meiner Herzensfreude, daß ich solche Dummheiten sage. Die Hauptsache ist, mein Herz, wie sehr ich über dein Kommen erfreut bin«, sagte Anna und küßte sie wieder. »Du hast mir noch nicht gesagt, wie und was du von mir denkst, aber ich will alles wissen. Es freut mich, daß du mich sehen wirst, wie ich bin. Ich möchte vor allen Dingen nicht, daß man glaubt, ich wolle den Leuten etwas beweisen. Ich will gar nichts beweisen, ich will nichts weiter als leben – und niemandem Böses tun, außer mir selbst. Dazu habe ich ein Recht, nicht wahr? Das ist übrigens ein langwieriges Thema, und wir wollen über alles das noch ausfürlich miteinander sprechen. Jetzt will ich mich umkleiden, und dir schicke ich das Mädchen.«

19

Darja Alexandrowna war allein; sie musterte nun mit dem erfahrenen Blick der Hausfrau ihr Zimmer. Alles, was sie auf dem Weg zum Herrschaftshaus und im Innern desselben bis jetzt gesehen hatte, sowie das, was sie jetzt in ihrem Zimmer sah, erweckte in ihr den Eindruck einer Üppigkeit und jenes europäischen Komforts, von denen sie nur in englischen Romanen gelesen hatte, die ihr jedoch in Rußland und namentlich auf dem Lande noch niemals vorgekommen waren. Alles war hier modern, von den neuen französischen Tapeten bis zum Teppich, der das ganze Zimmer bedeckte. Das Bett, dessen Kopfende ganz besondere Verzierungen aufwies, hatte eine Sprungfedermatratze, und die kleinen Kopfkissen waren mit kaukasischer Seide überzogen. Der Marmorwaschtisch, der Toilettentisch, die Causeuse, alle die verschiedenen herumstehenden Tische, die Bronzeuhr auf dem Kamin, die Gardinen und Portieren, alles war kostbar und modern.

Die schmucke Kammerzofe, die hereinkam, um ihr beim Ankleiden behilflich zu sein, und die modischer frisiert und gekleidet war als Dolly selbst, machte einen ebenso modernen und kostspieligen Eindruck wie das ganze Zimmer, in dem sie sich befand. Darja Alexandrowna fand Gefallen an ihrem ehrerbietigen Benehmen, ihrer Sauberkeit und Dienstfertigkeit, aber sie fühlte sich in ihrer Gegenwart unbehaglich; sie schämte sich vor ihr wegen ihrer geflickten Nachtjacke, die sie aus Versehen eingepackt hatte. Sie schämte sich derselben Flicken und ausgestopften Stellen, auf die sie doch sonst so stolz war. Zu Hause war es ihr klar, daß für sechs solcher Jacken vierundzwanzig Ellen Baumwollstoff zu je 65 Kopeken nötig seien, was, die Zutaten und die Arbeit ungerechnet, mehr als 15 Rubel ausmachte. Diese 15 Rubel hatte sie also durch das Auftragen der alten Jacken herauszuschlagen gewußt. In Gegenwart dieser Kammerzofe überkam sie jedoch, wenn nicht gerade ein Gefühl der Beschämung, so doch der Verlegenheit.

Darja Alexandrowna empfand eine gewisse Erleichterung, als jetzt die ihr von früher her bekannte Annuschka in das Zimmer trat. Die elegante Kammerzofe wurde zu ihrer Herrin berufen, und Annuschka blieb bei Darja Alexandrowna.

Annuschka war augenscheinlich über ihre Ankunft sehr erfreut und schwatzte unaufhörlich darauf los. Dolly merkte, daß sie sich gern über die Stellung ihrer Herrin, insbesondere über die Liebe und Ergebenheit, die der Graf Anna Arkadjewna bezeigte, ausgesprochen hätte, aber sie unterbrach sie geflissentlich jedesmal, wenn sie davon anfing.

»Ich bin mit Anna Arkadjewna zusammen groß geworden, ich liebe sie über alles. Je nun, es ist nicht unsere Sache, sie zu richten. Und dann, mein' ich, – wenn man so geliebt wird« …

»Also bitte, gib das in die Wäsche, wenn es möglich ist«, unterbrach sie Darja Alexandrowna.

»Sehr wohl. Wir haben für die Wäsche zwei besondere

Frauen, und alles wird mit der Maschine gewaschen. Der Graf sieht selbst nach allem. Das ist ein Gatte ...«

Dolly war froh, als Anna eintrat und durch ihre Gegenwart Annuschkas Geschwätz ein Ende machte.

Anna hatte ein sehr einfaches Batistkleid angelegt. Dolly musterte dieses einfache Kleid genau. Sie wußte sehr wohl, was diese Einfachheit bedeutete und welch ein Geld nötig war, um sie hervorzubringen.

»Eine alte Bekannte«, sagte Anna, auf Annuschka deutend.

Anna war jetzt nicht mehr verlegen. Sie trat völlig ungezwungen und ruhig auf. Dolly sah, daß sie jetzt den Eindruck, den ihr Kommen auf sie gemacht hatte, gänzlich überwunden hatte und daß sie wieder in jenen oberflächlichen und gleichgültigen Ton verfallen war, durch den gleichsam die Pforte zu ihren innersten Gefühlen und Gedanken verschlossen wurde.

»Nun, und was macht deine kleine Anna?« fragte Dolly.

»Annie?« (so nannte sie ihr Töchterchen Anna). »Sie ist wohlauf und hat sich völlig erholt. Möchtest du sie sehen? Komm, ich will sie dir zeigen. Ich hatte eine schreckliche Schererei mit den Wärterinnen«, begann sie zu erzählen. »Wir hatten eine italienische Amme, sie war sehr gut, aber dumm! Wir wollten sie fortschicken, aber die Kleine hat sich so sehr an sie gewöhnt, daß wir sie immer noch halten.«

»Und wie habt ihr es denn eingerichtet?« begann Dolly, die fragen wollte, welchen Namen das Mädchen tragen sollte. Aber sie bemerkte, wie plötzlich über Annas Gesicht ein Schatten flog, und änderte den Sinn ihrer Frage: »Wie habt ihr es denn gemacht, habt ihr sie schon entwöhnt?«

Aber Anna hatte verstanden.

»Das ist es nicht, was du sagen wolltest. Du wolltest nach dem Namen des Kindes fragen? Nicht? Das eben quält Alexej. Sie hat keinen Namen, das heißt, sie ist – eine Karenina«, sagte Anna, indem sie die Augen so sehr zusammenkniff, daß nur die aufeinandertreffenden Wimpern zu sehen waren. »Übrigens«, – fuhr sie fort, und ihr Gesicht erhellte sich –, »von alledem sprechen wir noch später. Komm, ich zeige sie dir. *Elle est très gentille.* Sie krabbelt schon auf allen vieren herum.«

Im Kinderzimmer war Darja Alexandrowna von dem gleichen Luxus überrascht, der ihr im ganzen Hause schon aufgefallen war. Hier gab es Wägelchen, die aus England verschrieben worden waren, und Gehvorrichtungen und ein wie ein Billard aussehender, eigentümlich konstruierter Diwan zum Herumkriechen und Schaukeln und eigenartige, moderne Badewannen. Alles dies stammte aus England, sah dauerhaft und gediegen aus und war offenbar sehr kostspielig. Das Zimmer selbst war geräumig, sehr hoch und hell.

Als sie eintraten, saß die Kleine im bloßen Hemd in einem Sesselchen am Tisch und schlürfte ihre Fleischbrühe, mit der sie ihre kleine Brust über und über begossen hatte. Ein rusisches Mädchen, das die Aufwartung im Kinderzimmer zu versehen hatte, reichte ihr die Nahrung, wobei sie augenscheinlich selber mitaß. Weder die Amme noch die Wärterin waren zu sehen. Sie befanden sich im Nebenzimmer, aus dem ihre Unterhaltung in jenem seltsamen, französischen Kauderwelsch hereindrang, in dem allein sie sich zu verständigen vermochten.

Als sie Annas Stimme vernahmen, trat eine herausgeputzte, lange Engländerin, mit einem unsympathischen und ordinären Gesicht, ihre hellblonden Locken hastig schüttelnd, zur Tür herein und begann sich sogleich zu rechtfertigen, obgleich Anna ihr gar nichts vorgeworfen hatte. Auf jedes Wort, das Anna zu ihr sprach, beeilte sie sich, mehrmals hintereinander: »*Yes, mylady*« zu antworten.

Das kleine rotwangige Mädchen mit den schwarzen Brauen und schwarzen Haaren und dem dicken, wie mit einer Hühnerhaut überzogenen, roten Körperchen, gefiel Darja Alexandrowna sehr, trotz der unfreundlichen Miene, mit der es das ihr unbekannte Gesicht ansah; sie beneidete sie sogar um ihr gesundes Aussehen. Auch die Art, wie die Kleine herumkroch, gefiel ihr sehr gut. Keines ihrer Kinder war jemals so herumgekrochen. Die Kleine war zum Entzücken, als man sie auf den Teppich gesetzt und ihr Kleidchen unter sie gestopft hatte: sie blickte erst wie ein kleines Tierchen mit ihren großen, glänzenden, schwarzen Augen auf die großen vor ihr stehenden Menschen, offenbar darüber erfreut, daß sie bewundert wurde, dann stützte sie sich, die

Füßchen nach auswärts haltend, energisch auf ihre Hände, zog ihren ganzen Hinterkörper rasch nach sich, um dann mit den Händen wieder nach vorwärts auszugreifen.

Der allgemeine Charakter der Kinderstube jedoch und insbesondere die Engländerin mißfielen Darja Alexandrowna aufs höchste. Nur durch den Umstand, daß ein besseres, englisches Mädchen in einen so ungeregelten Haushalt, wie es der von Anna war, nicht eingetreten wäre, vermochte sie es sich zu erklären, daß Anna bei ihrer Menschenkenntnis eine so unsympathische, so wenig respektabel aussehende Person für ihre Kleine hatte nehmen können. Außerdem merkte Darja Alexandrowna gleich nach den ersten Worten, daß Anna, die Amme, die Wärterin und das Kind sich nicht gut miteinander vertrugen, und daß der Besuch der Mutter im Kinderzimmer ein ungewohntes Ereignis sei. Anna wollte der Kleinen ein Spielzeug geben, konnte es aber nicht finden.

Das Merkwürdigste aber war, daß Anna auf die Frage, wie viele Zähne das Kind schon habe, eine unrichtige Antwort gab und von den beiden letzten Zähnen gar nichts wußte.

»Es ist für mich zuweilen ein drückendes Gefühl, daß ich hier gleichsam überflüssig bin«, sagte Anna, als sie das Kinderzimmer verließen, während sie ihre Schleppe aufraffte, um an dem an der Tür liegenden Spielzeug vorüberzukommen, »mit meinem ersten Kind war es anders.«

»Ich dachte, im Gegenteil«, versetzte Darja Alexandrowna schüchtern.

»O nein! Du weißt doch, ich habe ihn, Serjosha, gesehen«, sagte Anna, indem sie die Augen zusammenkniff, als erblicke sie etwas in weiter Ferne. »Übrigens, davon wollen wir später sprechen. Du glaubst es kaum, aber ich fühle mich wie eine Hungernde, der man plötzlich ein üppiges Mittagsmahl vorgesetzt hat und die nun nicht weiß, womit sie anfangen soll. Das üppige Mahl, das bist du und die Gespräche, die wir führen wollen, die ich sonst mit keinem Menschen führen kann; und ich weiß nicht, wovon ich zuerst anfangen soll mit dir zu sprechen. *Mais je ne vous ferai grâce de rien.* Ich fühle stets das Bedürfnis, mich auszusprechen. Ach ja, ich muß dir auch noch einen Begriff von der Gesellschaft geben, die du bei uns vorfinden wirst«, fuhr sie fort. »Ich fange mit den Damen an. Also die Prinzessin Warwara. Du kennst sie, und deine und Stiwas Meinung über sie ist mir bekannt. Stiwa sagt immer, ihr ganzer Lebenszweck bestehe darin, daß sie ihre Überlegenheit Tante Katjerina Pawlowna gegenüber beweisen solle. Aber sie hat ein gutes Herz, und ich bin ihr zu großem Dank verpflichtet. In Petersburg gab es eine Zeit, wo ich ›*un chaperon*‹ nötig hatte, und da kam sie mir sehr gelegen. Sie ist wirklich sehr gutherzig und hat mir meine Lage sehr erleichtert. Ich sehe, daß du die ganze Schwierigkeit meiner Lage nicht begreifst – dort, in Petersburg«, fügte sie hinzu. »Hier dagegen bin ich völlig ruhig und glücklich. Doch davon später, ich muß dir die Gesellschaft herzählen. Also zweitens: Swijaschskij, er ist Adelsmarschall und ein sehr anständiger Mensch, aber er will etwas von Alexej haben. Du begreifst, bei seinem Vermögen kann Alexej, jetzt, nachdem wir uns auf dem Lande niedergelassen haben, einen großen Einfluß ausüben. Ferner Tuschkewitsch – du hast ihn ja gesehen, er gehörte zu Betsys Kreis. Jetzt hat man ihn dort fallen lassen, und nun ist er zu uns gekommen. Er gehört, wie Alexej sagt, zu denjenigen Menschen, die sehr angenehm sind, wenn man sie so nimmt, wie sie gern erscheinen möchten, ›*et puis, il est comme il faut*‹, wie die Prinzessin Warwara zu sagen pflegt. Dann kommt Wjeßlowskij – den kennst du ja. Ein sehr netter junger Mann«, – sagte sie, wobei sich ihre Lippen zu einem schelmischen Lächeln verzogen. »Was ist denn das eigentlich für eine unglaubliche Geschichte, die ihm mit Ljewin passiert ist? Wjeßlowskij hat es Alexej erzählt, aber wir können es nicht glauben. *Il est très gentil et naïf!*« sagte sie wieder mit dem gleichen Lächeln. »Männer brauchen Abwechslung, und Alexej muß Menschen um sich sehen, und daher lege ich Wert auf diese ganze Gesellschaft. Es ist notwendig, daß es bei uns lebhaft und lustig zugehe, damit Alexej sich nicht nach etwas Neuem sehne. Dann wirst du unseren Verwalter kennenlernen. Er ist ein Deutscher und versteht seine Sache. Dann kommt der Arzt, ein junger Mann – nicht gerade ein richtiger Nihilist, aber weißt du, er ißt mit dem Messer – er ist jedoch ein sehr tüchtiger Arzt. Und dann der Architekt … … … *Une petite cour*.«

20

»Hier bringe ich Ihnen Dolly, Sie wollten sie ja so gern sehen, Prinzessin«, sagte Anna, als sie mit Darja Alexandrowna auf die große steinerne Terrasse hinaustrat, wo die Prinzessin Warwara im Schatten an einem Stickrahmen saß und an einem Sessel für den Grafen Alexej Kirillowitsch arbeitete. »Sie sagt zwar, sie wolle vor dem Diner nichts zu sich nehmen, aber lassen Sie bitte das Frühstück servieren, während ich Alexej suche und die ganze Gesellschaft zusammenbringe.«

Prinzessin Warwara bewillkommnete Dolly herzlich, aber zugleich mit einer gewissen Herablassung und begann ihr sogleich auseinanderzusetzen, daß sie darum ihren Aufenthalt bei Anna genommen habe, weil sie stets mit größerer Liebe an ihr gehangen habe als ihre Schwester Katjerina Pawlowna, die Schwester, von der Anna erzogen worden ist, und daß sie es jetzt, wo alle sich von ihr abgewandt hätten, für ihre Pflicht halte, ihr in diesem Übergangsstadium, dieser für sie schwierigsten Zeit, zur Seite zu stehen.

»Ihr Gatte wird in die Scheidung willigen, und dann begebe ich mich wieder in meine Einsamkeit zurück, jetzt aber kann ich nützlich sein und will meine Pflicht erfüllen, so schwer es mir auch fällt – ich mach' es nicht wie andere Leute. Und wie gut von dir, wie wohl du daran getan hast, zu kommen! Sie leben miteinander ganz genau wie die besten Ehegatten. Gott wird sie richten, nicht wir dürfen es. Überdies, Birjusowskij und die Awenjewa. – Und selbst Nikandrow und Wassiljew mit der Mamonowa und Lisa Njeptunowa – da hat doch wohl niemand etwas gesagt? Und am Ende hat sich alles so gestaltet, daß sie überall empfangen wurden. Und dann *c'est un intérieur si joli, si comme il faut. Tout à fait à l'anglaise. On se réunit le matin au breakfast et puis on se sépare.* Jeder treibt, was er will, bis zum Diner um 7 Uhr. Stiwa hat sehr wohl daran getan, daß er doch hergeschickt hat. Er muß sich an die beiden halten. Du weißt ja, daß er durch Vermittlung seiner Mutter und seines Bruders alles erreichen kann. Dann tun sie auch sehr viel Gutes. Hat er dir nicht von seinem Krankenhaus erzählt *Ce sera admirable* – es kommt alles aus Paris.«

Ihre Unterhaltung wurde durch Anna unterbrochen, sie hatte die Herren im Billardzimmer gefunden und war mit ihnen zusammen auf die Terrasse zurückgekehrt. Bis zum Diner hatte man noch viel Zeit vor sich, das Wetter war herrlich, und es wurden daher verschiedene Vorschläge gemacht, wie man die noch übrigen zwei Stunden verbringen wolle. In Wosdwitschenskoje konnte man sich die Zeit auf vielerlei Arten vertreiben, aber keine entsprach derjenigen, die man in Pokrowskoje gewohnt war.

»*Une partie de lawn-tennis*«, – schlug Wjeßlowskij mit seinem hübschen Lächeln vor. »Ich spiele wieder mit Ihnen, Anna Arkadjewna.«

»Nein, es ist zu heiß. Wir wollen lieber eine Kahnfahrt machen, damit Darja Alexandrowna unsere Ufer sieht.«

»Ich bin mit allem einverstanden«, sagte Swijaschskij.

»Ich denke, Dolly wird am liebsten ein wenig spazierengehen wollen, nicht, und dann vielleicht Kahn fahren?« meinte Anna.

In diesem Sinne wurde denn auch entschieden. Wjeßlowskij und Tuschkewitsch begaben sich nach dem Badehäuschen, wo sie den Kahn in Bereitschaft setzen und die übrige Gesellschaft erwarten wollten.

Man ging paarweise den Weg entlang, Anna mit Swijaschskij und Dolly mit Wronskij. Dolly fühlte sich in der ihr ganz ungewohnten Umgebung, in die sie hineingeraten war, einigermaßen verlegen und beklommen. In der Abstraktion, rein theoretisch genommen, hatte sie Annas Handlungsweise nicht nur gerechtfertigt gefunden, sondern sogar gebilligt. Wie es überhaupt nicht selten bei durchaus tugendhaften Frauen, die von der Einförmigkeit ihres sittenstrengen Lebenswandels ermüdet sind, der Fall ist, wußte sie eine sündhafte Liebe nicht nur zu entschuldigen, sondern fühlte sich einer solchen Leidenschaft gegenüber sogar von Neid ergriffen. Überdies liebte sie Anna von ganzem Herzen. Dennoch fühlte sich Darja Alexandrowna unbehaglich, als sie Anna nun in Wirklichkeit im Kreise aller dieser ihr so fremden Menschen mit dem ihnen eigentümlichen sogenannten guten Ton, der ihr so ungewohnt war, sah. Besonders peinlich war ihr die Gesellschaft der Prinzessin Warwara, die ihnen, um der Annehmlichkeiten willen, die sie bei ihnen genoß, alles verzieh.

Im allgemeinen, in der Theorie, billigte also Dolly Annas Handlungsweise, aber es war ihr unangenehm, denjenigen sehen zu müssen, um dessentwillen alles geschehen war. Außerdem hatte ihr Wronskij niemals recht gefallen. Sie hielt ihn für stolz, während sie doch nichts an ihm finden konnte, worauf er das Recht gehabt hätte stolz zu sein, es sei denn sein Reichtum. Dennoch imponierte er ihr gegen ihren Willen hier, in seinem Hause, noch mehr als vorher, und sie vermochte sich ihm gegenüber nicht ungezwungen zu benehmen. Sie hatte in seiner Gegenwart eine ähnliche Empfindung, wie sie sie wegen ihrer geflickten Nachtjacke vor der Kammerzofe überkommen hatte. Ebenso, wie sie sich wegen dieser Nachtjacke vor dieser nicht gerade geschämt, aber doch unbehaglich gefühlt hatte, so fühlte sie sich auch Wronskij gegenüber nicht so sehr von Scham, als vielmehr von Unbehagen ergriffen.

Dolly suchte in ihrer Verwirrung, die sie so sehr befangen machte, nach einem passenden Gesprächsstoff, und obgleich sie sich dessen bewußt war, daß ihm bei seinem Stolze jedes Lob über sein Haus und seinen Garten unangenehm sein müßte, sagte sie ihm, da sie kein anderes Gesprächsthema finden konnte, doch, daß sein Haus ihr außerordentlich gefallen habe.

»Ja, es ist ein sehr schönes Gebäude und im guten, alten Stil gebaut«, erwiderte er.

»Mir hat der Hof vor der Freitreppe sehr gut gefallen. War dies früher auch schon so?«

»O nein!« sagte er, und es leuchtete freudig in seinem Gesicht auf. »Hätten Sie den Hof nur in diesem Frühjahr gesehen!«

Und er begann, erst zurückhaltend, dann immer lebhafter und lebhafter ihre Aufmerksamkeit auf verschiedene Einzelheiten in der Verschönerung des Hauses und des Gartens hinzulenken. Man sah, daß Wronskij, nachdem er so viel Mühe auf die Verbesserung und Verschönerung seines Landsitzes verwandt hatte, das Bedürfnis fühlte, sich seiner Tätigkeit zu rühmen und daß er sich daher über Darja Alexandrownas Lob von Herzen freute.

»Wenn Sie Lust haben, das Krankenhaus zu besichtigen und nicht müde sind – es ist nicht weit von hier. Wir könnten vielleicht hingehen«, sagte er, indem er ihr ins Gesicht blickte, als wolle er sich überzeugen, daß sie sich in der Tat nicht langweile.

»Kommst du mit, Anna?« wandte er sich an diese.

»Wir gehen auch hin, nicht wahr?« fragte sie zu Swijaschskij gewendet. *Mais il ne faut pas laisser le pauvre Wjeßlowskij et Tuschkewitsch se morfondre là dans le bateau.* Man muß es ihnen sagen lassen.«

»Ja, damit setzt er sich hier ein Denkmal«, sprach Anna, zu Dolly gewendet, mit dem gleichen listigen und bedeutsamen Lächeln, mit dem sie vorher über das Krankenhaus gesprochen hatte.

»Oh, es ist eine kapitale Sache!« sagte Swijaschskij, fügte aber sogleich, um nicht den Anschein zu erwecken, als wolle er Wronskij nach dem Munde reden, eine abfällige Bemerkung hinzu.

»Es wundert mich nur, Graf, daß Sie, der Sie doch in gesundheitlicher Beziehung so viel für das Volk tun, sich den Schulen gegenüber so gleichgültig verhalten.«

»*C'est devenu tellement commun les écoles*«, erwiderte Wronskij. »Sie begreifen, nicht etwa deshalb, nur so, ich habe mich nun einmal dafür begeistert. – Also hier geht es zum Krankenhaus«, wandte er sich an Darja Alexandrowna, indem er auf einen aus der Allee führenden Seitenweg deutete.

Die Damen öffneten ihre Sonnenschirme und schlugen den Seitenweg ein. Nach einigen Biegungen des Weges traten sie zu einem Pförtchen hinaus, und Darja Alexandrowna sah auf einem höhergelegenen Platz ein großes, rotes, nahezu vollendetes Gebäude von komplizierter Bauart vor sich. Das noch nicht angestrichene Dach strahlte im blendenden Licht der Sonne. Neben dem fertigen Gebäude war ein zweites, das mit

Gerüsten umgeben war, im Bau begriffen. Auf den Gerüsten standen Arbeiter in Schürzen und legten Ziegelsteine, bewarfen sie aus ihren Eimern mit Mörtel und glichen die Fugen mit dem Richtscheit aus.

»Wie rasch die Arbeit bei Ihnen fortschreitet«, sagte Swijaschskij. »Als ich das letzte Mal hier war, fehlte noch das Dach.«

»Zum Herbst wird alles fertig sein. Im Innern ist fast alles schon hergerichtet«, sagte Anna.

»Und was ist denn das für ein neues Gebäude dort?«

»Das ist für den Arzt und für die Apotheke bestimmt«, erwiderte Wronskij und ging, nachdem er sich vor den Damen entschuldigt hatte, dem Baumeister entgegen, der in einem kurzen Überrock auf ihn zukam.

Er umging die Kalkgrube, aus der die Arbeiter Mörtel schöpften und blieb in eifrigem Gespräch mit dem Baumeister stehen.

»Der Giebel liegt immer noch zu niedrig«, erwiderte er Anna auf ihre Frage, um was es sich handle.

»Ich habe es immer gesagt, daß das Fundament erhöht werden müsse«, sagte Anna.

»Gewiß, selbstverständlich wäre dies besser gewesen, Anna Arkadjewna«, versetzte der Baumeister –, »aber das ist nun einmal versäumt worden.«

»Ja, ich interessiere mich sehr für die Sache«, antwortete Anna, als Swijaschskij ihr seine Verwunderung über ihre bautechnischen Kenntnisse ausdrückte. »Das neue Gebäude hätte ja eigentlich dem Krankenhaus entsprechend ausgeführt werden müssen, aber es ist erst nachträglich entstanden und ohne Bauplan begonnen worden.«

Nachdem Wronskij seine Besprechung mit dem Baumeister beendet hatte, gesellte er sich wieder zu den Damen und führte sie in das Innere des Krankenhauses.

Obgleich außen noch an den Giebeln gearbeitet und im unteren Stockwerk getüncht wurde, war im oberen schon fast alles fertig. Eine breite, gußeiserne Treppe führte auf einen Vorplatz, von wo aus die Gesellschaft in das erste große Zimmer gelangte. Die Wände waren mit marmorartigem Stuck bedeckt, und die großen, aus einem Stück gefertigten Fensterscheiben waren schon eingesetzt, nur der Parkettboden war noch nicht ganz fertig, und die Tischler, die an einem der Holzquadrate hobelten, hielten in der Arbeit inne, um die Stirnbänder, durch die ihr Haar festgehalten wurden, abzunehmen und die Herrschaft zu begrüßen.

»Dies hier ist das Empfangszimmer«, sagte Wronskij. »Hier kommt ein Pult, ein Tisch und ein Schrank hinein, sonst nichts.«

»Hierher, wir wollen hier durchgehen. Geh nicht ans Fenster«, – sagte Anna und probierte, ob der Anstrich schon trocken sei. »Alexej, die Farbe ist schon trocken«, fügte sie hinzu.

Aus dem Empfangszimmer traten sie in den Korridor. Hier zeigte ihnen Wronskij eine Ventilationsvorrichtung neuesten Systems, dann die Marmorwannen und Betten mit eigenartigen Sprungfedern. Hierauf zeigte er ihnen die Krankensäle, einen nach dem andern, die Vorratskammer, das Wäschezimmer, die Öfen neuester Konstruktion, Karren, die alles Nötige ohne das geringste Geräusch durch den Korridor befördern sollten, und noch viele andere Dinge. Swijaschskij, als Kenner aller neuesten Vervollkommnungen, gab über alles sein Urteil ab. Dolly war geradezu erstaunt über alle diese Dinge, die sie noch nie gesehen hatte, und fragte, in dem Bestreben, sich über alles zu unterrichten, Wronskij eingehend nach allem, worüber er sichtlich erfreut war.

»Ja, ich glaube, daß dies das einzige, allen Anforderungen wirklich genügende Krankenhaus in Rußland werden wird«, sagte Swijaschskij.

»Werden Sie keine Abteilung für Wöchnerinnen haben?« fragte Dolly. »Das ist solch eine Notwendigkeit auf dem Lande. Ich habe erst ….«

Trotz all seiner weltmännischen Höflichkeit fiel ihr Wronskij ins Wort.

»Das ist keine Gebäranstalt, sondern ein Krankenhaus, das für alle Krankheiten bestimmt ist«, – sagte er. »Aber sehen Sie sich einmal dies hier an ….«, fuhr er fort, indem er einen jüngst erst verschriebenen Sessel für Rekonvaleszenten zu

Darja Alexandrowna heranrollte. »Sehen Sie einmal«, und er setzte sich in den Sessel und begann ihn fortzubewegen. »Der Genesende vermag noch nicht zu gehen oder ist noch zu schwach oder er hat kranke Füße, während er doch frische Luft braucht, und so fährt er denn, rollt er sich selbst ins Freie.«

Darja Alexandrowna fand an allem Interesse, alles gefiel ihr ausnehmend, am meisten aber Wronskij selbst, mit seiner natürlichen, naiven Begeisterung. »Ja, er ist in der Tat ein lieber und guter Mensch«, dachte sie, ohne auf seine Worte zu hören, während sie ihn ansah und sich den Ausdruck seines Gesichts zu erklären suchte, und sich zugleich bemühte, sich in Annas Seele zu versenken. In seiner Begeisterung gefiel er ihr jetzt so sehr, daß sie begriff, wie Anna sich in ihn hatte verlieben können.

21

»Nein, ich denke, die Fürstin wird müde sein und hat auch wohl kein Interesse für Pferde«, erwiderte Wronskij auf Annas Vorschlag, die Zuchtställe zu besuchen, wo Swijaschskij einen neuen Hengst sehen wollte. »Geht ihr hin; ich will inzwischen die Fürstin nach Hause geleiten, und wir plaudern ein wenig miteinander – wenn es Ihnen angenehm ist«, fuhr er fort, indem er sich zu ihr wandte.

»Von Pferden verstehe ich nicht das geringste – es wird mich sehr freuen«, erwiderte Darja Alexandrowna einigermaßen verwundert.

Sie sah es Wronskij am Gesicht an, daß er etwas Besonderes von ihr wolle, und sie hatte sich in der Tat nicht geirrt. Kaum waren sie durch das Pförtchen wieder in den Garten getreten, da begann er, nachdem er sich durch einen Blick nach der Richtung, in der Anna gegangen war, vergewissert hatte, daß sie ihn weder sehen noch hören konnte:

»Sie haben es erraten, daß ich mit Ihnen sprechen wollte«, –

sagte er, indem er sie mit seinen lachenden Augen ansah. »Ich irre mich nicht in der Annahme, daß Sie für Anna die Gefühle wahrer Freundschaft hegen.« Er nahm seinen Hut ab, zog sein Taschentuch hervor und trocknete sich damit den Kopf, der schon anfing kahl zu werden.

Darja Alexandrowna erwiderte nichts und blickte nur erschreckt zu ihm auf. Nachdem sie mit ihm allein geblieben war, überkam sie plötzlich ein banges Gefühl: seine lachenden Augen, im Verein mit dem strengen Ausdruck seines Gesichts, flößten ihr Furcht ein.

Die verschiedenartigsten Vermutungen über das, was er ihr wohl zu sagen haben könne, fuhren ihr durch den Kopf: Er wird dich bitten wollen, mit den Kindern zu ihm zu ziehen, und ich werde gezwungen sein, es ihm abzuschlagen; oder ich soll vielleicht in Moskau für Anna einen gesellschaftlichen Verkehr anbahnen .... Oder will er vielleicht von Wjeßlowskij und seinen Beziehungen zu Anna mit ihr sprechen; oder am Ende gar von Kitty, daß er sich ihr gegenüber schuldig fühlt? Sie sah nur alles mögliche Unangenehme voraus, aber das, worüber er wirklich mit ihr sprechen wollte, erriet sie nicht.

»Sie haben einen solchen Einfluß auf Anna, sie ist Ihnen so von Herzen zugetan«, – sagte er –, »helfen Sie mir.«

Darja Alexandrowna blickte ihm schüchtern und fragend in das energische Gesicht, das bald ganz, bald nur teilweise im Schatten der Lindenbäume von den durchscheinenden Sonnenstrahlen beleuchtet wurde, um dann wieder vom Schatten verdunkelt zu werden, und wartete, was er weiter sagen würde. Aber er schritt, seinen Stock durch den Kies schleifend, schweigend neben ihr her.

»Wenn Sie, die einzige unter den früheren Freundinnen Annas, zu uns gekommen sind – die Prinzessin Warwara zähle ich nicht –, so fasse ich diesen Schritt so auf, daß Sie ihn nicht getan haben, weil Sie unsere Lage als eine normale auffassen, sondern weil Sie sie, obwohl Sie sich der ganzen Schwierigkeit dieser Lage bewußt sind, lieb haben und ihr beistehen wollen. Habe ich Sie richtig verstanden?« fragte er, indem er seine Blicke zu ihr wandte.

»O ja!« erwiderte Darja Alexandrowna, ihren Sonnenschirm schließend. »Aber ....«

»Nein«, – unterbrach er sie, indem er unwillkürlich, ohne daran zu denken, daß er sie dadurch in eine peinliche Situation brachte, stehenblieb, so daß sie gezwungen war, das gleiche zu tun. – »Niemand empfindet stärker und schmerzlicher als ich die ganze Schwere von Annas Lage, und dies werden Sie auch begreiflich finden, sofern Sie mir die Ehre erweisen, mich für einen Menschen von Herz zu halten. Ich bin schuld an dieser Lage, und daher fühle ich ihre ganze Schwere.«

»Ich verstehe«, sagte Darja Alexandrowna, die ihn unwillkürlich bewunderte, als er diese Worte mit solcher Aufrichtigkeit und Bestimmtheit sprach. »Aber eben weil Sie sich als die Ursache dieser Lage fühlen, übertreiben Sie, wie ich fürchte«, erwiderte sie. »Ich begreife wohl, daß Annas Stellung in der Gesellschaft eine schwierige ist.«

»In der Gesellschaft ist sie eine Hölle!« sagte er hastig, mit finster gerunzelten Brauen. »Man kann sich keine schlimmeren seelischen Qualen denken als die, die sie in Petersburg im Laufe von vierzehn Tagen zu erdulden gehabt hat. – Ich bitte Sie, mir dies zu glauben.«

»Ja, aber hier, solange weder Anna .... noch Sie das Bedürfnis empfinden, in der Gesellschaft zu verkehren ...«

»In der Gesellschaft!« versetzte er mit Verachtung –, »wie sollte ich nach der Gesellschaft ein Bedürfnis empfinden?«

»Bis dahin – und das wird vielleicht immer der Fall sein – werden Sie glücklich und ruhig sein. Ich sehe es an Anna, daß sie glücklich, vollkommen glücklich ist – sie hat auch schon Zeit gefunden, es mir selbst zu sagen«, fuhr Darja Alexandrowna lächelnd fort. Aber während sie dies sagte, stieg unwillkürlich ein Zweifel in ihr auf, ob Anna in der Tat glücklich sei.

Wronskij jedoch schien hieran nicht im geringsten zu zweifeln.

»Ja, ja«, sagte er. »Ich weiß, daß sie nach allen ihren Leiden aufgeatmet hat: sie ist glücklich, glücklich in der Gegenwart. Aber ich? Ich fürchte mich vor dem, was uns bevorsteht. – Verzeihen Sie, Sie möchten weitergehen?«

»Nein, wie Sie wollen.«

»Nun, dann nehmen wir hier etwas Platz.«

Darja Alexandrowna setzte sich auf die Gartenbank in der Ecke der Allee. Wronskij blieb vor ihr stehen.

»Ich sehe, daß sie glücklich ist«, – wiederholte er, und der Zweifel an Annas Glück beschlich Darja Alexandrowna bei diesen Worten noch stärker. – »Aber, kann es denn so weitergehen? Ob wir gut oder schlimm gehandelt haben, das ist eine andere Frage. Aber der Würfel ist gefallen«, – sagte er, aus der Muttersprache ins Französische übergehend –, »und wir sind für das ganze Leben miteinander verbunden. Wir sind mit den für uns heiligsten Banden der Liebe verknüpft. Wir haben ein Kind, es können uns noch mehr Kinder beschieden sein. Aber das Landesgesetz und alle Bedingungen unserer Lage sind derart, daß Tausende von Komplikationen daraus hervorgehen, die sie jetzt, wo sie nach allen Leiden und Prüfungen seelisch ausruht, nicht sieht und nicht sehen will. Das iust auch sehr begreiflich. Ich aber kann nicht umhin, die ganze Sachlage zu übersehen. Meine Tochter ist nach dem Gesetze nicht meine Tochter, sondern eine Karenina. Ich will diese Täuschung nicht!« sagte er mit einer energisch abwehrenden Handbewegung und blickte Darja Alexandrowna finster und fragend an.

Sie erwiderte nichts und sah nur zu ihm hin. Er fuhr fort:

»Morgen kann mir ein Sohn geboren werden, und er wird dem Gesetze nach ein – Karenin sein. Er wird weder der Erbe meines Namens noch meines Vermögens werden können, und wie glücklich wir auch in unserem Familienleben sein mögen, wieviel Kinder wir auch haben sollten, zwischen mir und ihnen wird kein Band bestehen. Sie werden alle als zu Karenins Familie gehörig gelten. Begreifen Sie nur die ganze Schwere und das Furchtbare meiner Lage! Ich habe versucht, mit Anna hierüber zu sprechen, aber es regt sie nur auf. Sie hat nicht das richtige Verständnis dafür und *ihr* gegenüber kann ich mich auch nicht völlig darüber aussprechen. Und nun betrachten Sie sich die Sache von einer anderen Seite. Ich bin glücklich, glücklich durch ihre Liebe, aber ich muß eine Beschäftigung haben. Ich habe diese Beschäftigung nun gefunden, ich bin stolz auf meine Tätigkeit und halte sie für edler als den Beruf meiner früheren Kameraden bei Hofe oder im Dienst. Und ich werde ohne Zweifel meine jetzige Tätigkeit mit der ihren niemals vertauschen. Ich arbeite hier, auf meiner eigenen Scholle, und fühle mich glücklich und zufrieden, und weiter brauchen wir nichts zu unserem Glück. Ich liebe meinen jetzigen Wirkungskreis. *Cela n'est pas un pis-aller*, im Gegenteil.«

Darja Alexandrowna bemerkte, daß er sich bei diesem Punkt seiner Auseinandersetzung verwirrte und begriff nicht recht die Abschweifung, die er gemacht hatte. Aber sie fühlte, daß er jetzt, nachdem er einmal begonnen hatte seine geheimsten Gedanken, die er Anna gegenüber verschweigen mußte, auszusprechen – das Bedürfnis empfand, ihr alles zu sagen, und daß die Frage seiner Tätigkeit auf dem Lande in dasselbe Gebiet seiner innersten Gedanken gehöre wie die Frage seiner Beziehungen zu Anna.

»Ich fahre also fort«, – sagte er, sich sammelnd. »Die Hauptsache besteht doch jedenfalls darin, daß ich bei der Ausübung meiner Tätigkeit auch die Überzeugung besitze, daß das, was ich geschaffen haben werde, nicht mit mir stirbt, daß meine Erben mein Werk fortführen werden. Das ist aber bei mir nicht der Fall. Versetzen Sie sich in die Lage eines Menschen, der von vornherein weiß, daß seine Kinder, die zugleich die Kinder der von ihm geliebten Frau sind, nicht ihm angehören sollen, sondern einem anderen, der sie haßt und von ihnen nichts wissen will. Das ist doch entsetzlich!«

Er verstummte, augenscheinlich in starker Erregung.

»Ja, selbstverständlich, ich begreife das sehr wohl. Aber was kann denn Anna dagegen tun?« fragte Darja Alexandrowna.

»Das bringt mich auf den eigentlichen Zweck meiner Auseinandersetzung«, sagte er, mühsam nach Fassung ringend. »Anna kann alles tun, das hängt nur von ihr ab. Schon zur Einreichung eines Gesuches an den Zaren wegen Adoption des Kindes, ist es erforderlich, daß vorher die Ehescheidung ausgesprochen sei. Die aber hängt von Anna ab. Ihr Gatte ist mit der Scheidung einverstanden – wenigstens damals hatte er die Sache schon fast geordnet. Und ich weiß, daß er auch jetzt nicht dagegen sein würde. Man müßte ihm nur darüber schreiben. Er hatte damals ausdrücklich zur Antwort gegeben, daß er die Scheidung nicht ablehnen würde, wenn sie den Wunsch dazu äußern sollte. Natürlich«, – fuhr er finster fort –, »ist dies eine von jenen pharisäischen Grausamkeiten, deren nur Leute ohne Herz fähig sind. Er weiß sehr wohl, mit welchen Qualen für sie jede Erinnerung an ihn verknüpft ist, und besteht, obwohl er weiß, wie schwer ihr dies fallen muß, darauf, daß sie an ihn schreibt. Ich begreife, welch eine Qual das für sie ist. Aber die Gründe, die dazu drängen, sind so gewichtig, daß es nötig ist *passer pardessus toutes ces finesses de sentiment. Il y va du bonheur et de l'existence d'Anne et de ses enfants.* Ich will nicht von mir sprechen, obwohl auch ich schwer, sehr schwer zu tragen habe«, – sagte er in einem Ton, als wolle er irgend jemand dafür strafen, daß er so schwer zu tragen habe. »Und so klammere ich mich denn ohne Erbarmen an Sie, Fürstin, als an meinen Rettungsanker. Helfen Sie mir, sie zu überreden, daß sie an ihn schreibt, um die Scheidung von ihm zu fordern.«

»Ja, selbstverständlich«, sagte Darja Alexandrowna nachdenklich, während sie sich lebhaft ihr letztes Zusammentreffen mit Alexej Alexandrowitsch vergegenwärtigte. »Ja, selbstverständlich«, wiederholte sie in entschiedenem Ton, als ihre Gedanken wieder zu Anna zurückkehrten.

»Bieten Sie Ihren Einfluß auf, um sie zu diesem Brief zu bestimmen. Ich will nicht und ich kann auch kaum mit ihr darüber reden.«

»Gut, ich will mit ihr sprechen. Aber wie kommt es eigentlich, daß sie selbst nicht daran denkt?« fragte Darja Alexandrowna, und bei diesen Worten fiel ihr plötzlich aus irgendeinem Grunde Annas neue, seltsame Gewohnheit ein, ihre Augen zuzukneifen. Und sie erinnerte sich daran, daß Anna namentlich dann die Augen zuzukneifen pflegte, wenn die Rede auf diese Frage kam, die ihr innerstes Leben berührte. »Es ist gerade, als wolle sie die Augen vor ihrem eigenen Leben zukneifen, um nicht alles deutlich sehen zu müssen«, dachte Dolly. »Bestimmt, ich werde in meinem und in ihrem

Interesse mit ihr sprechen«, gab Darja Alexandrowna zur Antwort, als er sie seiner Dankbarkeit versicherte.

Sie erhoben sich und schritten dem Hause zu.

22

Als Anna Dolly bereits daheim fand, sah sie ihr aufmerksam in die Augen, als wolle sie darin lesen, worüber sie mit Wronskij gesprochen habe; sie fragte aber nicht mit Worten danach.

»Ich glaube, es ist schon Essenszeit«, sagte sie. »Wir haben uns eigentlich noch gar nicht gesehen. Aber ich rechne auf den Abend. Jetzt muß ich mich umkleiden gehen, und ich denke, du auch. Wir sind ja in dem Neubau alle ganz schmutzig geworden.«

Dolly ging auf ihr Zimmer, sie war in einer eigentümlich komischen Lage. Umkleiden konnte sie sich nicht, denn sie hatte bereits ihr bestes Kleid angelegt; um aber ihren Vorbereitungen zur Mittagstafel in irgendeiner Weise Ausdruck zu geben, bat sie das Zimmermädchen, ihr das Kleid auszubürsten, wechselte Manschetten und Halsband und schmückte ihr Haar mit einem Spitzentuch.

»Das ist alles, was ich tun konnte«, sprach sie lächelnd zu Anna, die zum dritten Mal ihr Kleid gewechselt hatte und in einer wiederum äußerst einfachen Toilette in ihr Zimmer trat.

»Ja, wir sind hier sehr äußerlich geworden«, erwiderte sie, als wolle sie sich wegen ihrer Eleganz entschuldigen. »Alexej ist über deinen Besuch so sehr erfreut, wie es bei ihm überhaupt selten der Fall ist. Er ist tatsächlich in dich verliebt«, setzte sie hinzu. »Aber bist du nicht müde geworden?«

Vor der Mittagstafel war keine Zeit mehr, noch über irgend etwas zu sprechen. Als sie in den Salon traten, fanden sie schon die Prinzessin Warwara und die Herren in schwarzen

Gehröcken vor. Der Baumeister war im Frack. Wronskij stellte dem Gast den Doktor und den Verwalter vor. Mit dem Baumeister hatte er sie schon im Krankenhaus bekannt gemacht.

Der dicke Hausmeister mit seinem glänzenden, runden, glattrasierten Gesicht und der gestärkten weißen Krawatte meldete, daß das Essen serviert sei, und die Damen erhoben sich. Wronskij ersuchte Swijaschskij Anna Arkadjewna den Arm zu reichen, während er selbst Dolly führte. Wjeßlowskij bot der Prinzessin Warwara den Arm, bevor Tuschkewitsch Zeit gehabt hatte, dies zu tun, so daß der letztere sich dem Verwalter und dem Doktor zugesellte, die keine Dame zu Tisch zu führen hatten.

Das ganze Diner, das Speisezimmer, das Geschirr, die Bedienung, der Wein, die Speisen, alles entsprach nicht nur dem allgemeinen Charakter des im Hause neueingeführten Luxus, sondern erweckte in noch höherem Maße den Eindruck des Luxuriösen und Modernen. Darja Alexandrownas Aufmerksamkeit entging nichts von all dieser für sie befremdlichen Großartigkeit. Obgleich sie nichts von dem, was sie hier zu sehen bekam, in ihrem eigenen Hause zu verwerten hoffen konnte, – so unverhältnismäßig hoch stand dieser Luxus über dem Niveau ihrer gewohnten Lebenshaltung – suchte sie doch als Frau, die ein eigenes Hauswesen zu leiten hatte, in alle Einzelheiten einzudringen und legte sich selbst die Frage vor, wer dies alles so anordne und wie er das mache. Wassenjka Wjeßlowskij, ihr eigener Gatte, selbst Swijaschskij und manch anderer unter ihren Bekannten, hatten niemals darüber nachgedacht und glaubten aufs Wort, was jeder anständige Hausherr seine Gäste empfinden lassen möchte, daß nämlich alles, was bei ihm so tadellos eingerichtet sei, ihn, den Hausherrn, nicht die geringste Mühe gekostet habe, sondern sich gleichsam von selbst mache. Darja Alexandrowna aber wußte, daß von selbst nicht einmal der Frühstücksbrei für die Kinder auf den Tisch gezaubert werde und daß ein so komplizierter und vorzüglich funktionierender Haushalt der sorgfältigsten Aufmerksamkeit einer leitenden Persönlichkeit bedürfe. Und in der Tat erkannte sie an dem Blick, mit dem Alexej Kirillowitsch den Tisch überflog, an der

Art, wie er dem Hausmeister mit dem Kopf ein Zeichen gab und wie er Darja Alexandrowna fragte, ob sie Kräutersuppe oder Fleischbrühe wünsche – an alledem erkannte sie, daß alles der Umsicht und den Bemühungen des Hausherrn zu verdanken sei.

Annas Rolle als Hausfrau war nur auf die Führung der Unterhaltung beschränkt. Und diese für die Wirtin besonders schwierige Aufgabe an dieser nicht sehr großen Tafel, in Gegenwart von Gästen, die, wie der Verwalter und der Baumeister, einer ganz anderen Gesellschaftsklasse angehörten und sich Mühe gaben, ihre Verlegenheit angesichts dieses ihnen ungewohnten Luxus zu verbergen, und die nicht imstande waren, sich an der allgemeinen Konversation zu beteiligen – diese schwierige Aufgabe, die Unterhaltung unter diesen Umständen zu leiten, wußte Anna, wie Darja Alexandrowna bemerkte, mit ihrem gewohnten Taktgefühl, mit einer ungekünstelten Natürlichkeit, ja selbst mit dem Schein lebhaften Interesses zu lösen.

Die Unterhaltung begann mit einem Bericht über Tuschkewitschs einsame Kahnfahrt mit Wjeßlowskij, und hieran anknüpfend erzählte Tuschkewitsch von der letzten Regatta des Petersburger Jachtklubs. Anna aber benutzte sofort eine eintretende Pause und wandte sich an den Baumeister, um ihn gleichfalls ins Gespräch zu ziehen.

»Nikolaj Iwanytsch war überrascht zu sehen,« sagte sie in bezug auf Swijaschskij, »wie weit der Bau seit seinem letzten Besuch bei uns gediehen ist; aber ich selbst, die ich ihn doch täglich besuche, wundere mich jedesmal darüber, wie schnell es damit geht.«

»Mit Erlaucht ist gut arbeiten«, erwiderte der Baumeister lächelnd (er benahm sich im Gefühl seines eigenen Wertes stets mit ehrerbietiger und ruhiger Zurückhaltung). »Das ist etwas anderes, als wenn man's mit unseren Gouvernementsbehörden zu tun hat. Wo die ein ganzes Ries vollschreiben würden, brauche ich dem Herrn Grafen die Sache bloß vorzutragen, wir besprechen uns, und mit drei Worten ist alles abgemacht.«

»Ganz amerikanisch«, sagte Swijaschskij lächelnd.

»Jawohl, dort werden die Bauten in rationeller Weise betrieben ...«

Die Unterhaltung wandte sich den Mißbräuchen der Behörden in den Vereinigten Staaten zu, aber Anna schlug sofort ein anderes Thema an, um nun auch den Verwalter ins Gespräch zu ziehen.

»Hast du schon einmal Erntemaschinen gesehen?« wandte sie sich an Darja Alexandrowna. »Wir kamen gerade von ihrer Besichtigung, als wir dich trafen. Ich habe sie selbst zum ersten Mal gesehen.«

»Wie arbeiten sie denn?« fragte Dolly.

»Ganz wie eine Schere. Es ist ein Brett mit vielen kleinen Scheren. So ungefähr.«

Bei diesen Worten ergriff Anna mit ihren schönen, weißen, mit Ringen geschmückten Händen ein Messer und eine Gabel und begann die Einrichtung der Maschine zu demonstrieren. Es war ihr offenbar ganz klar, daß aus ihrer Erklärung niemand klug werden könne; aber da sie wußte, daß man ihr gerne zuhörte und daß ihre Hände schön seien, fuhr sie in ihrer Auseinandersetzung fort.

»Es sind eigentlich eher Federmesserchen«, warf Wjeßlowskij, der die ganze Zeit kein Auge von ihr gewandt hatte, in schäkerndem Ton dazwischen.

Anna lächelte kaum merklich, ohne ihm zu antworten. »Nicht wahr, Karl Fjodorowitsch, es sind lauter Scheren.«

»O ja«, erwiderte der Deutsche in seiner Muttersprache. »Es ist ein ganz einfaches Ding« – und er begann die Einrichtung der Maschine zu beschreiben.

»Schade, daß sie nicht auch die Garben bindet. Ich habe auf der Wiener Weltausstellung eine gesehen, die sie mit Draht band«, sagte Swijaschskij. »Diese wären noch vorteilhafter gewesen.«

»Es kommt drauf an ... Der Preis vom Draht muß ausgerechnet werden.« Und der Deutsche wandte sich, aus seinem Schweigen gerissen, zu Wronskij. »Das läßt sich ausrechnen, Erlaucht.« Er wollte schon in seine Tasche greifen, wo er einen Bleistift in seinem Notizbuch stecken hatte, in dem er alle seine Berechnungen einzeichnete, aber er besann sich, daß er an der Mittagstafel saß und gab seine Absicht auf, als er Wronskijs kühlen Blick bemerkte. »Zu kompliziert, macht zu viel *Chlopót** – schloß er.

»Wünscht man *Dochóts*** so hat man auch Chlopóts – sagte Wjeßlowskij, der sich über den Deutschen lustig machen wollte. »*J'adore l'allemand*«, wandte er sich wieder mit dem nämlichen Lächeln zu Anna.

»*Cessez*«, – sagte sie halb scherzhaft, halb ernst.

»Wir hatten gedacht, daß wir Sie auf dem Felde treffen würden, Wassilij Semjonytsch!« wandte sie sich an den Doktor, einen Mann von kränklichem Aussehen. »Waren Sie dort?«

»Ich war dort – habe mich aber verflüchtigt«, gab dieser halbmürrisch, halb scherzhaft zur Antwort.

»Sie haben sich demnach eine recht hübsche Motion gemacht?«

»Eine herrliche Motion.«

»Und wie steht es mit jener alten Frau? Ich hoffe, daß es kein Typhus ist!«

»Typhus ist es zwar nicht, aber es geht ihr nicht gerade zum besten.«

»Wie mir das leid tut!« sagte Anna und wandte sich nun, nachdem sie auf diese Weise gegen ihre Hausgenossen die Pflicht der Höflichkeit erfüllt hatte, wieder zu den Ihren.

»Es wäre aber doch nicht leicht, nach ihrer Erklärung die Maschine zu konstruieren, Anna Arkadjewna«, sagte Swijaschskij scherzend.

»Nein, weshalb nicht?« versetzte Anna mit einem Lächeln, das erkennen ließ, daß sie sehr wohl wisse, daß in ihrer Erklärung von der Konstruktion der Maschine ein gewisser Reiz gelegen habe, der Swijaschskij nicht entgangen sei. Dolly fühlte sich von diesem neuen Zug von Koketterie bei Anna unangenehm berührt.

»Dafür sind aber Anna Arkadjewnas Kenntnisse in der Architektur bewunderungswert«, sagte Tuschkewitsch.

---

* Chlopót = Schererei, Scherereien.
** Dochód = Einkommen, Einkünfte.

»Gewiß, ich habe gestern selbst Anna Arkadjewna von ›Richtscheit und Plinthen‹ sprechen hören«, bestätigte Wjeßlowskij. »Habe ich es richtig gesagt?«

»Das hat gar nichts Wunderbares an sich, wenn man so viel davon sieht und hört«, sagte Anna. »Und Sie wissen wohl nicht einmal, aus welchem Material Häuser gebaut werden?«

Darja Alexandrowna merkte sehr wohl, daß Anna mit dem tändelnden Ton unzufrieden war, der zwischen ihr und Wjeßlowskij herrschte, aber sie verfiel unwillkürlich immer wieder in diesen Ton.

Wronskij verhielt sich in diesem Punkt durchaus nicht so wie Ljewin. Er legte offenbar Wjeßlowskijs Geschwätz nicht die geringste Bedeutung bei, im Gegenteil, er ging selbst auf dieses Getändel ein.

»Ja wirklich, Wjeßlowskij, sagen Sie doch einmal, womit werden die Bausteine verbunden?«

»Selbstverständlich mit Zement.«

»Bravo! Aber was ist eigentlich Zement?«

»So eine Art von Brei – das heißt, nein, eine Art von Kitt«, sagte Wjeßlowskij, der durch seine Antwort ein allgemeines Gelächter hervorrief.

Mit Ausnahme des Doktors, des Baumeisters und des Verwalters, die alle in ein düsteres Schweigen versunken waren, stockte die Unterhaltung unter den Tischgenossen keinen Augenblick. Bald glitt sie leicht über alles hin, bald verweilte sie länger bei einem Thema oder berührte auch wohl ein ernsteres Interesse. Einmal wurde auch Darja Alexandrowna in ihren Gefühlen verletzt, und sie geriet dadurch in eine solche Hitze, daß sie sogar rot wurde und später darüber nachdachte, ob ihr nicht etwas Überflüssiges oder Verletzendes entfahren sei. Swijaschskij hatte die Rede auf Ljewin gebracht, indem er von dessen sonderbaren Ideen erzählte, denen zufolge die Einführung von Maschinenarbeit für die russische Landwirtschaft nur schädlich sei.

»Ich habe nicht das Vergnügen, diesen Herrn Ljewin zu kennen«, sagte Wronskij mit einem Lächeln –, »aber er wird wahrscheinlich die Maschinen, über die er aburteilt, niemals gesehen haben. Und wenn er auch eine gesehen und erprobt haben sollte, so hat er das wohl nur leichthin getan und voraussichtlich kein ausländisches, sondern ein russisches Fabrikat vor sich gehabt. Was für Ansichten kann er also darüber haben?«

»Wie überhaupt, türkische Ansichten«, sagte Wjeßlowskij mit einem Lächeln, zu Anna gewendet.

»Ich kann sein Urteil nicht vertreten«, sagte Darja Alexandrowna auffahrend, »aber ich kann nur das eine sagen, daß er ein sehr gebildeter Mensch ist, und wenn er hier anwesend wäre, sehr wohl wüßte, was er auf Ihre Einwürfe zu erwidern hätte. Ich aber bin dazu nicht imstande.«

»Ich habe ihn sehr gern, und wir sind sehr gute Freunde«, versetzte Swijaschskij mit gutmütigem Lächeln. »*Mais pardon, il est un petit peu toqué.* So behauptet er zum Beispiel, daß die Kreisverwaltungen und die Friedensgerichte überflüssig seien, und er will sich infolgedessen an nichts von alledem beteiligen.«

»Das ist unsere russische Indifferenz«, sagte Wronskij, indem er sich aus einer Eiskaraffe in ein feines langstieliges Glas Wasser eingoß, »man erkennt die Pflichten nicht an, die uns durch unsere Rechte auferlegt werden und verneint daher diese Pflichten.«

»Ich kenne keinen Menschen, der in der Erfüllung seiner Pflichten strenger wäre als er«, – versetzte Darja Alexandrowna, durch Wronskijs Ton der Überlegenheit gereizt.

»Ich denke anders«, fuhr Wronskij fort, dem dieses Thema aus irgendeinem Grund offenbar besonders am Herzen lag, »ich bin, im Gegenteil, so wie Sie mich hier sehen, äußerst erkenntlich dafür, daß man mir, dank Nikolaj Iwanytsch« – er deutete auf Swijaschskij hin – »die Ehre erwiesen hat, mich zum unbesoldeten Friedensrichter zu wählen. Ich bin der Ansicht, daß es meine Pflicht ist, an den Gemeindeversammlungen teilzunehmen, und daß es ebenso wichtig ist, den Rechtsanspruch eines Bauern wegen seines Pferdes zu prüfen, wie alles andere, was überhaupt zu tun in meiner Macht liegt. Und ich werde es als eine Ehre betrachten, wenn man mich in den Gemeinderat wählen sollte. Nur damit kann ich die Vorrechte ausgleichen, die ich als Grundbesitzer genieße.

Unglücklicherweise verkennt man die Bedeutung, die den Großgrundbesitzern im Lande zukommen sollte.«

Darja Alexandrowna fühlte sich seltsam berührt durch die ruhige Sicherheit, mit der er, im Bewußtsein seines Rechts, seine Überzeugungen am eigenen Tisch geltend machte. Sie dachte daran, wie auch Ljewin, der die entgegengesetzten Ansichten vertrat, an seinem eigenen Tisch auf seinem Standpunkte mit der gleichen Bestimmtheit zu beharren pflegte. Aber sie war Ljewin zugetan und war daher auf seiner Seite.

»Wir können also für die nächste Versammlung auf Sie rechnen, Graf?« fragte Swijaschskij. »Nur müssen Sie rechtzeitig hinkommen, damit Sie am achten des Monats dort sind. Wenn Sie mir die Ehre erweisen wollten, vorher zu mir zu kommen ...«

»Ich gestehe, daß ich mich einigermaßen der Ansicht deines *beau-frère* zuneige«, sagte Anna. »Nur denke ich nicht ganz so wie er«, fügte sie mit einem Lächeln hinzu. »Ich fürchte, daß in der letzten Zeit in bezug auf diese öffentlichen Pflichten allzu große Ansprüche an den einzelnen gestellt werden. Während es früher bei uns eine so große Anzahl von Beamten gab, daß jeder einzelnen Angelegenheit ein besonderer Beamter zugewiesen werden konnte, ist heute jedermann im Dienste des Gemeinwohls tätig. Alexej, der erst seit sechs Monaten hier lebt, vereinigt in seiner Person schon, ich glaube, fünf oder sechs öffentliche Ämter, sitzt im Vormundschaftsrat, ist Richter, Gemeinderat, Geschworener und hat auch irgend etwas mit dem Gestütwesen zu tun. *Du train que cela va*, wird das seine ganze Zeit in Anspruch nehmen. Und ich fürchte, daß bei dieser Überbürdung alles schließlich nur in bloßen Schein ausarten muß. Sie sind Inhaber von wie vielen Ämtern?« wandte sie sich an Swijaschskij. »Ich glaube von mehr als zwanzig.«

Anna sprach wie im Scherz, und doch war in ihrem Ton eine gewisse Gereiztheit erkennbar. Darja Alexandrowna, die Anna und Wronskij aufmerksam beobachtete, bemerkte dies sofort. Sie sah auch, daß Wronskijs Miene während dieser Unterhaltung sogleich einen ernsten und trotzigen Ausdruck annahm. Diese Wahrnehmung und auch der Umstand, daß die Prinzessin Warwara, um dem Gespräch eine andere Richtung zu geben, mit einer gewissen Hast die Rede auf ihre gemeinsamen Petersburger Bekannten zu bringen suchte, und endlich auch die Erinnerung daran, wie Wronskij vorhin im Garten so völlig unvermittelt über seinen jetzigen Wirkungskreis zu sprechen angefangen hatte, alles dies brachte Darja auf den Gedanken, daß mit diesem Thema über die öffentliche Tätigkeit eine Art geheimen Zwistes zwischen Anna und Wronskij verknüpft sein müsse.

Das Essen, die Weine, die Bedienung waren ausgezeichnet, aber alles dies hatte einen Anstrich, der Darja Alexandrowna an die großen Diners und Bälle erinnerte, die sie schon lange nicht mehr gewohnt war, den Anstrich des Unpersönlichen und Steifen. Und daher machte alles dies, an einem gewöhnlichen Tage und in einem kleinen Kreise, auf sie einen unangenehmen Eindruck.

Nach dem Essen saß man eine Weile auf der Terrasse. Dann begann man Lawn Tennis zu spielen. Die Spielenden teilten sich in zwei Parteien und stellten sich auf den sorgfältig geebneten und festgestampften *croquet-ground* zu beiden Seiten des zwischen den vergoldeten Pfosten ausgespannten Netzes auf. Darja Alexandrowna versuchte es, mitzuspielen, aber sie konnte lange Zeit das Spiel nicht begreifen, und als sie es endlich erfaßt hatte, war sie so ermüdet, daß sie sich zur Prinzessin Warwara setzte und den anderen zuschaute. Ihr Partner Tuschkewitsch hatte die Sache gleichfalls aufgegeben, die übrigen aber setzten das Spiel noch lange fort. Swijaschskij und Wronskij spielten beide sehr gut und mit großem Eifer. Sie verfolgten mit gespannten Blicken den zugeworfenen Ball, liefen ohne Übereilung und unnützes Zaudern geschickt an ihn heran, paßten den Moment ab, bis er wieder in die Höhe schnellte, und sandten ihn dann zielbewußt und sicher über das Netz hinüber. Wjesslowskij spielte schlechter als die übrigen. Er war zu hitzig, aber mit seiner Lustigkeit wirkte er anregend auf die Mitspielenden. Er lachte und schrie unaufhörlich. Wie die übrigen Herren hatte auch er mit Erlaubnis der Damen seinen Rock ausgezogen, und seine volle, schöne Erscheinung, in den weißen Hemdärmeln, mit dem roten schweißbedeckten Gesicht und seinen raschen Bewegungen, prägte sich förmlich dem Gedächtnis ein.

Als Darja Alexandrowna sich an diesem Abend zur Ruhe gelegt hatte, sah sie, sobald sie die Augen schloß, Wassenjka Wjeßlowskij vor sich, wie er auf dem *croquet-ground* umhersprang.

Während des Spiels war Darja Alexandrownas Stimmung jedoch keine heitere. Ihr mißfielen die auch hier zwischen Wjeßlowskij und Anna fortgesetzten Tändeleien sowie auch die Unnatürlichkeit, die allen Erwachsenen anhaftet, wenn sie sich ohne Kindergesellschaft an einem Kinderspiel belustigen. Um aber den übrigen die Stimmung nicht zu verderben und sich auf irgendeine Weise die Zeit zu vertreiben, nahm sie, nachdem sie sich ausgeruht hatte, wieder am Spiel teil und gab sich den Anschein, als fände sie es sehr amüsant. Den ganzen Tag hatte sie die Empfindung, als spiele sie mit besseren Schauspielern, als sie selbst es sei, Theater, und als verderbe ihr schlechtes Spiel die ganze Aufführung.

Sie war mit der Absicht gekommen, zwei Tage zu bleiben, wenn es ihr hier gefiele. Aber gleich am ersten Abend, während des Spiels, beschloß sie, morgen wieder zurückzufahren. Jene quälenden mütterlichen Sorgen, die ihr während ihrer Fahrt so verhaßt erschienen waren, sah sie jetzt, nachdem sie drei Tage lang von ihnen befreit gewesen war, in einem ganz anderen Licht, und es zog sie zu ihnen hin.

Als Darja Alexandrowna nach dem Abendtee und einer nächtlichen Kahnfahrt allein in ihr Zimmer trat, ihr Kleid ablegte und sich setzte, um ihr spärliches Haar für die Nacht in Ordnung zu bringen, fühlte sie eine große Erleichterung.

Der Gedanke, daß Anna gleich zu ihr kommen würde, war ihr sogar unangenehm. Sie wäre mit ihren Gedanken jetzt so gern allein geblieben.

23

Dolly wollte gerade zu Bett gehen, als Anna in Nachttoilette bei ihr eintrat.

Im Laufe des ganzen Tages hatte Anna mehrmals von ihren intimen Angelegenheiten zu sprechen begonnen, aber jedesmal war sie nach den ersten Worten wieder verstummt. »Später, wenn wir allein sind, sprechen wir über alles. Ich habe dir ja so viel zu sagen.«

Jetzt waren sie allein, aber Anna wußte nicht, wovon sie sprechen sollte. Sie saß am Fenster und blickte auf Dolly, während sie in ihrer Erinnerung ihre geheimsten Gedanken, deren Vorrat ihr so unerschöpflich erschienen war, zu durchwühlen suchte, aber sie konnte nichts finden. Es schien ihr in diesem Augenblick, als habe sie alles schon gesagt.

»Nun, was macht eigentlich Kitty?« fragte sie mit einem schweren Seufzer und sah Dolly wie schuldbewußt an. »Sage mir die Wahrheit, Dolly, ist sie mir wirklich nicht böse?«

»Böse? Nein!« erwiderte Darja Alexandrowna lächelnd.

»Aber sie haßt, sie verachtet mich?«

»O nein! Aber du weißt – dergleichen verzeiht man nicht!«

»Ja, ja«, sagte Anna, indem sie ihr Gesicht abwandte und durch das offene Fenster blickte. »Aber es war nicht meine Schuld. Und wer ist eigentlich schuld? Was heißt überhaupt schuldig sein? Konnte es denn anders sein? Sage, wie denkst du darüber? Wäre es zum Beispiel möglich gewesen, daß du nicht Stiwas Frau geworden wärest?«

»Ich weiß es wirklich nicht. Aber nun antworte du mir auf etwas, was ich dich fragen will.«

»Ja, ja, aber wir sind mit Kitty noch nicht fertig. Ist sie glücklich? Er ist, wie man sagt, ein vortrefflicher Mensch.«

»Das ist zu wenig gesagt: vortrefflich. Ich kenne keinen besseren.«

»Ach, wie mich das freut! Das freut mich ganz außerordentlich. Es ist zu wenig gesagt, daß er ein vortrefflicher Mensch ist«, wiederholte sie. Dolly lächelte.

»Aber nun sprich mir von dir selbst. Ich habe mit dir ein

langes Gespräch vor. Ich habe auch schon mit –« Dolly, wußte nicht, wie sie ihn nennen sollte. Es war ihr unangenehm, ihn den Grafen oder Alexej Kirillowitsch zu nennen.

»Mit Alexej«, ergänzte Anna, »ich weiß, was ihr miteinander gesprochen habt. Aber ich wollte dich direkt fragen, was du von mir und meinem jetzigen Leben denkst.«

»Wie kann ich das so plötzlich sagen? Ich weiß es wirklich nicht.«

»Nein, du mußt es mir doch sagen ... Du kennst jetzt mein Leben aus eigener Anschauung. Aber du darfst auch nicht vergessen, daß du uns hier im Sommer siehst, zu einer Zeit, wo du uns deinen Besuch geschenkt hast, und daß wir nicht allein sind ... Als wir aber zu Beginn des Frühjahrs hierher kamen, da haben wir ein ganz einsames Leben geführt, und wir werden hier einsam weiter leben; etwas Besseres wünsche ich mir gar nicht. Stelle dir jedoch vor, daß ich allein ohne ihn, ganz allein hier sein werde, und das wird geschehen ... Ich sehe es an allem, daß sich dies oft wiederholen wird, daß er die Hälfte seiner Zeit außerhalb des Hauses zubringen wird«, sagte sie, indem sie sich von ihrem Sitz erhob und sich näher zu Dolly setzte. »Natürlich«, fiel sie Dolly ins Wort, die ihr etwas entgegnen wollte, »natürlich werde ich ihn nicht mit Gewalt zurückhalten. Ich halte ihn auch jetzt nicht. Nächstens sind die Rennen. Seine Pferde sind angesagt, und er fährt hin. Ich freue mich sehr darüber. Denke aber anderseits auch wieder an mich, stelle dir meine Lage vor ... Ach, was hat es für einen Sinn, davon zu sprechen!« Sie lächelte bei diesen Worten. »Worüber hat er denn mit dir gesprochen?«

»Er sprach von dem, wovon ich selbst mit dir sprechen wollte, und es fällt mir nicht schwer, sein Anwalt zu sein; davon nämlich, ob es nicht möglich sei, ob es sich nicht einrichten ließe ...« bei diesen Worten stockte Darja Alexandrowna – »deine Lage zu ändern, zu verbessern ... Du kennst meine Ansichten ... Aber dennoch mußt du ihn, wenn es möglich ist, heiraten ...«

»Das heißt, ich muß meine Ehe scheiden lassen«, sagte Anna. »Weißt du, daß die einzige Frau, die mich in Petersburg aufgesucht hat, Betsy Twerskaja war? Du kennst sie doch wohl? *Au fond c'est la femme la plus dépravée qui existe.* Sie hat ein Verhältnis mit Tuschkewitsch gehabt und hat ihren Mann in der schmählichsten Weise hintergangen. Und sie hat mir erklärt, sie wolle nichts von mir wissen, solange meine Stellung nicht geregelt sei ... Du mußt nicht etwa glauben, daß ich dich mit ihr auf eine Linie stelle ... Ich kenne dich ja, mein Herz, aber ich habe ganz unwillkürlich daran denken müssen ... Also, was hat dir Alexej gesagt?«

»Er hat gesagt, er leide um deinetwillen und um seiner selbst willen. Vielleicht wirst du mir einwenden, das sei selbstsüchtig gedacht, aber es ist eine so berechtigte und edle Selbstsucht. Er wünscht vor allen Dingen, seine Tochter zu adoptieren und dein Gatte zu sein, er will auf dich ein gesetzliches Recht haben.«

»Welche Frau, welche Sklavin kann bis zu einem solchen Grad der Sklaverei herabgesunken sein, wie es bei mir, in meiner Lage der Fall ist?« unterbrach sie Anna mit Bitterkeit.

»Was er aber vor allem wünscht ... er will, daß du aufhörst zu leiden.«

»Das ist unmöglich! Und weiter?«

»Weiter hat er den gerechten Wunsch – daß eure Kinder einen Namen haben.«

»Welche Kinder denn?« – fragte Anna, ohne Dolly anzusehen und die Augen zukneifend.

»Annie und eure zukünftigen Kinder.«

»Darüber kann er völlig beruhigt sein – ich werde keine Kinder mehr bekommen.«

»Wie kannst du das voraussagen?«

»Ich werde keine mehr bekommen, weil ich nicht will.«

Trotz ihrer Erregung lächelte Anna, als sie den naiven Ausdruck der Neugier, der Verwunderung und des Entsetzens bemerkte, der sich bei diesen Worten in Dollys Zügen malte.

»Der Arzt hat mir gesagt, daß ich nach meiner Krankheit ...«

»Das kann nicht sein!« rief Dolly, die Augen weit aufreißend. Für sie war dies eine von jenen Offenbarungen, die so ungeheuerliche Ergebnisse und Schlußfolgerungen nach sich ziehen, daß man im ersten Moment nur die Empfindung hat, man könne die Tragweite dieser Entdeckung nicht erfassen, werde aber noch viel und lange darüber nachzudenken haben.

Diese Offenbarung, durch die ihr mit einem Mal das für sie bisher unverständliche Geheimnis jener Familien enthüllt wurde, in denen nur ein oder zwei Kinder vorhanden waren, erweckte in ihr eine solche Fülle von Gedanken, Erwägungen und einander widerstreitenden Empfindungen, daß sie kein Wort hervorzubringen vermochte und Anna nur mit weit geöffneten Augen verwundert anschaute. Das war es ja, wovon sie geträumt hatte, und doch wurde sie, als sie erfuhr, daß es in den Bereich der Möglichkeit gehöre, von Entsetzen erfaßt. Sie fühlte, daß dies eine allzu einfache Lösung dieser allzu verwickelten Frage sei.

»*N'est ce pas immoral?*« brachte sie nur, nachdem sie eine Weile stumm dagesessen hatte, hervor.

»Wieso denn? Bedenke doch, ich habe nur die Wahl zwischen zwei Dingen: entweder schwanger, das heißt krank, oder die Freundin, die Gefährtin meines Mannes zu sein – der doch immer mein Gatte bleibt –«, sagte Anna in geflissentlich oberflächlichem und leichtfertigem Tone.

»Gewiß, gewiß«, erwiderte Darja Alexandrowna, die beim Anhören der gleichen Argumente, die sie sich selbst schon angeführt hatte, in ihnen nicht mehr die frühere Beweiskraft zu finden vermochte.

»Für dich, für andere«, – fuhr Anna, gleichsam als errate sie ihre Gedanken, fort –, »kann es noch einen Zweifel geben, für mich aber ... Begreife doch, ich bin nicht seine Gattin, er liebt mich so lange, als er mich eben liebt. Und dann, womit soll ich dann seine Liebe wach erhalten. Vielleicht damit?«

Und bei diesen Worten streckte sie ihre weißen Arme vor ihren Leib.

In Darja Alexandrownas Geiste drängte sich, wie es in Augenblicken der Erregung vorkommt, eine Fülle von Gedanken und Erinnerungen mit unglaublicher Geschwindigkeit zusammen. Ich habe, dachte sie, Stiwa niemals an mich zu fesseln gesucht. Er hat mich um anderer willen verlassen, und die erste, der zuliebe er mir untreu wurde, vermochte ihn dadurch, daß sie immer schön und fröhlich war, nicht festzuhalten. Er wandte sich dennoch von ihr ab und nahm eine andere. Und sollte denn Anna wirklich durch dieselben Mittel den Grafen Wronskij an sich fesseln und dauernd festhalten können? Wenn er das sucht, so wird er noch schönere Toiletten und noch verlockendere und kurzweiligere Frauen zu finden wissen. Ihre entblößten Arme mögen noch so weiß und schön sein, ihr üppiger Körper, ihr von dem schwarzen Haar umrahmtes, erglühendes Gesicht mögen noch so berückend erscheinen, er wird immer noch ein schöneres Weib finden können, wie es mein widerwärtiger, bedauernswerter und doch geliebter Mann tut, der stets sucht und findet.

Dolly antwortete nicht und seufzte nur auf. Anna bemerkte diesen Seufzer, aus dem sie einen Widerspruch herauslas und fuhr fort. Sie hatte noch Beweisgründe von solcher Stärke vorrätig, daß ihr jeder Einwand unmöglich schien.

»Du sagst, das sei nicht gut? Aber man muß sich die Sache klar machen. Du vergißt, in welch einer Situation ich mich befinde. Wie kann ich mir Kinder wünschen? Ich spreche nicht von den damit verknüpften Leiden, die fürchte ich nicht. Aber bedenke, was meine Kinder sein würden; unglückliche Wesen, die einen fremden Namen tragen müßten. Schon durch ihre Geburt allein würden sie gezwungen sein, sich ihrer Mutter, ihres Vaters, ihrer Herkunft zu schämen.«

»Ja, aber eben aus diesem Grunde ist die Scheidung notwendig.«

Doch Anna achtete nicht mehr auf das, was sie sprach. Es drängte sie, alle die Beweisgründe vorzubringen, durch die sie sich selbst schon so oft zu überzeugen gewußt hatte.

»Wozu ist mir denn meine Vernunft verliehen worden, wenn ich sie nicht dazu benutzen wollte, um mich davor zu hüten, unglückliche Wesen in die Welt zu setzen.«

Sie blickte Dolly an, aber ohne eine Antwort abzuwarten, fuhr sie fort:

»Ich würde mich mein ganzes Leben vor diesen unglücklichen Kindern schuldig fühlen«, sagte sie. »Solange sie nicht auf der Welt sind, können sie wenigstens nicht unglücklich sein, wenn sie aber unglücklich sind, so bin ich allein daran schuld.«

Das waren die nämlichen Beweisgründe, die Darja Alexandrowna sich selbst schon vorgebracht hatte, jetzt aber hörte sie sie, ohne sie zu verstehen. Wie kann man denn vor Wesen, die nicht existieren, schuldig sein? dachte sie. Und mit einem Mal kam ihr der Gedanke, ob es für ihren Lieblingssohn unter irgend welchen Umständen würde besser sein können, wenn er nicht auf der Welt wäre. Diese Frage erschien ihr jedoch so ungeheuerlich, so unfaßbar, daß sie nur mit dem Kopf schüttelte, als wolle sie dieses Gewirr der ihr Hirn durchkreuzenden, wahnsinnigen Gedanken verscheuchen.

»Nein, ich weiß nicht, aber das ist nicht gut«, sagte sie mit einem Ausdruck des Abscheus im Gesicht.

»Ja, aber du darfst nicht vergessen, wer ich und wer du bist ... Und außerdem«, – setzte Anna hinzu, als ob sie trotz der Fülle ihrer Argumente und der Armut von Dollys Gegengründen gleichsam zugeben müsse, daß dies nicht gut sei –, »vergiß die Hauptsache nicht, nämlich, daß ich mich nicht in derselben Lage befinde wie du. Bei dir handelt es sich darum, ob du keine Kinder mehr haben willst, bei mir jedoch, ob ich welche zu haben wünsche. Darin liegt aber ein großer Unterschied. Du begreifst, daß ich dies in meiner Lage nicht wünschen kann.«

Darja Alexandrowna gab keine Antwort. Sie hatte plötzlich die Empfindung, daß sie schon durch eine so weite Kluft von Anna getrennt sei, daß es zwischen ihnen Fragen gäbe, in denen sie niemals miteinander würden übereinstimmen können und daß es besser sei, von ihnen gar nicht zu sprechen.

24

»Um so mehr mußt du danach streben, deine Lage zu verbessern, wenn es möglich ist«, sagte Dolly.

»Ja, wenn es möglich ist«, wiederholte Anna, jetzt plötzlich in einem ganz veränderten leisen und traurigen Tone.

»Ist denn die Scheidung unmöglich? Man hat mir doch gesagt, daß dein Gatte damit einverstanden sei?«

»Dolly, ich möchte nicht davon sprechen.«

»Gut, dann wollen wir es lassen«, beeilte sich Darja Alexandrowna zu sagen, als sie den Ausdruck des Leidens auf Annas Antlitz bemerkte. Ich glaube aber, daß du zu schwarz siehst.«

»Ich? Keineswegs. Ich bin sehr lustig und zufrieden. Du hast ja gesehen, *je fais des passions* – Wjeßlowskij ...«

»Ja, wenn ich aufrichtig sein soll, hat mir Wjeßlowskijs Ton nicht gefallen«, sagte Darja Alexandrowna, die dem Gespräch eine andere Wendung geben wollte.

»Ach, gar nicht! Das kitzelt Alexej nur und weiter nichts; er ist ja noch ein Knabe und ganz in meinen Händen. Weißt du, ich lenke ihn, wie es mir gerade gefällt. Ich behandle ihn ebenso wie zum Beispiel deinen Grischa ... – Dolly!« – sagte sie plötzlich das Thema ändernd –, »du sagtest eben, ich sehe zu schwarz. Aber du kannst das nicht verstehen, es ist zu entsetzlich. Ich gebe mir Mühe, gar nichts von alledem zu sehen.«

»Aber ich meine, du solltest sehen. Du solltest alles tun, was möglich ist.«

»Aber was ist denn möglich? Nichts. Du sagst, ich müsse Alexejs Frau werden und meinst, daß ich mir keine Gedanken darüber mache. Ich mache mir keine Gedanken!« – wiederholte sie, und ihre Wangen röteten sich. Sie erhob sich von ihrem Sitz, warf sich in die Brust, seufzte tief auf und begann mit ihrem leichten Schritt im Zimmer auf und ab zu gehen, indem sie von Zeit zu Zeit stehenblieb. »Ich mache mir keine Gedanken? Es vergeht kein Tag und keine Stunde, ohne daß ich daran dächte und mir nicht selbst Vorwürfe darüber machte, daß ich daran denke ... Denn diese Gedanken können mich bis zum Wahnsinn bringen – bis zum Wahnsinn bringen«, wiederholte sie. »Wenn ich daran denke, kann ich nicht mehr ohne Morphium einschlafen. Nun gut, wir wollen jetzt einmal in aller Ruhe darüber sprechen. Man sagt mir also – die Ehescheidung ist notwendig. Erstens wird er nicht darein willigen. Er steht jetzt unter dem Einfluß der Gräfin Lydia Iwanowna.«

Darja Alexandrowna saß aufrecht auf ihrem Stuhl und folgte mit ihren Blicken, indem sie den Kopf hin- und herwandte, teilnahmsvoll der auf und ab schreitenden Anna.

»Du mußt es versuchen«, sagte sie leise.

»Gut, nehmen wir an, ich versuche es. Was aber heißt das?« fragte sie. Offenbar drückte sie durch diese Frage einen Gedanken aus, den sie schon tausendmal überdacht und auswendig gelernt hatte. »Das heißt, daß ich, die ihn haßt und sich zugleich vor ihm schuldig bekennt und die ihn noch dazu für großmütig hält – mich dazu erniedrigen soll, an ihn zu schreiben ... Nun, nehmen wir an, ich bezwinge mein Gefühl und tue diesen Schritt. Ich erhalte dann entweder eine beleidigende Antwort oder seine Einwilligung. Also gut, ich habe seine Einwilligung ...« Anna befand sich in diesem Augenblick in der hintersten Ecke des Zimmers und machte sich mit dem Fenstervorhang zu schaffen. »Ich erhalte also seine Einwilligung, aber mein ... Sohn? Den werden sie mir ja nicht geben. Er wird, voller Verachtung für mich, bei seinem Vater aufwachsen, den ich verlassen habe. Begreife doch nur, daß ich zwei Menschen, Serjosha und Alexej, ich glaube, mit gleicher Stärke liebe und jedenfalls beide mehr als mich selbst.«

Sie trat bis in die Mitte des Zimmers, wo sie, die Hände an die Brust gedrückt, vor Dolly stehen blieb. In dem weißen Nachtkleid erschien ihre Gestalt besonders groß und mächtig. Sie hatte den Kopf gesenkt und blickte mit ihren tränenschimmernden Augen von unten her auf die kleine, magere, in ihrer gestickten Nachtjacke und im Nachthäubchen kläglich aussehende, vor Erregung am ganzen Körper zitternde Dolly.

»Nur diese beiden Wesen liebe ich, und das eine von ihnen

schließt das andere aus. Ich kann sie beide nicht vereinigen, und das allein ist es doch gerade, was ich brauche. Und wenn ich das nicht vermag, so ist mir alles andere gleichgültig, alles, alles ist mir gleichgültig. Ich weiß nicht, wie das enden soll, und darum kann und mag ich nicht davon sprechen. Und so tadle mich denn nicht und verdamme mich nicht. Du kannst in deiner Seelenreinheit nicht alles verstehen, was mich zermartert.«

Sie trat an Dolly heran, setzte sich neben sie, ergriff ihre Hand und sah ihr mit schuldbewußtem Ausdruck ins Gesicht.

»Was denkst du, was denkst du von mir? Verachte du mich nicht. Ich verdiene keine Verachtung. Ich bin nichts als unglücklich. Wenn jemand unglücklich ist, so bin ich es« – stieß sie hervor, dann wandte sie sich von ihr ab und brach in Tränen aus.

Als Dolly wieder allein war, sprach sie ihr Gebet und legte sich zur Ruhe. Während der ganzen Dauer ihres Gespräches mit Anna hatte ihr diese von Herzen leid getan; jetzt aber vermochte sie es nicht mehr, sich mit ihr in Gedanken zu beschäftigen. Die Erinnerung an ihr Heim und vor allem an ihre Kinder wurde in ihrem Geiste wach und erschien ihr in ihrer Einbildung von einem neuen, ganz besonderen Zauber, von einem ganz besonderen Lichtglanz umflossen. Diese, ihre Welt, erschien ihr jetzt so teuer und herrlich, daß sie ihr um keinen Preis auch nur noch einen Tag länger fernbleiben wollte und morgen auf alle Fälle zurückzufahren beschloß.

Anna war mittlerweile in ihr Boudoir zurückgekehrt, wo sie ein kleines Gläschen zur Hand nahm, in das sie einige Tropfen eines Medikamentes träufelte, dessen Hauptbestandteil Morphium war. Nachdem sie es geleert hatte, blieb sie eine Weile unbeweglich sitzen und begab sich dann in beruhigter und heiterer Stimmung ins Schlafzimmer hinüber.

Als sie eintrat, blickte Wronskij sie forschend an. Er suchte in ihren Zügen den Eindruck des Gesprächs zu lesen, das sie, wie er aus ihrem langen Verweilen in Dollys Zimmer schloß, mit dieser gehabt haben mußte. Aber in ihrem Gesicht vermochte er außer dem Ausdruck einer verhaltenen Erregung und einer gewissen Heimlichkeit nichts zu finden, als ihre ihm so vertraute, aber ihn immer noch fesselnde Schönheit sowie das Bewußtsein dieser Schönheit und den Wunsch, durch sie auf ihn zu wirken. Er wollte nicht danach fragen, wovon sie gesprochen hatten, aber er hoffte, daß sie selbst davon anfangen würde. Sie sagte jedoch nur:

»Es freut mich, daß Dolly dir gefallen hat. Ist es nicht so?«

»Ich kenne sie ja schon lange. Sie hat, wie ich glaube, ein sehr gutes Herz, *mais excessivement terre-à-terre*. Jedenfalls habe ich mich sehr über ihren Besuch gefreut.«

Er nahm Anna bei der Hand und sah ihr dabei fragend in die Augen.

Sie deutete jedoch seinen Blick in anderer Weise und lächelte ihm zu.

Am andern Morgen rüstete sich Darja Alexandrowna trotz der Bitten ihrer Gastgeber zur Abreise. Ljewins Kutscher, in seinem nicht mehr ganz neuen Kaftan und seinem nicht ganz kutschermäßigen Hut, fuhr mit dem an den Kotschirmen geflickten Wagen mürrisch, aber mit einer gewissen Entschiedenheit an die gedeckte und mit Sand bestreute Einfahrt heran.

Der Abschied von der Prinzessin Warwara sowie von den Herren war Darja Alexandrowna peinlich. Nach einem Tage des Beisammenseins hatte sowohl sie selbst als auch die Gastgeber deutlich empfunden, daß sie alle nicht zu Dolly paßten und daß es besser sei, einander nicht näher zu treten. Nur Anna war traurig gestimmt. Sie wußte, daß jetzt, nach Dollys Abreise, niemand mehr in ihrer Seele die Gefühle aufrütteln würde, die durch dieses Wiedersehen in ihr erregt worden waren. Es hatte ihr weh getan, an diese Gefühle zu rühren, aber sie wußte, daß sie das edelste Gebiet ihres Seelenlebens betrafen und daß dieses Gebiet unaufhaltsam von dem Leben, das sie jetzt führte, überwuchert wurde.

Als Darja Alexandrowna sich auf freiem Feld befand, überkam sie ein angenehmes Gefühl der Erleichterung, und sie wollte gerade ihre Leute fragen, wie es ihnen bei Wronskij gefallen habe, als Philipp, der Kutscher, selbst davon zu sprechen begann.

»Reich sind sie, das stimmt, aber Hafer hat's doch nur im ganzen drei Maß gegeben. Noch vor dem ersten Hahnenschrei hatten sie schon alles aufgefressen. Was sind denn drei Maß? Gerade genug, um Geschmack daran zu kriegen. Alleweil geben sogar die Fuhrknechte den Hafer für fünfundzwanzig Kopeken her. Bei uns kriegen die fremden Pferde so viel, als sie auffressen können.«

»'s ist ein geiziger Herr«, bestätigte der Rechnungsführer.

»Nun, und ihre Pferde, wie haben die dir gefallen?« fragte Dolly.

»Die Pferde – dagegen läßt sich nichts sagen. Und auch das Futter ist gut. Aber im ganzen hab' ich's dort wenig kurzweilig gefunden, Darja Alexandrowna; ich weiß nicht, wie's Ihnen vorgekommen ist«, sagte er, indem er ihr sein hübsches und gutmütiges Gesicht zuwandte.

»Ja, ich hab's auch so gefunden. Wie ist's übrigens, kommen wir heute abend nach Hause?«

»Es muß eben gehen.«

Zu Hause fand Darja Alexandrowna die Ihrigen alle wohl und munter und in besonders freundlicher Stimmung vor. Sie berichtete mit großer Lebhaftigkeit von ihrer Fahrt, von der herzlichen Aufnahme, die sie gefunden hatte, von dem Luxus und dem guten Geschmack, mit dem Wronskijs eingerichtet waren, von ihren Vergnügungen, und sie erlaubte niemandem, irgend etwas gegen ihre Gastgeber zu sagen.

»Man muß Anna und Wronskij – den ich jetzt näher kennengelernt habe – kennen, um zu verstehen, wie lieb und rührend sie sind«, sagte sie jetzt vollkommen aufrichtig, ohne an jenes unbestimmte Gefühl der Unzufriedenheit und des Mißbehagens zu denken, das sie dort beschlichen hatte.

25

Wronskij und Anna verbrachten den ganzen Sommer und einen Teil des Herbstes immer in derselben Weise und ohne in der Scheidungsangelegenheit einen Schritt zu tun, auf dem Lande. Sie hatten beschlossen, nirgends hinzureisen, aber sie fühlten beide, je länger sie allein waren, und namentlich im Herbst, als alle Gäste sie verlassen hatten, daß sie diese Lebensweise nicht würden ertragen können und daß eine Änderung notwendig sei.

Ihr Leben schien so gut zu sein, wie man es sich nicht besser wünschen kann: sie lebten im Überfluß, waren beide gesund, hatten ein Kind, und jeder von ihnen hatte seine Beschäftigung. Anna verwandte, auch wenn keine Gäste da waren, noch ebensoviel Zeit und Aufmerksamkeit auf ihre äußere Erscheinung; ferner las sie sehr viel – nicht nur Romane, sondern auch ernste Bücher, die gerade in der Mode waren. Sie ließ sich alle die Bücher kommen, die in den ausländischen Blättern und Zeitschriften, die sie hielt, lobend erwähnt waren, und las sie mit jener Aufmerksamkeit, die sich nur in der Einsamkeit einzustellen pflegt. Außerdem hatte sie alle die Dinge, mit denen sich Wronskij beschäftigte, aus Büchern und Zeitschriften mit solchem Eifer durchstudiert, daß er sich häufig in agronomischen und bautechnischen Fragen, ja sogar in bezug auf Pferdezucht und Sport direkt an sie wandte. Er wunderte sich über ihre Kenntnisse und ihr Gedächtnis, und da er anfänglich an der Richtigkeit ihrer Angaben zweifelte, ließ er sie in den Büchern nachschlagen. Sie fand aber jedesmal das, wonach er gefragt hatte, und wies ihm die betreffende Stelle nach.

Die Einrichtung des Krankenhauses nahm gleichfalls ihr Interesse in Anspruch. Sie half nicht nur mit, sondern richtete gar manches nach ihren eigenen Ideen ein. Aber ihre Hauptsorge war doch – sie selbst. Alles drehte sich bei ihr um den Gedanken, wie teuer sie Wronskij sei, inwiefern sie imstande sei, ihm alles das zu ersetzen, was er ihretwegen aufgegeben hatte. Wronskij seinerseits wußte dieses, ihren einzigen

Lebenszweck bildende Bestreben, ihm nicht bloß zu gefallen, sondern ihm auch zu dienen, wohl zu schätzen, aber zugleich empfand er auch diese Liebesfesseln, mit denen sie ihn an sich zu ketten suchte, als eine drückende Last. Je mehr Zeit über ihnen hinwegstrich, um so häufiger wurden ihm diese Fesseln, die ihn gefangenhielten, fühlbar, um so heftiger regte sich in ihm der Wunsch – nicht sich von ihnen zu befreien, aber zu versuchen, ob sie seiner Freiheit nicht hinderlich seien. Ohne diese sich immer steigernde Begierde nach Freiheit, ohne diese Furcht, jedesmal, wenn er in die Stadt, zu den Kreisversammlungen, zu den Rennen fahren mußte, dadurch einen Auftritt heraufzubeschwören, würde Wronskij mit seinem Dasein vollkommen zufrieden gewesen sein. Die Rolle, die er sich erwählt hatte, die Rolle des reichen Grundbesitzers, der im Verein mit seinen Standesgenossen den Kern der russischen Aristokratie zu bilden berufen sei, war nicht nur vollkommen nach seinem Geschmack, sondern gewährte ihm jetzt, nachdem er sie ein halbes Jahr lang durchgeführt hatte, eine stets wachsende Befriedigung. Und seine Unternehmungen, an denen er ein immer größeres Interesse nahm, gediehen aufs beste. Trotz der ungeheuren Summen, die er für das Krankenhaus, die Maschinen, die aus der Schweiz verschriebenen Kühe und für vieles andere verausgabt hatte, war er überzeugt, daß er sein Vermögen dadurch nicht verminderte, sondern vermehrte. Da, wo es sich um seine Einkünfte, um den Verkauf von Wäldern, von Getreide, von Wolle oder um Länderpachtungen handelte, war Wronskij hart wie Kieselstein und ließ sich nie von dem einmal festgesetzten Preis abbringen. In wichtigen landwirtschaftlichen Fragen hielt er sich, sowohl in bezug auf das von ihm bewohnte Gut als auch hinsichtlich seiner übrigen Besitzungen, an die einfachsten und am wenigsten riskanten Methoden und erwies sich in allen wirtschaftlichen Kleinigkeiten als ein im höchsten Grade sparsamer und berechnender Landwirt.

Trotz all der Verschlagenheit und Gewandtheit seines deutschen Verwalters, der ihn zu allerhand Käufen zu veranlassen suchte und der es stets so einzurichten wußte, daß jeder seiner Kostenüberschläge einen möglichst großen

Betrag ergab, ließ sich Wronskij von ihm in keiner Weise beeinflussen. Und in der Tat pflegte es sich bei genauerer Prüfung herauszustellen, daß sich das gleiche Resultat mit geringeren Kosten erreichen lasse und zugleich auch noch ein Gewinn erzielt werden könne. Er hörte den Verwalter ruhig an, fragte ihn nach allen Einzelheiten und erklärte sich mit ihm nur dann einverstanden, wenn das, was neu eingeführt oder eingerichtet werden sollte, etwas ganz Modernes und in Rußland noch Unbekanntes darstellte und daher Aufsehen zu erregen geeignet war. Außerdem ließ er sich nur dann zu einer größeren Ausgabe bewegen, wenn er Barmittel flüssig hatte, versäumte nie, sich vorher genau mit allen Einzelheiten bekannt zu machen, und legte es stets darauf an, für sein Geld nur das Allerbeste zu erhalten. Bei dieser Art von Geschäftsführung war es klar, daß er sein Vermögen nicht zerrüttete, sondern daß er es vermehrte.

Im Oktober sollten die Adelswahlen im Gouvernement Kaschin stattfinden, in dem die Besitzungen von Wronskij, Swijaschskij, Kosnyschew, Oblonskij und ein kleiner Teil von Ljewins Gütern lagen.

Diese Wahlen zogen infolge von mancherlei Umständen und in Anbetracht der Persönlichkeiten, die dabei beteiligt waren, die allgemeine Aufmerksamkeit auf sich. Es wurde viel von ihnen gesprochen, und man traf große Vorbereitungen dazu. Leute, die sich sonst niemals an den Wahlen beteiligt hatten, waren diesmal aus Moskau, Petersburg, ja sogar aus dem Ausland herbeigekommen.

Wronskij hatte Swijaschskij schon längst seine Teilnahme zugesagt, und der letztere, der ein häufiger Gast in Wosdwischenskoje war, fand sich vor den Wahlen bei ihm ein, um ihn abzuholen.

Am Tage vorher wäre es zwischen Wronskij und Anna der geplanten Reise wegen fast zu einem Streit gekommen. Es war gerade um die langweiligste und drückendste Jahreszeit, die es auf dem Lande gibt, nämlich im Herbst, und Wronskij, fest entschlossen, sich sein Recht zu erkämpfen, erklärte ihr kurzweg in einem strengen und kalten Ton, wie er ihn ihr gegenüber bis jetzt noch niemals angeschlagen hatte, daß er abreise. Zu seiner Verwunderung nahm indessen Anna diese Mitteilung mit der größten Ruhe auf und fragte ihn nur, wann er zurückzukehren gedenke. Er warf ihr einen forschenden Blick zu, da er sich diese Ruhe nicht zu erklären vermochte. Sie erwiderte seinen Blick mit einem Lächeln. Er kannte an ihr diese Fähigkeit, sich in sich selbst zurückzuziehen und wußte sehr wohl, daß sie dies nur dann tat, wenn sie sich zu etwas entschlossen hatte, worüber sie ihn im dunkeln lassen wollte. Er fürchtete diese Heimlichkeit, aber anderseits war es ihm so sehr darum zu tun, einen Auftritt zu vermeiden, daß er sich den Anschein gab – und zum Teil glaubte er auch aufrichtig an das, was mit seinem Wunsch übereinstimmte –, als sei er wirklich davon überzeugt, daß sie Vernunft angenommen habe.

»Du wirst dich hoffentlich nicht langweilen?«

»Ich hoffe es«, erwiderte Anna. »Ich habe gestern eine Kiste mit Büchern von Gautier zugeschickt bekommen. Nein, ich werde mich nicht langweilen.«

»Sie sucht absichtlich diesen Ton anzuschlagen – um so besser«, dachte er, »sonst kommt es doch immer wieder auf dasselbe hinaus.«

So fuhr er denn, ohne sie zu einer freimütigen Auseinandersetzung zu veranlassen, zu den Wahlen. Es war dies seit ihrem Zusammenleben das erste Mal, daß er sich von ihr getrennt hatte, ohne sich mit ihr völlig ausgesprochen zu haben. Einerseits empfand er dabei eine gewisse Beunruhigung, anderseits konnte er sich der Erkenntnis nicht verschließen, daß es so besser sei. »Im Anfang wird, wie dieses Mal, eine gewisse Unklarheit und Unaufrichtigkeit zurückbleiben, und später wird sie sich einfach daran gewöhnen. Jedenfalls kann ich ihr alles opfern, nur nicht meine Unabhängigkeit als Mann«, dachte er.

26

Im September war Ljewin wegen Kittys Niederkunft nach Moskau übergesiedelt. Er hatte hier schon einen ganzen Monat ohne irgendeine Beschäftigung zugebracht, als Sergej Iwanowitsch, der im Gouvernement Kaschin ein Gut besaß und sich für die bevorstehenden Wahlen auf das lebhafteste interessierte, sich aufmachte, um hinzureisen. Er forderte seinen Bruder, der im Kreise Selesnjow wahlberechtigt war, auf, ihn zu begleiten. Zudem hatte Ljewin in Kaschin eine im Interesse seiner im Ausland lebenden Schwester wichtige Vormundschafts- und Hypothekenangelegenheit, mit der die Erhebung von Geldern verknüpft war, zu erledigen.

Ljewin war immer noch unentschlossen, aber Kitty, die sehr wohl merkte, daß er sich in Moskau langweilte, hatte ihm zugeredet, hinzureisen und ihm ohne sein Vorwissen eine Adelsuniform anfertigen lassen, die achtzig Rubel kostete. Und diese für die Uniform ausgegebenen achtzig Rubel bildeten den Hauptgrund, der Ljewin dazu bewog, sich zu der Reise zu entschließen, und so fuhr er denn nach Kaschin.

Ljewin befand sich schon seit sechs Tagen an Ort und Stelle, besuchte die Versammlungen täglich und arbeitete in der Angelegenheit seiner Schwester, die noch immer zu keinem befriedigenden Abschluß kommen wollte. Die Adelsmarschälle waren alle durch die Wahlen in Anspruch genommen, und es erwies sich als unmöglich, diese einfache, von der Vormundschaftsbehörde abhängige Angelegenheit zu ordnen. In der anderen Sache, bei der es sich um Erhebung von Geldern handelte, stieß er gleichfalls auf Schwierigkeiten. Nach vielfachen Bemühungen gelang es ihm endlich, die Aufhebung der Beschlagnahme zu erwirken, so daß das Geld endlich zur Erhebung bereit lag. Aber der Notar konnte trotz all seiner Dienstfertigkeit den Talon nicht herausgeben, da hierzu die Unterschrift des Vorsitzenden erforderlich war; der Vorsitzende aber war, ohne einen Stellvertreter benannt zu haben, in der Sitzung tätig. Alle diese Scherereien, diese Laufereien von Ort zu Ort, diese Unterhandlungen mit den äußerst gutmütigen und freundlichen Leuten, die für die unangenehme Lage des Bittstellers das vollste Verständnis hatten, ohne ihm indessen helfen zu können, alle diese Anstrengungen, die jedoch zu keinem Ergebnis führten, brachten Ljewin in einen qualvollen Zustand, ähnlich der peinigenden Ohnmacht, die man empfindet, wenn man sich im Traum vergeblich bemüht, eine Kraftanstrengung zu machen. Er empfand dies oft, wenn er mit seinem Bevollmächtigten, der der gutmütigste Mensch von der Welt war, verhandelte. Dieser tat, wie es schien, alles mögliche und strengte alle seine Kräfte an, um die Schwierigkeiten, mit denen Ljewin zu kämpfen hatte, aus dem Wege zu räumen. »Versuchen Sie jetzt einmal folgendes«, hatte er schon mehr als einmal gesagt, oder »gehen Sie nun da- oder dorthin«, und der brave Mann setzte einen ganzen Plan auseinander, um jenes verhängnisvolle Etwas, das der ganzen Sache hinderlich war, zu umgehen. Dabei fügte er jedoch jedesmal selbst hinzu: »Die Sache wird doch verschleppt werden, aber versuchen Sie's immerhin.« Und Ljewin versuchte es und ging und fuhr überall hin. Jedermann war gut und freundlich zu ihm, aber immer wieder stellte sich heraus, daß das, was er glücklich umgangen zu haben glaubte, am Ende wieder auftauchte und sich hindernd in den Weg stellte. Am peinlichsten empfand es Ljewin, daß er durchaus nicht begreifen konnte, gegen welche Widersacher er eigentlich anzukämpfen hatte und wer einen Vorteil davon haben könne, daß seine Angelegenheit zu keinem Abschluß kam. Das schien in der Tat überhaupt niemand zu wissen, auch sein Sachwalter wußte es nicht. Wäre sich Ljewin über diese Dinge ebenso klar gewesen, wie er sich darüber klar war, weshalb an die Billettschalter der Bahnhöfe ein jeder nur der Reihe nach zugelassen werde, so würde er weder verletzt noch ärgerlich gewesen sein. Aber über die Existenzberechtigung der Hindernisse, auf die er bei seiner Angelegenheit stieß, konnte ihn niemand aufklären.

Ljewin hatte sich aber seit seiner Heirat sehr geändert; er hatte gelernt, sich in Geduld zu üben, und wenn er auch nicht begreifen konnte, welchen Sinn diese Ordnung der Dinge habe, so sagte er sich, er dürfe ohne einen Einblick in das ganze Getriebe nicht urteilen; er sagte sich, es müsse wohl so sein, und bemühte sich, seinen Unwillen zurückzudrängen.

Auch in bezug auf die Wahlversammlungen, die er besuchte und an denen er eifrigen Anteil nahm, gab er sich gleichfalls Mühe, kein voreiliges Urteil zu fällen und nicht zu diskutieren, sondern vor allem einen Einblick in die Sache zu gewinnen, der sich so viele wackere Männer, die er hochschätzte, mit solchem Ernst und Eifer hingaben. Seit seiner Verheiratung hatte Ljewin so viele neue und ernste Seiten des Lebens, die ihm bei seiner früheren oberflächlichen Betrachtung der Dinge unbedeutend erschienen waren, kennengelernt, daß er jetzt auch bei diesen Wahlen zu ergründen suchte, worin die ernste Bedeutung, die er in ihnen vermutete, eigentlich bestehe.

Sergej Iwanowitsch klärte ihn über den Zweck und die Bedeutung der bei diesen Wahlen geplanten Umwälzung auf. Der bisherige Adelsmarschall, in dessen Händen dem Gesetze nach so viele wichtige öffentliche Interessen ruhten, wie die Vormundschaftsangelegenheiten (eine solche Angelegenheit war es, die Ljewin jetzt so viele Scherereien verursachte), die ungeheuern Vermögensdepositen des Landadels, die Gymnasien für Mädchen und Knaben, und die Militärschulen, der Volksunterricht nach dem neuen Statut und endlich das Landschaftsamt – der bisherige Adelsmarschall, Snjetkow mit Namen, war ein Mann von altadligem Schlag, der ein ungeheures Vermögen vergeudet hatte, ein gutmütiger, in seiner Art ehrenhafter Mann, der jedoch für die Forderungen der neuen Zeit nicht das geringste Verständnis besaß. Er nahm stets in allen Dingen für den Adel Partei, widersetzte sich offen der Verbreitung der Volksbildung und suchte dem Landschaftsamt, das doch eine so grundlegende Bedeutung haben sollte, einen zunftmäßigen Charakter zu geben. Es war daher notwendig, an seine Stelle einen frischen, mit seiner Zeit fortschreitenden, sachverständigen, völlig modernen Mann zu setzen und die jetzige Ordnung der Dinge so umzugestalten, daß aus allen Rechten, die dem Adel nicht als solchem, sondern als einem Element des Landschaftsamts verliehen worden waren, so viele Vorteile für die Selbstverwaltung gezogen werden könnten, als nur irgend möglich war. In dem reichen Gouvernement Kaschin, das in allen Dingen an der Spitze zu marschieren gewohnt war, hatten sich jetzt solche Kräfte angesammelt, daß die Sache, wenn sie hier in der richtigen Weise geleitet würde, für die anderen Gouvernements, ja für ganz Rußland vorbildlich werden konnte. Aus diesen Gründen waren diese Wahlen von großer Bedeutung. An Stelle von Snjetkow war vorgeschlagen worden, entweder Swijaschskij oder noch besser Newjedowskij, einen ehemaligen Professor und außerordentlich klugen Mann, Sergej Iwanowitschs intimen Freund, zum Adelsmarschall zu wählen.

Die Versammlung wurde vom Gouverneur selbst eröffnet, der sich an die Adelsversammlung mit einer Rede wandte, in der er sie ermahnte, die von ihrer Wahl abhängigen Beamten nicht nach dem Ansehen der Person, sondern nach ihren Verdiensten und zum Wohle des Vaterlands zu wählen; ferner sprach er die Hoffnung aus, daß der hohe Adel des Gouvernements Kaschin, wie bei den früheren Wahlen, so auch diesmal seine Pflicht heilighalten und das hohe Vertrauen des Monarchen rechtfertigen werde.

Nach Beendigung seiner Rede verließ der Gouverneur den Saal, und die Edelleute folgten ihm geräuschvoll und lebhaft, einige sogar voller Enthusiasmus, und umringten ihn, während er seinen Pelz anzog und sich in freundschaftlicher Weise mit dem Adelsmarschall unterhielt. Ljewin, der in alles genau eindringen wollte und sich daher nichts entgehen ließ, stand ebenfalls in diesem Haufen und hörte gerade, wie der Gouverneur sagte: »Bitte, übermitteln Sie Marja Iwanowna, daß meine Frau sehr bedauert, nicht kommen zu können, da sie eine wohltätige Anstalt besuchen muß.« Dann suchten die Edelleute fröhlich ihre Pelze zusammen und begaben sich zum Gottesdienst.

In der Kathedrale hob Ljewin, wie auch alle andern taten, die Hand in die Höhe, und indem er die Worte des Protopopen nachsprach, schwor er mit den feierlichsten Eiden, alles das zu erfüllen, was der Gouverneur von der Versammlung erhofft hatte. Der Gottesdienst pflegte auf Ljewin seit jeher einen gewissen Eindruck hervorzubringen, und als er die Worte nachsprach: »Ich küsse das Kreuz« und sein Blick die Schar dieser jungen und alten Männer, die das gleiche wiederholten, überflog, fühlte er sich gerührt.

Am zweiten und dritten Tage wurde über die Adelsgelder und das Mädchengymnasium verhandelt, Fragen, die, wie Sergej Iwanowitsch erklärte, keine Bedeutung hätten, so daß Ljewin, der mit seinen eigenen Angelegenheiten beschäftigt war, an diesen Verhandlungen nicht teilnahm. Am vierten Tage wurde am Gouvernementstisch die Prüfung der Gouvernementsgelder vorgenommen. Bei dieser Gelegenheit erfolgte zum ersten Male ein Zusammenstoß zwischen der neuen und der alten Partei. Die Kommission, die beauftragt war, die Gelder zu prüfen, bestätigte der Versammlung, daß der Rechenschaftsbericht in Ordnung sei. Der Adelsmarschall erhob sich darauf und sprach der Versammlung für das ihm erwiesene Vertrauen seinen Dank aus, wobei ihm Tränen der Rührung in die Augen traten. Die Edelleute spendeten ihm lärmend Beifall und drückten ihm die Hand. In diesem Augenblick aber bemerkte ein Mitglied des Adels, das zu Sergej Iwanowitschs Partei gehörte, es sei ihm zu Ohren gekommen, daß die Kommission den Rechenschaftsbericht gar nicht geprüft habe, da sie dies für eine Beleidigung des Adelsmarschalls halte. Eines der Kommissionsmitglieder beging die Unvorsichtigkeit, dies zu bestätigen. Darauf begann ein kleiner, dem Aussehen nach sehr junger, aber sehr giftiger Herr zu sprechen und meinte, es würde dem Adelsmarschall jedenfalls sehr angenehm gewesen sein, über die Gelder Rechenschaft abzulegen, während er sich nun infolge der übertriebenen Feinfühligkeit der Kommissionsmitglieder diese moralische Befriedigung versagen müsse. Als nun aber die Kommissionsmitglieder die Richtigkeit der ihnen untergeschobenen Bemerkung bestritten, ergriff Sergej Iwanowitsch das Wort, bewies in scharfsinniger Weise die Notwendigkeit, sich deutlich darüber zu erklären, ob der Rechenschaftsbericht geprüft worden sei oder nicht, und verbreitete sich des näheren über diese Frage. Ein Redner der Gegenpartei trat Sergej Iwanowitschs Ausführungen entgegen. Nach diesem sprach Swijaschskij und dann wieder jener giftige Herr. Die Debatten dauerten lange und verliefen resultatlos. Ljewin wunderte sich, daß so lange über diese Sache debattiert wurde, seine Verwunderung stieg aber noch, als Sergej Iwanowitsch ihn auf seine Frage, ob er wirklich glaube, daß die Gelder in unrechtmäßiger Weise verausgabt worden seien, zur Antwort gab:

»O nein! Er ist ein Ehrenmann. Aber man muß diese altfränkische Art patriarchalischer Amtsführung in Dingen, die uns Edelleute betreffen, erschüttern«.

Am fünften Tage fanden die Wahlen der Adelsmarschälle für die einzelnen Bezirke statt. Dieser Tag gestaltete sich in mehreren Wahlkreisen ziemlich stürmisch. Im Kreise Selesnjow wurde Swijaschskij einstimmig ohne Ballotage gewählt, worauf er zu Ehren dieses Tages ein Festessen gab.

27

Für den sechsten Tag waren die Gouvernementswahlen anberaumt. Die großen wie die kleinen Säle waren sämtlich von den Edelleuten in ihren verschiedenen Uniformen angefüllt. Viele waren nur für diesen einen Tag gekommen. Bekannte, die einander lange Zeit nicht gesehen hatten, von denen manche aus der Krim, andere aus Petersburg und wieder andere aus dem Auslande gekommen waren, trafen einander jetzt in den Sälen. Am Gouvernementstisch unter dem Bild des Zaren fanden die Debatten statt.

Die im großen wie auch im kleinen Saale versammelten Edelleute hatten sich in verschiedene Lager gruppiert, und an der Feindseligkeit und dem Mißtrauen, mit denen sie einander musterten, an den plötzlich abgebrochenen Gesprächen, sobald ein Unberufener in die Nähe kam, an dem Umstand, daß sich manche geheimnisvoll flüsternd in den abgelegenen Korridor zurückzogen, an alledem konnte man erkennen, daß eine Partei vor der andern Geheimnisse hatte. Auch ihrem Aussehen nach fiel schon der Gegensatz zwischen den beiden Parteien – den Alten und den Jungen – scharf ins Auge. Die Alten waren zum größten Teil in ihren altmodischen, bis oben zugeknöpften Adelsuniformen, mit Hut und Degen oder in ihren verschiedenen dienstlichen Marine-, Kavallerie- oder Infanterieuniformen erschienen. Die Uniformen der Alten waren von altertümlichem Schnitt, mit Puffen an den Schultern; sie waren offenbar im Laufe der Zeit zu knapp, in der Taille zu kurz und zu eng geworden und machten den Eindruck, als seien die Körper, die darin steckten, aus ihnen herausgewachsen. Die Jungen hingegen waren in aufgeknöpften, breit über den Schultern sitzenden Adelsuniformen, mit weißen Westen oder hatten Uniformröcke mit schwarzen Kragen und aufgestickten Lorbeerblättern, dem Abzeichen der Beamten des Justizministeriums, angelegt. Zu den Jungen gehörten auch einige Herren in Hofuniform, die hier und dort aus der Menge schmuck hervorstachen.

Diese rein äußerliche Teilung in Junge und Alte entsprach indessen nicht der Gruppierung der Parteien. Unter den Jungen gehörten einige nach Ljewins Beobachtung zur Partei der Alten, während andererseits einige der allerältesten Edelleute mit Swijaschskij flüsterten und augenscheinlich eifrige Anhänger der neuen Richtung waren.

Ljewin stand im kleinen Saale, wo geraucht wurde und ein Büfett hergerichtet war, neben einer Gruppe, die zu seiner Partei gehörte. Er lauschte auf das, was gesprochen wurde und strengte vergeblich alle seine Geisteskräfte an, um zu verstehen, um was es sich eigentlich handle. Sergej Iwanowitsch war der Mittelpunkt, um den sich die anderen gruppierten. Er hörte jetzt, was Swijaschskij und Chljustow, ein gleichfalls zu seiner Partei gehöriger Adelsmarschall aus einem anderen Bezirk, mit einander sprachen. Chljustow wollte sich nicht dazu verstehen, mit seinen Wählern Snjetkow zu bitten, sich als Kandidaten aufstellen zu lassen, während Swijaschskij ihn dazu zu überreden suchte, was auch die Zustimmung von Sergej Iwanowitsch fand. Ljewin konnte nicht begreifen, wozu eine Partei es nötig habe, denjenigen Adelsmarschall zur Kandidatur zu bewegen, den sie ja doch entschlossen war nicht zu wählen.

Stjepan Arkadjewitsch, der soeben einen Imbiß genommen und dazu etwas getrunken hatte, trat jetzt, während er sich mit seinem parfümierten, breitgesäumten Taschentuch den Mund wischte, in seiner Kammerherrenuniform zu ihnen.

»Wir nehmen die Position, Sergej Iwanowitsch«, sagte er, während er sich die beiden Hälften seines Backenbartes zurechtstrich. Nachdem er eine Weile die Diskussion verfolgt hatte, unterstützte er Swijaschskijs Ansicht.

»Ein Bezirk genügt vollständig, und Swijaschskij gehört offenbar zur Opposition«, sagte er, und diese Worte waren augenscheinlich allen, mit Ausnahme von Ljewin, verständlich.

»Na, Kostja, du scheinst auch schon Geschmack an der Sache gefunden zu haben«, setzte er hinzu, indem er sich zu Ljewin wandte und seinen Arm in den seinen schob. Ljewin hätte ganz gern Geschmack daran gefunden, aber er konnte nicht begreifen, um was es sich eigentlich handelte. Er trat mit Stjepan Arkadjewitsch einige Schritte von der im Gespräch begriffenen Gruppe hinweg und drückte diesem seine Verwunderung darüber aus, weshalb es nötig sei, den Adelsmarschall zur Kandidatur zu veranlassen.

»*O sancta simplicitas*!« sagte Stjepan Arkadjewitsch und setzte ihm kurz und bündig den Sachverhalt auseinander.

»Wenn alle Bezirke, wie es bei den früheren Wahlen der Fall war, den Adelsmarschall auffordern wollten, sich als Kandidaten aufstellen zu lassen, so würde er sämtliche weiße Kugeln erhalten, das erscheint uns aber nicht wünschenswert. Nun sind acht Bezirke bereit, ihn zur Kandidatur aufzufordern; wenn nun zwei von ihnen ihre Mitwirkung verweigern, so kann Snjetkow es ablehnen, sich wählen zu lassen. In diesem Falle könnte die Partei der Alten irgendeinen andern aus der Zahl ihrer Anhänger wählen, da durch seine Ablehnung die Sachlage eine völlig veränderte sein würde. Wenn aber nur Swijaschskijs Bezirk seine Unterstützung verweigert, dann wird Snjetkow als Wahlkandidat auftreten. Man wird ihn in diesem Falle sogar wählen, und zwar werden wir ihm absichtlich unsere Stimmen zuwenden, so daß die Gegenpartei an ihrer eignen Stimmenzahl irre werden muß; und wenn dann schließlich unsere Anhänger ihren eigenen Kandidaten aufstellen, so wird die Gegenpartei ihre Stimmen auf ihn übertragen.«

»Was ist los? Was? Wie? Eine Vollmacht? Wem? Wieso? Es wird verworfen? Keine Vollmacht? Fljerow wird nicht zugelassen? Was tut's, daß er unter Anklage steht? Dann dürfte schließlich überhaupt niemand zugelassen werden. Das ist gemein! Das Gesetz!« hörte Ljewin von allen Seiten durcheinanderschwirren, während er sich mit der Menge, die sich drängte, als fürchte sie etwas zu versäumen, in der Richtung nach dem großen Saale zu bewegte und sich mit der nachdrängenden Schar der Edelleute dem Gouvernementstisch näherte, an dem der Adelsmarschall, Swijaschskij und andere Wortführer eifrig debattierten.

28

Ljewin stand in ziemlicher Entfernung von den anderen. Ein neben ihm stehender, schwer und geräuschvoll atmender Edelmann, und ein anderer, der mit seinen dicken Stiefelsohlen knarrte, hinderten ihn, deutlich zu hören. Er konnte nur von weitem die weiche Stimme des Adelsmarschalls vernehmen, dann das kreischende Organ jenes bissigen Edelmannes und endlich Swijaschskijs Stimme. Sie debattierten, soviel er zu verstehen vermochte, über die Bedeutung eines gewissen Gesetzesparagraphen und die Auslegung der Worte: »Wer sich in gerichtlicher Untersuchung befindet.«

Die Menge teilte sich, um Sergej Iwanowitsch, der an den Tisch herantreten wollte, durchzulassen. Sergej Iwanowitsch wartete, bis der bissige Herr mit seinen Ausführungen zu Ende war und sprach dann die Ansicht aus, daß es ihm am zweckentsprechendsten scheine, wenn die betreffende Gesetzesstelle nachgeschlagen würde, worauf er den Schriftführer ersuchte, dies zu tun. Die Stelle lautete, daß im Falle einer Meinungsverschiedenheit abgestimmt werden müsse.

Sergej Iwanowitsch las den Paragraphen vor und schickte sich gerade an, seinen Sinn zu erläutern, als er plötzlich von einem hochgewachsenen dicken Gutsbesitzer, mit einem etwas gewölbten Rücken, gefärbtem Schnurrbart, in engem Uniformrock und in seinen Nacken einschneidenden Kragen, unterbrochen wurde. Er trat an den Tisch heran, auf den er mit seinem Siegelring aufklopfte und rief mit lauter Stimme: »Abstimmen! Die Stimmkugeln her! Da gibt's nichts zu reden! Die Stimmkugeln her!«

Jetzt hörte man plötzlich mehrere Stimmen durcheinandersprechen, und der hochgewachsene Edelmann mit dem Siegelring wurde immer hitziger und hitziger und schrie immer lauter und lauter. Es war jedoch unmöglich zu verstehen, was er sprach.

In Wirklichkeit sagte er genau dasselbe, was Sergej Iwanowitsch beantragt hatte; aber offenbar haßte er ihn sowie alle seine Gesinnungsgenossen, und dieses Gefühl des Hasses teilte sich seiner ganzen Partei mit, während es auf der Seite seiner Gegner einen Widerstand erweckte, der sich in der gleichen Erbitterung Luft machte, wenn sie auch in weniger stürmischer Weise zum Ausdruck kam. Von allen Seiten wurde geschrieen, und einen Augenblick wogte alles durcheinander, so daß der Gouvernements-Adelsmarschall zur Ruhe mahnen mußte.

»Abstimmen! Abstimmen! Wer ein Edelmann ist, muß es einsehen. Wir vergießen unser Blut ... Das Vertrauen des Monarchen ... Den Adelsmarschall zu mißachten, er ist kein Ladenschwengel ... Darum handelt sich's gar nicht ... Bitte, zu den Stimmkugeln! Gemeinheit! ...« schwirrte es in erbitterten und wütenden Tönen von allen Seiten durcheinander. Die Blicke und Gesichter der Schreienden waren noch erbitterter und wütender als das Geschrei selbst. Ljewin begriff nicht im geringsten, um was es sich handelte und wunderte sich nur über die Leidenschaftlichkeit, mit der die Frage, ob über die Stellungnahme zu Fljerow abgestimmt werden solle oder nicht, behandelt wurde. Er übersah den Syllogismus, den ihm Sergej Iwanowitsch später klarzumachen suchte, nämlich daß es aus Gründen des Gemeinwohls notwendig sei, den bisherigen Gouvernements-Adelsmarschall zu stürzen; um nun diesen Zweck zu erreichen, müsse die Stimmenmehrheit auf ihrer Seite sein, damit dies aber der Fall sei, müsse Fljerow das Stimmrecht zugesprochen werden, und um dies zu ermöglichen, müsse erklärt werden, wie die betreffende Gesetzesstelle aufzufassen sei.

»Eine einzige Stimme mehr oder weniger kann für die ganze Sache entscheidend werden, und man muß mit Ernst und Konsequenz vorgehen, wenn man dem Gemeinwohl dienen will«, schloß Sergej Iwanowitsch seine Erklärung. Ljewin hatte doch alles dies gar nicht bedacht, und es war ihm schmerzlich, diese braven und hochachtbaren Männer in einer so häßlichen und wilden Erregung zu sehen, um diese peinliche Empfindung los zu werden, zog er sich, ohne das Ende der Debatte abzuwarten, in den Saal zurück, wo sich mit Ausnahme der Diener am Büfett niemand befand. Als er die ruhigen und zugleich lebhaften Gesichter der Diener sah, die damit beschäftigt waren, das Geschirr abzuwischen und Teller und Gläser aufzustellen, überkam Ljewin ein unerwartetes Gefühl der Erleichterung, als ob er aus einem schwülen Zimmer an die frische Luft gekommen wäre. Er begann im Zimmer auf und ab zu gehen und fand ein aufrichtiges Vergnügen daran, den Dienern bei ihrer Arbeit zuzusehen. Es gefiel ihm außerordentlich, als einer der Diener mit grauem Backenbart einige seiner jungen Kollegen, die sich über ihn lustig machten, mit Verachtung strafte, während er ihnen beizubringen suchte, wie sie es anfangen müßten, um die Servietten richtig zu falten. Ljewin war gerade im Begriff, mit dem alten Diener ein Gespräch anzuknüpfen, als er von dem Schriftführer der Adelsvormundschaft, einem alten Männchen, dessen Spezialität es war, die Familien- und Vatersnamen sämtlicher Edelleute auswendig zu kennen, gestört wurde.

»Bitte gefälligst, Konstantin Dmitritsch«, sagte er, »Ihr Herr Bruder sucht Sie. Es wird abgestimmt.«

Ljewin trat wieder in den Saal, bekam eines der weißen

Kügelchen eingehändigt und ging unmittelbar hinter seinem Bruder Sergej Iwanowitsch an den Tisch heran, an dem mit vielsagender und ironischer Miene Swijaschskij stand, der mit der Hand seinen Bart zusammenballte und daran roch. Sergej Iwanowitsch versenkte seine Hand in den Kasten, legte seine Stimmkugel hinein und blieb dann, nachdem er Ljewin Platz gemacht hatte, neben ihm stehen. Dieser trat heran; da er jedoch vollständig vergessen hatte, um was es sich handelte, wandte er sich in seiner Verlegenheit an Sergej Iwanowitsch mit der Frage: »Wohin soll ich sie legen?« Er hatte mit leiser Stimme gefragt, während in der Nähe gesprochen wurde, so daß er hoffen konnte, daß seine Frage von niemandem gehört worden sei. Aber die Sprechenden waren plötzlich verstummt, und man hatte seine Frage gehört. Sergej Iwanowitsch runzelte die Stirn.

»Das hängt von der Überzeugung des einzelnen ab«, erwiderte er in strengem Ton.

Einige der Umstehenden lächelten. Ljewin errötete, steckte seine Hand eilig unter das Tuch und legte die Kugel nach rechts, da er sie gerade in der rechten Hand hatte. Nachdem dies geschehen war, besann er sich, daß er auch die linke Hand unter das Tuch hätte stecken müssen, und so tat er dies denn jetzt, aber es war schon zu spät, er wurde noch verlegener und zog sich schleunigst in die hinteren Reihen zurück.

»Einhundertundsechsundzwanzig – für! Achtundneunzig – gegen!« erklärte die Stimme des Schriftführers, der den Buchstaben »r« nicht gut aussprechen konnte. Nach einer Weile hörte man ein Gelächter: ein Knopf und zwei Nüsse hatten sich in dem Kasten vorgefunden. Der Edelmann wurde zur Wahl zugelassen; die Partei der Jungen hatte gesiegt.

Aber die Partei der Alten hielt sich noch keineswegs für geschlagen. Ljewin hörte, wie Snjetkow aufgefordert wurde, sich als Wahlkandidat aufstellen zu lassen, und er sah, wie der Gouvernements-Adelsmarschall zu einer Anzahl von Edelleuten, die sich um ihn drangten, etwas sprach. Er trat näher heran und hörte nun, wie er von dem in ihn gesetzten Vertrauen der Edelleute sprach, von der ihm zuteil gewordenen

Liebe, deren er nicht würdig sei, denn sein ganzes Verdienst bestehe nur in seiner Hingebung an den Adel, dem er zwölf Jahre lang gedient habe. Mehrere Male wiederholte er die Worte: »Ich habe Ihnen gedient, soweit es in meinen Kräften lag, treu und redlich, ich schätze Ihr Vertrauen und danke Ihnen.« Plötzlich hielt er inne, Tränen erstickten seine Stimme, und er verließ den Saal. Ob nun diese Tränen ihren Grund darin hatten, daß er sich ungerecht behandelt fühlte oder ob sie von seiner Liebe zum Adel oder von der gespannten Situation, in der er sich von Gegnern umgeben wußte, herrührten, genug, seine Erregung teilte sich weiter mit, die Mehrzahl der Edelleute war gerührt, und auch Ljewin fühlte sich von einer gewissen Zärtlichkeit für Snjetkow ergriffen.

In der Tür stieß der Gouvernements-Adelsmarschall mit Ljewin zusammen. »Pardon, entschuldigen Sie bitte«, sagte er wie zu einem Fremden; als er aber Ljewin erkannte, lächelte er ihm schüchtern zu. Ljewin hatte das Gefühl, als wolle er etwas sagen, könne aber vor Erregung nicht sprechen. Im Ausdruck seines Gesichts, in seiner ganzen Figur mit der ordengeschmückten Uniform und den weißen galonierten Beinkleidern, in seinem hastigen Gang, lag etwas, was Ljewin an ein gehetztes Wild, das sich in die Enge getrieben sieht, erinnerte. Dieser Ausdruck im Gesicht des Adelsmarschalls hatte für Ljewin etwas eigentümlich Rührendes, denn gestern erst war er in seiner Vormundschaftsangelegenheit bei ihm im Hause gewesen, wo er ihn in der ehrfurchtgebietenden Rolle des gütigen und braven Familienvaters gesehen hatte. Das geräumige Haus mit den altertümlichen Familienmöbeln; die nicht gerade eleganten und nicht sehr sauberen, aber ehrerbietigen Bedienten, die offenbar noch aus der Zeit der Leibeigenschaft stammten und ihren Herrn nicht gewechselt hatten; die wohlbeleibte, gutmütige Hausfrau im Spitzenhäubchen und türkischen Schal, die ihr hübsches Enkelchen, ihre Tochterstochter, liebkoste; der jugendfrische Sohn, ein Gymnasiast der sechsten Klasse, der gerade aus der Schule gekommen war und an den Vater herantrat, um ihm zur Begrüßung die große Hand zu küssen; die würdevollen und herzlichen Worte und das ganze Gebaren des Hausherrn – alles dies hatte Ljewin gestern unwillkürlich mit Hochachtung und Sympathie erfüllt. In diesem Augenblick aber erschien ihm der alte Mann so rührend und beklagenswert, daß es Ljewin drängte, ihm einige herzliche Worte zu sagen.

»Wir werden Sie nun also wieder zum Adelsmarschall bekommen«, sagte er.

»Wohl kaum«, erwiderte der Marschall, indem er sich ängstlich umblickte, »ich bin müde, bin alt geworden. Es gibt Würdigere und Jüngere, als ich; mögen diese nun dem Gemeinwohl dienen.« Und mit diesen Worten entfernte sich der Adelsmarschall durch eine Seitentür.

Nun war der feierlichste Moment gekommen. Es sollte gleich zur Wahl geschritten werden. Die Wortführer der einen wie der andern Partei zählten an den Fingern die weißen und die schwarzen Stimmkugeln nach.

Die Debatte über Fljerow hatte der Partei der Jungen nicht nur dessen Stimme eingebracht, sondern sie zugleich einige Zeit gewinnen lassen, so daß sie noch drei andere Edelleute zur Stelle schaffen konnte, denen die Intrigen der Alten-Partei unmöglich gemacht hatten, an den Wahlen teilzunehmen. Zwei von ihnen, die gern ein Glas über den Durst tranken, waren nämlich von Snjetkows Freunden trunken gemacht worden, während einem dritten seine Adelsuniform entwendet worden war. Als die Partei der Jungen dies erfuhr, hatte sie während der Debatte über Fljerow die Zeit benutzt und einige ihrer Gesinnungsgenossen im Wagen abgesandt, um den einen Edelmann in eine Adelsuniform zu stecken und von den beiden Berauschten wenigstens einen in die Versammlung zu bringen.

»Einen habe ich hergebracht, ich mußte ihn erst mit kaltem Wasser übergießen«, berichtete der Abgesandte, indem er zu Swijaschskij trat.

»Ist er nicht zu sehr berauscht, wird er sich auf den Beinen halten können?« fragte Swijaschskij kopfschüttelnd.

»Nein, er hält sich wacker. Wenn er nur nicht hier wieder vollgepumpt wird ... Ich habe dem Büfettier eingeschärft, daß er ihm unter keiner Bedingung etwas verabreicht.«

29

Der schmale Saal, in dem geraucht und gegessen wurde, war von den Edelleuten überfüllt. Die Aufregung steigerte sich immer mehr, und auf allen Gesichtern malte sich die innere Unruhe, die jeder empfand. Die größte Aufregung verrieten die Wortführer, denen alle Einzelheiten und die Zahl der verschiedenen Stimmkugeln bekannt waren. Sie waren ja die Lenker der bevorstehenden Entscheidungsschlacht. Die übrigen rüsteten sich zwar, wie Soldaten, zur Schlacht, suchten sich jedoch inzwischen zu zerstreuen. Die einen nahmen stehend oder sitzend einen Imbiß; andere wieder schritten, Zigaretten rauchend, in dem langen Raume auf und ab und unterhielten sich mit Bekannten, die sie lange nicht gesehen hatten.

Ljewin hatte keine Lust zu essen, und er war auch kein Raucher. Seiner Parteigruppe, das heißt, Sergej Iwanowitsch, Stjepan Arkadjewitsch, Swijaschskij und andern wollte er sich nicht beigesellen, da Wronskij, der in seiner Stallmeisteruniform erschienen war, in eifriger Unterhaltung bei ihnen stand. Gestern schon hatte ihn Ljewin während der Wahlen gesehen und war bemüht gewesen, ihm auszuweichen, da er mit ihm nicht zusammentreffen wollte. Er setzte sich an eines der Fenster und musterte von seinem Platze aus die verschiedenen Gruppen, während er sich zugleich Mühe gab zu hören, was um ihn herum gesprochen wurde. Er fühlte sich in diesem Augenblick besonders mißgestimmt, weil er alle andern erregt, besorgt und geschäftig sah, während er allein mit einem steinalten, zahnlosen, beständig die Lippen hin- und herbewegenden Männchen in Marineuniform, der neben ihm Platz genommen hatte, müßig und teilnahmslos dasaß.

»Das ist solch ein Spitzbube! Ich hab's ihm oft genug gesagt – aber natürlich, er hat's besser gewußt. Und richtig, in drei Jahren hat er's nicht zustande bringen können«, sagte in energischem Tone ein Gutsbesitzer, ein Mann von mittlerer Gestalt, mit etwas gewölbtem Rücken und pomadeglänzendem Haar, das auf den gestickten Kragen seines Uniformrockes herabhing, indem er mit den Absätzen seiner neuen, offenbar speziell für die Wahlen angefertigten Stiefeln auf den Boden aufklopfte. Er warf Ljewin einen mißbilligenden Blick zu und wandte sich kurz ab.

»Ja, die Sache ist nicht ganz sauber, das versteht sich«, bemerkte ein kleingewachsener Gutsbesitzer mit einer dünnen Stimme.

Jetzt näherte sich Ljewin eine ganze Schar von Gutsbesitzern, die sich um einen dicken Herrn in Generaluniform drängten. Sie suchten offenbar nach einem Ort, wo sie ungestört miteinander verhandeln konnten.

»Wie kann er es wagen zu behaupten, ich hätte jemanden dazu angestiftet, ihm seine Beinkleider zu stehlen! Er wird sie einfach selbst vertrunken haben. Ich pfeife auf ihn mit seinem Fürstentitel. Er darf eine solche Gemeinheit nicht von mir sagen.«

»Ja, aber erlauben Sie! Sie beziehen sich dort auf einen Gesetzesparagraphen«, – ertönte es von einer anderen Gruppe her –, »die Ehefrau muß ins Adelsregister eingetragen sein.«

»Ich schere mich den Teufel um den Paragraphen. Ich spreche, wie mir um's Herz ist. Dazu sind wir Edelleute von Geburt – man muß uns aufs Wort glauben.«

»Exzellenz, nehmen wir ein Gläschen *fine Champagne*.«

Ein anderer Haufen ging hinter einem Edelmann her, der mit lauter Stimme förmlich schrie; dies war einer von den beiden Berauschten.

»Ich habe Marja Semjonowna immer dazu geraten, es zu verpachten, weil sie selbst keinen Nutzen daraus ziehen kann«, ließ sich die angenehme Stimme eines graubärtigen Gutsbesitzers in der Oberstenuniform des alten Generalstabs vernehmen. Es war dies derselbe Herr, den Ljewin seinerzeit bei Swijaschskij getroffen hatte. Er erkannte ihn auf den ersten Blick; auch erkannte der andere Ljewin, nachdem er ihn ins Auge gefaßt hatte, und sie begrüßten einander.

»Sehr erfreut! Gewiß, ich erinnere mich Ihrer sehr wohl – im vorigen Jahre bei Nikolaj Iwanowitsch, unserem Gutsnachbarn.«

»Nun, wie steht's mit Ihrer Wirtschaft?« fragte Ljewin.

»Ach, wie immer, es kommt kein Nutzen dabei heraus«, erwiderte jener, indem er bei Ljewin stehen blieb, mit resigniertem Lächeln, aber mit einem gleichmütigen Ausdruck, aus dem die Überzeugung sprach, daß es eben einmal so sein müsse. »Und Sie, wie kommen Sie eigentlich in unser Gouvernement? Sie haben sich auch aufgemacht, um an unserem *coup d'état* teilzunehmen?« fragte er mit scharfer, aber schlechter Aussprache der französischen Worte.

»Ganz Rußland ist hier versammelt: sogar Kammerherren, wenn nicht gar Minister«, und er deutete auf die stattliche Gestalt von Stjepan Arkadjewitsch, der in weißen Beinkleidern und im Kammerherrnfrack mit einem General durch den Saal schritt.

»Ich muß Ihnen offen gestehen, daß ich von der Bedeutung der Adelswahlen sehr wenig verstehe«, sagte Ljewin.

Der Gutsbesitzer wandte ihm seinen Blick zu. »Ja, was gibt es denn da zu verstehen? Eine Bedeutung hat die Sache eigentlich gar nicht. Es ist einfach eine in Verfall geratene Einrichtung, die nur noch kraft des Beharrungsvermögens fortbesteht. Sehen Sie sich nur alle diese Uniformen an – aus ihnen allein spricht es ja ganz deutlich, daß dies eine Versammlung von Friedensrichtern, von aktiven Komiteemitgliedern, aber keineswegs eine von Edelleuten ist.«

»Aber weshalb kommen Sie selbst denn her?« fragte Ljewin.

»Erstens aus Gewohnheit. Dann aber muß ich auch gewisse Beziehungen aufrechterhalten. Ferner spielt auch eine Art von moralischer Verpflichtung mit. Und endlich, wenn ich die Wahrheit gestehen soll, habe ich auch ein gewisses persönliches Interesse daran. Mein Schwager möchte gern zum aktiven Mitglied gewählt werden; er ist nicht gerade besonders wohlhabend, und ich muß ihm helfen, seine Wahl durchzusetzen. Sehen Sie sich einmal diese Herren dort an – zu welchem Zweck kommen die Ihrer Meinung nach wohl her?« sagte er, indem er auf jenen bissigen Herrn deutete, der vorhin am Gouvernementstisch gesprochen hatte.

»Das ist die neue Generation des Adels.«

»Neu ist sie schon, aber nicht von Adel, das sind Grundbesitzer, wir dagegen sind Landwirte. Sie legen selbst die Axt an ihre Existenz als Edelleute.«

»Sie meinten aber doch eben selbst, daß dies eine überlebte Einrichtung sei.«

»Überlebt hat sie sich allerdings, aber nichtsdestoweniger sollte man mit ihr etwas ehrerbietiger umgehen. Nehmen Sie zum Beispiel Snjetkow ... Ob wir nun noch zu etwas gut sind oder nicht, aber jedenfalls hat unser Stand eine Entwicklung von einem Jahrtausend hinter sich. Sehen Sie, es kommt manchmal vor, daß wir gerne vor unserem Haus ein Gärtchen anlegen möchten, zu diesem Zweck aber den Boden planieren müßten. Nun steht aber gerade an der betreffenden Stelle ein hundertjähriger Baum. Es mag ein knorriger, morscher Baum sein, und doch werden wir ihn um der Gartenbeete willen nicht umhauen wollen, wir werden diese vielmehr so anzulegen suchen, daß auch der Baum dabei bestehen bleibt. Solch ein Baum läßt sich nicht in einem Jahr aufziehen«, sprach er bedächtig und änderte sogleich das Thema des Gesprächs. »Nun wie steht's mit Ihrer Wirtschaft?«

»Nicht sonderlich. Etwa fünf Prozent wirft sie ab.«

»Ja, aber Sie rechnen sich selbst dabei nicht mit. Ihr eigenes Leben kostet doch auch etwas? Ich will Ihnen das an mir selbst klarmachen. Bis zu der Zeit, wo ich anfing, mein Gut selbst zu bewirtschaften, bekam ich im Dienst ein Gehalt von dreitausend Rubeln. Jetzt habe ich eine größere Arbeitslast zu bewältigen, als es im Dienst der Fall war, und doch schlage ich ebenso wie Sie nur einen Nutzen von fünf Prozent heraus, und das auch nur dann, wenn es gutgeht. Und meine Arbeitskraft muß ich umsonst hergeben.«

»Weshalb tun Sie es dann, wenn Sie einen direkten Schaden davon haben?«

»Man tut's eben! Was läßt sich da machen? Man ist's eben einmal so gewohnt und weiß, daß es so sein muß. Ich will Ihnen sogar noch mehr sagen«, fuhr der Gutsbesitzer, einmal in Fluß gekommen, fort und lehnte sich an das Fenster, »mein Sohn hat gar keine Lust, Landwirt zu werden. Er will offenbar die Gelehrtenlaufbahn einschlagen. Es wird also niemand da sein, um mein Werk fortzuführen. Und doch mühe ich mich weiter ab. Neulich erst habe ich einen neuen Garten angelegt.«

»Ja, ja«, sagte Ljewin, »das ist ganz richtig. Ich fühle auch, daß bei meiner landwirtschaftlichen Tätigkeit nicht viel herauskommt, und doch arbeite ich weiter. Man fühlt eine gewisse Verpflichtung gegen seinen Grund und Boden.«

»Da will ich Ihnen noch etwas sagen«, fuhr der andere fort. »Mein Nachbar, ein Kaufmann, machte mir neulich einen Besuch. Ich führte ihn durch meine Ökonomie und dann zeigte ich ihm meinen Garten. ›Ja‹, sagte er, ›Stjepan Wassiljewitsch, alles ist bei Ihnen in bester Ordnung, aber der Garten ist vernachlässigt.‹ (Er ist aber bei mir in Wirklichkeit vorzüglich gehalten.) ›Wenn es nach mir ginge, so müßte diese Linde gefällt werden. Man muß nur bis auf den Saft schlagen. Hier stehen an die tausend Linden; jede von ihnen würde zwei Stück vorzüglicher Rinde geben. Und heut steht die Rinde hoch im Preis, und dann würde ich aus den Stämmen behauene Balken schneiden lassen.‹«

»Und für den Erlös würden Sie sich Vieh anschaffen oder ein Stück Land zu einem Spottpreis kaufen und den Bauern in Pacht geben«, ergänzte Ljewin, der augenscheinlich auch schon mehr als einmal mit solchen Ratgebern zu tun gehabt hatte. »Und er würde sich auf diese Weise ein Vermögen erwerben. Sie und ich aber – wir müssen Gott danken, wenn wir nur das Unsrige zusammenhalten, um es unsern Kindern zu hinterlassen.«

»Sie sind verheiratet, wie ich höre?« fragte der Gutsbesitzer.

»Ja«, erwiderte Ljewin mit stolzer Befriedigung. »Es ist doch eine sonderbare Sache«, fuhr er fort, »so verbringen wir unser Leben, ohne daß dabei etwas Vernünftiges herauskommt, als seien wir wie die alten Vestalinnen dazu berufen, irgendein heiliges Feuer zu hüten.«

Der Gutsbesitzer lächelte unter seinem Schnurrbart hervor.

»Es gibt unter uns aber auch solche, die, wie unser Freund Nikolaj Iwanytsch oder neuerdings der Graf Wronskij, eine landwirtschaftliche Industrie ins Leben rufen wollen. Dies hat jedoch bis jetzt zu nichts weiter geführt als zur Vernichtung des eigenen Kapitals.«

»Aber weshalb machen wir's nicht wie die Kaufleute? Weshalb fällen wir nicht die Bäume in unseren Gärten, um die Rinde zu verwerten?« fragte Ljewin, indem er damit auf den Gedanken zurückgriff, der ihn vorhin überrascht hatte.

»Wir müssen eben, wie Sie sagen, das Feuer hüten. Und dann würde sich dies auch für uns Edelleute nicht schicken. Unsere Tätigkeit wird nicht hier bei den Wahlen vollbracht, sondern daheim, in unserem Winkel. Es gibt schließlich auch etwas wie einen gewissen Standesinstinkt, der uns sagt, was wir tun dürfen und was wir nicht tun dürfen. Mit unseren Bauern ist es ganz dasselbe; da sucht einer, wenn er ein tüchtiger Landmann ist, so viel Land zu pachten, als er irgend kann. Und wenn der Acker auch noch so schlecht ist, er pflügt ihn doch immerzu. Und bei ihm kommt auch nichts heraus, er hat nur Schaden davon.«

»Genau wie wir«, sagte Ljewin. »Es war mir sehr, sehr angenehm, Sie zu treffen«, fügte er hinzu, als er Swijaschskij herantreten sah.

»Wir sind einander eben zum erstenmal wieder begegnet, seit wir bei Ihnen zusammen waren und haben uns gleich in eine Unterhaltung vertieft«, sagte der Gutsbesitzer.

»Sie werden wohl über unsere neuen Einrichtungen hergezogen sein!« bemerkte Swijaschskij mit einem Lächeln.

»Ohne das ist's nicht abgegangen.«

»Wir haben uns gegenseitig das Herz ausgeschüttet.«

30

Swijaschskij faßte Ljewin unter und führte ihn zu seiner Parteigruppe.

Jetzt war es nicht mehr möglich, Wronskij auszuweichen. Er stand bei Stjepan Arkadjewitsch und Sergej Iwanowitsch und heftete seinen Blick auf Ljewin, während dieser herantrat.

»Sehr erfreut. Wenn ich nicht irre, hatte ich bereits das Vergnügen ... bei der Fürstin Schtscherbazkaja«, sagte er, indem er Ljewin die Hand reichte.

»Ja, ich erinnere mich unserer Begegnung sehr genau«, erwiderte Ljewin, während ihm eine dunkle Röte in die Wangen stieg. Er wandte sich sogleich von ihm ab und begann ein Gespräch mit seinem Bruder.

Mit einem leisen Lächeln ließ sich Wronskij nun in eine Unterhaltung mit Swijaschskij ein, da er offenbar nicht die geringste Lust hatte, mit Ljewin ins Gespräch zu kommen. Dieser blickte sich jedoch, während er mit seinem Bruder sprach, jeden Augenblick nach Wronskij um, indem er bei sich überlegte, wie er wohl, um seine Unhöflichkeit wiedergutzumachen, ein Gespräch mit ihm anknüpfen könnte.

»Um was handelt es sich denn jetzt?« fragte Ljewin, indem er sich zu Swijaschskij und Wronskij wandte.

»Es handelt sich um Snjetkow. Er muß sich jetzt entscheiden, ob er ablehnt oder annimmt«, erwiderte Swijaschskij.

»Und wie stellt er sich denn zur Sache, will er annehmen oder nicht?«

»Darum handelt es sich ja gerade, daß er weder ja noch nein sagt«, bemerkte Wronskij.

»Und wenn er ablehnen sollte, wer würde sich dann als Kandidat aufstellen lassen?« fragte Ljewin, indem er Wronskij ansah.

»Wer gerade will«, sagte Swijaschskij.

»Ich tu's auf keinen Fall«, bemerkte Swijaschskij verlegen und warf dem bissigen Herrn, der neben Sergej Iwanowitsch stand, einen scheuen Blick zu.

»Wer denn also? Newjedowskij vielleicht?« fragte Ljewin, der die Empfindung hatte, daß er sich eine Blöße gegeben habe.

Aber durch diese Frage hatte er die Sache nur noch schlimmer gemacht – Newjedowskij und Swijaschskij waren nämlich beide Wahlkandidaten.

»Ich werde es sicherlich unter keinen Umständen tun«, sagte der bissige Herr.

Dies war Newjedowskij selbst, und Swijaschskij machte ihn und Ljewin miteinander bekannt.

»Na, hat dich das Wahlfieber auch gepackt?« fragte Stjepan Arkadjewitsch, indem er Wronskij zuzwinkerte. »Es ist wie bei den Rennen, man möchte geradezu wetten.«

»Ja, das packt einen«, erwiderte Wronskij. »Und hat man sich einmal auf die Sache eingelassen, so will man sie auch zu Ende führen. Es ist ein Kampf!« fügte er hinzu, indem er die Brauen zusammenzog und seine starken Backenknochen aufeinanderpreßte.

»Was das für ein tüchtiger Mann ist, dieser Swijaschskij! Ein ungewöhnlich klarer Kopf.«

»O ja«, sagte Wronskij zerstreut.

Im Gespräch trat eine Pause ein, während welcher Wronskij – irgendwohin muß man ja wohl seinen Blick lenken – auf Ljewin blickte, auf seine Füße, seine Uniform, dann auf sein Gesicht. Er sah dessen mit finsterem Ausdruck auf ihn gerichteten Blick und fragte nun, nur um etwas zu sagen:

»Wie kommt es eigentlich, daß Sie, der Sie doch beständig auf dem Lande leben, nicht Friedensrichter geworden sind? Ihre Uniform ist nicht die eines Friedensrichters.«

»Ich bin es aus dem Grunde nicht geworden, weil ich der Ansicht bin, daß das Friedensgericht eine alberne Einrichtung ist«, erwiderte Ljewin mürrisch, obwohl er die ganze Zeit auf eine Gelegenheit gewartet hatte, mit Wronskij ein Gespräch anzuknüpfen, um die frühere Unhöflichkeit, die er sich bei seiner ersten Begegnung mit ihm hatte zuschulden kommen lassen, wiedergutzumachen.

»Ich bin nicht dieser Ansicht, im Gegenteil«, versetzte Wronskij ruhig, aber verwundert.

»Das ist nichts als eine Spielerei«, fiel ihm Ljewin ins Wort. »Wir brauchen keine Friedensrichter. Ich habe im Laufe von acht Jahren kaum einen Rechtsstreit gehabt, und wenn ich einen hatte, so wurde er ganz verkehrt entschieden. Der Friedensrichter lebt in einer Entfernung von vierzig Werst von mir. Ich muß also wegen einer Sache, bei der es sich um zwei Rubel handelt, einen Vertreter hinschicken, der mich fünfzehn Rubel kostet.«

Und er begann nun zu erzählen, wie ein Bauer, der einem Müller Mehl gestohlen hatte, gegen diesen, als er ihn der Tat bezichtigte, wegen Verleumdung klagbar geworden war. Alles dies gehörte gar nicht hierher und hatte keinen Sinn, und Ljewin fühlte das selbst sehr wohl, während er sprach.

»O, er ist ein Original!« sagte Stjepan Arkadjewitsch mit seinem süßesten Lächeln. »Gehen wir übrigens, ich glaube, es wird gleich abgestimmt.«

Und so trennte sich die Gruppe.

»Ich begreife nicht«, sagte Sergej Iwanowitsch, dem die unpassenden Bemerkungen seines Bruders nicht entgangen waren, »ich begreife nicht, wie man bis zu einem solchen Grade jeden politischen Taktes bar sein kann. Das ist es, was uns Russen überhaupt fehlt. Der Gouvernements-Adelsmarschall ist unser Gegner, und du bist mit ihm »*ami cochon*« und forderst ihn auf, sich wählen zu lassen. Und dieser Graf Wronskij ... ich bemühe mich zwar nicht gerade um seine Freundschaft – er hat mich zum Essen eingeladen, und ich werde nicht hingehen –, aber er gehört doch zu unserer Partei; weshalb soll man sich ihn zum Feinde machen? Dann fragtest du auch nach Newjedowskij, ob er sich als Kandidat aufstellen läßt. So etwas tut man nicht!«

»Ach, ich verstehe nichts von all diesen Dingen. Das ist ja auch alles dummes Zeug«, entgegnete Ljewin mürrisch.

»Da sagst du nun, das ist alles dummes Zeug, aber sobald du daran rührst, bringst du alles durcheinander.«

Ljewin erwiderte nichts, und sie betraten zusammen den großen Saal.

Der Gouvernements-Adelsmarschall hatte sich, obwohl er den Verrat, der an ihm verübt werden sollte, in der Luft schweben fühlte, und obwohl er nicht von allen seinen Anhängern dazu aufgefordert worden war, trotzdem entschlossen, sich als Wahlkandidaten aufstellen zu lassen. Alles im Saale verstummte, und der Schriftführer verkündigte mit weithin schallender Stimme, daß der Rittmeister der Garde,

Michael Stjepanowitsch Snjetkow für den Posten des Gouvernements-Adelsmarschalls kandidiere.

Die Adelsmarschälle der einzelnen Kreise traten mit den Tellerchen, auf denen die Stimmkugeln lagen, von ihren Tischen zum Gouvernementstisch, und die Wahl nahm ihren Anfang.

»Rechts hinlegen«, flüsterte Stjepan Arkadjewitsch Ljewin zu, als sie hinter dem Adelsmarschall zusammen zu dem Tisch schritten. Ljewin hatte jedoch in diesem Augenblick das Wahlmanöver, das man ihm vorher auseinandergesetzt hatte, vollständig vergessen und fürchtete nun, Stjepan Arkadjewitsch könne sich geirrt haben, als er ihm zuflüsterte: »rechts hinlegen«. Snjetkow war ja ein Gegenkandidat! Als er an den Kasten herankam, hielt er seine Kugel in der rechten Hand, da er aber meinte, daß ein Irrtum vorliegen müsse, nahm er sie, unmittelbar vor dem Kasten, in die linke Hand und legte sie darauf offenbar nach links. Ein Herr, dessen Blick in diesen Dingen geübt war und der nach der bloßen Bewegung des Ellbogens zu erkennen vermochte, auf welche Seite jeder Wähler seine Kugel legte, runzelte unwillkürlich die Stirn. Er hatte es in diesem Fall gewiß nicht nötig gehabt, seinen Scharfsinn besonders anzustrengen.

Alles war verstummt, und man hörte nur das Klappern der Kugeln, die jetzt gezählt wurden. Darauf verkündete eine Stimme, die durch den Raum schallte, die Anzahl der Wähler, die für oder gegen gestimmt hatten.

Der Adelsmarschall war mit bedeutender Stimmenmehrheit wiedergewählt worden. Es erhob sich ein allgemeiner Lärm, und alles drängte gewaltsam nach der Tür. Snjetkow trat ein, und die versammelten Edelleute umringten ihn unter Glückwünschen.

»Nun ist die Sache wohl zu Ende?« wandte sich Ljewin an Sergej Iwanowitsch.

»Im Gegenteil, es fängt jetzt erst recht an«, entgegnete Swijaschskij an Stelle von Sergej Iwanowitsch. »Der Gegenkandidat des Adelsmarschalls kann noch mehr Kugeln bekommen.«

Ljewin war auch dieser Umstand gänzlich entfallen. Erst

jetzt fiel es ihm wieder ein, daß hier irgendein Kniff verborgen sei, aber er wollte sich nicht die Mühe geben, sich darauf zu besinnen, worin dieser Kniff eigentlich bestehe. Ein Gefühl der Niedergeschlagenheit überkam ihn, und er sehnte sich danach, aus diesem Gewühl herauszukommen.

Da ihn niemand zu beachten schien und er nun hier offenbar überflüssig war, lenkte er seine Schritte behutsam nach dem kleinen Speisesaal, und er empfand eine gewisse Erleichterung, als er wieder die Diener von vorhin erblickte. Der alte Diener fragte ihn, ob er nicht etwas zu sich zu nehmen wünsche, und Ljewin ließ sich etwas bringen. Er aß ein Kotelett, unterhielt sich mit dem Aufwärter über seine frühere Herrschaft und begab sich dann, da er nicht mehr in den Saal wollte, wo er sich so unbehaglich fühlte, auf die Galerie.

Hier war alles von geputzten Damen besetzt, die sich über die Brüstung beugten, um ja kein Wort von dem zu verlieren, was unten gesprochen wurde. Neben den Damen saßen und standen elegant gekleidete Advokaten, Gymnasiallehrer mit Brillen auf der Nase und Offiziere. Überall wurde nur von den Wahlen gesprochen, davon, wie sich der Adelsmarschall abgemüht habe und wie interessant die Debatten gewesen seien. In einer der Gruppen hörte Ljewin beifällige Äußerungen über seinen Bruder. Eine der Damen sagte zu einem Advokaten:

»Wie glücklich bin ich, daß ich Kosnyschew gehört habe! Es lohnt sich schon seinetwegen, ein wenig zu hungern. Prachtvoll! Wie klar und deutlich er spricht! Bei Ihnen am Gericht ist kein einziger, der so gut reden kann. Höchstens vielleicht Maidel, und auch der spricht lange nicht so gut.«

Ljewin fand einen freien Platz am Geländer und beugte sich vor, um zu sehen und zu hören, was unten vorging.

Die versammelten Edelleute saßen in ihren nach den einzelnen Wahlkreisen geordneten umgrenzten Abteilungen. In der Mitte des Saales stand ein Herr in Uniform und verkündete mit lauter Stimme:

»Es wird abgestimmt über die Kandidatur des Stabsrittmeisters Jewgenij Iwanowitsch Apuchtin zum Gouvernements-Adelsmarschall.«

Totenstille trat ein, und dann wurde eine schwache Greisenstimme vernehmbar:

»Ich verzichte.«

»Es wird abgestimmt über die Kandidatur des Hofrates Pjotr Pjetrowitsch Bolj«, – ertönte von neuem die Stimme.

»Ich verzichte!« rief eine jugendliche, kreischende Stimme.

Wieder wurde in der gleichen Weise ein neuer Wahlkandidat aufgerufen und wieder hieß es: »Ich verzichte.« So ging es eine Stunde lang fort. Ljewin saß auf die Brüstung gestützt da und sah und hörte zu. Anfangs wunderte er sich über alles, was unten vorging, und gab sich Mühe zu verstehen, was es zu bedeuten habe. Bald jedoch überzeugte er sich von der Unmöglichkeit, sich über die Vorgänge klar zu werden und fing an sich zu langweilen. Als ihm dann aber die Erregung und die Gehässigkeit zum Bewußtsein kamen, die auf allen Gesichtern zu lesen waren, wurde ihm so traurig zumute, daß er den Ort zu verlassen beschloß und sich hinunterbegab. In der Vorhalle zu der Galerie stieß er auf einen auf und ab wandelnden und niedergeschlagen dreinschauenden Gymnasiasten mit aufgeschwollenen Augen. Auf der Treppe begegnete ihm ein Paar: eine Dame, die so hastig hinaufflief, daß ihre Absätze klapperten, und ein leichtfüßiger Herr, in dem er den stellvertretenden Staatsanwalt erkannte.

»Ich hab's Ihnen ja gesagt, daß Sie nicht zu spät kommen würden«, sagte der Staatsanwalt, als Ljewin auf die Seite trat, um die Dame vorbeizulassen.

Ljewin war schon an der Ausgangstreppe angelangt und nahm gerade aus seiner Westentasche die Garderobennummer, um sich seinen Pelz geben zu lassen, als er vom Schriftführer abgefangen wurde.

»Bitte, wenn es gefällig ist, Konstantin Dmitrijewitsch, es wird abgestimmt.«

Es handelte sich in diesem Augenblick um die Wahl von Newjedowskij, der vorhin mit solcher Entschiedenheit erklärt hatte, daß er sich nicht wählen lassen wolle.

Ljewin trat zu der Saaltür; sie war verschlossen. Der Schriftführer klopfte an, die Tür wurde geöffnet und zwei

Gutsbesitzer stürzten mit hochgeröteten Gesichtern Ljewin entgegen und schlängelten sich dann an ihm vorbei.

»Ich kann's nicht mehr aushalten«, sagte der eine von ihnen.

Hinter diesem schob sich die Gestalt des Gouvernements-Adelsmarschalls hervor. Sein Gesicht war entstellt vor Erschöpfung und Angst.

»Ich habe dir doch befohlen, niemanden herauszulassen«, rief er dem Türsteher zu.

»Ich habe nur jemanden hineingelassen, Ew. Exzellenz!«

»Mein Gott!« seufzte der Adelsmarschall aus tiefster Brust und schritt, indem er in seinen weißen Beinkleidern die Füße mühsam fortbewegte, mit gesenktem Kopf durch die Mitte des Saales an den großen Tisch.

Man hatte die Stimmen, der Verabredung gemäß, auf Newjedowskij übertragen, und dieser war infolgedessen zum Gouvernements-Adelsmarschall gewählt worden. Viele waren in freudigster Stimmung, manche fühlten sich zufrieden oder glücklich oder waren entzückt, andere wieder waren unzufrieden oder unglücklich. Der bisherige Gouvernements-Adelsmarschall war in einer Verzweiflung, deren er nicht Herr zu werden vermochte. Als Newjedowskij den Saal verließ, wurde er von der Menge umringt, die ihm voller Begeisterung das Geleit gab, ebenso wie sie es am Eröffnungstage der Wahlen und zur Zeit, als er zum ersten Male gewählt worden war, mit dem Gouvernements-Adelsmarschall Snjetkow getan hatte.

31

Der neugewählte Gouvernements-Adelsmarschall und viele Mitglieder der siegreichen Partei speisten an diesem Tage bei Wronskij zu Mittag.

Wronskij war unter anderem auch aus dem Grunde zu den Wahlen gekommen, weil er sich auf dem Lande langweilte, und weil er es für nötig hielt, Anna gegenüber seine Rechte auf seine persönliche Freiheit geltend zu machen. Dann aber war es ihm auch darum zu tun gewesen, sich Swijaschskij für all die Mühe, die sich dieser während der Kreiswahlen um ihn gegeben hatte, durch seine Unterstützung bei den jetzigen Wahlen erkenntlich zu zeigen. Der Hauptgrund jedoch lag für ihn darin, daß ihm wichtig schien, alle Pflichten seiner Stellung als Edelmann und Grundbesitzer, die er selbst auf sich genommen hatte, streng zu erfüllen. Aber er hätte nie gedacht, daß der ganze Wahlkampf in ihm ein so lebhaftes Interesse würde erwecken können, um sich ihm mit ganzer Seele hinzugeben, und ebensowenig hätte er geglaubt, daß er seiner Aufgabe so sehr gewachsen wäre. Er war in dem Kreise der hier versammelten Edelleute völlig fremd, und dennoch hatte er augenscheinlich Erfolg gehabt, und er irrte sich nicht in der Annahme, daß er unter seinen Standesgenossen bereits einigen Einfluß gewonnen habe. Diesen Einfluß hatte er verschiedenen Umständen zu verdanken: seinem Reichtum und seinem hohen Rang, seinem schönen Hause in der Stadt, das ihm sein alter Bekannter Schirkow, der sich mit Finanzgeschäften befaßte und der Gründer einer blühenden Bank in Moskau war, abgetreten hatte; dann kam auch noch der vorzügliche Koch in Betracht, den Wronskij von seinem Landsitze mitgebracht hatte. Auch seine freundschaftlichen Beziehungen zu dem Gouverneur, der ein Regimentskamerad Wronskijs und ihm von früheren Zeiten her zu Dank verpflichtet war, spielten eine gewisse Rolle. Vor allem aber war es sein natürliches, gegen alle Menschen gleich freundliches Wesen, was für ihn eingenommen und die Mehrzahl der Edelleute veranlaßt hatte, ihre vorgefaßte Meinung über seinen Hochmut zu ändern. Er hatte die Empfindung, daß mit Ausnahme jenes albernen Menschen, der mit Kitty Schtscherbazkaja verheiratet war und der ihm mit wütender Gehässigkeit *à propos de bottes* eine Menge an den Haaren herbeigezogener Ungereimtheiten an den Kopf geworfen hatte, unter den Edelleuten, mit denen er bekannt geworden, jeder sich zu ihm hingezogen fühlte. Er erkannte es ganz klar, und es wurde ihm auch von anderen bestätigt, daß er ein gut Teil zu Newjedowskijs Erfolg beigetragen hatte. Und als er jetzt an seinem eigenen Tische die Wahl des neuen Gouvernements-Adelsmarschalls feierte, da hatte er das erhebende Gefühl, daß der Triumph des Gewählten auch der seinige sei. Der Wahlkampf selbst hatte für ihn einen solchen Reiz gehabt, daß er sich vornahm, wenn er nach Ablauf der dreijährigen Amtsdauer des Adelsmarschalls verheiratet sein würde, selbst als Wahlkandidat aufzutreten – ebenso, wie er sich nach einem von seinem Jockei errungenen Rennpreise von der Lust ergriffen fühlte, selbst in den Sattel zu steigen.

Jetzt aber wurde der Triumph des Jockeis gefeiert. Wronskij saß an der Spitze der Tafel, zu seiner Rechten hatte er den jungen Gouverneur, der General *à la suite* war. Für alle anderen war dies der Herr des ganzen Gouvernements, der die Wahlen in feierlicher Weise mit einer Ansprache eröffnet hatte und der, wie Wronskij sehr wohl merkte, von vielen mit Ehrfurcht und kriechender Freundlichkeit behandelt wurde. Für Wronskij aber war dies »Maßlow Katjka« – wie sein Spitzname im Pagenkorps gelautet hatte – der in seiner Gegenwart eine gewisse Schüchternheit an den Tag legte, so daß Wronskij sich bemühte, ihn »*mettre à son aise*«. Zu seiner Linken saß Newjedowskij mit seinem jugendlichen, unbeweglichen und bissigen Gesicht. Wronskij verhielt sich gegen ihn ungezwungen und zugleich achtungsvoll.

Swijaschskij ertrug seinen Mißerfolg mit heiterer Miene. Es war dies für ihn in Wirklichkeit gar kein Mißerfolg, wie er selbst sagte, indem er sich mit seinem Kelchglas zu Newjedowskij wandte: man hätte sich unmöglich, meinte er, einen ausgezeichneteren Vertreter der neuen Richtung, die der Adelsstand einschlagen müßte, wünschen können. Und daher stehe jeder, der es ehrlich meine, auf der Seite des heutigen Siegers und feiere ihn.

Auch Stjepan Arkadjewitsch war in der fröhlichsten Stimmung, weil er seine Zeit so vergnügt zugebracht hatte und weil alle zufrieden waren. Während des vortrefflichen Mahles wurden die verschiedenen Episoden des Wahlkampfs besprochen. Swijaschskij ahmte in komischer Weise die weinerliche Rede des bisherigen Gouvernements-Adelsmarschalls nach und bemerkte, indem er sich zu Newjedowskij wandte, daß Seine Exzellenz während seiner Amtsdauer eine neue, verwickeltere Art der Geldrevision werde ausfindig machen müssen als bloß Tränen. Ein anderer Spaßvogel erzählte, daß der alte Gouvernements-Adelsmarschall sich für den Ball, den er zu geben beabsichtigt hatte, Lakaien in Kniestrümpfen verschrieben habe, und meinte, man müsse sie jetzt wieder zurückschicken, es sei denn, daß der neugewählte Adelsmarschall seinerseits die Absicht habe, einen Ball zu veranstalten, auf dem die Lakaien in Kniestrümpfen figurieren sollten.

Während des Essens richtete man mit Vorliebe das Wort an Newjedowskij und redete ihn immerzu mit: »unser Gouvernements-Adelsmarschall« oder mit »Exzellenz« an.

Dies geschah mit demselben Vergnügen, mit dem man etwa eine junge Ehefrau mit »*madame*« oder bei ihrem neuerworbenen Namen anredet. Newjedowskij gab sich den Anschein, als verhalte er sich nicht nur mit Gleichgültigkeit, sondern auch mit Geringschätzung gegen seinen neuen Titel, aber es war deutlich zu merken, daß er sich in seinem Innern hochbeglückt fühlte und sich Zwang antun mußte, um sein Entzücken nicht zu verraten, da dies zu der neuen, liberalen Richtung, zu der alle Anwesenden gehörten, nicht gut gepaßt hätte.

Noch während man bei Tische saß, wurden mehrere Telegramme an Bekannte abgeschickt, die sich für das Ergebnis der Wahlen interessierten. Auch Stjepan Arkadjewitsch, der sehr aufgeräumt war, sandte an Darja Alexandrowna ein Telegramm folgenden Inhalts ab: »Newjedowskij mit zwanzig Kugeln gewählt. Gratulieren. Weiter verbreiten.« Er diktierte es laut und bemerkte dazu: »Ich muß ihnen doch diese Freude machen.« Darja Alexandrowna aber seufzte nur, als sie das Telegramm erhielt, über den Rubel, den es gekostet hatte und war sich sofort klar, daß es gegen Ende eines Gelages entstanden sein mußte. Sie kannte Stiwas Schwäche am Ende von Festdiners »*faire jouer le télégraphe*«.

Das ausgezeichnete Essen und die Weine, die nicht aus russischen Kellereien stammten, sondern direkt aus dem Ausland bezogen waren, trugen das ihrige dazu bei, um dem Fest einen durchaus vornehmen und zugleich ungezwungenen und fröhlichen Charakter zu verleihen. Die Gäste, etwa zwanzig an der Zahl, waren von Swijaschskij aus einem Kreise von gleichgesinnten, liberalen, im Interesse der neuen Partei tätigen, geistreichen und achtbaren Männern ausgewählt worden. Es wurden Toaste, auch halb scherzhafter Natur, auf den neuen Gouvernements-Adelsmarschall, auf den Gouverneur, auf den Bankdirektor und auch auf »unseren liebenswürdigen Gastgeber« ausgebracht.

Wronskij war sehr befriedigt. Er hätte nicht erwartet, daß in der Provinz ein so netter Ton herrschen könne.

Gegen Ende des Mahles wurde die Stimmung noch fröhlicher. Der Gouverneur forderte Wronskij auf, das Konzert zum Besten der »Brüderschaft« zu besuchen, das seine Frau, die ihn sehr gerne kennenlernen möchte, veranstaltet hatte.

»Nachher findet ein Ball statt, und du wirst dort unsere Stadtschönheit sehen. Sie ist in der Tat ganz hervorragend schön.«

»*Not in my line*«, erwiderte Wronskij, der diesen Ausdruck gern gebrauchte, aber er lächelte zustimmend und sagte zu.

Man hatte sich noch nicht vom Tische erhoben und gerade angefangen zu rauchen, als Wronskijs Kammerdiener ihm einen Brief auf einem Präsentierteller hereinbrachte.

»Aus Wosdwischenskoje durch Eilboten«, sagte er mit Nachdruck.

»Merkwürdig, wie sehr er dem zweiten Staatsanwalt Swentitzkij ähnlich sieht«, sagte einer der Gäste in französischer Sprache in bezug auf den Kammerdiener, während Wronskij den Brief mit gerunzelter Stirn las.

Er war von Anna. Noch bevor er ihn gelesen hatte, kannte er seinen Inhalt. Er hatte in der Annahme, daß die Wahlen in fünf Tagen zu Ende sein würden, seine Rückkehr auf Freitag festgesetzt. Heute war indessen schon Sonnabend, und er wußte, daß der Brief Vorwürfe enthielt, weil er nicht zur angegebenen Zeit zurückgekehrt sei. Der Brief, den er gestern Abend an sie abgeschickt hatte, war voraussichtlich noch nicht in ihre Hände gelangt.

Der Inhalt des Briefes entsprach in der Tat ganz dem, was er erwartet hatte, aber seine Form war überraschend und berührte ihn besonders peinlich: »Annie ist sehr krank, der Arzt sagt, es könne eine Entzündung sein. So allein verliere ich den Kopf. Die Prinzessin Warwara ist keine Hilfe, sie ist eher störend. Ich habe Dich vorgestern und gestern zurückerwartet, und jetzt schicke ich zu Dir, um zu erfahren, wo Du bist und wie es Dir geht. Ich wollte erst selbst kommen, habe mich jedoch anders entschlossen, da ich weiß, daß es Dir nicht angenehm sein würde. Gib irgendeinen Bescheid, damit ich weiß, was ich tun soll.«

»Das Kind ist krank und doch wollte sie selbst kommen; die Tochter krank und dieser feindselige Ton!«

Wronskij empfand auf das schmerzlichste den schneidenden Gegensatz zwischen der harmlosen Feststimmung bei den Wahlen und dieser düsteren, drückenden Liebesatmosphäre, in deren Bannkreis er zurückkehren sollte. Dennoch war er sich klar darüber, daß er fort müsse, und so reiste er denn noch in der Nacht mit dem ersten Zuge nach Hause zurück.

32

Vor Wronskijs Abreise hatte Anna sich klargemacht, daß alle die Auftritte, die sich bei jeder Trennung von ihm wiederholten, nur dazu angetan seien, seine Gefühle für sie zu erkälten, nicht aber ihn an sich zu fesseln. Sie hatte sich daher fest vorgenommen, sich den äußersten Zwang anzutun, um die Trennung von ihm mit Gleichmut zu ertragen. Aber jener kalte, strenge Blick, mit dem er sie angesehen, als er gekommen war, um ihr seine Abreise anzukündigen, hatte sie tief verletzt, und er hatte das Haus noch nicht verlassen, als es mit ihrer Ruhe auch schon zu Ende war.

In ihrer Einsamkeit grübelte sie dann lange über die Bedeutung jenes Blickes nach, durch den er offenbar sein Recht auf seine persönliche Freiheit hatte ausdrücken wollen, und sie kam, wie stets, zur gleichen Schlußfolgerung – zu der Erkenntnis ihrer Erniedrigung. »Er hat das Recht, sich zu entfernen, wann und wohin es ihm beliebt, und nicht nur sich zu entfernen, sondern mich ganz zu verlassen. Er hat alle Rechte, ich aber habe gar keine. Und gerade weil er das weiß, sollte er es nicht tun. Aber was hat er eigentlich Schlimmes getan? ... Er hat mich mit einem kalten und strengen Blick angesehen. Das ist natürlich etwas, was sich nicht definieren, nicht mit Händen greifen läßt, aber früher ist es nie vorgekommen, und dieser Blick bedeutet gar viel«, dachte sie. »Dieser Blick bedeutet, daß seine Gefühle für mich kälter zu werden beginnen.«

Und diese Überzeugung von der Erkaltung seiner Gefühle ging Hand in Hand mit der Erkenntnis, daß sie nichts daran ändern könne, daß ihr Verhalten gegen ihn das gleiche bleiben müsse wie bisher. Ihre Liebe und der Reiz ihrer Persönlichkeit waren nach wie vor die einzigen Mittel, die sie besaß, um ihn an sich zu fesseln. Und nach wie vor gelang es ihr nur durch angestrengte Tätigkeit am Tage und den Genuß von Morphium für die Nacht, die furchtbaren Gedanken an das zu betäuben, was eintreten mußte, wenn er aufhören sollte, sie zu lieben. Allerdings gab es noch ein anderes Mittel: nicht etwa ihn in seiner Freiheit zu beschränken – sie wollte alles einzig und allein seiner Liebe zu verdanken haben – wohl aber ihm so nahezutreten, ihre Beziehungen zu ihm so zu gestalten, daß er sie nicht verlassen konnte. Dieses Mittel war die Scheidung von ihrem Gatten und die Ehe mit ihm. Und sie begann die Scheidung nun herbeizuwünschen und war entschlossen, sich damit einverstanden zu erklären, sobald Wronskij die Rede darauf bringen würde.

In solchen Gedanken hatte sie fünf Tage verbracht, die ganze Zeit, die er abwesend sein sollte.

Spaziergänge, Unterhaltungen mit der Prinzessin Warwara, Besuche des Krankenhauses und vor allem Lektüre, denn sie verschlang ein Buch nach dem andern, füllten ihre Zeit aus. Als aber der Kutscher am sechsten Tage ohne ihn zurückkehrte, fühlte sie, daß sie jetzt durch nichts mehr imstande sei, den Gedanken an ihn und an das, was er dort wohl tun möge, zu betäuben. Zur selben Zeit erkrankte ihre Kleine. Anna widmete sich nun ihrer Pflege, aber auch das gewährte ihr nicht die gewünschte Zerstreuung, um so weniger, als die Krankheit sich als nicht gefährlich erwies. So sehr sie sich auch Mühe gab, sie konnte dieses Mädchen nicht lieben, und Liebe zu heucheln, war ihr ebenso unmöglich. Am Abend desselben Tages, als Anna allein geblieben war, wurde sie von einer solchen Angst um ihn erfaßt, daß sie anfangs beschloß, selbst zu ihm in die Stadt zu fahren. Nach einiger Überlegung jedoch schrieb sie ihm jenen widerspruchsvollen Brief und sandte ihn, ohne ihn nochmals durchzulesen, durch einen Eilboten ab. Am nächsten Morgen erhielt sie seinen Brief und bereute nun, den ihrigen geschrieben zu haben. Mit Schrecken dachte sie daran, daß sie wieder jenem strengen Blick zu begegnen haben würde, den er ihr vor seiner Abreise zugeworfen hatte, namentlich, wenn er erführe, daß die Kleine gar nicht ernstlich krank sei. Nichtsdestoweniger freute sie sich im Grunde genommen über ihren Brief. Anna war jetzt schon so weit gekommen, daß sie sich trotz ihrer Erkenntnis, daß sie ihm zur Last sei, daß er mit Bedauern seine Freiheit aufgebe, um zu ihr zurückzukehren, darüber freute, daß er nur kam. Mochte sie ihm lästig sein – gleichviel, wenn er nur bei ihr sei, damit sie alles, was er tue, mit eigenen Augen sehen könne.

Sie saß im Wohnzimmer, unter der Lampe, an einem neuen Werke von Taine und las, während sie dem Winde draußen lauschte und jeden Augenblick den herankommenden Wagen zu hören hoffte. Mehrmals glaubte sie das Geräusch der Räder zu vernehmen, aber es erwies sich immer als eine Täuschung. Endlich hörte sie nicht nur das Knirschen der Räder, sondern auch die Stimme des Kutschers und das dumpfe Rollen des Wagens in der gedeckten Einfahrt. Selbst die Prinzessin Warwara, die mit Patiencelegen beschäftigt war, bestätigte dies, und Anna erhob sich, von flammender Röte übergossen. Anstatt jedoch hinabzueilen, wie sie vorher zweimal getan hatte, blieb sie jetzt stehen. Sie schämte sich plötzlich ihrer Lüge, besonders aber bangte ihr davor, wie er ihr begegnen würde. Das Gefühl der Kränkung, die sie vorher empfunden hatte, war verschwunden, und sie fürchtete jetzt nur noch seinen Unwillen. Sie dachte daran, daß ihre Kleine schon seit zwei Tagen wieder völlig gesund sei. Sie empfand sogar einen gewissen Verdruß darüber, daß das Befinden des Kindes sich gerade zu der Zeit, als der Brief abging, wieder gebessert hatte. Dann aber wurde sie von dem Gedanken überwältigt, daß er ja jetzt da sei, in eigener Person, mit seinen Händen, seinen Augen. Sie hörte seine Stimme zu ihr heraufdringen, und da vergaß sie alles und lief ihm freudig entgegen.

»Nun, was macht Annie?« fragte er schüchtern von unten herauf, als er Anna hinabeilen sah.

Er saß auf einem Stuhl, während der Diener ihm den warmen Stiefel auszog.

»Es ist nichts, es geht ihr besser.«

»Und dir?« fragte er, indem er den Schnee von sich schüttelte.

Sie ergriff mit beiden Händen seinen Arm und legte ihn um ihre Taille, ohne den Blick von ihm abzuwenden.

»Nun, das freut mich sehr«, sagte er, während er mit kaltem Ausdruck ihr Gesicht, ihre Frisur und ihr Kleid, das sie, wie er wußte, eigens für ihn angelegt hatte, musterte.

Alles das gefiel ihm, aber wie oft schon hatte es sein Gefallen erweckt! Und jener strenge, versteinerte Ausdruck, den sie so sehr gefürchtet hatte, lagerte sich auf seinem Gesicht.

»Nun, das freut mich sehr«, wiederholte er. »Du bist also ganz wohl?« fragte er und küßte ihr die Hand, nachdem er sich mit dem Taschentuch den nassen Bart gewischt hatte.

»Gleichviel«, dachte sie, »wenn er nur hier, wenn er nur bei mir ist, dann kann und darf er nicht anders, als mich lieben.«

Der Abend nahm in Gesellschaft der Prinzessin Warwara einen glücklichen und fröhlichen Verlauf; die letztere beklagte sich bei Wronskij über Anna, weil sie in seiner Abwesenheit Morphium genommen habe.

»Was soll ich denn tun? Ich konnte nicht schlafen. ... Meine Gedanken hinderten mich daran. Wenn er da ist, nehme ich es fast nie.«

Er erzählte von den Wahlen, und Anna verstand es, ihn

durch ihre Fragen auf das zu bringen, was ihn in heiterer Stimmung erhielt – auf seinen Erfolg. Sie berichtete ihm über alle häuslichen Vorgänge, die ihn interessieren konnten. Und alles, was sie zu sagen hatte, war nur erfreulicher Natur.

Als sie jedoch spät am Abend allein geblieben waren und Anna sah, daß sie ihn wieder völlig beherrschte, da wollte sie den quälenden Eindruck jenes Blickes, den er ihr vorhin wegen ihres Briefes zugeworfen hatte, verwischen.

»Gesteh's nur ein, du hast dich über meinen Brief geärgert und mir nicht geglaubt?«

Kaum hatte sie diese Worte gesprochen, so ward ihr auch schon klar, daß er ihr das, so liebevoll er auch gegen sie gestimmt war, nicht verziehen habe.

»Ja«, erwiderte er. »Der Brief war sonderbar: einerseits hieß es, Annie sei krank und andererseits wolltest du trotzdem zu mir kommen.«

»Das war alles wahr.«

»Ich zweifle auch nicht daran.«

»Nein, du zweifelst daran, du bist unzufrieden mit mir, ich seh' dir's an.«

»Nicht die Spur. Ich bin allerdings unzufrieden, aber nur aus dem Grunde, weil du, wie mir scheint, nicht zugeben willst, daß es gewisse Pflichten gibt …«

»Zum Beispiel die Pflicht, ein Konzert zu besuchen …«

»Wir wollen lieber nicht weiter davon sprechen«, sagte er.

»Weshalb sollten wir denn nicht davon sprechen?« fragte sie dagegen.

»Ich wollte nur sagen, daß es Angelegenheiten gibt, deren Erledigung unerläßlich ist. So muß ich jetzt zum Beispiel wegen meines Hauses nach Moskau … Ach Anna, warum bist du nur so reizbar? Weißt du denn nicht, daß ich ohne dich nicht leben kann?«

»Wenn die Dinge so stehen«, sagte Anna in gänzlich verändertem Tone, »so ist dir diese Lebensweise zur Last … Ja, du wirst für einen Tag zurückkehren und dann wieder wegfahren, wie es alle machen, die …«

»Anna, das ist herzlos von dir. Ich bin bereit, mein ganzes Leben hinzugeben …«

Aber sie hörte nicht mehr, was er sprach.

»Wenn du nach Moskau fährst, so komme ich mit. Ich bleibe nicht mehr hier. Entweder müssen wir auseinandergehen oder immer zusammenleben.«

»Du weißt ja, daß dies mein sehnlichster Wunsch ist. Aber zu diesem Zweck ...«

»Ist die Scheidung erforderlich? Ich will ihm schreiben. Ich sehe es ein, daß ich so nicht weiter leben kann ... Jedenfalls aber werde ich mit dir nach Moskau fahren.«

»Du sagst das gerade, als wolltest du mir drohen. Ich wünsche mir ja nichts anderes, als mich niemals von dir zu trennen«, sagte Wronskij mit einem Lächeln.

Aber es war nicht mehr jener frühere kalte Blick, mit dem er sie jetzt ansah, sondern in seinen Augen blitzte, während er diese zärtlichen Worte sprach, der böse Ausdruck eines verfolgten und erbitterten Menschen auf. Sie hatte diesen Blick bemerkt und seine Bedeutung richtig verstanden.

»Wenn es so steht, so ist es ein Unglück«, las sie aus seinen Blicken heraus. Es war nur ein augenblicklicher Eindruck gewesen, aber sie konnte ihn nicht wieder loswerden.

Anna schrieb an ihren Gatten und bat ihn um die Scheidung, und Ende November siedelte sie, nachdem sie sich von der Prinzessin Warwara, die nach Petersburg reisen mußte, getrennt hatte, mit Wronskij nach Moskau über. Sie erwarteten täglich Alexej Alexandrowitschs Antwort, der die Scheidung sogleich folgen sollte, und bezogen darum jetzt wie Mann und Frau eine gemeinsame Wohnung.

SIEBENTES BUCH

1

Ljewins befanden sich bereits seit drei Monaten in Moskau. Schon längst war jener Zeitpunkt verstrichen, an dem, nach den sichersten Berechnungen von Leuten, die sich darauf verstanden, Kitty niederkommen mußte. Aber dies Ereignis hatte immer noch nicht stattgefunden, und nichts deutete darauf hin, daß der entscheidende Augenblick jetzt näher gerückt sei, als es vor zwei Monaten der Fall gewesen war. Der Arzt, die Hebamme, Dolly und die Mutter, insbesondere aber Ljewin selbst, der an das, was eintreten mußte, nicht ohne Schrecken denken konnte, alle begannen ungeduldig und besorgt zu werden. Nur Kitty fühlte sich vollkommen ruhig und glücklich.

Sie empfand es jetzt schon deutlich, wie in ihr ein neues Gefühl der Liebe zu dem zukünftigen, für sie zum Teil schon gegenwärtigen Kinde erwachte, und mit Wonne gab sie sich diesem Gefühl hin. Dieses Kind war jetzt nicht mehr völlig ein Teil ihrer selbst, denn es führte zuweilen schon ein selbständiges, von ihr unabhängiges Dasein. Oft waren diese Lebensäußerungen für sie mit Schmerzen verbunden, aber zu gleicher Zeit war sie in diesem neuen, seltsamen Glücksgefühl zum Lachen aufgelegt.

Alle, die sie liebte, waren bei ihr, und alle waren so gut zu ihr, waren so eifrig um sie besorgt, alles, was sie umgab, war so sehr geeignet, nur erfreuliche Vorstellungen in ihr zu erwecken, daß sie sich, wenn sie sich nicht bewußt gewesen wäre, daß alles dies bald ein Ende nehmen müsse, kein besseres und angenehmeres Leben gewünscht hätte. Das einzige, was den Reiz dieses Daseins beeinträchtigte, war der Umstand, daß ihr Gatte jetzt anders war, als sie ihn gern gesehen hätte und als er es auf dem Lande zu sein pflegte.

Sie liebte ihn so, wie er sich auf dem Lande gab, in seinem ruhigen und zärtlichen Wesen und als gastfreundlichen Wirt. In der Stadt hingegen schien er stets unruhig und vor irgend etwas auf der Hut zu sein, als fürchte er, es möchte jemand ihn und namentlich sie beleidigen. Dort, auf dem Lande, wo er offenbar wußte, daß er an seinem Platze sei, hatte er niemals Eile gehabt und war nie unbeschäftigt gewesen. Hier, in der Stadt, war er beständig in Eile, als habe er etwas zu versäumen, während er doch in Wirklichkeit gar nichts zu tun hatte. Und er tat ihr leid. Sie wußte zwar, daß er in anderer Leute Augen nicht bemitleidenswert erschien. Im Gegenteil, wenn Kitty ihn in Gesellschaft beobachtete, so wie man bisweilen auf den Mann, den man liebt, blickt, indem man sich bemüht, ihn unbefangen, gleichsam wie einen Fremden zu betrachten, um den Eindruck feststellen zu können, den er auf dritte Personen hervorbringen müsse, sah sie sogar mit einem bangen Gefühl der Eifersucht, daß er in der etwas altmodischen Respektabilität seiner Erscheinung, mit seiner schüchternen Höflichkeit gegen die Damen, seiner kraftvollen Gestalt und seinem, wie ihr schien, ungewöhnlichen und ausdrucksvollen Gesicht, nicht nur keinen bemitleidenswerten, sondern im Gegenteil einen äußerst anziehenden Eindruck erweckte. Aber sie betrachtete ihn in Wahrheit nicht von außen, sondern gewissermaßen von innen heraus, und es entging ihr nicht, daß er sich hier nicht so gab, wie er in Wirklichkeit war. Bisweilen tadelte sie ihn im stillen dafür, daß er es nicht verstehe, sich in das Stadtleben zu finden. Dann aber vermochte sie sich wieder der Erkenntnis nicht zu verschließen, daß es ihm zweifellos sehr schwerfallen müsse, hier kein Leben zu seiner Zufriedenheit zu gestalten.

Und in der Tat, was sollte er eigentlich anfangen? Karten spielte er nicht gern, in den Klub ging er nicht; mit Lebemännern, wie Oblonskij, Umgang zu pflegen – was das bedeutete, wußte sie sehr wohl ... Das bedeutete Trinkgelage mit darauffolgenden Besuchen von Gott weiß was für Orten. Sie vermochte es sich nicht ohne Entsetzen vorzustellen, wohin die Männer bei solchen Gelegenheiten zu gehen pflegten. Ferner, sollte er vielleicht Gesellschaften besuchen? Aber sie wußte, daß es in diesem Fall nötig sei, an der Annäherung an junge Damen Gefallen zu finden, und dies konnte ihr doch auch nicht wünschenswert erscheinen. Oder sollte er vielleicht seine Zeit mit ihr, der Mutter und der Schwester zu Hause verbringen? Aber so angenehm und kurzweilig ihr selbst auch immer wieder die gleichen Gespräche mit den Schwestern erschienen – der alte Fürst pflegte sie »Aline-Nadine-Gespräche« zu nennen – so wußte sie doch, daß er sich dabei langweilte. Was blieb ihm also zu tun übrig? Sollte er an seinem Buch weiterarbeiten? Er hatte dies ja auch versucht und war anfangs in die Bibliothek gegangen, um dort Auszüge zu machen und Verschiedenes nachzuschlagen. Aber wie er ihr gesagt hatte, je mehr Zeit er im Nichtstun verbrachte, um so weniger Zeit hatte er. Und außerdem klagte er ihr, daß er hier schon zuviel über sein Buch gesprochen habe, und daß seine Ideen sich infolgedessen verwirrt und an Interesse für ihn eingebüßt hätten.

Nur den einen Vorzug hatte das Stadtleben mit sich gebracht, daß es hier zwischen ihnen niemals mehr zu Zwistigkeiten kam. Ob dies nun von den veränderten Daseinsbedingungen in der Stadt herrührte, oder ob es daher kam, daß sie beide vorsichtiger und einsichtsvoller geworden waren – jedenfalls aber war in Moskau keine einzige jener Eifersuchtsszenen vorgekommen, die sie vor ihrer Übersiedelung nach der Stadt so sehr gefürchtet hatten.

In dieser Beziehung hatte sich sogar etwas ereignet, was für sie beide sehr wichtig war, nämlich eine Begegnung von Kitty mit Wronskij.

Die alte Fürstin, Marja Borissowna, Kittys Taufpatin, die ihr stets sehr zugetan gewesen war, hatte sie unbedingt sehen wollen. Kitty, die in ihrem Zustand keinerlei Besuche machte, ließ es sich nicht nehmen, mit ihrem Vater zu der würdigen alten Dame zu fahren, und dort traf sie mit Wronskij zusammen.

Kitty konnte sich bei dieser Begegnung nur den einen Vorwurf machen, daß ihr, als sie in dem Herrn im Zivilanzug die ihr einst so wohlbekannten Züge erkannte, für einen Augenblick der Atem stockte, das Blut zum Herzen strömte und, wie sie fühlte, eine brennende Röte in die Wangen stieg. Das dauerte jedoch nur eine Sekunde. Ihr Vater, der sich absichtlich mit Wronskij laut zu unterhalten begann, hatte das Gespräch noch nicht beendet, als sie sich schon völlig imstande fühlte, Wronskij ins Gesicht zu blicken und mit ihm, wenn es nötig wäre, ebenso zu sprechen, wie sie mit der Fürstin Marja Borissowna sprach. Und was die Hauptsache war, sie hätte es in einer Weise zu tun vermocht, daß alles, bis auf die leiseste Nuance in ihrer Stimme und in ihrem Lächeln, von ihrem Manne, dessen unsichtbare Gegenwart sie in diesem Augenblick zu fühlen schien, gebilligt worden wäre.

Sie wechselte einige Worte mit ihm und lächelte sogar mit Ruhe über einen Scherz, den er in bezug auf die Wahlen, die er »unser Parlament« nannte, machte. (Sie mußte lächeln, um ihm zu zeigen, daß sie seinen Scherz verstanden habe.) Dann aber wandte sie sich sogleich von ihm zur Fürstin Marja Borissowna und blickte kein einziges Mal mehr nach seiner Seite, bis er sich zum Abschied erhob. Jetzt erst sah sie ihn an, aber sie tat dies offenbar nur, weil es unhöflich ist, jemanden, der sich vor uns verbeugt, nicht anzusehen.

Sie war ihrem Vater dankbar dafür, daß er über ihre Begegnung mit Wronskij kein Wort sagte. Aber sie sah es an der besonderen Zärtlichkeit, mit der er sie nach diesem Besuche während ihres gewohnten Spaziergangs behandelte, daß er mit ihr zufrieden war. Sie hätte sich niemals so viel Kraft zugetraut, um irgendwo in der Tiefe ihrer Seele jede Erinnerung an ihre früheren Gefühle für Wronskij zurückzudrängen und in seiner Gegenwart nicht nur völlig gleichgültig und ruhig zu scheinen, sondern es auch zu sein.

Ljewin errötete viel stärker als Kitty, als sie ihm berichtete, daß sie Wronskij bei der Fürstin Marja Borissowna getroffen habe. Es war ihr sehr schwergefallen, ihm dies zu erzählen, noch schwerer aber fiel es ihr, ihm über die Einzelheiten dieser Begegnung weiter zu berichten, da er keine Frage stellte und sie nur mit finstrer Miene ansah.

»Es hat mir sehr leid getan, daß du nicht dabei warst«, sagte sie. »Nicht, daß du nicht im Zimmer anwesend warst – ich hätte mich in deiner Gegenwart nicht so ungezwungen benehmen können. Ich erröte in diesem Augenblick viel, viel mehr«, fuhr sie fort, während sie bis zu Tränen rot wurde, »aber es hat mir leid getan, daß du nicht alles durch einen Spalt sehen konntest.«

Ljewin las in ihrem ehrlichen Blick, daß sie in der Tat mit

sich zufrieden war, und trotz ihres Errötens beruhigte er sich sofort und begann sie nun selbst auszufragen, womit er ihrem Wunsch entgegenkam. Nachdem Ljewin alles, selbst bis auf die Einzelheit, erfahren hatte, daß es ihr nur im ersten Augenblick unmöglich gewesen sei, nicht zu erröten, und auch, daß sie sich später ebenso unbefangen und frei gefühlt habe, wie dem ersten besten Fremden gegenüber, kam er in die fröhlichste Stimmung und sagte, daß er sich über diese Begegnung sehr freue und sich nun nicht mehr so töricht benehmen werde wie bei den Wahlen, sich vielmehr Mühe geben wolle, bei seinem nächsten Zusammentreffen mit Wronskij so freundlich als möglich gegen ihn zu sein.

»Es ist immer peinlich, denken zu müssen, daß es einen Menschen gibt, den wir als unseren Feind ansehen und dem wir nicht ohne ein beklemmendes Gefühl begegnen können.«

2

»Also bitte, fahre ja bei Boljs vor«, sagte Kitty zu ihrem Gatten, als er um elf Uhr, bevor er fort wollte, bei ihr eintrat. »Ich weiß, daß du im Klub zu Mittag speisest, Papa hat dich eingeschrieben. Und was hast du im Laufe des Vormittags vor?«

»Ich gehe nur zu Katawassow«, erwiderte Ljewin.

»Weshalb denn so früh?«

»Er hat versprochen, mich mit Mjetrow bekannt zu machen. Ich möchte mit ihm gern über meine Arbeit sprechen. Er ist ein bekannter Petersburger Gelehrter«, sagte Ljewin.

»Ach so – derselbe, dessen Abhandlung dir so sehr gefallen hat? Nun, und dann?« fragte Kitty.

»Dann fahre ich vielleicht ins Gericht wegen der Angelegenheit meiner Schwester.«

»Und ins Konzert?« fragte sie.

»Was soll ich dort allein?«

»Nein, geh' nur ja hin; es werden dort diese neuen Sachen

zu Gehör gebracht ... Du hast dich doch so sehr dafür interessiert. Ich würde an deiner Stelle unbedingt hingehen.«

»Jedenfalls komme ich vor dem Essen noch einmal nach Hause«, sagte er mit einem Blick nach der Uhr.

»Zieh doch deinen Gehrock an, damit du direkt zur Gräfin Bolj kannst.«

»Ist es denn unbedingt nötig, daß ich hingehe?«

»Ja, unbedingt! Sie hat uns ja einen Besuch gemacht. Was macht's dir denn aus? Du fährst einfach hin, nimmst Platz, unterhältst dich fünf Minuten lang über das Wetter, stehst dann auf und fährst wieder fort.«

»Du wirst es kaum glauben, aber diese Dinge kommen mir so ungewohnt vor, daß ich mich geradezu schäme, in diesem Falle zu tun, was du von mir verlangst. Wie? Es kommt da ein fremder Mensch, setzt sich hin, bleibt eine Weile ohne jede Veranlassung sitzen, stört die Leute, verdirbt sich seine eigene Stimmung und geht dann wieder fort!«

Kitty lachte bei diesen Worten.

»Du wirst aber doch wohl in deiner Junggesellenzeit Besuche gemacht haben?« bemerkte sie.

»Das schon, aber ich habe dabei immer ein Gefühl der Beschämung gehabt. Jetzt aber ist mir die Gewohnheit so sehr abhanden gekommen, daß ich, weiß Gott, lieber zwei Tage ohne Mittagessen bleiben möchte, als diesen Besuch machen. Die Sache kommt mir geradezu beleidigend vor. Es scheint mir immer, als müßten sich die Leute verletzt fühlen, als könnten sie mir jeden Augenblick sagen: Weshalb bist du eigentlich ohne jede besondere Veranlassung zu uns gekommen?«

»Nein, sie werden sich nicht verletzt fühlen – darüber kannst du völlig beruhigt sein«, erwiderte Kitty, indem sie ihm lachend ins Gesicht sah. Sie ergriff seine Hand. »Nun adieu ... Also bitte, geh' ja hin.«

Er küßte seiner Frau die Hand und wandte sich schon zum Gehen, als sie ihn zurückhielt.

»Kostja, weißt du, daß ich nur noch fünfzig Rubel übrig habe?«

»Nun was tut das, ich gehe auf die Bank und erhebe noch

Geld. Wieviel brauchst du?« sagte er in jenem unzufriedenen Tone, den sie sehr wohl an ihm kannte.

»Nein, wart einen Augenblick.« Sie hielt ihn an der Hand fest. »Wir wollen darüber reden; die Sache beunruhigt mich nämlich. Ich glaube, daß ich keinerlei unnötige Ausgaben mache und doch zerrinnt uns das Geld geradezu zwischen den Fingern. Wir fangen es entschieden in irgendeiner Beziehung nicht richtig an.«

»Keineswegs«, entgegnete er, indem er sich räusperte und ihr unter den Augenbrauen hervor einen Blick zuwarf.

Sie kannte dieses Räuspern an ihm. Es war dies bei ihm stets ein Zeichen von großer Unzufriedenheit – nicht mit ihr, sondern mit sich selbst. Und er war in der Tat unzufrieden, aber nicht, weil viel Geld ausging, sondern weil er an etwas erinnert wurde, was er, in dem Bewußtsein, daß bei der Sache irgend etwas nicht in Ordnung sei, gern vergessen hätte.

»Ich habe Sokolów beauftragt, den Weizen zu verkaufen und sich das Geld für die Mühle im voraus auszahlen zu lassen. Es wird uns keinesfalls an Geld mangeln.«

»Gewiß nicht, aber ich fürchte, daß überhaupt zuviel ....«

»Keineswegs, keineswegs«, wiederholte er.

»Also adieu, Herzchen!«

»Nein, es tut mir manchmal wirklich leid, daß ich der Mama gefolgt bin. Wie schön wäre es auf dem Lande gewesen! So aber habe ich euch alle zu Tode gequält, und wir geben eine Unmenge Geld aus.«

»Keineswegs, keineswegs. Es ist seit unserer Verheiratung noch kein einziges Mal vorgekommen, daß ich mir hätte sagen müssen, irgend etwas wäre anders besser gewesen als so, wie es eben war ...«

»Wirklich?« fragte sie und sah ihm in die Augen.

Er hatte das gesagt, ohne sich etwas dabei zu denken, nur um sie zu trösten. Als er sie jetzt aber ansah und bemerkte, wie diese guten, ehrlichen Augen mit einem fragenden Blick auf ihn gerichtet waren, da wiederholte er dieselben Worte aus vollem Herzen. »Ich denke wirklich zu wenig an sie«, sprach er bei sich, indem er sich vergegenwärtigte, was ihnen beiden so bald bevorstand.

»Kommt es bald? Was fühlst du?« flüsterte er, indem er ihre beiden Hände ergriff.

»Ich habe schon so oft gedacht, die Zeit sei gekommen, daß ich jetzt gar nichts mehr denke und gar nichts weiß.«

»Und du hast keine Angst?«

Sie lächelte verächtlich.

»Keine Spur«, sagte sie.

»Wenn also irgend etwas vorfallen sollte – ich bin bei Katawassow zu finden.«

»Nein, es wird nichts vorfallen, kein Gedanke. Ich mache also erst mit Papa eine Spazierfahrt auf dem Boulevard. Dann fahren wir zu Dolly. Vor dem Essen erwarte ich dich. Ach ja! Weißt du, daß Dollys Lage geradezu unhaltbar zu werden beginnt. Sie steckt bis über die Ohren in Schulden und hat nichts. Ich habe gestern mit Mama und Arsenij (so pflegte sie den Gatten ihrer Schwester Ljwowa zu nennen) gesprochen und wir haben beschlossen, daß ihr beide Stiwa ins Gewissen reden sollt. So geht es entschieden nicht mehr weiter. Mit Papa läßt sich über die Sache einfach nicht sprechen. – Wenn aber du und er ...«

»Ja, was können wir denn eigentlich tun?« fragte Ljewin.

»Dennoch ist es notwendig, daß du zu Arsenij gehst und mit ihm sprichst; er wird dir sagen, was wir beschlossen haben.«

»Mit Arsenij erkläre ich mich im voraus in jeder Beziehung einverstanden. Ich will also jedenfalls zu ihm. Wenn ich übrigens ins Konzert soll, so kann ich ja bei dieser Gelegenheit Natalja mitnehmen. Also adieu.«

Auf der Freitreppe wurde Ljewin von seinem alten Diener Kusjma angehalten, den er noch als Junggeselle gehabt hatte und dem jetzt die Verwaltung seiner Wirtschaftsangelegenheiten in der Stadt oblag.

»Krassàwtschik* (dies war das linke Handpferd, das vom Lande mitgebracht worden war) ist neu beschlagen worden, aber er hinkt immer noch«, sagte er. »Was befehlen Sie nun, das geschicht?«

* Diminutiv von Krassàwjetz, der Schöne.

In der ersten Zeit seines Aufenthaltes in Moskau hatte Ljewin seine Aufmerksamkeit den Pferden, die er vom Lande mitgebracht hatte, zugewandt. Er wollte diesen Teil seiner Wirtschaftsangelegenheiten möglichst gut und billig einrichten. Aber es zeigte sich bald, daß die eigenen Pferde ihm teurer zu stehen kamen, als die Mietsdroschken, deren gleichzeitige Benutzung sich gegen alle Erwartung als notwendig erwiesen hatte.

»Laß den Tierarzt holen, es ist vielleicht eine Quetschung.«

»Und wie soll's mit dem Wagen für Katharina Alexandrowna werden?«

Ljewin wunderte sich jetzt nicht mehr, wie in der ersten Zeit seines Moskauer Aufenthaltes, daß man für die Fahrt von der Wosdwischenka zum Siwtzew-Wraschek zwei kräftige Pferde vor den schweren Wagen spannen mußte, daß man den Wagen dann durch den kotigen Schnee eine Viertel Werst weit fahren, dort vier Stunden lang warten lassen, und dafür jedesmal fünf Rubel zahlen mußte. Jetzt schien ihm das schon ganz in Ordnung.

»Der Fuhrunternehmer soll ein paar Pferde für unseren Wagen besorgen«, sagte er.

»Sehr wohl.«

Nachdem Ljewin, dank der städtischen Verhältnisse, auf diese einfache und leichte Weise eine Schwierigkeit aus dem Wege geräumt hatte, die auf dem Lande so viel persönliche Mühe und Überlegung erfordert hätte, schritt er die Freitreppe hinab, rief eine Mietsdroschke herbei, stieg ein und ließ sich auf die Nikitskaja fahren. Unterwegs dachte er nicht mehr an seine Geldangelegenheiten, sondern nur daran, wie er jetzt gleich mit jenem Petersburger Gelehrten, der sich mit soziologischen Fragen beschäftigte, bekannt werden und sich mit ihm über sein wissenschaftliches Werk unterhalten würde.

Nur in der allerersten Zeit hatte sich Ljewin über jene für den Landbewohner so befremdlichen, unfruchtbaren, aber zugleich unvermeidlichen Ausgaben gewundert, die in Moskau von allen Seiten an ihn herantraten. Jetzt aber hatte er sich schon daran gewöhnt. Es war ihm in dieser Beziehung ähnlich gegangen, wie es mit den Trinkern der Fall sein soll: das erste Glas erscheint ihnen wie ein Speer, das zweite wie ein Sperling und was nach dem dritten Glase kommt, geht ihnen schon hinunter wie lauter kleine Vögelchen. Als Ljewin den ersten Hundertrubelschein für die Anschaffung von Livreen für den Diener und den Schweizer wechseln mußte, dachte er unwillkürlich, daß diese Livreen zwar völlig überflüssig, zugleich aber aus irgendeinem Grunde unbedingt notwendig seien. Er schloß dies Letztere aus der Verwunderung, die sich in den Mienen der Fürstin und von Kitty ausprägten, als er ihnen andeutete, daß man auch ganz gut ohne diese Livreen auskommen könne, deren Anschaffung den Auslagen für zwei Sommerarbeiter gleichkäme, das heißt dem Lohn für dreihundert von der Osterwoche bis zu den Fasten andauernden Arbeitstagen, die in schwerer, vom frühen Morgen bis zum späten Abend fortgesetzter Arbeit verbracht werden mußten. Dieser erste Hundertrubelschein erschien ihm wie der Speer. Aber schon die nächste Banknote, die er zu Einkäufen für ein Diner, das er seinen Verwandten gab und das eine Ausgabe von achtundzwanzig Rubeln erforderlich gemacht hatte, wechseln lassen mußte, rief zwar in Ljewin den Gedanken wach, daß achtundzwanzig Rubel neun Vierteln Hafer gleichkämen, der von schwitzenden und ächzenden Arbeitern gemäht, gebunden, gedroschen, geworfelt, wieder ausgesät und aufgeschüttet werden mußte – aber diese Banknote zu wechseln, war ihm schon leichter gefallen. Und jetzt wurden in ihm durch das Wechseln dieser Papierfetzen keine solchen Gedanken mehr erweckt, und sie flogen schon wie kleine Vögelchen auf und davon. Die Frage, ob die zur Gewinnung des Geldes aufgewandte Arbeit dem Vergnügen, das die dafür gekauften Dinge gewährten, entspreche, diese Frage hatte er schon längst aufgehört sich vorzulegen. Der wirtschaftliche Grundsatz, daß es einen bestimmten Preis gäbe, unter welchem ein gewisses Getreidequantum nicht erkauft werden dürfe, war bei ihm gleichfalls in Vergessenheit geraten. Der Roggen, an dessen Preis er so lange festgehalten hatte, war für fünfzig Kopeken auf das Viertel billiger verkauft worden, als man ihm vor einem Monat dafür geboten hatte. Selbst die Erwägung, daß es in Anbetracht all dieser großen Ausgaben nicht möglich sein würde, das ganze Jahr in dieser Weise weiter zu leben, ohne in Schulden zu geraten, selbst diese Erwägung hatte jede Bedeutung für ihn verloren. Nur eines war erforderlich: Geld auf der Bank liegen zu haben, ohne danach zu fragen, wie es beschafft wurde, wenn man nur wußte, daß es vorhanden ist und daß man morgen dafür Fleisch zum Mittagessen kaufen kann. Und diese Vorschrift hatte er bis jetzt streng eingehalten: er hatte stets Geld auf der Bank liegen gehabt. Jetzt aber war das Geld plötzlich aufgebraucht, und er wußte nicht recht, wo er welches hernehmen sollte. Dieser Gedanke war es gewesen, der ihn für einen Augenblick, als Kitty die Rede auf Geldangelegenheiten brachte, verstimmt hatte; aber er hatte jetzt keine Zeit, daran zu denken. So fuhr er denn weiter, in seinen Gedanken mit Katawassow und der bevorstehenden Bekanntschaft mit Mjetrow beschäftigt.

3

Ljewin war während seines jetzigen Aufenthaltes in Moskau mit seinem früheren Universitätsfreund, dem Professor Katawassow, den er seit seiner Heirat nicht mehr gesehen hatte, wieder in näheren Verkehr getreten. Katawassow war ihm durch die Klarheit und Einfachheit seiner Weltanschauung sympathisch. Ljewin war der Ansicht, diese Klarheit von Katawassows Weltanschauung gehe aus einer gewissen Armut seiner Natur hervor. Katawassow hingegen glaubte, der Mangel an Folgerichtigkeit in Ljewins Denken beruhe auf einem Mangel an geistiger Disziplin. Dabei war aber Katawassows Klarheit des Denkens Ljewin sympathisch, und auch die Fülle von Ljewins undisziplinierten Gedanken hatte für Katawassow einen gewissen Reiz. So kam es, daß die beiden sich gern zusammenfanden, um miteinander zu disputieren.

Ljewin hatte Katawassow einiges aus seinem Werke vorgelesen, und dieser hatte sich beifällig darüber ausgesprochen. Katawassow hatte ihm, als er ihn gestern in einer öffentlichen Vorlesung traf, mitgeteilt, daß der bekannte Mjetrow, dessen Abhandlung Ljewin so gut gefallen hatte, augenblicklich in Moskau weile und sich sehr für das interessiert habe, was Katawassow ihm über Ljewins Werk erzählt hatte. Er hatte hinzugefügt, daß Mjetrow morgen um 11 Uhr bei ihm sein und sich sehr freuen würde, ihn kennenzulernen.

»Sie fangen in der Tat an, sich zu bessern, mein Lieber, es freut mich, das feststellen zu können«, sagte Katawassow, als er Ljewin in seinem kleinen Wohnzimmer empfing. »Ich höre draußen schellen und denke mir: es ist ganz unmöglich, daß er so pünktlich kommt. .... Nun, was sagen Sie zu den Montenegrinern? Es sind doch geborene Krieger.«

»Was gibt es denn Neues?« fragte Ljewin.

Katawassow berichtete in kurzen Worten über die letzten Neuigkeiten vom Kriegsschauplatz und stellte ihn, nachdem er mit ihm in sein Arbeitszimmer getreten war, einem mittelgroßen, gedrungenen Herrn mit sehr angenehmen Gesichtszügen vor. Dies war Mjetrow. Das Gespräch drehte sich kurze Zeit um Politik und die Art und Weise, wie man in Petersburg in den höchsten Kreisen die letzten Ereignisse betrachtete. Mjetrow erzählte von einer Äußerung, die, wie er aus zuverlässiger Quelle wisse, der Zar und einer der Minister in bezug darauf gemacht habe. Katawassow dagegen hatte gleichfalls von einem sicheren Gewährsmann gehört, daß der Zar ganz etwas anderes gesagt habe. Ljewin bemühte sich, eine Möglichkeit zusammenzukombinieren, bei der die eine wie die andere Äußerung berechtigt sein konnte, worauf denn dieses Thema verlassen wurde.

»Herr Ljewin hat ein Werk über die natürlichen Beziehungen des Arbeiters zum Grund und Boden fast vollendet«, sagte Katawassow, »ich bin zwar nicht Fachmann in diesen Dingen, aber als Naturforscher hat es mir sehr gefallen, daß er die Menschheit nicht als etwas außerhalb der zoologischen Gesetze Stehendes, sondern sie im Gegenteil als etwas von ihrer Umgebung Abhängiges betrachtet und von dieser

Abhängigkeit ausgeht, um die ihrer Entwicklung zugrunde liegenden Gesetze aufzufinden.«

»Das ist sehr interessant«, sagte Mjetrow.

»Ich habe eigentlich von vornherein vorgehabt, ein Werk über Landwirtschaft zu schreiben, bin dann aber unwillkürlich, indem ich mich mit dem Hauptwerkzeug der Landwirtschaft, dem Arbeiter, beschäftigte, zu völlig unerwarteten Schlußfolgerungen gelangt«, sagte Ljewin errötend.

Dann begann er vorsichtig, als wolle er das Terrain sondieren, seinen Standpunkt darzulegen. Er wußte, daß Mjetrow eine Abhandlung gegen die allgemeingültigen nationalökonomischen Lehren verfaßt hatte, aber bis zu welchem Grade er bei ihm auf Übereinstimmung mit seinen neuen Ansichten hoffen durfte, das wußte er nicht und konnte es auch nicht aus dem klugen und ruhigen Gesicht des Gelehrten herauslesen.

»Worin erblicken Sie nun eigentlich die besonderen Eigenschaften des russischen Arbeiters?« fragte Mjetrow. »In ihren zoologischen Eigenschaften, um mich so auszudrücken oder in den Bedingungen, in denen er lebt?«

Ljewin erkannte, daß schon in dieser Frage ein Gedanke enthalten war, der seinem Standpunkte nicht entsprach. Dennoch fuhr er fort, seinen Gedanken zu entwickeln, der darin bestand, daß der russische Arbeiter eine von den Arbeitern anderer Länder gänzlich abweichende Auffassung von Grund und Boden habe. Und um diesen Satz zu beweisen, beeilte er sich hinzuzufügen, nach seiner Meinung liege dieser Auffassung des russischen Volkes die Erkenntnis zugrunde, daß es dazu berufen sei, die ungeheuern, unbewohnten Landgebiete im Osten des Reiches zu bevölkern.

»Man läuft gar zu leicht Gefahr, einen Irrtum zu begehen, wenn man die Bestimmung eines Volkes in ein allgemeines Urteil zusammenfaßt«, fiel Mjetrow Ljewin ins Wort. »Die Lage des Arbeiters wird stets von seinem Verhältnis zum Grund und Boden und zum Kapital abhängig sein.«

Und nun begann Mjetrow, ohne Ljewin Gelegenheit zu geben, seinen Gedanken bis zu Ende zu entwickeln, ihm die Besonderheit seiner eigenen Lehre auseinanderzusetzen. Worin diese Besonderheit eigentlich bestand, hatte Ljewin nicht begriffen, da er sich keine Mühe gab, es zu begreifen: er sah, daß Mjetrow, ebenso wie alle anderen, trotz seiner Abhandlung, in der er die geltenden Lehren der Nationalökonomie verworfen hatte, die Lage des russischen Arbeiterstandes nur vom Standpunkt des Kapitals, des Arbeitslohnes und der Bodenrente betrachtete. Wenn er auch zugeben mußte, daß im östlichen, also dem größten Teile Rußlands, die Bodenrente noch gleich Null sei, daß der Arbeitslohn für neun Zehntel der russischen Bevölkerung von achtzig Millionen Menschen nur auf das für den Lebensunterhalt gerade notwendige Quantum beschränkt sei, und daß bis jetzt das Kapital nur in Form der primitivsten Arbeitswerkzeuge existiere, so betrachtete er dennoch jeden Arbeiter nur von diesem Gesichtspunkte aus. Trotzdem erklärte er sich in vielen Punkten mit dem Nationalökonomen nicht einverstanden und hatte in bezug auf den Arbeitslohn eine eigene Theorie aufgestellt, die er nun Ljewin auseinandersetzte.

Ljewin hörte ihm mit Widerstreben zu und machte anfangs einige Einwürfe. Er wollte Mjetrow unterbrechen, um ihm seinen Gedanken, der, wie er glaubte, jede weitere Erörterung überflüssig machen müßte, auseinanderzusetzen. Dann aber, nachdem er sich überzeugt hatte, daß ihre beiderseitige Auffassung der Streitfrage eine so grundverschiedene sei, daß sie sich niemals würden verständigen können, gab er es auf, ihm zu widersprechen und hörte ihm nur zu. Obwohl das, was Mjetrow sagte, von nun an gar kein Interesse mehr für ihn hatte, empfand er dennoch bei seinem Vortrage eine gewisse Genugtuung. Er fühlte sich in seiner Eitelkeit dadurch geschmeichelt, daß ein so bedeutender Gelehrter mit solcher Bereitwilligkeit, mit solchem Ernst und solchem Vertrauen in seine Sachkenntnis, indem er sich zuweilen damit begnügte, eine ganze Seite der Frage durch eine kurze Andeutung zu beleuchten, seine Ideen vor ihm entwickelte. Ljewin schrieb dies Verhalten seiner eigenen Bedeutung zu, denn er konnte ja nicht wissen, daß Mjetrow, der die Sache schon mit allen, die ihm näher standen, durchgesprochen hatte, mit jedem neuen Bekannten über diesen Gegenstand besonders gern sprach, wie er sich überhaupt gern mit jedem unterhielt, auch wenn es sich um eine Frage handelte, die ihn noch beschäftigte und über die er sich selbst noch nicht völlig klar geworden war.

»Wir werden uns übrigens verspäten«, sagte Katawassow mit einem Blick nach der Uhr, sobald Mjetrow mit seiner Auseinandersetzung zu Ende war.

»Ja, heute findet eine Sitzung in der ›Gesellschaft der Freunde‹ zu Ehren des fünfzigjährigen Jubiläums von Swintitsch statt«, – erwiderte Katawassow auf Ljewins Frage. Pjotr Iwanowitsch und ich wollen zusammen hin. Ich habe mich bereit erklärt, über seine zoologischen Arbeiten zu sprechen. Willst du nicht mitkommen? Es wird sehr interessant werden.«

»Ja, es ist wirklich die höchste Zeit«, sagte Mjetrow. »Kommen Sie mit uns, und von dort wollen wir dann, wenn es Ihnen recht ist, zu mir. Ich würde sehr gern Ihre Arbeit näher kennenlernen.«

»Ach nein, wozu denn. Sie ist ja noch nicht vollendet. Aber in die Sitzung gehe ich sehr gern mit.«

»Haben Sie schon gehört, mein Bester? Er hat ein abweichendes Urteil abgegeben«, sagte Katawassow, während er im Nebenzimmer seinen Frack anzog.

Durch diese Bemerkung wurde das Gespräch auf die Universitätsfrage gelenkt.

Die Universitätsfrage bildete in diesem Winter ein äußerst wichtiges Ereignis in Moskau. Drei alte Professoren hatten im Senat ein Gutachten ihrer jüngeren Kollegen verworfen, so daß die letzteren ein eigenes Gutachten abgaben. Dieses Gutachten war nach der Ansicht der einen ein geradezu entsetzliches, während die anderen erklärten, daß es das einfachste und gerechteste sei, das man sich denken könne. Infolgedessen hatten sich die Professoren in zwei Lager gespalten.

Die einen, und zu diesen gehörte Katawassow, sahen in der Handlungsweise der anderen eine gemeine Denunziation und einen Betrug; die andern erblickten darin einen Dummenjungenstreich und eine Mißachtung der Autoritäten. Obwohl Ljewin nicht zu den Universitätskreisen gehörte, hatte er doch schon mehrmals seit seiner Anwesenheit in Moskau von der

Sache gehört und gesprochen und hatte sich auch ein eigenes Urteil gebildet. So beteiligte er sich denn an der Unterhaltung, die auch auf der Straße noch fortgesetzt wurde, bis alle drei am alten Universitätsgebäude angelangt waren.

Die Sitzung hatte bereits begonnen. An einem mit einem Tuch bedeckten Tische, an dem Katawassow und Mjetrow Platz nahmen, saßen sechs Herren, von denen der eine aus einem Manuskript, auf das er sich herabbeugte, etwas vorlas. Ljewin setzte sich auf einen der leerstehenden Stühle, die um den Tisch herum standen und fragte flüsternd einen Studenten, der neben ihm saß, über welchen Gegenstand gelesen werde. Der Student warf Ljewin einen unwilligen Blick zu und erwiderte: »Seine Biographie.«

Obgleich Ljewin sich für die Lebensbeschreibung des Gelehrten nicht interessierte, so hörte er doch unwillkürlich zu, wobei er manches Wissenswerte und Neue aus dem Leben des berühmten Mannes erfuhr.

Nachdem der Vortragende geendet hatte, sprach ihm der Vorsitzende seinen Dank aus; dann trug er ein Gedicht vor, das der Dichter Ment zur Feier des Jubiläums übersandt hatte, worauf er zu Ehren des Verfassers gleichfalls einige anerkennende Worte sprach. Alsdann las Katawassow mit seiner lauten, kreischenden Stimme seine Abhandlung über die gelehrten Arbeiten des Gefeierten vor.

Nachdem Katawassow geendet hatte, belehrte Ljewin ein Blick auf seine Uhr, daß schon Eins vorüber sei. Er sagte sich, daß er keine Zeit mehr haben würde, Mjetrow sein Werk vorzulesen; auch hatte er jetzt eigentlich gar keine rechte Lust mehr dazu. Er war, während er den Vorträgen lauschte, zugleich damit beschäftigt gewesen, sich die Unterhaltung, die er soeben erst mit ihm geführt hatte, zu vergegenwärtigen. Es war ihm jetzt völlig klargeworden, daß, wenn Mjetrows Ideen möglicherweise eine Bedeutung besäßen, dies jedenfalls auch von den seinigen gelten müsse, und daß diese Ideen nur dann eine Klärung erfahren und zu einem Resultat führen könnten, wenn ein jeder von ihnen getrennt in der von ihm eingeschlagenen Richtung weiterarbeiten würde. Bei einem Austausch dieser Gedanken könne jedoch nichts herauskommen. So beschloß denn Ljewin Mjetrows Einladung auszuschlagen, und er trat nach Schluß der Sitzung zu diesem Zweck zu ihm heran. Mjetrow machte ihn mit dem Vorsitzenden bekannt, mit dem er sich in eine Unterhaltung über die politischen Neuigkeiten einließ. Bei dieser Gelegenheit berichtete Mjetrow dem Vorsitzenden dasselbe, was er Ljewin schon vorher erzählt hatte; Ljewin seinerseits machte hierzu wieder dieselben Bemerkungen, die er schon am Morgen gemacht hatte, wobei er jedoch zur Abwechslung eine neue Ansicht, die ihm gerade einfiel, äußerte. Hierauf wandte sich das Gespräch wieder der Universitätsfrage zu. Da Ljewin dies alles schon einmal gehört hatte, beeilte er sich, Mjetrow sein Bedauern darüber auszusprechen, daß er seiner Einladung nicht Folge leisten könne, verabschiedete sich und begab sich zu Ljwow.

4

Ljwow, der mit Kittys Schwester Natalja verheiratet war, hatte sein ganzes Leben in den beiden Hauptstädten Rußlands und im Auslande, wo er seine Erziehung genossen und in diplomatischen Diensten gestanden hatte, zugebracht.

Im vorigen Jahre hatte er die diplomatische Laufbahn aufgegeben, nicht etwa infolge irgendwelcher Unannehmlichkeiten (er hatte niemals mit irgendeinem Menschen Unannehmlichkeiten gehabt) und war in das Verwaltungsamt der kaiserlichen Schlösser in Moskau übergetreten, da er in dieser Stadt seinen beiden Knaben eine bessere Erziehung geben zu können hoffte.

Trotz des schärfsten Gegensatzes in ihren Gewohnheiten und Ansichten und trotzdem Ljwow älter war als Ljewin, waren sich beide im Laufe dieses Winters sehr nahegetreten und hatten einander liebgewonnen.

Ljwow war zu Hause, und Ljewin trat unangemeldet bei ihm ein.

Ljwow saß im Hausrock, der durch einen Gürtel zusammengehalten wurde, in Schuhen aus schwedischem Leder in einem Sessel und las durch einen Zwicker mit blauen Gläsern in einem Buch, das auf einem Lesepulte stand, wobei er in seiner schöngeformten Hand behutsam, in einiger Entfernung von sich, eine bis zur Hälfte veraschte Zigarre hielt.

Sein schönes, feines und jugendliches Gesicht, dem das lockige, silberglänzende Haar noch mehr das Gepräge des geborenen Aristokraten verlieh, wurde, als er Ljewin erblickte, von einem Lächeln erhellt.

»Das ist schön! Ich wollte gerade zu Ihnen schicken. Nun, wie steht's mit Kitty? Setzen Sie sich hierher, da haben Sie's bequemer ...«, sagte er, indem er sich erhob und einen Schaukelstuhl heranrückte. »Haben Sie das neueste Rundscheiben im ›Journal de St. Pétersbourg‹ gelesen? Ich finde es ausgezeichnet«, erwiderte er mit einem leichten französischen Akzent in der Aussprache.

Ljewin berichtete, was er von Katawassow darüber gehört hatte, wie die Sache in Petersburg aufgefaßt werde und erzählte dann, nachdem auch die Politik berührt worden war, von seiner Bekanntschaft mit Mjetrow und seinem Besuch der Sitzung. Dies schien Ljwow sehr zu interessieren.

»Ich beneide sie darum, daß Sie in diese interessanten Gelehrtenkreise Zutritt haben«, sagte er. Und da er nun im Zuge war, ging er, wie gewöhnlich, sogleich zu der ihm geläufigeren französischen Sprache über. »Allerdings«, fuhr er fort, »würde ich auch keine Zeit dazu haben. Mein Dienst und meine Beschäftigung mit den Kindern würden mich daran hindern. Und dann – ich schäme mich nicht, es einzugestehen – ist meine Bildung eine allzu mangelhafte.«

»Das glaube ich nicht«, erwiderte Ljewin mit einem Lächeln, während er, wie stets, ein Gefühl der Rührung über die geringe Meinung, die jener von sich selbst hegte, empfand, eine Meinung, die von ihm nicht etwa in dem Bestreben erheuchelt wurde, bescheiden zu erscheinen oder es auch zu sein, sondern die bei ihm aus aufrichtigem Herzen kam.

»Ach nein! Ich fühle es jetzt, wie gering der Grad meiner

Bildung ist. Ich sehe mich sogar gezwungen, um meine Kinder erziehen zu können, vieles in meinem Gedächtnis wieder aufzufrischen oder auch hinzuzulernen. Denn es genügt ja nicht, daß man ihnen Lehrer hält, es muß außerdem noch jemand da sein, der sie beaufsichtigt, ebenso wie Sie in Ihrer Gutswirtschaft Arbeiter und Aufseher brauchen. Da lese ich eben in diesem Buch« – er deutete auf die Grammatik von Bußlajew, die auf dem Lesepulte lag – »das alles wird von Mischa verlangt, und es ist doch so schwierig ... Bitte erklären Sie mir doch dies hier; er sagt da ...«

Ljewin suchte ihm auseinanderzusetzen, daß es unmöglich sei, dies zu verstehen, man müsse es eben einfach auswendig lernen. Aber Ljwow wollte das nicht zugeben.

»Ja, Sie lachen darüber!«

»Im Gegenteil, Sie können sich nicht vorstellen, wie sehr ich mir, wenn ich Sie so vor mir sehe, Mühe gebe, das zu lernen, was mir selbst noch bevorsteht, nämlich die Erziehung meiner Kinder richtig zu leiten.«

»Von mir können Sie doch sicher nichts lernen«, erwiderte Ljwow.

»Ich weiß nur«, sagte Ljewin, »daß ich keine wohlerzogeneren Kinder als die Ihrigen kenne und mir keine besseren wünschen kann.«

Ljwow gab sich offenbar Mühe, seine Freude zu verbergen, aber sein ganzes Gesicht wurde von einem Lächeln erhellt.

»Wenn Sie nur besser geraten, als ich es bin – das ist alles, was ich wünsche. Sie wissen noch nicht«, fuhr er fort, »welche Mühe man mit Knaben hat, die, wie die meinigen, durch das Leben im Ausland vernachlässigt sind.«

»Das werden sie alles schon einholen. Es sind ja so begabte Kinder. Die Hauptsache ist – die sittliche Erziehung. Und das ist es, was ich zu lernen suche, wenn ich Ihre Kinder beobachte.«

»Sie sagen – die sittliche Erziehung. Man kann sich's nicht vorstellen, wie schwer das durchzuführen ist. Kaum haben Sie eine Schwierigkeit besiegt, so tauchen wieder andere auf, und der Kampf beginnt von neuem. Wenn man keine Stütze an der Religion hätte – Sie erinnern sich, wir sprachen einmal darüber – so könnte kein Vater mit seinen eigenen Kräften die Erziehung seiner Kinder bewältigen.«

Das Gespräch, dessen Thema für Ljewin stets von ganz besonderem Interesse war, wurde jetzt durch den Eintritt der schon zur Ausfahrt angekleideten Natalja Aleksandrowna, einer Frau von großer Schönheit, unterbrochen.

»Ah, ich wußte gar nicht, daß Sie hier sind«, rief sie aus. Man konnte ihr ansehen, daß sie sich förmlich darüber freute, dieses ihr längst bekannte und langweilige Gespräch durch ihren Eintritt unterbrochen zu haben. »Nun, wie steht's mit Kitty? Ich esse heute bei euch zu Mittag. Also hör' mal, Arsenij«, wandte sie sich dann zu ihrem Gatten, »du nimmst den Wagen …«

Und zwischen den Ehegatten begann nun eine Beratung darüber, wie sie den Tag verbringen wollten. Da der Gatte dienstlich gezwungen war, beim Empfang irgendeiner hohen Persönlichkeit zugegen zu sein, während seine Gattin ins Konzert und dann in eine öffentliche Sitzung des »südöstlichen Komitees« mußte, so gab es vielerlei zu beschließen und zu überlegen. Ljewin mußte, als zur Familie gehörig, an dieser Beratung teilnehmen. Es wurde endlich beschlossen, daß Ljewin mit Natalja ins Konzert und in die öffentliche Sitzung fahren sollte; von dort würde der Wagen dann zu Arsenij in die Kanzlei geschickt werden und schließlich Natalja wieder abholen und zu Kitty bringen. Sollte er aber mit seinen Amtsgeschäften bis dahin noch nicht fertig sein, so würde er den Wagen wieder zurückschicken und dann würde Ljewin sie begleiten müssen.

»Weißt du übrigens – er verdirbt mir ganz den Charakter«, wandte sich Ljwow an seine Frau, »da versichert er mir eben, daß unsere Kinder vortrefflich seien, während ich doch genau weiß, daß sie eine Unmenge Fehler haben.«

»Arsenij verfällt stets ins Extrem, ich habe das immer gesagt«, versetzte seine Gattin. »Wenn man nach Vollkommenheit strebt, wird man nie befriedigt sein. Papa hat ganz recht, wenn er sagt, daß man zur Zeit, als wir erzogen wurden, in das eine Extrem fiel – uns im Erdgeschoß zu halten, während sich unsere Eltern in der Beletage aufhielten; jetzt aber sollen, wie er behauptet, die Eltern in die Rumpelkammer und die Kinder in die Beletage. Die Eltern sollen jetzt gar nicht mehr für sich, sondern nur noch für ihre Kinder leben.«

»Wie, wenn das das Angenehmere wäre?« sagte Ljwow mit seinem gewinnenden Lächeln, indem er ihre Hand berührte. »Wer dich nicht kennt, müßte meinen, daß du keine Mutter, sondern eine Stiefmutter bist.«

»Nein, das Extrem ist in allen Dingen schädlich«, entgegnete Natalja, während sie das Falzbein feinsäuberlich auf den rechten Platz legte.

»Ah, nun kommt einmal her, ihr Musterkinder«, sagte Ljwow zu seinen eben eintretenden bildschönen Knaben, die erst Ljewin begrüßten und dann zu ihrem Vater traten, den sie augenscheinlich etwas fragen wollten.

Ljewin hätte sich gern mit ihnen unterhalten, auch hätte er gern gehört, was sie ihrem Vater sagen wollten, aber Natalja begann mit ihnen zu sprechen, und dann trat einer von Ljwows Amtskollegen, namens Machotin, in Hofuniform ins Zimmer, um ihn zum Empfang jener hohen Persönlichkeit abzuholen. Nun entspann sich eine nicht enden wollende Unterhaltung über die Herzegowina, über die Fürstin Korsinskaja, über die Stadtverwaltung und den plötzlichen Tod der Apraxina.

Ljewin hatte Kittys Auftrag vollkommen vergessen. Er dachte erst wieder daran, als er sich schon im Vorzimmer befand.

»Ach ja, Kitty hatte mir aufgetragen, mit Ihnen über Oblonskij Rücksprache zu nehmen«, sagte er, als Ljwow, der seine Frau und Ljewin hinausgeleitete, auf der Treppe stehen geblieben war.

»Ja, ja, *maman* will, daß wir, *les beaux-frères*, ihm ins Gewissen reden«, erwiderte dieser und errötete dabei. »Aber weshalb soll denn gerade ich es tun?«

»Nun, dann will ich ihm ins Gewissen reden«, fiel Frau Ljwow, die in ihrer weißen Rotonde aus Hundepelz auf das Ende des Gespräches wartete, lächelnd ein. »Aber fahren wir jetzt.«

5

In der Matinee sollten zwei sehr interessante Kompositionen zum Vortrag kommen.

Die eine war eine Phantasie: ›Ein König Lear der Steppe‹, die andere ein Quartett, das dem Andenken Bachs gewidmet war. Beide Werke waren im modernen Stil komponiert, und Ljewin wollte ein Urteil über sie gewinnen. Nachdem er seine Schwägerin zu ihrem Platze geleitet hatte, blieb er in der Absicht, möglichst aufmerksam und gewissenhaft zuzuhören, an einer der Säulen stehen. Er gab sich Mühe, sich durch nichts zerstreuen zu lassen, sich durch den Anblick des mit den Armen fuchtelnden Kapellmeisters mit der weißen Halsbinde, dessen Bewegungen die musikalische Aufmerksamkeit in so unangenehmer Weise abzulenken pflegen, den Eindruck nicht zu verderben. Ebenso vermied er es, die in ihren Hüten dasitzenden Damen, die sich für das Konzert sorgsam die Ohren mit Bändern zugebunden hatten, wie auch alle die anderen Leute anzusehen, die entweder von gar nichts oder von den verschiedenartigsten Interessen, nur nicht von der Musik in Anspruch genommen waren. Er bemühte sich auch jedem Zusammentreffen mit Musikkennern und Schwätzern aus dem Wege zu gehen und stand da, den Blick gerade vor sich hin und nach unten gerichtet, um nur der Musik zu lauschen.

Aber je mehr er von der Phantasie »König Lear« hörte, um so weiter fühlte er sich von der Möglichkeit entfernt, sich irgendein bestimmtes Urteil zu bilden. Immer wieder schien es, als wollte sich der musikalische Ausdruck einer Empfindung vorbereiten und die Töne zu einem geschlossenen Ganzen verschmelzen, bald aber zerfiel alles wieder in Bruchstücke von neuen Ansätzen zu musikalischen Phrasen, bald in nichts weiter, als äußerst verwickelte, nur durch die Laune des Komponisten miteinander verknüpfte Klangfiguren. Aber auch diese Bruchstücke von musikalischen Phrasen, die bisweilen an und für sich vortrefflich waren, berührten den Hörer in unangenehmer Weise, weil sie völlig unerwartet kamen und durch nichts vorbereitet waren. Fröhlichkeit und

Trauer, Verzweiflung und Zärtlichkeit und Triumph tauchten ohne jede innere Berechtigung wie die Empfindungen eines Irrsinnigen auf. Und ebenso wie bei einem Irrsinnigen verflüchtigten sich diese Empfindungen ganz unerwartet.

Ljewin hatte während dieser ganzen Zeit das Gefühl eines Tauben, der zusieht, wie getanzt wird. Er befand sich, als die Komposition zu Ende gespielt war, in einem Zustand völliger Verständnislosigkeit und fühlte nur, infolge seiner angestrengten und völlig unbelohnt gebliebenen Aufmerksamkeit, eine große Ermüdung. Alle erhoben sich von ihren Sitzen, gingen umher und unterhielten sich miteinander. Ljewin, der über seine unklaren Empfindungen durch den Eindruck, den die Komposition vielleicht auf Musikverständige gemacht haben könnte, Klarheit zu gewinnen hoffte, begann gleichfalls umherzugehen, um nach einem solchen zu suchen, und er war sehr erfreut, als er einen bedeutenden Musikkenner im Gespräch mit seinem Bekannten Pjeszow erspähte.

»Wunderbar!« sagte Pjeszow mit seiner tiefen Baßstimme. »Guten Tag, Konstantin Dmitritsch! Besonders malerisch und plastisch, so zu sagen, und farbenprächtig ist jene Stelle, aus der man das Nahen der Cordelia herausfühlt, wo das Weib, ›das ewig Weibliche‹ mit dem Schicksal in die Schranken tritt. Ist es nicht so?«

»Das heißt, weshalb handelt es sich denn gerade um Cordelia?« fragte Ljewin schüchtern. Es war ihm vollständig entfallen, daß die Phantasie den König Lear in der Steppe zum Gegenstand hatte.

»Cordelia erscheint ... da, sehen Sie!« sagte Pjeszow, indem er mit den Fingern auf das atlasglänzende Programm klopfte, das er in der Hand hielt und nun Ljewin reichte.

Jetzt erst fiel Ljewin der Titel der Phantasie ein, und er beeilte sich, die Shakespeareschen Verse, die in russischer Übersetzung auf der Rückseite des Programms abgedruckt waren, zu lesen.

»Ohne das kann man allerdings nicht folgen«, sagte Pjeszow, indem er sich zu Ljewin wandte, da der andere Herr sich entfernt hatte und sonst niemand da war, an den er das Wort hätte richten können.

Während der Pause entspann sich zwischen Ljewin und Pjeszow eine Diskussion über die Vorzüge und Mängel der Wagnerschen Richtung in der Musik. Ljewin suchte nachzuweisen, daß der Irrtum, in den Wagner und alle seine Nachfolger verfallen seien, darin bestehe, daß die Musik bei ihnen in das Gebiet einer ihr fremden Kunst übergreife, ein Irrtum, in den auch die Poesie verfalle, wenn sie es unternehme die Züge eines Gesichts zu beschreiben, was eine Aufgabe sei, die einzig und allein dem Maler zukomme. Und als Beispiel für einen solchen Irrtum führte er einen Bildhauer an, der auf die Idee gekommen war, die Schatten, welche die rings um die Figur des Dichters gruppierten poetischen Gestalten auf den Sockel warfen, in Marmor nachzubilden. »Diese Schatten sind bei dem Bildhauer in Wahrheit so wenig Schatten, daß sie gezwungen sind, sich an der Leiter festzuhalten«, sagte Ljewin. Diese Phrase gefiel ihm sehr gut, aber er konnte sich nicht darauf besinnen, ob er nicht dieselbe Bemerkung schon früher einmal, und zwar gerade Pjeszow gegenüber hatte fallenlassen, und er geriet daher, nachdem er sie ausgesprochen hatte, in einige Verwirrung.

Pjeszow dagegen suchte nachzuweisen, daß alle Kunst einheitlich sein müsse und daß sie ihre höchste Offenbarung nur durch die Vereinigung aller Gattungen erreichen könne.

Von der zweiten Nummer des Konzerts bekam Ljewin gar nichts mehr zu hören. Pjeszow, der neben ihm stehen geblieben war, sprach fast die ganze Zeit auf ihn ein, indem er die Komposition wegen ihrer übertriebenen, abgeschmackten und gemachten Nüchternheit, die er mit der Nüchternheit der Präraffaeliten in der Malerei verglich, verurteilte. Beim Hinausgehen traf Ljewin noch eine ganze Anzahl von Leuten, mit denen er sich über Politik, über Musik und gemeinsame Bekannte unterhielt. Unter anderen begegnete er auch dem Grafen Bolj, in dessen Hause er ja, woran er gar nicht mehr gedacht hatte, einen Besuch machen mußte.

»Nun, dann fahren Sie gleich hin«, sagte Frau Ljwow, zu der er dies äußerte, »vielleicht werden Sie gar nicht empfangen werden, und nachher holen Sie mich aus der Sitzung ab. Sie werden mich wohl noch antreffen.«

6

»Die Herrschaften empfangen heute vielleicht nicht?« fragte Ljewin, als er in das Vorzimmer des Hauses der Gräfin Bolj trat.

»Die Herrschaften empfangen, bitte gefälligst« erwiderte der Schweizer und nahm ihm mit einer energischen Bewegung den Pelz ab.

»Wie fatal«, dachte Ljewin, indem er mit einem Seufzer den einen Handschuh abstreifte und seinen Hut glättete. »Wozu gehe ich eigentlich hinein? Wovon soll ich denn mit ihnen sprechen?«

Als Ljewin den ersten Salon durchschritt, traf er in der Tür mit der Gräfin Bolj zusammen, die im Begriff war, mit unruhigem und strengem Gesichtsausdruck dem Diener einen Befehl zu erteilen. Bei Ljewins Anblick lächelte sie und ersuchte ihn, in den nächstgelegenen kleinen Salon zu treten, aus dem verschiedene Stimmen ertönten. Hier saßen auf Lehnstühlen die beiden Töchter der Gräfin und ein Moskauer Oberst, den er kannte. Ljewin trat heran, begrüßte die Anwesenden und nahm sodann, indem er den Hut auf dem Knie hielt, neben dem Sofa Platz.

»Wie befindet sich Ihre Frau Gemahlin? Waren Sie im Konzert? Wir waren verhindert hinzugehen – Mama mußte zu einer Totenmesse.«

»Ja, ich habe davon gehört ... Welch ein plötzlicher Todesfall«, sagte Ljewin.

Die Gräfin trat herein, nahm auf dem Sofa Platz und stellte an ihn die gleichen Fragen über seine Frau und das Konzert.

Ljewin gab die nämliche Antwort und wiederholte seine Bemerkung über den plötzlichen Tod der Frau Apraxin.

»Sie hatte übrigens immer eine schwache Gesundheit.«

»Waren Sie gestern in der Oper?«

»Ja, ich war dort.«

»Die Lucca war prachtvoll.«

»Ja, ganz prachtvoll« pflichtete er bei und begann nun, da es ihm völlig gleichgültig war, was man hier von ihm denken mochte, zu wiederholen, was jeder schon hundertmal über die Eigentümlichkeiten der Begabung dieser Sängerin gehört hatte. Die Gräfin Bolj tat, als höre sie ihm zu. Als er dann genug gesprochen zu haben glaubte und stillschwieg, nahm der Oberst, der sich bis jetzt stumm verhalten hatte, das Wort. Er begann ebenfalls von der Oper zu sprechen und brachte dann die Rede auf die Beleuchtung. Schließlich sagte der Oberst einige Worte über eine beabsichtigte »*folle journée*« bei Türin, lachte, erhob sich geräuschvoll und empfahl sich. Ljewin stand gleichfalls auf, aber er merkte an dem Gesichtsausdruck der Gräfin, daß es für ihn noch nicht an der Zeit sei aufzubrechen. Es fehlten noch etwa zwei Minuten, und so nahm er denn wieder Platz.

Da er jedoch die ganze Zeit daran dachte, wie töricht alles dies sei, konnte er kein Gesprächsthema finden und schwieg.

»Gehen Sie nicht in die öffentliche Sitzung? Es soll sehr interessant sein«, begann die Gräfin.

»Nein, ich habe meiner *belle-sœur* versprochen, sie abzuholen«, erwiderte Ljewin.

Es trat wieder ein Schweigen ein. Die Mutter und eine der Töchter wechselten wiederholt einen Blick.

»Jetzt wird es wohl Zeit sein,« dachte Ljewin und erhob sich. Die Damen drückten ihm die Hand und trugen ihm »*mille choses*« an seine Frau auf.

Der Schweizer fragte ihn, während er ihm in den Pelz half: »Wo belieben Sie zu wohnen?« und trug seine Adresse in ein großes, schön gebundenes Buch ein.

»Natürlich ist es mir höchst gleichgültig, und doch ist es beschämend und furchtbar albern«, dachte Ljewin, tröstete sich aber damit, daß alle anderen dasselbe täten. Dann begab er sich in die öffentliche Sitzung des Komitees, wo er seine Schwägerin treffen sollte, um mit ihr zusammen nach Hause zu fahren.

Die öffentliche Sitzung des Komitees war sehr zahlreich besucht, und fast alles, was zur Gesellschaft gehörte, hatte sich eingefunden. Ljewin kam noch gerade zur rechten Zeit, um die Verlesung des Jahresberichts, der ihm von allen als sehr interessant bezeichnet worden war, mit anzuhören.

Nachdem die Verlesung zu Ende war, mischte sich die Gesellschaft durcheinander, und Ljewin traf Swijaschskij, der ihn dringend aufforderte, am Abend in die »Landwirtschaftliche Vereinigung« zu kommen, in der ein Aufsehen erregender Vortrag gehalten werden sollte. Auch Stjepan Arkadjewitsch, der soeben von den Trabrennen gekommen war, und viele andere Bekannte traf er. Er unterhielt sich mit ihnen und hörte die verschiedenen Urteile an, die jeder über die soeben beendigte Sitzung, über das neue musikalische Werk und den neuesten Prozeß zum besten gab. Aber wohl infolge der geistigen Übermüdung, die sich bei ihm fühlbar machte, ließ er sich eine irrtümliche Äußerung über einen diesen Prozeß betreffenden Punkt zuschulden kommen, und er rief sich nachträglich diesen Irrtum mit Verdruß ins Gedächtnis zurück. Als nämlich von der Strafe die Rede gewesen war, die dem in Rußland abgeurteilten Ausländer wohl bevorstehen mochte, und jemand bemerkte, wie widersinnig es wäre, ihn durch Landesverweis zu bestrafen, da wiederholte Ljewin eine Äußerung, die er am Tage vorher einen seiner Bekannten im Gespräch hatte machen hören.

»Ich bin der Ansicht«, sagte Ljewin, »daß es ebensoviel Sinn hätte, ihn durch Landesverweisung zu strafen, wie wenn man einen Hecht damit strafen wollte, daß man ihn ins Wasser setzt.« Erst später fiel es ihm ein, daß dieser Gedanke, den er gewissermaßen für seinen eigenen ausgegeben hatte, obwohl er ihn von einem Bekannten gehört hatte, aus einer Fabel von Krylow stamme, und daß der Bekannte ihn aus einem Zeitungsfeuilleton zitiert hatte.

Nachdem Ljewin seine Schwägerin nach Hause gebracht und Kitty wohl und munter angetroffen hatte, begab er sich in den Klub.

7

Ljewin kam gerade zur rechten Zeit in den Klub. Zugleich mit ihm fuhren eine Anzahl Gäste und Mitglieder vor. Ljewin war schon sehr lange nicht mehr im Klub gewesen – seit der Zeit, wo er noch nach seinem Abgang von der Universität in Moskau gelebt und in der großen Welt verkehrt hatte. Er hatte wohl noch eine Erinnerung an den Klub, an die äußeren Einzelheiten seiner Einrichtung, aber der Eindruck, den seine früheren Besuche im Klub in ihm zu erwecken pflegten, war seinem Gedächtnis vollkommen entschwunden.

Kaum hatte er jedoch, nachdem er in den weiten, halbrunden Hof eingefahren und aus dem Wagen gestiegen war, die Freitreppe betreten, wo ihm der Schweizer in seiner Schärpe entgegeneilte, geräuschlos die Tür öffnete und sich vor ihm verbeugte; kaum hatte er im Hausflur die Überschuhe und Pelze der Klubmitglieder erblickt, die offenbar von der Erwägung ausgegangen waren, daß es weniger anstrengend sei, sich der Überschuhe unten zu entledigen, als sich mit ihnen hinaufzuschleppen; kaum hatte er den geheimnisvollen, ihm vorauseilenden Ton der Klingel vernommen, und als er die steile, mit Teppichen belegte Treppe betrat, auf dem Vorplatz die Statue und an der oberen Türe den ihm bekannten, alt gewordenen dritten Schweizer erblickte, der weder zu schnell noch zu langsam die Türe öffnete und den eintretenden Gast musterte – da wurde Ljewin wieder von der altgewohnten Klubstimmung ergriffen, jenem Gefühl der Erholung, der Behaglichkeit und Wohlanständigkeit.

»Bitte gefälligst, Ihren Hut«, sagte der Schweizer zu Ljewin, der die Klubregel, wonach die Hüte im Vorzimmer gelassen werden mußten, vergessen hatte. »Der gnädige Herr sind lange nicht mehr hiergewesen. Durchlaucht haben Sie gestern eingezeichnet. Fürst Stjepan Arkadjewitsch sind noch nicht da.«

Der Schweizer kannte nicht nur Ljewin, sondern auch alle seine Bekannten und Verwandten und hatte daher sofort der ihm am nächsten stehenden Klubmitglieder Erwähnung getan.

Ljewin durchschritt zuerst den Vorsaal mit den spanischen Wänden, wandte sich sodann nach dem rechter Hand liegenden, durch einen Vorhang abgetrennten Zimmer, wo der Obstverkäufer saß, und trat, nachdem er einen langsam vor ihm hergehenden alten Herrn überholt hatte, in den Speisesaal, der von einer lärmenden Menschenmenge erfüllt war.

Er ging die Tische entlang, die fast alle schon besetzt waren, und musterte die Gäste. Bald hier, bald dort fielen ihm die verschiedenartigsten Personen ins Auge, unter denen es junge und alte, ihm kaum bekannte, aber auch nahestehende Leute gab. Kein einziger von ihnen hatte einen verdrießlichen oder sorgenvollen Ausdruck. Es schien, als hätten sie alle zugleich mit ihren Hüten im Vorzimmer auch ihre Kümmernisse und Sorgen zurückgelassen und als seien sie nur darauf bedacht, die materiellen Güter des Lebens mit Muße zu genießen. Er sah hier Swijaschskij und Schtscherbazkij und den alten Fürsten und Wronskij und Sergej Iwanowitsch.

»Ah, warum so spät?« sagte der alte Fürst, indem er ihm lächelnd über die Schulter die Hand reichte. »Wie geht's Kitty?« fügte er hinzu, während er die Serviette, die er unter die Weste gesteckt hatte, zurechtstrich.

»Ganz gut, sie befindet sich wohl; sie speisen heute alle drei zu Hause.«

»Also ›Alinen-Nadinen-Gespräche‹. Na, hier bei uns ist kein Platz mehr frei. Geh dort an den Tisch und belege rasch einen Platz für dich«, sagte der Fürst und ergriff, indem er sich von ihm abwandte, vorsichtig einen Teller mit Fischsuppe.

»Ljewin, hierher!« rief aus einiger Entfernung eine freundliche Stimme. Es war Turowzyn. Er saß bei einem Offizier und neben ihnen standen zwei umgeklappte Stühle. Ljewin ging freudig auf die beiden zu. Er hatte den gutmütigen Schlemmer Turowzyn stets gut leiden mögen – war doch mit ihm die Erinnerung an seine Aussprache mit Kitty verknüpft – heute aber, nach all' den geistesanstrengenden Gesprächen, die er zu führen gehabt hatte, war ihm der Anblick des harmlosen Turowzyn besonders willkommen.

»Hier sind Plätze für Sie und Oblonskij reserviert. Er muß auch gleich kommen.«

Der sich auffallend gerade haltende Offizier mit den lustigen, stets lachenden Augen war ein Petersburger namens Gagin. Turowzyn stellte die Herren einander vor.

»Oblonskij muß immer zu spät kommen.«

»Ah, da ist er ja.«

»Bist du eben erst gekommen?« fragte Oblonskij, indem er rasch an ihn herantrat. »Guten Abend. Hast du schon ein Gläschen Branntwein getrunken? Na, komm'.«

Ljewin erhob sich und trat mit ihm an einen großen Tisch, auf dem verschiedene Spirituosen und die mannigfachsten Vorspeisen aufgestellt waren. Man hätte meinen sollen, daß hier jeder reichlich Gelegenheit haben müsse, sich aus den zwanzig verschiedenerlei Vorspeisen etwas nach seinem Geschmacke auszuwählen. Stjepan Arkadjewitsch aber verlangte etwas ganz Besonderes, und das Gewünschte wurde ihm auch sofort von einem der Livreediener überbracht. Sie tranken jeder ein Gläschen und kehrten dann an ihren Tisch zurück.

Sogleich, noch während der Fischsuppe, wurde Gagin Sekt gebracht, und er ließ vier Gläser füllen. Ljewin wies das ihm angebotene Glas nicht zurück und bestellte eine zweite Flasche. Er war hungrig geworden und aß und trank mit großem Vergnügen; mit noch größerem Vergnügen beteiligte er sich aber an der fröhlichen und zwanglosen Unterhaltung der Tischgenossen. Gagin gab mit gedämpfter Stimme eine neue Petersburger Anekdote zum besten, die, obwohl sie schlüpfrig und geistlos war, dennoch so erheiternd wirkte, daß Ljewin in ein derart lautes Gelächter ausbrach, daß man sich an den Nachbartischen nach ihm umwandte.

»Das ist so eine Geschichte wie: ›Das kann ich eben gar nicht leiden‹. Du kennst sie doch?« fragte Stjepan Arkadjewitsch. »Ach, das ist entzückend! Noch eine Flasche«, wandte er sich an den Diener und begann seine Anekdote zu erzählen.

»Pjotr Iljitsch Winowskij lassen bitten«, unterbrach ihn ein alter Diener, indem er Stjepan Arkadjewitsch und Ljewin zwei dünne Gläser mit perlendem Sekt präsentierte. Stjepan Arkadjewitsch nahm ein Glas, wechselte mit einem am anderen Ende des Tisches sitzenden kahlköpfigen, rothaarigen Herrn mit langem Schnurrbart einen Blick und trank ihm, indem er ihm zunickte, lächelnd zu.

»Wer ist das?« fragte Ljewin.

»Du hast ihn einmal bei mir getroffen, weißt du noch? Ein guter Kerl.«

Ljewin folgte Stjepan Arkadjewitschs Beispiel und nahm das ihm angebotene Glas.

Die von Stjepan Arkadjewitsch zum besten gegebene Anekdote war ebenfalls sehr komisch. Ljewin erzählte nun seinerseits eine Anekdote, die auch sehr gut gefiel. Dann kam die Rede auf Pferde, auf die Rennen des heutigen Tages und auch darauf, mit welchem Feuer Wronskijs »Atlas« den ersten Preis gewonnen hatte. Ljewin merkte gar nicht, wie schnell die Zeit beim Essen verging.

»Ah, da sind Sie ja auch«, sagte Stjepan Arkadjewitsch, schon gegen Ende des Mahles, indem er sich über die Stuhllehne beugte und Wronskij die Hand entgegenstreckte, der mit einem hochgewachsenen Herrn, einem Obersten, auf ihn zukam. Auf Wronskijs Gesicht lag gleichfalls der Abglanz der allgemeinen, fröhlichen und gemütlichen Klubstimmung. Er stützte sich in heiterster Laune auf Stjepan Arkadjewitschs Schulter, flüsterte ihm etwas zu und reichte dann Ljewin mit dem gleichen fröhlichen Lächeln die Hand.

»Es freut mich sehr, Sie zu sehen«, sagte er. »Ich habe Sie damals bei den Wahlen gesucht, aber es hieß, Sie seien schon wieder abgereist.«

»Ja, ich bin noch am selben Tage zurückgefahren. Wir sprachen gerade von Ihrem Pferde. Ich gratuliere Ihnen«, sagte Ljewin, »das war ein sehr feuriges Rennen.«

»Ja; Sie halten sich, so viel ich weiß, auch Rennpferde.«

»Nein, mein Vater hatte welche; ich erinnere mich noch jener Zeit und verstehe mich darauf.«

»Wo hast du gespeist?« fragte Stjepan Arkadjewitsch.

»Wir sitzen am zweiten Tisch, hinter den Säulen.«

»Sein Sieg ist dort gefeiert worden«, bemerkte der hochgewachsene Oberst. »Er hat den zweiten Kaiserpreis bekommen. Wenn ich nur im Spiel das gleiche Glück hätte, wie er mit seinen Pferden. Übrigens, wozu die kostbare Zeit vertrödeln. Ich gehe ins ›*Inferno*‹«, sagte er und verließ den Tisch.

»Das ist Jaschwin«, erwiderte Wronskij auf Turowzyns Frage und setzte sich auf den neben ihnen freigewordenen Platz. Er leerte das ihm angebotene Glas und bestellte noch eine Flasche. Unter dem Einfluß der allgemeinen Klubstimmung oder vielleicht auch infolge des genossenen Weines, ließ sich Ljewin mit Wronskij in ein Gespräch über die für die Landwirtschaft geeignetste Viehrasse ein und war sehr glücklich darüber, daß er kein Gefühl der Feindseligkeit mehr gegen diesen Mann in sich verspürte. Er sagte ihm sogar unter anderem, er habe von seiner Frau gehört, daß sie ihn bei der Fürstin Marja Borsissowna getroffen habe.

»Ach, die Fürstin Marja Borissowna – das war prachtvoll«, fiel Stjepan Arkadjewitsch ein und erzählte von ihr eine Geschichte, über die alle lachen mußten. Besonders Wronskij brach in ein so herzliches Gelächter aus, daß Ljewin sich mit ihm völlig ausgesöhnt fühlte.

»Nun, sind wir fertig?« fragte Stjepan Arkadjewitsch und erhob sich lächelnd. »Gehen wir.«

8

Nachdem Ljewin vom Tisch aufgestanden war, hatte er die Empfindung, daß sich während des Gehens seine Arme mit eigentümlicher Regelmäßigkeit und Leichtigkeit bewegten. Als er mit Gagin durch die hohen Räume dem Billardzimmer zuschritt, stieß er im großen Saal auf seinen Schwiegervater.

»Na, wie steht's? Wie gefällt dir unser Tempel des Müßiggangs?« fragte der Fürst, indem er ihn unterfaßte. »Komm, wir wollen ein wenig umherschlendern.«

»Ich hatte dies schon selbst vor und wollte mich hier etwas umschauen. Das ist ganz interessant.«

»Ja, für dich schon. Ich dagegen habe hier ganz andere Interessen als du. Wenn man so ein altes Klubmitglied sieht, wie den hier«, fuhr er fort, indem er auf einen Herrn mit gewölbtem Rücken und einer herabhängenden Unterlippe deutete, der seine in weichen Schuhen steckenden Füße mit Mühe vorwärts schleppte und ihnen langsam entgegenkam, »so möchte man meinen, daß sie alle schon als Schlappschalen auf die Welt kamen.«

»Wieso als Schlappschalen?«

»Siehst du, du kennst diese Bezeichnung nicht einmal. Das ist unser besonderer Klubausdruck. Du weißt doch, wenn man harte Eier hin- und herrollt und das lange genug fortsetzt, so wird die Schale schließlich schlapp und brüchig. So trottet auch unsereiner jahraus, jahrein in den Klub, bis man endlich auch zur ›Schlappschale‹ wird. Ja, du lachst darüber, aber wir Alten sehen schon die Zeit kommen, wo wir selbst zu den ›Schlappschalen‹ gehören werden. Kennst du den Fürsten Tschetschenskij?« fragte der Fürst, und Ljewin sah es schon an seinem Gesicht, daß er sich anschickte, etwas Spaßhaftes zu erzählen.

»Nein, ich kenne ihn nicht.«

»So, wirklich nicht? Der Fürst Tschetschenskij ist ein sehr bekannter Mann. Doch gleichviel. Also, er hat die Gewohnheit, immer Billard zu spielen. Vor drei Jahren gehörte er noch nicht zur Zahl der ›Schlappschalen‹, und er gab sich jede erdenkliche Mühe, recht rüstig zu erscheinen. Er pflegte mit Vorliebe andere Leute ›Schlappschalen‹ zu nennen. Na, eines Tages erscheint er, und unser Schweizer, – du kennst ihn doch, den Wassilij? Nun, der dicke Schweizer – er ist groß in geflügelten Worten, den fragt also der Fürst Tschetschenskij: ›Na, Wassilij, wer ist denn heute schon da; sind Schlappschalen da?‹ Und da gibt ihm nun jener zur Antwort: ›Sie sind die dritte‹. Ja, mein Lieber, so geht's.«

So schlenderte Ljewin, mit dem Fürsten plaudernd und die ihm begegnenden Bekannten begrüßend, durch alle Zimmer: durch das große, in dem schon die Tische aufgestellt waren und die altgewohnten Partner um niedrige Einsätze spielten, durch das Diwanzimmer, wo Schach gespielt wurde und Sergej Iwanowitsch im Gespräch mit einem Herrn saß; dann kamen sie durch den Billardsaal, wo sich in einer Nische am Sofa eine lustige Sektgesellschaft, bei der sich auch Gagin befand, niedergelassen hatte. Auch ins »*Inferno*« warfen sie einen Blick, wo sich um einen Tisch, an dem Jaschwin Platz genommen hatte, eine Menge Leute drängten, die beim Spiele mitsetzen wollten. Sie waren auch möglichst geräuschlos in das halbdunkle Lesezimmer getreten, wo unter den mit Schirmen geschützten Hängelampen ein junger Mann mit verdrossener Miene eine Zeitschrift nach der anderen zur Hand nahm, während ein alter General in seine Lektüre vertieft dasaß. Auch in das Zimmer traten sie ein, das der Fürst das »Intelligenz-Zimmer« nannte. Hier waren drei Herren in eifriger Unterhaltung über die letzte politische Neuigkeit begriffen.

»Bitte, Fürst, wir sind bereit«, sagte einer seiner Partner, der ihn hier gefunden hatte, worauf sich der Fürst mit ihm entfernte. Ljewin blieb eine Zeitlang allein sitzen und hörte der Unterhaltung zu, die hier geführt wurde. Dann aber fielen ihm alle die Gespräche ein, die er heute über sich hatte ergehen lassen müssen, und er wurde plötzlich von einer quälenden Langeweile ergriffen. Er erhob sich eilig und machte sich auf die Suche nach Oblonskij und Turowzyn, in deren Gesellschaft es stets lustig zuging.

Turowzyn saß bei einem Kruge, der mit irgendeinem Getränk gefüllt war, auf einem hohen Diwan im Billardzimmer, während Stjepan Arkadjewitsch an der Tür, in einer entfernten Ecke des Zimmers, sich mit Wronskij unterhielt.

»Ich kann nicht sagen, daß sie unzufrieden ist, aber das Ungewisse, Unentschiedene ihrer Lage ...«, hörte Ljewin und wollte sich eben diskret entfernen, als Stjepan Arkadjewitsch ihn heranrief.

»Ljewin!« sagte er, und Ljewin bemerkte, daß seine Augen zwar nicht von Tränen erfüllt waren, aber doch wie stets, wenn er entweder des Guten zuviel getan hatte oder von Rührung überwältigt wurde, feucht schimmerten. Heute war bei ihm beides der Fall. »Ljewin, geh nicht fort«, sagte er und hielt ihn, offenbar von dem Wunsche beseelt, ihn um keinen Preis fortzulassen, mit kräftigem Griff am Ellbogen fest.

»Das ist mein aufrichtigster, wenn nicht mein bester Freund«, sagte er, indem er auf Wronskij deutete. »Du stehst mir noch näher und bist mir teuer. Und ich will – und ich weiß, daß es so kommen wird, – daß ihr Freunde seiet und miteinander vertraut werdet, denn ihr seid beide gute Menschen.«

»Nun, dann brauchen wir nur den Bruderkuß miteinander zu tauschen«, sagte Wronskij in gutmütigem Scherz und reichte Ljewin die Hand.

Dieser ergriff hastig die ihm dargebotene Hand und drückte sie kräftig.

»Ich bin sehr, sehr froh«, sagte Ljewin.

»Kellner, eine Flasche Sekt«, rief Stjepan Arkadjewitsch.

»Auch ich bin sehr froh«, sagte Wronskij.

Aber trotz Stjepan Arkadjewitschs Wunsch, der mit dem ihrigen übereinstimmte, wußten sie nicht, wovon sie miteinander sprechen sollten, und sie fühlten dies beide.

»Weißt du, daß er Anna noch gar nicht kennt?« wandte sich Stjepan Arkadjewitsch an Wronskij. »Ich will ihn unbedingt zu ihr bringen. Wir wollen gleich hinfahren, Ljewin.«

»Wirklich nicht?« fragte Wronskij. Sie wird sich jedenfalls sehr freuen. Ich würde gleich mit Ihnen nach Hause fahren«, fügte er hinzu, »aber Jaschwin macht mir Sorge, und ich will noch hierbleiben, bis er fertig ist.«

»Wieso, steht es denn so schlimm?«

»Er verliert fortwährend, und ich allein bin imstande ihn zurückzuhalten.«

»Wie wär's wenn wir Pyramide spielten? Ljewin, bist du dabei? Gut«, sagte Stjepan Arkadjewitsch. »Stell' eine Pyramide auf«, wandte er sich an den Markör.

»Ist schon längst bereit«, erwiderte der Angeredete, der schon die Kugeln zu einem Dreieck zusammengelegt hatte und zum Zeitvertreib den roten Ball hin- und herlaufen ließ.

»Nun, fangen wir also an.«

Nach Beendigung der Partie setzten sich Wronskij und Ljewin an Gagins Tisch, und Ljewin begann nun auf Stjepan Arkadjewitschs Rat auf die Asse zu setzen. Wronskij, der beständig von einem Kreis von Bekannten, die ihn aufsuchten, umgeben war, saß bald am Tisch, bald ging er ins »*Inferno*«, um nach Jaschwin zu sehen. Ljewin empfand die Erholung von der geistigen Übermüdung des Vormittags aufs angenehmste. Er freute sich auch darüber, daß seine feindseligen Beziehungen zu Wronskij ein Ende genommen hatten, und das Gefühl der Beruhigung, der Wohlanständigkeit sowie seine fröhliche Stimmung verließen ihn nicht mehr.

Als die Kartenpartie zu Ende war, faßte Stjepan Arkadjewitsch Ljewin unter: »Nun, fahren wir also zu Anna. Sogleich? Nicht wahr? Sie ist jetzt gerade zu Hause. Ich habe ihr schon längst versprochen, dich einmal mitzubringen. Was hattest du eigentlich heute abend vor?«

»Nichts Besonderes. Ich habe zwar Swijaschskij zugesagt in die ›Gesellschaft für Landwirtschaft‹ zu kommen, aber wenn du willst, fahre ich mit dir.«

»Vortrefflich, also gehen wir. Sieh', ob mein Wagen da ist«, wandte sich Stjepan Arkadjewitsch an einen der Diener.

Ljewin trat an den Tisch, entrichtete seine an den Assen verspielten vierzig Rubel, zahlte dem Diener an der Tür seine Klubrechnung, deren Betrag dieser auf rätselhafte Weise schon erfahren hatte, und ging dann durch alle Säle, mächtig mit den Armen schlenkernd, dem Ausgang zu.

9

»Der Wagen des Fürsten Oblonskij!« rief der Schweizer mit zorniger Baßstimme. Der Wagen fuhr vor und beide nahmen Platz. Nur im Anfang, während der kurzen Zeit, die der Wagen brauchte, um zum Tore des Klubhauses hinauszufahren, stand Ljewin noch unter dem Eindruck der im Klub herrschenden beruhigenden Stimmung der Fröhlichkeit und der unzweifelhaften Wohlanständigkeit der ganzen Umgebung. Als aber der Wagen auf die Straße hinausfuhr und Ljewin sein Rütteln auf dem holprigen Pflaster spürte, als er den ärgerlichen Zuruf eines ihnen entgegenfahrenden Mietskutschers hörte und ihm in der hellen Beleuchtung das rote Schild einer Schankwirtschaft und eines Kramladens in die Augen fiel, da war mit einem Male dieser Eindruck verflogen, und er begann sich Rechenschaft abzulegen über das, was er vorhatte, und sich zu fragen, ob er wohl daran tue, Anna zu besuchen. Was würde Kitty dazu sagen? Aber Stjepan Arkadjewitsch ließ ihm keine Zeit zur Überlegung und zerstreute seine Zweifel, die er zu erraten schien.

»Wie freue ich mich«, sagte er, »daß du sie kennenlernen wirst. Du weißt, Dolly hat das längst gewünscht. Auch Ljwow hat ihr seinen Besuch gemacht und kommt nun öfter. Wenn sie auch meine Schwester ist«, fuhr Stjepan Arkadjewitsch fort, »so darf ich doch freimütig sagen, sie ist eine außergewöhnliche Frau. Du wirst ja gleich selbst sehen. Ihre Lage ist eine sehr schwierige, besonders jetzt.«

»Warum denn gerade jetzt?« fragte Ljewin.

»Wir sind jetzt mit ihrem Manne wegen der Scheidung in Unterhandlung. Er ist damit einverstanden, aber es besteht eine Schwierigkeit wegen des Sohnes, und aus diesem Grunde zieht sich die Sache, die schon längst erledigt sein könnte, seit drei Monaten hin. Sobald die Ehescheidung ausgesprochen ist, wird sie sich mit Wronskij verheiraten. Wie töricht ist doch dieser alteingebürgerte Brauch, sich in einem endlosen Kreise herumzubewegen, dieses ewige ›Jesaias frohlocke‹, an das heutzutage niemand mehr glaubt und das dem Glück der Menschen im Wege steht!« bemerkte Stjepan Arkadjewitsch. »Na also«, fuhr er fort, »und dann wird ihre Stellung so klar sein, wie meine, wie deine.«

»Worin liegt denn die Schwierigkeit?« fragte Ljewin.

»Ach, das ist eine lange und langweilige Geschichte! Alle diese Dinge haben bei uns immer einen so unbestimmten Charakter. Die Sache ist die, daß sie die Erledigung ihrer Ehescheidungsangelegenheit gerade in Moskau, wo alle Welt ihn und sie kennt, abwartet und sich hier schon seit drei Monaten aufhält. Sie geht gar nicht in Gesellschaft, verkehrt außer mit Dolly mit keiner von den Damen ihrer Bekanntschaft, weil sie, wie du begreifen wirst, nicht will, daß man ihr aus Gnade den

Besuch erwidere. Selbst die dumme Gans, die Prinzessin Warwara, hat sie verlassen, weil sie den Verkehr mit ihr für unpassend hält. In einer solchen Lage würde nun keine andere Frau fähig sein, in ihrem eigenen Innern ein Gegengewicht gegen den Druck der Verhältnisse zu finden. Sie aber, – du wirst ja gleich sehen, wie sie ihr Leben gestaltet hat, mit welcher Ruhe und Würde sie auftritt. Links in die Gasse, gegenüber der Kirche«, rief Stjepan Arkadjewitsch, indem er sich aus dem Wagenfenster beugte. »Ach, welch' eine Hitze!« sagte er, während er, trotz der zwölf Grad Kälte, seinen ohnehin schon auseinandergeschlagenen Pelz noch mehr lüftete.

»Sie hat ja ein Töchterchen und wird wohl viel mit ihr beschäftigt sein?« fragte Ljewin.

»Du scheinst dir jede Frau nur als Weibchen, als eine ›couveuse‹ vorzustellen«, sagte Stjepan Arkadjewitsch. »Wenn eine Frau beschäftigt ist, so muß sie das unbedingt mit ihren Kindern sein. Nein, sie erzieht sie, glaub' ich, vortrefflich, aber man hört nichts davon. Ihre Beschäftigung besteht erstens darin, daß sie schreibt. Ich sehe dich schon ironisch lächeln, aber mit Unrecht. Es ist ein Buch für Kinder, das sie schreibt, aber sie sagt niemandem etwas davon. Nur mir hat sie daraus vorgelesen, und ich habe das Manuskript Workujew gebracht – du weißt, dem Verleger – er ist, glaub' ich, selbst Schriftsteller. Er versteht sich auf diese Dinge und sagt, es sei ein ganz hervorragendes Werk. Du meinst vielleicht, sie sei nichts weiter als eine – schriftstellernde Frau? Keineswegs. Sie ist vor allen Dingen eine Frau von Herz, na du wirst ja sehen. Sie hat jetzt eine junge Engländerin und eine ganze Familie, für die sie sorgt.«

»Das ist also etwas Philanthropisches?«

»Du siehst gleich in allem etwas Schlimmes. Es ist nichts Philanthropisches, sondern eine rein aus dem Herzen kommende Tätigkeit. Bei ihnen, ich meine bei Wronskij, war ein englischer Trainer, ein Meister in seinem Fach, angestellt, aber der Mann war ein Säufer. Er hat sich vollständig dem Trunke ergeben, – *delirium tremens* – und kümmert sich nicht um seine Familie. Als Anna nun die Leute sah, fing sie an, sie zu unterstützen, nahm dann immer größeres Interesse an ihnen, und jetzt sorgt sie vollständig für die ganze Familie. Und sie tut dies nicht etwa so von oben herab durch Geldgeschenke, sie unterrichtet die Knaben in der russischen Sprache, um sie fürs Gymnasium vorzubereiten, und das Mädchen hat sie zu sich genommen. Du wirst es gleich sehen.«

Der Wagen fuhr in den Hof, und Stjepan Arkadjewitsch schellte laut an der Freitreppe, vor der ein Schlitten stand.

Ohne den öffnenden Diener zu fragen, ob die Herrschaften zu Hause seien, trat Stjepan Arkadjewitsch in den Hausflur. Ljewin folgte ihm, während ihn immer stärkere und stärkere Zweifel beschlichen, ob er wohl richtig handle.

Ljewin warf einen Blick in den Spiegel und bemerkte, daß er rot im Gesicht war. Aber er war überzeugt, daß er nicht zuviel getrunken habe und stieg hinter Stjepan Arkadjewitsch die teppichbelegte Treppe hinauf. Oben fragte Stjepan Arkadjewitsch den Diener, der ihn wie einen seiner Herrschaft Nahestehenden begrüßte, wer bei Anna Arkadjewna sei, und erhielt zur Antwort, Herr Workujew.

»Wo sind sie?«

»Im Arbeitszimmer.«

Stjepan Arkadjewitsch und Ljewin gingen durch den kleinen dunkelgetäfelten Speisesaal und traten dann auf dem weichen Teppich in das halbdunkle Arbeitszimmer, das eine Lampe erleuchtete, deren Licht durch einen großen, dunkeln Schirm gedämpft war. Eine andere Lampe, ein Refraktor, brannte an der Wand und beleuchtete das lebensgroße Porträt einer Frau, das unwillkürlich Ljewins Aufmerksamkeit auf sich zog. Es war Annas Porträt, das Michajlow in Italien gemalt hatte. Während Stjepan Arkadjewitsch hinter das Blumengitter trat, hinter dem jetzt die Stimme eines Mannes, der bisher gesprochen hatte, verstummte, blickte Ljewin auf das Bild, das in der hellen Beleuchtung aus dem Rahmen hervortrat, und konnte sich nicht davon losreißen. Er hatte sogar völlig vergessen, wo er sich befand, und ohne zu hören, was nebenan gesprochen wurde, verwandte er keinen Blick von dem wundervollen Gemälde. Das war kein Porträt, es war eine lebenatmende, verführerische Frau mit schwarzem, lockigen Haar, entblößten Schultern und Armen, mit einem sinnenden halben Lächeln auf den von einem zarten Flaum bedeckten Lippen, während ihre betörenden Augen ihn sieghaft und zärtlich anblickten. Sie war nur darum kein Wesen von Fleisch und Blut, weil sie schöner war, als eine Lebende sein kann.

»Ich bin sehr erfreut«, hörte er plötzlich neben sich eine Stimme, die offenbar zu ihm sprach – die Stimme derselben Frau, vor deren Bilde er bewundernd stand. Anna war hinter dem Blumengitter hervorgetreten, um ihm entgegenzugehen, und Ljewin erblickte im Halbdunkel des Zimmers eine Frau – dieselbe, die das Porträt darstellte. Sie trug ein dunkles, buntfarbiges Kleid auf blauem Grunde. Die Stellung, in der er sie erblickte, und der Ausdruck ihres Gesichts waren nicht dieselben wie auf dem Bilde, wohl aber der Grad der Schönheit, den der Künstler erfaßt und auf die Leinwand gebannt hatte. Sie war in Wirklichkeit eine weniger glänzende Erscheinung, aber dafür ging von ihr, die jetzt in lebendiger Verkörperung vor ihm stand, ein neuer, eigenartiger Reiz aus, der dem Bilde fehlte.

10

Sie war ihm entgegengegangen, ohne es für nötig zu halten, ihre Freude über sein Kommen zu verbergen. In der ruhigen Sicherheit, mit der sie ihm ihre kleine und energische Hand entgegenstreckte, ihn Wronskij vorstellte und auf das kleine, hübsche Mädchen deutete, das in demselben Zimmer an einer Arbeit saß und das sie als ihr Pflegekind bezeichnete, fand Ljewin die ihm bekannten und sympathischen Manieren der stets sicheren und ungezwungenen Weltdame.

»Ich bin sehr, sehr erfreut«, wiederholte sie, und in ihrem Munde gewannen diese einfachen Worte für Ljewin aus irgendeinem Grunde eine ganz besondere Bedeutung. »Ich kenne Sie schon lange, und Sie stehen mir nahe durch Ihre Freundschaft mit Stiwa, und auch durch Ihre Frau ... Ich habe sie nur sehr kurze Zeit gekannt, aber sie hat in mir den Eindruck einer lieblichen Blütenknospe, ja, einer Blütenknospe zurückgelassen. Und nun wird sie schon bald Mutter werden.«

Sie sprach ungezwungen und ohne Hast, indem sie ihren Blick bald auf Ljewin, bald auf ihren Bruder richtete. Er hatte die Empfindung, daß der Eindruck, den sie von ihm empfangen hatte, ein sympathischer sei, und sogleich fühlte er sich in ihrer Gegenwart so frei, so ungezwungen und behaglich, als ob er sie seit ihrer Kindheit gekannt hätte.

»Ich und Iwan Pjetrowitsch wir haben uns in Alexejs Studierzimmer niedergelassen«, erwiderte sie auf Stjepan Arkadjewitschs Frage, ob es erlaubt sei, zu rauchen, »eben, um zu rauchen«, und indem sie Ljewin mit einem sprechenden Blick fragte, ob er rauche, zog sie ein Zigarettenetui aus Schildpatt näher zu sich heran und entnahm ihm ein Zigarillo.

»Wie steht es jetzt mit deiner Gesundheit?« wandte sich ihr Bruder an sie.

»Ganz leidlich – bis auf die Nerven, wie immer.«

»Nicht wahr, es ist ungewöhnlich gut gelungen?« sagte Stjepan Arkadjewitsch, der bemerkt hatte, daß Ljewin von Zeit zu Zeit auf das Bild blickte.

»Ich habe noch nie ein besseres Porträt gesehen.«

»Und es ist außerordentlich ähnlich, nicht?« bemerkte Workujew.

Ljewin wandte den Blick vom Porträt auf das Original. In Annas Gesicht leuchtete es eigentümlich auf, als sie seinen Blick auf sich gerichtet fühlte. Ljewin errötete, und um seine Verwirrung zu verbergen, wollte er sie danach fragen, ob sie Darja Alexandrowna schon lange nicht gesehen habe. Aber in diesem Augenblicke begann Anna zu sprechen.

»Ich habe eben mit Iwan Pjetrowitsch über die letzten Gemälde von Waschtschenkow gesprochen. Haben Sie sie gesehen?«

»Ja, ich habe sie mir angesehen«, erwiderte Ljewin.

»Aber, *pardon*, ich hatte Sie unterbrochen, Sie wollten etwas fragen ...«

Ljewin fragte nun, wann sie Dolly zuletzt gesehen habe.

»Sie war gestern bei mir und ist Grischas wegen auf das Gymnasium sehr schlecht zu sprechen. Der Lehrer des Lateinischen hat sich, glaub' ich, eine Ungerechtigkeit gegen ihn zuschulden kommen lassen.«

»Ja, ich habe die Bilder gesehen. Sie haben mir nicht besonders gefallen«, nahm Ljewin den vorhin angeschlagenen Gesprächsgegenstand wieder auf.

Ljewin sprach nun nicht mehr mit jenem gleichsam handwerksmäßigen Interesse, mit dem er im Laufe dieses Morgens gesprochen hatte. Jedes Wort gewann in der Unterhaltung mit ihr eine besondere Bedeutung. Es war ihm angenehm, mit ihr zu sprechen und noch angenehmer, sie zu hören.

Anna sprach nicht nur natürlich, klug, sondern klug und zugleich zwanglos, sie legte ihren Gedanken gar keine Wichtigkeit bei, während sie den Äußerungen des andern große Bedeutung beizumessen schien.

Das Gespräch wandte sich der neuen Kunstrichtung zu, der neuen Illustration der Bibel von einem französischen Künstler. Workujew warf dem Künstler einen bis zur Roheit gehenden Realismus vor. Ljewin bemerkte, die Franzosen hätten das Konventionelle in der Kunst wie keine andere Nation entwickelt und erblickten daher ein besonderes Verdienst in der Rückkehr zum Realismus. Schon darin, daß sie aufgehört hätten zu lügen, sähen sie ein Zeichen von Poesie.

Noch nie hatte Ljewin über eine kluge Bemerkung, die er gemacht hatte, ein solches Vergnügen empfunden wie über diese. Annas Gesicht erstrahlte, als sie plötzlich die Bedeutung dieses Gedankens erfaßt hatte, und sie lachte.

»Ich lache«, sagte sie, »wie man manchmal beim Anblick eines sprechend ähnlichen Porträts lacht. Das, was Sie eben sagten, charakterisiert vollkommen die moderne französische Kunst, und zwar nicht nur die Malerei, sondern sogar auch die Literatur: Zola, Daudet. Es ist vielleicht immer so, daß man seine ›*conceptions*‹ aus seinen erdachten, konventionellen Gestalten konstruiert und dann, wenn alle möglichen ›*combinaisons*‹ erschöpft sind und man dieser erdachten Gestalten überdrüssig geworden ist, natürliche und lebenswahre Gestalten zu schaffen beginnt.«

»Das ist vollkommen richtig!« sagte Workujew.

»Ihr waret also im Klub?« wandte sie sich wieder zu ihrem Bruder.

»Ja, das ist wirklich eine echte Frau!« dachte Ljewin, indem er selbstvergessen, ohne ein Auge von ihr zu verwenden, ihr schönes, bewegliches Gesicht betrachtete, das jetzt mit einem Male gänzlich verwandelt schien. Ljewin hörte nicht, wovon sie sprach, während sie sich zu ihrem Bruder hinüberbeugte, aber er war von der Veränderung in ihrem Gesichtsausdruck überrascht. Auf ihrem vorher in ihrer Ruhe so vollendet schönen Antlitz hatte sich plötzlich der Ausdruck einer seltsamen Neugier und zugleich Zorn und Stolz gelagert. Dies währte jedoch nur einen Augenblick. Dann kniff sie die Augen zusammen, als rufe sie sich etwas in die Erinnerung zurück.

»Nun ja, das kann übrigens niemanden interessieren«, sagte sie und wandte sich dann zu der kleinen Engländerin: *please, order the tea in the drawing-room.*«

Das Mädchen erhob sich und ging hinaus.

»Wie ist es, hat sie die Prüfung bestanden?« fragte Stjepan Arkadjewitsch.

»Ausgezeichnet. Es ist ein sehr begabtes Mädchen und hat einen sehr guten Charakter.«

»Das Ende vom Lied wird sein, daß sie dir lieber sein wird als dein eigenes Kind.«

»So sprechen die Männer. In der Liebe gibt es kein mehr und kein weniger. Mein Töchterchen liebe ich mit einer Art von Liebe und dieses Mädchen mit einer anderen.«

»Ich sagte eben zu Anna Arkadjewna«, bemerkte Workujew, »wenn sie nur den hundertsten Teil der Energie, mit der sie sich dieser kleinen Engländerin annimmt, dem allgemeinen Werk der russischen Kindererziehung widmen wollte, würde sie eine große und heilsame Tat vollbringen.«

»Denken Sie von mir, was Sie wollen, aber ich muß gestehen, daß ich unfähig dazu bin. Graf Alexej Kirillowitsch (bei den Worten Graf Alexej Kirillowitsch sah sie mit schüchternfragendem Ausdruck auf Ljewin, der ihr unwillkürlich mit einem ehrerbietigen und zustimmenden Blick antwortete) hat mich dazu anzuspornen versucht, daß ich mich auf dem

Lande den Schulangelegenheiten widme. Ich bin ein paarmal hingegangen. Die Kinder sind ja sehr lieb, aber ich fühlte mich unfähig, mich ihnen mit ganzer Seele hinzugeben. Sie sprechen von Energie, aber diese gründet sich auch auf die Liebe. Aber die Liebe kann man sich nicht geben, man kann ihr nicht befehlen. Dieses Mädchen hier habe ich nun von selbst liebgewonnen, ich wüßte nicht zu sagen warum.«

Sie blickte wieder auf Ljewin, und ihr Lächeln und ihr Blick – alles sagte ihm, daß sie ihre Worte nur an ihn richtete, da sie seine Meinung hochschätze und zugleich im voraus wisse, daß sie einander verständen.

»Ich begreife das vollkommen«, erwiderte Ljewin. »Der Schule und ähnlichen Einrichtungen überhaupt kann man nicht mit ganzem Herzen ergeben sein, und ich glaube, daß eben aus diesem Grunde derlei philanthropische Einrichtungen stets so geringe Ergebnisse zutage fördern.«

Sie schwieg eine Weile, dann lächelte sie. »Ja, gewiß«, stimmte sie bei. »Ich bin nie dazu imstande gewesen. *Je n'ai pas le cœur assez large*, um mein Herz an eine ganze Anstalt mit häßlichen kleinen Mädchen zu hängen. *Cela ne m'a jamais réussi.* Wie viel Frauen gibt es nicht, die sich dadurch eine *position sociale* geschaffen haben. Und jetzt vermag ich es erst recht nicht«, schloß sie mit kummervollem und zutraulichem Ausdruck, indem sie sich scheinbar an ihren Bruder, in Wirklichkeit aber nur an Ljewin wandte. »Gerade jetzt, wo ich irgendeine Beschäftigung so nötig hätte, fühle ich mich völlig unfähig dazu.« Sie runzelte plötzlich die Stirn (Ljewin verstand, daß dies aus Unmut darüber geschah, daß sie so lange von sich selbst gesprochen hatte) und gab dem Gespräch eine andere Wendung. »Ich weiß von Ihnen, daß Sie ein schlechter Staatsbürger sind, und ich habe Sie in Schutz zu nehmen gesucht, so gut ich konnte.«

»Wie haben Sie es denn angefangen, mich in Schutz zu nehmen?«

»Je nach der Art der Angriffe, die man gegen Sie gerichtet hat. Wünschen Sie übrigens nicht ein Glas Tee?« Sie erhob sich und griff nach einem in Saffian gebundenen Buch.

»Geben Sie's mir, Anna Arkadjewna«, sagte Workujew,

indem er auf das Buch deutete. »Es verdient gedruckt zu werden.«

»O nein, es ist alles noch so wenig durchgearbeitet.«

»Ich habe ihm davon gesprochen«, wandte sich Stjepan Arkadjewitsch an seine Schwester, indem er auf Ljewin deutete.

»Du hast unrecht daran getan. Meine Schriftstellerei erinnert an die Körbchen und Schnitzereien aus dem Gefängnis, die mir früher Lisa Mjerzalowa zu verkaufen pflegte. Sie hatte in ihrem Verein das Patronat über die Gefängnisse. Diese Unglücklichen verrichteten Wunderwerke der Geduld.«

Ljewin offenbarte sich jetzt ein neuer Zug in dieser Frau, die in so ungewöhnlichem Grade sein Gefallen erregt hatte. Er fand in ihr außer Verstand, Grazie und Schönheit auch noch Wahrhaftigkeit. Sie strebte nicht danach, vor ihm das Drückende ihrer Lage zu verbergen. Nach den letzten Worten seufzte sie auf, und ihre Züge nahmen plötzlich einen strengen, wie versteinerten Ausdruck an. Dieser Ausdruck ließ sie noch schöner erscheinen als vorher; aber es war dies ein neuer Ausdruck, er lag gleichsam außerhalb jener glückstrahlenden und glückspendenden Ausdrucksphäre, die der Maler des Bildes erfaßt hatte. Ljewin blickte nochmals auf das Bild und dann auf ihre Gestalt, wie sie den Arm ihres Bruders nahm und mit ihm durch die hohe Türe schritt. Und er empfand für sie eine Zärtlichkeit und ein Mitleid, die ihn selbst in Verwunderung setzten.

Sie forderte Ljewin und Workujew auf, in den Salon zu treten, während sie selbst zurückblieb, um mit ihrem Bruder etwas zu besprechen. »Will sie von der Ehescheidung, von Wronskij, davon, was er im Klub treibt, oder von mir sprechen?« dachte Ljewin bei sich. Und die Frage, was sie wohl mit Stjepan Arkadjewitsch besprechen mochte, erregte ihn so sehr, daß er kaum auf das hörte, was ihm Workujew über die Vorzüge des »Romans für Kinder« erzählte, den Anna Arkadjewna geschrieben hatte.

Beim Tee nahm die gleiche, angenehme und inhaltsreiche Unterhaltung ihren Fortgang. Es trat nicht nur kein Augenblick ein, in dem es nötig gewesen wäre, nach einem

Gesprächsthema zu suchen, sondern jedermann hatte im Gegenteil das Gefühl, daß man keine Zeit habe, das auszusprechen, was man zu sagen hatte und daß man gerne die eigenen Gedanken zurückdrängte, um zu hören, was der andere sagte. Und alles, was gesprochen wurde, mochte sie selbst es äußern oder Workujew oder Stjepan Arkadjewitsch – alles gewann, wie es Ljewin schien, dank ihrer Aufmerksamkeit und ihren Äußerungen, eine ganz besondere Bedeutung.

Während Ljewin dem interessanten Gespräch folgte, hörte er nicht auf, nicht nur ihre Schönheit, sondern auch ihren Verstand, ihre Bildung und zugleich ihre Natürlichkeit und Herzlichkeit zu bewundern. Er hörte den anderen zu, beteiligte sich selbst an der Unterhaltung und dachte die ganze Zeit an sie, an ihr inneres Leben, indem er sich bemühte, ihre Empfindungen zu erraten. Und er, der sie früher so streng verurteilt hatte, rechtfertigte sie jetzt; und in einer seltsamen Gedankenverknüpfung bemitleidete er sie zugleich und hegte die Befürchtung, daß Wronskij nicht das volle Verständnis für sie habe. Als Stjepan Arkadjewitsch sich gegen elf Uhr erhob (Workujew war schon vorher aufgebrochen), um sich zu verabschieden, war es Ljewin, als sei er eben erst gekommen, und mit Bedauern stand er gleichfalls auf.

»Leben Sie wohl«, sagte sie, während sie seine Hand festhielt und ihm mit einem Blick, der ihn gleichsam an sich zu ziehen schien, in die Augen sah. »Ich bin sehr froh, *que la glace est rompue*.«

Sie ließ seine Hand los und kniff die Augen zusammen.

»Sagen Sie Ihrer Frau, daß ich sie noch eben so lieb habe wie früher, und daß ich ihr, wenn Sie mir die Lage, in der ich mich befinde, nicht verzeihen kann, wünsche, daß sie mir niemals verzeihen möge. Um mir verzeihen zu können, muß man das durchgemacht haben, was ich durchgemacht habe, und davor möge Gott sie bewahren.«

»Ich will es ihr ausrichten bestimmt, ganz bestimmt«, sagte Ljewin errötend.

11

»Welch' eine bewunderungswürdige, liebe und beklagenswerte Frau«, dachte er, als er mit Stjepan Arkadjewitsch an die frostkalte Luft trat.

»Nun was sagst du? Ich hab's dir ja gesagt«, bemerkte Stjepan Arkadjewitsch, da er sah, daß sie Ljewin vollkommen erobert hatte.

»Ja«, erwiderte Ljewin nachdenklich, »eine ungewöhnliche Frau, in der Tat! Nicht nur daß sie mit Verstand begabt ist, sie hat auch ungewöhnlich viel Herz. Sie tut mir furchtbar leid!«

»Jetzt wird, mit Gottes Hilfe, alles geordnet werden. Siehst du, man soll niemanden voreilig verdammen«, sagte Stjepan Arkadjewitsch, indem er die Wagentür öffnete. »Adieu, wir haben nicht denselben Weg.«

Auf der Heimfahrt waren Ljewins Gedanken unaufhörlich mit Anna beschäftigt, mit all jenen so völlig zwanglosen Gesprächen, die er mit ihr geführt hatte. Er rief sich alle Einzelheiten ihres Gesichtsausdruckes ins Gedächtnis zurück und versenkte sich immer tiefer und tiefer in ihre Lage, und von immer wachsendem Mitleid für sie erfüllt, kam er zu Hause an.

Hier berichtete ihm Kusjma, daß Katharina Alexandrowna sich wohl befinde, daß ihre Schwestern erst vor kurzem weggefahren seien und übergab ihm zwei Briefe. Ljewin las sie gleich im Vorzimmer, um sich später nicht damit abgeben zu müssen. Der eine Brief war von seinem Verwalter Sokolòw. Sokolòw schrieb, daß der Weizen nicht verkauft werden könne, man biete nur fünf und einen halben Rubel. Andererseits wisse er nicht, wo er noch mehr Geld hernehmen solle. Der andere Brief war von seiner Schwester, die ihm Vorwürfe darüber machte, daß ihre Angelegenheit immer noch nicht erledigt sei.

»Nun, dann verkaufen wir eben für fünfeinhalb, wenn wir nicht mehr dafür kriegen«, entschied Ljewin sogleich mit ungewöhnlicher Leichtigkeit die erste Frage, die ihm früher stets so schwierig erschienen war. »Unglaublich, wie hier immer meine ganze Zeit in Anspruch genommen ist«, dachte er bei dem zweiten Briefe. Er fühlte sich seiner Schwester gegenüber schuldig, weil er ihren Auftrag bis jetzt nicht erledigt hatte. »Heute bin ich wieder nicht aufs Gericht gekommen, aber ich hatte in der Tat keine Zeit.« Und mit dem festen Vorsatz, das Versäumte unbedingt morgen nachzuholen, begab er sich zu seiner Frau. Auf dem Wege zu ihr durchlief Ljewin in der Erinnerung rasch den ganzen heutigen Tag. Alle Ereignisse des Tages bestanden in Gesprächen, die er mit angehört oder an denen er teilgenommen hatte. Alle diese Gespräche betrafen Dinge, mit denen er sich, wenn er allein auf seinem Landsitz gewesen wäre, niemals abgegeben hätte; hier aber schienen sie ihm sehr interessant zu sein. Und alle diese Gespräche hatten einen angenehmen Eindruck in ihm hinterlassen. Nur in zwei Fällen war er nicht ganz mit dem verflossenen Tage zufrieden: Erstens wegen der Bemerkung, die er in bezug auf den »Hecht« gemacht hatte. Und dann hatte er die Empfindung, daß in seinem zärtlichen Mitgefühl für Anna etwas lag, was nicht recht war.

Ljewin fand seine Frau in trüber und gelangweilter Stimmung vor. Das Diner der drei Schwestern war ganz fröhlich verlaufen, aber dann hatte man auf ihn gewartet und gewartet, bis alle anfingen sich zu langweilen. Die Schwestern hatten sie dann verlassen, und sie war allein geblieben.

»Nun, und was hast du getrieben?« fragte sie und blickte ihm in die Augen, in denen ihr ein verdächtiger Glanz zu liegen schien. Um ihn jedoch nicht davon abzuhalten ihr alles zu erzählen, suchte sie vor ihm zu verbergen, wie sehr sie sich dafür interessiere, und hörte mit ermunterndem Lächeln seinem Bericht darüber zu, wie er den Abend verbracht hatte.

»Ich habe mich sehr gefreut, daß ich mit Wronskij zusammengetroffen bin. Ich habe mich in seiner Gesellschaft sehr wohl und unbefangen gefühlt. Verstehst du, jetzt werde ich mich bemühen, mit ihm nie mehr zusammenzutreffen, aber das Peinliche unserer gegenseitigen Beziehungen mußte ein Ende nehmen«, sagte er, und errötete bei der Erinnerung daran, daß er trotz des Bemühens nie mehr mit ihm zusammenzutreffen, sofort Anna aufgesucht hatte. »Da reden wir davon, daß das Volk trinkt; ich weiß wirklich nicht, wer mehr trinkt, das Volk oder unser Stand; das Volk tut dies wenigstens nur an Feiertagen, aber ...«

Kitty hatte indessen kein Interesse für seine Betrachtungen darüber, wie das Volk trinke. Sie hatte sein Erröten bemerkt und wollte den Grund davon erfahren.

»Und wo bist du dann gewesen?«

»Stiwa hat mir aufs dringendste zugeredet, Anna Arkadjewna zu besuchen.«

Bei diesen Worten errötete Ljewin noch mehr, und seine Zweifel, ob er wohl oder übel daran getan habe, Anna zu besuchen, waren endgültig entschieden. Jetzt war ihm klar, daß er es nicht hätte tun sollen.

Kittys Augen öffneten sich eigentümlich weit und blitzten bei der Erwähnung von Anna auf, aber mit einiger Anstrengung gelang es ihr, ihre Erregung vor ihm zu verbergen und ihn zu täuschen.

»Ah!« sagte sie nur.

»Du wirst mir doch gewiß nicht böse sein, daß ich hingefahren bin. Stiwa bat mich darum und auch Dolly wünschte es«, fuhr Ljewin fort.

»O nein«, versetzte sie, aber in ihren Augen las er, daß sie sich einen Zwang antat, der nichts Gutes zu versprechen schien.

»Sie ist eine sehr liebe, eine sehr, sehr unglückliche und brave Frau«, sagte er und begann nun von Anna und ihrem Leben und Treiben zu erzählen. Er richtete auch aus, was sie ihm aufgetragen hatte, Kitty von ihr zu sagen.

»Ja gewiß, sie ist sehr unglücklich«, sagte Kitty, als er geendet hatte. »Von wem hast du einen Brief erhalten?«

Er beantwortete diese Frage, und von ihrem ruhigen Ton getäuscht, ging er hinaus, um sich auszukleiden.

Bei seiner Rückkehr fand er Kitty noch in demselben Sessel. Als er an sie herantrat, blickte sie zu ihm auf und brach in Tränen aus.

»Du hast dich in dieses schlechte Weib verliebt, sie hat dich umgarnt. Ich hab' dir's an den Augen angesehen. Ja, ja! Was soll daraus werden? Du hast im Klub getrunken und getrunken, hast gespielt und bist dann fortgegangen ... und zu wem? Nein, wir müssen fort von hier ... Morgen reise ich ab.«

Lange Zeit vermochte Ljewin seine Frau nicht zu beruhigen und es gelang ihm erst, nachdem er ihr eingestanden hatte, daß er sich von dem Gefühl des Mitleids in Verbindung mit dem genossenen Wein habe hinreißen lassen und daß er dem hinterlistigen Einfluß von Anna, die er in Zukunft zu meiden versprach, nicht habe widerstehen können. Einen Umstand konnte er ihr mit voller Aufrichtigkeit eingestehen, nämlich, daß er durch seinen langen Aufenthalt in Moskau, durch die ewigen Unterhaltungen, durch das Essen und Trinken, um seinen Verstand gekommen sei. Ihr Gespräch zog sich bis drei Uhr nachts hin. Erst um diese Stunde hatten sie sich so weit versöhnt, daß sie einschlafen konnten.

12

Nachdem Anna ihre Gäste hinausgeleitet hatte, begann sie, ohne sich wieder zu setzen, im Zimmer auf und ab zu gehen. Obgleich sie ganz unbewußt (wie sie es in der letzten Zeit in bezug auf alle jungen Männer zu tun pflegte) im Laufe des ganzen Abends alles aufgeboten hatte, um in Ljewin das Gefühl der Liebe für sie zu erwecken, obgleich sie wußte, daß sie diesen Zweck erreicht hatte, soweit es eben einem verheirateten und ehrenhaften Manne gegenüber und noch dazu im Laufe eines einzigen Abends möglich gewesen war, obgleich er ihr sehr gefallen hatte (trotz des schroffen Gegensatzes, der zwischen Wronskij und Ljewin als Männern bestand, erkannte sie als Frau dasjenige, was beiden gemeinsam war und wodurch sich erklärte, daß Kitty, die Wronskij geliebt hatte, auch Ljewin ihr Herz hatte schenken können) hörte sie auf, an ihn zu denken, sobald er das Zimmer verlassen hatte.

Ein und derselbe Gedanke verfolgte sie unablässig in verschiedenen Formen: »Wenn ich auf andere Menschen, auf diesen häuslichen und liebenden Ehemann einen solchen Eindruck mache, warum ist er denn so kalt gegen mich? ... Oder vielmehr nicht gerade kalt, er liebt mich ja, das weiß ich, aber etwas, was vorher nicht vorhanden war, steht jetzt trennend zwischen uns. Warum ist er den ganzen Abend nicht da? Er hat mir durch Stiwa sagen lassen, er könne Jaschwin nicht allein lassen und müsse ihn beim Spiel beaufsichtigen. Ist denn Jaschwin ein kleines Kind? Aber mag es damit seine Richtigkeit haben, er sagt ja nie die Unwahrheit. Aber in dieser Wahrheit liegt noch etwas anderes. Er ist froh, Gelegenheit zu haben, mir zu zeigen, daß er noch anderweitige Verpflichtungen hat. Ich weiß das ja und gebe es zu. Aber weshalb hält er es für nötig, mir dies zu beweisen? Er will mir beweisen, daß seine Liebe zu mir seiner Freiheit nicht hinderlich sein darf. Ich brauche aber keine Beweise, ich brauche Liebe. Er sollte für all das Drückende meiner Stellung hier in Moskau Verständnis haben. Lebe ich denn? Ich lebe nicht, ich warte nur beständig auf meine Erlösung, die sich immer mehr und mehr hinauszieht. Es ist wieder keine Antwort da! Und Stiwa sagt, er könne nicht zu Alexej Alexandrowitsch fahren. Ich aber kann nicht noch einmal an ihn schreiben. Ich kann nichts tun, nichts beginnen, nichts ändern, ich nehme mich zusammen, ich warte, indem ich mir allerlei Zerstreuungen ausdenke, wie die Sorge um die Familie des Engländers, Schriftstellerei, Lektüre; aber all dies ist nur Täuschung, nichts anderes als dasselbe Morphium. Er sollte Mitleid mit mir haben«, sagte sie und fühlte, wie ihr die Tränen des Mitleids um sich selbst in die Augen traten.

Da hörte sie das ungestüme Läuten von Wronskij und beeilte sich, ihre Tränen abzuwischen. Sie trocknete nicht nur ihre Tränen, sie setzte sich auch in die Nähe der Lampe, schlug ein Buch auf und gab sich den Anschein, als sei sie völlig ruhig. Sie mußte ihm zeigen, daß sie ihm zürnte, weil er nicht zurückgekehrt war, wie er es versprochen hatte – nur daß sie ihm zürnte: auf keinen Fall durfte sie ihn ihren Kummer und am wenigsten ihr Mitleid mit sich selbst merken lassen. Sie selbst konnte sich bemitleiden, in ihm aber durfte dies Gefühl nicht für sie aufkommen. Sie wollte keinen Kampf, sie tadelte ihn darum, daß er gegen ihren Einfluß anzukämpfen suchte und geriet dennoch unwillkürlich in eine kampfbereite Stimmung.

»Nun, hast du dich nicht gelangweilt?« fragte er lebhaft, indem er fröhlich zu ihr trat. »Welch eine furchtbare Leidenschaft doch das Spiel ist!«

»Nein, ich habe mich nicht gelangweilt und habe schon lange gelernt, mich nicht zu langweilen. Stiwa war da und hat Ljewin mitgebracht.«

»Ja, er hatte vor, dich zu besuchen. Nun, wie hat dir Ljewin gefallen?« fragte er, indem er sich zu ihr setzte.

»Sehr gut. Sie sind erst vor kurzem aufgebrochen. Was hat denn Jaschwin wieder angestellt?«

»Erst hat er gewonnen – siebzehntausend. Ich forderte ihn auf mitzukommen, er war schon im Begriff aufzubrechen, kehrte aber wieder um, und nun verliert er fortwährend.«

»Weshalb bist du denn eigentlich geblieben?« fragte sie und schlug plötzlich die Augen zu ihm auf. Ihr Gesicht hatte einen kalten und feindseligen Ausdruck. »Du hast Stiwa gesagt, du würdest dortbleiben, um Jaschwin fortzubringen. Nun hast du ihn aber doch allein gelassen.«

Der gleiche kalte Ausdruck der Kampfbereitschaft prägte sich jetzt auch in seinen Zügen aus.

»Erstens habe ich ihn nicht gebeten, dir irgend etwas auszurichten, und zweitens sage ich niemals die Unwahrheit. Die Hauptsache aber ist, ich hatte den Wunsch dortzubleiben und darum bin ich geblieben«, versetzte er mit gerunzelter Stirn. »Anna wozu, wozu das?« sagte er nach einem minutenlangen Schweigen, indem er sich über sie beugte und ihr seine geöffnete Hand hinhielt, in der Hoffnung, daß sie die ihre hineinlegen würde.

Sie freute sich über diese Aufforderung zur Zärtlichkeit. Aber es war, als hielte sie irgendeine seltsame finstere Macht ab, sich ihrem Gefühl hinzugeben, gleichsam als ließen es die Kampfbedingungen nicht zu, daß sie sich ihm unterwerfe.

»Selbstverständlich! Du wolltest da bleiben und bist geblieben. Du tust alles, was du willst. Aber wozu sagst du mir das? Wozu?« wiederholte sie mit immer steigender Erbitterung. »Fällt es denn irgend jemandem ein, dir deine Rechte streitig zu machen? Aber du willst Recht behalten, und so behalte denn Recht.«

Seine Hand schloß sich wieder, er beugte sich zurück, und sein Gesicht nahm einen noch trotzigeren Ausdruck an, als vorher.

»Du handelst nur aus Eigensinn«, sagte sie; sie hatte ihn forschend angesehen, und dabei plötzlich die rechte Bezeichnung für den Gesichtsausdruck gefunden, der sie so sehr an ihm ärgerte. »Ja nur aus Eigensinn. Für dich handelt es sich nur um die Frage, ob du dich mir gegenüber als der Stärkere erweisen wirst, für mich aber ...« Und wieder empfand sie ein solches Mitleid mit sich selbst, daß sie fast in Tränen ausgebrochen wäre. »Wenn du nur wüßtest, worum es sich für mich handelt! Wenn ich, wie jetzt, fühle, daß du gegen mich feindselig gestimmt bist, ja, geradezu feindselig – o, wüßtest du nur, was das für mich bedeutet! Wenn du wüßtest, wie ich in solchen Augenblicken die Nähe eines Unglücks fühle, wie ich mich fürchte, mich fürchte vor mir selbst.« Sie wandte sich ab, um ihr Schluchzen vor ihm zu verbergen.

»Was hast du nur?« sagte er, entsetzt über diesen Ausdruck der Verzweiflung, und indem er sich wieder über sie beugte, ergriff er ihre Hand und küßte sie. »Was habe ich getan? Suche ich etwa Zerstreuung außerhalb des Hauses? Meide ich nicht den Umgang mit anderen Frauen?«

»Das fehlte noch!« sagte sie.

»Nun, so sage doch, was ich tun soll, um dir deine Ruhe wiederzugeben? Ich bin bereit alles zu tun, um dich glücklich zu sehen«, sagte er, von ihrem Verzweiflungsausbruch gerührt –, »was würde ich nicht alles tun, Anna, um dich von einem, wenn auch mir unverständlichen Kummer zu befreien, wie der, der dich jetzt bedrückt!«

»Es ist nichts, gar nichts!« sagte sie. »Ich weiß selbst nicht, was ich habe: das einsame Leben, die Nerven ... Ach, laß uns nicht mehr davon reden. Wie war denn das Rennen? Du hast mir nichts davon erzählt?« fragte sie, bemüht ihren Triumph über den Sieg zu verbergen, der schließlich doch auf ihrer Seite geblieben war.

Er ließ sich das Abendessen auftragen und begann ihr Einzelheiten über das Rennen zu erzählen; aber an dem Ton seiner Stimme, an seinem Blick, der immer kälter und kälter wurde, merkte sie, daß er ihr ihren Sieg nicht verziehen hatte und daß jener Trotz, gegen den sie ankämpfte, wieder von ihm Besitz ergriff. Er war kälter gegen sie als zuvor, als bereue er, daß er ihr nachgegeben hatte. Und bei der Erinnerung an jene Worte, denen sie ihren Sieg zu verdanken hatte: »Ich fühle die Nähe eines furchtbaren Unglücks und fürchte mich vor mir selbst«, wurde es ihr klar, daß dies eine gefährliche Waffe sei und daß sie ein zweites Mal von ihr keinen Gebrauch machen dürfe. Sie fühlte zugleich, daß neben der Liebe, die sie miteinander verband, der böse Dämon eines Zwiespalts sich niedergelassen hatte, ein Dämon, den sie aus ihrem Herzen nicht zu vertreiben vermochte und weniger noch aus dem seinen.

13

Es gibt keinerlei Lebensbedingungen, an die sich der Mensch nicht gewöhnen könnte, namentlich wenn er sieht, daß seine ganze Umgebung das gleiche Leben führt. Ljewin hätte es vor drei Monaten nicht geglaubt, daß er unter den Lebensbedingungen, in denen er sich jetzt befand, ruhig hätte einschlafen können; daß er bei einem solchen Leben ohne Sinn und Zweck, das noch dazu über seine Verhältnisse ging, daß er nach seinem Rausche (anders konnte er den Zustand, in dem er sich im Klub befunden hatte, nicht nennen), nach Anknüpfung unschicklicher freundschaftlicher Beziehungen zu dem Manne, in den einst seine Frau verliebt gewesen war, nach einem noch unschicklicheren Besuch bei einer Frau, die man schlechterdings nicht anders denn als eine Gefallene bezeichnen konnte, nachdem er sich von dieser Frau hatte bezaubern lassen und seine eigene Gattin in Betrübnis versetzt hatte – er hätte es nie für möglich gehalten, daß er unter diesen Umständen ruhig würde einschlafen können. Und dennoch fiel er unter dem Einfluß der Übermüdung, einer schlaflosen Nacht und des genossenen Weines in einen festen und ruhigen Schlaf.

Um fünf Uhr weckte ihn das Kreischen einer Tür. Er fuhr auf und blickte um sich. Kitty lag nicht mehr in dem Bette neben ihm. Hinter dem Vorhang aber sah er ein Licht, das sich hin und her bewegte, und er hörte ihre Schritte.

»Was, was gibt es …«, rief er noch schlaftrunken. »Kitty! Was gibt es?«

»Nichts«, sagte sie, indem sie mit dem Licht in der Hand hinter dem Vorhang hervortrat. »Mir ist übel geworden«, sagte sie mit einem eigentümlich lieblichen und ausdrucksvollen Lächeln.

»Wie? Fängt es an, fängt es an?« fragte er erschreckt, »man muß sie holen lassen«, und er begann sich hastig anzukleiden.

»Nein, nein«, erwiderte sie lächelnd und hielt ihn mit der Hand zurück. »Es ist sicherlich nichts. Mir war nur ein wenig übel. Es ist schon vorüber.«

Sie trat an ihr Bett, löschte das Licht aus, und blieb, nachdem sie sich hingelegt hatte, still liegen. Obgleich ihm ihr unhörbarer Atem, den sie zurückzuhalten schien, und vor allem der Ausdruck der eigenartigen Zärtlichkeit und Erregung, mit dem sie, als sie hinter dem Vorhang hervorgetreten war, gesagt hatte: »Es ist nichts«, einigermaßen verdächtig vorkam, so war das Bedürfnis nach Schlaf doch so mächtig in ihm, daß er sogleich wieder einschlief. Erst später gedachte er wieder ihres verhaltenen Atems und begriff alles, was in der Seele der ihm so teuren Frau in dem Augenblicke vorgegangen war, als sie, ohne sich zu rühren, in der Erwartung des bedeutungsvollsten Ereignisses im Leben des Weibes, neben ihm gelegen hatte. Um sieben Uhr weckte sie ihn, indem ihre Hand seine Schulter berührte und sie ihm leise etwas zuflüsterte. Sie kämpfte gleichsam zwischen ihrem Bedauern, ihn wecken zu müssen, und dem Wunsche, mit ihm zu sprechen.

»Kostja, erschrick nicht. Es ist nichts. Aber mir scheint … du mußt Jelisawjeta Pjetrowna holen lassen.«

Das Licht wurde wieder angesteckt. Sie saß auf dem Bett

und hielt die Strickarbeit, mit der sie sich in den letzten Tagen beschäftigt hatte, in der Hand.

»Bitte, erschrick nur nicht, es ist nichts. Ich fürchte mich nicht im geringsten«, sagte sie, als sie seine erschrockene Miene bemerkte, und nahm seine Hand, die sie an ihre Brust und dann an ihre Lippen drückte.

Er war aufgesprungen, ohne zu wissen, was er tat, warf sich, den Blick unausgesetzt auf sie gerichtet, in seinen Schlafrock und blieb stehen, immer noch die Augen fest auf sie geheftet. Es war notwendig, daß er sich auf den Weg machte, aber er konnte sich von ihrem Blick nicht losreißen. Er, der doch wie kein anderer ihr Gesicht liebte, seinen Ausdruck, ihren Blick kannte, hatte sie so noch nie gesehen. Wie verwerflich und abscheulich erschien er sich, als er sie jetzt so vor sich sah, bei der Erinnerung an den Kummer, den er ihr bereitet hatte. Ihr gerötetes Antlitz, von den weichen Haaren umrahmt, die unter dem Nachthäubchen hervorquollen, strahlte vor Glück und Entschlossenheit.

So wenig Gekünsteltes und Konventionelles auch im großen ganzen in Kittys Charakter lag, so war Ljewin dennoch überrascht von dem, was sich jetzt vor ihm enthüllte, als plötzlich gleichsam alle verhüllenden Schleier von ihr abfielen und der innerste Kern ihrer Seele aus ihren Augen zu leuchten schien. Und in dieser Natürlichkeit und Entschleierung ihres Wesens trat eben das, was er an ihr liebte, in noch schärferer Klarheit hervor. Sie lächelte, während sie ihn anblickte. Plötzlich aber zuckten ihre Brauen zusammen; sie hob den Kopf in die Höhe, trat rasch an ihn heran und ergriff seine Hand, während sie sich mit dem ganzen Körper an ihn schmiegte und ihr heißer Atem ihn umgab. Sie litt in diesem Augenblick, und es war ihm, als klage sie ihm ihre Schmerzen. Und aus Gewohnheit hatte er im ersten Moment das Gefühl, als sei er an allem schuld. Aber in ihrem Blicke lag eine Zärtlichkeit, die ihm sagte, daß sie ihm nichts vorwerfe, ja, daß sie ihn um dieser Leiden willen liebe. »Wer ist denn sonst schuld daran?« dachte er unwillkürlich, indem er nach dem Urheber dieser Leiden forschte, damit er ihn strafen könne. Aber es gab keinen Schuldigen. Sie litt, klagte und triumphierte über diesen Qualen und zugleich freute sie sich ihrer und hatte sie lieb. Er sah, daß in ihrer Seele etwas Erhabenes vorging, aber was dies war, vermochte er nicht zu begreifen. Es ging über sein Verständnis hinaus.

»Ich habe schon zu Mama geschickt. Und du, hole rasch Jelisawjeta Pjetrowna ... Kostja! ... Es ist nichts, es ist schon vorüber.«

Sie trat von ihm weg und klingelte.

»Also geh' jetzt, Pascha kommt. Mir ist ganz wohl.«

Ljewin sah mit Verwunderung, daß sie ihr Strickzeug, das sie sich nachts geholt hatte, wieder zur Hand nahm und zu stricken begann.

Während Ljewin zur einen Tür hinausging, hörte er das Zimmermädchen zur anderen hereinkommen. Er blieb an der Tür stehen und hörte, wie Kitty dem Mädchen ausführliche Anweisungen gab und sich selbst anschickte, mit dessen Hilfe das Bett umzustellen.

Er kleidete sich an, und während die Pferde vorgespannt wurden – Mietswagen waren noch nicht zu haben – lief er nochmals ins Schlafzimmer, und zwar nicht auf den Fußspitzen, sondern auf Flügeln, wie es ihm schien. Zwei Stubenmädchen stellten mit besorgter Miene im Schlafzimmer etwas um. Kitty ging hin und her, nahm hurtig die Maschen an ihrem Strickzeug auf und gab ihre Anordnungen.

»Ich fahre gleich zum Arzt. Zu Jelisawjeta Pjetrowna ist schon geschickt worden, aber ich fahre doch noch einmal bei ihr vor. Ist sonst etwas nötig? Ach so, zu Dolly muß ich auch?« Sie sah ihn an, offenbar ohne zu hören, was er sprach.

»Ja, ja, geh nur«, sagte sie hastig, indem sie die Stirn runzelte und ihn mit der Hand fortwinkte.

Er war schon ins Wohnzimmer getreten, als plötzlich ein schmerzliches, aber schnell unterdrücktes Stöhnen aus dem Schlafzimmer zu ihm drang. Er blieb stehen und verstand nicht gleich, was er gehört hatte.

»Ja, das war sie«, sprach er zu sich selbst, griff mit den Händen nach dem Kopf und lief hinunter.

»Herr erbarme dich! Vergib, hilf!« stammelte er; diese Worte kamen ihm unwillkürlich über die Lippen. Und er, der an nichts glaubte, wiederholte diese Worte nicht mit den Lippen allein. Jetzt, in diesem Augenblick, wußte er, daß ihn nicht nur alle seine Zweifel, sondern auch sein auf Vernunftgründen aufgebauter Unglaube keineswegs daran hinderten, Gott um Hilfe anzurufen. Alles das war jetzt wie Staub von seiner Seele weggeweht. An wen sollte er sich denn wenden, wenn nicht an den, in dessen Hand, wie er fühlte, sein ganzes Ich, seine Seele und seine Liebe lag?

Der Wagen war noch nicht bereit, aber er fühlte eine so ungewöhnliche Anspannung seiner physischen Kräfte und eine solche Konzentration seines Geistes auf das, was ihm zu tun bevorstand, daß er sich, um keine Minute zu verlieren, zu Fuß aufmachte, ohne auf den Wagen zu warten, und Kusjma befahl, ihm schleunigst mit dem Wagen nachzukommen.

An der Ecke begegnete er einem eilig dahinfahrenden Nachtkutscher. In dem kleinen Schlitten saß in einer mit Pelz verbrämten Sammetjacke, den Kopf in ein Tuch gehüllt, Jelisawjeta Pjetrowna. »Gott sei Dank«, rief er aus, als er voller Freude ihr kleines Blondinengesicht erkannte, das in diesem Augenblick einen besonders ernsten, fast strengen Ausdruck hatte. Ohne den Kutscher anzuhalten, machte er kehrt und lief neben ihr her.

»Also seit zwei Stunden? Nicht länger?« fragte sie. »Sie werden Pjotr Dmitrijewitsch zu Hause treffen, aber drängen Sie ihn nur nicht zu sehr. Nehmen Sie auch Opium aus der Apotheke mit.«

»Sie glauben also, daß es gut ablaufen kann? Herr, erbarme Dich und hilf!« murmelte Ljewin. Er erblickte sein Pferd, das eben aus dem Torweg hervorkam, sprang zu Kusjma in den Schlitten und ließ sich zum Arzt fahren.

14

Der Arzt war noch nicht aufgestanden, und der Diener sagte, der Herr sei spät zu Bett gegangen und habe befohlen, ihn nicht zu wecken, doch würde er bald aufstehen. Der Diener putzte die Lampenglocken und schien von dieser Beschäftigung sehr in Anspruch genommen zu sein. Diese Aufmerksamkeit des Dieners für die Glocken und seine Gleichgültigkeit für die Vorgänge in seinem Hause, versetzten Ljewin anfangs in Verwunderung. Nach einiger Überlegung begriff er jedoch alsbald, daß niemand seine Empfindungen kenne und auch nicht verpflichtet sei, sie zu kennen, und daß es daher um so notwendiger sei, mit Ruhe, Überlegung und Entschiedenheit vorzugehen, um diesen Wall von Gleichgültigkeit zu durchbrechen und seinen Zweck zu erreichen. »Nur keine Überstürzung und nichts außer acht lassen!« sagte Ljewin zu sich, während er eine immer größere Steigerung seiner physischen Kräfte und der Spannung seiner Aufmerksamkeit für das, was ihm zu tun bevorstand, in sich verspürte.

Nachdem Ljewin gehört hatte, daß der Arzt noch nicht aufgestanden sei, entschied er sich unter den verschiedenerlei Plänen, die in ihm auftauchten, für den folgenden: Kusjma sollte mit einem Briefchen zu einem andern Arzt eilen; er selbst würde inzwischen in die Apotheke fahren und Opium holen; und sollte der Doktor bei seiner Rückkehr noch nicht aufgestanden sein, so würde er entweder den Diener bestechen oder, wenn dieser sich nicht darauf einlassen sollte, den Arzt unter allen Umständen selber wecken.

In der Apotheke war der hagere Provisor mit derselben Gleichgültigkeit, mit der der Diener seine Glocken geputzt hatte, damit beschäftigt, Pulver für einen Kutscher, der darauf wartete, mit einer Oblate zu verschließen. Er verweigerte Ljewin das Opium. Immer bestrebt, nichts zu überhasten und nicht in Hitze zu geraten, begann Lejwin ihm, nachdem er den Doktor und die Hebamme genannt und erklärt hatte, zu welchem Zweck das Opium nötig sei, freundlich zuzureden. Der Provisor fragte jemanden in deutscher Sprache, ob er das

Opium geben dürfe und langte, nachdem ihm hinter der Zwischenwand hervor eine zustimmende Antwort zuteil geworden war, nach einem Fläschchen; dann nahm er einen Trichter zur Hand, goß bedächtig eine gewisse Menge aus dem größeren Fläschchen in ein kleineres, klebte ein Etikett auf und schickte sich an, das Fläschchen einzuwickeln. Jetzt aber konnte Ljewin nicht länger an sich halten; er riß ihm das Fläschchen heftig aus der Hand und stürzte zur großen Glastüre hinaus. Der Doktor war noch nicht aufgestanden, und der Diener, der jetzt damit beschäftigt war, die Teppiche zu legen, weigerte sich, ihn zu wecken. Ohne alle Hast holte Ljewin einen Zehnrubelschein hervor und drückte ihn dem Diener in die Hand, während er ihm langsam, aber zugleich ohne unnützen Zeitverlust auseinandersetzte, daß Pjotr Dmitrijewitsch (wie erhaben und wichtig erschien Ljewin jetzt dieser vorher so unbedeutende Pjotr Dmitrijewitsch!) versprochen hatte, jederzeit zu seiner Verfügung zu stehen, daß er sicherlich nicht ungehalten sein würde und daß er ihn daher gleich wecken müsse.

Der Diener willigte schließlich ein, ging die Treppe hinauf und ließ Ljewin ins Wartezimmer treten.

Ljewin hörte durch die Tür, wie der Doktor hustete, umging, sich wusch und etwas sagte. Es waren vielleicht drei Minuten vergangen. Ljewin kamen sie wie eine Stunde vor. Länger konnte er das Warten nicht ertragen.

»Pjotr Dmitrijewitsch, Pjotr Dmitrijewitsch!« rief er mit flehender Stimme durch die geöffnete Tür. »Um Gottes willen, verzeihen Sie. Empfangen Sie mich, wie Sie sind. Es dauert schon länger als zwei Stunden.«

»Gleich, gleich!« erwiderte eine Stimme, und Ljewin hörte zu seinem Erstaunen, daß der Doktor diese Worte lächelnd sprach.

»Nur einen Augenblick.«

»Gleich.«

Es verstrichen noch zwei Minuten, bis der Doktor seine Stiefel angezogen und noch weitere zwei Minuten, bis er seine Kleider angelegt und sein Haar gekämmt hatte.

»Pjotr Dmitrijewitsch!« begann Ljewin wieder mit kläglicher Stimme, aber in diesem Augenblick trat der Doktor, völlig angekleidet und frisiert, heraus. »Diese Leute haben kein Gewissen«, dachte Ljewin. »Sich zu kämmen, während wir in höchster Gefahr schweben!«

»Guten Morgen!« sagte der Doktor, indem er ihm so die Hand reichte, als wolle er ihn mit seiner Ruhe necken. »Haben Sie nur Geduld. Nun, wie steht's?«

Mit möglichster Ausführlichkeit berichtete Ljewin ihm alle überflüssigen Einzelheiten über den Zustand seiner Frau und unterbrach seine Schilderung immer wieder mit der Bitte, der Doktor möge doch ohne Aufschub mit ihm fahren.

»Haben Sie doch nur Geduld. Sie wissen ja gar nicht, worum es sich handelt. Ich brauche in diesem Augenblick sicher noch nicht einzugreifen, aber ich habe es Ihnen versprochen und will meinetwegen mitkommen. Aber es eilt gar nicht. Bitte nehmen Sie Platz, darf ich Ihnen vielleicht eine Tasse Kaffee anbieten?«

Ljewin sah ihn an und schien ihn mit seinen Blicken zu fragen, ob er sich nicht über ihn lustig mache. Aber der Doktor dachte gar nicht daran zu scherzen.

»Ich kenne das, ich kenne das«, sagte der Doktor lächelnd, »ich bin selbst Familienvater, aber wir Männer sind in diesen Augenblicken die beklagenswertesten Menschen von der Welt. Ich habe eine Patientin, deren Mann sich bei diesem Ereignis immer in den Stall flüchtet.«

»Aber was meinen Sie, Pjotr Dmitrijewitsch? Glauben Sie, daß es gut ablaufen wird?«

»Alles spricht für einen günstigen Verlauf.«

»Sie kommen also sofort?« fragte Ljewin, indem er mit Erbitterung auf den Diener blickte, der eben den Kaffee hereinbrachte.

»In einer Stunde etwa.«

»Nein, um Gottes willen nicht!«

»Dann lassen Sie mich wenigstens meinen Kaffee austrinken.«

Der Doktor machte sich an seinen Kaffee. Beide schwiegen.

»Die Türken werden aber entschieden geschlagen. Haben

Sie das gestrige Telegramm gelesen?« sagte der Doktor, während er seine Semmel kaute.

»Nein, ich halte es nicht mehr aus!« sagte Ljewin und sprang auf. »Also in einer Stunde sind Sie sicher da?«

»In einer halben Stunde.«

»Ihr Ehrenwort?«

Als Ljewin bei seiner Wohnung ankam, traf er die Fürstin, und sie gingen zusammen bis zur Tür des Schlafzimmers. Die Fürstin hatte Tränen in den Augen, und ihre Hände zitterten. Als sie Ljewin begegnet war, hatte sie ihn umarmt und zu weinen begonnen.

»Nun, wie steht's, liebste Jelisawjeta Pjetrowna?« fragte sie, indem sie Jelisawjeta Pjetrowna, die mit strahlender und zugleich besorgter Miene zu ihnen heraustrat, bei der Hand nahm.

»Es geht gut«, sagte diese, »reden Sie ihr zu, daß sie sich hinlegt. Sie wird sich dann besser fühlen.«

Von dem Augenblick an, als Ljewin erwacht war und begriffen hatte, um was es sich handle, hatte er sich darauf vorbereitet, keinerlei Erwägungen Raum zu geben, keinerlei Möglichkeiten, die eintreten konnten, ins Auge zu fassen, sondern alle seine Gedanken und Gefühle zu unterdrücken. Er hatte sich vorgenommen, das, was ihm bevorstand, tapfer zu ertragen und alles zu vermeiden, was die Stimmung seiner Frau ungünstig beeinflussen könnte. Er machte sich nicht einmal das Zugeständnis über das, was kommen würde und wie alles enden sollte, Betrachtungen anzustellen und beschloß, nachdem er durch Hin- und Herfragen in Erfahrung gebracht hatte, wie lange die Sache zu dauern pflege, still auszuharren und sein Herz während eines Zeitraumes von vielleicht fünf Stunden zu wappnen. So viel traute er sich immerhin zu. Als er jedoch nach seiner Rückkehr vom Arzte wieder ihre Leiden vor Augen sah, da begann er immer öfter und öfter die Worte: »Mein Gott, vergib mir, hilf mir« zu wiederholen, zu seufzen und seine Blicke nach oben zu richten. Er fühlte sich von der Furcht erfaßt, daß er es nicht länger würde ertragen können, daß er in Tränen ausbrechen und die Flucht ergreifen würde. Eine solche Qual fühlte er in seinem Innern. Und doch war erst eine Stunde verstrichen.

Aber dieser einen Stunde folgte noch eine andere, es folgten zwei, drei Stunden; es verstrichen alle die fünf Stunden, die er sich als die äußerste Grenze seiner Geduld gesteckt hatte, und die Lage war unverändert. Er fuhr fort auszuharren, weil ihm nichts anderes übrig blieb, als auszuharren, während es ihm doch jeden Augenblick schien, als habe er die äußerste Grenze seiner Geduld erreicht und als müsse sein Herz vor Mitleid brechen.

Aber Minute auf Minute, Stunde auf Stunde verrann, und seine Qualen und sein Entsetzen nahmen immer mehr und mehr zu.

Alle jene altgewohnten Lebensbedingungen, die wir sonst aus dem Kreis unserer Vorstellungen unmöglich ausschalten zu können glauben, waren für Ljewin nicht mehr vorhanden. Er hatte die Fähigkeit der Zeitbestimmung verloren. Bald erschienen ihm die Minuten – die Minuten, in denen sie ihn zu sich rief und ihre in Schweiß gebadete Hand die seinige mit auffallender Kraft drückte, um sie dann wieder zurückzustoßen – wie Stunden, bald kamen ihm die Stunden wie Minuten vor. Er wunderte sich, als Jelisawjeta Pjetrowna ihn bat, hinter der spanischen Wand ein Licht anzuzünden, und als er erfuhr, daß es schon fünf Uhr abends sei. Hätte man ihm gesagt, es sei erst zehn Uhr morgens, er wäre ebensowenig verwundert gewesen. Er wußte ebensowenig, wo er sich während dieser Zeit befand, wie, wann irgend etwas vor sich ging. Er sah ihr glühendes Gesicht, das bald einen verständnislosen und leidenden, bald einen lächelnden und ihn beruhigenden Ausdruck hatte. Er sah auch die Fürstin, wie sie mit rotem Gesicht, in fieberhafter Spannung, die grauen Locken aufgelöst, an den Lippen nagte und sich bemühte, ihre Tränen hinunterzuschlucken. Er sah auch Dolly und den Doktor, der dicke Zigaretten rauchte, und Jelisawjeta Pjetrowna mit dem herben, entschlossenen Gesicht und dem beruhigenden Ausdruck ihrer Züge; auch den alten Fürsten sah er, der mit finsterer Miene im Gastzimmer hin und her ging. Doch wie sie kamen und gingen, davon vermochte er sich ebensowenig

Rechenschaft zu geben, wie davon, wo sie sich befanden. Bald war die Fürstin mit dem Doktor im Schlafzimmer, bald war sie im Studierzimmer, wo plötzlich ein gedeckter Tisch aufgetaucht war; bald war es wieder nicht sie, sondern Dolly. Dann erinnerte sich Ljewin, daß man ihn mit irgendeinem Auftrag fortgeschickt hatte. Einmal war er gebeten worden, den Tisch und das Sofa in ein anderes Zimmer hinüberzubringen. Er hatte dies in dem Glauben, daß es für sie geschehe, mit großem Eifer getan, und erst später erfuhr er, daß es sich um ein Nachtlager für ihn selbst gehandelt habe. Dann hatte man ihn mit irgendeiner Frage zum Doktor ins Arbeitszimmer geschickt. Der Doktor gab die gewünschte Auskunft und begann dann über die Unregelmäßigkeiten in der Stadtverwaltung zu sprechen. Dann hatte man ihn in das Schlafzimmer der Fürstin geschickt, um das Heiligenbild in der silbervergoldeten Bekleidung zu holen. Er war mit dem Stubenmädchen der Fürstin auf ein Schränkchen gestiegen, um es herunterzunehmen, und hatte dabei das Öllämpchen an dem Heiligenbilde zerschlagen; das Stubenmädchen suchte ihn sowohl über seine Frau als auch über das Lämpchen zu trösten. Dann hatte er das Heiligenbild hinübergetragen und an das Kopfende von Kittys Bett gestellt, wobei er es sorgfältig hinter die Kissen steckte. Aber wo, wann und weshalb dies alles geschehen war, hätte er nicht zu sagen gewußt. Ebensowenig konnte er begreifen, warum die Fürstin ihn ab und zu bei der Hand nahm, ihn teilnahmsvoll ansah und ihm zuredete, sich zu beruhigen. Dolly bemühte sich, ihn zum Essen zu bewegen und führte ihn aus dem Zimmer, und sogar der Doktor sah ihn mit ernstem und mitleidigem Blick an und riet ihm, beruhigende Tropfen zu nehmen.

Er wußte und fühlte nur das eine, daß das, was jetzt geschah, dem ähnlich war, was sich vor einem Jahre im Gasthaus der Gouvernementsstadt am Totenbette seines Bruders Nikolaj abgespielt hatte. Nur war es damals Trauer gewesen, und jetzt war es Freude. Aber sowohl jene Trauer als auch diese Freude lagen beide abseits von den alltäglichen Lebensverhältnissen; sie bildeten in diesem alltäglichen Dasein gleichsam die lichten Durchblicke, durch die etwas Höheres hindurchleuchtete. Und ebenso unfaßbar wie damals, nahm die Seele bei der Betrachtung dieses Höheren einen bis dahin ungeahnten Aufschwung und erhob sich zu einer Höhe, zu der der Verstand ihr nicht zu folgen vermochte.

»Mein Gott, hilf und vergib mir«, murmelte er unaufhörlich vor sich hin, und trotz seiner langjährigen und scheinbar völligen Entfremdung von der Religion, hatte er die Empfindung, als wende er sich an Gott mit derselben natürlichen Zuversicht, wie er es in den Tagen seiner Kindheit und seiner ersten Jugend getan hatte.

Während dieser ganzen Zeit wurde Ljewin von zwei verschiedenen Stimmungen beherrscht. Die erste Stimmung pflegte sich seiner zu bemächtigen, wenn er seine Frau nicht sah und allein mit dem Doktor dasaß, der eine seiner dicken Zigaretten nach der anderen rauchte und sie am Rande des überfüllten Aschenbechers löschte, oder wenn er mit Dolly und dem Fürsten zusammen war, die dann das Gespräch auf das Mittagessen, auf die Politik oder auf Marja Pjetrownas Krankheit brachten. In ihrer Gesellschaft vergaß Ljewin plötzlich auf einen Augenblick alles, was um ihn herum vorging, und hatte die Empfindung, als sei er eben erst aus dem Schlafe erwacht. Die andere Stimmung überkam ihn in ihrer Gegenwart, wenn er an ihrem Bette stand, und dann war es ihm, als müsse sein Herz vor Mitleid brechen, und doch brach es nicht, und er fuhr unaufhörlich fort, zu Gott zu beten. Und jedesmal, wenn ihn ein Schrei, der aus dem Schlafzimmer zu ihm herüberdrang, aus seinem Zustand des Selbstvergessens herausriß, verfiel er wieder in jenen seltsamen Irrtum, der ihn im ersten Augenblick befallen hatte: jedesmal, wenn er sie schreien hörte, sprang er auf und eilte zu ihr, um sich zu rechtfertigen; doch unterwegs fiel es ihm ein, daß er ja an nichts schuld sei, und dann überkam ihn das Verlangen sie zu schützen, ihr zu helfen. Aber bei ihrem Anblick sagte er sich wieder, daß er ihr nicht helfen könne, und von Entsetzen erfaßt, murmelte er vor sich hin: »Mein Gott, hilf und vergib mir.« Und je mehr Zeit verging, um so mächtiger wurden beide Stimmungen in seiner Seele; um so ruhiger wurde er, wenn er sie nicht sah, – und dieser Zustand steigerte sich bis zu dem

Grade, daß jede Erinnerung an sie wie ausgelöscht schien; und wenn er sie sah, empfand er ihre Leiden und seine eigene Hilflosigkeit um so quälender. Er sprang auf, als wolle er die Flucht ergreifen, und eilte doch immer wieder zu ihr hinein.

Zuweilen, wenn sie ihn immer und immer wieder zu sich rief, machte er ihr innerlich Vorwürfe. Doch wenn er dann wieder den demütigen Ausdruck ihres Gesichts und das Lächeln um ihre Lippen sah und die Worte hörte: »Ich habe dich zu Tode gequält«, dann richteten sich seine Anklagen gegen Gott; aber bei dem Gedanken an Gott flehte er sogleich wieder um Gnade und Barmherzigkeit.

15

Er wußte nicht, ob es spät oder früh sei. Die Lichte waren schon fast ganz herabgebrannt. Dolly war eben im Studierzimmer gewesen und hatte den Doktor gebeten, sich ein wenig zur Ruhe zu legen. Ljewin saß da und hörte zu, während er den Blick auf die Asche von des Doktors Zigarette geheftet hielt, wie dieser von einem Scharlatan von Magnetiseur erzählte. Er befand sich gerade im Stadium der Ruhe und Selbstvergessenheit. Er gab sich keine Rechenschaft davon, was um ihn her vorging. Er lauschte der Erzählung des Doktors und verstand, was er sagte. Plötzlich ertönte ein Geschrei, wie er es noch nie gehört zu haben glaubte. Dieses Geschrei war so entsetzlich, daß Ljewin nicht einmal aufsprang, sondern mit verhaltenem Atem, mit schreckensvoll-fragendem Ausdruck den Doktor anblickte. Der Doktor hielt den Kopf lauschend zur Seite geneigt und lächelte befriedigt. Alles was um ihn herum vorging, war so ungewöhnlich, daß Ljewin sich über nichts mehr wunderte. »Es muß wohl so sein«, dachte er und blieb sitzen. »Wer hat so geschrieen?« Er sprang auf, lief auf den Fußspitzen in das Schlafzimmer, ging an Jelisawjeta Pjetrowna und an der Fürstin vorüber und stellte sich auf seinen gewohnten Platz am Kopfende des Bettes. Das

Geschrei hatte aufgehört, aber irgend etwas hatte sich verändert. Worin diese Veränderung bestand, sah und begriff er nicht, und er wollte es auch nicht sehen und begreifen. Daß etwas vorgefallen war, sah er an Jelisawjeta Pjetrownas Gesicht: es war streng und bleich und hatte denselben Ausdruck von Entschlossenheit wie gewöhnlich, nur zuckten ihre Kiefer ein wenig, und ihre Augen waren fest auf Kitty gerichtet. Kittys glühendes, schlaffes Gesicht, an dessen schweißbedeckten Wangen sich eine Haarsträhne festgeklebt hatte, war ihm zugewandt, und ihre Augen suchten seinen Blick. Die erhobenen Hände schienen nach den seinigen zu verlangen. Sie umfaßte mit ihren feuchten Fingern seine kalten Hände und preßte sie an ihr Gesicht.

»Geh nicht, geh nicht fort! Ich fürchte mich nicht, ich fürchte mich nicht!« sagte sie hastig. »Mama, nehmen Sie mir die Ohrringe ab, sie stören mich. Du hast doch keine Angst? Bald, bald, Jelisawjeta Pjetrowna.«

Sie sprach mit fieberhafter Hast und versuchte zu lächeln. Doch plötzlich verzerrten sich ihre Züge, und sie stieß ihn von sich.

»Nein, das ist entsetzlich! Ich muß sterben, sterben! Geh, geh!« rief sie aus, und wieder ertönte derselbe Schrei, wie ihn Ljewin noch nie gehört zu haben glaubte.

Ljewin griff sich an den Kopf und rannte aus dem Zimmer.

»Es ist nichts, es ist nichts, alles geht gut!« rief ihm Dolly nach.

Aber sie konnten sagen, was sie wollten, er wußte, daß nun alles zu Ende sei. Den Kopf an die Wand gelehnt, stand er im Nebenzimmer, und ein Winseln, ein Heulen drang an sein Ohr, wie er es nie zuvor gehört hatte; er wußte, was so schrie, das war vorher Kitty gewesen. Das Kind wünschte er schon längst nicht mehr herbei. Er haßte jetzt dieses Kind. Er wünschte jetzt nicht einmal mehr, daß sie leben bleiben möge, er flehte in diesem Augenblick nur darum, daß diese entsetzlichen Qualen ein Ende nehmen möchten.

»Doktor! Was ist das nur! Was ist das nur! O, mein Gott!« rief er aus, indem er die Hand des Arztes ergriff, der eben ins Zimmer trat.

»Es wird gleich vorbei sein«, sagte der Doktor. Das Gesicht des Arztes hatte bei diesen Worten einen so ernsten Ausdruck, daß Ljewin das »vorbei« so auffaßte, als läge sie im Sterben.

Außer sich stürzte er in das Schlafzimmer. Das erste, was er erblickte, war Lisawjeta Pjetrownas Gesicht. Es sah noch finsterer und strenger aus; Kittys Gesicht konnte er nicht sehen. An der Stelle, wo früher ihr Gesicht gewesen war, befand sich etwas ,was ihn mit Schrecken erfüllte, so Entsetzenerregend war der Anblick der äußersten Anspannung, der sich ihm darbot, so furchtbar die Laute, die von dorther zu ihm drangen. Er preßte den Kopf gegen die Bettstelle, und es war ihm, als müsse sein Herz in Stücke brechen. Das furchtbare Schreien hörte nicht auf, es war noch furchtbarer geworden; dann, als habe es die äußerste Grenze des Schrecklichen erreicht, brach es plötzlich ab. Ljewin traute seinen Ohren kaum, aber es war kein Zweifel möglich: das Schreien hatte wirklich aufgehört, und ein leises, geschäftiges Hin- und Hergehen, ein knisterndes Geräusch und hastige Atemzüge ließen sich vernehmen. Und eine muntere zärtliche Stimme, ihre Stimme, stammelte mit beglücktem Ausdruck die Worte hervor: »Es ist zu Ende«.

Ljewin hob den Kopf in die Höhe. Sie hatte die Hände kraftlos auf die Bettdecke fallen lassen; ruhig und wunderbar schön lag sie da und blickte ihn schweigend an. Sie versuchte zu lächeln, aber sie vermochte es nicht.

Und plötzlich fühlte sich Ljewin aus jener geheimnisvollen, schrecklichen und fremdartigen Welt, in der er während dieser zweiundzwanzig Stunden gelebt hatte, wieder in die frühere, alltägliche Welt zurückversetzt, die aber jetzt im Glanze eines neuen Glücks so mächtig erstrahlte, daß er unfähig war, es zu ertragen. Die angespannten Saiten rissen entzwei. Er begann zu schluchzen, und Tränen der Freude brachen ganz unvermutet mit solcher Heftigkeit hervor und erschütterten seinen Körper, daß er lange nicht zu sprechen vermochte.

Er warf sich vor dem Bette auf die Knie, führte die Hand seiner Frau an die Lippen und küßte sie unaufhörlich, während ihre Hand seine Küsse mit einem schwachen Druck der Finger erwiderte. Und unterdessen flackerte dort, am Fußende des Bettes, unter Jelisawjeta Pjetrownas gewandten Händen, wie das Flämmchen eines Nachtlichtchens das Leben eines menschlichen Wesens hin und her, das nie vorher dagewesen war und das mit demselben Recht, wie alle anderen durchdrungen von demselben Gefühl der Wichtigkeit seines Daseins, leben und seinesgleichen zeugen sollte.

»Es lebt! Es lebt! Und noch dazu ein Junge! Beruhigen Sie sich!« hörte Ljewin Lisawjeta Pjetrownas Stimme, die mit zitternder Hand den Rücken des Kindes schlug.

»Mama, ist es wahr?« fragte Kittys Stimme.

Nur ein Schluchzen der Fürstin war die Antwort auf diese Frage.

Und mitten durch das Schweigen ertönte, als unzweifelhafte Antwort auf die Frage der Mutter, eine Stimme, die ganz anders klang, als die gedämpften Stimmen der Anwesenden. Das war ein kecker, frecher, jeder Rücksicht Hohn sprechender Schrei, der Schrei eines neuen menschlichen Wesens, von dem niemand wußte, woher es gekommen war.

Wenn jemand Ljewin früher gesagt hätte, daß Kitty gestorben und er mit ihr zusammen gestorben sei, daß ihre Kinder Engel seien und Gott selbst hier vor ihnen stehe, er würde sich über alles das nicht gewundert haben. Jetzt aber, nachdem er in die Welt der Wirklichkeit zurückversetzt war, mußte er die größte Gedankenanstrengung machen, um zu begreifen, daß sie lebt und gesund ist, und daß dieses so fürchterlich schreiende Kind sein Sohn ist. Kitty lebte, ihre Qualen hatten ein Ende, und er war unaussprechlich glücklich, das war es, was er begriff und was ihn vollkommen glücklich machte. Aber das Kind? Woher kommt es, wozu ist es da, wer ist es? Es war ihm völlig unmöglich, sich mit diesem Gedanken vertraut zu machen. Es erschien ihm als etwas Unnötiges, als ein Überfluß, an den er sich lange nicht gewöhnen konnte.

16

In der zehnten Abendstunde saßen der alte Fürst, Sergej Iwanowitsch und Stjepan Arkadjewitsch bei Ljewin und unterhielten sich, nachdem sie alles, was auf die Wöchnerin Bezug hatte, abgehandelt hatten, nun auch von anderen Dingen. Während Ljewin ihrer Unterhaltung, die in ihm unwillkürlich die Erinnerung an die jüngste Vergangenheit wachrief, zuhörte, suchte er sich zu vergegenwärtigen, was sich alles im Hause bis zum Morgen des heutigen Tages zugetragen hatte und in welchem Gemütszustand er selbst noch gestern gewesen war. Es war ihm, als seien seit dieser Zeit hundert Jahre verstrichen. Er hatte die Empfindung, als stünde er auf einer unerreichbaren Höhe, von der er sich Mühe geben mußte, herabzusteigen, um diejenigen, mit denen er eben sprach, nicht zu verletzen. Während er sich an der Unterhaltung beteiligte, dachte er fortwährend an seine Frau, an alle Einzelheiten ihres jetzigen Zustandes und an seinen kleinen Sohn, und suchte sich an den Gedanken seines Daseins zu gewöhnen. Die ganze Welt des Weiblichen, die für ihn nach seiner Heirat eine neue, ihm bis dahin unbekannte Bedeutung gewonnen hatte, erschien ihm jetzt als etwas so Erhabenes, daß er sich unfähig fühlte, sie in seiner Einbildungskraft zu fassen. Er hörte, wie über das gestrige Diner im Klub gesprochen wurde und dachte: »Was macht sie jetzt, ob sie wohl eingeschlafen ist? Wie mag sie sich fühlen? Woran mag sie denken? Ob wohl mein kleiner Dmitrij schreit?« Und mitten in der Unterhaltung, mitten im Satz sprang er auf und verließ das Zimmer.

»Laß mir sagen, ob man zu ihr kann«, sagte der alte Fürst.

»Ja, sofort«, erwiderte Ljewin, ohne stehenzubleiben, und eilte zu ihr.

Sie schlief nicht und unterhielt sich leise mit ihrer Mutter über die bevorstehende Taufe.

In sauberer Ordnung, gewaschen und gekämmt, in einem eleganten, blau garnierten Häubchen, die Hände auf der Bettdecke, lag sie auf dem Rücken, und ihr Blick, der dem seinigen begegnete, schien ihn gleichsam anzuziehen. Ihr stets heller Blick wurde noch heller, je mehr er sich ihr näherte. Mit ihren Zügen war jene Umwandlung vom Irdischen zum Überirdischen vorgegangen, die auf dem Antlitz Verstorbener einzutreten pflegt. Aber bei diesen bedeutet es den Abschied, hier bedeutete es das Wiedersehen. Jene Erregung, die ihn im Augenblick ihrer Niederkunft ergriffen hatte, stieg in seinem Herzen von neuem auf. Sie nahm seine Hand und fragte ihn, ob er geschlafen habe. Er war unfähig, eine Antwort hervorzubringen und wandte sich im Gefühl seiner Schwäche ab.

»Ich habe ein wenig hingedämmert, Kostja!« sagte sie. »Und jetzt ist mir so wohl.«

Sie sah ihn an, doch mit einem Male veränderte sich der Ausdruck ihres Gesichts.

»Gebt ihn mir«, sagte sie, als sie das Wimmern des Kindes hörte. »Geben Sie ihn mir, Lisawjeta Pjetrowna; er soll ihn auch sehen.«

»So, jetzt soll der Papa ihn auch sehen«, sagte Lisawjeta Pjetrowna, indem sie ein rotes, seltsames, sich bewegendes Etwas in die Höhe hob. »Aber warten Sie, wir wollen uns erst etwas in Ordnung bringen.« Und Lisawjeta Pjetrowna legte das sich bewegende rote Etwas auf das Bett und wickelte das Kind auf, und nachdem sie es mit einem Finger in die Höhe gehoben, es umgewandt und mit irgend etwas bestreut hatte, wickelte sie es wieder ein.

Ljewin betrachtete dieses winzige, armselige Geschöpf und gab sich vergeblich Mühe, in seiner Seele irgendein Zeichen von väterlicher Liebe zu ihm zu entdecken. Es erregte in ihm vielmehr nur ein Gefühl des Widerwillens. Als aber das Kind entblößt vor ihm lag, und die winzigen, feinen safranfarbenen Händchen und Füßchen mit den kleinen Zehen und sogar mit einer großen Zehe, die sich von den anderen auszeichnete, sichtbar wurden, als er sah, wie Jelisawjeta Pjetrowna die kleinen, ausgestreckten Ärmchen wie weiche Sprungfedern andrückte und sie in die leinenen Hüllen zwängte, da ergriff ihn ein solches Mitleid mit diesem kleinen Wesen und zugleich eine solche Angst, sie könne es beschädigen, daß er sie an der Hand zurückhielt.

Lisawjeta Pjetrowna lachte.

»Seien Sie ohne Sorge, seien Sie ohne Sorge!«

Nachdem das Kind in Ordnung gebracht und in ein hartgliederiges Püppchen umgewandelt worden war, drehte Lisawjeta Pjetrowna es, als wolle sie sich an ihrem Werk weiden, von einer Seite auf die andere und trat dann einen Schritt zurück, damit Ljewin seinen Sohn in seiner ganzen Herrlichkeit bewundern könne.

Kitty sah gleichfalls unverwandt von der Seite nach dem Kinde hin. »Gebt ihn mir, gebt ihn mir!« sagte sie und machte Miene, sich aufzurichten.

»Was fällt Ihnen ein, Katjerina Aleksandrowna, solche Bewegungen sind Ihnen schädlich. Warten Sie, ich will ihn Ihnen reichen. So, jetzt wollen wir einmal den Papa sehen lassen, welch ein Prachtjunge das ist.«

Und Lisawjeta Pjetrowna hielt dieses sonderbare, sich bewegende rote Geschöpf, das sein Köpfchen hinter den Rändern des Tragkissens versteckte, mit der einen Hand Ljewin hin (während die andere nur mit den Fingern den schwankenden Hinterkopf stützte). Jetzt sah er, daß dieses Wesen auch eine Nase, schielende Äuglein und schmatzende Lippen hatte.

»Ein prächtiges Kind!« sagte Lisawjeta Pjetrowna.

Ljewin seufzte schmerzlich auf. Dieses prächtige Kind erweckte in ihm nur ein Gefühl des Widerwillens und des Mitleids. Das war keineswegs das Gefühl, das er erwartet hatte.

Er wandte sich ab, während Lisawjeta Pjetrowna sich bemühte, den Säugling an die ihm noch ungewohnte Brust der Mutter zu legen.

Plötzlich ertönte ein Lachen, das ihn den Kopf heben ließ. Das Kind hatte die Brust genommen.

»Nun ist's aber genug«, sagte Lisawjeta Pjetrowna, doch Kitty ließ es nicht von sich. Es schlief in ihren Armen ein.

»Sieh ihn jetzt an«, sagte Kitty, indem sie ihm das Kind so zuwandte, daß er es sehen konnte. Das greisenhafte Gesichtchen schrumpfte in diesem Augenblick noch mehr zusammen, und das Kind nieste.

Lächelnd und mühsam die Tränen der Rührung bekämpfend, küßte Ljewin seine Frau und verließ das Zimmer, in dem es jetzt schon dunkel geworden war.

Die Gefühle, die dieses kleine Wesen in ihm erweckte, waren ganz anderer Art, als er erwartet hatte. Es lag nichts Fröhliches und Freudiges in diesen Gefühlen; es war vielmehr eine neue und quälende Angst, die ihn überkam. Er hatte gleichsam eine neue Stelle an sich entdeckt, an der er verwundbar war. Und diese Erkenntnis war für ihn in der ersten Zeit so qualvoll, die Angst, dieses hilflose Geschöpf könne Schaden erleiden, war so stark in ihm, daß das unerklärliche Gefühl sinnloser Freude, ja sogar des Stolzes, das ihn beim Niesen des Kindes ergriffen hatte, dadurch verdrängt wurde.

17

Stjepan Arkadjewitsch befand sich in einer schlimmen Lage.

Das Geld, das er für zwei Drittel des Waldes erhalten hatte, war schon aufgebraucht, und das letzte Drittel hatte er sich unter Abzug von zehn Prozent Zinsen im voraus auszahlen lassen. Der Kaufmann gab kein Geld mehr her, um so weniger, als Darja Alexandrowna in diesem Winter zum ersten Male ihre Rechte auf ihr eigenes Vermögen geltend gemacht und sich geweigert hatte, im Vertrage den Empfang des Geldes für das letzte Drittel des Waldes durch ihre Unterschrift zu bestätigen. Das ganze Gehalt wurde zur Bestreitung des Haushalts und zur Tilgung der kleineren und unaufschiebbaren Schulden aufgebraucht.

Das war unangenehm, ja unpassend, und konnte nach Stjepan Arkadjewitschs Meinung nicht länger so fortgehen. Der Grund von alledem lag, wie er sich sagte, darin, daß er ein zu geringes Gehalt bezog. Das Amt, das er bekleidete, war offenbar vor fünf Jahren gut genug gewesen, jetzt aber lagen die Dinge ganz anders. Pjetrow bezog als Bankdirektor zwölftausend, Swentizkij als Mitglied des Aufsichtsrates siebzehntausend, Nikitin, der Gründer der Bank, fünfzigtausend Rubel Gehalt. »Es ist geradezu, als hätte ich die ganze Zeit im Schlafe gelegen und als sei ich von aller Welt vergessen worden«, dachte Stjepan Arkadjewitsch bei sich. Er begann nun die Ohren zu spitzen und nach allen Seiten hin auszuspähen, und nachdem er gegen Ende des Winters einen sehr guten Posten aufgespürt hatte, eröffnete er den Feldzug zuerst von Moskau aus mit Hilfe seiner Tanten, Onkel und Freunde. Dann aber machte er sich, als die Sache so weit gediehen war, im Frühjahr selbst nach Petersburg auf. Es handelte sich um eines jener Ämter, deren es heute mit einem Jahresgehalt von eintausend bis fünfzigtausend Rubel mehr gibt, als es früher behagliche und durch Bestechungen einträgliche Ämter gegeben hatte. Es war dies die Stellung eines Mitgliedes der Kommission der vereinigten Agentur der gegenseitigen Kreditanstalt der südlichen Eisenbahnen und Bankinstitute. Dieses Amt erforderte, wie alle derartigen Stellungen, so ungeheure Kenntnisse und eine so angestrengte Tätigkeit, daß ein einzelner Mensch sie schwerlich in sich vereinigen konnte. Da es nun einen solchen Mann, der diese Eigenschaften in sich vereinigte, nicht gab, so war es doch immer noch besser, wenn dieses Amt von einem ehrlichen als von einem unehrlichen Mann bekleidet wurde. Stjepan Arkadjewitsch aber war nicht nur ein ehrlicher Mensch (ohne Betonung), sondern er war ein ehrlicher Mensch (mit Betonung), in jener besonderen Bedeutung, die dieses Wort in Moskau besitzt, wenn man sagt: ein ehrlicher Mann der Öffentlichkeit, ein ehrlicher Schriftsteller, ein ehrliches Blatt, ein ehrliches Institut, eine ehrliche Richtung, und wodurch man nicht nur ausdrücken will, daß die betreffende Persönlichkeit oder Gesellschaft nicht unehrenhaft ist, sondern daß sie auch den Mut hat, dem herrschenden Regierungssystem gelegentlich einen Hieb zu versetzen. Stjepan Arkadjewitsch bewegte sich in Moskau in den Kreisen, in denen sich dieses Wort eingebürgert hatte; er galt dort für einen ehrlichen Menschen und hatte daher mehr als ein anderer eine Anwartschaft auf diese Stellung.

Die Stelle brachte jährlich sieben bis zehntausend Rubel ein, und Oblonskij konnte sie annehmen, ohne seine amtliche

Stellung aufzugeben. Seine Anstellung hing von zwei Ministerien, von einer Dame und zwei Juden ab, und obgleich Stjepan Arkadjewitsch alle diese Leute schon hatte bearbeiten lassen, war es doch nötig, daß er sie persönlich in Petersburg aufsuchte. Außerdem hatte er seiner Schwester Anna versprochen, von Karenin eine entscheidende Antwort bezüglich der Ehescheidungsangelegenheit zu erzwingen. So reiste er denn, nachdem er Dolly überredet hatte, ihm fünfzig Rubel zu geben, nach Petersburg ab.

Stjepan Arkadjewitsch saß bei Karenin im Arbeitszimmer und ließ sich dessen Denkschrift über die Ursachen des schlechten Standes der russischen Finanzen vorlesen, wartete aber nur auf den Augenblick, wo dieser damit zu Ende sein würde, um das Gespräch auf seine Angelegenheit und auf Anna zu bringen.

»Ja«, sagte er, als Alexej Alexandrowitsch den Zwicker, ohne den er jetzt nicht mehr lesen konnte, abgenommen hatte und seinen früheren Schwager fragend ansah, »das ist in den Einzelheiten sehr richtig, aber das herrschende Prinzip unserer Zeit ist doch die Freiheit.«

»Gewiß, aber ich stelle ein anderes Prinzip auf, welches das Prinzip der Freiheit einschließt«, entgegnete Alexej Alexandrowitsch, indem er das Wort »einschließt« besonders betonte und den Zwicker wieder aufsetzte, um seinem Zuhörer die betreffende Stelle noch einmal vorzulesen.

Er durchblätterte das schön geschriebene Manuskript mit den breiten Rändern und las dann die ausschlaggebende Stelle von neuem vor.

»Ich will das Protektionssystem nicht im Interesse einzelner Privatpersonen, sondern im Hinblick auf das Gemeinwohl, das der höheren sowohl als auch der niederen Klassen«, sagte er, indem er Oblonskij unter dem Zwicker hervor ansah. »Aber *sie* vermögen das nicht einzusehen, *sie* sind nur von ihren persönlichen Interessen erfüllt und lassen sich von schönen Worten hinreißen.«

Stjepan Arkadjewitsch wußte, daß das Ende des Gesprächs schon nahe sei, sobald Karenin darauf zu sprechen kam, was *sie*, das heißt diejenigen Regierungsmänner, die seinen Projekten abgeneigt waren und in denen er die Ursache allen Übels in Rußland sah, tun und denken. Er gab ihm jetzt daher gerne sein Prinzip der Freiheit preis und erklärte sich völlig einverstanden. Alexej Alexandrowitsch verstummte und blätterte nachdenklich in seinem Manuskript.

»Ach ja, ich wollte dich übrigens auch bitten, Pomorskij, wenn du ihn sehen solltest, ein Wörtchen darüber zu sagen, daß ich sehr gerne die neugeschaffene Stellung eines Mitglieds der Kommission der vereinigten Agentur der gegenseitigen Kreditanstalt der südlichen Eisenbahnen haben möchte.« Die Bezeichnung dieses Amtes, das ihm so sehr am Herzen lag, war Stjepan Arkadjewitsch schon ganz geläufig, und er sagte den Titel rasch und ohne sich dabei zu versprechen, her.

Alexej Alexandrowitsch erkundigte sich eingehend danach, worin die Tätigkeit der neuen Kommission bestehe und wurde nachdenklich. Er überlegte, ob die Tätigkeit dieser Kommission nicht etwa mit seinen Projekten im Widerstreit stehe. Da jedoch diese Tätigkeit eine äußerst verwickelte war, und seine eigenen Projekte ein weites Gebiet umfaßten, so war er nicht imstande, sich ohne weiteres hierüber klarzuwerden und sagte dann nur, indem er den Zwicker absetzte:

»Selbstverständlich kann ich mit ihm davon sprechen; aber weshalb bewirbst du dich eigentlich um diese Stellung?«

»Das Gehalt ist gut – bis zu neuntausend Rubel, und meine Mittel ...«

»Neuntausend«, wiederholte Alexej Alexandrowitsch und zog die Stirn in Falten. Die große Ziffer des Gehalts erinnerte ihn daran, daß in diesem Punkt die Tätigkeit, der sich Stjepan Arkadjewitsch widmen wollte, dem Grundgedanken seiner Projekte zuwiderlaufen würde, die stets zu einer Einschränkung der Ausgaben hinneigten.

»Meiner Meinung nach sind diese ungeheuren Gehälter, wie ich bereits in einer Denkschrift ausgeführt habe, die Anzeichen der völlig verkehrten ökonomischen ›*assiette*‹ unserer Verwaltung.«

»Ja, was willst du?« versetzte Stjepan Arkadjewitsch. »Es ist ja wahr, daß ein Bankdirektor zehntausend Rubel Gehalt bezieht – aber so viel ist doch seine Tätigkeit auch wert. Dasselbe gilt für einen Ingenieur, der zwanzigtausend Rubel bekommt. Du magst sagen, was du willst, aber es handelt sich doch dabei stets um einschneidende menschliche Interessen!«

»Ich bin der Ansicht, daß das Gehalt eine Bezahlung für Ware bedeutet und daher dem Gesetz von Angebot und Nachfrage unterworfen sein muß. Wenn jedoch die Festsetzung des Gehaltes von diesem Gesetze abweicht, wie zum Beispiel in dem Falle, wenn von zwei Ingenieuren, die beide die gleichen Kenntnisse und Fähigkeiten besitzen, der eine vierzigtausend Rubel Gehalt bezieht, während der andere sich mit zweitausend begnügen muß; oder wenn als Bankdirektoren Absolventen der Rechtsschule und Husarenoffiziere ohne alle fachmännischen Kenntnisse mit ungeheueren Gehältern angestellt werden – so ziehe ich aus alledem den Schluß, daß die Festsetzung des Gehaltes sich nicht nach dem Gesetz von Angebot und Nachfrage richtet, sondern nur von der persönlichen Willkür des einzelnen abhängt. Das ist ein Mißbrauch, der an und für sich von schwerwiegender Bedeutung ist und auf den Staatsdienst eine schädigende Wirkung ausübt. Ich bin der Ansicht ...«

Stjepan Arkadjewitsch beeilte sich, seinen Schwager zu unterbrechen.

»Aber du mußt mir zugeben, daß in diesem Fall von einem neuen, zweifellos nutzbringenden Unternehmen die Rede ist. Du magst sagen, was du willst, aber es handelt sich um einschneidende menschliche Interessen. Es wird besonderer Wert darauf gelegt, daß die Geschäfte in ehrlicher Weise geführt werden«, sagte Stjepan Arkadjewitsch mit Betonung.

Der Moskauer Sinn des Wortes »ehrlich« war jedoch Alexej Alexandrowitsch keineswegs verständlich.

»Die Ehrlichkeit ist nur eine negative Eigenschaft«, erwiderte er.

»Du würdest mir aber doch einen großen Gefallen erweisen, wenn du bei Pomorskij ein Wort für mich einlegen wolltest«, sagte Stjepan Arkadjewitsch; »nur so beiläufig, im Gespräch ...«

»Das hängt aber doch, wie mir scheint, mehr von Bolgarinow ab.«

»Was Bolgarinow anbetrifft«, sagte Stjepan Arkadjewitsch und errötete dabei, »so ist er vollkommen damit einverstanden.«

Stjepan Arkadjewitsch war bei der Erwähnung von Bolgarinow errötet, weil er am Morgen bei dem Juden Bolgarinow gewesen war, und dieser Besuch ihm einen unangenehmen Eindruck zurückgelassen hatte.

Er wußte mit Bestimmtheit, daß die Sache, der er dienen wollte, eine neue, aktuelle und ehrliche sei; als ihn aber heute morgen Bolgarinow offenbar absichtlich zwei Stunden lang mit anderen Bittstellern im Empfangszimmer hatte warten lassen, war er von einem gewissen Unbehagen ergriffen worden.

Ob nun dieses Unbehagen davon herrührte, daß er, der Fürst Oblonskij, ein Abkömmling Kjuriks, zwei Stunden lang im Empfangszimmer eines Juden hatte warten müssen, oder daß er sich, statt dem Beispiel seiner Vorfahren treu zu bleiben und nur dem Staate zu dienen, auf ein neues Gebiet begab – gleichviel, es war ihm unbehaglich zumute. Während dieser zwei Stunden, die Stjepan Arkadjewitsch in Bolgarinows Wartezimmer zubringen mußte, bemühte er sich, das Gefühl, das ihn beengte, vor den anderen und sogar vor sich selbst zu verbergen, indem er unbefangen auf und ab schritt, seinen Backenbart zurechtstrich, mit anderen Bittstellern Unterhaltungen anknüpfte und über ein Wortspiel nachsann, das er in bezug auf sein langes Warten bei dem Juden zum besten geben wollte.

Dennoch war es ihm während dieser ganzen Zeit unbehaglich zumute gewesen, und er war ärgerlich, ohne selbst zu wissen weshalb: ob vielleicht deswegen, weil aus dem Wortspiel immer nichts werden wollte oder aus einem anderen Grunde. Nachdem er aber endlich von Bolgarinow mit ausgesuchtester Höflichkeit empfangen worden war, wobei dieser offenbar über die Demütigung, der sich sein Besucher hatte aussetzen müssen, innerlich frohlockte und ihm seine Bitte so gut wie abschlug, bemühte sich Stjepan Arkadjewitsch, sich alle diese Vorgänge so schnell als möglich aus dem Sinne zu schlagen. Doch als er jetzt wieder daran erinnert wurde, errötete er.

18

»Jetzt habe ich noch eine andere Angelegenheit auf dem Herzen – du weißt, was ich meine. Es handelt sich um Anna«, sagte Stjepan Arkadjewitsch, nachdem er eine Zeitlang geschwiegen und diese unangenehme Erinnerung von sich abgeschüttelt hatte.

Kaum hatte Oblonskij Annas Namen ausgesprochen, als eine völlige Veränderung in Alexej Alexandrowitschs Zügen vor sich ging; die bisherige Lebhaftigkeit machte einem Ausdruck der Ermüdung und totenähnlicher Starrheit Platz.

»Was wollen Sie eigentlich von mir?« fragte er, indem er unruhig im Sessel hin und her rückte und seinen Zwicker zuklemmte.

»Eine Entscheidung, irgendeine Entscheidung, Alexej Alexandrowitsch. Ich wende mich in diesem Augenblick an Dich, – nicht als den beleidigten Gatten«, wollte Stjepan Arkadjewitsch sagen. Aber aus Furcht, der Sache zu schaden, änderte er seine Absicht und sagte – was noch weniger angebracht war –, »nicht als den Staatsmann, sondern einzig und allein als Menschen, und zwar als einen guten Menschen und Christen. Du mußt Mitleid mit ihr haben.«

»Das heißt, weswegen eigentlich?« fragte Karenin leise.

»Ja, du mußt Mitleid mit ihr haben. Hättest du sie gesehen, so wie ich sie gesehen habe – ich bin den ganzen Winter mit ihr zusammengewesen – du würdest Mitleid mit ihr haben. Ihre Lage ist eine furchtbare, geradezu eine furchtbare.«

»Ich dachte«, antwortete Karenin mit einer noch dünneren, fast quietschenden Stimme, »Anna Arkadjewna hat alles erlangt, was sie erstrebt hat.«

»Ach, Alexej Alexandrowitsch, um Gottes willen, lassen

wir doch alle gegenseitigen Beschuldigungen aus dem Spiel. Was geschehen ist, ist geschehen, und du weißt sehr wohl, daß das, was sie erstrebt und worauf sie wartet – die Scheidung ist.«

»Ich war der Ansicht, Anna Arkadjewna verzichte auf die Scheidung, solange ich darauf bestehe, daß das Kind mir verbleibt. Ich habe in diesem Sinne geantwortet und dachte, daß die Sache damit erledigt sei. Ich halte sie für erledigt«, rief Alexej Alexandrowitsch in den höchsten Tönen aus.

»Um Gottes willen, ereifere dich nicht«, sagte Stjepan Arkadjewitsch, indem er das Knie des Schwagers mit den Fingern berührte. »Die Sache ist keineswegs erledigt. Wenn du mir erlauben willst, alles noch einmal zusammenzufassen, so liegt die Sache so: als ihr euch trenntet, bewiesest du eine Seelengröße, einen Edelmut, wie sie nicht erhabener gedacht werden können; du hast ihr alles zugestanden – die Freiheit, ja, sogar die Scheidung. Sie hat das zu schätzen gewußt. Nein, du darfst es glauben. Sie hat deine Handlungsweise in der Tat hoch geschätzt, so hoch, daß sie damals, im ersten Augenblick, als sie sich ihrer Schuld gegen dich bewußt wurde, ohne Überlegung handelte, ja gar nicht mit Überlegung handeln konnte. Sie hat auf alles verzichtet. Aber die Wirklichkeit hat ihr im Laufe der Zeit bewiesen, daß ihre Lage eine qualvolle und unhaltbare ist.«

»Anna Arkadjewnas Leben kann mich nicht interessieren«, unterbrach ihn Alexej Alexandrowitsch, indem er die Brauen in die Höhe zog.

»Du wirst mir erlauben, das zu bezweifeln«, erwiderte Stjepan Arkadjewitsch mit weicher Stimme. »Ihre Lage ist qualvoll für sie und dabei ohne irgendwelchen Nutzen für einen andern. Sie hat die Lage, in der sie sich befindet, verdient, wirst du mir einwerfen. Sie weiß es, und sie wendet sich auch nicht mit einer Bitte an dich; sie sagt es selbst, daß sie es nicht wagen darf, mit irgendeiner Bitte an dich heranzutreten. Aber ich, wir alle, die wir mit ihr durch verwandtschaftliche Bande verknüpft sind und sie lieben, wir bitten dich, flehen dich an. Weshalb soll sie sich quälen? Wer hat etwas davon?«

»Erlauben Sie, aber es hat ganz den Anschein, als wollten Sie mir die Rolle des Angeklagten zuschieben«, sagte Alexej Alexandrowitsch.

»Keineswegs, nicht im geringsten, du mußt mich nur recht verstehen«, erwiderte Stjepan Arkadjewitsch, indem er seine Hand berührte, als glaube er, daß diese Berührung den Schwager erweichen müsse. »Ich sage nur das eine: ihre Lage ist qualvoll und kann durch dich erleichtert werden, ohne daß du etwas dabei verlierst. Ich will alles so einrichten, daß du es gar nicht merkst. Du hast es ja versprochen.«

»Dieses Versprechen habe ich vorher gegeben. Ich war der Ansicht, die ganze Sache würde durch die Frage bezüglich des Sohnes entschieden sein. Abgesehen davon, hoffte ich, daß Anna Arkadjewna großmütig genug sein würde ...«, brachte Alexej Alexandrowitsch, der ganz bleich geworden war, mühsam und mit bebenden Lippen hervor.

»Sie verläßt sich auf deinen Großmut. Sie bittet dich, fleht dich nur um das eine an – sie aus der unerträglichen Lage, in der sie sich befindet, zu befreien. Sie bittet nicht mehr um den Sohn. Alexej Alexandrowitsch, du bist ein guter Mensch. Versetze dich auf einen Augenblick in ihre Lage. Die Frage der Ehescheidung ist für sie, in der Lage, in der sie sich befindet, eine Frage von Leben und Tod. Hättest du früher nicht das Versprechen gegeben, so würde sie sich mit ihrer Lage auszusöhnen gesucht haben und wäre auf dem Lande wohnen geblieben. Aber du hast ihr dein Versprechen gegeben, sie hat dir geschrieben und ist nach Moskau übergesiedelt. Und in Moskau, wo jede Begegnung ihr wie ein Messerstich ins Herz geht, lebt sie nun schon seit sechs Monaten und harrt von Tag zu Tag der Entscheidung. Das ist genau dasselbe, als wollte man einen zum Tode Verurteilten monatelang mit dem Strick um den Hals im ungewissen lassen, indem man ihm bald die Vollstreckung des Todesurteils, bald die Möglichkeit einer Begnadigung vor Augen hält. Habe Mitleid mit ihr, und dann nehme ich es auf mich, alles so einzurichten ... *Vos scrupules* ...«

»Ich spreche nicht davon, nicht davon ...«, unterbrach ihn Alexej Alexandrowitsch mit einer Gebärde des Abscheus.

»Aber es ist möglich, daß ich da etwas versprochen habe, wozu ich kein Recht hatte.«

»Du willst also dein Versprechen zurücknehmen?«

»Ich habe niemals etwas zurückgenommen, dessen Erfüllung im Bereich der Möglichkeit gelegen hätte; aber ich wünsche, daß man mir Zeit läßt, um zu überlegen, inwieweit die Erfüllung des Versprochenen möglich ist.«

»Nein, Alexej Alexandrowitsch!« rief Oblonskij aus und sprang von seinem Sitz auf, »ich will es nicht glauben! Sie ist so unglücklich, wie es eine Frau nur sein kann, und du kannst es ihr nicht abschlagen, eine solche ...«

»Soweit die Erfüllung meines Versprechens möglich ist. *Vous professez d'être un libre penseur.* Ich dagegen, als gläubiger Christ, kann in einer solchen Sache dem christlichen Gebot nicht zuwiderhandeln.«

»Aber bei den christlichen Völkern und auch bei uns ist doch, soviel ich weiß, die Ehescheidung gestattet«, sagte Stjepan Arkadjewitsch. Auch unsere Kirche läßt sie zu. Und wir sehen ...«

»Sie ist allerdings gestattet, aber nicht in diesem Sinne.«

»Alexej Alexandrowitsch, ich erkenne dich nicht wieder«, sagte Oblonskij, nachdem er eine Weile geschwiegen hatte. »Warst du es denn nicht – und wir haben dies wahrlich hoch genug zu schätzen gewußt –, der alles vergeben hat und der, eben weil ihm das christliche Gebot als Richtschnur diente, bereit war, jedes Opfer zu bringen? Du selbst hast es ausgesprochen: ›Du sollst deinen Rock hergeben, wenn man dir das Hemd nimmt‹, und jetzt ...«

»Ich ersuche Sie«, sagte Alexej Alexandrowitsch bleich, mit zitternden Kinnbacken und quietschender Stimme, indem er plötzlich aufsprang, »ich ersuche Sie, dieses Gespräch abzu ... abzubrechen.«

»Nicht doch! Verzeih', verzeih' mir, wenn ich dich gekränkt habe«, sagte Stjepan Arkadjewitsch, indem er verlegen lächelte und ihm die Hand hinstreckte, »aber ich habe mich ja eigentlich nur als Abgesandter eines Auftrags entledigt.«

Alexej Alexandrowitsch reichte ihm die Hand und versank in Gedanken.

»Ich muß mit mir zu Rate gehen und nach einem Fingerzeig suchen. Übermorgen werde ich Ihnen eine entscheidende Antwort geben«, sagte er dann nach einiger Überlegung.

19

Stjepan Arkadjewitsch schickte sich schon an fortzugehen, als Kornej meldete:
»Sergej Alexejewitsch.«
»Wer ist dieser Sergej Alexejewitsch?« wollte Stjepan Arkadjewitsch fragen, besann sich jedoch sogleich.
»Ach, Serjosha!« rief er aus. »Sergej Alexejewitsch. Ich dachte zuerst, es sei der Abteilungschef. Anna hat mich ja gebeten, es möglich zu machen, daß ich ihn zu sehen bekomme«, dachte er bei sich.

Und er vergegenwärtigte sich den schüchternen, mitleiderregenden Ausdruck, mit dem Anna ihm beim Abschied gesagt hatte: »Du wirst ihn doch jedenfalls sehen. Erfahre genau, wo er sich aufhält und wer bei ihm ist. Und Stiwa ... wenn es möglich wäre! Es ist doch möglich?« Stjepan Arkadjewitsch erriet, was dieses »wenn es möglich wäre« bedeuten sollte: nämlich, wenn es möglich wäre, die Scheidung in der Weise zustande zu bringen, daß der Sohn ihr überlassen würde ... Jetzt aber sah er, daß daran gar nicht zu denken sei. Dennoch freute er sich, seinen Neffen wiederzusehen.

Alexej Alexandrowitsch machte den Schwager darauf aufmerksam, daß in Gegenwart des Sohnes niemals von der Mutter gesprochen würde und bat ihn, ihrer mit keinem Worte Erwähnung zu tun.

»Er ist nach jenem Wiedersehen mit seiner Mutter, das wir nicht voraussehen konnten, sehr krank gewesen«, sagte Alexej Alexandrowitsch. »Wir fürchteten sogar für sein Leben. Aber verständige Pflege und Seebäder im Sommer haben ihn wiederhergestellt. Und jetzt habe ich ihn auf den Rat des Arztes in die Schule gegeben. In der Tat war der Einfluß der Kameraden ein wohltuender, und nun ist er völlig gesund und lernt gut.«

»Welch ein strammer Bursche das geworden ist! Das ist ja nicht mehr Serjosha, sondern ein ganzer, großer Sergej Alexandrowitsch!« sagte Stjepan Arkadjewitsch, indem er den keck und unbefangen eintretenden breitschulterigen Knaben, im dunkelblauen Jackett und langen Hosen, betrachtete. Der Knabe hatte ein gesundes und munteres Aussehen. Er verbeugte sich vor dem Onkel wie vor einem Fremden, doch als er ihn erkannte, errötete er. Dann wandte er sich, als habe ihn irgend etwas beleidigt oder erzürnt, hastig ab. Der Knabe trat zu seinem Vater und gab ihm einen Zettel mit den Zensuren, die er in der Schule erhalten hatte.

»Nun, das ist nicht übel«, sagte der Vater, »du kannst jetzt gehen.«

»Er ist magerer geworden und gewachsen; er hat die Kinderschuhe abgelegt und ist ein großer Junge geworden – das gefällt mir«, sagte Stjepan Arkadjewitsch. »Erinnerst du dich eigentlich noch meiner?«

Der Knabe warf einen raschen Blick auf den Vater.

»Ja, ich erinnere mich Ihrer, *mon oncle*«, erwiderte er, indem er den Onkel ansah und wieder die Augen senkte.

Der Onkel rief den Knaben zu sich heran und nahm ihn bei der Hand.

»Na, wie geht's, wie steht's?« fragte er, da er sich gerne mit ihm in eine Unterhaltung eingelassen hätte, aber nicht recht wußte, was er sagen sollte.

Der Knabe errötete und suchte, ohne zu antworten, seine Hand aus der des Onkels zu ziehen. Kaum hatte Stjepan Arkadjewitsch seine Hand losgelassen, als er, nach einem fragenden Blick auf den Vater, wie ein in Freiheit gesetzter Vogel schnellen Schrittes das Zimmer verließ.

Ein Jahr war verstrichen, seitdem Serjosha seine Mutter zum letzten Male gesehen hatte. Von dieser Zeit an hatte er nichts mehr von ihr gehört. In demselben Jahre war er in die Schule gekommen, wo er Kameraden kennen und lieben gelernt hatte. Jene Gedanken und Erinnerungen an die Mutter, die ihn nach dem Wiedersehen mit ihr aufs Krankenlager geworfen hatten, beschäftigten ihn jetzt nicht mehr. Wenn sie ihn aber einmal überkamen, gab er sich Mühe, sie zu verscheuchen, denn er schämte sich ihrer und dachte, daß sie sich nur für Mädchen schickten, keineswegs aber für einen Knaben und Schulkameraden, wie er es war. Er wußte, daß zwischen dem Vater und der Mutter ein Zerwürfnis bestand, das beide voneinander getrennt hatte; er wußte auch, daß es ihm bestimmt war, bei dem Vater zu bleiben und suchte sich an diesen Gedanken zu gewöhnen.

Als er den Onkel, der seiner Mutter ähnlich war, erblickte, fühlte er sich unangenehm berührt, da durch ihn eben jene Erinnerungen, die er für schimpflich hielt, wachgerufen wurden. Er empfand dies um so peinlicher, als er aus den Worten, die, während er an der Tür des Studierzimmers gewartet hatte, zu ihm gedrungen waren, und namentlich aus dem Gesichtsausdruck des Vaters und des Onkels erriet, daß zwischen ihnen von der Mutter die Rede gewesen sein mußte. Und um nicht genötigt zu sein, den Vater, bei dem er lebte und von dem er abhing, zu verurteilen, und hauptsächlich, um sich von den Gefühlen, die er seiner für so unwürdig hielt, nicht überwältigen zu lassen, bemühte sich Serjosha, diesen Onkel, der gekommen war, um ihn in seiner Ruhe zu stören, nicht anzusehen, und die Erinnerungen, die bei seinem Anblick in ihm wach wurden, zu verscheuchen.

Als ihn jedoch Stjepan Arkadjewitsch, der nach ihm das Zimmer verlassen und ihn auf der Treppe erblickt hatte, zu sich heranrief und ihn ausfragte, was er in der Schule während der Pausen treibe, wurde Serjosha, da sein Vater nicht zugegen war, gesprächiger.

»Wir spielen jetzt Eisenbahn«, antwortete er auf seine Frage. »Sehen Sie, das wird so gemacht: zwei setzen sich auf eine Bank – das sind die Reisenden. Einer stellt sich auf die Bank, und alle anderen spannen sich nun davor: mit den Händen oder den Gürteln, und dann rennen sie durch alle Säle. Die Türen werden schon vorher geöffnet. Natürlich hat es der Schaffner dabei sehr schwer.«

»Das ist wohl derjenige, der steht?« fragte Stjepan Arkadjewitsch lächelnd.

»Ja, das erfordert Mut und Geschicklichkeit, besonders, wenn plötzlich halt gemacht wird oder wenn einer fällt.«

»Ja, das ist kein Spaß«, sagte Stjepan Arkadjewitsch, indem er ihm kummervoll in die lebhaften Augen, die Augen seiner Mutter sah, die nun nicht mehr kindlich, nicht mehr so ganz unschuldsvoll dreinschauten. Und obwohl er Alexej Alexandrowitsch versprochen hatte, Annas nicht zu erwähnen, vermochte er doch der Versuchung nicht zu widerstehen.

»Erinnerst du dich noch deiner Mutter?« fragte er.

»Nein, ich erinnere mich ihrer nicht«, erwiderte Serjosha hastig und schlug, indem er feuerrot wurde, die Augen nieder. Von nun an konnte der Onkel nichts mehr aus ihm herausbringen.

Nach einer halben Stunde fand der slawische Hauslehrer seinen Zögling auf der Treppe und konnte sich lange nicht darüber klar werden, ob er zornig sei oder weine.

»Nun, Sie haben sich wohl beim Hinfallen weh getan?« fragte der Lehrer. »Ich hab's ja immer gesagt, das ist ein gefährliches Spiel. Man muß es dem Direktor sagen.«

»Wenn ich mir auch weh getan hätte, so würd' ich's doch niemand merken lassen. Das ist sicher.«

»Also, was ist denn sonst geschehen?«

»Lassen Sie mich in Frieden! ... Ob ich mich ihrer erinnere oder nicht ... Was geht es ihn an? Wozu soll ich mich erinnern? Laßt mich in Frieden!« rief er nun nicht mehr dem Lehrer, sondern der ganzen Welt zu.

20

Stjepan Arkadjewitsch pflegte seine Zeit in Petersburg niemals müßig zu verbringen. In Petersburg wollte er sich, neben seinen geschäftlichen Angelegenheiten, der Scheidung der Schwester und der Stelle, um die er sich bewarb, wie er sagte, nach dem öden Leben, das er in Moskau führte, wieder auffrischen.

Moskau war trotz seiner *Cafés chantants* und seiner Omnibusse doch ein stehender Sumpf. Dies empfand Stjepan Arkadjewitsch immer. Wenn er eine Zeitlang in Moskau, namentlich im Kreise seiner Familie zugebracht hatte, fühlte er seinen Mut sinken. Immer, wenn er lange Zeit ohne Unterbrechung in Moskau gelebt hatte, kam es so weit mit ihm, daß die üble Stimmung und die Vorwürfe seiner Frau, die Gedanken an das Befinden und die Erziehung seiner Kinder sowie die kleinlichen Interessen seines Dienstes ihn in seiner Ruhe zu stören begannen; sogar seine Schulden fingen dann an, ihn zu quälen. Kaum aber hatte er seinen Fuß nach Petersburg gesetzt und in dem ihm hier vertrauten Kreise, in dem man wirklich zu leben wußte und nicht vegetierte, zu verkehren begonnen, als alle diese Gedanken wie Wachs im Feuer dahinschmolzen.

Seine Frau? ... Erst heute hatte er mit dem Fürsten Tschetschenskij gesprochen. Fürst Tschetschenskij hatte eine Frau und Familie – erwachsene Kinder, Zöglinge des Pagenkorps; und außerdem hatte er eine andere außereheliche Familie. Obgleich er an seiner ersten eigentlichen Familie auch nichts auszusetzen hatte, fühlte sich Fürst Tschetschenskij im Schoße seiner zweiten Familie glücklicher. Er brachte seinen ältesten Sohn zu der zweiten Familie auf Besuch und erzählte Stjepan Arkadjewitsch, er finde das für seinen Sohn sehr nützlich und für seine Entwicklung günstig. Was würde man wohl in Moskau dazu sagen?

Die Kinder? ... In Petersburg hinderten die Kinder die Väter nicht daran, sich auszuleben. Die Kinder wurden in Erziehungsanstalten untergebracht, und man wußte hier nichts von den unglaublichen Ansichten, die sich in Moskau immer mehr einbürgerten – wie dies zum Beispiel bei Ljwow der Fall war – daß nämlich den Kindern alles Schöne im Leben zukomme, während die Eltern nichts als Mühe und Sorgen zu tragen hätten. Hier begriff man, daß der Mensch verpflichtet sei, für sich selbst zu leben, wie jeder gebildete Mensch eben leben muß.

Der Dienst? ... Der Dienst hatte hier auch nicht jenes so beharrliche, hoffnungslose und einförmige Gepräge, wie dies in Moskau der Fall war; hier war der Dienst etwas, wofür man Interesse haben konnte. Eine Begegnung, eine Gefälligkeit, ein treffendes Wort, die Fähigkeit, die Eigenart anderer Leute mimisch darzustellen, und siehe da, ein Mann macht plötzlich Karriere, wie zum Beispiel Brjanzow, dem Stjepan Arkadjewitsch gestern begegnet war, und der nun einer der ersten Würdenträger war. Ein solcher Dienst hatte entschieden Reiz.

Ganz besonders aber war es die Ansicht, der man in Petersburg in bezug auf Geldangelegenheiten huldigte, die beruhigend auf Stjepan Arkadjewitsch wirkte. Bartnjanskij, der nach seinem »*train*« zu urteilen, jährlich mindestens fünftausend Rubel brauchen mußte, hatte gestern über diesen Gegenstand ein denkwürdiges Wort zu ihm gesprochen.

Vor dem Mittagessen hatte Stjepan Arkadjewitsch, der sich mit ihm unterhielt, gesagt:

»Ich glaube, du stehst gut mit Mordwinskij, du könntest mir einen Gefallen tun, lege bei ihm, bitte, ein Wort für mich ein. Es ist eine Stelle frei, die ich gerne haben möchte, als Mitglied der Agentur ...«

»Ach, ich kann es ja doch nicht behalten ... Aber wozu willst du dich denn auf diese Eisenbahngeschäfte mit dem Juden einlassen? Du magst sagen, was du willst, aber diesen Dingen haftet doch stets etwas Unsauberes an.«

Stjepan Arkadjewitsch sagte ihm nicht, daß es sich um einschneidende menschliche Interessen handle, denn Bartnjanskij hätte dies doch nicht verstanden.

»Ich brauche Geld, ich habe nichts zum Leben.«

»Aber du lebst doch!«

»Ich lebe, ja – und die Schulden?«

»Wirklich, du hast Schulden? Große Schulden?« fragte Bartnjanskij teilnahmsvoll.

»Sehr große, zwanzigtausend.«

Bartnjanskij lachte hell auf.

»O du Glücksmensch!« sagte er. »Ich habe anderthalb Millionen Schulden, besitze nichts und finde, wie du siehst, das Leben immer noch recht erträglich.«

Und Stjepan Arkadjewitsch sah, daß das keine Redensart war, sondern daß es sich wörtlich so verhielt. Schiwachow hatte dreihunderttausend Rubel Schulden und konnte keine Kopeke sein eigen nennen; und doch wußte er zu leben, und wie noch! Den Grafen Kriwzow hatten alle schon längst als verloren angesehen, und dabei hielt er sich zwei Maitressen. Pjetrowkij hatte fünf Millionen verschleudert und lebte doch auf demselben Fuße weiter, verwaltete sogar das Finanzenressort und bezog zwanzigtausend Rubel Gehalt.

Zu alledem kam noch der Umstand, daß Petersburg auf Stjepan Arkadjewitsch stets eine wohltuende Wirkung auszuüben pflegte; er fühlte sich hier wie verjüngt. In Moskau warf er manchmal einen Blick auf sein ergrauendes Haar, schlief nach dem Essen ein, streckte sich, ging langsam, schweratmend die Treppe hinauf, langweilte sich mit jungen Frauen und tanzte nicht auf Bällen. In Petersburg dagegen fühlte er sich stets um zehn Jahre jünger.

Er hatte in Petersburg dieselbe Empfindung, von der gestern der sechzigjährige Fürst Pjotr Oblonskij, der eben erst aus dem Auslande zurückgekehrt war, gesprochen hatte.

»Wir verstehen hier nicht zu leben«, sagte Pjotr Oblonskij, »du wirst es kaum glauben, ich habe den Sommer in Baden-Baden zugebracht und mich vollkommen wie ein Jüngling gefühlt. Ich brauchte nur ein junges, weibliches Wesen anzusehen und meine Gedanken ... Man ißt, man trinkt sein Weinchen – und man fühlt sich stark und frisch. Kaum war ich aber wieder in Rußland – ich mußte zu meiner Frau und noch dazu aufs Land – ja, du wirst's kaum glauben – nach zwei Wochen zog ich den Schlafrock an und gab es auf, mich zum Mittagessen umzukleiden. Kein Gedanke mehr an junge Frauenzimmer! Ich bin mit einem Male ein Greis geworden und kann nichts Besseres tun, als nur noch an mein Seelenheil denken. Kaum war ich aber wieder nach Paris gereist, als ich dort völlig wieder auflebte.«

Stjepan Arkadjewitsch empfand dieselbe Umwandlung wie Pjotr Oblonskij. In Moskau ließ er sich dermaßen gehen, daß er schließlich, wenn er noch länger dort zugebracht hätte, noch dazu gekommen wäre, sich um das Heil seiner Seele zu bekümmern; in Petersburg dagegen fühlte er sich wieder als anständiger Mensch.

Zwischen der Fürstin Betsy Iwerskaja und Stjepan Arkadjewitsch bestanden langjährige, sehr sonderbare Beziehungen. Stjepan Arkadjewitsch pflegte ihr stets in scherzhafter Weise den Hof zu machen und ihr gleichfalls in scherzhafter Weise die allerunanständigsten Dinge zu sagen, er wußte, daß ihr dies das größte Vergnügen machte. Am Tage nach seiner Zusammenkunft mit Karenin fühlte sich Stjepan Arkadjewitsch, als er sie besuchte, so verjüngt, daß er zufällig in seinem scherzhaften Courmachen und Flunkern so weit ging, daß er schließlich nicht mehr wußte, wie er sich wieder aus der Sache ziehen sollte, denn unglücklicherweise fand er sie nicht nur nicht begehrenswert, sondern sie war ihm sogar zuwider. Der Ton, der zwischen ihnen herrschte, hatte ja nur deswegen Platz gegriffen, weil sie an ihm großen Gefallen fand. Er war daher froh, als die Ankunft der Fürstin Mjachkaja ihrem Zwiegespräch ein Ende machte.

»Ah, Sie sind auch hier«, sagte sie, als sie ihn erblickte. »Nun, was macht Ihre arme Schwester? Sehen Sie mich nicht so an«, fügte sie hinzu. »Seitdem alle über sie herfallen, all die Menschen, die hunderttausendmal schlimmer sind als sie, finde ich, daß sie recht gehandelt hat. Ich kann es Wronskij nicht verzeihen, daß er mir, als sie in Petersburg war, keine Nachricht zukommen ließ. Ich hätte sie besucht und sie überallhin begleitet. Bitte, sagen Sie ihr, wie sehr ich sie liebe. Erzählen Sie mir doch von ihr.«

»Ja, ihre Lage ist in der Tat schwierig, sie ...«, begann Stjepan Arkadjewitsch, der in seiner Unschuld die Worte der Fürstin Mjachkaja »erzählen Sie mir von Ihrer Schwester«, für bare Münze hielt. Die Fürstin Mjachkaja unterbrach ihn jedoch, ihrer Gewohnheit gemäß, sofort und fing selbst zu erzählen an.

»Sie hat das getan, was außer mir alle tun, aber verheimlichen; sie aber wollte ihren Mann nicht hintergehen, und sie hat recht gehabt. Und noch besser hat sie daran getan, Ihren halb verrückten Schwager sitzen zu lassen. Ich bitte um Entschuldigung. Alle sagen, er sei klug, sehr klug, nur ich allein habe immer gesagt, daß ich ihn für einen Narren halte. Jetzt, nachdem er sich mit Lydia Iwanowna und mit dem Landau eingelassen hat, erklären ihn alle für halb verrückt; und ich, so gerne ich auch die allgemeine Meinung nicht teilen möchte, diesmal kann ich nicht anders, als einstimmen.«

»Aber erklären Sie mir, bitte«, sagte Stjepan Arkadjewitsch, »was das bedeuten soll? Gestern war ich in Angelegenheiten meiner Schwester bei ihm und bat ihn um eine entscheidende Antwort. Er gab mir keine und sagte, er wolle sich die Sache überlegen, und heute morgen bekam ich statt einer Antwort eine Einladung zur Gräfin Lydia Iwanowna für heute abend.«

»Nun ja, das ist es, das ist es!« sagte die Fürstin Mjachkaja freudig. »Sie wollen Landau fragen, was er dazu sagt.«

»Warum Landau? Warum? Wer ist denn dieser Landau?«

»Wie, Sie kennen Jules Landau nicht? *Le fameux Jules Landau, le clairvoyant?* Er ist auch halb verrückt, aber von ihm hängt das Schicksal Ihrer Schwester ab. Das kommt vom Leben in der Provinz. Sie wissen ja gar nicht, was es Neues in der Welt gibt. Landau, müssen Sie wissen, war Kommis in einem Laden in Paris; eines Tags kam er zu einem Arzt. Im Wartezimmer des Arztes schlief er ein und begann plötzlich im Schlaf allen Kranken Ratschläge zu geben – merkwürdige Ratschläge. Dann hörte Jurij Meledinskijs Frau, Sie kennen doch den kranken Meledinskij, von diesem Landau und berief ihn zu ihrem Manne. Meiner Meinung nach ohne jeden Nutzen, denn er ist ebenso geschwächt wie vorher, aber sie glauben an ihn und schleppen ihn überall mit sich herum. Sie brachten ihn mit nach Rußland. Hier strömte ihm alles zu, und er begann alle Welt zu behandeln. Die Gräfin Bjessubowa hat er geheilt, und sie hat ihn so in ihr Herz geschlossen, daß sie ihn adoptiert hat.«

»Wieso adoptiert?«

»Ganz einfach adoptiert. Er heißt jetzt nicht mehr Landau, sondern Graf Bjessubow. Aber das gehört ja nicht hierher, es handelt sich darum, daß Lydia – ich habe sie übrigens sehr gerne, aber ich finde, sie ist etwas verdreht – sich natürlich an ihn geklammert hat und daß weder sie noch Alexej Alexandrowitsch ohne ihn irgendeine Entscheidung treffen. Und aus diesem Grunde liegt das Schicksal Ihrer Schwester in den Händen dieses Landau *alias* Graf Bjessubow.«

21

Nach einem ausgezeichneten Diner bei Bartnjanskij, wo Stjepan Arkadjewitsch sich an großen Mengen Kognak gütlich tat, traf er mit nur geringer Verspätung bei der Gräfin Lydia Iwanowna ein.

»Wer ist noch bei der Gräfin? Der Franzose?« fragte er den Schweizer, mit einem Blick auf den ihm wohlbekannten Mantel Alexej Alexandrowitschs und einen anderen sonderbaren Mantel von kindlichem Zuschnitt mit Agraffen.

»Alexej Alexandrowitsch Karenin und Graf Bjessubow«, sagte der Schweizer in strengem Tone.

»Die Fürstin Mjachkaja hat richtig geraten«, dachte Stjepan Arkadjewitsch, indem er die Treppe hinaufstieg. »Sonderbar! Es wäre übrigens ratsam für mich, ihr etwas näherzutreten. Sie hat großen Einfluß. Wenn Sie bei Tomorskij ein Wort für mich einlegen würde, könnte ich meiner Sache sicher sein.«

Es war draußen noch ganz hell, aber im kleinen Empfangszimmer der Gräfin Lydia Iwanowna, wo die Stores herabgelassen waren, brannten schon die Lampen.

Um einen runden Tisch, über dem eine Lampe hing, saßen die Gräfin und Alexej Alexandrowitsch und unterhielten sich leise. Ein hagerer Mann von kleinem Wuchs mit weiblichem Gesäß, in den Knieen eingebogenen Beinen, mit sehr schönen glänzenden Augen in dem auffallend blassen, hübschen Gesicht, und langem Haar, das auf seinen Rockkragen herabfiel, stand am anderen Ende des Zimmers und betrachtete die Bilder an der Wand. Nachdem Stjepan Arkadjewitsch die Hausfrau und Alexej Alexandrowitsch begrüßt hatte, warf er nochmals unwillkürlich einen Blick auf den Fremden.

»Monsieur Landau«, wandte sich die Gräfin mit einer

Weichheit und Vorsicht an ihn, die Stjepan Arkadjewitsch überraschten, und stellte beide einander vor.

Landau wandte sich hastig um, trat näher und legte lächelnd seine feuchte, steife Hand in Stjepan Arkadjewitschs ausgestreckte Rechte. Dann trat er sogleich zur Seite und vertiefte sich wieder ganz in den Anblick der Bilder. Die Gräfin und Alexej Alexandrowitsch sahen einander vielsagend an.

»Es freut mich sehr, Sie wiederzusehen, besonders heute«, sagte die Gräfin Lydia Iwanowna, indem sie Stjepan Arkadjewitsch einen Sitz neben dem Kamin anwies.

»Ich habe ihn als Landau vorgestellt«, sagte sie mit leiser Stimme, indem sie den Franzosen und gleich darauf Alexej Alexandrowitsch ansah, »aber er heißt eigentlich Graf Bjessubow, wie Sie wohl wissen werden. Er führt jedoch diesen Titel nicht gern.«

»Ja, ich habe davon gehört«, gab Stjepan Arkadjewitsch zur Antwort. »Er soll die Gräfin Bjessubowa vollständig von ihrer Krankheit geheilt haben.«

»Sie war heute bei mir, sie ist wirklich zu bedauern!« wandte sich die Gräfin an Alexej Alexandrowitsch. »Diese Trennung ist für sie schrecklich. Es ist ein harter Schlag für sie!«

»Reist er denn wirklich fort?« fragte Alexej Alexandrowitsch.

»Ja, er fährt nach Paris. Gestern hörte er eine Stimme«, sagte die Gräfin Lydia Iwanowna, indem sie Stjepan Arkadjewitsch ansah.

»Ach, eine Stimme!« wiederholte Oblonskij, der die Empfindung hatte, daß in diesem Kreise die äußerste Vorsicht geboten sei, da hier etwas vor sich gehe oder vor sich gehen sollte, wozu ihm bis jetzt noch der Schlüssel fehlte.

Einige Minuten herrschte Schweigen, dann wandte sich die Gräfin Lydia Iwanowna, als wolle sie nun zum Hauptthema des Gesprächs übergehen, mit feinem Lächeln zu Oblonskij.

»Ich bin schon lange mit Ihnen bekannt und freue mich, Sie näher kennenzulernen. *Les amis de nos amis sont nos amis.* Die

Freundschaft aber erfordert, daß man sich in den Seelenzustand des Freundes hineinversetzt; ich fürchte jedoch, daß Sie dies in bezug auf Alexej Alexandrowitsch nicht tun. Sie verstehen, wovon ich spreche«, sagte sie, indem sie ihre schönen, sinnenden Augen voll zu ihm aufschlug.

»Einerseits, Gräfin, begreife ich sehr wohl, daß Sergej Alexandrowitschs Lage«, – begann Oblonskij, der nicht recht verstand, wohin sie hinauswollte und es deshalb vorzog, allgemein zu sprechen.

»Es handelt sich nicht um eine Veränderung der äußeren Lage«, sagte die Gräfin Lydia Iwanowna streng, indem sie zugleich mit verliebten Blicken Alexej Alexandrowitsch folgte, der aufgestanden und zu Landau getreten war: »Sein Herz hat sich umgewandelt, ihm ist das Geschenk eines neuen Herzens zuteil geworden. Und ich fürchte, Sie haben sich nicht genügend in die Veränderung, die mit ihm vorgegangen ist, hineingedacht.«

»Das heißt, im allgemeinen kann ich mir diese Veränderung sehr wohl vorstellen. Wir sind immer befreundet gewesen, und jetzt …«, sagte Stjepan Arkadjewitsch, indem er den Blick der Gräfin zärtlich erwiderte und sich zugleich überlegte, welchem der beiden Minister sie näher stehe, um zu entscheiden, bei welchem von ihnen er sie bitten müsse, ein Wort für ihn einzulegen.

»Die Veränderung, die mit ihm vorgegangen ist, kann seine Nächstenliebe nicht beeinträchtigen, ganz im Gegenteil, durch diese Veränderung kann seine Liebe nur gesteigert werden. Aber ich fürchte, daß Sie mich nicht ganz verstehen. Wünschen Sie ein Glas Tee?« fragte sie, mit einem Blick auf den Diener, der eben auf einem Brette den Tee herumreichte.

»Nicht ganz, Gräfin. Freilich, sein Unglück …«

»Ja, sein Unglück, das sich für ihn in das größte Glück verwandelt hat, als sein Herz sich erneute, von ihm erfüllt wurde«, sagte sie, indem sie Stjepan Arkadjewitsch mit verliebten Blicken ansah.

»Ich glaube, daß ich sie um ihre Fürsprache bei allen beiden bitten kann«, dachte Stjepan Arkadjewitsch bei sich.

»Ja, selbstverständlich, Gräfin«, sagte er, »aber mir scheinen diese Veränderungen so intimer Art zu sein, daß niemand, sogar der nächste Freund nicht gern davon spricht.«

»Im Gegenteil! Wir müssen davon sprechen und einander helfen.«

»Ja, zweifellos, aber die Überzeugungen sind manchmal so verschieden, und dann ...«, sagte Oblonskij mit weichem Lächeln.

»In Sachen der heiligen Wahrheit kann es keine Verschiedenheit geben.«

»Ja, selbstverständlich, indessen ...« Stjepan Arkadjewitsch schwieg in Verwirrung. Er begriff, daß es sich um die Religion handle.

»Ich glaube, er wird gleich einschlafen«, sagte Alexej Alexandrowitsch mit bedeutungsvollem Flüstern, indem er sich Lydia Iwanowna näherte.

Stjepan Arkadjewitsch wandte sich um. Landau saß am Fenster, in den Sessel zurückgelehnt, die Ellbogen auf die Armlehne gestützt, während er den Kopf gesenkt hielt. Als er die Blicke der Anwesenden auf sich gerichtet sah, hob er den Kopf und lächelte mit einem kindlichen, unschuldigen Lächeln.

»Beachten Sie ihn nicht«, sagte Lydia Iwanowna und schob mit einer leichten Bewegung Alexej Alexandrowitsch einen Stuhl hin. »Ich habe bemerkt ...«, begann sie – aber in diesem Augenblicke wurde sie von einem Diener unterbrochen, der mit einem Brief eintrat. Lydia Iwanowna las den Brief hastig durch und schrieb, nachdem sie sich vor den Anwesenden entschuldigt hatte, mit ungewöhnlicher Schnelligkeit eine Antwort; dann übergab sie sie dem Diener und kehrte wieder an den Tisch zurück. »Ich habe bemerkt«, fuhr sie den angefangenen Satz fort, »daß die Moskauer, besonders die Männer, in bezug auf die Religion zu den gleichgültigsten Menschen in der Welt gehören.«

»Nicht doch, Gräfin, ich glaube, daß die Moskauer den Ruf haben, in dieser Beziehung zu den eifrigsten zu gehören.«

»Soweit ich es beurteilen kann, gehören Sie leider zu den allergleichgültigsten«, wandte sich Alexej Alexandrowitsch mit müdem Lächeln zu ihm.

»Wie kann man sich nur gleichgültig dazu verhalten!« sagte Lydia Iwanowna.

»Ich bin in dieser Beziehung nicht gerade gleichgültig, aber ich verhalte mich sozusagen abwartend«, sagte Stjepan Arkadjewitsch mit seinem weichsten Lächeln. »Ich glaube kaum, daß für mich schon die Zeit gekommen ist, diesen Fragen näherzutreten.«

Alexej Alexandrowitsch und Lydia Iwanowna wechselten einen Blick.

»Wir können nie wissen, ob für uns die Zeit gekommen ist oder nicht«, sagte Alexej Alexandrowitsch streng. »Wir müssen nicht daran denken, ob wir bereit sind oder nicht! Die göttliche Gnade richtet sich nicht nach menschlichen Erwägungen, bisweilen wird sie nicht den Mühseligen, sondern den Unvorbereiteten zuteil, wie dies bei Saul der Fall war.«

»Nein, ich glaube noch nicht«, sagte Lydia Iwanowna, die während dieser Zeit den Bewegungen des Franzosen gefolgt war. Landau erhob sich und gesellte sich zu ihnen.

»Gestatten Sie mir, Ihnen zuzuhören?« fragte er.

»Gewiß, ich wollte sie nur nicht stören«, sagte Lydia Iwanowna und sah ihn zärtlich an, »setzen Sie sich zu uns.«

»Man muß nur seine Augen nicht verschließen, um des Lichtes nicht verlustig zu gehen«, fuhr Alexej Alexandrowitsch fort.

»Ach, hätten Sie eine Ahnung von dem Glücksgefühl, das uns erfüllt, wenn wir sein immerwährendes Dasein in unserer Seele spüren!« sagte die Gräfin Lydia Iwanowna mit wonnigem Lächeln.

»Aber der Mensch fühlt sich bisweilen nicht imstande, sich zu einer solchen Höhe zu erheben«, sagte Stjepan Arkadjewitsch, der wohl fühlte, daß er nicht aufrichtig war, indem er die Möglichkeit dieser Höhe des religiösen Empfindens zugab, aber sich zu gleicher Zeit nicht entschließen konnte, seine freie Denkungsart in Gegenwart einer Persönlichkeit einzugestehen, die es nur ein Wort kostete, um ihm durch Tomorskij die gewünschte Stellung zu verschaffen.

»Das heißt, Sie wollen sagen, daß die Sünde ihn daran hindert?« sagte Lydia Iwanowna. »Aber das ist eine ganz falsche

Ansicht. Für die Gläubigen gibt es keine Sünde, die Sünde ist schon gesühnt worden. Pardon«, setzte sie mit einem Blick auf den Diener hinzu, der eben wieder mit einem Briefe eintrat. Sie las ihn und gab dann den mündlichen Bescheid: »Morgen bei der Großfürstin.«

»Für den Gläubigen gibt es keine Sünde«, fuhr sie in der begonnenen Unterhaltung fort.

»Ja, aber der Glaube ohne die Tat ist tot«, sagte Stjepan Arkadjewitsch, dem dieser Satz aus dem Katechismus einfiel, indem er jetzt nur noch durch ein Lächeln seine Unabhängigkeit zu bewahren suchte.

»Da haben Sie's, diese Stelle aus dem Briefe des Apostels Jakobus«, wandte sich Alexej Alexandrowitsch mit gelindem Vorwurf und in einer Weise an Lydia Iwanowna, aus der hervorging, daß dieser Punkt schon mehr als einmal von ihnen erörtert worden war. »Wieviel Unheil die falsche Auslegung dieser Stelle nicht schon angerichtet hat. Nichts stößt so sehr vom Glauben ab wie diese Auslegung. ›Ich habe keine Werke, also auch keinen Glauben‹, aber in Wirklichkeit steht das nirgends, sondern das Gegenteil davon.«

»Für Gott arbeiten, durch Arbeit und Fasten seine Seele retten«, sagte die Gräfin Lydia Iwanowna mit einem Ausdruck des Widerwillens und der Verachtung, »das sind die unerhörten Begriffe unserer Mönche ... Dabei steht das nirgends. Das ist viel leichter und einfacher«, fügte sie hinzu, indem sie Oblonskij mit demselben aufmunternden Lächeln ansah, mit dem sie bei Hofe die jungen Hofdamen, die die neue Umgebung verlegen macht, zu ermutigen pflegte.

»Wir sind erlöst durch Christus, der für uns gelitten hat. Wir sind erlöst durch den Glauben«, stimmte ihr Alexej Alexandrowitsch bei, indem er ihre Worte durch seine Blicke bestätigte.

»*Vous comprenez l'anglais*?« fragte Lydia Iwanowna und erhob sich, nachdem diese Frage bejaht worden war, um auf einem Bücherbrett nach einem Buche zu suchen. »Ich will Ihnen ›*Safe und Happy*‹ oder vielleicht ›*Under the Wing*‹ vorlesen!« sagte sie, indem sie Karenin fragend ansah. Nachdem sie das Buch gefunden und sich wieder auf ihren Platz gesetzt hatte, schlug sie es auf. »Es ist sehr kurz. Hier ist der Weg angezeigt, der zum Glauben und zu jenem Glücksgefühl führt, das hoch über allem Irdischen steht und unsere Seele erfüllt. Der Gläubige kann nicht unglücklich sein, weil er nicht allein ist. Sie werden gleich sehen.« Sie wollte eben zu lesen beginnen, als der Diener wieder eintrat. »Die Borosdina? Sagen Sie, morgen um zwei Uhr. Ja«, fuhr sie fort, indem sie den Finger zwischen die betreffenden Seiten legte und mit ihren sinnenden, schönen Augen seufzend vor sich hinsah. »Sie sehen, wie der wahre Glaube wirkt. Kennen Sie Marie Sanin«? Sie haben doch von ihrem Unglück gehört? Sie hat ihr einziges Kind verloren. Sie war in Verzweiflung. Und nun? Nun hat sie diesen Freund gefunden und dankt jetzt Gott für den Verlust ihres Kindes. Das ist das Glück, das der Glaube verleiht!«

»Ja, in der Tat, das ist sehr ...«, sagte Stjepan Arkadjewitsch, der sehr froh war, daß nun gelesen werden sollte, und er Muße haben würde, ein wenig zu sich zu kommen. »Nein, es ist schon besser, wenn ich heute um keine Gefälligkeit bitte«, dachte er, »wenn ich nur von hier fortkommen könnte, ohne mir irgend etwas zu verderben.«

»Sie werden sich langweilen«, sagte die Gräfin Lydia Iwanowna, indem sie sich an Landau wandte, »Sie verstehen kein Englisch, aber es ist ganz kurz.«

»O, ich werde es schon verstehen«, sagte Landau mit dem gleichen Lächeln und schloß die Augen.

Alexej Alexandrowitsch und Lydia Iwanowna sahen einander vielsagend an, und sie begann zu lesen.

22

Stjepan Arkadjewitsch fühlte sich vollkommen verwirrt von den sonderbaren, für ihn ganz neuen Reden, die er hier hörte. Die komplizierten Bedingungen des Petersburger Lebens wirkten im allgemeinen anregend auf ihn, indem sie ihn aus dem stagnierenden Moskauer Dasein herausrissen, aber Gefallen fand er an diesen verwickelten Lebensbedingungen nur in den Kreisen, die ihm nahestanden und in denen er verkehrte. In diesem ihm fremden Kreise jedoch wußte er nicht, was er denken sollte, er fühlte sich ganz verwirrt und war unfähig zu begreifen, was hier vorging. Während die Gräfin Lydia Iwanowna las und er den naiven oder vielleicht – er war sich nicht recht darüber klar – spitzbübischen Blick von Landaus schönen Augen auf sich gerichtet fühlte, empfand Stjepan Arkadjewitsch eine eigentümliche Schwere im Kopf.

Die allerverschiedensten Gedanken wirbelten in seinem Gehirn umher. »Marie Sanina freut sich, daß ihr Kind gestorben ist ... Es wäre mir sehr angenehm, wenn ich jetzt rauchen könnte ...Um sein Heil zu finden, muß man nur glauben können; die Mönche wissen nicht, wie das gemacht werden muß; die Gräfin Lydia Iwanowna weiß es ... Warum wird mir mein Kopf so schwer? Vom Kognak, oder weil hier alles so seltsam ist? Bis jetzt habe ich mir aber, glaub' ich, nichts Unpassendes zu schulden kommen lassen. Dennoch kann ich sie nun um nichts mehr bitten. Ich habe gehört, sie zwingen einen zum Beten. Wenn sie mich nur nicht auch dazu zwingen. Das wäre wirklich zu dumm. Was für einen Unsinn liest sie, aber sie hat eine gute Aussprache. Landau – Bjessubow, warum heißt er Bjessubow?« Plötzlich fühlte Stjepan Arkadjewitsch, daß sein Unterkiefer, ohne daß er es verhindern konnte, alle Anstalten zu einem leichten Gähnen machte. Er streichelte seinen Backenbart, um das Gähnen zu verbergen, und suchte sich aufzurütteln. Aber gleich darauf fühlte er, daß er schon schlafe und sich anschickte zu schnarchen. Er kam in dem Augenblick wieder zu sich, als die Stimme der Gräfin ertönte. »Er schläft«, sagte sie.

Stjepan Arkadjewitsch schreckte in die Höhe, als habe er sich eines Vergehens schuldig gemacht und sei überführt worden. Aber er beruhigte sich sofort, als er bemerkte, daß die Worte: »er schläft«, nicht ihm, sondern Landau galten. Der Franzose war ebenso, wie Stjepan Arkadjewitsch, eingeschlafen. Aber hätten sie bemerkt, daß er, Stjepan Arkadjewitsch eingeschlafen war, so würden sie sich, wie er glaubte, dadurch beleidigt gefühlt haben, (übrigens glaubte er auch das nicht, so sonderbar kam ihm alles vor), während die beiden, namentlich die Gräfin Lydia Iwanowna, sich über Landaus Schlaf zu freuen schienen.

»*Mon ami*«, sagte Lydia Iwanowna, indem sie vorsichtig die Falten ihres seidenen Kleides zusammenraffte, um ja kein Geräusch zu machen, und in ihrer Aufregung Karenin nicht Alexej Alexandrowitsch, sondern »*mon ami*« nannte, »*donnez lui la main. Vous voyez?* St ... leise«, bedeutete sie dem eintretenden Diener. »Ich bin für niemanden zu Hause.«

Der Franzose schlief oder gab sich wenigstens den Anschein, als schliefe er, indem er den Kopf an den Rücken des Sessels lehnte und mit der schweißigen Hand, die auf dem Knie lag, schwache Bewegungen machte, als wolle er etwas fangen. Alexej Alexandrowitsch erhob sich, – er tat's mit besonderer Vorsicht, blieb aber am Tisch hängen – näherte sich und legte seine Hand in die des Franzosen. Auch Stjepan Arkadjewitsch erhob sich, er riß die Augen weit auf, um sich wach zu machen, wenn er wirklich schlafen sollte, und sah bald den einen, bald den andern an. Alles das geschah in wachem Zustand. Stjepan Arkadjewitsch fühlte, daß es in seinem Kopfe immer schlimmer und schlimmer rumorte.

»*Que la personne qui est arrivée la dernière, celle qui demande, qu'elle sorte. Qu'elle sorte*!« sagte der Franzose, ohne die Augen aufzuschlagen.

»*Vous m'excuserez, mais vous voyez ... Revenez vers dix heures, encore mieux demain.*«

»*Qu'elle sorte*!« wiederholte ungeduldig der Franzose.

»*C'est moi, n'est ce pas*?« Und nachdem Stjepan Arkadjewitschs Frage bejaht worden war, vergaß er, daß er Lydia Iwanowna um etwas hatte bitten wollen, vergaß die Angelegenheit seiner Schwester und verließ, nur von dem einen Gedanken erfüllt, möglichst schnell von hier fortzukommen, auf den Fußspitzen das Zimmer. Er floh, wie aus einem verpesteten Hause, auf die Straße und unterhielt sich lange Zeit scherzhaft mit dem Kutscher, um nur so schnell als möglich wieder ins Gleichgewicht zu kommen.

Im französischen Theater, wo er gerade zum letzten Akt

eintraf, und später im Restaurant »Tartare«, kam er beim Champagner und der ihm vertrauten Umgebung wieder etwas zu sich. Aber den ganzen Abend war ihm doch nicht wohl zumute.

Als Stjepan Arkadjewitsch heimkam, zu Pjotr Oblonskij, bei dem er sich in Petersburg einquartiert hatte, fand er einen Brief von Betsy vor. Sie schrieb ihm, sie habe den Wunsch, die begonnene Unterhaltung zu Ende zu führen und bat ihn, am nächsten Tage wieder zu kommen. Kaum hatte er diesen Brief mit verdrießlicher Miene zu Ende gelesen, als unten schwerfällige Schritte von Männern ertönten, die eine schwere Last zu tragen schienen.

Stjepan Arkadjewitsch ging hinaus, um nachzusehen, was es gäbe. Es war der wieder jung gewordene Pjotr Oblonskij. Er hatte sich einen solchen Rausch angetrunken, daß er die Treppe nicht hinaufkommen konnte; als er Stjepan Arkadjewitschs ansichtig wurde, sagte er, man solle ihn auf die Beine stellen, dann hängte er sich an seinen Arm und ließ sich von ihm in sein Zimmer führen, und begann ihm zu erzählen, wie er den Abend verbracht hatte; dann schlief er gleich ein.

Stjepan Arkadjewitsch befand sich, was bei ihm nur selten vorkam, in gedrückter Stimmung, und vermochte lange nicht einzuschlafen. Alles, was ihm in den Sinn kam, erschien ihm als etwas Widerwärtiges, aber als das Widrigste, als etwas Unwürdiges erschien ihm der Abend, den er bei der Gräfin Lydia Iwanowna verbracht hatte.

Am folgenden Tage erhielt er in bezug auf Annas Scheidung von Alexej Alexandrowitsch eine bestimmte Ablehnung und war sich nun darüber klar, daß dieser Entschluß sich auf das gründete, was der Franzose gestern in seinem wirklichen oder scheinbaren Schlafe gesagt hatte.

23

Wenn irgendeine Veränderung im Familienleben ins Werk gesetzt werden soll, ist entweder ein völliger Zwist der Gatten oder liebevolle Eintracht erforderlich. Sind jedoch die Beziehungen der Gatten unbestimmte, so kann nichts in Angriff genommen werden.

Viele Familien bleiben jahrelang nur aus dem Grunde an demselben Orte, der beiden Gatten schon zum Überdruß geworden ist, wohnen, weil weder völliger Zwiespalt noch wirkliche Eintracht herrscht.

Sowohl Wronskij als auch Anna war das Moskauer Leben in der Hitze und im Staube, als die Sonne nicht mehr wie im Frühling, sondern schon ganz sommerlich schien, alle Bäume auf den Boulevards schon längst im Blätterschmuck prangten und die Blätter selbst mit Staub bedeckt waren, unerträglich; aber anstatt, wie dies schon längst beschlossen war, nach Wosdwischenskoje überzusiedeln, lebten sie trotzdem in Moskau weiter, das ihnen beiden schon zum Überdruß geworden war. Und sie taten dies nur aus dem Grunde, weil in der letzten Zeit keine Eintracht zwischen ihnen geherrscht hatte.

Die gereizte Stimmung, die zwischen ihnen Platz gegriffen hatte und sie trennte, war keiner äußeren Ursache zuzuschreiben, und alle Versuche, zu einer Aussprache zu gelangen, trugen nur dazu bei, diese Gereiztheit zu steigern, statt sie abzuschwächen. Diese Gereiztheit war eine innere und erklärte sich bei ihr dadurch, daß seine Liebe zu ihr abgenommen hatte, während sie bei ihm auf die Reue darüber zurückzuführen war, daß er sich um ihretwillen in diese schwierige Lage gebracht hatte, die sie ihm, anstatt sie zu erleichtern, immer noch schwerer machte. Weder er noch sie sprachen sich über den Grund ihrer Gereiztheit aus, aber jeder von ihnen war der Ansicht, daß der andere im Unrecht sei, und so kam es, daß einer dem andern dies bei jeder Gelegenheit zu beweisen suchte.

Für sie war sein ganzes Wesen, war mit allen seinen

Gewohnheiten, Gedanken, Wünschen, mit seinen seelischen und physischen Eigenschaften nichts als – Liebe zu den Frauen, und diese Liebe sollte nach ihrem Gefühl einzig und allein ihr gelten. Diese Liebe hatte sich verringert; demnach mußte er, wie sie folgerte, noch einen Teil dieser Liebe auf mehrere, oder wenigstens auf eine andere Frau übertragen haben, und so kam es, daß das Gefühl der Eifersucht sich in ihr regte. Sie war nicht auf eine bestimmte Frau eifersüchtig, sie war eifersüchtig, weil seine Liebe sich verringert hatte, und da sie keinen Gegenstand ihrer Eifersucht hatte, so suchte sie nach einem solchen. Bei dem geringsten Argwohn übertrug sie ihre Eifersucht von einer Person auf die andere. Bald war sie auf jene gewöhnlichen Frauen eifersüchtig, mit denen es ihm, als Junggesellen, so leicht war, in Beziehungen zu treten; bald waren es Damen, die er in der Gesellschaft treffen konnte, die den Gegenstand ihrer Eifersucht bildeten; bald war sie auf ein junges Mädchen eifersüchtig, das ihre Einbildung ihr vorspiegelte, und das er heiraten würde, nachdem der seine Beziehungen zu ihr gelöst hätte. Diese letzte Art der Eifersucht quälte sie am meisten, namentlich weil er selbst ihr gegenüber einmal unvorsichtigerweise in einem Moment der Aufrichtigkeit die Bemerkung hatte fallenlassen, seine Mutter habe so wenig Verständnis für ihn, daß sie ihm zu einer Heirat mit der Tochter der Fürstin Sorokina zurede.

Infolge dieser Eifersucht grollte ihm Anna und suchte in allem nach einer Veranlassung, um ihrem Grolle Luft zu machen. An allem, was es in ihrer Lage Qualvolles gab, schob sie ihm die Schuld zu. Der unerträgliche Zustand der Erwartung, in dem sie sich während ihres Aufenthaltes in Moskau wie zwischen Himmel und Erde befand, Alexej Alexandrowitschs Langsamkeit und Unentschlossenheit, ihre Vereinsamung – an alledem schrieb sie ihm allein die Schuld zu. Wenn er sie wirklich liebte, mußte er die ganze Schwere ihrer Lage einsehen und sie daraus zu befreien suchen. Und auch daran, daß sie in Moskau und nicht auf dem Lande lebte, war er allein schuld. Er aber war unfähig, sich, wie sie es wünschte, auf dem Lande zu vergraben. Es verlangte ihn nach gesellschaftlichem Verkehr, und doch war er es, der sie in diese schreckliche Lage, deren ganze Schwere er nicht begreifen wollte, gebracht hatte. Und wieder war er es, der die Schuld daran trug, daß sie auf ewig von ihrem Sohne getrennt war.

Selbst die seltenen Augenblicke der Zärtlichkeit, die zwischen ihnen eintraten, waren nicht dazu angetan, sie zu beruhigen: in seiner Zärtlichkeit sah sie jetzt eine gewisse Sicherheit und Ruhe, die sie früher nicht bemerkt hatte, und die sie gegen ihn aufbrachten.

Die Dämmerung war bereits angebrochen. Anna war allein, und während sie auf seine Rückkehr von einem Junggesellendiner, zu dem er gegangen war, wartete, schritt sie im Arbeitszimmer auf und ab (es war das Zimmer, wohin das Geräusch von der Straße am wenigsten drang) und vergegenwärtigte sich im Geiste in allen Einzelheiten die Worte, die während ihres gestrigen Streites gefallen waren. Indem sie in ihrer Erinnerung von seinen beleidigenden Worten, die sich ihr eingeprägt hatten, zu dem, wodurch sie hervorgerufen worden waren, schrittweise zurückkehrte, gelangte sie zuletzt wieder zu dem Ausgangspunkte ihres Streites. Sie konnte es lange nicht glauben, daß der Streit aus einem so harmlosen Gespräch, dessen Gegenstand keinem von ihnen am Herzen lag, hervorgegangen war. Und dennoch verhielt es sich wirklich so. Alles war daher gekommen, daß er sich über die Mädchengymnasien, die er für überflüssig erklärte, lustig gemacht hatte, während sie für sie eingetreten war. Er hatte sich geringschätzig über die weibliche Bildung im allgemeinen geäußert und gesagt, daß für Hanna, die kleine Engländerin, die Anna zu sich genommen hatte, das Studium der Physik vollkommen überflüssig sei.

Das hatte Anna gereizt. Sie erblickte darin eine verächtliche Anspielung auf ihre eigene Tätigkeit. Und sie suchte und fand Worte, durch die sie sich für den Schmerz, den er ihr bereitete hatte, rächen wollte.

»Ich verlange von Ihnen nicht, daß Sie für mich, für meine Gefühle Rücksicht haben, wie ich es von einem Manne, der mich zu lieben vorgibt, erwarten könnte, aber ich hätte wenigstens auf etwas Zartgefühl rechnen können«, sagte sie.

Und in der Tat, die Röte des Unwillens war ihm ins Gesicht

gestiegen, und er hatte etwas Unangenehmes zur Antwort gegeben. Sie wußte nicht mehr, was sie ihm erwidert hatte, er aber hatte dann, ohne Zweifel auch in der Absicht, sie zu verletzen, gesagt:

»Ich will es nicht leugnen, daß mir Ihre Zuneigung zu diesem Mädchen unangenehm ist, denn ich finde sie unnatürlich.«

Diese Hartherzigkeit, mit der er die Welt zerstörte, die sie sich, um sich die Schwere ihres Daseins erträglicher zu machen, mit solcher Mühe aufgebaut hatte, diese Ungerechtigkeit, mit der er sie der Heuchelei und Unnatürlichkeit beschuldigte, hatten sie empört.

»Ich bedauere sehr, daß Ihnen nur das Rohe und Materielle verständlich und natürlich ist«, hatte sie gesagt und darauf das Zimmer verlassen.

Als er gestern abend zu ihr gekommen war, gedachten sie nicht mehr des vergangenen Streites, aber beide fühlten, daß er nur zum Stillstand gekommen, aber nicht endgültig beigelegt sei.

Heute war er den ganzen Tag nicht zu Hause gewesen, und sie fühlte sich so vereinsamt und unglücklich, in diesem Zustand der Feindseligkeit, daß sie bereit war, alles zu vergessen, zu verzeihen und sich mit ihm auszusöhnen; sie war bereit, sich selbst anzuklagen und ihn von jeder Schuld freizusprechen.

»Ich selbst bin schuld daran. Ich bin reizbar geworden, ich bin sinnlos eifersüchtig. Ich will mich mit ihm versöhnen, wir wollen aufs Land ziehen, dort werde ich ruhiger sein«, sprach sie zu sich selbst.

»Unnatürlich« hat er gesagt, erinnerte sie sich plötzlich; es war nicht so sehr das Wort selbst, das sie am meisten beleidigt hatte, sondern die Absicht, die darin zum Ausdruck gekommen war, ihr weh zu tun. »Ich weiß, was er damit sagen wollte, er wollte mir zu verstehen geben, daß es unnatürlich sei, sein Herz an ein fremdes Kind zu hängen, wenn man für seine eigene Tochter keine Liebe empfindet. Was versteht er denn von der Liebe zu Kindern, von meiner Liebe zu Serjosha, den ich um seinetwillen geopfert habe? Aber diese

Absicht, mir weh zu tun! Nein, er liebt eine andere, es kann nicht anders sein.«

Als sie endlich merkte, daß sie, trotz des Wunsches, sich zu beruhigen, in ihren Gedanken immer noch denselben Kreis beschrieb, und jedesmal in die frühere Gereiztheit verfiel, erfaßte sie Entsetzen über sich selbst. »Sollte es wirklich unmöglich sein? Kann ich denn wirklich nicht die Schuld auf mich nehmen?« fragte sie sich und fing wieder von vorn an. »Er ist wahrheitsliebend, er ist ehrlich, er liebt mich. Ich liebe ihn, und in den nächsten Tagen wird die Scheidung erfolgen. Was brauche ich denn mehr? Ruhe und Vertrauen brauche ich, und ich will die Schuld auf mich nehmen. Ja, jetzt gleich, sobald er kommt, will ich ihm sagen, daß ich die Schuldige war, obgleich es nicht wahr ist, und dann wollen wir fort von hier.«

Und um ihre Gedanken von diesem Gegenstand abzubringen und ihre Gereiztheit los zu werden, klingelte sie und befahl, die Koffer hereinzubringen, um die Sachen zur Rückreise aufs Land einzupacken.

Um zehn Uhr kehrte Wronskij zurück.

24

»Nun, hast du dich gut amüsiert?« fragte sie und ging ihm mit schuldbewußter und sanfter Miene entgegen.

»Wie immer«, erwiderte er, indem er auf den ersten Blick sah, daß sie sich in einer ihrer guten Stimmungen befand. Er war an derlei Übergänge bei ihr schon gewöhnt und freute sich heute besonders darüber, da er selbst in der besten Laune war.

»Was ich sehe! Das ist recht!« sagte er, indem er auf die Koffer im Vorzimmer deutete.

»Ja, wir müssen reisen. Ich habe eine Spazierfahrt gemacht, und es war so schön, daß es mich aufs Land zog. Dich hält doch nichts zurück?«

»Ich möchte nichts lieber. Ich komme gleich wieder, dann können wir darüber sprechen. Ich will mich nur umkleiden. Laß den Tee hereinbringen«, sagte er und ging in sein Zimmer.

Es hatte etwas Verletzendes darin gelegen, als er sagte: »das ist recht«, so spricht man zu einem Kinde, wenn es aufgehört hat unartig zu sein; noch verletzender schien ihr jener Gegensatz, der sich zwischen ihrem schuldbewußten und seinem sicheren Auftreten bemerkbar gemacht hatte. Aber nach einiger Überwindung unterdrückte sie ihr Gefühl und verhielt sich Wronskij gegenüber ebenso heiter wie zuvor. Als er wieder hereintrat, fühlte sie, wie sich in ihr der Wunsch regte, den Kampf aufs neue zu eröffnen. Sie erzählte ihm, wie sie den Tag zugebracht hatte und sprach von ihrer bevorstehenden Abreise, indem sie dabei zum Teil dieselben Worte gebrauchte, die sie sich vorher in Gedanken zurechtgelegt hatte.

»Weißt du, es kam fast wie eine Eingebung über mich«, sagte sie. »Wozu soll ich hier auf die Scheidung warten? Kann ich das nicht ebensogut auf dem Lande? Es ist mir unmöglich, noch länger zu warten. Ich will auf nichts mehr hoffen, will nichts von der Scheidung hören. Ich habe mir klargemacht, daß dies keinen Einfluß mehr auf mein Leben haben darf. Bist du damit einverstanden?«

»O ja«, sagte er, und blickte voll Unruhe in ihr erregtes Gesicht.

»Was habt ihr dort getrieben? Wer war da?« fragte sie nach einigem Stillschweigen.

Wronskij nannte die Gäste. – »Das Essen war ausgezeichnet, und die Regatta ist sehr nett gewesen. Aber in Moskau geht es nun einmal nicht ohne ein *ridicule* ab. Es ist da plötzlich eine Dame, die Schwimmlehrerin der schwedischen Königin, aufgetreten, um ihre Kunst zu zeigen.«

»Wie? Ist sie geschwommen?« fragte Anna mit verfinsterter Miene.

»Ja, in einem eigentümlichen roten *costume de natation*, sie war häßlich und alt. Also, wann wollen wir fahren?«

»Welch eine törichte Idee! Schwimmt sie denn auf irgendeine besondere Art?« fragte Anna, ohne seine Frage zu beantworten.

»Es ist durchaus nichts Besonderes daran. Ich sage ja, es ist furchtbar lächerlich. Also, wann willst du reisen?«

Anna schüttelte den Kopf, als wolle sie einen unangenehmen Gedanken verscheuchen. »Wann wir reisen wollen? Je früher, desto besser. Bis morgen werden wir nicht fertig werden. Also übermorgen.«

»Ja ... das heißt nein, übermorgen ist Sonntag, da muß ich bei *maman* sein«, sagte Wronskij und geriet dabei in Verwirrung, denn kaum hatte er den Namen seiner Mutter ausgesprochen, als er ihren mißtrauischen Blick fest auf sich gerichtet sah. Seine Verwirrung schien ihren Argwohn nur zu bestätigen. Sie wurde glühend rot und rückte von ihm fort. Jetzt sah sie im Geiste nicht mehr die Lehrerin der schwedischen Königin, sondern nur noch die junge Fürstin Sorokina, die in der Nähe von Moskau mit der Fürstin Wronskij auf dem Lande lebte.

»Könntest du nicht morgen hinfahren?« fragte sie.

»Ach nein. In der Angelegenheit, in der ich zu tun habe, wird weder die Vollmacht noch das Geld morgen schon zu haben sein.«

»Dann reisen wir gar nicht.«

»Aber weshalb denn das?«

»Ich will nicht später fahren. Entweder Montag oder gar nicht.«

»Aber warum denn?« fragte Wronskij verwundert. »Das hat doch gar keinen Sinn.«

»Für dich hat es keinen Sinn, weil ich dir ganz gleichgültig bin. Du willst mein Leben nicht verstehen. Das einzige, was mich hier einigermaßen fesselte, war Hanna. Du sagst, das ist Heuchelei. Du hast mir ja gestern gesagt, daß ich meine Tochter nicht liebe und so tue, als ob ich diese Engländerin liebte, und daß diese Zuneigung unnatürlich sei. Ich möchte wissen, welches Leben hier für mich ein natürliches sein könnte.«

Einen Augenblick kam sie zur Besinnung und war entsetzt darüber, daß sie ihrer Absicht untreu geworden war. Aber, obgleich sie wußte, daß sie sich dadurch alles verdarb, war sie unfähig, sich zusammenzunehmen; sie konnte nicht anders, als ihm vor Augen zu führen, wie unrecht er gehabt hatte, und es war ihr unmöglich, sich ihm zu unterwerfen.

»Ich habe das niemals behauptet; ich habe nur gesagt, daß mir diese plötzliche Liebe nicht sympathisch ist.«

»Warum sprichst du nicht die Wahrheit, der du doch immer mit deiner Offenheit prahlst.«

»Ich prahle niemals und spreche niemals die Unwahrheit«, sagte er leise, indem er sich Mühe gab, seinen aufsteigenden Zorn zu unterdrücken. »Es tut mir sehr leid, wenn du keine Achtung hast vor ...«

»Die Achtung hat die Welt erfunden, um den leeren Raum zu verschleiern, den die Liebe ausfüllen sollte. Und wenn du mich nicht mehr liebst, so wäre es viel ehrlicher und besser, das offen einzugestehen.«

»Nein, das beginnt unerträglich zu werden«, rief Wronskij aus und erhob sich von seinem Sitz. Er blieb vor ihr stehen. »Weshalb stellst du meine Geduld auf die Probe?« sagte er langsam und mit einem Ausdruck, als könne er noch vieles sagen, halte es aber für besser, sich zu beherrschen. »Alles hat seine Grenzen.«

»Was wollen Sie damit sagen?« rief sie aus, indem sie mit Entsetzen den Ausdruck des unverhüllten Hasses wahrnahm, der in seinem Gesicht und besonders in dem grausamen und drohenden Blick seiner Augen lag.

»Ich will damit sagen ...«, begann er, hielt aber inne. »Ich wollte vielmehr fragen, was Sie von mir wollen?«

»Was kann ich denn wollen? Ich kann nur wollen, daß Sie mich nicht verlassen, wie Sie vorhaben«, sagte sie, indem sie alles erriet, was er nicht ausgesprochen hatte. »Aber das will ich nicht, das ist nebensächlich. Ich will nur Ihre Liebe, und die ist nicht da. Folglich ist alles aus.«

Sie wandte sich der Türe zu.

»Warte! War – te!« sagte Wronskij. Seine Brauen waren immer noch finster zusammengezogen, aber er wollte sie nicht von sich lassen und hielt sie an der Hand zurück. »Um was handelt es sich denn eigentlich? Ich habe ja nur gesagt, die Abreise müsse auf drei Tage verschoben werden, und du hast mir darauf erwidert, ich lüge, ich sei ein unehrenhafter Mensch.«

»Ja, und ich«, sagte sie, in der Erinnerung an die Worte, die im Laufe des vorhergegangenen Streites gefallen waren, »ich wiederhole, ein Mensch, der mir vorwirft, daß er alles für mich geopfert hat, ist noch schlimmer als ein unehrenhafter Mensch – er ist ein herzloser Mensch.«

»Genug, jede Geduld hat ihre Grenzen«, rief er aus und ließ heftig ihre Hand fahren.

»Er haßt mich, das ist klar«, dachte sie und verließ, ohne sich umzusehen, schweigend und festen Schrittes das Zimmer. »Er liebt eine andere, das ist noch klarer«, sprach sie, während sie in ihr Zimmer ging, zu sich selbst. »Ich will Liebe, aber die ist nicht da. Folglich ist alles aus«, wiederholte sie die Worte, die sie gesagt hatte, »es muß ein Ende gemacht werden. Aber wie?« fragte sie sich und setzte sich in einen Sessel vor dem Spiegel.

Die verschiedenartigsten Gedanken durchkreuzten ihr Hirn. Sie dachte daran, wohin sie jetzt gehen solle, zur Tante, die sie erzogen hatte, zu Dolly, oder – ob sie nicht lieber allein ins Ausland reisen solle, sie dachte daran, was er wohl jetzt allein im Arbeitszimmer tue, ob dieser Streit der entscheidende war, oder ob es noch eine Aussöhnung geben könne; sie dachte daran, was wohl ihre früheren Petersburger Bekannten von ihr sagen würden und wie Alexej Alexandrowitsch die Sache auffassen werde, und noch viele andere Gedanken darüber, was nun nach dem Bruch geschehen werde, stürmten auf sie ein. Aber sie war nicht mit ganzer Seele dabei. In ihrem Innern schwebte ihr ein unklarer Gedanke vor, der sie reizte, den sie aber nicht festzuhalten vermochte. Als ihr zum zweiten Male die Erinnerung an Alexej Alexandrowitsch kam, gedachte sie auch der Zeit ihrer Krankheit nach dem Wochenbett und des Gefühls, das sie damals nicht hatte loswerden können. »Warum bin ich nicht gestorben?« erinnerte sie sich an ihre Worte und Empfindungen von damals. Und plötzlich wurde ihr klar, was in ihrer Seele vorging. Ja, das war der Gedanke, in dem allein die ganze Lösung lag. »Ja, sterben! ...«

»Die Schande und Schmach Alexej Alexandrowitschs und Serjoshas und meine eigene furchtbare Schande – alles wird durch den Tod gesühnt werden. Ich muß sterben – dann wird er Reue empfinden, wird mich bemitleiden, mich lieben und um meinetwillen leiden.« Sie saß im Sessel und spielte mit den Ringen an ihrer linken Hand, indem sie sie ab- und aufstreifte, während ein Lächeln des Mitleids mit sich selbst auf ihrem Gesichte zu erstarren schien und sie sich lebhaft die Gefühle vorstellte, die nach ihrem Tode auf ihn einstürmen würden.

Da weckten sie Schritte, seine Schritte, aus ihren Gedanken. Sie tat, als sei sie mit dem Ordnen ihrer Ringe beschäftigt, und wandte sich nicht einmal nach ihm um.

Er trat an sie heran und sagte leise, indem er ihre Hand ergriff:

»Anna, wir wollen übermorgen abreisen, wenn du es wünschest. Ich bin mit allem einverstanden.«

Sie schwieg.

»Nun?« fragte er.

»Du weißt selbst«, sagte sie und brach, unfähig noch länger ihre Fassung zu bewahren, in Tränen aus.

»Verlaß mich, verlaß mich für immer«, sagte sie schluchzend. »Ich reise morgen ab ... Ich werde noch mehr tun. Was bin ich denn? Ein lasterhaftes Weib. Ein Stein an deinem Halse. Ich will dich nicht quälen, ich will nicht. Ich werde dich von mir befreien. Du liebst mich nicht, du liebst eine andere.«

Wronskij flehte sie an, sich zu beruhigen. Er schwor ihr, daß sie nicht den leisesten Grund zur Eifersucht habe, daß er niemals aufgehört habe und niemals aufhören werde, sie zu lieben, daß er sie mehr liebe als je vorher.

»Anna, warum quälst du dich und mich?« fragte er, während er ihre Hände küßte. Aus seinen Zügen sprach jetzt Zärtlichkeit, und ihr war, als hörte sie mit dem Ohre den Klang der Tränen in seiner Stimme und als fühlte sie auf ihrer Hand ihr salziges Naß. Und in einem Augenblicke verwandelte sich Annas verzweifelte Eifersucht in verzweifelte, leidenschaftliche Zärtlichkeit; sie umarmte ihn wieder und wieder und bedeckte seine Stirn, seinen Hals und seine Hände mit Küssen.

25

Anna hatte das Gefühl, daß die Aussöhnung eine vollkommene sei, und traf am nächsten Morgen ihre Vorbereitungen zur Abreise. Obgleich noch nicht bestimmt war, ob sie am Montag oder am Dienstag reisen würden, da gestern einer dem andern hatte nachgeben wollen, rüstete sich Anna doch eifrig zur Abreise, denn es war ihr nun ganz gleichgültig, ob sie einen Tag früher oder später fortkamen. Sie stand in ihrem Zimmer vor einem offenen Koffer und ordnete ihre Sachen, als er, zum Ausgehen gekleidet, früher als gewöhnlich bei ihr eintrat.

»Ich fahre sofort zu *maman*, sie kann mir das Geld durch Jegor schicken. Ich bin bereit, morgen zu reisen.«

So gut sie auch gestimmt war, gab ihr der Gedanke, daß er aufs Land fahre, doch einen Stich ins Herz.

»Nein, ich werde selbst nicht so schnell fertig sein«, sagte sie und dachte dabei gleich: »Es war also doch möglich, es so einzurichten, wie ich wollte!« »Nein, es soll so sein, wie du es gewünscht hast. Geh' ins Eßzimmer, ich komme gleich hin, ich will nur diese überflüssigen Sachen beiseite legen«, sagte sie, indem sie Annuschka, die schon einen ganzen Haufen alter Lappen auf dem Arm hielt, noch etwas dazulegte.

Wronskij war gerade im Begriff, sein Beefsteak zu verzehren, als sie ins Eßzimmer trat.

»Du glaubst nicht, wie öde mir diese Zimmer vorkommen«, sagte sie, indem sie sich neben ihn setzte, um ihren Kaffee zu trinken. »Es gibt nichts Schrecklicheres, als diese *chambres garnies*. Sie haben keinen Ausdruck, keine Seele. Diese Uhr, diese Vorhänge und besonders diese Tapeten drücken mich wie ein Alb. Ich denke an Wosdwischenskoje wie an das gelobte Land. Läßt du die Pferde noch nicht fortbringen?«

»Nein, die kommen uns nach. Und willst du noch irgendwohin?«

»Ich wollte zur Wilson, ich muß ihr einige Kleider bringen. Also morgen bestimmt?« fragte sie mit heiterer Stimme, aber plötzlich veränderte sich der Ausdruck ihres Gesichts.

Wronskijs Kammerdiener trat ins Zimmer und fragte, wo die Quittung über den Empfang eines Telegramms aus Petersburg sei. Es lag nichts Auffälliges darin, daß Wronskij ein Telegramm bekommen hatte, aber nach der Art und Weise, wie er dem Diener antwortete, daß die Quittung in seinem Arbeitszimmer liege, und sich dann wieder zu ihr wandte, schien es ihr, als wolle er etwas vor ihr geheimhalten.

»Ich werde bestimmt bis morgen alles erledigt haben.«

»Von wem ist das Telegramm?« fragte sie, ohne auf das zu achten, was er sagte.

»Von Stiwa«, gab er widerwillig zur Antwort.

»Warum hast du es mir denn nicht gezeigt? Was für ein Geheimnis kann es denn zwischen Stiwa und mir geben?«

Wronskij rief den Kammerdiener zurück und befahl ihm, das Telegramm hereinzubringen.

»Ich wollte es dir nicht zeigen, weil Stiwa eine Leidenschaft für's Telegraphieren hat; was hat es für einen Sinn, zu telegraphieren, wenn noch nichts entschieden ist?«

»Über die Scheidung?«

»Ja, er schreibt, er habe noch nichts ausrichten können. In einigen Tagen verspricht er eine entscheidende Antwort. Da, lies selbst.«

»Mit zitternden Händen nahm Anna die Depesche und las dasselbe, was Wronskij eben gesagt hatte. Am Schluß war noch hinzugefügt: »Es ist wenig Hoffnung, aber ich werde alles Mögliche und Unmögliche tun.«

»Gestern habe ich gesagt, es sei mir ganz gleichgültig, wann die Scheidung erfolgt, und ob sie überhaupt erfolgt«, sagte sie errötend. »Es wäre gar nicht nötig gewesen, es mir zu verheimlichen. Er kann ebensogut auch einen Briefwechsel mit Frauen vor mir verheimlichen, und er tut es auch«, dachte sie.

»Jaschwin wollte heute morgen mit Wojtow kommen«, sagte Wronskij; »es scheint, daß er Pjeszow alles abgewonnen hat, sogar mehr als der bezahlen kann, etwa sechzigtausend Rubel.«

»Nein«, sagte sie, dadurch gereizt, daß er ihr durch diese Ablenkung des Gesprächs so deutlich zu verstehen gab, daß sie gereizt sei, »warum glaubst du denn, daß diese Nachricht mich so interessiert, daß man sie mir verheimlichen müsse? Ich habe gesagt, ich will nicht daran denken, und ich möchte, daß du dich ebensowenig dafür interessierst, wie ich.«

»Ich interessiere mich dafür, weil ich gern Klarheit in allen Dingen habe«, sagte er.

»Klarheit liegt nicht in der Form, sondern in der Liebe«, sagte sie, immer mehr und mehr gereizt, nicht durch seine Worte, aber durch den kalten, ruhigen Ton, in dem er sprach. »Weshalb wünschest du es?«

»Mein Gott, schon wieder von der Liebe«, dachte er und runzelte die Stirn.

»Du weißt doch, weshalb: um deinet- und der Kinder willen, die wir haben werden«, sagte er.

»Wir werden keine Kinder mehr haben.«

»Das ist sehr schade«, sagte er.

»Du brauchst es der Kinder wegen; an mich aber denkst du nicht?« sagte sie, indem sie ganz vergaß, ja, nicht einmal hörte, daß er gesagt hatte, »für dich und die Kinder«.

Die Frage, ob sie noch mehr Kinder haben sollten, bildete stets einen Gegenstand des Streites zwischen ihnen und brachte sie jedesmal auf. Seinen Wunsch, Kinder zu haben, deutete sie so, daß er auf ihre Schönheit geringen Wert legte.

»Ach, ich habe ja gesagt, um deinetwillen. Vor allem um deinetwillen«, wiederholte er, indem sich seine Züge wie im Schmerz verzogen, »weil ich überzeugt bin, die Hauptursache deiner Gereiztheit bildet die Unbestimmtheit der Lage, in der du dich befindest.«

»So, jetzt hat er aufgehört, sich zu verstellen, und nun kommt der ganze kalte Haß gegen mich zum Vorschein«, dachte sie, ohne auf seine Worte zu hören, indem sie ihren Blick mit Entsetzen auf die kalten und grausamen Richteraugen heftete, die ihrer zu spotten schienen.

»Das ist nicht der wahre Grund«, sagte sie, »und ich begreife nicht einmal, wie die Ursache meiner Gereiztheit, wie du sie nennst, darauf zurückgeführt werden kann, daß ich ganz in deinen Händen bin. Wie kann denn hier von einer Unbestimmtheit meiner Lage die Rede sein? Im Gegenteil.«

»Ich bedauere sehr, daß du mich nicht verstehen willst«, unterbrach er sie, indem er eigensinnig darauf bestand, seinen Gedanken auszusprechen. »Die Unbestimmtheit besteht darin, daß du glaubst, ich sei frei.«

»In dieser Beziehung kannst du vollkommen ruhig sein«, sagte sie, indem sie sich abwandte und ihren Kaffee zu trinken begann.

Sie führte die Tasse an ihre Lippen, indem sie dabei den kleinen Finger etwas seitwärts in die Höhe hielt. Nachdem sie einige Züge getan hatte, blickte sie zu ihm auf, und merkte deutlich an dem Ausdruck seines Gesichts, daß ihm sowohl ihre Hand als auch die Bewegung, die sie mit ihr machte, und der leise Laut des Schlürfens, der von ihren Lippen kam, zuwider waren.

»Es ist mir ganz gleichgültig, was deine Mutter denkt und was für Heiratsabsichten sie mit dir hat«, sagte sie, indem sie mit zitternder Hand die Tasse hinstellte.

»Aber wir sprechen ja gar nicht davon.«

»Doch, gerade davon ist die Rede. Und du kannst mir glauben, daß eine Frau, die kein Herz hat, mag sie eine alte Frau sein oder nicht, mag es deine Mutter oder eine Fremde sein, mich nicht interessieren kann und daß ich gar nichts von ihr wissen will.«

»Anna, ich bitte dich, von meiner Mutter nicht mit Geringschätzung zu sprechen.«

»Eine Frau, der ihr Herz nicht sagt, worin das Glück ihres Sohnes besteht, hat kein Herz.«

»Ich wiederhole meine Bitte, sprich nicht mit Geringschätzung von meiner Mutter, die ich hochschätze«, sagte er, indem er die Stimme erhob und sie streng ansah.

Sie erwiderte nichts. Sie betrachtete ihn aufmerksam, sein Gesicht, seine Hände, und gedachte aller Einzelheiten der gestrigen Versöhnung und seiner leidenschaftlichen Liebkosungen.

»Mit eben solchen Liebkosungen hat er andere Frauen überschüttet und wird und will fortfahren, andere Frauen damit zu überschütten!« dachte sie.

»Du liebst deine Mutter nicht. Das sind nur Worte, Worte,

Worte!« sagte sie, indem sie ihm voller Haß ins Gesicht sah.

»Wenn es so ist, so muß man ...«

»Muß man einen Entschluß fassen, und ich habe meinen gefaßt«, sagte sie und schickte sich an, das Zimmer zu verlassen; aber in diesem Augenblicke trat Jaschwin ein. Anna bewillkommnete ihn und blieb stehen.

Warum sie, während es in ihrer Seele stürmte und sie fühlte, daß sie an einem Wendepunkt ihres Lebens stehe, der von furchtbarer Tragweite sein konnte, warum sie sich in diesem Augenblick vor einem fremden Menschen, der früher oder später doch alles erfahren würde, verstellen mußte, wußte sie nicht. Sie beschwichtigte aber sogleich den Sturm, der in ihrem Innern tobte, nahm wieder Platz und begann, sich mit dem Gaste zu unterhalten.

»Nun, wie steht es? Haben Sie das Geld bekommen, das man Ihnen schuldig war?«

»Leidlich; es scheint, ich werde nicht alles bekommen, Mittwoch muß ich abreisen.«

»Und wann reisen Sie?« fragte Jaschwin, indem er die Augen zur Hälfte schloß und Wronskij ansah; er hatte offenbar erraten, daß es Streit gegeben hatte.

»Ich denke übermorgen«, sagte Wronskij.

»Sie rüsten sich übrigens schon lange zur Reise.«

»Diesmal ist es aber sicher«, sagte Anna, indem sie Wronskij fest in die Augen sah, mit einem Blicke, der ihm sagen sollte, daß jeder Gedanke an die Möglichkeit einer Aussöhnung ausgeschlossen sei.

»Tut Ihnen denn dieser unglückliche Pjeszow nicht leid?« fuhr sie in ihrem Gespräch mit Jaschwin fort.

»Ich habe noch nie darüber nachgedacht, ob er mir leid tut oder nicht, Anna Arkadjewna. Sehen Sie, mein ganzes Vermögen steckt hier«, sagte er, indem er auf seine Seitentasche deutete, »und in diesem Augenblicke bin ich ein reicher Mann, aber ich brauche nur in den Klub zu gehen, um ihn vielleicht als Bettler zu verlassen. Wer sich mit mir an den Spieltisch setzt, hat ebenso die Absicht, mir alles bis aufs Hemd abzunehmen, wie ich ihm. Wir führen einen Kampf, darin liegt das Vergnügen.«

»Ja, aber wenn Sie verheiratet wären«, sagte Anna, »wie müßte dann Ihrer Frau zumute sein.«

Jaschwin lächelte.

»Aus diesem Grunde habe ich wohl auch nicht geheiratet und hatte auch niemals die Absicht, es zu tun.«

»Und Helsingfors?« fragte Wronskij, indem er sich in das Gespräch mischte, und Anna, die in diesem Augenblicke lächelte, ansah. Als Anna seinem Blicke begegnete, nahm ihr Gesicht plötzlich einen kalten und strengen Ausdruck an, als wolle sie sagen: »Es bleibt dir unvergessen; es ist alles, wie es war.«

»Sollten Sie wirklich einmal verliebt gewesen sein?« wandte sie sich zu Jaschwin.

»Du lieber Himmel, und wie oft! Aber sehen Sie, mancher kann sich zum Kartenspiel setzen und jeden Augenblick aufhören, wenn die Stunde des Rendezvous geschlagen hat. Und ich kann mich der Liebe hingeben und mich so einrichten, daß ich abends zur rechten Zeit bei meiner Kartenpartie sitze. So mache ich es.«

»Nein, danach habe ich ja nicht gefragt, ich wollte nur wissen, um was es sich in diesem Falle handelt.« Sie wollte sagen »was es mit Helsingfors auf sich hat«, aber sie scheute sich, das Wort auszusprechen, das Wronskij gebraucht hatte.

In diesem Augenblicke trat Wojtow ein, der einen Hengst kaufen wollte; Anna erhob sich und verließ das Zimmer.

Bevor Wronskij von Hause wegging, begab er sich noch einmal zu Anna. Sie wollte so tun, als suche sie etwas auf dem Tische, aber sie schämte sich dann doch, sich zu verstellen und sah ihm mit kaltem Blicke fest ins Gesicht.

»Was wollen Sie?« fragte sie ihn auf Französisch.

»Ich will das Zeugnis über »Gambetta« holen, ich habe ihn verkauft«, sagte er in einem Tone, der klarer als Worte ausdrückte: »Ich habe keine Zeit zu Erklärungen, und es würde auch zu nichts führen.«

»Ich habe mir keine Schuld ihr gegenüber vorzuwerfen«, dachte er. »Wenn sie sich selbst strafen will, *tant pis pour elle.*« Aber während er hinausging, schien es ihm, als habe sie etwas gesagt, und sein Herz erbebte plötzlich in Mitleid.

»Was sagst du, Anna?« fragte er.

»Ich habe nichts gesagt«, gab sie ihm ebenso ruhig und kalt zur Antwort.

»Ach so, nichts, *tant pis*«, dachte er, wurde wieder kühl, wandte sich um und verließ das Zimmer. Im Hinausgehen sah er ihr Gesicht im Spiegel; sie war blaß, und ihre Lippen bebten.

Er wollte stehenbleiben und ein Wort des Trostes zu ihr sprechen, doch bevor er noch wußte, was er ihr sagen sollte, hatten ihn seine Füße schon hinausgetragen. Den ganzen Tag brachte er außer dem Hause zu, und als er spät abends zurückkehrte, meldete ihm das Mädchen, Anna Arkadjewna habe Kopfschmerzen und lasse ihn bitten, nicht zu ihr zu kommen.

26

Noch nie waren sie nach einem Streit den ganzen Tag verfeindet gewesen. Heut war es zum ersten Mal der Fall. Und es war mehr als eine Zwistigkeit, es war offenbar ein Zeichen völliger Erkaltung. Wie konnte er sie nur so anblicken, wie er es getan hatte, als er ins Zimmer kam, um das Zeugnis zu holen? Wie konnte er sie nur so anschauen, sehen, daß ihr Herz vor Verzweiflung brach und mit diesem gleichgültig ruhigen Gesicht an ihr vorübergehen? Er war nicht nur gleichgültig gegen sie, nein, er haßte sie, weil er eine andere Frau liebte, – das war klar.

Und indem Anna sich alle die grausamen Worte, die er gesagt hatte, ins Gedächtnis zurückrief, dachte sie noch die Worte hinzu, die er ihr offenbar hatte sagen wollen und hätte sagen können, und ihre Gereiztheit steigerte sich immer mehr und mehr.

»Ich halte Sie nicht«, hätte er sagen können. »Sie können gehen, wohin Sie wollen. Sie wollten sich wahrscheinlich nur aus dem Grunde nicht von Ihrem Manne scheiden lassen, um die Möglichkeit zu haben, zu ihm zurückzukehren. Gehen Sie doch wieder zu ihm. Wenn Sie Geld brauchen, will ich Ihnen welches geben. Wieviel Rubel brauchen Sie?«

Die allergrausamsten Worte, die ein roher Mensch sagen könnte, sagte er ihr in ihrer Einbildung und sie verzieh sie ihm nicht, als hätte er sie in Wirklichkeit gesagt.

»Und war es denn nicht erst gestern gewesen, daß er mir Liebe geschworen, er, dieser wahrheitsliebende und ehrenhafte Mann? Habe ich mich denn nicht schon oft ohne Grund der Verzweiflung hingegeben?« sagte sie zu sich selber.

Den ganzen Tag, mit Ausnahme von zwei Stunden, während ihres Ganges zur Wilson, brachte Anna im Zweifel darüber zu, ob alles zu Ende sei oder ob sie noch auf Aussöhnung hoffen dürfe; ob sie ihn gleich verlassen solle oder ihn vorher noch einmal sehen müsse. Sie wartete den ganzen Tag auf ihn, und als sie sich am Abend in ihr Zimmer zurückzog und ihm sagen ließ, daß sie Kopfschmerzen habe, sprach sie zu sich selbst: »Wenn er trotz der Meldung, die ich ihm durch das Kammermädchen überbringen lasse, zu mir kommt, so beweist er dadurch, daß er mich liebt; kommt er aber nicht, so ist alles zu Ende, und dann werde ich beschließen, was ich zu tun habe! ...«

Sie hörte abends das Geräusch seines vorfahrenden Wagens, sein Klingeln, seine Schritte und wie er mit dem Kammermädchen sprach. Er glaubte dieser aufs Wort, was sie ihm hatte sagen lassen, wollte nichts weiter wissen und ging auf sein Zimmer. So war es denn also alles zu Ende.

Und der Tod, als das einzige Mittel, um in seinem Herzen die Liebe zu ihr wieder zu erwecken, ihn zu strafen und den Sieg davonzutragen in dem Kampfe, den der böse Geist, der sich in ihrer Seele eingenistet hatte, mit ihm führte, trat klar und lebhaft vor ihre Augen. Jetzt war es gleichgültig, ob sie nach Wosdwischenskoje fuhr oder nicht, ob sie von ihrem Manne die Einwilligung zur Scheidung erhalte oder nicht – all das war jetzt überflüssig geworden. Nur eines mußte geschehen – sie mußte ihn strafen.

Als sie sich die gewohnte Dosis Opium eingoß und daran dachte, daß sie nur das ganze Fläschchen auszutrinken brauche, um zu sterben, erschien ihr dies als etwas so Leichtes und

Einfaches, daß sie sich wieder mit Wonne in ihrer Vorstellung auszumalen begann, welche Qualen und Reue er empfinden und wie ihr Andenken seinem Herzen teuer sein würde, wenn es zu spät sein wird. Sie lag mit offenen Augen im Bette und betrachtete bei dem Lichte der einen tief herabgebrannten Kerze das Stuckwerk und den Teil der Decke, auf den der Schatten des Bettschirmes fiel, indem sie sich lebhaft vorstellte, was er empfinden müsse, wenn sie nicht mehr sein und für ihn nur noch eine Erinnerung sein werde. »Wie habe ich ihr nur diese grausamen Worte sagen können?« wird er denken. »Wie konnte ich das Zimmer verlassen, ohne ihr ein Wort zu sagen? Aber jetzt ist sie nicht mehr. Sie hat uns für immer verlassen. Sie ist dort ...« Plötzlich begann der Schatten des Bettschirmes sich zu bewegen und verbreitete sich über das ganze Gesims und die Decke. Neue Schatten drängten sich von der anderen Seite entgegen und verschwanden wieder auf einen Augenblick. Dann bewegten sie sich wieder mit erneuter Geschwindigkeit auf sie zu, schwankten hin und her, flossen ineinander, und plötzlich trat völlige Finsternis ein. »Das ist der Tod«, dachte sie. Sie fühlte sich von einem solchen Grauen erfaßt, daß sie sich lange nicht darüber klarzuwerden vermochte, wo sie eigentlich sei, und ihre zitternden Hände die Streichhölzer nicht finden konnten, um ein neues Licht anstatt des heruntergebrannten und erloschenen anzuzünden. »Nein, ich will alles ertragen, wenn ich nur leben kann. Ich liebe ihn ja. Er liebt mich! Das war und wird vorübergehen«, sagte sie und fühlte, wie Tränen der Freude über die Rückkehr zum Leben ihre Wangen herabrollten. Und um die Furcht, die sie erfüllte, völlig loszuwerden, ging sie eilig in sein Arbeitszimmer.

Dort lag er in festem Schlaf. Sie trat an ihn heran und betrachtete ihn lange, indem sie von oben den Schein der Kerze auf sein Gesicht fallen ließ. Jetzt, während er schlief, fühlte sie eine solche Liebe zu ihm in ihrem Herzen, daß sie bei seinem Anblick die Tränen der Zärtlichkeit nicht zurückzudrängen vermochte. Aber sie wußte, daß er sie jetzt, wenn er erwachte, mit jenem kalten Blicke messen würde, in dem das Bewußtsein seines Rechts lag, und daß sie ihm, bevor sie von ihrer Liebe sprechen konnte, erst klarmachen mußte, wie sehr er im Unrecht gegen sie sei. So kehrte sie denn, ohne ihn zu wecken, in ihr Zimmer zurück und verfiel nach einer zweiten Dosis Opium gegen Morgen in einen schweren Halbschlaf, in dem sie keinen Augenblick aufhörte, das Bewußtsein ihres Ich zu haben.

Am Morgen weckte sie ein furchtbarer Albdruck, der sie schon mehrere Male in ihren Träumen, noch vor ihrer Vereinigung mit Wronskij, heimgesucht hatte. Ein altes Männchen mit wirrem Bart machte sich irgend etwas zu schaffen, indem es sich über ein Stück Eisen beugte und sinnlose französische Worte vor sich hin murmelte, während sie selbst, wie dies bei diesem Albdruck immer der Fall war (und darin lag das Fürchterliche), fühlte, daß dieses Bäuerlein ihr nicht die geringste Beachtung schenkte, sondern diese ganze schreckliche Arbeit mit dem Eisen – über ihrem Kopfe verrichtete. Sie erwachte in kalten Schweiß gebadet.

Als sie sich erhob, schien ihr die Erinnerung an den gestrigen Tag wie in Nebel gehüllt.

»Es hat zwischen uns Streit gegeben. Es war geschehen, was schon einige Male geschehen ist. Ich habe ihm sagen lassen, daß ich Kopfschmerzen hätte, und er ist nicht hereingekommen. Morgen reisen wir, ich muß ihn sehen und alles zur Abreise richten«, sprach sie zu sich selbst. Als sie erfuhr, daß er in seinem Zimmer sei, ging sie zu ihm hinüber. Während sie durch das Gastzimmer schritt, hörte sie, daß vor dem Hause ein Wagen hielt, und sie sah durch das Fenster eine geschlossene Equipage, aus der sich ein junges Mädchen in einem lila Hut herausbeugte und dem Lakaien, der die Klingel zog, einen Auftrag gab. Nach einigen Worten, die im Hausflur gewechselt wurden, kam jemand die Treppe herauf, und in der Nähe des Empfangszimmers wurden Wronskijs Schritte hörbar. Er ging eilig die Treppe hinunter. Anna trat wieder ans Fenster. Jetzt ging er ohne Hut auf die Straße hinaus und trat an den Wagenschlag. Das junge Mädchen im lila Hut überreichte ihm ein Paket. Wronskij sagte ihr lächelnd einige Worte. Darauf fuhr der Wagen davon, und er stieg rasch wieder die Treppe hinauf.

Der Nebel, der alles in ihrer Seele verhüllt hatte, zerstreute sich plötzlich. Die Gefühle von gestern preßten ihr mit erneutem Schmerz das Herz zusammen. Sie konnte jetzt nicht begreifen, wie sie sich bis zu einem solchen Grade hatte demütigen können, um noch einen ganzen Tag mit ihm in seinem Hause zu verbringen. Sie trat in sein Zimmer, um ihm ihren Entschluß mitzuteilen.

»Es war Frau Sorokina mit ihrer Tochter, die vorgefahren kamen, um mir die Papiere und das Geld von *maman* zu überbringen. Ich habe sie gestern nicht bekommen können. Wie geht es mit deinem Kopfe, besser?« sagte er ruhig. Er wollte offenbar den düsteren, triumphierenden Ausdruck ihres Gesichtes weder sehen noch verstehen.

Sie stand in der Mitte des Zimmers und sah ihn schweigend und fest an. Seine Miene verfinsterte sich einen Augenblick, als er einen Blick auf sie warf, dann fuhr er fort, in einem Briefe zu lesen. Sie wandte sich um und ging langsam zum Zimmer hinaus. Er hätte sie noch zurückrufen können, aber sie war schon an der Türe, und er schwieg immer noch; man hörte nur das Knistern des Papiers, als er umblätterte.

»Also«, sagte er, als sie schon halb zur Türe hinaus war, »morgen reisen wir bestimmt? Nicht wahr?«

»Sie, aber nicht ich«, erwiderte sie, indem sie sich zu ihm umwandte.

»Anna, es ist unmöglich, so weiter zu leben.«

»Sie, aber nicht ich«, wiederholte sie.

»Das wird unerträglich!«

»Sie – Sie werden es bereuen«, sagte sie und verließ das Zimmer.

Erschreckt durch den verzweifelten Ausdruck, mit dem sie diese Worte gesagt hatte, sprang er auf und wollte ihr nacheilen, doch er besann sich sofort eines anderen. Er biß die Zähne fest aufeinander und setzte sich mit finsterer Miene wieder hin. Diese, wie er fand, unpassende Drohung hatte ihn aufgebracht. »Ich habe alles versucht«, dachte er, »es bleibt nur noch das eine übrig, nicht darauf zu achten.« Dann machte er sich bereit, um noch einmal in die Stadt und wieder zu seiner

Mutter wegen der erforderlichen Unterschrift für die Vollmacht zu fahren. Sie hörte den Schall seiner Schritte in seinem Arbeitszimmer und im Speisesaal. Vor dem Salon blieb er stehen. Aber er tat das nicht, um zu ihr zurückzukehren, sondern ordnete nur an, daß in seiner Abwesenheit Wojtow der Hengst übergeben werden solle. Dann hörte sie, wie der Wagen vorfuhr, wie die Türe ging und er heraustrat. Aber nun kehrte er wieder in den Hausflur zurück, und ein anderer eilte die Treppe hinauf. Es war der Kammerdiener, der die Handschuhe holte, die er vergessen hatte. Sie trat ans Fenster und sah, wie er, ohne sich umzuwenden, die Handschuhe nahm und den Rücken des Kutschers berührte, dem er etwas sagte. Dann setzte er sich, ohne einen Blick zu den Fenstern hinauf zu werfen, in den Wagen, schlug, nach seiner Gewohnheit, die Beine übereinander und verschwand um die Ecke, während er einen Handschuh anzog.

27

»Er ist fort! Es ist aus!« sagte Anna, die am Fenster stand, zu sich selbst. Und wie als Antwort auf diese Gewißheit, flossen die Eindrücke der Finsternis nach dem Erlöschen der Kerze und die Erinnerung an die grausigen Träume in eins zusammen und erfüllten ihr Herz mit kaltem Entsetzen.

»Nein, das kann nicht sein!« schrie sie, rannte durch das Zimmer und klingelte heftig. Es war ihr so schrecklich, jetzt allein zu sein, daß sie dem Diener, ohne auf seinen Eintritt zu warten, entgegenging.

»Erkundigen Sie sich, wohin der Herr Graf gefahren ist«, sagte sie.

Der Diener erwiderte, der Herr Graf sei nach den Ställen gefahren.

»Sie haben befohlen zu melden, der Wagen werde gleich zurück sein, wenn's gefällig wäre, auszufahren.«

»Gut, warten Sie. Ich will gleich ein paar Zeilen schreiben.

Schicken Sie Michajlo mit diesem Brief in den Stall. Aber rasch.« Sie setzte sich und schrieb:

»Ich bin die Schuldige. Komme zurück, wir müssen uns aussprechen. Um Gottes willen, komme, mir ist so bang zumute.«

Sie schloß den Brief und übergab ihn dem Diener.

Sie fürchtete sich, jetzt allein zu bleiben, sie verließ gleich nach dem Diener das Zimmer und ging in die Kinderstube.

»Was ist das? Das ist ja nicht er, das ist ja nicht derselbe. Wo sind seine blauen Augen, sein liebes schüchternes Lächeln?« war ihr erster Gedanke, als sie statt Serjosha, den sie bei der Verworrenheit ihrer Gedanken im Kinderzimmer vorzufinden erwartete, ihr rundliches, frisches, kleines Mädchen mit dem schwarzen, lockigen Haar erblickte. Die Kleine saß am Tisch und klopfte hartnäckig mit einem Glasstöpsel kräftig darauf herum. Sie sah die Mutter mit ihren schwarzen Augen, die an Johannisbeeren erinnerten, ausdruckslos an. Nachdem sie der Engländerin auf ihre Frage geantwortet hatte, daß sie ganz wohl sei und morgen aufs Land reise, setzte sie sich zu der Kleinen und spielte mit dem Stöpsel der Flasche. Aber das laute, klangvolle Lachen des Kindes und die Art, wie sie die Augenbrauen dabei bewegte, brachten ihr Wronskij so lebhaft in die Erinnerung zurück, daß sie sich mit unterdrücktem Schluchzen erhob und das Zimmer verließ. »Ist wirklich alles zu Ende? Nein, das kann nicht sein«, dachte sie. »Er wird zurückkehren. Doch wie soll er mir jenes Lächeln erklären, jene auffallende Lebhaftigkeit, nachdem er mit ihr gesprochen hatte. Aber auch wenn er mir dies nicht erklären wird, will ich an ihn glauben. Wenn ich nicht an ihn glaube, bleibt mir nur eins, – und das will ich nicht.«

Sie sah nach der Uhr. Es waren zwölf Minuten vergangen. »Jetzt hat er schon den Brief und ist auf dem Wege nach Hause. Jetzt dauert es nicht mehr lange, nur noch zehn Minuten ... Und wenn er nicht kommt? Nein, das kann nicht sein. Er darf mich nicht mit verweinten Augen sehen. Ich will mein Gesicht waschen. Hab' ich denn schon mein Haar geordnet, oder nicht?« fragte sie sich. Sie konnte sich nicht erinnern. Sie betastete ihren Kopf mit der Hand. »Ja, ich bin frisiert, aber wann das geschehen ist, weiß ich wirklich nicht mehr.« Sie traute sogar ihrer Hand nicht mehr und trat an den Spiegel, um zu sehen, ob sie wirklich frisiert sei oder nicht. Sie war frisiert, und sie konnte sich nicht darauf besinnen, wann das geschehen war.

»Wer ist das?« dachte sie, während sie im Spiegel das entzündete Gesicht mit den sonderbar glänzenden Augen, die sie mit erschrecktem Ausdruck ansahen, betrachtete. »Ja, das bin ich«, begriff sie plötzlich, und indem sie sich von Kopf bis zu Fuße musterte, fühlte sie mit einem Male seine Küsse, und erschauernd machte sie eine Bewegung mit den Schultern. Dann führte sie ihre Hand an die Lippen und küßte sie.

»Was ist das? Ich werde wahnsinnig!« sagte sie und ging ins Schlafzimmer, wo Annuschka aufräumte.

»Annuschka«, sagte sie, indem sie vor dem Stubenmädchen stehen blieb und sie ansah, ohne zu wissen, was sie sagen sollte.

»Sie wollten zu Darja Alexandrowna«, sagte das Stubenmädchen, als ob sie ihre Gedanken errate.

»Zu Darja Alexandrowna? Ja, ich will zu ihr.«

»Fünfzehn Minuten hin, fünfzehn zurück. Er ist schon unterwegs, er wird gleich hier sein.« Sie zog ihre Uhr hervor und warf einen Blick darauf. »Aber wie hat er fortgehen und mich in diesem Zustand zurücklassen können? Wie kann er leben, ohne mit mir ausgesöhnt zu sein?« Sie trat ans Fenster und blickte auf die Straße hinaus. Er hätte schon zurück sein können. Es war aber auch möglich, daß sie sich in ihrer Zeitberechnung irrte, und sie begann aufs neue zu überlegen, seit wann er fort sei, und die Minuten zu zählen.

Während sie zu der großen Uhr ging, um ihre Taschenuhr zu vergleichen, hörte sie jemanden vorfahren. Sie sah zum Fenster hinaus und erblickte seinen Wagen. Aber niemand kam die Treppe herauf, und unten hörte man Stimmen. Es war der Bote, der im Wagen zurückgekehrt war. Sie ging zu ihm hinunter.

»Ich habe den Herrn Grafen nicht mehr getroffen. Sie sind mit der Nishnijbahn abgereist.«

»Was willst du? Was ...«, wandte sie sich an den fröhlich

dreinschauenden, rotwangigen Michajlo, der ihr ihren Brief zurückgab. »Ach so, er hat ihn ja gar nicht erhalten«, erinnerte sie sich.

»Fahre mit diesem Brief aufs Land zur Gräfin Wronskaja, du weißt ja? Und bringe mir sofort Antwort«, sagte sie zu dem Boten.

»Und ich, was soll ich denn tun?« dachte sie. »Ach, ich fahre zu Dolly, ja, ja, sonst werde ich wahnsinnig. Ja, ich kann noch telegraphieren.« Und sie setzte ein Telegramm auf.

»Ich muß Sie unbedingt sprechen, kommen Sie sofort.«

Nachdem sie das Telegramm abgeschickt hatte, begann sie sich anzukleiden. Als sie schon ganz angezogen war und den Hut aufgesetzt hatte, sah sie wieder der ruhigen, vom Wohlleben dick gewordenen Annuschka in die Augen. Aufrichtiges Mitleid leuchtete aus diesen kleinen, gutmütigen, grauen Augen.

»Annuschka, liebe gute Annuschka, was soll ich tun?« sagte Anna schluchzend, indem sie sich hilflos auf einen Sessel fallen ließ.

»Weshalb regen Sie sich so auf, Anna Arkadjewna? So etwas kann ja vorkommen; machen Sie eine Ausfahrt, das wird Sie zerstreuen«, sagte das Kammermädchen.

»Ja, ich will ausfahren«, sagte Anna, die sich wieder gefaßt hatte, und stand auf. »Wenn in meiner Abwesenheit ein Telegramm eintrifft, so soll man es zu Darja Alexandrowna bringen – oder nein, ich werde bis dahin selbst wieder zurück sein.«

»Ja, ich muß nicht denken, ich muß irgend etwas tun, ausfahren, aber vor allen Dingen fort aus diesem Hause«, sprach sie zu sich, indem sie mit Entsetzen auf das sonderbare Klopfen ihres Herzens lauschte. Sie verließ rasch das Haus und stieg in den Wagen.

»Wohin befehlen?« fragte Pjotr, bevor er sich auf den Bock schwang.

»Nach der Snamjenka, zu Oblonskijs.«

28

Das Wetter war klar. Den ganzen Morgen war ein dichter, feiner Regen gefallen, und erst vor kurzem hatte es sich aufgehellt. Die eisernen Dächer, die Steinplatten und Pflastersteine, die Räder und das Leder, das Kupfer und Blech an den Equipagen – alles glänzte hell in der Maiensonne. Es war drei Uhr, die Zeit, in der die Straßen am belebtesten sind.

Anna saß in der Ecke des bequemen Wagens, der sich bei dem raschen Trabe der flinken Grauen leicht auf den elastischen Federn wiegte, und gedachte bei dem unaufhörlichen Rasseln der Räder und unter den in der frischen Luft rasch wechselnden Eindrücken der Begebenheiten der letzten Tage, und die Lage erschien ihr nun ganz anders, als sie sie zu Hause angesehen hatte. Jetzt schien ihr der Gedanke an den Tod nicht mehr so furchtbar und klar, und der Tod selbst erschien ihr nicht mehr als unvermeidlich. Jetzt machte sie sich Vorwürfe über die Demütigungen, zu denen sie sich erniedrigt hatte. »Ich flehe ihn an, mir zu verzeihen. Ich habe mich ihm gebeugt, mich als die Schuldige bekannt. Wozu? Kann ich denn nicht ohne ihn leben?« Und ohne sich die Frage zu beantworten, wie sie es fertig bringen würde, getrennt von ihm zu leben, begann sie die Aushängeschilder zu lesen. »Kontor und Niederlage.« »Zahnarzt.« »Ja, ich will Dolly alles sagen. Sie mag Wronskij nicht recht leiden. Ich werde mich dabei schämen, es wird mir weh tun, aber ich will ihr dennoch alles sagen. Sie liebt mich, und ich will ihrem Rate folgen. Ich werde mich ihm nicht beugen, ich will ihm nicht erlauben, mich zu erziehen.« »Filippow, Feine Backwaren.« »Man sagt, er liefere von hier nach Petersburg. Das Moskauer Wasser ist so gut. Und die Mytischtschenskijer Brunnen und die Fladen.« Es fiel ihr ein, wie sie vor langer, langer Zeit, als sie erst siebzehn Jahre alt war, mit ihrer Tante zum Troïthkij-Kloster gefahren war. »Damals reiste man noch im Wagen. War ich das wirklich mit den roten Händen? Wie vieles, was mir damals so schön und unerreichbar schien, ist jetzt nichtig für mich geworden, und das, was damals war, ist jetzt für ewig dahin. Hätte ich wohl zu jener Zeit geglaubt, daß ich jemals zu einem solchen Grade der Erniedrigung herabsinken würde? Wie stolz und befriedigt er sein wird, wenn er meinen Brief liest! Aber ich werde ihm beweisen ... Wie schlecht doch diese Farbe riecht. Weshalb tünchen und bauen sie immerzu?« »Moden und Putzwaren«, las sie. Ein Mann grüßte sie. Es war Annuschkas Gatte. »Unsere Parasiten«, fiel ihr ein, wie Wronskij zu sagen pflegte. »Unsere, weshalb unsere? Es ist schauderhaft, daß man die Vergangenheit nicht mit der Wurzel ausreißen kann. Das bringt man aber nicht fertig, man kann nur die Erinnerung daran verschleiern. Und das werde ich tun.«

Und nun fiel ihr ihr vergangenes Leben mit Alexej Alexandrowitsch ein und sie dachte daran, wie sie es aus ihrem Gedächtnis gelöscht hatte. »Dolly wird denken, ich verlasse meinen zweiten Mann und bin daher sicher im Unrecht. Will ich denn im Recht sein? Ich kann es nicht!« sagte sie und wollte in Tränen ausbrechen. Aber dann fuhr ihr der Gedanke durch den Kopf, worüber wohl diese beiden Mädchen da lachen mochten. »Sicher handelt es sich um eine Liebesgeschichte, sie wissen nicht, wie wenig Freude das bringt, wie gemein das ist ...«

»Da ist der Boulevard mit den Kindern! Drei Knaben laufen und spielen Pferdchen. Serjoscha! Und ich werde alles verlieren und ihn nicht wieder zu mir zurückführen. Ja, alles ist verloren, wenn er nicht zurückkehrt. Es kann ja sein, daß er den Zug versäumt hat und schon zurück ist. Du willst dich wieder erniedrigen!« sprach sie zu sich selbst. »Nein, ich will zu Dolly gehen und ihr gerade heraus sagen: ›Ich bin unglücklich, ich verdiene es, ich bin schuldig, aber ich bin doch unglücklich, hilf mir‹. Diese Pferde, diese Wagen – wie bin ich mir selbst zum Ekel in diesem Wagen – alles das gehört ihm; aber ich werde nie wieder etwas von alledem wiedersehen.«

Während Anna die Treppe hinaufschritt, legte sie sich die Worte zurecht, mit denen sie Dolly alles sagen wollte und wühlte dabei absichtlich in ihrem Herzen.

»Ist Besuch da?« fragte sie im Vorzimmer.

»Katjerina Alexandrowna Ljewina«, antwortete der Diener.

»Kitty! dieselbe Kitty, in die Wronskij einst verliebt war, dachte Anna, dieselbe, an die er oft mit Liebe zurückdachte. Er bedauert, daß er sie nicht geheiratet hat, und an mich denkt er mit einem Gefühl des Hasses und bereut es, sich mit mir verbunden zu haben.«

Als Anna eintrat, waren die Schwestern gerade in einer Erörterung der Frage des Stillens begriffen. Dolly kam dem Gaste, der in diesem Augenblicke ihre Unterhaltung störte, allein entgegen.

»Wie, du bist noch nicht abgereist? Ich hatte selbst vor, zu dir zu kommen«, sagte sie, »ich habe heute einen Brief von Stiwa gehabt.«

»Wir haben auch ein Telegramm bekommen«, erwiderte Anna, indem sie sich nach Kitty umsah.

»Er schreibt, er könne nicht daraus klug werden, was Alexej Alexandrowitsch eigentlich will, aber er würde nicht abreisen ohne eine bestimmte Antwort.«

»Ich dachte, es sei jemand bei dir. Darf ich den Brief lesen?«

»Ja, Kitty ist da«, sagte Dolly verlegen, »sie ist im Kinderzimmer geblieben. Sie ist sehr krank gewesen.«

»Ja, ich habe davon gehört. Kann ich den Brief lesen?«

»Ich will ihn dir gleich bringen. Aber er gibt ja keine abschlägige Antwort, im Gegenteil, Stiwa hat Hoffnung«, sagte Dolly, indem sie an der Tür stehen blieb.

»Ich hoffe nichts und wünsche auch nichts«, sagte Anna.

»Was ist denn das, findet Kitty es erniedrigend, mit mir zusammenzusein?« dachte Anna, als sie allein war. »Vielleicht hat sie auch recht. Nur ist es nicht an ihr, die in Wronskij verliebt war, mir das zu zeigen, auch wenn ich es verdient habe. Ich weiß, daß keine anständige Frau mich in der Lage, in der ich mich befinde, bei sich empfangen kann. Ich weiß, daß ich ihm von jenem ersten Augenblicke an alles geopfert habe. Und das ist meine Belohnung! O, wie ich ihn hasse! Und wozu bin ich hierhergekommen. Hier ist mir nur noch schlimmer, noch qualvoller zumute.« Sie hörte aus dem andern Zimmer die Stimmen der Schwestern, die miteinander sprachen.

»Und was werde ich jetzt Dolly sagen? Soll ich Kitty damit trösten, daß ich unglücklich bin, soll ich mich unter ihren Schutz stellen? Und Dolly wird auch gar kein Verständnis für mich haben. Ich habe ihr ja auch nichts zu sagen. Nur würde ich Kitty sehr gerne sehen und ihr zeigen, wie sehr ich alle und alles verachte, wie gleichgültig mir jetzt alles ist.«

Dolly kam mit dem Brief herein. Anna las ihn und gab ihn stillschweigend zurück.

»Ich wußte das alles«, sagte sie. »Das interessiert mich nicht im geringsten.«

»Aber weshalb denn nicht? Ich habe im Gegenteil Hoffnung«, sagte Dolly, indem sie Anna neugierig betrachtete. Sie hatte sie noch nie in einem so sonderbaren, gereizten Zustande gesehen. »Wann reisest du?« fragte sie.

Anna sah mit zusammengekniffenen Augen, ohne zu antworten, vor sich hin.

»Kitty versteckt sich wohl vor mir?« fragte sie, indem sie nach der Tür hinsah und errötete.

»Ach, Unsinn! Sie stillt das Kind, aber es geht nicht recht, und ich habe ihr geraten ... Sie freut sich sehr, dich zu sehen. Sie wird gleich kommen«, sagte Dolly verlegen; sie verstand sich schlecht darauf, die Unwahrheit zu sagen. »Da ist sie schon.«

Als Kitty erfahren hatte, daß Anna gekommen sei, hatte sie sie nicht sehen wollen, aber Dolly hatte ihr zugeredet ... Nachdem sie sich gefaßt hatte, kam sie heraus, ging errötend auf Anna zu und reichte ihr die Hand.

»Es freut mich sehr«, sagte sie mit bebender Stimme.

Kitty war durch den Kampf, der in ihr vorging, verwirrt, den Kampf zwischen ihrer Feindseligkeit gegen diese schlechte Frau und dem Wunsche, Nachsicht zu üben. Aber alle Feindseligkeit verschwand sofort, als sie Anna in das schöne, anziehende Gesicht sah.

»Es würde mich nicht gewundert haben, wenn Sie mich nicht hätten sehen wollen. Ich habe mich an alles gewöhnt. Sie waren krank? Ja, sie haben sich verändert«, sagte Anna.

Kitty fühlte, daß Anna sie feindselig ansah. Sie erklärte sich diese Feindseligkeit durch die peinliche Lage, in der sich

Anna, die sie früher unter ihren Schutz genommen hatte, ihr gegenüber befand, und sie fühlte Mitleid mit ihr.

Die Unterhaltung drehte sich um die Krankheit, das Kind, um Stiwa, aber Anna schien an nichts Anteil zu nehmen.

»Ich bin gekommen, um von dir Abschied zu nehmen«, sagte sie, indem sie sich erhob.

»Wann reist ihr denn?«

Aber Anna gab wieder keine Antwort und wandte sich zu Kitty: »Ich bin wirklich sehr froh, daß ich Sie getroffen habe«, sagte sie lächelnd. »Ich habe von allen Seiten so viel von Ihnen gehört und sogar Ihr Gatte hat mir von Ihnen erzählt. Er war bei mir und hat mir sehr gut gefallen«, setzte sie offenbar in gehässiger Absicht hinzu. »Wo ist er denn jetzt?«

»Er ist aufs Land gefahren«, sagte Kitty errötend.

»Grüßen Sie ihn von mir, grüßen Sie ihn von mir, vergessen Sie's nicht.«

»Ich werd' es nicht vergessen«, wiederholte Kitty naiv, indem sie ihr voller Mitleid in die Augen sah.

»Also adieu, Dolly.« Sie küßte Dolly, drückte Kitty die Hand und ging rasch hinaus.

»Sie ist dieselbe geblieben und ebenso anziehend wie früher. Sie ist sehr schön!« sagte Kitty, als sie mit der Schwester allein war. »Aber sie hat etwas, was Mitleid, furchtbares Mitleid herausfordert.«

»Ja, heute ist sie ganz sonderbar«, sagte Dolly. »Als ich sie in das Vorzimmer begleitete, schien es mir, als wolle sie in Tränen ausbrechen.«

29

Als Anna sich wieder in den Wagen setzte, war ihr Zustand ein noch schlimmerer geworden, als er beim Verlassen des Hauses gewesen war. Zu den früheren Qualen gesellte sich jetzt das Gefühl der Kränkung und der Verstoßung, das sie bei der Begegnung mit Kitty deutlich empfunden hatte.

»Wohin befehlen? Nach Hause?« fragte Pjotr.

»Ja, nach Hause«, sagte sie, ohne überhaupt daran zu denken, wohin sie wohl fuhr.

»Wie sie mich angesehen haben, wie man etwas Schreckliches, Unverständliches und Neugiererregendes betrachtet. Was kann er denn einem andern so eifrig zu erzählen haben?« dachte sie, da sie zwei Fußgänger betrachtete. »Kann man denn einem andern das ausdrücken, was man fühlt? Ich wollte Dolly alles erzählen, gut, daß ich es nicht getan habe. Wie hätte sie sich über mein Unglück gefreut! Sie hätte sich das nicht merken lassen, aber ihr erstes Gefühl wäre die Freude darüber gewesen, daß ich nun büßen muß für die Genüsse, um die sie mich beneidet hat. Kitty hätte sich noch mehr darüber gefreut. O, ich durchschaue sie ganz! Sie weiß, daß ich mit ihrem Manne ganz besonders freundlich gewesen bin. Sie ist eifersüchtig und haßt mich. Dazu verachtet sie mich noch. In ihren Augen bin ich eine unsittliche Frau. Wäre ich wirklich unsittlich, so könnte ich ihren Mann dazu bringen, sich in mich zu verlieben ... wenn ich wollte. Und ich habe es ja auch getan. Der da ist mit sich zufrieden«, dachte sie bei dem Anblick eines wohlbeleibten, rotwangigen Herrn, der an ihr vorbeifuhr und sie offenbar für eine Bekannte hielt; er lüftete den glänzenden Hut über der glänzenden Glatze und merkte erst nachher, daß er sich geirrt hatte. »Er hat geglaubt, daß er mich kennt. Und er kennt mich ebensowenig, wie irgendein Mensch auf der Welt mich kennt. Ich kenne mich ja selbst nicht. Ich kenne nur meine Appetite, wie die Franzosen sagen. Diese da verlangt es nach jenem schmutzigen Gefrorenen; das wissen die bestimmt«, dachte sie, indem sie zwei Knaben betrachtete, die einen Eisverkäufer anhielten; der holte den Kübel von seinem Kopf herunter und wischte sich mit dem Zipfel des Handtuches den Schweiß vom Gesicht. »Uns alle gelüstet es nach dem Süßen, dem Wohlschmeckenden. Gibts kein Konfekt, nimmt man schmutziges Gefrorenes. Und Kitty ist genau so: kann es nicht Wronskij sein, dann ist es Ljewin. Und sie beneidet mich. Und haßt mich. Und wir alle beneiden uns gegenseitig – ich Kitty und Kitty mich. ›Tutkin, coiffeur.‹ *Je me fais coiffer par Tutkin* ...

Ich will ihm das sagen, wenn er kommt«, dachte sie und lächelte. Aber in demselben Augenblicke fiel ihr ein, daß sie nun niemanden mehr hatte, dem sie etwas Komisches sagen könnte. »Es gibt ja auch nichts Komisches, Lustiges in der Welt. Alles ist widerlich. Man läutet zur Vesper, und dieser Kaufmann bekreuzt sich mit einer solchen Vorsicht, als fürchte er etwas fallen zu lassen. Wozu sind diese Kirchen, dieses Geläute und diese Lüge? Nur um zu verbergen, daß wir uns alle gegenseitig hassen, wie diese Kutscher, die mit solcher Wut aufeinander losschimpfen. Jaschwin sagt: er will mir das letzte Hemd abnehmen und ich ihm. *Das* ist wahr.«

Unter solchen Gedanken, die sie so ganz gefangengenommen hatten, daß sie sogar aufgehört hatte, an ihre Lage zu denken, merkte sie nicht, daß der Wagen vor der Freitreppe ihres Hauses hielt. Als sie den Schweizer, der ihr entgegenging, erblickte, fiel ihr erst wieder ein, daß sie einen Brief und ein Telegramm abgeschickt hatte.

»Ist Antwort gekommen?« fragte sie.

»Ich will gleich nachsehen«, antwortete der Schweizer, suchte auf seinem Pulte und brachte ein viereckig zusammengefaltetes Telegramm herbei. »Ich kann nicht vor zehn Uhr kommen, Wronskij«, las sie.

»Ist der Bote nicht zurück?«

»Noch nicht«, erwiderte der Schweizer.

»Wenn es so steht, weiß ich, was ich zu tun habe«, sprach sie bei sich und eilte, von einem unbestimmten Gefühl der Erbitterung und dem Verlangen nach Rache getrieben, die Treppe hinauf.

»Ich werde selbst zu ihm fahren. Ehe ich für immer gehe, werde ich ihm alles sagen. Ich habe nie jemanden so gehaßt wie diesen Menschen!« dachte sie. Als sie seinen Hut auf dem Kleiderhaken sah, erbebte sie vor Abscheu. Sie begriff nicht, daß sein Telegramm die Antwort auf das ihrige sei, und daß er ihren Brief noch nicht erhalten habe. Sie sah jetzt im Geiste, wie er sich in aller Ruhe mit seiner Mutter und Fräulein Sorokina unterhielt und sich über ihre Qualen freute. »Ja, ich muß so schnell als möglich fort«, sagte sie sich, ohne zu wissen, wohin sie sich wenden solle. Sie wollte so schnell als möglich die Gedanken los werden, die in diesem schrecklichen Hause auf sie einstürmten. Die Dienerschaft, die Wände, die Gegenstände in diesem Hause – alles rief in ihrem Innern Gefühle des Widerwillens und der Wut hervor und legte sich auf sie wie eine erdrückende Last.

»Ja, ich muß zur Station fahren, und wenn er nicht dort ist, muß ich weiter zu ihm aufs Land und ihn dort überführen.« Anna suchte in der Zeitung nach dem Fahrplan. »Abends geht ein Zug acht Uhr zwei Minuten. Ja, ich komme noch zurecht.« Sie ließ frische Pferde vorspannen und packte die für einige Tage nötigen Sachen in ihre Reisetasche. Sie wußte, daß sie hierher nicht mehr zurückkehren würde. Unter den verschiedenen Plänen, die ihr durch den Kopf fuhren, tauchte in ihr auch der Entschluß auf, nach dem, was dort auf der Station oder auf dem Gute der Gräfin geschehen würde, auf der Nowgorodbahn bis zur nächsten Stadt weiterzufahren, um dort zu bleiben.

Das Essen stand auf dem Tisch; sie trat heran und roch an dem Brot und an dem Käse, aber nachdem sie sich davon überzeugt hatte, daß ihr der Geruch von allem Eßbaren zuwider sei, befahl sie den Wagen vorfahren zu lassen und ging hinaus. Das Haus warf bereits einen Schatten über die ganze Straße; es war ein klarer, in der Sonne noch warmer Abend. Annuschka, die ihr die Sachen hinaustrug, und Pjotr, der sie in den Wagen legte, und der Kutscher, der unzufrieden schien – alle waren ihr zuwider und reizten sie durch ihre Worte und Bewegungen.

»Ich brauche dich nicht, Pjotr.«

»Und der Brief?«

»Mach' das, wie du willst, es ist mir einerlei«, sagte sie ärgerlich.

Pjotr schwang sich auf den Bock, stemmte die Hände in die Seiten und hieß den Kutscher nach dem Bahnhof fahren.

30

»Da ist sie wieder! Jetzt ist mir wieder alles klar«, sprach Anna zu sich selbst, sobald der Wagen sich in Bewegung setzte und schaukelnd auf dem Pflaster dahinrasselte. Und wieder begannen die verschiedensten Eindrücke in ihrer Vorstellung einander abzulösen. »Ja, was war es denn Schönes, woran ich zuletzt gedacht habe«, suchte sie in ihrer Erinnerung. »*Tutkin, coiffeur*? Nein, das war es nicht. Ach ja, ich dachte an Jaschwins Wort! Das einzige, was die Menschen zusammenhält, ist der Kampf ums Dasein und der Haß. – Ach, ihr fahrt vergeblich«, wandte sie sich im Geist an eine Gesellschaft, die in einem Vierspänner dahinfuhr, wohl um sich in einem der Vororte der Stadt zu vergnügen. »Auch der Hund, den ihr mit euch führt, wird euch nicht helfen. Ihr könnt den Gedanken an euch selbst doch nicht loswerden.«

Als sie einen Blick nach der Richtung warf, nach der Pjotr sich gerade mehrmals umsah, erblickte sie einen fast bis zur Bewußtlosigkeit berauschten Fabrikarbeiter, mit hin- und herwackelndem Kopf. Ein Schutzmann brachte ihn in einem Wagen fort. »Dem glückt's eher«, dachte sie. »Ich und Graf Wronskij haben uns dieses Vergnügen noch nicht zu verschaffen gewußt, obgleich wir viel davon erwartet haben.« Und Anna beleuchtete nun zum ersten Male in dem scharfen Lichte, in dem sie jetzt alles sah, ihre Beziehungen zu ihm, über die sie früher vermieden hatte nachzudenken. »Was hat er bei mir zu finden gehofft? Eher Befriedigung seiner Eitelkeit als Liebe.« Sie rief sich seine Worte, den Ausdruck seines Gesichtes, der sie in der ersten Zeit an einen unterwürfigen Jagdhund erinnert hatte, ins Gedächtnis zurück. In allem sah sie jetzt eine Bestätigung dieses Gedankens. »Ja, er hat den Triumph seiner befriedigten Eitelkeit empfunden. Gewiß, Liebe war auch dabei, aber den Hauptteil bildete der Stolz über seinen Erfolg. Er hat sich nur gebrüstet. Jetzt ist das vorbei. Es gibt nichts mehr, worauf er stolz sein könnte. Er kann nicht stolz sein auf mich, schämen muß er sich meiner. Er hat mir alles genommen, was er konnte, jetzt braucht er mich nicht mehr. Ich falle ihm zur Last, und er bemüht sich, nicht ehrlos gegen mich zu handeln. Gestern ist ihm das Wort entschlüpft – er will die Scheidung und die Ehe, um die Schiffe hinter sich zu verbrennen. Er liebt mich, aber wie? ›*The zest is gone.*‹ Der dort will die Leute in Erstaunen setzen und ist sehr zufrieden mit sich selbst«, dachte sie, indem sie einen rotwangigen Handlungsgehilfen betrachtete, der auf einem Manegepferd ritt. »Ja, ich habe für ihn nicht mehr den Reiz wie früher. Wenn ich ihn verlasse, wird er im Grunde seines Herzens froh darüber sein.«

Das war keine Vermutung – sie sah es klar in jenem alles erhellenden Licht, das ihr jetzt den Sinn des Lebens und der menschlichen Beziehungen erleuchtete.

»Meine Liebe wird immer leidenschaftlicher und selbstsüchtiger, die seine erlischt immer mehr und mehr; und darin liegt der Grund unseres Bruches«, fuhr sie in ihrem Gedankengange fort. »Ändern läßt sich hier nichts. Mir ist er alles und ich verlange, daß er sich mir mehr und mehr hingibt. Er dagegen strebt danach, sich immer mehr und mehr von mir zu entfernen. Vor unserer Verbindung gingen wir einer dem anderen entgegen, nachher haben wir uns unaufhaltsam immer weiter voneinander entfernt. Daran ist nichts zu ändern. Er sagt mir, ich sei sinnlos eifersüchtig, und ich selbst sagte mir, daß ich sinnlos eifersüchtig sei, aber das ist ja nicht wahr. Ich bin nicht eifersüchtig, ich bin nur unzufrieden. Aber ...« sie öffnete den Mund und wechselte ihren Platz im Wagen, so sehr erregte sie der Gedanke, der ihr plötzlich gekommen war. »Wenn ich etwas anderes sein könnte als seine Geliebte, die nur seine Liebkosungen leidenschaftlich liebt, aber ich kann und will nichts anderes sein. Und eben dadurch erwecke ich seinen Widerwillen, während er meinen Zorn erregt, und das ist nicht anders möglich. Weiß ich denn nicht, daß er mich niemals hintergehen würde, daß er keine Absichten auf die Sorokina hat, daß er in Kitty nicht verliebt ist und mir niemals untreu werden wird? Das weiß ich alles, aber mir wird dadurch nicht leichter ums Herz. Wenn er, ohne mich zu lieben, nur aus *Pflichtgefühl* gut und zärtlich zu mir wäre, aber mir doch nicht das gewährte, was ich verlange, ja, das wäre noch tausendmal schlimmer als sein Haß. Das wäre die Hölle. Und so ist es auch. Er liebt mich schon lange nicht mehr. Wo die Liebe aufhört, fängt der Haß an. Diese Straßen kenne ich gar nicht. Da sind Berge und lauter Häuser und Häuser ... Und darin wohnen Menschen, lauter Menschen ... Wie viele, unendlich viele gibt es da, Menschen ohne Zahl, und alle hassen einander. Gesetzt den Fall, ich klügelte mir aus, was ich haben möchte, um glücklich zu sein. Was dann? Ich bekomme die Scheidung, Alexej Alexandrowitsch tritt mir Serjosha ab, und ich heirate Wronskij.« Als sie Alexej Alexandrowitschs gedachte, sah sie ihn plötzlich mit ungewöhnlicher Lebhaftigkeit im Geiste vor sich. Er stand wie lebendig vor ihr mit seinen sanften, leblosen, wie erloschenen Augen, seinen weißen, von blauen Adern durchzogenen Händen, sie hörte den Tonfall seiner Stimme und das Knacken seiner Finger. Und als sie sich dabei das Gefühl vergegenwärtigte, das sie miteinander verbunden und das ebenfalls Liebe geheißen hatte, erschauerte sie vor Abscheu. »Ich setze also den Fall, ich erhalte die Ehescheidung und werde Wronskijs Frau. Wird mich dann Kitty mit anderen Augen ansehen, als sie es heute getan hat? Nein! Und Serjosha, wird er nicht mehr nach meinen beiden Männern fragen und sich über sie Gedanken machen? Und welches neue Gefühl, das mich mit Wronskij zu verbinden vermöchte, kann ich mir ausklügeln? Kann es denn irgend etwas geben, was, ich sage nicht Glück, aber doch wenigstens keine Qual wäre? Nein, und abermals nein«, beantwortete sie sich nun selbst ihre Frage, ohne im geringsten zu zaudern. »Es ist unmöglich! Uns trennt das Leben, und ich bin sein Unglück, wie er das meinige ist, und ihn kann man so wenig ändern wie mich. Wir haben alles versucht, das Gefüge ist zerstört. Da geht eine Bettlerin mit einem Kind. Sie glaubt, man habe Mitleid mit ihr. Sind wir alle denn nicht nur dazu in diese Welt geworfen worden, um uns gegenseitig zu hassen und darum einer den anderen zu quälen? Da gehen ein paar Gymnasiasten – sie lachen. Und Serjosha?« fiel ihr in diesem Augenblick ein. »Ich habe auch geglaubt, daß ich ihn liebe und war gerührt über meine eigene Zärtlichkeit. Und doch habe ich ohne ihn gelebt, habe ihn mit einer anderen

Liebe vertauscht und diesen Tausch nicht beklagt, solange jene Liebe mich befriedigte.« Und mit einem Gefühl des Abscheus dachte sie nun an das, was sie jene Liebe nannte. Sie freute sich über die Klarheit, mit der sie jetzt ihr eigenes und aller Menschen Leben vor sich sah. »So ist es mit allen, mit mir, mit Pjotr, mit dem Kutscher Fjodor und auch mit diesem Händler und den vielen Menschen, die an den Ufern der Wolga leben, zu deren Besuch in den Plakaten dort aufgefordert wird, und überall und immer ist es ein und dasselbe«, dachte sie, als sie an dem niedrigen Stationsgebäude der Nowgorodbahn angelangt war und die Gepäckträger ihr entgegeneilten.

»Befehlen nach Obiralowka?« fragte Pjotr.

Sie hatte ganz vergessen, wohin und wozu sie überhaupt reisen wollte, und es gelang ihr nur mit großer Anstrengung, seine Frage zu verstehen.

»Ja«, sagte sie, indem sie ihm ihren Geldbeutel reichte. Dann nahm sie ihr kleines, rotes Täschchen in die Hand und stieg aus.

Während sie sich durch die Menge drängte, um in den Wartesaal erster Klasse zu gelangen, tauchten in ihrer Erinnerung nacheinander alle einzelnen Umstände ihrer Lage und die verschiedenen Entschlüsse, zwischen denen sie geschwankt hatte, wieder auf. Und wieder wüteten bald Hoffnung, bald Verzweiflung in ihrem kranken Innern und wühlten die alten Wunden ihres armen, gequälten, wild klopfenden Herzens auf. Während sie in Erwartung des Zuges auf dem sternförmigen Sofa saß und mit Widerwillen die Ein- und Ausgehenden musterte (sie waren ihr alle zuwider), dachte sie bald daran, wie sie auf der Station ankommen, wie sie ihm einen kurzen Brief schreiben und was sie ihm schreiben würde, bald stellte sie sich vor, wie er sich jetzt – ohne ihre Qualen zu verstehen – bei seiner Mutter über seine Lage beklagte, wie sie ins Zimmer treten und was sie ihm sagen würde. Dann dachte sie wieder daran, wie glücklich ihr Leben sich noch gestalten könnte, mit welchen Qualen sie ihn zugleich liebte und haßte und wie schrecklich ihr Herz pochte.

31

Das Glockenzeichen ertönte; einige junge Leute kamen vorüber; sie waren häßlich und anmaßend und schienen trotz der Eile, die sie hatten, aufmerksam auf den Eindruck zu achten, den sie im Vorbeigehen hervorbrachten. Auch Pjotr ging in seiner Livree und seinen Stulpenstiefeln durch den Saal; sein Gesicht hatte einen stumpfen, tierischen Ausdruck. Er näherte sich ihr, um sie zu ihrem Wagen zu geleiten. Die lärmenden jungen Leute wurden still, als sie auf dem Bahnsteig an ihnen vorüberging; einer von ihnen flüsterte dem andern über sie etwas zu, natürlich etwas Gemeines. Sie stieg die hohe Stufe hinauf und setzte sich auf das federnde, beschmutzte Sofa, das einst weiß gewesen war. Sie war allein in der Abteilung. Die Sprungfedern des Sofas ließen den Reisesack auf einen Augenblick in die Höhe schnellen, dann blieb er ruhig liegen. Pjotr lüftete zum Zeichen des Abschieds mit einfältigem Lächeln seinen galonierten Hut, der freche Schaffner schlug die Türe zu und klinkte sie ein. Eine häßliche Dame mit einer Tournüre (Anna entkleidete im Geiste die Frau und war entsetzt über ihre Häßlichkeit) und einige kleine Mädchen liefen mit unnatürlichem Lachen auf dem Bahnsteig vorüber.

»Bei Katjerina Andrejewna, alles bei ihr, *ma tante*!« rief eines der kleinen Mädchen.

»Sogar das kleine Mädchen ist schon verdorben und ziert sich«, dachte Anna.

Um niemanden sehen zu müssen, erhob sie sich rasch und nahm in dem leeren Wagen am entgegengesetzten Fenster Platz. Ein schmieriger, häßlicher Bauer, aus dessen Mütze das wirre Haar hervorstarrte, ging an ihrem Fenster vorüber und bückte sich über die Räder des Wagens. »Dieser scheußliche Bauer kommt mir bekannt vor«, dachte Anna. Ihr Traum tauchte in ihrer Erinnerung auf und zitternd vor Schrecken ging sie zur gegenüberliegenden Türe, die der Schaffner gerade öffnete, um ein Ehepaar einzulassen.

»Wünschen Sie auszusteigen?«

Anna antwortete nicht. Der Schleier, der ihr Gesicht verhüllte, ließ den Schaffner und die Eintretenden das Entsetzen, das sich auf Ihre Zügen malte, nicht erkennen. Sie kehrte in ihre Ecke zurück und setzte sich wieder. Das Ehepaar nahm auf der gegenüberliegenden Seite Platz und musterte aufmerksam, aber verstohlen ihr Kleid. Sowohl der Mann wie die Frau erregten Annas Widerwillen. Der Mann fragte, ob sie nichts dagegen habe, wenn er rauchte; augenscheinlich war es ihm weniger um das Rauchen zu tun, als darum, ein Gespräch mit ihr anzuknüpfen. Nachdem er ihre Einwilligung erhalten hatte, begann er mit seiner Frau auf Französisch eine Unterhaltung, die er noch eher hätte unterlassen sollen als das Rauchen. Sie sprachen in unnatürlicher Weise von den albernsten Dingen, offenbar nur in der Absicht, von ihr gehört zu werden. Anna sah deutlich, wie sie einander langweilten und wie sie sich gegenseitig haßten. Es war auch unmöglich, solche kläglichen Fratzen nicht zu hassen.

Das zweite Glockenzeichen zur Abfahrt ertönte, und gleich darauf hörte man das Umladen des Gepäcks, Schreien und Lachen. Anna war es so klar, daß kein Mensch einen Grund zur Freude haben könne, daß dieses Lachen sie bis zu einem Gefühl des Schmerzes aufbrachte und sie Lust hatte, sich die Ohren zuzuhalten, nur um es nicht zu hören. Endlich wurde das dritte Glockenzeichen gegeben, ein Pfiff ertönte, man hörte das Schnauben der Lokomotive, das Rasseln der Verbindungsketten. Der Ehemann bekreuzte sich. »Wie gerne möchte ich ihn fragen, was er sich dabei denkt«, dachte Anna, indem sie ihn haßerfüllt ansah. Sie blickte an der Dame vorüber zum Fenster hinaus auf die Menschen, die den Abreisenden das Geleit gegeben hatten und nun von dem Bahnsteig aus dem Zuge nachblickten. Es machte den Eindruck, als glitten sie rückwärts. Unter gleichmäßigen Stößen rollte der Wagen, in dem Anna saß, über die Verbindungsstellen der Schienen, am Bahnsteig, der steinernen Wand, den Signalscheiben und anderen Eisenbahnwagen vorüber. Die Räder glitten nun ruhiger und weicher mit leisem Klang über die Schienen, das Fenster erglänzte im gelben Schein der Abendsonne, und ein leiser Wind spielte mit dem Vorhang. Anna hatte ihre Nachbarn vergessen und versank, indem sie die frische Luft einsog, bei dem leisen Schaukeln des Wagens wieder in Gedanken.

»Ja, wo war ich nur stehengeblieben? Ich sagte mir, daß ich mir gar keine Lage denken könne, in der das Leben nicht eine Qual wäre, daß wir alle dazu auf der Welt seien, um zu leiden, daß wir das alle sehr wohl wissen und nach Mitteln suchen, um uns selbst zu betrügen. Aber wie soll man handeln, wenn man die Wahrheit eingesehen hat?«

»Die Vernunft ist dem Menschen gegeben, damit er sich von dem befreie, was ihn beunruhigt«, sagte die Dame auf Französisch; sie schien von diesem Satze höchst befriedigt zu sein und verdrehte die Zunge beim Sprechen.

Diese Worte erschienen Anna als eine Antwort auf ihre Gedanken.

»Damit er sich von dem befreie, was ihn beunruhigt«, wiederholte Anna. Sie warf einen Blick auf den rotwangigen Ehemann und sein hageres Weib; sie begriff, daß die kränkliche Gattin sich für eine unverstandene Frau hielt, daß der Gatte sie hintergehe und sich Mühe gebe, die Meinung, die sie über sich selbst hatte, in ihr zu befestigen. Anna schien es, als sähe sie in der hellen Beleuchtung, die sie auf alles fallen ließ, deutlich das Leben dieser Leute bis in die geheimsten Winkel ihrer Seele vor sich. Aber es lag nichts Bemerkenswertes in dem, was sie sah, und sie fuhr in ihrem Gedanken fort.

»Ja, etwas beunruhigt mich im höchsten Grade, aber dazu ist uns die Vernunft gegeben, um sich von der Unruhe zu befreien, und folglich muß ich sie los werden. Weshalb soll man denn das Licht nicht auslöschen, wenn es nichts mehr zu sehen gibt, wenn der Anblick von allem uns zuwider ist? Aber wie? Warum ist dieser Schaffner die Stange entlanggelaufen? Warum schreien die jungen Leute in jenem Waggon? Warum sprechen, warum lachen sie? Alles ist unwahr, alles ist Lüge, alles Täuschung und vom Übel!« …

Nachdem der Zug in die Station eingelaufen war, stieg Anna mit dem Strom der anderen Reisenden aus dem Wagen und blieb dann, indem sie sich von ihnen wie von einer Schar Aussätziger entfernte, auf dem Bahnsteig stehen. Sie gab sich

Mühe, sich in die Erinnerung zurückzurufen, weshalb sie eigentlich hierhergekommen sei und was sie nun zu tun habe ... Alles, was ihr vorher als möglich erschienen war, ließ sich jetzt, namentlich in der lärmenden Menge, inmitten all dieser widerwärtigen Menschen, die ihr keine Ruhe gaben, so schwer in ihrem Geiste ordnen. Bald stürzten dienstfertige Gepäckträger auf sie zu, bald gingen junge Leute, die geräuschvoll mit den Absätzen auftraten, in lärmender Unterhaltung auf den Bohlen des Bahnsteiges an ihr vorüber und maßen sie mit ihren Blicken, bald wichen die ihr Begegnenden nicht nach der richtigen Seite aus. Als sie sich darauf besann, daß sie beschlossen habe, falls keine Antwort da wäre, weiterzufahren, fragte sie einen Gepäckträger, der gerade an ihr vorüberging, ob nicht ein Kutscher mit einem Zettel an den Grafen Wronskij hier sei.

»Graf Wronskij? Eben war jemand vom Herrn Grafen hier. Zum Empfang der Fürstin Sorokina und ihrer Tochter. Wie sieht denn der Kutscher aus?«

Während sie mit dem Manne sprach, kam der rotwangige und fröhliche Kutscher Michajlo, in seinem blauen, schmucken Kittel und mit einer Uhrkette geschmückt, auf sie zu und überreichte ihr, offenbar stolz darauf, daß er seinen Auftrag so gut ausgeführt hatte, einen Brief.

Sie öffnete ihn, und ihr Herz krampfte sich zusammen, noch ehe sie ihn gelesen hatte.

»Es tut mir sehr leid, daß Ihr Brief mich nicht getroffen hat. Ich werde um zehn Uhr zurück sein«, schrieb Wronskij mit nachlässiger Handschrift.

»So ist es recht! Ich habe es nicht anders erwartet!« sagte sie zu sich selbst mit einem bösen Lächeln.

»Es ist gut, du kannst nach Hause fahren«, sagte sie leise zu Michajlo. Sie sprach leise, weil das heftige Klopfen ihres Herzens ihr den Atem benahm. »Nein, ich werde mich nicht von dir martern lassen«, dachte sie, indem sie sich drohend nicht an ihn, nicht an sich selbst, sondern an den wandte, der schuld daran war, daß sie sich quälte. Dann schritt sie am Stationsgebäude vorbei den Bahnsteig entlang.

Zwei Stubenmädchen, die hin und her gingen, wandten

die Köpfe nach ihr um und beobachteten sie, indem sie mit lauter Stimme über ihre Toilette Betrachtungen anstellten: »Das sind echte«, sagten sie in bezug auf die Spitzen, die sie anhatte. Die jungen Leute ließen ihr gleichfalls keine Ruhe. Sie gingen an ihr vorüber und sahen ihr ins Gesicht, indem sie mit unnatürlicher Stimme lachten und schrieen. Der Stationsvorstehener fragte sie im Vorbeigehen, ob sie den Zug benutzen wolle. Ein Knabe, der Kwaß verkaufte, verwandte kein Auge von ihr. »O mein Gott, wo soll ich hin?« dachte sie, indem sie immer weiter und weiter den Bahnsteig entlang ging. An seinem Ende blieb sie stehen. Einige Damen mit Kindern, die einen Herrn mit einer Brille abgeholt hatten und laut lachten und sprachen, verstummten, als sie an ihnen vorüberkam, und musterten sie. Sie beschleunigte ihre Schritte und trat von ihnen hinweg bis an den Rand des Bahnsteigs. Ein Güterzug kam heran. Die Plattform erbebte, und es schien ihr, als fahre sie wieder.

Plötzlich fiel ihr der Mann ein, der an dem Tage, als sie Wronskij zum ersten Male gesehen hatte, überfahren worden war; jetzt wußte sie, was sie zu tun hatte. Sie stieg mit raschen Schritten die Stufen, die von dem Wasserrohr zu den Schienen führte, hinab und blieb dicht an dem vorbeifahrenden Zuge stehen. Sie sah auf den unteren Teil der Wagen, betrachtete die Schrauben, die Ketten und die hohen gußeisernen Räder des langsam dahinrollenden ersten Wagens und suchte nach dem Augenmaße die Mitte zwischen den zwei hinteren und den vorderen Rädern zu bestimmen und den Augenblick zu erfassen, in dem sich diese Mitte ihr gegenüber befinden würde.

»Dorthin!« sagte sie zu sich selbst, indem sie im Schatten des Wagens den mit Kohlen vermischten Sand, mit dem die Schwellen bedeckt waren, betrachtete, »dorthin, gerade in die Mitte; dadurch werde ich ihn strafen und mich von allen befreien, auch von mir selber.«

Sie wollte sich unter den ersten Wagen werfen, dessen eine Hälfte gerade an ihr vorbei kam; aber das rote Täschchen, das sie aus der Hand gleiten lassen wollte, hinderte sie daran, und dann war es bereits zu spät geworden; der Wagen war mit seiner Mitte schon an ihr vorübergerollt. Jetzt mußte sie den nächsten Wagen abwarten.

Ein Gefühl, ähnlich dem, das sie zu empfinden pflegte, wenn sie sich beim Baden anschickte, ins Wasser zu steigen, kam über sie. Sie bekreuzte sich. Diese altgewohnte Bewegung des Kreuzschlagens rief in ihrer Seele eine Reihe von Erinnerungen aus ihren Mädchen- und Kinderjahren wach, und plötzlich zerriß die Finsternis, in die alles für sie gehüllt gewesen, und für die Dauer eines Augenblicks trat ihr ganzes Leben mit allen Lichtpunkten seiner vergangenen Freuden vor ihre Seele. Aber ihre Augen waren fest auf die Räder des herannahenden zweiten Wagens gerichtet. Und genau in dem Augenblick, da der mittlere Teil zwischen den Rädern sich ihr gegenüber befand, entledigte sie sich des roten Täschchens, zog den Kopf zwischen die Schultern, fiel unter den Wagen auf die Hände und ließ sich mit leichter Bewegung, als wolle sie sich gleich wieder erheben, auf die Knie nieder. In demselben Augenblick war sie entsetzt über das, was sie getan hatte. »Wo bin ich? Was tue ich? Wozu?« Sie wollte sich aufrichten, sich zurückwerfen, aber etwas Ungeheueres, Unerbittliches stieß sie gegen den Kopf und schleppte sie am Rücken mit sich fort. »Mein Gott, vergib mir alles!« sagte sie, da sie fühlte, wie unmöglich der Kampf sei. Das Bäuerlein murmelte etwas vor sich hin und arbeitete an dem Eisen. Und das Licht, bei dessen Schein sie in dem Buche gelesen hatte, das von so viel Mühsal, Betrug, Kummer und Übel erfüllt war, flammte auf in einem grelleren Lichte als je, erhellte ihr alles, was früher in Dunkel gehüllt war, knisterte, flackerte auf und erlosch für immer.

ACHTES BUCH

1

Es waren fast zwei Monate vergangen. Die Hälfte des heißen Sommers war schon vorbei, und Sergej Iwanowitsch schickte sich jetzt erst an, Moskau zu verlassen.

Sergej Iwanowitschs Leben war während dieser Zeit nicht ohne Ereignisse geblieben. Schon vor etwa einem Jahre hatte er sein Werk, die Frucht sechsjähriger Arbeit, vollendet. Es führte den Titel: »Versuch einer Übersicht der Grundlagen und Formen des Staatsgedankens in Europa und in Rußland«. Einige Abschnitte dieses Buches und die Einleitung waren in Zeitschriften erschienen, andere hatte Sergej Iwanowitsch in seinem Bekanntenkreise vorgelesen, so daß die Gedanken, die er in diesem Werke entwickelte, dem Publikum jetzt nicht mehr unbedingt neu waren. Sergej Iwanowitsch hatte trotzdem von dem Erscheinen seines Buches einen großen Eindruck auf die Gesellschaft erwartet; er war überzeugt, es werde, wenn auch keinen Umschwung in der Wissenschaft, so doch jedenfalls in den Gelehrtenkreisen großes Aufsehen hervorrufen.

Das Werk war nach sorgfältigster Bearbeitung im vorigen Jahre herausgegeben und an die Buchhändler versandt worden.

Während er die Fragen seiner Freunde, wie es mit dem Verkaufe des Buches gehe, mit verstellter Gleichgültigkeit erwiderte, mit niemandem darüber sprach und sogar bei den Buchhändlern nicht nachfragte, wie es mit dem Absatze stehe, verfolgte Sergej Iwanowitsch mit gespannter Aufmerksamkeit eifrig den ersten Eindruck, den sein Werk in der Gesellschaft und in der Literatur hervorbringen würde.

Aber eine Woche nach der andern verstrich, ohne daß sich in der Gesellschaft irgendein Eindruck bemerkbar gemacht hätte; seine Freunde, Leute von Fach und Gelehrte, brachten manchmal, augenscheinlich aus Höflichkeit, das Gespräch darauf, seine anderen Bekannten dagegen, die für ein Buch gelehrten Inhalts keinerlei Interesse hatten, sprachen überhaupt nicht darüber. In der Gesellschaft, die besonders um diese Zeit mit ganz anderen Dingen beschäftigt war, herrschte vollkommene Gleichgültigkeit. Auch in der Literatur war das Werk im Laufe eines Monats mit keinem Wort erwähnt worden.

Sergej Iwanowitsch berechnete mit großer Genauigkeit, wieviel Zeit erforderlich sei, um eine Kritik über das Buch zu schreiben, aber ein Monat nach dem andern verging, und es herrschte immer noch Schweigen.

Nur in den »Nordischen Wespen« fanden sich in einem humoristischen Artikel über den Sänger Drabanti, der seine Stimme verloren hatte, einige verächtliche Bemerkungen über Kosnyschews Buch, die darauf schließen ließen, daß dem Werke schon längst von allen das Urteil gesprochen und daß es dem allgemeinen Gelächter preisgegeben sei.

Endlich nach drei Monaten erschien in einer ernsten Zeitschrift eine Kritik. Sergej Iwanowitsch kannte auch den Autor des Artikels. Er war ihm einmal bei Golubzow begegnet.

Der Verfasser des Artikels war ein blutjunger, kränklicher Journalist; als Schriftsteller war er sehr gewandt, aber im persönlichen Umgang machte er einen außerordentlich wenig gebildeten und schüchternen Eindruck.

Trotz der völligen Verachtung, die er für ihn hegte, ging Sergej Iwanowitsch dennoch mit großem Ernst daran, den Aufsatz zu lesen. Sein Inhalt war vernichtend.

Augenscheinlich hatte der Feuilletonist das ganze Buch so aufgefaßt, wie es unmöglich aufgefaßt werden durfte. Er hatte aber die verschiedenen Auszüge so geschickt zusammengestellt, daß es für diejenigen, die das Buch nicht gelesen hatten (und offenbar hatte es fast niemand gelesen), vollkommen klar war, daß das ganze Buch nichts anderes enthalte als eine Reihe hochtrabender und noch dazu nicht richtig angewandter Worte (was durch Fragezeichen angemerkt wurde), und daß der Verfasser des Buches ein ganz ungebildeter Mensch sein müsse. Und alles dies war so geistreich, daß Sergej Iwanowitsch nichts dagegen gehabt hätte, selbst so viel Geist an den Tag gelegt zu haben, aber gerade das machte ja den Artikel so schrecklich.

Obgleich Sergej Iwanowitsch mit großer Gewissenhaftigkeit die Richtigkeit der Beweisführung des Kritikers prüfte, dachte er keinen Augenblick an die Mängel und Fehler, die verlacht wurden, sondern suchte sich, bis in die kleinsten Einzelheiten, seine Begegnung und seine Unterhaltung mit dem Verfasser des Artikels ins Gedächtnis zurückzurufen.

»Habe ich ihn vielleicht durch irgend etwas beleidigt?« fragte sich Sergej Iwanowitsch.

Als ihm dann einfiel, daß er bei seiner persönlichen Begegnung den jungen Menschen, der seine Unbildung durch ein falsch angebrachtes Wort verraten hatte, verbessert hatte, war sich Sergej Iwanowitsch über die Absicht des Aufsatzes klargeworden.

Nach dem Erscheinen dieses Aufsatzes wurde das Buch in Wort und Schrift totgeschwiegen, und Sergej Iwanowitsch sah ein, daß das Werk, auf das er sechs Jahre hindurch Mühe und liebevolle Arbeit verwendet hatte, spurlos vorübergegangen war.

Sergej Iwanowitschs Lage war dadurch noch schwieriger, daß er nach Vollendung des Buches die Privatbeschäftigung nicht mehr hatte, durch die vorher der größte Teil seines Tages ausgefüllt wurde.

Sergej Iwanowitsch war klug, gebildet, von guter Gesundheit und arbeitsfreudig und wußte nun nicht, auf was er seinen Tätigkeitsdrang richten sollte. Die Unterhaltung in den Salons, bei Zusammenkünften, Vereinen, Fachgesellschaften und überall sonst, wo gesprochen wurde, nahmen einen Teil seiner Zeit in Anspruch, aber er hatte zu lange in der Stadt gelebt, um sich nur von dieser Art von Unterhaltung gefangennehmen zu lassen, wie dies sein unerfahrener Bruder bei gelegentlichen Besuchen in Moskau zu tun pflegte. Er hatte noch einen genügenden Vorrat an Muße und geistiger Kraft.

Zum Glück trat zu dieser Zeit, die für ihn infolge der ungünstigen Aufnahme, die sein Buch gefunden hatte, besonders schwer auf ihm lastete, an Stelle der Fragen der Andersgläubigen, der Freundschaft mit Amerika, der Hungersnot im Gouvernement Sfamara, der Ausstellung, des Spiritismus – die slawische Frage, die bis dahin in der Gesellschaft nur geglimmt hatte, und Sergej Iwanowitsch, der schon vorher zu den Anregern dieser Frage gehört hatte, widmete sich ihr mit ganzer Seele.

In dem Kreise, dem Sergej Iwanowitsch angehörte, sprach und schrieb man um diese Zeit von nichts anderem als von dem serbischen Krieg. Alles, was eine müßige Menge gewöhnlich zu tun pflegt, um nur die Zeit totzuschlagen, wurde jetzt zum Besten der Slaven getan. Bälle, Konzerte, Diners, Tischreden, Damentoiletten, Biertrinken, Wirtshausbesuch – alles zeugte von dem Mitgefühl mit den Slaven.

Mit vielem, was in bezug darauf gesprochen und geschrieben wurde, war Sergej Iwanowitsch im einzelnen nicht einverstanden. Er sah, daß die slawische Frage eine jener Modefragen geworden war, die, wie es mit solchen Dingen stets zu gehen pflegt, in beständigem Wechsel der Gesellschaft zum Zeitvertreib diente; er sah auch, daß es viele Leute gab, die sich in gewinnsüchtiger Absicht und aus Ehrgeiz damit befaßten. Er sah ein, daß die Zeitungen vieles Unnütze und Übertriebene brachten, und zwar einzig und allein in der Absicht, die Aufmerksamkeit auf sich zu lenken und andere zu übertrumpfen. Er sah, daß sich bei dieser allgemeinen Begeisterung der Gesellschaft die verfehlten Existenzen und Leute, die sich zurückgesetzt fühlten, am meisten vordrängten und am lautesten ihre Stimme erhoben: Oberbefehlshaber ohne Armee, Minister ohne Ministerium, Zeitungsschreiber ohne Zeitungen, Parteiführer ohne Anhänger. Er sah, daß viel Leichtsinn und Lächerlichkeit dabei ins Spiel kamen. Er mußte aber andererseits zugeben, daß ein echter und stetig wachsender Enthusiasmus alle Klassen der Gesellschaft einmütig ergriffen hatte, dem man seine Teilnahme nicht versagen konnte. Die Niedermetzelung der slawischen Glaubens- und Stammesbrüder erweckte die allgemeine Sympathie für die Leidenden und das Gefühl der Empörung gegen die Unterdrücker. Und der Heldenmut der Serben und Montenegriner, die für die große Sache kämpften, rief im ganzen Volke den Wunsch hervor, seinen Brüdern nicht mehr durch das Wort allein, sondern durch die Tat zu helfen.

Diese Bewegung war von einer für Sergej Iwanowitsch

freudigen Erscheinung begleitet. Es war das Auftauchen einer öffentlichen Meinung. Die Gesellschaft hatte ihrer Meinung mit Bestimmtheit Ausdruck gegeben. Die Volksseele hatte Gestalt angenommen, wie Sergej Iwanowitsch sich ausdrückte. Und je angelegentlicher er sich mit der Sache beschäftigte, desto mehr schien es ihm, daß sie dazu bestimmt sei, eine ungeheure Ausbreitung zu gewinnen und eine neue Epoche zu bezeichnen.

Er stellte sich ganz in den Dienst dieser großen Sache und dachte nicht mehr an sein Buch.

Seine ganze Zeit war jetzt ausgefüllt, so daß er nicht einmal mehr dazu kam, alle Briefe, die er erhielt, zu beantworten und allen sonstigen Ansprüchen, die an ihn gestellt wurden, gerecht zu werden.

Nachdem er das ganze Frühjahr und einen Teil des Sommers in harter Arbeit verbracht hatte, kam er erst im Juli dazu, zu seinem Bruder aufs Land zu gehen.

Er ging hin, nicht nur um vierzehn Tage der Ruhe zu pflegen, sondern auch, weil er sich im Allerheiligsten, im Schoße des Volkes selbst, in der ländlichen Einsamkeit an dem Aufschwung des Volksgeistes erbauen wollte, einem Aufschwung, an dem er, wie alle Bewohner der Hauptstadt und der anderen Städte, keinen Augenblick zweifelte. Katawassow, der schon längst seinem Versprechen, Ljewin zu besuchen, hatte nachkommen wollen, begleitete ihn.

2

Kaum hatten Sergej Iwanowitsch und Katawassow den gerade um diese Zeit sehr belebten Kursker Bahnhof erreicht und nach dem Verlassen des Wagens ihr Gepäck besichtigt, mit dem der Diener hinter ihnen herangefahren kam, als auch schon die Freiwilligen in vier Mietswagen vorfuhren. Sie wurden von Damen mit Sträußen bewillkommnet und betraten, von der Menge begleitet, den Bahnhof.

Eine der Damen, die sich zum Empfange der Freiwilligen eingefunden hatte, wandte sich an Sergej Iwanowitsch.

»Sie sind wohl auch gekommen, um den Abfahrenden das Geleit zu geben?« fragte sie auf Französisch.

»Nein, Fürstin, ich reise selbst. Ich will zu meinem Bruder. Ein wenig ausspannen. Sie finden sich wohl immer zur Abfahrt der Freiwilligen ein?« fragte Sergej Iwanowitsch mit kaum merklichem Lächeln.

»Das muß man ja wohl!« antwortete die Fürstin. »Ist es wahr, daß von hier schon achthundert Mann abgegangen sind? Mir will es Malwinskij nicht glauben.«

»Mehr als achthundert. Und rechnet man die mit, die nicht direkt aus Moskau abgegangen sind, sind es mehr als tausend«, sagte Sergej Iwanowitsch.

»Sehen Sie, ich sagte es ja!« fiel die Dame freudig ein. »Es ist doch wahr, daß schon nahezu eine Million gespendet worden ist.«

»Mehr als das, Fürstin.«

»Was sagen Sie zu dem heutigen Telegramm? Die Türken sind wieder geschlagen worden.«

»Ja, ich habe es gelesen«, erwiderte Sergej Iwanowitsch. – Es handelte sich um die letzte Depesche, durch die bestätigt wurde, daß die Türken drei Tage hintereinander auf allen Punkten besiegt und in die Flucht geschlagen worden seien und daß am folgenden Tage eine entscheidende Schlacht geliefert werden sollte.

»Ach, wissen Sie, da hat sich ein vortrefflicher junger Mann gemeldet. Ich begreife nicht, weshalb man ihm solche Schwierigkeiten in den Weg gelegt hat. Ich kenne ihn und wollte Sie bitten, zu seinen Gunsten ein paar Zeilen zu schreiben. Er kommt von der Gräfin Lydia Iwanowna.«

Nachdem er sich genau nach allem erkundigt hatte, was die Gräfin über den jungen Mann, der sich gemeldet hatte, wußte, trat Sergej Iwanowitsch in den Wartesaal erster Klasse, wo er einen kurzen Brief an die Persönlichkeit schrieb, von der die Entscheidung abhing, und händigte ihn dann der Fürstin ein.

»Wissen Sie, Graf Wronskij, der bekannte Graf Wronskij ...

fährt auch mit diesem Zuge«, sagte die Fürstin mit triumphierendem und vielsagendem Lächeln, nachdem er sich wieder zu ihr gesellt und ihr den Brief übergeben hatte.

»Ich habe gehört, daß er hin will, wußte aber nicht wann. Fährt er mit diesem Zuge?«

»Ich habe ihn gesehen. Er ist hier; nur seine Mutter begleitet ihn. Es ist doch das beste, was er tun konnte.«

»Ja, selbstverständlich.«

Während sie sprachen, strömte die Menge an ihnen vorüber und drängte sich an den zum Mittagessen gedeckten Tisch. Sie gingen nun auch weiter und hörten die laute Stimme eines Herrn, der, das Glas in der Hand, eine Ansprache an die Freiwilligen hielt. »Um unseres Glaubens, um der Menschheit, um unserer Brüder willen«, sprach der Herr mit immer kräftigerer Stimme. »Mütterchen Moskau gibt Euch ihren Segen für die große Sache, der Ihr dient. *Živio*!« schloß er laut und mit Tränen in der Stimme.

Alle riefen »*Živio*!« und eine neue Menschenwelle strömte in den Saal und hätte die Fürstin beinahe zu Boden geworfen.

»Ah, Fürstin, was sagen Sie dazu?« sagte Stjepan Arkadjewitsch, der plötzlich in der Menge auftauchte mit strahlendem Lächeln. »Nicht wahr, wie gut, wie warm er gesprochen hat? Bravo! Da ist ja auch Sergej Iwanowitsch! Sie sollten auch ein paar Worte sagen – so ein paar Worte der Ermutigung; Sie würden das so gut machen«, fügte er mit zärtlichem, ehrfurchtsvollen und vorsichtigen Lächeln hinzu, indem er Sergej Iwanowitsch leicht an der Hand fortzog.

»Nein, ich fahre gleich fort.«

»Wohin?«

»Aufs Land zu meinem Bruder«, erwiderte Sergej Iwanowitsch.

»Dann werden Sie meine Frau treffen. Ich habe ihr geschrieben, aber Sie werden sie vorher sehen; bitte, sagen Sie ihr, daß Sie mich getroffen haben und daß alles *all right* ist. Sie wird schon verstehen. Übrigens, seien Sie so freundlich ihr zu sagen, daß ich zum Mitglied der Kommission der vereinigten ... nun ja; sie wird schon verstehen ... ernannt bin! Wissen Sie, *les petites misères de la vie humaine*«, sagte er, wie zur Entschuldigung, indem er sich an die Fürstin wandte.

»Aber die Mjachkaja, nicht Lisa, sondern Bibiche, hat wirklich tausend Gewehre gespendet und zwölf barmherzige Schwestern hingeschickt. Habe ich Ihnen das schon erzählt?«

»Ja, ich habe davon gehört«, gab Kosnyschew widerwillig zur Antwort.

»Es ist doch schade, daß Sie abreisen. Morgen geben wir zu Ehren von zwei Freiwilligen, die in den Krieg ziehen, ein Diner – es sind Diemer-Bartnjanskij und unser Wjeßlowskij, der Grischa. Sie gehen beide hin. Wjeßlowskij hat sich erst unlängst verheiratet. Das ist ein ganzer Kerl! Nicht wahr, Fürstin?« wandte er sich an die Dame.

Die Fürstin sah ohne zu antworten Kosnyschew an. Es schien aber Stjepan Arkadjewitsch gar nicht in Verlegenheit zu setzen, daß Sergej Iwanowitsch und die Fürstin ihn anscheinend los sein wollten. Er sah lächelnd bald auf die Hutfeder der Fürstin, bald blickte er sich nach allen Seiten um, als wolle er sich auf etwas besinnen. Als eine Dame mit einer Sammelbüchse an ihm vorüber kam, rief er sie zu sich heran und gab ihr einen Fünfrubelschein.

»Solange ich Geld habe, kann ich diese Sammelbüchsen nicht gleichgültig ansehen«, sagte er.

»Aber was sagen Sie zum heutigen Telegramm? Es sind doch famose Burschen, diese Montenegriner!«

»Was Sie sagen!« rief er aus, als die Fürstin ihm erzählte, daß Wronskij mit diesem Zuge abreise. Einen Augenblick nahm Stjepan Arkadjewitschs Gesicht einen traurigen Ausdruck an, als er aber bald darauf mit seinem etwas hüpfenden Gang und seinen Backenbart streichelnd das Zimmer betrat, in dem sich Wronskij befand, hatte er bereits sein verzweifeltes Schluchzen an der Leiche einer Schwester vergessen und sah in Wronskij nur noch den Helden und alten Freund.

»Trotz aller seiner Fehler kann man doch nicht umhin, ihm Gerechtigkeit widerfahren zu lassen«, sagte Sergej Iwanowitsch, als Oblonskij sie verlassen hatte. »Er ist eben eine echt slawische Natur! Ich fürchte nur, daß es Wronskij peinlich sein wird, ihn zu sehen!«

»Was Sie auch sagen, mich rührt das Schicksal dieses Menschen. Sprechen Sie doch mit ihm unterwegs«, sagte die Fürstin.

»Ja, vielleicht, wenn sich die Gelegenheit bietet.«

»Ich habe ihn niemals leiden mögen. Aber er macht vieles wieder gut. Er geht jetzt nicht nur selbst hin, sondern führt noch eine ganze Schwadron auf seine Kosten mit.«

»Ja, ich habe davon gehört.«

Die Glocke ertönte. Alles strömte dem Ausgange zu.

»Da ist er!« sagte die Fürstin, indem sie auf Wronskij deutete, der in einem langen Mantel und mit einem schwarzen breitrandrigen Hut auf dem Kopfe seine Mutter am Arme führte. Oblonskij ging neben ihm her und sprach lebhaft auf ihn ein.

Wronskij sah finster vor sich hin, als höre er nicht, was Stjepan Arkadjewitsch sagte.

Oblonskij hatte offenbar seine Aufmerksamkeit auf die Fürstin und Sergej Iwanowitsch gelenkt, denn er sah sich nach der Stelle um, wo sie standen und lüftete schweigend den Hut. Sein gealtertes Gesicht hatte einen leidenden Ausdruck und schien wie versteinert.

Nachdem er den Bahnsteig betreten und seine Mutter vorangelassen hatte, verschwand Wronskij im Coupé.

Auf dem Bahnsteig ertönte das *»Gott erhalte den Zaren«*, dann die Rufe: »Hurra! *Ž iwio*!« Einer der Freiwilligen, ein hochgewachsener, sehr junger Mann mit eingefallner Brust, machte sich besonders durch seine Abschiedsgrüße bemerkbar, indem er über seinem Kopfe seinen Filzhut und einen Strauß schwenkte. Hinter ihm beugten sich zwei Offiziere und ein älterer Herr mit einem langen Bart und einer fleckigen Schirmmütze heraus und grüßten ebenfalls.

3

Nachdem sich Sergej Iwanowitsch von der Fürstin verabschiedet hatte, bestieg er mit Katawassow zusammen den Waggon, der gedrängt voll war, und der Zug setzte sich in Bewegung.

Auf der Station Zaritzyn wurde der Zug von einer Schar junger Leute empfangen, die im Chor das »Slawßja« sangen. Wieder grüßten die Freiwilligen und beugten sich vor, aber Sergej Iwanowitsch schenkte ihnen keine Beachtung; er war schon so viel mit den Freiwilligen in Berührung gekommen, daß dieser Typus ihm zur Genüge bekannt war und kein Interesse mehr für ihn hatte. Katawassow dagegen, der so sehr von seinen wissenschaftlichen Arbeiten in Anspruch genommen war, daß er keine Gelegenheit gehabt hatte, die Freiwilligen zu beobachten, hatte großes Interesse für sie und ließ sich von Sergej Iwanowitsch über sie belehren.

Sergej Iwanowitsch empfahl ihm, in das Coupé zweiter Klasse hinüberzugehen und sich mit ihnen in ein Gespräch einzulassen. Auf der nächsten Station befolgte Katawassow diesen Rat.

Er ging in die zweite Klasse hinüber und gesellte sich zu den Freiwilligen. Sie saßen in der Ecke des Wagens in lärmender Unterhaltung und zweifelten offenbar nicht daran, daß die Aufmerksamkeit der Mitreisenden und des eintretenden Katawassow nur auf sie gerichtet sei. Am lautesten sprach der hochgewachsene Jüngling mit der eingefallenen Brust. Er war allem Anschein nach etwas angeheitert und erzählte von einem Vorfall, der sich in dem Geschäft, in dem er gewesen war, ereignet hatte. Ihm gegenüber saß ein nicht mehr ganz junger Offizier, im Waffenrock der österreichischen Garde. Er hörte dem Erzähler lächelnd zu und unterbrach ihn von Zeit zu Zeit. Ein dritter, in Artillerieuniform, saß neben ihm auf einem Koffer. Ein vierter schlief.

Katawassow knüpfte mit dem jungen Mann ein Gespräch an und erfuhr von ihm, daß er ein reicher Moskauer Kaufmann sei, der vor seinem zweiundzwanzigsten Jahre schon ein großes Vermögen vergeudet hatte. Er gefiel Katawassow nicht, weil er verzärtelt, verwöhnt und schwächlich aussah; er war augenscheinlich, namentlich jetzt im angetrunkenen Zustand, davon überzeugt, daß er eine große Heldentat vollbringe und rühmte sich ihrer in der unangenehmsten Weise.

Der andere, ein Offizier außer Dienst, machte auf Katawassow ebenfalls einen unangenehmen Eindruck. Es war, wie er erfuhr, ein Mensch, der schon alles im Leben versucht hatte. Er hatte schon im Eisenbahndienst gestanden, war Verwalter gewesen, hatte eigene Fabriken gehabt und sprach über alles ohne jeden Anlaß, wobei er Fremdwörter am unrechten Ort gebrauchte.

Der dritte, ein Artillerieoffizier, gefiel Katawassow dagegen sehr gut. Es war ein bescheidener, stiller Mensch, dem der Grad eines Gardeoffiziers und die heldenhafte Aufopferung des Kaufmannes offenbar großen Respekt einflößten, und der von sich selbst gar nicht sprach. Als Katawassow ihn fragte, was ihn dazu bewogen habe, nach Serbien zu gehen, antwortete er bescheiden:

»Ja, es gehen ja alle hin. Man muß doch auch den Serben helfen. Sie tun mir leid.«

»Ja, namentlich fehlt es dort an euch Artilleristen«, sagte Katawassow.

»Ich habe ja nicht lange bei der Artillerie gedient, vielleicht komme ich zur Infanterie oder zur Kavallerie.«

»Weshalb denn zur Infanterie, wenn es besonders an Artilleristen mangelt?« fragte Katawassow, der aus dem Alter des Artilleristen schloß, daß er schon einen höheren Grad haben müsse.

»Ich habe nicht lange bei der Artillerie gedient, ich bin Fähnrich außer Dienst«, sagte er und begann zu erklären, warum er die Offiziersprüfung nicht bestanden habe.

Alles dies vereinigte sich bei Katawassow zu einem unangenehmen Eindruck, und als die Freiwilligen auf der nächsten Station ausstiegen, um etwas zu trinken, wollte Katawassow im Gespräch mit irgend jemandem die Richtigkeit dieses unangenehmen Eindruckes prüfen. Einer der Mitreisenden, ein alter Mann im Militärmantel, hatte die ganze Zeit

Katawassows Unterhaltung mit den Freiwilligen zugehört. Als er mit ihm allein geblieben war, wandte sich Katawassow zu ihm.

»Wie verschieden doch die gesellschaftliche Stellung all dieser Leute ist, die dorthin gehen«, sagte Katawassow, der seine eigene Meinung aussprechen und zugleich die des alten Mannes erfahren wollte, ein wenig unsicher.

Der Alte gehörte zum Militär und hatte zwei Feldzüge mitgemacht. Er wußte, was es hieß, Soldat zu sein und hielt alle diese Leute nach ihrer äußeren Erscheinung, ihrer Unterhaltung und der ungenierten Art, wie sie unterwegs der Flasche zusprachen, für schlechte Soldaten. Dazu kam, daß er Bewohner einer Kreisstadt war und gern erzählt hätte, wie ein auf unbestimmte Zeit beurlaubter Soldat aus seiner Stadt, der ein Trunkenbold und Dieb war und den niemand als Arbeiter annehmen wollte, sich gleichfalls den Freiwilligen angeschlossen hatte. Aber da er aus Erfahrung wußte, daß es bei der jetzt in der Gesellschaft herrschenden Stimmung gefährlich sei, seine Meinung auszusprechen, wenn sie nicht mit der allgemeinen herrschenden übereinstimmte, und daß es namentlich nicht ratsam sei, sich über die Freiwilligen abfällig zu äußern, suchte er erst Katawassow auszuforschen.

»Man braucht dort eben Leute«, sagte er, während seine Augen lachten. Und sie begannen, sich über die letzten Berichte vom Kriegsschauplatz zu unterhalten; einer aber verbarg vor dem andern seine Unwissenheit in bezug auf die Frage, mit wem am nächsten Tage eine Schlacht stattfinden sollte; denn die Türken waren ja nach den letzten Berichten auf allen Punkten geschlagen worden. So trennten sich beide, ohne ihre Ansichten ausgetauscht zu haben.

Nachdem Katawassow wieder in seinen Wagen zurückgekehrt war, berichtete er Sergej Iwanowitsch in unwillkürlicher Heuchelei von dem Eindruck, den ihm die Freiwilligen gemacht hatten, so daß man aus seinen Worten den Schluß ziehen mußte, daß sie tüchtige Jungen seien.

Auf der großen Station wurden die Freiwilligen wieder mit Singen und Hochrufen empfangen; wieder erschienen Sammler und Sammlerinnen mit Geldbüchsen; die Damen der Provinz überreichten den Freiwilligen Sträuße und folgten ihnen zum Büfett; aber alles ging schon viel stiller und unter geringerer Beteiligung vor sich als in Moskau.

4

Während des Aufenthalts auf dem Bahnhof der Gouvernementsstadt ging Sergej Iwanowitsch nicht zum Büfett, sondern wandelte auf dem Bahnsteig auf und ab.

Als er das erste Mal an Wronskijs Wagenabteil vorüberkam, bemerkte er, daß das Fenster verhängt war. Das zweite Mal aber sah er die alte Gräfin am Fenster. Sie rief Kosnyschew zu sich heran.

»Da reise ich nun, ich begleite ihn bis Kursk«, sagte sie.

»Ja, ich habe davon gehört«, sagte Sergej Iwanowitsch, indem er am Fenster stehen blieb und hineinsah. »Was für ein schöner Zug von ihm«, setzte er hinzu, als er sah, daß Wronskij nicht im Wagen war.

»Ja, was ist ihm nach dem entsetzlichen Unglück anderes übrig geblieben?«

»Welch' ein schreckliches Ereignis!« sagte Sergej Iwanowitsch.

»Ach, was habe ich durchgemacht! Aber kommen Sie doch herein ... Was habe ich durchgemacht«, wiederholte sie, nachdem Sergej Iwanowitsch eingetreten war und neben ihr auf dem Polstersitz Platz genommen hatte. »Das kann man sich nicht vorstellen! Sechs Wochen lang hat er mit keinem Menschen ein Wort gesprochen und war zum Essen nur zu bewegen, wenn ich ihn flehentlich darum bat. Keinen Augenblick konnte man ihn allein lassen. Wir entfernten alles, womit er sich hätte umbringen können; wir wohnten im untern Stockwerk, aber alle Möglichkeiten ließen sich doch nicht voraussehen. Sie wissen doch, daß er sich schon einmal ihretwegen zu erschießen versucht hat«, sagte sie, und die Augenbrauen der alten Frau zogen sich bei dieser Erinnerung zusammen.

»Ja, sie hat geendet, wie eine solche Frau enden mußte. Sogar die Todesart, die sie wählte, war niedrig und gemein.«

»Es ist nicht an uns, zu richten, Gräfin«, sagte Sergej Iwanowitsch mit einem Seufzer, »aber ich begreife, wie schwer Sie darunter gelitten haben müssen.«

»Ach, es ist nicht zu sagen! Ich wohnte auf meinem Gut, und er war gerade bei mir. Da bringt ein Bote einen Brief. Er schreibt eine Antwort und schickt sie ab. Wir ahnten nicht, daß sie selbst auf der Station war. Abends, ich hatte mich eben auf mein Zimmer zurückgezogen, erzählt mir meine Marie, auf der Station habe sich eine Dame unter den Zug geworfen. Mir war, als hätte ich einen Schlag bekommen. Ich wußte sofort, daß sie es war. Mein erster Gedanke war, er darf es nicht erfahren. Aber sie hatten es ihm schon gesagt. Sein Kutscher war dort gewesen und hatte alles mit angesehen. Als ich in sein Zimmer stürzte, war er nicht zu erkennen – es war schrecklich, ihn anzusehen. Er sprach kein Wort und ritt hin. Was dort geschehen ist, weiß ich nicht, aber man brachte ihn halbtot nach Hause. Ich hätte ihn nicht wiedererkannt. *Prostration complète*, sagte der Arzt. Dann war er wie ein Rasender. Ach, was soll ich Ihnen sagen!« wiederholte die Gräfin mit einer verzweifelten Handbewegung. »Es war eine schreckliche Zeit. Nein, was Sie auch sagen mögen, sie war eine schlechte Frau. Was sollen diese zügellosen Leidenschaften! Mit alledem soll nur etwas Besonderes bewiesen werden. Da hat sie's nun bewiesen. Sie hat sich selbst und zwei vortreffliche Menschen zugrunde gerichtet – ihren Mann und meinen unglücklichen Sohn.«

»Was macht denn ihr Mann?« fragte Sergej Iwanowitsch.

»Er hat ihre Tochter zu sich genommen. Aljoscha war in der ersten Zeit mit allem einverstanden. Jetzt aber quält ihn der Gedanke, daß er seine Tochter einem Fremden abgetreten hat. Aber sein Wort kann er nicht mehr zurücknehmen. Karenin hat der Beerdigung beigewohnt. Wir haben es so eingerichtet, daß er mit Aljoscha nicht zusammentraf. Er, der Gatte, ist besser daran. Sie hat ihm die Freiheit wiedergegeben. Aber mein armer Sohn hat sich völlig für sie aufgeopfert. Er hat alles hingegeben, seine Karriere, mich, und dennoch hat sie ihn nicht geschont und ihm vorsätzlich den Todesstoß gegeben. Nein, was Sie auch sagen mögen, schon ihr Tod allein ist der Tod einer schlechten Frau, die keinen Glauben besaß. Gott verzeihe mir, aber ich kann nicht ohne Haß an die Frau denken, die meinen Sohn zugrunde gerichtet hat.«

»Und wie steht es jetzt mit ihm?«

»Gott hat uns geholfen – durch diesen serbischen Krieg. Ich bin alt und verstehe nichts davon, aber das ist eine Fügung Gottes. Freilich, für mich, seine Mutter, ist das schrecklich; und was die Hauptsache ist, *ce n'est pas très bien vu à Petersbourg*. Aber was tun? Das allein kann ihm wieder aufhelfen. Sein Freund Jaschwin hat alles verspielt und ist nach Serbien fort. Er hat ihn vorher besucht und ihn auch dazu überredet. Jetzt ist er ganz davon erfüllt. Bitte, sprechen Sie ein paar Worte mit ihm; ich möchte so gerne, daß er sich etwas zerstreut. Er ist so niedergeschlagen. Zum Unglück hat er noch Zahnschmerzen. Er wird sich sehr freuen, Sie zu sehen. Bitte, sprechen Sie ein paar Worte mit ihm; er geht auf dieser Seite auf und ab.«

Sergej Iwanowitsch erwiderte, es würde ihm sehr angenehm sein, und ging auf die andere Seite des Zuges hinüber.

5

In dem schrägen Schatten der Abendsonne, den die Gepäckstücke warfen, die auf dem Bahnsteig aufgestapelt waren, ging Wronskij mit langem Mantel und in die Stirn gedrücktem Hut, die Hände in den Taschen, wie ein wildes Tier im Käfig hin und her; nach je zwanzig Schritten machte er hastig kehrt. Als Sergej Iwanowitsch auf ihn zuschritt, schien es ihm, als sähe ihn Wronskij und als tue er nur so, als ob er ihn nicht sähe. Sergej Iwanowitsch war das gleichgültig. In seinem Verhalten zu Wronskij stand er über allen persönlichen Bedenken.

In diesem Augenblick war Wronskij in Sergej Iwanowitschs

Augen ein hervorragender Vorkämpfer für eine große Sache, und Kosnyschew hielt es für seine Pflicht, ihn anzuspornen und ihm seine Anerkennung auszudrücken. Er trat zu ihm.

Wronskij blieb stehen, sah ihn aufmerksam an, und er kannte ihn; nun ging er ihm einige Schritte entgegen und drückte ihm mit Wärme die Hand.

»Vielleicht ist es Ihnen gar nicht angenehm, mich zu sehen«, sagte Sergej Iwanowitsch; »aber könnte ich Ihnen nicht irgendwie nützlich sein?«

»Für mich gibt es niemanden, dessen Begegnung mir weniger unangenehm wäre als die Ihrige«, gab Wronskij zur Antwort. »Verzeihen Sie. Angenehmes gibt es für mich im Leben nicht mehr.«

»Ich begreife das und wollte Ihnen nur meine Dienste anbieten«, sagte Sergej Iwanowitsch, indem er Wronskijs Gesicht, das sichtlich den Ausdruck des Leidens trug, forschend betrachtete. »Wünschen Sie vielleicht einen Brief an Ristisch, an Milan?«

»Ach nein?« sagte Wronskij, als koste es ihn Mühe, etwas zu verstehen. »Wenn es Ihnen recht ist, wollen wir ein wenig auf und ab gehen. In den Coupés ist es so dumpf. Einen Brief? Nein, ich danke Ihnen – zum Sterben bedarf es keiner Empfehlungsbriefe. Höchstens vielleicht an die Türken ...«, sagte er, indem er nur mit dem Mund lächelte, während seine Augen den gleichen halb zürnenden, halb leidenden Ausdruck beibehielten.

»Ja, gewiß, aber es würde Ihnen doch wohl leichter werden, mit einer eingeweihten Persönlichkeit, die auf Ihr Kommen vorbereitet ist, die Beziehungen, die nun einmal nicht zu umgehen sind, anzuknüpfen. Übrigens, wie Sie wünschen. Ich habe mich sehr gefreut, von Ihrem Entschlusse zu hören. Man ist ohnedies schon so sehr gegen die Freiwilligen eingenommen, daß sie durch einen Mann wie Sie in der öffentlichen Meinung nur gewinnen werden.«

»Ich, als Mensch, besitze den Vorzug, daß das Leben keinen Wert für mich hat. Daß ich über ein genügendes Maß physischer Kraft verfüge, um mich auf ein feindliches Truppenviereck zu stürzen und es auseinanderzusprengen oder selbst zu fallen, davon bin ich überzeugt. Ich freue mich, daß es etwas gibt, wofür ich mein Leben hinopfern kann, das für mich, wenn nicht gerade unnütz, so doch zum Überdruß geworden ist. So hat doch jemand einen Nutzen davon.« Und er machte eine ungeduldige Bewegung mit dem Kiefer, der ihn durch den anhaltenden bohrenden Zahnschmerz daran hinderte, in seine Worte denjenigen Ausdruck zu legen, mit dem er gerne gesprochen hätte.

»Sie werden wieder neuen Lebensmut schöpfen, ich prophezeie es Ihnen«, sagte Sergej Iwanowitsch gerührt. »Die Erlösung seiner Brüder vom Joch ist ein Ziel, des Lebens und des Todes wert. Gott gebe Ihnen äußeren Erfolg und inneren Frieden«, fügte er hinzu und reichte ihm die Hand.

Wronskij drückte voller Wärme die dargereichte Hand.

»Ja, als Waffe bin ich noch zu etwas nütze. Aber als Mensch bin ich – eine Ruine«, sagte er zögernd.

Der zuckende Schmerz des starken Zahnes, der seinen Mund mit Speichel füllte, hinderte ihn am Sprechen. Er schwieg, indem er die Räder des langsam und ruhig über die Schienen rollenden Tenders betrachtete.

Und plötzlich ließ ihn etwas anderes als ein Schmerz, ein allgemeines inneres Unbehagen, auf einen Augenblick den Zahnschmerz vergessen. Bei dem Anblick des Tenders und der Schienen, unter dem Eindruck des Gesprächs mit einem Bekannten, den er seit seinem Unglück nicht mehr gesehen hatte, überkam ihn plötzlich die Erinnerung an sie, das heißt an das, was von ihr noch übrig war, als er wie ein Wahnsinniger in die Wachtstube der Eisenbahnstation gestürzt kam: in der Wachtstube auf dem Tische lag mitten unter Fremden der schamlos ausgestreckte, blutige Körper, der noch erfüllt schien von dem eben entschwundenen Leben; der unversehrt gebliebene, zurückgebeugte Kopf mit den schweren Flechten und dem lockigen Haar, das die Schläfen umringelte; und in dem reizvollen Gesicht mit dem halbgeöffneten roten Mund war ein seltsamer, kläglicher Ausdruck auf den Lippen erstarrt, der Mitleid erweckte, während in den gebrochenen, nicht geschlossenen Augen ein furchtbarer Ausdruck lag. Und Augen und Mund schienen die schrecklichen Worte aussprechen zu wollen, die sie ihm damals während des Streites zugerufen hatte: er werde einst bereuen.

Er gab sich Mühe, sie in seiner Vorstellung so wiederzuerwecken, wie er sie zum ersten Male, auch auf dem Bahnhof, gesehen hatte – geheimnisvoll, herrlich, liebend, Glück suchend und Glück spendend, nicht grausam-rachsüchtig, wie sie ihm im letzten Augenblicke erschienen war. Er gab sich Mühe, die schönsten Augenblicke, die er mit ihr verlebt hatte, in seiner Erinnerung wieder wachzurufen, aber diese Augenblicke waren für immer vergiftet. Er sah nur ihre Drohung, die sich erfüllt hatte, und die nutzlose Reue, die sich nicht bannen ließ. Er fühlte den Schmerz in seinem Zahn nicht mehr, und Schluchzen verzerrte sein Gesicht.

Er ging schweigend einige Male an den Gepäckstücken vorüber und wandte sich dann, nachdem er seine Fassung wieder erlangt hatte, Sergej Iwanowitsch zu.

»Ist nach dem gestrigen Telegramm keine neue Nachricht eingetroffen? Sie sind zum dritten Male geschlagen worden, aber morgen wird eine entscheidende Schlacht erwartet.«

Nach einigen Worten über die Erhebung Milans zum König und über die schwerwiegenden Folgen, die dieses Ereignis nach sich ziehen konnte, gingen sie nach dem zweiten Glockenschlag jeder in sein Wagenabteil zurück.

6

Sergej Iwanowitsch hatte nicht gewußt, um welche Zeit es ihm möglich sein würde, Moskau zu verlassen, und hatte seinen Bruder nicht telegraphisch gebeten, ihn abholen zu lassen.

Als Katawassow und Sergej Iwanowitsch in dem Reisewagen, den sie auf der Station gemietet hatten, gegen zwölf Uhr, schwarz wie Mohren, mit Staub bedeckt, an der Freitreppe vorfuhren, war Ljewin nicht zu Hause. Kitty, die mit ihrem Vater und ihrer Schwester auf dem Balkon saß, erkannte den Schwager und eilte ihm entgegen.

»Warum haben Sie uns nicht benachrichtigt, Sie sollten sich schämen«, sagte sie, indem sie ihm die Hand reichte und die Stirn zum Kusse bot.

»Wir sind auch, ohne Sie zu beunruhigen, wohlbehalten angekommen«, erwiderte Sergej Iwanowitsch. »Ich bin so voll Staub, daß ich mich fürchte, Sie anzurühren. Meine Zeit war so sehr in Anspruch genommen, daß ich selbst nicht wußte, wann ich fortkomme. Und Sie genießen, wie von jeher«, sagte er lächelnd, »fern von den Strömungen das stille Glück auf Ihren stillen Gewässern. Da ist ja auch endlich unser Freund Fjodor Wassiljewitsch.«

»Ich bin aber kein Mohr und will mich waschen, um wieder ein menschenähnliches Aussehen zu bekommen«, sagte Katawassow in seiner scherzhaften Art, indem er ihr die Hand reichte und lächelte, daß seine weißen Zähne aus dem schwarzen Gesicht noch weißer hervorschimmerten.

»Kostja wird sich sehr freuen. Er ist auf dem Vorwerk. Er müßte eigentlich schon zurück sein.«

»Er ist immer mit der Wirtschaft beschäftigt. Er ist gewissermaßen im Hafen«, sagte Katawassow. »In der Stadt hört man nur noch vom serbischen Krieg sprechen. Wie verhält sich mein Freund dazu? Sicher nicht wie andere Leute.«

»O doch, doch, wie die andern«, erwiderte Kitty etwas verlegen, indem sie sich nach Sergej Iwanowitsch umsah. »Ich will ihn rufen lassen. Papa ist bei uns zu Besuch. Er ist unlängst aus dem Auslande zurückgekehrt.«

Kitty schickte zu Ljewin und ließ jedem der Gäste ein Zimmer anweisen, damit sie sich von dem Reisestaub reinigen könnten. Der eine wurde im Studierzimmer, der andere in Dollys früherem Wohnraum untergebracht. Darauf ordnete sie das Frühstück für die Gäste an und lief dann, als sei sie der wiedergewonnenen Bewegung froh, die ihr während der Schwangerschaft versagt gewesen war, auf den Balkon.

»Sergej Iwanowitsch und Katawassow, der Professor, sind gekommen.«

»Ach, bei der Hitze ist mir jeder Fremde lästig«, sagte der Fürst.

»Nein, Papa, er ist ein sehr netter Mensch, und Kostja hat

ihn sehr gern«, sagte Kitty lächelnd, als wolle sie ihm etwas ausreden, da sie einen spöttischen Ausdruck im Gesicht des Vaters bemerkte.

»Na, ich meine ja nur.«

»Herzchen, gehe zu ihnen«, wandte sich Kitty an ihre Schwester, »und leiste ihnen Gesellschaft. Sie haben Stiwa auf der Station getroffen, er ist wohlauf. Ich will schnell zu Mitja hinüber. Seit heute morgen habe ich ihn nicht mehr gestillt. Er ist aufgewacht und schreit jetzt sicher.« Sie fühlte einen Andrang der Muttermilch und ging schnellen Schrittes in das Kinderzimmer.

In der Tat, sie hatte es nicht erraten (die Verbindung mit dem Kinde hatte noch nicht aufgehört), sie wußte es vielmehr infolge des Milchandrangs mit Sicherheit, daß das Kind nach Nahrung verlangte.

Sie wußte, daß es schrie, noch ehe sie sich dem Kinderzimmer näherte. Und es schrie in der Tat. Sie hörte seine Stimme und beschleunigte ihre Schritte. Aber je schneller sie ging, desto lauter schrie es. Das Kind hatte eine gute, gesunde Stimme, aber sie klang hungrig und ungeduldig. –

»Schon lange, Njanja, schon lange?« fragte Kitty hastig, indem sie sich auf einen Stuhl setzte und ihre Vorbereitungen zum Stillen traf.

»So geben Sie ihn mir doch schnell her. Ach, Njanja, wie langweilig Sie sind, Sie können ihm doch nachher das Häubchen zubinden!«

Das Kind würgte sich vor verzweifeltem Schreien.

»Aber das geht doch nicht, Mütterchen«, sagte Agasja Michajlowna, die sich immer im Kinderzimmer zu schaffen machte. »Man muß ihm doch alles ordentlich anziehen.«

»Eia, eia!« sang sie, um ihn zu beruhigen, ohne auf die Mutter zu achten. Die Njanja trug das Kind zu der Mutter. Agasja Michajlowna folgte nach, während ihr Gesicht vor Rührung zu zerfließen schien.

»Er kennt mich, er kennt mich. Bei Gott, Mütterchen Jekatjerina Alexandrowna, er hat mich erkannt«, sagte Agasja Michajlowna, indem sie das Kind zu überschreien suchte.

Doch Kitty hörte nicht auf ihre Worte. Ihre Ungeduld

wuchs ebenso wie die des Kindes. Vor lauter Ungeduld konnte sie lange nicht zurechtkommen. Das Kind erfaßte nicht das, was es sollte, und wurde böse.

Endlich nach langem, verzweifelten atemraubenden Schreien, und nutzlosen, überstürzten Schluckversuchen kam die Sache in Ordnung, und Mutter und Kind beruhigten sich und wurden beide still.

»Aber das arme Kindchen ist ja ganz in Schweiß gebadet«, sagte Kitty flüsternd, indem sie das Kind betastete. »Woraus schließen Sie, daß er Sie erkennt?« fügte sie hinzu, und betrachtete dabei verstohlen die Äuglein, die, wie ihr schien, verschmitzt unter dem vorstehenden Häubchen hervorschauten, die Bäckchen, die wie im Takte auf und niedergingen, und das Händchen mit der roten Handfläche, mit dem das Kind im Kreise herumfuhr.

»Es kann nicht sein! Wenn er einen Menschen erkennen könnte, so würde er vor allen anderen mich erkennen«, sagte Kitty auf Agasja Michajlownas bejahende Antwort und lächelte dabei.

Sie lächelte. Denn obgleich sie behauptet hatte, das Kind könne niemanden erkennen, sagte ihr Herz, daß es nicht nur Agasja Michajlowna erkenne, sondern daß es alles wisse und verstehe, und noch vieles wisse und verstehe, was sonst niemand wußte und was sie, die Mutter, selbst erst durch ihn erfahren hatte und was ihr erst durch ihn verständlich geworden war. Für Agasja Michajlowna, für die Njanja, für den Großvater, für den Vater sogar, war Mitja ein lebendes Wesen, das nur körperlicher Pflege bedurfte; für die Mutter war er aber schon längst ein beseeltes Wesen, mit dem sie schon durch eine ganze Reihe geistiger Beziehungen verbunden war.

»Wenn er aufwacht, werden Sie es, so Gott will, schon selber sehen. Ich brauche nur so zu machen, dann strahlt er über das ganze Gesicht, mein Täubchen. Er strahlt wie der helle Tag«, sagte Agasja Michajlowna.

»Nun ja, schon gut, schon gut, wir werden ja sehen«, sagte Kitty flüsternd. »Jetzt können Sie gehen, er schläft ein.«

7

Agasja Michajlowna verließ auf den Fußspitzen das Zimmer; die Njanja ließ die Stores herab, verscheuchte die Fliegen von dem Musselinvorhang des Bettchens und einen Brummer, der immer an die Fensterscheibe stieß, und setzte sich, indem sie mit einem welken Birkenreis die Mutter und das Kind umfächelte.

»Diese Hitze, diese Hitze! Wenn Gott uns nur Regen senden wollte«, sagte sie.

»Ja, ja, sch – sch …« war alles, was Kitty erwiderte, indem sie sich leicht hin- und herwiegte und Mitjas dickes Händchen zärtlich an sich drückte; das Händchen schien am Gelenk wie von einem Faden umwunden und bewegte sich fortwährend leise auf und ab, während das Kind die Äuglein öffnete und schloß. Dieses Händchen beunruhigte Kitty; sie wollte das Händchen küssen, aber sie fürchtete sich, es zu tun, um das Kind nicht zu wecken. Das Händchen hörte endlich auf sich zu bewegen, und die Augen schlossen sich. Nur von Zeit zu Zeit hob das Kind, indem es in seiner Tätigkeit fortfuhr, seine langen, gebogenen Wimpern und sah die Mutter mit seinen feuchtschimmernden Augen an, die im Halbdunkel schwarz erschienen. Die Njanja hörte auf zu fächeln und schlummerte ein. Von oben ertönte die Stimme des Fürsten und Katawassows Lachen.

»Sie unterhalten sich wahrscheinlich auch ohne mich gut«, dachte Kitty, »aber es ist doch schade, daß Kostja nicht da ist. Er ist jedenfalls wieder in den Bienengarten gegangen. Obwohl ich mich einsam fühle, wenn er so häufig dort ist, freue ich mich doch darüber. Es zerstreut ihn. Jetzt ist er viel heiterer als im Frühjahr, und es geht ihm auch besser. Sonst war er so düster und quälte sich so sehr, daß mir bange um ihn wurde. Wie komisch er doch ist!« flüsterte sie lächelnd.

Sie wußte, was ihren Mann quälte. Es war sein Unglaube. Obgleich sie, wenn man sie gefragt hätte, ob er, nach ihrer Meinung, im Jenseits wegen seines Unglaubens verdammt werden würde, von Rechts wegen hätte zugeben müssen, daß er verdammt wird, so machte sein Unglauben sie doch keineswegs unglücklich. Und sie, die sich dazu bekannte, daß es für den Ungläubigen keine Rettung gebe und sich bewußt war, daß sie die Seele ihres Mannes über alles in der Welt liebte, lächelte dennoch bei dem Gedanken an seinen Unglauben und sagte zu sich selbst, daß er komisch sei.

»Wozu liest er das ganze Jahr hindurch solche Philosophien?« dachte sie. »Wenn das alles in diesen Büchern stünde, müßten sie ihm doch verständlich sein. Wenn aber lauter Unwahrheit darin steht, wozu liest er sie immerzu? Er sagt selbst, er möchte gläubig sein. Warum ist er es denn nicht? Wohl, weil er viel denkt? Und er denkt viel infolge der Einsamkeit. Er ist immer allein, immer allein. Mit uns kann er schlechterdings nicht über alles sprechen. Ich denke, die Gäste werden ihm willkommen sein, besonders Katawassow. Er unterhält sich gern mit ihm über allerlei Fragen«, dachte sie, und gleich blieben ihre Gedanken bei der Frage haften, wo sie Katawassow am bequemsten unterbringen könnte – ob allein oder mit Sergej Iwanowitsch. Da fiel ihr plötzlich etwas ein, was sie so sehr erregte, daß sie zusammenzuckte und dadurch Mitja störte, der sie dafür mit strenger Miene ansah. »Die Wäscherin hat, glaub' ich, die Wäsche noch nicht gebracht, und die Bettwäsche für die Gäste ist bereits im Gebrauche. Wenn ich nicht die nötigen Anordnungen treffe, wird Agasja Michajlowna Sergej Iwanowitsch schon benutzte Bettücher geben;« und bei diesem Gedanken schoß Kitty das Blut ins Gesicht.

»Ja, ich muß das Nötige anordnen«, sagte sie sich, und indem sie zu ihren früheren Gedanken zurückkehrte, fiel ihr ein, daß sie sich über etwas Wichtiges, was sie innerlich beschäftigte, noch nicht klargeworden war, und sie gab sich Mühe, sich darauf zu besinnen, was es gewesen war. »Ach ja, Kostja ist ungläubig«, erinnerte sie sich wieder mit einem Lächeln.

»Ungläubig, nun ja! Es ist besser, wenn er immer so bleibt, als wenn er so wäre wie Madame Stahl, oder wie ich damals im Auslande sein wollte. Er wird nie dazu kommen, zu heucheln.«

Und sie erinnerte sich lebhaft eines Vorfalls, bei dem unlängst die natürliche Güte seines Herzens zutage getreten war. Vor vierzehn Tagen war ein reuiges Schreiben von Stjepan Arkadjewitsch an Dolly eingetroffen. Er flehte sie an, seine Ehre zu retten und ihr Gut zu verkaufen, um seine Schulden zu bezahlen. Dolly war in Verzweiflung, Haß erfüllte sie gegen ihren Mann, sie verachtete und bemitleidete ihn zugleich, sie beschloß, sich von ihm scheiden zu lassen, ihm seine Bitte abzuschlagen – um schließlich doch einzuwilligen, einen Teil ihres Gutes zu verkaufen. Dann dachte Kitty, indem sie unwillkürlich lächelte, daran, wie verlegen ihr Mann gewesen war, wie er mehrmals ungeschickte Versuche gemacht hatte, zur Sprache zu bringen, was ihn bewegte, und wie er endlich ein Mittel gefunden hatte, Dolly zu helfen, ohne sie zu verletzen, indem er Kitty vorschlug, ihr einen Teil ihres Gutes abzutreten, ein Gedanke, der ihr völlig ferngelegen hatte.

»Wie kann man ihn einen Ungläubigen nennen! Mit seinem Herzen, mit dieser Ängstlichkeit irgend jemand zu kränken, sei es auch nur ein Kind. Alles für andere, nichts für sich. Sergej Iwanowitsch hält es für Kostjas natürliche Pflicht, sein Verwalter zu sein. Die Schwester ebenso. Jetzt sind Dolly und die Kinder unter seiner Obhut. Und dann, alle die anderen, die sich an ihn wenden, als ob er verpflichtet sei, ihnen zu dienen.«

»Ja, werde nur so wie dein Vater, nur ihm gleich«, sagte sie, indem sie Mitja der Njanja reichte und seine Wangen mit den Lippen berührte.

8

Seitdem Ljewin seinen Lieblingsbruder hatte sterben sehen, hatte er die Fragen über Leben und Tod zum ersten Male vom Standpunkt der neuen Überzeugungen, wie er sie nannte, betrachtet, jener Überzeugungen, die im Alter von zwanzig bis vierunddreißig Jahren an Stelle des Glaubens getreten waren, der ihn während seiner Kindheit und seines Jünglingsalters erfüllt hatte. Entsetzen erfaßte ihn, nicht so sehr vor dem Tode als vor dem Leben, vor dieser vollkommenen Unwissenheit in der Frage, woher es kommt, wozu es ist und was es ist. Der Organismus, seine Vernichtung, die Unzerstörbarkeit der Materie, das Gesetz der Erhaltung der Kraft, die Entwicklung, das waren die Worte, die an Stelle des früheren Glaubens getreten waren. Diese Worte und die mit ihnen verknüpften Begriffe mochten für geistige Zwecke ganz gut sein, für das wirkliche Leben hatten sie keinen Wert. Ljewin befand sich plötzlich in der Lage eines Menschen, der absichtlich einen warmen Pelz gegen ein Musselingewand vertauscht hat und nun zum ersten Male während des Frostes nicht durch Vernunftschlüsse, sondern an seinem eigenen Leibe erfährt, daß er so gut wie nackt sei und unbedingt qualvoll zugrunde gehen müsse.

Von diesem Augenblicke an empfand Ljewin, obwohl er sich keine Rechenschaft davon zu geben vermochte und in der früheren Art und Weise weiterlebte, dieses Entsetzen vor seiner Unwissenheit.

Außerdem hatte er die dunkle Empfindung, daß das, was er seine Überzeugungen nannte, nicht lediglich Richtwissen, sondern daß es eine Art des Denkens war, die die Erkenntnis dessen, was er zu wissen begehrte, unmöglich machte.

In der ersten Zeit waren diese Gedanken durch seine Heirat, durch die neuen Freuden und Pflichten, die er kennengelernt hatte, vollständig zurückgedrängt worden. Später jedoch, als er nach dem Wochenbett seiner Frau in Moskau ohne jede Beschäftigung dahinlebte, trat diese Frage, die ihrer Lösung harrte, mit großer Beharrlichkeit vor seine Seele.

Die Frage bestand für ihn in folgendem: »Wenn ich die Antworten, die mir das Christentum auf die Fragen meines Lebens gibt, nicht anerkenne, welche Antworten erkenne ich denn an?« Und in der ganzen Rüstkammer seiner Überzeugungen gelang es ihm nicht nur keine Antwort zu finden, sondern nicht einmal etwas, was einer Antwort ähnlich gewesen wäre.

Er befand sich in der Lage eines Menschen, der in einem Spielwarenladen oder in einer Waffenhandlung nach Nahrungsmitteln suchen wollte.

Unwillkürlich, ohne es selbst zu merken, suchte er jetzt in jedem Buche, in jeder Unterhaltung, in jedem Menschen eine Beziehung zu diesen Fragen und ihre Lösung.

Was ihn dabei am meisten wunderte und verstimmte, war der Umstand, daß die Mehrzahl der Leute, die seinem Gesellschaftskreise angehörten und mit ihm im gleichen Alter standen, Leute, die, wie er, ihren früheren Glauben mit den gleichen neuen Überzeugungen vertauscht hatten, darin kein Unglück sahen und sich ganz ruhig und zufrieden zu fühlen schienen. So kam es, daß Ljewin außer der Hauptfrage noch andere Fragen quälten, wie zum Beispiel die: ob alle diese Leute aufrichtig seien, ob sie sich nicht verstellten, oder ob sie anders, und zwar klarer als er, die Antworten begriffen, die die Wissenschaft auf die Fragen gibt, die ihn selbst beschäftigen? Und er suchte eifrig die Meinung dieser Leute und den Inhalt der Bücher zu erforschen, die sich mit diesen Antworten befaßten.

Seitdem er sich mit diesen Fragen beschäftigte, hatte er sich davon überzeugt, daß er in einem Irrtum gewesen war, als er aus der Erinnerung an seine jugendlichen Universitätsjahre und den damaligen Studentenkreis den Schluß gezogen hatte, daß die Zeiten der Religion sich schon überlebt hätten und daß es keine Religion gäbe. Alle guten Menschen, die ihm im Leben nahestanden, hingen an ihrem Glauben. Der alte Fürst und Ljwow, den er so lieb gewonnen hatte, Sergej Iwanowitsch und alle Frauen, die er kannte, waren gläubig, auch seine Frau huldigte dem Glauben, von dem er in seinen frühen Kinderjahren erfüllt gewesen war, und neunundneunzig Prozent des russischen Volkes, der Teil des Volkes, dessen Leben ihm die meiste Achtung einflößte, waren gläubig.

Dazu kam noch, daß er durch das Studium so vieler Bücher zu der Überzeugung gelangt war, daß die Menschen, die seine Anschauungen teilten, keinerlei neue Vorstellungen an Stelle der alten setzten, und daß sie, ohne irgend etwas zu erklären, nur die Fragen verneinten, ohne deren Beantwortung ihm, das fühlte er, das Leben unmöglich war; er sah, daß diese Leute sich bemühten, Fragen ganz anderer Art zu lösen, die für ihn kein Interesse haben konnten, wie zum Beispiel das Problem der Entwicklung der Organismen, der mechanischen Erklärung der Seele und ähnliches mehr.

Außerdem war während des Wochenbettes seiner Frau etwas für ihn Ungewöhnliches vorgefallen. Er, der Ungläubige, hatte zu beten begonnen, und während er gebetet, auch geglaubt. Aber dieser Augenblick war vergangen, und es war ihm unmöglich, seiner damaligen Stimmung einen Raum in seinem Leben zu geben.

Er konnte nicht annehmen, daß er damals die Wahrheit gewußt habe und sich jetzt irrte, denn sobald er ruhig darüber nachzudenken begann, fiel alles wieder in nichts zusammen; er wollte es auch nicht zugeben, daß er damals in einem Irrtum befangen gewesen sein sollte, denn seine damalige Seelenstimmung war ihm teuer, und er hätte geglaubt, jene Augenblicke zu entweihen, wenn er sie einer Schwäche zuschreiben wollte. Er befand sich in einem qualvollen Widerstreit mit sich selbst und spannte alle Kräfte seiner Seele an, um ihn zu lösen.

9

Diese Gedanken bewegten und quälten ihn bald mehr, bald weniger, aber ganz verließen sie ihn nie. Er las und grübelte, und je mehr er las und grübelte, desto mehr fühlte er sich entfernt von dem Ziele, das er verfolgte.

In Moskau und auf dem Lande hatte er sich in letzter Zeit, da er sah, daß er bei den Materialisten die Lösung der Frage nicht finden werde, von neuem an das Studium von Plato, Spinoza, Kant, Schelling, Hegel und Schopenhauer gemacht, der Philosophen, die das Leben nicht materialistisch erklärten.

Ihre Gedanken erschienen ihm fruchtbar, wenn er sie las

oder es selbst versuchte, die Lehren anderer Philosophen und namentlich die der Materialisten zu widerlegen. Aber sobald er selbständig an die Lösung dieser Fragen heranging, wiederholte sich immer das Gleiche. Wenn er der gegebenen Begriffsbestimmung der unklaren Worte: Geist, Wille, Freiheit, Substanz folgte, wenn er absichtlich in jene Falle von Worten hineingeriet, die ihm die Philosophen oder er selbst sich gestellt hatte, schien es ihm, als ginge ihm ein gewisses Verständnis dafür auf. Er brauchte jedoch nur für einen Augenblick seinem gekünstelten Gedankengang untreu zu werden und aus der Welt der Wirklichkeit zu dem zurückzukehren, was ihn befriedigte, wenn seine Gedanken der vorgezeichneten Richtung folgten, so fiel das ganze künstliche Gebäude wie ein Kartenhaus plötzlich zusammen, und es wurde ihm klar, daß dieses Gebäude, in völliger Unabhängigkeit von etwas Wichtigerem als die Vernunft es ist, durch nichts anderes zustande gekommen war, als durch eine fortgesetzte Umstellung derselben Worte.

Eine Zeitlang, als er Schopenhauer las, setzte er an die Stelle von dessen *Wille* die *Liebe*, und in dieser neuen Philosophie fand er vielleicht zwei Tage lang Trost, bis er sich dann wieder von ihr lossagte. Aber auch diese Philosophie fiel in nichts zusammen, als er es versuchte, sie auf das Leben anzuwenden, und er erkannte, daß sie nichts anderes sei als ein durchsichtiges Gewand, das nicht wärmte.

Sein Bruder Sergej Iwanowitsch riet ihm, Chomjakows theologische Schriften zu lesen. Ljewin las den zweiten Band von Chomjakows Werken, und trotzdem ihn anfänglich der polemische, elegante und geistreiche Ton, in dem sie geschrieben sind, abstieß, machte doch seine Lehre von der Kirche einen großen Eindruck auf ihn.

Anfänglich überraschte ihn der Gedanke, daß es zwar dem einzelnen Menschen nicht gegeben sei, die göttlichen Wahrheiten zu begreifen, wohl aber einer Gemeinschaft von Menschen, die in Liebe verbunden seien, der Kirche. Der Gedanke erfreute ihn, wieviel leichter es sei, zu glauben an die herrschende, jetzt bestehende Kirche, die alle Glaubensanschauungen der Menschen zusammenfasse, die Gott zum Oberhaupt habe, und darum heilig und sündlos sei, und ihr dann den Glauben an Gott, an die Schöpfung, den Sündenfall, die Erlösung zu entnehmen als von Gott anzufangen, diesem so entfernten, geheimnisvollen Gott, der Schöpfung usw. Als er jedoch darauf die Kirchengeschichte aus der Feder eines katholischen Schriftstellers und die Kirchengeschichte von einem rechtgläubigen Schriftsteller gelesen hatte und sah, daß beide Kirchen, die ihrem Wesen nach unfehlbar sind, sich gegenseitig verwarfen, fühlte er sich auch von der Chomjakowschen Kirchenlehre enttäuscht, und dieser Bau fiel ebenso in Trümmer, wie die philosophischen Gebäude.

Während dieses ganzen Frühjahrs war er nicht mehr er selbst und hatte schreckliche Stunden durchzumachen.

»Ohne zu wissen, was ich bin und wozu ich da bin, kann ich nicht leben. Ich kann das aber nicht wissen, folglich kann ich auch nicht leben«, sagte sich Ljewin.

»In der unendlichen Zeit löst sich in der Unendlichkeit der Materie, in dem unendlichen Raum ein Bläschen, ein Organismus ab, und dieses Bläschen bleibt eine Zeitlang bestehen, um dann zu platzen, und dieses Bläschen bin ich.«

Das war eine qualvolle Unwahrheit, aber es war das einzige endgültige Resultat jahrhundertelanger Gedankenarbeit des Menschen in dieser Richtung.

Das war jener letzte Glaubenssatz, auf dem sich, fast auf allen Gebieten, alle Forschungsresultate des menschlichen Geistes aufbauten.

Das war die herrschende Überzeugung und Ljewin hatte sich von allen andern Erklärungsarten, unwillkürlich, ohne zu wissen, wann und wie dies geschehen war, für diese, als die immerhin noch klarste von allen, entschieden.

Aber das war nicht nur Unwahrheit, es war der grausame Hohn irgendeiner bösartigen, feindseligen Macht, einer Macht, der man nicht widerstehen konnte.

Von dieser Macht mußte man sich befreien. Und die Befreiung lag in den Händen jedes Menschen. Dieser Abhängigkeit vom Bösen mußte ein Ende gemacht werden. Und dazu gab es nur ein Mittel – den Tod.

Und Ljewin, der glückliche Familienvater, der gesunde

Mann, war einige Male dem Selbstmord so nahe, daß er die Schnur versteckte, um sich nicht daran aufzuhängen, und sich fürchtete, ein Gewehr bei sich zu tragen, um sich nicht zu erschießen.

Aber Ljewin erschoß sich nicht, erhängte sich auch nicht und fuhr fort zu leben.

10

Wenn Ljewin darüber nachdachte, was er sei und zu welchem Zwecke er lebe, vermochte er keine Antwort zu finden und geriet in Verzweiflung; sobald er aber aufhörte, sich diese Fragen zu stellen, schien es ihm, als wisse er sehr wohl, was er sei und zu welchem Zwecke er lebe, weil er in Wirklichkeit fest und zweckbewußt auftrat und sein Leben in diesem Sinne gestaltete. In der letzten Zeit hatte er seinem Leben sogar eine viel bestimmtere und zweckbewußtere Richtung gegeben, als es bisher gehabt hatte.

Als er Anfang Juni auf das Land zurückgekehrt war, hatte er auch seine frühere Tätigkeit wieder aufgenommen. Die Landwirtschaft, die Beziehungen zu den Bauern und Nachbarn, die häuslichen Geschäfte, die Angelegenheiten seiner Schwester und seines Bruders, die er auf sich genommen hatte, die Beziehungen zu seiner Frau, seinen Verwandten, die Sorgen um das Kind, die neue Bienenjagd, die er seit dem Frühjahr mit großem Eifer betrieb, füllten seine Zeit aus.

Diesen Beschäftigungen lag er mit Eifer ob, nicht etwa, weil er sie, wie er das früher getan hatte, durch irgendwelche allgemeine Anschauungen vor sich selbst zu rechtfertigen wußte; im Gegenteil, er hatte jetzt, da er einerseits durch das Mißlingen seiner früheren gemeinnützigen Unternehmungen enttäuscht und andererseits zu sehr von seinen eigenen Gedanken und der Menge von Geschäften, die von allen Seiten an ihn herantraten, in Anspruch genommen war, jeden Gedanken an das allgemeine Wohl aufgegeben. Diese Dinge beschäftigten ihn nur, weil er meinte, er müsse das tun, was er tat – er könne nicht anders.

Früher, wenn er sich irgend etwas zu tun vornahm, was der Gesamtheit, der ganzen Menschheit, ganz Rußland, dem ganzen Dorfe zum Wohle gereichen sollte, hatte er die Beobachtung gemacht, daß er bei dem Gedanken an diese Bestrebungen (Bestrebungen, die er seit seiner Kindheit gehabt und die sich bis in die Zeit seiner vollen Mannesreife hinein immer mehr gesteigert hatten), stets ein Gefühl der Freude empfand; zugleich aber hatte er die Bemerkung gemacht, daß, sobald er seine Absichten verwirklichen wollte, nicht alles so glatt vonstatten ging, wie er gedacht hatte. Es fehlte die zuversichtliche Überzeugung, daß die Sache unumgänglich notwendig sei, und seine Tätigkeit, die ihm anfangs so wichtig erschienen war, schrumpfte immer mehr und mehr in nichts zusammen.

Jetzt aber, nach seiner Verheiratung, da er sich damit begnügt hatte, für sich selbst zu leben, hatte er, obwohl er bei dem Gedanken an seine Tätigkeit keine Freude mehr empfand, das ganz bestimmte Gefühl, daß seine Arbeit notwendig sei, und sah, daß sie ihm viel besser von der Hand gehe und einen immer größeren Kreis umfasse.

Jetzt wühlte er sich, wie ein Pflug gleichsam, gegen seinen Willen immer tiefer und tiefer in die Erde hinein, so daß er sich nicht mehr herauszuarbeiten vermochte, ohne die Furchen wieder aufzureißen.

Daß die Familie so lebe, wie die Väter und Großväter von altersher gewohnt waren, indem die Kinder unter denselben Bedingungen und in demselben Sinne erzogen wurden, schien unbedingt notwendig zu sein. Das war eben so notwendig, wie essen, wenn man Hunger verspürt. Und zu diesem Zwecke mußte in Pokrowskoje mit derselben Notwendigkeit, mit der das Mittagessen zubereitet wurde, auch die Wirtschaftsmaschine in der Weise in Gang gehalten werden, daß die erforderlichen Einnahmen herausgeschlagen wurden. Und ebenso, wie jeder Mensch verpflichtet ist, eine Schuld zurückzuzahlen, mußte auch das ererbte Land in einem solchen Zustand erhalten werden, daß der Sohn, dem es als Erbe zufallen würde, dem Vater dafür gerade so dankbar sein konnte, wie Ljewin seinem Großvater für alles das dankte, was er erbaut und gesät hatte. Aus diesem Grunde durfte er das Land nicht in Pacht geben, sondern mußte es selbst bewirtschaften, selbst einen Viehstand halten, die Äcker düngen und Wälder pflanzen.

Es war ebenso unmöglich, die geschäftlichen Angelegenheiten Sergej Iwanowitschs, seiner Schwester, aller Bauern, die zu ihm kamen, um seinen Rat einzuholen, und die dies zu tun gewohnt waren, zu vernachlässigen, wie man ein Kind, das man schon auf dem Arme trägt, nicht ohne weiteres herunterwerfen kann. Es war notwendig, sich darum zu kümmern, daß die Schwägerin, die mit ihren Kindern bei ihm zu Gast war, ebenso wie seine Frau und das Kind, alle Bequemlichkeiten hätten, und es ließ sich nicht umgehen, wenigstens einen kleinen Teil des Tages mit ihnen zuzubringen.

Und durch alles das, wozu noch die Jagd auf Wild und die neue Bienenjagd hinzukam, war Ljewins Leben ausgefüllt, dasselbe Leben, das für ihn keinen Sinn hatte, sobald er philosophierte.

Aber nicht nur, daß Ljewin mit Bestimmtheit wußte, was er zu tun hatte, er wußte auch ganz genau, wie er all das zu machen habe und welcher Angelegenheit die größere Wichtigkeit zukomme.

Er wußte, daß die Arbeiter zu möglichst billigem Lohn gedungen werden mußten, er wußte aber auch, daß es unrecht sei, ihnen einen Vorschuß zu geben, um sie dafür Frondienste leisten zu lassen und ihren Lohn herabzudrücken. Den Bauern während einer Hungersnot Stroh verkaufen, das durfte man, wenn sie einem auch leid taten, aber die Herbergen und das Wirtshausunwesen mußten, obgleich sie einträglich waren, vernichtet werden. Das Aushauen der Wälder mußte mit aller Strenge geahndet werden, aber für eingebrochenes Vieh sollte man keine Strafe erheben, und obwohl die Feldhüter dies sehr bedauerten und die Folgen der Verantwortlichkeit weniger gefürchtet wurden, sollte man das eingebrochene Vieh doch wieder laufenlassen.

Pjotr, der dem Wucherer zehn Prozent monatlich zahlte,

mußte ein Darlehn bekommen, um sich loszukaufen; aber es war unmöglich, den Bauern die Zahlung des Pachtzines zu erlassen oder zu stunden. Auch konnte man noch zur Not durch die Finger sehen, wenn der Verwalter das Gras auf der Wiese nicht hatte abmähen lassen und wenn es infolgedessen unbenutzt zugrunde ging; man durfte aber auch nicht zugeben, daß eine Fläche von achtzig Morgen, auf der junge Bäume angepflanzt waren, abgemäht wurde. Man konnte es einem jungen Arbeiter nicht nachsehen, wenn er seine Arbeit im Stich ließ, weil sein Vater gestorben war, sosehr man ihn auch bedauern mußte, und es ließ sich auch nicht vermeiden, daß ihm für die teuren Monate, in denen nicht gearbeitet wurde, geringerer Lohn gezahlt wurde; es war aber auch unmöglich, den alten, zum Hofe gehörigen Bauern, die zu keiner Arbeit mehr zu gebrauchen waren, eine monatliche Unterstützung zu versagen.

Ljewin wußte auch, daß er, wenn er nach des Tages Mühen nach Hause kam, vor allem seine Frau aufsuchen mußte, die sich nicht ganz wohl fühlte, und daß er die Bauern, die schon drei Stunden seiner harrten, noch länger warten lassen konnte; er wußte, daß er, trotzdem es ihm großes Vergnügen machte, Bienenkörbe anzulegen, auf dieses Vergnügen verzichten, und während er dies einem Arbeiter überließ, mit den Bauern verhandeln müsse, die ihn im Bienengarten aufgesucht hatten. Ob er in allen diesen Fällen gut oder schlecht handelte, das wußte er nicht, und er wies jetzt nicht nur jede Betrachtung darüber von sich, er vermied sogar, darüber zu sprechen und daran zu denken.

Betrachtungen weckten Zweifel in ihm und verhinderten ihn daran, sich darüber klar zu werden, was er zu tun und zu lassen habe. Sobald er aber nicht weiter nachgrübelte, sondern einfach in seiner Lebensweise verharrte, fühlte er, daß ein stets wacher Richter in ihm lebte, der darüber entschied, welche Handlung besser und welche schlechter sei, und sobald er etwas tat, was er nicht hätte tun sollen, fühlte er dies sofort heraus.

So lebte er, ohne sich darüber klargeworden zu sein, was er sei und zu welchem Zweck er auf der Welt sei und ohne eine

Möglichkeit zu sehen, es jemals zu erfahren. Diese Unwissenheit quälte ihn in dem Grade, daß er fürchtete, er würde einen Selbstmord begehen, während er sich zugleich mit Festigkeit seinen eigenen, bestimmten Weg durch das Leben bahnte.

11

An dem Tage, an dem Sergej Iwanowitsch nach Pokrowskoje gekommen war, hatte Ljewin einen seiner qualvollsten Tage gehabt.

Es war zur Zeit der rastlosen Sommerarbeit, wenn im ganzen Volke jene ungeheure, angespannte, aufopfernde Arbeit vor sich geht, die unter keinen anderen Lebensbedingungen geleistet wird und sehr hoch eingeschätzt würde, wenn die Menschen, die diese Eigenschaften betätigen, sie selbst höher bewerten würden, wenn sich das nicht alljährlich wiederholte und wenn die Ergebnisse dieser Kraftanstrengung nicht so einfache wären.

Das Korn und den Hafer zu schneiden und einzufahren, die Wiesen vollends abzumähen, die Brachfelder nochmals umzupflügen, die Samenfrucht zu zermahlen und die Wintersaat zu säen, all das erscheint uns als etwas Einfaches und Alltägliches. Um aber all das fertigzubringen, muß das ganze Dorf, alt und jung, an die Arbeit gehen und während dieser drei bis vier Wochen dreimal soviel arbeiten als gewöhnlich, von Kwas, Zwiebel und Schwarzbrot leben, des nachts dreschen und die Garben wegbringen und sich für den ganzen Tag nicht mehr als zwei bis drei Stunden Schlaf gönnen können. Und das geschieht Jahr für Jahr im ganzen Rußland.

Ljewin, der den größten Teil seines Lebens auf dem Lande und in enger Berührung mit dem Volke verbracht hatte, fühlte, daß diese Aufregung, von der das Volk ergriffen wurde, sich auch ihm mitteilte.

Vom frühen Morgen an war er bei der ersten Roggensaat oder beim Einbringen des Hafers in die Schober zugegen, und wenn er dann um die Zeit, da seine Frau und seine Schwägerin erst aufgestanden waren, heimkehrte, nahm er mit ihnen den Kaffee, um sich darauf zu Fuß aufs Vorwerk zu begeben, wo die neue Dreschmaschine für die Samenkörner aufgestellt war.

Im Laufe des ganzen Tages, während seiner Unterhandlungen mit dem Verwalter und den Bauern und auch zu Hause, im Gespräch mit seiner Frau, mit Dolly, den Kindern und mit seinem Schwiegervater, waren Ljewins Gedanken nur mit dem beschäftigt, was ihm außer seinen wirtschaftlichen Sorgen am Herzen lag, und er suchte in allem eine Beziehung zu seiner Frage herauszufinden: »Was bin ich? Wo bin ich? Und wozu bin ich da?«

Ljewin stand in der Kühle der neu gedeckten Getreidedarre mit dem Haselnußgitter, an dem noch duftiges Laub hing, und das sich an die abgeschälten, frischen Espenbalken des Strohdaches anschmiegte, und blickte bald durch das offene Tor, durch das der trockene und bitterschmeckende Staub vom Dreschen spielend hindurchwirbelte, bald auf das von der heißen Sonne beschienene Gras und das frische Stroh, das soeben erst aus der Tenne hervorgeholt worden war, bald auf die Schwalben mit ihren buntfarbigen Köpfen und weißen Brüsten, die mit leisem Pfeifen über das Dach flogen und sich mit flatternden Flügeln zwischen den Gitterstäben des Torweges niederließen, bald auf die Leute, die sich in der dunklen und staubigen Trockenscheune drängten.

»Wozu geschieht dies alles?« dachte er. »Wozu stehe ich hier und zwinge sie zur Arbeit? Warum sind sie alle so geschäftig und bemühen sich, während meiner Anwesenheit ihren Eifer zu zeigen? Warum quält sich diese Matrjona, meine alte Bekannte, so sehr ab? (ich habe sie geheilt, als während der Feuersbrunst ein Tragbalken auf sie herabfiel)«, dachte er, indem er ein mageres Weib betrachtete, das mit dem Rechen das Korn zusammenharkte und sich mühsam mit ihren schwarzen, sonnenverbrannten nackten Füßen auf dem unebenen, harten Dreschboden bewegte. »Damals ist sie gesund geworden; aber heute, morgen oder in zehn Jahren wird man sie einscharren, und nichts wird übrig bleiben, weder von ihr noch von jener putzsüchtigen Person in dem rotleinenen Kleid, die mit so geschickten und zarten Bewegungen die Spreu von dem Weizen losklopft. Auch sie wird man einscharren, ebenso wie diesen scheckigen Wallach, und zwar sehr bald«, dachte er, indem er auf das hastig mit aufgeblähten Nüstern atmende Pferd mit dem schwer hängenden Bauch blickte, das um das schräg liegende, durch seine Arbeit in Bewegung versetzte Rad herumschritt. »Auch dieses wird man einscharren, und auch Fjodor, den Handlanger, mit seinem krausen, voller Spreu hängenden Bart und dem auf der Schulter zerrissenen weißen Hemd – auch ihn wird man einscharren. Und er steht dort und reißt die Garben auseinander und ordnet alles mögliche an und fährt die Weiber an und rückt mit einer raschen Bewegung den Riemen auf dem Schwungrad zurecht. Und, was die Hauptsache ist, man wird nicht nur sie, sondern auch mich einscharren und nichts wird übrig bleiben. Wozu das alles?«

So grübelte er und blickte dabei auf die Uhr, um zu berechnen, wieviel im Laufe einer Stunde gedroschen werden könne. Er mußte das wissen, um je nach der verarbeiteten Menge die Leistung, die er für den Tag verlangen konnte, zu bemessen.

»Schon bald eine Stunde und sie haben erst den dritten Schober angefangen«, dachte Ljewin; er trat zu dem Handlanger und rief ihm mit einer Stimme, die den Lärm der Maschine übertönte, zu, er solle nicht so dicht zureichen.

»Du gibst zuviel auf einmal, Fjodor! Siehst du, es wird verstopft, darum geht es nicht so rasch. Du mußt mehr ausgleichen.«

Fjodor, der von dem Staube, der ihm am schweißigen Gesicht anhaftete, ganz schwarz aussah, schrie ihm etwas als Erwiderung zu, tat aber nicht, wie Ljewin es haben wollte.

Ljewin ging an den Zylinder heran, schob Fjodor beiseite und begann selbst zuzugeben.

Er arbeitete bis zur Mittagspause, die bald eintreten mußte. Dann trat er mit dem Handlanger zusammen aus der Trockenscheune heraus und ließ sich mit ihm in eine Unterhaltung ein. Sie waren neben einem gelbfarbigen Roggenschober stehen geblieben, der auf dem Dreschboden für die Samenkörner sorgsam aufgeschichtet war.

Der Handlanger stammte aus einem weit entfernten Dorfe, demselben, wo Ljewin früher auf genossenschaftlicher Grundlage Land abgetreten hatte. Jetzt war es dem Hausknecht in Pacht gegeben worden.

Ljewin unterhielt sich mit dem Handlanger über dieses Stück Land und fragte ihn, ob für das nächste Jahr nicht vielleicht Platón, ein reicher und braver Bauer aus seinem Dorfe, es in Pacht nehmen würde.

»Der Preis ist zu hoch, Platón wird nicht so viel herausschlagen können, Konstantin Dmitrijewitsch«, erwiderte der Bauer, indem er die schweißbedeckte Brust von den Ähren befreite.

»Warum bringt es denn Kirillow fertig, so viel herauszuschlagen?«

»Mitjuscha« (so nannte der Bauer den Hausknecht mit Geringschätzung), »wie sollte der nicht so viel herausschlagen, Konstantin Dmitrijewitsch. Der preßt aus einem so viel heraus, als er kann. Er hat kein Mitleid mit einem Christenmenschen. Onkel Fokanytsch dagegen (so nannte er den alten Platón), wird der vielleicht je einem Menschen das Fell über die Ohren ziehen? Dem einen gibt er etwas auf Kredit, dem andern läßt er etwas ab. Manchmal kriegt er überhaupt nicht wieder alles zusammen. Er ist eben ein Mensch.«

»Ja, aber warum läßt er denn etwas ab?«

»Ja, es gibt halt verschiedene Menschen; der eine lebt nur für seine leiblichen Bedürfnisse, wie der Mitjuscha, er stopft nur seinen Wanst voll, Fokanytsch, der ist ein rechtschaffener, alter Mann. Er lebt für seine Seele und hält Gott in Ehren.«

»Wieso hält er Gott in Ehren? Wieso lebt er für seine Seele?« sagte Ljewin fast schreiend.

»Das ist eben mal so, er lebt nach der Wahrheit, wie Gott es haben will. Es gibt eben verschiedene Menschen. Sie werden auch keinem Menschen was zuleide tun.«

»Ja, schon gut, leb' wohl!« sagte Ljewin, während sein Atem vor Erregung stockte; er wandte sich um, nahm seinen Stock und ging rasch dem Hause zu. Bei den Worten des Bauern, daß Fokanytsch für die Seele lebe, nach der Wahrheit, wie Gott es haben wolle, war es ihm, als rissen sich unklare, aber bedeutungsvolle Gedanken aus seinem Innern, in dem sie bisher verschlossen gewesen, scharenweise los und wirbelten nun, alle dem gleichen Ziele zustrebend, in seinem Kopfe herum, und blendeten ihn mit ihrem Lichte.

12

Ljewin ging mit großen Schritten die Landstraße entlang. Er achtete nicht so sehr auf seine Gedanken (er war noch nicht imstande, sie zu entwirren) als auf den Zustand seiner Seele. Noch nie hatte er sich in einem ähnlichen Zustande befunden.

Die Worte, die der Bauer gesprochen hatte, waren in seine Seele gefahren wie ein elektrischer Funke, durch den eine ganze Schar vereinzelter, ohnmächtiger und abgerissener Gedanken, die ihn unaufhörlich beschäftigt hatten, plötzlich ganz umgewandelt und zu einem Ganzen zusammengefügt wurde. Er war von diesen Gedanken, ohne daß er es selbst gemerkt hätte, schon in dem Augenblick erfüllt gewesen, als er von der Verpachtung des Landes gesprochen hatte.

Er fühlte in seiner Seele das Aufkeimen eines Neuen und liebkoste dieses Neue, ohne zu wissen, was es eigentlich sei.

»Nicht für seine Bedürfnisse leben, sondern für Gott. Für welchen Gott? Kann man etwas Sinnloseres sagen, als das, was er gesagt hat? Er sagte, man müsse nicht für seine Bedürfnisse leben, das heißt, nicht für das, was uns begreiflich ist, wozu es uns hinzieht, was wir wünschen, sondern für ein unbegreifliches Etwas, für Gott, den niemand weder zu begreifen noch zu erklären vermag. Wie? Und ich habe diese sinnlosen Worte Fjodors nicht gleich verstehen können? Und dann, als ich sie verstand, habe ich an ihrer Wahrheit gezweifelt? habe ich sie für töricht, unklar oder ungenau gehalten?«

»Nein, ich habe ihn verstanden und genau so, wie er selbst es versteht; ich habe ihn vollkommen verstanden, viel besser und klarer, als ich irgend etwas im Leben verstehe, und nie in meinem Leben habe ich daran gezweifelt und werde auch niemals daran zweifeln. Und nicht nur ich allein, alle, die ganze Welt begreift nur dieses eine völlig; nur an diesem einen zweifelt niemand, in diesem einen stimmen alle stets überein.«

»Und ich habe nach Wundern gesucht, ich habe es beklagt, daß mir niemals ein Wunder erschienen, das mich hätte überzeugen können. Ein materielles Wunder würde mich verführt haben. Und hier ist ein Wunder, das einzig mögliche, das ewig seiende, das mich von allen Seiten umgibt, und ich habe es nicht bemerkt!«

»Fjodor sagt, der Hausknecht Kirillow lebe nur, um seinen Wanst zu füllen. Das ist begreiflich und vernünftig. Wir alle, die wir vernünftige Wesen sind, können nicht anders leben, als um unsern Wanst anzufüllen. Und nun sagt plötzlich derselbe Fjodor, es sei verwerflich, nur für seinen Wanst zu leben, man müsse für die Wahrheit, für Gott leben und ich verstehe ihn schon bei der geringsten Andeutung! Und ich, und die Millionen Menschen, die Jahrhunderte vor uns dagewesen sind, und die Millionen, die jetzt leben, die Bauern, die Geistesarmen und die Weisen, die darüber nachgegrübelt und geschrieben haben, die in ihrer unklaren Sprache dasselbe sagen –, wir alle stimmen in dem einen überein: wozu wir leben müssen und was das Gute ist. Ich und alle andern Menschen wir besitzen nur eine feststehende, unzweifelhafte und klare Erkenntnis, und diese Erkenntnis kann nicht durch die Vernunft erklärt werden, sie liegt nicht im Bereiche der Vernunft, sie hat keine Ursachen und kann keine Folgen haben.«

»Wenn das Gute eine Ursache hat, hört es auf, das Gute zu sein, wenn es einen Lohn zur Folge hat, ist es auch nicht mehr das Gute. Folglich steht das Gute außerhalb der Kette von Ursache und Wirkung.«

»Und dieses Gute kenne ich, und wir alle kennen es.«

»Welches größere Wunder kann es denn noch geben?«

»Sollte ich in der Tat die Lösung der Frage gefunden haben und sollten nun wirklich alle meine Leiden vorüber sein?« dachte Ljewin, indem er, ohne Hitze und Müdigkeit zu empfinden, aber in dem Gefühl, daß er von seinem langen Leiden erlöst sei, den staubigen Weg entlangschritt. Diese Empfindung war eine so freudige, daß es ihm schwer wurde, daran zu glauben .

Die Erregung benahm ihm fast den Atem, und er hatte nicht die Kraft, weiterzugehen; er verließ die Landstraße und ging in den Wald hinein, wo er sich auf dem noch nicht gemähten Grase im Schatten der Espen niederließ. Er nahm den Hut von dem schweißigen Kopf und legte sich, auf den Ellbogen gestützt, in das saftige, schwellende Waldgras.

»Ja, ich muß es mir klarmachen, es ganz begreifen«, dachte er, indem er starr auf das frische Gras blickte und die Bewegungen eines grünen Käferchens verfolgte, das an einem Queckengrashalm hinaufkletterte und in seinem Aufstieg durch ein Geißfußblatt gehindert wurde »Welche Entdeckung habe ich denn eigentlich gemacht?« fragte er sich, indem er das Geißfußblatt wegbog, damit es dem Käferchen nicht hinderlich sei, und einen andern Grashalm heranzog, um es daran hinaufklettern zu lassen. »Worüber freue ich mich denn so sehr? Welche Entdeckung habe ich eigentlich gemacht?«

»Ich habe gar nichts entdeckt. Ich habe nur erfahren, was ich weiß. Ich habe die Kraft erkannt, die mir nicht nur in der Vergangenheit allein das Leben gegeben hat, sondern mir auch jetzt das Leben gibt. Ich habe mich von der Täuschung befreit, ich habe meinen Meister erkannt.«

»Früher sagte ich, daß in meinem Körper, im Körper dieses Grashalmes und dieses Käferchens da (es hat nicht auf das Gras gewollt, hat seine Flügel ausgebreitet und ist davongeflogen) der Stoffwechsel nach physischen, chemischen und physiologischen Gesetzen vor sich gehe. Und in uns allen, in diesen Espen, in den Wolken und den Nebelflecken vollzieht sich eine Entwicklung. Eine Entwicklung, woraus? Wozu? Eine unendliche Entwicklung und ein Kampf .... Als ob irgendeine Richtung und ein Kampf im Unendlichen möglich wären! Und ich habe mich gewundert, daß mir trotz der angespanntesten Gedankenanstrengung auf diesem Wege der Sinn des Lebens, der Sinn meiner Beweggründe und meines Strebens nicht klarwerden wollte. Jetzt aber sage ich, ich kenne den Sinn meines Lebens; ›für Gott, für die Seele leben‹!

Und dieser Sinn ist bei all' seiner Klarheit geheimnisvoll und wunderbar. Das ist auch der Sinn alles Seienden. Ja, es war Hochmut«, sagte er zu sich selber, und legte sich dabei auf den Leib und beschäftigte sich damit, Grashalme in einen Knoten zusammenzubinden ohne sie zu knicken.

»Und nicht nur Hochmut des Verstandes, sondern Unzulänglichkeit des Verstandes; Selbstbetrug des Verstandes, ja eben, Selbstbetrug des Verstandes war es«, wiederholte er.

Und er wiederholte sich in Kürze den Gang seiner Gedanken während der letzten zwei Jahre, zu denen ihm der klare, greifbare Gedanke an den Tod beim Anblick des geliebten, hoffnungslos darniederliegenden Bruders den Anstoß gegeben hatte.

Als er damals zum ersten Male klar erkannt hatte, daß jedem Menschen und ihm selbst nichts als Leiden, Tod und ewige Vergessenheit bevorstehe, hatte er sich gesagt, daß ein solches Leben undenkbar sei, daß er entweder suchen müsse, sich über den Zweck seines Daseins so klarzuwerden, daß es aufhöre, ihm nur als der bösartige Hohn eines Dämons zu erscheinen, oder daß er sich erschießen müsse.

Er tat jedoch weder das eine noch das andere, sondern fuhr fort zu leben, zu denken und zu fühlen und hatte sich sogar gerade um diese Zeit verheiratet, hatte viele neue Freuden kennengelernt und war glücklich, wenn er nicht über die Bedeutung seines Lebens nachdachte.

Was bedeutet das? Es bedeutet, daß sein Leben gut, sein Denken schlecht war.

Er lebte (ohne sich dessen bewußt zu sein) kraft jener geistigen Wahrheit, die er mit der Muttermilch eingesogen hatte, aber er dachte – nicht nur ohne diese Wahrheit anzuerkennen, sondern indem er sie sorgsam umging.

Jetzt war es ihm klar, daß er nur dank jener Glaubenslehren, in denen er erzogen worden war, leben könne.

»Was wäre ich denn und wie hätte ich leben können, wenn ich diesen Glauben nicht hätte, wenn ich nicht wüßte, daß man für Gott und nicht um der Befriedigung seiner Bedürfnisse willen leben müsse? Ich würde plündern, lügen, morden. Nichts von alledem, was die größten Freuden meines Lebens ausmacht, würde es für mich geben.«

Wie er auch seine Einbildungskraft anstrengen mochte, er konnte sich jenes tierische Wesen nicht vorstellen, das er selbst sein würde, wenn er nicht erkannt hätte, zu welchem Zweck er lebte.

»Ich habe eine Antwort auf meine Frage gesucht, aber eine Antwort konnte mir das Denken nicht geben – es bewegt sich in einem anderen Bereich als die Frage. Das Leben selbst hat mir Antwort gegeben durch die Erkenntnis dessen, was gut und was schlecht ist. Und diese Erkenntnis habe ich durch nichts erworben, sie ist mir, wie allen andern, verliehen, *verliehen*, weil ich sie nirgends hätte hernehmen können.«

»Woher habe ich sie genommen? Bin ich vielleicht durch meinen Verstand zu dem Schlusse gelangt, daß man seinen Nächsten lieben soll und ihn nicht unterdrücken dürfe? Man hat mir das in meiner Kindheit gesagt, und ich habe es mit Freuden geglaubt, weil man mir das gesagt hatte, was ich schon ohnedies in meiner Seele trug. Wer aber hat diese Wahrheit entdeckt? Doch nicht der Verstand. Der Verstand hat den Kampf ums Dasein erfunden und das Gesetz, welches fordert, daß man alle unterdrücke, die der Befriedigung unserer Wünsche im Wege stehen. Das ist das Ergebnis des Verstandes. Aber das Gebot, seinen Nächsten zu lieben, das konnte der Verstand nicht erfinden, weil das unverständig ist.«

13

Ljewin erinnerte sich dabei einer Szene, die sich unlängst zwischen Dolly und ihren Kindern abgespielt hatte. Die Kinder hatten sich, als sie allein geblieben waren, damit vergnügt, Himbeeren über den Lichtern zu rösten und sich Milch in langem Strahl in den Mund zu gießen. Die Mutter, die sie auf frischer Tat ertappt hatte, begann ihnen in Gegenwart Ljewins eindringlich zu erklären, wieviel Mühe die Erwachsenen darauf verwenden müßten, um das hervorzubringen, was die Kinder da zerstörten, und daß diese Arbeit um ihretwillen gemacht werde. Sie sagte ihnen, wenn sie die Tassen zerbrächen, würden sie nichts haben, woraus sie Tee trinken könnten, und wenn sie die Milch verschütteten, würden sie nichts zu essen haben und müßten Hungers sterben.

Ljewin war von der stillen Niedergeschlagenheit und dem offenbaren Mißtrauen überrascht, mit dem die Kinder diese Worte ihrer Mutter anhörten. Das einzige, was sie bedauerten, war nur, daß ihr unterhaltendes Spiel nun zu Ende sei, und sie glaubten kein Wort von dem, was die Mutter ihnen sagte. Es war auch unmöglich, daß sie es glaubten, denn sie konnten den ganzen Umfang dessen, was ihnen das Leben gewährte, nicht ermessen und waren daher auch unfähig zu begreifen, daß das, was sie zerstörten, eben das sei, wodurch sie lebten.

»Das ist alles von selbst so«, dachten sie, »und daran ist nichts Unterhaltendes und Wichtiges, denn das war immer und wird immer sein. Und es ist immer ein und dasselbe. Darüber brauchen wir nicht nachzudenken, das ist alles da; wir aber haben Lust, uns etwas Eigenes und Neues auszudenken. Da haben wir uns eben ausgedacht: wir legen Himbeeren in die Tasse und rösten sie über dem Lichte und gießen uns die Milch gegenseitig wie einen Springbrunnen in den Mund. Das ist lustig und neu und gar nicht schlimmer, als aus Tassen trinken.«

»Tun wir nicht dasselbe, habe ich das etwa nicht auch getan, als ich mit dem Verstand die Naturkräfte und den Sinn des menschlichen Lebens zu ergründen suchte?« dachte er.

»Und tun nicht alle philosophischen Theorien dasselbe, die den Menschen auf einem sonderbaren, seinem Wesen fremden Gedankengange zu der Erkenntnis dessen bringen, was er schon lange weiß, mit solcher Bestimmtheit weiß, daß er ohne das gar nicht leben könnte? Sieht man nicht aus der Entwicklung der Theorien jedes Philosophen deutlich, daß er von vornherein den wesentlichen Sinn des Lebens ebenso zweifellos wie der Bauer Fjodor, und keineswegs mit größerer Klarheit, kennt und nur auf dem zweifelhaften Wege der

Verstandestätigkeit auf das zurückkommen will, was allen bekannt ist?«

»Nun, so versuche solch ein Philosoph doch einmal, die Kinder sich selbst ein Gefäß anschaffen zu lassen, es selbst zu verfertigen, selbst die Milch melken zu lassen usw. Würden sie dann wohl mutwillige Streiche verüben? Sie würden Hungers sterben. Versucht es doch einmal, uns mit unsern Leidenschaften und Gedanken unserem Schicksal zu überlassen, ohne uns einen Begriff von dem alleinigen Gott und Schöpfer, oder von dem, was das Gute ist, auf den Weg zu geben und uns über das sittlich Böse aufzuklären!«

»So versucht doch einmal, irgend etwas ohne diese Begriffe aufzubauen!«

»Wir zerstören nur, weil wir geistig satt sind. Wie die Kinder.«

»Woher kommt mir denn diese freudige Erkenntnis, die ich mit dem Bauer gemein habe und die einzig und allein mit die Seelenruhe gibt? Woher habe ich sie?«

»Ich, der ich im Glauben an Gott, als Christ, erzogen bin, der ich mein ganzes Leben mit jenen geistigen Gütern ausfülle, die mir das Christentum gegeben hat, der ich ganz von diesen Gütern erfüllt bin und dank ihnen lebe – ich zerstöre sie, wie Kinder, ohne sie zu begreifen, oder vielmehr, ich schicke mich an, das zu zerstören, wodurch ich lebe. Sobald jedoch ein wichtiger Augenblick in meinem Dasein eintritt, trete ich, wie die Kinder, wenn sie frieren und hungrig sind, vor Ihn hin und fühle noch in geringerem Grade als die Kinder, wenn die Mutter sie für ihre kindlichen Unarten schilt, daß mir meine kindlichen Versuche, aus Übermut ausgelassen zu sein, nicht angerechnet werden.«

»Ja, das, was ich weiß, weiß ich nicht durch die Vernunft; es ist mir von vornherein gegeben, mir geoffenbart, und ich weiß es durch das Herz, durch den Glauben an jenes Wichtigste, was die Kirche bekennt.«

»Die Kirche? Die Kirche!« wiederholte Ljewin vor sich hin, indem er sich auf die andere Seite drehte und, auf die Hände gestützt, in die Ferne hinausblickte, hinüber zu der Herde, die sich am jenseitigen Ufer zum Fluß hinabbewegte.

»Aber kann ich denn an alles glauben, was die Kirche lehrt?« dachte er, indem er sich selbst prüfte und alles in Erwägung zu ziehen suchte, was die Ruhe, die er jetzt empfand, stören könnte. Er suchte sich geflissentlich jene Lehren der Kirche vor Augen zu stellen, die ihn stets am meisten befremdet und zum Widerspruch gereizt hatten. »Die Schöpfung? Wodurch habe ich denn das Sein erklärt? Durch das Sein? Durch nichts? – Teufel und Sünde. Und wie erkläre ich das Böse? ... Den Erlöser?«

»Aber ich weiß ja nichts, gar nichts und kann nichts wissen als nur das, was mir ebenso wie allen andern gesagt worden ist.«

Und jetzt schien es ihm, als gäbe es unter allen Glaubenslehren der Kirche keine einzige Satzung, die geeignet wäre, das Wichtigste zu zerstören, den Glauben an Gott, an das Gute, als die alleinige Bestimmung des Menschen.

Für jeden Glaubenssatz der Kirche ließ sich der Glaubenssatz von dem Dienst der Wahrheit statt des Strebens nach Befriedigung der eigenen Bedürfnisse setzen. Und durch jede dieser neuen Glaubenslehren wurden diese Gebote nicht nur nicht umgestoßen, sondern sie erwiesen sich vielmehr als unumgänglich notwendig, damit jenes größte Wunder, das sich fortwährend auf Erden vollzieht, auch wirklich in die Erscheinung trete: jenes Wunder, das darin besteht, daß jeder einzelne und Millionen verschiedenartiger Menschen, Weise und Narren, Kinder und Greise, Ljwow sowohl als Kitty, Bettler wie Könige, daß alle ein und dasselbe als unzweifelhaft zu erkennen und jenes Seelenleben in sich auszubilden vermögen, für das allein es sich zu leben verlohnt und das allein wir in Wahrheit zu schätzen wissen.

Er lag auf dem Rücken und betrachtete den hohen, wolkenlosen Himmel. »Weiß ich denn nicht, daß dies ein unendlicher Raum ist und nicht ein rundes Gewölbe? Und wie ich auch die Augen zukneifen und die Sehkraft anstrengen mag, ich kann ihn nicht anders als rund und unendlich sehen; und trotz meiner Erkenntnis des unendlichen Raumes habe ich unzweifelhaft recht, wenn ich mir sage, daß ich ein festes, blaues Gewölbe über mir sehe, und bin damit mehr im

Recht, als wenn ich mich anstrenge, darüber hinaus zu sehen.«

Ljewin hatte schon zu denken aufgehört und schien nur noch den geheimnisvollen Stimmen zu lauschen, die freudig und geschäftig einander etwas zuzuraunen schienen.

»Sollte es denn möglich sein, daß das Glauben heißt?« dachte er und fürchtete sich, seinem Glücke zu trauen. »Mein Gott, ich danke dir!« sagte er, indem er das Schluchzen, das in ihm aufstieg, unterdrückte und mit beiden Händen die Tränen trocknete, die seine Augen füllten.

14

Ljewin sah vor sich hin und erblickte eine Herde, dann sah er seinen Wagen mit dem vorgespannten Rappen und den Kutscher, der an die Herde herangefahren war und einige Worte mit dem Hirten sprach; dann hörte er schon ganz nahe das Rollen der Räder und das Schnauben des Pferdes. Aber er war so sehr mit seinen Gedanken beschäftigt, daß er sich nicht einmal fragte, wozu der Kutscher zu ihm heranfuhr.

Er tat dies erst, als der Kutscher schon ganz nahe bei ihm war und ihn anrief.

»Die gnädige Frau haben mich hergeschickt. Der Herr Bruder sind gekommen und noch ein anderer Herr.«

Ljewin setzte sich in das Wägelchen und ergriff die Zügel.

Er war in einem Zustand, als sei er eben erst aus dem Schlafe erwacht und vermochte lange nicht zu sich zu kommen. Er betrachtete das satte Pferd, das zwischen den Schenkeln und am Halse, wo es sich an den Zügeln rieb, voller Schweiß war; er betrachtete den Kutscher Iwan, der neben ihm saß, und besann sich nun darauf, daß er den Bruder erwartet hatte, daß sein langes Ausbleiben seine Frau beunruhigen müsse, und gab sich Mühe zu erraten, wer der Gast sein könne, der mit seinem Bruder gekommen war. Sowohl der Bruder als auch seine Frau und der unbekannte Gast erschienen ihm jetzt in einem andern Lichte als vorher. Er hatte die Empfindung, als würden sich von nun an seine Beziehungen zu allen Menschen ganz anders gestalten als bisher.

»Zwischen meinem Bruder und mir wird jetzt nicht mehr die Entfremdung herrschen, die immer zwischen uns bestanden hat; wir werden uns nicht mehr streiten; mit Kitty wird es nie mehr einen Zwist geben; mit dem Gaste, wer es auch sein mag, werde ich freundlich und gut sein, auch mit den Leuten, mit Iwan – alles wird jetzt anders werden.«

Indem er mit straff gezogenen Zügeln das vor Ungeduld wiehernde und nach einem rascheren Lauf verlangende, gutmütige Pferd zurückhielt, sah Ljewin den neben ihm sitzenden Iwan an, der nicht wußte, was er mit den nun untätigen Händen anfangen sollte und fortwährend seinen sich aufblähenden Kittel zusammenhielt. Er suchte nach einem Vorwand, um sich mit ihm in ein Gespräch einzulassen. Er wollte sagen, daß Iwan den Gurt des Pferdes zu hoch gezogen habe, aber dies hätte zu sehr einem Vorwurf ähnlich gesehen, während ihm doch nach einer freundlichen Unterhaltung verlangte. Etwas anderes aber fiel ihm nicht ein.

»Halten Sie nach rechts, dort ist ein Baumstamm«, sagte der Kutscher, indem er den Zügel nach der anderen Richtung zog.

»Sei so gut, und rühre die Zügel nicht an; du brauchst mich nicht zu belehren!« sagte Ljewin, über diese Einmischung des Kutschers erzürnt. Wie stets, so ärgerte ihn auch jetzt diese Einmischung, und er fühlte sofort zu seiner Betrübnis, wie irrig seine Ansicht gewesen war, als könnte seine Seelenstimmung in ihm sofort eine Umwandlung bei der Berührung mit der Wirklichkeit hervorbringen.

Als er noch etwa eine Viertel Werst vom Hause entfernt war, erblickte Ljewin Grischa und Tanja, die ihm entgegengelaufen kamen.

»Onkel Kostja! Mama kommt auch und Großpapa und Sergej Iwanowitsch und noch jemand«, sagten sie, indem sie auf das Wägelchen kletterten.

»Wer ist es denn?«

»Er sieht so schrecklich aus! Und macht so mit den Händen«, sagte Tanja, indem sie sich im Wägelchen erhob und Katawassow nachäffte.

»Ist er jung oder alt?« fragte Ljewin lachend, denn Tanjas mimische Vorstellung hatte ihn an jemanden erinnert.

»Wenn es nur kein unangenehmer Mensch ist«, dachte Ljewin.

Kaum war er um die Ecke des Weges gebogen und hatte die Entgegenkommenden erblickt, als er auch schon Katawassow in seinem Strohhut erkannte, der genau so mit den Händen herumfuchtelte, wie Tanja es eben vorgemacht hatte.

Katawassow sprach mit Vorliebe über Philosophie, obgleich er von ihr nur so viel wußte, als er aus seinen Gesprächen mit seinen naturwissenschaftlich gebildeten Bekannten, die sich selbst nie mit Philosophie beschäftigt hatten, schöpfen konnte. In Moskau hatte Ljewin in der letzten Zeit viele Streitfragen mit ihm erörtert.

Und eine dieser Erörterungen, aus der Katawassow, wie er sich offenbar eingebildet hatte, als Sieger hervorgegangen war, war das erste, was Ljewin einfiel, als er ihn jetzt erkannte.

»Nein, streiten und in leichtfertiger Weise meine Gedanken äußern, das tue ich gewiß nicht mehr«, dachte er.

Nachdem er aus dem Wägelchen gestiegen und den Bruder und Katawassow begrüßt hatte, erkundigte sich Ljewin nach seiner Frau.

»Sie hat Mitja in das Kolokwäldchen gebracht« (es war dies ein am Hause gelegener Wald). »Sie wollte ihm dort ein Plätzchen aussuchen, denn im Hause ist es zu heiß«, sagte Dolly. Ljewin riet seiner Frau immer ab, Mitja in den Wald zu bringen, da er dies für gefährlich hielt, und diese Mitteilung berührte ihn daher unangenehm.

»Sie schleppt sich mit ihm von einem Ort zum andern«, sagte der alte Fürst lächelnd. »Ich habe ihr geraten, ihn in den Eiskeller zu bringen.«

»Sie wollte in den Bienengarten kommen. Sie dachte, du wärest dort. Wir wollen gerade hin«, sagte Dolly.

»Nun, was treibst du?« fragte Sergej Iwanowitsch, indem

er hinter den andern zurückblieb und mit dem Bruder gleichen Schritt hielt.

»Nichts Besonderes. Wie immer, ich beschäftige mich mit der Wirtschaft«, erwiderte Ljewin.

»Und du, bist du für längere Zeit gekommen? Wir hatten dich schon längst erwartet.«

»Auf etwa vierzehn Tage. Ich habe in Moskau sehr viel zu tun.«

Bei diesen Worten begegneten sich die Blicke der Brüder, und Ljewin fühlte, daß er sich scheute, dem Bruder offen in die Augen zu sehen, trotzdem er stets den Wunsch gehabt hatte, mit ihm in freundschaftlichen, und namentlich in ungezwungenen Beziehungen zu stehen, und diesen Wunsch im Augenblick besonders lebhaft empfand. Er senkte den Blick und wußte nicht, was er sagen sollte.

Um einen Gesprächsgegenstand zu finden, der Sergej Iwanowitsch angenehm sein könnte und ihn auf etwas anderes als den serbischen Krieg und die slawische Frage bringen würde, worauf letzterer angespielt hatte, als er seine Geschäfte in Moskau erwähnte, begann Ljewin von Sergej Iwanowitschs Buch zu sprechen.

»Sind Kritiken über dein Buch erschienen?« fragte er.

Sergej Iwanowitsch lächelte über die offenbare Absichtlichkeit der Frage.

»Niemand kümmert sich darum, und ich noch weniger als alle andern. – Sehen Sie, Darja Alexandrowna, es wird Regen geben«, fügte er hinzu, indem er mit seinem Schirme auf die weißen Wölkchen deutete, die über den Wipfeln der Espen sichtbar wurden.

Diese Worte hatten genügt, um jenes nicht gerade feindselige, aber kühle Verhältnis, das Ljewin so sehr zu vermeiden wünschte, zwischen den beiden Brüdern wieder Platz greifen zu lassen.

Ljewin trat an Katawassow heran.

»Wie wohl haben Sie daran getan, zu uns zu kommen«, sagte er.

»Ich hatte es schon längst vorgehabt. Nun können wir nach

Herzenslust disputieren, jetzt wollen wir mal sehen. Haben Sie Spencer gelesen?«

»Nein, nicht bis zu Ende«, sagte Ljewin. »Übrigens ist er für mich jetzt überflüssig.«

»Wieso denn? Das ist interessant. Warum denn?«

»Das heißt, ich habe mich endgültig davon überzeugt, daß ich die Lösung der Frage, die mich beschäftigt, weder bei ihm noch bei seinesgleichen finden werde. Jetzt ...«

Aber Katawassows ruhiger und fröhlicher Gesichtsausdruck überraschte ihn plötzlich, und er scheute sich so sehr davor, sich seine jetzige Stimmung, die er durch dieses Gespräch offenbar zu stören Gefahr lief, zu verderben, daß er sich, seines Vorsatzes eingedenk, unterbrach und schwieg.

»Wir wollen übrigens später darüber sprechen«, fügte er hinzu. »Wenn wir in den Bienengarten wollen, müssen wir diesen Fußweg hier einschlagen«, wandte er sich an die Gesellschaft.

Als sie auf dem engen Pfad bis zu der noch nicht abgemähten Wiese gelangt waren, die auf einer Seite mit hellem Männertreu bedeckt war, während zwischendurch dunkelgrüne, hohe Büsche von Nieswurz hervorwucherten, ließ Ljewin seine Gäste im breiten, kühlen Schatten der jungen Espen auf Bänken und Holzklötzen Platz nehmen, die eigens für die Besucher des Bienengartens, die sich vor den Bienen fürchteten, hergerichtet waren, und begab sich selbst in den inneren Bau, um den Kindern und Erwachsenen Brot, Gurken und frischen Honig zu bringen.

Indem er sich bemühte, möglichst ruhige Bewegungen zu machen und aufmerksam auf die häufiger und häufiger an ihm vorbeifliegenden Bienen achtete, schritt er auf dem Fußweg bis zur Hütte. Vor dem Hausflur begann eine Biene, die sich in seinen Bart verwickelt hatte, zu summen, doch er befreite sie behutsam. Nachdem er in den schattigen Flur getreten war, nahm er von einem Pfahl an der Wand ein Netz herab, legte es an, verbarg die Hände in den Taschen und ging zu den umzäunten Bienenstöcken, wo in regelmäßigen Reihen an Pfählen, die mit Lindenbast befestigt waren, mitten auf einer abgemähten Stelle alle die Bienenstöcke standen, die ihm so wohl bekannt waren und von denen jeder seine eigene Geschichte hatte; an den Seiten des geflochtenen Zaunes befanden sich die jungen Bienenstöcke, die erst in diesem Jahre eingesetzt worden waren. An den Fluglöchern der Bienenstöcke flimmerten vor seinen Augen die sich auf einer Stelle tummelnden und umherschwirrenden Bienen und Drohnen, und zwischen ihnen durch flogen die Arbeitsbienen alle in derselben Richtung in den Wald hinüber auf die blühende Linde hinauf und wieder zurück zu den Bienenstöcken, mit oder ohne Ladung.

In den Ohren ertönte unaufhörlich das verschiedenartige Summen, bald der eilig vorbeifliegenden geschäftigen Bienen, bald der blasenden müßigen Drohnen, bald der erschreckten Wächterbienen, die das Eigentum vor den Feinden zu schützen suchten und immer bereit waren zu stechen. Auf der andern Seite des Zaunes hobelte ein alter Mann an einem Reifen, ohne Ljewin zu bemerken. Ljewin rief ihn auch nicht an und blieb in der Mitte des Bienengartens stehen.

Er freute sich über die Gelegenheit, allein zu sein, um die Wirklichkeit zu vergessen, die bereits seine Stimmung so sehr herabgedrückt hatte.

Er erinnerte sich, daß er sich schon über Iwan geärgert, dem Bruder eine gewisse Kälte gezeigt und sich mit Katawassow in leichtfertiger Weise zu unterhalten begonnen hatte.

»Sollte das nur eine augenblickliche Stimmung gewesen sein, die vorübergehen wird, ohne eine Spur zu hinterlassen?« dachte er.

Als er jedoch im selben Augenblick wieder in seine frühere Stimmung verfiel, fühlte er voller Freude, daß etwas Neues und Bedeutsames in ihm vorgegangen war. Die Wirklichkeit hatte nur eine Zeitlang jene Seelenruhe, die er gefunden hatte, zu verschleiern vermocht, aber sie war doch unversehrt in ihm geblieben.

Ebenso wie ihn die Bienen, die jetzt um ihn herumschwirrten, bedrohten und seine Gedanken ablenkten, ihn in seiner völligen physischen Ruhe störten, indem sie ihn dazu zwangen, sich zu bücken, um ihnen auszuweichen, ebenso hatten die Sorgen, die seit dem Augenblick an ihn herangetreten waren, als er sich in das Wägelchen gesetzt hatte, die Freiheit seines Geistes gestört; dies währte jedoch nur so lange, als er sich in ihrer Mitte befand. Wie seine körperlichen Kräfte, trotz der Bienen, unverändert blieben, waren auch seine Seelenkräfte, deren er sich von neuem bewußt geworden war, ungeschwächt dieselben wie vorher.

15

»Weißt du auch, Kostja, wen Sergej Iwanowitsch unterwegs getroffen hat?« fragte Dolly, nachdem sie Gurken und Honig unter die Kinder verteilt hatte. »Wronskij! Er geht nach Serbien.«

»Und er geht nicht nur allein, sondern er führt noch eine ganze Schwadron auf seine Kosten mit!« sagte Katawassow.

»Das sieht ihm ähnlich«, bemerkte Ljewin. »Ziehen denn immer noch mehr Freiwillige hin?« fügte er mit einem Blick auf Sergej Iwanowitsch hinzu.

Sergej Iwanowitsch antwortete nicht; er war im Begriff, aus der Tasse, in der eine Scheibe weißen Zellenhonigs lag, eine noch lebende Biene, die an dem ausgeflossenen Honig kleben geblieben war, vorsichtig mit einem stumpfen Messer herauszufischen.

»Und wie viele! Sie hätten sehen sollen, wie es gestern auf der Station zuging«, sagte Katawassow, während er geräuschvoll eine Gurke zerkaute.

»Wie soll man das nun verstehen? Um Himmels willen, erklären Sie mir doch, Sergej Iwanowitsch, wohin ziehen denn alle diese Freiwilligen aus, gegen wen wollen sie eigentlich kämpfen?« fragte der alte Fürst, der hiermit offenbar ein Gespräch fortsetzte, das in Ljewins Abwesenheit geführt worden war.

»Gegen die Türken«, sagte mit ruhigem Lächeln Sergej Iwanowitsch, der die hilflos mit den Beinchen zappelnde, vom Honig geschwärzte Biene befreit hatte und sie nun von dem Messer auf ein festes Efeublatt setzte.

»Wer hat denn eigentlich den Türken den Krieg erklärt? Etwa Iwan Iwanowitsch Ragosow und die Gräfin Lydia Iwanowna, im Verein mit Madame Stahl?«

»Niemand hat ihnen den Krieg erklärt; die Menschen sind eben von Teilnahme für die Leiden ihrer Nächsten erfüllt und wollen ihnen beistehen«, sagte Sergej Iwanowitsch.

»Aber der Fürst spricht ja nicht von dem Beistand«, warf Ljewin ein, indem er die Partei des Schwiegervaters ergriff, »sondern von dem Krieg. Der Fürst meint, daß Privatpersonen ohne Einwilligung der Regierung nicht am Kriege teilnehmen können.«

»Kostja, sieh mal, da ist eine Biene! Wir werden ganz zerstochen werden«, sagte Dolly, indem sie die Biene abwehrte.

»Das ist ja keine Biene, das ist eine Wespe«, versetzte Ljewin.

»Na, sagen Sie mal, was für eine Theorie stellen Sie da auf?« fragte Katawassow, indem er sich lächelnd zu Ljewin wandte. »Weshalb sollten Privatpersonen kein Recht dazu haben?«

»Meine Theorie ist folgende: der Krieg ist einerseits etwas so Tierisches, Grausames und Furchtbares, daß kein Mensch, geschweige denn ein Christ, den Anstoß zu einem Kriege auf seine persönliche Verantwortung hin geben darf; dies vermag allein die Regierung zu tun, die dazu berufen ist und dem Krieg nicht ausweichen kann. Auf der andern Seite aber verzichten unsere Staatsbürger, sowohl vom Standpunkt der Wissenschaft als auch dem des gesunden Menschenverstandes aus, in Regierungsangelegenheiten, insbesondere, wenn es sich um einen Krieg handelt, auf jede persönliche Willensäußerung.«

Sergej Iwanowitsch und Katawassow fielen zu gleicher Zeit mit schon fertigen Einwürfen ein.

»Das ist ja eben die Sache, mein Bester, daß Fälle eintreten können, in denen die Regierung den Willen der Bürger nicht erfüllt, und dann tritt die Gesellschaft mit ihrem Willen hervor«, sagte Katawassow.

Sergej Iwanowitsch schien mit dieser Antwort nicht einverstanden zu sein. Sein Gesicht verfinsterte sich nach Katawassows Worten und er entgegnete:

»Du hast unrecht, die Frage in dieser Weise zu stellen. Hier handelt es sich gar nicht um eine Kriegserklärung, sondern um den Ausdruck allgemein menschlicher, christlicher Empfindungen. Man mordet unsere Brüder, unsere Stammes- und Glaubensgenossen. Nehmen wir sogar an, es handle sich nicht um unsere Stammesbrüder und Glaubensgenossen, sondern nur um Kinder, Frauen und Greise – das Gefühl empört sich dagegen, und das russische Volk eilt zu Hilfe, um diesen Greueln ein Ende zu machen. Stelle dir vor, du gingst die Straße entlang und wärest Zeuge, wie ein Betrunkener eine Frau oder ein Kind schlägt; ich glaube, du würdest dann nicht danach fragen, ob diesem Menschen der Krieg erklärt worden ist oder nicht, sondern du würdest dich auf ihn stürzen und den Schwächeren schützen.«

»Aber ich würde ihn nicht töten«, sagte Ljewin.

»Doch, du würdest ihn töten.«

»Das weiß ich nicht. Wenn ich etwas Derartiges sähe, so würde ich mich von meinem unmittelbaren Gefühl leiten lassen, aber ich kann das nicht vorher sagen. Ein solches unmittelbares Gefühl kann es in bezug auf die Unterdrückung der Slaven nicht geben und gibt es auch nicht.«

»Vielleicht nicht für dich, wohl aber für die andern«, entgegnete Sergej Iwanowitsch mißmutig und runzelte die Stirn. »Im Volke leben die Sagen von den Rechtgläubigen fort, die unter dem Joch der Gottlosen gelitten. Das Volk hat von den Leiden seiner Brüder gehört und seine Stimme erhoben.«

»Das ist möglich«, sagte Ljewin ausweichend, »aber ich vermag das nicht einzusehen, ich bin selbst ein Teil dieses Volkes und teile dennoch diese Empfindung nicht.«

»Ich ebensowenig«, sagte der Fürst. »Ich war im Auslande, habe die dortigen Zeitungen gelesen und muß gestehen, daß ich sogar noch vor der Zeit der bulgarischen Greuel durchaus nicht begreifen konnte, weshalb alle Russen plötzlich ihre slawischen Brüder so lieb gewonnen hatten, während ich nicht die geringste Liebe für sie empfinde. Ich war deshalb sehr verstimmt und hielt mich für ein Ungeheuer, oder glaubte, daß vielleicht Karlsbad eine solche Wirkung auf mich ausübe. Aber als ich hierher zurückkehrte, beruhigte ich mich; ich sehe, daß es auch außer mir Leute gibt, die nur für Rußland Interesse haben und nicht für die slawischen Brüder – wie zum Beispiel Konstantin.«

»Die persönlichen Überzeugungen sind hier von keinem Belang«, sagte Sergej Iwanowitsch, »auf die persönlichen Überzeugungen kommt es gar nicht an, wenn ganz Rußland, wenn das Volk seinen Willen kundgegeben hat.«

»Ich bitte um Verzeihung. Das vermag ich nicht einzusehen. Das Volk hat keine Ahnung von alledem«, sagte der Fürst.

»Doch, Papa, – wieso denn nicht? Und am Sonntag in der Kirche?« sagte Dolly, die dem Gespräch zuhörte. »Gib mir, bitte, das Handtuch«, wandte sie sich zu dem alten Herrn, der lächelnd auf seine Kinder blickte. »Es ist unmöglich, daß alle ...«

»Ja, was ist denn am Sonntag in der Kirche geschehen? Der Priester hat den Befehl bekommen, es vorzulesen. Und er hat es vorgelesen. Die Leute verstanden gar nichts und schluchzten, wie sie dies bei jeder Predigt zu tun pflegen«, fuhr der Fürst fort. »Dann wurde ihnen gesagt, daß in der Kirche für einen seelenrettenden Zweck gesammelt werde; da nahm ein jeder von ihnen eine Kopeke heraus und gab sie ab, aber wozu dies geschah, das wissen sie selbst nicht.«

»Es ist unmöglich, daß das Volk es nicht weiß; das Volk hat immer das Bewußtsein seiner Schicksale, und in solchen Augenblicken, wie es die jetzigen sind, sieht es besonders klar«, sagte Sergej Iwanowitsch mit Nachdruck, indem er einen Blick auf den alten Bienenzüchter warf.

Der schöne alte Mann mit dem schwarzen, von Silberfäden durchzogenen Bart und dem dichten silberweißen Haar, stand unbeweglich da, eine Schale mit Honig in der Hand, uns sah sanft und ruhig von der ganzen Höhe seines Wuchses auf seine Herrschaft herab, ohne etwas von der Unterhaltung zu verstehen oder auch nur verstehen zu wollen.

»Das ist wahr«, sagte er, nachdem Sergej Iwanowitsch

gesprochen hatte, indem er nachdrücklich mit dem Kopfe nickte.

»Ja, fragen Sie ihn nur. Er weiß nichts und denkt nichts«, sagte Ljewin. »Hast du vom Krieg gehört, Michajlytsch?« wandte er sich an ihn. »Das, was in der Kirche vorgelesen wurde. Was meinst du dazu? Müssen wir für die Christen kämpfen oder nicht?«

»Wozu sollten wir uns darüber Gedanken machen? Alexander Nikolajewitsch, unser Kaiser, hat schon für uns nachgedacht und wird für uns in allen Dingen denken. Ihm ist das klarer als unsereinem. – Soll ich nicht vielleicht noch Brot holen? Für den jungen Herrn vielleicht?« wandte er sich an Darja Alexandrowna mit einem Blick auf Grischa, der eben seine Kruste zu Ende aß.

»Ich brauche nicht zu fragen«, sagte Sergej Iwanowitsch, »wir haben gesehen und sehen noch Hunderte und Hunderte von Menschen, die alles liegen lassen, um der gerechten Sache zu dienen, Leute, die von allen Enden Rußlands herbeikommen und klar und offen ihren Gedanken und ihr Ziel aussprechen. Sie bringen ihre Groschen herbei oder ziehen selbst mit und sagen offen, weshalb sie es tun. Was bedeutet das nun?«

»Das bedeutet meiner Ansicht nach«, sagte Ljewin, der sich schon zu erregen begann, »daß sich in einem Volke, das achtzig Millionen Köpfe zählt, stets nicht nur Hunderte, wie dies jetzt der Fall ist, sondern Zehntausende von Menschen finden werden, die ihre gesellschaftliche Stellung eingebüßt haben, Abenteurer, die immer bereit sind, sich einer Pugatschowschen Bande anzuschließen, um nach China oder Serbien zu ziehen.«

»Ich aber sage, daß dies nicht Hunderte von Menschen und auch keine Abenteurer, sondern die besten Vertreter des Volkes sind«, sagte Sergej Iwanowitsch mit einer solchen Gewißheit, als verteidige er sein letztes Hab und Gut. »Und die Spenden? Auf diese Weise gibt doch schon das ganze Volk seinen Willen kund.«

»Dieses Wort ›Volk‹, hat etwas so Unbestimmtes«, sagte Ljewin. »Nur die Bezirksschreiber, die Lehrer und von den

Bauern vielleicht einer unter tausend, wissen, um was es sich handelt. Die übrigen achtzig Millionen jedoch, wie Michajlytsch, geben nicht nur ihren Willen nicht kund, sondern haben nicht den geringsten Begriff davon, worüber sie ihren Willen kundgeben sollen. Welches Recht haben wir also, zu behaupten, daß dies der Wille des Volkes sei?«

16

Sergej Iwanowitsch lenkte als erfahrener Dialektiker das Gespräch sofort, ohne etwas einzuwenden, auf ein anderes Gebiet hinüber.

»Ja, wenn du den Geist des Volkes auf arithmetischem Wege erkennen willst, so ist das natürlich sehr schwer zu erreichen. Das Stimmrecht ist ja bei uns nicht eingeführt und kann auch nicht eingeführt werden, denn es drückt nicht den Willen des Volkes aus. Doch dafür gibt es andere Wege. Das liegt in der Luft, das fühlt man mit dem Herzen. Ich spreche nicht einmal von jenen unterirdischen Strömungen, die sich in dem stehenden Meere der Volksseele bewegt haben und deren Bedeutung jedem vorurteilsfreien Menschen klar ist; du brauchst nur die Gesellschaft im engeren Sinne des Wortes zu betrachten. Alle, auch die verschiedenartigsten Elemente der gebildeten Welt, die sich früher so feindlich gegenüberstanden, sind jetzt in eins zusammengeflossen. Aller Zwiespalt hat aufgehört, alle öffentlichen Organe sagen ein und dasselbe, alle haben die elementare Gewalt empfunden, die sie erfaßt hat und sie auch nach einer Richtung mit sich fortreißt.«

»Ja, die Zeitungen sagen alle ein und dasselbe«, bemerkte der Fürst. »Das ist wahr. Alle sagen sie ein und dasselbe, wie die Frösche vor dem Gewitter im Chore quaken. Vor ihrem Geschrei hört man überhaupt nichts mehr.«

»Frösche oder nicht – ich gebe keine Zeitungen heraus und will sie auch nicht verteidigen; aber ich spreche von der Einmütigkeit der Gedanken in der gebildeten Welt«, sagte Sergej Iwanowitsch, indem er sich an den Bruder wandte. Ljewin wollte etwas erwidern, aber der alte Fürst unterbrach ihn.

»Na, über diese Gedankeneinmütigkeit ließe sich auch noch etwas anderes sagen«, bemerkte der Fürst. »Da ist zum Beispiel mein Schwiegersohn, Stjepan Arkadjewitsch – Sie kennen ihn ja; er erhält jetzt die Stelle eines Mitglieds des Komitees der Kommission – ich erinnere mich nicht, wie es weiter heißt. Nur zu tun gibt es da gar nichts – na, Dolly, das ist ja kein Geheimnis – und er bekommt ein Gehalt von achttausend Rubeln. Versuchen Sie nur einmal, den zu fragen, ob sein Amt jemandem irgend welchen Nutzen bringt, und er wird Ihnen beweisen, daß es von größter Tragweite ist. Er ist ein wahrheitsliebender Mann, aber man kann doch nicht anders, als an den Nutzen der achttausend Rubel glauben.«

»Ja, er hat mich gebeten, Darja Alexandrowna mitzuteilen, daß er den Posten erhalten hat«, sagte Sergej Iwanowitsch mißbilligend, denn er fand, daß die Worte des Fürsten nicht recht am Platze seien.

»So ist es auch mit der Einmütigkeit der Zeitungen. Man hat mir das erklärt; sobald ein Krieg ausbricht, verdoppeln sich ihre Einnahmen. Wie sollten sie da nicht finden, daß das Schicksal des Volkes und der Slaven … und so weiter?«

»Ich mag gar manche Zeitung nicht, aber das ist ungerecht«, sagte Sergej Iwanowitsch.

»Ich würde immer eine Bedingung stellen«, fuhr der Fürst fort, »Alphonse Karr hat das vor dem Kriege mit Preußen vortrefflich ausgedrückt. Ihr findet, daß der Krieg unumgänglich notwendig ist? Schön! Wer für den Krieg ist, der soll in eine besondere Legion ins Vordertreffen, zum Sturm, zur Attacke allen voran!«

»Die Zeitungsredakteure werden sich dabei gut ausnehmen«, sagte Katawassow und brach in ein schallendes Gelächter aus, indem er sich die ihm bekannten Redakteure in dieser auserwählten Legion vorstellte.

»Sie werden einfach davonlaufen«, sagte Dolly, »sie werden nur hinderlich sein.«

»Nun, wenn sie davonlaufen, so soll man mit Kartätschen

hinterherschießen oder Kosaken mit Knuten hinter sie stellen«, sagte der Fürst.

»Das ist ein Scherz, und zwar ein schlechter Scherz, verzeihen Sie, Fürst«, sagte Sergej Iwanowitsch.

»Ich sehe nicht ein, weshalb es ein Scherz sein sollte, daß ...«, begann Ljewin, aber Sergej Iwanowitsch unterbrach ihn.

»Jedes Mitglied der Gesellschaft ist berufen, die ihm zukommende Arbeit zu verrichten«, sagte er. »Und auch die Geistesmenschen verrichten nur ihre Arbeit, indem sie der öffentlichen Meinung Ausdruck geben. Die einmütige und vollkommene Kundgebung der öffentlichen Meinung ist ein Verdienst der Presse und zugleich eine erfreuliche Erscheinung. Vor zwanzig Jahren hätten wir geschwiegen, jetzt hingegen ertönt die Stimme des russischen Volkes, das bereit ist, sich wie ein Mann zu erheben und sich selbst für seine unterdrückten Brüder zu opfern; das ist ein großer Schritt vorwärts und ein Kennzeichen unsrer Kraft.«

»Aber man bringt ja nicht nur Opfer, man tötet die Türken«, sagte Ljewin schüchtern. »Das Volk bringt Opfer und ist bereit, für seine Seele und nicht für den Mord Opfer zu bringen«, fügte er hinzu, indem er unwillkürlich den Inhalt dieser Unterhaltung mit den Gedanken in Verbindung brachte, von denen er so sehr erfüllt war.

»Wieso denn für die Seele? Das, müssen Sie wissen, ist für einen Naturwissenschaftler ein etwas schwieriger Begriff. Was ist denn das, die Seele?« sagte Katawassow lächelnd.

»Ach, das wissen Sie doch!«

»Ich habe, bei Gott, nicht den geringsten Begriff davon!« sagte Katawassow mit lautem Lachen.

»›Ich habe nicht den Frieden, sondern das Schwert gebracht‹, sagt Christus«, bemerkte Sergej Iwanowitsch einfach, als habe er den allerverständlichsten Satz ausgesprochen, indem er die Stelle aus dem Evangelium anführte, die Ljewin stets am meisten Schwierigkeiten gemacht hatte.

»Ja, so ist es«, bestätigte wieder der Alte, der neben ihnen stand, als einer der Anwesenden zufällig einen Blick auf ihn warf.

»Nein, mein Bester, Sie sind geschlagen, geschlagen, völlig geschlagen!« rief Katawassow fröhlich aus.

Ljewin errötete aus Ärger, nicht weil er geschlagen sein sollte, sondern weil er sich nicht zurückgehalten hatte und auf einen Wortstreit eingegangen war.

»Nein, ich kann nicht mit ihnen streiten«, dachte er, »sie haben einen undurchdringlichen Panzer an, während ich entblößt bin.«

Er sah ein, daß sein Bruder und Katawassow nicht zu überzeugen waren, und erkannte zugleich, daß es noch weniger möglich sei, sich selbst zu ihrer Ansicht zu bekennen. Was sie predigten, war derselbe Hochmut des Verstandes, der ihn fast zugrunde gerichtet hätte. Er konnte nicht damit einverstanden sein, daß ein paar Dutzend Menschen, zu denen auch sein Bruder gehörte, auf Grund dessen, was ihnen ein paar Hundert Freiwillige, die in die Hauptstadt kamen, erzählten, das Recht haben sollten, zu behaupten, sie und die Presse brächten den Willen und die Meinung des Volkes zum Ausdruck. Er konnte sich aus dem Grunde nicht damit einverstanden erklären, weil er keinerlei Anzeichen dafür finden konnte, daß diese Meinung – die auch in seinem eigenen Innern keinen Widerhall fand – wirklich die des Volkes sei, in dessen Mitte er lebte (und er selbst konnte sich doch für nichts andres halten, als für einen Teil der Gesamtheit, die das russische Volk ausmachte). Der Hauptgrund aber war der, daß er, gerade so wie das Volk, nicht wissen konnte, worin das allgemeine Wohl bestehe, während er doch mit Sicherheit wußte, daß die Forderung dieses allgemeinen Wohls nur bei strenger Erfüllung des Guten, das jedem Menschen geoffenbart ist, möglich sei. Aus diesem Grunde konnte er auch nicht den Krieg wünschen und zu seinen Gunsten predigen, gleichviel für welche öffentlichen Zwecke es sich dabei handeln mochte. Er sprach mit Michajlowitsch und dem Volke, das seiner Willensmeinung in der Überlieferung von der Berufung der Marjager Ausdruck gegeben hatte: »Herrscht über uns und nehmt Besitz von uns. Wir geloben euch mit Freuden unsere vollkommene Unterwerfung. Alle Arbeit, alle Erniedrigungen, alle Opfer nehmen wir auf uns; aber nicht wir wollen richten und beschließen.« Und jetzt sollte das Volk, wie aus Sergej Iwanowitschs Worten hervorging, auf diese so teuer erkauften Rechte Verzicht geleistet haben!

Er hätte noch gern die Frage gestellt, wie es denn komme, daß, wenn die öffentliche Meinung ein unfehlbarer Richter sei, die Revolution, die Kommune, nicht ebenso gesetzliche Erscheinungen seien, wie diese Bewegung zu Gunsten der Slaven? Aber alle diese Gedanken waren nicht geeignet, die Frage in irgendeiner Weise zu entscheiden. Eines aber war unzweifelhaft, daß nämlich in diesem Augenblick Sergej Iwanowitsch gereizt war und daß es sich daher nicht empfehle, mit ihm zu streiten; Ljewin schwieg also und machte die Gäste darauf aufmerksam, daß die Wolken sich ansammelten und es besser sei, sich vor dem Regen nach Hause zu flüchten.

17

Der Fürst und Sergej Iwanowitsch setzten sich in das Wägelchen und fuhren davon; die übrige Gesellschaft machte sich eilig zu Fuß auf den Heimweg.

Aber die Wolke, die bald weiß, bald schwarz war, kam so rasch herauf, daß man den Schritt beschleunigen mußte, um noch vor dem Regen zu Hause zu sein. Die vorauseilenden Wolken, niedrig und schwarz wie Rauch mit Ruß gemischt, jagten mit ungewöhnlicher Schnelligkeit am Himmel einher. Bis zum Hause waren es noch zweihundert Schritte, aber schon hatte sich der Wind erhoben, und jeden Augenblick konnte ein Wolkenbruch losbrechen.

Die Kinder liefen mit schreckhaftem und freudigem Geschrei voraus. Darja Alexandrowna, die mit Mühe gegen ihre nassen Röcke, die an ihren Beinen klebten, ankämpfte, lief mehr als sie ging, indem sie die Kinder nicht aus den Augen ließ. Die Herren gingen, ihre Hüte festhaltend, mit großen Schritten einher. Sie waren gerade an der Freitreppe angelangt, als ein großer Tropfen aufschlug und an dem Rand der eisernen Dachrinne zersprühte. Die Kinder und die Erwachsenen flüchteten mit fröhlichem Geplauder unter den Schutz des Daches.

»Wo ist Katjerina Alexandrowna?« fragte Ljewin Agasja Michajlowna, die ihnen im Vorzimmer mit Tüchern und Plaids entgegenkam.

»Wir dachten, sie sei mit Ihnen«, sagte sie.

»Und Mitja?«

»Sie werden wohl im Kolokwäldchen sein, die Njanja ist jedenfalls auch bei ihnen.«

Ljewin ergriff die Plaids und lief in das Kolokwäldchen.

Während dieser kurzen Zwischenzeit war die Wolke so weit heraufgezogen, daß ihre eine Hälfte schon die Sonne verdeckte und es dunkel geworden war wie bei einer Sonnenfinsternis. Der Wind schien eigensinnig auf seinem Willen bestehen zu wollen und hielt Ljewin zurück; er riß die Blätter und Blüten von den Linden, entblößte in eigentümlicher Weise die weißen Zweige der Birken und bog alles, die Akazien, die Blumen, das Gras und die Wipfel der Bäume erbarmungslos nach einer Seite herab. Die im Garten arbeitenden Bauerndirnen liefen kreischend unter das schützende Dach des Gesindehauses. Der Regenguß hatte sich bereits wie ein weißer Vorhang über den ganzen, entfernt liegenden Wald und die Hälfte des nächsten Feldes gebreitet und bewegte sich immer näher auf das Kolokwäldchen zu. Die Feuchtigkeit des Regens, der in kleine Tropfen zersprühte, machte sich in der Luft fühlbar.

Ljewin kämpfte mit vornübergebeugtem Kopfe gegen den Wind an, der ihm die Tücher fortriß; er hatte sich bereits dem Kolokwäldchen genähert und hinter der Eiche etwas Weißes erblickt, als plötzlich alles aufflammte, die ganze Erde in Feuer erglühte und das Himmelsgewölbe über seinem Kopfe sich krachend zu spalten schien. Ljewin öffnete seine geblendeten Augen, und das erste, was er durch den dichten Regenvorhang, der ihn jetzt vom Kolokwäldchen trennte, sah, war der grüne Wipfel der ihm wohlbekannten Eiche, der in der Mitte des Waldes seine Stellung in seltsamer Weise verändert hatte. »Sollte der Blitz sie wirklich gespalten haben?« kaum hatte Ljewin Zeit gehabt, diesen Gedanken zu fassen, als der Wipfel mit immer rascher werdender Bewegung hinter den anderen Bäumen verschwand, und das Krachen der auf die Nachbarbäume stürzenden großen Eiche an sein Ohr schlug.

Das Leuchten des Blitzes, das Rollen des Donners und ein kalter Schauer, der in einem Augenblicke seinen Körper durchfuhr, schossen für Ljewin in einen einzigen Eindruck des Entsetzens zusammen.

»Mein Gott! Mein Gott! Laß sie nur nicht auf sie stürzen!« murmelte er.

Und obwohl er sich sagte, wie sinnlos seine Bitte sei, sie möchten von der Eiche, die bereits gestürzt war, nicht erschlagen werden, wiederholte er sie dennoch, weil er außer diesem sinnlosen Gebet nichts Besseres zu tun wußte.

Als er in seinem Laufe die Stelle, wo sie sich gewöhnlich aufhielten, erreicht hatte, fand er sie dort nicht vor.

Sie waren am andern Ende des Waldes unter der alten Linde und riefen ihm zu. Zwei Gestalten in dunkeln Kleidern (sie waren vorher hell gekleidet gewesen), standen dort über irgend etwas gebeugt. Es waren Kitty und die Njanja. Der Regen ließ bereits nach, und es begann wieder heller zu werden, als Ljewin eilig zu ihnen herankam. Bei der Njanja war der untere Teil des Kleides trocken, aber Kittys Kleid war ganz durchnäßt und klebte an ihr. Obwohl es nicht mehr regnete, verharrten sie immer noch in derselben Stellung, die sie eingenommen hatten, als das Gewitter hereingebrochen war. Beide standen über das Wägelchen mit dem grünen Schirm gebeugt.

»Ihr lebt? Ihr seid unversehrt? Gott sei gelobt«, murmelte er, indem er mit seinen herabfallenden, mit Wasser gefüllten Schuhen durch das Wasser, das von allen Seiten zusammenströmte, hindurchwatete. Kittys rotwangiges, nasses Gesicht war ihm zugewendet, und sie lächelte ihm schüchtern zu unter dem Hut, der seine Form verloren hatte.

»Das ist aber wirklich unverantwortlich von dir! Ich begreife nicht, wie man so unvorsichtig sein kann!« fuhr er seine Frau ärgerlich an.

»Ich bin wahrhaftig nicht schuld daran. Wir wollten gerade aufbrechen, als dem Kinde plötzlich etwas passierte. Es mußte trockengelegt werden ... Wir wollten gerade ...«, begann Kitty sich zu entschuldigen. Mitja war unversehrt, trocken und schlief ruhig weiter.

»Nun, Gott sei Dank! Ich weiß ja gar nicht, was ich sage.«

Man suchte die nassen Windeln zusammen; die Njanja nahm das Kind heraus und trug es auf dem Arm. Ljewin schritt neben seiner Frau einher und drückte ihr, da er bereute, seinen Unwillen an ihr losgelassen zu haben, damit die Njanja es nicht merke, verstohlen und schuldbewußt die Hand.

18

Im Laufe des ganzen Tages, bei den allerverschiedensten Gesprächen, an denen er gleichsam nur mit der Außenseite seines Verstandes teilzunehmen schien, verließ Ljewin trotz der Enttäuschung, die er in bezug auf die erwartete Umwandlung in seinem Innern erfahren hatte, doch auf keinen Augenblick die Empfindung, wie freudig bewegt sein übervolles Herz war.

Nach dem Regen war es zu naß geworden, um einen Spaziergang zu machen, außerdem ließen sich am Horizont immer noch Gewitterwolken sehen und zogen donnernd, sich verfinsternd, am Rande des Himmels, bald hier, bald dort vorüber. Die ganze Gesellschaft verbrachte den Rest des Tages im Hause.

Streitfragen wurden nicht mehr erörtert; im Gegenteil, alle befanden sich nach dem Mittagsessen in der besten Stimmung.

Katawassow brachte anfänglich die Damen mit seinen originellen Späßen, die stets bei der ersten Bekanntschaft mit ihm so sehr für ihn einnahmen, zum Lachen; später erzählte er, von Sergej Iwanowitsch dazu aufgefordert, seine sehr interessanten Beobachtungen über die Verschiedenartigkeit der Charaktere und selbst der Physiognomien der Männchen und Weibchen der Zimmerfliege und über ihre Lebensweise. Sergej Iwanowitsch war gleichfalls sehr aufgeräumt und trug, nachdem sein Bruder dazu die Anregung gegeben hatte, seine Ansicht über die zukünftige Gestaltung der Orientfrage vor, und er tat dies auf eine so einfache und vortreffliche Art, daß alle davon entzückt waren.

Nur Kitty konnte ihn nicht zu Ende hören, denn sie wurde abgerufen, um Mitja zu baden.

Einige Augenblicke nach Kitty wurde auch Ljewin in das Kinderzimmer gebeten.

Er ließ seinen Tee stehen und begab sich mit Bedauern über die Unterbrechung des interessanten Gesprächs und zugleich mit einer gewissen Unruhe darüber, weshalb man ihn wohl rufen mochte, da dies nur bei wichtigen Anlässen zu geschehen pflegte, ins Kinderzimmer.

Trotzdem er Sergej Iwanowitschs Plan, wie das befreite, vierzig Millionen zählende Land der Slaven im Verein mit Rußland eine neue Epoche in der Geschichte beginnen sollte, nicht zu Ende gehört hatte, ein Plan, der als etwas für ihn ganz Neues sein Interesse erregt hatte, trotzdem ihn die Neugierde und Unruhe quälten, weshalb man ihn wohl gerufen habe, fielen ihm doch, sobald er nach dem Verlassen des Gastzimmers allein war, die Gedanken wieder ein, die ihn am Morgen beschäftigt hatten.

Und jetzt erschienen ihm alle jene Betrachtungen über die Bedeutung des slawischen Elements in der allgemeinen Weltgeschichte im Vergleich mit dem, was in seiner Seele vorging, als so nichtig, daß er alles dies augenblicklich wieder vergaß und sich in die Stimmung zurückversetzte, die ihn am Morgen beherrscht hatte.

Er rief sich jetzt nicht mehr, wie er dies früher zu tun pflegte, seinen ganzen Gedankengang in die Erinnerung zurück – das war jetzt überflüssig. Er dachte sich vielmehr mit einem Male in das Gefühl hinein, das ihn geleitet hatte und das mit jenen Gedanken verknüpft war, und fand, daß dieses Gefühl in seiner Seele jetzt noch viel stärker und bestimmter geworden war als vorher. Jetzt ging es ihm nicht mehr so, wie es früher zu geschehen pflegte, wenn er sich irgend etwas zu seiner Beruhigung ausklügelte, daß er sich wieder den ganzen Gang seiner Gedanken vergegenwärtigen mußte, um das Gefühl, das ihnen zugrunde lag, zu ermitteln. Jetzt war im Gegenteil das Gefühl der Freude und der Beruhigung viel lebendiger in ihm als früher, und sein Gedanke vermochte seinem Gefühl nicht zu folgen.

Er schritt über die Terrasse und blickte zu zwei Sternen empor, die an dem schon dunklen Himmel hervortraten, und plötzlich fiel es ihm ein: »Ja, als ich zum Himmel emporblickte, da sagte ich mir, daß das Gewölbe, das ich sehe, keine Täuschung sei, und dabei habe ich irgendeinen Gedanken nicht zu Ende gedacht, habe irgend etwas vor mir selbst zu verhehlen gesucht«, dachte er bei sich. »Aber was dort oben auch sein mag, einen Einwand dagegen kann es nicht geben. Man braucht nur darüber nachzudenken, – und alles wird dann klarwerden.«

Als er in das Kinderzimmer trat, war es ihm schon wieder eingefallen, was er eigentlich vor sich zu verhehlen gesucht hatte. Es war der Gedanke, daß, wenn der Hauptbeweis dafür, daß es eine Gottheit gibt, in der Offenbarung dessen liege, was das Gute sei, warum dann diese Offenbarung nur auf die christliche Kirche beschränkt sei. Welche Beziehung zu dieser Offenbarung haben die Glaubenslehren der Buddhisten, der Mohammedaner, die auch das Gute predigen und das Gute tun?

Es schien ihm, daß er eine Antwort auf diese Frage habe, aber er hatte noch keine Zeit gehabt, einen Ausdruck dafür zu finden, als er schon in das Kinderzimmer eintrat.

Kitty stand mit aufgekrempelten Ärmeln vor der Badewanne, über dem Kinde, das darin herumplätscherte; als sie die Schritte ihres Mannes hörte, wandte sie ihm das Gesicht zu und rief ihn mit einem Lächeln zu sich heran. Mit einer Hand stützte sie den Kopf des auf dem Rücken schwimmenden, rundlichen, wohlgenährten Kindes, das mit den Beinchen strampelte, während die andere mit gleichmäßigem Druck der angespannten Muskeln aus dem Schwamme das Wasser über ihm ausdrückte.

»Da sieh mal, sieh doch!« sagte sie, als ihr Mann herangetreten war. »Agasja Michajlowna hat recht. Er erkennt uns wirklich schon.«

Das Ereignis bestand nämlich darin, daß Mitja heute unzweifelhaft die Seinigen alle erkannte.

Kaum war Ljewin an die Badewanne herangetreten, als er sofort eine Probe anstellte, und diese Probe gelang vollkommen. Die Köchin, die eigens zu diesem Zwecke herbeigerufen wurde, beugte sich über das Kind. Sein Gesicht verfinsterte sich, und es schüttelte verneinend den Kopf. Nun beugte sich Kitty herab, und sogleich erstrahlte das Gesicht des Kindes in einem Lächeln, es stemmte seine Händchen gegen den Schwamm, prustete mit den Lippen und gab einen so zufriedenen und sonderbaren Laut von sich, daß nicht nur Kitty, sondern auch Ljewin und die Njanja in ungeahntes Entzücken gerieten.

Das Kind wurde mit einer Hand aus der Wanne gehoben, mit Wasser begossen, in ein Bettuch gewickelt, abgetrocknet und nach durchdringendem Schreien der Mutter übergeben.

»Ich bin sehr glücklich, daß du anfängst, es lieb zu gewinnen«, sagte Kitty zu ihrem Manne, nachdem sie sich, das Kind an der Brust, ruhig an ihren gewohnten Platz gesetzt hatte. »Ich bin sehr glücklich darüber. Ich fing wirklich schon an, mich deswegen gekränkt zu fühlen. Du sagtest doch, daß du gar nichts für ihn fühltest.«

»Ach nein, habe ich denn gesagt, daß ich nichts für ihn fühle? Ich habe nur gesagt, daß ich enttäuscht sei.«

»Wie, von ihm enttäuscht?«

»Nicht gerade von ihm, aber von meinem Gefühl, ich hatte mehr davon erwartet. Ich dachte, daß in mir, etwa wie es bei einer Überraschung zu geschehen pflegt, ein neues, freudiges Gefühl aufsteigen würde. Und plötzlich fühlte ich statt dessen nur Widerwillen und Mitleid ...«

Sie hörte ihm aufmerksam über das Kind hinweg zu, während sie ihre Ringe, die sie abgestreift hatte, um Mitja zu baden, an ihre Finger steckte.

»Und was die Hauptsache ist, ich hatte dabei mehr Schrecken und Mitleid als Freude empfunden. Vorhin nach jener Angst, während des Gewitters, habe ich erst verstanden, wie sehr ich ihn liebe.«

Kittys Gesicht erstrahlte in einem Lächeln.

»Hast du dich sehr geängstigt?« fragte sie. »Ich auch, aber es kommt mir jetzt noch schrecklicher vor, nachdem alles vorbei ist. Ich will mir die Eiche einmal ansehen. Und wie nett Katawassow ist! Überhaupt ist der ganze Tag in so angenehmer Weise vergangen. Und du verstehst dich so gut mit Sergej Iwanowitsch, wenn du nur willst. Geh jetzt nur wieder zu ihnen. Nach dem Bade ist es hier immer heiß und voller Dampf ...«

19

Als Ljewin das Kinderzimmer verlassen hatte und allein war, fiel ihm sofort wieder der Gedanke ein, in dem für ihn eine Unklarheit zurückgeblieben war.

Anstatt in das Gastzimmer zu gehen, aus dem Stimmen ertönten, blieb er auf der Terrasse stehen und betrachtete, auf das Geländer gestützt, den Himmel.

Es war schon ganz dunkel geworden, und im Süden, wohin er blickte, waren keine Wetterwolken zu sehen. Sie standen auf der entgegengesetzten Seite. Von dort her leuchtete der Blitz auf, und das entfernte Rollen des Donners ließ sich vernehmen. Ljewin lauschte auf die Tropfen, die von den Linden im Garten gleichmäßig herabfielen und betrachtete das ihm wohlbekannte Sternendreieck, durch dessen Mitte sich die Milchstraße mit ihren Verzweigungen hindurchzog. Bei jedem Aufleuchten des Blitzes verschwand nicht nur die Milchstraße, sondern auch die hellglänzenden Sterne, kaum aber war der Blitz erloschen, so leuchteten sie, wie von einer geschickten Hand geworfen, wieder auf.

»Was ist es denn, das mich verwirrt?« fragte sich Ljewin und fühlte im voraus, daß die Lösung seiner Zweifel, obwohl er sie noch nicht kannte, in seiner Seele bereits vorhanden sei.

»Ja, eine einleuchtende, unzweifelhafte Erscheinungsform der Gottheit liegt in den Gesetzen des Guten, die der Welt durch eine Offenbarung kundgegeben sind; ich fühle sie in mir selbst, und indem ich sie anerkenne, schließe ich mich nicht gerade der Kirche an, fühle mich aber – ich mag wollen oder nicht – mit andern Menschen zu einer Gemeinschaft von Gläubigen verbunden, welche die Kirche genannt wird. Und die Juden, die Mohammedaner, die Anhänger des Confucius, die Buddhisten – was sind sie denn?« dachte er, indem er nun eben jene Frage an sich richtete, die ihm so gefährlich erschienen war. »Sollten diese Hunderte Millionen von Menschen wirklich auf dieses höchste Gut verzichten müssen, ohne das das Leben keinen Sinn hat?« Er versank in Gedanken, verbesserte aber seine Frage sofort. »Wonach frage ich denn eigentlich?« sagte er sich. »Ich frage, in welcher Beziehung die verschiedenen Glaubenslehren der ganzen Menschheit zur Gottheit stehen. Ich frage nach der allgemeinen Offenbarung Gottes für die ganze Welt mit allen diesen Nebelflecken. Was tue ich denn? Mir persönlich, meiner Seele hat sich eine unzweifelhafte Erkenntnis, die der Vernunft nicht zugänglich ist, aufgetan, und dennoch strebe ich hartnäckig danach, diese Erkenntnis durch die Vernunft und durch Worte auszudrücken.«

»Weiß ich denn nicht, daß die Sterne nicht wandeln?« fragte er sich, indem er den hellglänzenden Planeten betrachtete, der bereits seine Stellung zum obersten Zweige der Birke verändert hatte. »Und doch vermag ich mir, während ich die Bewegung der Sterne beobachte, nicht vorzustellen, daß die Erde sich dreht, und ich habe recht, wenn ich sage, daß die Sterne wandeln.«

»Und wäre es denn den Astronomen möglich gewesen, irgend etwas zu begreifen und zu berechnen, wenn sie alle die verwickelten und verschiedenartigen Bewegungen der Erde in Betracht gezogen hätten? Alle ihre wunderbaren Schlüsse über die Entfernungen, über das Gewicht, die Bewegungen und Revolutionen der Himmelskörper sind nur auf die sichtbare Bewegung der Gestirne um die unbewegliche Erde gegründet, auf dieselbe Bewegung, die jetzt vor meinen

Augen geschieht, die im Laufe von Jahrhunderten für Millionen Menschen immer die gleiche war, die immer ein und dieselbe ist und sein wird und von der man sich immer wird überzeugen können. Und ebenso müßig und unsicher wie die astronomischen Schlüsse gewesen wären, wenn sie sich nicht auf die Beobachtungen des sichtbaren Himmels in bezug auf einen Meridian und den Horizont allein gründeten, ebenso müßig und unsicher würden auch meine Schlußfolgerungen sein, wären sie nicht auf jenen Begriff des Guten gegründet, der für alle stets ein und derselbe war und sein wird, der mir durch das Christentum geoffenbart ist und jederzeit in meiner Seele bestätigt werden kann. Die Frage nach den andern Religionen und ihren Beziehungen zur Gottheit aber habe ich weder das Recht noch die Möglichkeit zu entscheiden.«

»Ach, du bist noch nicht fort?« ertönte plötzlich Kittys Stimme, die sich auf demselben Wege nach dem Empfangssaal begab.

»Was ist dir, du bist doch nicht etwa verstimmt?« fragte sie, indem sie ihm bei dem Schein der Sterne aufmerksam ins Gesicht sah.

Sie hätte jedoch sein Gesicht nicht gut sehen können, wenn es nicht wieder von einem Blitzstrahl, vor dessen Schein die Sterne verschwanden, beleuchtet worden wäre. Beim Leuchten des Blitzes konnte sie deutlich sein ganzes Gesicht sehen, und als sie gewahrte, daß er ruhig und heiter war, lächelte sie ihm zu.

»Sie begreift es«, dachte er, »sie weiß, woran ich denke. Soll ich's ihr sagen, oder nicht? Ja, ich will's ihr sagen.« Aber gerade, als er zu sprechen beginnen wollte, richtete sie selbst das Wort an ihn.

»Was ich sagen wollte, Kostja! Tu mir den Gefallen«, sagte sie, »und geh ins Eßzimmer, um nachzusehen, ob dort für Sergej Iwanowitsch alles in Ordnung gebracht ist. Für mich schickt es sich nicht. Ob man wohl den neuen Waschtisch hineingestellt hat!«

»Gut, ich will gleich hingehen«, sagte Ljewin, indem er sich erhob und sie küßte. »Nein, ich darf ihr nichts sagen«, dachte er, während sie ihm voranschritt. »Das ist ein Geheimnis, das nur mir allein gehört, für mich allein wichtig ist, und sich nicht in Worte fassen läßt.«

»Dieses neue Gefühl hat mich nicht umgewandelt, nicht glücklich gemacht, mein Inneres nicht plötzlich erhellt, wie ich es erträumt hatte – ebenso wie dies mit meinem Gefühl für meinen Sohn der Fall war. Eine Überraschung war es auch nicht. Aber der Glaube – oder ist es nicht der Glaube – ich weiß selbst nicht, was es eigentlich ist – aber jenes Gefühl ist ebenso unmerklich unter Qualen über mich gekommen und hat in meiner Seele feste Wurzel gefaßt.«

»Ich werde fortfahren, mich ebenso über den Kutscher Iwan zu ärgern, werde ebenso zur Unzeit meine Gedanken aussprechen, wie bisher, und ganz ebenso wird auch eine Scheidewand zwischen dem Allerheiligsten meiner Seele und den andern, ja sogar meiner Frau bestehen bleiben; ich werde ebenso wie vorher meinen Verdruß, wenn ich mich ihretwegen ängstige, an ihr auslassen und ebenso wieder Reue darüber empfinden, auch werde ich ebensowenig mit dem Verstande begreifen, warum ich bete und werde dennoch beten. – Aber mein Leben, mein ganzes Leben, unabhängig von allem, was mit mir geschehen kann, jeder Augenblick meines Daseins soll hinfort nicht nur nicht zwecklos sein, sondern es wird ihm jener unzweifelhafte Begriff des Guten innewohnen, mit dem ich die Macht habe, es zu erfüllen.«

ENDE

NACHWORT

›Krieg und Frieden‹, der große geschichtliche Roman, den die russische Welt als ein nationales Epos feierte, hatte Tolstoi den Ruf des größten lebenden russischen Dichters erworben. Das Werk war in der glücklichsten Zeit seines Lebens entstanden, in den ersten Jahren einer von aufblühenden Kindern gesegneten Ehe. Verwandte und Freunde, die während der ersten fünfzehn Jahre dieser Ehe (1862–1878) in Jasnaja Poljana Tolstojs Gäste waren, können gar nicht genug erzählen von der Heiterkeit, die das Haus beherrschte und alle Anwesenden in ihren Bann zog. Die Zweifelsucht, die Tolstoi all die Jahre seines Schaffens begleitet hatte, war einer inneren Ruhe gewichen. Hatten bisher die Fragen nach einem Zwecke des Daseins ihn gequält und eine Unrast zur Folge gehabt, die ihm nicht gestattete, seines reichen Talents reifste Früchte zu ernten, so war jetzt, ungewollt und unbewußt, seinem Leben der Zweck gegeben.

In dieser glücklichen Verfassung war ihm das Meisterwerk gelungen.

Aber auch ›Krieg und Frieden‹ ist voll von Anklängen an die unruhigen Tage der Vergangenheit und von zahlreichen Beziehungen zu der friedlosen Gedankenarbeit, die ein Jahrzehnt später eine völlige seelische Krise hervorrufen sollte. Die geistigen Wandlungen, die Bjesuchow (eine der Hauptgestalten in ›Krieg und Frieden‹), unter schweren, inneren Leiden durchlebt, zeigen deutlich, daß die Ruhe, die Tolstoi in einem freudereichen äußeren Leben gefunden hatte, leicht wieder neuen Stürmen weichen konnte.

In dieser Zeit ergreift ein neuer geschichtlicher Stoff die Seele des Dichters. Er will Peter den Großen und das Leben seiner Zeit in einer umfassenden Erzählung darstellen. Er nimmt die Vorstudien zu dem Werke im größten Maßstabe auf, er studiert fleißig in den Bibliotheken und Archiven Moskaus und setzt alles daran, daß ihm die geheimen Papiere aus der Zeit Peters I., Anna Iwanownas und Elisabeths zugänglich werden. Seine Großtante in Petersburg, die einflußreiche Hofdame Gräfin Aleksandra Andrejewna Tolstoi, soll durch ihre Fürsprache einen Befehl des Kaisers auswirken, daß man ihm nichts von den notwendigen Schriften vorenthalte. Denn »ohne einen allerhöchsten Befehl«, so schreibt er an seine Großtante, »wird man mir die Geheimarchive, wie ich hörte, nicht öffnen.«

»Wir führen jetzt ein ernstes, sehr ernstes Leben«, schreibt die Gräfin am 19. November 1872 an ihren Bruder, »den ganzen Tag über sind wir beschäftigt. Ljewotschka sitzt da, von einem Haufen Bücher, Porträts, Bildern umgeben, und liest versunken, macht Bemerkungen und Auszüge. Abends, wenn die Kinder schlafen gehen, erzählt er mir seine Pläne und was er schreiben will. Häufig ergreift ihn eine Enttäuschung und eine dumpfe Verzweiflung; dann meint er, es käme nichts heraus. Ein andermal arbeitet er wieder mit erhöhtem Eifer. Ich kann nicht sagen, er schreibt; er bereitet nur vor.« Genau einen Monat später berichtet sie über den Fortgang dieser Vorbereitungsarbeiten: »Ljewotschka liest und liest geschichtliche Bücher aus der Zeit Peters des Großen. Er ist sehr ernst bei der Sache, er macht Bemerkungen über die verschiedenen Charaktere, über einzelne Züge, über das Leben des Volkes und der Bojaren, über die Wirksamkeit Peters usw. Er weiß selbst nicht, was bei seiner Arbeit herauskommen wird, aber ich möchte meinen, er schreibt wieder ein solches Gedicht in Prosa, wie ›Krieg und Frieden‹.« Und noch in einem dritten Brief (vom 23. Februar 1873) schildert die treue Gefährtin seiner Arbeiten seinen Eifer im Studium der Zeit und seine Zweifel an der genügenden Vorbereitung.

Aber es war etwas anderes als ungenügende Vorbereitung, was den Dichter von dem Stoff ablenkte, mit dem er sich schon so gründlich bekannt gemacht hatte. Neue Ideen hatten von seiner Seele Besitz ergriffen, und sein Verhältnis zu Peter hatte sich in ausgesprochene Antipathie gewandelt. Je mehr er sich in die Aktenstücke der Zeit vertiefte, je mehr ihm der Träger der Ereignisse näher trat, desto deutlicher wurde ihm, daß seine Ansicht über die Person Peters der allgemeinen

Bewunderung des Zaren als eines großen Reformators aufs äußerste widersprach. Kurz entschlossen warf er die Arbeit hin und begann eine neue Dichtung, deren schwankende Gestalten immer deutlicher aus dem Hintergrund seines Bewußtseins hervortraten und vor seinem geistigen Auge plastische Form und blutvolles Leben annahmen.

Als den Tag dieses Entschlusses bezeichnet das Tagebuch der Gräfin den 19. März 1873.

Der Roman ›Anna Karenina‹ bedurfte keiner Vorstudien. Die Quellen der Dichtung waren nicht vergilbte Archivblätter, sondern die eigenen Lebenserfahrungen und die eigenen Lebenskämpfe. Die Widerspiegelung der eigenen Lebenskämpfe ist ja in einer Dichtung Tolstois das Selbstverständliche.

Es war am Abend des 9. März (so hat es der Dichter selber einmal erzählt), da kam Tolstoi in das Zimmer seines ältesten Sohnes, der der alten Tante aus den ›Erzählungen Bjelkins‹ von Puschkin vorlas. Tolstoi nahm das Buch zur Hand und las die Worte: »Die Gäste versammelten sich im Landhause.« »So muß man anfangen«, meinte Tolstoi, »das führt den Leser gleich in die Sache hinein.« Er ging in sein Arbeitszimmer und schrieb die ersten Worte von ›Anna Karenina‹ nieder: Im Hause der Oblonskijs herrschte große Verwirrung. Später wurde diesem Anfang der eigentlichen Erzählung der mottoartige Satz vorangestellt: Alle glücklichen Familien gleichen einander, jede unglückliche Familie dagegen ist unglücklich auf ihre eigene Art.

So schnell entschlossen und frisch aber, wie die ersten Kapitel des Romans niedergeschrieben waren, wurde die Arbeit nicht fortgesetzt, sie wurde dem Dichter förmlich schwer. Philosophische und theologische Studien, die Erlernung des Griechischen, das er mit unerhörtem Eifer betrieb, um sich die Kenntnis des Neuen Testaments aus dem Original zu verschaffen, Ereignisse im Hause, in der Familie und die Sorge um die eigene Gesundheit hemmten ihm die Arbeit, und es gab Wochen und Monate, in denen sie träge fortschlich, ja, bisweilen gänzlich stockte. Eine Reihe von Briefen, von ihm oder seiner Gattin an Familienmitglieder und

Freunde gerichtet, belehren uns über den langsamen Fortgang der Arbeit. Wer weiß, ob der Dichter sie zu Ende geführt hätte, wenn er nicht voreilig den Druck begonnen und somit eine Verpflichtung gegen den Herausgeber der Zeitschrift und die Welt seiner Leser übernommen hätte!

Der Anfang des Romans erschien im Januarheft 1875 von Katkows ›Russischem Boten‹ (Rußkij Wjestnik). Februar, März, April brachten Fortsetzungen, dann aber brach die Erzählung plötzlich ab. Der ganze Jahrgang brachte kein Wort mehr von dem Roman, und das lesende Publikum erfuhr nicht einmal, welches die Ursache der Unterbrechung ist. Was beschäftigte den Dichter, was störte den ruhigen Fortgang der Arbeit? »Einerseits« – das sind seine eigenen Worte aus einem Briefe vom 24. März 1874 – »einerseits die Beschäftigung mit den Schulen, andererseits – entsetzlich – die Idee einer neuen Schrift, die über mich gekommen ist in der schwersten Zeit der Krankheit unseres Kindes, diese Krankheit selber und sein Tod.« Der Anblick des Todes war für ihn, wie er es schon einmal gewesen war, da der besonders geliebte älteste Bruder starb, der Ausgangspunkt einer neuen Reihe erregender Fragen, die nach Antworten verlangten. Er mußte sich mit aller Energie aufraffen, um die Kraft zur Fortführung des Romans zu gewinnen, denn die neue Arbeit, die ihn beschäftigt, ist nichts anderes als die Erforschung des Evangelientextes und die Einleitung dazu, die aufwühlende Bekenntnisschrift: ›Meine Beichte‹. Sein Herz gehörte jetzt mehr der theologisch-philosophischen Arbeit als der dichterischen Produktion. »Seit zwei Monaten«, schreibt er in einem Briefe vom 26. August 1875, »habe ich meine Hände nicht mehr mit Tinte bekleckst und mein Herz mit Gedanken. Nun gehe ich wieder an die langweilige, scheußliche Anna Karenina und habe nur den einen Wunsch, mir so schnell als möglich Raum zu schaffen, Muße für andere Beschäftigungen, aber nicht für die pädagogischen; ich habe sie zwar gern, will sie aber doch aufgeben.« Er schreibt diesen Brief aus Sfamara, wo er, nun wohl schon zum dritten Male, hingegangen ist, um durch eine Stutenmilchkur seine gefährdete Gesundheit wieder herzustellen. Und diese Klage wiederholt sich immer wieder. Er mag den Roman nicht mehr und ist doch wohl genötigt, ihn zu Ende zu führen. In einem Briefe vom 1. März 1876 meint er: »Schließlich muß ich den Roman, der mir überdrüssig ist, zu Ende bringen.« So ging es unter Zögern und Stocken bis zu dem letzten, dem achten Buche des Romans.

Trotz des Erscheinens von nur vier größeren Stücken der ›Anna Karenina‹ beschäftigte sich das ganze lesende Rußland mit dem neuen Werke Tolstois. Die Schilderungen des gesellschaftlichen Lebens der beiden Zentren des Landes hatten diese Gesellschaft erregt und lebhaften Meinungsstreit für und wider heraufbeschworen; und der ›Russische Bote‹ selbst brachte, seltsam genug, schon im Maiheft des Jahres 1875 eine Betrachtung von nicht weniger als zwanzig großen Druckseiten »über den neuen Roman des Grafen Tolstoi«. Der Verfasser dieser merkwürdigen Besprechung eines Werks, von dem nur der vierte Teil bekannt ist, beleuchtet das Verhältnis der Dichtung zu dem allgemeinen Charakter der russischen Literatur der Gegenwart. Der größere Teil der russischen Schriftsteller bedürfe einer Tendenz, um die Teilnahme des Lesers zu fesseln, einer politischen oder sozialen Idee, Tolstoi schildere nur Menschengestalten, die wir aus dem täglichen Leben kennen, die uns allüberall in Petersburg oder Moskau begegnen könnten, und zergliedere ihr Seelenleben mit einer Folgerichtigkeit und Feinheit, die die besondere Kunst dieses Dichters ausmache. Wenn einem Teil des russischen Publikums das Verständnis für ein solches dichterisches Schaffen fehle, so sei das nicht ein Mangel des Dichters, sondern des Lesers, der noch heranreifen müsse zur Schätzung der künsterlischen Art der Menschenschilderung. Er schließt seine Abhandlung mit der Bemerkung, daß er natürlich nicht die Absicht haben könne, eine erschöpfende Beurteilung des neuen Werkes des Grafen Tolstoi zu geben, eine solche Beurteilung sei ja nicht möglich, solange der Roman im Druck nicht abgeschlossen wäre. »Wir hatten nur die Absicht, so gut wir können, den Ursprung gewisser Mißverständnisse aufzuklären, die wir in dem Verhalten der Kritik und des lesenden Publikums zu diesem im höchsten Grade bemerkenswerten Werke beobachtet haben. Zu einer erschöpfenden kritischen Beurteilung werden wir noch Zeit haben, wenn der ganze Roman Besitz der Öffentlichkeit geworden ist.«

Das sollte, wie schon gesagt, noch lange dauern und auch nicht ohne ein tragikomisches Intermezzo geschehen.

Das Jahr 1876 brachte in den Monaten Januar, Februar, März, April wieder große Stücke der ›Anna Karenina‹, dann folgte eine siebenmonatliche Pause. Im Dezember wurde der Roman fortgeführt, der Herausgeber sah sich aber genötigt, für seine Person eine entschuldigende Anmerkung beizufügen. Er wird nicht im Unrecht gewesen sein, als er die Schuld der lückenhaften Veröffentlichung dem saumseligen Autor zuschob, der in der Liebe zu seinem Werk erkaltet war. »Fortsetzung und Schluß von ›Anna Karenina‹«, sagte er seinen Lesern, »sind nicht durch etwaige Erwägungen der Redaktion verzögert worden, sondern einzig und allein durch Umstände, die den Autor an der endgültigen Bearbeitung seines Werkes verhinderten. In diesem Heft (Dezember 1875) wird das fünfte Buch abgeschlossen, und vom Januar an wird der Druck des übrigen, wie wir hoffen, ohne Unterbrechung zu Ende geführt werden.«

Auch wenn Tolstoi mit ganzer Liebe und mit vollem Eifer bei seiner Arbeit ist, geht sie ihm langsam vonstatten, denn er feilt und modelt an der ersten Niederschrift mit so peinlicher Selbstprüfung, daß oft kein Wort unverändert bleibt. Bei ›Anna Karenina‹ kam zu dieser sorgfältigen und selbstquälerischen Art des Arbeitens auch noch der Mangel an Eifer, dessen innerster Grund die Hingabe an eine neue Gedankenwelt und das Bedürfnis ihrer schriftlichen Fixierung war.

Daß aber der Herausgeber des ›Russischen Boten‹ seinen Lesern doch nicht Wort hielt, war seine eigene Schuld. Ratkow brachte im Januar, Februar, März, April die nächsten Bücher des Romans; das achte und letzte Buch aber veröffentlichte sein ›Russischer Bote‹ überhaupt nicht.

Und zwar aus sehr ernsten Gründen.

Das Jahr 1876 hatte in Rußland unter dem Einfluß der Slawophilen eine große Gärung hervorgerufen. Ganz gegen die Intentionen der Regierungskreise hatten die Träger der slawischen Idee mit allen Mitteln der Agitation die Sympathie für die südslawischen Völker wachgerufen, die sich im Kriege mit der türkischen Oberherrschaft befanden. Zum ersten Male in der Geschichte Rußlands machte sich eine öffentliche Meinung geltend.

Früher hatte man die Süd- und Westslawen mehr als *Glaubens*genossen betrachtet, jetzt betonte man vor allem die slawische *Stammes*gemeinschaft und rief in pathetischen Reden zur Unterstützung der von den Türken hingeschlachteten slawischen Brüder, der Bulgaren, Bosnier und Serben auf. Tausende von Mißvergnügten, unter ihnen eine große Zahl von Müßiggängern und Abenteurern, zogen als Freiwillige in den serbisch-türkischen Krieg, und Damen der Gesellschaft, die sonst ein Leben rein persönlicher Interessen führten, stellten sich an die Spitze von Wohltätigkeitskomitees und setzten Sammlungen, Festessen und Empfänge mit patriotischen Reden ins Werk. Der Dichter der ›Anna Karenina‹ stand der künstlich angefachten Begeisterung innerlich fern, er empfand seinem ganzen Wesen nach eine Abscheu vor allem, was an ihr unwahr und künstlich gemacht erschien. Er hatte in Moskau, dem Hauptsitz der Slawophilenpartei und dem Mittelpunkt der Wohltätigkeitsbestrebungen das widerwärtige Treiben mit eigenen Augen gesehen, denn er war im Beginne des Novembers – es war die Zeit, in der der Zar dort war und im Kremlsaal am 15./17. November die bekannte Rede hielt, der einige Monate später Iwan Aksakow in der Versammlung der Moskauer slawischen Wohltätigkeitsgesellschaft geschickt einen slawisch-nationalen Sinn unterlegte – er war im Beginn des Novembers eigens hinübergefahren, um, wie er sich ausdrückt, »nach dem Kriege zu sehen«. Was Tolstoi so nennt, war die slawophile Agitation und der ununterbrochene Zug der Freiwilligen, dennoch widerstrebte die Regierung; sie mußte aber, wie bekannt, der Strömung, die mehr und mehr um sich griff, weichen, und erklärte am 24. April des nächsten Jahres (1877) dem Sultan den Krieg.

Diese Bewegung und ihre Äußerungen in der alten Zarenstadt stellte Tolstoi in dem achten Buche von ›Anna Karenina‹ dar, natürlich in seiner herben kritischen Auffassung, die wenig gemein hatte mit den Anschauungen des Herausgebers der Zeitschrift, in der ›Anna Karenina‹ erschien.

Tolstoi hatte kunstvoll das Schicksal Wronskijs nach dem Tode der Geliebten mit den Ereignissen der Gegenwart verbunden und ließ den Offizier, den Annas Tod zur Verzweiflung getrieben, mit den Hunderten anderen in den serbischen Krieg gehen, um dort sein Leben abzuschließen, im Dienste einer Sache, die ihm des Opfers wert erschien.

Der Abschluß der Liebestragödie hätte Ratkow wohl befriedigt, die ironisierende Auffassung der slawophilen Bewegung aber erregte seinen Zorn. Er schickte das Manuskript mit unzähligen Änderungen zurück und erklärte dem Dichter kurz und bündig, der Schluß seines Romans könnte im ›Russischen Boten‹ nur dann erscheinen, wenn alle diese Änderungen von ihm gutgeheißen würden. Tolstoi war empört. Von ihm zu verlangen, er solle auch nur ein Wort ändern an dem, was er aus einer bestimmten Auffassung und nach sorgfältiger Prüfung der Form niedergeschrieben hatte! Kurz entschlossen gab er selbst »das achte und letzte Buch der Anna Karenina«, wie es auf dem Titelblatt heißt, in den Druck und ließ es selbständig erscheinen. Auf dem ersten Blatte dieser (nunmehr selten gewordenen) Sonderausgabe erklärte er seinen Lesern: »Der letzte Teil der ›Anna Karenina‹ erscheint hier selbständig und nicht im ›Russischen Boten‹, weil die Redaktion der Zeitschrift diesen Teil nicht abdrucken wollte ohne gewisse Auslassungen, zu denen der Autor seine Zustimmung nicht geben wollte.«

Ob nun Ratkow das Gefühl hatte, seinen Lesern in irgendeiner Form den Schluß des Romans bieten zu müssen, oder ob ihn nur das unschöne Gefühl der Rache leitete, er veröffentlichte im Juliheft seines Blattes unter dem Titel »Was nach dem Tode Anna Kareninas geschehen ist«, eine Art Besprechung dieser Sonderausgabe des achten Buches. Der Herausgeber der Zeitschrift wird zum Verräter seines Mitarbeiters. Er erklärt seinen Lesern, daß der Roman mit dem tragischen Tode seiner Heldin eigentlich beendigt ist. Als ob diese subjektive Auffassung gegenüber dem Rechte des Dichters bestehen könnte, als ob der Dichter aus dem ganzen Aufbau seiner Erzählung nicht notwendig das Schicksal des anderen Teils seines Liebespaares bis zu einem Abschluß hätte darstellen müssen, als ob wir dem Dichter verwehren könnten, die Krisis im Seelenleben Ljewins, der von allen Gestalten des Romans seinem Herzen am nächsten stand, zu einer Lösung zu führen!

Den Inhalt dieses achten Bandes aber erzählt er seinen Lesern, unter Anführung von großen Stücken des Dialogs, so daß sie im ganzen eine Vorstellung davon bekommen, »was nach dem Tode Anna Kareninas geschehen ist«. Die ganze Niedertracht von Ratkows Handlungsweise beleuchten einige Sätze am Schluß seines Aufsatzes. Einer sei hier angeführt »Ist es nicht besser«, sagt er, »die Musik mit einer Dissonanz gewaltsam abzubrechen, als sie abzuschließen mit angeflickten Motiven, die keinen Zusammenhang mit dem Thema haben?« Und all das nur, weil der Dichter gewagt hatte, Kritik zu üben an Menschen und Dingen, die dem slawophilen Ratkow im Lichte des Heroismus erschienen. –

Die leidensreiche Entstehung des Romans hat dem Werk selber nicht geschadet. Wem sie unbekannt ist, der könnte glauben, ›Anna Karenina‹ sei in einem Zuge niedergeschrieben, und sein Schöpfer habe während der ganzen drei Jahre der Ausarbeitung nichts anderes gesehen als die Gestalten, die seinen Roman bevölkern, und sei ihnen mit ganzer Seele hingegeben gewesen.

Nicht in allen Werken Tolstois ist die Komposition klar und durchsichtig. ›Krieg und Frieden‹, so reich an Einzelheiten, die mit dem Höchsten in der Dichtung aller Zeiten den Vergleich ertragen, kann sich eines in allen Teilen gleichmäßigen Aufbaues nicht rühmen. ›Anna Karenina‹, das ebenfalls reich an Einzelschilderungen ist, ist in seinen Grundzügen so einfach und fest gestaltet wie kaum ein zweites Werk Leo Tolstois.

Der Roman erzählt die Schicksale zweier Liebespaare. Anna Karenina, die Gattin eines korrekten, trockenen, hohen Beamten in Petersburg lernt auf einer Reise nach Moskau den jugendlichen, glänzenden Offizier Alexej Wronskij kennen. Ihre Neigung steigert sich zur Liebe, ihre Liebe zur unüberwindlichen Leidenschaft, und sie erklärt endlich ihrem Gatten, sie sei Wronskijs Geliebte. Karenin versagt Anna die Scheidung, so daß ihr Bund mit Wronskij sie für immer außerhalb der Gesellschaft stellt. Auch Wronskijs Aussichten auf eine große Zukunft im öffentlichen Leben sind zerstört, und so erwächst aus der schiefen Lage Annas und aus Wronskijs schwindender Liebe eine unglückselige Entzweiung zwischen beiden. Die Leiden, die Anna durch Zweifel und Eifersucht erduldet, werden noch gesteigert durch die unbedingte Liebe zu ihrem Sohn aus der Ehe mit Karenin, während sie für Wronskijs Kind nur wenig Zuneigung empfindet. Sie weiß keinen anderen Ausweg als den Selbstmord. Sie wirft sich unter einen daherbrausenden Zug und findet so den Tod. Anna hatte Wronskij vor Jahren auf dem Bahnhof kennengelernt. Sie hatte mit Wronskijs Mutter die Reise von Petersburg nach Moskau gemacht, und Alexej war an der Bahn, um die Mutter zu empfangen. Der Zug, der die beiden Frauen nach Moskau brachte, tötete im Augenblick der Einfahrt einen Bahnwärter. Unter diesem schmerzlichen Eindruck hatte die Bekanntschaft mit Wronskij begonnen.

Diesem Paar gegenüber stehen Ljewin und Kitty Schtscherbatzkaja. Ljewin ist ein Mann von ausgezeichneten Eigenschaften, aber ungewandt und linkisch, scheu und ewig zweifelnd. Kitty hat ihn bei seiner ersten Werbung abgewiesen, denn sie war von Wronskijs Erscheinung geblendet und hatte gar nicht gezweifelt, daß Wronskij sich ihr erklären würde. Als Wronskij sich aber Anna zuwandte, erkrankte Kitty und ging mit ihren Eltern in einen Badeort nach Deutschland. Kitty erlebte hier unter dem Einfluß einer ältern Freundin eine tiefe Umwandlung; und da Ljewin, ermutigt durch Kittys Schwager Oblonskij, seine Werbung wiederholt, wird sie freudig seine Gattin. Auch das Bündnis dieser beiden ist nicht frei von Trübungen, aber immer wieder finden sie sich in inniger Liebe und in vollster geistiger Übereinstimmung.

Die Verbindung zwischen diesen beiden Paaren wird durch Oblonskij und seine Familie hergestellt. Oblonskij ist der Bruder von Anna Karenina, seine Frau Darja eine Schwester von Kitty. Darjas und Kittys Eltern, die Schtscherbatzkijs, sind die Vertreter altmoskauischen Lebens im Gegensatz zur Petersburger Art. Denn auch in ›Anna Karenina‹ stellt Tolstoi, wie in ›Krieg und Frieden‹, die Petersburger und Moskauer Gesellschaft einander gegenüber, und das Leben der beiden Großstädte kontrastiert er durch das Landleben in der Nähe der einen wie der anderen Stadt.

Innerhalb dieser einfachen, klar gezogenen Linien schildert der Dichter das russische Leben in allen seinen Ausstrahlungen. Wir belauschen das Benehmen der großen Welt im Theater, auf Bällen, auf Festgelagen, beim Rennen, bei spiritistischen Sitzungen, und wir folgen Ljewin hinaus auf das Land und begleiten ihn auf seinen Jagden und auf seinen Rundgängen während der Zeit der großen Feldarbeiten. Erweitern sich diese Schilderungen oft auch zu Bildern von voller Selbständigkeit, so sprengen sie doch niemals die Grenzlinien der Dichtung und hemmen nirgends den Fluß der fortlaufenden Erzählung.

Wohl mag ursprünglich die Schilderung der Lebensirrung einer von unwiderstehlichem Drange getriebenen Frau das wesentliche Ziel der Dichtung gewesen sein und die Stellung der Gesellschaft zu der Irrenden, der der Dichter zürnend die biblischen Worte entgegenhält, die das Motto des Romans bilden: Die Rache ist mein, ich will vergelten. Allmählich aber gewinnt Ljewin mehr und mehr seine Liebe, denn Ljewin ist er selbst. Schon der Name deutet auf den Vornamen Tolstois hin, und viele einzelne Begebenheiten im Roman decken sich vollkommen mit Ereignissen in dem Leben des Dichters. So vor allem die Brautwerbung (siehe: Leo Tolstoi, sein Leben, seine Werke, seine Weltanschauung I, 312.) Mehr aber noch als die Tatsachen sind es die Wesenszüge Ljewins, die ganz und gar Leo Tolstoi erkennen lassen. Alles, was er in den drei Jahren der Entstehung der ›Anna Karenina‹ (1873–1876) durchlebt hat, nicht äußerlich, nein, innerlich durchlebt hat, läßt er Ljewin erfahren. Ljewin ist, wie Tolstoi, der Freund des Volkes, der zweifelnde Zuschauer bei dem Leben seiner Standesgenossen, der grübelnde Wahrheitssucher. Ljewin findet, wie Tolstoi, die Antwort auf die Fragen, die ihn ruhelos verfolgen, in dem schlichten Glauben des Landvolks. Ein Wort, das Fjodor an ihn richtet, regt bei ihm eine Gedankenreihe an, die ihn zur Lösung des Problems vom Zwecke des Lebens führt. Auch hier wieder eine Ähnlichkeit mit ›Krieg und Frieden‹, wo Bjesuchow unter dem Einfluß Karatajews eine geistige Auferstehung erlebt.

So verbinden die beiden großen Romane, die der Dichter in einem Jahrzehnt, in dem glückreichsten seines Lebens geschaffen, zahlreiche Ähnlichkeiten, so verschieden sie auch in ihrem Grundwesen sind.

In ›Krieg und Frieden‹ ist die Schilderung des russischen Lebens in allen seinen Erscheinungsformen verknüpft mit den großen Weltbegebenheiten, die Europa erschüttern; in ›Anna Karenina‹ beruht sie auf der Vorführung einer begrenzten Anzahl von Personen, deren Entwicklung und seelische Wandlungen mit einer psychologischen Meisterschaft erforscht werden, in der Tolstoi seinesgleichen nicht hat.

›Anna Karenina‹ bildet den Abschluß einer dichterischen Tätigkeit, die ununterbrochen fünfundzwanzig Jahre gewährt hat und ein stetiges Reisen des Poeten und seine steigende Meisterschaft in der Behandlung der Formen erkennen läßt. Begonnen hatte er, Dichtung und Wahrheit verknüpfend, mit der Schilderung seines eigenen Werdegangs in der bequemen Ichform. Dann war er, wie in den Erzählungen von Sewastopol, zu objektiver Schilderung ergreifender Ereignisse übergegangen. In einer größeren Komposition hatte er sich nur in den ›Kosaken‹ versucht. Allmählich war er emporgewachsen zu den weitausgreifenden Darstellungen in ›Krieg und Frieden‹ und ›Anna Karenina‹.

Dann ruht der Dichter und läßt dem Denker den Platz, dem die teilnahmsvolle Beobachtung des Lebens tausend Probleme aufgedrängt hat.

Ljewin-Tolstoi empfand die dichterische Produktion als etwas Unwichtiges, wenn nicht gar Nichtiges. Als die ›Karenina‹ beendigt war, war auch die Muße gefunden für die Hingabe an die Probleme, deren Lösung ihm nicht nur bedeutsamer erschien als alles künstlerische Schaffen, sondern als das einzige, was den Menschen bewegen und beschäftigen sollte.

Ganz wie dem Helden der ›Anna Karenina‹ ergeht es seinem Dichter. Er beschäftigt sich mit der Philosophie aller Zeiten und findet, daß diese Art des Denkens nicht zur Klärung der Weltfragen führen kann. Denn sie sind nicht mit der Vernunft allein zu lösen.

Wie diese Wandlung sich in ihm vollzogen hat, berichtet er selbst in einer Reihe von Schriften, die die nächsten fünf Jahres seines Lebens ausfüllen: Meine Beichte – Die Kritik der dogmatischen Theologie – Die vier Evangelien – Kurze Erläuterung des Evangeliums – Mein Glaube – Was sollen wir also tun? Diese lange Reihe umfangreicher Werke entsteht in den Jahren 1879–1885 neben kleineren Schriften, die ganz und gar nur für das Volk gedacht sind. Die Schriften dieser Wandlungszeit haben nichts gemein mit der gesamten Tätigkeit der vorhergehenden fünfundzwanzig Jahre. Man hätte glauben können, der Dichter in Tolstoi sei erschöpft.

Schöpferisches Vermögen aber läßt sich nicht zurückdrängen. Wie eine Quelle, die hier zu versiegen scheint, dort wieder kräftig hervorsprudelt, so brach auch die dichterische Kraft wieder hervor, nachdem das Bedürfnis des Denkers befriedigt war. Und die Werke eines späteren Jahrzehnts, wie ›Der Tod des Iwan Iljitsch‹, ›Die Macht der Finsternis‹ und die ›Auferstehung‹, wie sehr sie auch beherrscht sind von den ethisch-sozialen Ideen, die als das Ergebnis der philosophischen Arbeit Tolstois zu betrachten sind, erweisen sich als dichterische Schöpfungen von nicht geringerer Kraft als die, die der Periode des Philosophierens unmittelbar vorangehen; sie setzen die Reihe poetischer Meisterwerke fort, die mit Anna Karenina abgebrochen zu sein schien.

Raphael Löwenfeld

„Die Königin des historischen Romans"
WELT AM SONNTAG

England 1064: Ein Piratenüberfall setzt der unbeschwerten Kindheit des jungen Cædmon of Helmsby ein jähes Ende – ein Pfeil verletzt ihn so schwer, dass er zum Krüppel wird. Sein Vater schiebt ihn ab und schickt ihn in die normannische Heimat seiner Mutter. Zwei Jahre später kehrt Cædmon mit Herzog William und dessen Eroberheer zurück. Nach der Schlacht von Hastings und Williams Krönung gerät Cædmon in eine Schlüsselposition, die er niemals wollte: Er wird zum Mittler zwischen Eroberern und Besiegten. In dieser Rolle schafft er sich erbitterte Feinde, doch er hat das Ohr des despotischen, oft grausamen Königs. Bis zu dem Tag, an dem William erfährt, wer die normannische Dame ist, die Cædmon liebt ...

ISBN 3-404-14808-8